ZU DIESEM BUCH

Es gibt Bücher, bei denen wir uns wünschen, sie würden niemals enden, so sehr haben uns Gestalten und Schicksale in ihren Bann gezogen. Dieser große amerikanische Zeit- und Familienroman, der mit dem Freudentaumel einer kleinen Stadt, dem Jubel über das Ende des Zweiten Weltkriegs beginnt und in unseren Tagen mit Aufruhr und Szenen der Gewalt in den gleichen Straßen schließt, ist ein solches Buch. In einem Katarakt von Ereignissen, ergreifenden und erschreckenden, werden seine Gestalten durch alle Höhen und Tiefen menschlicher Existenz geschleudert: Reichtum und Armut, Liebe und Verbrechen, Niederlage und Erfolg, Mord und Erbarmen, Versagen und Triumph, Haß und Reue.

«Aller Reichtum dieser Welt» ist die Geschichte dreier Geschwister, der Kinder eines deutschen Einwanderers und seiner irisch-amerikanischen Frau, die – jedes auf seine Weise – dem Traum von Geld und Glück nachjagen. Der strebsame Rudolph, der es schon mit dreißig Jahren zu Reichtum bringt und dennoch nicht glücklich wird. Der rücksichtslose Tom, der sich, vom tyrannischen Vater aus der Familie ausgestoßen, brutal durchs Leben boxt, selbst vor Verbrechen nicht zurückscheut, und seinem Leben dennoch durch eine große selbstlose Geste einen Sinn zu geben vermag. Und ihre Schwester Gretchen, die, von einem reichen Industriellen verführt, aus der Bahn geworfen wird und nach einer enttäuschenden Bühnenkarriere und einem Leben in der Boheme an der Seite eines geliebten Mannes ihr Glück zu finden hofft. «Wie Shaw diese Multi-Geschichte aufblättert, entfaltet, verknotet, färbt, wie er sie in seiner kräftigen Sprache erzählt, wie er die Schauplätze – New York, Hollywood, französische Riviera – und zeitgeschichtliche Markierungen einbezieht: das ist die Lektüre wert... Und man kann sie, ohne sich zu langweilen, gut und gern ein zweites Mal durchschmökern» («Mannheimer Morgen»).

Irwin Shaw, geboren am 27. Februar 1913 in Brooklyn/New York, absolvierte das Brooklyn College und war nebenher Arbeiter, Verkäufer, Lastwagenfahrer und Privatlehrer. 1944 mit dem «O.-Henry-Memorial-Preis» ausgezeichnet, schrieb er mehrere Kurzgeschichtenbände und Theaterstücke. 1948 erschien der internationale Bestseller «Die jungen Löwen», der mit Marlon Brando und Montgomery Clift auch verfilmt wurde. Im Rowohlt Verlag liegen deutsch vor die Romane «Stimmen eines Sommertages» (1966), «Abend in Byzanz» (1975), «Den Seinen gibt's der Herr im Schlaf» (1977) sowie der Erzählungsband «Liebe auf dunklen Straßen» (1968). Irwin Shaw lebt in New York.

Irwin Shaw

Aller Reichtum dieser Welt

Roman

Rowohlt

*Die Originalausgabe erschien unter dem Titel
«Rich Man, Poor Man» im Verlag Delacorte Press, New York
Aus dem Amerikanischen übertragen von* Kurt Wagenseil
Umschlagentwurf Werner Rebhuhn

Meinem Sohn gewidmet

1.–20. Tausend   Oktober 1976
21.–28. Tausend   Juni 1977
29.–38. Tausend   September 1977

*Veröffentlicht im Rowohlt Taschenbuch Verlag GmbH,
Reinbek bei Hamburg, Oktober 1976
© Rowohlt Verlag GmbH, Reinbek bei Hamburg, 1972
«Rich Man, Poor Man» © Irwin Shaw 1969, 1970
Gesamtherstellung Clausen & Bosse, Leck/Schleswig
Printed in Germany
980-ISBN 3 499 11997 8*

Teil 1

1

1945

Mr. Donnelly, der Sportlehrer, beendete die Stunde vorzeitig. Henry Fullers Vater war auf dem Sportplatz der High School erschienen und hatte seinem Sohn gesagt, aus Washington sei ein Telegramm gekommen, daß Henrys Bruder in Deutschland gefallen war. Mr. Donnelly schickte Henry hinein, damit er sich allein umziehen und seinen Vater nach Hause begleiten konnte. Dann versammelte er mit einem Pfiff die ganze Gruppe um sich und sagte, sie könnten alle heimgehen. Es war eine Geste der Achtung.

Die Baseballmannschaft trainierte nach wie vor auf dem Spielfeld. Aber von den Baseballspielern hatte auch niemand einen Bruder verloren.

Rudolph Jordache (Zweihundert-Meter-Hürdenlauf) ging in den Umkleideraum und duschte, obwohl er an diesem Nachmittag nicht so viel gelaufen war, daß er in Schweiß geraten wäre. Zu Hause gab es nie genug heißes Wasser, und wenn er konnte, duschte er sich in der Schule. Die High School war 1927 erbaut worden, als alle Welt Geld hatte, und die Duschanlagen waren geräumig, und es gab immer reichlich heißes Wasser. Auch eine Schwimmhalle war vorhanden, und normalerweise ging Rudolph nach dem Training schwimmen. Aber heute tat er das nicht – aus Achtung und Respekt.

Im Umkleideraum unterhielten sich die Jungen in gedämpftem Ton, und man hörte keine der sonst üblichen Hänseleien. Smiley, der Mannschaftskapitän, kletterte auf die Bank und sagte, er fände, wenn es so etwas wie eine Gedächtnisfeier für Henrys Bruder gebe, müßten sie zusammenlegen und einen Kranz kaufen. 50 Cent pro Mann würden genügen, meinte er. An den Gesichtern der Jungen konnte man ablesen, wer die 50 Cent entbehren konnte und wer nicht. Rudolph konnte sie nicht entbehren, aber er gab sich alle Mühe, so auszusehen, als könne er es. Die Jungen, die sich spontan einverstanden erklärten, waren diejenigen, die von ihren Eltern vor Beginn eines neuen Schuljahres in New York mit neuer Kleidung ausstaffiert wurden. Rudolph kaufte seine Sachen an Ort und Stelle in Bernsteins Warenhaus hier in Port Philip.

Er war jedoch immer ordentlich gekleidet – weißes Hemd und Krawatte. Pullover, darüber eine lederne Windjacke, und eine braune Hose von einem alten Anzug, dessen Jacke verschlissen war. Henry Fuller gehörte zu den Jungens, die ihre Sachen in New York gekauft bekamen, aber Rudolph war sicher, daß das für Henry heute nachmittag auch kein Trost war.

Rudolph verließ so rasch wie möglich den Umkleideraum, weil er keine Lust hatte, zusammen mit den anderen nach Hause zu gehen und über Henry Fullers Bruder zu reden. Er war mit Henry nicht weiter befreundet. Er fand Henry etwas dümmlich, so wie Gewichtheber es oft waren, und mochte keine übertriebene Anteilnahme heucheln.

Die Schule lag in einem Wohnviertel im Nordosten des Zentrums und war umgeben von mehr oder weniger freistehenden Einfamilienhäusern, die um die gleiche Zeit wie die Schule erbaut worden waren, damals, als die Stadt sich immer mehr ausdehnte. Ursprünglich hatten die Häuser alle gleich ausgesehen, aber im Laufe der Jahre hatten die Eigentümer Holzwerk und Türen in verschiedenen Farben streichen oder der eine oder andere hatte in dem verzweifelten Bemühen um Abwechslung ein Erkerfenster oder eine Loggia einbauen lassen.

Mit seinen Büchern unter dem Arm schlenderte Rudolph die aufgebrochenen Gehwege entlang. Es war ein stürmischer, aber milder Vorfrühlingstag, und Rudolph war nach der leichten körperlichen Anstrengung und dem kurzen Training gehobener Stimmung. Die Bäume zeigten die ersten Blätter, und überall sah man Knospen.

Die Schule stand auf einem Hügel, und Rudolph sah von hier oben den Hudson, der noch ganz kalt und winterlich wirkte, die Kirchtürme von Port Philip und in der Ferne, nach Süden hin, den hohen Schornstein von Boylans Ziegel- und Fliesenfabrik, wo seine Schwester Gretchen arbeitete, und parallel zum Fluß die Schienenstränge der New York Central Railway. Die Stadt hatte nichts Anziehendes, aber früher einmal war sie mit ihren großen weißen Häusern im Kolonialstil und ihren soliden viktorianischen Sandsteinbauten sehr hübsch gewesen. Der Boom in den zwanziger Jahren hatte eine Menge neuer Leute in die Stadt gelockt, Arbeiter zumeist, deren enge und dunkle Siedlungshäuser sich über die ganze Stadt ausbreiteten. Dann hatte die Depression fast jedermann arbeitslos gemacht, die schlechtgebauten Häuser waren immer mehr heruntergekommen, und die ganze Stadt war, wie Rudolphs Mutter fortwährend jammerte, ein einziges Slumgebiet geworden. Das stimmte indes nicht ganz. Im Norden der Stadt gab es noch Wohnviertel mit schönen großen Häusern und breiten Straßen, die sich trotz allem nicht verändert hatten. Und selbst in den Stadtvierteln, mit denen es bergab gegangen war, gab es, umgeben von weiten Rasenflächen und alten Bäumen, immer noch stattliche Häuser, die von ihren Bewohnern nicht verlassen worden waren.

Der Krieg hatte Port Philip noch einmal zu Wohlstand verholfen. Die Ziegel- und Fliesenfabrik sowie die Zementfabrik arbeiteten auf Hochtouren, und sogar die Gerberei und die Schuhfabrik Byefield hatten auf Grund von Militäraufträgen einen neuen Aufschwung genommen. Aber solange der Krieg dauerte, hatten die Leute anderes zu tun, als sich um das Äußere ihrer Häuser zu kümmern, und die Stadt sah – wenn möglich – verwahrloster aus als je zuvor.

Während Rudolph auf die Stadt hinabblickte, die sich im Licht des stürmischen Nachmittags planlos und wirr vor ihm dehnte, überlegte er, ob für sie wohl irgend jemand sein Leben hingeben würde, das heißt zu ihrer Verteidigung oder zu ihrer Eroberung, so wie Henry Fullers Bruder das für eine unbekannte deutsche Stadt getan hatte.

Insgeheim hoffte Rudolph, der Krieg würde noch zwei Jahre dauern, wenn es auch nicht danach aussah. Er wurde bald siebzehn. Noch ein Jahr, und er konnte sich freiwillig melden. Er sah sich schon in der Uniform eines Lieutenant, wie er die Ehrenbezeigung eines Untergebenen entgegennahm, sah sich unter Maschinengewehrfeuer an der Spitze eines Stoßtrupps auf die feindlichen Linien zu stürmen. Solche Dinge, fand er, prägten einen Mann. Ein Jammer, daß es keine Kavallerie mehr gab. Das war noch etwas gewesen – den Säbel schwingend in vollem Galopp den verachtungswürdigen Feind angreifen.

Zu Hause wagte er nicht, von solchen Dingen zu reden. Seine Mutter wurde hysterisch, wenn jemand auch nur andeutungsweise sagte, der Krieg könnte noch eine Weile dauern und ihr Rudolph könnte eingezogen werden. Er wußte, daß manche Schüler hingingen und falsche Angaben über ihr Alter machten – es gab Geschichten von Fünfzehnjährigen und sogar von Vierzehnjährigen, die auf diese Weise zur Marine gekommen waren und Orden erhalten hatten, aber er konnte seiner Mutter so etwas nicht antun.

Wie gewöhnlich machte er einen Umweg und ging an dem Haus vorbei, in dem Miss Lenaut wohnte. Miss Lenaut war seine Französisch-Lehrerin. Sie war nicht zu sehen.

Dann ging er hinunter zum Broadway, der Hauptstraße von Port Philip, die parallel zum Fluß verlief und zugleich die Durchgangsstraße von New York nach Albany war. Er träumte davon, einen dieser schnellen Wagen zu besitzen, wie er sie durch die Stadt flitzen sah. Sobald er einen eigenen Wagen hatte, würde er jedes Wochenende nach New York fahren. Er wußte nicht recht, was er dort wollte, aber er würde hinfahren.

Der Broadway war eine schwer zu beschreibende Hauptverkehrsstraße mit allen möglichen Geschäften, Fleischerläden und Supermärkten neben größeren Kaufhäusern, wo es Damenkleider, billigen Schmuck und Sportartikel gab. Wie meistens blieb er vor dem Schaufenster des Army and Navy Store stehen, wo neben Arbeitsstiefeln und Drillichhosen und -hemden, Taschenlampen und Fahrtenmessern allerlei Angelgeräte ausgestellt waren. Er betrachtete die dünnen, eleganten Angelruten mit ihren kostspieligen Rollen. Er fischte manchmal im Fluß und in den Zeiten, wo es erlaubt war, in den für die Allgemeinheit zugelassenen Forellenbächen, aber er besaß nur eine primitive Ausrüstung.

Er ging durch eine kurze Querstraße und bog dann links in die Vanderhoff Street ab. Die Vanderhoff Street, in der er wohnte, verlief parallel zum Broadway und schien ihn nachahmen zu wollen, was ihr aber nur schlecht gelang. Es war etwa so, wie wenn ein armer Mann in schäbigem Anzug und abgetragenen

Schuhen so tut, als sei er gerade aus einem Cadillac ausgestiegen. Die Läden waren hier klein und eng, und die Waren in den Schaufenstern mit Staub bedeckt, so als ob die Inhaber wüßten, daß es im Grunde sinnlos war, sie auszulegen. Etliche der Ladenfronten waren noch mit Brettern vernagelt, seit die Geschäfte 1930 oder 1931 zugemacht hatten. Als vor dem Krieg eine neue Kanalisation gelegt werden mußte, hatte man sämtliche Bäume an den Bürgersteigen gefällt, und niemand hatte es der Mühe wert gefunden, neue zu pflanzen. Die Vanderhoff Street war eine lange Straße, und je näher er dem Haus kam, in dem er wohnte, um so armseliger wurde sie. Sie in südlicher Richtung entlangzugehen war so etwas wie ein symbolischer Abstieg.

Seine Mutter stand in der Bäckerei hinter dem Ladentisch. Es war ein Eckhaus, und der Laden hatte zwei riesige Schaufenster. Seine Mutter beschwerte sich ständig, bei diesen großen Fenstern könne man den Laden ja auch nie richtig warm bekommen, und trug daher stets einen Schal um die Schultern. Sie tat gerade ein Dutzend altbackene Brötchen in eine braune Papiertüte und reichte sie einem kleinen Mädchen. Vorn im Fenster waren Kuchen und Torten ausgestellt, die aber nicht mehr unten im Keller gebacken wurden. Bei Kriegsbeginn hatte sein Vater entschieden, daß es sich nicht mehr lohnte, sie selber herzustellen, und nun hielt jeden Morgen der Lieferwagen einer Großbäckerei vor dem Haus und brachte Kuchen und Konditorwaren, und Axel Jordache buk seither nur noch Brot und Brötchen. Den unverkauften Kuchen bekam nach drei Tagen die Familie.

Rudolph ging hinein und küßte seine Mutter, und sie strich ihm über die Wange. Sie sah immer müde aus und blinzelte immer ein wenig, da sie Kettenraucherin war und der Rauch ihr in die Augen drang.

«Warum so früh?» fragte sie.

«Wir durften früher nach Hause gehen», sagte er. Er sagte nicht warum. «Ich löse dich hier ab. Du kannst raufgehen.»

«Vielen Dank, mein Junge», sagte sie und küßte ihn wieder. Sie war sehr zärtlich mit ihm. Er wünschte sich manchmal, sie würde auch seinem Bruder oder seiner Schwester gelegentlich einen Kuß geben, aber das tat sie nie. Und er hatte auch nie gesehen, daß sie seinen Vater geküßt hätte.

«Ich gehe rauf und mache das Dinner», sagte sie. Sie war die einzige in der Familie, die das Abendessen ‹Dinner› nannte. Alle Einkäufe machte Rudolphs Vater, weil er behauptete, seine Frau sei verschwenderisch und könne gute Ware nicht von schlechter unterscheiden, aber das Kochen besorgte sie meistens selbst.

Sie ging durch die Ladentür hinaus, denn von der Bäckerei zum Flur und zu der Treppe, die zu den beiden Stockwerken hinaufführte, wo sie wohnten, gab es keine direkte Verbindung. Er sah seiner Mutter nach, wie sie, eingerahmt von Torten und fröstelnd im kalten Wind, am Schaufenster entlangging. Er konnte kaum glauben, daß sie erst knapp über vierzig war. Ihr Haar wurde schon grau, und sie ging mit schweren, schleppenden Schritten wie eine alte Frau.

Er nahm eines seiner Bücher und fing an zu lesen. In der nächsten Stunde würde im Laden wenig Betrieb sein. Das Buch, das er las, war Burkes Rede ‹Über die Aussöhnung mit den Kolonien› für seinen Englisch-Unterricht. Die Rede war so überzeugend, daß man sich nur wundern konnte, wieso alle diese angeblich klugen Männer im englischen Parlament ihm nicht beigepflichtet hatten. Was wäre aus Amerika geworden, wenn man auf Burke gehört hätte? Hätte es dann hier auch Earls und Herzöge und Schlösser gegeben? Ihm hätte das gefallen. Sir Rudolph Jordache, Colonel bei den Gardetruppen von Port Philip.

Ein italienischer Arbeiter kam herein und verlangte einen Laib Weißbrot. Rudolph legte Burke beiseite und bediente den Mann.

Die Familie aß in der Küche. Die Abendmahlzeit war wegen der Arbeitsstunden des Vaters die einzige, die alle zusammen einnahmen. An diesem Abend gab es geschmorten Lammbraten. Trotz der Rationierung kam immer reichlich Fleisch auf den Tisch, weil Rudolphs Vater mit Mr. Haas, dem Fleischer, befreundet war, der keine Lebensmittelmarken verlangte, da auch er Deutscher war. Rudolph hatte Gewissensbisse, am selben Tag, an dem Henry Fuller vom Tod seines Bruders erfahren hatte, von einem schwarzgeschlachteten Lamm zu essen, aber das einzige, was er tat, war, daß er um eine kleine Portion bat und sich hauptsächlich Kartoffeln und Möhren geben ließ, denn über solche Dinge konnte man mit seinem Vater nicht sprechen.

Sein Bruder Thomas, der einzige Blonde in der Familie außer der Mutter, die man eigentlich nicht mehr als blond bezeichnen konnte, hatte offenbar nicht die geringsten Sorgen, wenn man sah, wie er sein Essen herunterschlang. Thomas war genau ein Jahr jünger als Rudolph, war aber ebenso groß wie er und sehr viel kräftiger. Gretchen, Rudolphs ältere Schwester, aß immer nur wenig, da sie um ihr Gewicht besorgt war. Seine Mutter stocherte in ihrem Essen herum. Sein Vater, groß und kräftig von Gestalt, saß in Hemdsärmeln am Tisch und aß eine riesige Portion; von Zeit zu Zeit wischte er sich mit dem Handrücken über seinen dichten schwarzen Schnurrbart.

Gretchen wartete nicht die drei Tage alte Kirschtorte ab, die es zum Nachtisch gab. Sie wollte noch in das unmittelbar am Stadtrand gelegene Militärhospital, wo sie an fünf Abenden in der Woche als freiwillige Lazaretthelferin arbeitete. Als sie vom Tisch aufstand, machte Axel Jordache seine übliche bissige Bemerkung: «Paß auf, daß dir die Soldaten nichts anhängen!» sagte er. «Für eine Kinderstube ist in diesem Haus kein Platz.»

«Pa!» sagte Gretchen vorwurfsvoll.

«Ich kenne die Soldaten!» sagte er. «Nimm dich in acht!»

Gretchen war ein hübsches, ordentliches, anständiges Mädchen, und Rudolph fand es nicht recht, daß sein Vater so zu ihr sprach. Schließlich war sie die einzige in der Familie, die ihr Teil zu den Kriegsanstrengungen beisteuerte.

Nach dem Essen ging auch Thomas fort, wie jeden Abend. Er machte nie Hausaufgaben und bekam in der Schule schrecklich schlechte Noten. Obwohl er schon fast sechzehn war, war er noch immer in der Unterstufe der High School. Er ließ sich von niemandem etwas sagen.

Axel Jordache ging ins obere Stockwerk hinauf und setzte sich ins Wohnzimmer, wo er einen Blick in die Abendzeitung warf, ehe er sich im Keller an die Nachtarbeit machte. Rudolph blieb in der Küche, um seiner Mutter das Geschirr abzutrocknen. Wenn ich jemals heirate, dachte Rudolph, wird meine Frau nie Geschirr spülen müssen.

Als sie mit dem Geschirr fertig waren, holte seine Mutter das Bügelbrett hervor, und Rudolph ging hinauf in das Zimmer, das er mit seinem Bruder teilte, um seine Hausaufgaben zu machen. Er wußte, wenn er alldem entkommen wollte – dem Essen in der Küche, den Reden seines Vaters und dem Geschirr abtrocknen –, dann konnte ihm das nur auf dem Weg über seine Bücher gelingen; deshalb war er immer der auf alle Prüfungen am besten vorbereitete Schüler in seiner Klasse.

Vielleicht, dachte Axel Jordache, während er in der Backstube an der Arbeit war, vielleicht sollte ich mal Gift in ein Brötchen tun. Zum Spaß. Einfach nur so. Geschähe ihnen recht. Nur einmal, nur irgendwann einmal in einer einzigen Nacht. Mal sehen, wen es erwischt.

Er trank den Fusel gleich aus der Flasche. Gegen Ende der Nacht würde die Flasche fast leer sein. Hände und Arme waren bis hinauf zum Ellbogen mit Mehl bedeckt, und Mehl klebte in seinem Gesicht, da, wo er mit der mehligen Hand den Schweiß weggewischt hatte. Ich sehe wahrscheinlich aus wie ein Clown, nur daß ich nicht im Zirkus auftrete, dachte er.

Das Fenster stand offen. Mit der Luft der kalten Märznacht drang der faulige Geruch, der ihn an den Rhein erinnerte, vom nahen Fluß herein, aber der Backofen machte die Luft im Keller heiß und stickig. Ich schmore in der Hölle, dachte er. Ich schüre das Höllenfeuer, um mir mein Brot zu verdienen. Ich bin in der Hölle und backe Brötchen.

Er ging zum Fenster und atmete tief durch. Die starken, vom Alter schlaff gewordenen Muskeln seines Oberkörpers spannten sich, und er spürte die Nässe seines verschwitzten Unterhemds. Der über die Ufer tretende Fluß, ein paar hundert Meter entfernt und jetzt vom Eis befreit, brachte die Gegenwart des Nordens mit sich; es war wie der Lärm vorbeiziehender Truppen, eine letzte, drohende Nachhut des Winters. Der Rhein war viertausend Meilen entfernt. Panzer und Geschütze rollten über ihn auf Pontonbrücken. Ein Lieutenant war über eine Brücke gelaufen, die nicht in die Luft geflogen war. Auf der Seite des Gegners war ein junger Offizier vor ein Kriegsgericht gestellt und erschossen worden, weil er die Brücke nicht wie befohlen gesprengt hatte. Durchziehende Truppen. Die Wacht am Rhein. Churchill hatte kürzlich in ihn hineingepißt. Ein von Legenden umwobener Strom. Jordaches Heimat. Weinberge und Sirenen. Burg Sowieso. Der Kölner Dom stand noch. Sonst nicht mehr viel. Jordache hatte die Bilder in den Zeitungen gesehen. Heimat, geliebte Heimat im alten Köln. Ruinen, die von Bulldozern eingeebnet wurden. Der unvergeßliche Gestank der unter eingestürzten Mauern begrabenen Toten. Es hätte keine schönere Stadt treffen können. Verschwommene Bilder seiner Jugend tauchten vor ihm auf, und er spuckte aus dem Fenster in Richtung des anderen Flusses. Die unsichtbare deutsche Armee. Wie viele Tote? Jordache spuckte wieder und fuhr mit der Zunge über seinen schwarzen Schnurrbart. Gott segne Amerika. Er hatte getötet, um in dieses Land zu kommen. Jordache atmete noch einmal den Dunst des Flusses ein und hinkte zurück an die Arbeit.

Sein Name stand auf dem Schaufenster des Ladens: BAKERY A. JORDACHE, PRO. Als das Ladenschild vor zwanzig Jahren angebracht worden war, hatte A. JORDACHE, PROP. daraufgestanden, aber eines Winters war das *P* abgefallen, und er hatte sich nicht die Mühe gemacht, es wieder anbringen zu lassen. Er hatte seither genau so viele Brötchen ohne das *P* verkauft.

Die Katze lag am Backofen und blickte ihn an. Es war ihnen nie eingefallen, ihr einen Namen zu geben. Sie war dazu da, daß sie die Mäuse und Ratten von den Mehlsäcken fernhielt, das war alles. Jordache rief sie nie anders als «Cat», und die Katze glaubte wahrscheinlich, sie hieße Cat. Die Katze beobachtete ihn unentwegt, die ganze Nacht, jede Nacht. Sie bekam jeden Tag eine Schale Milch und ernährte sich im übrigen von den Mäusen und Ratten. Sie sah ihn immer so an, dachte Jordache, als wünschte sie, sie wäre zehnmal so groß wie sie wirklich war, so groß wie ein Tiger, damit sie ihn irgendwann anspringen und endlich einmal eine richtige Mahlzeit halten konnte.

Der Backofen war inzwischen heiß genug, und er humpelte hinüber und schob das erste Blech ein. Als er die Backofentür öffnete und die Hitze ihm entgegenschlug, verzog er das Gesicht.

Oben in dem kleinen Zimmer, das er mit seinem Bruder teilte, schlug Rudolph in einem französischen Dictionnaire ein Wort nach. Er hatte seine Hausaufgaben beendet. Das Wort, das er nachschlug, war ‹Sehnsucht›. Die Worte ‹Andeutungen› und ‹Visionen› hatte er schon nachgeschlagen. Er schrieb einen Liebesbrief auf französisch an Miss Lenaut, seine Französisch-Lehrerin. Er hatte den ‹*Zauberberg*› gelesen. Zwar hatte ihn das Buch mit Ausnahme des Kapitels über die spiritistische Sitzung gelangweilt, doch daß die Liebesszenen in Französisch geschrieben waren, hatte ihm großen Eindruck gemacht, und er hatte sich die Stellen Wort für Wort übersetzt. Über Liebe Französisch zu sprechen, das kam ihm ungeheuer vornehm vor. Eines war sicher: im ganzen Hudson-Tal gab es gewiß keinen anderen sechzehnjährigen Jungen, der an diesem Abend einen französischen Liebesbrief schrieb.

«Enfin» – schrieb er in sorgfältiger, fast wie gedruckt wirkender Schrift, wie er es sich in den letzten zwei Jahren angewöhnt hatte – *«enfin, je dois vous dire, chére Madame, quand je vous vois par hasard dans les couloirs de l'école ou se promenant dans votre manteau bleu-clair dans les rues, j'ai l'envie»* – das kam dem, was er unter ‹Sehnsucht› hatte finden können, am nächsten – *«très profond de voyager dans le monde d'où vous êtes sortie et des visions délicieuses de flâner avec vous à mes côtés sur les boulevards de Paris, qui vient d'être libéré par les braves soldats de votre pays et le mien. Votre cavalier servant Rudolph Jordache* (Französisch-Klasse 32b).»

Er las den Brief noch einmal durch, dann las er das englische Konzept, das er sich zuerst gemacht hatte. Er hatte dabei schon versucht, die Satzstellung auf das Französische abzustimmen. «Schließlich muß ich Ihnen sagen, *chère Madame*, daß ich, wenn ich Sie in der Schule zufällig auf dem Gang oder in Ihrem hellblauen Mantel auf der Straße sehe, eine tiefe Sehnsucht empfinde, in die Welt zu reisen, aus der Sie kamen, und daß ich wundervolle Visionen habe, wie ich Arm in Arm mit Ihnen über die Boulevards von Paris schlendere, das von den tapferen Soldaten Ihres und meines Landes befreit worden ist.»

Befriedigt las er noch einmal die französische Fassung. Kein Zweifel: wenn man sich elegant ausdrücken wollte, war Französisch die geeignete Sprache. Er mochte es, wie Miss Lenaut seinen Namen aussprach, ganz korrekt, nämlich Jordaasch, so daß er weich und melodisch klang, und nicht wie die Amerikaner Jawdake oder Jordash.

Dennoch zerriß er beide Briefe in kleine Fetzen. Er wußte, er würde Miss Lenaut nie einen Brief schicken. Er hatte ihr schon sechs geschrieben und sie alle wieder zerrissen, weil sie ihn für verrückt gehalten und es wahrscheinlich dem Direktor gemeldet hätte. Und natürlich wollte er auch nicht, daß seine Eltern oder Gretchen oder Tom Liebesbriefe von ihm fanden, einerlei, in welcher Sprache.

Trotzdem war er befriedigt. Wenn er so in seinem kahlen kleinen Zimmer über der Bäckerei saß und ein paar hundert Meter entfernt den Hudson dahinströmen hörte und Briefe wie diesen schrieb, dann war es wie ein Versprechen. Eines Tages würde er weite Reisen machen, eines Tages würde er den Fluß befahren und in anderen Sprachen an schöne Frauen schreiben – und er würde die Briefe wirklich absenden.

Er stand auf und betrachtete sich in dem rissigen Spiegel über dem abgenutzten Eichentisch. Er betrachtete sich oft im Spiegel, suchte in seinem Gesicht nach dem Mann, der er werden wollte. Er achtete sehr auf sein Äußeres. Sein glattes schwarzes Haar war immer tadellos gekämmt. Gelegentlich zupfte er zwei oder drei schwarze Härchen über der Nasenwurzel aus. Er aß keine Süßigkeiten, um keine Pickel zu bekommen. Er bemühte sich, höchstens zu lächeln und nie laut zu lachen. Er kleidete sich sehr konservativ, auch was die Farben anging, und war sehr darauf bedacht, daß sein Gang nie hastig oder auffallend wirkte, sondern mehr wie ein aufrechtes, müheloses Dahingleiten. Seine Nägel waren immer sorgfältig gefeilt, und er ließ sich einmal im Monat von seiner Schwester maniküren. Er hielt sich aus Schlägereien heraus, denn sein Gesicht sollte nicht durch eine gebrochene Nase verunstaltet und seine langen, schmalen Hände durch geschwollene Gelenke entstellt werden. Um in Form zu bleiben, betrieb er Leichtathletik. Um die Natur und die Einsamkeit zu genießen, ging er zum Fischen, wobei er, wenn jemand zusah, eine Trockenfliege, sonst Würmer benutzte.

«*Votre cavalier servant*», sagte er in den Spiegel hinein. Er wollte, daß sein Gesicht wie das eines Franzosen aussah, wenn er Französisch sprach, so wie Miss Lenauts Gesicht plötzlich französisch aussah, wenn sie sich an die Klasse wandte.

Er setzte sich an den kleinen gelben Eichentisch, den er als Schreibtisch benutzte, und nahm ein Blatt Papier. Er versuchte sich genau zu erinnern, wie Miss Lenaut aussah. Sie war ziemlich groß, hatte schmale Hüften und volle, durch ihre Kleidung noch betonte Brüste und schlanke, gerade Beine. Sie trug hohe Absätze, Bänder und Schleifchen und benutzte ziemlich viel Lippenstift. Zuerst zeichnete Rudolph sie bekleidet, aber es wollte ihm nicht recht gelingen, bis auf die Locken vor ihren Ohren und die vorstehenden dunklen Lippen. Dann versuchte er sich vorzustellen, wie sie wohl ohne Kleider aussah. Er zeichnete sie nackt, wie sie auf einem Hocker saß und sich in einem Handspiegel betrachtete. Er starrte auf sein Werk. O mein Gott! Er zerriß das Aktbild. Er schämte sich vor sich selbst. Er hatte es verdient, daß er über der Bäckerei wohnte. Wenn seine Familie je herausfand, was er hier oben dachte und trieb ...

Es war Zeit, zu Bett zu gehen. Er zog sich aus. Er ging in Socken umher, denn er wollte nicht, daß seine Mutter, die im Zimmer unter ihm schlief, merkte, daß er noch wach war. Seine Mutter sorgte sich, daß er nicht genug Schlaf bekam, da er jeden Morgen um fünf Uhr aufstehen und mit dem Fahrrad, an das ein zweirädriger Anhänger gespannt war, das Brot ausfahren mußte.

Später, wenn er reich war und Erfolg hatte, würde er sagen: Ich bin jeden Morgen, ob die Sonne schien oder ob es regnete, um fünf Uhr aufgestanden und habe zum Bahnhofshotel und zu *Ace Diner* und zu *Sinowski's Bar and Grill* Brötchen gebracht. Er wünschte, man hätte ihm einen anderen Vornamen als Rudolph gegeben.

Im Casino Theatre tötete Errol Flynn eine Menge Japaner. Thomas Jordache saß in einer der letzten Reihen des dunklen Zuschauerraums und lutschte Karamelbonbons, die er mit Hilfe einer kleinen Bleischeibe aus dem Automaten im Foyer gezogen hatte. Er war Fachmann im Herstellen solcher Scheiben.

«Gib schon her, Genosse», sagte Claude. Es sollte männlich klingen, nach einem Filmgangster, der weitere Munition für sein Schießeisen fordert. Claude Tinker hatte einen Onkel, der Pfarrer war, und um den nachteiligen Eindruck dieser Verwandtschaft zu verwischen, bemühte er sich stets um ein betont forsches Auftreten. Tom schnippte ein Karamelbonbon in die Luft und Claude fing es auf und kaute es schmatzend. Die Jungen rekelten sich tief in ihren Sitzen und hatten die Beine über die leeren Stühle vor ihnen gelegt. Wie immer waren sie durch ein Gitter in das Kino gekommen, das sie im vergangenen Jahr aufgebrochen hatten. Das Gitter befand sich vor einem Fenster der Herrentoilette im Keller. Hin und wieder erschien der eine oder andere von ihnen mit offenem Hosenschlitz im Zuschauerraum, damit es auch echt wirkte.

Tom fand den Film langweilig. Er sah Errol Flynn eine Truppe Japaner mit verschiedenen Waffen erledigen. «Phonus bolonus», sagte er.

«Was für eine Sprache sprechen Sie, Herr Professor?» fragte Claude, auf das Spiel eingehend.

«Das ist Lateinisch, für Scheißdreck», erklärte Tom.

«Was für ein Sprachkünstler du bist!» sagte Claude.

«Schau mal», sagte Tom, «da vorn rechts, der GI mit seinem Mädchen.»

Ein paar Reihen vor ihnen saßen eng umschlungen ein GI und ein Mädchen. Das Kino war nur schwach besetzt, und in ihrer Reihe und in den Reihen hinter ihnen saß niemand. Claude runzelte die Stirn. «Ein feister Kerl», sagte Claude. «Sieh dir diesen Stiernacken an.»

«Herr General», sagte Tom, «wir greifen bei Morgengrauen an.»

«Du wirst im Lazarett landen», sagte Claude.

«Wetten?» Tom schwang seine Beine von dem Stuhl vor ihm herunter, stand auf und ging den Gang zwischen den Sitzreihen entlang. Er bewegte sich geräuschlos, lautlos glitt er in seinen Turnschuhen über den abgetretenen Teppich des Kinos. Er trug immer Turnschuhe. Man mußte sich sicher auf den Beinen fühlen und jederzeit bereit sein, einen Ausfall zu machen. Er beugte die Schultern vor, sein Rücken wölbte sich stämmig und geschmeidig unter dem Pullover, er zog den Bauch ein und genoß das feste, straffe Gefühl unter dem eng anliegenden Gürtel. Zu allem bereit lächelte er in der Dunkelheit, die Erregung packte ihn wie immer in solchen dem Angriff vorangehenden Augenblicken.

Claude folgte ihm. Ihm war es unbehaglich. Er war ein langer, schlaksiger Junge; er hatte dünne Arme und ein keilförmiges Gesicht, das mit der langen Nase an ein Eichhörnchen erinnerte, und schlaffe, immer feuchte Lippen. Er war kurzsichtig und trug eine Brille, was ihn auch nicht besser aussehen ließ.

Er war geschickt im Manipulieren und hielt sich meist im Hintergrund, und wenn es Schwierigkeiten gab, wußte er sich, genau wie ein raffinierter Anwalt, immer aus der Schlinge zu ziehen. Irgendwie brachte er es zustande, daß die Lehrer ihm gute Noten gaben, obwohl er nie ein Schulbuch aufschlug. Er trug fast ausschließlich dunkle Anzüge und Krawatten in gedeckten Farben, hatte eine gleichsam unterwürfig gebeugte Körperhaltung, einen scheinbar reumütig unsicheren Gang und einen nichtssagenden, bescheidenen, demütig-freundlichen Blick. Er hatte viel Phantasie, und diese Phantasie war stets auf Ausschreitungen gegen die Gesellschaft gerichtet. Sein Vater leitete die Buchhaltung von Boylans Ziegel- und Fliesenfabrik, und seine Mutter, die das St. Anne's Mädchen-College absolviert hatte, war Vorsitzende der Musterungskommission, was ihm – ebenso wie der geistliche Onkel und sein eigenes harmloses, leicht abstoßendes Aussehen – dabei half, sich ungestraft durch seine von Verschlagenheit und Hinterlist erfüllte Welt zu manövrieren.

Die beiden Jungen gingen durch die leere Reihe und setzten sich unmittelbar hinter den GI und sein Mädchen. Der GI hatte seine Hand in die Bluse des Mädchens geschoben und spielte mit ihrem Busen. Der Soldat hatte seine Mütze nicht abgenommen, sie hing ihm schräg in die Stirn. Das Mädchen hatte die eine Hand irgendwo unten zwischen den Beinen des Soldaten. Beide, der Soldat und das Mädchen, starrten auf die Leinwand und drehten sich nicht um, als die Jungen sich setzten.

Tom saß hinter dem Mädchen. Sie war von einer Wolke von Parfum umgeben, dessen blumiger Duft sich mit dem leicht ranzigen Geruch von Popcorn vermischte, das sie und der GI gegessen hatten. Claude saß hinter dem Soldaten. Der Soldat hatte einen kleinen Kopf, aber er war sehr groß, hatte breite Schultern, und seine Mütze verdeckte für Claude einen großen Teil der Leinwand, so daß er sich immer nach rechts oder links beugen mußte, um den Film verfolgen zu können.

«Du, der ist zu stark», flüsterte Claude. «Der wiegt seine zwei Zentner.»

«Keine Sorge», flüsterte Tom zurück. «Fang an!» Er sprach zuversichtlich, spürte aber ein leichtes Kribbeln in den Fingerspitzen und unter den Armen. Dieser Anflug von Zweifel und Angst war ihm vertraut, aber er erhöhte nur seine Erwartungen und trug dazu bei, daß er den gewalttätigen Abschluß des Spiels um so mehr genoß. «Los, mach zu!» wisperte er Claude barsch zu. «Wir wollen hier nicht den ganzen Abend sitzen.»

«Gut, du bist der Boss», sagte Claude. Dann beugte er sich vor und tippte dem Soldaten auf die Schulter. «Entschuldigen Sie, Sergeant», sagte er. «Würden Sie wohl so nett sein und Ihre Mütze abnehmen. Ich kann sonst nicht richtig sehen.»

«Ich bin kein Sergeant», erwiderte der Soldat, ohne sich umzudrehen. Er behielt seine Mütze auf und starrte weiter auf die Leinwand, ohne die Hand aus der Bluse des Mädchens zu nehmen.

Eine gute Minute lang verhielten sich die beiden Jungen ruhig. Sie hatten die Taktik der Provokation so oft gemeinsam praktiziert, daß sie sich keine weiteren Zeichen zu geben brauchten. Dann beugte sich Tom vor und schlug dem Soldaten hart auf die Schulter. «Mein Freund hat Sie höflich gebeten, die Mütze abzunehmen», sagte er. «Sie verderben ihm den Spaß an dem Film. Wir werden uns beschweren, wenn Sie Ihre Mütze nicht abnehmen.»

Der Soldat rutschte wütend auf seinem Sitz hin und her. «Es gibt zweihundert leere Sitzplätze hier», sagte er. «Wenn Ihr Freund den Film sehen will, soll er sich woanders hinsetzen.» Er widmete sich wieder dem Film und dem Busen des Mädchens.

«Er hat angebissen», flüsterte Tom. «Laß nicht locker.»

Claude tippte dem Soldaten wieder auf die Schulter. «Ich leide an einer seltenen Augenkrankheit», erklärte Claude. «Ich kann nur von diesem Platz aus sehen. Wenn ich woanders sitze, verschwimmt mir alles vor den Augen; und ich kann Errol Flynn nicht von Loretta Young unterscheiden.»

«Gehen Sie zu einem Augenarzt», sagte der Soldat. Das Mädchen lachte über seinen Witz. Es klang so, als sei ihr Wasser in die Luftröhre gekommen. Auch der Soldat lachte selbstzufrieden.

«Ich finde es nicht sehr nett, über die Gebrechen anderer Menschen zu lachen», sagte Tom.

«Besonders im Krieg nicht», warf Claude ein, «wo es so viele verkrüppelte Helden gibt.»

«Was sind Sie bloß für ein Amerikaner?» fragte Tom und erhob seine Stimme im patriotischen Pathos. «Das möchte ich wirklich gern von Ihnen wissen: Was sind Sie bloß für ein Amerikaner?»

Das Mädchen drehte sich um. «Haut ab, ihr beiden», sagte sie.

«Ich möchte Sie darauf hinweisen, Sir», sagte Tom, «daß ich Sie persönlich für alles, was Ihre Freundin sagt, verantwortlich mache.»

«Achte nicht auf sie, Angela», sagte der Soldat. Er hatte eine hohe Tenorstimme.

Die Jungen saßen wieder einen Augenblick still da.

«Mariner, heute abend stirbst du», sagte Tom in hohem Falsett und ahmte die Japaner auf der Leinwand nach. «Yankee-Hund, heute abend schneide ich dir die Eier ab.»

«Hüte deine gottverdammte Zunge», sagte der GI und wandte den Kopf.

«Ich wette, der hier ist tapferer als Errol Flynn», sagte Tom. «Ich wette, der hat zu Hause eine ganze Schublade voll Orden und ist nur zu bescheiden, sie zu tragen.»

Der Soldat wurde jetzt zornig. «Warum haltet ihr Kinder nicht den Mund? Wir wollen den Film sehen.»

«Wir wollen uns lieben», sagte Tom. Er streichelte hingebungsvoll Claudes Wange. «Nicht wahr, mein fickriger Engel?»

«Drücke mich fester, Liebling», sagte Claude. «Meine Titten zittern.»

«Ich bin ganz verrückt nach dir», sagte Tom. «Deine Haut fühlt sich an wie ein Babypopo.»

«Steck mir deine Zunge ins Ohr, Liebster», sagte Claude. «Aaaah – mir kommt's!»

«Jetzt ist's aber genug», ärgerte sich der Soldat. Endlich hatte er seine Hand aus der Bluse des Mädchens genommen. «Schert euch schnell hier weg, zum Teufel!»

Er hatte laut und zornig gesprochen, und einige Leute in den vorderen Reihen drehten sich um und zischten.

«Wir haben bezahlt und bleiben hier sitzen», sagte Tom.

«Das wollen wir doch mal sehen.» Der Soldat stand auf. Er war über einsachtzig. «Ich hole den Platzanweiser.»

«Laß dich von diesen kleinen Affen nicht hoch bringen, Sidney», beschwichtigte ihn das Mädchen. «Bleib hier.»

«Sidney, vergiß nicht, ich hab dir gesagt, daß ich dich persönlich verantwortlich mache für das, was deine Süße sagt», fing Tom wieder an. «Ich sag dir's im Guten.»

«Platzanweiser!» rief der Soldat quer durch den Zuschauerraum und drehte sich nach der letzten Reihe um, wo unter dem Leuchtschild ‹Ausgang› der Platzanweiser in seiner zerschlissenen, goldverbrämten Uniform vor sich hin döste.

«Schscht, schscht!» kam es von allen Seiten des Kinos.

«Typisch Soldat», stellte Claude fest, «er ruft nach Verstärkung.»

«Setz dich, Sidney!» Das Mädchen zupfte den Soldaten am Ärmel. «Kümmere dich doch nicht um diese Rotznasen.»

«Knöpf deine Bluse zu, Angela», sagte Tom. «Man sieht deine Titten.» Er stand auf für den Fall, daß der Soldat ihm einen Schwinger versetzen sollte.

«Setzen Sie sich hin, bitte», sagte Claude höflich, als der Platzanweiser durch die leere Reihe auf sie zu kam, «das ist der beste Teil des Films, und ich möchte ihn nicht versäumen.»

«Was ist hier los?» fragte der Platzanweiser. Er war ein stämmiger, müde aussehender Mann von etwa vierzig. Tagsüber arbeitete er in einer Möbelfabrik.

«Schaffen Sie diese Burschen hier raus», sagte der Soldat. «Sie haben diese Dame angepöbelt.»

«Ich habe nur gesagt: Nehmen Sie bitte Ihre Mütze ab», sagte Claude. «Hab ich recht, Tom?»

«Das stimmt, Sir», sagte Tom und setzte sich wieder. «Es war weiter nichts als eine höfliche Bitte. Er hat eine seltene Augenkrankheit.»

«Was?» fragte der Platzanweiser verwirrt.

«Wenn Sie die beiden nicht hinauswerfen», sagte der Soldat, «gibt es Krach.»

«Warum setzt ihr euch nicht woanders hin?» schlug der Platzanweiser vor.

«Er hat es Ihnen doch erklärt», sagte Claude, «ich habe eine seltene Augenkrankheit.»

«Wir sind hier in einem freien Land», sagte Tom. «Man zahlt sein Geld und setzt sich hin, wo man will. Was bildet er sich ein, wer er ist – Adolf Hitler? Macht sich hier wichtig! Nur weil er eine Uniform anhat. Ich wette, daß er den Japsen nie näher gekommen ist als bis Kansas City. Läßt sich hier nieder, gibt der Jugend des Landes ein schlechtes Beispiel und greift Mädchen in aller Öffentlichkeit in die Bluse. Und das alles in Uniform.»

«Wenn Sie die beiden nicht hinauswerfen, verprügle ich sie», sagte der Soldat heiser. Er ballte die Fäuste.

«Ihr habt schmutzige Reden geführt», sagte der Platzanweiser. «Ich habe es mit eigenen Ohren gehört. Nicht in diesem Theater. Raus mit euch!»

Inzwischen buhten die meisten Zuschauer. Der Platzanweiser beugte sich vor und packte Tom an seinem Pullover. Als er die starke Hand spürte, wußte Tom, daß er keine Chance hatte. Er stand auf. «Komm, Claude», sagte er. «Schon gut, Mister», wandte er sich an den Platzanweiser. «Bloß keine Aufregung. Geben Sie uns unser Geld zurück, und wir gehen.»

«Das kommt nicht in Frage», sagte der Platzanweiser.

Tom setzte sich wieder. «Ich kenne meine Rechte», sagte er. Dann, an den GI gewandt, sehr laut, so daß seine Stimme noch den Kanonendonner des Films übertönte: «Nur los, schlagen Sie schon zu!»

Der Platzanweiser seufzte. «Okay, okay», sagte er. «Ich gebe euch das Geld zurück. Aber verschwindet.»

Die Jungen standen auf. Tom lächelte den Soldaten an. «Ich habe Sie gewarnt», sagte er. «Ich werde draußen auf Sie warten.»

«Laßt euch von eurer Mutti die Windeln wechseln», sagte der Soldat. Er ließ sich schwer auf seinen Sitz fallen.

Im Foyer gab der Platzanweiser jedem 35 Cent aus seiner eigenen Tasche und ließ sie Quittungen unterschreiben, die er dem Kinobesitzer vorlegen konnte. Tom unterschrieb mit dem Namen seines Algebra-Lehrers und Claude mit dem des Direktors von der Bank seines Vaters. «Und laßt euch hier nie wieder blicken», sagte der Platzanweiser.

«Das hier ist ein öffentliches Kino», sagte Claude. «Sollten Sie uns den Zutritt verweigern, sage ich es meinem Vater.»

«Wer ist Ihr Vater?» fragte der Platzanweiser beunruhigt.

«Das werden Sie zur gegebenen Zeit erfahren», erwiderte Claude drohend.

Die Jungen stolzierten gemessenen Schrittes aus dem Foyer. Auf der Straße schlugen sie sich gegenseitig auf den Rücken und lachten schallend. Es war noch früh, und der Film würde mindestens noch eine halbe Stunde dauern, also gingen sie in die Imbißstube auf der anderen Straßenseite und leisteten sich mit dem Geld des Platzanweisers ein Stück Torte und eine Tasse Kaffee.

Das Radio war eingeschaltet, und ein Nachrichtensprecher verlas detaillierte Angaben über den Vormarsch der amerikanischen Truppen in Deutschland und sprach von der Möglichkeit, daß sich die deutsche Heeresleitung zu letztem Widerstand in die bayerischen Alpen zurückziehen würde.

Tom hörte gelangweilt zu. Er hatte nichts gegen den Kampf. Es war das ewige Geschwätz über Opfer und Ideale und ‹unsere tapferen Jungen›, was ihm zum Halse heraushing. Es war eine ausgemachte Sache, daß sie *ihn* nie ins Militär kriegen würden.

«He, Sie», sagte er zu der Kellnerin, die sich hinter der Theke die Nägel polierte. «Können wir nicht ein bißchen Musik haben?» Er bekam daheim von seinen Geschwistern schon genug Patriotismus vorgesetzt.

Die Kellnerin blickte träge auf. «Wollt ihr denn nicht wissen, wer den Krieg gewinnt?»

«Wir sind kriegsuntauglich», sagte Tom. «Wir haben eine seltene Augenkrankheit.»

«Ach ja, meine seltene Augenkrankheit», sagte Claude, über seinen Kaffee gebeugt. Sie kicherten vor sich hin.

Sie standen vor dem Kino, als die Türen sich öffneten und die Zuschauer herausströmten. Tom hatte Claude seine Armbanduhr gegeben, damit sie nicht zerbrach. Er stand ganz ruhig und beherrscht da, ließ die Arme locker herabhängen und hoffte nur, daß der Soldat nicht vor Ende der Vorstellung weggegangen war. Claude ging nervös auf und ab. Schweiß stand ihm auf der Stirn, und er war kreidebleich vor Aufregung. «Bist du dir auch sicher?» fragte er mehrmals. «Bist du völlig sicher? Er ist ein richtiger Bulle. Du mußt ganz sicher sein.»

«Mach dir keine Sorge um mich», sagte Tom. «Halt nur die Leute zurück, damit ich Bewegungsfreiheit habe. Ich will nicht, daß es zu einem Ringkampf kommt.» Seine Augen wurden schmal. «Da ist er!»

Der Soldat und sein Mädchen kamen auf den Bürgersteig heraus. Der Soldat mußte ungefähr zweiundzwanzig oder dreiundzwanzig sein. Er hatte ein schwammiges, breites, mürrisches Gesicht. Sein Uniformrock wölbte sich über einem für sein Alter zu dicken Bauch, aber er wirkte kräftig. Er hatte keine Streifen am Ärmel und trug keine Ordensbändchen. Besitzergreifend hatte er die Hand auf den Arm des Mädchens gelegt und schob sie durch die Menschenmenge. «Ich habe Durst», sagte er. «Gehn wir noch ein Glas Bier trinken.» Tom pflanzte sich vor ihm auf und versperrte ihm den Weg.

«Bist du schon wieder da?» sagte der Soldat ärgerlich und blieb einen Augenblick stehen. Dann ging er weiter und stieß Tom mit seinem Körper beiseite.

«Rempeln Sie mich nicht an», sagte Tom. Er packte den Soldaten am Arm. «Sie gehen nirgendwohin!»

Der Soldat blieb überrascht stehen. Er blickte auf Tom hinunter, der zehn Zentimeter kleiner war als er und in seinem alten blauen Pullover und den Turnschuhen wie ein freundlicher blonder Engel aussah. «Du bist ganz schön frech für dein Alter», sagte der Soldat. «Geh mir aus dem Weg.» Er schob Tom mit dem Ellbogen beiseite.

«Das möchtest du wohl, was?» sagte Tom und versetzte dem GI einen scharfen Schlag mit der Handkante gegen die Brust. Mittlerweile hatten sich rings um sie Neugierige angesammelt. Das Gesicht des Soldaten lief rot an. «Hände weg, Bürschchen, oder du wirst was erleben.»

«Was willst du eigentlich von uns?» fragte das Mädchen. Sie hatte sich, ehe sie aus dem Kino gingen, die Lippen nachgezogen, aber sie wußte, daß sie noch Lippenstiftspuren am Kinn hatte, und deshalb war ihr die Aufmerksamkeit der Leute doppelt unangenehm. «Falls das ein Witz sein soll...»

«Es ist kein Witz, Angela», sagte Tom.

«Hör auf mit diesem Angela», verwies ihn der Soldat.

«Ich verlange eine Entschuldigung», beharrte Tom.

«Das ist das wenigste», warf Claude ein.

«Entschuldigung? Entschuldigung wofür?» Der Soldat wandte sich an die Zuschauer, die stehengeblieben waren. «Diese Burschen müssen übergeschnappt sein.»

«Entweder entschuldigen Sie sich für die Ausdrücke, die Ihre Freundin uns gegenüber gebraucht hat», sagte Tom, «oder Sie tragen die Konsequenzen.»

«Komm, Angela», sagte der Soldat, «wir trinken jetzt ein Bier.» Er wollte weitergehen, aber Tom packte ihn und zerrte ihn am Ärmel. Man hörte, wie etwas zerriß, und dann sah man an der Schulter eine geplatzte Naht.

Der Soldat verrenkte den Kopf, um den Schaden zu prüfen. «He, du kleines Miststück, du hast meine Uniform zerrissen.»

«Ich hab dir ja gesagt, aus dem Bier wird nichts», sagte Tom. Er trat mit erhobenen Händen einen Schritt zurück.

«Niemand darf mir ungestraft die Uniform zerreißen», sagte der Soldat. «Einerlei, wer er ist.» Er holte mit der Rechten aus. Tom duckte sich und ließ den Schlag auf seiner linken Schulter landen. «Au!» schrie er, griff mit der rechten Hand nach seiner Schulter und krümmte sich zusammen, als habe er schreckliche Schmerzen.

«Haben Sie das gesehen?» fragte Claude die Zuschauer. «Haben Sie gesehen, wie dieser Kerl meinen Freund geschlagen hat?»

«Kommen Sie», mischte sich ein grauhaariger Mann in einem Regenmantel ein, «Sie können doch einen kleinen Jungen nicht zusammenschlagen!»

«Ich hab ihm nur einen kleinen Klaps gegeben», sagte der Soldat zu dem Mann. «Er hat schon die ganze Zeit versucht, mich zu provozieren...»

Plötzlich richtete sich Tom auf und versetzte dem Soldaten von unten her einen Schwinger, schlug aber nicht zu hart zu, um ihn nicht zu entmutigen.

Nun gab es für den Soldaten keinen Halt mehr. «Okay, Bürschchen, du hast es so gewollt.» Er ging auf Tom los.

Tom wich zurück, und die Menge hinter ihm trat zur Seite.

«Macht ihnen Platz!» rief Claude mit der Stimme des Ringleiters. «Macht den beiden Platz.»

«Sidney», rief das Mädchen schrill, «du bringst ihn um.»

«Ach was», sagte der Soldat, «ich schüttle ihn nur ein bißchen durch. Damit er eine Lektion bekommt.»

Tom unterlief die Hiebe des Soldaten, versetzte ihm einen kurzen linken Haken an den Kopf und mit der Rechten einen Schlag in die Magengrube. Während Tom zurücktänzelte, atmete der Soldat mit einem langen, heiseren Geräusch aus.

«Abscheulich», rief eine Frau, «dieser feiste Kerl. Man muß ihm doch Einhalt gebieten.»

«Laß nur, laß nur», sagte ihr Mann. «Er hat doch gesagt, er will ihn nur ein bißchen durchschütteln.»

Der Soldat versuchte bei Tom eine lange, schwere Rechte zu landen. Tom tauchte darunter hinweg und bohrte beide Fäuste in den Leib des Soldaten. Der GI krümmte sich fast vor Schmerzen, und Tom landete mit beiden Händen einen Haken in seinem Gesicht. Der Soldat blutete heftig. Mit beiden Händen stieß er Tom schwach zurück und versuchte, in den Clinch zu gehen. Verächtlich ließ Tom zu, daß der Soldat ihn ergriff, hielt aber seine Rechte frei und trommelte damit auf die Nieren des Soldaten. Langsam ging der Soldat mit einem Knie zu Boden. Mit glasigem Blick sah er zu Tom hinauf. Das Blut floß ihm von der Stirn herunter. Angela weinte. Die Menge schwieg. Tom trat zurück. Sein Atem ging nicht rascher als vorher. Seine Wangen waren unter dem dünnen blonden Flaum nur leicht gerötet.

«Mein Gott», sagte die Dame, die gesagt hatte, man müsse dem doch Einhalt gebieten, «er sieht ganz wie ein kleiner Junge aus.»

«Kommst du hoch?» fragte Tom den Soldaten. Der Soldat blickte ihn nur an und bewegte müde den Kopf hin und her, um das Blut aus den Augen zu bekommen. Angela kniete sich vor ihn hin und tupfte ihm mit ihrem Taschentuch die Platzwunden ab. Das Ganze hatte keine Minute gedauert.

«Das wär's für heute abend, Leute», sagte Claude. Er wischte sich den Schweiß von der Stirn.

Tom verließ den kleinen Kreis der zuschauenden Männer und Frauen. Sie standen betroffen da, so als hätten sie an diesem Abend etwas Unnatürliches und Gefährliches gesehen – etwas, das sie gern schnell vergessen hätten.

An der Ecke holte Claude Tom ein. «Junge, Junge, du hast heute abend flott gearbeitet. Prima, einfach prima!»

Tom kicherte. «Sidney, du bringst ihn um», sagte er, das Mädchen nachahmend. Ihm war herrlich zumute. Mit geschlossenen Augen erinnerte er sich daran, wie seine Fäuste auf Haut und Knochen geprallt waren und auf die Messingknöpfe der Uniform. «Es war okay», sagte er. «Nur daß es nicht lange genug gedauert hat. Ich hätte ihn eine Weile zappeln lassen sollen. Der Kerl war nur ein Haufen Scheiße. Das nächste Mal suchen wir uns einen, der fighten kann.»

«Mensch», sagte Claude, «ich fand es ganz große Klasse. Ich würde gern morgen das Gesicht von dem Burschen sehen. Wann machst du's wieder?»

Tom zuckte die Schultern. «Sobald ich in der Stimmung bin. Mach's gut.» Er wollte Claude nicht mehr um sich haben. Er wollte allein sein und sich an jede Phase des Kampfes erinnern. Claude kannte diese plötzlichen Launen und respektierte sie ... Das Vorrecht des Helden. «Mach's gut», sagte er. «Bis morgen.»

Tom winkte und bog in die Avenue ab. Er hatte noch einen langen Weg nach Hause. Sie mußten immer in andere Stadtteile gehen, wenn Tom sich schlagen wollte. In seiner eigenen Nachbarschaft war er allzusehr bekannt. Alle wichen ihm aus, wenn sie merkten, daß er wieder seine Anwandlungen hatte.

Mit schnellen Schritten ging er die dunkle Straße entlang, dem Fluß und seinem vertrauten Fäulnisgeruch entgegen, und hin und wieder tanzte er ausgelassen um einen Laternenpfahl herum. Er hatte es ihnen gezeigt, er hatte es ihnen gezeigt. Und er würde ihnen noch mehr zeigen. *Ihnen.*

Als er um die letzte Ecke bog, sah er seine Schwester Gretchen, die sich dem Haus vom anderen Ende der Straße näherte. Mit gesenktem Kopf schritt er eilig aus, sie sah ihn nicht. Er trat in eine Einfahrt auf der gegenüberliegenden Seite der Straße und wartete. Er hatte keine Lust, sich mit seiner Schwester zu unterhalten. Seit er acht Jahre war, hatte sie nie etwas gesagt, was er hören wollte. Er sah, wie sie auf die Tür neben dem Schaufenster der Bäckerei zulief und ihren Schlüssel aus der Handtasche holte. Vielleicht würde er ihr gelegentlich einmal nachspionieren, um herauszubekommen, was sie abends wirklich trieb.

Gretchen öffnete die Tür und ging hinein. Tom wartete, bis er sicher sein konnte, daß sie oben in ihrem Zimmer war; dann überquerte er die Straße und stand vor dem verwitterten grauen Fachwerkhaus. Sein Zuhause, das Haus, in dem er geboren war. Er war vorzeitig zur Welt gekommen, und es war keine Zeit mehr gewesen, seine Mutter in die Klinik zu bringen. Wie oft hatte er diese Geschichte hören müssen! Große Sache, daheim geboren zu werden. Die Königin verließ nicht das Schloß. Der Prinz sah das Licht der Welt zuerst im königlichen Schlafgemach. Das Haus sah trostlos aus, abbruchreif. Tom spuckte aus. Er starrte auf das Haus, seine ganze Heiterkeit war dahin. Da war das übliche Licht im Keller, wo sein Vater arbeitete. Ein ganzes Leben in einem Keller. Was wissen sie schon? dachte er. Nichts.

Er schloß leise auf und stieg die Treppe hinauf zu dem Zimmer im zweiten Stock, das er mit Rudolph teilte. Er achtete auf die knarrenden Treppenstufen. Ein geräuschloser Schritt war Ehrensache. Es ging niemanden etwas an, wann er kam und ging. Besonders an einem Abend wie diesem. Er hatte etwas Blut am Ärmel seines Pullovers, und er wollte nicht, daß sich deshalb irgendwelches Gezeter erhob.

Er hörte, wie Rudolph gleichmäßig atmete, als er die Tür leise hinter sich schloß. Der anständige, brave Rudolph, der vollendete Gentleman, der nach Zahnpasta roch, Primus seiner Klasse war, jedermanns Liebling, der nie mit Blut an seiner Kleidung nach Hause kam, sich jeden Abend zeitig schlafen legte, damit er am nächsten Tag nicht ein «Guten Morgen, *ma'am*» verpaßte oder ein trigonometrisches Problem. Tom zog sich im Dunkeln aus, warf seine Kleider achtlos über einen Stuhl. Er hatte auch keine Lust, Fragen von Rudolph zu beantworten. Rudolph war kein Verbündeter. Er stand auf der anderen Seite. Mochte er da bleiben. Wen kümmerte es?

Aber als er in das Doppelbett stieg, wachte Rudolph auf.

«Wo warst du?» fragte Rudolph verschlafen.

«Im Kino.»

«Wie war's?»

«Beschissen.»

Die beiden Brüder lagen still in der Dunkelheit da. Rudolph rückte ein wenig zur anderen Seite des Bettes. Er fand es entwürdigend, im gleichen Bett mit seinem Bruder schlafen zu müssen. Es war kalt im Zimmer, das Fenster stand offen, und vom Fluß wehte ein kalter Wind herüber. Rudolph machte jeden Abend das Fenster weit auf. Wenn es eine Regel gab, dann konnte man wetten, daß Rudolph sie befolgte. Er schlief im Pyjama. Tom schlief in seiner kurzen Unterhose. Das war zweimal in der Woche ein Anlaß zu Streit.

Rudolph schnupperte. «Herrgott», sagte er, «du stinkst wie ein wildes Tier. Was hast du gemacht?»

«Nichts», sagte Tom. «Ich kann nichts dafür, wie ich rieche.» Wenn er nicht mein Bruder wäre, würde ich ihn zusammenschlagen, dachte er.

Er wünschte, er hätte das Geld gehabt, um zu Alice hinter dem Bahnhof gehen zu können. Er hatte dort für 5 Dollar seine Unschuld verloren und war danach noch mehrere Male dort gewesen. Das war im Sommer gewesen. Er hatte in den Ferien auf einem Schwimmbagger im Fluß gejobt und seinem Vater gegenüber seinen Wochenverdienst 10 Dollar niedriger angegeben, als es der Wirklichkeit entsprach. Dieses kräftige, dunkle Mädchen Florence aus Virginia, bei der er es für 5 Dollar zweimal hatte tun dürfen, weil er erst vierzehn und noch Jungfrau war, hätte dem Abend die richtige Würze gegeben. Er hatte Rudolph nichts von Alice erzählt. Rudolph war noch unschuldig, soviel war sicher. Er war über solche Sachen erhaben. Vielleicht war er schwul oder so. Eines Tages würde er, Tom, seinem Bruder alles erzählen und sehen, was für ein Gesicht er dann machen würde. Wildes Tier! Nun gut, wenn sie das von ihm dachten, dann wollte er das auch sein – ein wildes Tier.

Er schloß die Augen und versuchte sich daran zu erinnern, wie der Soldat ausgesehen hatte, als er auf dem Pflaster kniete und das Blut ihm übers Gesicht lief. Das Bild stand klar und deutlich vor ihm, aber er hatte keinen Spaß mehr daran.

Er fing an zu zittern. Es war kalt im Zimmer, aber das war nicht der Grund, warum er zitterte.

Gretchen saß in ihrem Zimmer vor dem kleinen Spiegel, der auf dem Toilettentisch stand. Es war ein alter Küchentisch, den sie für 2 Dollar bei einem Altwarenhändler gekauft und rosa angestrichen hatte. Auch einige Cremetöpfe und eine Haarbürste mit silbernem Griff, die sie zu ihrem achtzehnten Geburtstag geschenkt bekommen hatte, sowie drei Parfumfläschchen standen darauf; daneben lag ein Maniküreetui, dessen einzelne Teile alle fein säuberlich auf einem frischen Handtuch ausgebreitet waren. Gretchen hatte einen alten Bademantel an. Der abgetragene Stoff fühlte sich warm an auf ihrer Haut. Sie empfand das gleiche behagliche Gefühl wie früher als heranwachsendes junges Mädchen: wenn es draußen kalt war und sie nach Hause kam, hatte sie ihn immer angezogen, ehe es Zeit war, ins Bett zu gehen. Heute abend hatte sie Trost bitter nötig.

Mit einem Kleenex rieb sie sich die Cold Cream vom Gesicht. Sie hatte eine ungewöhnlich weiße Haut, genau wie ihre Mutter, und von ihr hatte sie auch die blaue, ins Violette spielende Augenfarbe geerbt. Das glatte schwarze Haar war ein Erbteil ihres Vaters. Gretchen ist genauso hübsch, wie ich es in ihrem Alter gewesen bin, sagte ihre Mutter stets. Und ständig flehte sie Gretchen an, sie solle ja darauf achten, daß sie nicht vorzeitig verblühe, wie es ihr ergangen war. Verblühen war das Wort, das ihre Mutter gebrauchte. Mit der Heirat, so deutete ihre Mutter an, setze sofort das Verblühen ein. Die Verderbnis liege in der Berührung eines Mannes. Ihre Mutter hielt ihr keine langen Vorträge über die Männer. Sie war sich der Tugend ihrer Tochter sicher (ein anderes Wort, das sie mit Vorliebe benutzte), doch kümmerte sie sich um Gretchens Kleidung und machte ihren Einfluß dahingehend geltend, daß Gretchen lose sitzende Kleider trug, die von ihrer Figur nichts erkennen ließen. «Man muß die Schwierigkeiten nicht herausfordern», sagte ihre Mutter, «sie kommen nur allzubald ganz von selbst. Du hast eine altmodische Figur, aber deine Schwierigkeiten werden völlig zeitgemäß sein.»

Mrs. Jordache hatte Gretchen einmal anvertraut, daß sie in jungen Jahren den Wunsch gehabt hatte, Nonne zu werden. Daß ihre Mutter ihr das gesagt hatte, verwirrte Gretchen. Sie empfand das als einen Mangel an Feingefühl. Nonnen hatten keine Töchter. Sie aber existierte, war neunzehn und saß an einem Märzabend in der Mitte des Jahrhunderts vor einem Spiegel, da ihre Mutter es versäumt hatte, ihrer Bestimmung gemäß zu leben.

Nach dem, was ihr heute abend passiert war, dachte Gretchen erbittert, müßte sie eigentlich selbst versucht sein, in ein Kloster einzutreten. Hätte sie doch bloß an Gott geglaubt.

Wie gewöhnlich war sie nach der Arbeit ins Militärhospital gegangen. Es handelte sich um ein am Stadtrand gelegenes Lazarett, das vollbelegt war mit verwundeten Soldaten aus Europa. Gretchen war dort an fünf Abenden in der Woche als freiwillige Lazaretthelferin tätig; sie verteilte Bücher und Zeitschriften und Krapfen, las den an den Augen verwundeten Soldaten Briefe von ihren Angehörigen vor und schrieb für die Hand- oder Armamputierten Briefe nach Hause. Gretchen bekam keinerlei Bezahlung, hatte aber das Gefühl, es sei das wenigste, was sie tun konnte. Die Arbeit im Lazarett machte ihr Freude. Die Verwundeten waren für jede Handreichung dankbar und fügsam wie Kinder – hier gab es nichts von dem angespannten sexuellen Geplänkel, das sie im Büro den ganzen Tag über sich ergehen lassen mußte. Natürlich gab es Krankenschwestern und freiwillige Helferinnen, die sich mit den Ärzten und den weniger schwer verwundeten Offizieren einließen, aber Gretchen hatte rasch zu erkennen gegeben, daß sie davon nichts wissen wollte. Da sehr viele Mädchen willfährig und bereit waren, blieben nur ganz wenige Männer hartnäckig. Um möglichst allem aus dem Weg zu gehen, hatte sie sich der voll belegten Station für Unteroffiziere und Mannschaften zuteilen lassen, wo es für einen Soldaten nahezu unmöglich war, länger als zwei Sekunden mit ihr allein zu sein. Wenn sie mit ihnen sprach, war sie freundlich und umgänglich mit den Männern, aber der Gedanke, daß ein Mann sie berührte, ließ sie schaudern. Natürlich hatten nach Parties oder nach Tanzveranstaltungen Jungen sie im Auto geküßt, aber die unbeholfenen Hände, die nach ihr griffen, waren ihr unsympathisch, und das Ganze fand sie eher komisch.

In der Schule hatte sie sich nie für Jungen interessiert und die Mädchen verachtet, die für ein Football-Idol schwärmten oder einen Jungen mit Auto anhimmelten. Was sollte das? Der einzige Mann, der so etwas wie ihr Schwarm gewesen war, war Mr. Pollack, ihr Englisch-Lehrer, ein älterer Mann von ungefähr fünfzig mit zerzaustem grauem Haar. Mit leiser, sehr distinguierter Stimme hatte er in der Klasse Shakespeare vorgelesen. «Morgen, und morgen, und dann wieder morgen, kriecht so mit kleinem Schritt von Tag zu Tag...» Sie stellte sich vor, daß sie in seinen Armen lag und daß er sie wie ein Dichter mit schwermütigen Zärtlichkeiten überhäufte, aber Mr. Pollack war verheiratet, er hatte Töchter in ihrem Alter und konnte sich nie an irgend jemandes Namen erinnern. Was ihre Träume anbetraf... Sie vergaß ihre Träume.

Etwas Einmaliges, etwas Grandioses würde ihr widerfahren, dessen war sie sicher; aber es würde weder in allernächster Zeit noch in dieser Stadt sein.

Als sie in der grauen, locker sitzenden Schwesternschürze von Bett zu Bett ging, kam sich Gretchen mütterlich und nützlich vor; in bescheidenem Maße vergalt sie diesen wackeren, sich nie beklagenden jungen Männern, was sie für ihr Land gelitten hatten.

In den Krankenzimmern und auf den Korridoren war die Nachtbeleuchtung eingeschaltet, und die Männer sollten alle im Bett sein. Gretchen war, wie sie das jeden Abend tat, noch einmal am Bett von Talbot Hughes gewesen, der eine Kehlkopfverwundung hatte und nicht sprechen konnte. Er war der jüngste und bedauernswerteste Patient auf der Station, und Gretchen genoß die Vorstellung, daß die Berührung ihrer Hand und ihr Gute-Nacht-Gruß für den Jungen die langen Stunden, ehe der Morgen dämmerte, erträglicher machten. Sie ordnete die Zeitschriften auf dem Tisch in der Mitte des Aufenthaltsraums, räumte das Schachspiel weg und warf zwei leere Coca-Cola-Flaschen in den Abfalleimer.

Sie mochte diese hausfrauliche Beschäftigung am Ende des Abends, und sie war sich dabei der Hunderte von jungen Männern bewußt, die rund um diesen Mittelpunkt, dieses Zentrum des weitverzweigten Lazaretts schliefen, vom Tode errettete junge Männer, für die der Krieg zu Ende war, junge Männer, die auf ihre Genesung hoffen, die Furcht und Todeskampf vergessen durften, die der Heimat und dem Frieden wieder einen Tag näher gerückt waren.

Ihr Leben lang hatte sie nur enge kleine Wohnräume gekannt, und sie kam sich daher in dem geräumigen Aufenthaltsraum mit den freundlichen hellgrünen Wänden und den tiefgepolsterten Sesseln fast wie eine Gastgeberin nach einer geglückten Party im eigenen eleganten Heim vor. Leise vor sich hin summend, war sie gerade im Begriff, das Licht auszuschalten, um hinüber in den Umkleideraum zu gehen, als ein großer junger Neger im Pyjama, darüber den kastanienbraunen Bademantel des Sanitätskorps, hereinhinkte.

«Guten Abend, Miss Jordache», sagte der Neger. Er hieß Arnold. Er war schon lange im Lazarett, und sie kannte ihn ziemlich gut. Es gab nur zwei Neger auf der Station, und es war das erste Mal, daß Gretchen einen allein sah. Sie gab sich stets besondere Mühe, nett zu ihnen zu sein. Arnolds Bein war in Frankreich zerschmettert worden; eine Granate hatte den Lastwagen getroffen, den er fuhr. Arnold stammte aus St. Louis; er hatte elf Geschwister und war auf der High School gewesen.

Er verbrachte viele Stunden mit Lesen und trug dabei eine Brille. Obwohl er alles zu lesen schien, was ihm unter die Finger kam – Comic strips, Zeitschriften, Shakespeares Dramen –, war Gretchen der Meinung, daß er mehr anspruchsvolle Literatur lesen sollte. Mit seiner Army-Brille wirkte er ganz wie einer dieser hochbegabten einsamen Studenten aus einem afrikanischen Land. Von Zeit zu Zeit brachte ihm Gretchen Bücher mit; entweder ihre eigenen oder welche von ihrem Bruder Rudolph; manchmal lieh sie für ihn auch welche in der öffentlichen Bibliothek. Arnold las die Bücher sofort, er ging sehr gewissenhaft damit um, sagte aber nie ein Wort darüber, wenn er sie ihr zurückgab. Gretchen hatte das Gefühl, daß er aus Verlegenheit schwieg, er wollte vor den anderen sicher nicht als Intellektueller glänzen. Sie las selber ziemlich viel, verschlang aber das meiste im Grunde wahllos, da ihr Geschmack in den letzten zwei Jahren von ihrer Schwärmerei für Mr. Pollack und dessen Vorliebe für den Katholizismus bestimmt wurde.

Sie lächelte, als der junge Mann ins Zimmer trat. «Guten Abend, Arnold», sagte sie. «Brauchen Sie noch etwas?»

«Nein. Mache mir nur ein bißchen Bewegung. Klappte nicht mit dem Einschlafen. Als ich das Licht hier sah, dachte ich mir, daß ich der hübschen kleinen Miss Jordache vielleicht etwas die Zeit vertreiben sollte.» Er lächelte sie an, seine Zähne waren weiß und ebenmäßig. Im Gegensatz zu den anderen jungen Männern, die sie immer nur Gretchen nannten, sprach er sie stets mit ihrem Nachnamen an. In seiner Sprechweise war irgend etwas Ländliches, so als habe die Familie, als sie nach Norden auswanderte, die Last der auf der Farm in Alabama verbrachten Jahre mit sich geschleppt. Gretchen wußte, daß zwei oder drei Operationen nötig gewesen waren, um sein Bein zu retten, und sie war sicher, daß die Fältchen um seinen Mund von den ausgestandenen Schmerzen herrührten.

«Ich wollte gerade das Licht ausmachen», sagte Gretchen. Der nächste Bus stadteinwärts fuhr in ungefähr fünfzehn Minuten, und sie wollte ihn nicht versäumen.

Mit seinem gesunden Bein stieß sich Arnold ab und schwang sich auf den Tisch. Mit baumelnden Beinen saß er da. «Sie ahnen nicht, welch ein Vergnügen der Mensch beim Anblick seiner zwei Beine empfinden kann», sagte Arnold. «Aber lassen Sie sich nicht aufhalten, Miss Jordache. Wahrscheinlich wartet draußen ein hübscher junger Mann auf Sie, und ich möchte auf keinen Fall, daß er sich beunruhigt, weil Sie nicht rechtzeitig kommen.»

«Ich werde nicht erwartet», sagte Gretchen. Sie hatte Gewissensbisse, daß sie den jungen Mann aus dem Zimmer hatte drängen wollen, nur damit sie ihren Bus bekam. Es fuhren noch mehr Busse. «Ich bin nicht in Eile.»

Arnold zog eine Schachtel Zigaretten aus der Tasche seines Bademantels und bot ihr eine an. Sie schüttelte den Kopf. «Nein, danke. Ich rauche nicht.»

Bedächtig zündete er sich eine Zigarette an, der aufsteigende Rauch biß ihm in die Augen; er blinzelte. Seine Bewegungen waren langsam, ohne Hast. Er sei, bevor er eingezogen wurde, in St. Louis in der Football-Mannschaft seiner Schule gewesen, hatte er ihr erzählt, und der Sportler ließ sich auch bei dem verwundeten Soldaten nicht verleugnen. Mit der Rechten klopfte er auf den Platz neben sich. «Warum setzen Sie sich nicht ein bißchen, Miss Jordache?» sagte er. «Sie müssen doch todmüde sein, nachdem Sie den ganzen Abend für uns herumgerannt sind.»

«Aber nein», sagte Gretchen. «Ich sitze doch den ganzen Tag im Büro.» Dennoch schwang sie sich neben ihn auf den Tisch; er sollte nicht das Gefühl haben, sie wollte nichts anderes als eilig nach Hause.

«Sie haben hübsche Füße», sagte Arnold.

Gretchen blickte auf ihre nichtssagenden braunen Schuhe mit den niedrigen Absätzen hinunter. «Ja, ich glaube, ich kann ganz zufrieden sein», sagte sie. Sie hatte an ihren Füßen nichts auszusetzen: sie waren schmal und nicht zu lang und mit schlanken Fesseln.

«Bei der Army habe ich mich zu einem Fußexperten entwickelt», sagte Arnold. Er sagte es ohne Selbstmitleid; es klang so, wie wenn jemand sagt: «Bei der Army habe ich Funkgeräte reparieren gelernt» oder «Die Army hat mir beigebracht, wie man Landkarten liest». Eine Welle von Mitleid mit diesem leise sprechenden, sich langsam bewegenden jungen Mann überflutete Gretchen angesichts dieses völligen Fehlens von Selbstmitleid. «Sie kommen bestimmt wieder in Ordnung», sagte sie. «Ich habe von den Schwestern gehört, welche Wunder die Ärzte mit Ihrem Bein vollbracht haben.»

«Ja, ja.» Arnold lachte in sich hinein. «Glauben Sie bloß nicht, daß Arnold noch große Fortschritte macht.»

«Wie alt sind Sie, Arnold?»

«Zweiundzwanzig. Und Sie?»

«Neunzehn.»

Er grinste. «Beides ein gutes Alter, was?»

«Vermutlich ja. Wenn wir keinen Krieg hätten.»

«Ach, ich beklage mich nicht», sagte Arnold und zog an seiner Zigarette. «Dank ihm bin ich aus St. Louis herausgekommen. Und er hat einen Mann aus mir gemacht.» Ein spöttischer Ton war in seiner Stimme. «Bin kein dummer Junge mehr. Ich weiß jetzt, was gespielt wird und wer den Ton angibt. Ich habe eine Menge gesehen, hab Land und Leute kennengelernt. Waren Sie schon mal in Cornwall, Miss Jordache? Das ist in England.»

«Nein.»

«Jordache», sagte Arnold: «Ist das ein hier in der Gegend verbreiteter Name?»

«Nein», sagte Gretchen. «Es ist ein deutscher Name. Mein Vater stammt aus Deutschland. Auch er ist am Bein verwundet worden. Im Ersten Weltkrieg. Er war bei der Infanterie.»

Arnold lachte in sich hinein. «Sie lassen einen Menschen kommen und gehen, nicht wahr?» meinte er. «Muß er viel herumlaufen, Ihr Pa?»

«Er hinkt ein bißchen», erklärte Gretchen vorsichtig. «Aber es scheint ihm nicht allzuviel auszumachen.»

«Ja, Cornwall.» Arnold wiegte sich vor und zurück auf dem Tisch. Er schien genug von dem Gerede über Krieg und Verwundungen zu haben. «Dort gibt es Palmen und kleine alte Städtchen; dagegen sieht St. Louis aus als sei es vorgestern erbaut worden. Und große, freie Strände. Ja, ja, England. Die Leute sind dort wirklich nett. Gastfreundlich. Laden einen sonntags zum Essen ein. Ich war überrascht. Ich dachte immer, die Engländer seien hochnäsig. Jedenfalls habe ich das früher geglaubt; alle Leute in St. Louis haben das geglaubt.»

Er sprach sehr korrekt, und Gretchen hatte den Eindruck, daß er sich über sie lustig machen wollte. «Die Menschen müssen lernen, über einander Bescheid zu wissen», sagte sie steif, unglücklich darüber, wie hochtrabend das klang, aber irgendwie war sie aus der Fassung gebracht, beunruhigt und in die Defensive gedrängt durch diese sanfte, träge Stimme mit dem nicht-städtischen Tonfall.

«Das müssen sie», pflichtete er ihr bei. «Das müssen sie wirklich.» Er lehnte sich zurück, auf seine Hände gestützt, und wandte ihr das Gesicht zu. «Was muß ich über Sie lernen, Miss Jordache?»

«Über mich?» Überrascht entrang sich ihr ein gezwungenes kleines Lachen. «Nichts. Ich bin eine Kleinstadt-Sekretärin, bin nie woanders gewesen und werde auch nie woanders hinkommen.»

«Da bin ich nicht so sicher, Miss Jordache», sagte Arnold ernst. «Da bin ich durchaus nicht so sicher. Wenn ich je ein Mädchen mit Zukunft gesehen habe, dann sind Sie es. Sie haben so eine klare, vielversprechende Art, sich zu geben. Ich bin felsenfest davon überzeugt, daß die Hälfte der Jungens hier im Lazarett Sie auf der Stelle heiraten würde, wenn Sie sie nur ein bißchen dazu ermutigten.»

«Noch denke ich nicht ans Heiraten», sagte Gretchen.

«Natürlich nicht.» Arnold nickte ganz ernsthaft. «Hat keinen Sinn, etwas zu überstürzen und sich alle Chancen zu verbauen – ein Mädchen wie Sie, das kann wählen.» Er drückte seine Zigarette in dem Aschenbecher aus, der auf dem Tisch stand, und griff automatisch nach dem Päckchen in seiner Tasche, ohne sich die Zigarette anzuzünden, die er herausholte.

«In Cornwall habe ich drei Monate lang das hübscheste, lustigste, liebevollste Mädchen mein eigen genannt, das ein Mann sich je erhoffen darf», sagte er. «Sie war verheiratet, aber das machte nichts. Ihr Mann war seit 1939 irgendwo in Afrika, und ich glaube fast, sie hatte ganz vergessen, wie er aussah. Wir zogen von einem Lokal ins andere, und wenn ich am Sonntag Ausgang hatte, kochte sie etwas Gutes, und wir schliefen miteinander wie Adam und Eva im Paradies.»

Gedankenverloren blickte er zu der weißen Decke des großen, leeren Zimmers empor. «In Cornwall habe ich begriffen, was es heißt, ein Mensch zu sein», sagte er. «O ja, die Army hat aus dem kleinen Arnold Simms aus St. Louis einen Mann gemacht. Ich war sehr traurig, als wir nach Frankreich verlegt wurden.» Er schwieg; er dachte an Cornwall mit den Palmen am Meer, an das lustige, liebevolle kleine Mädchen mit dem vergessenen Ehemann in Afrika.

Gretchen saß sehr still da. Sobald jemand davon sprach, er habe mit dem oder jenem geschlafen, geriet sie in Verlegenheit. Es machte ihr nichts aus, daß sie noch Jungfrau war, denn das war eine freie Entscheidung ihrerseits, aber es machte sie verlegen, sexuelle Themen zu berühren oder leicht und sachlich darüber zu sprechen wie die anderen Mädchen in ihrer Klasse das getan hatten. Wenn sie sich selbst gegenüber ehrlich war, erkannte sie, daß ihre Scheu zum großen Teil daher kam, daß das Schlafzimmer ihrer Eltern nur eine Schrittlänge von ihrem Zimmer entfernt war. Kurz nachdem ihr Vater morgens um fünf die Treppe heraufgehumpelt kam und seine langsamen Schritte verklungen waren, hörte man seine whiskyschwere, heisere Stimme und die klagenden Piepslaute ihrer Mutter, dann die Geräusche der Vergewaltigung, und am Morgen lag auf dem Gesicht ihrer Mutter ein verkrampfter, märtyrerhafter Ausdruck.

Und heute abend wurde sie bei dem ersten wirklich intimen Gespräch, das sie mit einem von diesen Soldaten in dem schlafenden Gebäude hier führte, ganz gegen ihren Willen gewissermaßen Zeugin eines Aktes beziehungsweise des Wesens eines Aktes, dem sie in ihren Gedanken keinen Platz einräumen wollte. Adam und Eva im Paradies. Zwei Körper, einer weiß, der andere schwarz. Sie versuchte, nicht in solchen Kategorien zu denken, brachte es aber nicht fertig. Es lag etwas Bedeutungsvolles und Absichtliches in den Bekenntnissen des jungen Mannes. Es waren keine schwermütigen Erinnerungen eines aus dem Krieg heimgekehrten Soldaten, die er zu nächtlicher Stunde jemandem anvertraute – die wie eine Musik an ihr Ohr dringenden geflüsterten Worte hatten ein Ziel, und dunkel ahnte sie, daß sie selber das Ziel war, und wäre am liebsten geflohen.

«Als ich verwundet wurde, habe ich ihr einen Brief geschrieben», fuhr Arnold fort, «aber nie eine Antwort bekommen. Vielleicht ist ihr Mann inzwischen wieder nach Hause gekommen. Seit damals habe ich keine Frau angerührt. Ich bin gleich zu Anfang verwundet worden und bin seither im Lazarett. Am vergangenen Samstag bin ich das erste Mal ausgegangen. Billy und ich hatten nachmittags Ausgang bekommen.» Billy war der andere Neger. «Es ist nicht viel los für farbige Jungs in diesem Tal. In Cornwall war das anders, das kann ich Ihnen versichern.» Er lachte. «Hier in der Gegend gibt's nicht mal Farbige. Offenbar hat man uns in das einzige Lazarett der Vereinigten Staaten gelegt, wo es in der Stadt keine Farbigen gibt. Im Supermarkt haben wir zwei Glas Bier getrunken und dann den Bus flußaufwärts nach King's Landing genommen; man hatte uns gesagt, dort unten an der Anlegestelle würde eine farbige Familie wohnen. Aber es war bloß ein alter Mann aus South Carolina da, der ganz allein in einem verfallenen Haus am Fluß haust. Seine ganze Familie ist fortgezogen und hat ihn vergessen. Wir haben ihn zu einem Bier eingeladen und ihm ein paar Lügen aufgetischt: wie tapfer wir im Krieg gewesen wären und so weiter. Und beim Abschied haben wir ihm gesagt, daß wir, wenn wir wieder Ausgang hätten, zum Fischen rauskommen würden. Zum Fischen!»

«Ich bin sicher», sagte Gretchen und sah auf die Uhr, «daß Sie nach Ihrer Entlassung aus dem Lazarett in St. Louis ein hübsches Mädchen finden werden. Zum Heiraten. Und dann werden Sie auch wieder ganz glücklich sein.» Ihre

Stimme klang jetzt sehr gouvernantenhaft, unecht und nervös; sie wußte das und schämte sich, aber es war ihr egal, sie mußte aus diesem Zimmer herauskommen. «Es ist schon schrecklich spät, Arnold», sagte sie. «Unsere Unterhaltung hat mir viel Freude gemacht, doch ich glaube, daß ich jetzt ...» Sie schickte sich an, vom Tisch herunterzuspringen, doch er griff nach ihrem Arm, nicht grob, aber fest.

«Es ist durchaus noch nicht spät», sagte Arnold. «Um ganz ehrlich zu sein, Miss Jordache, ich habe auf diese Gelegenheit gewartet, einmal ganz allein mit Ihnen reden zu können.»

«Ich muß meinen Bus erreichen, Arnold, ich ...»

«Wilson und ich, wir haben über Sie gesprochen.» Arnold ließ ihren Arm nicht los. «Und wir haben beschlossen, Sie einzuladen, sobald wir wieder Ausgang haben. Das ist an diesem Samstag. Wir möchten, daß Sie den Tag mit uns verbringen.»

«Das ist sehr nett von Ihnen und Wilson», sagte Gretchen. Es gelang ihr nicht, ihre Stimme normal wie immer klingen zu lassen. «Doch ich bin samstags immer schrecklich beschäftigt.»

«Da es in dieser Stadt nicht angeht, daß Sie in Gesellschaft von zwei schwarzen Jungens gesehen werden», fuhr Arnold mit gleichmäßiger, weder drohender noch einladender Stimme fort, «man ist das hier nicht gewöhnt, und wir sind nur einfache Soldaten ...»

«Das hat wirklich nichts damit zu tun, daß ...»

«... haben wir uns gedacht, daß Sie den Bus um 12 Uhr 30 nach King's Landing nehmen», redete Arnold weiter, als habe Gretchen ihn nicht unterbrochen. «Wir werden schon früher losfahren und dem Alten 5 Dollar geben; dann kann er sich eine Flasche Whisky kaufen und ins Kino gehen. Für uns drei bereiten wir bei ihm in der Hütte etwas Gutes zum Essen vor. An der Bushaltestelle müssen Sie sich gleich nach links wenden. Ein Kiesweg führt zum Fluß hinunter, ungefähr eine Viertelmeile. Sie können das Haus nicht verfehlen, es steht nur dieses eine dort, direkt am Ufer gelegen, sehr idyllisch. Und kein Mensch in der Nähe, der herumschnüffeln könnte und eine große Geschichte daraus macht. Nur wir drei sind dort, und wir machen eine richtige Party.»

«Ich gehe jetzt heim, Arnold», sagte Gretchen laut und vernehmlich. Sie wußte, daß sie nicht schreien würde, da würde sie sich schämen, aber sie wollte ihn glauben machen, daß sie notfalls um Hilfe rufen würde.

«Etwas Gutes zum Essen, ein paar tüchtige Long Drinks», sagte Arnold flüsternd, lächelte sie an und hielt sie fest. «Wir waren lange fort, Miss Jordache.»

«Ich werde schreien», sagte Gretchen, der es schwerfiel zu sprechen. Wie konnte er das tun – auf der einen Seite so höflich und freundlich, und auf der andern ... Sie verachtete sich, daß sie so wenig Menschenkenntnis besaß.

«Wilson und ich haben eine hohe Meinung von Ihnen, Miss Jordache. Seit ich Sie hier gesehen habe, kann ich an niemand anderes mehr denken. Und Wilson sagt, ihm geht es genauso...»

«Ihr seid alle beide verrückt. Wenn ich es dem Colonel sage...» Gretchen wollte ihren Arm wegziehen; aber was würden die anderen denken, wenn zufällig jemand hereinkäme und sie in ein Handgemenge verstrickt sähe. Eine Erklärung würde schwer sein.

«Wie ich Ihnen schon gesagt habe, wir haben eine hohe Meinung von Ihnen», beteuerte Arnold, «und wir sind willens, dafür zu zahlen. Wilson und ich haben beide Nachzahlungen bekommen, und die haben wir gespart, und außerdem hab ich beim Würfelspiel hier auf der Station Glück gehabt. Hören Sie gut zu, Miss Jordache: Wir haben zusammen 800 Dollar, und die stehen Ihnen zur Verfügung. Für einen kleinen Nachmittag unten am Fluß...» Er nahm seine Hand von ihrem Arm, ließ sich leicht und unerwartet vom Tisch auf seinen gesunden Fuß hinuntergleiten und hinkte davon; der große, schlanke Körper wirkte mit einemmal plump, da der kastanienbraune Bademantel ihn umwehte. «Nicht nötig, in diesem Augenblick ja oder nein zu sagen, Miss Jordache», sagte er höflich. «Überlegen Sie es sich. Bis Samstag sind es noch zwei Tage. Wir sind ab elf Uhr morgens in King's Landing. Sie kommen einfach nach, sobald Sie Zeit haben, Miss Jordache. Wir warten auf Sie.» Und er hinkte aus dem Zimmer, sehr aufrecht und ohne sich links oder rechts an der Wand festzuhalten.

Einen Augenblick lang saß Gretchen still da. Das einzige Geräusch, das sie hörte, war das Summen einer Maschine irgendwo unten im Keller, ein Geräusch, das sie bisher, davon war sie überzeugt, noch nie gehört hatte. Sie berührte die Stelle an ihrem Arm, wo Arnolds Hand gelegen hatte, dicht unter dem Ellbogen. Sie ließ sich vom Tisch heruntergleiten und machte das Licht aus. Sie wollte vermeiden, daß jemand, der unerwartet hereinkam, ihr Gesicht sah. Sie lehnte sich an die Wand, preßte die Hände auf den Mund und schloß die Augen. Dann eilte sie in den Umkleideraum, zog ihre Alltagskleidung an und rannte so schnell sie konnte aus dem Lazarett hinaus zur Bushaltestelle.

Sie saß an ihrem Toilettentisch und wischte die letzten Spuren der Cold Cream von der zartgeäderten, blassen Haut unter den angeschwollenen Augen ab. Auf dem Tisch vor ihr standen die Töpfchen und Fläschchen, Schönheitsmittel aus dem Haus Woolworth: Hazel Bishop, Coty. *Wir schliefen miteinander wie Adam und Eva im Paradies.*

Sie wollte nicht daran denken, nicht einen Gedanken mehr. Morgen würde sie sich beim Colonel melden lassen und ihn bitten, sie auf eine andere Station zu versetzen. *Dorthin* konnte sie nicht gehen.

Sie erhob sich, zog ihren Bademantel aus und stand einen Augenblick lang nackt da, in dem milden Licht der Lampe über dem Toilettentisch. Im Spiegel wirkten ihre hohen, vollen Brüste sehr weiß, und die Brustwarzen waren widerspenstig aufgerichtet. Tiefer unten war das düstere, dunkle Dreieck zu sehen, gefährlich zeichnete es sich gegen die blasse Schwellung der Schenkel ab. Was kann ich dagegen machen, was kann ich dagegen machen?

Sie zog ihr Nachthemd über, löschte das Licht und ließ sich in das kalte Bett fallen. Hoffentlich war es eine jener Nächte, in denen ihr Vater keinen Anspruch auf ihre Mutter erhob. Mehr als das, was sie erlebt hatte, konnte man in einer Nacht nicht ertragen.

Flußaufwärts, in Richtung Albany, fuhr der Bus alle halbe Stunde. Am Samstag würde er voll von Soldaten sein, die Wochenend-Urlaub hatten. Voll von ganzen Bataillonen junger Männer. Sie sah sich an der Bushaltestelle den Fahrschein lösen, sah sich am Fenster sitzen und hinausblicken auf den grauen Fluß, sah sich an der angegebenen Haltestelle aussteigen und allein vor der Tankstelle stehen. Unter ihren Stöckelschuhen spürte sie den unebenen Kiesweg, roch das Parfum, mit dem sie sich betupfen würde, sah das verfallene, ungestrichene Fachwerkhaus am Ufer des Flusses und die beiden dunkelhäutigen Männer mit Gläsern in den Händen, sah sie schweigend dasitzen und warten, wissende Urteilsvollstrecker, schicksalhafte Gestalten, die sich nicht erhoben, selbstsicher, den beschämenden Sündenlohn in der Tasche, fest davon überzeugt, daß sie kam, ihre Schritte beobachtend, wie sie aus Neugier und Begierde bereit war, sich ihnen auszuliefern, in voller Kenntnis dessen, was sie zusammen tun würden.

Sie zog das Kissen unter ihrem Kopf hervor, legte es sich zwischen die Beine und preßte es fest.

Die Mutter steht am Schlafzimmerfenster und starrt durch die Spitzenvorhänge auf den schlackigen Hinterhof. Sie sieht die beiden langen, dünnen Bäume, dazwischen eine Stange, die an beiden Enden an den Bäumen festgenagelt ist, an der ein zerbeulter, schwerer, zylinderförmiger Ledersack hängt, vollgestopft mit Sand, wie die Preisboxer sie zum Training benutzen. In diesem düsteren, eingezäunten Hof hinter der Bäckerei sieht das aus, als hätte sich da einer erhängt. Früher hatten in den Gärten hinter den Häusern Blumen geblüht und zwischen den Bäumen waren Hängematten befestigt gewesen. Jeden Nachmittag zieht ihr Mann ein Paar wollegefütterte Handschuhe an, geht hinaus in den Hof und drischt zwanzig Minuten lang auf den Sack ein. Er geht den Sack ganz konzentriert mit einem so wilden Ungestüm an, als kämpfe er um sein Leben. Manchmal, wenn sie ihm zufällig zuschaut, weil Rudy an ihrer Statt eine Zeitlang den Laden übernimmt, damit sie sich ein bißchen ausruhen kann, hat sie das Gefühl, daß es kein lebloser Sandsack ist, den ihr Mann bestraft, sondern daß sie es ist, die da gezüchtigt wird.

Sie steht am Fenster in einem grünen Satinmorgenrock, der am Kragen und an den Ärmeln schmutzig ist. Sie raucht eine Zigarette, und die Asche fällt auf den Morgenrock. Sie war das sauberste und penibelste Mädchen, das man sich vorstellen konnte, rein und frisch wie eine Blüte in einem Glaspokal. Sie war im Waisenhaus aufgewachsen, und die Schwestern verstanden sich darauf, einem jungen Mädchen die Gesetze der Sauberkeit einzuschärfen. Aber heute ist sie eine richtige Schlampe, vernachlässigt ihre Haare, ihre Haut und ihre Kleidung. Die Schwestern hatten sie die Liebe zur Religion gelehrt, zu den feierlichen Bräuchen der Kirche, aber seit beinahe zwanzig Jahren hatte sie keinen Schritt mehr in die Kirche gesetzt. Als ihr erstes Kind, ihre Tochter Gretchen, geboren wurde, hatte sie alles mit dem Geistlichen abgesprochen, damit das Kind getauft werden konnte, aber ihr Mann hatte sich geweigert, am Taufbecken zu erscheinen und ihr verboten, der Kirche auch nur einen Cent zu zahlen, weder damals noch irgendwann später. Er war ein gebürtiger Katholik!

Drei ungetaufte, ungläubige Kinder und ein Mann, der gotteslästerliche Reden führte und die Kirche haßte. Diese Bürde mußte sie tragen.

Sie hatte weder ihren Vater noch ihre Mutter gekannt. Das Waisenhaus in Buffalo hatte Elternstelle an ihr vertreten. Sie brauchte einen Namen. Man nannte sie Mary Pease. Es hätte der Name ihrer Mutter sein können. Wenn sie an sich selbst dachte, dachte sie nicht an Mary Jordache oder an Mrs. Axel Jordache, sondern immer an Mary Pease. Beim Abschied aus dem Waisenhaus hatte die Mutter Oberin ihr gesagt, es könne sehr gut sein, daß ihre Mutter Irin gewesen sei, aber etwas Genaues wußte niemand. Die Mutter Oberin hatte Mary gesagt, sie solle sich vor dem Blut ihrer in Sünde gefallenen Mutter hüten. Damals war sie sechzehn gewesen, ein zartes rosiges Mädchen mit hellem, wie Gold glänzendem Haar. Als Gretchen geboren wurde, hätte sie sie gern Colleen genannt – zur Erinnerung an ihre irische Abstammung. Aber ihr Mann mochte die Iren nicht und hatte bestimmt, daß das Mädchen den Namen Gretchen bekam. In Hamburg habe er eine Hure dieses Namens gekannt, sagte er. Es war erst ein Jahr nach der Hochzeit, aber er haßte sie bereits.

Sie hatte ihn in Buffalo in dem Restaurant an der Strandpromenade kennengelernt, wo sie als Kellnerin tätig war. Das Restaurant gehörte einem nicht mehr ganz jungen deutsch-amerikanischen Ehepaar namens Mueller, und im Waisenhaus hatte man für sie eigens diesen Arbeitsplatz gewählt, weil die Leute freundlich und nett waren, jeden Sonntag zur Messe gingen und Mary in einer unbewohnten Mansarde über ihrer Wohnung schlafen ließen. Die Muellers waren gut zu ihr, beschützten sie, und keiner von den Gästen wagte es, in Marys Gegenwart unanständige Reden zu führen. Die Muellers gaben ihr dreimal in der Woche frei, damit Mary sich in einer Abendschule weiterbilden konnte. Sie sollte nicht ihr ganzes Leben lang ihr Geld als Kellnerin verdienen müssen.

Axel Jordache war ein sehr großer, schweigsamer junger Mann, der ein Bein nachzog. Er war Anfang der zwanziger Jahre aus Deutschland eingewandert und arbeitete als einfacher Matrose auf den auf dem Eriesee verkehrenden Dampfern. Im Winter, wenn der See zugefroren war, half er Mr. Mueller manchmal in der Küche aus, kochte und buk. Axel Jordache sprach damals noch kaum ein Wort Englisch, und er kam deswegen oft in das Restaurant, weil es hier jemanden gab, mit dem er sich in seiner Muttersprache unterhalten konnte. Als er im Ersten Weltkrieg verwundet worden war und nicht mehr an die Front brauchte, hatte man ihn einem Lazarett in Frankfurt als Koch zugeteilt.

Und nur weil während eines anderen Krieges ein junger Mann im Lazarett gelegen hatte und anschließend in die Fremde und Verbannung gegangen war, stand sie heute abend hier in diesem schäbigen Zimmer über einem Bäckerladen in einem Elendsviertel und gab seit Jahren jeden Tag – zwölf Stunden am Tag – ein Stück ihrer Jugend, ihrer Schönheit, ihrer Hoffnungen auf. Und ein Ende war nicht in Sicht.

Er war äußerst höflich gewesen. Er hatte nie versucht, auch nur nach ihrer Hand zu greifen, und an seinen freien Tagen begleitete er sie zur Abendschule und brachte sie auch wieder nach Hause. Er hatte sie gebeten, sein Englisch zu verbessern. Ihr Englisch war für sie eine Quelle des Stolzes. Die Leute sagten oft, ihre Aussprache klinge so, als stamme sie aus Boston; das war für Mary ein großes Kompliment. Schwester Catherine, die sie von allen Lehrerinnen im Waisenhaus am meisten bewundert hatte, war in Boston aufgewachsen. Sie sprach klar und ungemein korrekt und verfügte über einen großen Wortschatz. «Seine Muttersprache zu vernachlässigen», sagte Schwester Catherine, «bedeutet, daß man das Leben eines Krüppels führt. Einem Mädchen, das wie eine Dame spricht, bleibt nichts versagt.» Mary hatte sich Schwester Catherine zum Vorbild genommen und von ihr ein Buch bekommen, als sie das Waisenhaus verließ. Heldengestalten der irischen Geschichte. «Für Mary Pease, meine vielversprechendste Schülerin» stand in eigenwilliger, steiler Schrift vorn im Buch. Mary hatte sich bemüht, ihre Handschrift der Schwester Catherines anzugleichen. Irgendwie verdankte sie die feste Überzeugung, daß ihr Vater, wer immer er sein mochte, eine Gentleman gewesen sein müsse, Schwester Catherine.

Von Mary Pease, die ihn in dem wie Silber klingenden allerfeinsten Boston-Akzent, den Schwester Catherine ihr beigebracht hatte, unterwies, hatte Axel Jordache sehr rasch ein korrektes Englisch gelernt. Noch ehe sie verheiratet waren, sprach er so gut, daß die Leute überrascht waren, wenn er ihnen sagte, er sei in Deutschland geboren. Ganz ohne Zweifel war er intelligent. Aber seine Intelligenz diente ihm ausschließlich dazu, sie zu quälen, sich selbst zu quälen, jedermann in seiner Umgebung zu quälen.

Ehe er um ihre Hand anhielt, hatte er sie nicht einmal geküßt. Sie war neunzehn, so alt wie ihre Tochter Gretchen heute, und noch Jungfrau. Er war stets gleichbleibend aufmerksam, duschte täglich und rasierte sich und brachte ihr immer kleine Geschenke wie Süßigkeiten oder Blumen mit, wenn er sie nach der Rückkehr von seinen Fahrten besuchte.

Erst nach zwei Jahren machte er ihr einen Heiratsantrag. Aus Angst, sie werde nein sagen, weil er Ausländer war und ein steifes Bein hatte, habe er sich nicht früher zu erklären gewagt, sagte er. Wie mußte er in sich hineingelacht haben, als er feststellte, daß ihre Augen sich angesichts seiner Bescheidenheit und seines mangelnden Selbstvertrauens mit Tränen füllten. Er hatte etwas Diabolisches an sich, war ein Mensch, der immerzu Intrigen spann.

Sie sagte nur bedingt ja. Vielleicht glaubte sie ihn zu lieben. Mit seinem vollen schwarzen Haarschopf, der ihn wie ein Indianer aussehen ließ, und dem offenen, schmalen Gesicht, den klaren braunen Augen, die sanft und rücksichtsvoll blickten, war er ein gutaussehender Mann. Wenn seine Hand ihren Arm berührte, geschah es voller Vorsicht und Zartheit, so als sei sie aus Porzellan. Als sie ihm sagte, sie sei außerehelich geboren (das war ihre Ausdrucksweise), erwiderte er, das hätten die Muellers ihm bereits gesagt und es mache ihm überhaupt nichts aus, im Gegenteil: dann gäbe es wenigstens keine angeheirateten Verwandten, die ihn mißbilligten. Er selber hatte gar keinen Kontakt zu seiner Familie. Sein Vater war 1915 in Rußland gefallen, seine Mutter hatte ein Jahr später wieder geheiratet und war nach Berlin übergesiedelt. Er hatte noch einen jüngeren Bruder, den er aber nie gemocht hatte. Ein reiches deutschamerikanisches Mädchen, das er nach dem Krieg in Berlin kennengelernt hatte, als sie Verwandte besuchte, hatte seinem Bruder so gut gefallen, daß er sie heiratete. Heute lebten der Bruder und seine Frau in Ohio, aber Axel hatte keinerlei Verbindung mit ihnen. Er war ein Einzelgänger, das war augenfällig, und darin paßte er zu ihr.

Marys Bedingungen waren streng. Er mußte seinen Job bei der Dampfschiffahrtsgesellschaft aufgeben. Sie wollte keinen Mann, der oft nicht zu Hause war und der einer Beschäftigung nachging, die sich von der eines gewöhnlichen Arbeiters kaum unterschied. Und sie wollte auch nicht in Buffalo bleiben, wo die Leute wußten, daß sie im Waisenhaus aufgewachsen war und als Kellnerin gearbeitet hatte. Und sie mußten kirchlich getraut werden.

Er war mit allem einverstanden gewesen. Diabolisch, richtig diabolisch! Er hatte ein paar Ersparnisse, und durch Mr. Mueller lernte er einen Mann kennen, der in Port Philip eine Bäckerei besaß und der seinen Pachtvertrag nicht verlängern wollte. Für die Verhandlungen in Port Philip mußte Axel sich einen Strohhut kaufen, dafür sorgte Mary. Er sollte wie ein achtbarer amerikanischer Geschäftsmann aussehen und nicht mit seiner alten Mütze, die noch aus Europa stammte, dort erscheinen.

Zwei Wochen vor der Hochzeit fuhr er mit ihr nach Port Philip und zeigte ihr den Laden, in dem sie ihr Leben verbringen, und die Wohnung darüber, in der sie drei Kinder bekommen sollte. Es war an einem sonnigen Tag im Mai, alles war frisch gestrichen, und vor den Schaufenstern des Ladens waren große grüne Markisen angebracht, um die Kuchen- und Tortenauslagen vor der Sonne zu schützen. Die Straße war hell und sauber, mit anderen kleinen Läden, einem Eisenwaren- und einem Kurzwarengeschäft, und an der Ecke war eine Apotheke. Es gab sogar eine Modistin in der Straße: die Hüte in den Schaufenstern waren mit künstlichen Blumen verziert und auf Ständern drapiert. Es war eine richtige, gute Einkaufsstraße für das angrenzende ruhige Wohnviertel, das sich bis zum Fluß erstreckte. Stattliche Wohnhäuser mit grünen Rasenflächen davor. Auf dem Hudson waren weiße Segel zu sehen, und ein vollbesetzter Ausflugsdampfer aus New York fuhr vorbei, als sie unter einem Baum auf der Bank saßen und über das breite sommerblaue Wasser blickten. Walzerklänge ertönten von Bord. Aber mit seinem hinkenden Bein konnte er natürlich nie mit ihr zum Tanzen gehen.

Ach, die Pläne, die sie an jenem von Walzermusik erfüllten sonnigen Tag im Mai geschmiedet hatte! Sie wollte den Laden neu dekorieren, hübsche Vorhänge anbringen, Tische aufstellen, Kerzen anzünden, Schokolade und Tee servieren; vielleicht konnte man später den Laden nebenan dazu kaufen (er stand an diesem Tag, als sie das erste Mal hin kam, leer) und ein kleines Restaurant eröffnen – nicht eines für Arbeiter wie das der Muellers, sondern eines für Reisende und Geschäftsleute, also ein bißchen was Besseres. Im Geist sah sie ihren Mann in einem dunklen Anzug mit Fliege die Gäste willkommen heißen und zum Tisch führen, sah Kellnerinnen in gestärkten Leinenschürzchen mit beladenen Tabletts aus der Küche eilen, sah sich selbst hinter der Kasse sitzen und hörte sich, während sie die Bons addierte, freundlich lächelnd sagen: «Ich hoffe, es hat Ihnen geschmeckt.» Und am Abend, wenn das Tagewerk getan war, würden sie und ihr Mann bei Kaffee und Kuchen sitzen und sich mit Freunden und Bekannten unterhalten.

Wie hätte sie wissen sollen, daß die ganze Gegend herunterkommen würde, daß die Leute, mit denen sie sich gerne angefreundet hätte, auf sie herabblicken würden, daß sie die Leute, die gerne Freundschaft mit ihr geschlossen hätten, als unter ihr stehend betrachtete, daß das Haus nebenan abgerissen und dort eine große, von metallischen Geräuschen erfüllte Autowerkstatt errichtet würde, daß der Hutladen verschwinden würde, daß die Häuser in den ruhigen Nebenstraßen zum Fluß hinunter entweder verwahrlosten oder abgerissen werden würden und daß hier Schuttabladeplätze und metallverarbeitende Fabriken entstehen würden?

Es gab keine Tische, an denen heiße Schokolade und Kuchen serviert wurden, keine Kerzen und Vorhänge, keine Kellnerinnen mit gestärkten Schürzchen – es gab nur sie, die jeden Tag, sommers wie winters, zwölf Stunden auf den Beinen war und große Brotlaibe an ölverschmierte Arbeiter, schlampige Hausfrauen und schmutzige Kinder verkaufte, deren Eltern an Samstagabenden in betrunkenem Zustand laut auf der Straße miteinander stritten.

Ihr Leidensweg begann in der Hochzeitsnacht. In dem zweitklassigen Hotel in Niagara Falls (von Buffalo aus bequem zu erreichen). Alle die empfindsamen Hoffnungen eines schüchternen, rosigen, zarten jungen Mädchens, das acht Stunden zuvor, in bräutliches Weiß gekleidet, lächelnd neben ihrem ernsten, stattlichen Bräutigam aus der Kirche getreten und fotografiert worden war, gingen hier in dem blutbefleckten, knarrenden Niagara-Bett unter. Hilflos unter dem riesigen, narbenbedeckten, unermüdlich wie ein Dämon in sie eindringenden, dunklen Männerkörper liegend, wußte sie, daß sie ihre Strafe angetreten hatte. Der Urteilsspruch lautete auf lebenslänglich.

Am Ende ihrer Hochzeitsreise – sie dauerte eine Woche – schrieb sie einen Brief, in dem sie ihren Selbstmord ankündigte. Dann zerriß sie ihn. Dieser Akt sollte sich im Laufe der Jahre noch oft wiederholen.

Tagsüber benahmen sie sich wie andere Flitterwöchner auch. Er war ungemein aufmerksam, hielt sie am Ellbogen, wenn sie die Straße überquerten, kaufte ihr Schmucksachen und ging mit ihr ins Theater (die letzte Woche, in der er sich ihr gegenüber so etwas wie freigebig zeigte. Sehr bald entdeckte sie, daß sie einen fanatischen Geizhals geheiratet hatte). Er führte sie in Eiskrem-Dielen und bestellte riesige Eisbecher mit Schlagsahne (sie hatte eine kindliche Vorliebe für Süßigkeiten), und wenn sie den hochgehäuften Becher auslöffelte, saß er ihr gegenüber und lächelte über sie wie ein Lieblingsonkel. Er machte mit ihr eine Flußfahrt unter den Fällen entlang und hielt liebevoll ihre Hand, wenn sie im Sonnenschein des nördlichen Sommers spazierengingen. Nie sprachen sie über die Nächte. Wenn sie nach dem Abendessen hinaufgingen, und er die Tür hinter ihnen schloß, war es, als schwebten zwei völlig verschiedene, einander völlig fremde Seelen herab, um von ihren Körpern Besitz zu ergreifen. Sie fanden keine Worte, es gab keine Sprache, in der sie sich über den gespenstischen Kampf, in den sie verwickelt waren, hätten aussprechen können. Die strenge Erziehung im Waisenhaus hatte Hemmungen in ihr erzeugt und falsche Vorstellungen von Vornehmheit in ihr genährt. Ihn dagegen hatten Huren erzogen, und vielleicht, glaubte er, lagen alle Frauen, die des Heiratens wert waren, still und verängstigt im Ehebett. Oder jedenfalls alle amerikanischen Frauen, dachte er.

Schließlich, nach Monaten, erkannte er natürlich diese fatalistische, leblose Ablehnung als das, was sie in Wirklichkeit war, und er geriet in Wut. Diese Wut spornte ihn an, machte seine Überfälle nur noch hemmungsloser. Er ging nie mit anderen Frauen aus, sah nie eine andere Frau auch nur an. Der Gegenstand seiner Besessenheit lag in seinem Bett. Es war ihr Unglück, daß der einzige Körper, den er begehrte, ihr Körper war, auf den er ein Recht hatte. Seit zwanzig Jahren belagerte er sie erfolglos. Er haßte sie.

Sie weinte, als sie entdeckte, daß sie schwanger war.

Wenn sie sich stritten, war es nicht darüber. Sie stritten sich um Geld. Schon bald fand sie heraus, daß sie eine scharfe, spitze Zunge hatte. Für etwas Kleingeld wurde sie zur Xanthippe. Monatelangen erbitterten Ringens bedurfte es, damit sie 10 Dollar in die Hand bekam, um sich ein paar Schuhe und – später – für Gretchen ein anständiges Kleid für die Schule zu kaufen. Er mißgönnte ihr das Brot, das sie aß. Sie sollte nie wissen, wieviel Geld er auf der Bank hatte. Wie ein verrücktes Eichhörnchen für eine neue Eiszeit legte er alles Geld zurück. Er konnte nie seine Jugendjahre in Deutschland vergessen, als ein ganzes Land zugrunde gerichtet worden war. Wie leicht konnte sich das in Amerika wiederholen. Er war durch enttäuschte Hoffnungen geformt worden und war fest davon überzeugt, daß kein Kontinent immun war.

Der Bewurf an den Wänden des Ladens mußte erst jahrelang abblättern, ehe er fünf Eimer Tünche kaufte und die Wände neu strich. Als sein gutsituierter Bruder, der in Ohio eine Autowerkstatt besaß, ihn besuchte und ihm gegen eine Beteiligung von ein paar tausend Dollar, die die Bank seines Bruders ihm geliehen hätte, an der neuen Automobil-Vertretung anbot, die er übernommen hatte, warf Axel seinen Bruder aus dem Haus und nannte ihn einen Dieb und einen Ränkeschmied. Sein Bruder war ein kleiner, rundlicher Mann und immer gutgelaunt. Er machte jeden Sommer einen zweiwöchigen Urlaub in Saratoga und ging mehrmals im Jahr mit seiner dicken, geschwätzigen Frau in New York ins Theater. Er trug einen gutgeschnittenen Anzug und roch angenehm nach Rasierwasser. Wäre Axel bereit gewesen, so wie sein Bruder bei der Bank Geld aufzunehmen, hätten sie ein angenehmeres Leben führen und sich von der Sklaverei des Bäckerladens befreien, hätten dem Elendsviertel, zu dem die Umgegend immer tiefer herabsank, entrinnen können. Aber ihr Mann wollte nicht einen Pfennig von der Bank abheben oder seine Unterschrift unter einen Schuldschein setzen. Die bettelarmen Menschen seines Geburtslandes, mit ihren Tonnen wertlosen Inflationsgeldes, wachten mit Argusaugen über jeden Dollar, der durch seine Hände ging.

Als Gretchen mit dem Abschlußexamen von der High School abging – wie ihr Bruder Rudolph war sie immer die Erste in der Klasse gewesen –, wurde nicht einmal erwogen, sie ein College besuchen zu lassen. Sie mußte sich sofort nach einer Arbeit umsehen und jeden Freitag zwei Drittel ihres Wochenlohns ihrem Vater abliefern. Das College verdirbt die Mädchen, verwandelt sie in Huren. Der Vater hat gesprochen. Gretchen würde jung heiraten, davon war die Mutter überzeugt; sie würde den erstbesten Mann nehmen, nur um ihrem Vater entrinnen zu können. Ein weiteres zerstörtes Leben in der endlosen Kette.

Nur wenn es sich um Rudolph handelte, war ihr Mann großzügig. Rudolph war die Hoffnung der Familie. Er war ein hübscher, liebevoller Junge, hatte gute Manieren, konnte sich unterhalten und war bei seinen Lehrern wohlgelitten. Er war das einzige Familienmitglied, das sie am Morgen, wenn er wegging, und am Abend, wenn er heimkam, küßte. Sie und ihr Mann erblickten in ihrem ältesten Sohn eine Art Wiedergutmachung ihres beiderseitigen Versagens. Rudolph hatte eine ausgesprochene Begabung für Musik und spielte in der Schulkapelle die Trompete. Letztes Jahr hatte Axel eine Trompete für seinen Sohn gekauft, ein goldschimmerndes Instrument. Es war das einzige Geschenk, das Axel jemals irgend jemand in der Familie gemacht hatte. Alles andere war nur nach wütendem Feilschen in ihren Besitz gelangt. Es war seltsam, die erhabenen, triumphierenden Trompetenklänge durch die graue, verstaubte Wohnung dröhnen zu hören. Rudolph spielte bei clubeigenen Tanzveranstaltungen, und Axel hatte ihm das Geld für einen Smoking vorgestreckt, 35 Dollar – ein noch nie dagewesener Gefühlsausbruch. Und er erlaubte Rudolph, das Geld, das er verdiente, zu behalten. «Spare es», sagte er. «Wenn du aufs College gehst, wirst du es brauchen können.» Irgendwie galt es von Anfang an für ausgemacht, daß Rudolph das College besuchen würde.

Rudolph gegenüber hegte sie ein Schuldgefühl. Ihre ganze Liebe gehörte ihm. Sie ist zu erschöpft, um außer ihm, dem von ihr erwählten Sohn, noch jemanden lieben zu können. Sie berührt ihn, so oft sie kann, sie geht in sein Zimmer, wenn er schläft, und küßt ihn auf die Stirn, sie wäscht und bügelt seine Kleider, auch wenn ihr vor Müdigkeit schwindlig ist, damit seine Größe und Herrlichkeit in jedem Augenblick für alle klar zutage tritt. Hat er in der Schule irgendeinen Wettlauf gewonnen, schneidet sie den entsprechenden Bericht aus der Lokalzeitung aus, seine Zeugnisse werden sorgfältig in einer Sammelmappe abgeheftet, die auf ihrer Frisierkommode neben ‹Vom Winde verweht› liegt.

Thomas und Gretchen wohnen mit in diesem Haus. Rudolph ist ihr Sohn, ist von gleichem Blut wie sie. Wenn sie ihn anblickt, hat sie das Gefühl, aus weiter Ferne blicke ihr Vater sie an.

Für Thomas hat sie keine Hoffnungen. Dieses leere, verschlagene, höhnische Gesicht. Er ist ein Rohling, streitsüchtig, in der Schule immer in irgendwelche Schwierigkeiten verstrickt, überheblich, trotzig, kümmert sich um nichts, ist ohne Maß und Ziel, kommt und geht, wie er Lust hat, läßt sich durch keine Strafe einschüchtern. Irgendwo im Kalender ist für ihren Sohn Thomas ein Tag rot gedruckt, blutrot wie ein schrecklicher Feiertag: die Schande. Nichts läßt sich dagegen machen. Sie liebt ihn nicht und kann ihre Hand nicht ausstrecken, um sie ihm zu reichen.

Mit geschwollenen Beinen steht die Mutter am Fenster, rings um sie schläft alles. Schlaflos, unbefriedigt, überarbeitet, kränklich, ziellos, keinen Blick in den Spiegel werfend, immerzu Selbstmordbriefe schreibend, grauhaarig im Alter von 42 Jahren, der Morgenrock mit Zigarettenasche bestäubt.

Ein Zug pfeift in der Ferne, Soldaten sind in die engen, ratternden Wagen gepfercht, unterwegs zu fernen Häfen, unterwegs zum Donnern der Kanonen. Gott sei Dank ist Rudolph noch nicht siebzehn. Sie würde es nicht überleben, wenn man ihn zum Militär einzöge.

Sie zündet sich eine letzte Zigarette an, zieht ihren Morgenrock aus, wobei ihr die Zigarette nachlässig im Mundwinkel hängt, und legt sich ins Bett. Rauchend liegt sie da. Sie wird ein paar Stunden schlafen. Aber sie weiß, daß sie sofort aufwachen wird, sobald sie ihren Mann schweren Schrittes die Treppe heraufkommen hört, nach Schweiß von der körperlichen Arbeit und nach dem Whisky riechend, den er dabei getrunken hat.

2

Der Zeiger der Bürouhr stand auf fünf vor zwölf. Gretchen tippte weiter. Es war Samstag, und die anderen Mädchen hatten ihre Schreibmaschinen bereits zugedeckt und machten sich fertig zum Aufbruch. Zwei von ihnen, Luella Devlin und Pat Hauser, hatten sie aufgefordert, mitzukommen und zusammen eine Pizza zu essen, aber Gretchen war nicht in der Stimmung für ihr hirnloses Geplapper. Als sie noch in die High School ging, hatte sie drei gute Freundinnen gehabt – Bertha Sorel, Sue Jackson, Felicity Turner. Sie vier waren die aufgewecktesten Mädchen der Klasse gewesen und hatten eine kleine Clique gebildet, die sich von den anderen absonderte. Gretchen wünschte sich, diese früheren Freundinnen oder wenigstens eine von ihnen wäre an diesem Tag in der Stadt. Aber die drei stammten alle aus wohlhabenden Familien und besuchten jetzt das College, und sie, Gretchen, hatte niemand gefunden, der die Lücke in ihrem Leben hätte ausfüllen können.

Gretchen wünschte, es gäbe noch so viel Arbeit, daß sie den ganzen Nachmittag am Schreibtisch sitzen bleiben konnte, aber sie hatte gerade den letzten Frachtbrief in der Maschine, den Mr. Hutchens ihr zum Ausfüllen gegeben hatte, und es gab keine Möglichkeit, diese Beschäftigung in die Länge zu ziehen.

Sie war die letzten zwei Abende nicht ins Lazarett gegangen. Sie hatte angerufen und gesagt, sie sei krank, und war gleich nach Büroschluß heimgegangen. Sie war innerlich zu unruhig, als daß sie hätte lesen können; so hatte sie ihren Kleiderschrank aufgeräumt, hatte Blusen gewaschen, die fleckenlos sauber waren, Kleider gebügelt, die nicht ein bißchen verknautscht waren, ihr Haar gewaschen, ihre Nägel manikürt und auch Rudys Hände wieder vorgenommen, obwohl sie das erst vor einer Woche getan hatte.

Am Freitagabend war sie zu später Stunde, da sie nicht hatte schlafen können, in den Keller zu ihrem Vater hinuntergegangen. Er blickte überrascht auf, als er sie die Treppe herunterkommen sah, sagte aber selbst dann nichts, als sie sich auf einen Stuhl setzte und mit schmeichelnden Worten die Katze rief. Die Katze verkroch sich. Die Menschen, das wußte die Katze, waren ihre Feinde.

«Pa», sagte Gretchen, «ich wollte mit dir sprechen.»

Jordache erwiderte nichts.

«Ich bringe es zu nichts in dem Job, den ich jetzt habe», sagte Gretchen. «Es besteht keine Aussicht, mehr Geld zu verdienen und vorwärtszukommen. Und sobald der Krieg zu Ende ist, wird man Einschränkungen vornehmen, und ich kann von Glück sagen, wenn sie mich behalten.»

«Der Krieg ist noch nicht zu Ende», sagte Jordache. «Noch gibt es eine Menge Dummköpfe, die daran glauben müssen.»

«Ich dachte, ich sollte nach New York gehen und mir dort einen richtigen Job suchen. Ich bin inzwischen eine gute Sekretärin, und die Zeitungen sind voll mit Anzeigen, in denen doppelt soviel Gehalt angeboten wird, als ich jetzt bekomme.»

«Hast du mit deiner Mutter darüber gesprochen?» Mit geschwinden kleinen Handbewegungen formte Jordache wie ein Zauberer Brötchen aus dem Teig.

«Nein», sagte Gretchen. «Sie fühlte sich nicht wohl, und ich wollte sie mit so etwas nicht behelligen.»

«In dieser Familie ist jeder gegen jeden so verdammt rücksichtsvoll», sagte Jordache. «Es wird einem richtig warm ums Herz.»

«Pa», sagte Gretchen, «sei doch mal ernst.»

«Nein», sagte er.

«Warum nicht?»

«Darum nicht. Paß auf, du machst dir dein Phantasiekostüm ganz voll Mehl.»

«Pa, ich werde sehr viel mehr Geld nach Hause schicken können...»

«Nein», sagte Jordache. «Wenn du einundzwanzig bist, kannst du hinfliegen, wohin du willst. Aber noch bist du nicht einundzwanzig. Du bist neunzehn. Du mußt die Gastfreundschaft deines Elternhauses noch zwei Jahre aushalten. Mach gute Miene zum bösen Spiel!» Er zog den Korken aus der Flasche und nahm einen großen Schluck Whisky. Mit einer absichtlich derben Geste wischte er sich mit dem Handrücken den Mund ab – ein breiter Mehlstrich blieb zurück.

«Ich muß aus dieser Stadt heraus», sagte Gretchen.

«Es gibt schlimmere Städte als diese», sagte Jordache. «Sprechen wir in zwei Jahren darüber.»

Die Uhr zeigte fünf Minuten nach zwölf. Gretchen schob die sauber getippten Bogen in die Schublade ihres Schreibtischs. Alle anderen Büroangestellten waren bereits gegangen. Sie stülpte die Hülle über ihre Schreibmaschine, ging in den Waschraum und betrachtete sich im Spiegel. Sie sah fiebrig aus. Sie benetzte ihre Stirn mit kaltem Wasser, nahm ein Fläschchen Parfum aus ihrer Handtasche und betupfte sich damit hinter dem Ohr.

Sie verließ das Gebäude durch das Haupttor, über dem in großen Buchstaben der Firmenname stand: «Boylans Ziegel- und Fliesenfabrik». Die Fabrik und das Firmenschild, dessen verschnörkelte Buchstaben und Ornamente aussahen als würde hier etwas Großartiges und Amüsantes angepriesen, bestanden schon seit 1890.

Gretchen blickte sich suchend um, ob Rudy vielleicht auf sie wartete. Manchmal holte er sie ab. Er war der einzige von der Familie, mit dem sie reden konnte. Wäre Rudy dagewesen, hätten sie irgendwo essen gehen und sich anschließend möglicherweise sogar noch einen Kinobesuch leisten können. Doch dann fiel ihr ein, daß Rudy mit der Schulmannschaft zu einem Leichtathletiksportfest in eine nahe gelegene Stadt gefahren war.

Sie ertappte sich dabei, daß sie den Weg zur Bushaltestelle einschlug. Sie ging langsam, blieb häufig stehen und blickte in die Schaufenster. Natürlich, sagte sie sich, würde sie den Bus nicht nehmen. Es war jetzt hellichter Tag, und die Phantasien der Nacht lagen weit hinter ihr. Wenn es auch angenehm wäre, am Fluß entlangzufahren, irgendwo auszusteigen und ein bißchen frische Luft zu schnappen. Das Wetter war umgeschlagen: der Frühling kündigte sich an. Die Luft war warm, und weiße Wölkchen standen hoch am blauen Himmel.

Beim Weggehen heute morgen hatte sie ihrer Mutter gesagt, sie würde am Nachmittag ins Lazarett gehen, um die versäumte Zeit nachzuarbeiten. Sie hatte keine Ahnung, weshalb sie diese Ausrede plötzlich erfunden hatte. Sie log ihre Eltern selten an. Es war nicht nötig. Indem sie sagte, sie müsse im Lazarett Dienst tun, entging sie jedoch der Aufforderung, im Laden mitzuhelfen und ihre Mutter bei dem üblichen Samstagnachmittagsandrang ein wenig zu entlasten. Die Sonne hatte schon in aller Frühe geschienen, und der Gedanke, Stunden in dem muffigen Laden verbringen zu sollen, war ihr höchst zuwider gewesen.

Einen Häuserblock von der Haltestelle entfernt erblickte sie ihren Bruder Thomas. Er war vor einem Drugstore mit einer Schar rowdyhaft aussehender Jungen in ein Würfelspiel vertieft. Eine Kollegin von ihr hatte am Mittwochabend die Schlägerei vor dem Kino beobachtet und Gretchen davon erzählt. «Dein Bruder ist *schrecklich*», hatte das Mädchen gesagt. «Ein richtiger kleiner Bengel! Gefährlich wie eine Schlange. Einen solchen Jungen möchte ich nicht in *meiner* Familie haben.»

Gretchen hatte Tom gesagt, daß sie von der Schlägerei wußte. Es war nicht die erste Geschichte dieser Art, die man ihr erzählt hatte. «Du bist ein abscheulicher Junge», hatte sie zu Tom gesagt. Er hatte nur gegrinst.

Wenn Tom sie gesehen hätte, wäre sie umgekehrt. Sie hätte nicht gewagt, zur Haltestelle zu gehen, wenn Tom sie gesehen hätte. Aber er sah sie nicht. Er war zu beschäftigt damit, einen Cent in ein Erdloch zu werfen.

Sie erreichte die Haltestelle. Sie schaute auf die Uhr. 12 Uhr 35. Der Bus flußabwärts mußte vor fünf Minuten abgefahren sein, und natürlich würde sie nicht weitere 25 Minuten hier herumlungern und auf den nächsten warten. Aber der Bus hatte Verspätung und stand noch da. Sie trat an das Fenster des Fahrkartenschalters. «Einmal King's Landing», verlangte sie.

Sie stieg in den Bus und setzte sich vorn in die Nähe des Fahrers. Es waren eine Menge Soldaten in dem Bus, aber es war noch früh am Tag, und sie waren noch nicht betrunken und pfiffen auch nicht, als sie zu ihrem Platz ging.

Der Bus fuhr los. Die gleichmäßige Erschütterung des Busses lullte sie ein, und sie döste mit offenen Augen vor sich hin. Knospen tragende Bäume flitzten vorbei, Häuser, hin und wieder ein Stück vom Fluß, undeutliche Gesichter in einer Ortschaft. Alles schien frisch gewaschen, schön und unwirklich. Die Soldaten hinter ihr sangen ‹Body and Soul›, die Stimmen anderer junger Männer fielen ein. Darunter eine Stimme, die aus Virginia sein mußte, ein leiser südlicher Tonfall, der die klagende Melodie besonders schön hervorbrachte. Ihr konnte nichts passieren. Niemand wußte, wo sie war. Sie war zwischen einem Ereignis und dem nächsten, wahllos, ohne zu wählen, inmitten sehnsüchtiger Soldatenstimmen dahintreibend.

Der Bus kam zum Stehen. «King's Landing, Miss», sagte der Fahrer.

«Danke», sagte sie und stieg leichtfüßig aus. Der Bus fuhr weiter. Die Soldaten warfen ihr durch die Scheibe Kußhände zu. Zum Zeichen der Erwiderung küßte sie, den jungen Männern nachblickend, lächelnd ihre Fingerspitzen. Sie würde sie nie wiedersehen. Sie kannten sie nicht, sowenig wie sie sie kannte, und sie würden nie erraten, aus welchem Grund sie unterwegs war. Singend, mit immer leiser werdenden Stimmen, verschwanden die Soldaten in nördlicher Richtung.

Gretchen stand in dem beruhigenden Sonnenlicht dieses Samstagnachmittags am Rand der Straße. Nur ein paar Schritte entfernt war eine Tankstelle, daneben ein Gemischtwarenladen. Sie ging hinein und kaufte eine Cola. Ein weißhaariger alter Mann in einem sauberen, verblichenen blauen Hemd bediente sie. Die Farbe gefiel ihr. In dieser Farbe würde sie sich ein Kleid kaufen, aus schöner, reiner Baumwolle, das würde sie an den Sommerabenden tragen.

Sie verließ den Laden und setzte sich auf eine davorstehende Bank. Die Cola war eiskalt und süß und prickelte im Mund. Sie trank langsam. Sie war nicht in Eile. Sie sah den Kiesweg, der von der Landstraße hinunter zum Fluß führte. Der Schatten eines Wölkchens eilte ihn entlang wie ein schnell davonhuschendes Tier. Es herrschte Stille von einer Küste zur andern. Das Holz der Bank fühlte sich warm an. Keine Wagen fuhren vorbei. Sie trank ihre Cola aus und stellte die Flasche unter die Bank. Sie hörte das Ticken ihrer Armbanduhr. Sie lehnte sich zurück und ließ die Sonne auf ihre Stirn scheinen.

Natürlich würde sie nicht zu dem Haus am Fluß gehen. Soll das Essen kalt werden, soll der Wein nicht eingegossen werden, sollen die Verehrer sich am Flußufer in Sehnsucht verzehren. Ohne daß sie es wissen, ist ihre Dame ganz nah, treibt ihr einmaliges, neckendes Spiel. Sie wollte lachen, scheute sich aber, die Stille der Landschaft zu unterbrechen.

Es würde köstlich sein, das Spiel weiterzutreiben. Den Kiespfad zwischen den jungen Birken zu beiden Seiten, weißen Bleistiften im Waldschatten, nur halb hinunterzugehen. Nur halb, und dann umkehren, in innerer Heiterkeit. Oder noch besser, durch den Wald zu streifen, immer wieder in die Schatten zu tauchen – ein Irokesen-Mädchen, das auf Strümpfen lautlos über die Blätter des letzten Jahres zum Fluß hinuntereilt und geschützt durch das Dickicht der Bäume dorthin späht, wo die beiden Männer mit ihren lüsternen Plänen auf der Veranda saßen und warteten. Und dann sich zurückschleichen, ihr gestärktes Kleid fleckig von Baumrinde und klebrigen Knospen, in Sicherheit, unversehrt, nah dem Abgrund der Gefahr, aber im Gefühl ihrer Macht.

Sie stand auf und ging über die Straße auf den blätterüberspannten Anfang des Kieswegs zu. Als sie aus dem Süden ein schnellfahrendes Auto herankommen hörte, drehte sie sich um und blieb stehen, als warte sie auf den Bus in Richtung Port Philip. Auf keinen Fall sollte sie gesehen werden, wie sie im Wald verschwand. Geheimhaltung war alles.

Der Wagen kam auf der anderen Straßenseite auf sie zugefahren. Er verlangsamte die Fahrt, kam genau ihr gegenüber zum Stehen. Sie schaute nicht hin, sondern hielt weiter Ausschau nach dem Bus, von dem sie wußte, daß er erst in einer Stunde auftauchen würde.

«Hallo, Miss Jordache.» Sie war beim Namen gerufen worden, von einer Männerstimme. Sie spürte, wie ihr das Blut in die Wangen stieg, als sie den Kopf wendete. Sie wußte, es war dumm, zu erröten. Warum sollte sie nicht hier auf der Straße sein. Sie hatte dasselbe Recht wie jeder andere. Niemand wußte etwas von den beiden schwarzen Soldaten, die mit ihrem Essen und Trinken und ihren 800 Dollar auf sie warteten. Im ersten Augenblick erkannte sie den Mann nicht, der ihren Namen gerufen hatte und allein am Steuer eines Buick-Kabrioletts saß, dessen Dach zurückgeschoben war. Er lächelte sie an, die eine Hand, in einem Handschuh, hing lässig an der Wagentür herunter. Dann sah sie, wer es war – Mr. Boylan. Sie hatte ihn ein paarmal auf dem Gelände der Fabrik, die seinen Namen trug, gesehen. Er kam selten dorthin. Er war ein schlanker, blonder, sonnengebräunter, glattrasierter Mann mit buschigen blonden Augenbrauen und auf Hochglanz polierten Schuhen.

«Guten Tag, Mr. Boylan», sagte sie, ohne sich von der Stelle zu rühren. Wenn sie näher heranging, würde er ihr Erröten bemerken; das wollte sie nicht.

«Was, um alles in der Welt, haben Sie denn so weit hier draußen verloren?» In seiner Stimme schwang etwas wie Vorwurf mit. Zugleich war aber in der Stimme auch etwas heiter Amüsiertes – ein hübsches Mädchen in hochhackigen Schuhen allein am Waldrand.

«Es war ein so schöner Tag.» Sie stammelte fast. «Ich mache oft kleine Ausflüge, wenn ich einen Nachmittag frei habe.»

«Ganz allein?» Es klang ungläubig.

«Ich liebe die Natur», sagte sie lahm. Er denkt bestimmt, ich sei ein richtiges Trampel, dachte sie. Sie sah, wie er lächelnd auf ihre Stöckelabsätze herunterblickte. «Ich habe einfach aus einer Laune heraus den Bus genommen», flunkerte sie ohne viel Hoffnung. «Jetzt warte ich auf den Bus zurück in die Stadt.» Sie hörte ein Rascheln hinter sich und drehte sich erschrocken um, fest davon überzeugt, daß es die beiden Soldaten waren, die voller Ungeduld nachsehen wollten, wo sie blieb. Aber es war nur ein Eichhörnchen, das über den Weg lief.

«Was haben Sie?» fragte Boylan, verwundert über ihr Zusammenzucken.

«Ich glaubte, eine Schlange zu hören.» Ach, lebwohl, dachte sie.

«Für jemand, der die Natur liebt, sind Sie reichlich nervös», sagte Boylan ernst.

«Nur bei Schlangen», sagte sie. Es war die dümmste Unterhaltung, die sie je in ihrem Leben geführt hatte.

Boylan blickte auf seine Uhr. «Wissen Sie, bis der Bus kommt, dauert es aber noch eine ganze Weile.»

«Das macht nichts», sagte sie und lächelte ihn strahlend an, als sei es ihre Lieblingsbeschäftigung, Samstag nachmittags irgendwo auf der Landstraße auf einen Bus zu warten. «Es ist so still und friedlich hier.»

«Ich möchte Sie etwas fragen», sagte er.

Jetzt kommt's, dachte sie. Er wird wissen wollen, auf wen ich warte. Im Geist stellte sie eine überzeugend klingende kurze Liste zusammen. Ihr Bruder, eine Freundin, eine Krankenschwester aus dem Lazarett. Sie überlegte so eifrig, daß sie gar nicht hörte, was er sagte, obwohl sie wußte, daß er etwas gesagt hatte.

«Verzeihung», sagte sie. «Ich habe Sie nicht verstanden.»

«Ich habe gefragt, ob Sie schon zu Mittag gegessen haben, Miss Jordache.»

«Ich bin nicht hungrig, wirklich nicht. Ich ...»

«Kommen Sie!» Er winkte ihr mit der behandschuhten Linken. «Ich lade Sie zum Essen ein. Nichts was ich so gering schätze, wie allein zu essen.»

Sich klein und kindlich fühlend wie stets, wenn Erwachsene ihr etwas befahlen, überquerte sie gehorsam die Straße, ging von hinten um den Wagen herum und stieg ein. Boylan hatte sich herübergebeugt und ihr die Tür aufgehalten. Niemand anderes außer ihrer Mutter hatte je im Verlauf eines ganz normalen Gesprächs das Wort ‹geringschätzen› benutzt. Schatten von Schwester Catherine, der alten Lehrerin. «Das ist sehr liebenswürdig von Ihnen, Mr. Boylan», sagte sie.

«Samstag ist mein Glückstag», sagte er, als er den Wagen anließ. Sie hatte keine Ahnung, was er damit meinte. Wenn er nicht gewissermaßen ihr Chef und außerdem ein alter Mann gewesen wäre – mindestens vierzig, wenn nicht fünfundvierzig –, hätte sie es sicherlich fertiggebracht, die Einladung abzulehnen. Sie bedauerte den heimlichen Abstecher in den Wald, der nun nie stattfinden würde – die obszöne, qualvolle Möglichkeit, daß die beiden Soldaten sie erspäht, sie verfolgt hätten ... Hinkende Helden in den Jagdgründen ihres Stammes. Kriegsbemalung im Wert von 800 Dollar.

«Kennen Sie *The Farmer's Inn*?» fragte Boylan beim Anfahren.

«Ich habe davon gehört», sagte sie. Es war ein kleines Hotel auf einer Klippe über dem Fluß, ungefähr fünfzehn Meilen von hier entfernt, und galt als sehr teuer.

«Es ist keine üble kleine Bude», sagte Boylan, «und der Wein, den man dort bekommt, ist sehr anständig.»

Sie unterhielten sich nicht weiter, denn er fuhr sehr schnell, und der Gegenwind machte bei dem offenen Wagen jedes Gespräch unmöglich. Sie mußte die Augen zusammenkneifen und ihr Haar festhalten. Um Benzin zu sparen, da man ja Krieg hatte, war die Fahrgeschwindigkeit auf 35 Meilen pro Stunde begrenzt worden, aber ein Mann wie Mr. Boylan hatte natürlich genug Benzin.

Ab und zu schaute Boylan zu ihr hinüber und lächelte ein wenig. Das Lächeln war ironisch, hatte sie das Gefühl, und das hatte damit zu tun – davon war sie fest überzeugt –, daß er genau wußte, sie hatte gelogen. Die Gründe, die sie vorgebracht hatte, weshalb sie sich so weit außerhalb der Stadt befand und wieso sie auf einen Bus wartete, der erst in einer Stunde kam, waren zu fadenscheinig gewesen. Boylan beugte sich vor und angelte aus dem Handschuhfach eine dunkle Luftwaffenbrille heraus, die er ihr gab. «Für Ihre hübschen blauen Augen», überschrie er den Wind. Sie setzte die Brille auf und fühlte sich fesch wie eine Filmschauspielerin.

Das *Farmer's Inn* war in der nachkolonialen Zeit, als Reisen zwischen New York und dem Hinterland noch mit der Postkutsche stattfanden, eine Stätte gewesen, wo Pferde gewechselt wurden. Das Haus war rot getüncht, mit weißem Holzwerk, und auf dem Rasen war ein großes Planwagenrad aufgestellt. Der Besitzer kannte seine Landsleute: er wußte, daß sie gern im Schatten der Vergangenheit speisten. Es hätte hundert Meilen oder hundert Jahre von Port Philip entfernt sein können.

Gretchen kämmte ihre Haare zu so etwas wie einer Frisur, wobei sie den Rückspiegel benutzte. Sie fühlte sich unbehaglich, denn sie merkte, daß Boylan sie beobachtete. «Kaum etwas ist im Leben so reizvoll für einen Mann wie ein hübsches Mädchen, das sich mit erhobenen Armen frisiert. Nicht umsonst haben das die Maler aller Zeiten festgehalten», sagte er.

An solche Reden war sie nicht gewöhnt, weder von den Jungen, die mit ihr die High School besucht hatten, noch von den jungen Männern im Büro, die um ihren Schreibtisch herumlungerten, und Gretchen war sich nicht sicher, ob sie Gefallen daran fand oder nicht. Solche Worte schienen in ihr Privatleben einzudringen. Sie hoffte, daß sie an diesem Nachmittag nicht mehr errötete. Sie schickte sich an, etwas Lippenstift aufzutragen, aber Boylan streckte die Hand aus und hielt Gretchen zurück. «Tun Sie das nicht», sagte er gebieterisch. «Ihre Lippen sind rot genug. Mehr als genug. Kommen Sie!» Er sprang aus dem Wagen – mit überraschender Behendigkeit für einen Mann seines Alters, dachte sie, und kam um den Wagen herum und öffnete die Tür für sie.

Gute Manieren, stellte sie automatisch fest. Sie folgte ihm von dem Parkplatz, wo in einer Reihe unter den Bäumen fünf oder sechs andere Wagen standen, zum Eingang. Seine braunen Schuhe – nun, es waren nicht eigentlich

Schuhe (es waren Reitstiefel, sollte sie später herausfinden) – waren wie gewöhnlich auf Hochglanz poliert. Er trug eine Tweedjacke mit Hahnentrittmuster und eine saloppe graue Flanellhose und über dem weichen Wollhemd statt einer Krawatte ein Halstuch. Er ist nicht wirklich, dachte sie, er stammt aus einer Zeitschrift. Was tu ich mit ihm?

Neben ihm kam sie sich in dem kurzärmeligen marineblauen Kleid, das sie am Morgen mit soviel Bedacht ausgesucht hatte, unelegant und plump vor. Bestimmt tat es ihm bereits leid, daß er ihretwegen den Wagen gestoppt hatte. Aber er hielt die Eingangstür für sie offen und griff hilfreich nach ihrem Ellbogen, als sie vor ihm in die Bar hineinging.

Zwei Paare saßen in dem Raum, der wie eine Wirtsstube des 18. Jahrhunderts eingerichtet war: alles in dunkler Eiche mit vielen Zinnkrügen und -tellern. Die beiden Frauen waren noch ziemlich jung und trugen Wildlederröcke, darüber enganliegende, glatte Pullover. Ihre Stimmen klangen durchdringend und selbstsicher. Als Gretchen sie erblickte, wurde sie sich der Üppigkeit ihres Busens bewußt, und sie beugte sich vornüber, um ihn kleiner erscheinen zu lassen. Die beiden Paare saßen an einem niedrigen kleinen Tisch am anderen Ende des Raums, und Boylan führte Gretchen an die Bar und half ihr auf einen massiven hohen Hocker aus Holz.

«Möglichst weit weg von diesen Damen», sagte er mit leiser Stimme. «Nicht gerade melodiös, wie sie reden.»

Ein Neger in gestärkter weißer Jacke erschien, um ihre Bestellung entgegenzunehmen. «Guten Tag, Mr. Boylan», sagte er. «Was steht zu Diensten, Sir?»

«Ah, Bernard!» sagte Boylan. «Sie stellen die immer gleiche Frage, wie sie seit grauer Vorzeit die Philosophen in die Enge getrieben hat.»

Fauler Zauber, dachte Gretchen. Sie war ein wenig schockiert, daß sie das von einem Mann wie Mr. Boylan dachte.

Der Neger lächelte pflichtschuldig. Er wirkte so sauber und makellos, als solle er einen Operationssaal betreten. Gretchen sah ihn von der Seite an. Ich kenne zwei Freunde von dir, dachte sie, nicht wert von hier, denen heute nachmittag nichts zu Diensten steht.

«Meine Liebe –» Boylan wandte sich ihr zu – «was trinken Sie?»

«Irgendwas. Ich überlasse es Ihnen.» Die Fallstricke mehrten sich. Woher sollte sie wissen, was sie trank? Sie trank nie etwas Stärkeres als Coca-Cola. Sie fürchtete sich vor der Speisekarte. Sie mochte schwören, daß sie französisch war. Sie hatte Spanisch und Latein als Wahlfach genommen. Latein!

«Nebenbei bemerkt, Sie sind doch über achtzehn?»

«Ja, doch», sagte Gretchen. Sie spürte, wie ihr die Röte ins Gesicht stieg – einen unpassenderen Augenblick hätte sie sich nicht aussuchen können. Zum Glück war es dunkel in der Bar.

«Ich möchte mich nicht wegen Verführung Minderjähriger vor Gericht verantworten müssen», sagte Boylan lächelnd. Er hatte schöne weiße Zähne: man sah, daß er einen teuren Zahnarzt hatte. Es war nicht leicht zu begreifen, warum ein Mann, der so gut aussah, so schöne Zähne hatte, so elegant gekleidet war und soviel Geld besaß, je allein bei Tisch sitzen sollte.

«Bernard, wir nehmen etwas Süßes. Für die junge Dame hier. Einen Ihrer unnachahmlich netten Daiquiris. Niemand versteht sich so gut darauf wie Sie.»

«Sehr wohl, Sir», sagte Bernard.

Unnachahmlich, dachte sie. Wer gebraucht schon solche Worte. Das Gefühl, weder im richtigen Alter noch passend angezogen, noch gut zurechtgemacht zu sein, stimmte sie feindselig.

Sie sah Bernard zu, wie er die Zitronellen auspreßte, den Saft über die Eiswürfel goß und dann den Drink mit erfahrenen, manikürten schwarz-rosa Händen schüttelte. *Adam und Eva im Paradies.* Wenn Mr. Boylan wüßte ... dann hätte es kein herablassendes Gerede von wegen Verführung gegeben.

Der eisgekühlte Drink war köstlich. Sie trank ihn in großen Schlucken wie Limonade. Boylan beobachtete sie – leicht theatralisch, fand sie, mit den hochgezogenen Augenbrauen.

«Noch mal dasselbe bitte, Bernard», sagte er.

Die beiden Paare standen auf und gingen hinüber in den Speisesaal. Boylan und sie hatten die Bar für sich allein; Bernard war damit beschäftigt, die neuen Drinks zu mixen. Sie fühlte sich jetzt entspannter. Der Nachmittag erschloß sich ihr. Sie wußte nicht, warum ihr ausgerechnet diese Worte in den Sinn kamen. Jedenfalls kam es ihr so vor – *er erschloß sich*. Sie sah sich in einer Menge dunkler Bars sitzen, sah verständnisvolle, eigenwillig gekleidete ältere Männer ihr köstliche Getränke spendieren.

Bernard stellte das Glas vor sie hin.

«Darf ich Ihnen einen guten Rat geben, Schäfchen?» sagte Boylan. «Ich an Ihrer Stelle würde dieses Zeug etwas langsamer trinken. Schließlich ist Rum darin.»

«Ja, natürlich», sagte sie würdevoll. «Ich hatte großen Durst. Vermutlich die Sonnenhitze, in der ich gestanden hatte.»

«Natürlich, Schäfchen», sagte er.

Schäfchen ... Niemand hatte sie je so genannt. Ihr gefiel das Wort, aber auch die kühle, unaufdringliche Art, wie er es sagte. Damenhaft nippte sie an dem kalten Getränk. Das zweite Glas schmeckte ebenso köstlich wie das erste. Vielleicht sogar noch besser. Sie hatte das ganz sichere Gefühl, daß sie an diesem Nachmittag nicht mehr erröten würde.

Boylan verlangte die Speisekarte. Sie wollten, ehe sie in den Speisesaal gingen, in Ruhe ihre Getränke zu Ende trinken; aber die Bestellung konnten sie schon aufgeben. Der Oberkellner kam mit zwei großen, steifgepreßten Karten und sagte, während er sich leicht vorbeugte: «Freut mich sehr, Sie wiederzusehen, Mr. Boylan.»

Jedermann freute sich, Mr. Boylan zu sehen – in seinen auf Hochglanz polierten Schuhen.

«Soll ich bestellen?» sagte Boylan und blickte sie fragend an.

Im Film hatte Gretchen oft gesehen, daß im Restaurant die Herren für die Damen bestellten, aber es war eine Sache, das auf der Leinwand zu sehen, und eine andere, es selber zu erleben. «Ja, gern», sagte sie. Ganz wie in einem Roman, dachte sie triumphierend. Meine Herren, war der Drink gut!

Es folgte eine kurze, aber ernsthafte Besprechung zwischen Mr. Boylan und dem Oberkellner über die Zusammensetzung des Menüs und den Wein. Dann verschwand der Oberkellner mit dem Versprechen, ihnen Bescheid zu sagen, sobald serviert werden konnte. Mr. Boylan zog ein goldenes Zigarettenetui heraus und bot ihr eine Zigarette an. Sie schüttelte den Kopf.

«Sie rauchen nicht?»

«Nein.» Sie fühlte, daß sie als Nichtraucherin weder der Situation selbst noch dem Niveau des Lokals gerecht wurde, doch die zwei oder drei Versuche, die sie gemacht hatte, waren entmutigend gewesen: sie hatte husten müssen, und der Rauch war ihr in die Augen gestiegen. Hinzukam, daß ihre Mutter praktisch Tag und Nacht rauchte, und alles, was ihre Mutter tat, wollte Gretchen nicht tun.

«Gratuliere!» sagte Boylan und zündete sich seine Zigarette mit einem goldenen Feuerzeug an, das er auf die Bar neben das mit einem Monogramm verzierte Zigarettenetui legte. «Ich mag es nicht, wenn Mädchen rauchen. Sie verlieren dann rasch den Schmelz der Jugend.»

Reine Phrasendrescherei, dachte sie, aber es ging ihr nicht mehr so gegen den Strich wie anfangs. Er gab sich alle Mühe, ihr zu gefallen. Ihr fiel plötzlich das Parfum ein, mit dem sie sich nach Büroschluß betupft hatte. Sie befürchtete, daß es ihm zu billig vorkommen würde. «Ich war übrigens ganz überrascht, daß Sie meinen Namen wußten», sagte sie.

«Warum?»

«Ich habe Sie bestimmt nicht mehr als ein- oder zweimal in der Fabrik gesehen. Und durch die Büroräume sind Sie nie gekommen.»

«Aber ich habe Sie gesehen», sagte er. «Und ich habe mich gefragt, was ein Mädchen, das so aussieht wie Sie, an einem so trostlosen Ort wie Boylans Ziegel- und Fliesenfabrik zu suchen hat.»

«Es ist nicht ganz so schlimm», sagte sie abwehrend.

«Nein? Das höre ich gern. Ich war immer der Meinung, alle Leute in der Fabrik müßten das Leben dort unerträglich finden. Ich habe es mir zur Regel gemacht, mich dort nicht länger als höchstens fünfzehn Minuten im Monat aufzuhalten. Es deprimiert mich zu sehr.»

Der Oberkellner erschien. «Es ist angerichtet, Sir.»

«Lassen Sie Ihren Drink stehen, Schäfchen», sagte Boylan und half ihr von ihrem Hocker herunter. «Bernard bringt ihn uns nach.»

Sie folgten dem Oberkellner in den Speisesaal. Acht oder zehn Tische waren besetzt. Ein dickbäuchiger Colonel in Gesellschaft jüngerer Offiziere. Andere tweedbekleidete Paare. Auf den polierten Tischen im imitierten Kolonialstil standen Blumen und Reihen funkelnder Gläser. Hier gab es niemanden, der weniger als 10 000 Dollar im Jahr verdiente, dachte Gretchen.

Die Unterhaltung der Gäste verstummte, als sie hinter dem Oberkellner zu einem kleinen Tisch am Fenster mit Blick auf den Fluß gingen. Sie spürte, daß die jungen Offiziere ihr nachstarrten. Verlegen griff sie sich ans Haar. Sie wußte, was in ihren Köpfen vorging. Ihr hätte es mehr gefallen, wenn Mr. Boylan jünger gewesen wäre.

Der Oberkellner rückte ihr den Stuhl zurecht, sie nahm Platz und breitete die große cremefarbene Serviette über ihren Schoß. Bernard kam mit den noch nicht ausgetrunkenen Daiquiris und stellte sie auf den Tisch.

«Danke, Sir», sagte er, als er sich zurückzog.

Der Oberkellner erschien mit einer Flasche französischen Rotweins, und der Tischkellner servierte ihnen den ersten Gang. Es herrschte kein Mangel an Personal in *The Farmer's Inn*.

Feierlich groß der Oberkellner ein wenig von dem Wein in ein großes, tiefes Glas. Boylan nahm einen kleinen Schluck, blickte, die Augen verdrehend, zur Decke, behielt den Wein einen Augenblick im Mund, bevor er ihn herunterschluckte. Boylan nickte dem Oberkellner zu. «Sehr gut, Lawrence», sagte er.

«Danke, Sir», sagte der Oberkellner. Mit all diesen ‹Danke, Sir› würde die Rechnung horrend werden, dachte Gretchen.

Der Oberkellner schenkte ihr ein, dann Boylan. Boylan hob ihr sein Glas entgegen, und beide, er und Gretchen, nippten an dem Wein. Er hatte einen seltsam trockenen Geschmack und war lauwarm. Irgendwann würde sie diesen Geschmack lieben, dessen war sie ganz sicher.

«Ich hoffe, Sie mögen Palmherzen», sagte Boylan. «Ich habe sie auf Jamaika kennen- und schätzen gelernt. Lange vor dem Krieg natürlich.»

«Es ist köstlich.» Was da vor ihr auf dem Teller lag, schmeckte nach nichts, aber ihr gefiel der Gedanke, daß eine ganze edle Palme gefällt worden war, nur damit ihr ein kleines, delikates Gericht serviert wurde.

«Wenn der Krieg vorbei ist», sagte er, «will ich mich auf Jamaika niederlassen. Nichts anderes tun als das ganze Jahr über im weißen Sand in der Sonne liegen. Sobald all diese Jungens in die Heimat zurückkehren, wird es hier bei uns unmöglich werden. Eine Welt, die nur für Helden geschaffen ist», sagte er spöttisch, «ist für Theodore Boylan kaum geeignet. Sie müssen mich besuchen kommen.»

«Bestimmt», sagte sie. «Von dem Gehalt, das ich in Boylans Ziegel- und Fliesenfabrik bekomme, werde ich dort unten Rumba tanzen.»

Er lachte. «Meine Familie rühmt sich voller Stolz, daß wir unsere Leute von Anfang an unterbezahlt haben.»

«Ihre Familie?» fragte sie. Soweit sie wußte, war er der einzige noch lebende Boylan. Es war allgemein bekannt, daß er ganz allein in dem riesigen, von einer hohen Steinmauer umgebenen Haus draußen vor der Stadt wohnte. Mit Dienerschaft natürlich.

«Wir sind ein Imperium», sagte er. «Glanz und Gloria erstrecken sich von Küste zu Küste, von dem mit Tannenwäldern bestandenen Maine bis zu dem nach Orangenblüten duftenden Kalifornien. Außer der Boylan-Zementfabrik und Boylans Ziegel- und Fliesenfabrik in Port Philip gibt es noch Schiffswerften, Ölgesellschaften, Stahlindustriebetriebe im ganzen Land, die alle den Namen Boylan im Firmenschild führen und an deren Spitze ein Bruder, Onkel oder Vetter steht. All diese Firmen haben feste Regierungsaufträge und liefern unserem geliebten Land das Kriegsmaterial mit sicheren Gewinnspannen. Es gibt sogar einen Major General Boylan, der im Versorgungsamt in Washington für die gute Sache der Nation wackere Kämpfe ficht. Familie? Laßt den Duft eines Dollars in der Luft liegen, und unter denen, die in der ersten Reihe stehen, werdet ihr einen Boylan finden.»

Menschen, die sich über ihre Familie lustigmachen, war Gretchen, treu und aufrichtig, wie sie war, nicht gewöhnt. Auf ihrem Gesicht mußte sich so etwas wie Enttäuschung widergespiegelt haben.

«Sie sind schockiert», sagte Boylan. Wieder dieser schiefe, belustigte Blick.

«Nicht wirklich», erwiderte sie. Sie dachte an ihre eigene Familie. «Nur innerhalb einer Familie weiß man, wieviel an Liebe jeder verdient.»

«Oh, ich bin nicht ganz so schlimm», sagte Boylan. «Es gibt eine Tugend, die meine Familie im Überfluß hat und die ich vorbehaltlos bewundere.»

«Und die ist?»

«Sie ist reich. Sie ist sehr, sehr reich.» Er lachte.

«Trotzdem», sagte sie in der Hoffnung, daß er nicht ganz so schlimm war, wie er sich gab, daß es nur eine Schau war, die er beim Lunch abzog, um Eindruck auf ein dummes kleines Mädchen zu machen, «trotzdem, Sie arbeiten. Und die Boylans haben viel für die Stadt getan...»

«Das haben sie bestimmt», sagte er. «Sie haben sie bis aufs Blut ausgesaugt. Und jetzt empfinden sie so etwas wie ein sentimentales Interesse an ihr. In Port Philip sind die unbedeutendsten Unternehmen des Imperiums, und es lohnt sich nicht, dorthin einen echten, hundertprozentigen, draufgängerischen Boylan-Sproß zu setzen, dennoch geben sie sie nicht auf. Der letzte und geringste des Geschlechtes, Ihr ergebener Diener, ist in die unterentwickelte Heimat abgestellt worden, um dem Relikt aus der Vergangenheit wenigstens ein- oder zweimal im Monat durch seine Anwesenheit etwas von dem Zauber des Namens und dem Ansehen zu verleihen, das die Familie heute noch genießt. Ich erfülle meine rituellen Pflichten mit allem schuldigen Respekt und hoffe auf Jamaika, sobald die Kanonen schweigen.»

Er haßt nicht nur seine Familie, dachte sie, er haßt auch sich selbst.

Seine scharfen, bläßlichen Augen nahmen die kleine Veränderung in ihrem Gesichtsausdruck wahr. «Sie mögen mich nicht», sagte er.

«Das ist nicht wahr», sagte sie. «Sie sind nur so anders als alle Leute, die ich sonst kenne.»

«Besser oder schlechter?»

«Ich weiß nicht», sagte sie.

Er nickte ernst. «Ich ziehe die Frage zurück», sagte er. «Trinken Sie aus. Ich lasse noch eine Flasche kommen.»

Irgendwie hatten sie, noch ehe der Hauptgang serviert wurde, die ganze Flasche ausgetrunken. Der Oberkellner stellte neue Gläser vor sie hin, und noch einmal wiederholte sich die Zeremonie des Probierens. Der Wein hatte Gretchens Gesicht gerötet. Die anderen Gäste schienen in weite Ferne gerückt; wie das gleichmäßige, beruhigende Rauschen der Brandung drangen die Stimmen an ihr Ohr. Sie fühlte sich plötzlich wie zu Hause inmitten all der polierten Möbel, und sie lachte laut auf.

«Warum lachen Sie?» fragte Boylan argwöhnisch.

«Weil ich hier bin», sagte sie, «und doch an so vielen anderen Orten sein könnte.»

«Sie müssen öfter trinken», sagte er. «Wein bekommt Ihnen gut.» Er griff nach ihrer Hand und streichelte sie. Seine Hand war kühl und fest. «Sie sind schön, Schäfchen, wirklich schön.»

«Das glaub ich auch», erwiderte sie.

Nun war die Reihe an ihm, zu lachen.

«... heute», sagte sie.

Zu dem Zeitpunkt, als der Kellner ihnen den Kaffee brachte, war sie betrunken. Sie war noch nie in ihrem Leben betrunken gewesen und hatte daher keine Ahnung, daß sie betrunken war. Das einzige, was sie wußte, war, daß alle Farben klarer hervortraten, daß der Fluß unter ihr kobaltblau schimmerte und daß die am Himmel sich neigende Sonne über den fernen westlichen Felsen von einem herzergreifenden Gold war. Jeder Bissen, den sie aß, schmeckte nach Sommerzeit, und der ihr gegenübersitzende Mann mit dem sonnengebräunten Gesicht und den gütigen Augen, der ihr so aufmerksam zuhörte, war kein Fremder und auch nicht ihr Arbeitgeber, sondern der beste und engste Freund, den sie hatte. Wenn er hin und wieder seine Hand auf die ihre legte, so war das eine willkommene, angenehme Berührung, sein Lachen eine Anerkennung ihrer sprühenden Unterhaltung. Sie konnte ihm alles sagen, ihre Geheimnisse gehörten ihm.

Sie erzählte ihm Anekdoten aus dem Lazarett – von dem Soldaten, der über dem Auge eine Narbe hatte, Andenken an eine Französin, die beim Einmarsch der Amerikaner in Paris voller Begeisterung eine Weinflasche geschleudert hatte, und dem das Verwundetenabzeichen verliehen worden war, weil er infolge einer im Dienst erlittenen Verletzung alles doppelt sah. Und von der Krankenschwester und dem Lieutenant, die sich jede Nacht in einem abgestellten Sanitätswagen trafen und die eines Nachts, als der Sanitätswagen angefordert wurde, splitternackt bis nach Poughkeepsie gefahren worden waren.

Während sie sprach, wurde ihr klar, daß sie eine ungewöhnlich interessante Person war, die ein an Ereignissen reiches, erfülltes Leben führte. Sie beschrieb die Probleme, die sie gehabt hatte, als sie im letzten Schuljahr die Rolle der Rosalinde in ‹Wie es euch gefällt› gespielt hatte. Mr. Pollack, ihr Englisch-Lehrer, der ein Dutzend Rosalindes am Broadway und anderswo gesehen hatte, hatte ihr nach der Aufführung gesagt, es wäre ein Verbrechen, wenn sie ihr Talent vergeudete. Im Jahr davor hatte sie die Portia gespielt, und möglicherweise würde sie aber auch eine glänzende Anwältin abgeben. Ihrer Meinung nach sollten die Frauen sich heutzutage solchen Dingen widmen, statt zu heiraten und Kinder zu kriegen.

Sie würde Teddy (als der Nachtisch kam, nannte sie ihn Teddy) etwas sagen, das sie bisher noch keiner Menschenseele anvertraut hatte: nach dem Krieg wollte sie nach New York gehen und Schauspielerin werden. Sie trug ein Stück aus ‹Wie es euch gefällt› vor – mit beschwingter und von Daiquiris, dem Wein und zwei Gläsern Benediktiner gelöster Zunge.

«*Kommt, freit um mich, freit um mich, denn ich bin jetzt in einer Festtagslaune, und könnte wohl einwilligen – Was würdet Ihr zu mir sagen, wenn ich Eure rechte, rechte Rosalinde wäre?*»

Teddy küßte ihre Hand, als sie geendet hatte, und sie nahm den ihr gezollten Tribut gnädig hin, stolz auf die kokette Angemessenheit des Zitats.

Beflügelt durch die nicht erlahmende Aufmerksamkeit ihres Gegenübers fühlte sie sich sprühend und unwiderstehlich, wie elektrisiert. Sie öffnete die beiden obersten Knöpfe ihres Kleides. Warum nicht zeigen, was man hat. Außerdem war es warm in dem Restaurant. Mit einemmal konnte sie über Dinge reden, die ihr sonst unaussprechlich erschienen waren, Worte gebrauchen, die sie bis dahin nur von bösen Buben hatte an die Wand gekritzelt sehen. Sie hatte es zur Vorurteilslosigkeit – diesem Privileg der besitzenden Schichten – gebracht.

«Ich beachte sie überhaupt nicht», antwortete sie, als Boylan sie fragte, ob sie im Büro nicht sehr umschwärmt würde von den Männern. «Sie wieseln herum wie junge Hunde. Kleinstadt-Don Juans. Laden einen ins Kino ein und zu einer Eiscreme-Soda, und auf der Heimfahrt knutschen sie einen auf dem Rücksitz des Autos ab, grabschen nach einem, keuchen wie sterbende Elche und versuchen einem die Zunge in den Mund zu stecken. Vielen Dank, nicht mit mir. Ich habe anderes zu tun. Als einer von ihnen es einmal versucht hat, habe ich ihn eines Besseren belehrt. Mir pressiert es nicht!» Sie stand plötzlich auf. «Danke für das vorzügliche Essen», sagte sie. «Ich muß mal auf die Toilette.» Sie hatte nie zuvor zu jemand gesagt, mit dem sie ausgegangen war, sie müsse auf die Toilette gehen. Lieber hatte sie es auf sich genommen, daß ihre Blase beinahe geplatzt war.

Teddy erhob sich. «Erste Tür links draußen in der Halle», sagte er. Teddy kannte sich aus, wußte über alles Bescheid.

Sie schritt gemächlich durch den Speisesaal, ganz überrascht, daß er völlig leer war. Sie ging sehr langsam und war sich bewußt, daß Teddys bläßliche, kluge Augen jeden ihrer Schritte verfolgten. Ihr Rücken war gerade. Sie wußte das. Sie hatte einen langen, schlanken Hals, der unter dem schwarzen Haar hell leuchtete. Sie wußte das. Ihre Taille war zierlich, ihre Hüften schön geschwungen, ihre Beine lang und rund und fest. Sie wußte alles das und ging langsam, um es Teddy ein für allemal einzuprägen.

In der Damentoilette betrachtete sie sich im Spiegel und wischte den letzten Rest Lippenstift von ihrem Mund. Ich habe einen üppigen, auffallenden Mund, sagte sie zu ihrem Spiegelbild. Wie töricht, ihn wie irgendeinen gealterten Mund anzumalen.

Sie verließ die Toilette. Am Eingang zur Bar wartete Teddy auf sie. Er hatte die Rechnung bezahlt und war gerade dabei, den linken Handschuh überzustreifen. Er starrte sie düster an, als sie auf ihn zukam.

«Ich werde Ihnen ein rotes Kleid kaufen», sagte er. «Ein leuchtend rotes Kleid, damit dieser wunderbare Teint und dieses üppige schwarze Haar besser zur Geltung kommen. Wo immer Sie auftauchen, werden die Männer Ihnen zu Füßen liegen.»

Sie lachte. Also rot war ihre Farbe. Herrlich, wenn ein Mann so etwas sagte.

Sie nahm seinen Arm, und sie gingen hinaus zum Wagen.

Er schloß das Verdeck, denn es wurde kühl, und sie fuhren langsam in südlicher Richtung, wobei seine kräftige rechte Hand, nicht ohne Absicht unbehandschuht, auf der ihren zwischen ihnen auf dem Sitz lag. Es war richtig gemütlich in dem Wagen, die Fenster alle hochgekurbelt, und in der Luft eine Spur von Alkohol, den sie getrunken hatten, und der sich mit dem Ledergeruch der Innenausstattung vermischte.

«So, und nun erzählen Sie mir, was Sie heute nachmittag an der Bushaltestelle von King's Landing tatsächlich gesucht haben», sagte er.

Sie kicherte.

«Das war ein dreckiges Kichern», sagte er.

«Es war ein dreckiger Grund, wegen dem ich dort war», sagte sie.

Eine ganze Weile sprach er kein Wort. Niemand begegnete ihnen auf der baumgesäumten Straße, die sich wie eine lange, zebragestreifte Fläche vor ihnen erstreckte: die Bäume warfen lange Schatten, die Zwischenräume füllte das schwindende Sonnenlicht.

«Ich warte noch immer», sagte Teddy.

Warum nicht? dachte sie. Alles konnte an diesem gesegneten Nachmittag gesagt werden. Nichts brauchte zwischen ihnen verheimlicht zu werden. Über

Nichtigkeiten wie Prüderie waren sie beide erhaben. Sie begann zu sprechen, zuerst zögernd, dann allmählich unbeschwerter, als sie auf das zu reden kam, was im Lazarett vorgefallen war.

Sie schilderte, wie einsam die beiden Neger waren, daß sie die einzigen Farbigen auf der Station waren, wie bescheiden und zurückhaltend Arnold immer gewesen war, daß er sie nie beim Vornamen genannt hatte wie die anderen Soldaten, daß er alle Bücher las, die sie ihm brachte, wie klug er war, aber auch wie traurig wegen seiner Verwundung und der jungen Frau in Cornwall, die ihm nie geschrieben hatte. Dann erzählte sie von dem Abend, als er sie, während die anderen alle schon schliefen, allein in dem Aufenthaltsraum getroffen hatte, und von dem Gespräch, das sie geführt hatten, und wie es zu dem Vorschlag mit den 800 Dollar gekommen war. «Hätte es sich um Weiße gehandelt, wäre ich zum Colonel gegangen und hätte sie gemeldet», sagte sie, «aber so ...»

Teddy nickte, sagte aber nichts, sondern fuhr nur ein wenig schneller.

«Seit jenem Abend bin ich nicht mehr im Lazarett gewesen», fuhr sie fort, «ich brachte es einfach nicht fertig. Ich habe meinen Vater gebeten, mich nach New York gehen zu lassen, weil ich es nicht ertragen konnte, in derselben Stadt mit jemand zu leben, der solche Dinge zu mir gesagt hat. Doch mein Vater ... Mit ihm kann man nicht argumentieren. Und auf der anderen Seite habe ich ihm den wahren Grund nicht sagen können. Er wäre hingegangen und hätte die beiden mit bloßen Fäusten umgebracht. Und dann, heute morgen, es war ein so schöner Tag, und *ich* bin eigentlich gar nicht zu dem Bus gegangen; etwas hat mich förmlich in ihn hineingezogen. Ich wußte, daß ich nicht zu diesem Haus gehen wollte, aber vielleicht wollte ich mich davon überzeugen, ob die beiden wirklich da waren, ob es Männer gibt, die sich so verhalten. Auch noch, als ich aus dem Bus ausgestiegen war, hab ich einfach nur dagestanden und gewartet. Ich hab eine Cola getrunken, mich auf der Bank ein bißchen gesonnt ... na, und vielleicht wär ich den Waldweg ein Stückchen hinuntergegangen. Vielleicht sogar ganz. Nur um mich zu überzeugen. Denn ich war ganz sicher, mir würde nichts geschehen. Ich konnte ja leicht davonlaufen, auch wenn sie mich gesehen hätten. Mit ihren Verletzungen am Bein können sie sich nur schlecht bewegen ...»

Der Wagen verlangsamte die Fahrt. Während sie sprach, hatte sie unter sich auf ihre Schuhe geblickt. Jetzt sah sie hoch und erkannte die Tankstelle, den Gemischtwarenladen von heute nachmittag. Niemand war zu sehen.

An der Einmündung des Kieswegs, der zum Fluß hinunterführte, kam der Wagen zum Stehen.

«Es war ein Spiel», sagte sie, «das dumme, grausame Spiel eines Mädchens.»

«Sie lügen», sagte Boylan.

«Was?» Sie war wie betäubt. Wie heiß und stickig die Luft hier in dem Wagen war.

«Sie haben mich sehr gut verstanden, Schäfchen», sagte Boylan. «Sie lügen. Es war kein Spiel. Sie waren durchaus bereit, dorthin zu gehen und sich mit den Männern einzulassen.»

«Teddy», sagte sie nach Luft ringend, «bitte ... bitte machen Sie das Fenster auf. Ich bekomme keine Luft.»

Boylan beugte sich herüber und öffnete die Tür auf ihrer Seite. «Vorwärts!» sagte er. «Zier dich nicht! Sie sind bestimmt noch da. Laß dir das Vergnügen nicht entgehen! Ich bin fest davon überzeugt, daß du das Erlebnis in deinem ganzen Leben nicht vergessen wirst.»

«Bitte, Teddy ...» Sie fühlte sich sehr schwindlig im Kopf, und seine Stimme drang wie aus weiter Ferne und dann plötzlich ganz nah an ihr Ohr.

«Mach dir keine Gedanken darüber, wie du nach Hause kommst», sagte Boylan. «Ich werde hier auf dich warten. Ich habe sonst nichts vor. Es ist Samstag, und meine Freunde sind alle außerhalb der Stadt. Mach zu! Du kannst mir davon erzählen, wenn du zurückkommst. Ich bin sehr gespannt.»

«Ich brauche Luft», sagte sie. Ihr Kopf schien zerspringen zu wollen und ihr war, als müßte sie ersticken. Sie taumelte aus dem Wagen und übergab sich am Straßenrand.

Boylan saß regungslos am Steuer und starrte vor sich hin. Als es vorbei war und die würgenden Geräusche aufgehört hatten, sagte er kurzangebunden: «Na schön, komm wieder rein!»

Erschöpft und schwach wankte sie zum Wagen zurück, kalte Schweißtropfen auf der Stirn und die Hand gegen den Geruch vor den Mund haltend.

«Hier, mein Kind», sagte Boylan freundlich. Er reichte ihr das große, buntseidene Taschentuch aus seiner Brusttasche. «Nimm das.»

Sie betupfte ihren Mund, wischte den Schweiß von ihrer Stirn. «Danke», flüsterte sie.

«Was möchtest du wirklich, Schäfchen?» fragte er.

«Ich möchte nach Hause», wimmerte sie.

«In diesem Zustand kannst du nicht nach Hause», sagte er. Er setzte den Motor in Gang und fuhr los.

«Wohin fahren Sie?»

«Zu mir nach Hause», erklärte er.

Sie war zu erschöpft, um Einwände zu machen. Mit geschlossenen Augen saß sie zurückgelehnt da, als sie in südlicher Richtung schnell den Highway entlangfuhren.

Am Abend, nachdem sie sich im Badezimmer lange den Mund mit einem nach Zimt duftenden Mundwasser gespült und zwei Stunden stumpf auf seinem Bett geschlafen hatte, nahm er sie. Danach fuhr er sie schweigend nach Hause.

Als sie am Montagmorgen um neun ins Büro kam, lag auf ihrem Schreibtisch ein langes weißes Kuvert, nur mit ihrem Namen darauf und in eine Ecke das Wort ‹Persönlich› gekritzelt. Sie öffnete den Umschlag. Es waren acht Hundert-Dollar-Scheine darin.

Er mußte bei Morgengrauen aufgestanden, mußte den ganzen Weg in die Stadt gefahren sein und die verschlossene Fabrik betreten haben, bevor irgend jemand zur Arbeit erschien.

3

Im Klassenzimmer war es völlig still; außer eifrig über Papier kratzenden Federn war nichts zu hören. Miss Lenaut saß lesend an ihrem Pult und blickte nur ab und zu auf. Sie hatte der Klasse einen französischen Aufsatz aufgegeben mit dem Thema «Französisch-amerikanische Freundschaft». Als Rudolph sich in einer der letzten Reihen der Klasse über sein Heft beugte, mußte er sich eingestehen, daß Miss Lenaut zwar schön und zweifellos eine Französin sein mochte, daß ihre Phantasie aber etwas zu wünschen übrigließ.

Man bekam einen halben Minuspunkt, wenn man einen Rechtschreibfehler machte oder einen Akzent falsch setzte, und einen ganzen Minuspunkt für jeden grammatikalischen Fehler. Insgesamt mußte der Text wenigstens drei Seiten lang sein.

Rudolph füllte die geforderten drei Seiten schnell. Er war der einzige Schüler in der Klasse, der ständig Noten mit über 90 Punkten bekam, sei es für Aufsätze, sei es für die Diktate, und bei den letzten drei Prüfungen hatte er es sogar auf 100 Punkte gebracht. Er war so gut in Französisch, daß Miss Lenaut argwöhnisch geworden war und ihn gefragt hatte, ob seine Eltern französischer Abstammung seien. «Jordache ist kein amerikanischer Name», hatte sie gesagt. Die Bezichtigung kränkte ihn. Er wollte sich zwar in vielerlei Hinsicht von seinen Mitmenschen unterscheiden, aber nicht in seinem Amerikanertum. Sein Vater sei Deutscher, erklärte er Miss Lenaut, und abgesehen von einem gelegentlichen Wort in dieser Sprache redeten sie zu Hause nur Englisch.

«Sind Sie sicher, daß Ihr Vater nicht im Elsaß geboren ist?» beharrte Miss Lenaut.

«Er ist in Köln geboren», sagte Rudolph und fügte hinzu, sein Großvater stamme aus Elsaß-Lothringen.

«*Alors*», sagte Miss Lenaut. «Es ist also so, wie ich vermutet habe.»

Es schmerzte Rudolph tief, daß Miss Lenaut, diese Inkarnation weiblicher Schönheit und weltlichen Charmes und der Gegenstand seiner leidenschaftlichen Verehrung auch nur einen Augenblick glauben konne, er würde sie belügen oder beschwindeln. Wie gern hätte er ihr seine Gefühle gebeichtet. In Gedanken sah er sich Jahre später, wenn er bereits ein ausgewachsener College-Student war, vor der High School stehen und auf Miss Lenaut warten. Er würde sie auf französisch ansprechen – das er dann fließend und ohne Akzent sprach – und ihr amüsiert von dem schüchternen Knaben berichten, der er damals gewesen war, und seine Schuljungen-Leidenschaft nachträglich gestehen. Wer wußte, was dann geschah? Die Literatur war voll von älteren Frauen und hochbegabten Jünglingen, von Lehrerinnen und frühreifen Schülern.

Er las seinen Aufsatz noch einmal nach Fehlern durch, unmutig über die Banalität, die ihm das Thema auferlegt hatte. Er änderte ein Wort oder zwei, setzte einen Akzent, den er übersehen hatte, und schaute auf seine Uhr. Er hatte noch fünfzehn Minuten Zeit.

«He!» Von rechts drang ein gequältes Flüstern an sein Ohr. «Wie heißt das Participe passé von *venir*?»

Rudolph drehte den Kopf ein wenig in die Richtung seines Nachbarn Sammy Kessler, der verzweifelt über sein Heft gebeugt saß und mit flackernden Augen zu Rudolph hinüberblickte. Rudolph warf einen Blick nach vorn. Miss Lenaut war in ihr Buch vertieft. In ihrer Stunde verstieß er höchst ungern gegen die Vorschriften, andererseits wollte er bei seinen Schulkameraden nicht als Feigling oder Lieblingsschüler der Lehrerin gelten.

«*Venu*», flüsterte er.

«Mit zwei n?» flüsterte Kessler zurück.

«Mit einem, du Idiot», sagte Rudolph.

Sammy Kessler schrieb eifrig und schwitzend. Rudolph sah Miss Lenaut an. Sie war heute besonders anziehend, fand er. Sie trug lange Ohrringe und ein braunes, glänzendes Kleid, das sich hauteng um ihre Hüften schmiegte und freigebig einen Blick auf ihren steif gepanzerten Busen gewährte. Wie eine blutrote Wunde sah ihr grell geschminkter Mund aus. Vor jeder Unterrichtsstunde zog sie sich die Lippen nach. Ihre Familie besaß im Theaterviertel von New York ein kleines französisches Restaurant, und es war mehr der Broadway, der Miss Lenaut geprägt hatte, als der Faubourg St. Honoré, aber Rudolph war sich dieses Unterschiedes glücklicherweise nicht bewußt.

Gelangweilt fing Rudolph an zu zeichnen. Miss Lenauts Gesicht nahm Form und Gestalt an – die leicht erkennbaren Lockenkringel vor den Ohren, das gewellte, dichte Haar mit dem Mittelscheitel. Rudolph zeichnete weiter. Die Ohrringe, den kurzen, dicken Hals. Einen Augenblick zögerte er. Der Boden, den er jetzt betrat, war gefährlich. Noch einmal warf er einen Blick auf Miss Lenaut. Sie war noch immer in ihre Lektüre vertieft. Disziplinlosigkeit gab es in Miss Lenauts Klasse nicht. Mit mitleidloser Strenge bestrafte sie die kleinsten Übertretungen. Das rückbezügliche unregelmäßige Verb *se taire* beispielsweise durchzukonjugieren, und zwar zehnmal hintereinander, war die leichteste ihrer Strafen. Sie verstand es, dazusitzen und zu lesen und sich nur mit einem gelegentlichen Augenaufschlag davon zu überzeugen, daß alles in Ordnung war, daß niemand flüsterte und keine Zettel von Tisch zu Tisch wanderten.

Rudolph gab sich den Wonnen erotischer Kunst hin. Er zog die Linie von

Miss Lenauts Hals weiter herunter bis zu ihrer rechten nackten Brust. Dann fügte er ihre linke Brust hinzu. Die Proportionen stimmen, stellte er zufrieden fest. Er zeichnete sie, einen Arm ausgestreckt, mit einem Stück Kreide in der Hand, an der Tafel stehend. Rudolph fand Gefallen an seiner Arbeit. Jedesmal gelang das Werk ihm besser. Die Hüften waren leicht. Beim Venusberg rief er sich die Abbildungen in den Kunstbüchern, die er in der Bibliothek gesehen hatte, ins Gedächtnis – dieser Teil war daher auch ein wenig undeutlich. Die Beine, fühlte er, waren ihm geglückt. Er hätte Miss Lenaut gern barfuß dargestellt, aber er hatte wenig Übung im Zeichnen von Füßen und nahm daher lieber Zuflucht zu den Stöckelschuhen mit Riemchen um die Knöchel, wie sie sie meistens trug. Da vorn auf der Tafel im Klassenzimmer einige Worte von ihr standen, beschloß er, auch die Tafel auf seiner Zeichnung zu beschriften. *Je suis folle d'amour*, schrieb er in Miss Lenauts Handschrift darauf. Nun machte er sich daran, Miss Lenauts Brüste künstlerisch zu schattieren. Er hatte das Gefühl, daß das ganze Werk überzeugender wäre, wenn er es so anlegte, als fiele von links starkes Licht ein. Er schattierte die Innenseite von Miss Lenauts Schenkel. Wenn es doch bloß jemand in der Schule gäbe, dem er die Zeichnung hätte zeigen können, jemand, der sie zu würdigen verstand. Aber den Jungen aus der Leichtathletikmannschaft, die seine besten Freunde waren, war nicht zu trauen: ihnen mangelte es an Ernsthaftigkeit.

Er bezog auch die Partie an den Knöcheln in den Schatten mit ein, als er das Gefühl hatte, jemand stünde neben seinem Schreibpult. Er blickte langsam hoch. Miss Lenaut stand da und sah auf die auf seinem Pult liegende Zeichnung herunter. Trotz ihrer hohen, klappernden Absätze mußte sie wie eine Katze den Gang zwischen den Bänken heruntergeschlichen sein.

Rudolph blieb regungslos sitzen. Nicht die kleinste Bewegung schien ihm im Augenblick angebracht. Miss Lenauts dunkle, mit Tusche umrandete Augen funkelten, und sie biß sich auf die Lippen. Wortlos streckte sie die Hand aus. Rudolph nahm den Bogen und reichte ihn ihr. Miss Lenaut machte auf dem Absatz kehrt und ging zu ihrem Platz zurück, wobei sie den Bogen zusammenrollte, damit niemand sah, was darauf war.

Unmittelbar ehe es zur Pause läutete, rief sie: «Jordache!»

«Ja, Miss Lenaut», sagte Rudolph. Er war ganz stolz darauf, daß seine Stimme natürlich wie immer klang.

«Kann ich Sie nach der Stunde einen Augenblick sprechen?»

«Jawohl, Miss Lenaut», erwiderte er.

Es läutete. Die übliche lärmende Geschäftigkeit setzte ein. Die Schüler packten ihre Sachen zusammen und eilten aus dem Klassenzimmer. Mit großer Bedächtigkeit schob Rudolph Buch um Buch in seine Schulmappe. Als die anderen Schüler alle den Raum verlassen hatten, ging er nach vorn zu Miss Lenauts Pult.

Sie saß da wie eine Richterin. Ihr Ton war eisig. «*Monsieur l'artiste*», sagte sie, «Sie haben einen wichtigen Punkt an Ihrem *chef d'œuvre* vergessen.» Sie zog die Schublade auf, holte die Zeichnung heraus und glättete sie mit einem kratzenden Geräusch am Tintenlöscher auf dem Lehrpult. «Dem Meisterwerk fehlt die Signatur. Kunstwerke sind bekanntlich wertvoller, wenn sie von Künstlerhand signiert sind. Es wäre bedauerlich, wenn es Zweifel hinsichtlich des Ursprungs eines Werkes von solcher Lebensfrische gäbe.» Sie schob Rudolph die Zeichnung hin. «Ich wäre Ihnen sehr verbunden, Monsieur», sagte sie, «wenn Sie die Güte hätten, Ihren Namen hinzuzufügen. Leserlich bitte.»

Rudolph zog den Füllfederkasten heraus und schrieb seinen Namen in die rechte untere Ecke. Er tat es langsam und bedächtig, warf gleichzeitig Miss Lenaut einen Blick zu, um sich zu vergewissern, daß sie bemerkte, wie er bei dieser Gelegenheit die Zeichnung noch einmal betrachtete. Er würde sich nicht wie ein dummer Schuljunge von ihr abkanzeln lassen. Liebe hat ihre eigenen Gesetze. Wenn er Manns genug gewesen war, sie nackt zu zeichnen, so war er auch Manns genug, sich ihrem Zorn zu stellen. Er versah seinen Namenszug noch mit einem kleinen Schnörkel.

Miss Lenaut griff nach der Zeichnung und nahm sie an sich. «Monsieur», sagte Miss Lenaut schrill und schweratmend, «Sie gehen, wenn die Schule zu Ende ist, sofort nach Hause und holen entweder Ihren Vater oder Ihre Mutter, damit ich mit eine von Ihren Eltern sprechen kann.» Wenn Miss Lenaut aufgeregt war, sprach sie kein einwandfreies Englisch, dann unterliefen ihr kleine, komische Schnitzer. «Ich habe Ihren Eltern einige bemerkenswerte Dinge über den Sohn zu sagen, den sie großgezogen haben. Ich bleibe hier und warte. Wenn Sie nicht bis vier Uhr mit einem Elternteil zurückkommen, wird das die schlimmsten Folgen nach sich ziehen. Ist das klar?»

«Jawohl, Miss Lenaut. Guten Tag, Miss Lenaut.» Der «Guten Tag»-Sager faßte Mut. Er ging weder schneller noch langsamer als sonst aus dem Zimmer. Rechtzeitig erinnerte er sich an den gleitenden, eleganten Gang, den er sich angewöhnt hatte. Miss Lenaut atmete, als sei sie gerade zwei Treppenabsätze hochgerannt.

Als er von der Schule nach Hause kam, vermied er es, den Laden zu betreten, in dem seine Mutter gerade Kunden bediente, sondern ging statt dessen hinauf in die Wohnung, wo er seinen Vater vorzufinden hoffte. Was auch geschehen mochte – auf keinen Fall sollte seine Mutter diese Zeichnung sehen. Wenn Vater ihn schlug, na schön, das ging vorüber und war auf jeden Fall dem Vorwurf in den Augen seiner Mutter vorzuziehen, der darin für alle Zeit geschrieben stehen würde, sofern sie dieses Bild sah, dessen war er sicher.

Sein Vater war nicht zu Hause. Gretchen war im Büro, und Tom kehrte immer erst fünf Minuten vor dem Abendessen heim. Rudolph wusch sich Hände und Gesicht und kämmte sich. Er wollte seinem Schicksal wie ein Mann von Welt begegnen.

Er ging hinunter in den Laden. Seine Mutter steckte gerade ein Dutzend Brötchen in eine Tüte und reichte sie einer alten Frau, die wie ein nasser Hund roch. Rudolph wartete, bis die alte Frau gegangen war, dann ging er hin und küßte seine Mutter.

«Wie war es in der Schule?» fragte sie und strich ihm über den Kopf.

«Das übliche», sagte er. «Ist Pa irgendwo in der Nähe?»

«Er ist wahrscheinlich unten am Fluß. Warum?» Argwohn lag in dem ‹Warum›. Es war ganz ungewöhnlich, daß jemand aus der Familie sich ohne zwingenden Grund nach ihrem Mann erkundigte.

«Nichts Besonderes», sagte Rudolph lässig.

«Hast du heute kein Training?» forschte sie.

«Nein.» Die kleine Glocke über der Tür bimmelte: zwei Kunden betraten den Laden, und er brauchte nicht länger zu lügen. Seiner Mutter zuwinkend, als sie die Kunden begrüßte, ging er hinaus.

Als er vom Laden aus nicht mehr zu sehen war, fing er an zu laufen. Sein Vater hatte in einem baufälligen Lagerschuppen unten am Wasser sein Rennboot aufgebockt und war gewöhnlich ein- oder zweimal in der Woche nachmittags dort anzutreffen. Rudolph betete, es möge ein solcher Nachmittag sein.

Als er den Schuppen erreichte, sah er seinen Vater mit hochgekrempelten Ärmeln im Freien damit beschäftigt, den Rumpf des Einmann-Rennbootes, das kieloben auf zwei Sägeblöcken ruhte, mit Sandpapier abzureiben. Sorgfältig bearbeitete sein Vater das glatte Holz. Beim Näherkommen sah Rudolph, wie die Oberarmmuskeln, dick und kräftig wie Taue, sich gleichmäßig spannten und lockerten. Es war ein warmer Tag, und sein Vater schwitzte, obwohl vom Fluß her ein leichter Wind wehte.

«Hallo, Pa», sagte Rudolph.

Sein Vater blickte auf und brummte etwas, dann arbeitete er weiter. Er hatte das Boot in halbverfallenem Zustand fast umsonst bekommen: in der Nähe war eine Knabenschule gewesen; aus ihrer Konkursmasse stammte das Boot. Kindheitserinnerungen – der Rhein, die Jahre, als er noch zwei gesunde Beine besaß – hatten den Kauf beeinflußt. Jordache hatte das Boot wieder wie neu hergerichtet. Es war tadellos in Ordnung, und der Mechanismus des Gleitsitzes schimmerte ölig. Als er mit einem Bein, das er kaum gebrauchen konnte, und einem Körper, der völlig abgemagert und entkräftet war, in Deutschland aus dem Lazarett entlassen worden war, hatte er sich vorgenommen, täglich Sport zu treiben, um wieder zu Kräften zu kommen. Auf den Dampfern in Buffalo hatte er schwer arbeiten müssen, kraftvoll wie ein Riese war er davon geworden, und die nicht gerade kleinen Strecken, die er auf dem Fluß hin und zurück ruderte – er hatte sich dieses Training selber auferlegt –, bewirkten, daß er noch heute gefährlich stark war. Nachrennen konnte er mit seinem Bein niemandem, aber wenn er vor einem stand, machte er den Eindruck, als könnte er mit seinen stark behaarten Armen einen erwachsenen Menschen zerquetschen.

«Pa...» begann Rudolph in dem Versuch, seiner Nervosität Herr zu werden. Sein Vater hatte ihn noch nie geschlagen, aber im vergangenen Jahr war Rudolph dabeigewesen, wie er Thomas mit einem einzigen Faustschlag niedergestreckt hatte.

«Was gibt's?» Jordache prüfte die Glätte des Holzes. Breite, spachtelförmige Finger, die wie der Handrücken schwarz behaart waren.

«Es handelt sich um die Schule», sagte Rudolph.

«Hast du Schwierigkeiten? *Du?*» Jordache sah seinen Sohn mit echter Überraschung an.

«Schwierigkeiten ist vielleicht nicht das richtige Wort», sagte Rudolph. «Es hat sich da eine Situation ergeben...»

«Was für eine Situation?»

«Nun», sagte Rudolph, «diese Französin, bei der wir Französisch-Unterricht haben, möchte dich sprechen. Heute nachmittag noch.»

«Mich?»

«Nun ja», räumte Rudolph ein, «einen von euch, einen von meinen Eltern.»

«Und deine Mutter?» fragte Jordache. «Hast du mit ihr darüber gesprochen?»

«Es handelt sich um etwas, wovon sie, glaube ich, besser nichts erfährt», sagte Rudolph.

Jordache sah ihn über den Bootsrumpf hinweg forschend an. «Französisch», sagte er. «Ich dachte, darin bist du sehr gut.»

«Bin ich auch», sagte Rudolph. «Pa, es hat keinen Sinn, darüber zu reden. Du mußt mit ihr sprechen.»

Jordache schnippte ein Stäubchen von dem Holz weg. Er wischte sich mit der Hand über die Stirn und rollte seine Hemdärmel herunter. Er schwang seine Windjacke über die Schulter wie ein Arbeiter, griff nach seiner Mütze, setzte sie auf und marschierte los. Rudolph folgte ihm. Er wagte es nicht, seinem Vater den Vorschlag zu machen, doch erst nach Hause zu gehen und einen Anzug anzuziehen.

Miss Lenaut saß an ihrem Pult und korrigierte die Aufsätze, als Rudolph seinen Vater hereinführte. Das Schulgebäude war leer; nur vom Sportplatz unterhalb des Klassenzimmers drangen hin und wieder Rufe herauf. Seit dem Vorfall hatte Miss Lenaut mindestens dreimal neuen Lippenstift aufgetragen. Zum erstenmal bemerkte Rudolph, daß sie ganz dünne Lippen hatte und daß sie ihren Mund größer malte, als er in Wirklichkeit war. Miss Lenaut blickte auf, als Rudolph mit seinem Vater das Zimmer betrat, und ihr Mund verzog sich streng. Jordache hatte seine Windjacke angezogen und seine Mütze abgenommen, ehe sie in die Schule hineingegangen waren, doch sah er noch immer wie ein Arbeiter aus.

Miss Lenaut stand auf und ging ihnen entgegen.

«Das ist mein Vater, Miss Lenaut», stellte Rudolph vor.

«Guten Tag», sagte sie ohne Wärme.

Jordache sagte nichts. Er stand unterwürfig vor dem Lehrerpult, kaute auf seinem Schnurrbart, hielt die Mütze in der Hand und wirkte wie ein Proletarier.

«Hat Ihr Sohn Ihnen gesagt, warum ich Sie gebeten habe, heute nachmittag in die Schule zu kommen, Mr. Jordache?»

«Nein», sagte Jordache, «ich erinnere mich nicht, daß er das getan hätte.» Auch in seiner Stimme war diese eigenartige, bei ihm ganz ungewohnte Sanftmut. Rudolph fragte sich, ob sein Vater Angst vor der Frau hatte.

«Es setzt mich in Verlegenheit, auch nur darüber zu sprechen.» Miss Lenauts Stimme nahm sofort wieder diesen schrillen Ton an. «In all den Jahren meiner Lehrtätigkeit... Diese Beleidigung... Von einem Schüler, der immer strebsam und fleißig schien. Er hat Ihnen nicht gesagt, was er getan hat?»

«Nein», sagte Jordache. Er stand geduldig da, als habe er den ganzen Tag und die ganze Nacht Zeit, die Angelegenheit in Ordnung zu bringen, mochte sie sich auch als Gott weiß was herausstellen.

Eh bien», sagte Miss Lenaut, «dann muß ich es Ihnen sagen.» Sie ging an das Lehrpult zurück, öffnete die Schublade und holte die Zeichnung heraus. Sie vermied es, sie anzusehen, während sie sprach, sondern hielt sie nach unten und von sich gestreckt. «Wissen Sie, was er mitten in der Unterrichtsstunde, als er einen Aufsatz schreiben sollte, getan hat?»

«Nein», sagte Jordache.

«*Das!*» Mit einer dramatischen Geste hielt sie Jordache die Zeichnung unter die Nase. Er nahm ihr das Blatt aus der Hand und ging hinüber zum Fenster, um es besser betrachten zu können. Rudolph schaute ängstlich auf das Gesicht seines Vaters, aber es zeigte keinerlei Reaktion. Er erwartete halbwegs, daß sein Vater sich umdrehen und ihn auf der Stelle schlagen würde, und Rudolph fragte sich, ob er genügend Mut aufbringen würde, einfach dazustehen und den Schlag ohne mit der Wimper zu zucken oder aufzuschreien hinzunehmen. Jordaches Gesicht verriet nichts. Er schien recht interessiert, aber ein wenig verlegen.

Schließlich sagte er: «Wissen Sie, ich kann nicht Französisch lesen.»

«Darum geht es nicht», sagte Miss Lenaut erregt.

«Da steht etwas auf französisch geschrieben.» Jordache deutete mit seinem gewaltigen Zeigefinger auf den Satz: «*Je suis folle d'amour*», den Rudolph auf die Tafel geschrieben hatte, vor der die nackte Gestalt stand.

«Ich bin verrückt vor Liebe, ich bin verrückt vor Liebe.» Miss Lenaut ging mit kleinen Schritten hinter ihrem Pult auf und ab.

«Was soll das?» Jordache runzelte die Stirn, als versuchte er sein möglichstes, den Sinn der Worte zu verstehen.

«Das steht hier geschrieben.» Miss Lenaut deutete zornbebend auf das Blatt Papier. «Es ist eine Übersetzung von dem, was Ihr talentierter Sohn hier hingeschrieben hat. ‹Ich bin verrückt vor Liebe, ich bin verrückt vor Liebe!›» Sie schrie jetzt.

«Ach, ich verstehe», sagte Jordache, als sei ihm ein Licht aufgegangen. «Ist das auf französisch ein schmutziges Wort?»

Miss Lenaut gab sich große Mühe, sich zu beherrschen, biß sich aber schon wieder auf die bemalten Lippen. «Mr. Jordache», sagte sie, «haben Sie jemals die Schule besucht?»

«In einem anderen Land», sagte Jordache.

«In welchem Land auch immer Sie zur Schule gegangen sind, Mr. Jordache, glauben Sie, daß es sich für einen Jungen gehört, daß es anständig ist, wenn er seine Lehrerin nackt vor der Tafel malt?»

«Ach!» Jordaches Stimme klang überrascht. «Sind Sie das?»

«Ja», sagte Miss Lenaut. Zornig starrte sie auf Rudolph.

Jordache betrachtete die Zeichnung genauer. «Bei Gott», sagte er, «jetzt sehe ich die Ähnlichkeit. Stehen denn heutzutage die Lehrerinnen auf der High School nackt Modell?»

«Bitte machen Sie sich nicht über mich lustig, Mr. Jordache», sagte Miss Lenaut mit eisiger Würde. «Ich sehe, daß bei diesem Gespräch nichts herauskommt. Wenn ich Sie bitten darf, mir die Zeichnung zurückzugeben...» Sie streckte die Hand aus. «Ich werde die Sache an anderer Stelle zur Sprache bringen, wo man den Ernst der Situation würdigen wird. Beim Direktor. Ich hatte Ihrem Sohn die Peinlichkeit ersparen und seine unzüchtige Zeichnung dem Herrn Direktor nicht vorlegen wollen, aber ich sehe keinen anderen Weg. Geben Sie mir bitte das Blatt. Ich möchte Sie nicht länger aufhalten...»

Jordache trat einen Schritt zurück und ließ die Zeichnung nicht los. «Sie sagen, mein Sohn hat diese Zeichnung gemacht?»

«Ja, natürlich», sagte Miss Lenaut. «Seine Unterschrift steht darunter.»

Jordache warf einen Blick auf die Zeichnung. «Sie haben recht, es ist Rudys Unterschrift. Die Zeichnung stammt von ihm. Sie brauchen keinen Anwalt, um das zu beweisen.»

«Der Direktor der Schule wird Ihnen eine Mitteilung zukommen lassen», sagte Miss Lenaut. «Geben Sie mir nun die Zeichnung zurück. Ich habe zu tun und habe an diese abscheuliche Geschichte schon mehr als genug Zeit verschwendet.»

«Ich denke, ich werde die Zeichnung behalten. Sie haben selbst gesagt, daß sie von meinem Sohn ist», sagte Jordache gelassen. «Die Linienführung verrät beträchtliches Talent. Eine sehr große Ähnlichkeit.» Er schüttelte bewundernd den Kopf. «Ich hätte nie gedacht, daß Rudolph soviel in sich hat. Ich glaube, ich werde es rahmen lassen und bei mir daheim aufhängen. Für ein so gutes Aktbild wie dieses muß man auf dem freien Markt eine ganze Menge bezahlen.»

Miss Lenaut biß sich so fest auf die Lippen, daß sie kein Wort hervorbrachte. Rudolph blickte seinen Vater verblüfft an. Nur verschwommen hatte er sich ausgemalt, wie sein Vater reagieren würde, aber dieses geschauspielerte unschuldige und bauernschlaue Verhalten ging über jede Vorstellungskraft hinaus.

Miss Lenaut faßte es in Worte. Feindselig über ihr Pult geneigt, sprach sie ganz leise; hart und zischend stieß sie die Worte hervor: «Machen Sie, daß Sie hier herauskommen, Sie gemeiner, dreckiger, mieser Ausländer! Und Ihren Schmierfink von Sohn nehmen Sie auch gleich mit!»

«Ich würde nicht so daherreden, Miss», sagte Jordache; er sprach noch immer ganz ruhig. «Schließlich handelt es sich hier um eine mit Steuergeldern finanzierte Schule, und ich gehe, wenn es mir paßt. Würden Sie nämlich nicht mit wedelndem Arsch in einem engen Rock herumstolzieren und halbnackt Ihre Titten zeigen wie jede Zwei-Dollar-Hure an der nächsten Straßenecke, dann kämen die Jungens auch sicherlich nicht auf die Idee, Sie splitternackt zu zeichnen. Und wenn Sie mich fragen: wenn ein Mann hinginge und Sie mal aus all diesen Büstenhaltern und Hüftgürteln herausschälte, dann würde sich nämlich herausstellen, daß Rudy Ihnen mit seinem Kunstwerk sogar noch geschmeichelt hat.»

Das Blut schoß Miss Lenaut ins Gesicht, und ihr Mund war verzerrt vor Zorn. «Ich weiß alles über Sie», sagte sie. *«Sale boche!»*

Jordache beugte sich vor und versetzte ihr eine Ohrfeige. Der Schlag sauste krachend nieder wie ein kleiner Feuerwerkskörper. Der Lärm auf dem Spielfeld war verstummt, und im Zimmer war es unheimlich still. Einen Augenblick verharrte Miss Lenaut in ihrer vorgeneigten Haltung, die Hände auf das Pult gestützt, dann brach sie in Tränen aus und sank auf den Stuhl, die Hände vors Gesicht gepreßt.

«Ich dulde es nicht, daß Sie so zu mir sprechen, Sie französische Schnalle», sagte Jordache. «Glauben Sie, ich wär von Europa hier herübergekommen, um mir ein solches Geschwätz anzuhören? Und wenn ich Franzose wäre, würde ich es mir, nachdem ihr damals, als der dreckige Boche den ersten Schuß auf euch abgefeuert hat, wie die Hasen davongelaufen seid, zweimal überlegen, ob ich jemand beleidige oder nicht. Sobald Sie sich ein bißchen besser fühlen, will ich Ihnen erzählen, wie ich 1916 einen Franzosen mit dem blanken Bajonett getötet habe, und es dürfte Sie nicht überraschen, wenn Sie hören, daß ich es ihm in den Rücken gestoßen habe, weil er nämlich versucht hat, zu seiner Mama nach Hause zu laufen.»

Die ruhige Art, in der sein Vater sprach, so als rede er über das Wetter oder gebe eine Bestellung für Mehl auf, ließ Rudolph kalte Schauer über den Rücken laufen. Die Bosheit, die in seinen Worten lag, wurde geradezu unerträglich durch den beiläufigen, fast freundlichen Ton, in dem sie vorgebracht wurden.

Jordache fuhr unerbittlich fort: «Und wenn Sie glauben, es an meinem Jungen auslassen zu können, so überlegen Sie sich auch das besser zweimal als einmal, denn ich wohne ganz in der Nähe, und die paar Schritte bis hierher sind mir nicht zu weit. Zwei Jahre lang war mein Sohn in Französisch der Beste in der Klasse. Falls sein Zeugnis das nächste Mal eine schlechte Note aufweist, dürfen Sie sich darauf verlassen, daß ich Ihnen ein paar Fragen stelle. Komm, Rudy, wir gehen.»

Sie verließen das Schulzimmer, Miss Lenaut blieb weinend an ihrem Pult sitzen.

Sie sprachen kein Wort. Als sie an einer Straßenecke an einem Abfallkorb vorbeikamen, blieb Jordache stehen. Fast geistesabwesend zerriß er die Zeichnung in kleine Stücke, die er in den Korb fallen ließ. Jordache blickte Rudolph an.
«Du bist ein blöder Kerl, stimmt's?» sagte er.

Rudolph nickte.

Sie gingen weiter in der Richtung, in der sie wohnten.

«Bist du schon mit einer ins Bett gegangen?» fragte Jordache.

«Nein.»

«Ist das die Wahrheit?»

«Ich würde es dir sagen.»

«Das hoffe ich», sagte Jordache. Eine Weile ging er schweigend neben Rudolph dahin. «Worauf wartest du noch?»

«Es eilt mir nicht», sagte Rudolph abwehrend. Weder Vater noch seine Mutter hatten jemals mit ihm über sexuelle Dinge gesprochen, und dieser Nachmittag war gewiß nicht dazu angetan, ausgerechnet heute damit zu beginnen. Rudolph hatte noch immer das Bild vor Augen, wie Miss Lenaut aufgelöst und heulend an ihrem Pult saß, und er schämte sich, daß er ein so dummes, störrisches Frauenzimmer auch nur einen Augenblick seiner Leidenschaft für würdig gehalten hatte.

«Häng dich nicht an eine, wenn es dich gepackt hat», sagte Jordache. «Nimm sie dutzendweise. Glaub ja nicht, daß es nur eine Frau für dich gibt und daß es die oder keine sein müßte. So was kann leicht dein Leben ruinieren.»

«Okay», sagte Rudolph, wobei er wußte, daß sein Vater unrecht hatte, absolut unrecht.

Wieder schwiegen sie.

Als sie um eine Ecke bogen, fragte Jordache: «Bricht es dir das Herz, daß ich sie geschlagen habe?»

«Ja.»

«Du bist hier in diesem Land aufgewachsen, hast dein ganzes Leben hier verbracht», sagte sein Vater. «Du weißt nicht, was es heißt, zu hassen.»

«Hast du wirklich einen Franzosen mit dem Bajonett umgebracht?» Er mußte das wissen.

«Ja, ja», sagte Jordache. «Einen von zehn Millionen. Was macht das schon?»

Sie waren jetzt fast zu Hause. Rudolph fühlte sich deprimiert und elend. Er hätte seinem Vater danken sollen, daß er so für ihn eingetreten war, nicht alle Eltern hätten das getan. Rudolph war sich dessen bewußt, brachte aber kein Wort heraus.

«Das war nicht der einzige Mann, den ich getötet habe», sagte Jordache, als sie vor der Bäckerei standen. «Ich habe einen Mann umgebracht, als kein Krieg war. 1921. In Hamburg. Mit einem Messer. Mir ist gerade eingefallen, daß du das erfahren solltest. Es ist an der Zeit, daß du etwas über deinen Vater weißt. Bis nachher. Ich muß das Boot noch in den Schuppen bringen.» Er wandte sich ab und hinkte die schäbige Straße hinunter, die Mütze vierschrötig auf dem Kopf.

Im Zeugnis hatte Rudolph in Französisch eine Eins.

4

Die Sporthalle der Grundschule, nicht weit vom Jordacheschen Haus entfernt, blieb an fünf Abenden in der Woche bis 10 Uhr geöffnet. Tom Jordache ging zwei- bis dreimal wöchentlich dort hin, manchmal um Basketball zu spielen, manchmal bloß, um sich mit den anderen Jungens und Burschen, die sich dort versammelten, zu raufen, oder auch, um am Würfelspiel teilzunehmen, das hin und wieder in der Knabentoilette veranstaltet wurde, wo der Sportlehrer, der zugleich als Schiedsrichter beim Basketball fungierte, sie nicht sehen konnte.

Tom war der einzige Junge in seinem Alter, der am Würfelspiel teilnehmen durfte. Er hatte sich die Zulassung mit den Fäusten erkämpft. Eines Abends war er dazugekommen, hatte sich zwischen zwei Spieler gekniet, die eine Runde bildeten, einen Dollar in den Topf geworfen und zu Sonny Jackson, einem neunzehnjährigen Jungen, der darauf wartete, eingezogen zu werden und der Anführer der Gruppe war, gesagt: «Du bist abgemeldet.» Sonny war ein starker, stämmiger Bursche, kampflustig und schnell beleidigt. Tom hatte sich für sein Debüt absichtlich Sonny ausgesucht. Sonny hatte Tom ärgerlich angesehen und ihm den Dollar-Schein wieder hingeschoben. «Hau ab, Stümper!» sagte er. «Dieses Spiel ist für Männer.»

Tom hatte sich, ohne einen Augenblick zu zögern und ohne sich von den Knien zu erheben, vorgebeugt und Sonny einen Schlag mit der Handkante versetzt. Bei der nun folgenden Rauferei erwarb Tom sich einen Ruf. Sonnys Augen und Lippen waren aufgeschlagen, und Tom hatte Sonny schließlich in den Duschraum geschleppt und seinen Kopf fünf Minuten unter kaltes Wasser gehalten, ehe er den Hahn abstellte. Seit diesem Tag machte man Tom Platz, wenn er sich in der Sporthalle zu der Gruppe gesellte.

Heute abend wurde nicht gewürfelt. Ein schmächtiger zwanzigjähriger Bursche namens Pyle, der sich gleich nach Ausbruch des Krieges freiwillig gemeldet hatte, führte ein Samuraischwert vor, das er angeblich auf Guadalcanar erbeutet hatte. Er war vom Militär entlassen worden, nachdem er dreimal schwer an Malaria erkrankt war. Er hatte noch immer eine besorgniserregende gelbe Gesichtsfarbe.

Tom hörte skeptisch zu, als Pyle schilderte, wie er einfach nur so eine Handgranate in eine Höhle geworfen hatte. Als er drinnen einen Schrei hörte, habe er sich von seinem Lieutenant die Erlaubnis geben lassen und sei hineingekrochen. In der Höhle habe ein toter japanischer Hauptmann gelegen, neben ihm dieses Schwert. Das klang mehr nach Errol Flynn in Hollywod-Filmen als nach jemand aus Port Philip, der an Kriegshandlungen im südlichen Pazifik teilgenommen hatte, dachte Tom, aber er sagte nichts, denn er war in friedlicher Stimmung, und ohnehin konnte man einen Burschen, der so krank und gelb aussah, nicht verdreschen.

«Zwei Wochen später», sagte Pyle, «schnitt ich einem Japs mit diesem Schwert den Kopf ab.»

Tom merkte, wie jemand ihn am Ärmel zupfte. Es war Claude, wie immer in Anzug und Krawatte und wie immer kleine Bläschen auf den Lippen. «Ich muß dir was sagen», wisperte Claude. «Aber nicht hier.»

«Wart einen Augenblick», sagte Tom. «Ich will das erst zu Ende hören.»

«Im Grunde war die Insel fest in unserer Hand», erzählte Pyle, «aber noch immer hielten sich Japsen versteckt, die nachts herauskamen und in der Gegend herumschossen und natürlich Kameraden von uns umbrachten. Der Kommandeur spielte verrückt und schickte dreimal am Tag Patrouillen los. Bis auf den letzten dieser Saukerle müsse das Gebiet gesäubert werden, erklärte er uns.

Nun ja, bei einem dieser Stoßtruppunternehmen sahen wir, wie einer von den Japsen versuchte, durch einen kleinen Fluß zu waten, und den nahmen wir uns vor. Es hatte ihn erwischt, aber nicht schlimm, und er richtete sich auf, hob die Hände und sagte etwas auf japanisch. Der Stoßtrupp war ohne Offiziere losgegangen, wir waren nur ein Corporal und sechs weitere GIs. Da hab ich gesagt: ‹He, Kumpels, haltet den Japs hier fest, ich geh zurück und hol mein Samuraischwert. Wir veranstalten eine richtige Hinrichtung.› Der Corporal zögerte etwas, weil es in den Befehlen doch hieß, daß der Feind gefangenzunehmen ist, aber es waren, wie gesagt, keine Offiziere da, und schließlich haben die Saukerle ja auch immer unseren Kameraden die Köpfe abgehauen. Wir haben abgestimmt, und während sie den Ficker festbanden, bin ich zurückgegangen und hab mein Samuraischwert geholt. Wir haben den Japs sich hinknien lassen, so wie man das macht, und er hat ganz so getan, als wüßte er schon warum. Es war mein Schwert, und so war es auch meine Sache. Ich hob das Schwert hoch über meinen Kopf und – plumps! – rollte der Kopf mit aufgerissenen Augen wie eine Kokosnuß zu Boden. Das Blut spritzte mindestens drei Meter weit. Ich sag euch», sagte Pyle und ließ seine Finger liebevoll über die Schneide der Waffe gleiten, «diese Schwerter sind prima!»

«Quatsch!» sagte Claude laut und vernehmlich.

«Was?» fragte Pyle, die Augen zukneifend. «Was sagst du da?»

«Ich sagte Quatsch», wiederholte Claude. «Nie im Leben hast du einem Japs den Kopf abgeschlagen. Ich gehe jede Wette ein, daß das Schwert aus einem Souvenirladen in Honolulu stammt. Mein Bruder Al kennt dich, und von ihm weiß ich, daß du keinem Karnickel was zuleide tust.»

«Hör zu, Kleiner», sagte Pyle, «krank wie ich bin kriegst du trotzdem die

Prügel deines Lebens von mir verabreicht, wenn du dein Maul nicht hältst und nicht von hier verschwindest. Niemand sagt Quatsch zu mir.»

«Ich warte», erwiderte Claude. Er nahm seine Brille ab und steckte sie in die Brusttasche. Er sah rührend hilflos aus.

Tom seufzte. Er stellte sich vor Claude. «Wer sich mit meinem Freund anlegen will, bekommt es zuerst mit mir zu tun», sagte er.

«Ich bleibe dabei», begann Pyle und reichte das Schwert einem neben ihm stehenden Jungen. «Du bist zwar noch jung, aber kräftig.»

«Laß ab, Pyle», sagte der Junge, der das Schwert hielt. «Er wird dich umbringen.»

Pyle schaute unschlüssig in die Runde. Der Ausdruck auf den Gesichtern ringsum ernüchterte ihn. «Ich bin nicht vom pazifischen Kriegsschauplatz zurückgekommen», sagte er laut, «um in meiner Heimatstadt mit Halbwüchsigen Streit anzufangen. Gib mir mein Schwert. Ich gehe nach Hause.»

Er verzog sich. Die anderen schlenderten wortlos hinaus. Tom und Claude waren allein in der Knabentoilette.

«Warum hast du das getan?» fragte Tom verärgert. «Er war nicht unrecht. Und du wußtest doch, sie würden nicht zulassen, daß er mich angriff.»

«Ich wollte nur den Ausdruck auf ihren Gesichtern sehen», meinte Claude schwitzend und grinsend. «Das ist alles. Gewalt – rohe Gewalt.»

«Du wirst es mit deiner rohen Gewalt eines Tages noch erreichen, daß man mich umbringt», sagte Tom. «Was wolltest du mir eigentlich sagen?»

«Ich habe deine Schwester gesehen», sagte Claude.

«Ein Hurra für dich – du hast meine Schwester gesehen. Ich seh sie jeden Tag. Manchmal sogar zweimal.»

«Sie stand vor Bernsteins Warenhaus. Ich bin mit dem Motorrad herumgefahren und bin extra noch einmal um den Häuserblock gefahren, um ganz sicherzugehen. Sie ist in ein großes Buick-Kabriolett eingestiegen, und der Kerl hat ihr die Tür aufgehalten. Auf ihn hat sie vor Bernstein gewartet, soviel ist sicher.»

«Toll», sagte Tom. «Steigt in einen Buick und fährt los.»

«Was glaubst du, wer am Steuer des Buick saß?» Hinter der Brille blitzten Claudes Augen vor Stolz über sein Wissen. «Du rätst es nicht. Eher fällst du tot um.»

«Ich falle schon nicht tot um. Wer war's?»

«Mr. Theodore Boylan höchstpersönlich», erwiderte Claude. «Derjenige welcher. Wie gefällt dir dieser gesellschaftliche Aufstieg?»

«Um welche Zeit hast du sie gesehen?»

«Vor einer Stunde. Ich habe dich überall gesucht.»

«Er hat sie wahrscheinlich ins Lazarett gefahren. An den Wochentagen arbeitet sie dort abends.»

«Heute abend arbeitet sie in keinem Lazarett, alter Freund», sagte Claude.

«Ich bin ihnen mit dem Motorrad ein Stück gefolgt. Sie sind die Straße zum Hügel hinaufgefahren. Zu seinem Haus. Solltest du deine Schwester heute abend sehen wollen, würde ich dir empfehlen, einmal einen Blick in das Haus auf dem Hügel zu werfen.»

Tom zögerte. Es wäre etwas anderes gewesen, wenn Gretchen mit einem Jungen in ihrem Alter im Wagen zu dem Liebesgäßchen unten am Fluß zu einer kleinen Knutscherei gefahren wäre. Er hätte sie damit geneckt. *Ein schrecklicher Bengel.* Aber mit einem alten Kerl wie Boylan, einem großen Tier in der Stadt! Sich in solche Sachen einzumischen, lag ihm nicht. Man wußte nie, wohin das führte.

«Ich will dir was sagen», meinte Claude, «wenn es meine Schwester wäre, würde ich was unternehmen. Dieser Boylan hat keinen guten Ruf in der Stadt. Du hast keine Ahnung, was ich daheim so alles mitkriege, wenn mein Vater und mein Onkel glauben, ich würde nicht hören, was sie miteinander reden. Deine Schwester kann vielleicht in eine dumme Geschichte geraten...»

«Hast du das Motorrad dabei?»

«Ja. Aber wir brauchen etwas Benzin.» Das Motorrad gehörte Claudes Bruder Al, der vor zwei Wochen eingezogen worden war. Er hatte zu Claude gesagt, falls er auf den Gedanken käme, sein Motorrad zu benutzen, könnte er sich jeden Knochen einzeln numerieren lassen. Aber sooft seine Eltern abends ausgingen, schob Claude das Motorrad aus der Garage, nicht ohne vorher etwas Benzin aus dem Zweitwagen der Familie abgezapft zu haben, und raste eine Stunde lang damit in der Stadt umher, eifrig bemüht, der Polizei aus dem Weg zu gehen, denn er war noch viel zu jung für einen Führerschein.

«Okay», sagte Tom. «Sehen wir nach, was sich da oben auf dem Hügel tut.»

Claude hatte ein Stück Gummischlauch um das Motorrad geschlungen, und sie gingen an der Rückfront der Schule entlang, wo es dunkel war, zu einem geparkten Chevrolet und öffneten den Benzintank, und Claude steckte den Schlauch hinein, saugte ihn an und füllte dann, als das Benzin hochkam, den Tank des Motorrads.

Tom setzte sich auf den Soziussitz, und Claude fuhr los. Sie benutzten Seitenstraßen, bis sie zu der Abzweigung kamen, von wo die lange, kurvenreiche Straße zu dem Boylanschen Besitztum auf den Hügel hinaufführte.

Vor dem großen, schmiedeeisernen Tor, das offenstand, stiegen sie ab und versteckten das Motorrad hinter einem Gebüsch. Um nicht gehört zu werden, mußten sie den Rest des Weges zu Fuß gehen. Neben dem Tor, gleich hinter der hohen Mauer, die das Grundstück umzäunte, stand ein Pförtnerhaus, doch seit Kriegsbeginn wohnte niemand mehr darin. Die beiden Jungen kannten das Besitztum. Als Kinder waren sie immer über die Mauer gesprungen und hatten mit ihren Luftgewehren auf Vögel und Kaninchen Jagd gemacht. Das Besitztum war seit Jahren vernachlässigt, und was ursprünglich eine parkähnliche Anlage gewesen war, glich jetzt mehr einer Wildnis.

Durch einen kleinen Wald gelangten sie zum Haupthaus. Schon von weitem sahen sie den Buick davor stehen. Die Außenbeleuchtung war nicht eingeschaltet, aber aus einem großen Flügelfenster unten fiel ein Lichtschein.

Vorsichtig gingen sie zu dem Blumenbeet unter dem Fenster. Der eine Flügel des fast bis zur Erde reichenden Fensters stand halb offen. Die Vorhänge waren nur nachlässig zugezogen, und Claude, der auf dem Boden kniete, und Tom, der breitbeinig hinter ihm stand, konnten beide gleichzeitig hineinschauen.

Das Zimmer war leer. Es war ein großer, rechteckiger Raum mit einem Flügel in der Ecke, einem langen Sofa und tiefen, bequemen Sesseln, und überall standen kleine Tische mit Zeitschriften darauf. In dem offenen Kamin brannte ein Feuer. Eine Menge Bücher waren in den Regalen ringsum an den Wänden. Mehrere Lampen sorgten für Beleuchtung. Die Flügeltüren gegenüber dem Fenster waren geöffnet, und Tom konnte eine Halle und die unteren Stufen einer Treppe sehen.

«Das nenne ich wohnen», flüsterte Claude. «Mit einer solchen Bude würde jedes Frauenzimmer in der Stadt mir gehören.»

«Halt den Mund», sagte Tom. «Hier tut sich überhaupt nichts. Laß uns gehen.»

«Komm, Tom», protestierte Claude. «Nimm's nicht so schwer. Wir sind doch eben erst gekommen.»

«Meine Vorstellung von einem Superabend ist anders», sagte Tom. «Was soll ich in der Kälte herumstehen und in ein Zimmer glotzen, in dem niemand ist.»

«Gib den Dingen Zeit, sich zu entwickeln», sagte Claude. «Wahrscheinlich sind sie oben, aber da können sie ja nicht den ganzen Abend bleiben.»

Tom wußte, daß er niemanden in dieses Zimmer wollte hereinkommen sehen. Niemanden. Er wollte sich von diesem Haus entfernen. Und für immer fortbleiben. Andererseits sollte es auf keinen Fall so aussehen, als wolle er sich drücken. «Na schön», sagte er. «Warten wir noch ein paar Minuten.» Er ging weg vom Fenster, während Claude knien blieb und noch immer durch den Vorhangspalt starrte. «Ruf mich, wenn sich was tut», sagte er.

Die Nacht war sehr still. Der von dem feuchten Boden aufsteigende Nebel verdichtete sich, und es waren keine Sterne zu sehen. In der Ferne weit unter ihnen sah man die Lichter von Port Philip. Das Boylansche Grundstück dehnte sich vom Haus in alle Richtungen aus, eine Myriade von großen alten Bäumen, weiter drüben ein umzäunter Tennisplatz, in etwa fünfzig Meter Entfernung mehrere niedrige Gebäude, die früher einmal als Stallungen gedient hatten. Und all das bewohnte ein einziger Mensch. Tom dachte an das Bett, das er mit seinem Bruder teilte. Nun, auch Boylan teilte heute abend ein Bett. Tom spuckte aus.

«He!» winkte ihm Claude aufgeregt. «Komm her, komm her!»

Langsam ging Tom zu dem Fenster zurück.

«Er ist gerade die Treppe heruntergekommen und ins Zimmer getreten», flüsterte Claude. «Schau dir das an! Schau dir das nur mal genau an!»
Tom blickte hinein. Boylan kehrte dem Fenster den Rücken zu. Er stand am anderen Ende des Zimmers vor einem Tisch mit Flaschen und Gläsern und einer silbernen Eisschale darauf. Er goß Whisky in zwei Gläser. Er war nackt.
«Was für eine Art, im Haus herumzulaufen», sagte Claude.
«Halt den Mund!» sagte Tom. Er sah, wie Boylan lässig einige Eiswürfel in die beiden Gläser fallen ließ und aus einer Siphonflasche Sodawasser hineinspritzte. Boylan nahm die Gläser noch nicht in die Hand. Er ging erst hinüber zum Kamin und warf noch ein Holzscheit aufs Feuer, dann ging er zu einem Tischchen in der Nähe des Fensters, öffnete eine Lackschachtel und nahm eine Zigarette heraus. Er zündete sie mit einem ellenlangen silbernen Feuerzeug an. Er lächelte ein wenig.
Wie er so nahe beim Fenster stand, war er im Licht der Lampe deutlich zu erkennen. Zerzaustes hellblondes Haar, ein hagerer Hals, Hühnerbrust, schlaffe Arme, knotige Knie und leichte O-Beine. Sein Schwengel hing lang, dick und gerötet von dem Haarbusch herunter. Eine dumpfe Wut, ein Gefühl vergewaltigt zu werden, Zeuge einer unaussprechlichen Obszönität zu sein, befiel Tom. Hätte er einen Revolver bei sich gehabt, hätte er den Mann getötet. Dieser miese Stockfisch, dieser stolz einherschreitende, lächelnde, überhebliche Schwächling, dieser so selbstsicher zur Schau gestellte kraftlose, bläßliche, behaarte Körper, dieses lange, dicke, rosige Instrument. Es war schlimmer, unendlich viel schlimmer als wenn er und Claude seine Schwester nackt ins Zimmer hätten hereinkommen sehen.
Boylan schritt über den dicken Teppich zur Treppe, der Rauch der Zigarette wehte in die Halle, als er nach oben rief: «Gretchen, soll ich dir deinen Drink hinaufbringen oder kommst du herunter?» Boylan stand lauschend da. Tom konnte die Antwort nicht hören. Boylan nickte, kam ins Zimmer zurück und ergriff beide Gläser. Dann ging er aus dem Zimmer und die Treppe hinauf.
«Allmächtiger, was für ein Anblick!» sagte Claude. «Er ist gebaut wie ein Huhn. Wenn man reich ist, kann man vermutlich gebaut sein wie der Glöckner von Notre-Dame, und die Weibsbilder laufen einem trotzdem nach.»
«Laß uns hier weggehen», sagte Tom dumpf.
«Aber weshalb denn?» Claude sah ihn überrascht an. Das Licht, das durch den Vorhangspalt drang, spiegelte sich schwach in seiner Brille. «Die Vorstellung beginnt doch erst!»
Tom packte Claude bei den Haaren und riß ihn roh aus seiner knienden Haltung hoch.
«He, um Himmels willen, paß doch auf, was du tust», sagte Claude.
«Ich sagte, laß uns hier weggehen.» Tom hielt Claude grob am Schlips fest. «Und du hältst das Maul über das, was du heute abend gesehen hast.»
«Ich habe nichts gesehen», winselte Claude. «Was, zum Teufel, soll ich denn

gesehen haben! Einen Krüppel mit einer Hühnerhaut, einem Klöppel wie ein alter Gummischlauch. Was gibt's da das Maul zu halten?»

«Halt das Maul, das ist alles», sagte Tom. Er war ganz nahe an Claude herangetreten. «Wenn ich jemals von irgend jemand auch nur ein Wort höre, beziehst du eine Tracht Prügel, die du dein Lebtag nicht vergessen wirst. Kapiert?»

«Großer Gott, Tom», sagte Claude vorwurfsvoll und rieb sich seinen schmerzenden Kopf, «ich bin doch dein Freund.»

«Kapiert?» sagte Tom grimmig.

«Ja doch, natürlich. Alles, was du sagst. Ich verstehe nicht, weshalb du dich so darüber aufregst.»

Tom ließ ihn los, wandte sich ab und stakste über den Rasen davon. Claude folgte ihm brummend. «Alle Jungens sagen, daß du spinnst», sagte er, als er Tom eingeholt hatte, «und bisher habe ich immer gesagt, sie seien verrückt, aber jetzt dämmert's mir langsam, was sie meinen. Bei Gott, ich schwör's. Junge, Junge, bist du temperamentvoll!»

Tom gab keine Antwort. Er lief fast, als sie sich dem Pförtnerhaus näherten. Claude holte das Motorrad aus dem Gebüsch, und Tom schwang sich auf den Beifahrersitz. Wortlos fuhren sie in die Stadt, ohne miteinander zu reden.

Übersättigt und schlaftrunken lag Gretchen in dem breiten, weichen Bett, die Hände hinter dem Kopf verschränkt, starrte sie hinauf zur Decke. Die Decke spiegelte das Feuer wider, das Boylan angezündet hatte, bevor er ihr die Kleider abstreifte. Jede Verführung verlief hier oben auf dem Hügel nach einem bis ins kleinste entworfenen Schema, das peinlich genau eingehalten wurde. In dem luxuriösen Haus herrschte tiefes Schweigen, die Dienstboten traten nie in Erscheinung, nie ertönte das Schrillen eines Telefons. Da gab es kein eiliges, linkisches nach ihr Greifen. Nichts Taktloses oder Unvorhergesehenes durfte den abendlichen Ritus stören.

Unten schlug leise eine Uhr. Zehn Uhr. Jetzt leerte sich im Lazarett der Aufenthaltsraum, und die Verwundeten begaben sich auf Krücken oder in Rollstühlen in ihre Zimmer zurück. In diesen Tagen ging Gretchen nur zwei- bis dreimal in der Woche ins Lazarett. Mittelpunkt ihres Lebens war, mit einer einmaligen Dringlichkeit, das Bett, in dem sie lag. In Erwartung darauf verbrachte sie die Tage, in Erinnerung daran die Nächte. Was sie an den Verwundeten versäumte, würde sie bei anderer Gelegenheit wiedergutmachen.

Selbst als sie das Kuvert mit den acht Hundert-Dollar-Noten in der Hand gehalten hatte, hatte sie gewußt, daß sie zu diesem Bett zurückkehren würde. Es war eine von Boylans Eigenheiten, daß er sie demütigen mußte – sie nahm das hin. Später würde sie es ihm heimzahlen.

Weder sie noch Boylan hatten jemals das Kuvert auf ihrem Schreibtisch erwähnt. Als sie am Dienstag aus dem Büro kam, wartete der Buick auf sie, mit Boylan am Steuer. Wortlos hatte er die Wagentür aufgehalten, sie war eingestiegen und er war zu seinem Haus hinaufgefahren. Sie hatten sich geliebt, waren anschließend zum *Farmer's Inn* zum Essen gefahren, hatten auf der Rückfahrt wieder bei ihm haltgemacht und hatten einander noch einmal geliebt. Gegen Mitternacht hatte er sie in die Stadt zurückgebracht; er hatte sie zwei Häuserblocks von ihrem Elternhaus abgesetzt, und sie war das übrige Stück des Wegs zu Fuß gegangen.

Alles was Teddy tat, tat er mustergültig. Er war äußerst diskret – Verschwiegenheit war nach seinem Geschmack, für sie war es eine Notwendigkeit. Niemand wußte etwas von ihren Beziehungen. Vorsorglich hatte er sie zu einem Arzt nach New York gebracht und ihr ein Pessar einsetzen lassen, damit sie keine Angst zu haben brauchte. Bei dieser Gelegenheit hatte er ihr das rote Kleid gekauft. Das rote Kleid hing in Teddys Kleiderschrank. Die Zeit würde kommen, da sie es tragen würde.

Alles was Teddy tat, tat er mustergültig, dennoch war ihre Zuneigung zu ihm gering, und keinesfalls liebte sie ihn. Sein Körper war schwächlich und reizlos. Nur in seinen elegant geschnittenen Anzügen wirkte er irgendwie attraktiv. Er war ein Mann, dem es an Begeisterungsfähigkeit mangelte, war zügellos und zynisch, nach eigenem Geständnis ein Versager, besaß keine Freunde und war von einer allmächtigen Familie in ein zerfallendes Schiffswrack von Haus abgeschoben worden, das mehr einem viktorianischen Schloß ähnelte und in dem die meisten Zimmer unbewohnt waren. Ein leerer Mensch in einem halbleeren Haus. Es war leicht zu verstehen, warum die schöne Frau, deren Fotografie noch immer unten auf dem Flügel stand, sich von ihm hatte scheiden lassen und mit einem anderen Mann davongelaufen war.

Er war kein liebenswerter oder bewunderungswürdiger Mann, aber er hatte andere Vorteile. Zwar lehnte er für sich die üblichen Betätigungen der Männer seiner Gesellschaftsschicht ab – Arbeit, Krieg, Spiel, Freundschaft –, widmete sich dafür aber mit Hingabe einer einzigen Sache: dem Beischlaf, den er mit all seiner gespeicherten Kraft und Schläue betrieb. Er verlangte nichts von ihr, als daß sie da war – das Material, an dem er seine Fertigkeit erproben konnte. Sein Triumph lag in dem, was er selbst vollbrachte. Die Schlachten, die er auf anderen Gebieten verweigert hatte – hier gewann er sie auf dem unter ihm auf dem Kissen liegenden Gesicht. Ihre Seufzer der Lust waren die Siegesfanfaren. Gretchen interessierte sich nicht einen Deut für Boylans Gewinne oder Verluste. Sie lag unbeteiligt unter ihm, legte nicht einmal ihre Arme um den Körper, der ihr gleichgültig war, und nahm es hin – nahm es hin. Für sie war er ein Anonymus, ein Niemand, das männliche Prinzip, ein abstrakter, beziehungsloser Phallus, auf den sie, ohne es zu wissen, ihr ganzes Leben lang gewartet hatte. Er war ein Diener ihrer Wonnen, der die Tür zu einem Palast voller Wunder offenhielt.

Sie war ihm nicht einmal dankbar.

Die acht Hundert-Dollar-Noten lagen zusammengefaltet in ihrer Shakespeare-Ausgabe zwischen den Seiten des II. und III. Aktes von ‹Wie es euch gefällt›.

Irgendwo schlug eine Uhr, und Boylans Stimme drang an ihr Ohr: «Gretchen, soll ich dir deinen Drink hinaufbringen oder kommst du herunter?»

«Nach oben, bitte», rief sie. Ihre Stimme war leiser, rauher als früher. Gretchen war sich der Möglichkeit bewußt, neue, subtilere Töne in ihre Stimme zu legen. Wäre das Ohr ihrer Mutter nicht durch ihr eigenes Unglück für solche Dinge taub geworden, hätte sie nach den ersten Worten wissen müssen, daß ihre Tochter unbeschwert auf jenem gefährlichen Meer segelte, in dem sie selbst einst untergegangen und ertrunken war.

Boylan kam mit den beiden Gläsern ins Zimmer, das flackernde Licht des Kaminfeuers fiel auf seinen nackten Körper. Gretchen richtete sich auf und nahm ihm das Glas aus der Hand. Er setzte sich auf die Bettkante und schnippte die Asche von seiner Zigarette in den Aschenbecher auf dem Nachttisch.

Sie tranken. Sie fing an, eine Vorliebe für Scotch zu entwickeln. Er beugte sich vor und küßte ihre Brust. «Ich möchte wissen, wie sie mit Whisky darauf schmeckt», sagte er. Er küßte die andere Brust. Sie trank wieder einen Schluck.

«Ich besitze dich nicht», sagte er. «Ich besitze dich nicht. Es gibt nur eine winzige Spanne Zeit, wo ich glauben kann, daß ich dich besitze – wenn ich in dir bin und es dir kommt. Die ganze übrige Zeit, auch wenn du nackt neben mir liegst und meine Hand auf dir ruht, bist du in Wirklichkeit weit fort. Besitze ich dich?»

«Nein», erwiderte sie.

«Mein Gott», sagte er. «Neunzehn Jahre. Wie wirst du mit dreißig sein?»

Sie lächelte. Bis dahin würde er vergessen sein. Vielleicht schon früher. Viel früher.

«Über was hast du nachgedacht, als ich unten war und die Drinks zurechtgemacht habe?» wollte er wissen.

«Über Hurerei», sagte sie.

«Mußt du solche Reden führen?» Seine eigene Sprechweise war ungemein preziös – Relikte aus seiner Kinderzeit, wo despotische Kindermädchen rasch bei der Hand waren, kleinen Jungen den Mund mit Kernseife auszuwaschen, wenn sie ungezogene Worte gebrauchten.

«Ehe ich dich kennenlernte, habe ich nie solche Reden geführt.» Befriedigt trank sie einen Schluck Whisky.

«Ich führe keine solche Reden», sagte er.

«Du bist ein Heuchler», sagte sie. «Dinge, die ich tue, kann ich auch beim Namen nennen.»

«Du tust nicht so verdammt viel», sagte er spitz.

«Ich bin ein armes kleines, unerfahrenes Kleinstadtmädchen», sagte sie.

«Wenn damals nicht der nette Mann im Buick vorbeigekommen wäre und mich betrunken gemacht hätte, dann hätte ich wahrscheinlich mein Leben als vertrocknete alte Jungfer verbracht.»

«Ich wette, du wärst zu diesen beiden Niggern gegangen», sagte er.

Sie lächelte vielsagend. «Das werden wir nun nie wissen, was?»

Er sah sie nachdenklich an. «Man sollte deine Erziehung vervollständigen», sagte er. Er drückte so energisch seine Zigarette aus, als sei er zu einem Entschluß gekommen. «Entschuldige mich einen Augenblick», sagte er und stand auf. «Ich muß jemanden anrufen.» Diesmal zog er einen Hausmantel an und ging nach unten.

Gretchen saß in die Kissen gelehnt da und trank ihren Whisky. Sie hatte es ihm heimgezahlt. Sie hatte es ihm heimgezahlt, daß sie sich ihm am Abend zuvor so völlig preisgegeben hatte. Sie würde es ihm jedesmal heimzahlen.

Er kam ins Zimmer zurück. «Zieh dich an», sagte er.

Sie war überrascht. Gewöhnlich blieben sie bis Mitternacht zusammen. Aber sie sagte nichts. Sie stieg aus dem Bett und zog sich an. «Fahren wir noch irgendwohin?» fragte sie. «Wie soll ich mich zurechtmachen?»

«Wie du willst», sagte er. In seinem gutgeschnittenen Anzug war er wieder der bedeutende und privilegierte Mann, den andere mit Ehrerbietung behandelten. Sie dagegen fühlte sich in ihren Kleidern unsicher. Er bemängelte die Sachen, die sie trug; er tat das nicht unfreundlich, aber sachverständig und mit sicherem Geschmack. Hätte sie nicht Angst vor ihrer Mutter gehabt, dann hätte sie die 800 Dollar, die zwischen dem II. und III. Akt von ‹Wie es euch gefällt› lagen, genommen und sich neue Kleider angeschafft.

Sie gingen durch das stille Haus, stiegen in den Wagen und fuhren los. Sie stellte keine Fragen. Sie fuhren durch Port Philip und dann nach Süden. Es fiel kein Wort. Gretchen wollte ihm nicht den Gefallen tun, ihn zu fragen, wohin sie fuhren. Im stillen führte sie genau Buch über die Punkte, die ein jeder von ihnen gegen den andern gewann.

Sie fuhren bis nach New York. Selbst wenn sie sich unverzüglich auf den Rückweg machten, dachte Gretchen, würde sie nicht vor Morgengrauen zu Hause sein. Ihre Mutter würde einen hysterischen Anfall bekommen. Aber Gretchen erhob keine Einwände. Sie wollte ihm nicht zeigen, daß sie sich durch solche Gedanken beunruhigen ließ.

Sie hielten vor einem verdunkelten vierstöckigen Haus in einer Straße an, in der alle Häuser einander zu gleichen schienen. Gretchen war erst ein paarmal in New York gewesen, zweimal mit Boylan innerhalb der letzten drei Wochen, und sie hatte keine Ahnung, in welcher Gegend sie sich befanden. Wie gewöhnlich ging Boylan um den Wagen herum und öffnete ihr die Tür. Sie stiegen die drei Stufen zu einem kleinen, asphaltierten Vorplatz hinter einem Eisengitter hinunter, und Boylan läutete an einer Türklingel. Sie mußten lange warten. Gretchen hatte das Gefühl, daß sie von irgendwoher beobachtet wurden. Die Tür öffnete sich. Eine große Frau in einem weißen Abendkleid stand vor ihnen, ihr rotblond gefärbtes Haar hochtoupiert. «Guten Abend, mein Schatz», sagte sie. Ihre Stimme klang heiser. Sie schloß hinter ihnen die Tür. Die Beleuchtung in der Eingangshalle war gedämpft, und das Haus wirkte still, als wären alle Räume mit dicken Teppichen ausgelegt und als seien die Wände mit schalldämpfendem Tuch ausgeschlagen. Man hatte das Gefühl, als bewegten sich irgendwo in dem Haus Menschen leise und vorsichtig.

«Guten Abend, Nellie», sagte Boylan.

«Ich hab dich eine Ewigkeit nicht mehr gesehen», sagte die Frau, als sie Boylan und Gretchen eine Treppe hinauf und in einen kleinen, rosa beleuchteten Salon im ersten Stock führte.

«Ich war sehr beschäftigt», sagte Boylan.

«Das sehe ich», sagte die Frau und sah Gretchen abschätzend, dann bewundernd an. «Wie alt sind Sie, mein Kind?»

«Hundertundacht», sagte Boylan.

Er und die Frau lachten. Gretchen stand gelassen in dem kleinen Zimmer. An den mit Stoff bespannten Wänden hingen Ölgemälde, Aktbilder. Sie war entschlossen, sich nichts anmerken zu lassen, auf nichts zu reagieren. Sie hatte Angst, versuchte aber, dieses Gefühl nicht aufkommen zu lassen oder zu zeigen. In ihrer starren Haltung suchte sie Sicherheit. Sie bemerkte, daß alle Lampen in dem Zimmer mit Quasten versehen waren. Das weiße Kleid der Frau hatte Fransen am Busen und am Rocksaum. Bestand hier ein Zusammenhang? Gretchen zwang sich, Betrachtungen über solcherlei Dinge anzustellen, um nicht kehrtzumachen und aus dem schweigenden Haus zu fliehen, wo man das unangenehme Gefühl hatte, daß in den oberen Stockwerken Menschen verstohlen zwischen den Zimmern hin und her liefen. Gretchen hatte keine Ahnung, was von ihr erwartet wurde, was sie zu sehen bekommen sollte und was man mit ihr vorhatte. Boylan sah heiter und entspannt aus.

«Gleich ist es soweit, mein Lieber», sagte die Frau. «Nur noch ein paar Minuten. Soll ich inzwischen etwas zu trinken bringen lassen?»

«Möchtest du, Liebling?» Boylan wandte sich an Gretchen.

«Wie du meinst.» Es fiel ihr schwer, hier zu sprechen.

«Ich denke, ein Glas Champagner könnte nichts schaden», sagte Boylan.

«Ich laß dir eine Flasche heraufschicken», sagte die Frau. «Er ist schön kalt. Ich habe ihn auf Eis stellen lassen. Komm mit.» Sie führte ihn hinaus in die Halle, und Gretchen und Boylan stiegen hinter ihr die mit einem Läufer belegte Treppe hinauf zu einem schwach beleuchteten Gang im zweiten Stock. Das Kleid der Frau raschelte laut, wenn sie ging, erschreckend laut. Boylan trug seinen Mantel über dem Arm. Gretchen hatte ihren Mantel nicht ausgezogen.

Die Frau öffnete eine der Türen und schaltete eine kleine Lampe ein. Sie betraten das Zimmer. Hier standen ein großes Bett mit einem seidenen Baldachin darüber, ein übergroßer, bequemer kastanienbrauner Samtsessel und drei kleine, golden angemalte Stühle. Den Tisch in der Mitte des Zimmers zierte ein großer, leuchtend gelber Tulpenstrauß. Die Vorhänge waren zugezogen, und nur gedämpft hörte man die unten vorbeifahrenden Wagen. Ein großer Spiegel bedeckte die eine Wand. Das Ganze wirkte wie ein Zimmer in einem ein wenig heruntergekommenen ehemaligen Luxushotel.

«Der Champagner kommt sofort», sagte die Frau. Sie rauschte hinaus und schloß leise, aber nachdrücklich die Tür hinter sich.

«Die gute alte Nellie!» sagte Boylan und warf seinen Mantel auf eine Polsterbank bei der Tür. «Zuverlässig wie immer. Sie ist berühmt.» Er sagte nicht, wofür sie berühmt war. «Willst du deinen Mantel nicht ablegen, Schäfchen?»

«Soll ich das?»

Boylan zuckte die Schultern. «Du brauchst nicht.»

Gretchen behielt ihren Mantel an, obwohl es warm im Zimmer war. Sie setzte sich auf den Bettrand und wartete. Boylan zündete sich eine Zigarette an und ließ sich behaglich in dem bequemen Sessel nieder, die Beine übereinandergeschlagen. Er blickte leise lächelnd und amüsiert zu ihr hinüber. «Du befindest dich hier in einem Bordell», erklärte er. «Falls du es noch nicht gemerkt haben solltest. Bist du schon einmal in einem Bordell gewesen, Schäfchen?»

Sie wußte, daß er sie hänselte. Sie antwortete nicht. Sie wagte nichts zu sagen.

«Nein, vermutlich nicht», sagte er. «Jede Dame sollte einmal in ein Bordell gehen. Wenigstens einmal. Sehen, wie's die Konkurrenz so anstellt.»

Ein leises Klopfen an der Tür. Boylan ging hin und öffnete. Eine schmächtige Person mittleren Alters mit einer weißen Schürze über einem schwarzen Kleid kam mit einem silbernen Tablett herein. Auf dem Tablett standen ein Eiskübel mit einer Champagnerflasche darin sowie zwei Gläser. Die Frau stellte das Tablett wortlos auf den Tisch neben die Tulpen. Ihr Gesicht war völlig ausdruckslos. Es gehörte zu ihren Aufgaben, so zu tun, als sei sie nicht vorhanden. Sie versuchte die Flasche zu öffnen. Sie trug Filzpantoffeln, wie Gretchen bemerkte.

Sie mühte sich mit dem Pfropfen ab, ihr Gesicht war rot vor Anstrengung, und eine graue Strähne fiel ihr über die Augen. Sie sah genauso aus wie die alternden, sich langsam bewegenden Frauen mit Krampfadern in den Beinen, die man bei Nacht und Nebel in die Frühmesse gehen sah.

«Lassen Sie», sagte Boylan. «Ich mach das schon.» Er nahm ihr die Flasche aus der Hand.

«Entschuldigen Sie, Sir», sagte die Frau. Sie hatte gegen die Regeln verstoßen. Sie war vorhanden, hatte sich wahrnehmbar gemacht durch ihr Versagen.

Auch Boylan gelang es nicht, die Flasche zu öffnen. Er drehte an dem Pfropfen, versuchte ihn mit dem Daumen herauszudrücken, die Flasche zwischen den Knien; auch er wurde rot im Gesicht. Boylans Hände waren schmal und zart, nur für leichtere Arbeit geschaffen.

Gretchen stand auf und nahm die Flasche. «Laß mich mal, ich versteh mich darauf», sagte sie.

«Öffnest du oft Champagnerflaschen in der Ziegelfabrik?» fragte Boylan. Gretchen gab ihm keine Antwort. Sie griff fest zu. Mit einer raschen, kräftigen Bewegung drehte sie den Pfropfen. Ein Knall. Der Pfropfen flog ihr aus der Hand und prallte an die Decke. Der Champagner sprudelte heraus und näßte ihre Hände. Sie gab Boylan die Flasche. Ein Punkt mehr für sie. Er lachte. «Hut ab vor der arbeitenden Klasse», sagte er. Er schenkte den Champagner ein, während die Frau Gretchen ein Handtuch reichte, damit sie sich die Hände trocknen konnte. Die Frau mit den Filzpantoffeln ging hinaus. Leises Getrippel wie von Mäusen draußen auf dem Gang.

Boylan reichte Gretchen das Glas. «Aus Frankreich kommen jetzt regelmäßig Schiffstransporte, obwohl die Deutschen, wie es heißt, ziemlich viel herausgeholt haben», sagte er. «Der letzte Jahrgang soll ziemlich mittelmäßig gewesen sein.» Er war sichtlich verärgert über sein Mißlingen und Gretchens Erfolg beim Öffnen der Flasche.

Sie nippten an dem Champagner. Ein roter Strich verlief quer über das Etikett. Boylan nickte beifällig. «Bei Nellic kriegt man nur das Beste», sagte er. «Sie wäre tief beleidigt, wenn sie wüßte, daß ich ihr Etablissement ein Bordell genannt habe. Ich glaube, sie hält es für eine Art Salon, wo sie ihren grenzenlosen Sinn für Gastlichkeit zu Nutz und Frommen ihrer zahllosen Freunde ausüben kann. Glaub nicht, daß alle Hurenhäuser so sind, mein Schatz. Du würdest sonst sehr enttäuscht sein.» Er ärgerte sich immer noch über die Sache mit der Flasche und wollte die Scharte auswetzen. «Nellie ist eines der letzten Überbleibsel aus einer freundlicheren Zeit, ehe das Jahrhundert der gleichberechtigten Menschen, der Gleichberechtigung der Geschlechter uns alle verschlungen hat. Für den Fall, daß du Geschmack an Freudenhäusern findest, frage mich nach den richtigen Adressen, Schatz. Es könnte sein, daß du dich sonst in schrecklich trostlosen Häusern wiederfindest – und das wollen wir doch nicht, nicht wahr? Schmeckt dir der Champagner?»

«Ja, danke», sagte Gretchen. Sie setzte sich wieder auf die Bettkante, steif wie vorher.

Unverhofft leuchtete der Spiegel auf. Im Nebenzimmer hatte jemand das Licht angeschaltet. Der Spiegel erwies sich als ein Spiegelglasfenster, durch das Boylan und Gretchen sehen konnten, was im Nebenzimmer vor sich ging, ohne selbst gesehen zu werden. Lichtquelle dort war eine von der Decke herabhängende Lampe; die Helligkeit wurde durch einen Lampenschirm aus dichter Seide gedämpft.

Boylan blickte auf den Spiegel. «Aha», sagte er, «im Orchester werden die Instrumente gestimmt.» Er nahm die Champagnerflasche aus dem Eiskübel, kam herüber und setzte sich neben Gretchen auf das Bett. Die Flasche stellte er neben sich auf den Boden.

Durch das Spiegelfenster sahen sie jetzt eine hochgewachsene junge Frau mit langen blonden Haaren. Ihr Gesicht war ziemlich hübsch, es hatte den schmollenden, begierigen Ausdruck eines verzogenen Kindes. Doch als sie ihr mit Rüschen besetztes rosa Negligé fallen ließ, enthüllte sie einen prachtvollen Körper. Sie warf kein einziges Mal auch nur einen Blick auf den Spiegel, obwohl ihr der Vorgang vertraut sein und sie wissen mußte, daß sie beobachtet wurde. Sie schlug die Decke zurück und ließ sich auf das Bett fallen. Alle ihre Bewegungen waren harmonisch und ungekünstelt. Wartend lag sie da, scheinbar bereit, Stunden, wenn nicht gar Tage vergehen und sich träge bewundern zu lassen. Alles vollzog sich in vollkommener Stille. Kein Laut drang durch das Spiegelglas.

«Noch ein bißchen Champagner, Schäfchen?» fragte Boylan. Er hob die Flasche.

«Nein, danke.» Gretchen fiel es schwer, zu sprechen.

Die Tür öffnete sich, und ein junger Neger kam in das andere Zimmer.

Oh, dieser Schweinehund, dachte Gretchen, dieser elende rachsüchtige Schweinehund! Aber sie rührte sich nicht.

Der Neger sagte etwas zu dem Mädchen auf dem Bett. Sie winkte ihm einen Gruß zu und setzte ein Lächeln auf, mit dem sie bei jedem Schönheitswettbewerb den ersten Preis gewonnen hätte. Alles, was jenseits des Spiegels geschah, glich einer Pantomime und entrückte die beiden Gestalten in dem anderen Zimmer in eine unwirkliche Ferne. Irgendwie war es, ganz zu Unrecht, beruhigend, so als könnte nichts Ernsthaftes geschehen.

Der Neger trug einen marineblauen Anzug, ein weißes Hemd und eine rotgetüpfelte Fliege. Er hatte betont spitze hellbraune Schuhe an. Sein nettes, jungenhaftes Lächeln wirkte gewinnend.

«Nellie hat eine Menge gute Freunde in Nachtclubs drüben in Harlem», sagte Boylan, als der Neger sich auszuziehen begann und seine Jacke ordentlich über eine Stuhllehne hängte. «Wahrscheinlich ist er Trompeter oder so in einer Band und hat nichts dagegen, sich am Abend einen Extra-Dollar zu verdienen, indem er Weiße unterhält. Sag mal, möchtest du nicht doch noch einen Schluck trinken?»

Gretchen gab keine Antwort. Der Neger knöpft seine Hose auf. Sie schloß die Augen.

Als sie die Augen wieder öffnete, war der Mann nackt. Die Haut seines muskulösen Körpers schimmerte bronzefarben, er hatte breite Schultern, schmale Hüften und wirkte wie ein hervorragend trainierter Athlet. Der Vergleich mit dem Mann neben ihr versetzte sie in Zorn.

Der Neger schritt durchs Zimmer. Das Mädchen empfing ihn mit ausgebreiteten Armen. Geschmeidig wie eine Katze schmiegte er sich an den langen weißen Körper. Sie küßten sich, und ihre Hände legten sich um seinen Hals und zogen ihn zu sich herunter. Dann schwang er sie herum und nun bedeckte sie seinen Hals und dann langsam und sachkundig seine Brustwarzen mit Küssen, während ihre Hand den sich aufrichtenden Penis liebkoste. Die blonden Haare hingen auf die dunkel schimmernde Haut herab, glitten tiefer, als das Mädchen die straffe Haut über den flachen Bauchmuskeln des Mannes leckte.

Gretchen sah gebannt zu. Sie fand dieses Schauspiel schön und gar nicht abstoßend. Es war wie ein Versprechen, das sie nicht in Worte zu fassen vermochte. Aber mit Boylan neben sich hatte sie nicht die rechte Ruhe, es zu betrachten. Es war zu ungerecht, in schmutziger Weise ungerecht, daß diese beiden herrlichen Körper stundenweise, wie Tiere in einem Stall, zum Vergnügen oder aus perverser Rache von einem Mann wie Boylan gekauft werden konnten.

Sie stand auf und kehrte dem Spiegelfenster den Rücken. «Ich warte unten im Wagen auf dich», sagte sie.

«Aber es fängt doch erst an, Schäfchen», sagte er sanft. «Schau, was sie jetzt tun. Du kannst hier wirklich etwas lernen. Du wirst viel Erfolg...»

«Ich erwarte dich unten im Wagen», sagte sie, lief aus dem Zimmer und die Treppe hinunter.

Die Frau in dem weißen Kleid stand in der Nähe der Eingangstür. Sie sagte nichts, lächelte aber höhnisch, als sie Gretchen die Tür aufhielt.

Gretchen ging hinaus und setzte sich in den Wagen. Eine Viertelstunde später kam Boylan ihr nach. Gelassen stieg er in den Wagen und ließ den Motor an. «Ein Jammer, daß du nicht geblieben bist», sagte er. «Sie haben ihre 100 Dollar redlich verdient.»

Auf dem Nachhauseweg sprachen sie kein Wort. Es war fast hell, als er vor der Bäckerei anhielt. «Nun», meinte er nach all den Stunden des Schweigens, «hast du heute nacht etwas gelernt?»

«Ja», sagte sie. «Ich muß mir einen jüngeren Mann suchen. Gute Nacht.»

Während sie die Haustür aufschloß, hörte sie den Wagen davonbrausen. Sie ging die Treppe hinauf. Die Tür zum Schlafzimmer ihrer Eltern, das dem ihren gegenüberlag, stand offen, und das Licht brannte. Ihre Mutter saß aufrecht auf einem Stuhl und starrte in den Flur hinaus. Gretchen blieb stehen und blickte ihre Mutter an. Die Augen ihrer Mutter glichen denen einer Irren. Da war nichts zu machen. Mutter und Tochter starrten einander an.

«Geh zu Bett», sagte die Mutter. «Ich rufe nachher im Werk an und sage, daß du krank bist und heute nicht kommen kannst.»

Sie ging in ihr Zimmer und schloß die Tür. Sie schloß sie nicht ab; keine der Türen im Haus ließ sich abschließen. Sie nahm ihren Shakespeare-Band aus dem Regal. Die acht Hundert-Dollar-Scheine lagen nicht mehr zwischen dem II. und dem III. Akt von ‹Wie es euch gefällt›. Sie lagen jetzt, noch immer säuberlich in dem Kuvert gefaltet, im V. Akt von ‹Macbeth›.

5

In dem Haus auf dem Hügel brannte kein Licht. Alle feierten unten in der Stadt. Thomas und Claude sahen die Raketen und Leuchtkugeln, die in den nächtlichen Himmel über dem Fluß aufstiegen, und hörten die Böllerschüsse der kleinen Kanone, die sonst immer nur dann abgefeuert wurde, wenn die eigene Mannschaft der High School bei den Footballspielen ein Tor erzielt hatte. Es war eine klare, warme Nacht, und von hier oben war Port Philip mit all den brennenden Lichtern ein strahlender Anblick.

Deutschland hatte an diesem Morgen kapituliert.

Thomas und Claude waren mit den Volksmassen durch die Stadt gezogen und hatten zugesehen, wie Mädchen auf den Straßen Soldaten abgeküßt und die Leute ganze Flaschen mit Whisky herausgebracht hatten. Je weiter der Tag voranschritt, desto angeekelter fühlte sich Thomas. Männer, die sich vier Jahre lang erfolgreich vor der Einberufung gedrückt hatten, Uniformierte, die nicht mehr als dreihundert Meilen von daheim fort gewesen waren, Händler, die auf dem Schwarzen Markt ein Vermögen verdient hatten – sie alle küßten einander, schrien und betranken sich, als hätte jeder von ihnen Hitler persönlich umgebracht.

«Banausen», hatte Tom zu Claude gesagt, als er die Feiernden beobachtete. «Ich würde es ihnen gerne zeigen.»

«Ja», sagte Claude. «Wir sollten unsere eigene kleine Feier veranstalten. Unser eigenes Feuerwerk.» Danach war er ziemlich nachdenklich geworden und hatte nichts gesagt, als er Leute, die viel älter waren als er, über die Stränge schlagen sah. Claude nahm seine Brille ab und kaute auf einem Bügel herum, eine Angewohnheit von ihm, wenn er über ein Bravourstück nachsann. Thomas kannte diese Anzeichen, doch er wehrte sich gegen jede Unbesonnenheit. Das war nicht der rechte Augenblick, sich mit Soldaten anzulegen: jede Art von Raufhandel, sei es mit einem Soldaten, sei es mit einem Zivilisten, war an einem solchen Tag unangebracht.

Schließlich war Claude mit seinem Plan für den Tag des Sieges in Europa herausgerückt, und Thomas mußte zugeben, daß Claude keinen besseren Einfall hätte haben können, den Tag würdig zu begehen.

So kam es, daß sie jetzt auf dem Boylan-Hügel waren. Thomas hatte den Benzinkanister in der Hand, und Claude das Säckchen mit den Nägeln, dem

Hammer und dem Lumpenbündel. Vorsichtig schlichen sie durchs Unterholz zu dem verfallenen Gewächshaus hinüber, das ungefähr fünfhundert Meter vom Haupthaus entfernt auf einer kahlen Kuppe stand. Sie waren nicht auf dem üblichen Weg hierhergekommen, sondern hatten einen Feldweg benutzt, der an der Hinterseite des Hauses vorbeiführte. Durch eine Gartenpforte waren sie auf das Grundstück gelangt; das Motorrad hatten sie draußen in der Nähe einer aufgelassenen Kiesgrube versteckt.

Sie erreichten das Gewächshaus auf der Kuppe. Die Scheiben waren schmutzig und zerbrochen, und der muffige Geruch verfaulter Pflanzen drang heraus. An der einen Seite des halbverfallenen Gebäudes waren einige lange, trockene Bretter gestapelt, und daneben lag eine rostige Schaufel, die sie bei früheren Gelegenheiten, als sie hier herumgestrolcht waren, schon entdeckt hatten. Während Thomas ein Erdloch aushob, suchte Claude zwei kräftige Bretter aus und machte sich daran, sie zu einem Kreuz zusammenzunageln. Sie hatten ihre Pläne im Laufe des Tages vervollkommnet, und es bedurfte keiner Worte.

Als das Kreuz fertig war, tränkte Claude die Balken mit Benzin. Dann richteten beide das Kreuz auf und rammten es in das Loch, das Thomas gegraben hatte. Er schaufelte das Loch wieder zu und stampfte die Erde mit den Füßen fest und glättete sie mit der Rückseite der Schaufel. Claude tränkte das Lumpenbündel mit dem Rest des Benzins. Alles war bereit. Von der High School drang das Dröhnen der Kanone den Hügel herauf, und Feuerwerkskörper erhellten für kurze Zeit den nächtlichen Himmel.

Thomas tat das, was er zu tun hatte, ruhig und überlegt. Was ihn anging, so fand er an dem, was sie da im Begriff waren zu tun, nichts sehr Bedeutendes. Wieder einmal drehte er auf seine Weise all diesen erbärmlichen Wichten von Erwachsenen dort unten eine lange Nase. Daß es auf dem Besitztum dieses nackten Schwanzträgers Boylan geschah, war ein Vergnügen besonderer Art. Gib denen da unten zwischen ihren Küssen und dem ‹Sternenbanner› etwas zum Nachdenken! Claude dagegen war ziemlich aufgeregt. Er atmete schwer, als bekäme er keine Luft, sabberte vor sich hin und mußte dauernd seine Brille mit dem Taschentuch abreiben, weil die Gläser ständig beschlugen. Für Claude, mit einem Onkel, der Geistlicher war, und einem Vater, der von ihm, Claude, verlangte, daß er jeden Sonntag zur Messe ging und ihm täglich Vorträge über alle möglichen Todsünden hielt und darüber, daß er sich von protestantischen Frauen fernhalten solle, die seien bekannt für ihren lockeren Lebenswandel, er solle rein bleiben in den Augen von Jesu – für Claude war es eine Tat von größter Bedeutung.

«Okay», sagte Thomas leise und trat zurück.

Claudes Hände zitterten, als er das Zündholz anstrich, sich vorbeugte und es an das benzingetränkte Stoffbündel unten am Fuß des Kreuzes hielt. Als es aufflammte, schrie er auf und rannte davon. Sein Arm stand in Flammen, und er lief blindlings schreiend über die Lichtung. Thomas rannte ihm nach, rief ihm zu, er solle stehenbleiben, aber Claude rannte wie von Sinnen einfach weiter. Thomas holte ihn ein und warf sich über ihn, und mit dem Oberkörper, der durch den Pullover geschützt war, wälzte er sich auf Claudes Arm, um die Flammen zu ersticken.

Es war im Nu geschafft. Claude lag jammernd auf dem Rücken, hielt sich den verbrannten Arm und wimmerte, unfähig, etwas zu sagen.

Thomas stand auf und blickte auf seinen Freund hinunter. Im Schein des flammenden Kreuzes war jeder Schweißtropfen auf Claudes Gesicht deutlich zu erkennen. Sie mußten so schnell wie möglich von hier fort. Jeden Augenblick konnten Leute kommen. «Steh auf!» sagte Thomas. Doch Claude regte sich nicht. Mit starrem Blick rollte er leicht von einer Seite auf die andere, aber das war alles.

«Steh auf, du Dämlack!» Thomas rüttelte Claude an der Schulter. Claude blickte zu ihm auf; sein Gesicht war vor Angst verzerrt, richtig töricht sah er aus. Thomas beugte sich hinunter, hob Claude hoch, legte ihn über seine Schulter und lief in Richtung der Gartenpforte querfeldein durchs Unterholz. Claudes Stöhnen «O Jesus, o Jesus, o süße Mutter Maria» versuchte er zu überhören.

Als Thomas den Hügel hinunterstolperte, mit dem schwer auf ihm lastenden Gewicht seines Freundes, nahm er einen Geruch wahr, den er kannte. Der Geruch nach verbranntem Fleisch.

Dumpf dröhnte noch immer die Kanone unten in der Stadt.

Axel Jordache ruderte langsam auf die Mitte des Flusses zu; die Strömung war zu spüren. Heute abend geschah es nicht zur körperlichen Ertüchtigung, daß er hinaus auf den Fluß ruderte, sondern weil er den Menschen entgehen wollte. Er hatte beschlossen, diese Nacht nicht zu arbeiten, die erste Nacht an einem Wochentag seit 1924. Sollten seine Kunden doch morgen Fabrikbrot essen! Schließlich verlor die deutsche Armee nur alle 27 Jahre einen Krieg.

Es war kalt auf dem Fluß, aber ihm war warm genug in dem dicken blauen Rollkragenpullover, der noch aus der Zeit stammte, als er auf den Schiffen gearbeitet hatte. Und er hatte eine Flasche dabei, aus der er einen Schluck nehmen und auf das Wohl der Dummköpfe trinken konnte, die Deutschland ein weiteres Mal vernichtet hatten. Patriotische Gefühle hegte Jordache für kein Land, seinen Haß aber behielt er dem Land vor, in dem er geboren war. Ihm hatte er es zu verdanken, daß er sein Leben lang hinken mußte, daß er keine ordentliche Ausbildung bekommen hatte, daß er ins Exil hatte gehen müssen. Darüber hinaus hatte es ihn dazu gebracht, für alle Politik und jeden Politiker, für alle Generale, Geistlichen, Präsidenten, Könige, Diktatoren, alle Eroberungen und alle Niederlagen, alle Parteianwärter und alle Parteien größte Verachtung zu empfinden. Er war froh, daß Deutschland den Krieg verloren, aber nicht glücklich, daß Amerika ihn gewonnen hatte. Hoffentlich war er in 27 Jahren noch unter den Lebenden, wenn Deutschland wieder einen Krieg verlor.

Er dachte an seinen Vater, einen gottesfürchtigen, tyrannischen kleinen Mann, Angestellter in einem Fabrikbüro, der mit einem Lied auf den Lippen ins Feld gezogen war, ein Blumensträußchen im Lauf seines Gewehrs, ein glückliches, militantes Schaf, dem es bestimmt war, bei Tannenberg zu fallen, stolz darauf, zwei Söhne zu hinterlassen, die bald ebenfalls für das Vaterland kämpfen würden, und eine Frau, die weniger als ein Jahr Witwe geblieben war. Dann war sie klug genug gewesen, einen Rechtsanwalt zu heiraten, der die Kriegsjahre damit verbrachte, Miethäuser hinter dem Berliner Alexanderplatz zu verwalten.

«Deutschland, Deutschland über alles», sang Jordache spottend, stützte sich auf die Ruder und ließ sich von den Wassern des Hudson nach Süden treiben, während er die Whiskyflasche an die Lippen hob. Er trank auf den Haß, mit dem er Deutschland schon als junger Mensch betrachtet hatte, als er aus der Armee entlassen worden war, ein Krüppel unter Krüppeln – ein Haß, der ihn übers Meer getrieben hatte. Auch Amerika war ein Witz, aber wenigstens war er genau wie seine Söhne heute abend noch am Leben, und das Haus, in dem er wohnte, stand noch.

Der Lärm der kleinen Kanone drang über den Fluß, und im Wasser spiegelte sich das prächtige Feuerwerk. Narren, dachte Jordache, was feierten diese Narren? Ihnen war es noch nie so gut gegangen wie augenblicklich. Fünf Jahre weiter, und sie würden an den Straßenecken Äpfel verkaufen, würden einander in Stücke reißen, während sie vor den Fabriktoren nach Arbeit anstanden. Hätten sie noch den Verstand, mit dem sie geboren worden waren, würden sie heute abend in die Kirche gehen und beten, daß die Japaner noch zehn Jahre durchhielten.

Dann sah er plötzlich das Feuer auf dem Hügel außerhalb der Stadt lodern, ein kleiner, gleichmäßiger Brand, der sich rasch als ein Kreuz abzeichnete, das am Rand des Horizonts in Flammen stand. Er lachte. *Die Geschäfte gehen weiter und scheiß auf den Sieg. Nieder mit den Katholiken, den Niggern und den Juden – vergeßt das nicht. Heute tanzen und morgen niederbrennen. Amerika ist Amerika. Wir sind da und sagen euch, wie die Dinge wirklich stehen.*

Jordache nahm noch einen Schluck, er genoß das Schauspiel des die Stadt beherrschenden flammenden Kreuzes, ergötzte sich im voraus an dem heuchlerischen Gejammer, das die beiden Zeitungen der Stadt morgen über die Herausforderung anstimmen würden, die man dem Gedächtnis all der tapferen Männer, gleich welcher Rasse und welchen Glaubensbekenntnisses, die bei der Verteidigung der Ideale, auf denen Amerika gegründet war, gefallen waren, angetan hatte. Und die Predigten am Sonntag! Es würde sich fast lohnen, ein oder zwei Kirchen zu besuchen, nur damit man erfuhr, was die frommen Brüder zu sagen hatten.

Wenn es mir jemals gelingt, die herauszufinden, die dieses Kreuz aufgerichtet haben, dachte Jordache, werde ich ihnen die Hände schütteln.

Während er dem Feuer zusah, merkte er, daß es sich ausbreitete. In unmittelbarer Nähe des Kreuzes mußte in seinem Windschatten ein Gebäude gestanden haben, ein Gebäude, das gut und trocken gewesen sein mußte, denn im Nu war der ganze Himmel hell erleuchtet.

Kurz darauf hörte er die Sirenen der Feuerwehrautos, die durch die Stadt zum Hügel hinauf rasten.

Gar keine so schlechte Nacht, dachte Jordache, wenn man es recht betrachtet.

Er nahm einen letzten Schluck aus der Flasche und ruderte dann gemächlich zum Ufer zurück.

Rudolph stand auf den Stufen der High School und wartete darauf, daß die Jungen, die die Kanone bedienten, sie abschössen. Hunderte von Jungen und Mädchen liefen schreiend und singend und küssend auf dem Rasen umher. Abgesehen vom Küssen war es fast genauso wie sonst an den Samstagabenden, wenn die eigene Mannschaft ein großes Footballspiel gewonnen hatte.

Die Kanone ging los. Ein vielstimmiges Hurra erklang.

Dann setzte Rudolph seine Trompete an die Lippen und fing an, ‹America› zu blasen. Zuerst hörte die Menge schweigend zu, und die getragene Musik, ein feierlicher Ton nach dem andern, erklang ganz allein über ihren Köpfen. Hier und da sang jemand mit, und im nächsten Augenblick fielen alle ein: «America, America, God shed His grace on thee, And crown thy good with brotherhood, From sea to shining sea ...»

Ein gewaltiges Hurra ertönte, als das Lied zu Ende war, und Rudolph stimmte ‹Stars and Stripes Forever› an. Unmöglich konnte er dabei stillstehen; er ging die Stufen hinunter zu dem Weg, der um den Rasen herumführte. Die Schüler reihten sich hinter ihm auf, und bald führte er einen Umzug von Jungen und Mädchen an, zuerst um den Rasen herum und dann aus dem Schultor hinaus auf die Straße; die Melodie seiner Trompete gab den Takt an. Gleich hinter Rudolph folgten die Jungen mit der Kanone, und an jeder Kreuzung machte der Zug halt, und die Jungen feuerten die Kanone ab, und die Jungen und Mädchen schrien Hurra, und die am Straßenrand stehenden Erwachsenen klatschten Beifall und schwenkten Fähnchen.

An der Spitze seiner Armee marschierend, spielte Rudolph ‹When the Caissons Go Rolling Along› und ‹Columbia the Gem of the Ocean› und die High School-Hymne und ‹Onward Christian Soldiers›, während der Zug sich jubelnd durch die Straßen der Stadt schlängelte. Rudolph führte die jungen Leute zur

Vanderhoff Street, blieb vor der Bäckerei stehen und stimmte seiner Mutter zu Ehren ‹When Irish Eyes Are Smiling› an. Mrs. Jordache blickte aus dem Fenster und winkte ihm zu, und er sah, wie sie ihre Augen mit einem Taschentuch betupfte. Er befahl den Jungen an der Kanone, einen Salut für seine Mutter zu schießen, und sie feuerten das Geschütz ab, und die Hunderte von Jungen und Mädchen brüllten, und seine Mutter weinte ganz unverhohlen. Er wünschte, seine Mutter hätte sich die Haare gekämmt, ehe sie das Fenster öffnete, und ganz schlimm war, daß ihr wie immer eine Zigarette im Mundwinkel hing. Heute abend brannte kein Licht im Keller – sein Vater war also nicht zu Hause. Rudolph hätte nicht gewußt, was er für ihn hätte spielen sollen. Für einen Veteranen der deutschen Armee in dieser besonderen Nacht die richtige Wahl zu treffen, wäre gar nicht so leicht gewesen.

Rudolph hätte auch gern seiner Schwester und ihren Soldaten im Lazarett ein Ständchen gebracht, aber das Lazarett lag ganz am Rande der Stadt. Noch einen letzten Trompetenstoß für seine Mutter, und dann führte Rudolph unter den Klängen von ‹Boola-Boola› die Parade in Richtung Stadtmitte. Vielleicht würde er nächstes Jahr nach Yale gehen, wenn er mit der Schule fertig war. Heute nacht war nichts unmöglich.

Er hatte durchaus nicht die Absicht gehabt, aber plötzlich befand er sich in der Straße, in der Miss Lenaut wohnte. Oft genug hatte er heimlich gegenüber von ihrem Haus auf der anderen Straßenseite im Schatten eines Baumes gestanden und zu dem erleuchteten Fenster im ersten Stock hinaufgesehen, von dem er wußte, daß es ihr Fenster war. Das Licht brannte.

Er blieb kühn mitten auf der Straße vor dem Haus stehen und blickte zu dem Fenster hinauf. Von den winzigen Rasenstreifen vor den bescheidenen Zweifamilienhäusern in der schmalen Straße hatte jetzt sein Gefolge Besitz ergriffen. Miss Lenaut tat ihm leid; sie war so allein, so weit entfernt von der Heimat, wo ihre Freunde und Verwandten in diesem Augenblick auf den Straßen von Paris jubelten und tanzten. Er wollte Miss Lenaut Abbitte leisten, wollte der guten Frau zeigen, daß er ihr verziehen hatte, wollte ihr beweisen, daß tief im Herzen etwas in ihm steckte, das sie bei ihm nie vermutet hätte, daß er nicht der unflätige kleine Junge war, dessen deutscher Vater zotige Reden führte, der Junge, der sich auf nichts anderes verstand als auf pornographische Zeichnungen. Er setzte die Trompete an die Lippen und blies die ‹Marseillaise›. Und so erklang in der schäbigen kleinen Straße diese schwierige, triumphierende Musik mit ihren Erinnerungen an Fahnen und Schlachten, Verzweiflung und Heldentum, und die Jungen und Mädchen summten die Melodie mit, den Text kannten sie nicht. Bei Gott, dachte Rudolph, keiner Schullehrerin in Port Philip war je zuvor eine solche Ovation dargebracht worden. Rudolph spielte die Hymne bis zum Schluß, aber Miss Lenaut erschien nicht am Fenster. Ein Mädchen mit einem Pferdeschwanz kam aus dem Nebenhaus gesprungen und sah Rudolph zu, wie er spielte. Rudolph fing noch einmal ganz von vorn an, aber diesmal spielte er die ‹Marseillaise› als kunstvolles Solo, mit Improvisationen in wechselndem Rhythmus, bald leise und langsam, bald herausfordernd und laut. Schließlich öffnete sich das Fenster. In einen Morgenmantel gehüllt, blickte Miss Lenaut herunter. Er konnte ihr Gesicht nicht sehen. Er trat einen Schritt vor, so daß das Licht der Straßenlampe auf ihn fiel, hob die Trompete an die Lippen, richtete sie direkt zu Miss Lenaut hinauf und spielte laut und deutlich. Sie mußte ihn erkennen. Einen Augenblick lauschte sie, rührte sich nicht. Dann knallte sie das Fenster zu und zog die Jalousie herunter.

Französische Schlampe, dachte er und beendete die ‹Marseillaise› mit einem spöttischen Mißton. Er setzte die Trompete ab. Das Mädchen aus dem Nebenhaus stand an seiner Seite. Sie legte den Arm um ihn und küßte ihn. Die anderen um ihn herumstehenden Jungen und Mädchen klatschten Beifall. Die Kanone schoß Salut. Rudolph grinste. Der Kuß war köstlich. Und auch die Adresse des Mädchens war ihm jetzt bekannt. Er setzte die Trompete an die Lippen und begann ‹Tiger Rag› zu spielen, während er, sich in den Hüften wiegend, die Straße hinuntermarschierte. Die Jungen und Mädchen tanzten hinter ihm drein, in einer riesigen, wirbelnden Masse, in Richtung auf die Hauptstraße.

Überall herrschte Siegesstimmung.

Sie zündete sich die nächste Zigarette an. Allein in einem leeren Haus, dachte sie. Sie hatte sämtliche Fenster geschlossen, um die aus der Stadt herüberdringenden Jubelschreie der Menschenmenge, das Zischen des Feuerwerks und das Geschmetter der Musik nicht hören zu müssen. Was gab es für sie denn zu feiern? Es war eine Nacht, in der Ehemänner sich ihren Frauen, Kinder sich ihren Eltern, Freunde sich Freunden zuwendeten, wo sogar Fremde einander in die Arme fielen. Ihr hatte sich niemand zugewendet, sie war von niemand umarmt worden.

Sie ging in das Zimmer ihrer Tochter und schaltete das Licht an. Das Zimmer war tadellos sauber, die Tagesdecke über dem Bett war frisch gebügelt, die Messinglampe auf Hochglanz poliert, auf dem fröhlich bemalten Toilettentisch standen Cremetöpfe und Schönheitswässerchen. Die Utensilien des Gewerbes, dachte Mary Jordache bitter.

Sie trat an das schmale Mahagoni-Büchergestell. Die Bücher standen alle an ihrem Platz, ganz ordentlich. Sie zog den dicken Band mit Shakespeares Werken heraus. Sie schlug ihn an der Stelle auf, wo zwischen den Seiten von ‹Macbeth› das Kuvert lag. Sie warf einen Blick in das Kuvert. Das Geld war noch da. Ihre Tochter hatte nicht einmal so viel Anstand besessen, das Geld woanders zu verstecken, obwohl Gretchen nicht verborgen geblieben sein konnte, daß ihre Mutter Bescheid wußte. Mary Jordache nahm das Kuvert heraus und schob das Buch nachlässig in das Gestell zurück. Auf gut Glück zog sie ein anderes Buch heraus, eine Anthologie englischer Dichtkunst, die Gretchen, als sie das letzte Jahr auf die High School ging, benutzt hatte. Die erlesene geistige Nahrung ihrer Tochter. Mary Jordache schlug das Buch auf und legte das Kuvert irgendwo zwischen die Seiten. Mochte ihre Tochter sich ruhig ein bißchen sorgen wegen des Geldes. Wenn ihr Vater je dahinterkommen sollte, daß sich hier im Haus 800 Dollar befanden, würde Gretchen nichts mehr davon sehen.

Sie las einige Zeilen.

> Brich, brich, brich
> Am kaltgrauen Fels Dich, Meer!
> O gäbe doch meine Zunge
> All meine Gedanken her.

Oh, schön, schön...

Sie stellte das Buch wieder ins Regal. Sie machte sich nicht die Mühe, das Licht auszuschalten, als sie das Zimmer verließ.

Sie ging in die Küche. Die Töpfe und Teller, die sie bei ihrem einsamen Abendessen gebraucht hatte, lagen unabgespült im Ausguß. Sie tauchte ihre Zigarette in die mit fettigem Wasser halb gefüllte Bratpfanne. Sie hatte ein Schweinskotelett zum Abendessen gehabt. Nichts Aufregendes. Sie schaute auf den Herd und zündete das Gas im Bratrohr an. Sie zog einen Stuhl vor den Herd, öffnete die Backofentür, setzte sich und steckte den Kopf hinein. Der Geruch war unangenehm. Sie saß so eine kleine Weile. Trotz des geschlossenen Fensters drang das Lärmen der Menschen an ihr Ohr. Irgendwo hatte sie einmal gelesen, daß es an Sonn- und Feiertagen die meisten Selbstmorde gab, an Weihnachten, Neujahr mehr als zu jeder anderen Zeit im Jahr. Konnte sie jemals einen besseren Feiertag finden?

Der Gasgeruch würde stärker. Ein Schwindelgefühl überkam sie. Sie zog den Kopf aus dem Backofen und machte das Gas aus. Es hatte keine Eile.

Sie ging ins Wohnzimmer. Herrin des Hauses. Ein leichter Gasgeruch hing in dem kleinen Zimmer, wo rund um den quadratischen Eichentisch in der Mitte des abgetretenen rötlichen Teppichs in geometrischer Anordnung vier Holzstühle standen. Sie setzte sich an den Tisch, zog einen Bleistift aus der Tasche und sah sich nach einem Blatt Papier um, aber es lag nur das Schulheft mit den linierten Seiten da, in das sie die Tageseinnahmen aus der Bäckerei einzutragen pflegte. Sie schrieb nie irgendwelche Briefe und bekam auch nie welche. Sie riß hinten aus dem Heft mehrere Blätter heraus und fing an zu schreiben.

«Liebes Gretchen», schrieb sie, «ich habe beschlossen, mir das Leben zu nehmen. Es ist eine Todsünde, ich weiß das, aber ich kann nicht mehr so weitermachen. Ich schreibe von einer Sünderin zur andern. Mehr brauche ich nicht zu sagen. Du weißt, was ich meine.

Es lastet ein Fluch auf dieser Familie. Auf mir, auf Dir, auf Deinem Vater und auf Deinem Bruder Tom. Nur Dein Bruder Rudolph scheint davon ausgenommen zu sein; doch es ist möglich, daß am Ende auch er ihn zu spüren bekommt. Ich bin froh, daß ich diesen Tag nicht erleben werde. Es ist der Fluch des Geschlechtlichen. Ich will Dir jetzt etwas sagen, was ich Dir bisher verschwiegen habe. Ich war ein uneheliches Kind. Ich kannte weder meinen Vater noch meine Mutter. Ich kann den Gedanken an meine Mutter, an das Leben, das sie geführt, den Sumpf der Schande, in dem sie gesteckt haben muß, nicht ertragen. Daß Du in ihre Fußstapfen getreten bist und Dich in der Gosse wälzen tust, wundert mich nicht. Dein Vater ist ein Tier. Du schläfst im Zimmer neben uns, deshalb wirst Du wissen, was ich meine. Seit zwanzig Jahren quält er mich, kreuzigt er mich. Er ist eine rasende Bestie, und es hat Zeiten gegeben, da war ich überzeugt, er würde mich umbringen. Ich habe miterlebt, wie er mit bloßen Fäusten einen Mann fast totgeschlagen hat – wegen einer Bäckerrechnung über 8 Dollar. Dein Bruder Thomas hat das von Deinem Vater geerbt, und es würde mich gar nicht überraschen, wenn er irgendwann im Gefängnis oder noch schlimmer enden wird. Ich lebe in einem Tigerkäfig.

Alles ist meine Schuld, nehme ich an. Aus Schwäche habe ich zugelassen, daß Dein Vater mich der Kirche entfremdet und meine Kinder zu Heiden gemacht hat. Ich war zu ausgepumpt und niedergeschlagen, um Dich zu lieben und vor Deinem Vater und seinem Einfluß zu schützen. Und Du wirktest immer so rein und sauber und wohlerzogen, daß meine Befürchtungen mir unbegründet erschienen. Doch mit welchem Ergebnis, das weißt Du besser als ich.»

Sie hörte auf zu schreiben und las das Geschriebene mit Befriedigung noch einmal durch. Ihre Mutter tot aufzufinden, auf dem Kopfkissen diese Botschaft aus dem Grab, würde der Hure ihre sündigen Freuden vergiften. Jedesmal, wenn sie einem Mann erlaubte, sie zu berühren, würde Gretchen sich an die letzten Worte ihrer Mutter erinnern.

«Dein Blut ist verdorben», schrieb sie weiter, «und es ist mir inzwischen klar, daß auch Dein Charakter verdorben ist. Dein Zimmer ist sauber und reizend, aber Deine Seele ist schmutzig wie ein Stall. Dein Vater hätte jemanden wie Dich heiraten sollen. Ihr hättet zueinander gepaßt. Mein letzter Wunsch ist, daß Du das Haus verläßt und weit fortgehst, damit Dein Bruder Rudolph nicht unter Deinen schändlichen Einfluß gerät. Wenn wenigstens ein anständiger Mensch aus dieser schrecklichen Familie hervorgeht, wird Gott vielleicht seinen Fluch von uns abwenden.»

Ein schriller Lärm von jubelnden Menschen, dazwischen Musik, die immer stärker wurde. Dann hörte sie die Trompete und erkannte sie. Rudolph spielte unten vor der Bäckerei. Sie stand vom Tisch auf, öffnete das Fenster und blickte hinaus. Da war er und spielte, an der Spitze einer vielköpfigen Menge – mehr als tausend Jungen und Mädchen schienen es zu sein –, ‹When Irish Eyes Are Smiling›.

Sie winkte ihm zu und spürte, wie ihr die Tränen kamen. Rudolph forderte die Jungen hinter ihm, die die Kanone bedienten, auf, Salut für sie zu schießen; der Knall hallte in der ganzen Straße wider. Sie weinte jetzt unverhohlen und schneuzte sich in ihr Taschentuch. Rudolph winkte ein letztes Mal und führte dann seine Armee die Straße hinunter – seine Trompete wies ihnen die Richtung.

Mary Jordache trat vom Fenster zurück und setzte sich schluchzend an den Tisch. Er hat mir das Leben gerettet, dachte sie, mein prächtiger Sohn hat mir das Leben gerettet.

Sie zerriß den Brief, ging in die Küche und verbrannte die Schnipsel.

Von den Soldaten waren viele betrunken. Gleich nachdem die Meldung durch den Rundfunk verbreitet worden war, hatte jeder, der sich allein bewegen und eine Uniform anziehen konnte, das Lazarett verlassen, ob er einen Urlaubsschein besaß oder nicht. Einige aber waren mit Flaschen zurückgekehrt, und im Aufenthaltsraum roch es wie in einer Kneipe, als die Männer in Rollstühlen und auf Krücken sich schreiend und singend durchs Zimmer bewegten. Nach dem Abendessen artete die Feier in ein Fest der Zerstörung aus – die Männer zertrümmerten die Fenster, rissen Plakate von den Wänden, zerfetzten Bücher und Zeitschriften zu Konfetti, das sie unter brüllendem Gelächter mit vollen Händen um sich warfen, als feiere man Fastnachtsdienstag.

«Ich bin General George S. Patton», rief ein GI in die Menge. Er trug ein Stahlgestell um die Schultern, aus dem sein zerschmetterter Arm hoch über seinem Kopf ragte. «Wo ist dein Schlips, Soldat? Dreißig Jahre Küchendienst!» Mit seinem gesunden Arm packte er Gretchen und zog sie in die Mitte des Raums. Hier tanzte er mit ihr nach der Melodie von ‹Praise the Lord and Pass the Ammunition›, das die anderen Soldaten ihm zu Gefallen sangen. Gretchen mußte den Jungen fest an sich gepreßt halten, damit er nicht hinfiel. «Ich bin der größte, erstklassigste, einarmige Tänzer der Welt und gehe morgen nach Hollywood, wo ich mit Ginger Rogers Walzer tanzen werde. Heirate mich, Baby, wir werden wie die Könige leben. Als Vollinvalide bekomme ich die Höchstrente. Wir haben den Krieg gewonnen, Baby. Die Welt darf sich wieder sicher fühlen – wir haben sie zum Vollinvaliden gemacht.» Dann mußte er aufhören, denn seine Beine wollten ihn nicht mehr tragen. Er setzte sich auf den Boden, den Kopf zwischen den Knien, und sang eine Strophe von ‹Lili Marlen›.

Es gab nichts, was Gretchen heute abend für einen von ihnen hätte tun können. Sie lächelte bloß unentwegt und versuchte sich ins Mittel zu legen, wenn die Konfettischlachten zu sehr ausarteten und es so aussah, als würden regelrechte Raufereien daraus. Eine Krankenschwester erschien auf der Schwelle und winkte Gretchen. Gretchen ging zu ihr hin. «Ich glaube, Sie gehen hier besser heraus», sagte die Schwester mit leiser, besorgter Stimme. «Nicht lange, und dann wird es hier wild zugehen.»

«Ich verarge es ihnen nicht», sagte Gretchen. «Und Sie?»

«Ich tue das genausowenig», sagte die Schwester, «aber ich gehe ihnen aus dem Weg.»

Man hörte das Geräusch von zersplitterndem Glas. Ein GI hatte eine leere Whiskyflasche durch ein Fenster geworfen. «Störfeuer!» rief er und griff nach einem metallenen Abfallkorb, den er durch ein anderes Fenster schleuderte. «Setzen Sie die Mörser ein gegen diese Schweinehunde, Lieutenant. Nehmen Sie die Höhe.»

«Ein Glück, daß man ihnen die Waffen abgenommen hat, als sie eingeliefert wurden», sagte die Schwester. «Es ist schlimmer als in der Normandie.»

«Her mit den Japsen!» schrie jemand. «Ich schlage sie mit meinem Verbandspäckchen tot. *Banzai!*»

Die Schwester zupfte Gretchen am Ärmel. «Gehen Sie nach Hause», sagte sie. «Das hier ist heute abend kein Ort für ein junges Mädchen. Kommen Sie morgen früh wieder und helfen Sie beim Wegräumen der Scherben.»

Gretchen nickte und machte sich auf den Weg in den Umkleideraum. Doch als die Schwester verschwunden war, blieb sie stehen, drehte sich um und ging den Gang entlang, von dem die einzelnen Stationen abzweigten. Sie ging auf die Stationen, wo die Kopf- und Brustverletzten lagen; hier waren die schweren Fälle. Es brannte nur gedämpftes Licht und kein Laut war zu hören. Die meisten Betten standen leer, aber hier und dort sah sie eine reglose Gestalt unter den Decken liegen. Sie ging zu dem letzten Bett in der Ecke, in dem Talbot Hughes lag; aus der an dem Gestell neben seinem Bett befestigten Flasche wurde tropfenweise Traubenzuckerlösung in seinen Arm übertragen. Mit offenen Augen lag er da; riesige, fieberglänzende Augen in dem abgezehrten Gesicht. Er erkannte sie und lächelte. Das Schreien und Singen, das aus dem weitab liegenden Aufenthaltsraum herüber klang, hörte sich hier wie der wüste Lärm in einem Footballstadion an. Sie lächelte ihm zu und setzte sich zu ihm aufs Bett. Obwohl sie ihn erst am Abend zuvor gesehen hatte, schien er in diesen 24 Stunden erschreckend abgemagert zu sein. Die Bandagen um seinen Hals waren das einzig Stabile an ihm. Der Stationsarzt hatte ihr gesagt, daß Talbot die Woche nicht überleben würde. Dabei heilte die Wunde, und es gab eigentlich gar keinen Anlaß, weshalb er sterben sollte, hatte der Arzt gesagt, obwohl Talbot natürlich nie wieder würde sprechen können. Normalerweise hätte er jetzt Appetit zeigen und sogar ein paar Schritte herumlaufen müssen. Statt dessen schwand er still dahin und wurde jeden Tag weniger. Höflich und hartnäckig bestand er darauf zu sterben, ohne viel Aufhebens davon zu machen.

«Soll ich Ihnen etwas vorlesen heute abend?» fragte Gretchen.

Er schüttelte den Kopf. Dann streckte er die Hand nach ihr aus. Er ergriff ihre Hand. Leicht wie Vogelknöchelchen lag seine Hand in der ihren. Er lächelte wieder und schloß die Augen. Sie saß regungslos da und hielt seine Hand. Länger als eine Viertelstunde saß sie bei ihm, sagte kein Wort. Als sie merkte, daß er schlief, machte sie sanft ihre Hand los und verließ auf Zehenspitzen das Zimmer. Morgen wollte sie den Arzt bitten, ihr zu sagen, wann es seiner Meinung nach wohl mit Talbot Hughes so weit wäre, daß er sieghaft aus diesem Leben scheiden würde. Dann würde sie kommen und seine Hand halten, stellvertretend als Trauernde seines Volkes an seinem Bett sitzen, so daß er nicht allein wäre, wenn er im Alter von zwanzig Jahren starb.

Sie zog sich rasch um und eilte aus dem Gebäude.

Als sie aus der Tür trat, fiel ihr Blick auf Arnold Simms, der rauchend an der Mauer lehnte. Es war das erste Mal, daß sie ihn seit jenem Abend im Aufenthaltsraum wiedersah. Sie zögerte einen Augenblick, dann ging sie der Bushaltestelle zu.

«Guten Abend, Miss Jordache.» Es war die gleiche höfliche, ländliche Stimme wie damals.

Gretchen blieb stehen. «Guten Abend, Arnold», sagte sie. Sein Gesicht war freundlich, so als trüge er ihr nichts nach.

«Die Jungs da drin scheinen endlich einen Grund zum Feiern gefunden zu haben, was?» Mit einer winzigen Kopfbewegung deutete Arnold in die Richtung, in der der Aufenthaltsraum lag.

«Ganz offensichtlich», sagte sie. Einerseits wollte sie weitergehen, andererseits jedoch nicht den Anschein erwecken, als habe sie Angst vor ihm.

«Die lieben kleinen Vereinigten Staaten gingen hin und schafften es», sagte Arnold. «Es war eine mächtig feine Leistung, finden Sie nicht auch?»

Jetzt machte er sich lustig über sie. «Wir sollten alle sehr froh und glücklich sein», sagte sie. Ihre Worte klangen gekünstelt, sie wußte es.

«Ich bin sehr froh und glücklich», sagte er. «Ja, wahrhaftig. Mächtig glücklich. Ich hab heute eine gute Nachricht bekommen. Eine besonders gute. Drum hab ich hier auf Sie gewartet. Ich wollte es Ihnen sagen.»

«Was ist es, Arnold?»

«Ich werde morgen entlassen», sagte er.

«Das ist aber wirklich eine gute Nachricht», sagte sie. «Herzlichen Glückwunsch.»

«Ja», sagte er. «Offiziell, laut den höchsten Sanitätsstellen der Vereinigten Staaten, kann ich gehen. Hab den Transportbefehl in der Tasche, soll mich zum nächsten Wehrdienstkommando begeben zwecks meiner Entlassung. Nächste Woche um diese Zeit bin ich in St. Louis. Arnold Simms, demnächst Zivilist.»

«Ich hoffe, Sie werden...» Sie stockte. Beinahe hätte sie gesagt – glücklich werden, doch das wäre töricht gewesen. «Wohlauf sein», sagte sie. Noch schlimmer.

«Oh, ich bin ein Glückspilz», sagte er. «Niemand braucht sich um den kleinen Arnold Sorgen zu machen. Hab diese Woche noch eine andere gute Nachricht bekommen. Es war eine großartige Woche für mich, eine richtige Wucht. Ich habe einen Brief aus Cornwall bekommen.»

«Das ist ja reizend!» Gouvernantenhaft. «Diese junge Frau, von der Sie mir erzählt haben, hat Ihnen geschrieben.» Palmen. Adam und Eva im Paradies.

«Jawohl.» Er schnippte seine Zigarette weg. «Sie hat die Nachricht bekommen, daß ihr Mann in Italien gefallen ist, und sie wollte mir das auf der Stelle mitteilen.»

Dazu gab es nichts zu sagen, also schwieg sie.

«Nun, ich werde Sie nicht mehr sehen, Miss Jordache», sagte er, «es sei denn, Sie kommen zufällig mal nach St. Louis. Sie finden mich im Telefonbuch. Ich werde in einem exklusiven Wohnviertel wohnen. Ich will Sie nicht länger aufhalten. Sie wollen sicher noch zu einer Tanzveranstaltung, um den Sieg zu feiern. Ich wollte mich nur für alles bedanken, was Sie für uns Soldaten getan haben, Miss Jordache.»

«Alles Gute, Arnold», sagte sie kühl.

«Zu schade, daß Sie damals nicht die Zeit gefunden haben, nach King's Landing zu kommen», sagte er gedehnt. «Wir hatten zwei Hähnchen besorgt, die wir gebraten haben. Es war ein richtiges feines Picknick. Wir haben Sie vermißt.»

«Ich hatte gehofft, Sie würden nicht mehr darauf zurückkommen, Arnold», sagte sie. Heuchlerin, Heuchlerin.

«O Gott», sagte er, «Sie sind so schön, daß ich mich am liebsten hinsetzen möchte und weinen.»

Er wandte sich ab, öffnete die Tür und humpelte hinein.

Langsam ging sie in Richtung der Bushaltestelle; sie fühlte sich wie zerschlagen. Der Sieg war keine Lösung.

Sie stand unter der Straßenlaterne, blickte auf ihre Uhr und fragte sich, ob an diesem Abend nicht auch die Busfahrer feierten. Im Schatten eines Baumes ein Stück weiter unten parkte ein Wagen. Der Motor wurde eingeschaltet, und der Wagen kam langsam auf sie zugefahren. Es war Boylans Buick. Einen Augenblick lang dachte sie daran, ins Lazarett zurückzulaufen.

Boylan hielt direkt vor ihr und öffnete die Wagentür. «Kann ich Sie mitnehmen, Gnädigste?»

«Vielen Dank, nein.» Sie hatte ihn seit über einem Monat nicht mehr gesehen – seit damals, als sie nach New York gefahren waren.

«Ich dachte, wir könnten uns zusammentun, um Gott gebührend dafür zu danken, daß er unserer ruhmreichen Armee zum Sieg verholfen hat», sagte er.

«Danke, ich möchte auf den Bus warten», sagte sie.

«Hast du meine Briefe bekommen?» wollte er wissen.

«Ja.» Auf ihrem Schreibtisch im Büro hatten zwei Briefe gelegen, in denen er sie bat, vor Bernsteins Warenhaus auf ihn zu warten. Sie war nicht hingegangen und hatte auch die Briefe nicht beantwortet.

«Deine Antwort muß bei der Post verlorengegangen sein», sagte er. «Die Zustellung ist heutzutage sehr unzuverlässig, mal klappt's und mal nicht.»

Sie ging einige Schritte weiter. Er stieg aus, kam hinter ihr drein und hielt sie am Arm fest.

«Komm mit», sagte er barsch. «Und zwar auf der Stelle.»

Seine Berührung ließ sie schwach werden. Sie verabscheute ihn, sehnte sich aber danach, in seinem Bett zu liegen. «Laß mich los», sagte sie und riß ihren Arm aus der Umklammerung. Sie ging zurück zur Bushaltestelle. Er folgte ihr.

«Also gut», sagte er. «Dann will ich dir sagen, weswegen ich gekommen bin. Ich möchte dich heiraten.»

Sie lachte. Sie wußte nicht, warum sie lachte. Vermutlich aus Überraschung.

«Ich sagte, ich möchte dich heiraten», wiederholte er.

«Ich will dir was sagen», sagte sie, «geh du nach Jamaika, wie du es vorhast. Ich werde dir dorthin schreiben. Laß deine Adresse bei meiner Sekretärin. Und nun entschuldige mich, da kommt der Bus.»

Der Bus hielt, und sie stieg ein, sobald die Tür sich öffnete. Sie gab dem Fahrer ihre Karte und setzte sich ganz hinten auf einen Platz. Sie zitterte. Wenn der Bus nicht gekommen wäre, hätte sie ja gesagt, hätte gesagt, sie wolle ihn heiraten.

Als der Bus nach Port Philip hineinfuhr, hörte sie die Sirenen der Feuerwehrautos und blickte zum Hügel hinauf. Dort oben brannte es. Im stillen hoffte sie, das Haupthaus würde bis auf die Grundmauern abbrennen.

Mit seinem gesunden Arm klammerte sich Claude an ihn, als Tom mit dem Motorrad den schmalen Feldweg hinter dem Boylanschen Besitztum hinunterfuhr. Er hatte nicht viel Übung und fuhr sehr vorsichtig. Claude jammerte jedesmal laut auf, wenn sie ins Schleudern kamen oder über einen Höcker fuhren. Tom wußte nicht, wie schlimm die Verletzung war, aber er wußte, daß etwas getan werden mußte. Doch wenn er Claude ins Krankenhaus brachte, würden sie dort wissen wollen, wie es geschehen war, und es würde kein Sherlock Holmes nötig sein, um hinter den Zusammenhang zu kommen, der zwischen dem Jungen mit dem verbrannten Arm und dem in Flammen stehenden Kreuz auf dem Boylan-Hügel bestand. Und Claude würde todsicher die Schuld nicht allein auf sich nehmen. Claude war kein Held. Er würde nicht mit zusammengepreßten Lippen unter der Folter sterben und sein Geheimnis für immer mit ins Grab nehmen. Soviel war sicher.

«Hör zu», sagte Tom und verlangsamte die Fahrt, so daß sie kaum vorwärtskamen, «ihr habt doch einen Arzt in der Familie?»

«Ja», sagte Claude. «Ein Onkel von mir ist Arzt.»

So eine Familie müßte man haben. Pfarrer, Ärzte, wahrscheinlich gab es auch einen Onkel, der Rechtsanwalt war, was sich später, wenn sie verhaftet waren, als sehr nützlich erweisen würde.

«Wo wohnt er?» fragte Tom.

Claude murmelte die Adresse. Er war so aufgeregt, daß er kaum sprechen konnte. Tom gab Gas. Er benutzte nur Nebenstraßen und fand schließlich das große Haus am Stadtrand mit dem Schild auf dem Rasen, auf dem zu lesen stand: «Robert Tinker, M. D.»

Tom hielt an und half Claude beim Absteigen. «Paß auf», sagte er, «du gehst allein hinein, und ganz gleich, was du deinem Onkel erzählst, nenn auf keinen Fall meinen Namen. Und sprich mit deinem Vater. Veranlasse ihn, daß er dich noch heute nacht aus der Stadt wegschickt. Morgen wird es hier wie in einem Bienenhaus zugehen, und wenn dich jemand mit deiner verbrannten Hand herumlaufen sieht, wird es keine zehn Sekunden dauern, und sie werden wie die Geier über dich herfallen.»

Als Antwort stöhnte Claude nur auf und fiel Tom um den Hals. Tom stieß ihn zurück. «Begreif doch, daß du jetzt auf deinen eigenen Füßen stehen mußt, Mensch», sagte er. «Geh hinein und sorg dafür, daß du deinen Onkel zu fassen kriegst und niemand anderen. Und wenn ich jemals herausfinde, daß du mich verpfiffen hast, bring ich dich um.»

«Tom!» wimmerte Claude.

«Du hast mich verstanden», sagte Tom. «Ich bring dich um. Und du weißt, daß ich es ernst meine.» Er schob ihn auf die Haustür zu.

Claude wankte zur Tür. Mit seiner unverletzten Hand drückte er auf die Klingel. Tom wartete nicht, bis die Tür geöffnet wurde. Eilig ging er davon. Hoch über der Stadt loderte noch immer das Feuer und erhellte den Himmel.

Tom ging zum Fluß hinunter zu der Stelle, wo der Schuppen stand, in dem sein Vater das Ruderboot aufgebockt hatte. Es war dunkel; nur der beißende Geruch von rostigem Metall hing in der Luft. Tom zog seinen Pullover aus. Er roch nach verbrannter Wolle, roch ekelerregend wie Erbrochenes. Er suchte sich einen Stein, wickelte den Pullover darum und warf das Bündel in den Fluß. Man hörte einen dumpfen Aufprall, und unmittelbar darauf sah er, wie es in der schwarzen Strömung weiß aufschäumte, als der Pullover versank. Ihm fiel es schwer, sich von dem Pullover trennen zu müssen. Dieser Pullover hatte ihm Glück gebracht. Aus so manchem Kampf war er als Sieger hervorgegangen, nur weil er ihn angehabt hatte. Aber es gab Zeiten, wo man sich von Dingen wie diesen trennen mußte. Heute war ein solcher Tag.

Vom Fluß ging er direkt nach Hause, die Kälte der Nacht drang durch sein Hemd. Er fragte sich, ob er Claude Tinker wirklich würde umbringen müssen.

6

Der mit seinem deutschen Essen, dachte Mary Jordache, als ihr Mann die gebratene Gans mit Rotkohl und Klößen auf einer Platte hereinbrachte. Ein richtiger Einwanderer.

Sie erinnerte sich nicht, wann sie ihren Mann zuletzt so gut gelaunt erlebt hatte. Die in dieser Woche erfolgte Kapitulation des Dritten Reiches hatte ihn in Hochstimmung versetzt. Er hatte jede Zeitung verschlungen und über die Fotos gekichert, die die deutschen Generale bei der Unterzeichnung des Waffenstillstandsabkommens in Reims zeigten. Heute, am Sonntag, war Rudolphs siebzehnter Geburtstag – und Jordache hatte diesen Tag zum Feiertag erklärt. Kein anderer Geburtstag in der Familie wurde mit mehr als einem Brummen gefeiert. Jordache hatte Rudolph eine Angelrute in Luxusausführung gekauft, weiß Gott wieviel sie gekostet haben mochte, und er hatte Gretchen gesagt, sie könne von jetzt ab die Hälfte ihres Lohns für sich behalten; bisher hatte sie nur ein Drittel für sich behalten dürfen. Er hatte sogar Thomas das Geld für einen neuen Pullover gegeben, damit er den alten ersetzen konnte, von dem er behauptete, er habe ihn verloren. Hätte man die deutsche Armee dazu bringen können, jede Woche einmal zu kapitulieren, wäre das Leben im Hause Jordache vielleicht ganz erträglich verlaufen.

«Von heute ab essen wir jeden Sonntag gemeinsam zu Mittag», hatte Jordache erklärt. Die blutige Niederlage seines Heimatvolkes hatte anscheinend ein sentimentales Interesse an den Banden des Blutes in ihm geweckt.

So saßen sie denn alle um den Tisch herum – Rudolph, selbstbewußter Mittelpunkt des Anlasses, mit Kragen und Krawatte kerzengerade wie ein West Point-Kadett; Gretchen, in einer spitzenbesetzten weißen Hemdbluse, sie sah aus, als könne sie kein Wässerchen trüben, die Hure, und Thomas mit seinem verschlagenen Spielerlächeln, alle frisch gewaschen und gekämmt. Thomas hatte sich seltsam verändert; seit jenem Tag, als der Sieg gefeiert wurde, kam er jeden Mittag gleich von der Schule nach Hause, saß den ganzen Nachmittag und Abend in seinem Zimmer und lernte und half sogar zum erstenmal in seinem Leben im Laden aus. Schüchterne Hoffnung beschlich das Herz der Mutter. Wer weiß, vielleicht lag in dem Schweigen der Kanonen in Europa ein unbekannter Zauber, der sie alle zu einer ganz normalen Familie machte.

Mary Jordaches Vorstellung von einer normalen amerikanischen Familie war in erster Linie durch die Nonnen im Waisenhaus und in den Jahren danach durch die Inserate in den einschlägigen Wochenmagazinen geprägt worden. Normale amerikanische Familien waren immer sauber gewaschen, der Duft, der sie umgab, war angenehm, und sie lächelten einander ständig zu. Zu Weihnachten, an jedem Geburtstag, jeder Hochzeit, jedem Gedenktag und vor allem am Muttertag überhäuften die Familienangehörigen sich mit Geschenken. Die alten Eltern, brave, rüstige Leute, lebten auf dem Land und bewirtschafteten eine Farm und hatten mindestens ein Auto. Die Söhne redeten den Vater mit ‹Sir› an, und die Töchter spielten Klavier, erzählten ihren Müttern von ihren verschiedenen Verabredungen, und jedermann benutzte bei der kleinsten Kleinigkeit Jod. Die Mahlzeiten wurden gemeinsam eingenommen: das Frühstück, das Abendessen und am Sonntag der Lunch. Sie gingen in die Kirche, und im Sommer buchten sie eine Pauschalreise ans Meer. Der Vater fuhr jeden Tag zur Arbeit. Er trug einen dunklen Anzug und hatte eine hohe Lebensversicherung abgeschlossen. Sie hätte das alles nicht so scharf formulieren können, aber irgendwie fügte es sich zu einem vagen Bild, mit dem sie ihre eigenen Lebensumstände verglich. Auf der einen Seite zu schüchtern, andererseits hochmütig lehnte sie es ab, mit den Leuten zu verkehren, die in ihrer unmittelbaren Nachbarschaft wohnten; genauso unbekannt waren ihr aber gleichzeitig die Lebensumstände aller anderen Familien in der Stadt; wie sie wirklich lebten, davon hatte sie keine Ahnung. Die Reichen waren für sie unerreichbar, die Armen waren nicht einmal ihrer Verachtung wert. In ihren Augen, verworren und chaotisch, wie sie die Dinge sah, bildeten sie, ihr Mann, Thomas und Gretchen, keine Familie, jedenfalls keine, die sie gelten lassen konnte, an der sie Freude gehabt hätte. Weit eher waren sie so etwas wie eine bunt zusammengewürfelte Reisegesellschaft, bei der keiner sich den anderen ausgesucht hatte und bei der das Beste, was man sich erhoffen durfte, war, daß die Feindseligkeiten auf ein Minimum beschränkt blieben.

Rudolph war natürlich ausgenommen.

Befriedigt stellte Axel Jordache die Gans auf den Tisch. Er hatte den ganzen Vormittag in der Küche gestanden, hatte seine Frau daraus verbannt, die sonst üblichen Beleidigungen bezüglich ihrer Kochkunst jedoch unterlassen. Gekonnt tranchierte er das Geflügel und legte jedem eine riesige Portion auf den Teller; zu ihrem großen Erstaunen wurde die Mutter zuerst bedient. Jordache hatte zwei Flaschen Wein gekauft und füllte feierlich die Gläser. Er hob sein Glas, um einen Trinkspruch auszubringen. «Auf meinen Sohn Rudolph, der heute Geburtstag hat», sagte er mit heiserer Stimme. «Möge er unsere Hoffnungen erfüllen und den Gipfel erreichen, und uns nicht vergessen, wenn er oben angelangt ist.»

Alle hoben ihre Gläser und tranken mit ernster Miene; nur Thomas' Gesicht verzog sich zu einer kleinen Grimasse, wie die Mutter sah. Vielleicht fand er den Wein etwas sauer.

Jordache sagte nicht im einzelnen, welchen Gipfel sein Sohn Rudolph seiner Meinung nach erklimmen würde. Details waren in diesem Fall unnötig. Hauptsache war, daß er existierte, daß es diesen abgegrenzten, nur wenigen Privilegierten vorbehaltenen Gipfel gab. Wenn man ihn erreichte, wußte man schon Bescheid und wurde mit dem Hosianna der früher angekommenen Cadillac-Besitzer willkommen geheißen.

Rudolph stocherte im Essen herum. Die Gans war etwas fett; davon bekam man Hautpickel. Und er aß auch nur wenig Kohl. Er war am späteren Nachmittag mit dem Mädchen mit dem blonden Pferdeschwanz verabredet, die ihn vor Miss Lenauts Haus geküßt hatte, und wollte deswegen nicht nach Kohl riechen. An dem Wein nippte er nur. Er hatte beschlossen, sich nie in seinem Leben zu betrinken. Er wollte Geist und Körper stets in der Gewalt haben. Das Beispiel seiner Eltern vor Augen hatte er auch beschlossen, niemals zu heiraten.

Am Tag danach war er wieder in die Straße gegangen, in der Miss Lenaut wohnte, und hatte auf der anderen Straßenseite herumgelungert. Und tatsächlich war das Mädchen nach etwa zehn Minuten herausgekommen, mit Pullover und Bluejeans, und hatte ihm gewinkt. Sie war ungefähr ebenso alt wie er, hatte strahlend blaue Augen und ein offenes, freundliches Lächeln wie jemand, dem nie etwas Böses widerfahren ist. Zusammen waren sie die Straße hinuntergegangen, und nach einer halben Stunde hatte Rudolph das Gefühl, als würde er sie seit Jahren kennen. Sie war erst vor kurzem aus Connecticut hierher gezogen. Sie hieß Julie, und ihr Vater hatte irgend etwas mit der Elektrizitätsgesellschaft zu tun. Ein älterer Bruder von ihr war bei der Army in Frankreich, und an jenem Abend hatte sie Rudolph hauptsächlich deshalb geküßt, weil sie sich so freute, daß ihr Bruder noch am Leben und der Krieg für ihn zu Ende war. Wie auch immer, Rudolph war froh, daß sie ihn geküßt hatte, auch wenn ihn die Erinnerung an diese erste Berührung fremder Lippen im ersten Augenblick scheu und verlegen gemacht hatte.

Julie war auf Musik versessen. Sie sang gern und fand, daß er wunderbar Trompete blies, und er hatte ihr halb und halb versprochen, er würde seine Band dazu bringen, daß Julie beim nächsten Clubtreffen bei ihnen singen könnte.

Sie möge ernsthafte Jungen gern, sagte Julie, und Rudolph war ernsthaft, daran gab es keinen Zweifel. Er hatte Gretchen bereits von Julie erzählt. Es machte ihm Freude, immer wieder ihren Namen zu sagen. «Julie, Julie...»

Gretchen hatte nur gelächelt, allzu gönnerhaft für seinen Geschmack. Zu seinem Geburtstag hatte sie ihm einen blauen Blazer geschenkt.

Seine Mutter würde bestimmt enttäuscht sein, daß er am Nachmittag nicht mit ihr spazierenging, aber so wie sein Vater sich plötzlich verhielt, konnte durchaus das Wunder geschehen, daß er selber mit ihr ausging.

Rudolph hätte sich gewünscht, er wäre, was das Erreichen des Gipfels betraf, ebenso zuversichtlich gewesen wie seine Eltern. Er war klug – klug genug, um zu wissen, daß Klugheit noch keine Garantie für Erfolg war. Für einen Erfolg, wie ihn seine Eltern für ihn erhofften, brauchte man noch etwas anderes – Glück, eine angesehene Familie im Hintergrund, eine besondere Begabung. Er war sich noch nicht sicher, ob er Glück hatte. Jedenfalls konnte er nicht darauf zählen, daß seine Familie ihm zu einer Karriere verhelfen würde, und hinsichtlich seiner Begabungen war er sich im Zweifel. Bei anderen fiel es ihm leicht, ihre Begabungen zu erkennen, aber seine eigene mußte er erst noch erforschen. Ralph Stevens, ein Junge in seiner Klasse, brachte es kaum auf die Gesamtnote «Genügend», aber er war ein Mathematik-Genie und löste zum puren Vergnügen Aufgaben der Infinitesimalrechnung und Physik, während seine Klassenkameraden sich mit den Anfangsgründen der Algebra herumplagten. Das war eine Begabung, die dem Leben von Ralph Stevens wie ein Magnet die Richtung gab. Er wußte, in welche Richtung er gehen würde, denn es war der einzige Weg, den er gehen konnte.

Rudolph hatte viele kleine Begabungen, aber keine, die ihn in eine bestimmte Richtung drängte. Er war kein schlechter Trompeter, machte sich aber nicht vor, ein Benny Goodman oder ein Louis Armstrong zu sein. Von den anderen vier Jungen, die mit ihm in der Band spielten, waren zwei besser als er und die beiden anderen mindestens ebensogut wie er. Er schätzte seine musikalischen Fähigkeiten nüchtern ein und wußte, daß sie im Grunde nicht überdurchschnittlich waren. Und er würde es nicht sehr weit bringen, wie fleißig er auch übte. Im Hürdenlauf war er Spitze, aber er bezweifelte, ob er es in einer Großstadtschule geschafft hätte, überhaupt auch nur in die Mannschaft aufgenommen zu werden, oder ob es ihm so ergangen wäre wie Stan O'Brien, der in der Footballmannschaft als Verteidiger spielte und von der Nachsicht seiner Lehrer abhängig war, damit er Noten bekam, die gerade noch ausreichten, da er sonst nicht für die Mannschaft hätte aufgestellt werden können. Aber auf dem Platz war O'Brien einer der geschicktesten Spieler weit und breit. Er war geschickt in allen Täuschungsmanövern und im Ausnutzen jeder Situation und verfügte über jenen besonderen Sinn des großen Sportlers, mit dem es reine Intelligenz nie aufnehmen konnte. Stan O'Brien hatte bereits Stipendienangebote von weit entfernten Colleges bekommen, selbst aus Kalifornien, und sofern er sich nicht eine Verletzung zuzog, würde er wahrscheinlich irgendwann bei den All-American landen und für sein Leben versorgt sein. In englischer Literatur schrieb Rudolph bessere Arbeiten als der kleine Sandy Hoperwood, der die Schulzeitung herausgab und regelmäßig sämtliche naturwissenschaftlichen Fächer schwänzte. Doch man brauchte nur einen Artikel von ihm zu lesen, dann wußte man, nichts würde Sandy aufhalten, Schriftsteller zu werden.

Rudolph hatte die Gabe, sich beliebt zu machen. Er wußte das und wußte auch, daß er deshalb dreimal hintereinander zum Klassensprecher gewählt worden war. Aber er empfand das nicht als echte Begabung, eben weil er sich beliebt *machen* mußte, sich bei den Leuten einschmeicheln und ihnen das Gefühl geben mußte, er interessiere sich für sie. Er mußte willig undankbare Aufgaben übernehmen wie die Vorbereitung von Tanzveranstaltungen in der Schule oder die Anzeigenwerbung für die Schulzeitung – er mußte sich hart das Wohlwollen seiner Umwelt erkaufen. Es war also keine echte Begabung, dachte er, denn er hatte keine engen Freunde und machte sich im Grunde nicht besonders viel aus anderen Menschen. Sogar daß er seiner Mutter morgens und abends einen Kuß gab und sonntags mit ihr spazierenging war Berechnung – er wollte die Vorstellung des aufmerksamen und liebevollen Sohnes, die sie von ihm hatte, aufrechterhalten. Die Spaziergänge am Sonntagnachmittag langweilten ihn, und die Liebkosungen seiner Mutter, wenn er ihr einen Kuß gab, konnte er nicht ausstehen. Aber er ließ es sich natürlich nie anmerken.

Er hatte das Gefühl, daß sich zwei Wesen in ihm vereinten – eines, das nur er selber kannte, und jenes, das er nach außen hin hervorkehrte. Er wollte sein, was er zu sein schien, zweifelte aber, ob ihm das je gelang. Obwohl seine Mutter und seine Schwester ihm oft sagten, er sei ein hübscher Junge, und das wahrscheinlich auch manche seiner Lehrerinnen fanden, war er sich, was sein Äußeres betraf, keineswegs sicher. Er hatte das Gefühl, er sei zu dunkel, seine Nase zu lang, sein Kinn zu flach und kantig, seine bläßlichen Augen zu hell und zu klein für seinen olivenfarbenen Teint und daß seine Haare zu stumpf und schwarz waren. Er blätterte in Zeitungen und Zeitschriften und sah darin an, wie Jungen aus guten Schulen wie Exeter und St. Paul sich kleideten und was Studenten in Orten wie Harvard und Princeton anhatten, und versuchte ihren Stil mit seiner eigenen Kleidung und mit seinen finanziellen Mitteln zu kopieren.

Er besaß ein Paar abgetragene weiße Wildlederschuhe mit Gummisohlen und neuerdings einen Blazer, aber er hatte das unbehagliche Gefühl, daß, wenn er je zu einem Collegefest eingeladen würde, er aus dem Rahmen fallen und erkannt werden würde als das, was er war: ein Kleinstädter, der vorgab, etwas zu sein, was er nicht war.

Mädchen gegenüber war er schüchtern, und er war nie verliebt gewesen, abgesehen von dieser etwas törichten Sache mit Miss Lenaut. Er gab sich den Anschein, er interessiere sich nicht für Mädchen und habe wichtigere Dinge zu tun, als sich mit Kindereien wie Verabredungen, Flirts und Knutschen abzugeben. Aber in Wirklichkeit mied er die Gesellschaft von Mädchen, weil er

Angst hatte, wenn er sich mit einer näher einließe, würde sie herausfinden, daß er hinter seiner überlegenen Fassade ungeschickt und unerfahren war.

In gewisser Weise beneidete er seinen Bruder. Thomas machte sich nichts aus der Meinung anderer. Seine Gabe war Wildheit. Er wurde gefürchtet, ja sogar gehaßt, und niemand hatte ihn wirklich gern, aber er quälte sich nicht damit, welche Krawatte er anziehen oder was er im Englisch-Unterricht sagen sollte. Er war ganz aus einem Guß, und wenn er etwas tat, überlegte er nicht lange, welche Haltung er einnehmen sollte.

Was seine Schwester betraf, so war sie hübsch, sehr viel hübscher als die meisten Filmstars, die er auf der Leinwand sah. Diese Gabe genügte.

«Die Gans schmeckt großartig, Pop», sagte Rudolph, denn er wußte, daß sein Vater eine Bemerkung über das Essen erwartete. «Sie ist wirklich prima.» Er hatte bereits mehr gegessen, als er wollte, aber er hielt seinen Teller hin, ließ sich ein zweites Mal auftun, und versuchte nicht zusammenzuzucken, als er sah, wie groß das Stück war, das sein Vater ihm gegeben hatte.

Gretchen aß schweigend. Wann soll ich es ihnen sagen, was ist der beste Augenblick? Am Freitag hatte man ihr in der Fabrik gekündigt. Mr. Hutchens hatte sie in sein Büro gerufen, und nach einer kleinen Vorrede, wie tüchtig und gewissenhaft sie sei und wie sehr man ihre Arbeit zu schätzen wisse, hatte er ihr eröffnet, daß sie in vierzehn Tagen gehen müsse. Am Morgen hatte er Weisung bekommen, ihr und einem anderen Mädchen zu kündigen. Er sei zum Direktor gegangen, um Widerspruch zu erheben, und Mr. Hutchens' nüchterne Stimme klang aufrichtig bekümmert, aber der Direktor habe gesagt, er bedauere, er könne da nichts tun. Da der Krieg in Europa zu Ende sei, wäre mit einschneidenden Rückgängen bei den Regierungsaufträgen zu rechnen. Man müsse auf ein Absinken des Umsatzes gefaßt sein und die Personalkosten senken. Gretchen und das andere Mädchen seien als letzte in dieser Abteilung eingestellt worden und müßten daher als erste gehen. Mr. Hutchens war so erregt gewesen, daß er, während er mit ihr sprach, mehrmals das Taschentuch herausgezogen und sich die Nase geschneuzt hatte. Er wollte ihr zeigen, daß die Kündigung nicht auf sein Betreiben ausgesprochen wurde. Drei Jahrzehnte Umgang mit Papieren hatten Mr. Hutchens selbst ziemlich papieren gemacht – wie eine bezahlte Rechnung, die vor vielen Jahren abgelegt worden und an den Rändern eingerissen und vergilbt war. Das Beben in seiner Stimme paßte so wenig zu ihm wie Tränen zu einem Aktenschrank.

Gretchen hatte Mr. Hutchens trösten müssen. Sie habe ohnehin nicht die Absicht gehabt, ihr Leben in Boylans Ziegel- und Fliesenfabrik zu verbringen, hatte sie ihm versichert, und sie habe durchaus Verständnis dafür, daß die zuletzt Eingestellten als erste gehen müßten. Sie sagte Mr. Hutchens nichts von den Hintergründen, weshalb man ihr gekündigt hatte. Sie hatte ein schlechtes Gewissen gegenüber dem anderen Mädchen, das zur Tarnung von Teddy Boylans Racheakt geopfert wurde.

Sie hatte noch keinen Entschluß gefaßt, was sie nun tun würde. Sie hoffte, daß sie noch so lange warten könnte, bis sie feste Pläne hatte, bevor sie ihrem Vater etwas von der Entlassung erzählte. Es würde mit Sicherheit eine häßliche Szene geben, der sie gewappnet sein wollte. Heute jedoch verhielt sich ihr Vater, sei es auf Grund des Weines oder aus Genugtuung über seinen einen Sohn, auf einmal so menschlich, daß er vielleicht Nachsicht mit ihr üben würde, wenn sie ihm von der Sache erzählte. Beim Nachtisch, beschloß sie.

Jordache hatte eine Geburtstagstorte gebacken und brachte sie jetzt aus der Küche herein. Achtzehn Kerzen brannten auf dem Zuckerguß – siebzehn und eine für das angefangene Lebensjahr. Alle sangen «*Happy birthday to you, dear Rudolph*», als es an der Haustür klingelte. Das Läuten unterbrach sie mitten im Lied. Es klingelte fast nie bei Jordaches. Nie kam jemand zu ihnen zu Besuch, und der Briefträger warf die Post durch den Türschlitz.

«Wer, zum Teufel, kann das sein?» fragte Jordache. Er reagierte stets unwillig auf alles Unvorhergesehene, als könne es in jedem Fall nur eine Störung sein.

«Ich gehe schon», sagte Gretchen. Sie hatte das sichere Gefühl, daß Boylan unten vor der Tür stand, den Buick direkt vor dem Laden geparkt. Er war durchaus imstande, auf so eine Idee zu verfallen. Während Rudolph die Kerzen ausblies, rannte sie die Treppe hinunter. Sie war froh, daß sie gut angezogen war und sich am Morgen für die Geburtstagsfeier frisiert hatte. Mochte Teddy Boylan dem, was er nie wieder kriegen würde, nur nachtrauern.

Sie öffnete die Tür, zwei Männer standen davor. Es waren Mr. Tinker und sein Bruder, der Pfarrer. Mr. Tinker kannte sie von der Fabrik her, und wer Pater Tinker war, ein stämmiger, rotgesichtiger Mann, wußte jeder. Er sah wie ein Hafenarbeiter aus, der den falschen Beruf ergriffen hatte.

«Guten Tag, Miss Jordache», sagte Mr. Tinker und nahm den Hut ab. Seine Stimme klang farblos, und sein langes, schlaffes Gesicht wirkte, als habe er gerade einen schrecklichen Fehler in den Büchern entdeckt.

«Hallo, Mr. Tinker. Guten Tag, Pater», sagte Gretchen.

«Ich hoffe, wir stören nicht», sagte Mr. Tinker und seine Stimme klang noch feierlicher, salbungsvoller als die seines geweihten Bruders auf der Kanzel. «Aber wir müssen unbedingt mit Ihrem Vater sprechen. Ist er da?»

«Ja», sagte Gretchen. «Wenn Sie heraufkommen wollen ... Wir sind gerade beim Essen ...»

«Ob Sie wohl so freundlich wären, ihn zu fragen, ob er einen Moment herunterkommt, gutes Kind», sagte der Pfarrer mit wohltönender, selbstsicherer Stimme; sie war geeignet, Frauen Vertrauen einzuflößen. «Wir müssen eine äußerst wichtige Angelegenheit mit ihm besprechen – allein.»

«Ich hole ihn», sagte Gretchen. Die beiden Männer kamen in den dunklen kleinen Flur herein. Mr. Tinker schloß die Tür hinter sich, so als lege er großen Wert darauf, von der Straße aus nicht gesehen zu werden. Gretchen machte Licht. Es war ihr unangenehm, die beiden Männer in dem engen dunklen Flur stehen zu lassen. Sie eilte die Treppe hinauf und war sich dabei bewußt, daß die Brüder Tinker ihre Beine musterten.

Rudolph schnitt gerade die Torte an, als sie ins Wohnzimmer kam. Alle sahen sie fragend an.

«Was gibt's denn?» wollte Jordache wissen.

«Mr. Tinker ist unten», sagte Gretchen. «Mit seinem Bruder, dem Pfarrer. Sie wollen mit dir sprechen, Pa.»

«Warum hast du sie nicht mit heraufgebracht?» Jordache nahm den Teller, den Rudolph ihm reichte, und schob sich einen Bissen Torte in den Mund.

«Sie wollten nicht. Sie sagten, sie wollten etwas äußerst Wichtiges mit dir besprechen.»

Thomas machte ein leise schnalzendes Geräusch, als sei ihm ein Speiserest zwischen die Zähne geraten.

Jordache schob seinen Stuhl zurück. «Herrgott, ein Pfarrer», sagte er. «Man sollte doch annehmen, daß die Brüder einen wenigstens am Sonntagnachmittag zufrieden lassen.» Aber er stand auf und verließ das Zimmer. Man hörte, wie er schwerfällig die Treppe hinunterhumpelte.

Jordache reichte den beiden Männern, die im schwachen Licht des Flurs standen, nicht die Hand. «Na, meine Herren», sagte er, «was gibt's denn so Wichtiges zu besprechen, daß Sie einen schwer arbeitenden Mann von seinem Sonntagsessen wegholen lassen?»

«Mr. Jordache, könnten wir einen Augenblick mit Ihnen reden?» sagte Tinker.

«Ja, worum geht es denn?» fragte Jordache. Er stand auf der untersten Treppenstufe und kaute noch an dem Bissen Torte. Im Flur roch es nach gebratener Gans.

Tinker blickte nach oben. «Ich möchte nicht, daß uns jemand hört», sagte er.

«Soweit ich weiß», sagte Jordache, «haben wir einander nichts zu sagen, was nicht die ganze Stadt hören könnte. Ich schulde Ihnen kein Geld, und Sie schulden mir keines.» Trotzdem kam er die Stufe herunter, öffnete die Haustür zur Straße und schloß mit dem Schlüssel, den er immer bei sich hatte, die Eingangstür zur Bäckerei auf.

Die drei Männer betraten den Laden. Das große Schaufenster war wie immer am Sonntag mit einem weißen Tuch verhängt.

Oben wartete Mary Jordache, daß der Kaffee kochte. Rudolph blickte immer wieder auf die Uhr und fragte sich, ob er auch nicht zu spät zu seiner Verabredung mit Julie käme. Thomas lümmelte sich auf seinem Stuhl, summte unmelodisch vor sich hin und trommelte mit der Gabel an sein Glas.

«Laß das», sagte die Mutter. «Das kann man nicht mitanhören. Davon bekommt man ja förmlich Kopfschmerzen.»

«Verzeihung», sagte Thomas. «Wenn ich wieder mal ein Konzert gebe, greife ich zur Trompete.»

Niemals ein bißchen höflich und freundlich, dachte Mary Jordache. «Was wollen die beiden eigentlich?» fragte sie verdrossen. «Ausgerechnet heute, wo wir endlich mal alle gemeinsam zu Mittag essen.» Vorwurfsvoll wandte sie sich an Gretchen. «Du arbeitest bei Mr. Tinker. Hast du etwas angestellt im Büro?»

«Vielleicht hat man entdeckt, daß ich einen Ziegelstein gestohlen habe», sagte Gretchen.

«Auch nur einen Tag einmal ein bißchen Höflichkeit zu zeigen, scheint in unserer Familie zuviel verlangt zu sein», seufzte ihre Mutter und ging in die Küche, um den Kaffee zu holen.

Man hörte Jordache die Treppe heraufkommen. Mit ausdruckslosem Gesicht kam er ins Wohnzimmer. «Tom», sagte er ohne Umschweife, «komm mit nach unten.»

«Ich habe den Tinkers nichts zu sagen», sagte Thomas.

«Sie haben dir etwas zu sagen.» Jordache wandte sich um und ging wieder die Treppe hinunter. Thomas zuckte die Schultern. Er zog an seinen Fingern, wie er das vor einer Prügelei zu tun pflegte, und folgte seinem Vater nach unten.

Gretchen runzelte die Stirn. «Weißt du, um was es geht?» fragte sie Rudolph.

«Stunk», sagte Rudolph düster. Er wußte, daß er zu Julie zu spät kommen würde.

Die beiden Tinkers – der eine in einem marineblauen Anzug, der andere in seinem abgetragenen schwarzen Priesterrock – sahen vor den leeren Gestellen und dem Ladentisch mit der grauen Marmorplatte wie zwei Raben aus. Thomas kam herein, und Jordache schloß hinter ihm die Tür.

Ich werde ihn umbringen müssen, dachte Thomas. «Guten Tag, Mr. Tinker», sagte er jungenhaft lächelnd. «Guten Tag, Pater.»

«Mein Sohn», sagte der Geistliche unheilverkündend.

«Sagen Sie ihm, was Sie mir gesagt haben», sagte Jordache.

«Wir wissen alles, mein Sohn», sagte der Pfarrer. «Claude hat seinem Onkel alles gebeichtet, wie es nur recht und billig gewesen ist. Aus der Beichte fließt Reue, und aus der Reue Vergebung.»

«Sparen Sie sich diesen Quatsch für die Sonntagsschule auf», sagte Jordache. Er lehnte mit dem Rücken an der Tür, so als wolle er sichergehen, daß niemand entwischte.

Thomas sagte nichts. Er hatte sein kleines, einer Prügelei vorausgehendes Lächeln aufgesetzt.

«Das schmachvolle Verbrennen des Kreuzes», sagte der Pfarrer. «An einem Tag, der dem Gedächtnis unserer tapferen jungen Männer gewidmet war, die im Kampf gefallen sind. An einem Tag, an dem ich am Altar meiner Kirche eine heilige Messe für die Ruhe ihrer Seelen zelebriert habe. Und das angesichts all der Heimsuchungen und der Unduldsamkeit, der wir Katholiken in diesem Land ausgesetzt sind, angesichts unserer verzweifelten Anstrengungen, von unseren Landsleuten akzeptiert zu werden, begehen zwei katholische Jungen diese Tat.» Er schüttelte traurig den Kopf.

«Er ist kein Katholik», sagte Jordache.

«Seine Mutter und sein Vater sind im kirchlichen Glauben geboren», sagte der Pfarrer. «Ich habe entsprechende Erkundigungen eingeholt.»

«Hast du's getan oder hast du's nicht getan?» fragte Jordache.

«Ich habe es getan», sagte Thomas. Dieser feige, charakterlose Mensch! Nie hätte er das von Claude gedacht.

«Kannst du dir vorstellen, mein Sohn», fuhr der Pfarrer fort, «was mit deiner und mit Claudes Familie passiert, wenn herauskommt, wer dieses flammende Kreuz aufgerichtet hat?»

«Man würde uns aus der Stadt vertreiben», warf Mr. Tinker aufgeregt ein. «Das würde passieren. Dein Vater könnte nicht einmal einen Laib Brot *verschenken*. Die Leute haben nicht vergessen, daß ihr Ausländer seid, Deutsche, auch wenn ihr selber euch nicht so gerne daran erinnert.»

«Bei Gott», sagte Jordache. «Die Roten, Reaktionäre und Konservative.»

«Tatsachen bleiben Tatsachen», sagte Mr. Tinker. «Ebensogut seht ihr ihnen ins Gesicht. Da ist noch etwas. Sollte Boylan jemals herausfinden, wer sein Gewächshaus in Brand gesteckt hat, wird er uns verklagen, und wir können unser Leben lang bezahlen. Er braucht sich nur einen gerissenen Anwalt zu nehmen, der dieses alte Gewächshaus zum wertvollsten Besitz von hier bis New York erklärt.» Er schüttelte die Faust gegen Thomas. «Deinem Vater werden keine zwei Cent mehr bleiben, um sie in der Tasche aneinander zu reiben. Ihr seid beide minderjährig. *Wir* sind verantwortlich, dein Vater und ich. Die Ersparnisse eines Lebens...»

Thomas sah, wie sein Vater die Hände ballte, als würde er sie am liebsten um Thomas' Hals legen und ihn erwürgen.

«Komm, John, sei vernünftig», sagte der Pfarrer zu Tinker. «Es hat keinen Sinn, den Jungen zu sehr zu verwirren. Von seinem guten Willen und seiner Einsicht sind wir alle abhängig, wenn die Sache nicht schiefgehen soll.» Er wandte sich an Thomas. «Ich will dich nicht fragen, welche teuflische Regung dich dazu getrieben hat, unseren Claude zu dieser schrecklichen Tat anzustiften...»

«Hat er gesagt, es sei meine Idee gewesen?» fragte Thomas.

«Ein Junge wie Claude», sagte der Pfarrer, «der in einem christlichen Haus aufgewachsen ist, der jeden Sonntag zur Messe geht, würde von sich aus nie eine so schreckliche Tat ausbrüten.»

«Okay», sagte Thomas. So sicher wie das Amen in der Kirche stand für ihn fest, daß er würde hingehen müssen und Claude suchen.

«Zum Glück war in dieser schrecklichen Nacht», fuhr der Pfarrer in gemessenem gregorianischem Tonfall fort, «als Claude mit seinem verletzten Arm seinen Onkel, Dr. Robert Tinker, aufsuchte, dieser allein. Er hat die Brandwunden behandelt und den Jungen, nachdem er die Geschichte aus ihm herausgeholt hatte, in seinem Wagen nach Hause gebracht. Gottes Gnade war mit ihm; niemand beobachtete ihn. Aber die Verbrennungen sind schwer, und Claude wird noch mindestens drei Wochen einen Verband tragen müssen. Zu Hause konnte man ihn nicht lassen, bis er völlig wieder hergestellt ist. Wie leicht könnte ein Dienstmädchen Verdacht schöpfen, ein Botenjunge ihn zu Gesicht bekommen, ein Schulkamerad ihm aus Mitleid einen Besuch abstatten...»

«Lieber Himmel, Anthony», sagte Mr. Tinker, «steig herunter von der Kanzel!» Mit bleichem und krampfhaft zuckendem Gesicht, die Augen blutunterlaufen, ging er auf Thomas zu. «Wir sind mit dem kleinen Gauner gestern abend nach New York gefahren und haben ihn heute morgen in ein Flugzeug nach Kalifornien gesetzt. In San Francisco lebt eine Tante von ihm, und bei ihr wird er bleiben, bis er den Verband ablegen kann. Dann kommt er auf die Militärschule, und wenn es nach mir ginge, braucht er in diese Stadt nicht mehr zurückzukehren, bevor er neunzig ist. Und wenn dein Vater es gut mit sich meint, dann kann er nichts Besseres tun, als dich ebenfalls aus der Stadt zu schaffen. Und zwar so weit fort wie möglich, wo dich niemand kennt und niemand Fragen stellt.»

«Machen Sie sich keine Sorgen, Tinker», sagte Jordache. «Bis zum Einbruch der Nacht wird er die Stadt verlassen haben.»

«Er täte gut daran», sagte Tinker drohend.

«Abgemacht also.» Jordache öffnete die Tür. «Und damit Schluß. Verschwinden Sie!»

«Ich glaube, wir sollten jetzt gehen, John», sagte der Pfarrer. «Ich bin sicher, Mr. Jordache wird das Richtige tun.»

Tinker mußte das letzte Wort haben. «Man trennt sich leicht von euch», sagte er. «Von euch allen.» Er marschierte aus dem Laden.

«Gott verzeih dir, mein Sohn», sagte der Pfarrer und folgte seinem Bruder.

Jordache sperrte die Tür ab und sah Thomas an. «Du hast ein Damoklesschwert über meinen Kopf gehängt, du Scheißkerl», sagte er. «Und auf dich hast du etwas herabbeschworen.» Er hinkte auf Thomas zu und schwang die Faust. Sie sauste auf Thomas' Kopf nieder. Thomas taumelte. Dann schlug er instinktiv zurück und traf seinen Vater mit aller Wucht an der Schläfe – mit der härtesten Rechten, die er je geschwungen hatte. Jordache fiel nicht, schwankte aber ein wenig und hielt die Hände von sich gestreckt. Ungläubig starrte er seinen Sohn an: haßerfüllte, eisig blaue Augen. Dann sah er, daß Thomas lächelte, die Hände hingen herab.

«Vorwärts! Worauf wartest du?» sagte Thomas verächtlich. «Der Sonny Boy wird seinen tapferen Vater nicht mehr schlagen.»

Jordache versetzte ihm noch einen Schlag. Thomas' linke Gesichtshälfte schwoll an und verfärbte sich zu einem häßlichen Dunkelrot, aber er stand da und lächelte. Jordache ließ die Hände sinken. Der Schlag war mehr symbolisch gewesen, sonst nichts. Sinnlos, dachte er benommen. Söhne.

«Okay», sagte er. «Schluß damit! Dein Bruder wird dich an den Bus nach Grafton bringen. Von dort nimmst du den Zug nach Albany. In Albany steigst du um nach Ohio. Mein Bruder wird sich um dich kümmern. Ich rufe an, damit er Bescheid weiß. Halte dich nicht mit Packen auf. Ich will nicht, daß jemand sieht, wie du die Stadt mit einem Handkoffer verläßt.» Er schloß die Ladentür auf. Blinzelnd trat Thomas in den Sonnenschein dieses Sonntagnachmittags hinaus.

«Warte hier», sagte Jordache. «Ich schicke deinen Bruder gleich herunter. Von Abschiedsszenen mit deiner Mutter halte ich nichts.» Er sperrte die Tür zu und hinkte ins Haus. Erst nachdem sein Vater gegangen war, befühlte Thomas die empfindliche, geschwollene Backe.

Zehn Minuten später traten Jordache und Rudolph aus der Tür. Thomas lehnte am Schaufenster der Bäckerei und blickte unbeteiligt die Straße hinunter. Über dem Arm trug Rudolph die Jacke von Thomas' einzigem Anzug, ein gestreifter, grünlicher Stoff. Thomas hatte den Anzug vor zwei Jahren bekommen. Inzwischen war er ihm zu klein geworden; in den Schultern war er viel zu eng, und die Ärmel waren zu kurz.

Rudolph sah verwirrt aus und machte große Augen, als er Thomas' geschwollene Backe erblickte. Jordache machte den Eindruck eines kranken Mannes. Unter der natürlichen dunklen Färbung seiner Haut schimmerte ein Anflug von blassem Grün, und seine Augen waren geschwollen. Ein Faustschlag, dachte Thomas, und schau, was aus ihm wird.

«Rudolph weiß, was zu tun ist», sagte Jordache. «Ich habe ihm etwas Geld gegeben. Damit kauft er für dich eine Fahrkarte nach Cleveland. Hier ist die Adresse deines Onkels.» Er reichte Thomas ein Stück Papier.

Ich klettere auf der sozialen Stufenleiter, dachte Thomas, auch ich habe Onkel, an die man sich in Notfällen wendet.

«Nun verzieh dich», sagte Jordache. «Und halt deine Klappe.»

Die Jungen machten sich auf den Weg. Jordache blickte ihnen nach, er fühlte seine Schläfe pochen, dort wo Thomas ihn getroffen hatte. Er konnte seine Söhne nur undeutlich sehen. In einem verschwommenen Nebel gingen sie die sonnige, leere Straße in diesem Elendsviertel hinunter – der eine ziemlich groß und schlank und mit einer grauen Flanellhose und einem blauen Blazer bekleidet, der andere fast ebenso groß, aber kräftiger und in der viel zu engen Jacke wie ein Kind aussehend. Als die Jungen um die Ecke bogen und verschwunden waren, machte Jordache kehrt und ging in entgegengesetzter Richtung – dem Fluß zu – davon. Er wollte allein sein. Seinen Bruder konnte er später immer noch anrufen. Sein Bruder und dessen Frau waren gefühlsduselig genug, den Sohn eines Mannes bei sich aufzunehmen, der sie vor Jahren aus dem Hause gewiesen hatte und der es nicht einmal für nötig hielt, ihnen für die alljährliche Weihnachtskarte zu danken – das einzige Zeichen, daß zwei Männer, die vor langer Zeit im selben Haus in Köln geboren wurden und heute in verschiedenen Orten von Amerika lebten, tatsächlich Brüder waren. Jordache konnte förmlich hören, wie sein Bruder zu seiner korpulenten Frau sagte: Was sollen wir machen? Blut ist dicker als Wasser.

«Was, zum Teufel, ist passiert?» fragte Rudolph, sobald sie außer Sichtweite ihres Vaters waren.

«Nichts», sagte Thomas.

«Er hat dich geschlagen», sagte Rudolph. «Deine Backe ist ein schöner Anblick.»

«Es war ein fürchterlicher Schlag», sagte Thomas spöttisch. «Er sollte sich um den Meisterschaftstitel bewerben.»

«Als er nach oben kam, war er ganz weiß im Gesicht», sagte Rudolph.

«Ich habe ihm eine geklebt.» Thomas grinste in der Erinnerung daran.

«Du hast ihn *geschlagen*?»

«Warum nicht?» sagte Thomas. «Wozu ist ein Vater da?»

«Mein Gott! Und du lebst noch?!»

«Ich lebe noch», sagte Thomas.

«Kein Wunder, daß er dich loswerden will.» Rudolph schüttelte den Kopf. Er war ärgerlich auf Thomas. Wegen ihm versäumte er seine Verabredung mit Julie. Er wäre gern an dem Haus vorbeigegangen, in dem sie wohnte; es lag nur wenige Häuserblocks von der Bushaltestelle entfernt, aber sein Vater hatte gesagt, Thomas solle die Stadt auf der Stelle verlassen und niemand dürfe etwas davon erfahren. «Was ist eigentlich mit dir los?»

«Ich bin ein schneidiger, lebensprühender, normaler amerikanischer Junge», sagte Thomas.

«Es scheint sich um eine echte kleine Katastrophe zu handeln», sagte Rudolph. «Er hat mir fünfzig Dollarscheinchen in die Hand gedrückt für die Fahrtkosten. Wenn er solche Summen lockermacht, muß viel auf dem Spiel stehen.»

«Man hat entdeckt, daß ich für die Japsen spioniere», sagte Thomas sanft.

«Witzbold», sagte Rudolph. Den restlichen Weg bis zur Bushaltestelle gingen sie schweigend nebeneinander her.

In Grafton hielt der Bus dicht beim Bahnhof. Sie stiegen aus. Thomas setzte sich im gegenüberliegenden Park auf eine Bank, während Rudolph das Bahnhofsgebäude betrat und die Fahrkarte für Thomas kaufte. Der nächste Zug nach Albany ging in einer Viertelstunde. Rudolph kaufte von dem verrunzelten Mann hinter dem Schalter nur eine Fahrkarte bis nach Albany, denn sein Vater wollte nicht, daß irgend jemand erfuhr, wohin Thomas tatsächlich fuhr. In Albany würde Thomas eine neue Fahrkarte nach Cleveland lösen.

Als er das Wechselgeld an sich nahm, überfiel Rudolph die Lust, auch für sich eine Fahrkarte zu kaufen. Jedoch eine in der entgegengesetzten Richtung. Eine nach New York. Warum sollte es nur Thomas vergönnt sein, zu entschwinden? Aber natürlich löste Rudolph keine Karte nach New York. Er verließ den Bahnhof und ging an der Reihe der Taxis entlang, in denen die Fahrer dösend auf die Ankunft des nächsten Zuges warteten. Thomas saß unter einem Baum, die Beine in Form eines V von sich gestreckt, die Absätze in den kümmerlichen Rasen gegraben. Er sah gelöst und friedlich aus, so als beträfe ihn das alles gar nicht.

Rudolph blickte um sich. Er wollte sich vergewissern, daß niemand sie beobachtete. «Hier ist deine Fahrkarte», sagte er und gab sie Thomas, der nur einen flüchtigen Blick darauf warf. «Steck sie weg!» sagte Rudolph. «Und hier ist der Rest von den 50 Dollar: 42 Dollar 50. Für deine Karte von Albany nach Cleveland. Bestimmt behältst du noch eine Menge übrig.»

Thomas steckte das Geld ein, ohne es zu zählen. «Der Alte muß Blut geschwitzt haben, als er es herausholte», sagte Thomas. «Hast du gesehen, wo er den Zaster aufbewahrt?»

«Nein.»

«Schade. Wie schön wäre es gewesen, wenn ich in einer finsteren Nacht hätte zurückkommen und das Versteck ausheben können. Aber so wie ich meinen Bruder Rudolph kenne, würdest du mir das Versteck auch dann nicht sagen, wenn du es wüßtest.»

Ein Tourenwagen hielt vor dem Bahnhof. Am Steuer saß ein Mädchen, neben ihr ein Lieutenant der Air Force. Die beiden stiegen aus und traten in den Schatten des Bahnhofsvordachs. Dort blieben sie stehen und küßten sich. Das Mädchen hatte ein hellblaues Kleid an, und der Sommerwind wirbelte es ihr um die Beine. Der Lieutenant war groß und ganz braungebrannt, so als sei er in der Wüste gewesen. Seine Uniform war mit Orden und militärischen Rangabzeichen geschmückt, und er hatte einen prallgefüllten Reisesack bei sich. Rudolph vernahm das Dröhnen von tausend Flugzeugen an fremden Himmeln, als er das Paar beobachtete. Wieder spürte er den stechenden Schmerz, zu spät geboren zu sein und den Krieg versäumt zu haben.

«Küß mich, Schatz», höhnte Thomas. «Ich habe Tokio bombardiert.»

«Was, zum Teufel, soll das?» fragte Rudolph.

«Hast du schon mal was mit einem Mädchen gehabt?» fragte Thomas.

Ein Echo der Frage seines Vaters an jenem Tag, als Jordache Miss Lenaut geschlagen hatte. Rudolph war verwirrt. «Was geht dich das an?»

Thomas zuckte die Schultern. Er sah dem Mädchen und dem Lieutenant zu, wie sie durch die offenstehende Bahnhofstür gingen. «Nichts. Mir fiel nur gerade ein, daß ich möglicherweise für lange Zeit fort sein werde. Warum sollten wir nicht mal offen und ehrlich miteinander reden?»

«Also, wenn du's unbedingt wissen willst, ich habe nicht», sagte Rudolph steif.

«Das dachte ich mir», sagte Thomas. «In der Stadt gibt es in der McKinley Street eine Absteige, sie heißt ‹Bei Alice›. Dort kann man für 5 Dollar eine gute Nummer schieben. Sag ihnen, daß dein Bruder dich geschickt hat.»

«Ich werde mir schon zu helfen wissen», sagte Rudolph. Obwohl er ein Jahr älter war als Thomas, hatte er im Augenblick das Gefühl, er sei noch ein Kind.

«Unser liebes Schwesterchen läßt sich's regelmäßig besorgen», sagte Thomas. «Hast du das gewußt?»

«Das ist ihre Angelegenheit.» Aber es traf Rudolph wie ein Schlag. Gretchen war so *rein* und adrett und ausgesprochen höflich. Er konnte sie sich nicht beim Geschlechtsverkehr vorstellen.

«Und weißt du auch, wer der Glückliche ist?»

«Nein.»

«Theodore Boylan», sagte Thomas. «Wie findest du das?»

«Woher weißt du das?» Rudolph war überzeugt, daß Thomas log.

«Ich hab durchs Fenster gesehen», sagte Thomas. «Er stolzierte mit nacktem Arsch im Wohnzimmer herum, sein Ding hing ihm bis ans Knie – er ist ein richtiger Hengst. Er mischte zwei Whiskies und rief die Treppe hinauf: ‹Gretchen, willst du deinen Drink oben haben oder kommst du herunter?›»

«Kam sie herunter?» Rudolph wollte den Rest der Geschichte nicht hören.

«Nein. Ich nehme an, es ging ihr dort, wo sie war, zu gut.»

«Du hast also nicht gesehen, wer es war.» Rudolph nahm Zuflucht zur Logik; er wollte seine Schwester in Schutz nehmen. «Es konnte auch jemand anderes oben gewesen sein.»

«Wie viele Mädchen mit dem Namen Gretchen kennst du in Port Philip?» sagte Thomas. «Claude Tinker hat sie jedenfalls in Boylans Wagen zum Hügel hinauffahren sehen. Sie trifft sich mit ihm vor Bernstein, wenn sie angeblich ins Lazarett geht. Vielleicht ist auch Boylan irgendwann im Krieg verwundet worden. Im Spanisch-Amerikanischen Krieg.»

«Guter Gott», sagte Rudolph. «Mit so einem häßlichen alten Mann wie Boylan.» Hätte es sich um einen jungen Mann gehandelt, etwa um den Lieutenant, der eben in den Bahnhof hineingegangen war, so wäre sie seine Schwester geblieben.

«Es muß ihr etwas geben», sagte Thomas lässig. «Frag sie mal.»

«Hast du ihr gesagt, daß du Bescheid weißt?»

«Nein. Laß sie in Frieden vögeln. Es ist nicht mein Schwengel. Ich bin nur spaßeshalber hingegangen», sagte Thomas. «Sie bedeutet mir nichts. La-di-da, la-di-da, wo kommen die kleinen Kinder her, Mammi?»

Rudolph fragte sich, wie es gekommen ist, daß sein Bruder bereits in so jungen Jahren einen solchen Haß empfinden konnte.

«Wenn wir Italiener oder so was wären», sagte Thomas, «oder Gentlemen aus dem Süden, machten wir uns auf den Weg zu diesem Haus und sorgten dafür, daß die Familienehre gerächt wird. Schnitten ihm die Eier ab oder knallten ihn nieder oder sonst was. Ich habe im Augenblick keine Zeit, aber wenn du es tun willst – meine Erlaubnis hast du.»

«Vielleicht überrasche ich dich», sagte Rudolph. «Vielleicht tue ich wirklich was.»

«Aber gewiß doch!» sagte Thomas. «Und zu deiner Information: Ich habe bereits etwas getan.»

«Was?»

Thomas sah Rudolph prüfend an. «Frag deinen Vater», sagte er, «er weiß es.» Er stand auf. «Nun, dann gehe ich jetzt wohl. Der Zug muß jetzt jeden Augenblick kommen.»

Sie traten hinaus auf den Bahnsteig. Der Lieutenant und das Mädchen küßten sich noch immer. Vielleicht war es der letzte Kuß, vielleicht kam der junge Mann nie mehr zurück, dachte Rudolph, schließlich wurde im Pazifik noch gekämpft, dort waren die Japaner. Das Mädchen weinte, und der Lieutenant streichelte mit einer Hand ihren Rücken, um sie zu trösten. Rudolph fragte sich, ob es wohl irgendwann einmal ein Mädchen gab, das seinetwegen, weil er wegfuhr, auf einem Bahnsteig weinte.

In einer Wolke von Staub lief der Zug ein. Thomas schwang sich aufs Trittbrett.

«Hör zu», sagte Rudolph, «falls du irgend etwas von zu Hause haben möchtest, schreib es mir. Irgendwie schaffe ich es schon, daß du es bekommst.»

«Es gibt nichts, was ich von zu Hause haben möchte», sagte Thomas. Seine Auflehnung war ehrlich und kompromißlos. Das kindliche, noch nicht ausgeprägte Gesicht wirkte fröhlich, so als ginge er in einen Zirkus.

«Dann also viel Glück», sagte Rudolph lahm. Es handelte sich schließlich um seinen Bruder, den er verabschiedete, und Gott allein wußte, wann sie sich wiedersehen würden.

«Meinen Glückwünsch», sagte Thomas. «Jetzt hast du das ganze Bett für dich allein. Und du brauchst dich nicht mehr darüber aufzuregen, daß ich wie ein wildes Tier rieche. Vergiß nicht, deinen Schlafanzug anzuziehen.»

Bis zum letzten Augenblick blieb er so verschlossen, wie er es immer gewesen war. Ohne sich noch einmal umzusehen, stieg er in den Wagen. Der Zug fuhr ab. Rudolph sah, wie der Lieutenant sich aus dem Fenster lehnte und dem Mädchen, das den Bahnsteig entlanglief, zuwinkte.

Der Zug gewann an Schnelligkeit, und das Mädchen blieb stehen. Sie merkte, daß Rudolph sie beobachtete, und ihr Gesicht wurde verschlossen: die Trauer, die Liebe, die sie empfand, waren nicht für die Öffentlichkeit bestimmt. Während sie davoneilte, flatterte ihr Kleid im Wind. Kriegersfrau.

Rudolph ging wieder in den Park, setzte sich auf die Bank und wartete auf den Bus, der ihn nach Port Philip zurückbringen würde.

Was für ein Geburtstag!

Gretchen war damit beschäftigt, eine Reisetasche zu packen. Es war ein großes, ramponiertes, gelb getüpfeltes Monstrum aus Pappe, mit Messingknöpfen verziert, in dem seinerzeit die Brautausstattung ihrer Mutter nach Port Philip transportiert worden war. Gretchen hatte nie eine Nacht außer Haus verbracht – wozu hätte sie einen eigenen Koffer besitzen sollen? Als ihr Vater – nach der Unterredung mit Thomas und den Tinkers – heraufgekommen war und verkündete, Thomas ginge für längere Zeit fort, faßte Gretchen ihren Entschluß. Sie stieg auf den engen kleinen Speicher hinauf, wo die Jordaches all das Zeug aufbewahrten, für das sie keine Verwendung mehr hatten. Gretchen fand die Reisetasche und nahm sie mit in ihr Zimmer. Ihre Mutter sah sie mit der Tasche die Treppe herunterkommen; sie mußte erraten haben, was das bedeutete, sagte aber nichts. Seit Wochen schon sprach ihre Mutter nicht mit ihr – seit damals, als sie mit Boylan in New York gewesen und erst im Morgengrauen nach Hause gekommen war; so als hätte ihre Mutter das Gefühl, Gretchens abscheuliche Verderbtheit würde, wenn sie mit ihr spräche, ansteckend wirken.

Die verborgenen Konflikte, die in der Luft lagen, der seltsame Ausdruck in den Augen ihres Vaters, als er ins Wohnzimmer getreten war und nichts weiter als nur zu Rudolph gesagt hatte, er solle mitkommen, hatten Gretchen zum Handeln getrieben. Nie mehr würde ein so günstiger Tag kommen, ihre Familie zu verlassen, wie dieser Sonntagnachmittag.

Sie überlegte sich sehr genau, was sie mitnehmen wollte. Die Reisetasche war nicht groß genug, um alles aufzunehmen, was sie vielleicht brauchen würde, und so mußte sie sorgfältig ihre Wahl treffen, packte Dinge ein, die sie zugunsten anderer, die nützlicher sein konnten, wieder auspackte. Sie hoffte, daß es ihr gelang, das Haus zu verlassen, ehe ihr Vater zurückkam, war aber innerlich darauf gefaßt, ihm entgegenzutreten und ihm alles zu sagen: daß sie ihren Job verloren habe und nach New York führe, um sich einen anderen zu suchen. Sein Gesicht war, als er mit Rudolph hinunterging, so bestürzt und eingefallen gewesen, daß Gretchen das Gefühl hatte, heute sei vielleicht der einzige Tag, an dem sie sich kampflos von ihm trennen könne.

Sie mußte fast jedes Buch um und um drehen, ehe sie das Kuvert mit dem Geld fand. Dieses verrückte Spiel ihrer Mutter. Die Aussicht, daß ihre Mutter in einer Irrenanstalt endete, stand fünfzig zu fünfzig. Aber vielleicht würde es ihr irgendwann gelingen, sie zu bemitleiden.

Sie bedauerte es, daß sie keine Möglichkeit hatte, Rudolph Lebewohl zu sagen, aber es dunkelte bereits, und sie wollte nicht erst nach Mitternacht in New York ankommen. Sie hatte keine Ahnung, wohin sie sich in New York wenden sollte, aber es mußte dort ja wenigstens ein Hospiz des YWCA geben. Es gab Mädchen, die hatten ihre ersten Nächte in New York an weit schlimmeren Orten verbracht.

Kein Abschiedsschmerz überfiel sie, als sie sich in ihrem ausgeräumten Zimmer umblickte. Leichtfertig sagte sie ihrem Zimmer ade. Gut sichtbar legte sie das leere Kuvert mitten auf das schmale Bett.

Sie schleppte die Reisetasche in den Flur. Von dort aus sah sie ihre Mutter rauchend am Tisch sitzen. Die Essensreste – das Gerippe der Gans, der kalte Kohl, die schleimig gelierten Klöße, die schmutzigen Servietten – standen seit Stunden unberührt auf dem Tisch, während ihre Mutter die ganze Zeit wortlos dagesessen und die Wand angestarrt hatte. Gretchen ging ins Wohnzimmer. «Ma», sagte sie, «das scheint heute ein richtiger Abschiedstag zu sein. Ich habe meine Sachen gepackt und gehe fort.»

Ihre Mutter drehte ihr langsam und mit verschwommenem Blick den Kopf zu. «Geh zu deinem Galan», sagte sie dumpf. Ihr Wortschatz an Schimpfworten stammte vom Anfang des Jahrhunderts. Sie hatte den ganzen Wein geleert und war betrunken. Es war das erste Mal, daß Gretchen ihre Mutter betrunken sah, und sie war versucht zu lachen.

«Ich gehe zu niemandem», sagte sie. «Ich habe meinen Job verloren und gehe nach New York, um mir einen neuen zu suchen. Sobald ich eine Unterkunft gefunden habe, schreibe ich euch und teile euch die Adresse mit.»

«Dirne!» sagte die Mutter.

Gretchen schnitt eine Grimasse. Wer sagte im Jahre 1945 noch Dirne? Es machte den Abschied leicht, ja geradezu komisch. Aber sie zwang sich, ihre Mutter auf die Wange zu küssen. Die Haut war rauh.

«Falsche Küsse», sagte die Mutter. «Die Schlange unterm Rosenbusch.»

Was für Bücher mußte sie als junges Mädchen gelesen haben!

Mit einer Handbewegung, die seit ihrem einundzwanzigsten Lebensjahr unverändert müde gewesen sein mußte, strich ihre Mutter sich eine Haarsträhne aus der Stirn. Gretchen kam es vor, als sei ihre Mutter schon erschöpft auf die Welt gekommen und man müsse ihr deshalb viel verzeihen. Einen Augenblick zögerte Gretchen, suchte in sich nach einer Spur von Zuneigung zu der betrunkenen Frau, die in Rauch gehüllt an dem unordentlichen Tisch saß.

«Gans», sagte ihre Mutter verächtlich. «Wer ißt schon Gans?»

Gretchen schüttelte entmutigt den Kopf, ging hinaus in den Flur, hob die Reisetasche hoch und kletterte mühsam die Treppe hinunter. Sie schloß die Haustür auf und schob die Reisetasche hinaus auf die Straße. Die Sonne war gerade am Untergehen, und die Schatten auf der Straße waren violett und indigofarben. Als Gretchen die Tasche hochhob, gingen – vorzeitig und eigentlich unnötig – die Straßenlaternen an.

Sie sah Rudolph die Straße herunterkommen. Er war allein. Sie stellte die Reisetasche ab und wartete auf ihn. Beim Näherkommen dachte sie, wie gut ihm der Blazer stand, wie adrett er darin aussah, und das Geld, das sie dafür ausgegeben hatte, reute sie nicht.

Als Rudolph sie sah, begann er zu laufen. «Wo willst du hin?» fragte er, sobald er sie erreicht hatte.

«Nach New York», sagte sie obenhin. «Kommst du mit?»

«Ich wollte, ich könnte», erwiderte er.

«Bemühst du dich um ein Taxi für eine Dame?»

«Ich möchte mit dir reden», sagte er.

«Nicht hier», sagte sie und warf einen Blick auf das Schaufenster der Bäkkerei.

«Du hast recht», sagte Rudolph und griff nach ihrer Tasche. «Das hier ist wahrhaftig nicht der richtige Ort, um miteinander zu sprechen.»

Zusammen gingen sie die Straße hinunter. Lebt wohl, lebt wohl, sang Gretchen insgeheim, als sie an den vertrauten Firmenschildern vorbeikam – an Clancys Autowerkstatt, Body Work, an Sorianos Handwäscherei, an Fenellis Metzgerei, am A and P-Laden, an Boltons Drugstore, an Wartons Farben- und Eisenwarenhandlung, an Brunos Friseurgeschäft, an Jardinos Obst- und Gemüseladen. Das Lied in ihrem Kopf hatte einen fröhlichen Rhythmus, als sie flott neben ihrem Bruder daherschritt, aber es schwang ein kleiner Unterton mit. Niemand verläßt nach neunzehn Jahren einen Ort ohne ein wehmütiges Bedauern.

Zwei Häuserblocks weiter fanden sie ein Taxi und fuhren zum Bahnhof. Während Gretchen zum Schalter ging, um ihre Fahrkarte zu lösen, setzte sich Rudolph auf die altmodische Reisetasche und dachte: Ich soll offensichtlich mein achtzehntes Lebensjahr damit verbringen, auf jedem Bahnhof der New York Central Railroad Lebewohl zu sagen.

Die heitere Unbeschwertheit, mit der seine Schwester sich bewegte, und die funkelnde Fröhlichkeit in ihren Augen verletzten Rudolph ein wenig; schließlich verließ sie nicht nur ihr Zuhause, sie verließ auch *ihn*. Er hatte ihr gegenüber jetzt, nachdem er wußte, daß sie sich mit einem Mann eingelassen hatte, ein eigenartiges Gefühl. *Laß sie in Frieden vögeln.* Er mußte ein melodischer klingendes Vokabular finden.

Sie zupfte ihn am Ärmel. «Der Zug kommt erst in über einer halben Stunde», sagte sie. «Ich hätte Lust auf einen Drink. Mir ist nach feiern zumute. Bring die Tasche in die Gepäckaufbewahrung, und wir gehen noch auf einen Sprung hinüber ins *Port Philip House*.»

Rudolph ergriff die Reisetasche. «Ich nehm sie lieber mit», sagte er. «Die Aufbewahrung kostet 10 Cent.»

«Wir wollen einmal großzügig sein», lachte Gretchen. «Unsere Erbschaft verprassen. Laß die Zehn-Cent-Stücke rollen.»

Als er den Gepäckschein wegsteckte, fragte er sich, ob Gretchen vielleicht den ganzen Nachmittag über getrunken habe.

Im Barraum des *Port Philip House* saßen gleich beim Eingang zwei Soldaten, die übellaunig auf ihr Kriegsbier starrten. Der Raum war dunkel und angenehm kühl; durch die Fenster konnten sie den Bahnhof sehen, dessen Lichter jetzt in der Dämmerung leuchteten. Sie setzten sich an einen der hinteren Tische, und als der Barkellner, seine Hände an der Schürze abreibend, zu ihnen trat, sagte Gretchen entschlossen: «Zwei Black and White mit Soda, bitte.»

Der Barkellner fragte nicht, ob sie schon über achtzehn seien. Die Bestellung war so vorgebracht worden, als habe Gretchen ihr Leben lang nichts anderes getan als in Bars gesessen und Whisky getrunken.

Rudolph hätte im Grunde lieber eine Cola gehabt. Der Nachmittag war schon zu reich an Ereignissen gewesen.

Gretchen kniff ihn in die Wange. «Schau nicht so finster drein», sagte sie. «Du hast doch heute Geburtstag.»

«Ja, ja», sagte er.

«Warum hat Pa Tommy fortgeschickt?»

«Ich weiß es nicht. Keiner von beiden hat es mir gesagt. Aber es muß mit dem Besuch der Tinkers zusammenhängen. Ich weiß nur, daß Tommy Pa geschlagen hat.»

«Wuuh...» sagte Gretchen leise. «Ein feiner Tag, was?»

«Das kann man wohl sagen», sagte Rudolph. Der Tag war gewichtiger als sie ahnte, mußte er denken, als ihm wieder einfiel, was Tom ihm von Gretchen erzählt hatte. Der Barkellner kam mit den Getränken und einer Siphonflasche. «Nicht zuviel Soda, bitte», sagte Gretchen.

Der Barkellner spritzte etwas Soda in Gretchens Glas. «Wieviel möchten Sie?» Er hielt den Siphon über Rudolphs Glas.

«Dasselbe», sagte Rudolph und tat, als sei er längst achtzehn.

Gretchen hob ihr Glas. «Auf die Zierde von Port Philip, auf das Wohl der Familie Jordache», sagte sie.

Sie tranken. Rudolphs Geschmack für Scotch war noch nicht entwickelt. Gretchen stürzte ihr Glas so rasch herunter, als wolle sie Zeit für ein zweites gewinnen, ehe ihr Zug ging.

«Was für eine Familie!» Sie schüttelte den Kopf. «Lauter echte Mumien, die berühmte Sammlung Jordache. Warum setzt du dich nicht mit mir in den Zug und fährst mit mir nach New York?»

«Du weißt doch, daß ich das nicht kann», sagte er.

«Ich habe auch geglaubt, ich könnte das nicht», sagte sie. «Und tue es doch.»

«Warum?»

«Warum was?»

«Warum gehst du fort? Was ist passiert?»

«Vieles», sagte sie vage. Sie nahm einen großen Schluck aus ihrem Glas. «Es geht hauptsächlich um einen Mann.» Sie sah ihn herausfordernd an. «Da ist ein Mann, der mich heiraten möchte.»

«Wer? Boylan?»

Ihre Augen weiteten sich, wurden ganz dunkel in dem düsteren Lokal. «Woher weißt du das?»

«Tommy hat es mir erzählt.»

«Und woher weiß er es?»

Nun, warum nicht, dachte er. Sie wollte es wissen. Eifersucht und Scham, die er um ihretwillen empfand, ließen in ihm den Wunsch aufkommen, ihr weh zu tun. «Er war oben auf dem Hügel und hat durch ein Fenster hineingeguckt.»

«Was hat er gesehen?» fragte sie kühl.

«Boylan. Nackt.»

«Da hat er für seine Mühe nicht viel geboten bekommen, der arme Tommy.» Sie lachte. Es war ein metallisches Lachen. «Teddy Boylan ist kein großartiger Anblick. Hatte Tommy das Glück, auch mich nackt zu sehen?»

«Nein.»

«Schade», sagte sie. «Erst dann hätte sein Ausflug sich gelohnt.» Das Harte und Selbstquälerische, das ihm an seiner Schwester auffiel, war etwas, das Rudolph bisher bei ihr nicht wahrgenommen hatte. «Woher will er wissen, daß ich dort war?»

«Boylan rief die Treppe hinauf, ob du deinen Drink oben haben wolltest.»

«Ach», sagte sie. «Ich weiß, welchen Abend er meint. Das war eine Nacht. Ich erzähle es dir irgendwann einmal.» Sie blickte ihm forschend ins Gesicht. «Schau nicht so stürmisch drein. Schwestern haben es so an sich, daß sie erwachsen werden und mit Männern ausgehen.»

«Boylan, ausgerechnet Boylan», sagte er erbittert. «Dieser alte Tattergreis.»

«So alt ist er gar nicht», sagte sie. «Und tatterig ebenfalls nicht.»

«Du mochtest ihn», sagte er anklagend.

«Ich mochte *es*», sagte sie. Ihr Gesichtsausdruck wurde ganz sachlich. «Ich mochte es mehr als alles, was mir jemals widerfahren ist.»

«Warum gehst du dann auf und davon?»

«Weil es über kurz oder lang damit enden würde, daß ich ihn heirate. Und Teddy Boylan ist nicht der richtige Mann, dein reines, hübsches Schwesterlein zu heiraten. Es ist kompliziert, nicht wahr? Ist auch dein Leben kompliziert? Gibt es eine finstere, sündige Leidenschaft, die auch du in deinem Busen nährst? Eine ältere Frau, die du aufsuchst, während ihr Mann im Büro ist, oder...?»

«Mach dich nicht über mich lustig», sagte er.

«Verzeih.» Sie berührte seine Hand, dann gab sie dem Barkellner ein Zeichen. «Noch einen, bitte.» Während der Barkellner die Bestellung ausführte, sagte sie: «Ma war betrunken, als ich fortging. Sie hatte deinen Geburtstagswein ausgetrunken. Das Blut des Lammes. Das ist alles, was diese Familie braucht...» Sie sprach so, als beträfe sie das alles gar nicht, als handle es sich um die Eigenarten völlig fremder Menschen. «Eine betrunkene, verrückte alte Dame. Sie nannte mich eine Dirne.» Gretchen kicherte. «Ein letztes liebevolles Lebewohl für die Tochter, die in die Großstadt geht. Geh fort», sagte sie schroff, «geh fort, ehe sie endgültig einen Krüppel aus dir machen. Verlaß dieses Haus, in dem niemand einen Freund hat, wo nie die Türglocke läutet.»

«Ich fühle mich nicht als Krüppel», sagte er.

«Du spielst Theater, Bruder.» Die Feindseligkeit trat nun offen zutage. «Mir kannst du nichts vormachen. Bei allen machst du dich lieb Kind, aber im Grunde ist es dir gottverdammt gleichgültig, ob die Welt lebt oder stirbt. Wenn das nicht verkrüppelt ist, dann könnt ihr mich eines Tages im Rollstuhl spazierenfahren.»

Der Barkellner kam, stellte Gretchens Drink vor sie hin und füllte das Glas zur Hälfte mit Soda.

«Zum Teufel», sagte Rudolph und stand auf, «was soll ich eigentlich hier, wenn das deine Meinung von mir ist? Du brauchst mich nicht.»

«Nein», sagte sie. «Ich brauche dich nicht.»

«Hier ist der Gepäckschein.» Er reichte ihr den Zettel.

«Danke», sagte sie steif. «Wir sind quitt. Du hast heute, genau wie ich, eine gute Tat getan.»

Er ließ sie dort in der Bar sitzen, sie trank ihren zweiten Whisky, ihr bezauberndes, ovales Gesicht hatte gerötete Wangen, mit leuchtenden Augen saß sie da, ihr großer Mund schien gierig, hungrig, bitter; mehr als tausend Meilen war sie bereits entfernt von der schäbigen Wohnung über dem Bäckerladen, von ihrem Vater und ihrer Mutter, ihren Brüdern, ihrem Liebhaber – unterwegs nach einer Stadt, die jedes Jahr eine Million Mädchen verschlang.

Langsam ging er nach Hause, die Tränen in den Augen galten ihm selbst. Sie hatten recht – alle hatten recht, was ihn betraf, sein Bruder und seine Schwester, ihr Urteil über ihn war richtig. Er mußte sich ändern. Wie ändert man sich, was soll man ändern? Seine Gene, seine Chromosomen, sein Tierkreiszeichen?

Als er sich der Vanderhoff Street näherte, blieb er stehen. Er konnte den Gedanken nicht ertragen, jetzt heimzugehen. Er fürchtete sich vor dem Anblick seiner betrunkenen Mutter, wollte den bestürzten, haßerfüllten Blick in den Augen seines Vaters nicht sehen. Er ging weiter, hinunter zum Fluß. Ein schwacher Glanz vom abendlichen Sonnenuntergang stand noch am Himmel, und der Fluß glitt vorbei wie flüssiger Stahl, mit einem Geruch wie ein tiefer, kühler Keller in einem kreidehaltigen Grund. Rudolph setzte sich auf die abbröckelnde Kaimauer in der Nähe des Lagerschuppens, in dem sein Vater das Ruderboot aufbewahrte, und blickte zum anderen Ufer hinüber.

Weit draußen sah er etwas sich bewegen. Es war das Boot seines Vaters, in verbissenem, gleichmäßigem Rhythmus glitten die Ruder ins Wasser und durchschnitten es flußaufwärts.

Rudolph erinnerte sich, daß sein Vater zwei Männer getötet hatte, den einen mit einem Messer, den andern mit einem Bajonett.

Er fühlte sich leer und zerschlagen. Der Whisky, den er getrunken hatte, brannte in seiner Brust, und er hatte einen bitteren Geschmack im Mund.

Diesen Geburtstag werde ich nicht vergessen, dachte er.

Mary Pease Jordache saß im Wohnzimmer; es brannte kein Licht, und der Raum war erfüllt von den Dunstschwaden der gebratenen Gans. Mrs. Jordache achtete nicht darauf, auch nicht auf den sauren Geruch des kalten Kohls, der auf der Platte lag. Zwei von ihnen sind fort, dachte sie, der Rohling und die Dirne. Nun habe ich Rudolph für mich allein, frohlockte sie trunken. Wenn doch ein Sturm käme und das Boot weit, weit draußen in dem kalten Fluß sinken ließe – was wäre das für ein Tag!

7

Vor der Garage ertönte eine Hupe, und Tom kroch unter dem Ford hervor, an dem er in der Abschmiergrube arbeitete. Während er sich die Hände an einem Lappen abwischte, ging er zu dem Oldsmobile, das neben einer der Benzinsäulen stand.

«Volltanken», sagte Mr. Herbert, ein Stammkunde. Er war Immobilienmakler. Er hatte auf einige abgelegene Grundstücke in der Nähe der Garage zu niedrigen Kriegspreisen das Vorkaufsrecht erworben und wartete nun auf die Nachkriegs-Hausse. Seit die Japaner kapituliert hatten, sah man ihn oft vorüberfahren. Er kaufte sein Benzin stets an der Jordache-Tankstelle, und zwar auf Schwarzmarkt-Bezugscheine, die ihm Harold Jordache verkaufte.

Thomas schraubte den Tankverschluß auf und behielt, während er das Benzin einfüllte, den Finger am Hebel der Schlauchdüse. Es war ein heißer Nachmittag, und von dem fließenden Benzin stiegen Dämpfe in sichtbaren Schwaden auf. Thomas wandte den Kopf ab, damit er nicht allzuviel von dem Zeug einatmete. Seit er hier arbeitete, hatte er jeden Abend Kopfschmerzen. Der Krieg ist zu Ende, dachte er, und jetzt setzen die Deutschen chemische Waffen gegen mich ein. Sein Onkel war für ihn ein Deutscher von jener Sorte, zu der er seinen Vater nie gerechnet hatte. Das lag natürlich an dem Akzent, an den beiden strohblonden Töchtern, die sonn- und feiertags bayerisch anmutende Trachtenkleider trugen, an den schweren Mahlzeiten mit Würsten, geräuchertem Schweinefleisch und Kraut, und nicht zuletzt an den Wagner-Arien und Schubert-Liedern, die das Grammophon im Haus unentwegt spielte. Mrs. Jordache – Tante Elsa, wie Thomas sie auf ihre Bitte nennen sollte – liebte Musik über alles.

Thomas war allein in der Garage. Coyne, der Mechaniker, war krank, und der zweite Mann hatte bei einem Kunden zu tun. Es war zwei Uhr, und Harold Jordache saß noch beim Mittagessen. Sauerbraten mit Spätzle und drei Flaschen Miller High Life und ein Schläfchen in dem großen Ehebett an der Seite seiner dicken Frau, um sicherzugehen, daß er sich nicht überarbeitete und vorzeitig einem Herzinfarkt erlag. Thomas war froh, daß ihm das Dienstmädchen zwei Sandwiches und etwas Obst in einer Tragetüte für die Mittagspause in der Garage mitgegeben hatte. Je weniger er von seinem Onkel und der übrigen Familie sah, desto besser. Es war schon schlimm genug, daß er bei ihnen im Haus wohnen mußte, in der winzigen Kammer unter dem Dach, auf das die Sommersonne den ganzen Tag brannte, so daß er nachts in Schweiß zerfloß. 15 Dollar die Woche. Onkel Harold hatte ganz schön von dem brennenden Kreuz in Port Philip profitiert.

Der Tank lief ein wenig über. Thomas hängte den Schlauch auf, schraubte den Verschluß zu und wischte den Benzinspritzer von dem hinteren Kotflügel ab. Er säuberte die Windschutzscheibe und kassierte 4 Dollar 30 von Mr. Herbert, der ihm ein Zehn-Cent-Stück als Trinkgeld gab.

«Danke bestens», sagte Thomas mit gut gespielter Dankbarkeit und sah dem Oldsmobile nach, das in Richtung der Stadt davon fuhr. Die Jordache-Garage lag am Stadtrand, bekam also auch viel vom Fernverkehr ab. Thomas ging ins Büro, registrierte den Verkauf und legte das Geld in die Kasse. Mit dem Abschmieren des Ford war er fertig, und für den Augenblick hatte er nichts zu tun, obwohl sein Onkel, wäre er dagewesen, bestimmt einen Auftrag für ihn gehabt hätte: die Toiletten säubern, die Chromteile der schimmernden Karosserien in der Gebrauchtwagen-Abteilung blankreiben oder sonst etwas in der Art. Thomas spielte mit dem Gedanken, statt dessen die Ladenkasse auszuräumen und dann abzuhauen. Er ließ die Schublade aufspringen und schaute hinein. Mit Mr. Herberts 4 Dollar 30 waren genau 10 Dollar und 30 Cent in der Kasse. Onkel Harold hatte, als er zum Essen ging, die Einnahmen vom Vormittag an sich genommen und nur fünf Ein-Dollar-Scheine und einen Dollar in Kleingeld dagelassen, falls Wechselgeld benötigt wurde. Wenn er es zum Besitzer einer Reparaturwerkstatt mit Gebrauchtwagenabteilung und Tankstelle sowie zum Vertreter einer Automobilfirma in der Stadt gebracht hatte, dann nicht dadurch, daß er unvorsichtig mit seinem Geld umging.

Thomas hatte noch nicht gegessen. Er nahm seine Lunchtüte und setzte sich im Schatten der Garagenmauer auf einen wackligen Holzstuhl und beobachtete den vorbeiflutenden Verkehr. Der Anblick war nicht unerfreulich. Die diagonal zur Straße stehenden Gebrauchtwagen und darüber die bunten, Gelegenheitskäufe ankündigenden Transparente hatten etwas Nautisches. Schräg gegenüber auf der anderen Straßenseite war ein Holzlagerplatz, und ringsum erstreckte sich ockergelbes und grünes Ackerland. Wenn man ruhig dasaß, war die Hitze nicht allzu schlimm, und schon Onkel Harolds Abwesenheit gab Thomas ein Gefühl des Wohlbefindens.

Auch sonst gefiel es ihm in der Stadt ganz gut. Elysium war kleiner als Port Philip, wirtschaftlich aber viel besser gestellt, ohne Elendsviertel und ohne jene Atmosphäre des Verfalls, die Thomas daheim als einen natürlichen Teil seiner Umgebung hingenommen hatte. In der Nähe befand sich ein kleiner See mit zwei im Sommer geöffneten Hotels und mit Ferienhäusern, deren Besitzer aus Cleveland stammten, und auch die Stadt selber hatte etwas von der schmucken Sauberkeit eines Badeortes. Es gab hübsche Läden, Restaurants und allerlei Veranstaltungen, zum Beispiel einen Pferdemarkt mit Regatten für kleine Segelboote auf dem See. In Elysium schien jedermann Geld zu haben, ganz im Gegensatz zu Port Philip.

Thomas griff in die Tüte und zog ein Sandwich heraus. Es war säuberlich in Butterbrotpapier eingewickelt: frisches, dünngeschnittenes Roggenbrot mit Schinkenspeck, Salatblättern, Tomatenscheiben und viel Mayonnaise. Neuerdings machte ihm Clothilde, das Dienstmädchen der Jordaches, herrliche, jeden Tag anders belegte Sandwiches zurecht, statt ihm die dicken, mit Jagdwurst bepflasterten Brotscheiben einzupacken, mit denen er sich in den ersten Wochen hatte zufrieden geben müssen. Tom war ein wenig beschämt, als er seine ölbeschmierten Hände mit den schwarzen Fingernägeln auf dem kunstvollen Club-Sandwich sah. Ein wahres Glück, daß Clothilde ihn nicht beim Verzehren ihrer Spenden beobachten konnte. Sie war nett, Clothilde, eine stille Frankokanadierin, die von sieben Uhr morgens bis neun Uhr abends arbeitete und jeden zweiten Sonntagnachmittag frei hatte. Sie war etwa 25 Jahre alt, hatte traurige dunkle Augen und schwarzes Haar. Ihre gleichmäßig matte dunkle Hautfarbe verriet, daß sie tiefer auf der sozialen Stufenleiter stand als die herausfordernd blonden Jordaches; sie schien eigens dazu geboren und bestimmt, der dienstbare Geist dieser Familie zu sein.

Clothilde war es auch, die für ihn ein Stück Kuchen auf den Küchentisch stellte, wenn er das Haus nach dem Abendessen verlassen hatte, um durch die Stadt zu strolchen. Onkel Harold und Tante Elsa konnten ihn abends ebensowenig im Haus zurückhalten wie das seinen Eltern gelungen war. Er mußte einfach fort. Die Nachtzeit machte ihn ruhelos. Er unternahm nicht viel – manchmal beteiligte er sich an einem improvisierten Softballspiel unter den Lampen im Stadtpark, oder er ging ins Kino und trank nachher ein Soda, oder er suchte sich Mädchen. Freunde, die ihm peinliche Fragen nach Port Philip hätten stellen können, besaß er nicht. Er war sehr darauf bedacht, gegen jedermann höflich zu sein, und er hatte sich seit seiner Ankunft in Elysium noch mit niemandem gestritten. Sein Bedarf an Unannehmlichkeiten war fürs erste gedeckt. Er fühlte sich keineswegs unglücklich, sondern empfand es als Segen, daß er nicht mehr unter der Fuchtel seiner Eltern stand. Und nicht mehr in demselben Haus zu wohnen wie sein Bruder Rudolph und das Bett mit ihm teilen zu müssen, war ausgesprochen nervenberuhigend. Auch gefiel es ihm sehr, daß er nicht mehr zur Schule zu gehen brauchte. Er hatte nichts gegen die Arbeit in der Garage, obwohl Onkel Harold ein Quälgeist war, immer geschäftig und nie zufrieden. Tante Elsa umsorgte Tom wie eine Glucke und trichterte ihm Gläser voll Orangensaft ein, weil sie ihn mit seinem sehnigen, durchtrainierten Körper für unterernährt hielt. Sie meinten es recht gut, auch wenn sie Spießer waren. Die beiden kleinen Mädchen gingen ihm aus dem Weg.

Die Verwandten wußten nicht, warum er von zu Hause weggeschickt worden war. Onkel Harold hatte ihn aushorchen wollen, aber Thomas' Antworten waren sehr vage gewesen: Er sei in der Schule nicht mitgekommen – das stimmte sogar –, und sein Vater habe gemeint, es könne für seinen Charakter nur gut sein, wenn er in die Fremde gehe und sein Geld selbst verdiene. Vom moralischen Standpunkt aus begrüßte es Onkel Harold, daß sein Neffe zur Selbständigkeit erzogen werden sollte; er war jedoch erstaunt, daß Thomas niemals Post von seiner Familie bekam und daß seit jenem Sonntagnachmittag, an dem Axel ihm telefonisch mitgeteilt hatte, Thomas sei nach Elysium unterwegs, keine Nachricht mehr aus Port Philip gekommen war. Harold Jordache selbst war ein guter Familienvater, sehr zärtlich zu seinen Töchtern und großzügig mit Geschenken für seine Frau, deren Geld es ihm an erster Stelle ermöglicht hatte, sich eine gute Position zu schaffen. In einem Gespräch mit Tom über Axel Jordache hatte Onkel Harold die Temperamentsunterschiede zwischen den Brüdern zu erklären versucht. «Ich glaube, Tom», hatte er mit einem Seufzer gesagt, «ich glaube, die Verwundung ist schuld. Er nahm sie sehr schwer, dein Vater. Sie brachte die düstere Seite in ihm zum Vorschein. Als wäre nie zuvor jemand verwundet worden.»

In einem Punkt stimmte er mit seinem Bruder Axel überein. Auch seiner Meinung nach hatten die Deutschen eine kindliche Ader, die sie dazu trieb, Krieg zu führen. «Laßt eine Militärkapelle spielen – und sie marschieren. Was ist so verlockend daran?» sagte er. «Im Regen herumzustapfen, während der Sergeant einen anschreit, im Dreck zu schlafen, statt mit seiner Frau in einem schönen, warmen Bett zu liegen, beschossen zu werden von Leuten, die man nicht kennt, und dann, wenn man Glück hat, in einer alten Uniform und ohne einen Topf zum Hineinpissen abzukratzen. Krieg ist gut für Großindustrielle wie die Krupps, die all diese Kanonen und Schlachtschiffe herstellen, aber für den kleinen Mann ...» Er zuckte die Achseln. «Stalingrad. Wozu das alles?» Obgleich er deutschfreundlich war, hielt er sich fern von deutsch-amerikanischen Vereinigungen jeder Art. Ihm gefiel, wo er war und was er war, und er hatte keine Lust, Organisationen oder Verbänden beizutreten, die ihn möglicherweise kompromittieren konnten. «Ich bin gegen niemanden», begründete er seine Einstellung. «Nicht gegen die Polen oder die Franzosen, nicht gegen die Engländer, die Juden oder sonst jemand. Nicht einmal gegen die Russen. Jeder, der will, kann bei mir einen Wagen oder zehn Gallonen Benzin kaufen, und wenn er in gutem amerikanischem Geld bezahlt, ist er mein Freund.»

Thomas lebte recht friedlich in Onkel Harolds Haus. Er paßte sich an, wo es nötig war, und ging im übrigen seine eigenen Wege. Gelegentlich ärgerte er sich über die Abneigung seines Onkels, ihm während der Arbeitszeit auch nur ein paar Minuten Ruhe zu gönnen, war aber im Grunde recht dankbar für die Zufluchtsstätte, die ihm hier geboten wurde. Sie war nur etwas Zeitweiliges. Er wußte, daß er früher oder später abhauen würde. Doch das eilte nicht.

Gerade wollte er das zweite Sandwich aus der Tüte fischen, als er den Chevrolet der Zwillinge herankommen sah. Der Wagen bog zur Tankstelle ein, und Tom stellte fest, daß nur eine der Zwillingsschwestern darin saß. Er wußte nicht, welche von beiden es war, Ethel oder Edna. Zwar hatte er es wie die meisten Jungen der Stadt mit beiden getrieben, aber auseinanderhalten konnte er sie trotzdem nicht.

Der Chevrolet hielt quietschend und knirschend. Die Eltern der Zwillinge schwammen im Geld, aber sie fanden, der alte Wagen sei gut genug für zwei sechzehnjährige Mädchen, die noch nie im Leben einen Cent verdient hatten.

«Hallo, Zwilling», sagte Tom, um sich keine Blöße zu geben.

«Hallo, Tom.» Die Zwillinge waren hübsche, sonnengebräunte Mädchen mit glattem braunem Haar und drallen kleinen Hinterteilen. Ihre Haut ließ einen glauben, sie wären gerade einer Gebirgsquelle entstiegen. Hätte man nicht gewußt, daß sie mit jedem Jungen in der Stadt geschlafen hatten, man wäre stolz gewesen, mit ihnen gesehen zu werden.

«Sag mir, wie ich heiße», verlangte der Zwilling.

«Ach, komm doch.»

«Wenn du mir nicht sagst, wie ich heiße, kaufe ich mein Benzin anderswo», drohte der Zwilling.

«Nur zu», erwiderte Tom. «Damit schädigst du bloß meinen Onkel.»

«Ich wollte dich zu einer Party einladen», sagte der Zwilling. «Heute abend am See. Es gibt Würstchen, und wir haben drei Kasten Bier. Aber erst mußt du mir sagen, wie ich heiße, sonst lade ich dich nicht ein.»

Tom grinste sie an und versuchte Zeit zu gewinnen. Er warf einen Blick in den offenen Wagen. Der Zwilling ging zum Schwimmen. Auf dem Beifahrersitz lag ein weißer Badeanzug. «Ich habe dich ja nur verkohlt, Ethel», behauptete er. Ethel hatte einen weißen Badeanzug, Edna einen blauen. «Ich wußte von Anfang an, wer du bist.»

«Gib mir drei Gallonen», sagte Ethel. «Weil du richtig geraten hast.»

«Ich habe nicht geraten», beteuerte er und nahm den Schlauch herunter. «Du bist unauslöschlich in mein Gedächtnis eingeprägt.»

«Ganz bestimmt», sagte Ethel. Sie blickte sich um und rümpfte die Nase. «Was ist das für ein gräßlicher Arbeitsplatz. Ich möchte wetten, ein Bursche wie du könnte etwas viel Besseres bekommen, wenn er sich darum bemühte. Wenigstens in einem Büro.»

Als er sie kennenlernte, hatte er ihr erzählt, er sei neunzehn Jahre alt und habe die High School absolviert. Es war an einem Samstagnachmittag am See gewesen: er hatte sich auf dem Sprungbrett produziert, da war sie zu ihm herübergekommen und hatte sich mit ihm unterhalten.

«Mir gefällt es hier», sagte er. «Ich bin für frische Luft.»

Ethel kicherte. «Als ob ich das nicht wüßte.» Sie hatten es draußen im Wald getrieben, auf einer Decke, die unter dem Notsitz verwahrt wurde. Auch mit ihrer Schwester Edna hatte er geschlafen, an demselben Ort, auf derselben Decke, allerdings an anderen Abenden. Der unbekümmerte Wahlspruch der Zwillinge lautete: Was mein ist, soll auch dein sein. Die beiden trugen viel dazu bei, daß Tom im Grunde ganz gern in Elysium bleiben und in der Garage seines Onkels arbeiten wollte. Er wußte allerdings nicht, was im Winter werden würde, wenn der Waldboden mit Schnee bedeckt war.

Er schraubte den Tankverschluß zu und hängte den Schlauch auf. Ethel gab ihm einen Dollarschein, aber keine Zuteilungsabschnitte. «He», sagte er, «wo bleiben die Marken?»

«Ich hab keine mehr.»

«Du mußt welche haben.»

Sie schmollte. «Und das nach allem, was du und ich füreinander sind. Glaubst du, daß Antonius von Cleopatra Marken verlangt hat?»

«Die brauchte ja auch kein Benzin bei ihm zu kaufen», erwiderte Tom.

«Hör mal, es macht doch wirklich nichts aus. Mein alter Herr kauft die Marken schwarz von deinem Onkel. In die eine Tasche rein, aus der andern raus. Wir haben Krieg.»

«Er ist zu Ende.»

«Gerade erst.»

«Na, meinetwegen», sagte Tom. «Nur weil du hübsch bist.»

«Findest du mich hübscher als Edna?» fragte sie.

«Um hundert Prozent.»

«Das werde ich ihr erzählen.»

«Wozu? Es hat keinen Sinn, andere Menschen unglücklich zu machen.» Der Gedanke, daß sein Harem durch einen unnötigen Informationsaustausch um die Hälfte verringert werden könnte, behagte Tom gar nicht.

Ethel spähte in die leere Garage: «Glaubst du, daß es Leute gibt, die es auch in einer Garage tun?»

«Bis heute abend mußt du schon warten, Cleopatra», sagte Tom.

Sie kicherte. «Man sollte alles einmal probieren. Hast du den Schlüssel?»

«Den besorge ich mir bei Gelegenheit.» Jetzt wußte er, wo sie überwintern würden.

«Warum machst du nicht einfach diesen Saftladen zu und kommst mit zum See? Ich weiß eine Stelle, wo wir nackt baden können.» Sie rutschte begehrlich auf dem brüchigen Leder des Vordersitzes hin und her. Merkwürdig, daß es in ein und derselben Familie zwei so geile Mädchen gab. Tom fragte sich, was wohl die Eltern der Zwillinge dachten, wenn sie am Sonntagmorgen mit ihren Töchtern in die Kirche gingen.

«Ich kann hier nicht weg, weil ich ein Arbeiter und wichtig für die Industrie bin», sagte er. «Darum hat man mich ja nicht eingezogen.»

«Ich wollte, du wärst ein Captain», sagte Ethel. «Ich würde gern einen Captain ausziehen. Einen Messingknopf nach dem anderen öffnen. Und den Säbel losschnallen.»

«Verschwinde, bevor mein Onkel zurückkommt und wissen will, ob ich dir deine Marken abgenommen habe.»

«Wo treffen wir uns heute abend?» fragte sie und ließ den Motor an.
«Vor der Bibliothek. Um halb neun, ja?»
«Halb neun, Sonny Boy. Ich werde mich in die Sonne legen und den ganzen Nachmittag an dich denken.» Sie winkte ihm zu und fuhr los.

Tom setzte sich wieder auf den wackligen Stuhl im Schatten. Er hätte gern gewußt, ob seine Schwester Gretchen auch so zu Theodore Boylan sprach.

Er griff in die Tragetüte, nahm das zweite Sandwich und wickelte es aus. Auf dem Brot lag ein zusammengefalteter Zettel. Er sah ihn sich an. Es war etwas mit Bleistift daraufgeschrieben. *Ich liebe dich* stand da in sauberer Schulmädchenschrift. Tom starrte ungläubig auf diese Botschaft. Er kannte die Handschrift. Clothilde schrieb sich jeden Tag auf, was sie telefonisch beim Supermarkt bestellen mußte, und die Liste lag immer an derselben Stelle auf einem Regal in der Küche.

Tom pfiff leise durch die Zähne. Dann las er laut: «Ich liebe dich.» Er hatte gerade seinen sechzehnten Geburtstag hinter sich, aber seine Stimme war noch knabenhaft hoch. Eine fünfundzwanzigjährige Frau, mit der er bis jetzt kaum mehr als zwei Worte gesprochen hatte! Er faltete den Zettel sorgfältig zusammen, steckte ihn in die Tasche und starrte lange Zeit auf den in Richtung Cleveland vorbeibrausenden Verkehr, bevor er das in Mayonnaise getränkte Sandwich mit Schinkenspeck, Salat und Tomaten zu essen begann.

Er wußte, daß er am Abend nicht zu dieser Party am See gehen würde.

Die River Five-Kapelle spielte ‹*Your Time Is My Time*›, und Rudolph blies das Trompetensolo, in das er sein ganzes Können legte, denn Julie war an diesem Abend auch da. Sie saß allein an einem Tisch, beobachtete ihn und hörte ihm zu. River Five war der Name von Rudolphs Kapelle – er selbst an der Trompete, Kessler am Baß, Westerman am Saxophon, Dailey am Schlagzeug und Flannery an der Klarinette. Den Namen River Five hatte Rudolph gewählt, weil sie alle in Port Philip am Hudson River wohnten und weil Rudolph fand, er klinge künstlerisch und professionell.

Sie hatten ein dreiwöchiges Engagement, sechs Abende in der Woche, in einem Rasthaus außerhalb von Port Philip. Das Lokal, das *Jack and Jill* hieß, war eine große Holzbaracke, die unter den stampfenden Füßen der Tanzenden erzitterte. Es gab eine lange Theke und zahlreiche kleine Tische; die meisten Gäste tranken Bier. Samstags abends waren die Bekleidungsvorschriften gemildert. Die Jungen trugen Polohemden, und viele Mädchen erschienen in langen Hosen. Gruppen von Mädchen kamen ohne Begleitung und warteten, daß sie zum Tanzen aufgefordert wurden, oder tanzten miteinander. Es war nicht wie ein Engagement im *Plaza* oder in der 52nd Street in New York, aber der Verdienst war nicht schlecht.

Während Rudolph spielte, sah er erfreut, daß Julie ablehnend den Kopf schüttelte, als ein Junge in Jackett und Krawatte, offenbar ein College-Anwärter, sie zum Tanzen aufforderte.

Julies Eltern erlaubten, daß sie samstags abends mit Rudolph ausging und erst spät nach Hause kam, denn sie vertrauten ihm. Er war der geborene Eltern-Liebling. Mit gutem Grund. Wenn sie dagegen in die Klauen eines unbesonnenen jüngeren Schülers fiel, der zuviel trank und auf dem Tanzboden herumschmuste, konnte sie in wer weiß was für Schwierigkeiten geraten. Ihr Kopfschütteln war ein Versprechen, ein Band zwischen ihnen, ebenso haltbar wie ein Verlobungsring.

Rudolph blies die Erkennungsmelodie der River Five als Zeichen für eine viertelstündige Pause, legte seine Trompete hin und winkte Julie, sie solle mit ihm hinausgehen, um frische Luft zu schöpfen.

Julie nahm seine Hand, als sie unter den Bäumen an den geparkten Wagen vorbeischlenderten. Ihre Hand lag trocken, warm, weich und vertraut in der seinen. Es war schwer zu glauben, daß einen so viele komplizierte Gefühle durchströmen konnten, nur weil man die Hand eines Mädchens hielt.

«Als du dieses Solo spieltest», sagte Julie, «habe ich bloß dagesessen und gezittert. Ich zog mich innerlich zusammen wie eine Auster, die man mit Zitronensaft beträufelt.»

Er lachte über den Vergleich. Auch Julie lachte. Sie hatte eine ganze Reihe von Redewendungen, um ihre jeweilige Gemütsverfassung zu beschreiben. «Ich komme mir wie ein Schnellboot vor», sagte sie, wenn sie mit ihm im Stadtbad um die Wette schwamm. Oder sie seufzte: «Ich fühle mich wie die dunkle Seite des Mondes», wenn sie sich nicht mit ihm treffen konnte, weil sie zu Hause bleiben und das Geschirr spülen mußte.

Sie gingen bis zum Ende des Parkplatzes, so weit wie möglich fort von der Veranda vor der Baracke, wo sich die Pärchen drängten, um Luft zu schöpfen. Rudolph öffnete die Tür eines geparkten Wagens, damit Julie hineinschlüpfen konnte. Dann stieg er ebenfalls ein und schloß die Tür. In der Dunkelheit fanden ihre Lippen zueinander. Eng umschlungen küßten sie sich endlos. Julies Mund war wie eine Pfingstrose, ein Kätzchen, ein Pfefferminzbonbon, ihre Haut fühlte sich an wie ein Schmetterlingsflügel. Sie küßten sich bei jedem Zusammensein, so lange sie nur konnten, aber das war auch alles, was sie taten.

Wie ein Ertrunkener glitt und tauchte er durch Brunnen, durch Rauch, durch Wolken. Er war eine Trompete, spielte sein eigenes Lied. Er war ganz aus einem Guß, liebend, liebend ... Sanft löste er seinen Mund von dem ihren, und sie ließ den Kopf auf die Sitzlehne sinken. Er küßte ihren Hals. «Ich liebe dich», flüsterte er und empfand ein unbeschreibliches Glücksgefühl, als er sich diese Worte zum erstenmal sagen hörte. Sie preßte seinen Kopf leidenschaftlich an sich; ihre weichen Arme, die sommerbraunen Arme einer Schwimmerin, waren wunderbar stark und dufteten nach Aprikosen.

Plötzlich wurde die Tür aufgerissen, und eine Männerstimme sagte: «Zum Teufel, was macht ihr denn hier?»

Rudolph richtete sich auf, einen Arm schützend um Julies Schulter gelegt. «Wir diskutieren über die Atombombe, was denn sonst?» antwortete er kühl. Er wäre lieber gestorben, als Julie merken zu lassen, daß er verlegen war.

Der Mann stand auf Rudolphs Seite des Wagens, aber es war so dunkel, daß der Junge nicht sehen konnte, wer es war. Unvermittelt lachte der Mann laut auf. «Wer dumm fragt, bekommt eine dumme Antwort», sagte er. Als er sich ein wenig bewegte, traf ihn der matte Lichtstrahl einer der unter den Bäumen angebrachten Lampen. Jetzt erkannte ihn Rudolph. Weißblondes, fest an den Kopf gebürstetes Haar, zwei dichte Doppelbüsche blonder Augenbrauen.

«Verzeihung, Jordache», sagte Boylan. Seine Stimme klang belustigt.

Er kennt mich, dachte Rudolph. Woher kennt er mich?

«Das ist zufällig mein Wagen, aber fühlen Sie sich bitte wie zu Hause», sprach Boylan weiter. «Ich möchte den Künstler keinesfalls in seinen kurzen Augenblicken der Muße stören. Bekanntlich haben Damen eine Vorliebe für Trompeter.» Rudolph hätte das lieber in einer anderen Situation und aus anderer Quelle gehört. «Ich wollte sowieso noch nicht gehen», fügte Boylan hinzu. «Was ich brauche, das ist ein Drink. Wenn ihr fertig seid, wäre es mir eine Ehre, Sie und die junge Dame zu einem Schlummertrunk an der Bar begrüßen zu können.» Er machte eine kleine Verbeugung, schloß sanft die Tür und schlenderte über den Parkplatz davon.

Julie saß kerzengerade und beschämt auf ihrem Platz. «Er kennt uns», sagte sie mit zitternder Stimme.

«Mich», verbesserte Rudolph.

«Wer ist er?»

«Er heißt Boylan», erklärte Rudolph. «Einer von der Heiligen Familie.»

«Oh», sagte Julie.

«Oh ist genau das richtige Wort», sagte Rudolph. «Möchtest du vielleicht lieber gehen? In ein paar Minuten fährt ein Bus.» Er wollte sie bis zuletzt beschützen, obwohl er nicht genau wußte, wovor.

«Nein», antwortete Julie in trotzigem Ton. «Ich habe nichts zu verbergen. Du etwa?»

«Keineswegs.»

«Noch einen Kuß.» Sie schmiegte sich an ihn und schlang die Arme um seinen Hals. Aber dem Kuß fehlte das Feuer. Es gab kein Gleiten durch Wolken mehr.

Sie stiegen aus dem Wagen und gingen in die Baracke zurück. Als sie eintraten, sahen sie Boylan, der mit dem Rücken an der Theke lehnte, die Ellbogen lässig aufgestützt. Er entbot einen kleinen Erkennungsgruß, indem er die Fingerspitzen an die Schläfe legte.

Rudolph führte Julie zu ihrem Tisch und bestellte noch ein Ginger Ale für sie. Dann ging er aufs Podium und legte die Noten für die nächsten Nummern zurecht.

Als die Kapelle um zwei Uhr nachts ‹Good Night Ladies› spielte und die letzten Paare die Tanzfläche verließen, stand Boylan noch immer an der Theke. Ein mittelgroßer, selbstsicherer Mann in grauer Flanellhose und gutgeschnittener Leinenjacke. Lässig, fehl am Platz in dieser Versammlung von Polohemden, soldatischer Sonnenbräune und nachtblauen Sonntagsanzügen junger Arbeiter, schlenderte er auf Rudolph und Julie zu, als sie das Podium verließen.

«Habt ihr beiden Kinder ein Beförderungsmittel für den Heimweg?» erkundigte er sich.

«Das geht in Ordnung», erwiderte Rudolph, dem das Wort *Kinder* mißfiel. «Einer der Jungen hat einen Wagen, in den wir uns alle hineinquetschen.» Buddy Westerman durfte den Familienwagen benutzen, wenn sie ein Clubtreffen hatten; die Baßtrommel und das Schlagzeug schnallten sie auf dem Dach fest. Waren Mädchen dabei, so wurden sie zuerst abgesetzt, und dann fuhren alle ins *Ace All Night Diner*, um Hacksteaks zu essen.

«Bei mir habt ihr's bequemer», meinte Boylan. Er nahm Julie am Arm und führte sie hinaus. Buddy Westerman zog fragend die Augenbrauen hoch, als er sie fortgehen sah.

«Wir haben jemand gefunden, der uns in die Stadt mitnimmt», sagte Rudolph zu Buddy. «Dein Bus ist sowieso überfüllt.» Ein klein wenig Verrat.

Julie saß zwischen ihnen auf dem Vordersitz des Buick, den Boylan aus dem Parkplatz heraus auf die Straße nach Port Philip lenkte. Rudolph wußte, daß Boylans Bein gegen das von Julie gepreßt war. Dasselbe Fleisch hatte sich an den nackten Körper seiner Schwester gepreßt. Dies, verbunden mit der Tatsache, daß sie alle drei zusammengedrängt auf demselben Vordersitz saßen, auf dem er und Julie sich erst vor zwei Stunden geküßt hatten, mutete ihn eigenartig an, aber er war entschlossen, sich weltmännisch zu benehmen.

Zu seiner Erleichterung erkundigte sich Boylan nach Julies Adresse und sagte, er würde sie zuerst absetzen. Also brauchte er keine Szene zu machen, weil sie mit Boylan allein blieb. Julie war ganz gegen ihre Art sehr schweigsam, während sie zwischen den beiden saß und zusah, wie die Straße im Scheinwerferlicht des Buick auf sie zuraste.

Boylan fuhr schnell und sicher, überholte Wagen im Rennfahrertempo, die Hände ruhig auf dem Lenkrad. Rudolph war ein wenig verwirrt, weil er die Fahrweise des Mannes bewundern mußte. Irgendwie empfand er das als illoyal.

«Das ist eine nette kleine Band, die ihr Jungen da gegründet habt», bemerkte Boylan.

«Danke», erwiderte Rudolph. «Ich wollte, wir könnten öfter üben, und ein paar neue Arrangements wären auch gut.»

«Ihr spielt einen angenehm sanften Beat», sagte Boylan. *Ein Amateur.* «Als ich euch hörte, tat es mir leid, daß die Tage des Tanzens für mich zu Ende sind.»

Das war, wie Rudolph widerwillig zugeben mußte, eine sehr vernünftige Ansicht. Er selbst fand es lächerlich, ja obszön, wenn Leute über dreißig das Tanzbein schwangen. Wieder hatte er ein schlechtes Gewissen, weil er etwas an Theodore Boylan billigte. Aber er war froh, daß Boylan wenigstens nicht mit Gretchen getanzt und sowohl sie wie auch sich zum Gespött der Leute gemacht hatte. Ältere Männer, die mit jungen Mädchen tanzten, waren das Allerschlimmste.

«Und Sie, Miss...?» Boylan wartete, daß einer der beiden den Namen ergänzte.

«Julie», sagte sie.

«Julie was?»

«Julie Hornberg.» Aus ihrer Stimme klang Abwehr. Sie war empfindlich, was ihren Namen betraf.

«Hornberg?» fragte Boylan. «Kenne ich Ihren Vater?»

«Wir sind gerade erst hierhergezogen», sagte Julie.

«Arbeitet er für mich?»

«Nein», antwortete Julie.

Ein Augenblick des Triumphs. Es wäre entwürdigend gewesen, wenn es sich bei Mr. Hornberg um einen weiteren Vasallen gehandelt hätte. Sogar für einen Boylan gab es einige Dinge außerhalb seiner Reichweite.

«Sind Sie auch musikalisch, Julie?» fragte Boylan.

«Nein», sagte sie überraschenderweise. Sie machte es Boylan so schwer, wie sie nur konnte.

Er schien es nicht zu merken. «Sie sind ein reizendes Mädchen, Julie», sprach er weiter. «Wenn ich Sie sehe, bin ich glücklich, daß die Tage des Küssens im Gegensatz zu den Tanztagen für mich noch nicht zu Ende sind.»

Dreckiger alter Lustmolch, dachte Rudolph. Er befingerte nervös seinen schwarzen Trompetenkasten und überlegte, ob er Boylan bitten sollte, den Wagen anzuhalten, damit Julie und er aussteigen konnten. Aber ein Fußmarsch zur Stadt würde bedeuten, daß sie Julies Wohnung nicht vor vier Uhr erreichten. Er vermerkte einen traurigen Minuspunkt im Hinblick auf seinen Charakter: In Augenblicken, die eine Verteidigung der Ehre verlangten, dachte er praktisch.

«Rudolph... Sie heißen doch Rudolph, nicht wahr?»

«Ja.» Seiner Schwester mußten die Worte aus dem Mund gesprudelt sein wie Wasser aus der Leitung.

«Rudolph, haben Sie vor, Trompetenblasen zu Ihrem Beruf zu machen?» Jetzt der gütige alte Berufsberater.

«Nein. Dazu spiele ich nicht gut genug», erwiderte Rudolph.

«Das ist vernünftig», sagte Boylan. «Es ist ein Hundeleben. Und Sie müßten sich mit dem Abschaum gemein machen.»

«Na, ich weiß nicht», widersprach Rudolph. Er durfte Boylan nicht *alles* durchgehen lassen. «Ich glaube nicht, daß man Leute wie Benny Goodman, Paul Whiteman und Louis Armstrong zum Abschaum rechnen kann.»

«Wer will das entscheiden?» sagte Boylan.

«Es sind Künstler», warf Julie energisch ein.

«Eines schließt das andere nicht aus, mein Kind.» Boylan lachte freundlich, und damit war das Thema für ihn erledigt. «Aber was haben Sie denn nun wirklich vor, Rudolph?»

«Wann? Heute nacht?» Rudolph wußte natürlich, daß Boylan die beruflichen Pläne meinte, er beabsichtigte jedoch nicht, diesen Mann zuviel über sich wissen zu lassen. Er hatte eine dunkle Ahnung, daß sämtliche Auskünfte eines Tages gegen ihn verwendet werden könnten.

«Was heute nacht betrifft, so hoffe ich, daß Sie nach Hause gehen und sich tüchtig ausschlafen werden, was Sie nach Ihrer harten Abendarbeit in hohem Maße verdienen», sagte Boylan. Seine gesuchte Ausdrucksweise ging Rudolph gegen den Strich. Das Vokabular der Täuschung. Hinterhältiges Englisch. «Nein, ich meinte Ihre spätere Laufbahn», erklärte Boylan.

«Das steht noch nicht fest», sagte Rudolph. «Ich muß zuerst aufs College gehen.»

«Ach, aufs College?» Die Überraschung in Boylans Stimme war unüberhörbar, ein Nadelstich der Herablassung.

«Warum sollte er nicht aufs College gehen?» fragte Julie. «Er hat in allen Fächern A-Noten und ist gerade in die Arista aufgenommen worden.»

«Tatsächlich?» sagte Boylan. «Verzeihen Sie meine Unwissenheit, aber was ist die Arista?»

«Eine Vereinigung guter Schüler», antwortete Rudolph an Julies Stelle. Er wollte nicht auf diese kindliche Art verteidigt werden. «Es bedeutet nicht viel», fügte er hinzu. «Praktisch genügt es, lesen und schreiben zu können...»

«Du weißt genau, daß es viel mehr als das ist.» Julie zog eine Schnute, enttäuscht über seine Selbstherabsetzung. «Die klügsten Schüler der ganzen Schule. Wenn *ich* in der Arista wäre, würde ich sie nicht durch den Kakao ziehen.»

Durch den Kakao ziehen, dachte Rudolph. Sie muß in Connecticut mit einem Jungen aus den Südstaaten gegangen sein. Der Wurm der Eifersucht nagte an ihm.

«Ich bin sicher, daß es eine große Auszeichnung ist, Julie», sagte Boylan beschwichtigend.

«Natürlich ist es das.»

«Rudolph will es nur nicht wahrhaben», sagte Boylan. «Männer neigen nun mal zu falscher Bescheidenheit.»

Die Atmosphäre im Wagen war jetzt ungemütlich, denn Julie wütete wortlos, aber spürbar sowohl gegen Boylan als auch gegen Rudolph. Boylan schaltete das Radio ein. Nach kurzer Anlaufzeit ertönte aus der vorbeirauschenden Nacht die Stimme eines Nachrichtensprechers. Irgendwo – der Name des Landes war ihnen entgangen – hatte ein Erdbeben großen Schaden angerichtet. Hunderte von Menschen waren getötet, Tausende obdachlos geworden, drang es aus dem pfeifenden Dunkel, der Welt des Radiolandes, an ihre Ohren.

«Man sollte denken, daß Gott uns Menschen unmittelbar nach Kriegsende erst einmal Ruhe gönnen würde», murmelte Julie.

Boylan sah sie erstaunt an und stellte das Radio ab. «Für Gott gibt es keine Ruhe», sagte er.

Alter Heuchler, dachte Rudolph. Über Gott zu sprechen, nach dem, was er getan hat.

«In welches College beabsichtigen Sie zu gehen, Rudolph?» Boylan sprach an Julies festen, spitz zulaufenden kleinen Brüsten vorbei.

«Das muß ich mir noch überlegen.»

«Es ist eine sehr schwerwiegende Entscheidung», meinte Boylan. «Die Leute, die Sie dort kennenlernen, werden wahrscheinlich Ihr ganzes Leben verändern. Wenn Sie Hilfe brauchen, kann ich vielleicht bei meiner Alma Mater ein gutes Wort für Sie einlegen. Jetzt kommen all unsere heldenhaften Frontkämpfer zurück, und da werden Jungen Ihres Alters möglicherweise Schwierigkeiten haben.»

«Vielen Dank.» Das wäre das letzte. «Aber mit der Bewerbung habe ich ja noch monatelang Zeit. Welches College haben Sie besucht?»

«Virginia», antwortete Boylan.

Virginia, dachte Rudolph verächtlich. Jeder kann nach Virginia gehen. Warum redet er so, als wäre er in Harvard, Princeton oder zumindest Amherst gewesen?

Sie hielten vor Julies Haus. Automatisch blickte Rudolph zu Miss Lenauts Fenster im Nebenhaus hinauf. Es war dunkel.

«So, da sind wir, mein Kind», sagte Boylan, während Rudolph die rechte Tür öffnete und ausstieg. «Es war ganz reizend, mit Ihnen zu plaudern.»

«Danke fürs Mitnehmen», sagte Julie. Sie stieg aus und stürmte an Rudolph vorbei zur Haustür. Rudolph ging ihr nach. Er wollte ihr im Schatten der Veranda wenigstens einen Gutenachtkuß geben. Als sie mit gesenktem Kopf und vor dem Gesicht pendelndem Pferdeschwanz in ihrer Handtasche nach dem Schlüssel kramte, versuchte er ihr Kinn zu heben und sie zu küssen, aber sie entzog sich ihm hastig. «Speichellecker», zischte sie und äffte ihn wütend nach: «Es bedeutet nicht viel. Praktisch genügt es, lesen und schreiben zu können...»

«Julie...»

«Bei den Reichen schmierst du dich an.» Er hatte ihr Gesicht nie so bleich und verschlossen gesehen. «Dieser ekelhafte alte Kerl. Er färbt sich das Haar.

Und die Augenbrauen. Junge, Junge, manche Leute tun alles, nur um in einem schicken Wagen mitgenommen zu werden, stimmt's?»

«Julie, du redest Unsinn.» Hätte sie die ganze Wahrheit über Boylan gewußt, dann wäre ihr Zorn verständlich gewesen. Aber nur weil er die Form wahrte ...

«Faß mich nicht an!» Sie hatte den Hausschlüssel gefunden und hantierte am Schloß herum, noch immer nach Aprikosen duftend.

«Ich komme morgen gegen vier ...»

«Das glaubst *du*», erwiderte sie. «Warte lieber mit dem Kommen, bis ich einen Buick habe. Das ist mehr deine Tour.» Sie hatte jetzt die Tür geöffnet, huschte ins Haus – ein Jungmädchengeraschel, ein duftiger, flinker Schatten – und verschwand hinter der ins Schloß fallenden Tür.

Rudolph ging langsam zum Wagen zurück. Wenn dies Liebe war, dann zum Teufel damit. Er stieg in den Buick und zog die Tür zu. «Das war aber ein kurzer Abschied», meinte Boylan, während er den Wagen startete. «Zu meiner Zeit dehnten wir das immer so lange wie möglich aus.»

«Ihre Eltern erwarten, daß sie pünktlich nach Hause kommt.»

Boylan fuhr durch die Stadt in Richtung der Vanderhoff Street. Natürlich weiß er, wo ich wohne, dachte Rudolph. Er macht sich nicht einmal die Mühe, es zu verbergen.

«Ein reizendes Mädchen, die kleine Julie», sagte Boylan.

«Hm.»

«Lassen Sie es beim Küssen bewenden, oder ...?»

«Das ist meine Sache, Sir», sagte Rudolph. Sogar in seinem Ärger auf den Mann bewunderte er sich wegen der Art, die Worte schneidend und eiskalt auszuspeien. Niemand konnte Rudolph Jordache behandeln, als wäre Rudolph Jordache ein ungehobelter Kerl.

«Gewiß, gewiß.» Boylan seufzte. «Die Versuchung muß groß sein. Als ich in Ihrem Alter war ...» Das Ende des Satzes blieb in der Luft hängen, die Andeutung einer Prozession von Jungfrauen, die keine Jungfrauen mehr waren. «Nebenbei bemerkt», sagte er in unverbindlichem Gesprächston, «hören Sie von Ihrer Schwester?»

«Ab und zu», antwortete Rudolph vorsichtig. Gretchen schrieb ihm an die Adresse von Buddy Westerman, weil sie nicht wollte, daß die Mutter ihre Briefe las. Sie wohnte in einem Heim des YWCA in New York und klapperte auf der Suche nach einem Engagement als Schauspielerin alle Theateragenturen ab. Leider waren die Regisseure nicht darauf versessen, Mädchen zu beschäftigen, die auf der High School die Rosalinde gespielt hatten. Wenn sie auch noch keine Arbeit gefunden hatte, so liebte sie doch New York. In ihrem ersten Brief hatte sie Rudolph um Verzeihung gebeten, weil sie an dem Tag, als sie das elterliche Haus in Port Philip verließ, so gemein zu ihm gewesen war. Sie schrieb, sie sei ganz aufgewühlt gewesen und könne für das, was sie gesagt habe, nicht verantwortlich gemacht werden. Nach wie vor aber finde sie, es sei schlecht für Rudolph, daheim zu bleiben. Die Familie Jordache sei gefährlich wie Treibsand, und nichts könne sie, Gretchen, jemals von dieser Meinung abbringen.

«Geht es ihr gut?» erkundigte sich Boylan.

«Ja, danke.»

«Ich kenne sie, wie Sie wohl wissen», sagte Boylan ohne Betonung.

«Ja.»

«Hat sie mit Ihnen über mich gesprochen?»

«Ich kann mich nicht erinnern», sagte Rudolph.

«Aha.» Es war schwer zu entscheiden, was Boylan damit ausdrücken wollte. «Haben Sie ihre Adresse? Ich komme manchmal nach New York und könnte vielleicht die Zeit finden, mit ihr zu Abend zu essen.»

«Nein, ich weiß die Adresse nicht», sagte Rudolph. «Sie zieht gerade um.»

«Ich verstehe.» Boylan durchschaute ihn natürlich, nahm die Ausrede aber hin. «Nun, wenn Sie wieder von ihr hören, geben Sie mir doch bitte Bescheid. Ich habe etwas von ihr, worauf sie vielleicht Wert legt.»

«Okay.»

Boylan bog in die Vanderhoff Street ein und hielt vor dem Bäckerladen.

«So, da sind wir», sagte er. «Das Heim ehrlicher Arbeit.» Der Hohn war nicht zu überhören. «Ich wünsche Ihnen eine gute Nacht, junger Mann. Es war ein höchst angenehmer Abend.»

«Gute Nacht», murmelte Rudolph. Er stieg aus dem Wagen. «Und besten Dank.»

«Ihre Schwester hat mir erzählt, daß Sie gern zum Fischen gehen», fügte Boylan hinzu. «Wir haben einen recht guten Fluß auf unserer Besitzung. Er wird jedes Jahr mit Forellen besetzt. Ich weiß nicht warum. Niemand macht mehr davon Gebrauch. Wenn Sie es einmal probieren wollen, sind Sie jederzeit herzlich eingeladen.»

«Vielen Dank», sagte Rudolph. Bestechung. Und er wußte, er würde sich bestechen lassen. Die schlüpfrige Unschuld der Forelle. «Ich komme gern mal.»

«Gut. Meine Köchin wird dann den Fisch für uns zubereiten, und wir können zusammen essen. Sie sind ein interessanter Junge, ich unterhalte mich gern mit Ihnen. Vielleicht haben Sie, wenn Sie kommen, schon von Ihrer Schwester gehört und kennen ihre neue Adresse.»

«Kann sein. Nochmals vielen Dank.»

Boylan winkte und fuhr davon.

Rudolph betrat das dunkle Haus. Er konnte das Schnarchen seines Vaters hören. Es war die Nacht zum Sonntag, in der Axel Jordache nicht arbeitete. Auf Zehenspitzen ging Rudolph an der Tür des Elternschlafzimmers vorbei und die Treppe hinauf. Er wollte nicht, daß seine Mutter aufwachte, weil er dann mit ihr hätte sprechen müssen.

«Ich werde meinen Körper verkaufen, das steht fest», sagte Mary Jane Hackett. Sie war aus Kentucky. «Die wollen doch kein Talent, nur noch nacktes, saftiges Fleisch. Wenn wieder einer anruft und Showgirls haben will, sage ich ‹Leb wohl, Stanislawski› und wackle mit meinem kleinen Dixie-Hintern für Geld.»

Gretchen und Mary Jane Hackett saßen auf zwei der drei Stühle in dem engen, mit Plakaten tapezierten Vorzimmer von Nichols' Büro in der West 46th Street und warteten mit einer Schar junger Mädchen auf das Erscheinen von Bayard Nichols. Seine Sekretärin saß hinter dem Geländer, das die Bewerber von ihr trennte, und tippte mit verbohrter Hartnäckigkeit auf der Maschine. Ihre Finger mißhandelten die Tasten, als sei die englische Sprache ihr persönlicher Feind, den sie so schnell wie möglich abfertigen wollte.

Den dritten Stuhl in dem Vorzimmer hatte eine Charakterdarstellerin beschlagnahmt, die eine Pelzstola trug, obwohl draußen eine Temperatur von dreißig Grad im Schatten herrschte.

Sooft die Tür sich öffnete und ein neuer Schauspieler oder eine neue Schauspielerin hereinkam, sagte die Sekretärin, ohne das Geklapper auf ihrer Maschine zu unterbrechen: «Hallo, Darling.» Es hatte sich herumgesprochen, daß Nichols für ein neues Stück sechs Rollen zu besetzen hatte – vier Männer, zwei Frauen.

Mary Jane Hackett war ein großes, schlankes, busenloses Mädchen und verdiente ihr Geld vorwiegend als Mannequin. Gretchen war zu kurvenreich dafür. Mary Jane Hackett hatte in zwei am Broadway durchgefallenen Stücken mitgewirkt, war außerdem eine halbe Saison lang auf Sommer-Tournee gewesen und gebärdete sich bereits wie eine Veteranin der Bühne. Jetzt drehte sie sich um und betrachtete die Schauspieler, die hinter ihr standen, anmutig an die Plakate von Bayard Nichols' letzten Inszenierungen gelehnt. «Man sollte denken», meinte sie, «daß Nichols mit all den Hits, die bis ins Mittelalter von 1935 zurückreichen, sich wirklich etwas Besseres leisten könnte als dieses miese kleine Rattenloch. Mein Gott, nicht mal 'ne Klimaanlage. Er sitzt auf jedem Cent, den er je verdient hat. Ich weiß gar nicht, was ich hier suche. Er stirbt, wenn er mehr als das Minimum zahlen muß, und selbst dann verbreitet er sich ausführlich darüber, wie Franklin D. Roosevelt unser Land zugrunde gerichtet hat.»

Gretchen blickte besorgt zu der Sekretärin hinüber. Das Büro war so klein, daß sie Mary Jane unbedingt gehört haben mußte. Aber die Sekretärin tippte gleichmütig weiter, eine treulose Sklavin, die der englischen Sprache Gewalt antat.

«Schau dir nur mal ihre Größenmaße an.» Mary Jane deutete mit einer Kopfbewegung auf die jungen Männer. «Keiner von denen reicht mir bis an die Schulter. Wenn Frauenrollen geschrieben würden, die man von A bis Z auf den Knien spielen müßte, dann hätte ich schon eher Aussicht, ein Engagement zu bekommen. Das amerikanische Theater, du meine Güte! Die Männer sind Zwerge, und wenn sie mehr als fünf Fuß messen, sind sie warme Brüder.»

«Du böse, böse Mary Jane», sagte ein hochgewachsener Junge.

«Wann hast du zum letztenmal ein Mädchen geküßt?» wollte Mary Jane wissen.

«1928», antwortete der Junge. «Um die Wahl von Herbert Hoover zu feiern.»

Alle Anwesenden lachten verständnisvoll. Alle außer der Sekretärin. Sie tippte weiter.

Obgleich Gretchen noch auf ihr erstes Engagement wartete, gefiel ihr diese neue Welt, in die sie so plötzlich hineingeraten war. Hier sprach jeder mit jedem, nannte jeder jeden beim Vornamen. Alfred Lunt war Alfred für alle, die jemals mit ihm zusammen aufgetreten waren, auch wenn sie nur zwei Zeilen am Anfang des ersten Aktes zu sagen gehabt hatten. Man half einander. Wenn ein Mädchen von einer Rolle hörte, die zu besetzen war, benachrichtigte sie alle ihre Freundinnen und verlieh vielleicht sogar ihr bestes Kleid für den Besuch beim Produzenten. Man fühlte sich wie das Mitglied eines großzügigen Clubs, dessen Aufnahmebedingungen nicht Herkunft oder Geld, sondern Jugend, Ehrgeiz und der Glaube des einen an das Talent des anderen waren.

Im Souterrain von Walgreens Drugstore, wo sie alle bei ungezählten Tassen Kaffee zusammenhockten, um Erfahrungen auszutauschen, Erfolge herabzusetzen, die Stars der Nachmittagsvorstellungen nachzuäffen und das Verschwinden des Gruppentheaters zu beklagen, galt Gretchen jetzt als dazugehörig und sprach so offen wie jeder andere über die Dummheit der Kritiker. Sie äußerte sich auch darüber, wie die Rolle des Trigorin in Tschechows ‹Die Möwe› gespielt werden sollte und daß Laurette Taylors Darstellungskunst immer noch unerreicht sei und daß gewisse Regisseure mit jedem Mädchen, das in ihr Büro kam, ins Bett zu gehen versuchten. Zwei Monate hatten genügt, damit in dem Gewirr jugendlicher Stimmen, die mit den Akzenten von Georgia, Maine, Texas und Oklahoma sprachen, die schäbigen Straßen von Port Philip fast verschwunden waren, nur noch ein Pünktchen am Horizont der Erinnerung.

Gretchen schlief ohne Schuldgefühle bis zehn Uhr vormittags. Sie ging in die Wohnungen junger Männer und blieb dort bis zum frühen Morgen, um Szenen zu proben. Was die Leute darüber dachten, war ihr gleichgültig. In dem Heim des YWCA, wo sie wohnte, bis sie ein Engagement finden würde, hatte sie den Annäherungsversuch einer Lesbierin abwehren müssen, aber die beiden Mädchen waren trotzdem gute Freundinnen geblieben und gingen manchmal gemeinsam zum Essen oder ins Kino. Drei Stunden in der Woche nahm sie Unterricht in einer Ballettschule, um zu lernen, wie man sich anmutig auf einer Bühne bewegt, und sie hatte sich einen ganz neuen Gang zugelegt, bei dem sie den Kopf so steif hielt, daß sie sogar beim Treppensteigen ein Glas Wasser darauf hätte balancieren können ... Schlichte Ausgeglichenheit, nannte es ihre Lehrerin, eine ehemalige Ballerina.

Gretchens Meinung nach mußte jeder, der sie ansah, überzeugt sein, eine echte Großstädterin vor sich zu haben. Sie hielt sich nicht mehr für schüchtern. Wenn sie mit einigen jungen Schauspielern und Pseudoregisseuren, die sie bei Walgreen oder in den Produzentenbüros oder bei Proben kennengelernt hatte, zum Essen ausging, bezahlte sie für sich selbst. Zigarettenrauch störte sie nicht mehr. Sie hatte keine Liebhaber – damit, so hatte sie beschlossen, wollte sie warten, bis ihre Karriere gesichert war. Alles zu seiner Zeit.

Sie erwog bereits ernstlich, ob sie an Teddy Boylan schreiben und ihn bitten sollte, ihr das rote Kleid zu schicken, das er für sie gekauft hatte. Es war ja leicht möglich, daß sie irgendwann zu einer ganz großen Party eingeladen wurde.

Die Tür zum inneren Büro ging auf und heraus kam Bayard Nichols mit einem kleinen, hageren Mann in der beigefarbenen Uniform eines Captains der Air Force. «... Wenn sich was findet, Willie, gebe ich dir Bescheid», sagte Nichols. Wie immer sprach er mit trauriger, resignierter Stimme. Er erinnerte sich nur an seine Mißerfolge. Seine Augen glitten blicklos wie der Strahl eines Leuchtturms über die wartenden Leute hin und verschatteten sich.

«Ich komme irgendwann in der nächsten Woche vorbei und schnorre eine Mahlzeit von dir», erwiderte der Captain. Seine ziemlich tiefe Tenorstimme überraschte bei einem Mann, der allenfalls hundertunddreißig Pfund wog und nicht größer als fünfeinhalb Fuß war. Er hielt sich sehr gerade, als wäre er noch in der Kadettenanstalt. Aber er hatte ein unmilitärisches Gesicht, und das kastanienbraune Haar war zu lang, zu ungebändigt für einen Soldaten, so daß die Uniform unglaubwürdig wurde. Die Stirn war hoch, ein wenig höckrig, vage an Beethoven erinnernd, massig und finster; das Blau seiner Augen erinnerte an Wedgewood-Steingut.

«Dich bezahlt ja noch immer Onkel Sam», sagte Nichols zu dem Captain. «Das heißt, ich ernähre dich mit meinen Steuern. Ich werde die Mahlzeit von dir schnorren.» Nach seiner Sprechweise zu urteilen war er ein Mann, den zu bewirten nicht viel kosten würde. In seinen Verdauungsorganen spielte sich allabendlich eine elisabethanische Tragödie ab. Mörder gingen im Zwölffingerdarm um. Magengeschwüre lagen auf der Lauer. Immer schwor er, ab nächstem Montag dem Alkohol zu entsagen. Ein Psychiater oder eine neue Ehefrau hätten vielleicht helfen können.

«Mr. Nichols ...» Der hochgewachsene junge Mann, der die kleine Neckerei mit Mary Jane gehabt hatte, trat einen Schritt vor.

«Nächste Woche, Bernie», beschied ihn Nichols. Wieder glitt der blicklose Lichtstrahl durch den Raum. «Miss Saunders, können Sie bitte einen Moment hereinkommen?» Ein mattes, hypochondrisches Winken mit der Hand, und er zog sich in sein Büro zurück. Die Sekretärin ließ aus der Schreibmaschine einen letzten Feuerstoß knattern, mit dem sie die gesamte Gilde der Bühnenschriftsteller niedermähte; dann stand sie auf, griff nach einem Stenogrammblock und folgte Mr. Nichols. Die Tür fiel hinter ihr ins Schloß.

«Meine Damen und Herren», sagte der Captain ins Zimmer hinein. «Wir haben alle den falschen Beruf. Ich empfehle Ihnen den Vertrieb überschüssigen Heeresgutes. Die Nachfrage nach gebrauchten Bazookas wird überwältigend sein. Hallo, Kleines!» Das galt Mary Jane, die sich zu ihrer vollen Größe erhob und sich zu ihm hinunterbeugte, um ihn auf die Wange zu küssen.

«Ich sehe mit Freude, daß du lebendig von dieser Party zurückgekommen bist, Willie», sagte Mary Jane.

«Ich muß zugeben, es war eine kleine Sauferei», bestätigte der Captain. «Wir haben uns die düsteren Kampferinnerungen von der Seele geschwemmt.»

«Ertränkt habt ihr sie, würde ich sagen.»

«Mißgönne uns nicht unsere armseligen kleinen Vergnügungen», entgegnete der Captain. «Bedenke, daß wir, während du Hüftgürtel vorführtest, unter Flakbeschuß an dem schrecklichen Himmel über Berlin unsere Kreise zogen.»

«Warst du je über Berlin, Willie?» fragte Mary Jane.

«Natürlich nicht.» Sein Grinsen lehnte jegliches Heldentum ab. Er sah Gretchen an. «Ich stehe hier und warte geduldig», verkündete er.

«Ach ja», sagte Mary Jane hastig. «Gretchen Jordache – Willie Abbott.»

«Ich bin froh, daß ich heute morgen durch die 46th Street gegangen bin», versicherte Abbott.

«Hallo», sagte Gretchen. Sie wäre beinahe aufgestanden. Immerhin war er ein Captain.

«Sind Sie auch Schauspielerin?» fragte er.

«Ich versuche es.»

«Ein schreckliches Gewerbe», sagte Abbott. «So heißt es doch bei Shakespeare, nicht wahr?»

«Spiel dich nicht auf, Willie», mahnte Mary Jane.

«Sie haben das Zeug zu einer guten Ehefrau und Mutter, Miss Jordache», sagte Abbott. «Merken Sie sich meine Worte. Warum sind wir uns nicht schon früher begegnet?»

«Sie ist gerade erst in die Stadt gekommen», erklärte Mary Jane, bevor Gretchen antworten konnte. Es war eine Warnung, ein Bremssignal. Eifersucht?

«Ach ja, die Mädchen, die gerade erst in die Stadt gekommen sind!» rief Abbott und zitierte: «Darf ich in Eurem Schoß liegen?»

«Willie!» sagte Mary Jane.

Gretchen lachte, und Abbott lachte mit ihr. Er hatte kleine, sehr weiße und ebenmäßige Zähne. «Ich wurde als Kind nicht genügend bemuttert.»

Die Tür zu Mr. Nichols' Büro öffnete sich, und Miss Saunders kam heraus. «Miss Jordache», sagte sie, «Mr. Nichols kann Sie jetzt empfangen.»

Gretchen stand auf, überrascht, daß sich Miss Saunders an ihren Namen erinnerte. Dies war erst ihr dritter Besuch in Nichols' Büro. Mit Nichols selbst hatte sie noch nie gesprochen. Sie strich nervös die Knitterfalten ihres Kleides glatt, während Miss Saunders die kleine Schwingtür in der Schranke für sie offenhielt.

«Verlangen Sie 1000 Dollar die Woche und zehn Prozent von den Bruttoeinnahmen», riet ihr Abbott.

Gretchen ging durch das Türchen und auf Nichols' Büro zu. «Die anderen brauchen nicht mehr zu warten», sagte Miss Saunders. «Mr. Nichols hat in fünfzehn Minuten eine Verabredung zum Lunch.»

«Biest», zischte die Charakterfrau mit der Stola.

«Ich tue hier nur meine Arbeit», entgegnete Miss Saunders.

Verwirrung der Gefühle. Freude und Angst bei der Aussicht, für ein Engagement unter die Lupe genommen zu werden. Schuldbewußtsein, weil man die anderen fortgeschickt und sie allein erwählt hatte. Leise Trauer, weil nun Mary Jane mit Willie Abbott fortgehen würde. Flak über Berlin.

«Dann also bis nachher», sagte Mary Jane, ohne einen Treffpunkt zu nennen. Abbott sagte nichts.

Nichols' Büro war ein wenig größer als das Vorzimmer. Die Wände waren kahl, und auf dem Schreibtisch türmten sich Manuskripte in Kunstlederhüllen. Es gab drei gelbliche Holzlehnstühle, und die Fensterscheiben waren mit einer Staubschicht bedeckt. Man hatte den Eindruck, im Büro eines Mannes zu sein, der etwas zweifelhafte Geschäfte machte und am Monatsersten die Miete mühsam zusammenkratzen mußte.

Nichols erhob sich, als Gretchen hereinkam, und sagte: «Es war nett, daß Sie gewartet haben, Miss Jordache.» Er wies auf einen Stuhl seitlich des Schreibtischs und blieb stehen, bis sie sich gesetzt hatte. Dann nahm er Platz und starrte sie lange Zeit wortlos an, musterte sie mit dem leicht sauertöpfischen Gesichtsausdruck eines Mannes, dem ein Bild mit einer fragwürdigen Signatur angeboten wird. Sie war so nervös, daß sie befürchtete, ihre Knie könnten zittern.

«Gewiß wollen Sie Näheres über meine Ausbildung wissen», sagte sie. «Ich habe nicht viel Erfah...»

Er unterbrach sie. «Im Augenblick interessiert es mich nicht, wie weit Sie ausgebildet sind. Miss Jordache, die Rolle, die ich für Sie im Auge habe, ist schlichtweg absurd.» Er schüttelte bekümmert den Kopf, als bemitleide er sich selbst wegen der grotesken Pflichten, die sein Beruf ihm auferlegte. «Sagen Sie, hätten Sie etwas dagegen, in einem Badeanzug aufzutreten? In drei Badeanzügen, um genau zu sein.»

«Nun...» Sie lachte unsicher. «Ich glaube, das hängt davon ab...» Dummkopf. Wovon soll es denn abhängen? Von der Größe des Badeanzugs? Der Größe der Rolle? Der Größe meines Busens? Sie dachte an ihre Mutter. Ihre Mutter ging nie ins Theater. Glücklicherweise.

«Leider ist es keine Sprechrolle», fuhr Nichols fort. «Das Mädchen geht nur dreimal über die Bühne, einmal in jedem Akt, jeweils in einem anderen Badeanzug. Das Stück spielt in einem Strandclub.»

«Ich verstehe», sagte Gretchen. Sie war wütend auf Nichols. Ihm zuliebe hatte sie Mary Jane und Willie Abbott auf und davon gehen lassen. *Captain, Captain* . . . Sechs Millionen Menschen in dieser Stadt. Steig in einen Aufzug, und du bist für immer verschwunden. Eine stumme, winzig kleine Rolle. Praktisch nackt.

«Das Mädchen ist ein Symbol. Jedenfalls behauptet das der Autor», erklärte Nichols. Lange Stunden des Kampfes mit der Spitzfindigkeit von Künstlern schwangen im Unterton mit wie die Glocke eines sinkenden Schiffes. «Jugend. Sinnliche Schönheit. Das Rätsel Frau. Die herzzerreißende Vergänglichkeit des Fleisches. Ich zitiere den Autor. Wenn sie über die Bühne geht, muß sich jeder Mann im Zuschauerraum fragen: Mein Gott, warum bin ich verheiratet? Ich zitiere noch immer. Haben Sie einen Badeanzug?»

«Ich . . . ich glaube ja.» Sie schüttelte den Kopf, jetzt wütend auf sich selbst. «Natürlich habe ich einen.»

«Könnten Sie um fünf mit Ihrem Badeanzug ins Belasco-Theater kommen? Der Autor und der Regisseur erwarten uns dort.»

«Um fünf.» Sie nickte. Leb wohl, Stanislawski. Sie fühlte, wie ihr das Blut in die Wangen stieg. Zierpuppe. Ein Job war ein Job.

«Das ist äußerst liebenswürdig von Ihnen, Miss Jordache.» Nichols stand mit Trauermiene auf. Sie erhob sich ebenfalls. Er geleitete sie hinaus. Das Vorzimmer war leer, nur Miss Saunders hämmerte noch immer auf ihrer Maschine.

«Verzeihen Sie mir», murmelte Nichols dunkel und kehrte in sein Büro zurück.

«Bye-bye», sagte Gretchen, als sie an Miss Saunders vorbeiging.

«Auf Wiedersehen, Darling.» Miss Saunders blickte nicht auf. Sie roch nach Schweiß. Vergängliches Fleisch. Ich zitiere.

Draußen auf dem Flur drückte Gretchen den Aufzugknopf erst, als die Röte aus ihren Wangen verschwunden war.

Der Aufzug kam, und in ihm befand sich ein junger Mann in der Uniform eines konföderierten Offiziers. Er trug einen Kavalleriesäbel, der in einer Scheide steckte, und die zur Uniform gehörige Kopfbedeckung, einen flotten, breitrandigen, federgeschmückten Filzhut, unter dem sein scharfnasiges, ausgekochtes New Yorker Gesicht von 1945 wie ein Fehldruck wirkte. «Werden die Kriege nie enden?» sagte er liebenswürdig zu Gretchen, als sie einstieg.

Es war schwül in der vergitterten kleinen Kabine, und sie fühlte, wie ihr der Schweiß ausbrach. Sie betupfte ihre Stirn mit einem Kleenextuch.

Sie trat hinaus auf die Straße, geometrische Blöcke von heißem, glasigem Licht und Betonschatten. Abbott und Mary Jane standen vor dem Gebäude und warteten auf sie. Gretchen lächelte. Sechs Millionen Menschen in dieser Stadt. Na und? Sollten es doch sechs Millionen Menschen sein. Die beiden hatten auf sie gewartet.

«Ich dachte, wir könnten zusammen essen», sagte Willie.

«Ich sterbe vor Hunger», sagte Gretchen.

Sie gingen auf der Schattenseite der Straße zum Lunch, die großen Mädchen rechts und links von dem schlanken, kleinen Soldaten, munter und sich erinnernd, daß auch andere Krieger kleinwüchsige Männer gewesen waren – Napoleon, Trotzki, Caesar, vermutlich auch Tamerlan.

Nackt stand sie vor dem Spiegel der Künstlergarderobe und betrachtete sich. Sie war am vorhergehenden Sonntag mit Mary Jane und zwei Jungen zum Baden nach Jones Beach gefahren, und die Haut ihrer Schultern, Arme und Beine war von der Sonne zartrosa überhaucht. Wegen der Sommerhitze verzichtete sie in diesen Tagen auf den Hüftgürtel und auch auf die Strümpfe, so daß keine prosaischen Druckstellen von engem Gummi an der sanften Rundung ihrer Hüften zu sehen waren. Sie besah sich ihren Busen. *Ich möchte wissen, wie er mit Whisky darauf schmeckt.* Sie hatte beim Essen mit Mary Jane und Willie zwei Bloody Marys getrunken, und sie hatten zu dritt eine Flasche Weißwein geleert. Willie trank gern. Sie zog ihren einteiligen schwarzen Badeanzug an. Im Schritt klebten Sandkörner, noch von Jones Beach her. Sie trat zurück, ging dann auf den Spiegel zu und musterte sich kritisch. Das Rätsel Frau. Ihr Gang war zu unbedeutend. Erinnere dich an ‹schlichte Ausgeglichenheit›. Willie und Mary Jane warteten auf sie in der Bar des Hotels *Algonquin*, um zu erfahren, wie die Sache ausgegangen war. Sie ging weniger unbedeutend. Es klopfte an der Tür. «Miss Jordache», rief der Regisseur, «wir sind soweit, wenn Sie es auch sind.»

Sie errötete, als sie hinaustrat. Zum Glück konnte niemand es sehen, weil die Bühne in grelles Licht getaucht war.

Sie folgte dem Regisseur. «Gehen Sie bitte ein paarmal hin und her», sagte er. Ungefähr in der zehnten Reihe des dunklen Zuschauerraums saßen schattenhafte Gestalten. Der Bühnenboden war nicht gekehrt worden, und die rohen Ziegel der Rückwand erinnerten an die Ruinen von Rom. Sie war sicher, daß ihr Erröten selbst auf der Straße noch zu sehen war. «Miss Gretchen Jordache», rief der Regisseur in die höhlenartige Dunkelheit. Eine Flaschenpost, die über die nächtlichen Wellen der Sitze trieb. *Ich bin den Wellen preisgegeben.* Am liebsten wäre sie davongelaufen.

Sie schritt über die Bühne und hatte das Gefühl, einen Berg hinaufzustolpern. Ein Zombie im Badeanzug.

Es kam kein Ton aus dem Zuschauerraum. Sie ging zurück. Noch immer kein Ton. Sie ging hin und her, voller Angst, sie könnte sich Splitter in die nackten Fußsohlen einziehen.

«Vielen Dank, Miss Jordache.» Nichols' melancholische Stimme klang dünn in dem leeren Theater. «Das war sehr gut. Kommen Sie morgen ins Büro, dann werden wir die Sache mit dem Vertrag regeln.»

So einfach war das. Plötzlich wich die Schamröte aus ihren Wangen.

Willie saß sehr gerade auf einem Hocker in der kleinen Bar des *Algonquin* und genehmigte sich einen Whisky in dem dämmerigen grünlichen Tiefseelicht, das die ständige Atmosphäre des Raums war. Er drehte sich um, als Gretchen mit der kleinen, imprägnierten Strandtasche, die ihren Badeanzug enthielt, hereinkam. «Das schöne Mädchen», begrüßte er sie, «macht den Eindruck eines schönen Mädchens, das sich soeben ein Engagement als das Rätsel Frau beim Belasco-Theater geangelt hat. Ich zitiere.» Beim Lunch hatten sie alle über Gretchens Bericht von ihrer Unterredung mit Nichols gelacht.

Sie setzte sich auf den Hocker neben ihn. «Sie haben recht», sagte sie. «Sarah Bernhardt geht ihren Weg.»

«Die hätte das nie gekonnt», meinte Willie. «Sie hatte ein Holzbein. Trinken wir Champagner?»

«Wo ist Mary Jane?»

«Fort. Sie hatte ein Rendezvous.»

«Also trinken wir Champagner.» Sie lachten beide.

Als der Barmixer die Gläser vor sie hinstellte, tranken sie auf Mary Jane. Köstliche Abwesenheit. Es war der zweite Champagner in Gretchens Leben... Das stille, überladene Zimmer in dem viergeschossigen Haus in der dunklen Straße, das Spiegelfenster, die eindrucksvolle Hure mit dem Babygesicht, triumphierend auf dem breiten Bett ausgestreckt...

«Wir haben die Wahl zwischen vielen Möglichkeiten», sagte Willie. «Wir können die ganze Nacht hierbleiben und Wein trinken. Wir können zum Abendessen gehen. Wir können miteinander ins Bett gehen. Wir können zu einer Party in die 56th Street gehen. Sind Sie ein Partymädchen?»

«Ich wäre gern eines», entgegnete Gretchen. Sie nahm keine Notiz von dem «miteinander ins Bett gehen». Sicherlich sollte das ein Scherz sein. Bei Willie war alles ein Scherz. Sie hatte das Gefühl, er habe sogar in den schlimmsten Augenblicken des Krieges über die berstenden Granaten gewitzelt, über die herunterstoßenden Kampfflieger, die brennend abstürzenden Flugzeuge. Bilder aus Wochenschauen und Kriegsfilmen. *Heute hat's Old Johnny erwischt, Jungens. Dies ist meine Runde.* War es so? Vielleicht konnte sie ihn später einmal fragen, wenn sie ihn besser kannte.

«Also dann die Party», sagte er. «Aber es eilt nicht, sie dauert die ganze Nacht. Wie ist das, gibt es Dinge, die ich über Sie wissen sollte, bevor wir uns dem wilden Vergnügungstaumel überlassen?» Er goß sich ein zweites Glas Champagner ein. Seine Hand zitterte ein wenig, und die Flasche berührte leise klirrend den Rand des Glases.

«Was für Dinge?»

«Immer hübsch der Reihe nach», sagte er. «Wohnort?»

«Ein Heim des YWCA», antwortete sie.

«O Gott.» Er stöhnte. «Wenn ich einen Fummel anziehe, könnte ich dann als christliche junge Frau gelten und ein Zimmer neben Ihrem mieten? Ich bin klein und habe nur schwachen Bartwuchs. Und ich könnte mir eine Perücke leihen. Mein Vater hat sich immer Töchter gewünscht.»

«Ich fürchte, daraus wird nichts. Die alte Dame am Empfang kann auf hundert Schritte Entfernung einen Jungen von einem Mädchen unterscheiden.»

«Weiter im Text. Sind Sie gebunden?»

«Im Augenblick nicht», erwiderte sie nach kurzem Zögern. «Und Sie?»

«Gemäß der Genfer Konvention braucht ein Kriegsgefangener, wenn er verhört wird, nur Dienstgrad, Namen und Erkennungsnummer anzugeben.» Er grinste und legte seine Hand auf die ihre. «Nein», fügte er hinzu. «Ich werde Ihnen alles beichten. Ich werde meine Seele entblößen. Ich werde Ihnen in vielen Fortsetzungen erzählen, wie ich als Baby im Körbchen davon träumte, meinen Vater zu ermorden, wie ich der Mutterbrust erst im Alter von drei Jahren entwöhnt wurde, und was wir Jungen in der guten alten Sommerszeit hinter der Scheune mit des Nachbars Töchterlein zu treiben pflegten.» Sein Gesicht wurde ernst, die Stirn schien sich vorzuwölben, als er das Haar mit der Hand zurückstrich. «Sie können es ebensogut jetzt erfahren wie später», sagte er. «Ich bin verheiratet.»

Der Champagner brannte in ihrer Kehle. «Sie gefielen mir besser, als Sie scherzten», sagte sie.

«Geht mir genauso», entgegnete er trocken. «Allerdings hat die Sache auch eine lichtere Seite. Ich habe die Scheidung eingereicht. Die Dame fand andere Zerstreuungen, während Daddy fort war, um Soldat zu spielen.»

«Wo ist sie – Ihre Frau?» Die Worte kamen mühsam, fast tonlos heraus. Verrückt, dachte sie. Ich kenne ihn doch erst seit ein paar Stunden.

«In Kalifornien», antwortete er. «Hollywood. Ich nehme an, daß Schauspielerinnen besonders auf mich wirken.»

Einen Kontinent entfernt. Glühend heiße Wüsten, unüberwindliche Berggipfel, die fruchtbare Ebene. Schönes, weites Amerika.

«Wie lange sind Sie verheiratet?»

«Fünf Jahre.»

«Wie alt sind Sie denn?» fragte sie erstaunt.

«Versprechen Sie mir, mich nicht zu verstoßen, wenn ich Ihnen die Wahrheit sage?»

«Reden Sie keinen Unsinn. Wie alt?»

«Zwanzig und verdammte neun», erwiderte er. «O mein Gott!»

«Dem Aussehen nach hätte ich Sie für dreiundzwanzig gehalten», meinte Gretchen kopfschüttelnd. «Wollen Sie mir nicht Ihr Geheimnis verraten?»

«Trinken und liederlich leben», sagte Willie. «Mein Gesicht ist mein Unglück. Ich sehe aus wie ein Inserat für Knabenbekleidung. Zweiundzwanzigjährigen Frauen ist es peinlich, sich mit mir in der Öffentlichkeit zu zeigen. Als ich Captain wurde, sagte der Group Commander: ‹Willie, mein Junge, hier hast du einen goldenen Stern, weil du diesen Monat in der Schule so brav warst.› Vielleicht sollte ich mir einen Schnurrbart wachsen lassen.»

«Little Willie Abbott», sagte Gretchen. Seine falsche Jugendlichkeit beruhigte sie irgendwie. Sie dachte an die geradezu erdrückende Reife von Teddy Boylan. «Was haben Sie vor dem Krieg getan?» erkundigte sie sich. Sie wollte alles über ihn wissen. «Woher kennen Sie Bayard Nichols?»

«Ich habe für ihn an ein paar Shows mitgearbeitet. Mein Beruf ist der schlimmste von der Welt. Ich mache in Werbung. Möchten Sie Ihr Bild in der Zeitung sehen, kleines Mädchen?» Der Abscheu war nicht gespielt. Wenn er älter aussehen wollte, war es nicht nötig, daß er sich einen Schnurrbart wachsen ließ. Er brauchte nur über seinen Beruf zu sprechen. «Als ich Soldat wurde, dachte ich, jetzt hätte ich's endlich abgeschüttelt. Aber die warfen nur einen Blick auf meine Karte, und schon steckten sie mich in die Public Relations. Man sollte mich dafür einsperren, daß ich einen Offizier mime. Hier, trinken Sie doch.» Er schenkte ihnen beiden nochmals ein. Die Flasche klingelte einen eisigen Code der Verzweiflung gegen die Gläser, denn die nikotinfleckigen Finger zitterten pausenlos.

«Aber Sie waren doch in Übersee. Sie sind geflogen», sagte sie. Beim Lunch hatte er von England erzählt.

«Ein paar Einsätze. Die haben gerade zu einem kleinen Orden gereicht, damit ich mich in London nicht nackt fühlte. Ich flog bloß so mit und sah bewundernd zu, wie andere kämpften.»

«Trotzdem, Sie hätten getötet werden können.» Seine Bitterkeit war bedrückend, und Gretchen wünschte, daß sie ihn davon befreien könnte.

«Ich bin zu jung zum Sterben, Colonel.» Er grinste. «Trinken Sie Ihr Sprudelwasser aus. Die ganze Stadt erwartet uns.»

«Wann werden Sie aus der Air Force entlassen?»

«Dies ist mein Abschlußurlaub. Ich trage die Uniform eigentlich nur noch, weil sie mir freien Eintritt zu künstlerischen Darbietungen gewährt. Außerdem muß ich zweimal in der Woche zur Behandlung meines Rückens ins Hospital auf Staten Island gehen, und niemand würde mir den Captain abnehmen, wenn ich Zivil trüge.»

«Behandlung? Sind Sie verwundet worden?»

«Nicht direkt. Wir mußten eine Bauchlandung machen und prallten hart auf. Das hatte eine kleine Operation an meiner Wirbelsäule zur Folge. In zwanzig Jahren werde ich behaupten, die Wunde stamme von einem Schrapnell. Alles ausgetrunken wie ein artiges kleines Mädchen?»

«Ja», sagte Gretchen. Überall Verwundete. Arnold Simms, der in seinem kastanienbraunen Bademantel auf dem Tisch saß und den Fuß betrachtete, der nicht mehr zum Laufen taugte. Talbot Hughes, dem man den Kehlkopf durchschossen hatte und der in einer Ecke still dahinstarb. Ihr eigener Vater, der von einem anderen Krieg her hinkte.

Willie bezahlte die Rechnung, und sie verließen die Bar. Gretchen wunderte sich, daß er mit seinem verletzten Rücken so aufrecht gehen konnte.

Das Zwielicht tauchte New York in geheimnisvolles Lavendelblau, als sie auf die Straße traten. Die Steinwüstenhitze des Tages hatte sich zu der sanften Wärme abendlichen Wiesenlandes gemildert, und sie gingen Hand in Hand gegen eine sanfte Brise an. Die Luft war wie ein Gestöber von Blütenstaub. Ein Dreiviertelmond, porzellanblaß am verschwimmenden Himmel, zog über den aufragenden Bürogebäuden seine Bahn.

«Wissen Sie, was mir an Ihnen gefällt?» fragte Willie.

«Was?»

«Sie haben nicht gesagt, daß Sie nach Hause gehen und sich umziehen wollten, als ich von der Party sprach.»

Gretchen hielt es für besser, ihm zu verschweigen, daß sie nichts zum Umziehen hatte, weil sie ohnehin ihr bestes Kleid trug. Es war aus kornblumenblauem Leinen, vorn durchgeknöpft, mit kurzen Ärmeln und einem straffen roten Stoffgürtel. Sie hatte es angezogen, als sie nach dem Essen in ihr Wohnheim gegangen war, um den Badeanzug zu holen. 6 Dollar 95 bei Ohrbach. Das einzige Kleidungsstück, das sie gekauft hatte, seit sie in New York war.

«Werde ich Sie auch nicht vor Ihren Freunden blamieren?» fragte sie.

«Ein Dutzend meiner lieben Freunde wird Sie heute abend um Ihre Telefonnummer bitten», antwortete er.

«Soll ich sie ihnen geben?»

«Nicht, wenn Ihnen Ihr Leben lieb ist.»

Sie gingen langsam die Fifth Avenue hinunter und betrachteten die Schaufenster der exklusiven Läden. Bei Finchley waren Tweed-Sportjacken ausgestellt. «In so einer möchte ich mich mal sehen», sagte Willie. «Würde mir Format geben. Abbott, der tweedbekleidete Landjunker.»

«Tweed ist nichts für Sie», meinte Gretchen. «Etwas Glattes, Weiches paßt besser zu Ihnen.»

«Gut, ich werde glatt und weich sein», sagte Willie.

Sie blieben lange vor Brentanos Buchhandlung stehen. Im Schaufenster waren neuerschienene Theaterstücke ausgelegt: Odets, Hellman, Sherwood, Kaufman und Hart.

«Das literarische Leben», sagte Willie. «Ich muß Ihnen ein Geständnis machen. Ich schreibe ein Theaterstück. Wie jeder zweite in der Werbung.»

«Eines Tages wird es auch im Fenster liegen.»

«Das walte Gott», meinte er. «Können Sie schauspielern?»

«Ich bin eine Schauspielerin mit einer einzigen Rolle. Das Rätsel Frau.»

«Ich zitiere», ergänzte er. Sie lachten. Das Lachen war töricht, wie sie wußten, aber das kümmerte sie nicht, denn es war ein Ausdruck ihrer guten Laune.

Als sie die 55th Street erreichten, bogen sie von der Fifth Avenue ab. Unter dem Baldachin des *St. Regis* fuhren Taxis vor, aus denen eine Hochzeitsgesellschaft stieg. Die Braut war sehr jung, sehr schlank, eine weiße Tulpe. Der Bräutigam war ein junger Infanterieoffizier, ein Lieutenant ohne Dienstzeitstreifen, ohne Ordensschnalle, glattrasiert, mit Pfirsichwangen, unberührt.

«Gottes Segen, meine Kinder», sagte Willie, als sie vorbeigingen.

Die Braut lächelte unter ihrer weißen Krone der Freude und warf ihnen eine Kußhand zu. «Danke, Sir», sagte der Lieutenant, dem es offenbar schwerfiel, auf den militärischen Gruß zu verzichten.

«Ein schöner Abend für eine Hochzeit», bemerkte Willie, als sie weitergingen. «Temperatur durchaus erträglich, Sicht unbegrenzt, zur Zeit kein Krieg im Gange.»

Die Party fand irgendwo zwischen der Park Avenue und der Lexington Avenue statt. Als sie die Park Avenue überquerten, kam ein Taxi um die Ecke gesaust und fuhr in Richtung der Lexington Avenue. In dem Taxi saß ganz allein Mary Jane. Der Wagen hielt in einiger Entfernung, Mary Jane stieg aus und ging auf ein fünfgeschossiges Haus zu.

«Haben Sie gesehen?» fragte Willie. «Das war Mary Jane.»

«Hm.» Sie gingen jetzt langsamer.

Willie blickte Gretchen von der Seite an und musterte ihr Gesicht. «Ich habe eine Idee», sagte er. «Veranstalten wir doch unsere eigene Party.»

«Ich hoffte, daß Sie das sagen würden», erwiderte Gretchen.

«Kompanie kehrt!» schmetterte er und machte, die Hacken zusammenschlagend, eine schneidige militärische Kehrtwendung. Sie gingen zur Fifth Avenue zurück. «Mir mißfällt der Gedanke, daß alle diese Burschen Sie um Ihre Telefonnummer bitten», sagte er.

Gretchen drückte seine Hand. Sie war jetzt fast sicher, daß Willie mit Mary Jane geschlafen hatte, aber sie drückte trotzdem seine Hand.

Sie gingen in die *Oak Room Bar* des *Plaza* und bestellten Mint-Juleps, die in gefrosteten Zinnbechern serviert wurden.

«Also auf Kentucky», sagte Willie. Es machte ihm nichts aus, durcheinander zu trinken. Scotch, Champagner, Bourbon. «Ich bringe Mythen zum Platzen», erklärte er.

Nach den Mint-Juleps verließen sie das *Plaza* und stiegen in einen Bus, der die Fifth Avenue hinunterfuhr. Sie setzten sich auf das offene Oberdeck. Willie nahm sein Schiffchen mit den zwei silbernen Streifen und der Offizierslitze ab. Der Fahrtwind zerzauste ihm das Haar und ließ ihn jünger denn je aussehen. Gretchen wünschte, daß sie seinen Kopf an ihre Brust drücken und küssen könnte; da aber ringsum Leute saßen, nahm sie statt dessen seine Mütze und strich mit den Fingern über die Litze und die Streifen.

An der 8th Street stiegen sie aus und fanden im *Brevoort* einen Tisch auf der Terrasse. Willie bestellte einen Martini. «Um den Appetit zu schärfen», sagte er. «Benachrichtigung der Magensäfte. Höchste Alarmbereitschaft.»

Das *Algonquin*, das *Plaza*, das *Brevoort*, ein Engagement, ein Captain – alles an einem Tag. Es war eine Fülle von Erstrangigem.

Als Vorspeise gab es Melone, als Hauptgericht ein gebratenes Hühnchen und dazu eine Flasche kalifornischen Rotwein aus dem Napa Valley. «Patriotismus», erklärte Willie. «Und weil wir den Krieg gewonnen haben.» Der größte Teil des Weins floß in seine Kehle. Nichts von dem, was er getrunken hatte, schien bei ihm eine Wirkung hervorzurufen. Seine Augen blieben klar, seine Art zu sprechen war unverändert.

Sie redeten nicht mehr viel, schauten einander nur über den Tisch hinweg an. Wenn ich ihn nicht bald küssen kann, dachte Gretchen, wird man mich ins Bellevue-Hospital bringen müssen.

Nach dem Kaffee bestellte Willie für sie beide Cognac. Gretchen rechnete sich im stillen aus, daß Willie für den Lunch und all das Essen und Trinken am Abend mindestens 50 Dollar ausgegeben haben mußte. «Sind Sie ein reicher Mann?» fragte sie, als er die Rechnung bezahlte.

«Reich nur an Geist», erwiderte Willie. Er kehrte seine Brieftasche um, und sechs Geldscheine schwebten auf den Tisch: zwei Hunderter, vier Fünfer. «Das gesamte Abbott-Vermögen», sagte er. «Soll ich Sie in meinem Testament bedenken?»

220 Dollar. Gretchen war bestürzt über diese geringe Summe. Sogar sie hatte mehr auf der Bank – den Rest von Boylans 800 Dollar –, und sie gab höchstens 95 Cent für eine Mahlzeit aus. Das Blut ihres Vaters? Der Gedanke war ihr unangenehm.

Sie sah zu, wie Willie die Scheine einsammelte und sie lässig in die Tasche steckte. «Der Krieg hat mich den Wert des Geldes gelehrt», sagte er.

«Stammen Sie aus einem reichen Haus?»

«Mein Vater war Zollinspektor an der kanadischen Grenze», erwiderte er. «Ein ehrbarer Mann mit sechs Kindern. Wir lebten wie die Könige. Dreimal Fleisch in der Woche.»

«Für mich ist Geld ein großes Problem», gestand sie. «Ich habe gesehen, was Geldmangel aus meiner Mutter gemacht hat.»

«Nehmen Sie ein paar kräftige Schlucke», sagte Willie. «Die Tochter Ihrer Mutter geht einer besseren Zukunft entgegen. Ich werde mich in allernächster Zeit meiner goldenen Schreibmaschine zuwenden.»

Sie leerten ihre Cognacgläser. Gretchen fühlte sich jetzt ein wenig schwindlig, aber nicht betrunken. Keinesfalls betrunken.

«Stimmt die Versammlung mit mir überein», sagte Willie, als sie zwischen dem Rankenspalier auf der Terrasse wieder auf die Avenue hinausgingen, «daß noch ein Drink angebracht ist?»

«Ich trinke heute abend keinen Tropfen mehr», entschied sie.

«Vertrau auf die Weisheit der Frauen», sagte Willie. «Mutter Erde. Priesterinnen des Orakels. Delphische Prophezeiungen, listig in Rätseln verborgene Wahrheit. Kein Tropfen mehr soll heute abend getrunken werden. Taxi!» rief er.

«Wir können doch zu Fuß gehen», meinte sie. «Bis zum Wohnheim sind es nur ungefähr fünfzehn Minuten...»

Das Taxi hielt am Straßenrand. Willie öffnete die Tür, und sie stieg ein.

«Zum Hotel *Stanley*», sagte Willie beim Einsteigen zu dem Fahrer. «Seventh Avenue.»

Sie küßten sich. Oase der Lippen. Champagner, Scotch, Mint-Julep, Rotwein vom Napa Valley in Spanisch-Kalifornien, Cognac, eine Gabe Frankreichs. Sie zog seinen Kopf an ihre Brust und preßte ihr Gesicht in sein dichtes, seidiges Haar. Der harte Schädelknochen darunter. «Das habe ich schon den ganzen Tag tun wollen», flüsterte sie und drückte ihn an sich, diesen kindlichen Soldaten. Er öffnete mit flinken Fingern die obersten zwei Knöpfe ihres Kleides und küßte den Spalt zwischen den Brüsten. Über den in ihre Arme gebetteten Kopf hinweg sah sie den Fahrer, der ihr den Rücken zukehrte und nur auf Verkehrsampeln und unvorsichtige Fußgänger achtete. Was die Fahrgäste tun, ist Sache der Fahrgäste. Sein Foto blickte sie von dem beleuchteten Schildchen an. Ein Mann um die Vierzig mit durchdringenden, trotzigen Augen und Nierenbeschwerden, ein Mann, der alles gesehen hatte, der die ganze Stadt kannte. Sein Name, Eli Lefkowitz, war laut Polizeiverordnung gut lesbar geschrieben. Nie würde Gretchen den Namen vergessen. Eli Lefkowitz, nicht beobachtender Wagenlenker der Liebe.

Um diese Zeit war wenig Verkehr, und der Wagen sauste auf die obere Stadt zu. Pilot am flammenden Himmel.

Ein letzter Kuß für Eli Lefkowitz, dann knöpfte sie ihr Kleid zu, um das Brautgemach so zu betreten, wie es sich schickt.

Die Fassade des Hotels *Stanley* war eindrucksvoll. Der Architekt war in Italien gewesen oder er hatte eine Fotografie gesehen. Der Dogenpalast plus Walgreens Drugstore. Die adriatische Küste an der Seventh Avenue.

Gretchen schlenderte in der Halle umher, während Willie den Schlüssel am Empfangsschalter holte. Palmen in Töpfen, Stühle aus dunklem Holz in italienischem Stil, strahlendes Licht. Ein Kommen und Gehen von Frauen mit den Gesichtern von Polizistinnen und dem gekräuselten Blondhaar billiger Puppen. In den Ecken wurden Rennwetten abgeschlossen. Dazwischen Soldaten, zwei Revuegirls mit gut gepolsterten Hinterteilen und langen Wimpern, eine alte Dame in Männer-Arbeitsstiefeln, die ‹Seventeen› las, irgend jemandes Mutter, Handlungsreisende nach einem schlechten Tag, zugriffbereite Hausdetektive.

Für mich ...

... ist Geld ein großes Problem, gestand Gretchen. Ein Geständnis, das schon viele abgelegt haben.

Um genau zu sein: Nicht das Geld, sondern der Mangel daran ist das Problem. Mit dem Geld ist es genau umgekehrt wie mit dem Schnupfen: Man bekommt es so schwer und wird es so leicht wieder los.

Pfandbrief und Kommunalobligation

Meistgekaufte deutsche Wertpapiere - hoher Zinsertrag - schon ab 100 DM bei allen Banken und Sparkassen

Verbriefte  Sicherheit

Sie ging zum Aufzug, als sei sie allein, und blickte Willie nicht an, der mit dem Schlüssel hinterherkam. Mühelos gelernte Täuschung. Im Aufzug sprachen sie nicht miteinander.
«Siebenter Stock», sagte Willie zu dem Fahrstuhlführer.
Im siebenten Stock erinnerte nichts mehr an Italien. Der Einfallsreichtum des Architekten hatte sich auf dem Weg nach oben erschöpft. Schmale Gänge, dunkelbraun gestrichene Metalltüren, von denen die Farbe abblätterte, nackte Fliesenböden, die einmal weiß gewesen sein mußten. *Verzeihung, Leute, wir können euch nichts mehr vormachen, und am besten blickt ihr den Tatsachen ins Auge: Ihr seid in Amerika.*
Sie gingen einen Korridor entlang. Das Klappern von Gretchens Absätzen klang wie das Traben eines Ponys. Ihre Schatten schwankten an den düsteren Wänden, ungreifbare, aus der Blütezeit von 1925 übriggebliebene Poltergeister. Vor einer Tür wie alle anderen Türen machten sie halt. Nr. 777. In der Seventh Avenue im siebenten Stock. Die magische Ordnung von Zahlen.
Willie schloß auf, und sie betraten das Zimmer 777 des Hotels *Stanley*. «Du wirst dich wohler fühlen, wenn ich kein Licht mache», sagte Willie. «Dies ist kein Zimmer, sondern ein Loch. Aber es ist das einzige, was ich bekommen konnte. Und auch so will man mich nur fünf Tage behalten. Die Stadt ist überfüllt.»
Durch die verbeulten Blechjalousien sickerte von dem mit Elektrizität geladenen New York immerhin so viel Licht herein, daß Gretchen sehen konnte, wie das Zimmer war. Eine kleine Zelle mit einem flachen Einzelbett, einem geradlinigen Holzstuhl, einem Waschbecken. Kein Badezimmer. Auf der Kommode ein schattenhafter Stoß Offiziershemden.
Bedächtig machte er sich daran, sie auszuziehen. Zuerst entfernte er den roten Stoffgürtel, dann öffnete er den obersten Knopf ihres Kleides, dann, die ganze Reihe hinunter, einen Knopf nach dem anderen. Sie zählte seine Bewegungen, während er vor ihr kniete ... «Sieben, acht, neun, zehn, elf ...» Wie viele Besprechungen, was für Seelenforschung waren in den Werkstätten am unteren Ende der Seventh Avenue nötig gewesen, um diese höchste Entscheidung zu treffen – nicht zehn Knöpfe, nicht zwölf Knöpfe, ELF!
«Das ist ja eine abendfüllende Beschäftigung», sagte Willie. Er nahm ihr das Kleid von den Schultern und legte es ordentlich über die Stuhllehne. Offizier und Kavalier. Sie drehte sich um, damit er ihren Büstenhalter aufhaken konnte. Boylans Schulung. Das durch die Jalousien fallende Licht warf Tigerstreifen auf ihren Körper. Willie quälte sich mit dem Verschluß ab. «Wird Zeit, daß mal einer was Besseres erfindet», murrte er.
Sie lachte und half ihm. Der Büstenhalter fiel herunter. Sie wandte sich wieder Willie zu, und er zog ihren tugendhaft weißen Baumwollschlüpfer behutsam zu den Knöcheln herab. Sie schleuderte die Schuhe von den Füßen. Dann ging sie zum Bett und schlug mit einer einzigen Bewegung die Tagesdecke, die

Wolldecke und das Einschlagtuch zurück. Die Bettwäsche war nicht frisch. Hatte Mary Jane darin geschlafen? Na wenn schon ...

Sie machte es sich auf dem Bett bequem, die Beine so ausgestreckt, daß die Fußknöchel sich berührten, die Hände an die Seite gelegt. Er stand über ihr. Er schob seine Hand zwischen ihre Schenkel. Geschickte Finger. «Das Tal der Wonne», sagte er.

«Zieh dich aus», bat Gretchen. Sie sah zu, wie er seine Krawatte herunterriß und das Hemd aufknöpfte. Als er das Hemd auszog, entdeckte sie, daß er ein Stützkorsett mit Haken und Schnüren trug. Es reichte fast bis zu den Schultern und endete noch unter dem Hosengurt. Deshalb steht er so kerzengerade, der junge Captain. *Wir mußten eine Bauchlandung machen und prallten hart auf. Das gestrafte Fleisch von Soldaten.*

«Hast du schon mal mit einem Mann geschlafen, der ein Korsett trug?» fragte Willie und begann an den Schnüren zu zerren.

«Meines Wissens nicht», erwiderte sie.

«Es ist nur vorübergehend.» Er war merklich verlegen. «Für etwa zwei Monate. Jedenfalls sagen sie das im Hospital.» Er kämpfte mit den Schnüren.

«Soll ich Licht machen?»

«Nein, das könnte ich nicht ertragen.»

Das Telefon läutete.

Sie sahen einander an. Keiner von ihnen rührte sich. Wenn sie nicht reagierten, gab der Anrufer vielleicht auf.

Das Telefon läutete abermals.

«Es wird wohl das beste sein, wenn ich mich melde», sagte er.

«Ja, das denke ich auch.»

Er griff nach dem Apparat, der auf dem Nachttisch stand. «Ja?»

«Captain Abbott?»

Willie hielt den Apparat so, daß sie mithören konnte. Es war eine bekümmert klingende Männerstimme.

«Ja», antwortete Willie.

«Wir glauben, daß eine junge Dame in Ihrem Zimmer ist.» Das königliche *Wir* – aus dem mediterranen Thronsaal.

«Ich glaube, das stimmt», entgegnete Willie. «Und?»

«Sie haben ein Einzelzimmer», erklärte die Stimme. «Nur für eine Person.»

«Na schön, dann geben Sie mir ein Doppelzimmer. Sagen Sie mir die Nummer.»

«Ich bedaure, es ist nichts mehr frei. Wir sind bis November ausgebucht.»

«Lassen Sie uns beide so tun, als wäre das hier ein Doppelzimmer, Jack», schlug Willie vor. «Schreiben Sie's mir auf die Rechnung.»

«Das geht leider nicht», sagte die Stimme. «Zimmer 777 ist eindeutig ein Einzelzimmer. Die junge Dame wird es leider verlassen müssen.»

«Die junge Dame *wohnt* nicht hier, Jack», sagte Willie. «Sie besucht mich nur. Außerdem ist sie meine Frau.»

«Haben Sie Ihren Trauschein bei sich, Captain?»

«Liebste –» Willie sprach laut und hielt das Telefon über Gretchens Kopf – «wo ist unser Trauschein?»

«Zu Hause», rief Gretchen zu der Sprechmuschel hinauf.

«Habe ich dir nicht gesagt, du sollst nie ohne ihn reisen?» Ehezwist.

«Verzeih, Liebster», bat Gretchen demütig.

«Sie hat ihn zu Hause gelassen», sagte Willie ins Telefon. «Wir legen ihn morgen vor. Ich werde ihn mir als Eilbrief schicken lassen.»

«Captain, Damenbesuch ist laut Hausordnung verboten», beharrte die Stimme.

«Seit wann?» Willie wurde jetzt ärgerlich. «Diese Spelunke ist von hier bis Bangkok berüchtigt als Schlupfwinkel für Zuhälter, Buchmacher, Prostituierte, Rauschgifthändler und Hehler. Ein ehrlicher Polizist könnte das Stadtgefängnis mühelos aus Ihrem Gästebuch füllen.»

«Wir haben eine neue Direktion», sagte die Stimme. «Eine sehr bekannte Kette renommierter Hotels. Wir schaffen ein anderes Image. Wenn die junge Dame nicht in fünf Minuten das Zimmer verlassen hat, komme ich rauf, Captain.»

Gretchen war schon aus dem Bett gestiegen und zog ihren Schlüpfer an.

«Nein», bat Willie flüsternd.

Sie lächelte.

«Zum Teufel mit Ihnen, Jack», sagte Willie in das Telefon und knallte den Hörer auf. Er machte sich daran, die schon gelockerten Korsettschnüre mit wütenden Griffen festzuzerren. «Da kämpft man für die Dreckskerle», grollte er, «und dann geben sie einem in dieser gottverdammten Stadt weder für Geld noch für gute Worte ein Doppelzimmer.»

Gretchen brach in Lachen aus.

Willie starrte sie einen Augenblick an und lachte dann mit. «Beim nächstenmal vergiß um Himmels willen den Trauschein nicht», sagte er.

Sie schritten würdevoll durch die Halle, herausfordernd Arm in Arm, und taten so, als hätte nichts ihre Pläne durchkreuzt. Von den Leuten in der Halle sah die Hälfte wie Hausdetektive aus, so daß keine Möglichkeit bestand, den Besitzer der Stimme am Telefon zu ermitteln.

Da sie einander nicht verlassen wollten, gingen sie zum Broadway und tranken an einem Stand eine Orangeade – ein leiser Tropengeschmack auf einem nördlichen Breitengrad –, und dann wanderten sie weiter zur 42nd Street, wo sie in einem Kino, das die ganze Nacht geöffnet war, zwischen Vagabunden, Schlaflosen, Pervertierten und auf einen Bus wartenden Soldaten saßen und Humphrey Bogart als Duke Mantee in ‹The Petrified Forest› sahen.

Nach dem Film wollten sie einander noch immer nicht verlassen und sahen sich daher ‹The Petrified Forest› ein zweites Mal an.

Als sie aus dem Kino herauskamen, wollten sie einander noch immer nicht verlassen, und so begleitete er sie bis zum Heim des YWCA, zwischen stillen, leeren Häusern hindurch, die wie gefallene Festungen aussahen.

Der Morgen dämmerte schon, als sie sich vor dem Wohnheim küßten. Voller Abscheu betrachtete Willie die dunkle Masse des Gebäudes, über dessen Eingang eine einzige Lampe brannte und den in die Stadt ausgeschwärmten anständigen jungen Damen den Weg zu ihren keuschen Betten wies. «Glaubst du, daß in der glorreichen Geschichte dieses Bauwerks hier jemals ein Beischlaf stattgefunden hat?» fragte er.

«Ich bezweifle es», antwortete sie.

«Es läßt einem kalte Schauer über den Rücken laufen», meinte er düster. Er schüttelte den Kopf. «Don Juan! Der Liebhaber mit Stützkorsett! Einmalig, wie?»

«Nimm's nicht so schwer», sagte sie. «Es kommen auch andere Nächte.»
«Wann zum Beispiel?»
«Zum Beispiel heute abend.»

«Heute abend», wiederholte er in sachlichem Ton. «Nun, den Tag kann ich vermutlich überleben. Ich werde die Stunden mit guten Taten ausfüllen. Mich beispielsweise nach einem Hotelzimmer umsehen. Vielleicht liegt es weit draußen, in Coney Island oder Babylon oder Pelham Bay, aber finden werde ich eines. Für Captain und Mrs. Abbott. Und bring um der Königin Victoria willen einen Koffer mit. Stopfe alte Nummern der ‹Time› hinein, falls wir uns langweilen und etwas zum Lesen haben wollen.»

Ein letzter Kuß, dann ging er davon, klein und enttäuscht in dem Licht der kühlen Morgendämmerung. Ein Glück, daß er auch am Abend noch Uniform tragen würde. In Zivilkleidung konnte er bestimmt keinen Hotelangestellten davon überzeugen, daß er schon alt genug war, verheiratet zu sein.

Als er fort war, ging sie die Stufen zur Haustür hinauf und betrat gelassen das Heim. Die alte Dame am Empfangsschalter warf ihr einen vielsagenden Blick zu, aber Gretchen nahm ihren Zimmerschlüssel und entfernte sich mit einem freundlichen «Gute Nacht», als sei das Morgenlicht vor den Fenstern nur eine geschickte optische Täuschung.

8

Clothilde wusch ihm die Haare. Er saß in Onkel Harolds und Tante Elsas großer Badewanne, dampfend in dem heißen Wasser, mit geschlossenen Augen dösend wie ein Tier, das sich auf einem Felsen sonnt. Onkel Harold, Tante Elsa und die beiden Mädchen verbrachten ihre zwei Wochen Jahresurlaub in Saratoga, so daß Tom und Clothilde das Haus für sich allein hatten. Es war Sonntag, und die Garage war geschlossen. In der Ferne läutete eine Kirchenglocke.

Die flinken Finger massierten seine Kopfhaut, streichelten den Nacken mit duftendem Seifenschaum. Clothilde hatte von ihrem eigenen Geld eine besondere Seife im Drugstore gekauft. Sandelholz. Wenn Onkel Harold zurückkam, mußte Tom wieder die einfache Toilettenseife für 5 Cent das Stück benutzen. Der Geruch der Sandelholzseife hätte sofort Onkel Harolds Verdacht erregt.

«So, jetzt ausspülen, Tommy», sagte Clothilde.

Tom legte sich zurück und blieb unter Wasser, während ihre Finger kräftig durch sein Haar fuhren und die Seife herauswuschen. Prustend kam er hoch.

«Jetzt deine Nägel», sagte Clothilde. Sie kniete sich neben die Wanne und schrubbte mit der Nagelbürste drauflos, bemüht, das schwarze Schmierfett in den Rillen der Haut und unter den Nägeln zu entfernen. Clothilde war nackt, und ihr dunkles Haar hing herunter, fiel wie eine Kaskade über ihre ziemlich tief ansetzenden, vollen Brüste. Selbst wenn sie demütig kniete, sah sie nicht wie eine Dienstmagd aus.

Seine Hände waren blaßrot, die Nägel rosa, aber Clothilde schrubbte unentwegt weiter. Ihr Ehering funkelte im Schaum. Schließlich, nach einer letzten gründlichen Untersuchung, legte sie die Bürste auf den Rand der Wanne. «Jetzt das übrige», sagte sie.

Er stand auf. Sie erhob sich von den Knien und begann ihn abzuseifen. Sie hatte breite, feste Hüften und kräftige Beine. Ihre Haut war dunkel, und mit der flachen Nase, den hohen Backenknochen und dem langen, glatten Haar erinnerte sie ihn an Bilder, die er in Geschichtsbüchern gesehen hatte: Indianermädchen begrüßen im Urwald die ersten weißen Siedler. Sie hatte eine Narbe am rechten Arm, einen zackigen weißen Halbmond. Ihr Mann hatte sie mit einem Holzscheit geschlagen. Vor langer Zeit, sagte sie. In Kanada. Sie sprach nicht gern über ihren Mann. Als Tom sie ansah, hatte er ein seltsames Gefühl in der Kehle, und er wußte nicht, ob er lachen oder weinen sollte.

Mütterliche Hände berührten ihn leicht, liebevoll und taten unmütterliche Dinge. Zwischen seinen Hinterbacken die weiche Glätte duftender Seife, zwischen seinen Schenkeln Verheißungen. Ein Orchester in seinen Hoden. Holzblasinstrumente und Flöten. Durch Tante Elsas pausenlos schmetterndes Grammophon war er zum Wagner-Verehrer geworden. «Der kleine Naturbursche entwickelt Kunstverstand», hatte Tante Elsa bemerkt, stolz auf ihren unerwarteten kulturellen Einfluß.

«Jetzt die Füße», sagte Clothilde.

Folgsam stellte er den einen Fuß auf den Wannenrand, wie ein Pferd, das beschlagen wird. Gebeugt, ohne auf ihre Haare zu achten, rieb sie mit dem eingeseiften Waschlappen so hingebungsvoll zwischen seinen Zehen, als poliere sie Kirchensilber. Er lernte, daß sogar seine Zehen ihm Lustgefühle vermitteln konnten.

Den anderen Fuß behandelte sie ebenso. Tom stand schimmernd im Dampf da. Sie schaute ihn an, musterte ihn sehr genau. «Ein Knabenkörper», sagte sie. «Du siehst aus wie der heilige Sebastian. Ohne die Pfeile.» Sie scherzte nicht. Sie scherzte nie. Zum erstenmal in seinem Leben deutete jemand an, sein Körper habe über das rein Funktionelle hinaus einen Wert. Er wußte, daß er stark und schnell und daß sein Körper für Sport und Raufereien gestählt war, aber nie hätte er geglaubt, sein Anblick könne irgendwen begeistern. Es war ihm ein bißchen peinlich, daß er noch keine Haare auf der Brust hatte und daß sie unten so spärlich waren.

Mit einer raschen Bewegung der Hände schlang Clothilde ihr Haar zu einem Knoten, den sie auf dem Kopf feststeckte. Dann stieg auch sie in die Wanne. Sie nahm das Stück Sandelholzseife, und der Schaum begann auf ihrer Haut zu schimmern, als sie sich überall einseifte, methodisch, ohne Koketterie. Dann ließen sie sich zusammen in die Wanne gleiten und lagen still da, einander mit den Armen umschlingend.

Sollten Onkel Harold, Tante Elsa und die beiden Mädchen in Saratoga krank werden und sterben, so würde er für immer in diesem Haus in Elysium bleiben.

Als das Wasser kühl wurde, stiegen sie aus der Wanne. Clothilde nahm eines von Tante Elsas guten, besonders großen Badetüchern und trocknete ihn ab. Während sie die Wanne scheuerte, ging er in das Schlafzimmer der Jordaches und legte sich auf das frischbezogene Bett.

Bienen summten vor den schützenden Drahtfenstern, grüne Sonnenjalousien machten das Schlafzimmer zu einer Grotte. Die Kommode an der Wand war ein Schiff auf einer grünen See. Für einen solchen Nachmittag hätte Tom jederzeit tausend Kreuze verbrannt.

Sie kam hereingetappt, jetzt – dem Anlaß entsprechend – mit offenem Haar.

Auf ihrem Gesicht lag jener sanfte, in sich gekehrte Ausdruck, den er so sehr an ihr liebte, nach dem er sich sehnte.

Sie streckte sich neben ihm aus. Eine Welle von Sandelholzduft. Ihre Hand tastete vorsichtig nach ihm. Eine Berührung der Liebe, der Zärtlichkeit, etwas Unvergleichliches, ganz anders als die kichernde, schülerhafte Lüsternheit der Zwillinge und die berufsmäßige Erregung der Frau aus der McKinley Street im fernen Port Philip. Unfaßbar, daß jemand den Wunsch haben sollte, ihn so zu berühren.

Sanft und liebevoll nahm er sie, während die Bienen um die Blumenkästen vor den Fenstern herumschwirrten und Nahrung suchten. Geübt, geschult, gut und schnell geschult von diesem kraftvollen indianischen Körper, wartete er, bis sie soweit war, und hinterher lagen sie ruhig nebeneinander, und er wußte, daß er jederzeit alles, aber auch alles für sie tun würde, wenn sie ihn darum bat.

«Bleib hier.» Ein letzter Kuß auf den Hals. «Ich ruf dich, wenn ich fertig bin.»

Sie schlüpfte aus dem Bett. Er hörte, wie sie sich im Badezimmer anzog und dann leise die Treppe hinunter in die Küche ging. Er lag da und starrte die Zimmerdecke an, ganz Dankbarkeit und ganz Bitterkeit. Wie gräßlich, daß er sechzehn Jahre alt war. Nichts, gar nichts konnte er für sie tun. Er konnte das herrliche Geschenk ihrer selbst annehmen, er konnte sich nachts in ihr Zimmer schleichen, aber es war unmöglich, daß er sie zu einem Spaziergang im Park mitnahm oder ihr einen Schal schenkte, weil sich dann vielleicht jemand das Maul zerreißen oder Tante Elsas Argusauge das bunte Tuch in der verzogenen Kommodenschublade im Zimmer hinter der Küche entdecken würde. Er konnte sie nicht von der Schufterei, dem Sklavendasein in diesem Haus erlösen. Wenn er nur erst zwanzig wäre ...

Heiliger Sebastian.

Sie trat leise ins Zimmer. «Komm zum Essen.»

Er sprach vom Bett aus. «Wenn ich zwanzig bin, hole ich dich hier weg.»

Sie lächelte. «Mein Mann», sagte sie und drehte geistesabwesend ihren Ehering hin und her. «Beeil dich. Das Essen wird sonst kalt.»

Er ging ins Badezimmer, zog sich an und folgte ihr in die Küche.

Zwischen den beiden Gedecken auf dem Küchentisch standen Blumen. Phlox. Tiefblau. Clothilde war auch für den Garten verantwortlich. Sie hatte eine glückliche Hand mit Blumen. «Wirklich, meine Clothilde ist eine Perle», hatte er Tante Elsa sagen hören. «Die Rosen sind in diesem Jahr doppelt so groß.»

«Du solltest deinen eigenen Garten haben», meinte Tom, als er sich auf seinen Platz setzte. Was er ihr nicht in Wirklichkeit geben konnte, bot er ihr als Wunschtraum an. Er war barfuß, und das Linoleum fühlte sich kühl und weich unter seinen Sohlen an. Das noch feuchte Haar war säuberlich gekämmt, die festen blonden Locken schimmerten dunkel. Sie mochte es gern, wenn alles von Sauberkeit glänzte: Töpfe und Pfannen, Mahagoni, Hausflure, Jungen. Das war das mindeste, was er für sie tun konnte.

Sie stellte einen Teller Fischsuppe vor ihn hin.

«Hast du gehört? Du solltest deinen eigenen Garten haben», wiederholte er.

«Iß deine Suppe», sagte sie und setzte sich ihm gegenüber.

Als nächstes Gericht servierte sie eine zarte kleine Lammkeule und dazu neue Kartoffeln, in derselben Pfanne wie das Lamm gebraten und mit Petersilie bestreut. An Gemüsen gab es eine gehäuft volle Schüssel in Butter gedünstete grüne Bohnen und jungen Kopfsalat mit Tomaten. Ein Teller mit frischgebackenen, noch warmen Brötchen und ein großes Stück Süßrahmbutter standen neben einem Krug eiskalter Milch.

Mit ernster Miene sah sie ihm beim Essen zu und lächelte, als er noch einmal seinen Teller hinhielt. Während des Familienurlaubs fuhr sie jeden Morgen mit dem Bus in die nächste Stadt, um dort auf eigene Kosten ihre Einkäufe zu machen. Die Geschäftsleute in Elysium hätten Mrs. Jordache bestimmt von den feinen Fleischsorten und den sorgsam ausgewählten ersten Früchten der Jahreszeit berichtet, von den Festmählern, die in ihrer Abwesenheit gekocht worden waren.

Zum Nachtisch gab es Vanilleeis, das Clothilde am Vormittag bereitet hatte, und heiße Schokoladensauce. Sie wußte, was ihrem Liebhaber schmeckte. Angezeigt hatte sie ihre Liebe mit zwei Schinkenspeck-und-Tomaten-Sandwiches; der Vollzug aber verlangte reichhaltigere Kost.

«Clothilde», sagte Tom, «warum arbeitest du hier?»

Sie sah ihn erstaunt an. «Wo sollte ich sonst arbeiten?» Sie sprach leise, ohne die Stimme zu heben oder zu senken, mit leichtem frankokanadischem Akzent.

«Irgendwo. In einem Laden. In einer Fabrik. Nicht als Dienstbote.»

«Mir gefällt die Hausarbeit. Und das Kochen», erwiderte sie. «Es ist nicht so schlimm. Deine Tante behandelt mich anständig. Sie schätzt mich. Es war gütig von ihr, mich ins Haus zu nehmen. Als ich vor zwei Jahren hierher kam, kannte ich keine Menschenseele, hatte keinen Penny in der Tasche. Ich habe die kleinen Mädchen sehr gern. Sie sind immer so sauber. Was soll ich in einem Laden oder in einer Fabrik? Das Zusammenzählen und Abziehen macht mir soviel Mühe, und vor Maschinen habe ich Angst. Ich arbeite gern in einem Haus.»

«Im Haus anderer Leute», sagte Tom. Es war unerträglich, daß Clothilde von diesen beiden Fettsäcken herumkommandiert werden durfte.

«Diese Woche –» sie streichelte seine Hand – «ist es unser Haus.»

«Nie können wir miteinander ausgehen.»

«Na und?» Sie zuckte die Achseln. «Was versäumen wir?»

«Alles müssen wir heimlich tun», rief er gereizt.

«Na und?» Wieder zuckte sie die Achseln. «Es gibt viele Dinge, die man am besten heimlich tut. Nicht alles Gute liegt offen da. Vielleicht liebe ich Geheimnisse.» Eines ihrer seltenen sanften Lächeln ließ ihr Gesicht aufleuchten.

«Heute nachmittag...» Er versuchte hartnäckig, den Samen der Auflehnung auszustreuen, einen Stachel in diese friedfertige bäuerliche Fügsamkeit zu treiben. «Nach einem solchen... *Bankett*...» Er wies auf den Tisch. «Es ist nicht richtig. Wir sollten ausgehen, etwas unternehmen, nicht einfach herumsitzen.»

«Unternehmen? Was denn?» fragte sie ernst.

«Im Park findet ein Konzert statt», antwortete er. «Und es gibt auch ein Baseballspiel.»

«Mir reicht die Musik aus Tante Elsas Grammophon», sagte sie. «Geh du nur allein zu dem Baseballspiel und erzähl mir nachher, wer gewonnen hat. Ich werde hier sehr zufrieden sein, werde aufräumen und warten, daß du nach Hause kommst. Solange du wiederkommst, Tommy, bin ich wunschlos glücklich.»

Tom gab es auf. «Ohne dich gehe ich heute nirgends hin», sagte er und erhob sich. «Ich werde das Geschirr abtrocknen.»

«Das brauchst du nicht zu tun.»

«Ich werde das Geschirr abtrocknen», wiederholte er im Befehlston.

«Mein Mann», sagte sie und lächelte wieder, erhaben über allen Ehrgeiz, auf ihre Schlichtheit vertrauend.

Am nächsten Abend, als er nach der Arbeit auf seinem wackligen Iver Johnson heimwärts fuhr, kam er an der Stadtbibliothek vorbei. Einem plötzlichen Impuls folgend hielt er an, lehnte das Rad an ein Geländer und ging hinein. Er las sehr selten, interessierte sich nicht einmal für die Sportseiten der Zeitungen, und Bibliotheken besuchte er schon gar nicht. Vielleicht war das ein unbewußter Protest gegen seinen Bruder und seine Schwester, die immer die Nase in Bücher steckten und hochfliegende, überhebliche Ideen hatten.

Die Stille im Lesesaal und die geringschätzigen Blicke, mit denen die Bibliothekarin seine ölfleckige Kleidung musterte, erfüllten ihn mit Unbehagen. Er wanderte zwischen den Regalen umher und wußte nicht, welches Buch von all diesen Tausenden die Information enthielt, die er suchte. Schließlich mußte er sich wohl oder übel an die Bibliothekarin wenden.

«Verzeihen Sie», sagte er.

Sie stempelte Karten, stellte mit einer kurzen, scharfen Bewegung des Handgelenks Haftbefehle für Bücher aus.

«Ja?» Sie sah unfreundlich auf. Einen Nicht-Bücherliebhaber konnte sie auf den ersten Blick erkennen.

«Ich möchte etwas über den heiligen Sebastian herausfinden, Ma'am», erklärte er.

«Was möchten Sie über ihn herausfinden?»

«Na... einfach so.» Er bedauerte schon, daß er gekommen war.

«Versuchen Sie es mit der ‹Encyclopaedia Britannica›», riet die Dame. «Nebenan bei den Nachschlagewerken. Unter SARS bis SORC.» Sie kannte ihre Bibliothek aus dem Effeff, die Dame.

«Vielen Dank, Ma'am.» Er beschloß, sich von nun an nach Feierabend in der Garage umzuziehen und Coynes Bimssteinseife zu benutzen, damit wenigstens die oberste Schmutzschicht von seiner Haut abging. Auch Clothilde würde das lieber sehen. Warum sollte man sich wie ein Hund behandeln lassen, wenn man es vermeiden konnte?

Er brauchte zehn Minuten, um die ‹Encyclopaedia Britannica› zu finden. Mit dem Band SARS bis SORC ging er zu einem Tisch und setzte sich. SEAL, SEALSFIELD, SEATTLE, SEBALDUS. Mit was für Dingen manche Leute ihre Zeit vertrödelten!

Da war es: «SEBASTIAN, Heiliger, ein christlicher Märtyrer, dessen Festtag am 20. Januar gefeiert wird.» Nur ein kurzer Abschnitt. So schrecklich bedeutend konnte er also nicht gewesen sein.

«Nachdem ihn die Bogenschützen für tot liegen gelassen hatten», las Tom, «kam nachts eine fromme Frau, Irene, um seinen Leichnam zur Bestattung fortzuschaffen. Da sie ihn aber noch am Leben fand, brachte sie ihn in ihr Haus und verband seine Wunden. Kaum wieder genesen, beeilte er sich, dem Kaiser trotzig entgegenzutreten, der ihn unverzüglich gefangennehmen und zu Tode stäupen ließ.»

Um Himmels willen, gleich zweimal, dachte Tom. Katholiken sind wirklich verrückt. Aber er wußte noch immer nicht, warum Clothilde, als er nackt in der Badewanne stand, ihn heiliger Sebastian genannt hatte.

Er las weiter. «Der heilige Sebastian wird besonders gegen die Pest angerufen. Als ein junger und schöner Soldat ist er ein Lieblingsmotiv der sakralen Kunst, wird meistens unbekleidet und durch Pfeilschüsse schwer, wenn auch nicht tödlich verwundet dargestellt.»

Tom klappte nachdenklich das Buch zu. «Ein junger und schöner Soldat, meistens unbekleidet dargestellt...» Nun wußte er es. Clothilde, seine unvergleichliche Clothilde, die ihn wortlos liebte, aber mit ihrer Religion, ihrer Kochkunst, ihrem Körper, mit allem ausdrückte, was sie für ihn empfand.

Bis zu diesem Tag hatte er geglaubt, er sehe irgendwie komisch aus, ein Rotzbengel mit platter Stirn und einem frechen Gesichtsausdruck. Bei seinem nächsten Zusammentreffen mit den beiden Schönheiten, Rudolph und Gretchen, konnte er ihnen fest ins Auge blicken. Ich bin von einer älteren, erfahreneren Frau mit dem heiligen Sebastian, einem jungen und schönen Soldaten, verglichen worden. Zum erstenmal, seit er das Elternhaus verlassen hatte, bedauerte er, daß er seine Geschwister am Abend nicht sehen würde.

Er stand auf und stellte das Buch ins Regal. Schon wollte er die Handbibliothek verlassen, als ihm einfiel, daß auch Clothilde ein Heiligenname war. Er suchte die Bände durch und nahm CASTIR bis COLE heraus.

Jetzt schon geübt, fand er rasch, was er suchte, obgleich der Name etwas anders geschrieben war, nämlich «CHLOTHILDE, Heilige (gest. 544), Tochter des burgundischen Königs Chilperich und Gemahlin des Frankenkönigs Chlodwig».

Tom dachte an Clothilde, die am Küchenherd der Familie Jordache schwitzte, die Onkel Harolds Unterwäsche wusch und traurig war. Tochter des Burgunderkönigs Chilperich und Gemahlin des Frankenkönigs Chlodwig. Die Leute dachten nicht an die Zukunft, wenn sie Namen für ihre Kinder aussuchten.

Er las den Rest des Textes, aber diese Chlothilde schien keine heldenhafte Märtyrerin gewesen zu sein. Sie hatte ihren Gatten zum Christentum bekehrt, Kirchen gebaut und dergleichen. Außerdem war sie mitsamt ihrer Familie in Schwierigkeiten geraten. Das Buch erwähnte nicht, welche Voraussetzungen sie erfüllt hatte, um heiliggesprochen zu werden.

Tom stellte das Buch zurück. Obgleich er es eilig hatte, zu Clothilde nach Hause zu kommen, blieb er am Schreibtisch der Bibliothekarin stehen und sagte: «Ich danke Ihnen, Ma'am.» Ein süßer Duft stieg ihm in die Nase. Auf dem Schreibtisch stand eine Schale mit Narzissen, grüne Stengel mit weißen Blüten in einem Bett vielfarbiger Kiesel. Plötzlich sagte er: «Kann ich bitte eine Lesekarte bekommen?»

Die Dame sah ihn überrascht an. «Haben Sie schon mal irgendwo eine Karte gehabt?» fragte sie.

«Nein, Ma'am. Bis jetzt hatte ich nie Zeit zum Lesen.»

Die Dame blickte etwas befremdet drein, zog aber eine leere Karte heraus und fragte ihn nach Namen, Alter und Adresse. Sie schrieb die Angaben in Druckbuchstaben auf die Karte, stempelte das Datum darauf und händigte ihm die Karte aus.

«Kann ich gleich ein Buch ausleihen?» erkundigte er sich.

«Wenn Sie wollen», antwortete sie.

Tom ging zurück zu der ‹Encyclopaedia Britannica› und nahm den Band SARS bis SORC heraus. Er wollte sich diesen Abschnitt gut ansehen und versuchen, ihn auswendig zu lernen. Aber als er mit dem Band und seiner Karte vor dem Schreibtisch stand, schüttelte die Dame ungeduldig den Kopf. «Bringen Sie das Buch sofort zurück», sagte sie. «Nachschlagewerke dürfen nicht verliehen werden.»

Er stellte den Band an seinen Platz in der Handbibliothek. Da quasseln sie einem die Ohren voll, daß man lesen soll, dachte er aufgebracht, und wenn man schließlich sagt: Okay, ich möchte lesen, dann schleudern sie einem irgendwelche blöden Vorschriften ins Gesicht.

Und doch – als er die Bibliothek verließ, betastete er mehrmals seine Gesäßtasche, um durch den Stoff hindurch das angenehm feste Rechteck der Lesekarte zu fühlen.

Zum Abendessen gab es Brathuhn, Kartoffelpüree und Apfelmus, danach Heidelbeerkuchen. Er und Clothilde aßen in der Küche, ohne viel zu sprechen.

Als sie fertig waren und Clothilde den Tisch abräumte, ging er zu ihr hin, nahm sie in die Arme und sagte: «Chlothilde, Tochter des Burgunderkönigs Chilperich und Gemahlin des Frankenkönigs Chlodwig.»

Sie sah ihn mit großen Augen an. «Was soll denn das heißen?»

«Ich wollte herausfinden, woher dein Name kommt, und da habe ich in der Bibliothek nachgeschlagen. Du bist eine Königstochter und die Gemahlin eines Königs.»

Sie sah ihn lange an und hielt ihn umschlungen. Dann küßte sie ihn auf die Stirn, dankbar, als hätte er ihr ein Geschenk mitgebracht.

In dem strohgeflochtenen Fangkorb lagen bereits zwei gesprenkelte Fische auf dem Bett von feuchtem Farnkraut. Der Fluß war gut besetzt, wie Boylan gesagt hatte. An dem einen Ende des Anwesens, dort, wo der Fluß in das Grundstück eintrat, befand sich ein Damm. Von da aus wand sich der Fluß zum anderen Ende der Besitzung, wo ein zweiter Damm mit einem Drahtzaun die Fische zurückhielt. Das Wasser floß ungehindert in einer Reihe von Kaskaden zum Hudson hinunter.

Rudolph trug eine alte Kordhose und dazu die Gummistiefel eines Feuerwehrmanns, alt gekauft und zu groß für ihn. In dieser Ausrüstung bahnte er sich seinen Weg am Ufer entlang, zwischen Dornengestrüpp und ineinander verflochtenen Zweigen hindurch. Der Aufstieg von der Endhaltestelle der örtlichen Buslinie bis zu der Besitzung auf dem Hügel war lang, aber die Mühe lohnte sich. Sein privater Forellenfluß. Noch nie, wenn er hier gewesen war, hatte er Boylan oder jemand anderen getroffen. Der Fluß kam nirgends näher als fünfhundert Yards an das Haupthaus heran.

In der Nacht hatte es geregnet, und auch jetzt lag Regen in der grauen Spätnachmittagsluft. Der Bach war ein wenig schlammig, und die Forellen waren scheu. Aber einfach langsam stromaufwärts zu gehen, die Fliege leicht einfallen zu lassen, wo er wollte, ganz allein zu sein und nur das Geräusch des über die Felsen fallenden Wassers zu hören, das war beglückend genug. Die Schule fing in einer Woche wieder an, und Rudolph nutzte die letzten Ferientage nach Kräften aus.

Er war in der Nähe einer der beiden Zierbrücken des Flusses angelangt, als er Schritte auf dem Kies hörte. Ein schmaler, von Unkraut überwucherter Weg führte zu der Brücke. Rudolph holte die Angelschnur ein und wartete. Boylan kam den Pfad entlang, ohne Hut, bekleidet mit einer Wildlederjacke, einem buntgemusterten Kaschmirschal und knöchelhohen Reitstiefeln. An der Brücke blieb er stehen. «Hallo, Mr. Boylan», sagte Rudolph. Er fühlte sich ein wenig unbehaglich, denn er fürchtete, Boylan könnte sich nicht mehr erinnern, daß er ihn aufgefordert hatte. Vielleicht war die Einladung auch nur eine bloße Höflichkeitsphrase gewesen.

«Glück gehabt?» fragte Boylan.

«Zwei liegen schon im Fischkorb.»

«Nicht schlecht für einen Tag wie diesen», meinte Boylan und betrachtete das schlammige Wasser. «Mit der Fliege.»

«Fischen Sie auch?» Rudolph ging näher an die Brücke heran, damit sie nicht so laut zu sprechen brauchten.

«Früher habe ich es getan», erwiderte Boylan. «Bitte, lassen Sie sich durch mich nicht stören. Ich gehe nur ein wenig spazieren. Auf dem Rückweg komme ich wieder hier vorbei. Wenn Sie dann noch da sind, machen Sie mir vielleicht das Vergnügen, oben im Haus einen Drink mit mir zu nehmen.»

«Danke», sagte Rudolph. Er gab nicht zu erkennen, ob er warten würde oder nicht.

Boylan winkte ihm zu und setzte seinen Spaziergang fort.

Rudolph wechselte die Fliege aus. Die neue steckte in dem Band des schäbigen braunen Filzhuts, den er bei Regen trug oder wenn er zum Fischen ging. Er knüpfte die Knoten schnell und präzise. Vielleicht würde er später Chirurg werden und Wunden nähen. «Ich glaube, der Patient wird durchkommen, Schwester.» Wie viele Jahre? Drei als Vorkliniker, vier in der Krankenhauspraxis, zwei als Assistenzarzt. Wer sollte denn das bezahlen? Schwamm drüber.

Beim dritten Wurf wurde die Fliege angenommen. Wasser schäumte auf, schmutzigweiß gegen die braune Strömung. Anscheinend hatte ein Großer angebissen. Rudolph drillte den Fisch vorsichtig, suchte ihn von Felsen und im Fluß verwurzeltm Gestrüpp fernzuhalten. Er wußte nicht, wie lange das so ging. Zweimal hatte er die Beute fast gelandet, und zweimal schoß der Fisch mitsamt der Schnur davon. Beim drittenmal fühlte er ihn müde werden. Er watete mit dem Kescher hinaus. Das Wasser floß eiskalt in seine Feuerwehrstiefel hinein. Erst als er die Forelle im Kescher hatte, bemerkte er, daß Boylan zurückgekommen war und ihn von der Brücke aus beobachtete.

«Bravo», rief Boylan, als Rudolph an Land sprang, wobei Wasser aus seinen Stiefelschäften spritzte. «Sehr gut gemacht.»

Während Rudolph die Forelle tötete, kam Boylan heran. Er sah zu, wie der Fisch zu den beiden anderen in den Korb gelegt wurde. «Das brächte ich nie fertig», sagte er. «Etwas mit meinen Händen zu töten.» Er hatte Handschuhe an. «Sehen sie nicht wie Miniatur-Haie aus?» fügte er hinzu.

Für Rudolph sahen sie wie Forellen aus. «Ich habe noch nie einen Hai gesehen», erwiderte er, pflückte ein paar Farnkräuter und stopfte sie um die Fische herum. Sein Vater würde Forellen zum Frühstück bekommen. Sein Vater aß Forellen gern. Eine Gegenleistung für das väterliche Geburtstagsgeschenk, die Angelrute mit Rolle.

«Fischen Sie auch im Hudson?» erkundigte sich Boylan.

«Selten. Manchmal, in der Paarungszeit, steigen die Maifische so weit herauf.»

«Mein Vater hat in seiner Jugend Lachse im Hudson gefangen», erzählte Boylan. «Können Sie sich vorstellen, wie es am Hudson gewesen sein muß, als die Indianer noch hier waren? Lange vor den Roosevelts. Mit Bären und Luchsen an den Ufern und mit Rotwild an den Felsbänken.»

«Hirsche gibt es dort heute noch», sagte Rudolph. Er hatte sich nie gefragt, wie der Hudson mit den Kanus der Irokesen darauf ausgesehen haben mußte.

«Schlecht für die Saat, das Rotwild, schlecht für die Saat», meinte Boylan.

Rudolph hätte sich gern hingesetzt, seine Stiefel ausgezogen und das Wasser herausgeschüttet, aber er wußte, daß seine Socken gestopft waren, und es widerstrebte ihm, Boylan die Flickarbeit seiner Mutter vor Augen zu führen.

Als könne er Gedanken lesen, sagte Boylan: «Ich glaube, Sie sollten mal Ihre Stiefel ausgießen. Das Wasser muß doch sehr kalt sein.»

«Stimmt.» Rudolph zog den einen Stiefel aus und dann den andern. Boylan schien nicht auf ihn zu achten. Er betrachtete den überwucherten Wald, der unmittelbar nach dem Bürgerkrieg in den Besitz seiner Familie gekommen war. «Früher konnte man von hier aus das Haus sehen, denn es war noch kein Unterholz da. Zehn Gärtner bestellten Sommer wie Winter das Land. Jetzt sind die einzigen, die einmal im Jahr herkommen, die Leute von den staatlichen Fischereien. Man findet kein Personal mehr. Hat sowieso keinen Zweck.» Er blickte auf das Laubdickicht von Zwergeichen, blütenlosem Hartriegel und Erlen. «Wertlose Bäume», sagte er. «Ein Urwald. Wo nur der Mensch schlecht ist. Von wem ist das?»

«Longfellow», antwortete Rudolph. Er zog die Stiefel wieder an. Seine Socken waren tropfnaß.

«Sie lesen wohl viel?» fragte Boylan.

«Wir mußten es in der Schule lernen.» Rudolph mochte nicht prahlen.

«Ich stelle erfreut fest, daß unser Erziehungssystem unsere heimischen Vögel und ihren ungekünstelten Naturgesang nicht vernachlässigt», sagte Boylan.

Wieder dieses hochgestochene Geschwätz, dachte Rudolph. Wem will er damit imponieren? Rudolph machte sich nicht viel aus Longfellow, aber für wen hielt sich Boylan eigentlich, daß er so überlegen tat? Was für Gedichte hast *du* geschrieben, Bruder?

«Nebenbei bemerkt, ich glaube, es sind noch ein paar hüfthohe Wasserstiefel im Haus. Gott weiß, wann ich sie gekauft habe. Wenn sie Ihnen passen, gehören sie Ihnen. Kommen Sie doch mit, um sie anzuprobieren.»

Rudolph hatte vorgehabt, gleich nach Hause zu fahren. Es war ein weiter Weg bis zur Bushaltestelle, und er war zum Essen bei Julies Eltern eingeladen. Hinterher wollten Julie und er ins Kino gehen. Aber Wasserstiefel... Neu kosteten sie über 20 Dollar. «Ich danke Ihnen, Sir», sagte er.

«Nennen Sie mich nicht Sir», bat Boylan. «Ich fühle mich auch so schon alt genug.» Sie gingen auf dem überwucherten Pfad dem Haus zu. «Lassen Sie mich den Fischkorb tragen», sagte Boylan.

«Er ist nicht schwer.»

«Bitte, geben Sie ihn doch her. Dann kann ich mir wenigstens einreden, daß ich heute etwas Nützliches getan habe.»

Er ist traurig, dachte Rudolph überrascht. Tatsächlich, er ist so traurig wie meine Mutter. Boylan bekam den Fischkorb und hängte sich den Tragriemen über die Schulter.

Das Haus stand ganz oben auf dem Hügel, riesig, eine nutzlose Festung in gotischem Stil, von Efeu überwuchert, eine Zuflucht vor Rittern in Rüstung und Kursstürzen auf dem Aktienmarkt.

«Lächerlich, nicht wahr?» murmelte Boylan.

«Ja», sagte Rudolph.

«Sie wissen Ihre Worte hübsch zu setzen, mein Junge.» Boylan lachte. «Kommen Sie herein.» Er öffnete die massive eichene Haustür.

Meine Schwester ist hier hindurchgegangen, dachte Rudolph. Ich sollte umkehren.

Aber er tat es nicht.

Sie betraten eine große, düstere Halle mit Marmorfußboden und einer breiten, geschwungenen Treppe. Ein alter Mann in einer grauen Alpakajacke und mit Schmetterlingskrawatte erschien so prompt, als löse Boylan durch bloßes Betreten des Hauses Druckwellen aus, die seine Bediensteten auf den Plan brachten.

«Guten Abend, Perkins», sagte Boylan. «Dies ist Mr. Jordache, ein junger Freund der Familie.»

Perkins deutete eine Verbeugung an. Er sah englisch aus, hatte ein Für-König-und-Vaterland-Gesicht. Feierlich, wie einen Kranz auf ein Herrschergrab, legte er Rudolphs verbeulten Hut auf einen Tisch an der Wand.

«Ich frage mich, Perkins, ob Sie wohl so freundlich wären, ins Arsenal zu gehen und meine alten Wasserstiefel herauszusuchen», sagte Boylan. «Mr. Jordache ist ein Fischer.» Er öffnete den Fangkorb. «Wie Sie sehen können.»

Perkins betrachtete die Forellen. «Recht stattliche Burschen, Sir.» Haushofmeister der Krone.

«Nicht wahr?» Die beiden Männer warfen einander die Sätze wie Bälle zu, ein geschicktes Spiel, dessen Regeln Rudolph unbekannt waren. «Bringen Sie die Fische in die Küche», sagte Boylan zu Perkins. «Fragen Sie die Köchin, ob sich daraus zum Abendessen etwas zubereiten läßt. Sie bleiben doch zum Essen, Rudolph, nicht wahr?»

Rudolph zögerte. Er dachte an seine Verabredung mit Julie. Aber er fischte nun mal in Boylans Fluß und sollte ein Paar Wasserstiefel geschenkt bekommen. «Wenn ich zuerst jemand anrufen dürfte?» bat er.

«Natürlich», sagte Boylan. Dann, zu Perkins gewandt: «Bestellen Sie bitte der Köchin, daß wir zu zweit sind.» Axel Jordache würde keine Forelle zum Frühstück bekommen. «Und wenn Sie schon unterwegs sind», fügte er hinzu, «bringen Sie ein Paar schöne warme Socken und ein Handtuch für Mr. Jordache mit. Seine Füße sind naß. Er fühlt es jetzt nicht, denn er ist jung, aber wenn er in vierzig Jahren am Kamin sitzt, wird er wie Sie und ich den Rheumatismus in seinen Gelenken spüren, und dann wird er sich an diesen Nachmittag erinnern.»

«Sehr wohl, Sir», sagte Perkins und ging fort, in die Küche oder ins Arsenal, was immer das sein mochte.

«Vielleicht ist es Ihnen angenehmer, Ihre Stiefel gleich hier auszuziehen», sagte Boylan. Auf diese Weise gab er Rudolph in aller Höflichkeit zu verstehen, daß er nasse Fußspuren im ganzen Haus nicht schätzte. Rudolph zog die Stiefel aus.

«Wir wollen hier hineingehen.» Boylan stieß eine hohe, holzgeschnitzte Flügeltür auf. «Ich glaube, Perkins war so freundlich, ein Feuer im Kamin anzuzünden. Dieses Haus ist auch an noch so schönen Tagen kalt. Bestenfalls herrschen hier Novembertemperaturen. Und an einem Tag wie heute, wenn Regen in der Luft liegt, dringt einem die Kälte bis in die Knochen.»

Man ... man, dachte Rudolph, als er ohne Schuhe durch die Tür ging, die Boylan für ihn offenhielt. Man kann sich zum Teufel scheren.

Das Zimmer war größer als jedes andere, das Rudolph jemals in einem Privathaus gesehen hatte. Hier erinnerte nichts an November. Dunkelrote Samtvorhänge verdeckten die hohen Fenster, die Regale an den Wänden waren mit Büchern gefüllt, es gab viele Bilder, Porträts von farbenprächtigen Damen in Kleidern aus dem 19. Jahrhundert und von gesetzten Herren mit Bärten. Auf einigen großen, rissigen Ölgemälden erkannte Rudolph Landschaften des angrenzenden Hudsontales, die gemalt worden sein mußten, als es dort nur Fluren und Wälder gab. In einer Ecke stand ein Flügel, auf dem viele Notenbücher verstreut lagen, und an einer Wand war ein Tisch mit Flaschen darauf. Es gab eine breite, gepolsterte Couch, einige tiefe Ledersessel und einen großen Tisch mit Stapeln von Zeitschriften. Ein riesiger, blaßfarbener Perserteppich, anscheinend Hunderte von Jahren alt, sah für Rudolphs unwissende Augen schäbig und abgetreten aus. Perkins hatte tatsächlich in dem großen Kamin ein Feuer angezündet. Drei Holzklötze brannten knisternd auf wuchtigen Kaminböcken, und sechs oder sieben im Zimmer verteilte Lampen spendeten ein mildes Abendlicht. Rudolph beschloß sofort, daß er eines Tages genauso ein Wohnzimmer haben wollte.

«Wirklich ein wundervoller Raum», sagte er aufrichtig.

«Ja, aber zu groß für einen alleinstehenden Menschen», meinte Boylan. «Man wird nervös darin. Ich hole uns jetzt einen Whisky.»

«Danke», murmelte Rudolph. Seine Schwester, die Whisky in der Bar des

Port Philip House bestellte. Sie war jetzt in New York, eben dieses Mannes wegen. Gut oder schlecht? Sie hatte eine Stellung, schrieb sie. Als Schauspielerin. Sie würde ihn wissen lassen, wann die Premiere war. Sie hatte eine neue Adresse. Aus dem Heim des YWCA war sie ausgezogen. Erzähl aber Ma oder Pa nichts davon. Sie verdiente 60 Dollar in der Woche.

«Sie wollten telefonieren», sagte Boylan, der den Whisky einschenkte. «Auf dem Tisch am Fenster.»

Rudolph hob den Hörer ab und wartete, daß sich das Amt meldete. Eine schöne blonde Frau mit altmodischer Frisur lächelte ihn aus einem Silberrahmen auf dem Klavier an. «Die Nummer bitte», sagte das Fräulein vom Amt.

Rudolph nannte Julies Nummer. Hoffentlich war Julie nicht zu Hause, so daß er nur eine Nachricht für sie zu hinterlassen brauchte. Feigheit. Wieder ein Minuspunkt in seinem imaginären Führungsbuch.

Aber es war Julies Stimme, die nach zweimaligem Läuten antwortete.

«Julie...» fing er an.

«Rudy!» Ihre Freude, seine Stimme zu hören, traf ihn wie ein Vorwurf. Er wünschte, daß Boylan nicht im Zimmer wäre. «Julie», sagte er, «ich rufe wegen heute abend an. Es ist etwas dazwischengekommen...»

«Dazwischengekommen? Was?» Ihr Ton war frostig. Erstaunlich, daß ein so hübsches junges Mädchen eben noch wie eine Lerche jubilieren und schon im nächsten Satz die unmelodischen Töne eines klirrenden Eisentores anschlagen konnte.

«Ich kann es im Augenblick nicht erklären, aber...»

«Warum kannst du es im Augenblick nicht erklären?»

Er blickte hinüber auf Boylans Rücken. «Es geht eben nicht. Hör mal, wollen wir es nicht auf morgen abend verschieben? Da läuft noch derselbe Film und...»

«Geh zum Teufel!» Sie legte auf.

Betroffen wartete er einen Augenblick. Wie konnte ein Mädchen so... so *resolut* sein? «Wunderbar, Julie», sagte er in das stromlose Telefon. «Dann also bis morgen. Bye-bye.» Es war keine schlechte schauspielerische Leistung. Er legte auf.

«Hier ist Ihr Drink», rief ihm Boylan vom anderen Ende des Zimmers zu. Er machte keine Bemerkung über das Telefongespräch.

Rudolph ging zu ihm und nahm das Glas. «Cheerio», sagte Boylan, als er trank.

Rudolph brachte es nicht über sich, ebenfalls Cheerio zu sagen, aber der Drink erwärmte ihn und schmeckte auch nicht übel.

«Das ist heute mein erster.» Boylan schüttelte das Eis in seinem Glas. «Vielen Dank, daß Sie mir dabei Gesellschaft leisten. Allein trinke ich nämlich nicht, und ich hatte nach einem langweiligen Nachmittag einen kräftigen

Schluck nötig. Bitte nehmen Sie doch Platz.» Er deutete auf einen der großen Lehnsessel vor dem Feuer. Rudolph setzte sich, während Boylan, an den Kaminsims gelehnt, stehen blieb. Auf dem Kaminsims stand ein stämmiges, kriegerisch aussehendes chinesisches Pferd aus Ton. «Wissen Sie, den ganzen Nachmittag waren Leute von der Versicherung da», fuhr Boylan fort. «Wegen des blöden Feuers am Victorian Day oder vielmehr in der Nacht. Haben Sie das Kreuz brennen sehen?»

«Ich hörte davon», sagte Rudolph.

«Merkwürdig, daß die sich ausgerechnet mein Besitztum ausgesucht hatten», sagte Boylan. «Ich bin kein Katholik, und ebensowenig bin ich schwarz oder jüdisch. Der Ku-Klux-Klan in dieser Gegend muß außergewöhnlich schlecht informiert sein. Die Versicherungsleute fragten mich immer wieder, ob ich besondere Feinde hätte. Ist Ihnen vielleicht in der Stadt irgendwas darüber zu Ohren gekommen?»

«Nein», antwortete Rudolph vorsichtig.

«Ich bin sicher, daß ich welche habe. Feinde, meine ich. Aber sie geben sich nicht zu erkennen. Nur schade, daß das Kreuz nicht näher am Haus stand. Ich hätte es sehr begrüßt, wenn dieses Mausoleum abgebrannt wäre. Vergessen Sie Ihren Whisky nicht.»

«Ich bin ein langsamer Trinker», sagte Rudolph.

«Mein Großvater hat für die Ewigkeit gebaut», sprach Boylan weiter, «und ich muß es ausbaden.» Er lachte. «Verzeihen Sie, wenn ich zuviel rede. Ich habe hier oben so selten Gelegenheit, mich mit jemandem zu unterhalten, der auch nur andeutungsweise versteht, wovon ich spreche.»

«Warum leben Sie dann hier?» fragte Rudolph mit jugendlicher Logik.

«Ich bin dazu verurteilt», entgegnete Boylan mit gespielter Melodramatik. «Ich bin an den Felsen geschmiedet, und der Vogel frißt mein Leben. Na, wer war das?

«Prometheus.»

«Alle Wetter! Habt ihr das auch in der Schule gelernt?»

«Ja.» Ich weiß noch vieles andere, Mister, hätte Rudolph am liebsten hinzugefügt.

«Vor Familien soll man sich hüten.» Boylan hatte sein Glas rasch geleert und ging zum Tisch, um sich einen neuen Drink einzuschenken. «Man bezahlt für ihre Erwartungen. Sind Sie auch ein Familienopfer, Rudolph? Gibt es Ahnen, die Sie nicht enttäuschen dürfen?»

«Ich habe keine Ahnen», sagte Rudolph.

«Ein echter Amerikaner», stellte Boylan fest. «Ah, die Wasserstiefel!»

Perkins war ins Zimmer gekommen, er brachte ein hüfthohes Paar Gummistiefel, ein Handtuch und ein Paar hellblaue Wollsocken.

«Legen Sie die Sachen einfach irgendwohin, Perkins», sagte Boylan.

«Sehr wohl, Sir.» Perkins stellte die Wasserstiefel in Reichweite von Rudolph und drapierte das Handtuch über die Sessellehne. Die Socken legte er auf das Tischende.

Rudolph zog seine Socken aus. Perkins nahm sie ihm ab, obwohl Rudolph vorgehabt hatte, sie in die Tasche zu stecken. Er konnte sich nicht vorstellen, was Perkins in diesem Haus mit einem Paar nasser, gestopfter Baumwollsokken anfangen wollte. Das Handtuch, mit dem sich Rudolph die Füße abtrocknete, roch nach Lavendel. Dann streifte er die frischen Socken über. Sie waren aus weicher Wolle. Er stand auf und probierte die Wasserstiefel an. Der eine hatte am Knie einen dreieckigen Riß. Rudolph hielt es für unhöflich, das zu erwähnen. «Sie passen prima», sagte er. 50 Dollar. Mindestens 50 Dollar, dachte er und fühlte sich wie d'Artagnan.

«Ich glaube, ich habe sie vor dem Krieg gekauft», sagte Boylan. «Als meine Frau mich verließ, dachte ich, daß Fischen mir guttun würde.»

Rudolph blickte rasch auf, um zu sehen, ob Boylan scherzte, aber in den Augen des Mannes war keine Spur von Heiterkeit. «Ich versuchte es mit einem Hund als Gesellschafter. Ein großer irischer Wolfshund. Brutus. Bildschönes Tier. Ich hatte ihn fünf Jahre lang. Wir hingen ungemein aneinander. Dann vergiftete ihn jemand. Als Surrogat für mich.» Boylan lachte auf. «Wissen Sie, was Surrogat bedeutet, Rudolph?»

Die schulmeisterlichen Fragen waren lästig. «Ja», antwortete er kurz.

«Natürlich», sagte Boylan. Er verlangte keine Definition des Wortes. «Ja, ich muß wohl Feinde haben. Oder vielleicht hatte Brutus nur irgend jemandes Hühner gejagt.»

Rudolph zog die Stiefel aus und hielt sie unschlüssig in den Händen. «Lassen Sie sie einfach fallen», riet Boylan. «Perkins wird sie in den Wagen legen, wenn ich Sie nach Hause fahre. Ach herrje!» Er hatte den Riß in dem Stiefel bemerkt. «Da ist ja was kaputt.»

«Das macht nichts. Ich kann es vulkanisieren lassen», sagte Rudolph.

«Nein. Damit wird Perkins beauftragt. Er ist auf Reparaturen geradezu versessen.» Boylan tat, als werde Perkins seiner Lieblingsbeschäftigung beraubt, wenn Rudolph darauf bestand, den Stiefel anderswo flicken zu lassen. Er stand jetzt wieder am Bartisch. Der Drink war ihm nicht stark genug, und er goß Whisky nach. «Möchten Sie das Haus sehen, Rudolph?» Er blieb dabei, ihn beim Vornamen zu nennen.

«Ja», antwortete Rudolph. Er wollte gar zu gern herausfinden, was mit dem Arsenal gemeint war. Das einzige Arsenal, das er je gesehen hatte, befand sich in Brooklyn, wo er einmal bei einem Sportfest gewesen war.

«Schön.» Boylan grinste. «Es wird Ihnen vielleicht helfen, wenn Sie einmal zum Ahnherrn avancieren. Sie bekommen hier gute Anregungen, was Sie Ihren Nachfahren antun können. Nehmen Sie Ihren Drink mit.»

In der Halle stand eine große Bronzeplastik: eine Tigerin, die ihre Krallen in den Rücken eines Wasserbüffels schlug. «Kunst», sagte Boylan. «Wäre ich

ein Patriot gewesen, dann hätte ich sie für eine Kanone einschmelzen lassen.»
Er öffnete eine riesige, mit geschnitzten Kupidos und Girlanden verzierte Flügeltür. «Der Ballsaal», erklärte er und schaltete das Licht ein.

Der Raum war fast ebenso groß wie die Turnhalle der High School. Ein mächtiger, in Leintücher gehüllter Kristall-Lüster hing von der zwei Stockwerke hohen Decke. Nur einige Birnen des Kronleuchters brannten, und das Licht, das gedämpft durch die Tücher drang, war trübe und schwach. Dutzende von Sesseln mit Schutzhüllen standen aufgereiht an den Wänden mit der bemalten Holzvertäfelung. «Wie ich von meinem Vater weiß, hatte seine Mutter einmal siebenhundert Leute hier. Das Orchester spielte Walzer. Fünfundzwanzig verschiedene Walzer. Ganz schöne Leistung, was, Rudolph? Spielen Sie noch im *Jack and Jill*?»

«Nein», sagte Rudolph, «unsere drei Wochen sind zu Ende.»

«Reizendes Mädchen, diese kleine ... wie hieß sie doch?»

«Julie.»

«Ach ja, Julie. Sie mag mich nicht, stimmt's?»

«Davon hat sie nichts gesagt.»

«Richten Sie ihr aus, daß ich sie bezaubernd finde, ja? Das ist meine ehrliche Überzeugung.»

«Ich werde es ihr sagen.»

«Siebenhundert Leute», wiederholte Boylan. Er hob die Arme, als umfasse er eine Partnerin, und machte unversehens einen wippenden kleinen Walzerschritt. Der Whisky schwappte aus dem Glas auf seine Hand. «Ich war sehr gefragt bei Debütantinnenbällen.» Er tupfte seine Hand mit einem Taschentuch ab. «Vielleicht gebe ich auch mal einen Ball. Am Vorabend von Waterloo. Wissen Sie auch darüber Bescheid?»

«Ja», erwiderte Rudolph. «Wellingtons Offiziere. Ich habe Becky Sharp gesehen.» Er hatte auch Byron gelesen, aber es widerstrebte ihm, sich vor Boylan zu brüsten.

«Kennen Sie ‹Die Kartause von Parma›?»

«Nein.»

«Das wäre was für Sie, wenn Sie ein wenig älter sind», sagte Boylan mit einem letzten Rundblick auf den halbdunklen Ballsaal. «Armer Stendhal, der mit seiner Hypothek auf die Nachwelt in Civitavecchia verkam und unbesungen starb.»

Na schön, dachte Rudolph, du hast also ein Buch gelesen. Aber gleichzeitig fühlte er sich geschmeichelt. Dies war ein literarisches Gespräch.

«Port Philip ist *mein* Civitavecchia», fügte Boylan hinzu. Sie kehrten in die Halle zurück, und Boylan schaltete den Lüster aus. Er spähte in den dunklen, mit Tüchern verhängten Raum. «Ein Eulenhorst», sagte er und ging dann, ohne die große Flügeltür zu schließen, zum rückwärtigen Teil des Hauses. «Hier ist die Bibliothek», erklärte er und öffnete eine Tür. Der große Raum, dessen Wände hinter Büchern verschwanden, roch nach Leder und Staub. Boylan schloß die Tür wieder. «Schön gebundene Ausgaben. Voltaires sämtliche Werke. All solche Dinge. Kipling.»

Er öffnete eine andere Tür. «Das Arsenal», sagte er und drehte das Licht an. «Jeder andere würde es Gewehrzimmer nennen, aber mein Großvater neigte zu Übertreibungen.»

Das Zimmer hatte Möbel aus poliertem Mahagoni. Schrotflinten und Jagdgewehre waren in Gestellen hinter Glas untergebracht. Trophäen schmückten die Wände: Geweihe, ausgestopfte Fasane mit langen, schimmernden Schwanzfedern. Die Gewehre glänzten von Öl. Alles war sorgfältig abgestaubt. Mahagoni-Kabinettschränke mit Messinggriffen ließen den Raum wie eine Schiffskajüte aussehen.

«Schießen Sie, Rudolph?» fragte Boylan und setzte sich rittlings auf einen sattelförmigen, mit Leder bezogenen Stuhl.

«Nein.» Rudolph juckte es in den Fingern, diese schönen Gewehre zu berühren.

«Wenn Sie wollen, bringe ich's Ihnen bei», sagte Boylan. «Irgendwo muß hier noch eine alte Tontauben-Wurfmaschine herumliegen. Es gibt nicht mehr viel zu schießen, höchstens Kaninchen oder dergleichen, und von Zeit zu Zeit ein Rotwild. Während der Jagdzeit höre ich rings ums Haus die Gewehre knallen. Wilddiebe – aber man kann kaum etwas dagegen tun.» Er blickte sich in dem Zimmer um. «Bequem, wenn man Selbstmord begehen will», meinte er. «Ja, früher war hier ein ideales Jagdgebiet. Wachteln, Fasane, Wildtauben, Rotwild. Ich habe seit Jahren kein Gewehr mehr abgefeuert, aber vielleicht wird mein Interesse wiedererwachen, wenn ich Ihnen das Schießen beibringe. Ein männlicher Sport. Der Mann, der Jäger.» Sein Ton verriet, was er von dieser Charakterisierung seiner selbst hielt. «Wenn Sie Ihren Weg in der Welt machen, wird es Ihnen vielleicht eines Tages zugute kommen, als guter Schütze bekannt zu sein. Ein Bursche, der mit mir im College war, heiratete in eine der reichsten Familien von North Carolina hinein, nur wegen seines scharfen Auges und seiner ruhigen Hand. Baumwollspinnereien. Daher das Geld, meine ich. Reeves hieß er. Ein armer Junge, aber er hatte tadellose Manieren, und das half. Möchten Sie gern reich sein, Rudolph?»

«Ja.»

«Wie soll es bei Ihnen nach dem College weitergehen?»

«Ich weiß nicht», erwiderte Rudolph. «Kommt darauf an, was sich bietet.»

«Ich würde Ihnen Jura vorschlagen», sagte Boylan. «Amerika ist ein Land der Anwälte. Und wird es mit jedem Jahr mehr. Hat mir nicht Ihre Schwester erzählt, daß Sie Schulsprecher sind?»

«Ja, das stimmt.» Die Erwähnung seiner Schwester machte ihn mißtrauisch.

«Vielleicht können Sie und ich eines Nachmittags nach New York fahren und sie besuchen», meinte Boylan.

Als sie das Gewehrzimmer verließen, sagte er: «Ich werde dafür sorgen, daß Perkins die Wurfmaschine noch in dieser Woche aufstellt und einige Tontauben kauft. Wenn alles fertig ist, rufe ich Sie an.»

«Wir haben kein Telefon.»

«Ach ja, mir ist so, als hätte ich schon mal vergebens im Telefonbuch nachgeschlagen. Dann schreibe ich eben eine Karte.» Er streifte die Marmortreppe mit einem vagen Blick. «Oben gibt's nicht viel, was Sie interessieren könnte. Die Schlafzimmer sind größtenteils abgeschlossen. Das obere Wohnzimmer meiner Mutter wird auch nicht mehr benutzt. Wenn Sie mich einen Augenblick entschuldigen wollen, gehe ich hinauf und ziehe mich schnell zum Abendessen um. Tun Sie ganz so, als wären Sie hier zu Hause. Schenken Sie sich noch einen Drink ein.» Er sah hinfällig aus, als er die schöngeschwungene Treppe zu dem oberen Stockwerk hinaufstieg, das für seinen jungen Gast ohne Interesse war, es sei denn, der junge Gast wäre daran interessiert gewesen, das Bett zu sehen, in dem seine Schwester ihre Jungfräulichkeit verloren hatte.

Rudolph ging ins Wohnzimmer zurück, wo Perkins vor dem Kamin einen Tisch deckte. Priesterliche Hände an Bechern und Pokalen. Westminster-Abtei. Grabstätte der Dichter. Ein Flaschenhals ragte aus einem silbernen Eiskübel heraus. Auf der Anrichte stand entkorkt eine Flasche Rotwein.

«Ich habe telefoniert, Sir», sagte Perkins. «Die Stiefel werden am nächsten Mittwoch fertig sein.»

«Danke, Mr. Perkins», sagte Rudolph.

«Gern zu Diensten, Sir.»

Zweimal «Sir» in zwanzig Sekunden. Perkins kehrte zu seinen sakralen Handlungen zurück.

Rudolph mußte pinkeln, aber er fand es unmöglich, zu einem Mann von Perkins' Format über so etwas zu sprechen. Perkins glitt geräuschlos aus dem Zimmer, ein Rolls-Royce von einem Mann. Rudolph ging zum Fenster, schob die Vorhänge ein wenig auseinander und blickte hinaus in die Dunkelheit. Nebelschwaden stiegen wirbelnd aus dem Tal hoch. Er dachte an seinen Bruder Tom, der draußen am Fenster gestanden und einen nackten Mann mit zwei Gläsern in den Händen beobachtet hatte.

Rudolph trank ein paar Schluck. Der Whisky tat seine Wirkung. Vielleicht, dachte er, komme ich eines Tages zurück und kaufe mir diesen Besitz mit Perkins und allem drum und dran. Dies ist Amerika.

Boylan kam herein. Er hatte lediglich statt der Lederjacke eine aus Kordsamt angezogen. Das karierte Wollhemd und den Kaschmirschal trug er noch immer. «Ich habe mir nicht die Zeit zum Baden genommen», sagte er. «Hoffentlich macht Ihnen das nichts aus.» Er ging zur Bar hinüber. Das Eau de

Cologne, mit dem er sich besprengt hatte, gab der Luft um ihn herum eine herbe Note.

«Der Speisesaal ist eine Eishöhle», erklärte Boylan mit einem Blick auf den Tisch vor dem Feuer. Er schenkte sich einen neuen Drink ein. «Präsident Taft hat hier einmal gegessen. Ein Dinner für sechzig Ehrengäste.» Er ging zum Klavier, setzte sich auf den Schemel, stellte sein Glas neben sich und schlug ein paar Akkorde an. «Spielen Sie zufällig Violine, Rudolph?»

«Nein.»

«Oder irgendein anderes Instrument neben der Trompete?»

«Eigentlich nicht. Ich kann allenfalls eine Melodie auf dem Klavier nachklimpern.»

«Schade. Wir hätten ein Duo probieren können. Leider kenne ich keine Duos für Klavier und Trompete.» Boylan begann zu spielen, sehr gut sogar, wie Rudolph zugeben mußte. «Manchmal wird man der Konservenmusik müde», meinte er. «Kennen Sie das hier, Rudolph?» Er spielte weiter.

«Nein.»

«Chopin, Nocturno in f-moll. Wissen Sie, wie Schumann die Musik von Chopin charakterisiert hat?»

«Nein.» Rudolph wünschte, daß Boylan nicht gleichzeitig spielte und redete. Die Musik gefiel ihm.

«Eine durch Blumen gedämpfte Kanone», sagte Boylan. «Oder so ähnlich. Ich glaube, es war Schumann. Wenn man Musik beschreiben soll, dann ist das meiner Ansicht nach eine recht gute Definition.»

Perkins kam herein. «Es ist angerichtet, Sir.»

Boylan unterbrach sein Spiel und erhob sich. «Rudolph, möchten Sie auf die Toilette oder sich die Hände waschen oder sonst was?»

Endlich. «Danke, ja.»

«Perkins, zeigen Sie Mr. Jordache, wo es ist.»

«Kommen Sie bitte, Sir», sagte Perkins.

Perkins und Rudolph gingen hinaus. Boylan setzte sich wieder ans Klavier und spielte da weiter, wo er aufgehört hatte.

Das Badezimmer in der Nähe der Haustür war groß und hatte ein Buntglasfenster, das dem Raum etwas Religiöses gab. Das Klosett glich einem Thron. Die Hähne am Waschbecken sahen wie Gold aus. Melodien von Chopin drangen herein, während Rudolph seine Blase entleerte. Es tat ihm schon leid, die Einladung zum Essen angenommen zu haben. Er wurde den Argwohn nicht los, daß Boylan ihm eine Falle stellte. Dieser Mann war ein komplizierter Mensch mit seinem Klavierspiel, seinen Wasserstiefeln und dem Whisky, seinen Dichtungen und Gewehren, seinem brennenden Kreuz und dem vergifteten Hund. Rudolph fühlte sich ihm nicht gewachsen. Er konnte jetzt verstehen, warum Gretchen das Gefühl gehabt hatte, sie müsse ihn verlassen.

Als er in die Halle hinaustrat, mußte er gegen den Impuls ankämpfen, sich davonzustehlen. Wäre er unbemerkt an seine Schuhe herangekommen, so hätte er dieser plötzlichen Regung vielleicht nachgegeben. Aber er konnte nicht gut auf Socken zur Haltestelle hinuntergehen und in den Bus steigen. Außerdem waren es Boylans Socken.

Er kehrte ins Wohnzimmer zurück und erfreute sich an Chopin. Gleich darauf stand Boylan auf, berührte formell Rudolphs Ellbogen und führte ihn zum Tisch, wo Perkins gerade den Weißwein einschenkte. Die Forellen lagen in einer tiefen Kupferschüssel in einer Art Brühe. Rudolph war enttäuscht. Er aß Forelle lieber gebacken.

Sie saßen einander gegenüber. Zu jedem Gedeck gehörten drei Gläser und eine Menge Bestecke. Perkins beförderte die Forellen auf eine silberne Platte, die mit Kartöffelchen umlegt war. Dann präsentierte er dem jungen Gast die Platte, und Rudolph bediente sich vorsichtig, eingeschüchtert von all dem Zubehör, aber entschlossen, unbefangen zu scheinen. Die Forellen waren hellblau.

«*Truite au bleu*», erklärte Boylan. Er hatte, wie Rudolph erfreut feststellte, einen schlechten Akzent oder jedenfalls einen anderen als Miss Lenaut. «Die Köchin macht sie recht gut.»

«Forelle blau», sagte Rudolph. «So bereitet man sie in Frankreich zu.» Nach Boylans Sprachprobe konnte er der Versuchung nicht widerstehen, wenigstens bei diesem einen Thema mit seinen Kenntnissen zu prahlen.

«Woher wissen Sie das?» Boylan sah ihn fragend an. «Waren Sie schon mal in Frankreich?»

«Nein. In der Schule bekommen wir jede Woche eine kleine französische Schülerzeitung, und neulich stand ein Beitrag über Kochen drin.»

Boylan bediente sich reichlich. Er hatte einen gesunden Appetit. «*Tu parles français?*»

Rudolph beanstandete insgeheim das *tu*. In einer alten französischen Grammatik, die er einmal in die Hand bekommen hatte, wurde dem Schüler eingeschärft, daß die zweite Person Einzahl nur für Bedienstete, Kinder, Soldaten ohne Dienstgrad und gesellschaftlich Tieferstehende anzuwenden sei.

«*Un petit peu.*»

«*Moi, j'étais en France quand j'étais jeune*», sagte Boylan mit seinem harten Akzent. «*Avec mes parents. J'ai vécu mon premir amour à Paris. Quand c'était? Mille neuf centvingt-huit, vingt-neuf. Comment s'appelait-elle? Anne? Annette? Elle était délicieuse.*»

Sie mochte hinreißend gewesen sein, Boylans erste Liebe, dachte Rudolph, der jetzt die wahren Freuden des Snobismus auskostete, aber seinen Akzent hatte sie leider nicht verbessert.

«*Tu as l'envie d'y aller? En France?*» fragte Boylan, offenbar um ihn auf die Probe zu stellen. Rudolph hatte gesagt, er spreche ein wenig Französisch, und Boylan wollte ihm das nicht so ohne weiteres abnehmen.

«*J'irai, je suis sûr*», antwortete Rudolph. Er wußte genau, wie Miss Lenaut das gesagt hätte, und er lieferte eine gute Nachahmung. «*Peut-être après l'université. Quand le pays sera rétabli.*»

«Du meine Güte», sagte Boylan. «Sie sprechen ja wie ein Franzose.»

«Ich hatte eine gute Lehrerin.» Letzter Blumenstrauß für die arme Miss Lenaut, die französische Schnalle.

«Vielleicht sollten Sie in den diplomatischen Dienst gehen», meinte Boylan. «Wir könnten ein paar aufgeweckte junge Leute brauchen. Aber zuerst müssen Sie unbedingt eine reiche Frau heiraten. Die Bezahlung ist nämlich zum Erbarmen.» Er nippte an seinem Wein. «Ich hatte den Wunsch, dort zu leben. In Paris. Meine Familie war anderer Ansicht. Ist mein Akzent eingerostet?»

«Schrecklich», sagte Rudolph.

Boylan lachte. «Die Ehrlichkeit der Jugend.» Er wurde ernst. «Es scheint eine Familieneigenschaft zu sein. Ihre Schwester steht Ihnen da nicht nach.»

Eine Weile aßen sie schweigend. Rudolph paßte genau auf, wie Boylan das Besteck handhabte. Ein reicher Mann mit ausgezeichneten Manieren.

Perkins räumte die Fischteller ab und servierte Koteletts mit Bratkartoffeln und jungen Erbsen. Rudolph wünschte, seine Mutter könnte in der Küche dieses Hauses ein paar Kochstunden nehmen. Perkins präsidierte mehr über den Rotwein, als daß er ihn ausschenkte. Rudolph fragte sich, wieviel Perkins über Gretchen wußte. Wahrscheinlich alles. Wer machte das Bett oben im Schlafzimmer?

«Hat sie schon eine Stellung gefunden?» erkundigte sich Boylan, als habe es keine Gesprächspause gegeben. «Sie sprach davon, daß sie zur Bühne gehen wollte.»

«Keine Ahnung», erwiderte Rudolph, der nicht gewillt war, sein Wissen auszuplaudern. «Ich habe in letzter Zeit nichts von ihr gehört.»

«Ob sie wohl Erfolg haben wird?» fragte Boylan. «Haben Sie schon mal ein Stück mit ihr gesehen?»

«Einmal. Aber das war nur eine Schulaufführung.» Shakespeare, verstümmelt und in selbstgemachten Kostümen heruntergeleiert. Die sieben Menschenalter. Der Junge, der den Edelmann Jacques spielte und nervös an seinem Bart zupfte, um sich zu vergewissern, daß er noch fest saß. Gretchen, die seltsam und schön und in ihrer eng anliegenden Hose durchaus nicht wie ein junger Mann aussah, aber ihren Text deutlich sprach.

«Hat sie Talent?» wollte Boylan wissen.

«Ich glaube ja. Irgendwas hat sie jedenfalls. Immer wenn sie auf die Bühne kam, hörten alle zu husten auf.»

Boylan lachte.

Rudolph merkte, daß er sich wie ein Kind ausgedrückt hatte. «Ich meine...» Er bemühte sich, wieder festen Boden unter die Füße zu bekommen. «Ja, also man spürte geradezu, wie die Zuschauer sich auf sie konzentrierten, wie sie stärker von ihr gefesselt waren als von allen anderen Mitwirkenden. Ich nehme an, das ist Talent.»

Boylan nickte. «Ganz gewiß. Sie ist ein ungewöhnlich hübsches Mädchen. Aber ich glaube, einem Bruder fällt das nicht auf.»

«O doch, mir ist es aufgefallen.»

«Wirklich?» sagte Boylan geistesabwesend. Sein Interesse schien erloschen zu sein. Er winkte Perkins, die Teller abzuräumen, stand auf, ging hinüber zu seinem großen Plattenspieler, legte das Klavierkonzert Nr. 2 von Brahms auf und stellte die Musik sehr laut, so daß sie die folgenden Gerichte schweigend verzehrten. Fünf Käsesorten auf einem großen Holzteller. Salat. Eine Pflaumentorte. Kein Wunder, daß Boylan einen Bauch hatte.

Rudolph blickte heimlich auf die Uhr. Wenn er hier früh genug weg kam, konnte er Julie vielleicht noch erreichen. Fürs Kino war es dann natürlich zu spät, aber er hoffte, sie werde ihm wenigstens verzeihen, daß er sie versetzt hatte.

Nach dem Essen schenkte sich Boylan zu dem Mokka einen Cognac ein und legte eine Symphonie auf. Rudolph, von dem langen Fischen am Nachmittag ermüdet, fühlte sich nach den zwei Glas Wein, die er getrunken hatte, benebelt und schläfrig. Die laute Musik ging ihm auf die Nerven. Boylan war höflich, aber distanziert. Rudolph hatte das Gefühl, sein Gastgeber sei von ihm enttäuscht, weil er sich nicht über Gretchen hatte aushorchen lassen.

Boylan saß weit zurückgelehnt in einem tiefen Sessel, lauschte mit halbgeschlossenen Augen der Musik und trank gelegentlich einen Schluck Cognac. Ebensogut könnte er hier allein sitzen, dachte Rudolph mißmutig, oder mit seinem irischen Wolfshund. Vermutlich hatte es in diesem Haus lebhafte Abende gegeben – bevor die Nachbarn das Gift auslegten.

Die Schallplatte hatte einen Kratzer, und Boylan machte eine ärgerliche Bewegung, als das scharrende Geräusch nicht aufhören wollte. Er erhob sich und stellte den Apparat ab. «Tut mir leid», sagte er zu Rudolph. «Die Rache des Maschinenzeitalters an Schumann. Soll ich Sie jetzt nach Hause fahren?»

«Das wäre sehr nett von Ihnen.» Rudolph stand dankbar auf.

Boylan blickte auf Rudolphs Füße. «Oh, so können Sie ja nicht gehen.»

«Wenn Sie mir meine Schuhe geben würden ...»

«Die sind doch innen bestimmt noch patschnaß», sagte Boylan. «Warten Sie einen Moment. Ich finde schon was für Sie.» Er ging aus dem Zimmer und die Treppe hinauf.

Rudolph schaute sich gründlich um. Wie schön war es, reich zu sein. Er fragte sich, ob er wohl dieses Zimmer noch einmal sehen würde. Thomas hatte es damals gesehen, obwohl er nicht hergebeten worden war. *Er stolzierte mit nacktem Arsch im Wohnzimmer herum, sein Ding hing ihm bis ans Knie – er ist ein richtiger Hengst. Er mischte zwei Whiskies und rief die Treppe hinauf: «Gretchen, willst du deinen Drink oben haben oder kommst du herunter?»*

Seit er Gelegenheit gehabt hatte, Boylan zu hören, wußte er, wie treffend Toms karikierende Nachahmung dieser Stimme gewesen war.

Rudolph schüttelte den Kopf. Was mochte sich Gretchen nur gedacht haben? *Ich mochte es.* Er hörte wieder ihre Stimme in der Bar des *Port Philip House*. *Ich mochte es mehr als alles, was mir jemals widerfahren ist.*

Er ging ruhelos im Zimmer umher. Dann warf er einen Blick auf die Plattenhülle der Symphonie, die Boylan abgeschaltet hatte. Schumanns Dritte, die Rheinische. Nun, wenigstens hatte er heute etwas gelernt. Er würde die Symphonie wiedererkennen, wenn er sie irgendwo hörte. Er nahm ein großes silbernes Tischfeuerzeug in die Hand. Es war ein Monogramm darauf: T. Q. B. Für das, was die Armen nichts kostet, geben die Reichen in ihrer Prahlsucht schweres Geld aus. Er ließ das Feuerzeug aufspringen. Die Flamme zuckte hoch. Das brennende Kreuz. Feinde. Er hörte Boylans Schritte auf dem Marmorfußboden in der Halle, erstickte rasch die Flamme und legte das Feuerzeug hin.

Boylan kam ins Zimmer. Er trug eine kleine Reisetasche und ein Paar mahagonifarbene Mokassins. «Probieren Sie die einmal an, Rudolph», sagte er.

Die Mokassins waren alt, aber schön blankgeputzt, mit dicken Sohlen und Lederquasten. Sie paßten Rudolph wie angegossen. «Ah, Sie haben auch schmale Füße», bemerkte Boylan. Ein Aristokrat sprach zum andern.

«Ich bringe sie in den nächsten Tagen zurück», sagte Rudolph, als sie durch die Halle gingen.

«Bemühen Sie sich nicht», erwiderte Boylan. «Die Dinger sind uralt. Ich ziehe sie nie an.»

Rudolphs Angelrute, sorgfältig zusammengelegt, der Fangkorb und der Kescher lagen auf dem Rücksitz des Buicks. Die Feuerwehrstiefel, innen noch feucht, standen auf dem Boden des Wagens. Boylan warf die Reisetasche nach hinten, und dann stiegen sie ein. Rudolph hatte im Vorbeigehen seinen alten Filzhut vom Tisch in der Halle genommen, wagte aber nicht ihn aufzusetzen, solange Perkins ihn sehen konnte. Boylan stellte das Autoradio an, Jazz aus New York, so daß sie bis zur Vanderhoff Street nicht miteinander sprachen. Als Boylan vor der Bäckerei hielt, schaltete er das Radio aus.

«Wir sind da», sagte er.

«Nochmals vielen Dank», sagte Rudolph. «Für alles.»

«Ich danke *Ihnen*, Rudolph. Es war ein erfrischender Tag.» Als Rudolph die Hand auf den Griff der Wagentür legte, hielt Boylan ihn sanft zurück. «Ach, könnten Sie mir wohl einen Gefallen tun?»

«Natürlich.»

«In der Reisetasche da hinten –» Boylan drehte, ohne das Lenkrad loszulassen, den Kopf ein wenig zur Seite – «ist etwas, was ich Ihrer Schwester sehr gern zukommen lassen möchte. Würden Sie es ihr wohl bei Gelegenheit geben?»

«Ich weiß nicht, wann ich sie sehen werde», sagte Rudolph.

«Oh, es hat keine Eile», versicherte Boylan. «Es ist etwas, worauf sie, wie ich weiß, großen Wert legt, aber es eilt überhaupt nicht.»

«Okay», sagte Rudolph. Diese Zustimmung bedeutete ja nicht, daß er Gretchens Adresse preisgab. «Wird erledigt. Sobald ich sie sehe.»

«Das ist nett von Ihnen, Rudolph.» Boylan blickte auf die Uhr. «Es ist noch nicht sehr spät. Möchten Sie nicht noch irgendwo ein Glas mit mir trinken? Mir ist im Augenblick gar nicht danach, in mein trübseliges Haus zurückzukehren.»

«Ich muß morgens schrecklich früh aufstehen», sagte Rudolph. Er wollte jetzt mit sich allein sein, um in Ruhe über Boylan nachzudenken, um die Gefahren und die möglichen Vorteile der Bekanntschaft mit diesem Mann zu erwägen. Er hatte nicht den Wunsch, mit neuen Eindrücken belastet zu werden: Boylan betrunken, Boylan mit Fremden an einer Theke, Boylan mit einer Frau flirtend – oder sich vielleicht an einen Matrosen heranmachend. Der Gedanke kam ihm unversehens. Boylan ein Homo? Der sich an *ihn* heranmachte? Die zarten Hände auf den Klaviertasten, die Geschenke, die Kleidung, die wie eine Kostümierung wirkte, die scheinbar zufälligen Berührungen ...

«Was verstehen Sie unter früh?» wollte Boylan wissen.

«Fünf Uhr», antwortete Rudolph.

«Du meine Güte!» rief Boylan. «Wozu, um Himmels willen, steht jemand um fünf Uhr morgens auf?»

«Ich bringe den Kunden meines Vaters die Brötchen», sagte Rudolph. «Mit dem Fahrrad.»

«Ich verstehe», sagte Boylan. «Ich nehme an, irgendwer *muß* die Brötchen austragen.» Er lachte. «Sie machen nur einfach nicht den Eindruck eines Brötchenlieferanten.»

«Es ist ja auch nicht meine Hauptaufgabe im Leben», sagte Rudolph.

«Und was ist Ihre Hauptaufgabe im Leben, Rudolph?» Geistesabwesend schaltete Boylan die Scheinwerfer aus. Es war dunkel im Wagen, denn sie standen direkt unter einem Laternenpfahl. Aus dem Keller fiel kein Licht. Der Vater hatte noch nicht mit seiner Nachtarbeit angefangen. Wenn man ihn fragte, würde er sagen, seine Hauptaufgabe im Leben sei Brötchenbacken?

«Ich weiß es noch nicht», erwiderte Rudolph. Dann, aggressiv: «Was ist Ihre?»

«Ich weiß es nicht», sagte Boylan. «Noch nicht. Sehen Sie da vielleicht klarer?»

«Nein.» Der Mann war in eine Million von Teilen zersplittert. Rudolph hatte das Gefühl, daß er, wenn er älter wäre, Boylan möglicherweise zu einem fortlaufenden Muster zusammenfügen könnte.

«Schade», sagte Boylan. «Ich dachte, die scharfen Augen der Jugend würden in mir vielleicht Dinge sehen, die ich selbst nicht zu sehen vermag.»

«Wie alt sind Sie eigentlich?» erkundigte sich Rudolph. Boylan sprach so viel von der Vergangenheit, daß sein Leben weit, weit zurückzureichen schien, zu den Indianern, zu Präsident Taft, zu einem grüneren Zustand der Erde. Oder war er im Grunde gar nicht alt, sondern eher altmodisch?

«Na, raten Sie mal», sagte Boylan munter.

«Keine Ahnung.» Rudolph zögerte. Alle Leute über fünfunddreißig kamen ihm gleich alt vor, ausgenommen natürlich die Tattergreise, die mühselig am Stock dahinkrochen. Er war nie überrascht, wenn er in der Zeitung las, daß jemand im Alter von 35 Jahren gestorben war. «Fünfzig?»

Boylan lachte. «Ihre Schwester war gütiger», meinte er. «Viel gütiger.»

Alles bringt er mit Gretchen in Zusammenhang, dachte Rudolph. Er kann einfach nicht aufhören, über sie zu sprechen. «Also wie alt sind Sie nun wirklich?» fragte er.

«Vierzig», antwortete Boylan. «Gerade vierzig geworden. Das Leben liegt noch vor mir. Leider», fügte er sarkastisch hinzu.

Du mußt verdammt selbstsicher sein, dachte Rudolph, um ein Wort wie ‹leider› zu gebrauchen.

«Was glauben Sie, wie Sie mit vierzig sein werden?» fragte Boylan leichthin. «Wie ich?»

«Nein», antwortete Rudolph.

«Weiser junger Mann. Und Sie möchten auch gar nicht wie ich sein, nehme ich an.»

«Nein.» Er hatte die Antwort herausgefordert, und er sollte sie bekommen.

«Warum nicht? Mißbilligen Sie mich?»

«Ein bißchen», gab Rudolph zu. «Aber es ist nicht deswegen.»

«Aus welchem Grund also wollen Sie nicht so sein wie ich?»

«Ich hätte gern ein Zimmer wie Ihres», sagte Rudolph. «Und soviel Geld wie Sie und einen Wagen wie den hier. Ich möchte so sprechen können wie Sie – manchmal jedenfalls –, und ich möchte soviel wissen wie Sie und wie Sie nach Europa reisen ...»

«Aber ...»

«Sie sind einsam», sagte Rudolph. «Sie sind traurig.»

«Wohingegen Sie nicht gesonnen sind, mit vierzig einsam und traurig zu sein?»

«So ist es.»

«Sie werden eine schöne, liebevolle Frau haben –» Boylan sprach im Ton eines Märchenerzählers – «eine Frau, die Sie jeden Abend am Bahnhof erwartet, um Sie nach Ihrer Tagesarbeit in der Stadt nach Hause zu fahren, und Sie werden hübsche, aufgeweckte Kinder haben, die Sie lieben und denen Sie nachwinken, wenn sie in den nächsten Krieg ziehen, und ...»

«Ich beabsichtige nicht, zu heiraten», unterbrach Rudolph.

«Ach», sagte Boylan, «offenbar haben Sie Ehestudien betrieben. Ich war anders. Ich beabsichtigte zu heiraten. Und ich heiratete. Ich beabsichtigte, meine hallende Burg auf dem Hügel mit dem Lachen kleiner Kinder zu beleben. Wie Sie vielleicht bemerkt haben, bin ich nicht verheiratet, und es gibt sehr wenig Lachen irgendwelcher Art in dem Haus. Aber noch ist es nicht zu spät ...» Er nahm eine Zigarette aus einem goldenen Etui. Im Licht des aufflammenden Feuerzeugs sah sein Haar grau aus, und sein Gesicht war von Schatten tiefgefurcht. «Hat Ihnen Ihre Schwester erzählt, daß ich sie gebeten habe, mich zu heiraten?»

«Ja.»

«Hat sie auch gesagt, warum sie es nicht wollte?»

«Nein.»

«Wissen Sie, daß sie meine Geliebte war?»

Das Wort kam Rudolph unflätig vor. Hätte Boylan gesagt: Wissen Sie, daß ich sie gevögelt habe?, dann wäre ihm das weniger abstoßend erschienen. Boylans Ausdrucksweise machte Gretchen zu einem weiteren seiner Besitztümer. «Ja», erwiderte er. «Sie hat es mir erzählt.»

«Mißbilligen Sie es?» Boylans Ton war schroff.

«Ja.»

«Warum?»

«Sie sind zu alt für sie.»

«Das ist mein Schaden», sagte Boylan, «nicht ihrer. Wenn Sie sie sehen, wollen Sie ihr bitte ausrichten, daß mein Angebot nach wie vor gilt?»

«Nein.»

Boylan schien das Nein nicht gehört zu haben. «Sagen Sie ihr», bat er, «daß ich es nicht aushalte, ohne sie in meinem Bett zu liegen. Ich will Ihnen ein Geheimnis verraten, Rudolph. Es war kein Zufall, daß wir uns an jenem Abend im *Jack and Jill* begegnet sind. Ich gehe sonst nie in solche Lokale, wie Sie sich wohl denken können. Mir lag daran, herauszufinden, wo Sie spielten. Und ich folgte Ihnen zu meinem Wagen, weil ich Gretchen suchte. Vielleicht hatte ich die verrückte Idee, ich könnte im Bruder etwas von der Schwester wiederfinden.»

«Ich gehe jetzt wohl besser schlafen», sagte Rudolph grausam. Er öffnete die Wagentür, stieg aus und nahm seine Angelrute, den Kescher, das Netz und die Feuerwehrstiefel vom Rücksitz. Dann stülpte er den lächerlichen Filzhut auf. Boylan zog an der Zigarette und blickte mit zusammengekniffenen Augen durch den Rauch auf die doppelte Lichterkette der Vanderhoff Street, die wie ein Lehrbeispiel für perspektivisches Zeichnen war. Parallelen, die in die Unendlichkeit führten, wo die Geraden sich schneiden oder nicht schneiden – je nachdem.

«Vergessen Sie bitte die Reisetasche nicht», sagte Boylan.

Rudolph griff nach der Tasche. Sie war sehr leicht, als enthalte sie nichts. Irgendeine neue wissenschaftliche Höllenmaschine.

«Ich danke Ihnen für Ihren reizenden Besuch», sagte Boylan. «Ich fürchte, daß ich dabei am besten weggekommen bin. Meine Gegenleistung besteht ja nur in einem Paar alter, zerrissener Wasserstiefel, die ich sowieso nicht mehr angezogen hätte. Ich gebe Ihnen Bescheid, wenn die Tontauben-Wurfmaschine aufgestellt ist. Radeln Sie weiter, Sie unverheirateter, Brötchen austragender junger Mann. Jeden Morgen um fünf werde ich an Sie denken.» Er ließ den Motor an und fuhr davon.

Rudolph beobachtete, wie die roten Schlußlichter der Unendlichkeit zurasten, Zwillingssignale, die Stop! sagten, dann schloß er die Tür neben der Bäckerei auf und schleppte das ganze Zeug in den Hausflur. Er knipste das Licht an und besah sich die Reisetasche. Sie war nicht verschlossen; der Schlüssel hing am Handgriff. Rudolph öffnete die Tasche und hoffte, daß seine Mutter ihn nicht gehört hatte, als er das Haus betrat.

Ein hellrotes Kleid lag zusammengeknüllt in der Reisetasche. Rudolph nahm es heraus und betrachtete es genau. Das Kleid war aus Spitzenstoff und hatte, wie er sogleich erkannte, einen sehr tiefen Ausschnitt, der praktisch alles sehen ließ. Er versuchte sich seine Schwester darin vorzustellen.

«Rudolph?» rief die quengelnde Stimme seiner Mutter von oben.

«Ja, Ma.» Er drehte schleunigst das Licht aus. «Ich bin gleich wieder da. Ich hab vergessen, die Abendzeitung zu holen.» Rasch ergriff er die Reisetasche und verließ das Haus, bevor seine Mutter herunterkommen konnte. Er hätte nicht sagen können, wen er schützen wollte, sich oder Gretchen oder seine Mutter.

Er lief zu Buddy Westerman, der eine Querstraße weiter wohnte. Zum Glück brannte bei Westermans noch Licht. Das Haus war groß und alt. Buddys Mutter erlaubte den River Five, im Keller zu üben. Rudolph pfiff. Buddys Mutter war eine umgängliche, lebenslustige Frau, die die Jungen gern hatte und sie nach den Proben mit Milch und Kuchen bewirtete, aber an diesem Abend legte er keinen Wert darauf, ihr zu begegnen. Er band den Schlüssel der Reisetasche vom Griff ab, verschloß die Tasche und steckte den Schlüssel ein.

Nach einiger Zeit kam Buddy heraus. «He, was willst du denn mitten in der Nacht?» fragte er.

«Hör zu, Buddy», sagte Rudolph, «würdest du das ein paar Tage für mich aufbewahren?» Er hielt Buddy die Reisetasche hin. «Es ist ein Geschenk für Julie, und ich möchte nicht, daß meine alte Dame es sieht.» Eine glaubwürdige Lüge. Die Jordaches waren allgemein als geizig verschrien, und Buddy wußte auch, daß der Gedanke, Rudolph könnte sich mit Mädchen einlassen, Mrs. Jordache nicht gefiel.

«Okay», sagte Buddy gleichmütig und nahm die Tasche an sich.

«Ich revanchiere mich bei Gelegenheit», versprach Rudolph.

«Genügt schon, wenn du bei ‹Stardust› nicht einen halben Ton zu tief spielst.» Buddy war der beste Musiker der Band und durfte es sich leisten, solche Dinge zu sagen. «Noch andere Kleinigkeiten?»

«Nein.»

«Übrigens», sagte Buddy, «heute abend habe ich Julie gesehen. Ich kam am Kino vorbei, als sie hineinging. Mit einem Burschen, den ich nicht kannte. Einem alten Burschen. Mindestens zweiundzwanzig. Ich fragte, wo du seist, und sie sagte, das wüßte sie nicht und es wäre ihr auch egal.»

«Kumpel», sagte Rudolph.

«Hat keinen Zweck, daß man sein Leben in völliger Unwissenheit verbringt», meinte Buddy. «Bis morgen also.» Er ging mit der Reisetasche ins Haus.

Rudolph schlenderte zum *Ace Diner*, um die Abendzeitung zu kaufen. Er setzte sich an die Theke, bestellte ein Glas Milch und zwei Krapfen und las die Sportnachrichten. Die Giants hatten an diesem Nachmittag gewonnen. Davon abgesehen wußte Rudolph nicht recht, ob es ein guter oder ein schlechter Tag gewesen war.

Thomas gab Clothilde einen Gutenachtkuß. Sie lag unter der Decke, ihr Haar war fächerförmig auf dem Kopfkissen ausgebreitet, und sie hatte die Nachttischlampe eingeschaltet, damit er den Weg zur Tür finden konnte, ohne irgendwo anzustoßen. Mit sanft lächelnden Lippen berührte sie seine Wange. Er öffnete lautlos die Tür und schloß sie hinter sich. Der Lichtspalt unter der Tür verschwand, als Clothilde die Lampe ausknipste.

Mit seinem Pullover in der Hand ging er durch die Küche, trat hinaus auf den Flur und stieg vorsichtig die finstere Treppe hinauf. Aus Onkel Harolds und Tante Elsas Schlafzimmer drang kein Laut. Gewöhnlich ertönte dort ein Schnarchen, das die Wände erzittern ließ. In dieser Nacht schlief Onkel Harold anscheinend auf der Seite. Niemand war in Saratoga gestorben. Onkel Harold hatte durch die Trinkkur drei Pfund abgenommen.

Thomas erklomm die schmale Treppe zum Dachgeschoß, öffnete seine Zimmertür und machte Licht. Onkel Harold saß in einem gestreiften Schlafanzug auf dem Bett.

Der Onkel blinzelte im Licht und lächelte Thomas sonderbar an. Die oberen vier Schneidezähne fehlten. Er hatte eine Brücke, die er nachts herausnahm.

«Guten Abend, Tommy.» Onkel Harold sprach etwas mühsam, wegen der fehlenden Zähne.

«Hallo, Onkel Harold.» Thomas war sich bewußt, daß ihm die Haare ins Gesicht hingen und daß er nach Clothilde roch. Er hatte keine Ahnung, was Onkel Harold hier wollte. Bisher war er noch nie in dieses Zimmer gekommen. Thomas begriff, daß es jetzt sehr darauf ankam, was er sagte und wie er es sagte.

«Es ist recht spät, was, Tommy?» begann Onkel Harold mit gedämpfter Stimme.

«Wirklich?» sagte Thomas. «Ich habe nicht auf die Uhr gesehen.» Er stand an der Tür, möglichst weit von Onkel Harold entfernt. Das Zimmer wirkte kahl. Thomas hatte nur wenige Habseligkeiten. Auf der Kommode lag ein entliehenes Bibliotheksbuch. ‹Riders of the Purple Sage›. Die Dame in der Bibliothek hatte gemeint, es würde ihm bestimmt gefallen. Onkel Harold in seinem gestreiften Schlafanzug füllte das kleine Zimmer aus; das Bett sackte in der Mitte, wo er saß, ein wenig durch.

«Es ist kurz vor eins», fuhr Onkel Harold fort, speichelsprühend infolge der fehlenden Zähne. «Reichlich spät für einen heranwachsenden Jungen, der früh aufstehen und den ganzen Tag arbeiten muß. In diesem Alter braucht man seinen Schlaf, Tommy.»

«Ich hatte gar nicht gemerkt, daß es schon so spät war», sagte Thomas.

«Was sind das für Vergnügungen, die einen Jungen in deinem Alter die Zeit vergessen lassen, Tommy?»

«Ich bin nur so in der Stadt umhergewandert.»

«Die hellen Lichter», sagte Onkel Harold. «Die hellen Lichter von Elysium, Ohio.»

Thomas markierte ein Gähnen und reckte sich. Er warf seinen Pullover auf den einzigen Stuhl des Zimmers. «Jetzt bin ich aber müde», sagte er. «Am besten krieche ich rasch ins Bett.»

«Tommy», sagte Onkel Harold feucht wispernd, «du hast hier ein gutes Zuhause, stimmt's?»

«Klar.»

«Du bekommst hier gut zu essen, genausogut wie wir anderen, nicht wahr?»

«Das Essen ist in Ordnung.»

«Du hast ein gutes Heim, ein gutes Dach über dem Kopf.» Statt ‹gutes› sagte er ‹gutef›.

«Ich beklage mich nicht.» Thomas sprach leise. Es hatte keinen Sinn, Tante Elsa zu wecken und sie in das Gespräch hineinzuziehen.

«Du wohnst in einem hübschen, sauberen Haus», fuhr Onkel Harold beharrlich fort. «Jeder behandelt dich wie ein Familienmitglied. Du hast dein eigenes Fahrrad.»

«Ich beklage mich nicht.»

«Du hast einen guten Job. Wirst bezahlt wie ein Erwachsener. Du lernst ein Handwerk. Jetzt wird es bald Arbeitslosigkeit geben, weil Millionen von jungen Männern zurückkommen, aber Mechaniker sind immer gefragt. Habe ich recht?»

«Ich kann für mich selber sorgen», sagte Thomas.

«Du kannst für dich selber sorgen», wiederholte Onkel Harold. «Das hoffe ich. Du bist mein Fleisch und Blut. Als dein Vater anrief, habe ich dich aufgenommen, ohne eine Frage zu stellen, nicht wahr? Du hast Schwierigkeiten in Port Philip gehabt, stimmt's, Tommy, aber Onkel Harold hat keine Fragen gestellt, er und Tante Elsa nahmen dich bereitwillig auf.»

«Zu Hause ist was schiefgegangen», sagte Thomas. «Nichts Ernstes.»

«Ich stelle keine Fragen.» Großmütig schob Onkel Harold jeden Gedanken an Befragung beiseite. Sein Schlafanzug war aufgegangen, und Thomas sah die dicken rosa Fettwülste eines Bier- und Wurstbauchs über dem Zugband der Pyjamahose. «Und was verlange ich dafür? Unmögliches? Dankbarkeit? Nein. Nichts weiter, als daß ein Junge sich anständig benehmen und zu einer vernünftigen Zeit im Bett liegen soll. In *seinem* Bett, Tommy.»

Ach, das ist's also. Der Hundesohn weiß Bescheid, dachte Thomas. Er schwieg.

«Das hier ist ein sauberes Haus, Tommy», sprach Onkel Harold weiter. «Unsere Familie ist geachtet. Deine Tante verkehrt in den besten Kreisen. Du würdest staunen, wenn ich dir sagte, wie hoch mein Bankguthaben ist. Man hat mir angetragen, für die Republikaner in Columbus zu kandidieren, obwohl ich nicht in den Staaten geboren bin. Die Kleider meiner Töchter ... ich bezweifle, daß es junge Damen gibt, die besser gekleidet sind als meine beiden. Sie sind Musterschülerinnen. Laß dir mal von mir ihre Zeugnisse zeigen und lies, wie ihre Lehrerinnen sie beurteilen. Jeden Sonntag gehen sie in die Sonntagsschule. Ich fahre sie selbst hin. Reine junge Seelen. Sie schlafen wie die Engel direkt unter diesem Zimmer, Tommy.»

«Ich bin im Bilde», murmelte Thomas. Soll sich der alte Trottel doch ausquatschen.

«Du bist heute nacht nicht bis ein Uhr in der Stadt umhergewandert, Tommy», sagte Onkel Harold bekümmert. «Ich weiß, wo du warst. Ich hatte Durst und wollte mir eine Flasche Bier aus dem Eisschrank holen. Da hörte ich gewisse Geräusche. Tommy, ich schäme mich, das auch nur zu erwähnen. Ein Junge deines Alters, in unmittelbarer Nähe meiner Töchter.»

«Na und?» erwiderte Thomas trotzig. Ihm ekelte bei dem Gedanken, daß Onkel Harold an Clothildes Tür gelauscht hatte.

«Na und? Ist das alles, was du zu sagen hast, Tommy? Na und?»

«Was soll ich denn sonst sagen?» Am liebsten hätte er ihm ins Gesicht geschrien, daß er Clothilde liebte, daß es das Beste war, was ihm je in seinem ganzen verpfuschten Leben widerfahren war, daß auch sie ihn liebte, daß er sie, sobald er auf eigenen Füßen stünde, aus Onkel Harolds gottverdammtem sauberem Haus herausholen würde, fort von der geachteten Familie und den strohblonden Mustertöchtern. Aber natürlich konnte er das nicht sagen. Er konnte nichts sagen. Seine Zunge drohte ihn zu ersticken.

«Ich möchte von dir hören, daß dir die schmutzigen Sachen leid tun, die diese unwissende, intrigante Bäuerin mit dir getrieben hat», wisperte Onkel Harold. «Ich will, daß du versprichst, sie nie wieder anzurühren. Weder in diesem Haus noch anderswo.»

«Ich verspreche nichts», entgegnete Thomas.

«Ich bin gütig», sagte Onkel Harold. «Ich bin zartfühlend. Ich spreche ruhig wie ein vernünftiger und verzeihender Mensch, Tommy. Ich will keinen Skandal, ich will deine Tante Elsa schonen. Sie soll nicht erfahren, daß ihr Haus beschmutzt wurde und ihre Kinder einer ... Ach, mir fehlen die Worte, Tommy.»

«Ich verspreche nichts», wiederholte Thomas.

«Okay. Du versprichst nichts», sagte Onkel Harold. «Du brauchst auch nichts zu versprechen. Wenn ich jetzt zu ihr in das Zimmer hinter der Küche gehe, wird sie mir eine ganze Menge versprechen, garantiert.»

«Das glaubst *du*.» Sogar in seinen Ohren klang das hohl und kindisch.

«Ich weiß es, Tommy», wisperte Onkel Harold. «Sie wird alles versprechen. Sie sitzt in der Klemme. Wenn ich sie hinauswerfe, wo soll sie dann hin? Zurück zu ihrem versoffenen Mann in Kanada, der sie seit zwei Jahren sucht, damit er sie totschlagen kann?»

«Es gibt massenhaft Stellungen. Sie braucht nicht nach Kanada zu gehen.»

«Hört, hört. Der Spezialist für internationales Recht», höhnte Onkel Harold. «Du glaubst, es sei alles ganz einfach. Du glaubst, ich werde nicht zur Polizei gehen.»

«Was hat die Polizei damit zu tun?»

«Du bist noch ein Kind, Tommy», sagte Onkel Harold. «Du steckst ihn wie ein erwachsener Mann zwischen die Beine einer verheirateten Frau, aber du hast den Verstand eines Kindes. Sie hat einen Minderjährigen verführt, Tommy. Der Minderjährige bist du. Sechzehn Jahre alt. Das ist ein Verbrechen, Tommy. Ein schweres Verbrechen. Wir leben in einem zivilisierten Land. Kinder werden hier durch das Gesetz geschützt. Auch wenn man dieses Weib nicht ins Gefängnis steckt, wird man sie auf jeden Fall als unerwünschte Ausländerin und Verführerin von Minderjährigen ausweisen. Sie ist keine Bürgerin der Vereinigten Staaten. Zurück nach Kanada müßte sie gehen. Ihr Mann würde es in den Zeitungen lesen und sie drüben erwarten. O ja, sie wird es versprechen.» Er stand auf. «Es tut mir leid um dich, Tommy. Du kannst ja nichts dafür, daß du so bist. Es steckt dir im Blut. Dein Vater war ein Hurenbock. Ich schämte mich, ihn auf der Straße zu grüßen. Und deine Mutter, damit du es weißt, ist unehelich geboren. Sie wurde von den Nonnen aufgezogen. Frag sie mal, wer ihr Vater war. Oder ihre Mutter. Leg dich jetzt noch ein wenig schlafen, Tommy.» Er klopfte ihm tröstend auf die Schulter. «Ich hab dich gern. Ich möchte erleben, daß du zu einem guten Menschen heranwächst und der Familie Ehre machst. Was ich tue, ist nur zu deinem Besten. So, und jetzt schlaf.»

Onkel Harold tappte aus dem Zimmer, ein barfüßiges, bierbäuchiges Mastodon in gestreiftem Schlafanzug, das alle Waffen auf seiner Seite hatte.

Thomas löschte das Licht und warf sich aufs Bett, das Gesicht nach unten. Einmal versetzte er dem Kissen mit aller Kraft einen Fausthieb.

Am nächsten Morgen ging er früh hinunter, er wollte versuchen, vor dem Frühstück mit Clothilde zu sprechen. Aber Onkel Harold saß bereits am Eßtisch und las die Zeitung.

«Guten Morgen, Tommy», sagte er und blickte kurz auf. Seine Zähne waren jetzt wieder vollständig. Er schlürfte geräuschvoll den Kaffee.

Clothilde kam mit dem Orangensaft für Thomas herein. Sie schaute ihn nicht an. Ihre Miene war düster und verschlossen. Onkel Harold beachtete Clothilde nicht. «Schrecklich, was in Deutschland geschieht», meinte er. «Sie vergewaltigen die Frauen in Berlin. Die Russen. Die Deutschen hausen in Kellern. Hätte ich nicht als junger Mann deine Tante Elsa kennengelernt und mit ihr Deutschland verlassen, Gott weiß, wo ich jetzt wäre.»

Clothilde kam mit Speck und Eiern für Thomas herein. Er forschte in ihrem Gesicht nach einem Zeichen, aber er fand keines.

Als Thomas sein Frühstück verzehrt hatte, erhob er sich. Er beschloß, irgendwann im Laufe des Tages, wenn das Haus leer war, zurückzukommen. Onkel Harold blickte von seiner Zeitung auf. «Sag Coyne, er braucht mich nicht vor halb zehn zu erwarten. Ich muß zur Bank. Und sag ihm, ich hätte Mr. Duncan versprochen, daß sein Wagen bis Mittag gewaschen wird.»

Thomas nickte und ging aus dem Zimmer. Die beiden Töchter, dick und blaß, kamen gerade die Treppe herunter. «Meine Engel», hörte er Onkel Harold flöten, als sie ihm im Eßzimmer einen Gutenmorgenkuß gaben.

Nachmittags um vier bot sich ihm endlich eine Chance. Es war wieder einmal Zeit, die Zahnspangen der Töchter zu regulieren, und Tante Elsa brachte die Kinder wie immer im Zweitwagen hin. Onkel Harold, das wußte Thomas, hatte im Ausstellungsraum zu tun. Man konnte also annehmen, daß Clothilde allein im Haus war.

«Ich bin in einer halben Stunde zurück», sagte er zu Coyne. «Ich muß mit jemand sprechen.»

Coyne war nicht gerade begeistert. Na, wenn schon.

Clothilde sprengte den Rasen, als Thomas angeradelt kam. Es war ein sonniger Tag, und Regenbogenfarben schimmerten in dem Sprühregen aus dem Schlauch. Der Rasen, von einer Linde beschattet, war nicht groß. Clothilde trug einen weißen Kittel. Tante Elsa hatte es gern, wenn ihre Dienstmädchen wie Krankenschwestern aussahen. Das zeugte von Sauberkeit. In meinem Haus könnte man vom Fußboden essen ...

Clothilde blickte flüchtig auf, als Thomas vom Rad stieg, dann konzentrierte sie sich wieder auf ihre Arbeit.

«Clothilde», sagte Thomas, «komm ins Haus. Ich muß mit dir sprechen.»

«Ich habe hier draußen zu tun.» Sie drehte an dem Ventil des Zerstäubers, und der Sprühregen verdichtete sich zu einem Strahl, den sie auf ein Petunienbeet an der Vorderseite des Hauses richtete.

«Sieh mich an», sagte er.

«Solltest du nicht in der Werkstatt sein?» Sie hielt den Kopf weiterhin abgewandt.

«Ist er letzte Nacht zu dir heruntergekommen?» fragte Thomas. «Mein Onkel?»

«Wieso?»

«Hast du ihn in dein Zimmer gelassen?»

«Es ist sein Haus», erwiderte Clothilde in abweisendem Ton.

«Hast du ihm etwas versprochen?» Er wußte, daß seine Stimme schrill klang, aber er konnte es nicht ändern.

«Was macht das schon aus? Geh wieder an deine Arbeit. Die Leute werden uns sehen.»

«Hast du ihm etwas versprochen?»

«Ich habe ihm gesagt, wir beide würden nicht mehr allein zusammen sein», erwiderte sie schonungslos.

«Aber das hast du doch nicht ernst gemeint.» Seine Stimme klang flehend.

«Es ist mein voller Ernst.» Sie drehte wieder an dem Ventil. Ihr Ehering glänzte. «Zwischen uns ist es aus.»

«Nein, das ist nicht wahr!» Am liebsten hätte er sie gepackt und geschüttelt. «Zum Teufel, verlaß dieses Haus! Such dir eine andere Stellung. Ich werde fortgehen und ...»

«Red keinen Unsinn», unterbrach sie ihn scharf. «Er hat dir ja wohl von meinem ‹Verbrechen› erzählt.» Sie sprach das Wort mit spöttischer Betonung aus. «Er will mich ausweisen lassen. Wir sind nicht Romeo und Julia. Wir sind ein Schuljunge und eine Köchin. Geh wieder an deine Arbeit.»

«Konntest du ihn nicht davon abbringen?» Thomas war verzweifelt. Er hatte das Gefühl, er werde gleich zu Clothildes Füßen zusammenbrechen und weinen.

«Da läßt sich nichts machen. Er ist ein heftiger Mensch», sagte Clothilde. «Er ist eifersüchtig. Wenn ein Mann eifersüchtig ist, kann man ebensogut auf eine Wand oder einen Baum einreden.»

«Eifersüchtig?» fragte Thomas. «Was meinst du damit?»

«Er versucht seit zwei Jahren, in mein Bett zu kommen», erwiderte Clothilde ruhig. «Er schleicht nachts herunter, wenn seine Frau schläft, und kratzt an der Tür wie ein Kätzchen.»

«Dieser fette Bastard!» wütete Thomas. «Das nächste Mal werde ich da sein und auf ihn warten.»

«Nein, das wirst du nicht», widersprach Clothilde. «Ich sage dir, er wird das nächste Mal hereinkommen.»

«Du willst es ihm erlauben?»

«Ich bin ein Dienstbote», sagte sie. «Ich führe das Leben eines Dienstboten. Ich will nicht meine Stellung verlieren und ins Gefängnis gesperrt werden oder zurück nach Kanada gehen. Vergiß es», schloß sie. «Alles kaputt. Es war schön für zwei Wochen. Du bist ein netter Junge. Es tut mir leid, daß du meinetwegen Ärger hattest.»

«Schon gut, schon gut», schrie er. «Ich werde nie wieder eine andere Frau anrühren, so lange ich ...»

Die Worte blieben ihm im Hals stecken. Er lief zu seinem Fahrrad und fuhr blindlings davon, während Clothilde die Rosen sprengte. Da er keinen Blick zurück warf, sah er nicht die Tränen auf dem düsteren, verzweifelten Gesicht.

Der heilige Sebastian, gut mit Pfeilen gespickt, radelte der Garage zu. Das Stäupen würde später kommen.

9

In der 8th Street verließ sie die U-Bahn, kaufte auf dem Nachhauseweg sechs Flaschen Bier und ging auch noch in die Reinigung, um Willies Anzug abzuholen. Es war die Zeit der Abenddämmerung, der frühen Novemberdämmerung, und die Luft war rauh. Die Leute hatten Mäntel an und schritten rasch aus. Vor ihr her schlurfte ein Mädchen in Slacks und Regenmantel, das Haar mit einem Kopftuch bedeckt. Sie hatte den Eindruck, das Mädchen sei eben erst aus dem Bett gekommen, obwohl es schon nach fünf Uhr war. In Greenwich Village konnte man zu jeder Tages- oder Nachtzeit aufstehen. Das war einer der Reize dieser Gegend, ebenso wie die Tatsache, daß hier die meisten Bewohner jung waren. Manchmal, wenn sie inmitten von jungen Leuten durch die Straßen ging, dachte sie: Hier bin ich zu Hause.

Das Mädchen in dem Regenmantel verschwand in *Corcoran's Bar and Grill*. Gretchen kannte das Lokal gut. Sie verkehrte in einem guten Dutzend Bars des Viertels. Ein großer Teil ihres Lebens spielte sich jetzt in Bars ab.

Sie eilte der 11th Street zu. Die Bierflaschen in der großen Tragetüte waren schwer; Willies Anzug hatte sie sorgfältig über den Arm gelegt. Hoffentlich war Willie zu Hause. Bei ihm konnte man das nie wissen. Sie kam gerade aus der oberen Stadt, wo sie für eine zweite Besetzung geprobt hatte, und um acht Uhr mußte sie schon zu ihrem Auftritt zurück sein. Nichols und der Regisseur hatte sie für die Zweitbesetzung vorsprechen lassen und ihr versichert, sie habe Talent. Das Stück war ein mäßiger Erfolg. Immerhin stand mit ziemlicher Sicherheit fest, daß es bis Juni laufen würde. Allabendlich ging sie dreimal im Badeanzug über die Bühne. Das Publikum lachte bei jedem ihrer Auftritte, aber es war ein nervöses Lachen. Der Autor war wütend geworden, als er bei der öffentlichen Generalprobe das Lachen gehört hatte. Er war drauf und dran gewesen, sie aus dem Stück zu streichen, aber Nichols und der Regisseur hatten ihn überzeugt, daß dieses Gelächter gut für das Stück sei. Man schickte ihr einige eigenartige Briefe in die Garderobe, auch telegrafische Einladungen zum Abendessen, und zweimal kamen Rosen. Sie antwortete nie. Willie kam nach der Vorstellung immer in ihre Garderobe und sah ihr zu, wie sie sich die Schminke vom Körper wusch und ihre Straßenkleidung anzog. Wenn er sie necken wollte, stöhnte er: «O Gott, warum habe ich jemals geheiratet? Ich zitiere.»

Mit seiner Scheidung ginge es nur langsam voran, sagte er.

Im Hausflur sah sie nach, ob Post in ihrem Briefkasten war. ABBOTT/JORDACHE. Sie selbst hatte die kleine Karte in Druckbuchstaben geschrieben.

Sie öffnete die untere Tür mit ihrem Schlüssel und lief die drei Treppen hinauf. Wie immer war sie in Eile, sobald sie das Haus betreten hatte. Sie öffnete die Wohnungstür, ein wenig atemlos vom Treppensteigen. Die Tür führte unmittelbar ins Wohnzimmer. «Willie . . .» rief sie. Es gab nur zwei kleine Zimmer, so daß es im Grunde überflüssig war, so laut zu rufen. Sie tat es auch nur, weil sie seinen Namen so gern aussprach.

Auf der abgenutzten Couch saß Rudolph, ein Glas Bier in der Hand.

«Oh . . .» stieß Gretchen hervor.

«Hallo, Gretchen.» Rudolph stand auf, stellte sein Glas hin und küßte sie über die Tragetüte und Willies Anzug hinweg auf die Wange.

«Rudy», sagte sie, setzte die Bierflaschen ab und hängte den Anzug über eine Stuhllehne. «Wie kommst du hierher?»

«Ich habe geläutet, und dein Freund hat mich hereingelassen.»

«Dein Freund zieht sich an», rief Willie aus dem Nebenzimmer. Er saß oft den ganzen Tag im Bademantel herum. Die Wohnung war so klein, daß man alles hörte, was hier oder dort gesprochen wurde. Eine Kochnische war durch einen Wandschirm vom Wohnzimmer getrennt. «Ich komme sofort», sagte Willie. «Inzwischen werfe ich dir eine Kußhand zu.»

«Ich freue mich so, dich zu sehen.» Gretchen zog ihren Mantel aus, drückte Rudolph fest an sich und trat dann einen Schritt zurück, um ihn anzuschauen. Früher, als sie ihn jeden Tag gesehen hatte, war ihr gar nicht aufgefallen, wie hübsch er war. Dunkelhaarig, aufrecht, in einem durchgeknöpften blauen Hemd und dem Blazer, den sie ihm zum Geburtstag geschenkt hatte, stand er vor ihr. Diese traurigen, klaren, grünlichen Augen.

«Ist es möglich, daß du gewachsen bist? In den paar Monaten?»

«Fast ein halbes Jahr», verbesserte er. War das eine Anklage?

«Komm, setz dich.» Sie zog ihn neben sich auf die Couch. An der Tür stand eine kleine, lederne Reisetasche. Sie gehörte weder Willie noch ihr, und trotzdem hatte Gretchen das Gefühl, sie kenne die Tasche.

«Erzähl mir alles», sagte sie. «Was gibt's Neues zu Hause? Mein Gott, es ist schön, dich zu sehen, Rudy.» Sie stellte jedoch fest, daß ihre Stimme nicht ganz natürlich klang. Es wäre ihr lieber gewesen, wenn sie ihn auf Willie hätte vorbereiten können. Schließlich war Rudolph erst siebzehn, und in aller Harmlosigkeit hereinzuplatzen und dann zu entdecken, daß seine Schwester mit einem Mann zusammen lebte . . . Abbott/Jordache.

«Zu Hause ist nicht viel los», sagte Rudolph. Falls er verlegen war, ließ er sich jedenfalls nichts anmerken. Sie konnte, was Selbstbeherrschung betraf, von Rudy lernen. Er trank einen Schluck Bier. «Auf mich, den einzigen Übriggebliebenen, konzentriert sich die Liebe unserer teuren Eltern.»

Gretchen lachte. Es war unnötig, sich Sorgen zu machen. Sie merkte erst jetzt, wie erwachsen er war.

«Wie geht es Ma?» erkundigte sie sich.

«Sie liest noch immer ‹Vom Winde verweht›», erwiderte Rudolph. «Sie war krank. Sie sagt, der Arzt hätte es Venenentzündung genannt.»

Nachrichten von Frohsinn und Wohlergehen am heimischen Herd, dachte Gretchen. «Wer kümmert sich um den Laden?» fragte sie.

«Eine Mrs. Cuhady», sagte Rudolph. «Eine Witwe. Kostet 30 Dollar die Woche.»

«Da wird sich Pa freuen», meinte Gretchen.

«Er ist nicht allzu glücklich.»

«Wie geht es ihm?»

«Ehrlich gesagt», erwiderte Rudolph, «ich würde mich gar nicht wundern, wenn er kränker wäre als Ma. Es ist Monate her, seit er zuletzt am Sandsack trainiert hat, und ich glaube, er war in all der Zeit, die du fort bist, nicht mehr draußen auf dem Fluß.»

«Was fehlt ihm?» Gretchen entdeckte zu ihrer Überraschung, daß sie wirklich besorgt war.

«Ich weiß nicht», antwortete Rudolph. «Er nimmt einfach keinen Anteil. Du kennst doch Pa. Er sagt nie etwas.»

«Sprechen sie von mir?» fragte Gretchen vorsichtig.

«Nicht ein Wort.»

«Und Thomas?»

«Fort und vergessen», sagte Rudolph. «Ich habe nie herausbekommen, was damals los war. Er schreibt natürlich nie.»

«Unsere Familie», murmelte Gretchen. Einen Augenblick saßen sie schweigend da, um die Jordache-Sippe zu ehren. «Nun –» Gretchen riß sich zusammen – «wie gefällt es dir bei uns?» Mit einer Handbewegung wies sie auf die Wohnung, die Willie und sie möbliert gemietet hatten. Die Einrichtung sah aus, als stamme sie aus einer Rumpelkammer, aber Gretchen hatte ein paar Blumentöpfe gekauft und farbige Drucke und Reiseplakate an die Wände geheftet. Ein Indianer mit Sombrero vor einem Pueblo. BESUCHT NEW MEXICO!

«Eine sehr nette Wohnung», sagte Rudolph ernsthaft.

«Ach was, schäbig bis dort hinaus ist sie», sagte Gretchen. «Aber sie hat einen unschätzbaren Vorteil: Sie befindet sich nicht in Port Philip.»

Rudolph nickte. «Ich weiß, was du meinst.» Sie wünschte, er würde nicht so ernst dreinschauen. Weswegen er wohl gekommen war?

«Was macht denn dieses hübsche Mädchen», fragte sie mit gekünstelter Munterkeit. «Julie?»

«Julie», sagte Rudolph. «Mit uns beiden geht's mal so, mal so.»

Willie kam ins Zimmer und kämmte sich dabei. Er trug keine Jacke. Gretchen hatte ihn erst vor ein paar Stunden gesehen, aber wenn sie allein gewesen wären, hätte sie ihn umarmt wie nach jahrelanger Abwesenheit. Willie beugte sich über die Couch und gab Gretchen einen raschen Kuß. Rudolph stand höflich auf.

«Hinsetzen, Rudy, hinsetzen», sagte Willie. «Strammstehen wird hier nicht verlangt.»

Gretchen bedauerte flüchtig, daß Willie so klein geraten war.

«Ah», sagte Willie, als er das Bier und den gebügelten Anzug sah, «schon bei unserer ersten Begegnung habe ich ihr versichert, daß sie eine gute Frau und Mutter abgeben würde. Ist das Bier kalt?»

«Hmhm.»

Willie öffnete eine Flasche. «Rudy?»

«Das hier reicht fürs erste», erwiderte Rudolph und setzte sich.

Willie goß das Bier in ein schon benutztes Glas, das noch einen Schaumrand hatte. Er trank eine Menge, dieser Willie. «Wir können offen sprechen», sagte er grinsend. «Ich habe Rudy alles erklärt. Ich habe ihm mitgeteilt, daß wir nur technisch in Sünde leben, daß ich um deine Hand angehalten habe und du mich abgewiesen hast, wenn auch nicht für lange.»

Das stimmte. Er hatte sie tatsächlich immer wieder gebeten, ihn zu heiraten. Meistens war sie sicher, daß er es ernst meinte.

«Hast du ihm auch erzählt, daß du verheiratet bist?» fragte sie. Ihr lag daran, daß Rudolph, bevor er die Wohnung verließ, alles Wissenswerte erfuhr.

«Aber ja», antwortete Willie. «Vor den Brüdern von Frauen, die ich liebe, habe ich keine Geheimnisse. Meine Heirat war eine Jugendlaune, eine vorüberziehende Wolke, nicht größer als eine Männerhand. Rudy ist ein gescheiter Junge und versteht das. Er wird es noch weit bringen. Bei unserer Hochzeit wird er tanzen, und in unseren alten Tagen wird er uns unterstützen.»

Gretchen empfand ein leises Unbehagen bei Willies Witzen. Zwar hatte sie ihm von Rudolph und Thomas und ihren Eltern erzählt, aber dies war sein erster persönlicher Kontakt mit ihrer Familie, und sie fürchtete, es könnte Willie auf die Nerven gehen.

Rudolph schwieg.

«Wie kommst du nach New York, Rudy?» fragte sie, bemüht, sich ihre Besorgnis nicht anmerken zu lassen.

«Jemand hat mich im Wagen mitgenommen», antwortete Rudolph. Offenbar hatte er ihr etwas zu sagen und wollte das nicht vor Willie tun. «Wir haben heute nachmittag schulfrei.»

«Was macht denn die Schule?» erkundigte sie sich und hatte sogleich das beklemmende Gefühl, es könnte herablassend klingen, wie etwas, was man zu Kindern anderer Leute sagt, weil man nicht weiß, worüber man sonst sprechen soll.

«Alles okay.» Rudolph tat die Schule mit einem Achselzucken ab.

«Rudy», warf Willie ein, «was würden Sie von mir als Schwager halten?»

Rudolph sah ihn gelassen an. Abwägende grüne Augen. «Ich kenne Sie nicht», sagte er.

«Richtig, mein Junge, geben Sie nichts preis. Das ist mein großer Fehler. Ich bin viel zu offen. Ich trage das Herz auf der Zunge.» Willie schenkte sich nochmals Bier ein. Er konnte keinen Augenblick stillsitzen. Verglichen mit ihm wirkte Rudolph gefestigt, selbstsicher, besonnen. «Ich habe Rudy angeboten, heute abend mit ihm ins Theater zu gehen, um dich zu bewundern», sagte Willie. «Das Tagesgespräch von New York.»

«Es ist ein blödes Stück», meinte Gretchen. Ihr gefiel der Gedanke nicht, daß ihr Bruder sie vor tausend Leuten praktisch nackt sehen sollte. «Warte lieber, bis ich die heilige Johanna spiele.»

«Ich habe sowieso etwas vor», sagte Rudolph.

«Ich wollte ihn auch nach dem Theater zum Essen einladen», fuhr Willie fort, «aber er beruft sich auf eine bereits eingegangene Verpflichtung. Sieh zu, was du bei ihm erreichen kannst. Ich mag ihn. Ich bin ihm eng verbunden.»

«Danke, vielleicht ein andermal», sagte Rudolph. «Du, Gretchen, in der Tasche ist etwas für dich.» Er deutete auf die kleine Reisetasche. «Ich wurde gebeten, es dir zu bringen.»

«Was ist es denn?» fragte Gretchen. «Und von wem?»

«Von einem gewissen Boylan», antwortete Rudolph.

«Oh!» Gretchen berührte Willies Arm. «Ich glaube, ich hätte auch gern ein Bier, Willie.» Sie stand auf und ging zu der Reisetasche. «Ein Geschenk. Ist das nicht nett?» Sie nahm die Tasche, stellte sie auf den Tisch und öffnete sie. Als sie sah, was drin war, wußte sie, daß sie es die ganze Zeit gewußt hatte. Sie hielt sich das Kleid an. «Ich hatte vergessen, daß es *so* rot ist», sagte sie ruhig.

«Du meine Güte!» rief Willie.

Rudolph blickte aufmerksam von einem zum andern.

«Eine Erinnerung an meine verderbte Jugend», erklärte Gretchen. Sie streichelte Rudolphs Arm. «Es ist in Ordnung, Rudy», sagte sie. «Willie weiß von Boylan. Alles.»

«Ich werde ihn über den Haufen schießen wie einen tollen Hund», versicherte Willie. «Ohne vorherige Warnung. Zu schade, daß ich meine B 17 abgegeben habe.»

«Soll ich das Kleid behalten, Willie?» fragte Gretchen zweifelnd.

«Natürlich. Es sei denn, daß es Boylan besser paßt als dir.»

Gretchen legte das Kleid hin. «Wieso hat er gerade dich gebeten, es mir zu bringen?» fragte sie Rudolph.

«Ich habe ihn zufällig kennengelernt, und ich sehe ihn von Zeit zu Zeit. Deine Adresse mochte ich ihm nicht geben, und da bat er mich...»

«Sag ihm, daß ich sehr dankbar bin», unterbrach ihn Gretchen. «Sag ihm, daß ich an ihn denken werde, sooft ich es trage.»

«Das kannst du ihm selbst sagen, wenn du willst», erwiderte Rudolph. «Er hat mich hierhergefahren. Er sitzt jetzt in einer Bar in der 8th Street und wartet auf mich.»

«Warum gehen wir nicht alle hin und trinken ein Glas mit dem Kerl?» schlug Willie vor.

«Ich will nicht mit ihm trinken», protestierte Gretchen.

«Soll ich ihm das sagen?»

«Ja.»

Rudolph stand auf. «Für mich wird es wohl Zeit. Ich habe ihm versprochen, gleich zurückzukommen.»

Gretchen stand ebenfalls auf. «Vergiß nicht die Reisetasche.»

«Er sagte, du könntest sie behalten.»

«Ich will sie nicht.» Gretchen hielt ihrem Bruder die elegante kleine Ledertasche hin. Er schien sie ungern zu nehmen. «Rudy», fragte sie neugierig, «siehst du Boylan oft?»

«Zwei-, dreimal in der Woche.»

«Magst du ihn?»

«Das weiß ich nicht genau», erwiderte Rudy. «Jedenfalls lerne ich eine Menge von ihm.»

«Sei vorsichtig», bat sie.

«Mach dir keine Sorgen.» Rudolph streckte Willie die Hand hin. «Leben Sie wohl», sagte er. «Und vielen Dank für das Bier.»

Willie schüttelte ihm herzlich die Hand. «Jetzt wissen Sie, wo wir zu finden sind», sagte er. «Besuchen Sie uns, so oft Sie wollen. Das ist eine ernst gemeinte Einladung.»

«Ich komme bestimmt», antwortete Rudolph.

Gretchen küßte ihn. «Ich bin traurig, daß du schon fortgehst.»

«Ich komme bald wieder nach New York», sagte Rudolph. «Ich verspreche es.»

Gretchen öffnete ihm die Tür. Er schien noch etwas auf dem Herzen zu haben, begnügte sich dann aber mit einem Winken, einer kleinen, bekümmerten Handbewegung, und ging mit der Reisetasche die Treppe hinunter. Gretchen schloß langsam die Tür.

«Er ist nett, dein Bruder», sagte Willie. «Ich wollte, ich sähe so aus wie er.»

«Du siehst gut genug aus.» Gretchen küßte ihn. «Ich habe dich seit einer Ewigkeit nicht mehr geküßt.»

«Sechs lange Stunden», sagte Willie. Sie küßten sich noch einmal.

«Sechs lange Stunden», wiederholte sie lächelnd. «Bitte sei immer da, wenn ich nach Hause komme.»

«Ich werde es mir zum Grundsatz machen», sagte Willie. Er hielt das Kleid hoch und betrachtete es kritisch. «Für einen Jungen seines Alters ist dein Bruder sehr erwachsen.»

«Zu sehr vielleicht.»

«Wieso?»

«Ich weiß nicht.» Sie trank einen Schluck Bier. «Er ist schrecklich berechnend.» Sie dachte an ihren Vater, der Rudolph gegenüber so unwahrscheinlich großzügig war, an ihre Mutter, die noch spätabends in der Küche stand und Rudolphs Hemden bügelte. «Er setzt seinen Verstand ein, um zu kassieren.»

«Gut für ihn», sagte Willie. «Ich wollte, ich könnte meinen auch dafür einsetzen.»

«Worüber habt ihr gesprochen, bevor ich kam?» wollte sie wissen.

«Wir sangen dein Loblied.»

«Natürlich. Und sonst noch?»

«Er fragte mich nach meiner Arbeit. Wahrscheinlich wunderte er sich, daß der Freund seiner Schwester am hellichten Tag zu Hause herumsaß, während das Schwesterchen unterwegs war, um das tägliche Brot zu verdienen. Ich hoffe, ich habe seine Befürchtungen zerstreut.»

Willie hatte einen Job bei einer Zeitschrift, die ein Freund von ihm kürzlich gegründet hatte. Es handelte sich um eine Rundfunkzeitschrift, und Willies Arbeit bestand vor allem darin, die Tagesprogramme zu hören. Das tat er lieber zu Hause als in dem kleinen, engen Redaktionsbüro. Er verdiente 90 Dollar die Woche, Gretchen sechzig, und damit kamen sie ganz gut aus, obgleich sie gewöhnlich am Ende der Woche abgebrannt waren, weil Willie gern in Restaurants aß und bis spät in die Nacht an Bartheken hockte.

«Hast du ihm erzählt, daß du auch für die Bühne schreibst?» fragte Gretchen.

«Nein. Ich überlasse es ihm, das eines Tages selbst herauszufinden.»

Willie hatte ihr sein Theaterstück noch nicht gezeigt. Bis jetzt waren erst eineinhalb Akte fertig, und die wollte er vollständig umschreiben.

Er hielt sich das rote Kleid an und ging wie ein Mannequin mit übertriebenem Hüftschwung durchs Zimmer. «Manchmal denke ich, an mir ist ein Mädchen verlorengegangen. Findest du nicht auch?»

«Nein», sagte sie.

«Probier es an. Ich bin gespannt, wie es an dir aussieht.» Er reichte ihr das Kleid, und sie ging damit ins Schlafzimmer, weil sich dort an der Innenseite der Schranktür ein großer Spiegel befand. Sie hatte das Bett sorgfältig gemacht, bevor sie das Haus verließ, aber jetzt war die Überdecke zerknittert. Willie hatte ein Nachmittagsschläfchen gehalten. In den reichlich zwei Monaten ihres Zusammenlebens hatte Gretchen einen privaten Schatz von Willies Gewohnheiten gesammelt. Seine Kleidungsstücke waren überall im Zimmer verstreut. Das Stützkorsett lag am Fenster auf dem Boden. Gretchen lächelte, als sie Pullover und Rock auszog. Sie fand Willies kindliche Unordnung liebenswert und räumte gern hinter ihm auf.

Der Reißverschluß des Kleides ließ sich schwer hochzerren. Sie hatte es erst zweimal angehabt – einmal in dem Laden und dann in Boylans Schlafzimmer, als sie es ihm vorführte. Richtig getragen hatte sie es noch nie. Sie musterte sich kritisch in dem Spiegel und hatte das Gefühl, das Oberteil aus Spitze lasse zuviel von ihrem Busen sehen. Ihr Spiegelbild in dem roten Kleid war das einer reifen Frau, einer New Yorkerin, die sich ihrer Reize sicher war und, jede Konkurrenz verachtend, selbstbewußt in der Öffentlichkeit erschien. Sie löste ihr Haar, so daß es dunkel über die Schultern flutete. Tagsüber trug sie es zu einem praktischen Knoten aufgesteckt.

Nach einem letzten Blick in den Spiegel kehrte sie ins Wohnzimmer zurück. Willie war gerade dabei, eine Flasche Bier zu öffnen. Er pfiff durch die Zähne, als er sie sah. «Du machst mir angst», sagte er.

Sie drehte sich im Kreis, so daß der Rock sie umflatterte. «Findest du es nicht zu gewagt?» fragte sie. «Ist es nicht ein bißchen nackt?»

«Es ist hinreißend», beteuerte Willie. «Wirklich einmalig. Dieses Kleid weckt in jedem Mann den Wunsch, es dir auf der Stelle auszuziehen.» Er ging zu ihr hin. «Um dem Gedanken die Tat folgen zu lassen, öffnet der Herr den Reißverschluß der Dame.» Er zog den Schieber nach unten und streifte ihr das Kleid ab. Seine Hände waren kalt von der Bierflasche, und ein kleiner Schauder überlief Gretchen. «Was tun wir eigentlich in diesem Zimmer?» sagte er.

Sie gingen ins Schlafzimmer und entkleideten sich rasch. Damals, als sie das Kleid für Boylan angezogen hatte, war es auch so gewesen. Echos sind unvermeidbar.

Willie liebte sie zärtlich und sanft, fast als sei sie ein zartes, zerbrechliches Geschöpf. Einmal, mitten im Liebesspiel, war ihr das Wort *respektvoll* in den Sinn gekommen, und sie hatte leise gelacht, ohne Willie zu erklären, was sie erheiterte. Sie war bei ihm ganz anders als bei Boylan. Boylan hatte sie überwältigt, sie ausgelöscht. Es war eine intensive, hemmungslose Zerstörungszeremonie gewesen, ein Turnier mit Siegern und Besiegten. Bei Boylan war sie hinterher wieder zu sich gekommen wie jemand, der von einer langen Reise zurückkehrt, und die Vergewaltigung ihrer Persönlichkeit hatte sie empört. Mit Willie war der Beischlaf zärtlich, liebevoll und frei von Sünde, er gehörte zum alltäglichen und natürlichen Verlauf ihres Zusammenlebens. Da war nichts von jenem Gefühl des Losgelöstseins und der Hemmungslosigkeit, das Boylan in ihr geweckt und nach dem sie so leidenschaftlich verlangt hatte. Bei Willie kam sie oft nicht zum Höhepunkt, aber das war ihr gleichgültig.

«Mein Schatz», murmelte Gretchen, und sie lagen still da.

Nach einer Weile drehte sich Willie vorsichtig auf den Rücken, und sie lagen Seite an Seite, ohne sich zu berühren, nur die Finger kindlich ineinander verflochten.

«Ich bin so froh, daß du zu Hause warst», sagte sie.

«Ich werde immer zu Hause sein», erwiderte er.

Sie drückte seine Hand.

Er streckte die andere Hand nach dem Zigarettenpäckchen auf dem Nachttisch aus, und sie löste ihre Finger aus den seinen, damit er ein Streichholz anzünden konnte. Er lag flach, den Kopf auf dem dünnen Kissen, und rauchte. Das Zimmer war dunkel, nur durch die offene Tür des Wohnzimmers fiel ein Lichtschein. Willie sah aus wie ein kleiner Junge, der bestraft werden würde, wenn man ihn beim Rauchen erwischte. «Jetzt», sagte er, «nachdem du endlich deinen Willen bekommen hast, können wir vielleicht ein wenig miteinander reden. Wie ist dein Tag verlaufen?»

Gretchen zögerte. Später, dachte sie und antwortete: «Das übliche. Gaspard hat wieder einen Annäherungsversuch gemacht.» Gaspard, der Hauptdarsteller in dem Stück, hatte sie während einer Probenpause gebeten, in seine Garderobe zu kommen, um einige Zeilen mit ihm durchzugehen, und war bei dieser Gelegenheit äußerst zudringlich geworden.

«Er weiß, was gut ist, der alte Gaspard», meinte Willie seelenruhig.

«Findest du nicht, daß du mit ihm sprechen und ihn auffordern solltest, dein Mädchen in Ruhe zu lassen?» fragte Gretchen. «Oder daß du ihn vielleicht ohrfeigen solltest?»

«Er würde mich umbringen», meinte Willie ohne die leiseste Scham. «Er ist doppelt so groß wie ich.»

«Ich liebe einen Feigling», sagte Gretchen und küßte ihn aufs Ohr.

«Das passiert einfachen jungen Mädchen vom Lande ziemlich oft.» Er paffte zufrieden seine Zigarette. «Wie dem auch sei, in dieser Hinsicht muß ein Mädchen auf eigenen Füßen stehen. Wenn du alt genug bist, nachts in der Großstadt auszugehen, bist du auch alt genug, dich selbst zu schützen.»

«Ich würde jeden zusammenschlagen, der sich an *dir* vergriffe», sagte Gretchen.

Willie lachte. «Ich wette, das brächtest du fertig.»

«Nichols war heute im Theater. Nach der Probe sagte er, daß er vielleicht nächstes Jahr in einem neuen Stück eine Rolle für mich hätte. Eine große Rolle.»

«Du wirst ein Star werden», prophezeite Willie. «Dein Name wird Schlagzeilen machen. Und mich wirst du zum alten Eisen werfen.»

Am besten, ich bringe es so schnell wie möglich hinter mich, dachte sie. «Ich werde vielleicht nicht in der Lage sein, nächstes Jahr ein Engagement anzunehmen.»

«Warum nicht?» Er stützte sich auf einen Ellbogen und sah sie neugierig an.

«Heute morgen war ich beim Arzt», sagte sie. «Ich bekomme ein Kind.»

Er blickte sie fest an, forschte in ihrem Gesicht. Dann setzte er sich auf und drückte die Zigarette aus. «Ich habe Durst», murmelte er und stieg steifbeinig aus dem Bett. Sie sah den Schatten der langen Narbe unten am Rückgrat. Er zog seinen alten, baumwollenen Morgenrock an und ging ins Wohnzimmer. Gretchen hörte, wie er sich Bier einschenkte. Sie legte sich im Dunkeln zurück und fühlte sich entsetzlich einsam. Ich hätte es ihm nicht sagen sollen, dachte sie. Jetzt habe ich alles zerstört. Sie erinnerte sich an die Nacht, in der es passiert sein mußte. Willie und sie waren bis gegen vier Uhr morgens aus gewesen, auf einer Party, bei der lange und laut gestritten worden war. Ausgerechnet über Kaiser Hirohito. Alle hatten ausgiebig getrunken. Sie war beschwipst gewesen und hatte keine Vorsichtsmaßnahmen getroffen. Gewöhnlich waren sie, wenn sie nach Hause kamen, viel zu müde für die Liebe, aber in jener verdammten Nacht waren sie nicht zu müde gewesen. Alles wegen des Kaisers von Japan. Wenn Willie etwas sagt, dachte sie, werde ich ihm sagen, daß ich es mir abtreiben lasse. Sie wußte, daß eine Abtreibung für sie nicht in Frage kam, aber sie würde es sagen.

Als Willie ins Schlafzimmer trat, knipste sie die Nachttischlampe an. Dieses Gespräch sollte gebührend beleuchtet werden. Was sie in Willies Gesicht lesen würde, war wichtiger als alle Worte. Sie zog die Bettdecke über sich. Willies alter Morgenrock, vom vielen Waschen verblichen, schlotterte um seine schmächtige Gestalt.

«Hör zu», sagte Willie und setzte sich auf den Bettrand. «Hör gut zu. Entweder erzwinge ich die Scheidung, oder ich schlage das Weibsbild tot. Dann wird geheiratet, und ich besuche einen Kursus für Säuglingspflege und Kinderernährung. Verstehen Sie mich, Miss Jordache?»

Sie forschte in seinem Gesicht. Es war in Ordnung. Mehr als in Ordnung.

«Ich verstehe dich», flüsterte sie.

Er beugte sich über sie und küßte sie auf die Wange. Sie klammerte sich am Ärmel seines Morgenrocks fest. Zu Weihnachten würde sie ihm einen neuen Morgenrock kaufen. Einen seidenen.

Boylan lehnte im Tweedmantel an der Theke und starrte auf sein Glas, als Rudolph, die Reisetasche in der Hand, das Kellerlokal in der 8th Street betrat. Nur Männer standen an der Theke, und die meisten von ihnen waren vermutlich Homos.

«Ich sehe, Sie haben die Reisetasche wieder mitgebracht», sagte Boylan.

«Sie wollte sie nicht.»

«Und das Kleid?»

«Das Kleid hat sie genommen.»

«Was möchten Sie trinken?»

«Ein Bier, bitte.»

«Ein Bier, bitte», sagte Boylan zu dem Barmixer. «Und mir noch einen Whisky.»

Boylan betrachtete sich in dem Spiegel hinter der Theke. Seine Augenbrauen waren heller als in der vergangenen Woche. Das Gesicht war sehr braun, als hätte er monatelang an einem südlichen Strand in der Sonne gelegen. Zwei oder drei von den Homos an der Theke waren ebenso braun. Rudolph wußte inzwischen von der künstlichen Höhensonne. «Ich lege großen Wert darauf, jederzeit so gesund und attraktiv wie nur möglich auszusehen», hatte Boylan ihm eines Tages erklärt. «Auch wenn ich längere Zeit mit niemandem zusammenkomme. Es ist eine Form der Selbstachtung.»

Rudolph war ohnehin dunkel, so daß er das Gefühl hatte, er könne sich auch ohne Höhensonne achten.

Der Barmixer stellte die Drinks vor sie hin. Boylans Finger zitterten ein wenig, als er sein Glas hob. Rudolph fragte sich, wie viele Whiskies er schon konsumiert hatte.

«Haben Sie ihr gesagt, daß ich hier bin?» erkundigte sich Boylan.

«Ja.»

«Kommt sie?»

«Nein. Der Mann, der bei ihr war, wollte herkommen und Sie kennenlernen, aber sie weigerte sich.» Es hatte keinen Sinn, Ausflüchte zu machen.

«Ach so», sagte Boylan, «der Mann, der bei ihr war.»

«Sie lebt mit jemand zusammen.»

«Ich verstehe», sagte Boylan tonlos. «Viel Zeit hat sie nicht verloren, was?»

Rudolph trank sein Bier.

«Ihre Schwester ist ein übermäßig sinnliches Mädchen», fuhr Boylan fort. «Ich mache mir Sorgen, wohin das führen soll.»

Rudolph trank weiter.

«Verheiratet sind die beiden wohl nicht miteinander?»

«Nein. Er ist noch mit einer anderen verheiratet.»

Boylan musterte sich abermals im Spiegel. Ein stämmiger junger Mann in einem schwarzen Rollkragenpullover am anderen Ende der Theke begegnete seinem Blick im Spiegel und lächelte. Boylan wandte den Kopf ein wenig zur Seite und sah Rudolph an. «Wie ist denn der Mann? Gefiel er Ihnen?»

«Er ist jung», antwortete Rudolph. «Und anscheinend recht nett. Immer zu Scherzen aufgelegt.»

«Immer zu Scherzen aufgelegt», wiederholte Boylan. «Warum auch nicht? Was für eine Art Wohnung haben sie denn?»

«Zwei möblierte Zimmer in einem Altbau.»

«Ihre Schwester steht den Vorteilen des Geldes mit romantischer Gleichgültigkeit gegenüber», sagte Boylan. «Das wird sie später bereuen. Und so manches andere auch.»

«Sie kam mir sehr glücklich vor.» Rudolph fand Boylans Prophezeiung widerwärtig. Er wollte nicht, daß Gretchen etwas bereute.

«Womit verdient ihr junger Mann seinen Lebensunterhalt? Haben Sie das herausgefunden?»

«Er schreibt für eine Rundfunkzeitschrift.»

«Aha. Einer von der Sorte.»

«Teddy», sagte Rudolph, «wenn ich Ihnen raten darf, so wäre es wohl für Sie das beste, sie zu vergessen.»

«Auf dem Schatz Ihrer reichen Erfahrung fußend, meinen Sie also, daß ich die Erinnerung an sie auslöschen sollte.»

«Zugegeben, ich habe keinerlei Erfahrung», erwiderte Rudolph. «Aber ich habe sie *gesehen*. Ich habe gesehen, wie sie den Mann anblickte.»

«Haben Sie ihr gesagt, daß ich nach wie vor bereit bin, sie zu heiraten?»

«Nein. Das müssen Sie ihr schon selber sagen», antwortete Rudolph. «Sie haben doch wohl nicht erwartet, daß ich in Gegenwart ihres Freundes für Sie den Brautwerber spielen würde?»

«Warum eigentlich nicht?»

«Teddy, Sie trinken zuviel.»

«Tue ich das?» fragte Boylan. «Wahrscheinlich. Sie möchten nicht mit mir dorthin zurückgehen und Ihrer Schwester einen Besuch abstatten, wie?»

«Sie wissen genau, daß ich das nicht tun kann», erwiderte Rudolph.

«Nein, natürlich nicht», höhnte Boylan. «Sie sind wie alle in Ihrer Familie. Sie können, verdammt noch mal, überhaupt nichts tun.»

«Hören Sie», sagte Rudolph. «Eines kann ich doch tun: mit dem Zug nach Hause fahren. Gleich jetzt.»

«Verzeihen Sie, Rudolph.» Boylan legte seine Hand auf Rudolphs Arm. «Ich stand hier und machte mir vor, sie würde mit Ihnen durch diese Tür hereinkommen – und dann kam sie nicht. Enttäuschung ist schuld an schlechten Manieren. Das ist ein guter Grund, sich niemals in eine Lage zu bringen, in der man enttäuscht werden kann. Verzeihen Sie mir. Natürlich fahren Sie nicht nach Hause. Wir wollen die Gelegenheit wahrnehmen und hier in der Stadt das Nachtleben genießen. Ich kenne ein recht gutes Restaurant, das nur ein paar Häuserblocks von hier entfernt ist, und mit dem wollen wir den Anfang machen. Barmixer, bitte die Rechnung.»

Er legte ein paar Scheine auf die Theke. Der junge Mann in dem Rollkragenpullover kam zu ihnen herüber. «Darf ich die Herren zu einem Drink einladen?» Er hielt die Augen lächelnd auf Rudolph gerichtet.

«Sie sind ein Dummkopf», sagte Boylan ohne Zorn.

«Ach, schnall ab, Schatzi», erwiderte der junge Mann.

Unvermittelt schlug Boylan zu und traf ihn hart auf die Nase. Der Mann taumelte gegen die Theke, und aus seiner Nase rann Blut.

«Gehen wir, Rudolph», sagte Boylan ruhig.

Bevor der Barmixer oder sonst jemand eine Bewegung machen konnte, waren sie schon draußen.

«Ich bin das letzte Mal vor dem Krieg hier gewesen», erklärte Boylan, als sie in Richtung der Sixth Avenue gingen. «Damals verkehrte in diesem Lokal besseres Publikum.»

Wäre Gretchen mit mir gekommen, dachte Rudolph, dann hätte es in dieser Nacht in New York ein Nasenbluten weniger gegeben.

Nach dem Essen in einem Restaurant – die Rechnung betrug, wie Rudolph feststellte, mehr als 12 Dollar – gingen sie in einen Nachtclub, der *Café Society* hieß und sich im Souterrain eines Hauses befand. «Vielleicht bekommen Sie hier Anregungen für die River Five», meinte Boylan. «Die Band ist eine der besten in New York. Und wenn hier farbige Mädchen auftreten, dann können sie wirklich singen.»

Das Lokal war gedrängt voll. Die meisten Gäste waren junge Leute, viele von ihnen schwarz. Boylan schaffte es mit Hilfe eines entsprechenden Trinkgeldes, daß sie ein Tischchen an der kleinen Tanzfläche bekamen. Die Musik war ohrenbetäubend und hinreißend. Wenn diese Band den River Five eine Anregung geben sollte, dann die, ihre Instrumente in den Fluß zu werfen.

Rudolph beugte sich verzückt vor, überwältigt von der Musik, die Augen auf den schwarzen Trompeter geheftet. Boylan hatte sich rauchend und Whisky trinkend in eine Privatzone des Schweigens zurückgezogen. Rudolph hatte sich, da er ja etwas bestellen mußte, auch einen Whisky kommen lassen, aber das Glas stand unberührt auf dem Tisch. Bei alldem Alkohol, den Boylan an diesem Nachmittag und an diesem Abend zu sich genommen hatte, würde er wahrscheinlich nicht imstande sein zu fahren, und Rudolph war sich im klaren, daß er nüchtern bleiben mußte, um den Chauffeur zu spielen. Boylan hatte ihn auf stillen Straßen rings um Port Philip fahren gelehrt.

«Teddy!» Eine Frau in einem kurzen Abendkleid, das ihre Arme und Schultern frei ließ, stand vor dem Tisch. «Teddy Boylan, ich glaubte schon, du seist tot.»

Boylan erhob sich. «Hallo, Cissy», sagte er. «Ich bin nicht tot.»

Die Frau schlang die Arme um ihn und küßte ihn auf den Mund. Boylan machte ein ärgerliches Gesicht und wandte den Kopf ab. Rudolph stand zögernd auf.

«Wo in aller Welt hast du dich versteckt?» Die Frau trat ein wenig zurück, hielt aber Boylan am Ärmel fest. Sie trug viel Schmuck, der in dem von der Trompete reflektierten Rampenlicht glitzerte. Rudolph konnte nicht erkennen, ob der Schmuck echt war oder nicht. Sie war sehr auffällig zurechtgemacht, mit farbigen Lidschatten und einem grellrot bemalten Mund. Sie sah Rudolph lächelnd an, aber Boylan schien nicht gewillt, ihn vorzustellen, und Rudolph wußte nicht, ob er sich setzen sollte oder nicht. «Es ist eine *Ewigkeit* her», fuhr sie fort, ohne auf eine Antwort zu warten, und starrte Rudolph noch immer ungeniert an. «Die *wildesten* Gerüchte waren in Umlauf. Es ist einfach *sündhaft*, wie einem die nächsten und liebsten Menschen heutzutage aus dem Gesichtskreis verschwinden. Komm mit an unseren Tisch. Die ganze Bande ist da. Susie, Jack, Karen ... Sie sind ganz *wild* darauf, dich zu begrüßen. Du siehst wirklich prachtvoll aus, Schatz. Und kein bißchen älter geworden. Daß man dich ausgerechnet in einem Lokal wie diesem findet! Wirklich, es ist eine richtige Auferstehung.» Sie sah Rudolph noch immer mit einem lüsternen Lächeln an. «Komm doch an unseren Tisch. Bring deinen schönen jungen Freund mit. Ich fürchte, sein Name ist mir entgangen, Liebling.»

«Darf ich dir Mr. Rudolph Jordache vorstellen», sagte Boylan steif. «Mrs. Alfred Sykes.»

«Cissy für meine Freunde», ergänzte die Frau. «Teddy, er ist wirklich hinreißend. Ich kann's dir nicht verdenken, daß du umgeschaltet hast, Schätzchen.»

«Sei nicht dümmer, als Gott dich geschaffen hat, Cissy», wies Boylan sie zurecht.

Die Frau lachte. «Ich sehe, du bist noch genauso ein Scheusal wie eh und je. Komm hinüber zum Tisch und sag unserer Clique guten Tag.» Sie schwenkte winkend die Hand, machte kehrt und bahnte sich einen Weg durch den Dschungel der Tische zum rückwärtigen Teil des Raums.

Boylan setzte sich und bedeutete Rudolph, ebenfalls Platz zu nehmen. Rudolph fühlte, wie er rot wurde. Zum Glück war es zu dunkel, als daß jemand es hätte sehen können.

Boylan trank seinen Whisky aus. «Eine dumme Person», bemerkte er. «Ich hatte vor dem Krieg ein Verhältnis mit ihr. Sie ist stark gealtert.» Er blickte Rudolph nicht an. «Wir wollen gehen», sagte er. «Hier ist es so verdammt laut. Außerdem sind zu viele unserer farbigen Brüder im Lokal. Man kommt sich vor wie auf einem Sklavenschiff nach geglückter Meuterei.»

Er winkte dem Kellner, ließ sich die Rechnung geben und bezahlte sie. Dann holten sie ihre Mäntel bei der Garderobenfrau und gingen hinaus. Mrs. Sykes, Cissy für ihre Freunde, war die erste Person, der Boylan jemals Rudolph vorgestellt hatte, abgesehen natürlich von Perkins. Wenn Boylans Freunde alle so waren, konnte man verstehen, warum er lieber allein auf seinem Hügel blieb. Rudolph bedauerte, daß die Frau an ihren Tisch gekommen war. Sein Erröten hatte ihn peinlich daran erinnert, wie jung und unerfahren er war. Außerdem wäre er gern dageblieben und hätte dem Trompeter die ganze Nacht zugehört.

Der Wagen war in der 4th Street geparkt, und sie gingen ostwärts, vorbei an dunklen Geschäften und an Bars, die kleine Explosionen von Licht, Musik und lärmender Unterhaltung waren.

«New York ist hysterisch», sagte Boylan. «Wie eine unbefriedigte, neurotische Frau. Diese Stadt ist eine alternde Nymphomanin. Du meine Güte, wieviel Zeit habe ich hier vergeudet.» Das unerwartete Auftauchen der Frau hatte ihn offensichtlich aus der Fassung gebracht. «Ich muß mich für die Taktlosigkeit dieser widerlichen Person entschuldigen», fügte er hinzu.

«Mir hat's nichts ausgemacht», versicherte Rudolph. Natürlich hatte es ihm doch etwas ausgemacht, aber er wollte nicht, daß Boylan glaubte, er fühle sich gekränkt.

«Die Leute sind gräßlich», sagte Boylan. «Das lüsterne Grinsen ist der Standardausdruck des amerikanischen Gesichts. Wenn wir das nächste Mal in die Stadt fahren, nehmen Sie Ihr Mädchen mit. Sie sind ein viel zu feinfühliger Junge, als daß man Sie solchem Pack ausliefern könnte.»

«Ich werde es ihr vorschlagen», erwiderte Rudolph. Er war fast sicher, daß Julie nicht mitkommen würde. Sie mochte es nicht, daß er sich mit Boylan angefreundet hatte, den sie als Raubtier und als Wasserstoffsuperoxyd-Mann bezeichnete.

«Vielleicht werden wir Gretchen und ihren Freund auffordern, und ich kann auch meine alten Adreßbücher durchsehen. Möglicherweise sind einige von den Mädchen, die ich gekannt habe, noch am Leben, und dann veranstalten wir eine Party.»

«Das wäre lustig», meinte Rudolph. «Wie der Untergang der ‹Titanic›.»

Boylan lachte. «Das klare Vorstellungsvermögen der Jugend», sagte er. «Sie sind ein brauchbarer Junge.» Sein Ton war herzlich. «Mit etwas Glück werden Sie ein erfolgreicher Mann werden.»

Sie standen jetzt vor dem Wagen. Zwischen Wischer und Scheibe steckte ein Parkschein. Boylan zerriß ihn, ohne auch nur einen Blick darauf zu werfen.

«Wenn Sie wollen, fahre ich», sagte Rudolph.

«Ich bin nicht betrunken», sagte Boylan kurz und setzte sich ans Steuer.

Thomas saß auf dem wackligen Stuhl, den er gegen die Garagenmauer zurückgekippt hatte. Er hielt einen Grashalm zwischen den Zähnen und schaute hinüber zu dem Holzlagerplatz. Es war ein sonniger Tag, und das Licht wurde metallisch von dem letzten Leuchten des rotgoldenen Herbstlaubs an den Straßenbäumen widergespiegelt. Ein Wagen stand da, der noch vor zwei Uhr abgeschmiert werden sollte, aber Thomas hatte es nicht eilig. Er war in der vorhergehenden Nacht bei einer Tanzveranstaltung der High School in eine Schlägerei verwickelt worden, und jetzt hatte er Schmerzen am ganzen Körper und geschwollene Hände. Er hatte einem Stürmer der High School-Mannschaft durch Abklatschen immer wieder die Tanzpartnerin ausgespannt, da ihm das Mädchen unentwegt schöne Augen gemacht hatte. Trotz der Warnungen des Footballspielers hatte er weiter abgeklatscht. Ihm war klar gewesen, daß es mit einer Rauferei enden würde, und er hatte die wohlbekannte Mischung von Gefühlen – Wonne, Angst, Machtrausch, kalte Erregung – empfunden, als er das breite Gesicht seines Rivalen immer finsterer werden sah. Schließlich waren sie beide, er und der Footballspieler, aus dem Turnsaal, wo die Tanzveranstaltung stattfand, hinausgegangen. Der Footballspieler war ein Riesenkerl, flink und mit großen, schweren Fäusten. Claude, dieser Hundesohn, hätte sich vor Wonne in die Hose gepißt, wenn er da gewesen wäre. Zum Schluß hatte

Thomas den andern zu Boden geschickt, aber seine Rippen schmerzten, als wären sie alle gebrochen. Es war seine vierte Schlägerei in Elysium seit dem Sommer gewesen.

Für diesen Abend hatte er sich mit dem Mädchen des Footballspielers verabredet.

Onkel Harold kam aus dem kleinen Büro hinter der Tankstelle. Thomas wußte, daß sich einige Leute wegen seiner Raufereien bei Onkel Harold beschwert hatten, aber der Onkel hatte niemals ein Wort darüber verloren. Onkel Harold sah natürlich, daß der Wagen, der vor zwei Uhr fertig sein sollte, noch nicht abgeschmiert war, aber er sagte auch darüber nichts, obgleich sein Gesichtsausdruck verriet, daß es ihn ärgerte, Thomas so gegen die Mauer gelümmelt zu finden, träge an einem Grashalm kauend. Es gab neuerdings nichts mehr, worüber Onkel Harold noch etwas sagte. Er sah schlecht aus, der Onkel – sein fleischiges, rosiges Gesicht war jetzt gelblich und schlaff, und er machte den Eindruck eines Mannes, der auf das Explodieren einer Bombe wartet. Die Bombe war Thomas. Er brauchte nur Tante Elsa gegenüber anzudeuten, was zwischen Onkel Harold und Clothilde vor sich ging, dann würden Tristan und Isolde lange Zeit nicht mehr im Haus der Familie Jordache singen. Thomas hatte nicht die Absicht, es Tante Elsa zu sagen, aber das brauchte Onkel Harold ja nicht zu wissen. Sollte er ruhig etwas schmoren.

Thomas brachte jetzt nicht mehr seinen Lunch von zu Hause mit. Drei Tage hintereinander hatte er die Tragetüte mit den Sandwiches und dem Obst, die Clothilde für ihn zurechtmachte, auf dem Küchentisch liegen lassen, als er zur Arbeit ging. Clothilde hatte dazu geschwiegen. Nach drei Tagen hatte sie begriffen, und jetzt warteten morgens keine Sandwiches mehr auf ihn. Er aß in der Imbißstube am Highway. Er konnte es sich leisten. Onkel Harold hatte seinen Lohn um 10 Dollar in der Woche erhöht. Blödian.

«Wenn jemand nach mir fragt», sagte Onkel Harold, «ich bin im Ausstellungsraum.»

Thomas blickte starr geradeaus und kaute weiter auf seinem Grashalm. Onkel Harold stieg seufzend in seinen Wagen und fuhr davon.

Aus dem Innern der Garage drangen Geräusche: Coyne arbeitete dort an einer Drehbank. Er hatte eines Sonntags gesehen, wie Thomas unten am See einen Faustkampf austrug und war jetzt sehr höflich zu ihm. Wenn Thomas einen Auftrag nicht pünktlich erledigte, sprang Coyne häufig für ihn ein. Thomas spielte mit dem Gedanken, ihm das Abschmieren des für zwei Uhr bestellten Wagens zu überlassen.

Mrs. Dornfield lenkte ihren 40er Ford zu einer Benzinsäule. Thomas stand auf und ging ohne Hast hinüber.

«Hallo, Tommy», sagte Mrs. Dornfield.

«Hallo.»

«Bitte volltanken, Tommy.» Mrs. Dornfield war eine rundliche, etwa dreißigjährige Blondine, deren kindlich-blaue Augen einen enttäuschten Ausdruck hatten. Ihr Mann war Kassierer in der Bank, was günstig war, weil Mrs. Dornfield immer wußte, wo er sich während der Geschäftsstunden befand.

Thomas hängte den Schlauch auf, schraubte die Verschlußkappe zu und machte sich daran, die Windschutzscheibe zu putzen.

«Es wäre nett, Tommy, wenn du mir heute einen Besuch machen würdest», sagte Mrs. Dornfield. So nannte sie es immer – einen Besuch. Sie hatte eine affektierte Art zu sprechen, und das leichte Flattern der Augenlider, Lippen und Hände war typisch für sie.

«Vielleicht kann ich mich um zwei Uhr freimachen», erwiderte Thomas. Ab 1 Uhr 30 saß Mr. Dornfield hinter den Gitterstäben seines Schalterkäfigs.

«Das wird ein netter langer Besuch werden», meinte Mrs. Dornfield.

«Immer vorausgesetzt, daß ich mich freimachen kann.» Thomas wußte nicht, wie er nach dem Lunch über einen Besuch denken würde.

Sie bezahlte mit einem Fünf-Dollar-Schein und ergriff seine Hand, als er ihr das Wechselgeld herausgab. Von Zeit zu Zeit steckte sie ihm nach einem seiner Besuche 10 Dollar zu. Mr. Dornfield gab ihr offenbar nichts, aber auch gar nichts.

Nach den Besuchen bei Mrs. Dornfield hatte Thomas immer Lippenstiftflecke am Hemdkragen, und er ließ sie absichtlich daran, damit Clothilde sie sähe, wenn sie seine Sachen zum Waschen zusammensuchte. Clothilde erwähnte den Lippenstift nie. Das Hemd lag am nächsten Tag stets sauber gewaschen und gebügelt auf seinem Bett.

Nichts von alldem half. Weder Mrs. Dornfield noch Mrs. Berryman, auch nicht die Zwillinge oder eines der anderen Mädchen. Schweine, alle miteinander. Keine von ihnen half ihm wirklich, über die Sache mit Clothilde hinwegzukommen. Er war sicher, daß Clothilde wußte, was er trieb – man konnte in dieser muffigen kleinen Stadt nichts verborgen halten –, und er hoffte, daß es ihr weh tat. Wenigstens so sehr wie ihm. Aber wenn es ihr weh tat, so zeigte sie das nicht.

«Zwei Uhr – die Stunde des Glücks», flötete Mrs. Dornfield.

Da konnte einen doch wirklich das Kotzen ankommen.

Mrs. Dornfield ließ den Motor an und flatterte davon. Thomas setzte sich wieder auf den Stuhl an der Mauer.

Coyne kam, seine Hände abwischend, aus der Garage. «Als ich in deinem Alter war», sagte er und blickte dem die Straße entlangsausenden Ford nach, «war ich sicher, daß ich ihn nicht hochkriegen würde, wenn ich's mit einer verheirateten Frau versuchte.»

«Ich kriege ihn hoch», entgegnete Thomas.

«Kommt mir auch so vor», meinte Coyne. Er war kein übler Kerl, dieser Coyne. Zur Feier von Thomas' siebzehntem Geburtstag hatte Coyne eine ganze Flasche Bourbon gestiftet, die sie am Nachmittag gemeinsam geleert hatten.

Thomas tunkte gerade den Bratensaft des Hacksteaks mit einem Stück Brot von seinem Teller auf, als Joe Kuntz, der Polizist, die Imbißstube betrat. Um diese Zeit – zehn Minuten vor zwei – war das Lokal fast leer, nur zwei Arbeiter vom Holzlagerplatz saßen noch da und Elias, der Schnellkoch, reinigte den Grill. Thomas hatte sich noch nicht entschieden, ob er Bertha Dornfield besuchen würde oder nicht.

Kuntz kam zu Thomas an die Theke und fragte: «Thomas Jordache?»

«Hallo, Joe», sagte Thomas. Kuntz fand sich des öfteren zu einem kleinen Schwatz in der Garage ein und verkündete jedesmal, er werde aus dem Polizeidienst ausscheiden, weil die Bezahlung so schlecht sei.

«Du gibst zu, Thomas Jordache zu sein?» vergewisserte sich Kuntz mit strenger Polizistenstimme.

Thomas sah ihn erstaunt an. «Was soll denn das, Joe?»

«Ich habe dich etwas gefragt, mein Sohn», sagte Kuntz, der in seiner Uniform fast aus den Nähten platzte.

«Sie wissen, wie ich heiße», erwiderte Thomas. «Wo ist da der Witz?»

«Du kommst jetzt mit, mein Sohn. Ich habe einen Haftbefehl gegen dich.» Kuntz packte Thomas am Oberarm. Elias hörte auf, den Grill zu reinigen, und die Männer vom Holzlagerplatz hörten auf, zu essen, und in dem Lokal herrschte tiefe Stille.

«Ich habe ein Stück Kuchen und eine Tasse Kaffee bestellt», sagte Thomas. «Nehmen Sie Ihre Pfoten weg, Joe.»

«Was schuldet er Ihnen, Elias?» erkundigte sich Kuntz, die Finger fest um Thomas' Arm gekrallt.

«Mit Kaffee und Kuchen oder ohne Kaffee und Kuchen?» fragte Elias.

«Ohne.»

«75 Cent», sagte Elias.

«Bezahle, mein Sohn, und komm mit, ohne Aufsehen zu machen.» Kuntz nahm nicht mehr als zwanzig Verhaftungen im Jahr vor, und für diese hier bekam er Meilengeld.

«Okay, okay.» Thomas legte 85 Cent auf die Theke. «Mein Gott, Joe», sagte er, «Sie brechen mir ja den Arm.»

Kuntz führte ihn rasch aus dem Lokal. Pete Spinelli, Joes Kollege, saß am Lenkrad des Streifenwagens, und der Motor lief.

«Pete», bat Thomas, «sagen Sie doch Joe, er soll mich loslassen.»

«Halt den Mund, Junge», fertigte Spinelli ihn ab.

Kuntz schob Thomas auf den Rücksitz, setzte sich neben ihn, und der Streifenwagen fuhr der Stadt zu.

«Die Anklage lautet auf Unzucht mit Minderjährigen», sagte Sergeant Horvath. «Es liegt eine beeidigte Anzeige vor. Ich werde Ihren Onkel benachrichtigen, und er kann Ihnen einen Anwalt stellen. Bringt ihn weg.»

Thomas stand zwischen Kuntz und Spinelli, die ihn jeder an einem Arm festhielten. Sie führten ihn ab und sperrten ihn in eine Zelle. Thomas sah auf seine Uhr. Zwanzig nach zwei. Bertha Dornfield würde heute ohne Besuch auskommen müssen.

Außer Thomas war noch ein Häftling in der Zelle, ein zerlumpter, hagerer Mann von ungefähr fünfzig Jahren mit einem acht Tage alten Stoppelbart. Er war hier, weil er Rotwild gewildert hatte. Wie er Thomas erzählte, war er schon dreiundzwanzigmal wegen Wilderns eingelocht worden.

Harold Jordache ging nervös auf dem Bahnsteig auf und ab. Ausgerechnet an diesem Abend mußte der Zug mit Verspätung kommen. Harold hatte Sodbrennen und betastete ängstlich seinen Bauch. Ärger und Aufregungen schlugen sich bei ihm unweigerlich auf den Magen. Und seit gestern nachmittag um halb drei, als Horvath ihn aus dem Gefängnis anrief, hatte es nichts als Ärger und Aufregungen gegeben. An Schlaf war nicht zu denken gewesen, denn Elsa hatte die ganze Nacht geweint und ihm zwischendurch in heftigen Verzweiflungsausbrüchen mitgeteilt, die Familie sei für alle Zeiten entehrt, sie selbst könne sich nie wieder in der Stadt blicken lassen, und er sei ein ausgemachter Dummkopf gewesen, so ein wildes Tier ins Haus zu nehmen. Er mußte ihr recht geben – er hatte wie ein Dummkopf gehandelt, er war zu gutherzig. Familie hin, Familie her, jedenfalls hätte er an jenem Nachmittag, als Axel aus Port Philip anrief, nein sagen sollen.

Er dachte an Thomas, der im Gefängnis wie ein Verrückter drauflosredete, alles zugab, Namen nannte und keinerlei Scham oder Reue zeigte. Wer konnte sagen, was er noch alles auspacken würde, wenn er schon jetzt soviel erzählte? Harold wußte, wie sehr das kleine Ungeheuer ihn haßte. Was sollte Thomas hindern, von den Schwarzmarktbenzingutscheinen zu sprechen, von den aufgefrisierten Gebrauchtwagen, deren Getriebe höchstens noch hundert Meilen überdauerten, von den unter der Hand – um die staatliche Preiskontrolle zu umgehen – heraufgesetzten Preisen für neue Wagen, von den Ventil- und Kolbenreparaturen an Wagen, bei denen lediglich eine Düse verstopft war? Oder gar von Clothilde? Man nahm einen solchen Jungen ins Haus – und man wurde sein Gefangener. Das Sodbrennen schmerzte wie Messerstiche. Harold begann zu schwitzen, obwohl ein starker Wind wehte und es kalt auf dem Bahnhof war.

Er hoffte, Axel würde eine Menge Geld mitbringen. Und den Geburtsschein. Er hatte Axel telegrafisch gebeten, er möge ihn anrufen, denn Axel hatte kein Telefon. Heutzutage, in unserer Zeit! Er hatte das Telegramm so dringend wie möglich abgefaßt, um sicherzugehen, daß Axel sich meldete, und trotzdem war er fast überrascht gewesen, als das Telefon läutete und er die Stimme seines Bruders vernahm.

Er hörte den Zug um die Kurve vor dem Bahnhof kommen und trat nervös von der Bahnsteigkante zurück. So elend, wie er sich fühlte, hätte es ihn nicht gewundert, wenn er hier und jetzt mit einem Herzanfall zusammengebrochen wäre.

Der Zug verlangsamte die Fahrt und hielt. Einige Leute stiegen aus und hasteten in dem Wind davon. Einen Augenblick lang befiel ihn Panik. Er konnte Axel nirgends entdecken. Das würde Axel ähnlich sehen, ihn mit dem Problem allein zu lassen. Axel war ein gefühlloser Vater; er hatte, seit Thomas in Elysium war, noch kein einziges Mal an Thomas oder ihn geschrieben. Ebensowenig hatte die Mutter von sich hören lassen, diese magere, eingebildete Tochter einer Hure. Und die Geschwister auch nicht. Was konnte man schon von einer solchen Familie erwarten?

Plötzlich sah er einen großen Mann, der eine Arbeitermütze und eine Joppe aus billigem Wollstoff trug und der langsam auf ihn zugehinkt kam. Was für eine Aufmachung! Gott sei Dank, daß der Bahnsteig so dunkel und menschenleer war. Ich muß verrückt gewesen sein, dachte Harold, als ich ihm damals in Port Philip vorschlug, sich mit mir zusammenzutun.

«So, da bin ich», sagte Axel. Er schüttelte ihm nicht die Hand.

«Hallo, Axel», sagte Harold. «Ich hatte schon Angst, du würdest nicht kommen. Wieviel Geld hast du mitgebracht?»

«5000 Dollar», antwortete Axel.

«Hoffentlich genügt das», meinte Harold.

«Es muß genügen», beschied ihn Axel. «Mehr ist nicht da.» Harold fand, der Bruder sehe alt aus, alt und krank. Sein Hinken war schlimmer, als Harold es in Erinnerung hatte.

Sie verließen den Bahnhof und gingen zu Harolds Wagen.

«Wenn du Tommy sehen willst, wirst du bis morgen warten müssen», sagte Harold. «Nach sechs Uhr lassen sie niemand mehr hinein.»

«Ich will den Saukerl nicht sehen», knurrte Axel.

Harold war zwar der Ansicht, es sei sogar unter den gegebenen Umständen falsch, den eigenen Sohn als Saukerl zu bezeichnen, aber er schwieg.

«Hast du schon gegessen, Axel?» fragte er. «Sonst kann Elsa dir was zurechtmachen.»

«Wir wollen keine Zeit verschwenden», erwiderte Axel. «Wem muß ich die Abfindung zahlen?»

«Dem Vater, Abraham Chase. Er ist einer der einflußreichsten Männer unserer Stadt. Ausgerechnet so eine gute Familie mußte sich dein Sohn aussuchen», fügte Harold betrübt hinzu. «Ein Fabrikmädchen war ihm nicht gut genug.»

«Ist er Jude?» erkundigte sich Axel, als sie in den Wagen stiegen.

«Wieso?» fragte Harold irritiert. Das wäre ja genau das Richtige und eine große Hilfe, wenn sich sein Bruder zu allem Überfluß als Nazi entpuppte. «Warum sollte er jüdisch sein?»

«Er heißt Abraham.»

«Nein, nein, es ist eine der ältesten Familien in der Stadt. Den Chases gehört hier praktisch alles. Du kannst von Glück sagen, wenn er dein Geld nimmt.»

«Von Glück», wiederholte Axel. «Genau.»

Harold fuhr aus dem Parkplatz heraus und dem Haus der Familie Chase zu. Es lag im Villenviertel der Stadt, nicht weit von dem Haus der Jordaches entfernt. «Ich habe mit ihm telefoniert und deinen Besuch angekündigt», sagte Harold. «Nach seiner Stimme zu urteilen, war er völlig von Sinnen. Ich kann's ihm nicht verdenken. Es ist schlimm genug, wenn man nach Hause kommt und eine Tochter schwanger findet. Aber *beide*! Und sie sind auch noch Zwillinge.»

«Dann können sie die Babywäsche zu Engrospreisen kaufen.» Axels Lachen klang, als scheppere ein Blechkrug gegen einen Ausguß. «Zwillinge. Da hat er ganz hübsch was zu tun gehabt, der Thomas, wie?»

«Du weißt noch nicht mal die Hälfte», sagte Harold. «Er hat außerdem ein Dutzend Leute verdroschen, seit er hier ist.» Die Geschichten waren ihm in stark übertriebener Form zu Ohren gekommen, da sie zuvor die Kette der Gerüchte in der Stadt durchlaufen hatten. «Es ist ein Wunder, daß man ihn nicht schon längst eingesperrt hat. Alle fürchten sich vor ihm. Es ist das Natürlichste von der Welt, daß sie es ihm anhängen, wenn so was passiert. Aber wer hat darunter zu leiden? Ich. Und Elsa.»

Axel überging die Leiden seines Bruders und seiner Schwägerin. «Woher weiß man überhaupt, daß es mein Junge war?»

«Die Zwillinge haben es ihrem Vater gesagt.» Harold fuhr langsamer. Er hatte es nicht eilig, vor Abraham Chase hinzutreten. «Die beiden Mädchen haben es mit jedem Jungen der Stadt und auch mit vielen Männern getrieben, das ist allgemein bekannt, aber wenn es darum geht, Namen zu nennen, dann fällt ihnen natürlich zuerst dein Tommy ein. Sie sagen nicht, es sei der nette Junge von nebenan gewesen oder Joe Kuntz, der Polizist, oder der Harvard-Student, mit dessen Eltern die Chases zweimal in der Woche Bridge spielen. Nein, sie suchen sich das schwarze Schaf aus. Diese kleinen Nutten sind schlau. Und dein Sohn muß ihnen auch noch vorschwindeln, er sei neunzehn Jahre alt. Dieser Angeber. Unter achtzehn, sagt mein Anwalt, kann man nicht wegen Unzucht mit Minderjährigen festgesetzt werden.»

«Wozu dann die ganze Aufregung?» fragte Axel. «Ich habe doch seinen Geburtsschein.»

«Glaub nur nicht, daß es so einfach ist», sagte Harold. «Mr. Chase schwört, er könne ihn bis zu seinem 21. Geburtstag als jugendlichen Delinquenten einsperren lassen. Und so ist es tatsächlich. Das sind vier Jahre. Und bilde dir nicht ein, daß Tommy seine Lage dadurch verbessert, daß er den Polizisten erzählt, er kenne mindestens zwanzig Burschen, die etwas mit diesen Mädchen gehabt haben, und eine Namensliste vorlegt. Damit verärgert er die Leute nur noch mehr, das ist alles. Er bringt die Stadt in Verruf, und dafür wird er bezahlen müssen. Und wir auch, Elsa und ich. Hier ist mein Laden», sagte er automatisch, als sie an dem Ausstellungsraum vorbeifuhren. «Ich kann froh sein, wenn man mir nicht einen Ziegelstein durchs Fenster wirft.»

«Stehst du dich gut mit Abraham?»

«Mr. Chase ist ein Kunde von mir», erklärte Harold. «Ich habe ihm einen Lincoln verkauft. Ich kann nicht behaupten, daß wir in denselben Kreisen verkehren. Er steht auf der Warteliste für einen neuen Mercury. Ich könnte morgen hundert Wagen verkaufen, wenn ich sie geliefert bekäme. Der verdammte Krieg. Du kannst dir nicht vorstellen, was ich vier Jahre lang durchgemacht habe, nur um mich über Wasser zu halten. Und jetzt, gerade als ich aus dem Gröbsten heraus bin, passiert mir das.»

«Du machst einen recht wohlhabenden Eindruck», sagte Axel.

«Man muß den Schein wahren.» Eines war sicher: Wenn Axel auch nur einen Augenblick geglaubt hatte, seinen Bruder anpumpen zu können, dann war er schiefgewickelt.

«Wer garantiert mir, daß Abraham nicht mein Geld nehmen und der Junge trotzdem im Gefängnis bleiben wird?»

«Mr. Chase ist ein Ehrenmann», versicherte Harold. Er hatte auf einmal schreckliche Angst, daß Axel den einflußreichen Mr. Chase in seinem eigenen Haus mit Abraham anreden würde. «Er hat sie alle in der Tasche, die Polizei, den Richter, den Bürgermeister, die Parteiorganisation. Wenn er dir sagt, das Verfahren wird eingestellt, dann sorgt er auch dafür.»

«Das möchte ich ihm geraten haben», erwiderte Axel. Seine Stimme hatte etwas Drohendes, und Harold erinnerte sich, wie gewalttätig sein Bruder gewesen war, als sie beide, damals noch Jungen, in ihrer deutschen Heimat gelebt hatten. Axel war in den Krieg gezogen und hatte getötet. Er war kein zivilisierter Mensch – mit diesem harten, krankhaft-bleichen Gesicht und diesem Haß auf alle und jeden, sein eigenes Fleisch und Blut nicht ausgenommen. Harold fragte sich, ob er nicht doch einen Fehler gemacht hatte, als er seinen Bruder anrief und ihn aufforderte, nach Elysium zu kommen. Vielleicht wäre es besser gewesen, wenn er versucht hätte, die Sache allein in Ordnung zu bringen. Aber er hatte gewußt, daß es Geld kosten würde, und deswegen war er in Panik geraten. Das Sodbrennen befiel ihn von neuem, als sie vor dem Haus der Familie Chase hielten, einer weißen Villa mit großen Säulen.

Die beiden Männer gingen zur Haustür, und Harold läutete. Er nahm den Hut ab und hielt ihn vor die Brust, fast als grüße er die Fahne. Axel behielt seine Mütze auf.

Die Tür öffnete sich. Ein Dienstmädchen empfing sie und sagte, Mr. Chase erwarte die Herren.

«Sie nehmen Millionen von jungen Burschen mit geraden Gliedern.» Der Wilderer kaute einen Tabakpriem und spuckte von Zeit zu Zeit in eine Blechbüchse, die neben ihm auf dem Boden stand. «Junge Burschen mit geraden Gliedern schicken sie los, damit sie einander mit unmenschlichen Vernichtungswaffen umbringen und verstümmeln, und dann beglückwünschen sie sich und behängen ihre Brust mit Orden und paradieren durch die Straßen der Stadt. Mich aber, mich stecken sie ins Gefängnis und bezeichnen mich als Feind der Gesellschaft, weil ich manchmal durch die Wälder von Amerika schweife und mit einer alten Winchester Kaliber 22 von 1910 einen erstklassigen Bock schieße.» Der Wilderer stammte aus dem Bergland zwischen den Flüssen Missouri und Arkansas, und er sprach wie ein Wanderprediger.

Es gab vier Pritschen in der Zelle, zwei an jeder Längsseite. Der Wilderer, der Dave hieß, lag auf seiner Pritsche, und Thomas lag schräg gegenüber an der anderen Wand. Dave roch ziemlich scharf, und Thomas hielt möglichst viel Abstand von ihm. Sie waren schon zwei Tage in der Zelle, und Thomas wußte bereits recht gut über Dave Bescheid, der allein in einer Hütte am See hauste und froh war, endlich einmal einen ständigen Zuhörer zu haben. Dave war aus dem Bergland nach Detroit gezogen, um dort in der Automobilindustrie zu arbeiten, und nach fünfzehn Jahren hatte er davon genug gehabt. «Ich war in der Lackiererei», erzählte Dave. «Inmitten stinkender Chemikalien und der Hitze eines Schmelzofens habe ich meine gezählten Erdentage dem Lackieren von Wagen gewidmet, damit Leute, die mir scheißegal waren, darin spazieren fahren konnten, und es wurde Frühling, die Bäume schlugen aus, und der Sommer kam, die Ernte wurde eingebracht, und im Herbst machten Stadtleute mit komischen Kappen und Jagdscheinen und Luxusgewehren die Wälder unsicher und schossen das Hochwild. Für mich aber hätte zwischen den Jahreszeiten nicht weniger Unterschied sein können, wenn ich in einem stockdunklen Erdloch an einen Pfahl gekettet gewesen wäre. Ich bin ein Bergbewohner, und ich welkte dahin, bis ich eines Tages erkannte, wo mein Weg lag, und da machte ich mich auf in die Wälder. Ein Mensch muß vorsichtig mit seinen gezählten Erdentagen umgehen, mein Sohn. Es besteht eine Verschwörung, jedes lebende Menschenkind in einem finsteren Erdloch an einen eisernen Pfahl zu ketten. Man darf bloß nicht darauf hereinfallen, wenn sie alles mit den hellen Farben des Regenbogens anstreichen und die teuflischsten Tricks anwenden, um einen glauben zu machen, es sei kein Erdloch, sei kein eiserner Pfahl, sei keine Kette. Der Präsident von General Motors, hoch oben in seinem prächtigen Büro, war genauso angekettet, genauso tief unten im Erdloch wie ich, der ich in der Lackiererei violette Farbe aushustete.»

Dave spuckte Tabaksaft in die Blechbüchse auf dem Boden. Der Schleim klatschte melodisch gegen die Büchsenwand.

«Ich verlange nicht viel», sagte Dave, «nur gelegentlich einen Bock und den Geruch von Waldluft in meiner Nase. Der Polente mache ich keinen Vorwurf daraus, daß sie mich von Zeit zu Zeit ins Gefängnis steckt – das ist ihr Beruf, wie das Jagen der meine ist, und mich kümmert's nicht, daß ich hin und wieder ein paar Monate hinter Gittern verbringen muß. Komischerweise werde ich immer gerade dann geschnappt, wenn der Winter vor der Tür steht, so daß es eigentlich gar nicht schlimm ist. Aber nichts, was sie sagen, wird jemals bewirken, daß ich mich als Verbrecher fühle – o nein. Ich bin ein Amerikaner, der im amerikanischen Wald von amerikanischem Rotwild lebt. Wenn für diese Stadtleute in den Schützenvereinen alle möglichen Verfügungen und Vorschriften erlassen werden, dann soll's mir recht sein. Sie sind nur nicht anwendbar, sind einfach nicht anwendbar.»

Er spuckte wieder aus. «Es gibt etwas, womit ich überhaupt nicht zurechtkomme – und das ist die Heuchelei. Einmal hatte derselbe Richter, der mich verurteilte, Wildbret gegessen, das ich acht Tage zuvor geschossen hatte, er aß es ganz selbstverständlich am Eßtisch seines Hauses, und seine Köchin hatte es von seinem Geld gekauft. Die Heuchelei ist die Krebskrankheit unserer Seele. Sieh dir nur mal deinen Fall an, mein Sohn. Was hast du getan? Du hast etwas getan, von dem jedermann weiß, daß er es tun würde, wenn er Gelegenheit dazu hätte – dir wurde ein nettes, saftiges Schwanzstück angeboten, und du hast es genommen. In deinem Alter, mein Sohn, sind die Lenden in Aufruhr, und dagegen können alle Paragraphen des Gesetzbuches nichts ausrichten. Ich wette, wenn derselbe Richter, der dich für Jahre deines jungen Lebens einlochen will, von diesen beiden rundärschigen jungen Mädchen das Angebot bekäme, von dem du mir erzählt hast – also wenn eben dieser Richter das Angebot bekäme und sicher wäre, daß niemand ihn sehen kann, dann würde er es mit diesen rundärschigen jungen Mädchen treiben wie ein närrischer Geißbock. Nicht anders als der Richter, der mein Wildbret aß. Unzucht mit Minderjährigen.» Dave spuckte angeekelt aus. «Alte-Männer-Gesetze. Was weiß ein junger Schwanz schon von Unzucht? Es ist Heuchelei, mein Sohn, die reine Heuchelei, wohin du auch blickst.»

Joe Kuntz erschien an der Zellentür und schloß sie auf. «Kommen Sie mit, Jordache», sagte er. Seit Thomas dem Anwalt, der im Auftrag von Onkel Harold gekommen war, erzählt hatte, auch Joe Kuntz sei mit den Zwillingen intim gewesen, war der Polizist, der das natürlich erfahren hatte, nicht gerade freundlich zu ihm. Er war verheiratet und Vater von drei Kindern.

Axel Jordache wartete mit Onkel Harold und dem Anwalt in Horvaths Büro. Der Anwalt war ein bekümmert dreinblickender junger Mann mit pickeligem Gesicht und dicken Brillengläsern. Thomas fand, sein Vater habe noch nie so schlecht ausgesehen, nicht einmal an dem Tag, an dem er ihn geschlagen hatte.

Er wartete auf einen Gruß des Vaters, aber Axel blieb still, und so blieb auch er still.

«Thomas», begann der Anwalt, «ich freue mich, Ihnen mitteilen zu können, daß die Sache zur allseitigen Zufriedenheit geregelt worden ist.»

«Jawohl», bestätigte Horvath hinter dem Schreibtisch. Es klang nicht gerade sehr zufrieden.

«Sie sind ein freier Mann, Thomas», sagte der Anwalt.

Thomas blickte zweifelnd die fünf Männer im Zimmer an. Auf keinem der Gesichter war so etwas wie Wohlwollen zu erkennen. «Sie meinen, ich kann hier einfach abhauen?» fragte er.

«Genau», erwiderte der Anwalt.

«Gehen wir», sagte Axel Jordache. «Ich habe sowieso genug Zeit in dieser verdammten Stadt verschwendet.» Er drehte sich abrupt um und hinkte hinaus.

Thomas mußte sich zwingen, langsam hinter seinem Vater herzugehen. Es drängte ihn, schleunigst loszulaufen, bevor irgend jemand anderen Sinnes wurde.

Draußen war ein sonniger Spätnachmittag. Da die Zelle keine Fenster hatte, war es unmöglich gewesen, zu erkennen, ob es regnete oder die Sonne schien. Onkel Harold ging an der einen Seite von Thomas, sein Vater an der andern. Auch das war eine Art von Verhaftung.

Sie stiegen in Onkel Harolds Wagen. Da Axel vorn Platz nahm, hatte Thomas den Rücksitz für sich allein. Er stellte keine Fragen.

«Falls es dich interessiert – ich habe dich ausgelöst», sagte sein Vater, ohne sich umzuwenden. Er sprach gewissermaßen zu der Windschutzscheibe. «5000 Dollar habe ich diesem Shylock für sein Pfund Fleisch gezahlt. Damit hattest du wohl den teuersten Fick der Weltgeschichte. Ich hoffe, er war das Geld wert.»

Thomas wollte sagen, daß es ihm leid täte und daß er es irgendwie eines Tages wiedergutmachen würde. Aber die Worte blieben ihm im Hals stecken.

«Bilde dir bloß nicht ein, daß ich es deinetwegen getan habe», fuhr sein Vater fort, «oder für deinen Onkel.»

«Bitte, Axel ...» begann Harold.

«Ihr beide könntet heute nacht abkratzen, und es würde mir nicht den Appetit verderben», sagte Axel. «Ich habe es für das einzige Familienmitglied getan, das mehr als einen Pfifferling wert ist – für deinen Bruder Rudolph. Er soll nicht mit einem Sträflingsbruder am Hals ins Leben hinausgehen. Aber dies ist das letzte Mal, daß ich etwas von dir sehen oder hören will. Ich fahre jetzt nach Port Philip zurück, und das ist das Ende zwischen uns beiden. Hast du verstanden?»

«Jawohl», antwortete Thomas tonlos.

«Auch *du* verläßt die Stadt», sagte Onkel Harold zu Thomas. Seine Stimme zitterte. «Das ist die Bedingung, die Mr. Chase gestellt hat, und ich bin voll und ganz seiner Meinung. Wir fahren jetzt zu uns, damit du deine Sachen packen kannst, aber du schläfst keine Nacht mehr in meinem Haus. Hast du auch das verstanden?»

«Jawohl», erwiderte Thomas. Sie konnten die Stadt haben. Wen kümmerte das schon?

Es wurde nicht mehr gesprochen. Als Onkel Harold am Bahnhof hielt, stieg

Axel Jordache wortlos aus und hinkte davon. Die Wagentür ließ er offen, so daß Onkel Harold hinübergreifen und sie zuschlagen mußte.

In dem kahlen Zimmer unter dem Dach stand eine schäbige kleine Reisetasche auf dem Bett. Thomas erkannte sie wieder. Sie gehörte Clothilde. Das Bett war abgezogen, die Matratze zusammengerollt, als fürchte seine Tante, er könnte sich heimlich ein paar Minuten Schlaf darin gönnen. Tante Elsa und die Mädchen waren nicht im Haus. Um jede ansteckende Berührung zu vermeiden, hatte Tante Elsa für den Nachmittag einen Kinobesuch arrangiert.

Thomas stopfte seine Habseligkeiten in die Reisetasche. Es war nicht viel: ein paar Hemden, Unterwäsche und Socken, ein zweites Paar Schuhe und ein Pullover. Die Arbeitskleidung, in der er festgenommen worden war, vertauschte er mit dem neuen grauen Anzug, den ihm Tante Elsa zum Geburtstag gekauft hatte.

Er blickte sich im Zimmer um. Das Bibliotheksbuch, ‹Riders of the Purple Sage›, lag auf dem Tisch. Man hatte ihm dauernd Mahnungen geschickt, daß der Rückgabetermin überschritten sei und er 2 Cent für jeden zusätzlichen Tag bezahlen müsse. Inzwischen schuldete er der Bibliothek bestimmt schon 10 Dollar. Er warf das Buch in die Reisetasche. Eine Erinnerung an Elysium, Ohio.

Thomas schloß die Tasche und ging in die Küche hinunter, um sich bei Clothilde zu bedanken. Aber sie war nicht in der Küche.

Er ging durch die Diele. Im Eßzimmer stand Onkel Harold und verzehrte ein großes Stück Apfelkuchen. Seine Hände zitterten, als er den Kuchen zum Mund führte. Onkel Harold aß immer, wenn er nervös war. «Solltest du Clothilde suchen», sagte Onkel Harold, «so kannst du dir die Mühe sparen. Ich habe sie mit Tante Elsa und den Mädchen ins Kino geschickt.»

Na schön, dachte Thomas, immerhin ist sie durch mich zu einem Kinobesuch gekommen. Das ist wenigstens etwas.

«Hast du Geld?» fragte Onkel Harold. «Ich will nicht, daß du wegen Landstreicherei aufgegriffen wirst und ich die ganze Sache noch einmal durchmachen muß.» Er schlang gierig den Apfelkuchen in sich hinein.

«Ich habe Geld», sagte Thomas. Er besaß 21 Dollar und etwas Kleingeld.

«Gut. Laß deinen Schlüssel hier.»

Thomas nahm den Schlüssel aus der Tasche und legte ihn auf den Tisch. Er war versucht, Onkel Harold den Rest des Kuchens ins Gesicht zu klatschen, aber was hätte das schon genutzt?

Sie starrten einander an. Ein Stückchen Apfel rutschte über Onkel Harolds Kinn.

«Gib Clothilde einen Kuß von mir», sagte Thomas und ging mit Clothildes Reisetasche in der Hand aus dem Haus.

Er schlenderte zum Bahnhof und kaufte für 20 Dollar eine Fahrkarte. Das Ziel war ihm gleichgültig – nur fort von Elysium, Ohio.

10

Die Katze saß in ihrer Ecke und starrte ihn feindselig, ohne zu blinzeln, an. Ihre Feinde waren austauschbar. Ganz gleich, wer des Nachts in den Keller kam, um in der zermürbenden Hitze zu arbeiten, er wurde von der Katze mit demselben Haß, derselben topasfarbenen Mordlust in den gelben Augen betrachtet. Das beharrliche kalte Starren der Katze machte Rudolph nervös, als er die Brötchen in den Backofen schob. Wenn irgend jemand, und sei es auch nur ein Tier, ihn nicht mochte, empfand er Unbehagen. Er hatte versucht, die Zuneigung der Katze durch eine Extraschüssel Milch, durch Liebkosungen, durch ein gelegentliches «Komm, mein gutes Miezchen» zu gewinnen, aber die Katze wußte, daß sie kein gutes Miezchen war und lag mordlüstern mit zukkendem Schwanz da.

Axel war seit drei Tagen fort. Aus Elysium war bisher keine Nachricht gekommen, und Rudolph wußte nicht, wie viele Nächte er noch in den Keller hinuntersteigen und die Hitze, den Mehlstaub, das anstrengende Heben, Einschieben und Herausholen der Bleche auf sich nehmen mußte. Unfaßbar, daß sein Vater das durchhielt, jahrein, jahraus. Nach nur drei Nächten war Rudolph völlig ausgepumpt, mit bläulichen Schatten unter den Augen und eingefallenen Wangen. Hinzu kam, daß er morgens nach wie vor die Kunden mit Brötchen beliefern mußte. Und danach ging's in die Schule. Am nächsten Tag fand eine wichtige Prüfung in Mathematik statt, aber er hatte keine Zeit gefunden, sich darauf vorzubereiten, und in Mathematik war er sowieso nicht gut.

Schwitzend, mit den riesigen, eingefetteten Backblechen kämpfend, Mehl kalkig über die nackten Arme und das Gesicht geschmiert, war er nach drei Nächten das Gespenst seines Vaters, brach fast unter der Strafe zusammen, die sein Vater sechstausend Nächte erduldet hatte. Guter Sohn, treuer Sohn. Scheiß drauf. Er bereute bitter, daß er an Feiertagen bei Hochbetrieb heruntergekommen war, um seinem Vater zu helfen, so daß er auf diese Weise das Bäckerhandwerk annähernd erlernt hatte. Thomas war gescheiter gewesen. Von dem aus konnte die Familie zur Hölle fahren. In was für Schwierigkeiten Thomas jetzt auch steckte (Axel hatte Rudolph nicht gesagt, um was es sich handelte, als das Telegramm aus Elysium kam), er mußte es auf jeden Fall besser haben als der pflichtgetreue Sohn in dem glühendheißen Keller.

Und Gretchen – für 60 Dollar in der Woche nur eben dreimal am Abend über eine Bühne laufen ...

In den letzten drei Nächten hatte sich Rudolph ausgerechnet, wieviel die Bäckerei Jordache ungefähr einbrachte: rund 60 Dollar in der Woche nach Abzug der Miete, der Unkosten und der 30 Dollar Lohn für die Witwe, die sich während der Krankheit seiner Mutter um den Laden kümmerte.

Er erinnerte sich an die mehr als 12 Dollar, die Boylan in dem Restaurant in New York bezahlt hatte, und an all das Geld für Drinks in jener einen Nacht.

Boylan war für zwei Monate nach Hobe Sound in Florida gefahren. Seit der Krieg zu Ende war, wurde das Leben allmählich wieder normal.

Rudolph schob ein neues Blech mit Brötchen in den Backofen.

Stimmenlärm weckte ihn. Er stöhnte. Schon fünf Uhr? Mechanisch stieg er aus dem Bett. Er bemerkte, daß er angezogen war und schüttelte verständnislos den Kopf. Wie konnte er angezogen sein? Er schaute mit benommenem Blick auf die Uhr. Viertel vor sechs. Plötzlich erinnerte er sich. Es war nicht morgens. Er hatte sich, als er aus der Schule kam, auf sein Bett geworfen, um vor der Nachtarbeit ein wenig auszuruhen. Nun erkannte er auch die Stimme seines Vaters. Der Vater mußte zurückgekehrt sein, während er schlief. Sein erster Gedanke war selbstsüchtig: Heute nacht brauche ich nicht zu arbeiten.

Er legte sich wieder hin. Die Stimmen – es waren zwei, die eine hoch und erregt, die andere tief und erklärend – kamen von unten. Sein Vater und seine Mutter stritten. Müde, wie er war, ließ ihn das kalt. Aber er konnte bei diesem Lärm nicht schlafen, also lauschte er.

Mary Pease Jordache zog um. Nicht weit weg, nur in Gretchens Zimmer auf der anderen Seite der Diele. Obgleich ihre Beine von der Venenentzündung schmerzten, schleppte sie sich hin und her, trug Kleider, Unterwäsche und Pullover in das andere Zimmer, dann Schuhe, Kämme, Fotografien von den Kindern, als sie noch klein waren, Rudolphs Sammelalbum, ihren Nähkasten, ‹Vom Winde verweht›, ein zerknittertes Päckchen Camel und alte Handtaschen. Alles, was sie besaß, holte sie aus dem Zimmer heraus, das sie seit zwanzig Jahren verabscheute, und häufte die Sachen auf Gretchens unbezogenes Bett. Jedesmal wenn sie einen neuen Packen ablud, stieg eine kleine Staubwolke von der Matratze auf.

Sie begleitete ihre Tätigkeit mit einem rebellierenden Selbstgespräch. «Ich habe es satt, dieses Zimmer. Zwanzig Jahre zu spät, aber jetzt ist Schluß. Niemand nimmt Rücksicht auf mich, also werde ich von jetzt an meine eigenen Wege gehen. Ich werde mich nicht mehr von einem Narren herumkommandieren lassen. Von einem Mann, der durchs halbe Land reist, um einem vollständig Fremden 5000 Dollar zu schenken. Die Ersparnisse eines ganzen Lebens. *Meines* Lebens. Tagaus, tagein habe ich geschuftet und mir alles versagt, ich bin eine alte Frau geworden, um dieses Geld zu sparen. Mein Sohn sollte aufs College gehen, sollte ein Herr werden. Aber nun geht er nirgendwohin, er wird's zu nichts bringen, denn mein vortrefflicher Gatte mußte zeigen, was für ein großer Mann er ist. Mußte Millionären in Ohio fünf Tausend-Dollar-Noten aushändigen, damit sein teurer Bruder und dessen dicke Frau nicht in Verlegenheit kommen, wenn sie mit ihrem Lincoln Continental zur Oper fahren.»

«Es ging ja gar nicht um meinen Bruder oder seine dicke Frau», widersprach Axel Jordache. Er saß auf dem Bett und ließ seine Hände zwischen den Knien baumeln. «Du weißt doch, daß ich es für Rudy getan habe. Was würde es ihm nützen, aufs College zu gehen, wenn eines Tages plötzlich herauskäme, daß er einen Bruder im Gefängnis hat?»

«Er gehört ins Gefängnis», sagte Mary Pease Jordache. «Das ist der natürliche Aufenthaltsort für ihn. Für Thomas. Wenn du bei jeder Gefängnisstrafe, die ihm droht, 5000 Dollar hinblättern willst, solltest du lieber gleich die Bäckerei aufgeben und ins Ölgeschäft einsteigen oder Bankier werden. Ich wette, du bist dir fabelhaft vorgekommen, als du diesem Mann das Geld gabst. Du warst stolz, stimmt's? Dein Sohn. Aus dem gleichen Holz geschnitzt wie der Vater. Voller Sex. Potent. Immer auf der Lauer. Er begnügt sich nicht damit, jeweils ein Mädchen in andere Umstände zu bringen. O nein, nicht Axel Jordaches Sohn. Zwei zur gleichen Zeit, so gehört es sich für die Familie, aus der er kommt. Nun, wenn Axel Jordache in Zukunft zeigen will, was für ein Supermann er im Bett ist, dann sollte er sich schleunigst nach einem Zwillingspaar umsehen. Hier ist nämlich Schluß. Mein Leidensweg ist zu Ende.»

«O Gott», sagte Jordache. «Leidensweg.»

«Schmutz, Schmutz!» kreischte Mary Jordache. «Von einer Generation zur andern. Deine Tochter taugt auch nichts, sie ist eine Hure. Ich habe das Geld gesehen, das sie sich von den Männern für ihre Dienstleistungen zahlen ließ – 800 Dollar. Ich habe die Scheine hier im Haus mit eigenen Augen gesehen, sie waren in einem Buch versteckt. *800* Dollar. Deine Kinder verlangen hohe Preise. Nun, auch ich werde meinen Preis festsetzen. Wenn du etwas von mir willst, wenn du willst, daß ich im Laden arbeite, wenn du willst, daß ich mit dir schlafe, dann zahle. Diese Frau da unten bekommt 30 Dollar in der Woche, und dabei macht sie nur die halbe Arbeit, geht abends nach Hause. 30 Dollar die Woche, das ist mein Preis. Ein günstiger Preis für dich. Nur will ich zuerst meinen rückständigen Lohn. Zwanzig Jahre waren es, die Woche zu 30 Dollar. Ich habe es ausgerechnet. 30 000 Dollar. Du legst 30 000 Dollar auf den Tisch, dann spreche ich wieder mit dir. Vorher nicht.»

Sie hatte die letzten Kleidungsstücke zusammengerafft und hastete hinaus. Die Tür zu Gretchens Zimmer fiel hinter ihr krachend ins Schloß.

Jordache schüttelte den Kopf, dann stand er auf, hinkte nach oben und betrat Rudolphs Zimmer.

Rudolph lag mit offenen Augen auf dem Bett.

«Ich nehme an, du hast alles gehört», sagte Jordache.

«Ja», sagte Rudolph.

«Es tut mir leid.»

«Ja.»

Jordache wandte sich zum Gehen. «Ich will mal im Laden nach dem Rechten sehen.»

«Ich komme gleich nach und helfe dir», sagte Rudolph.

«Du schläfst jetzt», befahl Jordache. «Unten hast du nichts zu suchen.»

Er verließ das Zimmer.

11

1946

In Westermans Keller brannte gedämpftes Licht. Sie hatten ihn als Hobbyraum eingerichtet und veranstalteten dort Parties. Auch an diesem Abend hatten sich etwa zwanzig Jungen und Mädchen eingefunden, von denen einige tanzten, andere in dunklen Ecken knutschten und wieder andere sich eine Schallplatte anhörten: Benny Goodman spielte ‹Paper Doll›.

Die River Five übten jetzt kaum noch, denn einige aus der Armee entlassene Jungen hatten ebenfalls eine Band gegründet, und sie bekamen die meisten Aufträge. Rudolph verübelte es den Leuten nicht, daß sie die andere Kapelle vorzogen. Die Jungen waren älter und spielten viel besser als die River Five.

Alex Dailey tanzte in der Mitte des Raums eng umschlungen mit Lila Belkamp. Sie erzählten jedem, der es hören wollte, daß sie im Juni, wenn sie die Schule hinter sich hätten, heiraten würden. Alex war neunzehn und tat sich etwas schwer in der Schule. Lila war in Ordnung, ein bißchen albern und überspannt, aber in Ordnung. Rudolph fragte sich, ob seine Mutter als Neunzehnjährige wohl so ähnlich wie Lila ausgesehen habe. Er bedauerte, daß er Alex keine Tonbandaufnahme von den wilden Anklagen vorspielen konnte, mit denen sie seinen Vater nach der Rückkehr aus Elysium überhäuft hatte. Man sollte es jedem Ehekandidaten zur Pflicht machen, sich dieses Gerede anzuhören, dachte er. Vielleicht gäbe es dann keinen solchen Ansturm auf die Kirchen.

Rudolph saß in einer Ecke des Raums in einem schadhaften alten Sessel und hatte Julie auf dem Schoß. Es gab hier noch mehr Mädchen, die auf dem Schoß ihrer Freunde saßen, aber Rudolph wäre es lieber gewesen, wenn Julie sich einen anderen Platz ausgesucht hätte. Ihm mißfiel der Gedanke, daß die Leute ihn so sahen und errieten, was er empfand. Es gab Dinge, von denen andere Menschen nichts zu wissen brauchten. Er konnte sich nicht vorstellen, daß Teddy Boylan jemals vor aller Augen ein Mädchen auf seinem Schoß hatte sitzen lassen. Aber wenn er Julie auch nur die leiseste Andeutung machte, würde es mächtigen Krach geben.

Julie schmiegte ihren Kopf an seine Schulter und küßte ihn. Er küßte sie natürlich wieder und fand es auch schön, aber er wünschte trotzdem, sie würde die Knutscherei unterlassen.

Sie hatte sich für den Herbst im Barnard College angemeldet und war ziemlich sicher, daß man sie aufnehmen würde. Schließlich hatte sie gute Noten. Sie wollte, daß Rudolph versuchte, an die Columbia University zu kommen, damit sie in New York einander ganz nah wären. Rudolph gab vor, Harvard oder Yale in Erwägung zu ziehen. Er brachte es nicht über sich, Julie zu gestehen, daß er nicht aufs College gehen konnte.

Julie kuschelte sich enger an ihn, preßte den Kopf unter sein Kinn und ließ ein schnurrendes Geräusch hören, das ihn sonst immer zum Lachen brachte. Diesmal aber blickte er stumm über ihren Kopf hinweg auf die anderen Partygäste. Wahrscheinlich war er der einzige Junge im Raum, der noch nie mit einem Mädchen geschlafen hatte. Von Buddy Westerman, Dailey, Kessler und den meisten anderen wußte er, daß sie auf diesem Gebiet bereits Erfahrungen gesammelt hatten, obwohl der eine oder andere vermutlich log, wenn die Frage aufgeworfen wurde. Das war nicht das einzige, worin er sich von den anderen unterschied. Er fragte sich, ob sie ihn eingeladen hätten, wenn sie wüßten, daß sein Vater zwei Menschen getötet hatte, daß sein Bruder wegen Unzucht mit Minderjährigen im Gefängnis gewesen war, daß seine Schwester mit einem verheirateten Mann zusammenlebte und ein Kind erwartete (sie hatte es ihm geschrieben, damit es nicht, wie sie sich ausdrückte, eine schreckliche Überraschung würde) und daß seine Mutter nur für 30 000 Dollar bereit war, mit seinem Vater ins Bett zu gehen.

Die Jordaches waren eigenartige Menschen, darüber bestand kein Zweifel.

Buddy Westerman kam vorbei und rief ihnen zu: «He, Kinder, oben gibt es Punsch, Sandwiches und Kuchen.»

«Danke, Buddy», sagte Rudolph. Wenn Julie doch in drei Teufels Namen von seinem Schoß heruntergehen wollte!

Buddy teilte auch den anderen Paaren mit, daß oben Erfrischungen bereitstünden. Mit Buddy war alles in Ordnung. Er wollte aufs Cornell College gehen und dann Jura studieren, denn sein Vater hatte eine solide Anwaltspraxis in Port Philip. Die neue Band hatte bei Buddy angefragt, ob er für sie die Baßtrommel übernehmen wolle, aber aus Loyalität den River Five gegenüber hatte er abgelehnt. Rudolph gab Buddys Loyalität nur eine Dauer von etwa drei Wochen. Buddy war der geborene Musiker, und da er selbst sagte: «Diese Jungen wissen, was Musik ist», konnte man nicht erwarten, daß er ewig durchhielt, zumal die River Five jetzt höchstens einmal im Monat spielten.

Während Rudolph die Jungen reihum betrachtete, wurde ihm klar, daß jeder einzelne von ihnen seinen Weg kannte. Kesslers Vater hatte eine Apotheke, und Kessler würde nach dem College die pharmazeutische Schule besuchen, um später das Geschäft seines alten Herrn zu übernehmen. Starretts Vater war Immobilienmakler, und Starrett würde nach Harvard auf die Handelshochschule gehen, damit er seinem Vater als Anlageberater zur Seite stehen konnte. Lawsons Familie besaß eine Maschinenfabrik, also würde Lawson Maschinenbau studieren. Und Dailey, der fürs College wahrscheinlich zu schwer von Begriff war, würde in die Firma seines Vaters, ein Installationsgeschäft, eintreten.

Der väterliche Backofen bot Rudolph gewaltige Möglichkeiten. «Ich gehe in den Getreidehandel.» Oder: «Ich werde nach Deutschland auswandern und dort die Offizierslaufbahn einschlagen. Mein Vater ist ein ehemaliger deutscher Soldat.»

Rudolph fühlte, wie krankhafter Neid auf seine Freunde ihn überkam. Auf dem Grammophon spielte jetzt Benny Goodman die Klarinette, und die Töne waren wie silbernes Spitzengewebe. Rudolph beneidete auch ihn. Vielleicht am meisten von allen.

In einer solchen Nacht konnte man verstehen, warum Leute in Banken einbrachen.

Rudolph beschloß, nicht mehr auf Parties zu gehen. Er gehörte nicht dahin, wenn er auch der einzige war, der das wußte.

Er wollte nach Hause. Er war müde. In letzter Zeit war er immer müde. Abgesehen von der Fahrradrunde am frühen Morgen mußte er sich jeden Nachmittag von vier bis sieben um den Laden kümmern. Die Witwe hatte erklärt, auf die Dauer könne sie nicht den ganzen Tag arbeiten, denn sie müsse ja auch ihre Kinder versorgen. Für Rudolph hatte das bedeutet, das Baseballtraining und sein Amt als Schulsprecher aufzugeben, und seine Noten in der Schule waren schlechter geworden, da er nie die Energie aufbrachte, sich intensiv seinen Studien zu widmen. Außerdem war er gesundheitlich nicht auf der Höhe: eine Erkältung, die nach Weihnachten angefangen hatte und sich den ganzen Winter hinzuschleppen schien.

«Julie», sagte er, «laß uns gehen.»

Sie richtete sich überrascht auf.

«Es ist doch noch früh», protestierte sie. «Und die Party ist so nett.»

«Ich weiß, ich weiß.» Es klang ungeduldiger, als er beabsichtigt hatte. «Aber ich möchte hier weg.»

«Zu mir nach Hause können wir nicht», sagte sie. «Meine Eltern haben ihren Bridgeabend. Heute ist Freitag.»

«Ich will hier weg», beharrte er.

«Dann geh allein.» Sie erhob sich von seinem Schoß und stand wütend vor ihm. «Ich werde schon jemand finden, der mich nach Hause bringt.»

Er war versucht, alles hervorzusprudeln, was ihm solche Sorgen machte. Vielleicht würde sie dann begreifen.

«Also wirklich –» Julie hatte Tränen in den Augen – «dies ist die erste Party, die wir seit Monaten mitmachen, und du willst schon gehen, bevor sie richtig angefangen hat.»

«Ich fühle mich hundeelend», sagte er und stand auf.

«Wie sonderbar», bemerkte sie. «Ausgerechnet an den Abenden, an denen du mit mir zusammen bist, fühlst du dich hundeelend. Ich wette, du fühlst dich immer glänzend, wenn du bei Teddy Boylan bist.»

«Ach, laß Boylan aus dem Spiel, ja? Ich habe ihn seit Wochen nicht gesehen.»

«Nanu, ist ihm das Wasserstoffsuperoxyd ausgegangen?»

«Sehr witzig», sagte Rudolph müde.

Sie machte mit schwingendem Pferdeschwanz auf dem Absatz kehrt und ging zu der Gruppe am Grammophon hinüber. Sie war das hübscheste Mädchen im Raum, stupsnasig, gepflegt, redegewandt, schlank, liebenswert – und Rudolph wünschte, daß sie für sechs Monate oder ein Jahr fortgehen und erst zurückkommen würde, wenn er seine Müdigkeit überwunden und alles in Ruhe bedacht hatte, und daß sie dann ganz von neuem beginnen könnten.

Er ging hinauf, zog seinen Mantel an und verließ das Haus, ohne sich von irgendwem zu verabschieden. Unten wurde jetzt eine Platte von Judy Garland gespielt: ‹The Trolley Song›.

Draußen regnete es, ein kalter, vom Fluß herüberwehender Februarregen schlug ihm mit dem Wind entgegen. Er hustete in seinen Mantel hinein, während die Feuchtigkeit in seinen hochgeklappten Kragen sickerte. Langsam ging er heimwärts. Am liebsten hätte er geweint. Er verabscheute diese Szenen mit Julie, und sie wurden immer häufiger. Wenn sie zusammen ins Bett gehen und einander richtig lieben könnten – nicht diese alberne, verkrampfte Fummelei und Knutscherei, deren sie sich hinterher beide schämten –, dann würde es bestimmt nicht mehr dauernd Krach zwischen ihnen geben. Aber er konnte sich einfach nicht überwinden, aufs Ganze zu gehen. Sie würden es heimlich tun müssen, sie würden lügen, sich irgendwo wie Verbrecher verstecken müssen. Rudolphs Entschluß stand seit langem fest: Es sollte entweder vollkommen sein oder gar nicht geschehen.

Der Hoteldirektor öffnete die Tür des Appartements. Es hatte einen Balkon mit Aussicht auf das Mittelmeer. Der Duft von Jasmin und Thymian erfüllte den Raum. Die beiden sonnengebräunten jungen Leute sahen sich kühl im Zimmer um, warfen einen flüchtigen Blick auf das Mittelmeer. Uniformierte Hotelpagen brachten viele Lederkoffer herein und verteilten sie in den Zimmern.

«Ça vous plaît, monsieur?» fragte der Direktor.

«Ça va», antwortete der sonnengebräunte junge Mann.

«Merci, monsieur.» Der Hoteldirektor ging rückwärts aus dem Zimmer.

Die beiden sonnengebräunten jungen Leute traten auf den Balkon und betrachteten das Meer. Sie küßten sich vor dem blaugoldenen Hintergrund. Es duftete jetzt stärker nach Jasmin und Thymian.

Oder:

Es war nur eine kleine Blockhütte mit hohen Schneewehen an den Seitenwänden. Dahinter ragten die Berge auf. Die beiden sonnengebräunten jungen Leu-

te kamen herein und schüttelten lachend den Schnee von ihren Kleidern. Im Kamin loderte ein Feuer. Der Schnee lag sehr hoch, er reichte bis über die Fenster. Sie waren ganz allein in der Gebirgswelt. Die beiden sonnengebräunten jungen Leute ließen sich auf den Boden vor dem Kamin sinken.

Oder:

Die beiden sonnengebräunten jungen Leute schritten über den roten Teppich auf dem Bahnsteig. Der ‹Twentieth Century› nach Chicago stand schimmernd auf den Schienen. Die beiden jungen Leute gingen an dem Gepäckträger in seiner weißen Jacke vorbei und stiegen in den Zug. Das Luxusabteil war voller Blumen. Es duftete nach Rosen. Die beiden sonnengebräunten jungen Leute sahen einander lächelnd an und schlenderten in den Salonwagen, um einen Drink zu nehmen.

Oder ...

Ein Hustenanfall schüttelte Rudolph, als er in die Vanderhoff Street einbog und der Wind ihm kalten Regen ins Gesicht trieb. Ich habe zu viele blöde Filme gesehen, dachte er.

Aus dem Keller der Bäckerei drang Licht durch das Fenstergitter herauf. Die Ewige Flamme. Axel Jordache, der Unbekannte Soldat. Wenn Vater stirbt, ging es Rudolph durch den Kopf, wird dann jemand daran denken, das Licht auszulöschen?

Er zögerte, das Schlüsselbund in der Hand. Seit seine Mutter in jener Nacht so verrückt über die 30 000 Dollar gesprochen hatte, tat ihm sein Vater aufrichtig leid. Axel Jordache schlurfte still und leise durchs Haus wie ein Mann, der soeben nach einer schweren Operation aus dem Krankenhaus gekommen ist, ein Mann, der die warnende Hand des Todes auf seiner Schulter gespürt hat. Der Vater war Rudolph immer stark, schrecklich stark erschienen. Er hatte eine laute Stimme gehabt, seine Bewegungen waren abrupt und ungezügelt gewesen. Und nun dieses häufige lange Schweigen, die zaudernden Gesten, die behutsame, wie um Verzeihung bittende Art, eine Zeitung aufzuschlagen oder sich Kaffee einzugießen, immer darauf bedacht, keinen unnötigen Lärm zu machen – das alles war irgendwie beängstigend. Plötzlich hatte Rudolph das Gefühl, der Vater bereite sich auf sein Grab vor. Im dunklen Hausflur stehend, die Hand auf dem Treppengeländer, fragte er sich zum erstenmal seit seiner frühen Kindheit, ob er den Vater liebe oder nicht.

Rudolph ging zu der Tür, die in die Bäckerei führte, schloß sie auf, durchquerte den Laden und stieg vom Hinterzimmer aus in den Keller hinunter.

Der Vater tat nichts, saß nur auf seiner Bank und starrte den Backofen an. Neben ihm auf dem Fußboden stand die Whiskyflasche. Die Katze hatte sich in der Ecke zusammengerollt.

«Hallo, Pa», sagte Rudolph.

Axel Jordache wandte langsam den Kopf und nickte.

«Ich wollte nur mal sehen, ob ich dir helfen kann.»

«Nein», erwiderte der Vater. Er beugte sich vor, ergriff die Flasche und trank einen kleinen Schluck. Dann hielt er Rudolph die Flasche hin. «Magst du?»

«Ja, danke.» Rudolph wollte keinen Whisky, aber er hatte das Gefühl, der Vater werde es gern sehen, wenn er ebenfalls trank. Die Flasche war schlüpfrig vom Schweiß des Vaters. Er nahm einen Schluck. Der Whisky brannte in seinem Mund und in seiner Kehle.

«Du bist ja klatschnaß», sagte der Vater.

«Es regnet.»

«Zieh deinen Mantel aus. Du kannst doch nicht in dem nassen Mantel dasitzen.»

Rudolph zog den Mantel aus und hängte ihn an einen Haken. «Wie geht's dir denn, Pa?» fragte er. Nie zuvor hatte er so zu seinem Vater gesprochen.

Axel lachte still in sich hinein und antwortete nicht. Er nahm noch einen Schluck Whisky.

«Was hast du heute abend getan?» erkundigte er sich.

«Ich war auf einer Party.»

«Auf einer Party.» Axel nickte. «Hast du Trompete geblasen?»

«Nein.»

«Was machen die Leute heutzutage bei einer Party?»

«Ich weiß nicht. Tanzen. Musik hören. Herumalbern.»

«Habe ich dir schon mal erzählt, daß ich als Junge in eine Tanzschule ging?» fragte Axel. «In Köln. Mit weißen Handschuhen. Man brachte mir bei, wie man sich verbeugt. Köln war sehr schön im Sommer. Vielleicht sollte ich dorthin zurückgehen. Sie werden jetzt alles aus dem Nichts wieder aufbauen, vielleicht ist das der richtige Ort für mich. Eine Ruine unter Ruinen.»

«Komm, Pa», bat Rudolph, «sprich nicht so.»

Axel hob die Flasche nochmals zum Mund. «Ich hatte heute Besuch», sagte er. «Mr. Harrison.»

Mr. Harrison war der Besitzer des Hauses. Er kam am dritten eines jeden Monats, um die Miete abzuholen. Er war mindestens achtzig Jahre alt, versäumte aber nie, persönlich zu kassieren. Dieser Tag war nicht der dritte des Monats, also mußte der Besuch einen besonderen Grund gehabt haben. «Was wollte er?» erkundigte sich Rudolph.

«Unser Haus wird abgerissen. Sie wollen hier einen großen Wohnblock bauen, mit Läden im Erdgeschoß. Port Philip dehnt sich aus, sagt Mr. Harrison, der Fortschritt ist nicht aufzuhalten. Mr. Harrison ist achtzig Jahre alt, aber fortschrittlich. Er investiert eine Menge Geld. In Köln beseitigen sie die Häuser mit Bomben. In Amerika tun sie es mit Geld.»

«Wann müssen wir ausziehen?»

«Nicht vor Oktober. Mr. Harrison sagt, er teile es mir jetzt schon mit, damit ich mich in Ruhe nach etwas anderem umsehen kann. Er ist ein rücksichtsvoller alter Mann, der Mr. Harrison.»

Rudolph blickte auf die vertrauten rissigen Wände, die eisernen Backofentüren und das Fenster, dessen obere Kante durch ein Gitter mit dem Gehsteig verbunden war. Ein seltsamer Gedanke, daß dies alles, das Haus, das er sein Leben lang gekannt hatte, so bald nicht mehr vorhanden, vom Erdboden verschwunden sein sollte. Er hatte immer geglaubt, daß *er* einmal das Haus verlassen würde. Nie war es ihm in den Sinn gekommen, daß das Haus ihn verlassen könnte.

«Was willst du tun?» fragte er den Vater.

Axel zuckte mit den Schultern. «Vielleicht brauchen sie in Köln einen Bäkker. Sollte ich zufällig in einer regnerischen Nacht einen betrunkenen Engländer unten am Fluß finden, dann könnte ich mir vielleicht das Geld für die Rückreise nach Deutschland verschaffen.»

«Was redest du da?» Rudolphs Stimme klang scharf.

«So bin ich nach Amerika gekommen», erklärte Axel sanft. «Ich ging einem betrunkenen Engländer nach, der in einer Bar im St. Pauli-Viertel von Hamburg mit seinem Geld herumgewedelt hatte, und bedrohte ihn mit dem Messer. Er schlug sofort auf mich ein. Die Engländer geben nichts ohne Kampf auf. Ich stieß ihm das Messer in den Leib, nahm seine Brieftasche und warf ihn ins Wasser. Weißt du noch, daß ich dir damals, als die Sache mit deiner Französisch-Lehrerin war, erzählt habe, ich hätte einen Menschen mit einem Messer getötet?»

«Ja», sagte Rudolph.

«Ich wollte schon immer mit dir darüber sprechen», fuhr Axel fort. «Wenn jetzt einer von deinen Freunden sagt, seine Vorfahren seien auf der ‹Mayflower› herübergekommen, kannst du sagen, deine Vorfahren seien mit Hilfe einer Brieftasche voller Fünf-Pfund-Noten herübergekommen. Es war eine neblige Nacht. Er muß verrückt gewesen sein, dieser Engländer, in einem Viertel wie St. Pauli mit soviel Geld herumzulaufen. Kann sein, daß er sich vorgenommen hatte, jede Hure in dem Viertel zu ficken, und nicht riskieren wollte, auf einmal knapp bei Kasse zu sein. Deshalb sage ich, wenn ich unten am Fluß einen Engländer aufgable, kriege ich vielleicht das Geld für die Rückfahrt.»

Allmächtiger, dachte Rudolph erbittert, und ich wollte nett und gemütlich mit ihm plaudern ...

«Wenn es dir jemals passieren sollte, daß du einen Engländer umbringst», sprach Axel weiter, «dann würdest auch du deinem Sohn davon erzählen wollen, nicht wahr?»

«Ich finde, du solltest das alles lieber für dich behalten», erwiderte Rudolph.

«Ach», sagte Axel, «du willst mich wohl der Polizei übergeben? Ich vergaß, daß du so strenge Grundsätze hast.»

«Pa, laß doch die Vergangenheit ruhen. Es ist sinnlos, nach all den Jahren daran zu denken. Was soll das nützen?»

Axel antwortete nicht. Er trank nachdenklich aus der Flasche.

«Oh, ich erinnere mich an viele Dinge», sagte er dann. «Nachts habe ich hier unten eine Menge Zeit, mich zu erinnern. Ich erinnere mich, daß ich an der Maas vor Angst in die Hose geschissen habe. Ich erinnere mich, wie mein Bein in der zweiten Woche im Lazarett roch. Ich erinnere mich, daß ich Zweizentnersäcke mit Kakao auf den Docks in Hamburg geschleppt habe, während die Wunde an meinem Bein immer wieder aufplatzte und blutete. Ich erinnere mich, was der Engländer sagte, bevor ich ihn ins Wasser stieß. ‹Hör mal›, sagte er, ‹das kannst du doch nicht tun.› Ich erinnere mich an meinen Hochzeitstag. Ich könnte dir davon erzählen, aber ich glaube, du würdest die Version deiner Mutter interessanter finden. Ich erinnere mich an den Gesichtsausdruck eines Mannes namens Abraham Chase in Ohio, als ich ihm 5000 Dollar auf den Tisch legte, damit er es verschmerzte, daß seine Töchter gevögelt worden waren.» Er trank. «Alles, was ich in zwanzig Jahren erarbeitet habe», fuhr er fort, «ist dafür draufgegangen, daß dein Bruder nicht ins Gefängnis kam. Deine Mutter ist der Ansicht, ich hätte falsch gehandelt. Glaubst du auch, daß es falsch war?»

«Nein», sagte Rudolph.

«Du wirst es von jetzt an schwer haben, Rudy, und das tut mir leid. Ich habe immer das Beste gewollt.»

«Ich komme schon durch», sagte Rudolph. Er war keineswegs sicher, daß er es schaffen würde.

«Konzentriere dich aufs Geldverdienen», riet Axel. «Laß dir von niemandem was vorreden. Behalte immer dein Ziel im Auge. Hör nicht auf all den Unsinn, den sie in den Zeitungen über ‹andere Werte› schreiben. Das predigen die Reichen den Armen, damit sie weiterhin Geld scheffeln können, ohne daß man ihnen den Hals abschneidet. Sei ein Abraham Chase mit diesem Gesichtsausdruck, mit dem er die Banknoten einstrich. Wieviel Geld hast du auf der Bank?»

«160 Dollar», erwiderte Rudolph.

«Gib sie nicht her», sagte Axel. «Nicht einen Penny davon. Auch nicht, wenn ich am Verhungern bin, mich an deine Tür schleppe und um Geld für eine Mahlzeit bitte. Sei hart, hörst du?»

«Pa, du darfst dich nicht so aufregen. Am besten gehst du nach oben und legst dich ins Bett. Ich kann dich doch vertreten.»

«Du bleibst hier weg. Oder komm einfach und rede mit mir, wenn du willst. Aber laß die Hände von der Arbeit. Du hast Besseres zu tun. Lerne deine Aufgaben. Alle. Gib acht, daß du keinen Fehltritt tust. Die Sünden der Väter. Bis ins soundsovielte Glied. Mein Vater pflegte abends nach dem Essen im Wohnzimmer die Bibel zu lesen. Ich hinterlasse dir zwar keine irdischen Güter, aber dafür ein reiches Erbe an Sünden. Zwei getötete Menschen. Alle meine Huren. Und was ich deiner Mutter angetan habe. Und daß ich Thomas wie wildes Gras aufwachsen ließ. Und Gretchen – wer weiß, was mit ihr ist. Deine Mutter scheint Bescheid über sie zu wissen. Du auch?»

«Ja», antwortete Rudolph.
«Was treibt sie?»
«Besser, du erfährst es nicht», sagte Rudolph.
«Das genügt. Gott wacht. Ich gehe nicht in die Kirche, aber ich weiß, daß Gott wacht. Er führt Buch über Axel Jordache und seine Nachkommen.»
«Sprich nicht so», bat Rudolph. «Gott wacht über nichts.» Sein Atheismus war gefestigt. «Du hast einfach Pech gehabt. Das ist alles. Schon morgen kann sich das ändern.»
«Bezahl deine Schuld, sagt Gott.» Rudolph hatte das Gefühl, sein Vater spreche gar nicht zu ihm, sondern würde dieselben Worte mit derselben klanglosen, erstorbenen Stimme sagen, wenn er allein im Keller wäre. «Büße, Sünder, ich werde deine Taten an dir und deinen Söhnen heimsuchen.» Er trank einen großen Schluck und schüttelte sich, als habe ihn ein kalter Schauer überlaufen. «Geh zu Bett», sagte er. «Ich muß jetzt arbeiten.»
«Gute Nacht, Pa.» Rudolph nahm seinen Mantel vom Haken. Der Vater gab keine Antwort. Er saß nur da und starrte vor sich hin und hielt die Flasche umklammert.
Rudolph ging nach oben. Großer Gott, dachte er, und ich habe immer geglaubt, Ma sei die Verrückte.

Axel nahm noch einen Schluck aus der Flasche, dann machte er sich ans Werk und arbeitete ununterbrochen die ganze Nacht durch. Er summte vor sich hin, während er im Keller umherging. Anfangs wußte er nicht, welcher Text zu der Melodie gehörte, und es verdroß ihn, daß er sich nicht erinnern konnte. Plötzlich fiel es ihm ein. Es war ein Liedchen, das seine Mutter oft gesungen hatte, wenn sie in der Küche war.
Er sang leise die Worte:

> Schlaf, Kindlein, schlaf,
> dein Vater hüt' die Schaf',
> die Mutter hüt' die Ziegen,
> wir wollen das Kindlein wiegen.

Seine Muttersprache. Er war zu weit gereist. Oder nicht weit genug.
Das letzte Blech mit Brötchen war fertig, er brauchte es nur noch in den Backofen zu schieben. Vorher aber ging er hinüber zu dem Regal und holte eine Büchse herunter. Auf dem Etikett befand sich ein warnender Totenkopf mit gekreuzten Knochen. Axel nahm mit einem kleinen Löffel etwas Pulver aus der Büchse, trug es zum Tisch und griff auf gut Glück eines der ungebackenen Brötchen heraus. Er verknetete das Gift gründlich mit dem Teig, den er dann

wieder zu einem Brötchen formte und auf das Blech zurücklegte. Meine Botschaft an die Welt, dachte er.

Die Katze beobachtete ihn. Er schob das Blech in den Backofen, ging zum Ausguß, zog das Hemd über den Kopf und wusch sich Hände, Gesicht und Arme und Oberkörper. Dann trocknete er sich mit einem Stück Sackleinen ab, zog das Hemd wieder an, setzte sich vor den Backofen und hob die jetzt fast leere Flasche an die Lippen.

Er summte das Lied, das seine Mutter vor vielen Jahren so oft in ihrer Küche gesungen hatte.

Als die Brötchen gebacken waren, zog er das Blech heraus und stellte es zum Abkühlen hin. Alle Brötchen sahen gleich aus.

Nun drehte er das Gas im Backofen ab, zog seinen Regenmantel an und setzte die Mütze auf. Er ging nach oben in die Bäckerei und von dort auf die Straße. Die Katze folgte ihm. Es war finster, und es regnete noch. Der Wind hatte aufgefrischt. Er gab der Katze einen Tritt, und das Tier lief davon.

Axel Jordache hinkte zum Fluß.

Er öffnete das rostige Vorhängeschloß des Lagerschuppens, machte Licht, ergriff sein Ruderboot und trug es zur baufälligen Pier. Der Fluß, sturmgepeitscht, voll weißer Schaumkronen, strömte mit einem saugenden, gurgelnden Geräusch dahin. Die Pier war durch eine gewundene Mole geschützt, und das Wasser war hier ruhig. Axel stellte das Boot ab und ging zurück, um die Ruder zu holen. Er schaltete das Licht im Schuppen aus und ließ das Vorhängeschloß zuschnappen. Dann trug er die Ruder zur Pier und legte sie hin, damit er das Boot zu Wasser lassen konnte. Er stieg mühelos ein und schob die Ruder in die Gabeln.

Er stieß vom Ufer ab und lenkte das Boot ins offene Wasser. Die Strömung ergriff ihn, und er ruderte mit gleichmäßigen Schlägen der Flußmitte zu. Er fuhr flußabwärts, die Wellen klatschten über die Seitenwände des Bootes, der Regen peitschte sein Gesicht. Nach kurzer Zeit lag das Boot tief im Wasser. Er fuhr fort, gleichmäßig zu rudern, während der Fluß auf New York, die Buchten, das offene Meer zuschoß.

Das Boot war nahezu unter Wasser, als es die Mitte des Flusses erreichte.

Am nächsten Tag fischte man das gekenterte Boot in der Nähe des Bear Mountain aus dem Fluß. Axel Jordache wurde nie gefunden.

Teil 2

1

1949

Dominic Joseph Agostino saß in seinem Büro hinter der Sportschule am Schreibtisch, die Zeitung mit der Sportseite aufgeschlagen vor sich, in der ein Bericht über ihn stand. Er hatte seine Benjamin-Franklin-Lesebrille auf; sie verlieh dem runden Gesicht des ehemaligen Boxers mit der gebrochenen Nase und den schmalen dunklen Augen unter der auffälligen Narbe ein sanftes, gelehrtenhaftes Aussehen. Es war drei Uhr, die Zeit der Ruhepause am Nachmittag, und die Sportschule war leer – die beste Zeit des Tages. Bis fünf Uhr würde nicht viel zu tun sein; erst dann kam eine Gruppe von Clubmitgliedern – die meisten von ihnen Geschäftsleute in mittleren Jahren, die gegen das Dickerwerden um die Gürtellinie ankämpften – zur Gymnastik. Danach würde er sich vielleicht dem einen oder anderen der ehrgeizigeren Mitglieder ein paar Runden als Sparringspartner zur Verfügung stellen und dabei sehr aufpassen, daß er niemandem Schaden zufügte.

Der Zeitungsartikel über ihn war in einem stark umrandeten Kasten in der gestrigen Abendausgabe erschienen. Es war sonst nichts los. Die Red Sox waren nicht in der Stadt und spielten auch nirgendwo anders – und mit irgend etwas mußte die Sportseite ja schließlich gefüllt werden.

Dominic war in Boston geboren; als er noch im Ring auftrat, war er, weil es ihm an Schlagkraft fehlte und er viel herumtanzen mußte, um nicht auf die Bretter geschickt zu werden, unter dem Namen Joe Agos, die ‹Bostoner Schönheit›, angekündigt worden. Er hatte Ende der zwanziger und auch noch in den dreißiger Jahren mit guten Leichtgewichtlern gekämpft, und der Sportreporter, der ihn nie im Ring gesehen haben konnte, da er noch zu jung war, hatte über seine Boxkämpfe mit Leuten wie Canzoneri und McLarnin einen aufregenden Bericht geschrieben (als Canzoneri und McLarnin noch im Aufstieg begriffen waren), und er hatte auch geschrieben, er sei noch immer gut in Form, was nicht ganz der Wahrheit entsprach. Dominic habe im Scherz gesagt, bei den Sparringrunden in der Sportschule würden ihm manche der jüngeren Mitglieder des exklusiven Revere Club allmählich ziemlich hart zusetzen, und er müsse sich wohl demnächst nach einem Assistenten umsehen oder eine Baseballmaske aufsetzen, um seine Schönheit zu schützen. Aber ganz so scherzhaft war es gar nicht gemeint gewesen. Der Artikel war wohlwollend und präsentierte Dominic als den weisen alten Veteranen des goldenen Boxzeitalters, der es in den Jahren im Ring gelernt hatte, die Dinge gleichmütig hinzunehmen. Da er jeden jemals verdienten Cent verloren hatte, blieb ihm nicht viel anderes als Gleichmut übrig. Davon hatte er dem Reporter nichts gesagt, und es stand auch nicht in dem Bericht.

Das Telefon auf seinem Schreibtisch läutete. Es war der Pförtner. Ein Junge sei unten und wolle ihn sprechen. Dominic sagte dem Pförtner, er solle ihn heraufschicken.

Der Junge war ungefähr neunzehn oder zwanzig Jahre alt; er hatte einen verblichenen blauen Pullover und Segeltuchschuhe an. Er war blond, hatte blaue Augen und ein kindliches Gesicht. Er erinnerte Dominic an Jimmy McLarnin, der ihn damals, bei ihrem Kampf in New York, fast auseinander genommen hatte. Der Junge hatte Wagenschmiere an den Händen, doch sah man, daß er sich alle Mühe gegeben hatte, die Flecke zu entfernen. Es lag auf der Hand, daß keines der Clubmitglieder den Jungen aufgefordert hatte, mit ihm zu trainieren oder Squash-Tennis mit ihm zu spielen.

«Was gibt's?» fragte Dominic und sah ihn über die Ränder seiner Benjamin-Franklin-Brille hinweg an.

«Ich habe die Zeitung gelesen», sagte der Junge.

«Na und?» Dominic verhielt sich den Clubmitgliedern gegenüber stets ausnehmend freundlich und höflich und machte das manchmal bei Nichtmitgliedern wieder wett.

«Daß es für Sie in Ihrem Alter langsam schwierig wird mit den jüngeren Leuten und so», sagte der Junge.

«Und?»

«Ich dachte, Sie könnten vielleicht so etwas wie einen Gehilfen brauchen», sagte der Junge.

«Kannst du boxen?»

«Nicht richtig», sagte der Junge. «Aber ich würde gern. Jedenfalls schlage ich mich furchtbar oft herum ...» Er grinste. «Und ich finde, ich könnte mich dafür bezahlen lassen.»

«Komm mit!» Dominic stand auf und nahm seine Brille ab. Er ging aus dem Büro und durch die Sporthalle in den Umkleideraum. Der Junge folgte ihm. Der Umkleideraum war leer, abgesehen von Charley, dem Wärter, der auf dem Boden saß und döste, den Kopf auf einem Stapel Handtücher.

«Hast du dein Zeug dabei?» fragte Dominic den Jungen.

«Nein.»

Dominic gab ihm einen alten Trainingsanzug und ein Paar Boxerschuhe. Er sah zu, als der Junge sich auszog. Lange Beine, breite, abfallende Schultern, ein starker Nacken. Hundertfünfzig Pfund, hundertfünfundfünfzig vielleicht. Gute Arme. Kein Gramm Fett. Dominic ging mit ihm in den Mattenraum und warf ihm ein Paar Boxhandschuhe zu. Charley kam dazu und schnürte beiden die Bänder zu.

«Wollen wir doch mal sehen, was du kannst, Junge», sagte Dominic. Er hob die Hände an. Charley sah interessiert zu.

Der Junge hielt die Hände zu tief, und Dominic versetzte ihm zweimal eine gerade Linke. Aber der Junge drang weiter auf ihn ein.

Nach drei Minuten ließ Dominic die Hände sinken und sagte: «Okay, das reicht.» Er hatte dem Jungen ein paarmal einen ziemlich harten Schlag versetzt und ihn abgeblockt, wenn er nahe herankam, aber trotz allem war der Junge enorm schnell gewesen und hatte ihm zwei kräftige Schläge versetzt. Der Junge war auf seine Art ein Fighter. Was für eine Art von Fighter, das konnte Dominic nicht sagen, aber jedenfalls ein Fighter.

«Also paß mal auf, Junge», sagte Dominic, als Charley ihnen die Boxhandschuhe aufband, «hier gibt's keine Schlägereien wie in der Kneipe. Wir sind ein exklusiver Club. Die Herren kommen nicht hierher, um Schläge einzustecken. Sie kommen, um sich in der männlichen Kunst der Selbstverteidigung zu üben. Wenn du mit Schwingern auf sie einzudreschen versuchst, wie bei mir eben, kommst du hier nicht weit.»

«Klar», sagte der Junge, «ich verstehe. Aber ich wollte Ihnen zeigen, was ich kann.»

«Du kannst nicht viel», sagte Dominic. «Noch nicht. Aber du bist schnell und bewegst dich geschickt. Wo arbeitest du jetzt?»

«Drüben in Brookline», sagte der Junge. «In einer Autowerkstatt. Aber ich würde gern etwas finden, wo ich saubere Hände behalten kann.»

«Wann könntest du hier anfangen?»

«Auf der Stelle. Ich habe letzte Woche in der Werkstatt aufgehört.»

«Wieviel hast du dort verdient?»

«Fünfzig die Woche», sagte der Junge.

«Ich könnte dir fünfunddreißig geben», sagte Dominic. «Aber du kannst dir ein Feldbett im Massageraum aufschlagen und dort schlafen. Du mußt helfen, das Schwimmbecken sauber zu halten, die Matten abzusaugen und so und die Geräte zu pflegen.»

«Okay», sagte der Junge.

«Du kannst den Job haben», sagte Dominic. «Wie heißt du?»

«Thomas Jordache», sagte der Junge.

«Aber keinen Ärger, Tom», sagte Dominic.

Eine Zeitlang schaffte er es. Er war flink, respektvoll und außer der Arbeit, für die er angestellt war, machte er bereitwillig Besorgungen für Dominic und die Clubmitglieder und betrachtete es als Ehrensache, vor allem ältere Männer immer freundlich anzulächeln. Die gedämpfte, herrschaftliche und angenehme Atmosphäre des Clubs gefiel ihm, und wenn er sich nicht in der Sporthalle aufhielt, ging er gern durch die hohen, dunklen, holzgetäfelten Lese- und Spielzimmer mit den tiefen Ledersesseln und den verrauchten Ölgemälden, auf denen Boston in den Tagen der Segelschiffe zu sehen war. Die Arbeit war nicht anstrengend, und zwischendurch gab es lange Pausen, in denen er nur herumsaß und Dominics Erinnerungen an seine Jahre im Ring zuhörte.

Dominic war nicht neugierig, was Toms Vergangenheit betraf, und Tom erzählte ihm auch von sich aus nichts von den Monaten auf der Straße, den Pennquartieren in Cincinnati, Cleveland und Chicago, den Tankstellenjobs oder der Zeit, die er als Page in dem Hotel in Syracuse gearbeitet hatte. Er hatte in dem Hotel eine Menge Geld damit verdient, Huren in die Gästezimmer zu schmuggeln, bis er einem Zuhälter das Messer aus der Faust nehmen mußte, weil der Zuhälter etwas gegen die Höhe der Vermittlungsgebühr hatte, die seine Mädchen dem netten Jungen mit dem Kindergesicht, den sie, sofern sie nicht anderweitig beschäftigt waren, bemuttern konnten, in die Hand drückten. Er erzählte Dominic auch nicht von den Betrunkenen, die er auf den Loop hinausgeschafft, oder von dem herumliegenden Bargeld, das er in verschiedenen Zimmern mehr des teuflischen Vergnügens halber als um des Geldes willen gestohlen hatte.

Dominic brachte Thomas bei, wie er den Punchingball zu schlagen hatte, und es machte Vergnügen, an einem Regennachmittag, wenn der Club leer war, den Ball schneller und immer schneller zu schlagen, so daß die Sporthalle von dem Getrommel der Schläge widerhallte. Manchmal, wenn der Ehrgeiz in Dominic erwachte und keine Mitglieder da waren, zog er auch die Boxhandschuhe an und brachte Thomas bei, verschiedenartige Schläge zu kombinieren, die rechte Hand vorzustoßen, den Kopf und die Ellbogen zu gebrauchen und bei den Schlägen mitzugehen, sich auf den Fußballen zu halten und Schlägen auszuweichen, indem er sich duckte oder zur Seite warf. Dominic erlaubte ihm noch nicht, mit den Mitgliedern zu trainieren, weil er sich seiner noch nicht ganz sicher war und jeden Zwischenfall vermeiden wollte. Der Squash-Tennis-Trainer jedoch nahm Thomas auf die Spielplätze mit und machte ihn innerhalb von ein paar Wochen zu einem guten Spieler, und wenn die wenigen guten Spieler des Clubs ohne einen Spielpartner auftauchten, sprang Thomas ein. Er war schnell und gewandt und ein guter Verlierer. Merkte er, daß er gewann, machte er es sich nicht zu leicht, und er bekam in der Woche 20 bis 30 Dollar extra an Trinkgeldern.

Er freundete sich mit dem Koch des Clubrestaurants an, hauptsächlich dadurch, daß er eine feste Quelle für ihn auftat, wo man gutes Marihuana kaufen konnte, und nach kurzer Zeit bekam Thomas alle seine Mahlzeiten umsonst.

Taktvoll mied er ausführlichere Gespräche mit den Clubmitgliedern: Anwälten, Maklern, Bankiers und Geschäftsführern von Reedereien und Industriebetrieben. Er lernte es, ihnen telefonische Botschaften von ihren Frauen oder Geliebten auszurichten, ohne es sich anmerken zu lassen, daß er genau wußte, um was es sich handelte.

Er machte sich nichts aus Alkohol, und die Mitglieder, die gewöhnlich nach dem Training ihren Whisky an der Bar tranken, kreideten ihm auch das positiv an.

Seinem Verhalten lag kein Plan zugrunde; er strebte nichts an; er wußte einfach, daß er besser fuhr, wenn er sich bei den soliden Bürgern, die den Club förderten, beliebt machte. Er hatte ein zu unstetes Leben geführt, war zu lange in Amerika herumgestrolcht, und immer hatte es Ärger gegeben, immer war er am Ende wieder auf der Straße gelandet. Er genoß das friedliche Leben, die Sicherheit und das Wohlwollen, das man ihm im Club entgegenbrachte. Es war nichts für die Zukunft, sagte er sich, aber es war ein schönes Jahr. Er war nicht ehrgeizig. Wenn Dominic andeutungsweise davon sprach, daß er ihn zu einigen Amateurrunden anmelden wolle, einfach um zu sehen, wie gut er war, hielt er den alten Boxer davon ab.

Manchmal überkam ihn Unruhe. Dann ging er in die Innenstadt, holte sich eine Hure und verbrachte die Nacht mit ihr, ehrliches Geld für ehrliche Dienste – und keine Komplikationen am Morgen danach.

Er mochte Boston ganz gern, soweit er überhaupt je einen Ort gemocht hatte, obwohl er bei Tage selten durch die Stadt ging, weil er ziemlich sicher war, daß gegen ihn ein Haftbefehl vorlag wegen Körperverletzung und einer Schlägerei – das Resultat des letzten Nachmittags in der Autowerkstatt in Brookline, als der Tankwart mit einem Schraubenschlüssel auf ihn losgegangen war. Er war an jenem Nachmittag schnurstracks in sein Quartier gegangen, hatte innerhalb von zehn Minuten seine Sachen gepackt und seiner Wirtin gesagt, er ginge nach Florida. Er hatte sich im YMCA-Heim eingemietet und eine Woche lang kurz getreten, bis er den Artikel über Dominic in der Zeitung gelesen hatte.

Was die Clubmitglieder anging, so hatte er seine Vorlieben und Abneigungen, aber er war immer darauf bedacht, allen gleich freundlich zu begegnen. Er wollte sich mit niemandem anlegen. Er hatte genug Ärger gehabt. Er gab sich Mühe, nicht zuviel über die Mitglieder zu erfahren, aber natürlich bildete man sich seine Meinung, vor allem wenn man einen Mann nackt mit seinem Spitzbauch oder mit einem zweifellos von einer Dame im Bett zerkratzten Rücken sah, oder wenn einer wütend war, bloß weil er eine Partie Squash verloren hatte.

Dominic verabscheute alle Mitglieder gleichermaßen, aber nur weil sie Geld hatten und er keines. Er war in Boston geboren und aufgewachsen, er sprach sein *a* so unbetont wie jedermann dort, aber in Gedanken sah er sich tagsüber auf den Feldern eines reichen Gutsbesitzers in Sizilien arbeiten und plante, dessen Herrenhaus niederzubrennen und ihm und seiner Familie die Hälse durchzuschneiden. Natürlich verbarg er seine Träume von Brandstiftung und Mord hinter den freundlichsten Manieren, sagte den Mitgliedern immer, wie gut sie aussähen, wenn sie aus dem Urlaub zurückkamen, staunte, wieviel sie abgenommen hätten, und zeigte sich besorgt über Schmerzen und Verstauchungen.

«Da kommt der größte Gauner von Massachusetts», flüsterte Dominic Thomas zu, als ein bedeutend aussehender, grauhaariger Herr in den Umkleideraum kam, und dann laut zu dem Mitglied: «Hallo, Sir, wie schön, Sie wiederzusehen. Wir haben Sie vermißt. Sicher arbeiten Sie viel zuviel.»

«Ach, Arbeit, Arbeit», sagte der Mann und schüttelte traurig den Kopf.

«Ich weiß, wie das ist, Sir.» Auch Dominic schüttelte den Kopf. «Jetzt trainieren wir ein bißchen mit den Hanteln, dann nehmen Sie ein Dampfbad, schwimmen und lassen sich anschließend massieren. Dann fühlen Sie sich im Nu wieder wohl und schlafen heute nacht wie ein neugeborenes Kind.»

Thomas sah zu, hörte zu und lernte von Dominic. Er mochte diesen Ex-Boxer mit dem steinernen Herzen, der trotz aller heuchlerischen Schmeicheleien im Grunde seines Wesens ein Anarchist war.

Thomas mochte auch einen Mann namens Reed, den umgänglichen Direktor eines Textilkonzerns, der mit Thomas Squash spielte und darauf bestand, auch wenn andere Mitglieder herumstanden und auf einen Partner warteten. Reed war etwa fünfundvierzig und ziemlich korpulent, spielte aber noch gut, und meistens teilten er und Thomas sich den Sieg, indem Reed die Anfangsspiele gewann und erst dann verlor, wenn er müde wurde. «Junge Beine, junge Beine», sagte Reed dann lachend und wischte sich mit einem Handtuch den Schweiß vom Gesicht, wenn sie nach einer Stunde zum Duschen gingen. Sie spielten regelmäßig dreimal in der Woche, und Reed lud Thomas jedesmal zu einer Cola ein und steckte ihm einen Fünf-Dollar-Schein zu. Er hatte eine merkwürdige Eigenheit. In seiner rechten Jackentasche steckte stets ein säuberlich gefalteter Hundert-Dollar-Schein. Reed erzählte Thomas: «Ein Hundert-Dollar-Schein hat mir einmal das Leben gerettet.» Eines Nachts war er in einem Nachtclub in eine schreckliche Feuersbrunst geraten, bei der viele Menschen ums Leben kamen. Reed hatte mitten zwischen Leichen in der Nähe der Tür gelegen, ohne sich bewegen zu können, die Angst schnürte ihm die Kehle zu. Dann hörte er, wie Feuerwehrmänner einige der Leichen forttrugen, und mit letzter Kraft zog er einen Hundert-Dollar-Schein aus seiner Hosentasche. Es gelang ihm, den Arm hochzuheben, und die Feuerwehrmänner sahen, wie er die Hand mit dem Geldschein darin schwach hin und her bewegte. Plötzlich fühlte er, wie ihm der Schein aus der Hand gezogen wurde, und er merkte, wie sich einer der Männer an ihn heranarbeitete und ihn in Sicherheit brachte. Zwei Wochen lang hatte er im Krankenhaus gelegen, unfähig zu sprechen, aber er war davongekommen – mit dem festen Glauben an die Macht eines einzigen Hundert-Dollar-Scheins. Man sollte immer einen Hundert-Dollar-Schein in einer leicht erreichbaren Tasche bei sich haben, riet er Thomas.

Er sagte Thomas auch, er solle sein Geld sparen und in Wertpapieren anlegen, denn junge Beine blieben nicht ewig jung.

Der Ärger kam, als er drei Monate dort war. Er spürte, daß etwas nicht in Ordnung war, als er abends nach einer Partie Squash mit Brewster Reed zu seinem Spind ging. Es gab zwar keine deutlichen Anzeichen, aber irgendwie wußte er sofort, daß jemand seine Sachen durchsucht hatte. Die Brieftasche steckte halb herausgezogen in der linken Hosentasche. Thomas nahm sie und schaute hinein. Es waren vier Fünf-Dollar-Scheine darin gewesen, und sie waren noch da. Er legte den Fünf-Dollar-Schein, den Reed ihm als Trinkgeld gegeben hatte, in die Brieftasche und steckte sie wieder an ihren Platz. Die etwa drei Dollar in Scheinen und Münzen, die er in der seitlichen Hosentasche gehabt hatte, waren auch noch da. Ein Magazin, von dem er genau wußte, daß er es geschlossen, mit der Titelseite nach oben, ins Fach gelegt hatte, lag jetzt aufgeschlagen auf dem Brett.

Einen Augenblick überlegte er sich, ob er abschließen sollte, aber dann dachte er, zum Teufel, wenn jemand im Club so arm ist, daß er mir etwas stiehlt, dann mag er es tun. Er zog sein Tenniszeug aus, hüllte sich in ein Badetuch und ging hinüber in den Duschraum, wo Brewster Reed bereits fröhlich herumplanschte.

Als er vom Duschen zurückkam, war innen an die Spindtür ein Zettel geheftet. Darauf stand in Dominics Handschrift: «Bitte komm nach Schluß in mein Büro. D. Agostino.»

Die Kürze der Mitteilung und die Tatsache, daß sie schriftlich erfolgt war, obwohl er und Dominic sich im Laufe des Nachmittags mindestens zehnmal begegnet waren, bedeutete Ärger. Da haben wir's, dachte er, und war drauf und dran, sich nach dem Anziehen heimlich und für immer davonzuschleichen. Aber er überlegte es sich anders, aß in der Küche sein Abendbrot und plauderte im Umkleideraum danach unbekümmert mit dem Squash-Trainer und Charley. Pünktlich um zehn Uhr, als der Club schloß, ging er hinüber in Dominics Büro.

Dominic blätterte in einem ‹Life›-Heft, das vor ihm auf dem Schreibtisch lag. Er blickte hoch, klappte das Heft zu und legte es ordentlich zur Seite. Er stand auf, vergewisserte sich, daß niemand mehr in der Sporthalle war und schloß die Tür. «Setz dich, Junge», sagte er.

Thomas setzte sich. Sobald Dominic wieder hinter seinem Schreibtisch saß, fragte Thomas: «Was gibt's?»

«Eine Menge», sagte Dominic. «Scheiße im Propeller. Man hat mich in die Zange genommen.»

«Was hat das mit mir zu tun?»

«Das versuche ich herauszufinden», sagte Dominic. «Es hat keinen Zweck, lange drum herumzureden, Junge. Irgendwer hat hier den Leuten Zaster aus der Brieftasche geklaut. Ein gerissener Gauner, der mal hier, mal da einen Schein nimmt und im übrigen alles drin läßt. Diese fetten Kerle sind so stinkreich, daß die meisten nicht mal wissen, was sie bei sich haben, und wenn ihnen dann und wann ein Zehner oder Zwanziger oder auch mehr fehlt, nehmen sie an, sie hätten es verloren oder sich beim Zählen geirrt. Aber einer von ihnen behauptet, daß er sich nicht irrt. Dieser Schweinehund von Greening. Er sagt, gestern sei ihm, als er mit mir trainierte, ein Zehn-Dollar-Schein aus dem Spind genommen worden. Er hat den ganzen Tag mit anderen Clubmitgliedern telefoniert, und jetzt sind plötzlich alle überzeugt, daß man sie in den letzten Monaten bestohlen hat.»

«Trotzdem, was hat das mit mir zu tun?» fragte Thomas, obwohl er wußte, was das mit ihm zu tun hatte.

«Greening behauptet, das alles hätte erst angefangen, seit du hier bist.»

«Scheißkerl», sagte Thomas erbittert. Greening war ein Mann mit kalten Augen, an die Dreißig, der im Büro eines Börsenmaklers arbeitete und mit Dominic boxte. Er hatte als Leichtgewichtler für irgendeine Schule an der Westküste geboxt und versuchte sich in Form zu halten. Er schonte Dominic nicht; viermal in der Woche drosch er drei Zwei-Minuten-Runden lang ungestüm auf Dominic ein. Nach den Kämpfen mit Greening war Dominic, der nicht wirklich hart zu kontern wagte, oft erschöpft und voll blauer Flekken.

«Er ist tatsächlich ein Scheißkerl», stimmte Dominic zu. «Er hat mich aufgefordert, dein Spind zu durchsuchen. Dein Glück, daß du keinen Zehn-Dollar-Schein darin hattest. Trotzdem will er es der Polizei melden und dich als Verdächtigen angeben.»

«Was haben Sie dazu gesagt?» fragte Thomas.

«Ich redete es ihm aus», erwiderte Dominic. «Ich habe gesagt, ich würde mit dir reden.»

«Nun, jetzt reden Sie mit mir. Und?» fragte Thomas.

«Hast du die Piepen genommen?»

«Nein. Oder glauben Sie mir nicht?»

Dominic zuckte unentschlossen die Schultern. «Ich weiß nicht. Irgendwer muß sie doch genommen haben.»

«So viele Leute laufen den ganzen Tag im Umkleideraum herum. Charley, der Mann vom Schwimmbad, der Trainer, die Clubmitglieder, Sie ...»

«Hör auf, Junge», schnitt ihm Dominic das Wort ab. «Mach keine Witze.»

«Warum ausgerechnet ich?» fragte Thomas.

«Hab ich dir doch gesagt. Es hat erst angefangen, seit du hier arbeitest. Und nun wollen sie Vorhängeschlösser an den Spinden anbringen. Hundert Jahre hat hier kein Mensch etwas verschlossen. Sie tun gerade so, als steckten sie mitten in der größten Verbrechenswelle seit Jesse James.»

«Und was soll ich tun? Gehen?»

«Nein, nein.» Dominic schüttelte den Kopf. «Nur sei vorsichtig. Sorge dafür, daß dich immer jemand sieht.» Er seufzte. «Vielleicht löst sich alles in Wohlgefallen auf. Der Schweinehund Greening und seine lausigen 10 Dollar...

Komm.» Er stand müde auf und rekelte sich. «Ich spendiere dir ein Bier. Was für ein lausiger Tag!»

Der Umkleideraum war leer, als Thomas eintrat. Er hatte für jemanden ein Paket zur Post gebracht und war in Straßenkleidung. Es war gerade ein clubinternes Tennismatch im Gang, und alle waren oben und sahen zu. Alle bis auf einen gewissen Sinclair, der zwar zum Team gehörte, aber noch nicht gespielt hatte. Er hatte schon sein Sportzeug an und sich einen weißen Pullover übergezogen. Er war ein hochgewachsener, schlanker junger Mann, er hatte in Harvard Jura studiert, und sein Vater war ebenfalls Clubmitglied. Die Familie besaß eine Menge Geld, und ihr Name erschien oft in den Zeitungen. Der junge Sinclair war in der Kanzlei seines Vaters in der Innenstadt tätig, und Thomas hatte im Club mehrmals sagen hören, der junge Sinclair sei ein glänzender Anwalt und würde es weit bringen.

Aber ausgerechnet in diesem Augenblick, als Thomas geräuschlos den Gang entlangkam, stand der junge Sinclair vor einem offenen Spind, die eine Hand in der Innentasche der darin hängenden Jacke und zog eine Brieftasche heraus. Thomas war nicht sicher, wessen Spind es war, aber daß es nicht Sinclairs war, wußte er genau, denn Sinclairs Spind befand sich ganz in der Nähe von seinem eigenen auf der anderen Seite des Raums. Sinclairs Gesicht, gewöhnlich heiter und von frischer Farbe, war bleich und verkrampft. Er schwitzte.

Einen Augenblick zögerte Thomas. Er überlegte sich, ob er kehrtmachen und weggehen konnte, bevor Sinclair ihn sah. Aber als Sinclair die Brieftasche herausgezogen hatte, blickte er auf und sah Thomas. Sie starrten einander an. Es war zu spät. Thomas ging schnell zu ihm hin und packte ihn beim Handgelenk. Sinclair keuchte, als hätte er einen Langstreckenlauf hinter sich.

«Sie stecken das besser zurück, Sir», flüsterte Thomas.

«Gut, tue ich», sagte Sinclair. Auch er flüsterte.

Thomas ließ sein Handgelenk nicht los. Er überlegte rasch. Wenn er Sinclair anzeigte, würde er unter dem einen oder anderen Vorwand seine Stellung verlieren. Es wäre zu unbehaglich für die anderen Mitglieder, täglich der Gegenwart eines niedrigen Angestellten ausgesetzt zu sein, der einen der ihren in Schmach und Schande hatte geraten sehen. Wenn er ihn nicht anzeige... Thomas suchte Zeit zu gewinnen. «Sie wissen, Sir», sagte er, «man hat mich im Verdacht.»

«Das tut mir leid.»

Thomas fühlte, wie der Mann zitterte, aber Sinclair versuchte nicht, sich seinem Griff zu entziehen.

«Sie werden drei Dinge tun», sagte Thomas. «Sie werden die Brieftasche zurückstecken und versprechen von nun an damit aufzuhören.»

«Ich verspreche es, Tom. Ich bin Ihnen sehr dankbar.»

«Sie werden mir gleich zeigen, wie dankbar Sie sind, Mr. Sinclair», fuhr

Thomas fort. «Sie schreiben mir jetzt einen Schuldschein über 5000 Dollar aus, der innerhalb von drei Tagen fällig ist, in bar.»

«Sie sind verrückt», sagte Sinclair, dem der Schweiß auf der Stirn stand.

«Okay», sagte Thomas. «Dann fange ich jetzt an zu brüllen.»

«Sie sind dazu imstande, Sie kleiner Dreckskerl», sagte Sinclair.

«Ich erwarte Sie Donnerstag abend um elf Uhr in der Bar des *Touraine*», sagte Thomas. «Zahltag.»

«Ich werde da sein.» Sinclairs Stimme war so leise, daß Thomas ihn kaum verstand. Er ließ die Hand des Mannes los und sah zu, wie Sinclair die Brieftasche in die Jackentasche zurückschob. Dann zog er ein kleines Notizbuch heraus, in dem er sich die Ausgaben für Besorgungen notierte, schlug eine leere Seite auf und reichte Sinclair einen Bleistift.

Sinclair starrte auf das Notizbuch. Wenn er starke Nerven hatte, sagte sich Thomas, konnte er jetzt einfach weggehen und die Geschichte lachend abstreiten, falls es Thomas einfiel, sie jemandem zu erzählen. Aber ganz konnte er sie damit auch nicht überspielen. Seine Nerven versagten jedoch. Er nahm das Notizbuch und kritzelte etwas hinein.

Thomas warf einen prüfenden Blick auf die Seite, steckte das Notizbuch in die Tasche und nahm den Bleistift wieder an sich. Dann schloß er freundlich die Spindtür und ging nach oben, um beim Spiel zuzusehen.

Fünfzehn Minuten später kam Sinclair auf den Tennisplatz und schlug seinen Gegner.

Thomas gratulierte ihm später im Umkleideraum zu seinem Sieg.

Um fünf vor elf betrat er die Bar des *Touraine*, korrekt gekleidet. Heute abend wollte er als Herr auftreten. In der Bar, die nur zu einem Drittel besetzt war, herrschte gedämpftes Licht. Er setzte sich an einen Tisch in einer Ecke, von wo aus er den Eingang im Auge hatte, und bestellte beim Kellner eine Flasche Budweiser. 5000 Dollar, dachte er, 5000 ... Das war die Summe, die man seinem Vater abgenommen hatte, und jetzt holte er sie sich zurück. Er fragte sich, ob Sinclair, um sich das Geld zu beschaffen, zu *seinem* Vater hatte gehen und ihm erklären müssen, warum er es brauchte. Vermutlich nicht. Wahrscheinlich hatte Sinclair selbst so viel auf dem Konto, daß er innerhalb von zehn Minuten an 5000 Dollar in bar herankam. Thomas hatte nichts gegen Sinclair. Er war ein liebenswürdiger junger Mann mit sympathischen, freundlichen Augen, einer sanften Stimme und guten Manieren, der ihm von Zeit zu Zeit Tips für das Squash-Tennis gegeben hatte, und dessen Existenz zugrunde gerichtet wäre, wenn bekannt würde, daß er kleptoman war. So war es nun einmal.

Er nahm einen Schluck von seinem Bier und beobachtete die Tür. Drei Minuten nach elf öffnete sich die Tür, und Sinclair kam herein. Er sah sich suchend um, und Thomas stand auf. Sinclair kam an den Tisch, und Thomas sagte: «Guten Abend, Sir.»

«Guten Abend, Tom», antwortete Sinclair gelassen und setzte sich auf die Bank an der Wand, ohne seinen Mantel abzulegen.

«Was trinken Sie?» fragte Thomas, als der Kellner kam.

«Scotch mit Wasser, bitte», sagte Sinclair höflich.

«Und für mich noch ein Budweiser, bitte», sagte Thomas.

Einen Augenblick saßen sie schweigend nebeneinander auf der Wandbank. Sinclair trommelte kurz mit den Fingern auf den Tisch und sah sich im Raum um. «Sind Sie oft hier?» fragte er.

«Hin und wieder.»

«Treffen Sie hier manchmal wen vom Club?»

«Nein.»

Der Kellner brachte die Getränke.

Sinclair nahm einen großen Schluck. «Nur zu Ihrer Information», sagte Sinclair, «ich habe das Geld nicht genommen, weil ich es gebraucht hätte.»

«Das weiß ich», sagte Thomas.

«Ich bin krank», sagte Sinclair. «Es ist eine krankhafte Veranlagung. Ich muß zu einem Psychiater.»

«Sehr vernünftig», sagte Thomas.

«Bedauern Sie nicht, was Sie da einem Kranken antun?»

«Nein», sagte Thomas, «nein, Sir.»

«Sie sind ein harter Bursche, was?»

«Ich hoffe, Sir», sagte Thomas.

Sinclair öffnete seinen Mantel, griff in die Innentasche und zog ein langes, prallgefülltes Kuvert heraus. Er legte es auf die Bank zwischen sich und Thomas. «Es ist der volle Betrag darin», sagte er. «Sie brauchen nicht nachzuzählen.»

«Da bin ich ganz sicher», sagte Thomas. Er steckte das Kuvert ein.

«Ich warte», sagte Sinclair. Thomas zog den Schuldschein heraus und legte ihn auf den Tisch. Sinclair warf einen Blick darauf, zerriß ihn und stopfte die Schnipsel in einen Aschenbecher. Er stand auf. «Danke für den Drink», sagte er. Er ging an der Bar entlang auf die Tür zu, ein stattlicher junger Mann mit den unverkennbaren Merkmalen von guter Lebensart, von Reichtum, Bildung und Glück.

Thomas beobachtete ihn, wie er sich entfernte, und trank langsam sein Bier aus. Er bezahlte die Getränke, ging an die Rezeption des Hotels und nahm sich ein Zimmer für die Nacht. Oben zählte er, nachdem er die Tür zugesperrt und die Rolläden heruntergelassen hatte, das Geld. Lauter neue Hundert-Dollar-Noten. Ihm kam der Gedanke, daß sie vielleicht markiert waren, aber er konnte nichts feststellen.

Er schlief gut in dem großen Doppelbett und rief am nächsten Morgen den Club an und sagte Dominic, daß er wegen einer Familienangelegenheit nach New York müsse und nicht vor Montag nachmittag zurück wäre. Seit er im

Club arbeitete, hatte er sich noch keinen Tag freigenommen, und so mußte Dominic einwilligen. «Aber nicht später als Montag», sagte er.

Ein feiner Regen fiel, als der Zug in den Bahnhof einfuhr, und in dem herbstlich grauen Wetter sah Port Philip nicht gerade schöner aus als sonst. Er hatte keinen Mantel mitgenommen und schlug daher, als er den Bahnhof verließ, den Kragen seiner Jacke hoch.

Der Bahnhofsplatz sah mehr oder weniger unverändert aus. Das *Port Philip House* war frisch gestrichen worden, und ein großes Radio- und Fernsehgeschäft in einem neuen gelben Ziegelgebäude machte Reklame für den Verkauf von Transistorgeräten. Genau wie früher roch es nach dem Fluß.

Er hätte ein Taxi nehmen können, aber er zog es vor, zu Fuß zu gehen. Die Straßen seiner Geburtsstadt würden ihn langsam vorbereiten – worauf, wußte er nicht.

Er ging an der Bushaltestelle vorbei. Die letzte Fahrt mit seinem Bruder Rudolph. *Du riechst wie ein wildes Tier.*

Da war Bernsteins Warenhaus, wo sich seine Schwester mit Theodore Boylan getroffen hatte. Der nackte Mann im Wohnzimmer, das brennende Kreuz. Glückliche Erinnerungen aus der Knabenzeit.

Er ging an der Schule vorbei. Der malariakranke Soldat mit dem Samuraischwert und der blutende Kopf des Japsen.

Niemand sagte hallo. Alle Gesichter sahen in dem häßlichen Regen verhetzt, verschlossen und fremd aus. Heimkehr im Triumph. Willkommen, Bürger.

Er ging an St. Anselm vorbei, der Kirche von Claude Tinkers Onkel. *Gottes Gnade war mit ihm: niemand beobachtete ihn.*

Er bog in die Vanderhoff Street ein. Es regnete jetzt stärker. Er griff nach der Jackentasche, in der das Kuvert mit dem Geld steckte. Die Straße hatte sich verändert. An der einen Ecke stand ein wie ein Gefängnis aussehender Betonklotz. Offenbar eine Fabrik. Von den Läden waren einige mit Brettern vernagelt, und an den Schaufenstern anderer standen Namen, die er nicht kannte.

Er ging mit gesenktem Kopf, damit der Regen ihm nicht ins Gesicht trieb, und war, als er schließlich aufblickte, völlig verwirrt, weil dort, wo die Bäckerei gewesen war, und das Haus, in dem er geboren war, sich jetzt ein dreistöckiges Wohnhaus mit einem großen Supermarkt im Erdgeschoß befand. Er las die Anpreisungen in den Schaufenstern. Das Angebot des Tages: Rippenstück. Lammschulter ... Frauen mit Einkaufstaschen kamen und gingen durch eine Tür, die, hätte sein Elternhaus noch gestanden, direkt in den Hausflur geführt hätte.

Thomas spähte durch die Fenster. Vorne standen Kassentische, an denen junge Mädchen saßen. Er kannte keine von ihnen. Es hatte keinen Sinn, hineinzugehen. Er wollte weder ein Rippenstück noch Lammschulter kaufen.

Unentschlossen ging er weiter die Straße hinunter. Die Autowerkstatt nebenan war neu aufgebaut worden; er kannte weder den Namen auf dem Firmenschild noch die Gesichter, die er dort sah. Aber ehe er die nächste Querstraße erreichte, sah er, daß Jardinos Obst- und Gemüseladen nach wie vor existierte. Er ging hinein. Eine alte Frau stritt mit Mrs. Jardino über grüne Bohnen.

Als die Alte gegangen war, wandte Mrs. Jardino sich ihm zu. Sie war eine kleine, unförmige Frau mit einer bösen, schnabelförmigen Nase und einer Warze auf der Oberlippe, aus der zwei lange, borstige schwarze Haare sprossen. «Ja», sagte Mrs. Jardino, «womit kann ich dienen?»

«Mrs. Jardino», sagte Thomas und klappte seinen Jackenkragen herunter, um achtbar auszusehen, «Sie erinnern sich wahrscheinlich nicht mehr an mich, aber ich war einmal ein ... nun ... eine Art Nachbar von Ihnen. Wir hatten die Bäckerei Jordache.»

Mrs. Jardino blickte ihn kurzsichtig an. «Welcher waren Sie?»

«Der jüngste.»

«Ach ja. Der kleine Gangster.»

Thomas erwiderte den derben Scherz mit einem freundlichen Lächeln.

Mrs. Jardino lächelte nicht zurück. «Ja und, was wollen Sie?»

«Ich bin längere Zeit fortgewesen», sagte Thomas. «Jetzt komme ich zu einem Familienbesuch. Aber die Bäckerei ist nicht mehr da.»

«Sie ist seit Jahren weg», sagte Mrs. Jardino ungeduldig und legte eine Reihe Äpfel so hin, daß man die Druckstellen nicht sah. «Hat Ihnen das Ihre Familie nicht gesagt?»

«Wir waren eine Zeitlang ohne Nachricht voneinander», sagte Thomas. «Wissen Sie, wo sie jetzt wohnen?»

«Wie soll ich das wissen? Sie haben mit dreckigen Italienern nicht gesprochen.» Sie wandte ihm schroff den Rücken und machte sich am Sellerie zu schaffen.

«Trotzdem vielen Dank», sagte Thomas und schickte sich an hinauszugehen.

«Warten Sie einen Augenblick», sagte Mrs. Jardino. «Als Sie weggingen, war Ihr Vater noch am Leben, nicht wahr?»

«Ja», sagte Thomas.

«Nun, er ist tot», sagte sie. In ihrer Stimme schwang Genugtuung mit. «Er ist ertrunken. Im Fluß. Und dann zog Ihre Mutter fort und dann wurde das Haus abgerissen und jetzt –» erbittert – «steht ein Supermarkt da, und wir haben das Nachsehen.»

Eine Kundin kam herein. Mrs. Jardino machte sich daran, fünf Pfund Kartoffeln abzuwiegen, und Thomas verließ den Laden.

Vor dem Supermarkt blieb er eine Weile stehen, aber das Gebäude sagte ihm nichts. Der Gedanke, hinunter zum Fluß zu gehen, schoß ihm durch den Kopf, aber auch der Fluß würde ihm nichts sagen. Er ging zum Bahnhof zurück. Er kam an einer Bank vorbei, ging hinein, mietete ein Schließfach und hinterlegte darin 4900 von den 5000 Dollar. Er sagte sich, daß er sein Geld ebensogut in

Port Philip lassen konnte wie irgendwo sonst. Oder es in den Fluß werfen, in dem sein Vater ertrunken war.

Vermutlich könnte er seine Mutter und seinen Bruder auf dem Postamt ausfindig machen, aber er beschloß, keine weiteren Nachforschungen anzustellen. Er hatte seinen Vater besuchen wollen. Und ihm das Geld zurückzahlen wollen.

2

1950

Mit Kappe und Talar – beides stammte aus dem Leihhaus – saß Rudolph im Junisonnenschein unter den anderen Graduierten.

«Heute, im Jahre 1950, genau in der Mitte des Jahrhunderts», sagte der Redner, «müssen wir Amerikaner uns mehrere Fragen stellen: Was haben wir erreicht? Was wollen wir? Auf welchen Gebieten liegen unsere Stärken, auf welchen unsere Schwächen? Wohin gehen wir?» Der Redner war Mitglied des Kabinetts und dem Collegepräsidenten zuliebe, mit dem zusammen er in Cornell studiert hatte, eigens aus Washington herübergekommen.

Heute, genau in der Mitte des Jahrhunderts, dachte Rudolph, der unruhig auf seinem Feldstuhl auf dem Campus-Rasen hin und her rutschte, was habe ich erreicht, was will ich, auf welchem Gebiet liegen meine Stärken, auf welchem meine Schwächen, wohin gehe ich? Ich habe einen akademischen Grad, eine Schuld von 4000 Dollar und eine sterbende Mutter. Ich will reich, frei und beliebt sein. Meine Stärke: ich bin ein guter Läufer. Meine Schwäche? Ich bin ehrlich. Er lächelte innerlich, während er den großen Mann aus Washington unschuldig ansah. Wohin gehe ich? Sag du mir's, Bruder.

Der Mann aus Washington war ein Mann des Friedens. «Die Kurve der militärischen Macht ist überall im Anstieg begriffen», fuhr er in feierlichem Tonfall fort. «Die einzige Hoffnung auf Frieden liegt in der militärischen Stärke der Vereinigten Staaten. Die Vereinigten Staaten brauchen, um einen Krieg zu verhindern, eine große und starke Streitmacht, die zu jedem Gegenschlag bereit ist und auf diese Weise als Abschreckungsmittel dient.»

Rudolph blickte die Reihen seiner Mitgraduierten entlang. Die Hälfte von ihnen war im Krieg gewesen. Viele von ihnen waren bereits verheiratet, ihre Frauen saßen mit frisch frisierten Köpfen in den Reihen dahinter; einige von ihnen hielten Säuglinge auf dem Arm, weil sie niemanden hatten, der auf sie in den engen Wohnwagen oder den vollgestopften gemieteten Räumen aufpassen konnte, in denen sie während der Zeit gewohnt hatten, als ihre Männer sich um einen akademischen Grad bemüht hatten, der ihnen heute verliehen wurde. Rudolph fragte sich, was sie angesichts der im Anstieg begriffenen Kurve militärischer Macht empfanden.

Neben Rudolph saß Bradford Knight, ein rundgesichtiger, gesund aussehender junger Mann aus Tulsa, Oklahoma, der im Krieg als Sergeant bei der Infanterie in Europa gewesen war. Von allen Kommilitonen mochte Rudolph ihn am liebsten, er war ein energischer, aufgeschlossener Junge, zynisch und schlau. Er und Rudolph hatten in Whitby manches Glas Bier zusammen getrunken und waren miteinander fischen gegangen. Brad hatte Rudolph immer wieder gedrängt, sobald sie das College hinter sich hätten, mit nach Tulsa zu kommen und mit ihm und seinem Vater ins Ölgeschäft einzusteigen. «Noch bevor du fünfundzwanzig bist, hast du deine erste Million verdient, mein Sohn», hatte Brad gesagt. «Das ist ein Land des Überflusses. Du kannst deinen Cadillac, wenn die Aschenbecher geleert werden müssen, gleich für einen neuen in Zahlung geben.» Brads Vater hatte, noch ehe er fünfundzwanzig war, eine Million gescheffelt, steckte aber derzeit in einer Flaute («Nur eben eine kleine Pechsträhne», wie Brad sagte) und hatte sich die Ausgaben für eine Reise nach Osten, um an der Graduierung seines Sohnes teilzunehmen, nicht leisten können.

Teddy Boylan war ebenfalls nicht bei der Feier zugegen, obwohl Rudolph ihm eine Einladung geschickt hatte. Das war das wenigste, was er für die 4000 Dollar tun konnte. Doch Boylan hatte abgelehnt: «Leider kann ich mich nicht entschließen, an einem schönen Juninachmittag fünfzig Meilen weit zu fahren, nur um einen Demokraten auf dem Campus einer obskuren Landwirtschaftsschule eine Rede halten zu hören.» Whitby war keine Landwirtschaftsschule, besaß jedoch eine bedeutende landwirtschaftliche Fakultät, aber Boylan verübelte Rudolph noch immer, daß er sich geweigert hatte, sich auch nur um die Zulassung an einer Ivy League University zu bewerben, als er ihm 1946 das Angebot machte, Rudolphs Studium zu finanzieren. «Allerdings soll der Tag nicht ganz ungefeiert vorübergehen», hatte der Brief in Boylans kräftiger, sehr markanter Handschrift weiter gelautet. «Kommen Sie zu mir, sobald die Salbaderei zu Ende ist. Dann wollen wir einer Flasche Champagner den Hals brechen und Ihre Pläne besprechen.»

Rudolph hatte es aus verschiedenen Gründen vorgezogen, sich für Whitby zu entscheiden, statt das Risiko von Yale oder Harvard einzugehen. Zum einen hätte er nach Beendigung des Studiums weit mehr als 4000 Dollar geschuldet, zum andern wäre er vier Jahre lang ein Außenseiter inmitten der jungen Lords der amerikanischen Gesellschaft geblieben, deren Väter und Großväter schon die Harvard-Yale-Spieler angefeuert hatten, die sich auf Debütantinnen-Bällen im Tanze drehten und von denen die meisten auch nicht einen Tag in ihrem Leben gearbeitet hatten. In Whitby war Armut das übliche. Wer nicht im Sommer einen Job annehmen mußte, damit er im Herbst die Kosten für seine Bücher und seine Kleidung bezahlen konnte, war eine Ausnahme. Die einzigen Außenseiter hier waren Bücherwürmer, die ihren Kommilitonen aus dem Weg gingen, und ein paar junge Leute, die politischen Ideen anhingen und Flugblätter mit Aufrufen für die Vereinten Nationen und gegen die allgemeine Wehrpflicht verteilten.

Ein anderer Grund, warum Rudolph Whitby gewählt hatte, war, daß es in der Nähe von Port Philip lag, so daß er sonntags seine Mutter besuchen konnte, die mehr oder weniger ans Zimmer gefesselt war und die man, argwöhnisch, ohne Freunde, und halb verrückt, wie sie war, nicht einfach vernachlässigen und dem Verfall preisgeben durfte. Im Sommer seines zweiten Studienjahres, als er in Calderwoods Warenhaus den Feierabendjob bekam, hatte er in Whitby eine billige kleine Zwei-Zimmer-Wohnung mit Kochnische gefunden und war mit seiner Mutter zusammengezogen. Dort wartete sie jetzt auf ihn. Sie fühle sich nicht ganz wohl, hatte sie gesagt, und wollte lieber nicht an der Graduierungsfeier teilnehmen; außerdem würde sie ihm, so wie sie aussah, nur Schande bereiten. Schande war vermutlich ein zu starkes Wort, dachte Rudolph, als er sich unter den gutgekleideten, sehr gesetzt wirkenden Eltern seiner Kommilitonen umsah, andererseits hätte sie bestimmt niemand von den Versammelten mit ihrer Schönheit oder dem Stil ihrer Kleidung beeindruckt. Es war eine Sache, ein pflichtgetreuer Sohn zu sein. Eine andere, die Dinge nicht realistisch zu sehen.

So war Mary Pease Jordache, die, mit geschwollenen Beinen und fast am Ende ihrer Kräfte, am Fenster ihrer schäbigen Wohnung in einem Schaukelstuhl saß und ständig Zigarettenasche auf ihr Umschlagtuch fallen ließ, nicht dabei, als ihrem Sohn die Rolle imitierten Pergaments überreicht wurde. Ferner waren nicht dabei: Gretchen, die von New York nicht weg konnte, da mit ihrem Kind etwas war; Julie, die selber an diesem Tag im Barnard College graduiert wurde; Thomas, von dem niemand wußte, wo er lebte; Axel Jordache, Blut an seinen Händen, ruderte durch die Ewigkeit.

Er war allein an diesem Tag, und es war ganz gut so.

«Die Macht die Militärs ist erschreckend», tönte die Stimme des Redners durch die Lautsprecher, «aber nicht zu verachten auf unserer Seite ist der Wunsch des Durchschnittsbürgers nach Frieden.»

Wenn Rudolph ein Durchschnittsbürger war, sprach das Kabinettsmitglied jedenfalls für ihn. Jetzt, nachdem er auf dem Campus so manche Geschichten aus dem Krieg gehört hatte, beneidete er die Generation vor ihm nicht mehr, die auf Guadalcanar und auf den sandigen Hügelketten Tunesiens gestanden hatte.

Die Stimme ertönte weiter in dem sonnigen Geviert von roten Ziegelsteingebäuden im Kolonialstil. Unvermeidlich kam die Huldigung an Amerika, dem Land der großen Möglichkeiten. Die Hälfte der hier versammelten jungen Leute hatte die Möglichkeit gehabt, für Amerika getötet zu werden, aber der Sprecher hielt an diesem Nachmittag den Blick nach vorne, nicht auf die Vergangenheit gerichtet, und die Möglichkeiten, die er erwähnte, bestanden in wissenschaftlicher Forschung, öffentlichem Dienst und Hilfeleistung für die Völker der Welt, die nicht so glücklich waren wie das amerikanische Volk. Das Kabinettsmitglied, das da sprach, war ein guter Mensch, und Rudolph war froh, einen solchen Mann am Regierungssitz in Washington zu wissen, aber was er über die Möglichkeiten im Jahre 1950 von sich gab, war ein wenig hochtrabend, klang wie ein Evangelium, aber alles aus der Sicht von Washington – hervorragend geeignet für eine Festtagsrede wie die heutige, aber nicht dazu angetan, sich mit den mehr erdgebundenen Anschauungen von dreihundert Söhnen armer Leute zu decken, die in schwarzen Roben vor ihm saßen und darauf warteten, ihre akademischen Grade von einer kleinen, unzureichend finanzierten Universität überreicht zu bekommen, die bekannt war – wenn sie überhaupt bekannt war – für ihre landwirtschaftliche Fakultät, und die sich fragten, wie sie am nächsten Tag ihren Lebensunterhalt verdienen würden.

In der vordersten Reihe, die für den Lehrkörper reserviert war, sah Rudolph, wie Professor Denton, der Geschichte und Wirtschaftswissenschaft lehrte, sich seinem Nachbarn zur Rechten, Professor Lloyd, dem Anglisten, zuwendete und ihm etwas zuflüsterte. Rudolph lächelte, er ahnte, wie Professor Dentons Kommentar zu den rhetorischen Übungen des Kabinettsmitglieds ausfiel. Denton, ein kleiner, quicklebendiger, grauhaariger Mann, von der Erkenntnis, daß er nun in der akademischen Welt nicht mehr höher aufsteigen würde, leicht enttäuscht, hatte ein gut Teil seiner Lehrtätigkeit dazu verwendet, über das zu wettern, was er als die auf den Bürgerkrieg zurückgehende Korrumpierung des amerikanischen wirtschaftlichen und politischen Systems durch das Großkapital und die Großindustrie nannte. «Die amerikanische Wirtschaft», hatte er den Studenten vorgehalten, «ist ein aufgetakelter Würfelspieltisch mit präparierten Würfeln. Die Gesetze sind so gemacht, daß die Reichen nur Siebener werfen und jeder andere nur Nieten.»

Mindestens einmal in jedem Semester wies er darauf hin, daß J. P. Morgan – nach seinem eigenen Eingeständnis vor einem Kongreßausschuß – im Jahre 1932 nicht einen Cent Einkommensteuer bezahlt hatte. «Ich möchte, daß Sie das niemals vergessen, meine Herren», pflegte Professor Denton mit Erbitterung zu sagen, «und daß Sie ferner im Gedächtnis bewahren, daß ich im selben Jahr von meinem schmalen Dozentengehalt 527 Dollar und 30 Cent Steuern bezahlen mußte.»

Auf die Studenten hatte diese Äußerung, soweit Rudolph das beurteilen konnte, nicht die von Denton gewünschte Wirkung. Statt sie mit Unmut und dem brennenden Wunsch zu erfüllen, sich zum Kampf für eine Reform zusammenzuschließen, träumten die meisten von ihnen – Rudolph eingeschlossen – von der Zeit, wo sie selbst jene Höhen von Reichtum und Macht erringen würden und – wie J. P. Morgan – ausgenommen wären von dem, was Denton die gesetzliche Versklavung der Wählerschaft nannte.

Und wenn Denton sich auf die neueste Nummer des ‹Wall Street Journal› stürzte, in der eine weitere schlaue, steuersparende Fusion oder Erdölschiebung beschrieben wurde, die den Fiskus Millionen von Dollar kostete, hörte Rudolph aufmerksam zu, voll Bewunderung für die Machenschaften, die Denton andächtig sezierte, und trug alles sorgfältig in sein Kollegheft ein für den gesegneten Tag, an dem sich ihm vielleicht ähnliche Möglichkeiten boten.

Auf gute Noten weniger um ihrer selbst willen bedacht, weil sie ihm vielleicht jetzt nützlich sein könnten, sondern nur um der späteren Vorteile willen, ließ Rudolph sich nicht anmerken, daß die gespannte Aufmerksamkeit, mit der er Dentons Tiraden zuhörte, nicht die eines Schülers, sondern eher die eines Spions auf feindlichem Territorium war. Seine drei Kurse bei Denton waren jeweils mit der Note A belohnt worden, und Denton hatte ihm für das nächste Jahr eine Dozentenstelle an der geschichtlichen Fakultät angeboten.

Trotz seiner heimlichen Nichtübereinstimmung mit dem, was in seinen Augen ein völlig naiver Standpunkt war, war Denton doch der einzige Dozent, den Rudolph in all den Jahren im College schätzen gelernt hatte, und der einzige Mensch, der ihn etwas Nützliches gelehrt hatte.

Er hatte diese Ansicht, wie auch fast jede andere, für sich behalten, und er war bei allen Fakultätsmitgliedern als strebsamer, wohlerzogener junger Mann hochgeachtet.

Der Redner kam zum Schluß. Im letzten Satz kam der Name Gottes vor. Es gab Applaus. Dann wurden die Graduierten einer nach dem anderen aufgerufen und nahmen aus der Hand des Collegepräsidenten ihre Diplome in Empfang. Der Präsident strahlte, als er die mit einem Band verschnürten Urkunden übergab. Er rechnete es sich hoch an, daß es ihm gelungen war, das Kabinettsmitglied als Festredner zu gewinnen. Er hatte nicht Boylans bissige Bemerkung über die «obskure Landwirtschaftsschule» gelesen.

Eine Hymne wurde intoniert, ein feierlicher Marsch gespielt. Die schwarzen Roben marschierten im Gänsemarsch den Gang zwischen den Reihen entlang, wo die Eltern und Verwandten saßen. Die Roben verteilten sich unter dem sommerlichen Laubwerk der Eichen, mischten sich unter die hellen Kleider der Frauen, so daß die frisch Graduierten plötzlich aussahen wie eine Schar Krähen in einem Blumenfeld.

Rudolph beschränkte sich darauf, einige Hände zu schütteln. Er hatte einen anstrengenden Tag sowie einen langen Abend vor sich. Denton kam auf ihn zu, drückte ihm die Hand, ein kleiner, fast buckeliger Mann mit dicken, silbergefaßten Augengläsern. «Jordache», sagte er, «Sie werden es sich überlegen, nicht wahr?»

«Ja, Sir», sagte Rudolph. «Es ist sehr freundlich von Ihnen.» Du sollst das Alter ehren. Das akademische Leben – unaufregend und unterbezahlt, nach einem Jahr den Magistertitel, ein paar Jahre später den Doktor der Philosophie, im Alter von fünfundvierzig vielleicht einen Lehrstuhl. «Und auch sehr verlockend, Sir.» Er fand es überhaupt nicht verlockend.

Er und Brad machten sich davon, um ihre Roben abzuliefern, und gingen dann zum Parkplatz. Brad hatte einen Vorkriegs-Chevy mit aufklappbarem Verdeck, und seine bereits gepackten Reisetaschen befanden sich im Kofferraum.

Er wollte gleich von hier aus nach Oklahoma, diesem Land des Überflusses, aufbrechen.

Sie waren die ersten draußen auf dem Parkplatz. Sie warfen keinen Blick zurück. Die Alma Mater verschwand hinter einer Straßenbiegung. Vier Jahre. Spar dir deine Sentimentalität für später auf.

«Wir wollen kurz bei Calderwood hineinschauen», sagte Rudolph. «Ich habe es ihm versprochen.»

«Sehr wohl, Sir», sagte Brad. «Na, rede ich nicht wie ein hochgebildeter Mann?»

«Wie einer von der herrschenden Klasse», sagte Rudolph.

«Ich habe meine Zeit nicht vergeudet», sagte Brad. «Was meinst du, wieviel ein Kabinettsmitglied im Jahr verdient?»

«Fünfzehn-, sechzehntausend», sagte Rudolph.

«Ein Trinkgeld», sagte Brad.

«Dazu kommt die Ehre.»

«Das sind mindestens weitere dreißig Piepen im Jahr», sagte Brad. «Steuerfrei. Glaubst du, daß er diese Rede selbst verfaßt hat?»

«Vermutlich.»

«Er ist überbezahlt.» Brad begann die Melodie von ‹Everything's Up-to-Date in Kansas City› zu summen. «Werden heute abend Weiber da sein?»

Gretchen hatte sie beide zur Feier des Tages zu einer Party eingeladen. Julie sollte auch kommen, falls sie ihre Eltern abhängen konnte.

«Wahrscheinlich», sagte Rudolph. «Gewöhnlich treiben sich bei ihr ein paar Mädchen herum.»

«Ich lese immer in der Zeitung», sagte Brad verdrossen, «daß die Jugend von heute vor die Hunde geht und daß es seit dem Krieg mit der Moral nicht mehr weit her ist und so, aber ich kriege von dieser Unmoral nie etwas zu sehen, soviel ist gewiß. Wenn ich das nächste Mal aufs College gehe, gibt's hoffentlich Koedukation. Du siehst einen reinrassigen, sexuell ausgehungerten Bakkalaureus der philosophischen Fakultät vor dir – und das sind nicht nur leere Worte.» Er summte fröhlich vor sich hin.

Sie fuhren durch die Stadt. Seit dem Krieg war hier viel gebaut worden: kleine Fabriken mit Rasenflächen und Blumenbeeten, so angelegt, daß sie wie Stätten der Erholung und eines glücklichen Lebens wirkten; Ladenfronten, die den Eindruck erwecken sollten, als seien sie Dorfstraßen des 18. Jahrhunderts in englischen Grafschaften. Das ehemalige Rathaus, ein weißes, mit Schindeln bedecktes Gebäude, war jetzt ein Sommertheater. Leute aus New York hatten angefangen, Farmhäuser in der ländlichen Umgebung zu kaufen und kamen an den Wochenenden und an den Feiertagen heraus. Whitby war in den vier Jahren, die Rudolph dort verbracht hatte, sichtlich aufgeblüht. Neun neue Löcher auf dem Golfplatz und ein neu erschlossenes Villengelände, Greenwood, wo man mindestens zwei Acres Land kaufen mußte, wenn man bauen wollte.

Es gab sogar eine kleine Künstlerkolonie, und wenn der Collegepräsident Lehrpersonal von anderen Universitäten herlocken wollte, wies er immer darauf hin, daß Whitby sich zu einer rührigen, aufstrebenden Stadt entwickelt habe und über eine kultivierte Atmosphäre verfüge.

Calderwood war ein kleines Warenhaus, das an der günstigsten Ecke der Haupteinkaufsstraße der Stadt lag. Es befand sich dort bereits seit den neunziger Jahren des vergangenen Jahrhunderts und war ursprünglich ein Gemischtwarenladen für die damals verschlafene Kleinstadt und die Farmer im Hinterland gewesen. Als die Stadt gewachsen war und ihr Charakter sich änderte, war auch das Kaufhaus gewachsen und hatte sich entsprechend gewandelt. Es war jetzt ein langer, zweistöckiger Bau, hinter dessen großen Schaufenstern eine beachtliche Vielfalt von Waren ausgestellt war. Rudolph hatte als Lagerhilfsarbeiter angefangen und war so fleißig gewesen und hatte so viele Verbesserungsvorschläge gemacht, daß Duncan Calderwood, ein Nachkomme des Firmengründers, ihn befördert hatte. Das Kaufhaus war noch so übersichtlich, daß ein Angestellter verschiedene Aufgaben zugleich wahrnehmen konnte, und in der Zwischenzeit war Rudolph zum Verkäufer, Schaufensterdekorateur, Anzeigenverwalter und Personalberater aufgerückt. Wenn er im Sommer ganztägig arbeitete, betrug sein Gehalt 50 Dollar in der Woche.

Duncan Calderwood war ein zugeknöpfter Yankee von ungefähr fünfzig, der spät geheiratet und drei Töchter hatte. Außer dem Kaufhaus besaß er in der Stadt und in der näheren Umgebung eine Menge Grundbesitz. Wieviel, das war nur ihm bekannt. Er war ein wortkarger Mann, der wußte, was ein Dollar wert war. Tags zuvor hatte er zu Rudolph gesagt, er sollte doch nach der Graduierungsfeier bei ihm vorbeikommen: er könnte ihm vielleicht einen interessanten Vorschlag machen.

Brad hielt vor dem Eingang des Warenhauses.

«Ich bin gleich wieder da», sagte Rudolph.

«Laß dir Zeit», meinte Brad. «Ich habe mein ganzes Leben vor mir.» Er knöpfte seinen Kragen auf und lockerte die Krawatte. Endlich frei! Das Verdeck des Wagens war heruntergeklappt, und er legte sich genießerisch zurück und schloß die Augen.

Als Rudolph auf das Warenhaus zuging, blickte er befriedigt auf eines der Schaufenster, das er drei Nächte zuvor dekoriert hatte. Das Schaufenster zeigte Tischlereibedarf, und Rudolph hatte das Werkzeug so angeordnet, daß es ein strenges, nicht wirres, sondern schimmerndes abstraktes Muster bildete. Von Zeit zu Zeit fuhr Rudolph nach New York und sah sich die Schaufenster der großen Läden in der Fifth Avenue an, um Ideen zu sammeln.

Drinnen schlug ihm das friedliche Gemurmel einkaufender Frauen entgegen und jener leichte, typische Geruch von Kleidern, frischem Leder und Parfums, den Rudolph so gern hatte. Die Verkäufer lächelten ihn an und winkten ihm zu, als er durch die Reihen der Verkaufstische auf Calderwoods Privatbüro zuging.

Ein oder zwei riefen ihm «Herzlichen Glückwunsch» zu, und er nickte ihnen zu. Er war beliebt, besonders bei den älteren Leuten. Sie wußten nicht, daß er bei Einstellungen und Entlassungen zu Rate gezogen wurde.

Calderwoods Tür stand wie immer offen. Er legte Wert darauf, den Verkaufsraum im Auge zu behalten. Er saß an seinem Schreibtisch und schrieb eigenhändig einen Brief. Er hatte eine Sekretärin, die ihr Büro neben dem seinen hatte, aber es gab Dinge in seinem Geschäft, von denen nicht einmal sie etwas wissen sollte. Er schrieb jeden Tag vier oder fünf Briefe mit der Hand und frankierte sie selbst. Die Tür zum Büro seiner Sekretärin war geschlossen.

Rudolph blieb wartend auf der Schwelle stehen. Trotz der offenen Tür schätzte Calderwood es nicht, wenn er gestört wurde.

Calderwood beendete den Satz, las ihn noch einmal durch, dann blickte er auf. Er hatte ein bläßliches, glattes Gesicht mit einem langen Zinken von Nase und straff zurückgekämmtem schwarzem Haar. Er drehte den Brief um, so daß man die Schrift nicht sah. Er hatte große, derbe Hände, die sich mit empfindlicheren Dingen wie Papierbögen schwertaten. Rudolph hielt sich immer viel zugute auf seine eigenen schmalen Hände, die, wie er meinte, aristokratisch waren.

«Kommen Sie rein, Rudy», sagte Calderwood nüchtern und sachlich.

«Guten Tag, Mr. Calderwood.» Rudolph trat in seinem guten blauen Anzug in den kahlen Raum. An der Wand hing ein Abreißkalender mit einem Farbbild des Warenhauses darauf. Abgesehen von dem Kalender war der einzige Schmuck im Zimmer nur eine Fotografie von Calderwoods drei Töchtern, als sie noch kleine Kinder waren, auf dem Schreibtisch.

Erstaunlicherweise stand Calderwood auf, kam um den Schreibtisch herum und reichte Rudolph die Hand. «Wie war's?» erkundigte er sich.

«Keine Überraschungen.»

«Sind Sie froh, daß Sie es hinter sich haben?»

«Sie meinen, das College?» fragte Rudolph.

«Ja. Setzen Sie sich.» Calderwood ging hinter seinen Schreibtisch zurück und setzte sich auf den steiflehnigen Holzstuhl. Rudolph setzte sich auf einen Holzstuhl rechts neben dem Schreibtisch. In der Möbelabteilung im zweiten Stock gab es Dutzende von gepolsterten Ledersesseln, aber die waren nur für die Kunden bestimmt.

«Ich glaube, ja», sagte Rudolph. «Ich glaube schon, daß ich froh bin.»

«Die meisten Männer in diesem Land, die große Vermögen verdient haben oder verdienen», sagte Calderwood, «hatten nie eine richtige Schulbildung. Haben Sie das gewußt?»

«Ja», sagte Rudolph.

«Sie holen sich solche Leute», sagte Calderwood, und es klang fast wie eine Drohung. Calderwood hatte die High School nicht bis zu Ende besucht.

«Ich will mein möglichstes tun, daß meine Ausbildung mir nicht im Wege steht», sagte Rudolph.

Calderwood lachte trocken, gezwungen. «Das glaube ich Ihnen gern, Rudy», sagte er leutselig. Er nahm aus einer Schreibtischschublade ein Etui, auf dessen Samtdeckel in goldenen Lettern der Name des Warenhauses geprägt war. «Hier», sagte er und legte das Etui auf den Schreibtisch. «Hier ist etwas für Sie.»

Rudolph öffnete das Etui. Es enthielt eine hübsche Schweizer Edelstahluhr mit einem schwarzen Wildlederarmband. «Sehr nett von Ihnen, Sir», sagte Rudolph und bemühte sich, daß es nicht zu überrascht klang.

«Sie haben sie verdient», sagte Calderwood. Verlegen rückte er die schmale Fliege an seinem steifen weißen Kragen zurecht. Freigebigkeit war nicht gerade seine Stärke. «Sie haben hier viel geleistet, Rudy. Sie sind ein kluger Kopf, mit einem ausgesprochenen Sinn fürs Kaufmännische.»

«Ich danke Ihnen, Mr. Calderwood.» Das waren die *eigentlichen* Worte für die Zukunft, nicht dieses Washingtoner Geschwätz über die im Anstieg begriffene Kurve militärischer Macht und von der Hilfe für unsere weniger vom Glück begünstigten Brüder.

«Ich sagte, ich wollte Ihnen einen Vorschlag machen, nicht wahr?»

«Ja, Sir.»

Calderwood zögerte, räusperte sich, stand auf und ging zu dem Kalender an der Wand. Es war, als müßte er, bevor er sich in ein großes, die Zukunft bestimmendes Unternehmen stürzte, seine Schachfiguren ein letztes Mal überprüfen. Er trug wie immer einen schwarzen Anzug mit Weste und schwarze Schuhe mit hohen Schäften. Er habe gern einen festen Halt für seine Knöchel, hatte er einmal gesagt. «Rudy», begann er, «wie würde es Ihnen gefallen, von jetzt ab für Calderwood tätig zu sein?»

«Das hängt ganz davon ab», sagte Rudolph vorsichtig. Er hatte das Angebot erwartet und sich auch schon zurechtgelegt, unter welchen Bedingungen er es annehmen würde.

«Wovon?» fragte Calderwood kampflustig.

«Von der Art der Arbeit», sagte Rudolph.

«Dasselbe, was Sie schon gemacht haben», sagte Calderwood. «Nur noch mehr. Ein bißchen von allem. Legen Sie Wert auf einen Titel?»

«Das hängt vom Titel ab.»

«Hängt ab, hängt ab!» sagte Calderwood. Aber er lachte. «Wer hat eigentlich die Geschichte von der Eile der Jugend erfunden? Wie wär's mit stellvertretender Direktor? Wär Ihnen das gut genug?»

«Für den Anfang», sagte Rudolph.

«Wahrscheinlich sollte ich Sie jetzt mit einem Tritt aus dem Büro hinausbefördern», sagte Calderwood. Die blassen Augen blickten eisig.

«Ich möchte nicht undankbar erscheinen», sagte Rudolph, «aber ich will nicht in einer Sackgasse landen. Ich habe noch einige andere Angebote...»

«Vermutlich wollen Sie wie all die anderen jungen Narren nach New York», sagte Calderwood. «Die Stadt erobern und sich zu allen Parties einladen lassen.»

«Nicht unbedingt», sagte Rudolph. Im Grunde fühlte er sich New York noch gar nicht gewachsen. «Ich bin sehr gern hier in der Stadt.»

«Mit gutem Grund», sagte Calderwood. Mit einem Laut, der fast wie ein Seufzer klang, setzte er sich wieder hinter seinen Schreibtisch. «Hören Sie zu, Rudy», sagte er. «Ich werde nicht jünger. Der Doktor sagt, ich müsse allmählich langsamer treten. Verantwortung abgeben, so drückt er es aus, längere Ferien machen. Das übliche Arztgeschwätz. Ich habe einen hohen Cholesterin-Spiegel. Das ist ein neuer Dreh, den sie erfunden haben, um einem angst zu machen. Wie dem auch sei, es klingt plausibel. Ich habe keine Söhne...» Er blickte auf die Fotografie der drei Mädchen auf seinem Schreibtisch, diese dreifache Enttäuschung. «Ich habe das alles hier seit dem Tod meines Vaters allein gemacht. Jemand muß mir helfen und mir Arbeit abnehmen. Ich will keine von diesen hochgezüchteten jungen Rotznasen, die alles ändern und nach den ersten zwei Wochen eine Beteiligung verlangen.» Er senkte den Kopf und blickte Rudolph abschätzend unter seinen dicken schwarzen Augenbrauen an. «Sie fangen mit 100 Dollar in der Woche an. Nach einem Jahr sehen wir weiter. Ist das ein faires Angebot?»

«Das ist es», sagte Rudolph. Er hatte 75 Dollar erwartet.

«Sie bekommen ein Büro», sagte Calderwood. «Den alten Packraum im ersten Stock. Dazu ein Schild ‹Stellvertretender Direktor› an der Tür. Aber ich möchte Sie während der Geschäftszeit in den Verkaufsräumen sehen. Schlagen Sie ein?»

Rudolph streckte ihm seine Hand hin. Calderwoods Händeschütteln war nicht das eines Mannes mit einem hohen Cholesterin-Spiegel.

«Zunächst werden Sie wahrscheinlich etwas Urlaub machen wollen», sagte Calderwood. «Das kann ich verstehen. Was wollen Sie – zwei Wochen, einen Monat?»

«Ich bin morgen früh um neun Uhr hier.» Rudolph stand auf.

Calderwood lächelte schwach. «Ich hoffe, ich mache keinen Fehler», sagte er. «Bis morgen früh dann!»

Er drehte seinen angefangenen Brief um und nahm mit seiner großen vierschrötigen Hand den Füllfederhalter auf, als Rudolph das Büro verließ.

Bei seinem Gang durch die Verkaufsräume ließ sich Rudolph Zeit. Mit einem neuen, abschätzenden, besitzergreifenden Blick sah er auf die Ladentische, die Angestellten, die Kunden. Am Ausgang blieb er stehen, nahm seine billige Uhr ab und legte die neue an.

Brad döste am Steuer in der Sonne. Er richtete sich auf, als Rudolph zu ihm in den Wagen stieg. «Gibt's was Neues?» fragte er, während er den Motor anließ.

«Der Alte hat mir etwas geschenkt.» Rudolph hielt den Arm hoch und zeigte ihm die Uhr.

«Scheint ein weiches Herz zu haben», sagte Brad, als sie losfuhren.

«115 Dollar hier im Verkauf», sagte Rudolph. «50 Dollar im Großhandel.» Er erwähnte nichts von der Vereinbarung für den nächsten Morgen. Das Warenhaus Calderwood war kein Land des Überflusses.

Mary Pease Jordache saß am Fenster und blickte hinunter auf die Straße; sie wartete auf Rudolph. Er hatte versprochen, gleich nach der Feier heimzukommen und ihr die Urkunde zu zeigen. Eigentlich hätte man den Tag festlich begehen müssen, aber sie hatte nicht die Energie dazu. Außerdem kannte sie keinen seiner Freunde. Nicht daß er nicht beliebt gewesen wäre. Ständig klingelte das Telefon, und junge Stimmen sagten: «Hier ist Charlie», oder: «Hier ist Brad, ist Rudy da?» Aber aus irgendeinem Grund brachte er nie jemanden mit nach Hause. Auch recht. Es war ja auch kein richtiges Zuhause. Zwei dunkle Zimmer über einem Textilladen in einer kahlen, baumlosen Seitenstraße. Sie schien dazu verdammt, ihr Leben über Läden verbringen zu müssen. Genau gegenüber wohnte eine Negerfamilie, schwarze Gesichter starrten sie an. Negerbälger und Frauenschänder. Sie hatte alles über sie im Waisenhaus gelernt.

Mit zitteriger Hand zündete sie eine Zigarette an und streifte die Aschenreste früherer Zigaretten von ihrem Umschlagtuch ab. Es war ein warmer Junitag, aber es war ihr mit dem Wollschal behaglicher zumute.

Nun, Rudolph hatte es geschafft, trotz allem. Eine College-Absolvent, der den Kopf hochtragen und es mit jedermann aufnehmen konnte. Ein wahres Himmelsgeschenk, dieser Theodore Boylan. Sie hatte ihn nie kennengelernt, aber Rudolph hatte ihr erzählt, was für ein kluger, großzügiger Mensch er war. Immerhin, Rudolph hatte es verdient. Mit seinen guten Manieren und seiner Klugheit. Ihm halfen die Leute gern. Er würde seinen Weg machen. Obwohl er, als sie ihn gefragt hatte, was er nun nach dem College zu tun gedenke, ausweichend geantwortet hatte. Er hatte jedoch Pläne. Solange er nicht an einem Mädchen hängenblieb und heiratete. Mary Pease schauderte. Er war ein guter Junge, man konnte sich keinen aufmerksameren Sohn wünschen. Wäre er nicht gewesen, weiß Gott, was aus ihr geworden wäre nach jener Nacht, als Axel verschwunden war. Aber sobald ein Mädchen auf der Bildfläche erschien, wurden Jungens wie wilde Tiere, sogar die besten von ihnen, und opferten alles – Heim, Eltern, Karriere – für ein paar sanfte Augen und die Verlockung unter dem Rock. Sie hatte nie seine Julie kennengelernt, aber sie wußte, daß sie das Barnard College besuchte und wußte von Rudolphs sonntäglichen Fahrten nach New York, all die vielen Meilen hin und zurück, von denen er zu allen möglichen und unmöglichen Tageszeiten blaß und mit dunklen Ringen um die Augen, ruhelos und wortkarg, heimkam. Mit Julie hatte das nun fünf Jahre gedauert, jetzt sollte er sich einer anderen zuwenden. Sie würde mit ihm sprechen müssen, ihm sagen, nun könne er doch auch mal an sein Vergnügen denken, Hunderte von Mädchen würden sich ihm nur zu gern an den Hals werfen und sich obendrein noch geehrt fühlen.

Sie hätte wirklich was zur Feier des Tages tun sollen. Einen Kuchen backen, eine Flasche Wein besorgen. Aber die anstrengende Treppe, sich anziehen zu müssen ... Rudolph würde das verstehen. Er hatte sowieso vor, am Nachmittag nach New York zu fahren, um mit seinen Freunden zusammen zu sein. Laß die alte Dame allein am Fenster sitzen, dachte sie mit plötzlicher Bitterkeit. Sogar der Beste von ihnen.

Sie sah den Wagen um die Straßenecke biegen. Die Reifen quietschten. Und sie sah Rudolph, mit wehendem schwarzem Haar, ein junger Prinz. Sie sah gut auf die Entfernung, besser als je. Aus der Nähe war es etwas anderes. Sie hatte das Lesen aufgegeben, es war zu anstrengend für ihre Augen, alte Augen, die sich immer noch veränderten. Keine Brille half länger als ein paar Wochen. Sie war noch nicht fünfzig, ihre Augen aber starben vor ihr. Sie weinte bittere Tränen.

Der Wagen hielt an, und Rudolph sprang heraus. Elegant, elegant. In einem schönen blauen Anzug. Er sah prächtig aus, schlank, mit breiten Schultern und langen Beinen. Sie stand auf und ging vom Fenster fort. Er hatte nie etwas gesagt, aber sie wußte, daß er es nicht mochte, wenn sie den ganzen Tag am Fenster saß und hinausschaute.

Mit einem Zipfel ihres Umschlagtuchs wischte sie sich die Augen und humpelte hinüber zu dem Tisch, an dem sie auch aßen. Sie drückte die Zigarette aus, als sie ihn die Treppe heraufkommen hörte.

Er kam zur Tür herein. «Da», sagte er. Er breitete die Pergamentrolle auf dem Tisch vor ihr aus. «Es ist auf lateinisch», erklärte er.

Sie las seinen Namen.

Wieder kamen ihr die Tränen. «Ich wollte, ich wüßte die Adresse deines Vaters», sagte sie. «Das würde ich ihm gern zeigen, damit er sieht, was du ohne seine Hilfe geschafft hast.»

«Ma», sagte Rudolph sanft, «er ist tot.»

«Das möchte er gern, daß die Leute das glauben», sagte sie. «Ich kenne ihn besser. Er ist nicht tot, er ist davongelaufen.»

«Ma ...» sagte Rudolph wieder.

«Er lacht sich eins ins Fäustchen», sagte sie. «Man hat die Leiche nie gefunden.»

«Glaub was du willst», sagte Rudolph. «Ich muß schnell packen. Ich bleibe über Nacht in der Stadt.» Er ging in sein Zimmer und warf Rasierzeug, einen Schlafanzug und ein sauberes Hemd in seine Reisetasche. «Hast du alles, was du brauchst? Auch etwas zum Abendessen?»

«Ich werde eine Büchse aufmachen», sagte sie. «Fährst du mit dem Jungen da unten im Wagen?»

«Ja», sagte er. «Mit Brad.»

«Ist das der aus Oklahoma?»
«Ja.»
«Ich mag die Art, wie er fährt, nicht. Er ist leichtsinnig. Ich traue den Leuten aus dem Westen nicht. Warum nimmst du nicht den Zug?»
«Warum soll ich mein Geld für den Zug ausgeben?»
«Was nützt dir denn Geld, wenn du bei einem Autounfall umkommst?»
«Ma...»
«Von jetzt an verdienst du doch Geld genug. Ein Junge wie du und mit dem Zeugnis.» Sie glättete das steife Papier mit dem lateinischen Text. «Denkst du jemals daran, was mit mir geschehen würde, wenn dir etwas zustößt?»
«Mir wird nichts zustoßen.» Er drückte das Schloß der Tasche zu. Er war in Eile. Sie sah, daß er in Eile war. Laß sie am Fenster sitzen.
«Man wird mich auf den Müllplatz karren wie einen Hund», sagte sie.
«Ma», bat er, «das ist ein Tag zum Feiern. Freu dich doch.»
«Ich werde das einrahmen lassen», sagte sie. «Amüsiere dich. Du hast es verdient. Bleib nicht zu lange auf. Wo übernachtest du? Hast du die Telefonnummer für den Notfall?»
«Es wird keinen Notfall geben.»
«Nur für den Fall.»
«Bei Gretchen», sagte er.
«Die Hure», sagte sie. Sie sprachen nie über Gretchen, obwohl sie wußte, daß er sie hin und wieder traf.
«Mein Gott», sagte er. Sie war zu weit gegangen, und sie wußte es, aber sie hatte ihren Standpunkt klarmachen müssen.
Er beugte sich vor und küßte sie zum Abschied, und um das «Mein Gott» wiedergutzumachen. Sie hatte das Toilettenwasser benutzt, das er ihr zum Geburtstag geschenkt hatte. Sie fürchtete sich davor, wie eine alte Frau zu riechen.
«Du hast mir gar nichts von deinen Plänen erzählt», sagte sie. «Jetzt, wo dein Leben wirklich anfängt. Ich dachte, du würdest eine Minute für mich erübrigen und dich hinsetzen und mir erzählen, was ich zu erwarten habe. Wenn du willst, mache ich dir eine Tasse Tee...»
«Morgen, Ma. Morgen erzähle ich dir alles. Mach dir keine Sorgen.» Er küßte sie noch einmal, und sie entließ ihn. Leichtfüßig eilte er die Treppe hinunter. Sie stand auf und humpelte zum Fenster hinüber und setzte sich in ihren Schaukelstuhl. Alte Dame am Fenster. Mochte er sie ruhig sehen.
Der Wagen fuhr davon. Rudolph schaute nicht nach oben.
Sie gehen alle fort. Alle. Sogar der Beste von ihnen.

Der Chevy quälte sich den Hügel hinauf und fuhr durch das vertraute steinerne Tor. Die Pappeln an der Zufahrt zum Haus warfen trotz der Junisonne düstere Schatten. Das Haus sah heruntergekommen aus, die Blumenrabatten waren ungepflegt.

«Der Untergang des Hauses Usher», bemerkte Brad, als er vor dem Haupteingang vorfuhr. Rudolph war so oft in dem Haus gewesen, daß er nichts mehr dazu sagen konnte. Für ihn war es Teddy Boylans Haus, das war alles.

«Wer wohnt hier – Dracula?»

«Ein Freund von mir», sagte Rudolph. Er hatte Brad nie von Boylan erzählt. Boylan gehörte zu einem anderen Bereich seines Lebens. «Ein Freund unserer Familie. Er hat mir durchs College geholfen.»

«Geld?» fragte Brad, brachte den Wagen zum Stehen und blickte prüfend auf den ungeheuren Steinbau.

«Einigermaßen», sagte Rudolph. «Jedenfalls genug.»

«Kann er sich keinen Gärtner leisten?»

«Interessiert ihn nicht. Komm mit, dann lernst du ihn kennen. Ein Glas Champagner erwartet uns.» Rudolph stieg aus dem Wagen.

«Soll ich meinen Kragen zuknöpfen?» fragte Brad.

«Ja», sagte Rudolph. Er wartete, während Brad an seinem Kragen herumnestelte und seine Krawatte zurechtrückte. Er hatte einen dicken, kurzen, plebejischen Hals, wie Rudolph zum erstenmal auffiel.

Sie gingen über den kiesbestreuten Vorplatz zu der Eingangstür aus schwerem Eichenholz. Rudolph läutete. Er war froh, daß er nicht allein war. Mit den Nachrichten, die er für ihn hatte, wollte er mit Teddy Boylan nicht allein sein. Die Glocke läutete gedämpft wie in weiter Ferne. *Lebst du noch?* schien sie in die Gruft zu rufen.

Die Tür wurde geöffnet. Perkins stand vor ihnen. «Guten Tag, Sir», sagte er.

Aus dem Innern des Hauses klang Klavierspiel zu ihnen herüber. Eine Schubert-Sonate. Teddy Boylan hatte Rudolph zu Konzerten in die Carnegie Hall mitgenommen und ihm viel Musik auf dem Plattenspieler vorgespielt, stets erfreut über Rudolphs Vergnügen daran und seine Fähigkeit, gutes Spiel von schlechtem, mittelmäßiges von großartigem zu unterscheiden. «Ich war schon drauf und dran, das Klavierspielen aufzugeben, bevor Sie auf dem Schauplatz erschienen», hatte Boylan ihm einmal gesagt. «Ich höre Musik nicht gern allein und verabscheue es, sie gemeinsam mit Leuten anzuhören, die nur Interesse heucheln.»

Perkins führte die beiden jungen Leute ins Wohnzimmer. Auch wenn er nur fünf Schritte machte, war es, als führte er einen feierlichen Umzug an. Brad ging nicht wie gewöhnlich mit schlurfenden Schritten, sondern gerade aufgerichtet, so sehr beeindruckte ihn die große dunkle Eingangshalle.

Perkins öffnete die Tür zu dem Wohnzimmer. «Mr. Jordache und ein Freund von ihm, Sir», meldete er.

Boylan beendete die Passage, die er gerade spielte. Eine Flasche Champagner stand in einem Eiskübel, daneben zwei Sektkelche.

Boylan stand auf und lächelte. «Willkommen», sagte er und streckte Rudy die Hand hin. «Nett, Sie wiederzusehen.» Boylan war zwei Monate im Süden gewesen und war tiefgebräunt, sein Haar und seine Augenbrauen waren von der Sonne gebleicht. In seinem Gesicht nahm Rudolph, als er Boylan die Hand schüttelte, eine geringfügige kleine Veränderung wahr, die ihn für den Augenblick vor ein Rätsel stellte. «Darf ich Ihnen einen Freund von mir vorstellen?» sagte Rudolph. «Bradford Knight, Mr. Boylan. Er ist ein Kommilitone von mir.»

«Guten Tag, Mr. Knight.» Boylan schüttelte Brads Hand.

«Freue mich, Sie kennenzulernen, Sir», sagte Brad.

«Vermutlich darf man auch Ihnen gratulieren», sagte Boylan.

«Ich denke schon. Jedenfalls sagt man so.» Brad grinste.

«Wir brauchen noch ein drittes Glas, Perkins.» Boylan trat an den Tisch mit dem Eiskübel.

«Sehr wohl, Sir.» Seine imaginäre Prozession anführend, verließ Perkins das Zimmer.

«War der Demokrat erbaulich?» fragte Boylan, während er die Flasche im Eis drehte. «Hat er von reichen Bösewichten gesprochen?»

«Er sprach über die Bombe», sagte Rudolph.

«Eine Erfindung der Demokraten», sagte Boylan. «Hat er gesagt, wem wir sie als nächstes auf den Kopf werfen?»

«Er schien sie niemandem auf den Kopf werfen zu wollen», sagte Rudolph. Aus irgendeinem Grund hatte er das Gefühl, das Kabinettsmitglied in Schutz nehmen zu sollen. «Tatsächlich war alles recht überzeugend, was er sagte.»

«So?» sagte Boylan und drehte die Flasche wieder mit den Fingerspitzen herum. «Vielleicht ist er insgeheim ein Republikaner.»

Plötzlich merkte Rudolph, was an Boylans Gesicht anders war. Er hatte keine Säcke mehr unter den Augen. Er mußte während seines Urlaubs viel Schlaf bekommen haben, dachte Rudolph.

«Ein hübsches altes Haus haben Sie hier, Mr. Boylan», sagte Brad, der sich inzwischen unbefangen umgesehen hatte.

«Meine Familie hat sich schon immer der Verschwendung gewidmet», sagte Boylan wegwerfend. «Sie kommen aus dem Süden, nicht wahr, Mr. Knight?»

«Oklahoma.»

«Ich bin dort einmal durchgefahren», sagte Boylan. «Ich fand es deprimierend. Haben Sie vor, jetzt dorthin zurückzukehren?»

«Morgen», sagte Brad. «Ich habe versucht, Rudy zu überreden, daß er mitkommt.»

«So?» Boylan wandte sich Rudolph zu. «Und?»

Rudolph schüttelte den Kopf.

«Nein, in Oklahoma sehe ich Sie wirklich nicht», sagte Boylan.

Perkins kam mit dem dritten Glas herein und stellte es hin.

«Ah», sagte Boylan. «Hier.» Geschickt löste er den Draht, der den Pfropfen umspannte, dann drehte er den Pfropfen behutsam, und als er mit einem trokkenen Knall heraussprang, goß Boylan die schäumende Flüssigkeit sachkundig in die Gläser. Gewöhnlich ließ er Perkins die Flasche öffnen. Rudolph hatte den Eindruck, daß Boylan sich zu Ehren des Tages einer symbolischen Mühe unterzog.

Er reichte ein Glas Brad und eines Rudolph, dann hob er das seine. «Auf die Zukunft», sagte er. «Diese gefährliche Zeit.»

«Da kann Coca-Cola nicht mitkommen», sagte Brad. Rudolph runzelte die Stirn. Brad reagierte absichtlich plump auf die eleganten Manieren des Gastgebers.

«Ja, nicht wahr», sagte Boylan gleichmütig. Er wandte sich Rudolph zu. «Warum gehen wir nicht in den Garten und trinken den Rest der Flasche in der Sonne? Für mich ist es einfach festlicher, Wein im Freien zu trinken.»

«Nun», sagte Rudolph, «wir haben wirklich nicht viel Zeit ...»

«Oh?» Boylan zog die Augenbrauen hoch. «Ich dachte, wir könnten gemeinsam im *Farmer's Inn* zu Abend essen. Selbstverständlich sind Sie auch eingeladen, Mr. Knight.»

«Vielen Dank, Sir», sagte Brad. «Aber es hängt von Rudy ab.»

«Wir werden in New York erwartet», sagte Rudolph.

«Ich verstehe», sagte Boylan. «Zweifellos eine Party. Junge Leute.»

«Ja, so ungefähr.»

«Nur allzu natürlich», sagte Boylan. «An einem solchen Tag.» Er goß die Gläser wieder voll. «Werden Sie Ihre Schwester sehen?»

«Wir treffen uns bei ihr.» Rudolph log nie.

«Überbringen Sie ihr meine besten Grüße», sagte Boylan. «Ich muß daran denken, dem Kind ein Geschenk zu schicken. Was war es doch?»

«Ein Junge.»

Rudolph hatte ihm an dem Tag, an dem das Kind geboren wurde, erzählt, daß es ein Junge war.

«Irgend etwas aus Silber», sagte Boylan. «Dann kann er sein Haferbreichen daraus essen.» Er wandte sich an Brad. «In meiner Familie war es Brauch, einem Neugeborenen ein Aktienpaket zu schenken. Aber das war natürlich innerhalb der Familie. Es wäre überheblich von mir, so etwas für Rudolphs Neffen zu tun, obwohl ich Rudolph sehr gern habe. Was das betrifft, so bin ich auch seiner Schwester sehr zugetan, wenn sich auch unsere Wege in den letzten Jahren getrennt haben.»

«Als ich geboren wurde, überschrieb mein Vater eine Ölquelle auf meinen Namen», sagte Brad. «Ein trockenes Loch.» Er lachte herzlich.

Boylan lächelte höflich. «Es ist die gute Absicht, was zählt.»

«Nicht in Oklahoma», sagte Brad.

«Rudolph», sagte Boylan, «ich hatte gedacht, wir könnten beim Abendessen Verschiedenes in Ruhe besprechen, aber da Sie schon etwas vorhaben – ich verstehe sehr gut, daß man in Ihrem Alter an einem solchen Abend unter jungen Leuten sein möchte –, könnten Sie sich vielleicht jetzt ein paar Minuten Zeit nehmen...»

«Wenn Sie wollen», sagte Brad, «mache ich einen kleinen Spaziergang.»

«Sie sind sehr taktvoll, Mr. Knight», sagte Boylan, mit einem Anflug von Ironie in der Stimme, «aber zwischen Rudolph und mir gibt es nichts, was geheimgehalten werden müßte. Ist's nicht so, Rudolph?»

«Ich weiß nicht», sagte Rudolph grob. Er war nicht gewillt, jede Komödie, die Boylan in Szene setzte, mitzumachen.

«Ich werde Ihnen sagen, was ich getan habe», fuhr Boylan fort, jetzt sachlich. «Ich habe Ihnen eine Schiffskarte für eine Europa-Reise auf der ‹Queen Mary› besorgt. Sie fährt in zwei Wochen ab. Sie werden also eine Menge Zeit haben, Ihre Freunde zu besuchen, Ihren Paß zu besorgen und alle nötigen Vorbereitungen zu treffen. Ich habe einen kleinen Reiseplan aufgestellt mit Städten, die Sie meiner Ansicht nach sehen sollten – London, Paris, Rom, das übliche. Runden Sie Ihre Bildung ein wenig ab. Bildung beginnt in Wirklichkeit *nach* dem College. Sind Sie anderer Meinung, Mr. Knight?»

«Das geht nicht», sagte Rudolph. Er stellte sein Glas hin.

«Warum nicht?» fragte Boylan überrascht. «Sie haben doch immer davon gesprochen, nach Europa fahren zu wollen.»

«Wenn ich es mir leisten kann», sagte Rudolph.

«Ach, deswegen?» Boylan lächelte gönnerhaft. «Sie haben mich falsch verstanden. Ich schenke Ihnen die Reise. Sie wird Ihnen guttun. Schleifen Sie ein wenig die provinzlerischen Kanten ab – wenn Sie mir das nicht übelnehmen wollen, daß ich das sage. Vielleicht komme ich sogar im August hinüber. Wir könnten uns in Südfrankreich treffen.»

«Vielen Dank, Teddy», sagte Rudolph, «es geht nicht.»

«Schade.» Boylan zuckte die Schultern und ließ es dabei bewenden. «Kluge Menschen wissen, wann sie Geschenke annehmen und wann sie diese ablehnen sollen. Selbst wenn es um trockene Löcher geht.» Dies mit einem für Brad bestimmten Kopfnicken. «Natürlich, wenn Sie etwas Besseres vorhaben...»

«Ich habe etwas Bestimmtes vor», sagte Rudolph. Jetzt kommt's, dachte er.

«Darf ich fragen, was es ist?» Boylan schenkte sich noch etwas Champagner ein, ohne die anderen Gläser aufzufüllen.

«Ich fange morgen bei Calderwood an», sagte Rudolph.

«Armer Junge», sagte Boylan. «Was für ein trostloser Sommer liegt vor Ihnen. Ich muß sagen, Sie haben einen seltsamen Geschmack, Rudolph. Sie ziehen es also vor, Töpfe und Tiegel an leichtbekleidete, kleinstädtische Hausfrauen zu verkaufen, statt nach Südfrankreich zu fahren. Nun gut, wenn das Ihr Entschluß ist – Sie werden Ihre Gründe haben. Und was haben Sie nach dem Sommer vor? Gehen Sie an eine juristische Fakultät, wie ich vorgeschlagen habe, oder wollen Sie es mit der Eignungsprüfung für den diplomatischen Dienst versuchen?»

Seit über einem Jahr jetzt hatte Boylan bei vielen Gelegenheiten Rudolph gedrängt, er solle sich für den einen oder anderen der beiden Berufe entscheiden, wobei Boylan der Jurisprudenz den Vorzug gab. «Für einen jungen Mann, der nichts anderes mitbringt als seine Persönlichkeit und seinen Verstand» – hatte Boylan ihm geschrieben –, «ist der Anwaltsberuf der einzige Weg zu Macht und Rang. Wir leben in einem Land der Anwälte. Ein guter Anwalt ist oft unentbehrlich für die Industrieunternehmen, in deren Diensten er steht. Seine Stellung verschafft ihm Einfluß. Wir leben in einem komplizierten Zeitalter, das täglich komplizierter wird. Der Rechtsberater, der gute Rechtsberater, ist der einzige vertrauenswürdige Führer durch all diese Wirrnisse, und er wird entsprechend honoriert. Sogar in der Politik ... Denken Sie an den hohen Prozentsatz von Anwälten im Senat. Warum sollten Sie Ihre Karriere nicht in dieser Weise krönen? Unser Land könnte weiß Gott einen Mann von Ihrer Intelligenz und Ihrem Charakter brauchen, statt einen von diesen unlauteren Hanswursten, die sich im Kongreß in Washington wichtig machen. Oder nehmen Sie den diplomatischen Dienst. Ob es uns gefällt oder nicht, wir beherrschen die Welt – oder sollten sie wenigstens beherrschen. Wir sollten unseren besten Männern Positionen einräumen, wo sie Einfluß haben auf uns sowie auf die Freunde und Feinde unseres Landes.»

Boylan war ein Patriot. Wenn er auch selbst infolge Trägheit oder Verwöhntheit etwas abseits stand, so stellte er doch strenge und tugendhafte Forderungen an die Männer, die im öffentlichen Leben standen. Der einzige Mann in Washington, den Boylan in Rudolphs Gegenwart gelobt hatte, war James Forrestal, der Marineminister. «Wenn Sie mein Sohn wären» – hatte Boylan geschrieben –, «würde ich Ihnen auch keinen anderen Rat geben. Im diplomatischen Dienst würden Sie nicht hoch bezahlt sein, aber Sie würden das Leben eines Gentlemans unter Gentlemen führen und könnten uns alle Ehre machen. Und nichts könnte Sie daran hindern, eine gute Ehe einzugehen und einen Botschafterposten anzusteuern. Welche Unterstützung immer ich Ihnen angedeihen lassen könnte, Sie können auf mich zählen. Ich würde meinen schönsten Lohn darin sehen, wenn Sie mich alle paar Monate einmal in die Botschaft zum Essen einlüden, und ich mir sagen könnte, ein bißchen habe ich dazu beigetragen.»

Das alles ging Rudolph durch den Kopf, und zugleich erinnerte er sich daran, wie Calderwood an diesem Mittag auf die Fotografie seiner drei Töchter gestarrt hatte. Alle sehen sich nach einem Sohn um, einem Sohn, der einem ganz persönlichen, unmöglich zu verwirklichenden Bild entsprach, dachte Rudolph bedrückt.

«Nun, Rudolph», sagte Boylan. «Sie haben mir nicht geantwortet. Wofür entscheiden Sie sich?»

«Für keines von beiden», sagte Rudolph. «Ich habe Calderwood gesagt, ich würde mindestens ein Jahr in seinem Geschäft bleiben.»

«Ich verstehe», sagte Boylan tonlos. «Sie wollen nicht sehr hoch hinaus, nicht wahr?»

«Doch, das will ich», sagte Rudolph. «Aber auf meine Weise.»

«Ich werde die Buchung für die Europa-Reise rückgängig machen», sagte Boylan. «Ich möchte Sie jetzt nicht länger aufhalten. Sie wollen zu Ihren Freunden. Ich habe mich gefreut, Sie kennenzulernen, Mr. Knight. Sollten Sie je wieder von Oklahoma weggehen, müssen Sie mich unbedingt mit Rudolph besuchen.» Er trank seinen Champagner aus und verließ das Zimmer, die Tweedjacke hing glatt über seine Schultern, der seidene Schal als ein leuchtender Farbfleck um den Hals geschlungen.

«Nun...» fragte Brad. «Worum ging's hier eigentlich?»

«Er hatte einmal was mit meiner Schwester», sagte Rudolph. Er ging auf die Tür zu.

«Ein eiskalter Hund, stimmt's?»

«Nein», sagte Rudolph. «Weit davon entfernt. Komm.»

Als sie durch das große Tor fuhren, meinte Brad: «Der Bursche hat etwas Merkwürdiges um die Augen. Was zum Teufel ist es? Die Haut sieht aus, als ob... als ob –» Er suchte nach den richtigen Worten. «So als sei sie an den Seiten gestrafft worden. He, weißt du was, ich wette, der Kerl hat sich das Gesicht liften lassen.»

Natürlich, dachte Rudolph. Das war's. Es war nicht das viele Schlafen unten im Süden. «Vielleicht», sagte er. «Bei Teddy Boylan ist alles möglich.»

Wer sind alle diese Leute, dachte sie, als sie sich im Wohnzimmer umsah. «Die Getränke stehen in der Küche», sagte sie gutgelaunt zu einem neuen Paar, das gerade hereingekommen war. Um die Namen zu erfahren, würde sie warten müssen, bis Willie zurückkam. Er war zu der Bar an der Ecke gegangen, um noch mehr Eis zu holen. Es gab immer genügend Scotch, Bourbon, Gin und Rotwein in Zwei-Liter-Flaschen, aber nie genug Eis.

Mindestens dreißig Leute waren in dem Zimmer, von denen sie ungefähr die Hälfte kannte, und noch mehr sollten kommen. Wieviel es genau waren, das wußte sie nicht. Manchmal hatte sie das Gefühl, daß Willie die Leute auf der Straße auflas und einlud. Mary Jane war in der Küche und betätigte sich als Bardame. Mary Jane versuchte ihren zweiten Mann zu vergessen, und man mußte sie zu jeder Party einladen. Um sich nicht wie ein Gegenstand des Mitleids vorzukommen, versuchte Mary Jane sich nützlich zu machen, indem sie beim Einschenken der Getränke half, Gläser spülte, Aschenbecher leerte und einsame Männer mit nach Hause und in ihr Bett nahm. Man brauchte *so jemanden* bei einer Party.

Gretchen zuckte zusammen, als sie sah, wie ein Brooks Brothers-Typ Asche auf den Fußboden fallen ließ und gleich darauf die Kippe auf dem Teppich austrat. Das Zimmer sah so hübsch aus, wenn jemand darin war – hellrosa Wände, in die Regale eingeordnete Bücher, frischgewaschene Vorhänge, der Platz vor dem offenen Kamin sauber gekehrt, die Kissen aufgeschüttelt, die Möbel poliert.

Sie hatte das Gefühl, daß Rudolph ihre Party nicht goutierte, obwohl er es in keiner Weise zu erkennen gab. Wie immer, wenn er mit Johnny Heath zusammentraf, standen die beiden in einer Ecke zusammen. Das Reden besorgte in der Hauptsache Johnny, während Rudolph meist den Zuhörer machte. Johnny war erst fünfundzwanzig, aber er war bereits der Partner eines Börsenmaklers in der Wall Street, und es hieß, er habe selber bereits ein Vermögen an der Börse verdient. Er war ein gewinnender junger Mann, hatte eine sanfte Stimme und einen raschen Blick und wirkte bescheiden und konservativ. Gretchen wußte, daß Rudolph von Zeit zu Zeit in die Stadt kam, um mit Johnny zu Abend zu essen oder mit ihm zum Baseballspiel zu gehen. Wenn sie zufällig hörte, worüber sie sprachen, war es stets dasselbe – der Aktienmarkt, Fusionen, Firmengründungen, Handelsspannen, Steuertricks, alles äußerst langweilige Themen für Gretchen, aber anscheinend sehr faszinierende für Rudolph, obwohl er bestimmt nicht in der Lage war, Aktien zu kaufen, sich mit jemandem zu assoziieren oder irgendeine Firma zu gründen.

Als sie Rudolph einmal gefragt hatte, warum er sich von all den Leuten, denen er bei ihr begegnet war, ausgerechnet Johnny ausgesucht habe, hatte Rudolph sehr ernst geantwortet: «Er ist von allen deinen Freunden der einzige, von dem ich etwas lernen kann.»

Wer kannte schon den eigenen Bruder? Eigentlich hatte sie Rudolph eine ganz andere Party geben wollen, und Willie hatte ihr zugestimmt. Aber irgendwie lief es immer wieder auf Parties wie diese hinaus, mit immer denselben Leuten – Schauspieler, Regisseure, Verlagsangestellte, Fotomodelle, junge Mädchen, die bei Time Inc. arbeiteten, Rundfunk-Produzenten, gelegentlich jemand Einflußreiches von einer Werbeagentur, der mit Glacéhandschuhen angefaßt werden mußte. Frisch geschiedene Frauen wie Mary Jane, die jedem erzählten, wie wenig mit ihren Männern los gewesen war, Dozenten von der New York oder der Columbia University, die Romane schrieben, Wall Street-Nachwuchs, der aussah, als käme er direkt aus den Slums, eine unerhört sinnliche Sekretärin, die nach dem dritten Glas einen Flirt mit Willie begann, ein Kriegskamerad von Willie, der sie in eine Ecke zog und mit ihr über London sprach, irgendein verheirateter Mann, der sich mit seiner Frau gestritten hatte und im Laufe des Abends einen Annäherungsversuch bei ihr machen und das Fest wahrscheinlich mit Mary Jane verlassen würde.

Wenn auch die Rollenbesetzung wechselte, das Spiel blieb stets das gleiche. Endlose Diskussionen über Rußland, über Alger Hiss, über Senator Joe McCarthy, Mädchen mit Ponyfrisuren, die Trotzki priesen («Die Getränke sind in der Küche», sagte sie munter zu einem braungebrannten neuen Paar, das den Tag offensichtlich am Strand verbracht hatte) ... jemand, der gerade Kierkegaard entdeckt, ein anderer, der Sartre kennengelernt hatte und unbedingt davon erzählen mußte, wieder ein anderer, der kürzlich in Israel oder Tanger gewesen war und diese Tatsache nicht für sich behalten wollte. Sie einmal im Monat bei sich zu sehen, wäre nett gewesen. Und wenn sie nicht einfach die Asche auf den Fußboden hätten fallen lassen, sogar auch zweimal im Monat. Im großen und ganzen waren es alles nette junge Leute, gut erzogen, alle verdienten genug, sie kleideten sich gut, spendierten einander Getränke und mieteten sich für den größten Teil des Sommers außerhalb New Yorks ein. Es waren genau die Leute, mit denen befreundet zu sein sie als junges Mädchen in Port Philip geträumt hatte. Nun ertrug sie ihre Gesellschaft schon seit nahezu fünf Jahren. Die Getränke sind in der Küche. Diese endlosen Parties.

Entschlossen ging sie die Treppe hinauf in das Zimmer, in dem Billy schlief. Nach Billys Geburt waren sie in das oberste Stockwerk eines Sandstein-Hauses an der West 12th Street gezogen und hatten den darüberliegenden Dachboden mit einer Dachluke versehen und ein großes, wohnliches Zimmer daraus gemacht. Außer Billys Bett und seinen Spielsachen stand hier ein großer Tisch mit einer Schreibmaschine darauf, an dem Gretchen arbeitete. Er war vollgepackt mit Büchern und Zeitschriften. Sie arbeitete gern dort, wo Billy schlief, und das Geräusch der Schreibmaschine schien ihn nicht zu stören, sondern mehr wie ein Wiegenlied zu wirken. Ein Kind des Maschinenzeitalters, eingelullt von Remington.

Als sie die Tischlampe anknipste, sah sie, daß er nicht schlief. Er lag in dem schmalen Bettchen, neben sich eine Stoffgiraffe, seine Händchen machten langsame Bewegungen in der Luft, als wollten sie in den Zigarettenrauch, der von unten heraufdrang, ein Muster weben. Gretchen hatte ein schlechtes Gewissen, aber man konnte die Leute schließlich nicht bitten, das Rauchen zu unterlassen, bloß weil ein vierjähriger Junge im oberen Stockwerk es vielleicht nicht mochte. Sie trat an das Bettchen und küßte Billy auf die Stirn. Der angenehme Duft frischgebadeter kindlicher Haut schlug ihr entgegen.

«Wenn ich groß bin», sagte er, «werde ich niemanden einladen.»

Im Gegensatz zu seinem Vater, dachte Gretchen. Dabei war er ihm wie aus dem Gesicht geschnitten, blond, mit lustigen Grübchen. Überhaupt nichts von der Familie Jordache. Noch nicht. Allerdings hatte ihr Bruder Thomas als Kind so ausgesehen. Sie gab Billy noch einen Kuß, tief über das Bett gebeugt. «Schlaf schön, mein Schätzchen», sagte sie.

Sie setzte sich auf den Stuhl vor dem Arbeitstisch, dankbar, daß sie dem Geschnatter unten entronnen war. Sie war sicher, daß niemand sie vermißte, auch wenn sie die ganze Nacht über hier sitzen blieb. Sie griff nach dem Buch, das auf dem Tisch lag. Eine Einführung in die Psychologie. Sie schlug es lässig auf. Zwei Seiten, den Tintenklecksen des Rorschach-Tests gewidmet. Erkenne dich selbst. Erkenne deine Feinde. Sie besuchte nachmittags und abends Fortbildungskurse an der New York University. Wenn sie sich dranhielt, würde sie in zwei Jahren einen akademischen Grad bekommen. Das Gefühl, Willies Freunden, die alle sehr gebildet waren, und auch Willie selbst unterlegen zu sein, quälte sie sehr. Außerdem gefiel ihr die von einem Klassenzimmer ausgehende Atmosphäre und das Gefühl, sich unter Menschen zu befinden, die nicht bloß am Geld oder an einer Stellung interessiert waren oder daran, in der Öffentlichkeit gesehen zu werden.

Nach Billys Geburt hatte sie das Theater aufgegeben. Sobald er alt genug war, daß sie sich nicht mehr den ganzen Tag um ihn kümmern mußte, würde sie wieder anfangen, hatte sie sich eingeredet. Aber inzwischen wußte sie, daß das kein Beruf für sie war. Kein Verlust. Sie hatte sich nach einer Arbeit umgesehen, die sie zu Hause erledigen konnte, und sie glücklicherweise auf die denkbar einfachste Weise gefunden. Sie hatte angefangen, Willie beim Schreiben seiner Rundfunk- und später Fernsehkritiken zu helfen, wenn er gerade keine Lust hatte oder mit etwas anderem beschäftigt war. Die Beiträge waren anfangs mit seinem Namen unterzeichnet, als ihm aber bei einer Zeitschrift ein leitender Redakteursposten mit gutem Gehalt angeboten wurde, hatte sie angefangen, die Texte mit ihrem Namen zu zeichnen. Der zuständige Redakteur hatte ihr zu verstehen gegeben, sie schreibe viel besser als Willie; sie hatte sich jedoch ihr eigenes Urteil gebildet. Sie war eines Tages, als sie einen Schrank aufräumte, auf den ersten Akt seines Theaterstücks gestoßen. Es war verheerend. Was im Gespräch glänzend formuliert war und komisch klang, wirkte auf dem Papier überspannt. Sie hatte Willie nichts davon gesagt, daß sie sein Stück gelesen hatte. Aber sie hatte ihn ermuntert, die angebotene Stellung bei der Zeitschrift anzunehmen.

Sie warf einen Blick auf den in die Maschine gespannten gelben Bogen. Mit Bleistift hatte sie als Arbeitstitel darüber geschrieben: «Das Lied des Handlungsreisenden». Ihr Blick blieb an einer Stelle haften. «Die unschuldige Haltung, die theoretisch ein nationaler Aktivposten, das Eigentum aller Amerikaner ist, wurde Krämerseelen ausgeliefert, die uns dazu überreden sollen oder uns bedrängen wollen, daß wir ihre Erzeugnisse kaufen, gleichgültig, ob diese Erzeugnisse nun zu unserem Besten, ob sie notwendig oder gefährlich für uns sind. Diese Leute verkaufen uns Suppen mit Gelächter, Frühstücksgerichte mit Gewalt, Automobile mit ‹Hamlet›, Abführmittel mit Gefasel...»

Sie runzelte die Stirn. Noch nicht gut genug. Zudem sinnlos. Wer würde darauf hören, wer danach handeln? Die Amerikaner bekamen das, von dem sie glaubten, sie wollten es. Von den Gästen da unten lebten die meisten auf die eine oder andere Weise von Dingen, die ihre Gastgeberin hier oben anprangerte. Der Alkohol, den sie tranken, war von dem Geld gekauft, das ein Mann verdiente, der das Loblied des Handlungsreisenden sang. Sie riß den Bogen aus der Maschine, zerknüllte ihn und warf ihn in den Papierkorb. Es würde sowieso nicht gedruckt werden. Dafür würde Willie sorgen.

Sie trat wieder an das Kinderbettchen. Billy war eingeschlafen, er hielt die Giraffe umklammert. Er schlief tief und fest. Was wirst du kaufen, was verkaufen, wenn du groß bist? Welche Fehler wirst du in deinem Leben machen? Wird alle Liebe vergeblich sein?

Auf der Treppe waren Schritte zu hören, und sie beugte sich hastig über das Bettchen und tat so, als ob sie die Decke feststeckte. Willie kam herein. «Ich habe dich überall gesucht», sagte er.

«Ich mußte mich erholen», sagte sie.

«Gretchen», sagte er vorwurfsvoll. Er war ein wenig erhitzt vom Trinken, und Schweißtropfen standen auf seiner Oberlippe. Er wurde bereits kahl, die Stirn ähnelte der Beethovens immer mehr, aber irgendwie hatte er sich sein jugendliches Aussehen bewahrt. «Es sind ebenso deine Freunde wie meine.»

«Es sind niemandes Freunde», sagte Gretchen. «Sie kommen her, um sich vollaufen zu lassen, sonst nichts.» Sie kam sich gemein vor. Die Unzufriedenheit, die sie bewogen hatte, nach oben zu gehen, hatte sich verstärkt, als sie eben ihren Text wieder gelesen hatte. Und plötzlich ärgerte sie sich, daß das Kind Willie so ähnlich sah. Ich war auch beteiligt, wollte sie sagen.

«Möchtest du, daß ich sie nach Hause schicke?» fragte Willie.

«Ja. Schick sie nach Hause.»

«Du weißt, daß das nicht geht. Komm mit nach unten, Schatz. Die Leute wundern sich schon, wo du steckst.»

«Sag ihnen, ich hätte plötzlich das unbändige Verlangen verspürt, meinem Kind die Brust zu geben», sagte Gretchen. «Es gibt Stämme, da bekommen die Kinder bis zum Alter von sieben Jahren die Brust. Die da unten wissen doch immer alles. Frag sie, ob sie auch das wissen.»

«Süße...» Er legte den Arm um sie. Sein Atem roch nach Gin. «Beruhige dich. Bitte. Du bist schrecklich nervös.»

«So, das ist dir aufgefallen?»

«Natürlich fällt mir das auf.» Er küßte sie auf die Wange. Ein nichtssagender Kuß, dachte sie. Seit zwei Wochen hatte er sie nicht mehr geliebt. «Ich weiß, woran es liegt», sagte er. «Du tust zuviel. Kümmerst dich um das Kind, arbeitest, besuchst diese Kurse, lernst...» Ständig versuchte er, sie vom Besuch der Kurse abzubringen. «Was willst du dir beweisen?» hatte er sie gefragt. «Es gibt kein gescheiteres Mädchen als dich in New York.»

«Ich tue nicht annähernd genug», sagte sie. «Vielleicht sollte ich mir von denen da unten jemand aussuchen und ein Verhältnis mit ihm anfangen. Alles meinen Nerven zuliebe.»

Willie ließ seinen Arm sinken und trat einen Schritt zurück. «Äußerst komisch», sagte er.

«Auf ins Cockpit!» sagte sie und knipste die Tischlampe aus. «Die Getränke stehen in der Küche.»

Im Dunkeln griff er nach ihrer Hand. «Was hab ich falsch gemacht?» fragte er.

«Nichts», sagte sie. «Die perfekte Gastgeberin und ihr Gemahl gesellen sich jetzt zu der Schönheit und Ritterlichkeit der West 12th Street.»

Sie entwand sich seinem Griff und ging die Treppe hinunter. Willie folgte ihr einen Augenblick später. Er war an das Bett seines Sohnes getreten und hatte ihn auf die Stirn geküßt.

Sie bemerkte, daß Rudolph sich von Johnny Heath getrennt hatte und in einer Ecke des Zimmers in ein ernstes Gespräch mit Julie vertieft war, die gekommen sein mußte, als Gretchen oben war. Rudolphs Freund, der Junge aus Oklahoma, ein Babbitt-Typ, lachte ein wenig zu laut über etwas, das eine Sekretärin gesagt hatte. Julie hatte ihr Haar hochgesteckt und trug ein weiches schwarzes Samtkleid. «Ich führe einen ständigen Kampf mit mir, meine sportlichen Ambitionen nicht die Oberhand gewinnen zu lassen», hatte sie Gretchen anvertraut. An diesem Abend war es ihr gelungen. Nur zu gut. Für ein so junges Mädchen sah sie allzu selbstsicher aus. Gretchen war überzeugt, daß Julie und Rudolph noch nie miteinander geschlafen hatten. Nach fünf Jahren! Direkt unmenschlich. Irgend etwas stimmte da nicht – entweder bei dem Mädchen oder bei Rudolph, oder bei beiden.

Sie winkte Rudolph zu, aber es gelang ihr nicht, seinen Blick auf sich zu ziehen, und als sie zu ihm hinübergehen wollte, wurde sie von einem übertrieben elegant gekleideten Werbemann mit einem allzu kleidsamen Haarschnitt aufgehalten. «Verehrte Gastgeberin», sagte der Mann, der schlank wie ein englischer Schauspieler war. Er hieß Alec Lister. Seine Karriere hatte er als Laufjunge bei der CBS begonnen, aber das lag lange zurück. «Lassen Sie sich gratulieren. Es ist ein glänzender Abend.»

«Sind Sie ein geeigneter Kandidat?» fragte sie und starrte ihn an.

«Was?» Lister wechselte sein Glas unsicher von einer Hand in die andere. Er war es nicht gewohnt, rätselhafte Fragen gestellt zu bekommen.

«Nichts», erwiderte sie. «Gedankensprünge – ich freue mich, daß Sie die Tiere mögen.»

«Ich mag sie sehr.» Lister drückte der Versammlung fest sein Imprimatur auf. «Und ich will Ihnen sagen, was ich außerdem noch mag. Ihre Beiträge in der Zeitschrift.»

«Ich werde der Samuel Taylor Coleridge von Rundfunk und Fernsehen werden», sagte sie. Lister gehörte zu den Gästen, die man nicht beleidigen konnte, aber heute abend war sie besonders angriffslustig.

«Wie war das?» Zum zweitenmal innerhalb von dreißig Sekunden war er vor ein Rätsel gestellt. Er runzelte die Stirn. «Ach ja, ich verstehe.» Er schien nicht froh darüber, es verstanden zu haben. «Wenn ich mir eine Bemerkung erlauben darf, Gretchen», sagte er, im Bewußtsein, daß er überall zwischen Wall Street und der 60th Street jede Bemerkung, die ihm gefiel, machen konnte, «Ihre Artikel sind vorzüglich, nur ein klein wenig zu... nun... zu bissig, finde ich. Es ist ein Anflug von Feindseligkeit darin – das gibt ihnen zwar auf der einen Seite einen durchaus willkommenen scharfen Ton, andererseits hat man das Gefühl, als würde die ganze Industrie verdammt...»

«Oh», sagte sie ruhig. «Das haben Sie bemerkt.»

Er blickte sie an. Im Bruchteil einer Sekunde war an die Stelle des unverbindlichen Party-Gesichts eines englischen Schauspielers das Berufsgesicht des Werbemannes getreten; sein Blick war ohne jede Herzlichkeit. «Ja, ich habe es bemerkt», sagte er. «Und ich nicht allein. Heute, wo jeder unter die Lupe genommen wird, wo die Inserenten verdammt vorsichtig sind, damit ihr gutes Geld nicht an Leute gegeben wird, mit deren Motiv sie nicht übereinstimmen...»

«Ist das eine Warnung?» fragte Gretchen.

«Sie können es auch so ausdrücken», sagte der Mann. «Aus Freundschaft.»

«Sehr nett von Ihnen», sie berührte leicht seinen Arm und lächelte ihn zärtlich an, «aber ich fürchte, es ist zu spät. Ich bin eine rote, wilde Kommunistin im Solde Moskaus, die es darauf anlegt, die NBC und Metro-Goldwyn-Mayer zu vernichten und Ralstons Frühstückskost an den Rand des Abgrunds zu bringen.»

«Heute abend schreckt sie vor nichts zurück, Alec.» Willie stand neben ihr, seine Hand preßte ihren Ellbogen. «Sie glaubt, es sei Halloween. Kommen Sie mit in die Küche, ich mache Ihnen einen neuen Drink.»

«Vielen Dank, Willie», sagte Lister, «aber ich glaube, ich muß langsam aufbrechen. Ich habe noch bei zwei anderen Parties zugesagt.» Er küßte Gretchen auf die Wange. «Gute Nacht, ihr Lieben. Vergeßt nicht, was ich euch gesagt habe.»

«Das ist in Stein gemeißelt», sagte sie.

Ausdruckslos, stumpfen Blickes ging er zur Tür und ließ sein Glas auf einem Bücherregal stehen, wo es einen Rand hinterlassen würde.

«Was ist los?» fragte Willie mit leiser Stimme. «Was hast du gegen Geld?»

«Ich habe etwas gegen *ihn*», sagte sie. Sie ließ Willie stehen und bahnte sich mit einem strahlenden Lächeln ihren Weg durch das Gedränge zu der Ecke hin, wo Rudolph und Julie sich miteinander unterhielten. Sie sprachen beinahe flüsternd. Eine gespannte Atmosphäre umgab sie, die eine unsichtbare Mauer um sie bildete und sie von dem Gelächter und der Unterhaltung im Zimmer völlig trennte. Julie schien den Tränen nahe, während Rudolph verbiestert wirkte.

«Ich finde es einfach schrecklich», sagte Julie gerade. «Ich verstehe dich nicht.»

«Du siehst heute abend wunderhübsch aus, Julie», unterbrach sie Gretchen. «Ganz *femme fatale*.»

«Ich fühle mich aber ganz und gar nicht so.» Julies Stimme schwankte.

«Was ist los?» fragte Gretchen.

«Sag du's ihr», sagte Julie zu Rudolph.

«Ein andermal», sagte Rudolph mit schmalen Lippen. «Nicht hier auf der Party.»

«Er hat einen festen Job bei Calderwood angenommen», sagte Julie. «Morgen fängt er an.»

«Nichts ist für die Ewigkeit», warf Rudolph ein.

«Sein Leben hinter dem Ladentisch verbringen», unterbrach ihn Julie. «In einem kleinen Nest. Was nützt es, aufs College zu gehen, wenn man hinterher nichts Besseres damit anfängt?»

«Ich habe dir doch gesagt, daß es mir nicht in den Sinn kommt, irgendwo hängenzubleiben», sagte Rudolph.

«Erzähl ihr auch das andere», sagte Julie erregt. «Los, erzähl es ihr.»

«Was gibt's denn noch?» fragte Gretchen. Auch sie war enttäuscht. Rudolphs Wahl war nicht sehr ruhmreich. Aber sie war auch erleichtert. Solange er bei Calderwood arbeitete, würde er sich um die Mutter kümmern, und sie brauchte über dieses Problem nicht nachzudenken und auch Willie nicht um Hilfe zu bitten. Das Gefühl der Erleichterung war nicht sehr edel, aber sie machte sich nichts vor, daß es dennoch da war.

«Mir ist ein Sommeraufenthalt in Europa angeboten worden», sagte Rudolph leichthin.

«Von wem?» fragte Gretchen, obschon sie die Antwort wußte.

«Von Teddy Boylan.»

«Bestimmt würden mir meine Eltern die Reise auch bezahlen», sagte Julie. «Wir könnten den schönsten Sommer unseres Lebens verbringen.»

«Ich hab jetzt keine Zeit für den schönsten Sommer unseres Lebens», sagte Rudolph.

«Kannst du nicht mit ihm reden, Gretchen?» sagte Julie.

«Rudy», sagte Gretchen, «findest du nicht, daß du dich ein bißchen amüsieren solltest, nachdem du so geschuftet hast?»

«Europa läuft mir nicht davon», sagte er. «Ich fahre, wenn ich will.»

«Teddy Boylan wird sich gefreut haben, daß du sein Angebot ausgeschlagen hast», sagte Gretchen.

«Er wird darüber hinwegkommen.»

«Ich wünschte, mir würde jemand eine Europareise schenken», sagte Gretschen. «Ich würde noch heute an Bord gehen...»

«Gretchen, können Sie uns helfen?» Einer der jüngeren Gäste war auf sie zugekommen. «Wir wollten Musik machen, aber der Plattenspieler scheint kaputt zu sein.»

«Wir sprechen uns nachher noch», sagte Gretchen zu Rudolph und Julie. «Wir werden schon etwas austifteln.» Sie ging mit dem jungen Mann hinüber zum Plattenspieler. Sie bückte sich nach dem Stecker. Die Putzfrau hatte es nach dem Staubsaugen versäumt, den Stecker wieder einzutöpseln. «Ich muß mich schon genug bücken», hatte sie geantwortet, als Gretchen etwas gesagt hatte.

Mit einem leisen Summen wurde der Plattenspieler warm, und dann erklang die erste Platte aus dem *South Pacific*-Album. Liebliche amerikanische Kinderstimmen, weit weg auf einer angeblich warmen Insel, sangen «*Dites-moi*». Als Gretchen sich aufrichtete, sah sie, daß Rudolph und Julie gegangen waren. Mindestens zwölf Monate lang werde ich hier keine Party mehr geben, beschloß sie. Sie ging in die Küche und ließ sich von Mary Jane einen starken Whisky einschenken. Mary Jane trug zu der Zeit lange rote Haare, lange, falsche Wimpern, und ihre Augenlider waren immer kräftig blau geschminkt. Aus der Entfernung war sie eine Schönheit, aber aus der Nähe sah man zu sehr die Details. Doch heute abend, obwohl sie seit drei Stunden Getränke austeilte und die Männer ihr schmeichelten, sah sie strahlend aus, mit blitzenden Augen, die hochroten Lippen halb geöffnet, lüstern und herausfordernd. «Herrlich», sagte sie mit whiskyheiserer Stimme, «diese Party. Und eure neue Errungenschaft, Alec – wie heißt er doch gleich ...?»

«Lister», sagte Gretchen und trank einen Schluck. Sie bemerkte die Unordnung in der Küche und beschloß, vor dem nächsten Morgen nichts dagegen zu unternehmen. «Alec Lister.»

«Ist er nicht hinreißend?» sagte Mary Jane. «Ist er schon gebunden?»

«Nicht heute abend.»

«Gesegnet soll er sein, der liebe Junge», sagte Mary Jane. «Er hat mit seinem Charme die ganze Küche erglänzen lassen. Dabei habe ich die schrecklichsten Dinge über ihn gehört. Er schlägt seine Weiber, hat Willie mir erzählt.» Sie kicherte. «*Ist das nicht aufregend?* Hast du zufällig gesehen, ob er noch etwas zu trinken hat? Ich glaube, ich bringe ihm noch ein Glas – Mary Jane Hackett, der treue Mundschenk.»

«Er ist vor fünf Minuten gegangen», sagte Gretchen, und es war ihr ein Vergnügen, Mary Jane diese Eröffnung machen zu können. Zugleich überlegte sie, mit welchen Frauen Willie wohl so intim stand, daß sie ihm gestanden, Alec Lister habe sie geschlagen.

«Auch gut», sagte Mary Jane und zuckte gleichmütig die Schultern, «es gibt noch andere Fische im Meer.»

Zwei Männer kamen in die Küche, und Mary Jane schüttelte ihre roten Haare und lächelte die beiden strahlend an. «Da seid ihr ja, Jungens», sagte sie, «die Bar schließt heute nicht.»

Mary Jane verbrachte bestimmt nie zwei Wochen ohne einen Mann im Bett. Vielleicht ist es gar nicht so schlimm, sich scheiden zu lassen, dachte Gretchen, als sie wieder ins Wohnzimmer ging.

Rudolph und Julie schlenderten auf die Fifth Avenue zu. Es war eine laue Juninacht. Er hatte nicht wie sonst den Arm um sie gelegt. «Hier kann man über solche Dinge nicht reden», hatte er bei Gretchen gesagt. «Laß uns hier weggehen.»

Aber auf der Straße war es auch nicht besser. Julie ging starr geradeaus, darauf bedacht, ihm nicht zu nahe zu kommen, gekränkt und mit zusammengepreßten Lippen. Während er neben ihr durch die dunkle Straße ging, fragte er sich, ob es nicht das beste wäre, gleich mit ihr zu brechen. Früher oder später würde es wahrscheinlich doch dazu kommen. Aber der Gedanke, sie dann nie wieder zu sehen, brachte ihn zur Verzweiflung. Trotzdem sagte er nichts. Er wußte, daß bei dem Kampf, der zwischen ihnen ausgefochten wurde, derjenige im Vorteil sein würde, der am längsten schwieg.

«Du hast dort ein Mädchen», sagte sie schließlich. «Deswegen willst du in diesem schrecklichen Warenhaus bleiben.»

Er lachte.

«Dein Lachen täuscht mich nicht.» Ihre Stimme klang erbittert. Keine Erinnerung mehr an die Zeiten, als sie miteinander gesungen hatten oder sie gesagt hatte: Ich liebe dich. «Du hast dich mit irgendeiner Kurzwaren-Verkäuferin oder Kassiererin eingelassen. Und du schläfst auch schon die ganze Zeit mit ihr. Ich weiß es.»

Er lachte wieder, stark im Bewußtsein seiner Keuschheit.

«Sonst müßtest du ein Ungeheuer sein», sagte sie grob. «Fünf Jahre sind wir nun schon miteinander befreundet, und du sagst, daß du mich liebst, und hast nicht ein einziges Mal versucht, mich zu lieben, mich richtig zu lieben.»

«Ich bin nicht aufgefordert worden», sagte er.

«Gut», sagte sie. «Dann fordere ich dich jetzt auf. Heute nacht. Ich wohne im *St. Moritz*, Zimmer 923.»

«Nein», sagte er, auf der Hut vor Fallstricken und aus Angst vor hilflosen Zugeständnissen, die er hinterher bereuen würde.

«Entweder bist du ein Lügner», sagte sie, «oder du bist ein Ungeheuer.»

«Ich möchte dich heiraten», sagte er. «Nächste Woche können wir heiraten.»

«Wo wollen wir unsere Flitterwochen verbringen?» fragte sie. «In der Möbelabteilung von Calderwood? Ich biete dir meinen jungfräulichen weißen Leib an», sagte sie spöttisch. «Kostenlos, frei Haus. Bedingungslos. Wozu heiraten? Ich bin ein freies, emanzipiertes, geiles, uramerikanisches Mädchen. Ich habe gerade die sexuelle Revolution mit einem Sieg von 10 : 0 gewonnen.»

«Nein», sagte er. «Und höre auf, wie meine Schwester zu sprechen.»

«Du Ungeheuer», sagte sie. «Du willst mich bloß für immer in dieser trostlosen Kleinstadt mit dir beerdigen. Und die ganze Zeit habe ich geglaubt, du seist so gescheit, du würdest eine glänzende Zukunft haben. Ich werde dich heiraten. Ich werde dich nächste Woche heiraten, wenn du die Reise nach Europa machst und im Herbst auf die juristische Fakultät gehst. Oder wenn du das nicht willst: dann nur, wenn du nach New York kommst und hier arbeitest. Es ist mir gleich, was du hier tust. Ich werde auch arbeiten. Ich *will* arbeiten. Was soll ich in Whitby? Soll ich meine Tage damit verbringen, daß ich darüber nachdenke, welche Schürze ich tragen soll, wenn du abends nach Hause kommst?»

«Ich verspreche dir, daß du in fünf Jahren in New York – oder wo immer du willst – wohnen kannst.»

«Versprechungen!» sagte sie. «Du machst es dir einfach. Aber auch für fünf Jahre will ich mich nicht begraben lassen. Ich kann dich nicht verstehen. Was, in Gottes Namen, versprichst du dir eigentlich davon?»

«Ich bin damit allen anderen aus meiner Klasse um zwei Jahre voraus», sagte Rudolph. «Ich weiß, was ich tue. Calderwood hat Vertrauen zu mir. Er hat noch eine Menge Kapital in anderen Unternehmen stecken. Das Warenhaus ist nur ein Anfang, eine Grundlage. Er weiß das noch nicht, aber ich weiß es. Wenn ich nach New York komme, will ich nicht einfach nur ein College-Absolvent sein wie jeder andere – zudem von einer Schule, von der kein Mensch je etwas gehört hat. Ich habe keine Lust, mit dem Hut in der Hand zu antichambrieren. Ich will, daß ich am Haupteingang begrüßt werde. Ich bin lange genug arm gewesen, Julie», setzte er hinzu, «und ich will alles tun, um nie wieder arm zu sein.»

«Boylans Baby», höhnte Julie. «Er hat dich zugrunde gerichtet. Geld! Bedeutet dir Geld soviel?»

«Red nicht so daher», sagte er.

«Wenn du Jura studieren würdest...» sagte sie.

«Ich kann nicht länger warten», sagte er. «Ich habe lange genug gewartet. Ich habe lange genug die Schulbank gedrückt, wenn ich zu meinem Recht kommen will, lasse ich Rechtsanwälte für mich arbeiten.» Klang genau wie der starrköpfige Duncan Calderwood. *Sie holen sich solche Leute.* «Wenn du dich dazu entschließen kannst, fein. Wenn nicht...» Aber er brachte es nicht über die Lippen. «Wenn nicht», wiederholte er lahm. «Ach, Julie, ich weiß einfach nicht. Bei dir weiß ich nie, woran ich bin.»

«Ich habe meine Eltern angelogen...» Sie schluchzte jetzt. «Ich wollte mit dir allein sein. Aber du bist nicht mehr du selbst. Du bist eine Puppe von Boylan. Ich gehe jetzt in mein Hotel. Ich will nichts mehr von dir wissen.» Weinend winkte sie einem Taxi. Es hielt mit quietschenden Reifen. Sie stieg ein und schlug die Tür hinter sich zu.

Regungslos sah er zu, wie das Taxi davonfuhr. Dann machte er kehrt und ging zu Gretchens Wohnung zurück, wo er seine Reisetasche gelassen hatte. Er konnte dort übernachten. 923, erinnerte er sich, die Nummer des Hotelzimmers.

Mit Unterhaltszahlungen gut versorgt, ließ Mary Jane sich nichts entgehen. Rudolph hatte nie in einem breiteren oder weicheren Bett gelegen. Das warme Licht der Nachttischlampe fiel auf ihn. (Mary Jane hatte darauf bestanden, das Licht brennen zu lassen.) Der große, behaglich mit einem Teppich ausgelegte Raum mit seinen mit perlgrauer Seide bespannten Wänden zeugte von der Hand eines teuren Innenarchitekten. Dunkelgrüne Samtvorhänge schlossen die Geräusche der Stadt aus. Die Präliminarien – sie waren kurz gewesen – hatten in dem hohen Wohnzimmer stattgefunden, das mit vergoldeten Directoire-Möbeln und großen Spiegeln aus goldgetöntem Rauchglas eingerichtet war, in denen das sich umarmende Paar in einer undeutlichen und metallischen Helligkeit widergespiegelt wurde. «Das Hauptereignis findet nebenan statt», hatte Mary Jane gesagt. Sie hatte sich seinen Armen entwunden und ihn, ohne auf seine Zustimmung zu warten, ins Schlafzimmer geführt. «Ich gehe schnell ins Badezimmer», hatte sie gesagt, und dann hatte sie ihre Schuhe von sich geschleudert und war würdevoll und fast geraden Schrittes in das angrenzende Badezimmer gegangen, aus dem gleich darauf das Geräusch von laufendem Wasser und das Klirren von Flaschen kam.

Es war ein wenig wie im Sprechzimmer eines Arztes, der sich auf eine kleinere Operation vorbereitete, hatte Rudolph ärgerlich gedacht und sich nur zögernd ausgezogen. Als Mary Jane ihn lange nach Mitternacht, als nur noch vier oder fünf Gäste herumhingen, gebeten hatte, sie nach Hause zu bringen, hatte er keine Ahnung gehabt, was dabei herauskommen würde. Ihm war ein wenig schwindlig von all dem Alkohol, und er war etwas besorgt, wie ihm wohl im Kopf zumute sein würde, wenn er sich hinlegte. Einen Augenblick hatte er daran gedacht, sich zur Tür hinauszustehlen, aber Mary Jane hatte ihm, von ihrer Intuition oder Erfahrung geleitet, aus dem Badezimmer zugerufen: «Nur noch eine Minute, Liebling. Mach es dir schon bequem.»

Also hatte Rudolph sich ausgezogen, seine Schuhe gerade ausgerichtet unter einen Stuhl gestellt und seinen Anzug ordentlich über die Stuhllehne gelegt. Das Bett war bereits für die Nacht abgedeckt (spitzengesäumte Kissen und hellblaue Bettlaken), und er war ein wenig fröstelnd unter die Decke geschlüpft. Zumindest konnte er auf diese Weise sicher sein, daß er heute nacht nicht an eine Hotelzimmertür klopfen würde. 923 . . .

Neugierig und ein wenig ängstlich lag er da und schloß die Augen. Irgendwann mußte es ja sein, dachte er. Warum also nicht heute?

Das Zimmer um ihn herum schien zu schwanken und sich zu drehen, und das Bett bewegte sich in einem unruhigen Rhythmus wie ein kleines, vor Anker liegendes Boot in einer Windbö. Er schlug gerade die Augen auf, als Mary Jane groß, nackt und majestätisch ins Zimmer kam. Ihr schmaler Körper mit den kleinen runden Brüsten, den prachtvollen Hüften und Schenkeln war durch keine Mutterschaft verunstaltet, und man sah ihm keinerlei Spuren der Ausschweifung an. Mit feuchtglänzenden Augen sah sie auf ihn herunter, und ihre roten Haare, dunkel im Schein der Lampe, streiften ihn.

Die Erektion kam schnell. Plötzlich und gewaltig. Ein Mast, ein Kanonenrohr, dachte er und wurde zwischen Stolz und Verlegenheit hin und her gerissen. Er wollte Mary Jane schon bitten, das Licht auszumachen. Aber noch ehe er etwas sagen konnte, beugte Mary Jane sich herunter und schlug mit einer raschen Bewegung die Decke auf.

Sie stand neben dem Bett und betrachtete ihn mit einem sanften Lächeln.

«Kleiner Bruder», flüsterte sie. «Kleiner schöner Bruder der Armen.» Dann berührte sie ihn mit sanfter Hand. Zuckend fuhr er hoch.

«Bleib liegen!» befahl sie. Ihre Hände bewegten sich wie kleine, kundige Tiere über seinen Körper hin, Fell auf Damast. Rudolph bebte. «Lieg ganz still», sagte sie.

Es war rasch vorüber, beschämend rasch. Ein heftiger, sich in weitem Bogen ergießender Strahl, und er hörte sich schluchzen. Sie kniete auf dem Bett, küßte ihn auf den Mund. Ihre Hände waren jetzt unerträglich, und der Geruch ihres Haars, schwer von Zigarettenrauch und Parfum, erstickte ihn fast.

«Es tut mir leid», sagte er, als sie den Kopf hob, «ich konnte einfach nicht...»

Sie lachte. «Das braucht dir doch nicht leid zu tun. Ich bin geschmeichelt. Ich betrachte es als Kompliment.» Mit einer geschmeidigen Bewegung schlüpfte sie neben ihn ins Bett, zog die Decke über sie beide und drückte ihn an sich. Ihr eines Bein lag seidenweich über seinen Schenkeln. «Du brauchst dir keine Sorgen zu machen, kleiner Bruder», sagte sie und leckte ihn am Ohr. Und wieder wurde er von einem Zittern geschüttelt, das von ihrer Zunge ausging und seinen Körper bis hinunter in die Zehenspitzen durchzuckte. Hinrichtung durch elektrischen Strom bei Lampenlicht. «Bestimmt bist du in ein paar Minuten wieder in Form, kleiner Bruder.»

Wenn sie doch aufhören würde, mich kleiner Bruder zu nennen, dachte er. Er wollte jetzt nicht an Gretchen erinnert werden. Gretchen hatte ihn nur verwundert angesehen, als er mit Mary Jane fortgegangen war.

Was Mary Jane mit Sehergabe vorausgesagt hatte, sollte sich bewahrheiten. Nach weniger als wenigen Minuten hatten ihre Hände ihn wieder aufgeweckt, und nun tat er, wozu sie ihn sich in ihr Bett geholt hatte. Mit der in Jahren der Enthaltsamkeit aufgespeicherten Kraft drang er in sie ein. «Oh, bitte, laß, genug!» rief sie schließlich, und in einem letzten starken Stoß, der für sie beide eine Erlösung war, entlud er sich.

Ungeheuer, hörte er Julies erbitterte Stimme, du Ungeheuer. Mochte sie kommen und sich überzeugen!

«Deine Schwester hat gesagt, du wärst noch unschuldig», sagte Mary Jane.

«Reden wir nicht davon», sagte er kurz.

Sie lagen nebeneinander auf dem Rücken, und Mary Janes Bein, nur ein Bein jetzt, ruhte leicht auf seinem Knie. Sie rauchte, tief inhalierend, und wenn sie ausatmete, stieg der Rauch in kleinen Wölkchen langsam zur Zimmerdecke auf.

«Dann sollte ich mir direkt noch ein paar unschuldige Knaben suchen», sagte sie. «Ist es wirklich wahr?»

«Ich sagte doch schon, reden wir nicht davon.»

«Dann ist es also wahr.»

«Nicht mehr jedenfalls.»

«Das ist nur recht und billig», sagte sie. «Warum?»

«Warum was?»

«So ein hübscher junger Mann wie du», sagte sie. «Die Mädchen müssen doch ganz verrückt nach dir sein.»

«Sie bringen es fertig, sich zu beherrschen. Sprechen wir von was anderem.»

«Und was ist mit dem niedlichen kleinen Mädchen, mit dem du gehst?»

Zimmer 923.

«Wie heißt sie?»

«Julie.» Er sprach in diesem Zimmer nicht gern Julies Namen aus.

«Ich dachte, sie ist hinter dir her.»

«Es sah so aus, als würden wir heiraten.»

«Wieso sah? Und jetzt?»

«Ich weiß nicht», sagte er.

«Sie weiß nicht, was ihr entgeht. Irgendwie muß es in der Familie liegen», sagte Mary Jane.

«Was meinst du *damit* schon wieder?»

«Willie sagt, im Bett sei deine Schwester einfach umwerfend.»

«Willie sollte endlich lernen, den Mund zu halten.» Rudolph war entsetzt, daß Willie so etwas zu einer Frau sagte, zu irgendeiner beliebigen Frau, und daß er überhaupt zu irgendwem über seine Frau so etwas sagte. Er würde Willie nie mehr ganz trauen, ihm gegenüber nie mehr ganz unbefangen sein.

Mary Jane lachte. «In einer großen Stadt wird viel geklatscht. Willie ist ein alter Freund von mir. Ich hatte ein Verhältnis mit ihm, lange ehe er deine Schwester kennengelernt hat. Und wenn er niedergeschlagen ist oder einen Tapetenwechsel braucht, kommt er manchmal zu mir.»

«Weiß das meine Schwester?» fragte Rudolph und versuchte, sich seinen plötzlichen Ärger nicht anmerken zu lassen. Er hatte nicht geahnt, daß Willie so ein haltloser, frivoler Bursche war.

«Ich glaube nicht», sagte Mary Jane leichthin. «Willie ist phantastisch, wenn es darum geht, ausweichend zu antworten. Und wer gibt freiwillig eine eidesstattliche Erklärung ab? Hast du schon mal mit ihr im Bett gelegen, mit Gretchen?»

«Um Gottes willen, sie ist meine Schwester.» Seine Stimme gellte ihm in den Ohren.

«Tolle Sache», sagte Mary Jane. «Nach dem, was Willie sagt, müßte es der Mühe wert sein.»

«Du machst dich über mich lustig.» Genau das war es, sagte er zu sich selbst, die ältere, die erfahrene Frau machte sich einen Spaß daraus, den einfachen Jungen aus der Provinz zu necken.

«Nein, überhaupt nicht», sagte Mary Jane ruhig. «Mein Bruder hat es auch mit mir getrieben. Als ich fünfzehn war. In einem Kanu am Strand. Sei ein Engel, Süßer, und hol mir einen Drink. Der Scotch steht auf dem Küchentisch. Und nur ein bißchen Leitungswasser. Eis brauche ich nicht.»

Er stieg aus dem Bett. Er hätte sich gern etwas übergezogen, einen Bademantel, seine Hose oder sich in ein Handtuch gehüllt – alles wäre ihm lieber gewesen, als sich diesen wissenden, abschätzenden, belustigten Augen aussetzen zu müssen. Aber er wußte, daß sie lachen würde, wenn er sich bedeckte. Verflucht, dachte er verzweifelt, wie konnte ich mich auf so etwas einlassen?

Es kam ihm plötzlich kalt vor in dem großen Zimmer, und er fühlte, wie er am ganzen Körper Gänsehaut bekam. Er versuchte nicht zu zittern, als er auf die Tür zu und hinüber ins Wohnzimmer ging. Bronzefarben und schattenhaft in den metallenen Spiegeln, legte er lautlos den Weg über die dicken Teppiche zur Küche zurück. Er fand den Lichtschalter und knipste das Licht an. Ein großer weißer Kühlschrank, der leise summte, ein gemauerter Herd, ein Mixgerät, eine Saftpresse und an den weißen Wänden Kupferkannen. Ein Ausgußbecken aus Edelstahl, eine Geschirrspülmaschine und, mitten auf dem Tisch mit der roten Kunststoffplatte, die Flasche Scotch. Der amerikanische Traum vom häuslichen Heim, in grellem weißem Neonlicht. Er nahm zwei Gläser aus dem Schrank (hauchdünnes Porzellangeschirr, geblümte Tassen, Kaffeekannen, große, hölzerne Pfeffermühlen, lauter hausfrauliche Utensilien für die Nicht-Hausfrau, die im Schlafzimmer im Bett lag). Er ließ das Wasser laufen, bis es kalt war, spülte sich zuerst den Mund aus und spuckte das warme Wasser in das Ausgußbecken – Xylophontöne der Nacht. Dann stürzte er hintereinander zwei Glas Wasser hinunter. In das andere Glas goß er einen kräftigen Schuß Scotch und füllte es bis zur Hälfte mit Wasser auf. Plötzlich hörte er ein leises, kratzendes Geräusch. Neben dem Ausguß krochen dicke schwarze, gepanzerte Insekten in Mauerritzen. Küchenschaben. Schlampe, dachte er.

Ohne vorher das Licht in der Küche auszumachen, brachte er der Herrin des Hauses den Whisky an ihr vielbenutztes Bett. Wir streben danach, zu dienen.

«Du bist ein Engel», sagte Mary Jane und griff nach dem Glas. Ihre langen, spitzen Fingernägel glänzten knallrot im Licht. Sie schob sich ein Kissen unter die Schulter. Rotes Haar, das sich unbarmherzig von dem blassen Blau und den Spitzen abhob. Gierig trank sie von dem Whisky. «Willst du keinen?»

«Ich hab schon getrunken.» Er griff nach seiner Unterhose und zog sie an.

«Was hast du vor?» fragte sie.

«Ich gehe jetzt.» Er zog sich sein Hemd an, erleichtert, endlich bedeckt zu sein. «Ich muß morgen früh um neun bei der Arbeit sein.» Er band sich seine neue Armbanduhr um. Viertel vor vier.

«Bitte», sagte sie mit leiser, kindlicher Stimme. «Bitte, bleib.»

«Es tut mir leid», sagte er. Es tat ihm kein bißchen leid. Der Gedanke, daß er in wenigen Minuten draußen auf der Straße sein würde, angezogen, allein, stimmte ihn heiter.

«Ich halte es nicht aus, nachts allein zu sein.» Sie bettelte jetzt.

«Ruf doch Willie an», sagte er. Er setzte sich auf den Stuhl, streifte seine Socken über und schlüpfte in seine Schuhe.

«Ich kann nicht schlafen, ich kann einfach nicht schlafen», sagte sie.

Bedächtig band er seine Schuhbänder zu.

«Immer gehen alle fort», jammerte sie, «jeder verdammte Kerl läßt mich allein. Ich tu auch alles, was du willst. Bleib bis sechs, bis es draußen hell wird. Bis fünf. Bitte, Süßer. Ich mach dir's mit dem Mund, bitte . . .» Sie weinte jetzt.

Tränen, die ganze Nacht. Die Welt der Frauen, dachte er ungerührt. Er stand auf, knöpfte sein Hemd zu und band sich seine Krawatte. Das Schluchzen hallte hinter ihm durch den Raum, während er vor dem Spiegel stand. Er sah, daß sein Haar durcheinander war, verklebt von Schweiß. Er ging ins Badezimmer. Dutzende von Parfumflaschen, Badeöl, Alka Seltzer, Schlaftabletten. Er kämmte sich sorgfältig, tilgte die Nacht aus.

Sie weinte nicht mehr, als er ins Schlafzimmer zurückkam. Sie hatte sich in ihrem Bett aufgesetzt und sah ihn mit zusammengekniffenen Augen kalt an. Den Whisky hatte sie ausgetrunken, hielt aber das leere Glas noch in der Hand.

«Die letzte Chance», sagte sie schroff.

Er zog seine Jacke an.

«Gute Nacht», sagte er.

Sie warf das Glas nach ihm. Er fand es unter seiner Würde, sich zu ducken. Das Glas streifte ihn an der Stirn und zerschellte an dem Spiegel über dem Sims des weißen Marmorkamins.

«Du kleiner, mieser Scheißkerl», sagte sie.

Er verließ das Zimmer, ging zur Diele hinaus, öffnete die Tür und zog sie leise hinter sich zu. Draußen läutete er nach dem Aufzug.

Der Fahrstuhlführer war ein alter Mann, der diesen Dienst wahrscheinlich nur noch in den ruhigen Nachtstunden versehen konnte. Er sah Rudolph forschend an, als der Aufzug abwärts glitt. Ob er Buch führt über seine Fahrgäste, ob er am Morgen ein säuberliches Verzeichnis zusammenstellt? dachte Rudolph.

Unten öffnete ihm der alte Mann die Tür. «Sie bluten, junger Mann», sagte er. «Da, am Kopf.»

«Danke», sagte Rudolph.

Der Fahrstuhlführer sagte nichts mehr. Rudolph ging durch die Halle und trat hinaus auf die dunkle Straße. Sobald er wußte, daß die wässerigen, registrierenden Augen des alten Mannes ihn nicht mehr beobachten konnten, zog er sein Taschentuch heraus und preßte es an die Stirn. Das Taschentuch färbte sich rot. Alle Begegnungen hinterlassen Wunden. Seine Schritte auf dem Pflaster hallten durch die Nacht, während er, allein, auf die Lichter der Fifth Avenue zuging. An der Ecke blickte er auf und sah nach dem Straßenschild: 63rd Street. Er zögerte. Das *St. Moritz* lag in der 59th Street, nahe beim Park. Zimmer 923. Ein kurzer Spaziergang in der leichten Morgenluft. Er tupft sich noch einmal die Stirn ab und machte sich auf den Weg zum Hotel.

Noch wußte er selber nicht, was er dort wollte. Um Verzeihung bitten, schwören: Ich tue alles, was du sagst, beichten, anklagen, sich reinwaschen, seine Liebe herausschreien, sich an seine Erinnerung klammern, die Wollust vergessen, die Zärtlichkeit wiederherstellen, schlafen, vergessen . . .

Die Hotelhalle war leer. Der Nachtportier hinter dem Empfangsschalter sah ihn kurz und ohne Neugier an. Er war den Anblick einsamer Menschen, die spät nachts aus der schlafenden Stadt ins Hotel kamen, gewohnt.

«Zimmer 923», sagte er in das Haustelefon.

Er hörte, wie die Telefonistin den Apparat in Julies Zimmer läuten ließ. Nach zehnmaligem Läuten legte sie den Hörer auf. In der Halle hing eine Uhr. 4 Uhr 35. Auch die Nachtlokale der Stadt waren jetzt schon seit 35 Minuten geschlossen. Langsam trat er hinaus auf die Straße. Er hatte den Tag allein begonnen, und jetzt war er wieder allein. Auch gut.

Er hielt ein die Straße entlangkommendes Taxi an und stieg ein. Von diesem Morgen an würde er 100 Dollar in der Woche verdienen. Er nannte Gretchens Adresse, aber als das Taxi sich in südlicher Richtung in Bewegung setzte, überlegte er es sich anders. Er wollte jetzt nicht Gretchen sehen, und Willie schon gar nicht. Seine Reisetasche konnten sie ihm mit der Post schicken. «Entschuldigen Sie», sagte er zu dem Fahrer und beugte sich vor. «Ich möchte zur Grand Central Station.»

Obwohl er in den vergangenen 24 Stunden nicht geschlafen hatte, war er hellwach, als er sich um neun Uhr in Duncan Calderwoods Büro zur Arbeit meldete. An der Stechuhr ging er vorbei, ohne seine Karte, die noch im gewohnten Schlitz steckte, zu stempeln. Darüber war er jetzt hinaus.

3

1950

Thomas drehte die Zahlenkombination des Sicherheitsschlosses und öffnete sein Spind. Seit einigen Monaten war jeder Schrank mit einem Sicherheitsschloß versehen, und die Mitglieder mußten ihre Brieftaschen im Büro abgeben, wo sie in versiegelte Kuverts gesteckt und im Safe verschlossen wurden. Diese Maßnahmen waren von Brewster Reed durchgesetzt worden, dem man an jenem Wochenende, als Thomas nach Port Philip gefahren war, seinen Hundert-Dollar-Talisman gestohlen hatte. Mit sichtlichem Stolz hatte Dominic Thomas diesen Sachverhalt am Montagnachmittag zum besten gegeben, als er sich zurückmeldete. «Zumindest wissen sie jetzt, daß nicht du es bist», sagte Dominic, «und mir können sie nicht vorwerfen, daß ich einen Dieb eingestellt habe, diese Schweinehunde.» Dominic hatte für Thomas auch eine Gehaltserhöhung von 10 Dollar durchgesetzt, und er bekam jetzt 45 Dollar in der Woche.

Thomas zog einen sauberen Trainingsanzug und ein Paar Boxhandschuhe an. Er übernahm die Fünf-Uhr-Stunde von Dominic, und wenn es sich auch um einen Gymnastikkursus handelte, so gab es doch immer ein oder zwei Clubmitglieder, die ihn baten, zwei Runden mit ihnen zu sparren. Von Dominic hatte er den Trick abgeguckt, draufgängerisch zu wirken, ohne seinem Gegner deswegen eine grobe Behandlung angedeihen zu lassen, und er hatte von Dominic gelernt, mit welchen Phrasen man daherreden mußte, um die Mitglieder glauben zu machen, er lehre sie fighten.

Er hatte die 4900 Dollar in dem Safe in Port Philip nicht angerührt, und er nannte den jungen Sinclair noch immer «Sir», wenn sie sich im Umkleideraum begegneten.

Die Gymnastikstunden machten ihm Vergnügen. Anders als Dominic, der nur vorn stand und die Kommandos gab, machte Thomas alle Übungen selber mit – aufstützen, aufsitzen, radfahren, Beine grätschen, Knie beugen, den Boden mit durchgedrückten Knien mit den Handflächen berühren und all das übrige. Es ließ ihn sich fit fühlen und gleichzeitig belustigte es ihn, alle diese würdigen, eingebildeten Männer schwitzen und schnaufen zu sehen. Auch seine Stimme nahm einen Befehlston an, der ihn weniger jungenhaft erscheinen ließ als zuvor. Endlich wachte er morgens auf ohne das Gefühl, daß ihm an diesem Tag etwas Schlimmes, das sich seiner Kontrolle entzog, zustoßen würde.

Als Thomas nach der Gymnastikstunde in den Raum mit den Bodenmatten ging, zogen Dominic und Greening gerade die Handschuhe an. Dominic hatte eine Erkältung und außerdem am Abend zuvor zuviel getrunken. Seine Augen waren gerötet, seine Bewegungen langsam. In dem ausgebeulten Trainingsanzug sah er unvorteilhaft und gealtert aus, und die kahle Stelle auf seinem Kopf glänzte, da seine Haare nicht ordentlich gekämmt waren, im Licht der starken Lampen des Raums. Greening, der ziemlich groß war für sein Gewicht, ging ungeduldig umher und stieß ab und zu mit seinen Boxerschuhen gegen die Matten, was jedesmal ein hartes, aggressives Geräusch gab. Seine Augen schienen in dem grellen Licht gebleicht, und sein blondes, kurzgeschnittenes Haar sah fast platinfarben aus. Er war während des Krieges Captain im Marine Corps gewesen und hatte eine hohe Auszeichnung bekommen. Er sah sehr gut aus mit seiner geraden Nase, dem kantigen Kinn und den gebräunten Wangen, und wäre er nicht aus einer Familie gekommen, die über Dinge wie Wildwestfilme erhaben war, so hätte er wahrscheinlich gut einen Cowboy-Helden abgegeben. Seit er damals zu Dominic gesagt hatte, er glaube, Thomas habe ihm 10 Dollar aus dem Spind gestohlen, hatte er nie das Wort an Thomas gerichtet, und als Thomas jetzt den Mattenraum betrat, wo er mit einem Clubmitglied zum Sparren verabredet war, tat Greening so, als sähe er Thomas nicht.

«Hilf mir mal, Tom», sagte Dominic und streckte ihm die Hand hin. Thomas verschnürte die Bänder. Dominic hatte bereits Greenings Handschuhe verschnürt.

Dominic warf einen Blick auf die große Uhr über der Tür. Er wollte es vermeiden, daß er versehentlich länger als zwei Minuten ohne Pause boxte. Dann schlurfte er mit erhobenen Fäusten auf Greening zu und sagte: «Wenn Sie soweit sind, Sir ...»

Greening drang schnell auf ihn ein. Er war ein draufgängerischer, konventioneller, nicht geschulter Boxer und nutzte seine größere Reichweite für eine gerade Linke gegen Dominics Kopf. Seine Erkältung und sein Kater bewirkten, daß Dominic sofort schwerer atmete. Er versuchte die Linke zu unterlaufen und schob seinen Kopf außerhalb der Gefahrenzone unter Greenings Kinn, während er ohne viel Begeisterung oder Schlagkraft auf Grennings Magen lostrommelte. Plötzlich trat Greening zurück und versetzte ihm mit der Rechten von unten her einen Kinnhaken, der Dominic mit voller Wucht am Mund traf.

Scheißkerl, dachte Thomas. Aber er sagte nichts und sein Gesichtsausdruck blieb unverändert.

Dominic saß auf der Matte und fuhr sich mit dem Handschuh nachdenklich über seinen blutenden Mund. Greening dachte nicht daran, ihm aufzuhelfen, sondern trat zurück und sah ihn mit herabhängenden Händen prüfend an. Immer noch am Boden sitzend, hielt Dominic Thomas seine Handschuhe hin.

«Nimm sie mir ab, Junge», sagte Dominic. Seine Stimme klang belegt. «Für heute reicht's mir.»

Niemand sagte etwas, als Thomas sich herunterbeugte, die Handschuhe aufschnürte und sie Dominic von den Händen zog. Er wußte, der alte Boxer wollte nicht, daß man ihm aufhalf. Also versuchte er es auch nicht. Dominic erhob sich erschöpft und wischte sich den Mund am Ärmel eines Trainingsanzuges ab. «Tut mir leid, Sir», sagte er zu Greening. «Ich glaube, das Wetter macht mir heute zu schaffen.»

«Das war ja nicht sehr ergiebig», sagte Greening. «Sie hätten mir sagen sollen, daß Sie sich nicht wohl fühlen. Dann hätte ich mich nicht umzuziehen brauchen. Wie steht's mit Ihnen, Jordache?» fragte er. «Ich habe Sie ein paarmal beobachtet. Wollen Sie ein paar Minuten antreten?»

Jordache, dachte Thomas. Er kennt meinen Namen. Fragend schaute er zu Dominic hinüber. Greening war ein anderer Fall als die beleibten, ernsten Gesundheitsturner, die Dominic ihm gewöhnlich zuwies.

Für einen kurzen Augenblick funkelte kaum verhüllter Haß in Dominics dunklen Augen auf. Die Zeit war gekommen, das Herrenhaus niederzubrennen. «Wenn Mr. Greening will», sagte Dominic gelassen und spuckte Blut aus, «dann mußt du ihm den Gefallen schon tun.»

Thomas zog die Handschuhe an und Dominic band sie ihm zu, den Kopf gesenkt, die Augen wachsam, aber ohne ein Wort zu sagen. Thomas empfand das vertraute Gefühl: Angst, Vergnügen, Spannung, ein Kribbeln in den Beinen. Seine Kampfeslust war geweckt. Er zwang sich, Greening, der ihn mit steinernem Gesicht beobachtete, über Dominics gebeugten Kopf hinweg jungenhaft anzulächeln.

Dominic trat ein paar Schritte zurück. «Okay», sagte er.

Greening griff Thomas an, die Linke weit ausgestreckt, die Rechte unter dem Kinn. College-Heini, dachte Thomas verächtlich, als er die gerade Linke abfing. Greening war größer als er, aber nur acht oder neun Pfund schwerer. Er war jedoch schneller, als Thomas dachte, und Greenings Rechte traf ihn hoch oben an der Schläfe. Seit der Sache mit dem Tankwart in Brookline war Thomas in keinen richtigen Kampf mehr verwickelt gewesen, und das höfliche Geplänkel mit den friedfertigen Clubmitgliedern war nicht die richtige Vorbereitung auf einen Kampf mit Greening gewesen. Ganz unkonventionell machte Greening einen Scheinangriff mit der Rechten und schmetterte einen linken Haken gegen Thomas' Kopf. Mit diesem Schweinehund ist nicht zu spaßen, dachte Thomas, und schoß tief geduckt eine Linke auf Greenings Seite ab, der er schnell eine Rechte gegen seinen Kopf folgen ließ. Greening ging in den Clinch und hämmerte mit seiner rechten Hand auf Thomas' Rippen los. Ein zäher Bursche, da bestand kein Zweifel.

Thomas warf einen Blick auf Dominic und fragte sich, ob Dominic ihm eine Art Zeichen geben würde. Dominic stand friedlich da. Er gab keinerlei Zeichen.

Okay, dachte Thomas, wunderbar. Jetzt geht's los! Zum Teufel damit, was hinterher passiert.

Sie kämpften weiter, ohne die übliche Unterbrechung nach jeweils zwei Minuten. Greening kämpfte beherrscht, brutal, unter Ausnützung seiner Größe und seines Gewichts; Thomas mit der Feindseligkeit, die er in all den Monaten sorgfältig unterdrückt hatte. Da hast du's, Captain, sagte er sich im stillen, als er auf ihn nach allen Regeln der Kunst eindrosch, reizte, zuschlug, sich duckte. Da hast du's, Geldsack, da hast du's, Bulle – reicht's dir für deine 10 Dollar?

Sie bluteten beide aus Nase und Mund, als Thomas schließlich den Treffer landete, von dem er wußte, daß er der Anfang vom Ende war. Greening trat zurück, töricht lächelnd, die Hände noch erhoben, aber nur noch schwach ins Leere schlagend. Thomas umtänzelte ihn, um den letzten großen Treffer zu landen, als Dominic dazwischen trat.

«Ich denke, das genügt für den Augenblick, meine Herren», sagte Dominic. «Sehr hübsches kleines Training.»

Greening kam schnell wieder zu sich. Der leere Blick wich aus seinen Augen, und er starrte Thomas eisig an. «Nehmen Sie mir die Handschuhe ab, Dominic», war alles, was er sagte. Er machte keine Anstalten, das Blut von seinem Gesicht zu wischen. Dominic schnürte die Handschuhe auf, und Greening verließ mit hocherhobenem Kopf den Mattenraum.

«Da geht mein Job dahin», sagte Thomas.

«Wahrscheinlich», sagte Dominic, während er ihm die Handschuhe aufschnürte. «Das war die Sache wert. Für mich.» Er grinste.

Drei Tage lang geschah nichts. Niemand außer Dominic, Greening und Thomas war in dem Mattenraum gewesen, und weder Thomas noch Dominic erwähnten irgendeinem der Mitglieder gegenüber den Kampf. Immerhin bestand die Möglichkeit, daß Greening zu verlegen war, um beim Komitee großen Wirbel zu machen, denn er verdankte seine Niederlage einem Zwanzigjährigen, der erheblich kleiner war als er.

Jeden Abend, wenn sie schlossen, sagte Dominic: «Noch nichts», und klopfte auf Holz.

Dann, am vierten Tag, kam Charley und holte ihn. «Dominic will dich in seinem Büro sprechen», sagte er. «Sofort.»

Thomas ging geradewegs in Dominics Büro. Dominic saß hinter seinem Schreibtisch und zählte 90 Dollar in Zehn-Dollar-Scheinen ab. Er blickte traurig auf, als Thomas hereinkam. «Hier hast du deinen Lohn für zwei Wochen, Junge», sagte er. «Du bist hier durch. Heute nachmittag war Komiteesitzung.»

Thomas schob das Geld in die Tasche. Und ich hatte gehofft, das hier würde wenigstens ein Jahr dauern, dachte er.

«Sie hätten mich ihm noch einen Schwinger verpassen lassen sollen, Dom», sagte er.

«Ja», sagte Dominic. «Das stimmt wohl.»

«Meinen Sie, daß Sie auch Schwierigkeiten bekommen?»

«Wahrscheinlich. Paß auf dich auf», sagte Dominic. «Vergiß das eine nicht: Trau nie einem Reichen.»

Sie schüttelten sich die Hand. Thomas ging hinüber in den Umkleideraum und holte seine Sachen. Er verließ das Gebäude, ohne sich von jemandem zu verabschieden.

4

1954

Pünktlich um Viertel vor sieben wachte er auf. Er stellte nie den Wecker. Es war nicht nötig.

Die übliche Erektion. Gar nicht beachten. Er blieb noch ein paar Minuten liegen. Seine Mutter schnarchte im Nebenzimmer. Die Vorhänge an dem offenen Fenster blähten sich ein wenig, und es war kalt im Zimmer. Ein blasses Winterlicht drang durch die Vorhänge und machte aus den Büchern in den Regalen gegenüber dem Bett einen langen, verschwommenen Fleck.

Dies würde kein Tag wie alle anderen werden. Am Vorabend war er nach Ladenschluß in Calderwoods Büro gegangen, hatte ein dickes braunes Kuvert auf den Schreibtisch gelegt und zu dem alten Mann gesagt: «Ich möchte Sie bitten, das zu lesen, sobald Ihre Zeit es erlaubt.»

Calderwood hatte das Kuvert argwöhnisch betrachtet. «Was ist es denn?» fragte er und gab dem Briefumschlag mit seinem plumpen Zeigefinger einen leichten Stoß.

«Eine komplizierte Sache», sagte Rudolph. «Am besten sprechen wir erst darüber, wenn Sie es gelesen haben.»

«Noch eine von Ihren verrückten Ideen?» Die Dicke des Kuverts schien Calderwood zu ärgern. «Wollen Sie mich schon wieder zu etwas drängen?»

«Hm.» Rudolph lächelte.

«Junger Mann», sagte Calderwood, «wissen Sie, daß meine Galle mir viel mehr zu schaffen macht, seit ich Sie eingestellt habe? Sehr viel mehr.»

«Mrs. Calderwood bittet mich immer wieder, ich soll Ihnen zureden, Urlaub zu machen.»

«Ach, wirklich?» Calderwood ließ ein wütendes Grunzen hören. «Das tut sie aber nur, weil sie nicht weiß, daß ich Sie keine zehn Minuten allein in diesem Laden lassen würde. Sagen Sie ihr das, wenn sie Ihnen das nächste Mal wegen meines Urlaubs in den Ohren liegt.»

Aber er hatte das dicke Kuvert ungeöffnet mit nach Hause genommen, als er das Warenhaus verließ. Rudolph war sicher, daß der Alte, wenn er erst anfing zu lesen, nicht aufhören würde, bevor er sich über alles informiert hatte.

Er lag in dem kalten Zimmer still unter den Decken und spielte mit dem Gedanken, an diesem Morgen nicht pünktlich aufzustehen, sondern im Bett zu bleiben und sich die Rede zurechtzulegen, die er dem alten Mann halten wollte. Dann aber dachte er, ach was, nur keine Aufregung, tu so, als wäre es ein ganz normaler Morgen.

Er schlug die Decken zurück, lief zum Fenster und machte es zu. Bemüht, nicht zu zittern, streifte er den Pyjama ab und stieg in den dicken Trainingsanzug. Er zog Wollsocken und derbe Tennisschuhe mit Gummisohlen an. Dann schlüpfte er in eine warme Joppe und verließ die Wohnung. Um seine Mutter nicht zu wecken, schloß er die Tür so leise wie möglich.

Vor dem Haus wartete Quentin McGovern auf ihn. Quentin hatte ebenfalls einen Trainingsanzug an. Darüber trug er einen dicken Pullover. Die Wollmütze hatte er tief ins Gesicht gezogen. Quentin war vierzehn, der älteste Sohn einer Negerfamilie, die auf der anderen Straßenseite wohnte. Rudolph und er liefen jeden Morgen miteinander.

«Hallo, Quent», sagte Rudolph.

«Hallo, Rudy», sagte Quentin. «Ist mächtig kalt heute. Meine Mutter glaubt wieder mal, wir hätten den Verstand verloren.»

«Sie wird anders reden, wenn du mit einer Goldmedaille von den Olympischen Spielen nach Hause kommst.»

«Garantiert», sagte Quentin. «Ich höre sie jetzt schon.»

Sie gingen schnell um die Ecke. Rudolph öffnete die Tür der Garage, in der er einen Einstellplatz für sein Motorrad gemietet hatte. Undeutlich tauchte eine Erinnerung auf. Eine andere Tür, ein anderer dunkler Raum, ein anderes Fahrzeug. Das Ruderboot in dem Lagerschuppen, der Geruch des Flusses, die muskulösen Arme seines Vaters.

Dann war er wieder in Whitby, mit dem Jungen im Trainingsanzug, an einem Ort, wo es keinen Fluß gab. Er schob das Motorrad hinaus, streifte ein paar alte Handschuhe mit Wollfutter über, schwang sich auf die Maschine und ließ den Motor an. Quentin hockte sich auf den Soziussitz und legte die Arme um ihn. Der eisige Wind ließ ihre Augen tränen, als sie die Straße entlangrasten.

Bis zum Universitäts-Sportplatz brauchten sie nur einige Minuten. Whitby College war jetzt die Universität Whitby. Das Gelände war nicht umzäunt, hatte aber an der einen Seite hölzerne Zuschauertribünen.

Rudolph stellte das Motorrad daneben ab und warf seine Joppe über den Sattel des Fahrzeugs. «Zieh deinen Pullover lieber aus», riet er. «Für später. Sonst erkältest du dich auf dem Rückweg.»

Quentin betrachtete den Rasen, von dem gespensterhaft ein dünner, eisiger Nebel aufstieg. Er fröstelte. «Vielleicht hat meine Mutter recht», sagte er. Aber er zog den Pullover aus, und sie begannen langsam über die Aschenbahn zu traben.

Auf dem College hatte Rudolph nie Zeit gehabt, für die Leichtathletikmannschaft zu trainieren. Es belustigte ihn, daß er es sich jetzt, als vielbeschäftigter junger Geschäftsführer, leisten konnte, an allen sechs Wochentagen eine halbe Stunde zu laufen. Er tat das, um fit zu bleiben und sich abzuhärten, aber er genoß auch die morgendliche Stille, den Geruch des Rasens, den Wechsel der Jahreszeiten, das Stampfen seiner Füße auf der harten Bahn. Anfangs war er allein gelaufen, bis Quentin eines Morgens im Trainingsanzug vor dem Haus gestanden und gesagt hatte: «Mr. Jordache, ich sehe Sie jeden Tag zum Training gehen. Haben Sie was dagegen, wenn ich mitmache?» Rudolph wollte den Jungen schon abweisen, denn er liebte die Einsamkeit der frühen Morgenstunden, um so mehr, als er im Geschäft den ganzen Tag von Menschen umgeben war, aber Quentin hatte hinzugefügt: «Ich bin in der High School-Mannschaft. Vierhundert-Meter-Hürdenlauf. Wenn ich jeden Morgen tüchtig laufe, dann *muß* das doch meine Zeit verbessern. Sie brauchen sich nicht um mich zu kümmern, Mr. Jordache, lassen Sie mich einfach mit Ihnen laufen.» Er sprach schüchtern, leise, ohne um Geheimtips zu bitten, und Rudolph erriet, daß der Junge allen Mut hatte zusammennehmen müssen, um ein solches Ansinnen an einen erwachsenen weißen Mann zu stellen, der außer einem gelegentlichen Hallo noch nie etwas zu ihm gesagt hatte. Hinzukam, daß Quentins Vater einen Lieferwagen des Warenhauses fuhr. Verbessert das Arbeitsklima, dachte Rudolph. Sorgt dafür, daß die Werktätigen zufrieden sind. Demokraten, schließt euch zusammen. «Okay», sagte er, «komm mit.»

Der Junge hatte nervös gelächelt und war neben Rudolph zur Garage gegangen.

Sie trabten zweimal um die Aschenbahn, erwärmten sich, legten einen Sprint über hundert Meter ein, trabten dann wieder, liefen die zweihundert schnell, trabten danach zweimal um die Bahn und liefen die vierhundert mit nahezu voller Geschwindigkeit. Quentin war ein schmächtiger Junge mit langen, knochigen Beinen und weichen, geschmeidigen Bewegungen. Es war gut, ihn dabei zu haben, weil er Rudolph antrieb, schneller zu laufen, als er es allein getan hätte. Nach zwei letzten Runden im Zuckeltrab zogen sie schwitzend ihre Wollsachen an und fuhren durch die erwachende Stadt zu ihrer Straße zurück.

«Bis morgen, Quent», sagte Rudolph, als er das Motorrad an der Bordschwelle parkte.

«Danke», sagte Quentin. «Auf Wiedersehen.»

Rudolph winkte ihm zu und ging ins Haus. Er mochte den Jungen. Sie hatten an einem kalten Wintermorgen gemeinsam die normale menschliche Trägheit überwunden, hatten gemeinsam Wetter, Geschwindigkeit und Zeit erprobt. Rudolph nahm sich vor, den Jungen in den Sommerferien irgendwo im Geschäft unterzubringen. Quentins Familie konnte das Geld bestimmt brauchen.

Die Mutter war wach, als er die Wohnung betrat. «Wie ist es draußen?» erkundigte sie sich.

«Kalt», sagte er. «Du versäumst nichts, wenn du heute zu Hause bleibst.»
Sie hielten weiterhin die Fiktion aufrecht, die Mutter gehe, wie andere Frauen auch, üblicherweise jeden Tag aus.

Er duschte im Badezimmer, zuerst sehr heiß, dann eiskalt. Mit prickelnder Haut kam er unter dem Wasserstrahl hervor. Während er sich abtrocknete, hörte er die Mutter in der Küche hantieren; sie preßte Orangen aus und kochte Kaffee. Wenn sie hin und her ging, klang es, als schleife jemand einen schweren Sack über den Fußboden. Er erinnerte sich an den raumgreifenden Sprint auf der gefrorenen Bahn und dachte, wenn ich jemals so unbeholfen werde wie sie, dann bitte ich irgendwen, mich zu erschlagen.

Er stieg auf die Badezimmer-Waage. Hundertsechzig. Er wirkte zufrieden. Dicke Menschen waren ihm zuwider. Im Kaufhaus hatte er versucht – ohne Calderwood seine wirklichen Gründe zu nennen –, übergewichtige Angestellte loszuwerden.

Vor dem Ankleiden rieb er sich die Achselhöhlen mit einem desodorierenden Mittel ein. Der Tag war lang und das Warenhaus im Winter stets überheizt. Er zog eine graue Flanellhose an, ein hellblaues Hemd mit einem dunkelroten Schlips und eine braune Tweedjacke, deren Schultern nicht wattiert waren. In seinem ersten Jahr als stellvertretender Direktor hatte er nüchterne dunkle Straßenanzüge getragen, dann aber, als er in der Hierarchie des Unternehmens wichtiger wurde, hatte er sich für eine weniger formelle Kleidung entschieden. Er war jung für seinen verantwortungsvollen Posten und mußte darauf achten, daß er nicht großspurig wirkte. Aus demselben Grund hatte er sich ein Motorrad gekauft. Wenn er bei jedem Wetter barhäuptig auf einem Motorrad angebraust kam, konnte ihm niemand nachsagen, daß er sich zu ernst nehme. Man mußte darauf bedacht sein, den Neid-Quotienten so niedrig wie möglich zu halten. Er hätte sich ohne weiteres einen Wagen leisten können, aber das Motorrad war ihm ohnehin lieber. Das Fahren in der frischen Luft verlieh ihm eine gesunde Gesichtsfarbe, so daß der Eindruck entstand, er verbringe viel Zeit im Freien. Sonnenbräune gab ihm – besonders im Winter – das Gefühl, all den blassen, kränklich aussehenden Leuten in seiner Umgebung überlegen zu sein. Jetzt verstand er, warum Boylan immer eine Höhensonne benutzt hatte. Er selbst aber würde nie zu einem solchen Mittel greifen. Es war eine verächtliche Vorspiegelung falscher Tatsachen, entschied er, eine Art maskuliner Kosmetik, und man setzte sich dadurch dem Spott von Menschen aus, die den Unterschied zwischen echter und künstlicher Sonnenbräune zu erkennen vermochten.

Er ging in die Küche und gab seiner Mutter einen Gutenmorgenkuß. Sie lächelte jungmädchenhaft. Wenn er einmal den Kuß vergaß, folgte unweigerlich ein langer Monolog am Frühstückstisch: wie schlecht sie geschlafen habe und daß die vom Arzt verschriebenen Medikamente hinausgeworfenes Geld seien. Rudolph hatte ihr nie gesagt, wieviel er verdiente und daß er es sich ohne weiteres leisten konnte, mit ihr in eine viel komfortablere Wohnung zu ziehen. Er war nicht gesonnen, sich dafür in Unkosten zu stürzen, er hatte andere Verwendungszwecke für sein Geld.

Am Küchentisch sitzend, trank er Orangensaft und Kaffee und kaute an einer Scheibe Toast. Die Mutter trank nur Kaffee. Ihr Haar war dünn, und sie hatte erschreckend große, bläulichrote Tränensäcke unter den Augen. Trotzdem schien es ihm, sie habe sich in den letzten drei Jahren kaum verändert. Wahrscheinlich würde sie neunzig werden. Er hatte nichts dagegen, daß sie so langlebig war. Schließlich verdankte er ihr die Freistellung vom Wehrdienst. Der einzige Ernährer einer invaliden Mutter. Letztes und kostbarstes mütterliches Geschenk: Sie hatte ihn vor einem eisigen Schützenloch in Korea bewahrt.

«Heute nacht habe ich von deinem Bruder Thomas geträumt», erzählte sie. «Er sah so aus, wie er als Achtjähriger ausgesehen hat. Wie ein Chorknabe an Ostern. Er kam in mein Zimmer und sagte: Verzeih mir, verzeih mir ...» Mit trübsinniger Miene trank sie einen Schluck Kaffee. «Seit einer Ewigkeit habe ich nicht von ihm geträumt. Weißt du, wo er ist?»

«Nein», antwortete Rudolph.

«Du verheimlichst mir doch nichts?» fragte sie.

«Nein. Warum sollte ich?»

«Ich würde ihn gern noch einmal sehen, bevor ich sterbe», sagte sie. «Schließlich ist er doch mein Fleisch und Blut.»

«Du wirst nicht sterben.»

«Vielleicht nicht», gab sie zu. «Ich habe so ein Gefühl, daß es mir, wenn der Frühling kommt, viel besser gehen wird. Dann können wir wieder Spaziergänge machen.»

«Das ist fein.» Rudolph trank seinen Kaffee aus und stand auf. Er küßte sie zum Abschied. «Heute abend sorge ich für unser Essen», sagte er. «Ich kaufe auf dem Heimweg ein.»

«Verrate mir nicht, was du mitbringst», bat sie kokett. «Ich möchte überrascht werden.»

«Okay», sagte er. «Du sollst deine Überraschung haben.»

Der Nachtwächter war noch im Dienst, als Rudolph mit den Morgenzeitungen unter dem Arm, die er unterwegs gekauft hatte, am Personaleingang eintraf.

«Guten Morgen, Sam», grüßte Rudolph.

«Hallo, Rudy», sagte der Nachtwächter. Rudolph legte Wert darauf, von den alten Angestellten, die ihn seit seinen ersten Tagen im Warenhaus kannten, beim Vornamen genannt zu werden.

«Sie sind wahrhaftig ein Frühaufsteher», meinte der Wachmann. «Als ich in Ihrem Alter war, konnte mich an einem solchen Morgen niemand und nichts aus den Federn jagen.»

Deswegen bist du in *deinem* Alter ein Nachtwächter, Sam, dachte Rudolph, aber er lächelte nur und ging durch das schwach beleuchtete, schlafende Haus zu seinem Büro hinauf.

Der Raum war ordentlich und nüchtern, mit zwei Schreibtischen, einer für ihn und einer für Miss Giles, seine Sekretärin, ein tüchtiges älteres Fräulein. Stöße von Zeitschriften waren säuberlich auf breite Borde gestapelt: ‹Vogue›, die französische Ausgabe der ‹Vogue›, ‹Seventeen›, ‹Glamour›, ‹Harper's Bazaar›, ‹Esquire›, ‹House and Garden›, die Rudolph nach neuen Ideen für diese oder jene Abteilung des Warenhauses durchstöberte. Der Charakter der Stadt änderte sich sehr rasch; die aus New York zugezogenen Leute hatten Geld und gaben es verschwenderisch aus. Die Einheimischen waren wohlhabender als je zuvor und fingen an, die Geschmacksrichtungen der anspruchsvollen Neubürger nachzuahmen. Calderwood führte ein verbissenes Rückzugsgefecht gegen die Umwandlung seines soliden Warenhauses für den unteren Mittelstand in das, was er einen «Grabbelbeutel für modischen Firlefanz» nannte, aber die Umsatzsteigerung ließ sich nicht wegleugnen, als Rudolph eine Neuerung nach der andern durchsetzte, und jeden Monat wurde es für Rudolph leichter, seine Ideen zu verwirklichen. Calderwood hatte sich nach fast einem Jahr heftiger Opposition sogar einverstanden erklärt, einen unnötig geräumigen Auslieferungsraum durch eine Wand unterteilen zu lassen, damit eine Wein- und Spirituosenabteilung eingerichtet werden konnte, die unter anderem erstklassige französische Spitzenweine führte. In Erinnerung an das, was Boylan ihm in all den Jahren in dieser Hinsicht beigebracht hatte, machte sich Rudolph ein Vergnügen daraus, die Weine selbst auszuwählen.

Er hatte Boylan seit dem Tag, als auf dem Campus die Abschlußfeier stattgefunden hatte, nicht mehr gesehen. Zweimal in jenem Sommer hatte er noch angerufen, um zu fragen, ob Boylan zum Abendessen frei sei, und die Antwort war in beiden Fällen ein kurzes Nein gewesen. Jeden Monat sandte Rudolph einen Scheck über 100 Dollar an Boylan, als Abzahlungsrate für das Viertausend-Dollar-Darlehen. Boylan löste die Schecks nie ein, aber Rudolph sorgte dafür, daß immer genügend Geld auf seinem Konto war, denn vielleicht würde Boylan irgendwann einmal beschließen, alle Schecks auf einmal vorzulegen, und dann mußten sie gedeckt sein. Wenn Rudolph an Boylan dachte, was jedoch nur selten geschah, dann wurde er sich bewußt, daß er eine mit Dankbarkeit gemischte Verachtung für den älteren Mann empfand. Seiner Meinung nach hatte Boylan mit all dem Geld und all der Freiheit kein Recht, so unglücklich zu sein, wie er war. Es war ein Symptom für Boylans grundlegende Schwäche – und Rudolph, der bei sich selbst jedes Anzeichen von Schwäche bekämpfte, brachte bei anderen keine Duldsamkeit dafür auf. Willie Abbott und Teddy Boylan, dachte Rudolph – die beiden passen zusammen.

Rudolph breitete die Zeitungen auf seinem Schreibtisch aus. Es waren der ‹Whitby Record› und die Ausgabe der ‹New York Times›, die mit dem ersten Morgenzug kam. Die Titelseite der ‹Times› berichtete von schweren Kämpfen am 38. Breitengrad und von neuen Beschuldigungen des Verrats und der Infiltration durch Senator McCarthy in Washington. Der ‹Record› berichtete auf seiner ersten Seite von einer Abstimmung über neue Steuern für die Schulbehörde (nicht genehmigt) und über die Anzahl von Skiläufern, die seit Saisonbeginn das nahe gelegene, neu erschlossene Skigebiet benutzt hatten. Jeder Stadt lagen die eigenen Interessen am Herzen.

Rudolph wandte sich den Innenseiten des ‹Record› zu. Das halbseitige zweifarbige Inserat für eine neue Kollektion von Wollkleidern und Pullovern war schlampig gedruckt, die Farben flossen ineinander, und Rudolph merkte auf seinem Schreibtischblock einen Anruf bei der Zeitung vor.

Dann schlug er den Börsenbericht in der ‹Times› auf und studierte ihn fünfzehn Minuten lang. Seinerzeit, als er 1000 Dollar erspart hatte, war er zu Johnny Heath gegangen und hatte ihn um den Gefallen gebeten, das Geld für ihn anzulegen. Johnny, der einige in die Millionen gehende Konten verwaltete, hatte würdevoll ja gesagt und kümmerte sich seither um Rudolphs Transaktionen, als wäre Rudolph einer der wichtigsten Kunden seiner Firma. Rudolphs Effektenbestand war noch klein, wuchs jedoch immer mehr. Bei Durchsicht der Börsenseite entdeckte er erfreut, daß er an diesem Morgen – auf dem Papier – um fast 300 Dollar reicher war als am Vortag. Er richtete ein stummes Dankgebet an seinen Freund Johnny Heath. Dann wandte er sich dem Kreuzworträtsel zu, griff nach seinem Federhalter und machte sich ans Raten. Dies waren die angenehmsten Minuten des Tages. Wenn es ihm gelang, das Rätsel zu lösen, bevor das Warenhaus um neun Uhr geöffnet wurde, begann er die Tagesarbeit mit einem leisen Triumphgefühl.

14 waagerecht: Romangestalt bei Dickens. Vier Buchstaben. *Heep* trug er säuberlich in Druckschrift ein.

Er war mit dem Kreuzworträtsel fast fertig, als das Telefon läutete. Er blickte auf seine Uhr. Die Zentrale nahm ihre Arbeit früh auf, stellte er beifällig fest und nahm mit der linken Hand den Hörer ab. «Ja?» sagte er und trug *allgegenwärtig* in eine der senkrechten Spalten ein.

«Jordache? Sind Sie's?»

«Ja. Wer ist dort?»

«Denton. Professor Denton.»

«Oh, guten Morgen, Sir», sagte Rudolph und suchte nach einem Synonym für ‹gemessen›, dritter Buchstabe s.

«Ich belästige Sie nur sehr ungern –» Dentons Stimme klang sonderbar gedämpft, als habe er Angst, jemand könnte mithören – «aber wäre es möglich, Sie heute irgendwann zu sprechen?»

«Natürlich», sagte Rudolph und schrieb *gesetzt* in die unterste Reihe des Rätsels. Er sah Denton ziemlich oft, wenn er sich Bücher über Verwaltungsfragen und Volkswirtschaft aus der College-Bibliothek holte. «Ich bin den ganzen Tag im Geschäft.»

Denton schien mühsam nach Luft zu ringen. «Es wäre mir lieber, wenn wir uns außerhalb des Geschäfts treffen könnten. Vielleicht zum Lunch?»

«Ich habe nur 45 Minuten Pause ...»

«Das reicht. Wir werden uns irgendwo in der Nähe treffen.» Alles, was Denton sagte, klang atemlos und gehetzt. Bei den Übungen hatte er immer langsam und mit sonorer Stimme gesprochen. «Wie wäre es mit *Ripley*? Das ist doch bei Ihnen gleich um die Ecke, nicht wahr?»

«Ja», antwortete Rudolph, erstaunt über Dentons Wahl. *Ripley* war eigentlich nur eine Kneipe und wurde eher von durstigen Arbeitern besucht als von Leuten, die Wert auf ein anständiges Essen legten. Jedenfalls gehörte es bestimmt nicht zu den Lokalen, in denen ältere Professoren für Geschichte und Wirtschaftswissenschaft zu verkehren pflegten. «Würde Ihnen 12 Uhr 15 passen?»

«Gewiß, Jordache, danke. Ich danke Ihnen vielmals. Es ist äußerst liebenswürdig von Ihnen. Dann also bis 12 Uhr 15.» Denton sprach sehr schnell. «Ich kann Ihnen gar nicht sagen, wie dankbar ich ...» Aus. Er schien mitten im Satz aufgelegt zu haben.

Rudolph runzelte nachdenklich die Stirn und fragte sich, was wohl mit Denton los sei; dann legte er ebenfalls auf. Er blickte auf die Uhr. Neun. Das Geschäft war jetzt geöffnet. Seine Sekretärin kam herein. «Guten Morgen, Mr. Jordache.»

«Guten Morgen, Miss Giles.» Er warf die ‹Times› verärgert in den Papierkorb. Wegen Denton hatte er das Rätsel nicht bis neun geschafft.

Er machte die erste Runde des Tages durch das Warenhaus, ging langsam von einer Abteilung zur andern, nickte den Angestellten zu, ohne stehenzubleiben und scheinbar ohne die kleinen Mißstände zu bemerken, die sein Auge gelegentlich erspähte. Im Laufe des Vormittags würde er höfliche Hausmitteilungen an die jeweils zuständigen Abteilungsleiter diktieren: daß die zum Verkauf auf dem Ladentisch ausgelegten Krawatten unordentlich hingeworfen worden waren, daß Miss Kale (Kosmetikabteilung) zuviel Augen-Make-up aufgelegt hatte, daß die Ventilation im Erfrischungsraum ungenügend war.

Mit besonderem Interesse besichtigte er die Abteilungen, die erst entstanden waren, nachdem er Calderwood bewogen hatte, sie einzurichten – die kleine Boutique, die billigen Modeschmuck, italienische Pullover, französische Schals und Pelzkappen verkaufte und einen erstaunlich hohen Umsatz hatte; den Erfrischungsraum (es war unfaßbar, daß Frauen es fertigbrachten, den ganzen Tag zu essen), der nicht nur an sich einen soliden Gewinn abwarf, sondern auch zu einem Treffpunkt für viele Hausfrauen der Stadt geworden war, die dort lunchten und selten fortgingen, ohne in irgendeiner Abteilung etwas gekauft zu haben; der Ski-Shop in einer Ecke der alten Sportabteilung, geleitet von einem athletisch gebauten jungen Mann namens Larsen, der an Wintersonntagen auf den nahen Hängen die Bewunderung der einheimischen Mädchen erregte und der verbrecherisch unterbezahlt war, wenn man in Betracht zog, wie viele Kunden er lediglich dadurch in den Laden lockte, daß er einmal in der Woche einen Hügel hinunterglitt. Der junge Mann hatte sich erboten, Rudolph im Skilaufen zu unterrichten, aber Rudolph hatte mit einem Lächeln abgelehnt und erklärt, er könne sich keinen Beinbruch leisten.

Die Schallplattenabteilung war ebenfalls seine Idee und brachte viel jugendliche Kundschaft mit erstaunlich hohem Taschengeld ins Haus. Calderwood, der keinen Lärm vertrug und das Benehmen der meisten jungen Leute unmöglich fand (seine eigenen drei Töchter, zwei bereits junge Damen und die dritte ein blasser Teenager, waren die eingeschüchterten Produkte viktorianischer Erziehung), hatte sich erbittert gegen den Schallplattenverkauf gewehrt. «Ich will kein verdammtes Bumslokal aufmachen und die amerikanische Jugend mit diesem barbarischen Getöse verderben, das heutzutage für Musik gehalten wird», hatte er gesagt. «Lassen Sie mich in Frieden damit, Jordache, lassen Sie einen armen, altmodischen Kaufmann in Frieden.»

Aber Rudolph hatte Statistiken vorgelegt, die nachwiesen, wieviel Geld die amerikanischen Teenager alljährlich für Schallplatten ausgaben, er hatte versprochen, für schalldichte Kabinen zu sorgen, und Calderwood hatte wie gewöhnlich kapituliert. Es schien oft wütend auf Rudolph zu sein, aber Rudolph behandelte den alten Mann mit stets gleichbleibender Höflichkeit und Geduld und wußte in den meisten Fällen, wie er mit ihm umzugehen hatte. Privatim prahlte Calderwood mit seinem ehrgeizigen kleinen Stellvertreter und brüstete sich, wie schlau er gewesen sei, den Jungen aus der Herde auszuwählen. Er hatte auch von sich aus Rudolphs Gehalt verdoppelt und ihm zu Weihnachten eine Prämie in Höhe von 3000 Dollar gezahlt. «Der Teufelskerl modernisiert nicht nur das Geschäft», hatte man Calderwood, allerdings nicht in Rudolphs Gegenwart, sagen hören, «er modernisiert auch mich. Nun, genaugenommen habe ich ihn ja dazu angestellt.»

Einmal im Monat wurde Rudolph zum Essen bei den Calderwoods eingeladen, eine erbarmungslos puritanische Angelegenheit. Die Töchter machten nur den Mund auf, wenn man sie anredete, und es wurde nichts Stärkeres als Apfelsaft serviert. Die älteste Tochter, Prudence, die auch die hübscheste war, hatte Rudolph mehrmals gebeten, sie zu Tanzveranstaltungen des Country Club zu begleiten, und Rudolph hatte das natürlich getan. Sobald Prudence außer Sichtweite ihres Vaters war, benahm sie sich nicht mit viktorianischer Schicklichkeit, aber Rudolph ließ wohlweislich die Hände von ihr. Er wollte nichts so Banales oder Gefährliches tun wie die Tochter vom Boss zu heiraten.

Fürs erste wollte er überhaupt nicht heiraten. Das hatte Zeit. Vor drei Monaten hatte er eine Einladung zu Julies Hochzeit bekommen. Sie heiratete einen Mann namens Fitzgerald in New York. Rudolph war nicht zu der Hochzeit gegangen, und als er das Glückwunschtelegramm aufsetzte, waren ihm die Tränen gekommen. Voller Verachtung wegen seiner Schwäche hatte er sich nur noch mehr in die Arbeit gestürzt und es beinahe fertiggebracht, Julie zu vergessen.

Er hütete sich vor allen anderen Mädchen. Wenn er durch die Abteilungen ging, merkte er sehr wohl, daß einige Verkäuferinnen ihn kokett ansahen und sich nur zu gern von ihm hätten einladen lassen: in der Boutique Miss Sullivan mit dem rabenschwarzen Haar; in der Jugend-Abteilung Miss Brandywine, groß und schlank; am Schallplattenstand Miss Soames, klein, blond und vollbusig, die sich im Takt der Musik wiegte und geziert lächelte, sooft er vorbeiging; vielleicht sechs oder sieben andere. Die Versuchung war natürlich groß, aber er bekämpfte sie erfolgreich und begegnete allen weiblichen Wesen mit vollendeter, unpersönlicher Höflichkeit. Zum Glück veranstaltete die Firma niemals Parties, bei denen in alkoholisch beschwingter Stimmung eine wirkliche Annäherung denkbar gewesen wäre.

Die Nacht mit Mary Jane in New York und der vergebliche Telefonanruf in der menschenleeren Halle des Hotels St. Moritz hatten ihn gegen die Triebkraft seines Begehrens gestählt.

Eines stand für ihn fest – sollte er noch einmal ein Mädchen bitten, ihn zu heiraten, dann nur, wenn er absolut sicher war, daß sie ja sagen würde.

Als er auf dem Rückweg wieder am Schallplattenstand vorbeikam, beschloß er, irgendeine ältere Angestellte zu ersuchen, sie möge Miss Soames taktvoll darauf hinweisen, daß es vielleicht angebracht sei, einen Büstenhalter unter ihrem Pullover zu tragen.

Er ging die Entwürfe für die Schaufenstergestaltung im März mit Bergson, dem jungen Dekorateur, durch, als das Telefon läutete.

«Rudy –» es war Calderwood – «können Sie für einen Augenblick in mein Büro kommen?» Die Stimme war ausdruckslos, sie verriet nichts.

«Sofort, Mr. Calderwood.» Rudolph legte auf und sagte zu Bergson: «Ich fürchte, die Entwürfe werden ein Weilchen warten müssen.» Bergson war ein glücklicher Fund. Er hatte die Bühnenbilder für das Sommertheater in Whitby gemacht. Rudolph gefielen sie, und so hatte er Bergson angeboten, während der Wintermonate als Schaufensterdekorateur bei Calderwood zu arbeiten. Bevor Bergson auf der Szene erschienen war, hatte man die Schaufenster ganz planlos dekoriert: Jede Abteilung suchte so viel Platz zu ergattern wie irgend möglich und machte dann ihre eigenen Auslagen, die in keiner Beziehung zu dem standen, was in den anderen Fenstern gezeigt wurde. Bergson hatte das alles geändert. Er war ein kleiner, trauriger junger Mann, dem es nicht gelungen war, Mitglied der Bühnenbildner-Gewerkschaft in New York zu werden. Er war dankbar für den Winterjob, in den er sich mit seinem ganzen beachtlichen Talent hineinkniete. Daran gewöhnt, die Dekorationen im Sommertheater ohne großen Kostenaufwand herzustellen, benutzte er auch hier unwahrscheinlich billige Materialien und verrichtete die handwerklichen Arbeiten selbst.

Die auf Rudolphs Schreibtisch ausgebreiteten Entwürfe behandelten das Thema ‹Frühling auf dem Lande›, und Rudolph hatte bereits zu Bergson gesagt, dies werde bestimmt die beste Ausstellung werden, die sie je in den Schaufenstern gezeigt hatten. Obgleich Bergson ein so trübsinniger Mensch war, gefielen Rudolph die Stunden, die er mit ihm zusammen arbeitete, sehr viel besser als jene, die er mit den Abteilungsleitern und dem Leiter der Finanzabteilung verbringen mußte. Als Idealzustand schwebte ihm vor, niemals eine Bilanzaufstellung anschauen oder eine monatliche Inventur überprüfen zu müssen.

Calderwoods Tür stand offen. Der alte Mann sah ihn sofort und rief: «Kommen Sie rein, Rudy, und machen Sie die Tür zu.» Die Papiere, die in dem braunen Kuvert gesteckt hatten, waren über den Schreibtisch verstreut.

Rudolph setzte sich dem Boss gegenüber und wartete.

«Rudy», sagte Calderwood in sanftem Ton, «Sie sind der erstaunlichste junge Mann, dem ich je begegnet bin.»

Rudolph schwieg.

«Wer außer Ihnen hat das da gesehen?» Calderwoods Hand beschrieb einen Bogen über die Papiere auf seinem Schreibtisch.

«Niemand.»

«Wer hat es getippt? Miss Giles?»

«Ich selbst. Zu Hause.»

«Sie denken an alles, stimmt's?» Es war kein Tadel, aber es war auch kein Kompliment.

Rudolph blieb still.

«Woher wissen Sie, daß ich dreißig Morgen Land draußen am See besitze?» fragte Calderwood.

Das Land gehörte einer Aktiengesellschaft in New York. Es hatte der ganzen Gerissenheit von Johnny Heath bedurft, um herauszufinden, daß der wirkliche Besitzer niemand anders als Duncan Calderwood war.

«Das kann ich leider nicht sagen, Sir», erwiderte Rudolph.

«Kann ich nicht sagen, kann ich nicht sagen!» Calderwood nahm die Antwort hin, wenn auch mit einem Anflug von Ungeduld. «Der junge Herr kann es nicht sagen. Die schweigsame Generation, wie es im ‹Time›-Magazin heißt. Rudy, ich habe Sie in all der Zeit, die ich Sie kenne, nie bei einer Lüge ertappt und erwarte, daß Sie mich auch jetzt nicht belügen.»

«Ich werde Sie nicht belügen, Sir», sagte Rudolph.

Calderwood schob die Papiere auf seinem Schreibtisch zusammen. «Ist das ein Trick, mit dem Sie mich ausbooten wollen?»

«Nein, Sir», erwiderte Rudolph. «Es ist ein Vorschlag, wie Sie sich Ihre Stellung und Ihre Aktiva zunutze machen, sich zusammen mit der Gemeinde vergrößern und Ihre Interessen entsprechend variieren können; wie Sie von den Steuergesetzen profitieren und gleichzeitig Ihren Erben, also Ihrer Frau und den Kindern, das sichern können, was Sie dereinst hinterlassen werden.»

«Wie viele Seiten sind denn das?» fragte Calderwood. «Fünfzig, sechzig?»

«Dreiundfünfzig.»

«Ein Vorschlag.» Calderwood ließ einen Grunzlaut hören. «Haben Sie das alles selbst ausgearbeitet?»

«Ja.» Rudolph fühlte sich nicht verpflichtet, Calderwood zu gestehen, daß er monatelang methodisch Johnny Heaths Gehirn erforscht hatte und daß Johnny für die komplizierteren Teile des Gesamtplans verantwortlich war.

«Na schön», brummte Calderwood. «Ich sehe es mir mal an.»

«Wenn ich Ihnen raten darf, Sir, so wäre es vielleicht das beste, mit Ihren Anwälten in New York und Ihren Bankiers darüber zu sprechen.»

«Was wissen Sie von meinen Anwälten in New York?» fragte Calderwood argwöhnisch.

«Mr. Calderwood», sagte Rudolph, «schließlich arbeite ich schon lange bei Ihnen.»

«Okay. Angenommen, ich sage ja, nachdem ich diese Aufstellung gründlich studiert habe, angenommen, ich mache alles so, wie Sie es vorschlagen – gehe in die Öffentlichkeit, gebe Aktien aus, nehme Geld bei den Banken auf, baue das verdammte Einkaufszentrum am See, sogar mit einem Theater, mache wie ein Idiot alles genauso, wie Sie es vorschlagen – was springt dabei für Sie heraus?»

«Ich würde erwarten, daß Sie, als Präsident der Gesellschaft, mich zum Aufsichtsratsvorsitzenden machen, natürlich mit einem angemessenen Gehalt und einer Option auf den Erwerb einer bestimmten Anzahl von Aktien in den nächsten fünf Jahren», antwortete Rudolph. Guter alter Johnny Heath! Sei nicht kleinlich! Denke großzügig! «Ich könnte einen Mitarbeiter beschaffen, der hier einspringen würde, wenn ich anderweitig beschäftigt bin.» Er hatte deswegen bereits an Brad Knight in Oklahoma geschrieben.

«Sie haben sich alles genau zurechtgelegt, wie?» Calderwood war nun unverhohlen feindselig.

«Ich habe über ein Jahr an diesem Plan gearbeitet», erwiderte Rudolph sanft, «und ich war bemüht, sämtlichen Problemen gerecht zu werden.»

«Und wenn ich einfach nein sage?» fragte Calderwood. «Wenn ich diese Blätter in einen Ordner hefte und nicht mehr an die Sache denke, was würden Sie dann tun?»

«Ich fürchte, ich müßte Ihnen sagen, daß ich am Jahresende gehe, Mr. Calderwood», antwortete Rudolph. «Ich wäre leider gezwungen, mir eine Stellung mit mehr Zukunft zu suchen.»

«Ich bin lange Zeit ohne Sie ausgekommen», sagte Calderwood. «Ich könnte auch jetzt ohne Sie auskommen.»

«Zweifellos.»

Calderwood blickte verdrießlich auf seinen Schreibtisch hinunter, zog ein Blatt Papier aus dem Stoß und betrachtete es mit sichtlichem Abscheu.

«Ein Theater», knurrte er ärgerlich. «Wir haben doch schon eines in der Stadt.»

«Es wird nächstes Jahr abgerissen», bemerkte Rudolph.

«Sie machen Ihre Hausaufgaben wahrhaftig brav», sagte Calderwood. «Davon soll die Öffentlichkeit erst im Juni erfahren.»

«Irgend jemand schwatzt immer.»

«Scheint so. Und irgend jemand spitzt immer die Ohren, stimmt's, Rudy?»

«Ja, Sir.» Rudolph lächelte.

Nun lächelte auch Calderwood. «Warum hat's der Rudy so eilig, he?» fragte er.

«Wie Sie wissen, ist das durchaus nicht meine Art», erwiderte Rudolph gelassen.

«Ja, ich weiß», gab Calderwood zu. «Tut mit leid, daß ich's gesagt habe. Na schön, gehen Sie wieder an die Arbeit. Sie hören von mir.»

Während Rudolph das Büro verließ, blickte der alte Mann starr auf die Papiere, die vor ihm lagen. Rudolph schlenderte durch die Verkaufsräume, jugendlich aussehend und wohlwollend lächelnd wie immer.

Der Plan, den er Calderwood unterbreitet hatte, war kompliziert, und er hatte jeden Punkt eingehend erläutert. Die Stadt breitete sich in Richtung des Sees aus. Überdies war das benachbarte Cedarton, ungefähr zehn Meilen entfernt, durch eine neue Autostraße mit Whitby verbunden und wuchs ebenfalls zum See hin. Überall in Amerika entstanden Einkaufszentren in den Außenbezirken der Städte, und die Leute gewöhnten sich daran, ihren Bedarf an Waren aller Art größtenteils in solchen Einrichtungen zu decken. Calderwoods dreißig Morgen waren strategisch günstig gelegen: Ein dort befindliches Einkaufszentrum konnte die Kundschaft von beiden Städten und von den Häusern des oberen Mittelstandes am See für sich gewinnen. Sollte sich Calderwood nicht zu diesem Schritt entschließen, so würde zweifellos ein anderer Geschäftsmann oder eine Aktiengesellschaft im nächsten oder übernächsten Jahr die Gelegenheit ergreifen und nicht nur von dem neuen Unternehmen profitieren, sondern auch Calderwoods Umsatz in dem Warenhaus in Whitby drastisch beschneiden. Statt einem Konkurrenten zu gestatten, daß er ihm das Wasser abgrub, war es für Calderwood zweifellos vorteilhafter, sich selbst – und auch das nur teilweise – Konkurrenz zu machen.

In seinen Plänen hatte Rudolph einen Platz für ein gutes Restaurant und für ein Theater vorgesehen, um auf diese Weise auch das Abendgeschäft anzukurbeln. Das Theater, in dem nur während des Sommers gespielt werden sollte, konnte für den Rest des Jahres in ein Kino umgewandelt werden. Außerdem schlug Rudolph den Bau von Appartementwohnungen mittlerer Preislage am Seeufer vor und wies darauf hin, daß man das sumpfige und bisher unverwendbare Gelände an dem einen Ende von Calderwoods Grundbesitz für kleinere Industrieanlagen verwenden könne.

Unter Johnnys Anleitung hatte Rudolph gewissenhaft alle Vorteile aufgezählt, die das Gesetz derartigen Unternehmen gewährte.

Es war sicher, daß sein Vorschlag, die neue Calderwood-Gründung als Aktiengesellschaft zu betreiben, dem alten Mann einleuchten würde. Die Aktivposten und der Ertragswert sowohl des Warenhauses als auch des Einkaufszentrums garantierten einen hohen Auflagepreis der Aktien. Im Fall von Calderwoods Tod brauchten die Erben, seine Frau und die drei Töchter, nicht zu befürchten, daß sie das Geschäft zu einem Schleuderpreis verkaufen müßten, um die Erbschaftssteuer zu bezahlen; sie konnten einfach einige Aktienpakete abstoßen und würden trotzdem die Aufsichtsgewalt in dem Unternehmen behalten.

In dem Jahr, in dem Rudolph an dem Plan gearbeitet und sich mit Körperschafts- und Steuergesetzen sowie Bodenrecht befaßt hatte, war er oft zynisch belustigt gewesen, wenn er merkte, auf welche Weise das Geld im amerikanischen System sich durchaus legal selbst schützte. Er katte keine moralischen Hemmungen, weil er versuchte, das Gesetz seinem eigenen Vorteil nutzbar zu machen. Das Spiel hatte seine Regeln, die man lernte und an die man sich hielt. Wären andere Regeln gültig gewesen, so hätte man sich eben an diese gehalten.

Professor Denton stand wartend an der Theke; er sah unbehaglich aus und wirkte fehl am Platz inmitten der anderen Gäste, von denen keiner den Eindruck erweckte, er habe jemals ein College auch nur betreten.

«Sehr freundlich von Ihnen», sagte Denton mit leiser, hastiger Stimme, «sehr freundlich, daß Sie gekommen sind, Jordache. Ich trinke einen Bourbon. Darf ich etwas für Sie bestellen?»

«Ich trinke tagsüber nicht.» Im nächsten Augenblick bedauerte Rudolph seine Antwort, denn es klang so, als kritisiere er Denton, der sich um Viertel nach zwölf einen Drink genehmigte.

«Ganz recht», stimmte Denton zu, «ganz recht. Klaren Kopf behalten. Im allgemeinen warte ich auch, bis die Tagesarbeit getan ist, aber...» Er ergriff Rudolph am Arm. «Vielleicht können wir uns setzen.» Er deutete auf die letzte Nische in der Reihe an der Wand. «Ich weiß, daß Ihre Zeit bemessen ist.» Er zählte ein paar Münzen ab, legte sie für seinen Drink auf die Theke und führte Rudolph, den er noch immer am Arm hielt, zu der Nische. Sie nahmen einander gegenüber Platz. Auf dem Tisch lagen zwei fettige Speisekarten, in die sie sich vertieften.

«Ich nehme die Suppe und ein Hacksteak», sagte Denton zu der Kellnerin. «Und eine Tasse Kaffee. Wie steht's mit Ihnen, Jordache?»

«Das gleiche», entschied Rudolph.

Die Kellnerin schrieb die Bestellung mühsam auf ihren Block. Sie war eine grauhaarige Frau von etwa sechzig Jahren, unförmig in ihrer koketten Dienstkleidung, einem enganliegenden orangefarbenen Kleid mit Tändelschürzchen. Das Alter zollte dem amerikanischen Jugendideal eisern seinen Tribut. Ihre Fußknöchel waren geschwollen, und sie hatte einen plattfüßig watschelnden Gang. Rudolph dachte an seine Mutter, an ihren Traum von dem hübschen kleinen Restaurant mit Kerzenbeleuchtung, der sich nie verwirklicht hatte. Nun, jedenfalls war ihr die orangefarbene Dienstkleidung erspart geblieben.

«Sie sind erfolgreich, Jordache», sagte Denton, über den Tisch gebeugt, die Augen kummervoll und vergrößert hinter den dicken Gläsern der Nickelbrille. Er hob ungeduldig die Hand, um jeden Widerspruch abzuwehren. «Ich höre, ich höre. Ich bekomme Berichte aus vielen Quellen. Meine Frau zum Beispiel. Eine treue Kundin. Sie ist mindestens dreimal in der Woche im Warenhaus. Sie müßten sie eigentlich von Zeit zu Zeit sehen.»

«Ja, ich habe sie erst vorige Woche getroffen», sagte Rudolph.

«Sie erzählt mir, das Kaufhaus blühe und gedeihe. Eine neue Lebenszuversicht mache sich bemerkbar, sagt sie. Sehr großstädtisch. Alle möglichen neuen Produkte. Nun, die Leute kaufen gern ein. Und heutzutage scheint jeder Geld zu haben. Jeder außer den College-Professoren.» Der Gedanke an seine Armut ließ eine Sekunde lang Falten auf Dentons Stirn erscheinen. «Gleichviel. Ich bin nicht hergekommen, um mich zu beklagen. Zweifellos, Jordache, Sie haben gut daran getan, die Stellung in meiner Abteilung abzulehnen. Die akademische Welt», fügte er bitter hinzu, «wird beherrscht von Eifersucht, Intrigen, Verrat und Undankbarkeit. Man muß ständig einen Eiertanz aufführen. Die Geschäftswelt ist da besser. Geben und nehmen. Einer frißt den andern. Offen und ehrlich.»

«Ganz so ist es nicht, das Geschäftsleben», sagte Rudolph sanft.

«Nein, gewiß nicht», stimmte Denton zu. «Alles wird durch Charakter gemildert. Es zahlt sich nicht aus, zu starr einer Theorie anzuhängen; man verliert die Wirklichkeit aus den Augen, die lebende Form. Jedenfalls freue ich mich über Ihren Erfolg, und ich bin sicher, daß damit kein grundsätzlicher, kein wie auch immer gearteter Kompromiß einherging.»

Die Kellnerin brachte die Suppe.

Denton begann hastig zu essen. «Ja», sagte er, «wenn ich noch einmal auf die Welt käme, würde ich die efeubewachsenen Mauern meiden wie die Pest. Das College hat mich zu dem gemacht, was Sie heute vor sich sehen – zu einem erfolglosen, verbitterten Mann, einem Versager, einem Feigling...»

«Ich würde Sie nichts von alldem nennen», widersprach Rudolph, erstaunt über Dentons Selbstbezichtigungen. Er hatte immer gedacht, der Professor sei durchaus mit sich zufrieden und genieße es, einer unfreiwilligen Zuhörerschaft von jungen Leuten seine Ansichten über wirtschaftliche Schurkerei vorzutragen.

«Ich lebe in Angst und Schrecken», sagte Denton zwischen zwei Löffeln Suppe. «In Angst und Schrecken.»

«Wenn ich Ihnen irgendwie behilflich sein kann...» begann Rudolph.

«Sie sind eine gute Seele, Jordache, eine gute Seele», sagte Denton. «Ich habe damals sofort erkannt, was in Ihnen steckt. Ernst unter den Leichtfertigen. Mitfühlend unter den Mitleidlosen. Auf der Suche nach Wissen, wo andere lediglich nach materiellen Vorteilen streben. Oh, ich habe Sie all die Jahre hindurch aufmerksam beobachtet, Jordache. Sie werden es noch weit bringen. Merken Sie sich meine Worte. Seit über zwanzig Jahren unterrichte ich junge Menschen, Tausende von jungen Menschen. Ich lese in ihnen wie in einem aufgeschlagenen Buch, ihre Zukunft hat keine Geheimnisse für mich. Merken Sie sich meine Worte, Jordache.»

Denton war mit seiner Suppe fertig, und die Kellnerin stellte die Hacksteaks und den Kaffee vor die beiden hin.

«Und Sie erkämpfen Ihren Aufstieg nicht, indem Sie rücksichtslos Ihre Mitmenschen zu Boden trampeln», fuhr Denton fort, während er sein Steak mit der Gabel zerteilte. «Ich kenne Ihre Gesinnung, kenne Ihren Charakter, ich beobachte Sie seit Jahren. Sie haben ein hochentwickeltes Ehrgefühl, Sie sind geistig und körperlich anspruchsvoll. Diesen Augen, Jordache, entgeht nicht viel, sei es nun innerhalb oder außerhalb der Klasse.»

Rudolph aß schweigend und wartete auf das Ende der Lobeshymne. Der Grund für diesen Überschwang war nicht schwer zu erraten: Denton wollte ihn um eine große Gefälligkeit bitten.

«Vor dem Krieg», sprach Denton kauend weiter, «gab es mehr junge Männer Ihres Schlages, klarsehend, zuverlässig, ehrenhaft. Die meisten von ihnen sind tot, gefallen an Orten, deren Namen wir schon fast vergessen haben. Diese Generation –» er zückte verzweifelt die Achseln – «listig, vorsichtig, darauf erpicht, möglichst viel für nichts zu bekommen, scheinheilig. Es ist kaum zu glauben, in welchem Maß die Studenten bei jedem Examen, in jeder Semesterarbeit zu betrügen suchen. Ach, wenn ich genügend Geld hätte, ich würde fortgehen und auf einer einsamen Insel leben.» Er blickte nervös auf die Uhr. «Die Zeit, immer im Flug», sagte er und schaute sich mit der Miene eines Verschwörers in dem halbdunklen Lokal um. Die Nische neben der ihren war leer, und die vier oder fünf an der Theke lehnenden Männer nahe der Tür waren bestimmt außer Hörweite. «Am besten komme ich gleich zur Sache.» Denton dämpfte seine Stimme und beugte sich weit vor. «Ich bin in Schwierigkeiten, Jordache.»

Er will mich nach der Adresse eines Abtreibers fragen, dachte Rudolph aufgeregt. *Liebe auf dem Universitätsgelände.* Er sah die Schlagzeilen schon vor sich. *Geschichtsprofessor macht im Mondschein Geschichten mit Studentin. Professor im Gefängnis.* Rudolph versuchte nichtssagend dreinzuschauen und aß weiter. Das Hacksteak war grau und feucht, die Kartoffeln schmeckten ölig.

«Haben Sie gehört, was ich sagte?» flüsterte Denton.
«Sie sagten, Sie seien in Schwierigkeiten.»
«Richtig.» Professorale Anerkennung – der Student hatte aufmerksam zugehört. «*Ernste* Schwierigkeiten.» Denton nahm einen Schluck Kaffee. Sokrates und der Schierlingsbecher. «Man will mir an den Kragen.»
«Wer will Ihnen an den Kragen?»
«Meine Feinde.» Dentons Augen durchforschten das Lokal, hielten Ausschau nach Feinden, die als biertrinkende Arbeiter verkleidet waren.
«Als ich im College war, schienen Sie überall sehr beliebt zu sein», meinte Rudolph.
«Es gibt Strömungen», sagte Denton, «Strömungen, Wirbel und Strudel, von denen der Student keine Ahnung hat. In den Fakultätsräumen, in den Dienststellen der Macht. Sogar im Büro des Rektors. Ich bin zu offenherzig, das ist einer meiner größten Fehler. Ich bin naiv, ich habe an das Märchen von der akademischen Freiheit geglaubt. Meine Feinde haben nur auf den richtigen Augenblick gewartet. Ich hätte den stellvertretenden Vorsitzenden der Fakultät, einen hoffnungslosen Dummkopf, schon vor Jahren hinauswerfen sollen. Nur Mitleid, beklagenswerte Schwäche, hielt mich zurück. Wie gesagt, der stellvertretende Vorsitzende, den es nach meiner Stellung gelüstet, hat ein Dossier zusammengestellt – Gesprächsfetzen, aus dem Zusammenhang gerissene Sätze, Unterstellungen. Man rüstet sich, mich als Opfer darzubringen, Jordache.»
«Am besten erzählen Sie mir in allen Einzelheiten, was da im Gange ist», schlug Rudolph vor. «Dann ließe sich wohl leichter beurteilen, ob ich helfen könnte.»
«Ach, Sie könnten bestimmt helfen, daran ist nicht zu zweifeln.» Denton schob den Teller mit dem zur Hälfte gegessenen Steak zurück. «Man hat ein Opfer gefunden», sagte er. «Mich.»
«Ich verstehe nicht ganz...»
«Ein Opfer der Hexenjagd», erklärte Denton. «Sie lesen doch auch die Zeitung. Fort mit den Roten aus unseren Schulen!»
Rudolph lachte. «Sie sind kein Roter, Professor, das wissen Sie sehr genau.»
«Sprechen Sie leise, mein Junge.» Denton blickte besorgt umher. «Man verbreitet sich nicht in der Öffentlichkeit über dieses Thema.»
«Ich bin sicher, Sie brauchen sich keine Sorgen zu machen, Professor», sagte Rudolph. Er beschloß, die Sache ins Scherzhafte zu ziehen. «Ich habe schon Angst, es sei etwas wirklich Schlimmes. Ich dachte, vielleicht hätte Sie einem Mädchen ein Kind angehängt.»
«Sie haben gut lachen», sagte Denton. «In Ihrem Alter. Heutzutage lacht niemand mehr in einem College oder einer Universität. Die wildesten Beschuldigungen werden erhoben. Da hat man 1938 5 Dollar für ein obskures Hilfswerk gespendet, man hat in einer Vorlesung auf Karl Marx hingewiesen

– ja, um Himmels willen, wie soll man denn die Wirtschaftstheorien des 19. Jahrhunderts behandeln, ohne Karl Marx zu erwähnen? Eine ironische Bemerkung über die herrschenden Wirtschaftspraktiken, von einem Steinzeittrottel in einer amerikanischen Geschichtsklasse aufgeschnappt und an den Vater des Trottels, den Commander des hiesigen Amerikanischen Frontkämpferverbandes, weitergegeben. Ach, Sie haben ja keine Ahnung, mein Junge, keine Ahnung! Und Whitby bekommt vom Staat eine jährliche Zuwendung. Für die Landwirtschaftsschule. Da hält also ein Windbeutel von Provinzgesetzgeber eine Rede, bildet ein Komitee, verlangt eine Untersuchung, sorgt dafür, daß sein Name in die Zeitungen kommt. Patriot. Verteidiger des Glaubens. Die Universität hat einen besonderen Aufsichtsrat eingesetzt – bitte, Jordache, davon darf keine Menschenseele erfahren –, der unter Vorsitz des Rektors den gegen mehrere Fakultätsmitglieder erhobenen Beschuldigungen nachgehen soll. Man will den Staat ausschalten, will ihm ein paar Leichen vorwerfen, darunter vor allem meine, um den staatlichen Zuschuß nicht zu gefährden. Wird das Bild jetzt klarer, Jordache?»

«Ach du meine Güte», murmelte Rudolph.

«Genau. Ach du meine Güte. Ich weiß nicht, wie Sie politisch eingestellt sind...»

«Ich bin politisch nicht festgelegt», warf Rudolph ein. «Ich wähle unabhängig.»

«Vortrefflich, vortrefflich», sagte Denton. «Obgleich es noch besser wäre, wenn Sie der Republikanischen Partei als eingeschriebenes Mitglied angehörten. Und zu denken, daß ich für Eisenhower gestimmt habe.» Er lachte hohl. «Mein Sohn war in Korea, und Eisenhower versprach, den Krieg zu beenden. Aber wie soll ich beweisen, daß ich ihn gewählt habe? Offene Stimmenabgabe hat doch viel für sich.»

«Und wie kann ich Ihnen in dieser Sache helfen, Professor?» fragte Rudolph.

«Jetzt kommen wir zur Sache.» Denton trank seine Tasse leer. «Der Ausschuß tritt heute in einer Woche zusammen, um über meinen Fall zu beraten. Am Dienstagnachmittag um zwei Uhr. Merken Sie sich die Zeit. Mir wurde nur Einblick in ein kurz gefaßtes Resümee der gegen mich erhobenen Beschuldigungen gestattet: Spenden für kommunistische Organisationen in den dreißiger Jahren, atheistische und radikale Äußerungen im Unterricht, die Empfehlung gewisser ‹zweifelhafter› Bücher zur privaten Lektüre. Die üblichen, in akademischen Kreisen nur allzu üblichen Denunziationen, Jordache. Bei der gegenwärtigen Stimmung im Land, mit diesem Dulles, der in der Welt umherrast und nukleare Vernichtung predigt, während die hervorragendsten Männer in Washington verleumdet und wie Laufburschen entlassen werden, kann ein armer Hochschullehrer durch eine leise Andeutung, ja nur durch eine leise Andeutung, alles verlieren. Zum Glück gibt es an der Universität noch so etwas wie Schamgefühl, obgleich ich bezweifle, daß es das Jahr überdauert. Ich habe daher die Möglichkeit, mich zu verteidigen, Zeugen beizubringen, die für mich bürgen...»

«Wie soll ich meine Aussage formulieren?»

«Das überlasse ich ganz Ihnen, mein Junge», sagte Denton mit gebrochener Stimme. «Ich will Ihnen nichts in den Mund legen. Sagen Sie einfach, wie Sie über mich denken. Sie waren in drei meiner Klassen, wir hatten viele instruktive Gespräche außerhalb der Kurse. Sie waren bei mir zu Gast. Sie sind ein kluger junger Mann, der sich nicht so leicht täuschen läßt. Sie kennen mich so gut wie nur irgend jemand in dieser Stadt. Sagen Sie, was Sie wollen. Ihr Ruf ist gut, an der Universität haben Sie sich tadellos geführt, ganz tadellos. Sie sind ein aufstrebender junger Geschäftsmann mit einwandfreiem Leumund, Ihre Zeugenaussage wird von größtem Wert sein.»

«Natürlich...» sagte Rudolph. *Vorahnung von Schwierigkeiten. Calderwoods Reaktion. Das Warenhaus in politische Auseinandersetzung verwickelt.* «Natürlich bin ich bereit, als Zeuge aufzutreten.» Das ist nicht der richtige Tag für so etwas, dachte er mißmutig. Plötzlich und zum erstenmal begriff er, wie froh und zufrieden Feiglinge sein müssen.

«Ich wußte, daß Sie so sprechen würden, Jordache.» Denton ergriff gerührt Rudolphs Hand. «Sie würden Staunen, wie viele Ablehnungen ich von Menschen erfahren habe, die zwanzig Jahre lang meine Freunde waren. Jeder drückt sich, überall herrscht Kleinmütigkeit. Dieses Land wird zu einem Tummelplatz geprügelter Hunde, Jordache. Soll ich Ihnen feierlich schwören, daß ich nie Kommunist war?»

«Aber ich bitte Sie, Professor!» wehrte Rudolph ab. Er blickte auf die Uhr. «Ich fürchte, ich muß wieder ins Geschäft. Wenn der Ausschuß am nächsten Dienstag zusammentritt, werde ich da sein.» Er suchte in seiner Tasche nach Geld. «Lassen Sie mich meinen Anteil bezahlen.»

Denton winkte ab. «Ich habe Sie eingeladen. Sie sind mein Gast. Gehen Sie, mein Junge, gehen Sie, ich will Sie nicht aufhalten.» Er erhob sich, blickte ein letztes Mal umher, um zu sehen, ob jemand sie beobachtete, und drückte dann kräftig Rudolphs Hand.

Rudolph holte seinen Mantel und verließ das Lokal. Durch das beschlagene Fenster sah er, wie Denton an die Theke trat und einen Drink bestellte.

Obwohl ein heftiger Wind wehte und die Luft rauh war, ging Rudolph langsam, mit offenem Mantel, zum Warenhaus zurück. Die Straße sah aus wie immer, und die Passanten machten nicht den Eindruck geprügelter Hunde. Armer Denton! Rudolph erinnerte sich, daß er in Dentons Klasse zum erstenmal eine Ahnung davon bekommen hatte, wie man sich erfolgreich zum Kapitalisten entwickelt. Er lachte in sich hinein. Denton, der arme Teufel, konnte es sich nicht leisten, zu lachen.

Da er nach dem miserablen Essen noch Hunger hatte, ging er im Warenhaus zu dem Ausschank im Souterrain hinunter, bestellte eine Malzmilch und trank sie inmitten des Soprangezwitschers der sich erfrischenden Kundinnen. Ihre Welt war in Ordnung. Sie würden an diesem Nachmittag Fünfzig-Dollar-Kleider kaufen, Transistorgeräte, Fernsehtische, Bratpfannen, Wohnzimmereinrichtungen und Kosmetika, sie würden die Gewinne des Warenhauses erhöhen, und sie waren glücklich mit ihren Club-Sandwiches und Eiskrem-Sodas.

Rudolph betrachtete die ruhigen, gierigen, geschminkten, verbrauchten, habsüchtigen Gesichter von Müttern, Bräuten, Jungfrauen, alten Jungfern und Mätressen, lauschte dem Stimmengewirr, atmete ein Gemisch von Parfumdüften ein, beglückwünschte sich, daß er nicht verheiratet und nicht verliebt war. Er dachte, ich kann unmöglich mein Leben damit verbringen, diese würdigen Damen zu bedienen, bezahlte die Malzmilch und ging hinauf ins Büro.

Auf seinem Schreibtisch lag ein Brief. Ein sehr kurzer Brief. «Hoffentlich kommst Du bald nach New York. Ich sitze in der Patsche und muß Dich sprechen. Herzlich Gretchen.»

Er warf den Brief in den Papierkorb und sagte zum zweitenmal innerhalb einer Stunde: «Ach du meine Güte.»

Es regnete, als er um Viertel nach sechs das Warenhaus verließ. Calderwood hatte seit ihrem Gespräch am Morgen kein Wort gesagt. Das hat mir gerade noch gefehlt, Regen, dachte Rudolph verbittert, während er sich auf dem Motorrad einen Weg durch das Verkehrsgewühl bahnte. Er war schon fast zu Hause, als ihm einfiel, daß er seiner Mutter versprochen hatte, für das Abendessen zu sorgen. Fluchend machte er kehrt und fuhr zurück zum Geschäftsviertel, wo die Läden bis sieben Uhr geöffnet waren. Er erinnerte sich, daß seine Mutter überrascht werden wollte. In zwei Wochen sitzt dein dich liebender Sohn vielleicht auf der Straße, Mutter, genügt dir das als Überraschung?

Er erledigte schnell seine Einkäufe – ein Hühnchen, Kartoffeln, eine Dose Erbsen, ein halber Apfelkuchen zum Nachtisch. Während er sich durch die Reihen der Hausfrauen drängte, dachte er an die Besprechung mit Calderwood und grinste säuerlich. Der junge Wunderfinanzmann, umgeben von bewundernden Schönheiten, unterwegs zu einer seiner köstlich zubereiteten Mahlzeiten in dem herrschaftlichen, so oft für ‹Life› und ‹House and Garden› fotografierten Familienwohnsitz. Ganz zuletzt kaufte er noch eine Flasche Scotch. Dies würde ein Abend für Whisky werden.

Er ging früh zu Bett, ein wenig betrunken, und dachte kurz vor dem Einschlafen: Das einzig Nützliche, das ich heute getan habe, war das Morgentraining mit Quentin McGovern.

Die Woche verlief routinemäßig. Calderwood ließ kein Wort über Rudolphs Vorschlag fallen, sondern sprach mit ihm in seinem üblichen rauhen und leicht gereizten Ton über irgendwelche Geschäftsangelegenheiten. Nichts in seinem

Benehmen oder in seinen Worten deutete auf eine endgültige Entscheidung hin.

Rudolph hatte Gretchen in New York angerufen (aus einer Telefonzelle, denn Calderwood duldete keine Privatgespräche auf Kosten der Firma), und Gretchen war offenbar enttäuscht gewesen, als er ihr sagte, er könne in dieser Woche nicht nach New York kommen, werde aber versuchen, es am übernächsten Wochenende möglich zu machen. Sie hatte es abgelehnt, sich am Telefon über die Art ihrer Schwierigkeiten zu äußern. Das könne warten, meinte sie. Wenn es nicht eilte, dachte Rudolph, konnte es nicht so schlimm sein.

Denton rief nicht wieder an. Vielleicht befürchtete er, Rudolph werde bei einer nochmaligen Unterhaltung sein Angebot zurückziehen und sich weigern, ihn am Dienstag vor dem Ausschuß zu entlasten. Der Gedanke an diese Zeugenaussage bereitete Rudolph einige Sorgen. Immerhin bestand die Möglichkeit, daß ein Beweis gegen Denton vorgebracht wurde, von dem Denton nichts wußte oder den er verschwiegen hatte, und damit wäre Rudolph als Mitschuldiger, als Lügner oder als Betrogener abgestempelt. Was ihn jedoch noch mehr beunruhigte war die Gewißheit, daß der Ausschuß auf jeden Fall feindselig eingestellt sein würde, bereit, Denton seines Amtes zu entheben, und voreingenommen gegen jeden, der für den Professor sprach. Zeit seines Lebens hatte sich Rudolph bemüht, Leute – vor allem ältere Leute mit Machtbefugnis – dahin zu bringen, daß sie ihn mochten. Voller Unbehagen dachte er daran, daß er einem ganzen Raum voll mißbilligender akademischer Gesichter gegenüberstehen sollte.

Im Laufe der Woche ertappte er sich immer wieder bei stummen Reden an diese imaginären, unerbittlichen Gesichter – Reden, in denen er Denton ehrlich und gut verteidigte, während er gleichzeitig die Richter bezauberte. Letzten Endes aber erschien ihm keine dieser Reden angemessen. Er beschloß, so entspannt wie möglich vor den Ausschuß zu treten, die Stimmung im Raum abzuschätzen und aus dem Stegreif so zu sprechen, wie es für Denton und ihn am besten war. Wenn Calderwood wüßte, was er vorhatte ...

Am Wochenende schlief er schlecht, seine Träume waren wollüstig, aber unbefriedigend: Julie, die nackt vor einer Wasserfläche tanzte, Gretchen in einem Kanu ausgestreckt, Mary Jane, die im Bett lag und die Beine spreizte, sich dann mit nackten Brüsten und verzerrtem Gesicht aufsetzte und ihn anklagte. Ein Schiff fuhr davon, ein Mädchen, dessen Rock im Wind flatterte, lächelte ihn an, als er verzweifelt die Landungsbrücke entlanglief, um das Schiff zu erreichen, er wurde von unsichtbaren Händen zurückgehalten, das Schiff entfernte sich immer weiter, offenes Wasser ...

Am Sonntagmorgen, während die Kirchenglocken läuteten, entschied er, daß er unmöglich den ganzen Tag zu Hause bleiben konnte, obwohl er vorgehabt hatte, eine Kopie der Aufstellung für Calderwood durchzusehen und einige Verbesserungen und Zusätze zu machen, die ihm in den letzten Tagen eingefallen waren. Aber seine Mutter war sonntags immer in besonders schlechter Verfassung. Die Glocken erinnerten sie schmerzlich an ihre verlorene Religion, und mitunter sagte sie, wenn Rudolph nur mit ihr gehen wollte, werde sie der Messe beiwohnen, die Beichte ablegen, die Kommunion nehmen. «Die Feuer der Hölle warten auf mich», verkündete sie beim Frühstück, «und die rettende Kirche ist nur drei Häuserblocks entfernt.»

Rudolph vertröstete sie. «An einem anderen Sonntag, Ma. Heute habe ich zu tun.»

«An einem anderen Sonntag bin ich vielleicht tot und in der Hölle», sagte sie.

«Darauf müssen wir's eben ankommen lassen», meinte er und stand vom Tisch auf. Sie blieb zurück, in Tränen aufgelöst.

Es war ein kalter, klarer Tag, die Sonne an dem blassen Winterhimmel glich einer hellen Oblate. Rudolph zog eine lammfellgefütterte Jacke aus Restbeständen der Air Force an, setzte eine gestrickte Wollmütze und eine Schutzbrille auf und holte das Motorrad aus der Garage. Er wußte nicht, welche Richtung er einschlagen sollte. Es gab niemanden, den er an diesem Tag sehen wollte, kein Vorhaben, das vielversprechend erschien. Muße, die Last des modernen Menschen.

Er setzte sich auf das Rad, ließ den Motor an, zögerte. Ein Auto mit Skiern auf dem Dach kam die Straße entlanggefahren. Warum nicht, dachte Rudolph, ein Ziel ist so gut wie das andere, und er folgte dem Wagen. Er entsann sich, daß Larsen, der junge Mann im Ski-Shop, ihm gesagt hatte, in der Nähe des Schlepplifts stehe eine Scheune, die man am Wochenende in einen Laden verwandeln könnte, um Skier zu verleihen. Larsen hatte gemeint, das wäre eine recht einträgliche Sache. Rudolph fühlte sich besser, als er dem Wagen mit den aufgeschnallten Skiern folgte. Er hatte jetzt ein festes Ziel.

Er war ganz durchfroren, als er den Hang erreichte. Die vom Schnee reflektierte Sonne blendete ihn, und er blickte mit zusammengekniffenen Augen auf die buntfarbigen Gestalten, die von oben herab auf ihn zusausten. Hier schienen alle jung, energiegeladen und vergnügt zu sein; die Mädchen in enganliegenden Hosen über strammen Hüften und runden Hinterbacken machten Sinnlichkeit zu einem gesunden Sonntagsvergnügen in frischer Luft.

Eine Weile sah Rudolph dem Schauspiel genießerisch zu, dann wurde er melancholisch. Er fühlte sich einsam und ausgeschlossen. Gerade wollte er seine Maschine holen und zurück in die Stadt fahren, als Larsen den Hang heruntergefegt kam und mit einem schneidigen Hüftschwung in einer Wolke von Schnee vor ihm haltmachte.

«Hallo, Mr. Jordache», rief Larsen. Er lächelte breit und entblößte dabei zwei Reihen blendendweißer, kräftiger Zähne. Hinter ihm bremsten zwei Mädchen, die ihm gefolgt waren.

«Hallo, Larsen», sagte Rudolph. «Ich wollte mir nur mal diese Scheune ansehen, von der Sie erzählt haben.»

«Das ist prima», sagte Larsen. Rasch, mit einer geschmeidigen Bewegung, beugte er sich vor, um die Skibindung zu lösen. Er trug keine Kappe, und das ziemlich lange, feine blonde Haar fiel ihm beim Bücken über die Augen. Als Rudolph ihn in dem roten Pullover dastehen sah, mit den beiden Mädchen hinter ihm, war er sicher, daß Larsen in der Nacht nicht von einem Schiff geträumt hatte, das ohne ihn davonfuhr.

«Hallo, Mr. Jordache», sagte das eine Mädchen. «Ich wußte gar nicht, daß Sie skilaufen.»

Er sah sie erstaunt an, und sie lachte. Sie trug eine riesige grüngetönte Schneebrille, die den größten Teil ihres schmalen Gesichts bedeckte. «Ich bin verkleidet», sagte sie und schob die Brille auf ihre rot-blaue Wollmütze.

Nun erkannte Rudolph sie. Es war Miss Soames aus der Schallplattenabteilung. Hüftenschwenkend, vollbusig, blond, mit Musik gefüttert.

«Guten Morgen, guten Morgen.» Rudolph war ein wenig verwirrt, als er sah, wie schmal Miss Soames' Taille war und was für wohlgerundete Hüften und Schenkel sie hatte. «Nein, ich bin kein Skiläufer. Ich bin ein Voyeur.»

Miss Soames kicherte. «Hier oben gibt's viel zu voyeuren, nicht wahr?»

«Mr. Jordache –» Larsen war inzwischen aus seinen Skiern herausgetreten – «darf ich Ihnen meine Verlobte vorstellen? Miss Packard.»

Miss Packard nahm nun ebenfalls ihre Schutzbrille ab, und es erwies sich, daß sie ungefähr in Miss Soames' Alter und ebenso hübsch wie sie war. «Sehr angenehm», sagte sie. Larsens Verlobte. Es gab also noch Leute, die heirateten.

«Ich bin in einer halben Stunde zurück, ihr beiden», sagte Larsen. «Mr. Jordache und ich müssen etwas Geschäftliches erledigen.» Er stieß seine Skier und die Stöcke senkrecht in den Schnee, während die Mädchen winkend auf das untere Ende des Lifts zufuhren.

«Die Damen scheinen mächtig gute Läuferinnen zu sein», sagte Rudolph, während er an Larsens Seite zur Straße zurückging.

«Soso lala», sagte Larsen lässig. «Aber sie haben andere Reize.» Er lachte, daß die prachtvollen Zähne in dem braunen Gesicht blitzten. Sein wöchentlicher Verdienst betrug, wie Rudolph wußte, 65 Dollar. Wie konnte er mit 65 Dollar in der Woche an einem Sonntagvormittag so glücklich sein?

Die Scheune war ungefähr zweihundert Meter entfernt und lag an der Straße, ein geräumiger, wetterfester Holzbau. «Man brauchte nur einen großen eisernen Ofen aufzustellen», sagte Larsen, «dann wäre es da drinnen schön warm. Ich wette, Sie könnten an jedem Wochenende tausend Paar Skier und zwei- bis dreihundert Paar Stiefel verleihen, und dann sind da ja auch noch die Weihnachts- und Osterferien und andere Feiertage. Bestimmt würden sich zwei Jungen vom College bereit finden, die Abfertigung für ein paar Dollar zu übernehmen. Es könnte eine Goldgrube sein. Wenn wir es nicht machen, dann macht es garantiert ein anderer. Dieses Gebiet ist erst im vorigen Jahr erschlossen worden, aber es kommt immer mehr in Mode, und bestimmt wird irgendwer die günstige Gelegenheit erkennen.»

Rudolph lächelte. So ähnlich hatte auch er in dieser Woche Calderwood gegenüber argumentiert. Wenn es um Geschäfte ging, war man manchmal der Schiebende und manchmal der Geschobene. Ich bin ein Sonntags-Geschobener, dachte er. Wenn die Sache zustande kommt, werde ich Larsen eine gute Gehaltserhöhung verschaffen.

«Wem gehört die Scheune?» erkundigte er sich.

«Keine Ahnung», antwortete Larsen. «Aber das läßt sich ja leicht feststellen.»

Armer Larsen, dachte Rudolph, er ist nun mal kein Geschäftsmann. Wäre es meine Idee gewesen, ich hätte mir auf den Kauf eine Option geben lassen, bevor ich mit irgendwem darüber sprach. «Das ist eine Aufgabe für Sie, Larsen», sagte er. «Ermitteln Sie den Besitzer der Scheune, finden Sie heraus, ob er sie vermieten will und zu welchem Preis – oder verkaufen und für wieviel. Und erwähnen Sie nicht das Warenhaus. Geben Sie vor, die Sache selbst schaukeln zu wollen.»

«Ich verstehe, ich verstehe.» Larsen nickte ernst. «Damit der Mann nicht zuviel verlangt.»

«Wir wollen es versuchen», sagte Rudolph. «Und jetzt kommen Sie. Mich friert. Gibt es hier irgendwo ein Lokal, in dem man eine Tasse Kaffee trinken kann?»

«Es ist ja schon Zeit zum Lunch. Keine zwei Kilometer von hier befindet sich dicht an der Straße ein recht annehmbares Restaurant. Möchten Sie sich nicht mir und den Mädchen anschließen, Mr. Jordache?»

Beinahe hätte Rudolph automatisch nein gesagt. Er war noch nie außerhalb des Kaufhauses mit einem der Angestellten zusammen gewesen, außer hin und wieder mit einem Einkäufer oder einem Abteilungsleiter. Aber er zitterte vor Kälte und mußte einfach irgendwo hingehen. Anmutige, bewegliche Miss Soames. Was konnte es schon schaden? «Danke, Larsen», sagte er. «Ich komme sehr gern mit.»

Sie schlugen den Weg zum Schlepplift ein. Larsen, in seinen schweren Skistiefeln mit den Gummisohlen, hatte einen wegbahnenden, sicheren, elastischen Gang. Die Sohlen von Rudolphs Schuhen waren aus Leder, und er mußte auf dem vereisten Weg vorsichtig, fast trippelnd gehen, um nicht auszugleiten. Er hoffte, daß die beiden Mädchen ihn nicht beobachteten.

Die beiden warteten mit abgeschnallten Skiern, und bevor Larsen auch nur den Mund aufmachen konnte, rief Miss Soames: «Wir sind sooo hungrig. Wer gibt den armen Waisenkindern zu essen?»

«Okay, okay, Mädchen, hört auf mit dem Gejammer», sagte Larsen energisch. «Wir werden euch gleich was zu futtern geben.»

«O Mr. Jordache», flötete Miss Soames, «Sie kommen mit uns zum Essen? Welche Ehre!» Ihre Wimpern senkten sich sittsam über Sommersprossen – der Spott war offenkundig.

«Ich habe zeitig gefrühstückt», erklärte Rudolph. Plump, dachte er verbittert. «Ich könnte etwas zu essen und zu trinken vertragen.» Er wandte sich Larsen zu. «Ich fahre hinter Ihnen her.»

«Gehört dieses Prachtstück *Ihnen*, Mr. Jordache?» Miss Soames deutete auf das geparkte Motorrad.

«Ja», antwortete Rudolph.

«Ich *sehne* mich nach so einer Fahrt», sagte Miss Soames. Sie hatte eine spaßige Art, die Worte emphatisch zu betonen, als würden ihr vertrauliche Geständnisse gegen ihren Willen abgezwungen. «Ob Sie wohl in Ihrem Herzen die Bereitschaft finden können, mich als Klammeräffchen mitzunehmen?»

«Es ist sehr kalt», sagte Rudolph steif.

«Ich habe zwei Paar lange, wollene Trikots an und werde garantiert kuchenwarm bleiben. Bitte, Benny –» Miss Soames wandte sich an Larsen, als sei die Angelegenheit geregelt – «sei so nett und pack meine Skier auf deinen Wagen. Ich fahre mit Mr. Jordache.»

Rudolph blieb also nichts anderes übrig, als mit Miss Soames zu seinem Motorrad zu gehen, während Larsen die drei Paar Skier auf dem Dach eines nagelneuen Ford festschnallte. Wie kann er sich mit 65 Dollar in der Woche so einen Wagen leisten, dachte Rudolph. Einen unwürdigen Augenblick lang fragte er sich, ob Larsen bei seinen Abrechnungen im Ski-Shop ehrlich sei.

Miss Soames schwang sich flink auf den Soziussitz und legte die Arme mit festem Griff um Rudolphs Leib. Er rückte seine Schutzbrille zurecht und folgte Larsens Ford aus dem Parkplatz hinaus. Larsen fuhr schnell, und Rudolph mußte Gas geben, um den Anschluß nicht zu verlieren. Es war viel kälter als auf der Herfahrt, und der Wind schnitt ihm ins Gesicht, aber Miss Soames, die sich mit aller Kraft an ihm festklammerte, schrie ihm ins Ohr: «Ist es nicht *wonnig*?»

Das Restaurant war groß, sauber und voll lärmender Sportler. Sie fanden einen Fenstertisch, und Rudolph zog seine Air Force-Jacke aus, während die anderen sich ihrer Anoraks entledigten. Miss Soames hatte einen hellblauen Kaschmirpullover an, der sich reizvoll straff über ihre kleinen, vollen Brüste spannte. Rudolph trug über einem Wollhemd einen Pullover und dazu einen sorgfältig um den Hals drapierten Seidenschal. Zu auffällig, dachte er, zu sehr Teddy Boylan. Unter dem Vorwand, es sei sehr warm in dem Restaurant, band er den Schal ab.

Die Mädchen bestellten Coke und Larsen ein Bier. Rudolph hatte das Gefühl, er brauche etwas Stärkeres und entschied sich für einen Old Fashioned. Als die Getränke kamen, hob Miss Soames ihr Glas, stieß mit Rudolph an und sagte: «Auf den Sonntag, ohne den wir alle ganz einfach *sterben* würden.»

Sie saß neben Rudolph auf der Wandbank, und er fühlte, wie sie ihr Knie gegen seines preßte. Er zog sein Bein zurück, langsam, um eine natürliche Bewegung vorzutäuschen, aber die Augen des Mädchens, klar und von kaltem Blau, blickten ihn belustigt und durchtrieben über den Rand ihres Glases hinweg an.

Alle vier bestellten Steaks. Miss Soames bat um ein Zehn-Cent-Stück für die Musicbox, und Larsen zog schneller eines aus der Tasche als Rudolph. Sie nahm die Münze von ihm, stieg über Rudolphs Beine hinweg – sie stützte sich dabei mit der Hand auf seine Schulter – und schlenderte dann mit schwingenden Hüften zu dem Apparat, graziös trotz der klobigen Skistiefel.

Die Musik schmetterte los, und Miss Soames kam mit spielerischen kleinen Tanzschritten zum Tisch zurück. Wieder kletterte sie über Rudolphs Beine hinweg, und diesmal gab es keinen Zweifel über das, was sie tat. Als sie Platz nahm, schob sie sich dicht an ihn heran, und der Druck ihres Knies war unmißverständlich. Wenn er jetzt versuchte, wegzurücken, würde das allen auffallen, also blieb er, wo er war.

Gern hätte er Wein zu seinem Steak getrunken, aber er zögerte, eine Flasche zu bestellen, aus Angst, die anderen könnten glauben, er wolle sich aufspielen oder den Vorgesetzten herauskehren. Er griff nach der Speisekarte. Auf der Rückseite waren ein kalifornischer Rotwein und ein kalifornischer Weißwein verzeichnet. «Möchte jemand Wein haben?» erkundigte er sich, damit nicht er die Entscheidung zu treffen brauchte.

«Ich, bitte», sagte Miss Soames.

«Schatz...?» Larsen wandte sich an Miss Packard.

«Wenn alle möchten...» stimmte sie bereitwillig zu.

Als die Steaks verzehrt waren, hatten die vier gemeinsam drei Flaschen Rotwein geleert. Larsen hatte am meisten getrunken, aber die anderen waren nicht weit hinter ihm zurückgeblieben.

«Eine tolle Geschichte werde ich morgen den Mädchen im Geschäft zu erzählen haben», sagte Miss Soames, jetzt rosig erhitzt, während sie Knie und Oberschenkel vertraulich an Rudolphs Bein rieb. «Der große, unnahbare Mr. Frigidaire persönlich hat mich an einem Sonntag vom rechten Weg fortgelockt...»

«Sachte, Betsy, sachte», mahnte Larsen und warf einen unsicheren Blick auf Rudolph, um zu sehen, wie er den Mr. Frigidaire aufgenommen hatte. «Gib acht, was du sagst.»

Miss Soames ignorierte ihn. Sie strich sich mit ihrer kleinen, fleischigen Hand ein paar blonde Haarsträhnen locker zurück. «Mit seinen großstädtischen Manieren und seinem süffigen kalifornischen Wein hat mich der Kronprinz zu Trunkenheit und unmoralischem Benehmen in der Öffentlichkeit verführt. Ja, er ist ein Schlaukopf, unser Mr. Jordache.» Sie legte einen Finger an den Augenwinkel und zwinkerte. «Wenn man ihn anschaut, möchte man glauben, er könnte mit einem einzigen Blick einen Kasten Bier eiskalt werden lassen. Aber am Sonntag, aha, da kommt der wirkliche Mr. Jordache zum Vorschein. Die Korken knallen, der Wein fließt in Strömen, er trinkt mit dem Personal, lacht über Ben Larsens abgedroschene Witze, füßelt mit dem armen kleinen Ladenmädchen aus dem Parterre. Mein Gott, Mr. Jordache, Ihre Knie sind aber verteufelt spitz!»

Rudolph konnte nicht anders, er mußte lachen, und die anderen lachten mit ihm. «Nun, von *Ihnen* läßt sich das nicht behaupten, Miss Soames», sagte er. «Darauf leiste ich jeden Eid.»

«Mr. Jordache, der tollkühne Motorradfahrer an der Todeswand, sieht alles, weiß alles, fühlt alles», rief Miss Soames. «O Gott, ich kann Sie nicht länger Mr. Jordache nennen. Darf ich junger Herr zu Ihnen sagen? Oder soll ich Sie lieber mit Rudy anreden?»

«Rudy», entschied er. Wäre er mit ihr allein gewesen, er hätte sie gepackt und dieses erhitzte, verführerische Gesichtchen, die feuchten, halb spöttischen, halb fordernden Lippen geküßt.

«Also Rudy», sagte sie. «Nenne ihn Rudy, Sonia.»

«Hallo, Rudy.» Miss Packard fiel diese Anrede nicht schwer. Sie war keine Angestellte des Warenhauses.

«Benny», befahl Miss Soames.

Larsen sah Rudolph flehend an. «Sie ist blau», erklärte er.

«Seien Sie nicht blöd, Benny», sagte Rudolph.

«Rudy», murmelte Larsen widerstrebend.

«Rudy, der rätselhafte Mann», fuhr Miss Soames fort und trank einen Schluck Wein. «Nach Geschäftsschluß wird er eingesperrt. Niemand sieht ihn außerhalb der Arbeitszeit, kein Mann, keine Frau, kein Kind. Besonders keine Frau. Allein bei uns im Parterre gibt es zwanzig Mädchen, die nachts seinetwegen in ihre Kissen weinen, ganz zu schweigen von den Damen in den anderen Abteilungen. Er aber geht mit einem kalten, herzlosen Lächeln an ihnen allen vorbei.»

«Wo, zum Teufel, haben Sie so reden gelernt?» fragte Rudolph verlegen, belustigt und zugleich geschmeichelt.

«Sie ist sehr belesen», warf Miss Packard ein. «Sie liest pro Tag ein Buch.»

Miss Soames sprach weiter, ohne sie zu beachten. «Er ist ein in Rätsel gehülltes Geheimnis, wie Churchill bei einer Gelegenheit einmal sagte. Man erzählt sich, daß er im Morgengrauen, begleitet von einem farbigen Jungen, Langlauf trainiert. Vor wem oder was läuft er davon? Welche Bedeutung hat der farbige Junge für ihn? Man erzählt sich auch, daß er in New York in einer zweifelhaften Gegend gesehen wurde. Welchen Sünden frönt er in der großen Stadt? Warum sündigt er nicht hier am Ort?»

«Betsy», bat Larsen zaghaft, «wir wollen doch noch skilaufen.»

«Stellen Sie Ihren Apparat am nächsten Sonntag auf dieselbe Welle ein, dann bekommen Sie vielleicht Antwort auf all diese Fragen», sagte Miss Soames. «Und jetzt dürfen Sie mir die Hand küssen.» Sie wölbte zierlich ihr Handgelenk, und Rudolph, ein wenig errötend, hauchte einen Kuß darauf.

«Ich muß zurück in die Stadt», sagte er. Die Rechnung lag auf dem Tisch, und er zog ein paar Scheine aus der Tasche. Mit Trinkgeld machte es 15 Dollar.

Draußen hatte ein leichter Schneefall eingesetzt. Der Berg sah düster und gefährlich aus, seine Umrisse waren hinter dem Flockenschleier nur zu ahnen.

«Vielen Dank für den Lunch, Mr. Jordache», sagte Larsen. Einmal Rudy reichte ihm. «Es war großartig.»

«Ich habe mich sehr gefreut, Mr. Jordache», versicherte Miss Packard, jeder Zoll die zukünftige Mrs. Larsen. «Es war mir wirklich ein Vergnügen.»

«Los, komm jetzt, Betsy», sagte Larsen, «laß uns den Hang in Angriff nehmen, damit wir wieder einen klaren Kopf kriegen.»

«Ich kehre mit meinem guten alten Freund Rudy auf seiner todesverachtenden Maschine in die Stadt zurück», erklärte Miss Soames. «Nicht wahr, Rudy?»

«Es wird eine furchtbar kalte Fahrt werden», meinte Rudolph. Sie sah klein und zerbrechlich aus in ihrem Anorak und mit der übergroßen Schutzbrille, die sie ganz widersinnig auf ihre Skimütze geschoben hatte. Ihr Kopf, besonders mit der Brille, wirkte sehr groß, ein gewichtiger Rahmen für das kleine, kecke Gesicht.

«Ich will heute nicht mehr skilaufen», verkündete Miss Soames würdevoll. «Mir steht der Sinn nach anderen sportlichen Betätigungen.» Sie ging zu dem Motorrad. «Steigen wir auf», rief sie.

«Wenn Sie nicht wollen, brauchen Sie sie nicht mitzunehmen.» Larsen, der sich verantwortlich fühlte, machte ein besorgtes Gesicht.

«Ach, ich habe nichts dagegen», erwiderte Rudolph. «Ich werde langsam fahren und aufpassen, daß sie nicht herunterfällt.»

«Sie ist ein komisches Mädchen», sagte Larsen, noch immer beunruhigt. «Trinkt viel zu schnell und redet dann Unsinn. Aber sie meint es nicht böse.»

«Sie hat auch nichts Böses getan, Benny.» Rudolph klopfte Larsen auf die dick in Wolle verpackte Schulter. «Machen Sie sich deswegen keine Gedanken. Und sehen Sie zu, was Sie über diese Scheune herausfinden können.» Zurück in die Sicherheit der Geschäftswelt.

«Verlassen Sie sich auf mich, Mr. Jordache», erwiderte Larsen. Er und Miss Packard winkten, als Rudolph das Motorrad aus dem Parkplatz des Restaurants hinaussteuerte. Miss Soames saß hinter ihm und hielt ihn fest umschlungen.

Obgleich es nicht sehr stark schneite, mußte er vorsichtig fahren. Miss Soames' Arme umklammerten ihn mit einer Kraft, die bei einem so leicht gebauten Mädchen erstaunlich war. Der Wein hatte zwar ihre Zunge gelöst, aber nicht ihr Gleichgewicht beeinträchtigt, und sie paßte sich in den Kurven mühelos

Rudolphs Bewegungen an. Von Zeit zu Zeit summte sie die Songs, die sie den ganzen Tag in der Schallplattenabteilung hörte, aber bei dem heulenden Fahrtwind konnte Rudolph nur kleine Bruchstücke aufschnappen, zerfetzte Melodien, die von weit her an sein Ohr zu dringen schienen. Es klang, als singe ein Kind in einem entfernten Zimmer abgerissen vor sich hin.

Rudolph fand die Fahrt herrlich. Überhaupt den ganzen Tag. Er war froh, daß ihn das Gerede seiner Mutter über die Kirche aus dem Haus getrieben hatte.

Am Stadtrand von Whitby, als sie an der Universität vorbeikamen, verlangsamte er die Fahrt und fragte nach der Adresse von Miss Soames. Sie wohnte unweit seines alten Instituts, und er brauste die vertrauten Straßen entlang. Es war noch ziemlich früh am Nachmittag, aber die Wolken über ihnen waren schwarz, und in den Häusern flammten bereits Lichter auf. Vor einem Stopschild mußte er kurz halten, und plötzlich fühlte er Miss Soames' Hand von seiner Hüfte tiefer gleiten, dorthin, wo seine Beine sich gabelten. Sie streichelte ihn sanft, und er hörte sie kichern.

«Nicht den Fahrer stören», sagte er. «Ist gesetzlich verboten.»

Aber sie lachte nur und machte weiter.

Sie fuhren an einem alten Mann vorüber, der einen Hund spazierenführte, und Rudolph war sicher, daß der Alte sie entgeistert anstarrte. Er gab Gas, und das hatte seine Wirkung: Miss Soames hielt sich einfach an der Stelle fest, die sie bisher gestreichelt hatte.

Die Wohnung, die sie ihm angegeben hatte, entpuppte sich als ein altes, mit Schindeln verschaltes Einfamilienhaus, das auf einem vergilbten Rasen stand. Drinnen brannte kein Licht.

«Da sind wir.» Miss Soames stieg vom Soziussitz. «Das war eine nette Fahrt, Rudy. Besonders die letzten zwei Minuten.» Sie nahm ihre Schutzbrille und die Mütze ab und hielt den Kopf schräg, so daß ihr die Haare wie ein Vorhang über die Schulter fielen. «Wollen Sie nicht hereinkommen?» fragte sie. «Es ist niemand zu Hause. Meine Eltern sind irgendwo zu Besuch, und mein Bruder ist im Kino. Wir können das nächste Kapitel in Angriff nehmen.»

Er betrachtete unschlüssig das Haus und suchte zu erraten, wie es wohl innen aussah. Papa und Mama fort auf Besuch – aber man mußte mit ihrer baldigen Rückkehr rechnen. Und der Bruder, gelangweilt von dem Film, würde vielleicht eine Stunde früher als erwartet hereinplatzen. Miss Soames stand lächelnd vor ihm, die Hand in die Hüfte gestemmt, in der anderen ihre Brille und die Skimütze schwingend.

«Nun?» fragte sie.

«Vielleicht ein andermal», wich er aus.

«Angsthase!» rief sie und kicherte. Dann lief sie durch den Vorgarten zum Haus. Am Eingang drehte sie sich um und streckte ihm die Zunge heraus. Das dunkle Gebäude verschlang sie.

Nachdenklich ließ er den Motor an und fuhr durch die Dämmerung langsam der Stadtmitte zu. Da er noch nicht nach Hause gehen mochte, parkte er die Maschine und kaufte sich eine Kinokarte. Seine Gedanken waren allerdings anderswo, und er hätte, als er herauskam, nicht sagen können, wovon der Film handelte.

Immer wieder dachte er an Miss Soames. Dummes, billiges kleines Mädchen, das ihn neckte, ihn reizte und sich über ihn lustig machte. Am nächsten Morgen würde er ihr im Warenhaus begegnen, und das behagte ihm gar nicht. Ob es eine Möglichkeit gab, ihre Entlassung durchzusetzen? Sicherlich, aber dann würde sie zur Gewerkschaft gehen und sich beschweren, und er mußte seine Gründe erläutern. *«Sie nannte mich Mr. Frigidaire, dann sagte sie Rudy zu mir, und schließlich nahm sie auf einer öffentlichen Verkehrsstraße meinen Schwengel in die Hand.»*

Rudolph gab den Plan auf, Miss Soames zu entlassen. Jedenfalls bewies das alles, wie recht er gehabt hatte, sich von den Angestellten des Warenhauses zu distanzieren.

Er aß allein in einem Restaurant zu Abend, trank eine ganze Flasche Wein und fuhr auf dem Heimweg beinahe an einen Laternenpfahl.

In der Nacht schlief er schlecht. Er stöhnte und ächzte, als ihm am Montagmorgen um Viertel vor sieben klar wurde, daß er aufstehen und mit Quentin McGovern trainieren mußte. Aber er stand auf und lief seine Runden.

Bei dem morgendlichen Gang durch das Warenhaus vermied er sorgsam, in die Nähe der Schallplattenabteilung zu kommen. Er winkte Larsen im Ski-Shop zu, und Larsen, der wieder den roten Pullover trug, sagte: «Guten Morgen, Mr. Jordache», als hätten sie nicht den Sonntag zusammen verbracht.

Calderwood rief ihn am Nachmittag in sein Büro. «Hören Sie, Rudy», begann er, «ich habe über Ihre Vorschläge nachgedacht und auch mit ein paar Leuten in New York darüber gesprochen. Wir fahren morgen hin, man erwartet uns um zwei Uhr in der Kanzlei meiner Anwälte. Sie wollen Ihnen einige Fragen stellen. Wir nehmen den Zug um 11 Uhr 5. Ich verspreche nichts, aber meine Leute scheinen zu denken, Sie hätten da was gefunden.» Calderwood sah ihn forschend an. «Sie machen keinen besonders glücklichen Eindruck, Rudy», sagte er vorwurfsvoll.

«O doch, Sir, ich freue mich. Ich freue mich sehr.» Er rang sich ein Lächeln ab. Morgen ist Dienstag, dachte er, und ich habe Denton versprochen, um zwei Uhr vor dem Untersuchungsausschuß zu erscheinen. «Das ist eine sehr gute Nachricht, Sir.» Er lächelte wieder und versuchte, jungenhaft und naiv zu wirken. «Ich war nur nicht darauf vorbereitet – so bald, meine ich.»

«Wir werden dann im Zug essen», sagte Calderwood abschließend.

Lunch im Zug mit dem alten Mann. Das bedeutet, ich bekomme keinen Drink, dachte Rudolph, als er das Büro verließ. Er zog es vor, darüber Bedauern zu empfinden, statt über die Sache mit Professor Denton.

Am Spätnachmittag läutete das Telefon in Rudolphs Büro, und Miss Giles hob ab. «Einen Moment, ich muß nachsehen, ob er da ist», sagte sie. «Wie ist Ihr Name, bitte?» Sie deckte die Hand über die Sprechmuschel und flüsterte: «Professor Denton.»

Rudolph zögerte, dann ließ er sich den Apparat geben. «Hallo, Professor», sagte er herzlich. «Wie stehen die Dinge?»

«Jordache –» die Stimme des Professors klang heiser – «ich bin bei *Ripley*. Können Sie für ein paar Minuten herkommen? Ich muß Sie unbedingt sprechen.»

Ebensogut jetzt wie später. «Natürlich, Professor», antwortete er. «Ich bin gleich bei Ihnen.» Er stand auf. «Wenn jemand nach mir fragt, Miss Giles, dann sagen Sie, ich sei in einer halben Stunde zurück.»

Als er in das Lokal kam, mußte er eine Weile suchen, bevor er Denton entdeckte. Der Professor, in Hut und Mantel, saß wieder in der letzten Nische, in sich zusammengesunken, die Hände um sein Glas gelegt. Er hatte einen Stoppelbart, sein Anzug war zerknittert, die Brille verschmiert. Rudolph fand, er sehe wie ein alter Säufer aus, der triefäugig in Wind und Wetter auf einer Parkbank wartet, daß ein Polizist auftaucht und ihn mitnimmt. Nichts erinnerte mehr an Rudolphs Lehrer, jenen selbstbewußten, ironischen Mann mit der lauten Stimme, der immer lustig war und andere belustigte.

«Hallo, Professor.» Rudolph setzte sich auf den Stuhl gegenüber von Denton. Er hatte sich nicht die Mühe gemacht, für den kurzen Weg vom Kaufhaus herüber einen Mantel anzuziehen. «Ich freue mich, Sie zu sehen.» Sein Lächeln schien versichern zu wollen, daß Denton noch immer der Mensch sei, den er seit Jahren kannte, und daß er folglich in der gewohnten Weise begrüßt werden müsse.

Denton blickte trübsinnig auf. Er machte keine Miene, Rudolph die Hand zu schütteln. Sein sonst so rosiges Gesicht war grau. Selbst sein Blut hat klein beigegeben, dachte Rudolph.

«Trinken Sie was.» Denton sprach, als habe er sich bereits mehrere Drinks genehmigt. «Miss», rief er laut nach der Dame in der orangefarbenen Dienstkleidung, die wie ein angeschirrter alter Arbeitsgaul an der Theke lehnte. «Was nehmen Sie?» fragte er Rudolph.

«Scotch, bitte.»

«Scotch und Soda für meinen Freund, Miss», bestellte Denton. «Und für mich noch einen Bourbon.»

Danach saß er eine Weile regungslos da und starrte auf das Glas zwischen seinen Händen. Auf dem Herweg hatte sich Rudolph überlegt, wie er die Angelegenheit regeln sollte. Er mußte Denton mitteilen, daß es ihm unmöglich sei, am nächsten Tag vor dem Ausschuß zu erscheinen, daß er aber, falls man die Verhandlung verschieben könne, an jedem anderen Tag zur Verfügung stehe. Sollte er mit dieser Bitte nicht durchkommen, so wollte er am Abend den Vorsitzenden aufsuchen und sagen, was er zu sagen hatte. Oder wenn Denton nicht einverstanden war, würde er seine Verteidigung Dentons schriftlich niederlegen, damit der Professor sie dem Ausschuß während der Verhandlung vorlesen konnte. Er fürchtete sich davor, Denton diese Vorschläge zu unterbreiten, aber es war nicht daran zu denken, daß er am Dienstag nicht mit Calderwood nach New York fuhr. Dankbar dafür, daß Denton, wenn auch nur für kurze Zeit, in Schweigen verharrte, rührte Rudolph umständlich in dem Drink, der ihm gebracht worden war, und das Klirren der Eiswürfel schuf ein paar Sekunden lag eine kleine, musikalische Barriere gegen ein Gespräch.

«Es ist mir so peinlich, Sie von Ihrer Arbeit abzuhalten, Jordache», sagte Denton undeutlich und ohne den Blick zu heben. «Aber ein Mensch, der in Schwierigkeiten ist, wird selbstsüchtig. Wenn ich an einem Kino vorbeigehe und die Leute nach Karten anstehen sehe, weil sie über ein Lustspiel lachen wollen, sage ich zu mir: Wissen sie denn nicht, was mir widerfährt? Wie können sie da ins Kino gehen?» Er lachte bitter. «Absurd. Zwischen 1939 und 1945 wurden allein in Europa fünfzig Millionen Menschen getötet, und doch bin ich zweimal in der Woche ins Kino gegangen.» Er trank gierig einen Schluck Bourbon, tief über den Tisch gebeugt und das Glas mit beiden Händen haltend. Das Glas klirrte, als er es hinstellte.

«Erzählen Sie mir, was geschehen ist», sagte Rudolph beschwichtigend.

«Nichts», erwiderte Denton. «Nein, das stimmt auch nicht. Eine Menge. Es ist zu Ende.»

«Was heißt das?» Rudolph sprach ruhig, aber er hatte Mühe, sich seine Erregung nicht anmerken zu lassen. Es war also nichts, dachte er. Ein Sturm im Wasserglas. Nun ja, *so* dumm konnten die Leute schließlich nicht sein. «Sie meinen, man hat die ganze Sache fallenlassen?»

«Ich meine, *ich* habe die ganze Sache fallenlassen», erwiderte Denton müde. Er hob den Kopf und blickte Rudolph unter dem Rand des schäbigen braunen Filzhutes hervor an. «Ich habe heute meinen Rücktritt erklärt.»

«Aber nein», sagte Rudolph.

«Aber ja», sagte Denton. «Nach zwölf Jahren. Sie haben mir angeboten, das Verfahren einzustellen, wenn ich zurücktrete. Mir fehlt die Kraft, dem morgigen Tag die Stirn zu bieten. Nach zwölf Jahren. Ich bin zu alt, zu alt. Vielleicht wenn ich jünger wäre. Ein junger Mensch kann der Unvernunft trotzen, er glaubt, die Gerechtigkeit müsse siegen. Meine Frau hat eine Woche lang geweint. Sie sagte, sie könne die Schande nicht überleben. Eine Redewendung, versteht sich, aber wenn eine Frau sieben Tage und sieben Nächte weint, dann zermürbt das den Willen. Nun ist es also geschehen. Ich wollte Ihnen nur danken und Ihnen sagen, daß Sie morgen um zwei Uhr nicht zu kommen bräuchen.»

Rudolph schluckte. «Ich wäre glücklich gewesen, Ihnen behilflich zu sein», versicherte er, bemüht, jede Spur von Erleichterung aus seiner Stimme zu verbannen. Er wäre durchaus nicht glücklich gewesen, aber jedenfalls hatte er dem

Professor beistehen wollen, und eine genauere Definition seiner Gefühle war in diesem Augenblick ohnehin nicht angebracht. «Was werden Sie jetzt tun?» fragte er.

«Man hat mir einen Rettungsring zugeworfen», sagte Denton teilnahmslos. «Ein Freund von mir gehört dem Kollegium der Internationalen Schule in Genf an, und dank seiner Fürsprache wurde mir dort eine Stellung angeboten. Weniger Geld, aber immerhin eine Stellung. Anscheinend ist man nicht so verrückt in Genf. Und die Stadt soll hübsch sein.»

«Aber es ist nur eine Oberschule», empörte sich Rudolph. «Sie haben doch immer in Colleges gelehrt.»

«Dafür ist die Schule in Genf», sagte Denton. «Ich will weg aus diesem gottverdammten Land.»

Rudolph hatte noch nie gehört, daß jemand Amerika als ein gottverdammtes Land bezeichnete, und er war betroffen über Dentons Erbitterung. Als Schuljunge hatte er zusammen mit vierzig anderen Jungen und Mädchen gesungen, Gott habe ihrer aller Heimat seine Gnade zuteil werden lassen, und jetzt erkannte er, daß er als Erwachsener noch ebenso fest daran glaubte wie in der Kindheit. «Dieses Land ist nicht so schlecht, wie Sie glauben», sagte er.

«Noch schlechter», widersprach Denton.

«Es wird vorübergehen. Man wird Sie zurückrufen.»

«Niemals», sagte Denton. «Selbst wenn sie mich kniefällig darum bäten, ich würde nicht kommen.»

Der Mann ohne Vaterland. Rudolph erinnerte sich von der Grundschule her an den armen Verbannten, der von Schiff zu Schiff gebracht wurde und nie ohne Tränen die fernen heimatlichen Gestade oder die Flagge seines Landes sehen konnte. Genf, dieses flaggenlose Schiff. Er blickte Denton an, der bereits in die letzte Nische bei *Ripley* verbannt war, und empfand eine verworrene Mischung von Ergriffenheit, Mitleid und Verachtung. «Kann ich irgend etwas für Sie tun?» fragte er. «Brauchen Sie Geld?»

Denton schüttelte den Kopf. «Wir kommen schon zurecht. Fürs erste jedenfalls. Wir verkaufen das Haus. Die Preise auf dem Immobilienmarkt sind im Laufe der Jahre ganz schön gestiegen. Wirtschaftlicher Aufschwung allerorten.» Er lachte trocken. Dann stand er abrupt auf. «Ich muß nach Hause. Ich gebe meiner Frau jeden Nachmittag französischen Unterricht.»

Er ließ zu, daß Rudolph die Getränke bezahlte. Draußen auf der Straße schlug er den Mantelkragen hoch und sah dadurch mehr denn je wie ein alter Säufer aus. Er reichte Rudolph schlaff die Hand. «Ich schreibe Ihnen aus Genf», sagte er. «Unpersönliche Briefe. Weiß Gott, wer heutzutage die Post kontrolliert.»

Er schlurfte davon, eine gebeugte, gelehrtenhafte Gestalt inmitten der Bürger eines gottverdammten Landes. Rudolph schaute ihm einen Augenblick nach, dann ging er zurück ins Geschäft. Er atmete tief und fühlte sich jung, jung und glücklich.

Er war einer von denen, die nach Karten anstanden, um zu lachen, während die Leidenden vorbeischlurften. Fünfzig Millionen Tote, doch die Kinos waren immer geöffnet.

Denton tat ihm leid, aber wenn er den Gedanken an ihn verdrängte, war sein Herz voller Freude. Von nun an konnte er beruhigt sein: Alles würde für ihn nach Wunsch verlaufen. Das Zeichen war heute nachmittag deutlich gegeben worden; die Omina waren unmißverständlich.

Am nächsten Vormittag saß er ruhig und optimistisch mit Calderwood im Elf-Uhr-fünf. Als sie zum Lunch in den Speisewagen gingen, machte es ihm nichts aus, daß er auf einen Drink verzichten mußte.

5

1955

«Warum mußt du immer kommen und mich abholen?» beschwerte sich Billy auf dem Nachhauseweg. «Als ob ich ein kleines Kind wäre.»

«Du wirst bald genug allein gehen», sagte sie und griff automatisch nach seiner Hand, weil sie die Straße überqueren mußten.

«Wann?»

«Bald genug.»

«Wann?»

«Wenn du zehn bist.»

«Ach, zum Teufel!»

«Du weißt, daß du so etwas nicht sagen sollst.»

«Daddy sagt es.»

«Du bist nicht Daddy.»

«Und du sagst es auch manchmal.»

«Du bist nicht ich. Außerdem dürfte ich solche Ausdrücke ebensowenig gebrauchen wie du.»

«Warum tust du's dann?»

«Es rutscht mir heraus, wenn ich zornig bin.»

«Ich bin auch zornig. Alle anderen Kinder werden nicht wie Babies von ihren Müttern abgeholt. Sie gehen allein nach Hause.»

Damit hatte er recht. Gretchen wußte, daß sie eine nervöse Mutter war, daß sie die Ratschläge der modernen Pädagogik mißachtete und daß sie oder Billy oder sie beide eines Tages dafür werden bezahlen müssen, aber der Gedanke, das Kind allein in den unsicheren Straßen von Greenwich Village umherlaufen zu lassen, war ihr unerträglich. Sie hatte Willie schon mehrmals vorgeschlagen, daß sie dem Jungen zuliebe in einen der Randbezirke ziehen sollten, aber Willie war für diese Idee nicht zu haben. «Ich bin kein Scarsdale-Typ», hatte er gesagt.

Sie wußte nicht, was ein Scarsdale-Typ war. Sie kannte eine Menge Leute, die in Scarsdale wohnten oder in einem Vorort, der Scarsdale sehr ähnlich war, und die genauso verschiedenartig waren wie die Bewohner jeder x-beliebigen Stadt – Trunkenbolde, Anhänger des Gruppensexes, Kirchgänger, Politiker, Patrioten, Gelehrte, potentielle Selbstmörder und so weiter.

«Wann?» fragte Billy beharrlich und riß sich von ihrer Hand los.

«Wenn du zehn bist», wiederholte sie.

«Das dauert ja noch ein ganzes Jahr», jammerte er.

«Du wirst staunen, wie schnell die Zeit vergeht», sagte sie. «Komm, knöpf deinen Mantel zu, sonst erkältest du dich.» Er schwitzte noch von dem Basketballspiel auf dem Schulhof. Die Luft des Oktobernachmittags war kalt, und ein Wind wehte vom Hudson her.

«Ein ganzes Jahr», murrte Billy. «Das ist unmenschlich.»

Sie lachte und küßte ihn auf den Kopf, aber er stieß sie zurück. «Du sollst mich nicht vor allen Leuten küssen!»

Ein großer Hund kam auf sie zugetrottet, und sie mußte sich beherrschen, daß sie Billy nicht verbot, ihn anzufassen. «Guter alter Junge», sagte Billy, «guter alter Junge.» Vertraut mit der Tierwelt, streichelte er den Hund und zog ihn an den Ohren. Er ist überzeugt, daß kein lebendes Wesen ihm übelwill, dachte Gretchen. Keines außer seiner Mutter.

Der Hund wedelte mit dem Schwanz und lief weiter.

Sie waren jetzt in der Straße, in der sie wohnten, und somit in Sicherheit. Gretchen erlaubte Billy, auf Rissen im Pflaster zu balancieren und hinter ihr zurückzubleiben. Als sie sich ihrem Haus näherte, sah sie Rudolph und Johnny Heath, die auf der Vortreppe an der Sandsteinmauer lehnten. Jeder von ihnen hielt eine Tragetüte, aus der ein Flaschenhals ragte. Gretchen hatte, als sie Billy abholen ging, nur rasch einen alten Mantel über die Hose gezogen, die sie im Haus trug, und ein Kopftuch umgebunden. Sie kam sich schlampig vor im Vergleich zu Rudolph und Johnny, die wie solide junge Geschäftsleute gekleidet waren und sogar Hüte trugen.

Sie war es gewohnt, Rudolph häufig in New York zu sehen. Während der letzten sechs Monate war er zwei- oder dreimal in der Woche in die Stadt gekommen. Zwischen Calderwood und der Maklerfirma von Johnny Heath wurde über irgendeine geschäftliche Transaktion verhandelt, deren Einzelheiten für Gretchen unverständlich waren, obgleich sie Rudolph immer wieder danach gefragt und er versucht hatte, es ihr zu erklären. Es ging jedenfalls um die Gründung einer Aktiengesellschaft, die – nach Duncan Calderwoods Initialen – DC Enterprises heißen sollte. Für Rudolph bedeutete das, wie er sagte, die Chance, ein reicher Mann zu werden, aus dem Warenhaus herauszukommen und mindestens die Hälfte des Jahres in New York zu verbringen. Er hatte Gretchen gebeten, sich nach einem kleinen, möblierten Appartement für ihn umzusehen.

Rudolph und Johnny machten den Eindruck, als hätten sie bereits einiges getrunken und wären leicht beschwipst. Das Goldpapier an den Flaschen, die aus den braunen Tragetüten herausragten, ließ auf Champagner schließen.

«Hallo, Jungens», sagte Gretchen, «warum habt ihr euch nicht angemeldet?»

«Wir wußten nicht, daß wir kommen würden», erklärte Rudolph. «Dies ist eine improvisierte Feier.» Er küßte sie auf die Wange, und Gretchen stellte fest, daß er nicht getrunken hatte.

«Hallo, Billy», sagte er zu dem kleinen Jungen.

«Hallo», sagte Billy mechanisch. Die Beziehung zwischen den beiden war nicht sehr eng. Billy nannte seinen Onkel einfach Rudy. Von Zeit zu Zeit forderte Gretchen den Jungen auf, höflicher zu sein und Onkel Rudolph zu sagen, aber Willie nahm die Partei seines Sohnes und meinte: «Ach, laß doch den alten Formelkram. Erzieh das Kind nicht zu einem Heuchler.»

«Kommt mit nach oben», sagte Gretchen, «und dann machen wir die Flaschen auf.»

Im Wohnzimmer herrschte ein fürchterliches Durcheinander. Sie arbeitete jetzt hier, damit Billy das obere Zimmer ganz für sich hatte. Teile von zwei Artikeln, die sie zum Monatsersten versprochen hatte, Bücher, Notizen, Zettel und Papierschnipsel lagen überall herum. Nicht einmal das Sofa war frei geblieben. Gretchen besaß nicht die Gabe, systematisch zu arbeiten, und ihre gelegentlichen Versuche, Ordnung zu machen, hatten stets ein noch größeres Chaos zur Folge. Wenn sie arbeitete, rauchte sie eine Zigarette nach der andern, und auf jedem Tisch standen Aschenbecher voller Zigarettenstummel. Willie, der selbst alles andere als ordentlich war, beschwerte sich von Zeit zu Zeit. «Das ist kein Heim», sagte er, «das ist die verdammte Lokalredaktion eines Käseblättchens.»

Sie bemerkte den mißbilligenden Blick, mit dem Rudolph sich rasch im Zimmer umsah. Stellte er sie jetzt in Gedanken dem anspruchsvollen Mädchen gegenüber, das sie mit neunzehn Jahren gewesen war? Ein unvernünftiger Zorn auf ihren untadeligen, geschniegelten Bruder überkam sie. Ich betreue eine Familie, verdiene unseren Lebensunterhalt, vergiß das nicht, Bruder.

«Billy», sagte sie, während sie ihren Mantel und das Kopftuch mit pedantischer Sorgfalt aufhängte, um einen Ausgleich für den Zustand des Zimmers zu schaffen, «geh hinauf und mach deine Hausaufgaben.»

«Och...» maulte Billy, mehr der Form halber als aus dem Wunsch heraus, bei den Erwachsenen zu bleiben.

«Geh schon, Billy.»

Er lief glücklich nach oben und tat so, als sei er unglücklich.

Gretchen holte drei Gläser. «Was feiern wir denn?» fragte sie Rudolph, der damit beschäftigt war, die erste Champagnerflasche zu öffnen.

«Es ist erreicht», verkündete Rudolph. «Heute fand die endgültige Unterzeichnung statt. Wir können für den Rest unseres Lebens morgens, mittags und abends Champagner trinken.» Der Pfropfen sprang heraus, und beim Einschenken spritzte der Schaum über Rudolphs Hand.

«Das ist ja herrlich», sagte Gretchen ohne besondere Begeisterung. Es fiel ihr schwer, Rudolphs einseitiges Interesse für alles Geschäftliche zu verstehen.

Sie stießen miteinander an.

«Auf die DC Enterprises und den Vorsitzenden des Aufsichtsrates», rief Johnny. «Auf den jüngsten und größten aller Großen!»

Die beiden jungen Männer lachten. Ihre Nerven waren noch angespannt, und sie machten auf Gretchen den seltsamen Eindruck von Überlebenden eines Unfalls, die sich fast hysterisch zu ihrer Rettung beglückwünschten. Was geht eigentlich in diesen Büros im Geschäftsviertel vor sich, dachte Gretchen.

Rudolph konnte einfach nicht stillsitzen. Er ging im Zimmer umher, das Glas in der Hand, blätterte in Büchern, betrachtete die Unordnung auf dem Schreibtisch, warf einen Blick in die Zeitung. Er sah nervös und überanstrengt aus, mit aufgeregt funkelnden Augen und hohlen Wangen.

Im Gegensatz zu ihm war Johnny pausbäckig, ruhig, heiter und wirkte mit dem Glas in der Hand gelassen, fast verschlafen. Er war mit Geld und seinen Verwendungsmöglichkeiten vertrauter als Rudolph und daher auf plötzliche Glücks- oder Pechsträhnen gefaßt.

Rudolph schaltete das Radio ein. Der zweite Satz des Kaiserquartetts ertönte. Rudolph grinste. «Sie spielen unser Lied», sagte er zu Johnny. «Die richtige Musik, um dabei Millionen zu verdienen.»

«Sei still», befahl Gretchen. «Ihr Jungens gebt derartig an, daß ich mir bettelarm vorkomme.»

«Wenn Willie eine Spur von Verstand hat», sagte Johnny, «wird er sich etwas Kies zusammenbetteln, pumpen oder stehlen und Aktien der DC Enterprises kaufen. Das ist mein voller Ernst. Die Dinger können ins Ungemessene steigen.»

«Willie ist zu stolz zum Betteln», sagte Gretchen, «zu gut bekannt, als daß ihm jemand etwas leihen würde, und zu feige zum Stehlen.»

«He, Sie sprechen von meinem Freund.» Johnny gab vor, schockiert zu sein.

«Er war auch einmal *mein* Freund», erwiderte Gretchen.

«Trinken Sie noch etwas Champagner», sagte Johnny und schenkte ein. Rudolph nahm ein Blatt Papier vom Schreibtisch. «Das Zeitalter der Zwerge», las er. «Was ist denn das für ein komischer Titel?»

«Ursprünglich sollte es nur ein Artikel über die neuen Fernsehprogramme werden», erklärte Gretchen, «aber irgendwie ist das Thema in die Breite gegangen. Die Theaterstücke des letzten Jahres und dieses Jahres, eine Anzahl Romane, das Kabinett Eisenhower, Architektur, öffentliche Moral, Erziehungswesen... Ich bin entsetzt über Billys Schulunterricht, und vielleicht war es das, was mich auf die Palme gebracht hat.»

Rudolph las den ersten Absatz. «Du bist ganz hübsch grob», meinte er.

«Ich nehme prinzipiell kein Blatt vor den Mund», sagte Gretchen. «Das ist meine Masche, und dafür werde ich bezahlt.»

«Siehst du wirklich so schwarz, wie es hier klingt?» fragte Rudolph.

«Ja», sagte sie und hielt Johnny ihr Glas hin.

Das Telefon läutete. «Vermutlich Willie mit der betrüblichen Nachricht, daß er nicht zum Essen kommen kann», sagte Gretchen. Sie stand auf, ging zum Schreibtisch und nahm den Telefonhörer ab. «Hallo», meldete sie sich mit im voraus bekümmerter Stimme. Sie lauschte, sichtlich verdutzt. «Einen Augenblick bitte», sagte sie dann und reichte Rudolph den Apparat. «Es ist für dich.»

«Für mich?» Rudolph schüttelte den Kopf. «Niemand weiß, daß ich hier bin.»

«Der Mann hat aber Mr. Jordache verlangt.»

«Ja?» sprach Rudolph in das Telefon.

«Jordache?» Die Stimme war heiser, klang heimlichtuerisch.

«Ja.»

«Hier ist Al. Ich habe für heute abend fünfhundert auf Sie gesetzt. Ein guter Preis. Sieben zu fünf.»

«Was soll denn...» begann Rudolph, aber die Verbindung war bereits unterbrochen. Rudolph starrte den Apparat in seiner Hand an. «Das ist ja merkwürdig. Es war ein Mann namens Al, und er sagte, er habe für heute abend 500 Dollar sieben zu fünf auf mich gesetzt. Gretchen, wettest du heimlich?»

«Ich kenne keinen Al», sagte sie, «und ich habe keine 500 Dollar, und außerdem hat er *Mister* Jordache verlangt, nicht Miss Jordache.» Sie schrieb unter ihrem Mädchennamen und war im Manhattan-Fernsprechbuch als G. Jordache verzeichnet.

«Eine rätselhafte Sache», sagte Rudolph. «Du, Johnny, habe ich denn irgendwem gesagt, ich sei unter dieser Nummer zu erreichen?»

«Nicht daß ich wüßte», antwortete Johnny.

«Er wird wohl die Nummern verwechselt haben», mutmaßte Gretchen.

«Das klingt nicht wahrscheinlich», sagte Rudolph. «Wie viele Jordaches kann es in New York geben? Bist du schon mal auf einen Namensvetter gestoßen?»

Gretchen schüttelte den Kopf.

«Wo ist dein Telefonbuch?»

Gretchen deutete auf ein Regal. Rudolph nahm das Verzeichnis und schlug es bei J auf. «T. Jordache», las er. «West 93rd Street.» Er schloß langsam das Buch und legte es hin. «T. Jordache», sagte er zu Gretchen. «Glaubst du, er ist es?»

«Ich hoffe nein», sagte Gretchen.

«Worum geht es denn eigentlich?» fragte Johnny.

«Wir haben einen Bruder, der Thomas heißt», erklärte Rudolph.

«Das Baby der Familie», fügte Gretchen hinzu. «Und was für ein Baby.»

«Seit zehn Jahren haben wir nichts mehr von ihm gesehen oder gehört», sagte Rudolph.

«Die Jordaches sind eben eine außergewöhnlich eng verbundene Familie», erklärte Gretchen. Nach dem anstrengenden Tag stieg ihr der Champagner allmählich in den Kopf, und sie ließ sich auf die Couch zurücksinken. Ihr fiel ein, daß sie mittags nichts gegessen hatte.

«Was trieb er, euer Bruder?» fragte Johnny.

«Ich habe nicht die leiseste Ahnung», antwortete Rudolph.

«Wenn er das gehalten hat, was er als Junge versprach, dann geht er der Polizei sorgfältig aus dem Weg», sagte Gretchen.

«Ich werde es mal probieren.» Rudolph griff nach dem Fernsprechbuch und suchte die Nummer von T. Jordache in der West 93rd Street heraus. Er wählte die Zahlen. Der Anruf wurde von einer jugendlich klingenden Frauenstimme beantwortet.

«Guten Abend, Madam», sagte Rudolph unpersönlich, geschäftsmäßig. «Kann ich bitte Mr. Thomas Jordache sprechen?»

«Nein, das können Sie nicht.» Die Frau hatte eine hohe, dünne Sopranstimme. «Wer ist denn da?» fragte sie argwöhnisch.

«Ein Freund von ihm», behauptete Rudolph. «Ist Mr. Jordache zu Hause?»

«Er schläft», sagte die Frau ärgerlich. «Heute abend muß er doch kämpfen, und da hat er keine Zeit, mit irgendwem zu reden.» Damit legte sie auf.

Rudolph hatte den Hörer nicht fest ans Ohr gedrückt, und die Frau hatte sehr laut gesprochen, so daß Gretchen und Johnny kein Wort des Gesprächs entgangen war.

«Heute abend muß er kämpfen», sagte Gretchen. «Klingt ganz nach unserem Tommy.»

Rudolph nahm die ‹New York Times› von einem Stuhl neben dem Schreibtisch und schlug den Sportteil auf. «Hier», sagte er. «Hauptkampf: Tommy Jordache gegen Virgil Walters, beide Mittelgewicht, zehn Runden. In den Sunnyside Gardens.»

«Sunnyside Gardens – wie idyllisch das klingt», bemerkte Gretchen.

«Ich gehe hin», sagte Rudolph.

«Warum?» fragte Gretchen.

«Schließlich ist er mein Bruder.»

«Ich bin zehn Jahre lang ohne ihn ausgekommen, und vielleicht schaffe ich's noch mal zehn Jahre», sagte Gretchen.

«Johnny?» Rudolph wandte sich an Heath.

«Bedauere», sagte Johnny, «ich bin zum Essen eingeladen. Erzähl mir, wie es ausgegangen ist.»

Wieder läutete das Telefon. Rudolph hob hastig ab, aber es war nur Willie. «Hallo, Rudy», rief Willie. Im Hintergrund waren die Geräusche eines Lokals zu hören. «Nein, ich brauche sie nicht zu sprechen. Bestell ihr einfach, daß ich heute abend leider zu einem Geschäftsessen muß und erst spät nach Hause komme. Sag ihr, sie soll nicht aufbleiben und warten.»

Gretchen, die auf der Couch lag, lächelte. «Erzähl mir nicht, was er gesagt hat.»

«Er kommt nicht zum Abendessen.»
«Und ich soll nicht aufbleiben und warten.»
«So ist es.»
«Johnny», sagte Gretchen, «finden Sie nicht, daß wir die zweite Flasche öffnen sollten?»

Während sie die zweite Flasche leerten, bestellte Gretchen telefonisch einen Babysitter, und Rudolph ermittelte, wo Sunnyside Gardens war. Dann ging Gretchen ins Badezimmer, duschte, frisierte sich und zog ein dunkles Wollkleid an, von dem sie nicht wußte, ob es *comme il faut* für solche Veranstaltungen war. Sie hatte abgenommen, und das Kleid war ein bißchen zu weit, aber sie fing, als sie ins Wohnzimmer trat, die raschen, beifälligen Blicke der beiden Männer auf und freute sich darüber. Ich darf nicht in Schlamperei verfallen, dachte sie. Niemals.

Als das Mädchen kam, das bei Billy bleiben sollte, gab Gretchen die nötigen Anweisungen und verließ mit Rudolph und Johnny die Wohnung. Sie gingen zu einer nahe gelegenen Imbißstube. Johnny trank mit ihnen ein Glas an der Theke, sagte: «Vielen Dank für den Drink» und wandte sich schon zum Gehen, als Rudolph ausrief: «Oh, ich habe ja nur 5 Dollar bei mir.» Er lachte. «Johnny, sei für heute abend mein Bankier, ja?»

Johnny zog seine Brieftasche heraus und blätterte fünf Zehn-Dollar-Scheine hin. «Genug?»

«Danke.» Rudolph stopfte die Scheine achtlos in die Jackentasche und brach von neuem in Lachen aus.

«Was ist daran so komisch?» fragte Gretchen.

«Ich hätte nie gedacht», sagte Rudolph, «daß ich einmal von zu Hause fortgehen würde, ohne haargenau zu wissen, wieviel Geld ich bei mir habe.»

«Du hast die gesunden, unbeschwerten Gewohnheiten der Reichen angenommen», sagte Johnny feierlich. «Meinen Glückwunsch. Ich besuche dich morgen im Büro, Rudy. Und ich hoffe, daß dein Bruder siegt.»

«Ich hoffe, er bekommt die Hucke voll», sagte Gretchen.

Der Vorkampf war im Gange, als ein Platzanweiser sie zu ihren Sitzen in der dritten Reihe führte. Gretchen stellte fest, daß nur wenige Frauen anwesend waren und keine von ihnen ein dunkles Wollkleid trug. Sie war nie zuvor bei einem Boxkampf gewesen, und wenn im Fernsehen einer gezeigt wurde, schaltete sie immer den Apparat aus. Der Gedanke, daß Männer für Geld einander bewußtlos schlugen, erschien ihr brutal, und die ringsum sitzenden Leute sahen genauso aus, wie sie es von den Zuschauern einer solchen Veranstaltung erwartete. Gretchen war sicher, daß sie noch nie so viele häßliche Menschen in einem Raum versammelt gesehen hatte.

Die Männer im Ring schienen einander nicht viel Böses zuzufügen, und sie sah mit passivem Abscheu zu, wie sie in den Clinch gingen, miteinander rangen und den Schlägen auswichen. Die Zuschauermenge, in eine Wolke von Tabakrauch gehüllt, war abgestumpft, und nur, wenn gelegentlich das dumpfe Geräusch eines schweren Treffers zu hören war, stieg eine Art tierisches Knurren von den Reihen auf.

Gretchen wußte, daß Rudolph hin und wieder zu Boxkämpfen ging, und sie hatte ihn mit Willie enthusiastisch über berühmte Boxer wie Ray Robinson diskutieren hören. Sie blickte ihren Bruder verstohlen an. Das, was sich im Ring abspielte, schien ihn zu interessieren. Jetzt, da sie wirklich einem Kampf beiwohnte, den Geruch von Schweiß in der Nase hatte und rote Flecke auf blasser Haut sah, wo Schläge gelandet waren, kam ihr Rudolphs Art, sich zu geben – die herablassend geringschätzige Überlegenheit eines Gebildeten, das wohlerzogene Fehlen von Angriffslust –, plötzlich verdächtig unecht vor. Er war verbunden mit den Rohlingen im Ring und mit denen im Zuschauerraum.

Bei dem nächsten Kampf wurde ein Mann über dem Auge verletzt, und aus der Wunde spritzte Blut über ihn und seinen Gegner. Das Gebrüll der Menge beim Anblick des Blutes widerte Gretchen an, und sie fragte sich, ob sie es ertragen könne, hierzubleiben und darauf zu warten, daß ihr Bruder in den Ring stieg, um sich einem ähnlichen Blutbad auszusetzen.

Als dann der Hauptkampf angekündigt wurde, saß sie bleich da, fühlte sich hundeelend. Durch einen Nebel von Tränen und Rauch sah sie einen großen Mann in rotem Bademantel behende zwischen den Seilen hindurchschlüpfen, und sie erkannte Thomas.

Die Helfer nahmen Thomas den Bademantel ab und hängten ihn ihm über die Schultern, während sie die Handschuhe über seine bandagierten Hände zogen. Das erste, was Rudolph mit einem Anflug von Neid wahrnahm, war der fast unbehaarte Oberkörper seines Bruders. Er selbst hatte dichte, feste schwarze Locken auf Brust und Schultern. Auch seine Beine waren mit schwarzen Haaren bedeckt, und das entsprach nicht dem Vorstellungsbild, das er von sich hatte. Wenn er im Sommer zum Schwimmen ging, setzte ihn sein haariger Körper in Verlegenheit, und er merkte, daß die Leute über ihn kicherten. Aus diesem Grund nahm er nur selten ein Sonnenbad, sondern zog sich für gewöhnlich an, sobald er aus dem Wasser kam.

Abgesehen von dem kraftstrotzenden, muskulösen, übertrainierten Körper hatte sich Thomas erstaunlich wenig verändert. Sein Gesicht war ohne Narben und hatte noch immer den knabenhaften, einschmeichelnden Ausdruck. Thomas lächelte während der Formalitäten vor dem Beginn des Kampfes, aber Rudolph sah ihn nervös mit der Zunge am Mundwinkel spielen. Ein Muskel in seinem Bein zuckte unter der seidig glänzenden Hose, während der Schiedsrichter den beiden Männern in der Ringmitte die letzten Weisungen gab. Als Thomas vorgestellt wurde (*In dieser Ecke Tommy Jordache, Gewicht hundert-*

neunundfünfzigeinhalb), hob er seine behandschuhten Hände und warf einen raschen Blick auf die Menge, sonst aber stand er die ganze Zeit mit gesenkten Augen da. Wenn er Rudolph und Gretchen gesehen hatte, so ließ er sich jedenfalls nichts anmerken.

Sein Gegner war ein hochgewachsener Neger, ein gutes Stück größer als Tommy und mit viel längeren Armen, der gefährlich in seiner Ecke umhertänzelte und zu den Ratschlägen nickte, die ihm sein Trainer ins Ohr flüsterte.

Gretchens Gesicht war zu einer starren, schmerzlichen Grimasse verzogen. Mit zusammengekniffenen Augen schaute sie durch den Rauch auf die kraftvolle, zerstörerische Gestalt ihres Bruders. Der haarlose Männerkörper gefiel ihr nicht – Willies Brust war mit einem angenehm rötlichen Flaum bedeckt –, und die wulstigen, berufsmäßigen Muskeln ließen sie in primitivem Abscheu schaudern. *Geschwister, hervorgegangen aus demselben Mutterleib.* Der Gedanke entsetzte sie. Hinter Thomas' knabenhaftem Lächeln erkannte sie die listige Bosheit, den Wunsch, zu quälen, das Vergnügen, Schmerz zu bereiten, alles, was ihr schon mißfallen hatte, als sie beide noch im Elternhaus wohnten. Der Gedanke, daß es ihr eigenes Fleisch und Blut war, das dort unter den grellen Scheinwerfern zur Schau gestellt wurde, war nahezu unerträglich. Natürlich, dachte sie, ich hätte es wissen müssen: Es war ihm bestimmt, hier zu enden. Um sein Leben kämpfend.

Die beiden Männer paßten zueinander, waren gleich schnell, und wenn der Neger auch weniger Angriffslust zeigte, so konnte er sich doch mit seinen langen Armen besser verteidigen. Thomas ging immer wieder in den Clinch, nahm zwei Schläge hin, um einen anzubringen, trommelte gegen den Körper des Negers, zwang ihn zurückzuweichen und hieb gelegentlich, wenn er ihn in die Enge getrieben hatte, kräftig auf ihn ein.

«Gib's dem Nigger!» schrie eine Stimme im Hintergrund, sooft Thomas einen Hagel von Schlägen landete. Gretchen zuckte jedesmal zusammen; sie schämte sich, daß sie hier war, sie schämte sich für jeden Mann und jede Frau in der Sporthalle. Ach, Arnold Simms, der in dem braunen Bademantel umherhinkte, der sagte: «Sie haben hübsche Füße, Miss Jordache», der von Cornwall träumte, ach, Arnold Simms, verzeih mir diesen Abend!

Die achte Runde brachte die Entscheidung. Thomas blutete aus der Nase und aus einer Platzwunde über dem Auge, wich aber nicht zurück, sondern drang immer wieder tänzelnd mit der schrecklichen, unerbittlichen Energie eines Automaten auf seinen Gegner ein und machte ihn langsam mürbe. In der achten Runde konnte der Neger kaum noch die Hände heben, und Thomas schickte ihn mit einer langen, schwingenden Rechten, die den Mann hoch an der Stirn traf, auf die Bretter. Bei acht stand der Neger auf, taumelnd, nicht mehr fähig, sich zu verteidigen, und Thomas, mit blutverschmiertem Gesicht, aber lächelnd, stürzte sich erbarmungslos auf ihn und versetzte ihm, wie es Gretchen schien, mindestens fünfzig Schläge innerhalb weniger Sekunden. Der Neger brach zusammen, fiel aufs Gesicht, während die Menge ein ohrenbetäubendes Gebrüll anstimmte. Er versuchte aufzustehen, schaffte es auch beinahe, sich auf ein Knie zu erheben. Thomas, in einer neutralen Ecke wartend, duckte sich wachsam, blutig, unermüdlich. Er schien zu hoffen, sein Gegner werde hochkommen und den Kampf fortsetzen, und Gretchen war sicher, daß ein Ausdruck der Enttäuschung über sein zerschlagenes Gesicht huschte, als der Neger hilflos zu Boden sank und ausgezählt wurde.

Ein Brechreiz überfiel sie, aber es war nur ein trockenes Würgen. Sie hielt ihr Taschentuch vor das Gesicht, überrascht von dem Parfumgeruch, der plötzlich die Ausdünstungen der Menge überlagerte. Zusammengekauert saß sie auf ihrem Platz, den Blick nach unten gerichtet; sie wagte nicht, die Vorgänge im Ring zu beobachten, aus Angst, ohnmächtig zu werden und damit aller Welt ihre verhängnisvolle Verbindung mit dem siegreichen Tier zu offenbaren.

Rudolph hatte die ganze Zeit dagesessen, ohne einen Laut von sich zu geben, die Lippen angesichts dieser plumpen Blutgier, dieses Kampfes ohne Stil und Grazie mißbilligend ein wenig verzogen.

Die Boxer verließen den Ring; der Neger, in Handtücher und Bademantel gehüllt, mußte von seinem Trainer gestützt werden. Thomas grinste und winkte triumphierend den Leuten zu, die ihm anerkennend auf den Rücken klopften. Er schlüpfte auf der seinen Geschwistern entgegengesetzten Seite zwischen den Seilen hindurch und hatte somit keine Möglichkeit, sie auf dem Weg zum Umkleideraum zu erspähen.

Die Menge strömte ins Freie, aber Gretchen und Rudolph blieben regungslos und schweigend sitzen. Nach dem, was sie gesehen hatten, fehlte ihnen der Mut, miteinander zu sprechen. Schließlich sagte Gretchen gepreßt, die Augen noch immer gesenkt: «Laß uns rausgehen.»

«Wir müssen in die Garderobe», sagte Rudolph.

«Wie meinst du das?» Gretchen blickte ihren Bruder erstaunt an.

«Wir sind hierhergekommen», sagte Rudolph, «wir haben zugesehen, und nun müssen wir ihn begrüßen.»

«Er hat nichts mit uns zu tun.» Noch während sie sprach, wußte sie, daß es eine Lüge war.

«Komm.» Rudolph stand auf und ergriff sie am Ellbogen, um ihr beim Aufstehen zu helfen. Er hielt allen Herausforderungen stand, der kaltblütige, edle Ritter Rudolph in Sunnyside Gardens.

«Ich will nicht, ich will nicht...» stieß sie hervor und war sich dabei im klaren, daß er sie unerbittlich zu dem blutigen, siegreichen, brutalen, boshaften Thomas führen würde.

Vor dem Garderobenraum standen ein paar Männer, aber niemand hinderte Rudolph, als er die Tür öffnete. Gretchen blieb stehen. «Ich warte lieber hier draußen», sagte sie. «Er ist vielleicht noch nicht angezogen.»

Rudolph beachtete ihre Weigerung nicht; er hielt sie am Arm fest und zog sie hinter sich her in das Zimmer. Thomas, ein Handtuch um die Hüften geschlungen, saß auf einem fleckigen Massagetisch, und ein Arzt nähte die Platzwunde über seinem Auge.

«Es ist nichts», sagte der Arzt gerade. «Noch einen Stich, und wir sind fertig.»

Thomas hielt die Augen geschlossen, um dem Arzt das Arbeiten zu erleichtern. Ein orangefarbener Jodfleck über der Augenbraue gab ihm ein clownhaftes, asymmetrisches Aussehen. Er hatte offensichtlich bereits geduscht, denn sein Haar war naß, und die Strähnen, dunkel vom Wasser, klebten am Schädel. Er erinnerte an die Abbildung eines bloßfäustigen Kämpfers aus alter Zeit. Um den Tisch herum standen mehrere Männer. Rudolph erkannte sie wieder: sie hatten sich während des Kampfes in oder neben Thomas' Ecke aufgehalten. Eine kurvenreiche junge Frau in einem enganliegenden Kleid gab jedesmal, wenn der Arzt ins Fleisch stach, leise, ächzende Laute von sich. Sie hatte pechschwarzes Haar und fremdartig schöngeformte Beine, die in schwarzen Nylonstrümpfen steckten. Ihre hochgewölbten, zu einem dünnen Strich ausgezupften Augenbrauen verliehen ihrem Gesicht einen puppenartig überraschten Ausdruck. Der Raum stank nach altem Schweiß, einem Liniment, Zigarrenrauch und nach Urin, denn die Tür zu der neben dem Umkleideraum gelegenen Toilette war offen. Auf dem schmutzigen Fußboden lagen, achtlos hingeworfen, ein blutbeflecktes Handtuch, die schweißnasse purpurrote Hose, das Suspensorium, die Socken und Schuhe, die Thomas während des Kampfes getragen hatte. Es war gräßlich heiß in dem Zimmer.

Was habe ich hier verloren, dachte Gretchen. Wie komme ich überhaupt hierher?

«Schon erledigt.» Der Arzt trat zurück und bewunderte mit schräg gehaltenem Kopf sein Werk. Er legte einen Gazebausch auf die Wunde und klebte einen Streifen Heftpflaster darüber. «In zehn Tagen können Sie wieder boxen.»

«Danke, Doktor.» Thomas öffnete die Augen und erblickte Rudolph und Gretchen. «Großer Gott», sagte er mit einem schiefen Lächeln. «Woher zum Teufel kommt ihr denn auf einmal?»

«Ich habe eine Nachricht für dich», sagte Rudolph. «Ein Mann namens Al hat mir heute nachmittag telefonisch mitgeteilt, er habe fünfhundert für sieben zu fünf auf dich gesetzt.»

«Der gute alte Al!» rief Thomas, schaute aber beunruhigt zu der kurvenreichen jungen Frau mit dem schwarzen Haar hinüber. Vielleicht hätte er diese Information lieber vor ihr geheimgehalten.

«Meinen Glückwunsch zu deinem Sieg.» Rudolph trat einen Schritt vor und streckte die Hand aus. Thomas zögerte den Bruchteil einer Sekunde, dann lächelte er und reichte ihm seine geschwollene, gerötete Hand.

Gretchen brachte es nicht über sich, dem Bruder zu gratulieren. «Ich freue mich, daß du gewonnen hast, Tom», sagte sie.

«Ja, danke.» Er sah sie belustigt an. «Darf ich alle mit allen bekannt machen: mein Bruder Rudolph, meine Schwester Gretchen... Meine Frau Teresa, mein Manager Mr. Schultz, mein Trainer Paddy und die anderen...» Er deutete mit einer vagen Handbewegung auf die Männer, deren Namen zu nennen ihm überflüssig erschien.

«Freut mich, Ihre Bekanntschaft zu machen», sagte Teresa. Es war die mißtrauische Stimme, die Rudolph nachmittags am Telefon gehört hatte.

«Ich wußte gar nicht, daß du Familie hast», bemerkte Schultz. Auch er schien mißtrauisch zu sein, als wäre es irgendwie gefährlich oder strafbar, Familie zu haben.

«Ich war selbst nicht ganz sicher», sagte Thomas. «Unsere Wege haben sich nämlich getrennt, wie man so sagt. He, Schultzy, ich muß ja schon eine tolle Zugnummer sein, wenn ich sogar meinen Bruder und meine Schwester dazu kriege, Eintrittskarten zu kaufen.»

«Nach diesem Abend», sagte Schultz, «kann ich dich in den Madison Square Garden bringen. War ein prima Sieg.» Er war ein kleiner Mann mit einem Kugelbauch unter einem grünlichen Pullover. «Nun, ihr habt bestimmt viel miteinander zu reden, damit jeder sozusagen wieder aufs laufende kommt, und deshalb lassen wir euch jetzt allein. Morgen schaue ich mal herein, Tommy, um zu sehen, wie es dem Auge geht.» Er zog eine Jacke an und brachte es mit knapper Not fertig, sie über dem Bauch zuzuknöpfen. Der Trainer hob das ganze Zeug vom Boden auf und stopfte es in einen Beutel. «Mach's gut, Tommy», verabschiedete er sich, als er mit dem Arzt, dem Manager und den anderen hinausging.

«So, und jetzt zu uns», sagte Thomas. «Eine nette Familienversammlung, Ich finde, wir sollten das feiern, nicht wahr, Teresa?»

«Du hast mir nie etwas von einem Bruder und einer Schwester erzählt», beklagte sich Teresa mit ihrer hohen Stimme.

«Sie waren einige Jahre meinem Gedächtnis entschwunden», sagte Thomas. Er sprang von dem Massagetisch herunter. «Würden die Damen bitte das Zimmer verlassen, damit ich mich anziehen kann?»

Gretchen ging mit der Frau ihres Bruders hinaus. Die Vorhalle hatte sich inzwischen geleert, und Gretchen war erleichtert, dem Gestank und der Hitze des Umkleideraums entronnen zu sein. Teresa zog mit zornigen, ruckartigen Bewegungen ihrer Schultern und Arme einen schäbigen Rotfuchsmantel an. «Würden die Damen bitte das Zimmer verlassen», äffte sie Thomas nach. «Als ob ich ihn noch nie nackt gesehen hätte.» Sie blickte Gretchen mit unverhohlener Feindseligkeit an, nahm das schwarze Wollkleid zur Kenntnis, die Schuhe mit den flachen Absätzen, den einfachen Kamelhaarmantel mit Gürtel. Gretchen begriff, daß diese Frau in alldem einen Protest gegen ihre Lebensweise, ihr gefärbtes Haar, ihr enganliegendes Kleid, ihre überaus wollüstigen Beine, ihre Ehe sah. «Ich wußte nicht, daß Tommy aus einer so vornehmen Familie kommt», sagte Teresa.

«Ach, wir sind gar nicht so vornehm», versicherte Gretchen.

«Sie sind heute zum erstenmal auf den Gedanken verfallen, ihn boxen zu sehen, nicht wahr?» fragte Teresa aggressiv.

«Ich weiß ja erst seit heute, daß er ein Boxer ist», sagte Gretchen. «Haben Sie etwas dagegen, wenn ich mich setze? Ich bin so müde.» Am anderen Ende der Halle stand ein Stuhl. Sie ging von der Frau weg und setzte sich, in der Hoffnung, das Gespräch auf diese Weise zu beenden. Teresa zuckte gereizt unter ihrem Rotfuchs mit den Schultern und begann dann ungeduldig auf und ab zu gehen. Ihre hohen Pfennigabsätze machten ein klapperndes Stakkatogeräusch auf dem Betonboden der Eingangshalle.

In der Garderobe zog Thomas sich langsam an und wandte Rudolph schamhaft den Rücken zu, als er in seine kurze Unterhose stieg. Von Zeit zu Zeit wischte er sich das Gesicht mit einem Handtuch ab, weil er trotz der Dusche noch immer schwitzte. Zwischendurch warf er einen Blick auf Rudolph, lächelte, schüttelte den Kopf und murmelte: «Na, so was.»

«Wie fühlst du dich, Tommy?» fragte Rudolph.

«Okay. Aber morgen werde ich Blut pinkeln», antwortete Thomas ruhig. «Er hat mir ein paar tüchtige Nierenschläge verpaßt, der Dreckskerl. Aber es war trotzdem ein recht hübscher Kampf, nicht wahr?»

«Ja.» Rudolph brachte es nicht übers Herz, zu sagen, daß es in seinen Augen eine plumpe, zweitrangige Rauferei gewesen war.

«Ich wußte, daß ich's ihm besorgen würde», fuhr Thomas fort. «Obgleich er als Favorit galt. Sieben zu fünf. Eine heiße Sache. Für mich sind 700 Dollar rausgesprungen.» Er sprach wie ein kleiner Junge, der mit seinen Erfolgen prahlt. «Es ist nur schade, daß du es vor Teresa erwähnt hast. Jetzt weiß sie, daß ich den Zaster habe, und sie wird dahinterher sein wie der Teufel hinter der armen Seele.»

«Wie lange seid ihr schon verheiratet?» fragte Rudolph.

«Zwei Jahre. Gesetzlich. Ich bumste sie an und dachte, na, wenn schon – denn schon.» Thomas zuckte die Achseln. «Sie ist okay, Teresa, ein bißchen dämlich, aber okay. Und um des Kindes willen hat sich's gelohnt. Ein Junge.» Er warf Rudolph einen hämischen Blick zu. «Vielleicht schicke ich ihn zu seinem Onkel Rudy, damit er ein Gentleman wird und nicht zu einem armen dummen Boxer heranwächst, wie es sein alter Herr ist.»

«Ich würde ihn gern mal sehen», sagte Rudolph steif.

«Jederzeit. Besuch uns zu Hause.» Thomas zog einen schwarzen Rollkragenpullover über den Kopf, und seine Stimme wurde einen Augenblick lang durch die Wolle gedämpft. «Bist *du* schon verheiratet?»

«Nein.»

«Immer noch das kluge Kind der Familie», sagte Thomas. «Und wie steht's mit Gretchen?»

«Die ist seit langem verheiratet und hat einen neunjährigen Sohn.»

Thomas nickte. «Daß sie sich ranhalten würde, war ja vorauszusehen. Großer Gott, was für ein attraktives Frauenzimmer. Sieht besser denn je aus, stimmt's?»

«Ja.»

«Ist sie noch immer ein solches Luder wie früher?»

«Sprich nicht so, Tom. Sie war ein schrecklich nettes Mädchen und ist eine prachtvolle Frau geworden.»

«Ich muß mich wohl auf dein Urteil verlassen, Rudy», sagte Thomas heiter. Er kämmte sich sorgfältig vor einem gesprungenen Spiegel, der an der Wand hing. «Ich habe das alles nicht so mitbekommen, Außenseiter, der ich war.»

«Du warst kein Außenseiter.»

«Wem willst du etwas vormachen, Bruder?» fragte Thomas gleichmütig. Er steckte den Kamm in die Tasche, warf einen letzten kritischen Blick auf sein verquollenes Gesicht mit dem schrägen weißen Heftpflasterstreifen über dem Auge. «Ich bin heute abend wahrhaftig eine Schönheit», sagte er. «Hätte ich gewußt, daß ihr kommt, dann hätte ich mich rasiert.» Er drehte sich um und zog eine helle Tweedjacke über den Rollkragenpullover. «Du machst einen verdammt wohlhabenden Eindruck, Rudy», stellte er fest. «Du siehst aus wie der Vizepräsident einer Bank.»

«Ich kann nicht klagen.» Rudolph war nicht gerade entzückt über den Vizepräsidenten.

«Weißt du», sagte Thomas, «vor einigen Jahren bin ich mal nach Port Philip gefahren. Um der alten Zeiten willen. Da hörte ich, daß Pa tot ist.»

«Er hat sich das Leben genommen.»

«Ich weiß. Die Gemüsefrau erzählte es mir.» Thomas klopfte auf seine Brust, um sich zu vergewissern, daß die Brieftasche in der Jacke steckte. «Das Haus war verschwunden. Kein Licht im Kellerfenster für den verlorenen Sohn», sagte er spöttisch. «Nur ein Supermarkt. Ich erinnere mich, sie hatten ein Sonderangebot an jenem Tag: Lammschulter. Ist Ma noch am Leben?»

«Ja, sie wohnt bei mir.»

«Du Glücklicher!» Thomas grinste. «In Port Philip?»

«In Whitby.»

«Weite Reisen sind nicht deine Sache, wie?»

«Dazu ist immer noch Zeit.» Rudolph hatte das unbehagliche Gefühl, sein Bruder lege es darauf an, sich über ihn lustig zu machen, Minderwertigkeits- und Schuldgefühle in ihm zu wecken. Er war gewohnt, Gesprächsthemen selbst zu bestimmen, und er hatte Mühe, sich seinen Ärger nicht anmerken zu lassen. Als er seinen Bruder beim Ankleiden beobachtet und gesehen hatte, wie Thomas seinen prächtigen und furchteinflößenden Körper langsam und unter Schmerzen bewegte, war ein starkes Gefühl des Mitleids und der Liebe in ihm erwacht, ein unbestimmter Wunsch, diesem tapferen, rachedurstigen und jetzt so behinderten Fast-Knaben weitere Abende wie den soeben überstandenen zu ersparen. Ihn vor der unmöglichen Frau zu schützen, vor der brüllenden Menge, vor unbekümmert mit Nadeln hantierenden Ärzten, vor den gleichgültigen Männern, die seine Helfer waren und von ihm lebten. Er wollte sich dieses Gefühl nicht durch Thomas' spöttische Reden zerstören lassen, durch jenen Überrest alter Eifersucht und Feindseligkeit, der sich inzwischen längst hätte verflüchtigen sollen.

«Ich», sagte Thomas, «ich bin ganz schön herumgekommen. Chicago, Cleveland, Boston, New Orleans, Philadelphia, San Francisco, Hollywood, Tia Juana. Nenne mir irgendeine Stadt, und ich war dort. Reisen erweitert den Horizont, und das trifft auch bei mir zu.»

Die Tür flog auf, und Teresa stürmte herein, mit einer Miene, die ebenso finster wie ihr Make-up untadelig war. «Wollt ihr Jungens die ganze Nacht hier quatschen?» fragte sie.

«Okay, okay, Schatz», sagte Thomas. «Wir sind ja schon fertig. Habt ihr nicht Lust, mit uns essen zu gehen, du und Gretchen?» wandte er sich an Rudolph.

«Wir werden chinesisch essen», sagte Teresa. «Ich esse so schrecklich gern chinesisch.»

«Heute abend ist es leider nicht möglich, Tom», sagte Rudolph. «Gretchen muß nach Hause und den Babysitter ablösen.» Er sah, wie Thomas rasch von ihm zu Teresa und dann wieder zurück zu ihm blickte, und war überzeugt, daß Thomas dachte: Er will in der Öffentlichkeit nicht mit meiner Frau gesehen werden.

Thomas zuckte die Schultern und sagte liebenswürdig: «Gut, dann ein andermal. Wenigstens wissen wir jetzt, daß wir alle noch am Leben sind.» Er blieb unvermittelt im Türrahmen stehen, als sei ihm plötzlich etwas eingefallen. «Sag mal», fragte er, «bist du zufällig morgen gegen fünf in der Stadt?»

«Tommy», mischte sich seine Frau streitsüchtig ein, «gehen wir nun essen oder nicht?»

«Halt den Mund», fertigte Thomas sie ab. «Also wie steht's damit, Rudy?»

«Ja.» Er mußte noch einen Tag in der Stadt bleiben, um mit Architekten und Rechtsanwälten zu verhandeln.

«Wo kann ich dich treffen?» fragte Thomas.

«Am besten in meinem Hotel. Das *Warwick* in der ...»

«Ich weiß, wo es ist», unterbrach ihn Thomas. «Ich werde hinkommen.»

In der Eingangshalle gesellte sich Gretchen zu ihnen. Sie sah blaß und abgespannt aus, und einen Augenblick lang bedauerte Rudolph, daß er sie mitgenommen hatte. Aber nur einen Augenblick lang. Sie ist jetzt erwachsen, dachte er, sie kann sich nicht von *allem* drücken. Es genügt, daß sie so geschickt verstanden hat, sich seit zehn Jahren vor ihrer Mutter zu drücken.

Als sie an der Tür eines anderen Umkleideraums vorbeikamen, blieb Thomas wieder stehen. «Ich muß hier mal eben reingehen und Virgil die Hand schütteln. Komm mit, Rudy, sag ihm, daß du mein Bruder bist, sag ihm, wie gut er gekämpft hat, dann wird er sich gleich besser fühlen.»

«Ich sehe schon, wir kommen heute abend nie aus diesem gottverdammten Laden heraus», murrte Teresa.

Thomas achtete nicht auf sie; er stieß die Tür auf und winkte Rudolph, als erster hineinzugehen. Der farbige Boxer war noch nicht angezogen. Er saß mit hängenden Schultern auf dem Massagetisch und ließ die Hände schlaff zwischen den Beinen baumeln. Ein hübsches junges farbiges Mädchen, wahrscheinlich seine Frau oder seine Schwester, kauerte auf einem Feldstuhl am Tischende, und ein weißer Helfer legte behutsam einen Eisbeutel auf die Stirn des Boxers, wo sich eine große Schwellung gebildet hatte, die auch das Auge darunter fest verschloß. In einer Ecke des Zimmers war ein hellfarbiger alter Neger mit grauem Haar, vielleicht der Vater des Boxers, damit beschäftigt, sorgfältig einen seidenen Morgenmantel, eine Sporthose und Schuhe zusammenzupacken. Der Boxer blickte langsam mit dem heilen Auge auf, als Thomas und Rudolph eintraten.

Thomas legte den Arm sanft um die Schultern seines Gegners. «Wie geht's dir, Virgil?» fragte er.

«Hab mich schon mal besser gefühlt», antwortete der Boxer. Er war, wie Rudolph jetzt sah, höchstens zwanzig Jahre alt.

«Virgil, das ist mein Bruder Rudy», stellte Thomas vor. «Er möchte dir sagen, wie großartig du gekämpft hast.»

«Freut mich, Sie kennenzulernen, Sir.» Der Boxer schüttelte Rudolph die Hand.

«Es war ein wirklich guter Kampf», sagte Rudolph, obgleich er lieber gesagt hätte: Du armer Junge, zieh bitte nie wieder Boxhandschuhe an.

«Ja. Er ist mächtig stark, Ihr Bruder.»

«Ich hatte Glück», sagte Thomas. «Großes Glück. Die Wunde über dem Auge ist mit fünf Stichen genäht worden.»

«Es war kein Kopfstoß, Tommy», sagte Virgil. «Ich schwöre, es war kein Kopfstoß.»

«Natürlich nicht», sagte Thomas. «Niemand hat behauptet, daß es einer war. Na, ich wollte nur Hallo sagen und mich überzeugen, daß du in Ordnung bist.» Er umfaßte nochmals die Schultern des Jungen.

«Danke, daß du gekommen bist», sagte Virgil. «War sehr nett von dir.»

«Alles Gute, Junge», sagte Thomas. Dann schüttelten er und Rudolph allen Leuten im Zimmer feierlich die Hand und gingen.

«Wird aber auch Zeit», fauchte Teresa, als sie in der Halle erschienen.

Ich gebe dieser Ehe noch sechs Monate, dachte Rudolph, während sie auf den Ausgang zusteuerten.

«Man hat den Jungen zu schnell vorangetrieben», sagte Thomas zu Rudolph, der neben ihm ging. «Er hatte eine Reihe leichter Siege, und da gaben sie ihm gleich einen Hauptkampf. Ich habe ihm ein paarmal zugesehen, und mir war klar, daß ich ihn unterkriegen konnte. Lausige Manager. Hast du's gemerkt, der Saukerl war nicht mehr da. Hat nicht mal abgewartet, ob Virgil nach Hause gehen konnte oder ins Krankenhaus mußte. Es ist ein beschissener Beruf.» Er wandte den Kopf, um zu sehen, ob Gretchen von dem Wort schockiert sei, aber Gretchens Geist schien in anderen Gefilden zu wandeln, so daß sie nichts sah und nichts hörte.

Draußen hielten sie ein Taxi an, und Gretchen bestand darauf, sich neben den Fahrer zu setzen. Teresa saß hinten zwischen Thomas und Rudolph. Sie war übermäßig parfümiert, aber als Rudolph das Fenster herunterkurbelte, rief sie: «Um Himmels willen, der Wind zerstört meine Frisur», worauf er «Verzeihung» murmelte und das Fenster schloß.

Sie fuhren schweigend nach Manhattan zurück. Teresa hielt Thomas' Hand und hob sie gelegentlich an ihre Lippen, um durch einen Kuß ihren Besitzanspruch zu dokumentieren.

Als die Brücke hinter ihnen lag, sagte Rudolph: «Wir steigen hier aus, Tom.»

«Wollt ihr wirklich nicht mitkommen?» fragte Thomas.

«Es ist das beste chinesische Restaurant in der Stadt», beteuerte Teresa. Die Fahrt war neutral gewesen, sie befürchtete nicht mehr, angegriffen zu werden, sie konnte es sich leisten, gastfreundlich zu sein, vielleicht gereichte ihr das irgendwann einmal zum Vorteil. «Ihr ahnt ja nicht, was ihr versäumt.»

«Ich muß nach Hause», sagte Gretchen mit zitternder Stimme, am Rande der Hysterie. «Ich muß unbedingt nach Hause.»

Wäre nicht die Rücksicht auf Gretchen gewesen, dann hätte Rudolph zweifellos Thomas' Einladung angenommen. Nach dem Lärm des Abends, dem öffentlichen Triumph, dem brutalen Kampf kam es ihm traurig und unfreundlich vor, Thomas nur in Begleitung seiner plappernden Frau zum Abendessen gehen zu lassen, anonym im Dunkel der Nacht, ohne Ehrenbezeigung, ohne Ovationen. Er nahm sich vor, Thomas ein andermal dafür zu entschädigen.

Der Fahrer hielt an, und Gretchen und Rudolph stiegen aus.

«Bis bald, liebe angeheiratete Verwandte», rief Teresa lachend.

«Morgen um fünf, Rudy», sagte Thomas, und Rudolph nickte.

«Gute Nacht», flüsterte Gretchen. «Gib auf dich acht, bitte.»

Der Wagen fuhr davon, und Gretchen ergriff Rudolphs Arm, als suche sie Halt. Rudolph winkte ein leeres Taxi heran und nannte dem Fahrer Gretchens Adresse. In der Dunkelheit des Wagens brach Gretchen zusammen. Sie warf sich in Rudolphs Arme und weinte hemmungslos. Ihr Körper wurde von heftigem Schluchzen geschüttelt. Auch Rudolph bekam feuchte Augen; er hielt seine Schwester eng umschlungen und streichelte ihr Haar. Im Fond des dunklen Wagens, mit den vorbeihuschenden Lichtern der Stadt, den farbigen Neonreklamen, deren Schein erratisch das verzerrte, tränenüberströmte Gesicht beleuchtete, fühlte er sich Gretchen näher denn je, ihr so eng verbunden wie nie zuvor.

Die Tränen versiegten schließlich. Gretchen setzte sich auf, betupfte ihre Augen mit dem Taschentuch. «Entschuldige», sagte sie. «Ich bin ein abscheulicher Snob. Dieser arme Junge, dieser arme, arme Junge...»

Der Babysitter, eine Oberschülerin, schlief auf der Couch im Wohnzimmer, als sie in die Wohnung kamen. Willie war noch nicht zurück. Niemand habe angerufen, berichtete das junge Mädchen. Billy sei über seinem Buch eingeschlafen und nicht aufgewacht, als sie die Lampe ausschaltete und das Zimmer verließ. Sie war etwa siebzehn Jahre alt, auf eine stupsnasige, schüchterne Art recht hübsch und ein bißchen verlegen, weil sie schlafend ertappt worden war. Gretchen schenkte zwei Scotch mit Soda ein. Der Babysitter hatte das Zimmer aufgeräumt, die überall verstreuten Zeitungen säuberlich auf dem Fensterbrett gestapelt und die Sofakissen aufgeschüttelt.

Nur eine Lampe brannte, und sie saßen im Schatten, Gretchen mit hochgezogenen Beinen auf der Couch, Rudolph in einem großen Lehnstuhl. Sie tranken langsam, erschöpft und genossen die Stille. Als ihre Gläser leer waren, erhob sich Rudolph leise, schenkte nochmals ein und ließ sich wieder in den Sessel sinken.

In der Ferne heulte eine Krankenwagensirene – irgend jemand war verunglückt.

«Er hat es richtig *ausgekostet*», sagte Gretchen schließlich. «Als dieser Junge praktisch hilflos war und er wie besessen auf ihn einschlug. Ich dachte immer – wenn ich mir überhaupt Gedanken darüber gemacht habe –, ein Boxer sei einfach ein Mensch, der seinen Lebensunterhalt auf etwas ungewöhnliche Art verdient. Aber so, wie es heute abend war...»

«Es ist ein seltsamer Beruf», sagte Rudolph. «Man kann sich schwer vorstellen, was im Kopf eines solchen Menschen vorgeht.»

«Hast du dich nicht *geschämt*?»

«Drücken wir es anders aus», sagte Rudolph. «Ich war nicht erfreut. Es gibt mindestens zehntausend Boxer in den Vereinigten Staaten, und sie alle müssen mit irgend jemand verwandt sein.»

«Ich denke da anders.»

«Ja, ich weiß.»

«Diese dünne rote Hose», sagte Gretchen, als könnte sie durch das Anklammern an einen Gegenstand ihren Abscheu fixieren, das verwirrende Grauen des Abends auslöschen. Sie schüttelte abwehrend den Kopf. «Irgendwie habe ich das Gefühl, es ist unsere Schuld – deine, meine, die unserer Eltern –, daß Tom dort oben in diesem widerlichen Boxring stand.»

Rudolph trank einen Schluck Scotch. *Ich habe das alles nicht so mitbekommen*, hatte Tom im Umkleideraum gesagt, *Außenseiter, der ich war*. Er, der Ausgeschlossene, hatte als Junge in der einfachsten, brutalsten Weise reagiert, nämlich mit seinen Fäusten. In späteren Jahren war er dann bei dieser Methode geblieben. In ihrer aller Adern floß des Vaters Blut, und Axel Jordache hatte zwei Menschen umgebracht. Soweit Rudolph wußte, hatte Tom wenigstens niemanden getötet. Vielleicht schwächte sich der Hang zur Grausamkeit allmählich ab.

«Was sind wir bloß für eine verkorkste Familie», sagte Gretchen. «Wir alle, ausnahmslos. Ja, auch du. Gibt es irgendwas, was dir Vergnügen macht, Rudy?»

«Ich sehe die Dinge von einer anderen Warte», sagte er.

«Der kommerzielle Mönch», sagte Gretchen hart. «Du hast nur statt des Armutsgelübdes das Reichtumsgelübde abgelegt. Welches von beiden ist auf lange Sicht besser?»

«Sprich nicht so törichtes Zeug, Gretchen.» Jetzt bedauerte er, daß er mit heraufgekommen war.

«Und die beiden anderen Gelübde», fuhr sie fort. «Keuschheit und Gehorsam. Keusch um unserer jungfräulichen Mutter willen – ist es das? Und gehorsam bist du Duncan Calderwood, dem Papst von Whitbys Handelskammer, nicht wahr?»

«Das wird sich jetzt alles ändern», entgegnete Rudolph, aber er war nicht gewillt, sich im einzelnen zu verteidigen.

«Wirst du über die Mauer ausbrechen, Pater Rudolph? Wirst du heiraten, dich in den Fleischtöpfen wälzen, Duncan Calderwood auffordern, dir den Buckel herunterzurutschen?»

Rudolph erhob sich und füllte seinen Drink mit Sodawasser auf, bemüht, seinen Ärger zu unterdrücken. «Es ist albern, Gretchen», sagte er so ruhig wie möglich, «deine Empörung über den heutigen Abend an mir auszulassen.»

«Entschuldige», bat sie, aber ihre Stimme war noch immer hart. «Ach – ich bin ja die Schlimmste von der ganzen Sippschaft. Ich lebe mit einem Mann zusammen, den ich verachte, habe einen Beruf, der von niedriger Gesinnung zeugt und ebenso verächtlich wie nutzlos ist. Außerdem ist kein Mädchen in ganz New York leichter zu haben als ich ... Bist du sittlich entrüstet, Bruder?» fragte sie spöttisch.

«Ich glaube, du rühmst dich einer Verderbtheit, die du gar nicht besitzt», meinte Rudolph.

«Spaß beiseite», sagte Gretchen. «Willst du eine Namenliste haben? Angefangen mit Johnny Heath? Bildest du dir etwa ein, daß er deiner schönen Augen wegen soviel für dich getan hat?»

«Wie stellt sich denn Willie dazu?» fragte Rudolph und ignorierte die Stichelei. Gleichgültig, wie und warum es angefangen hatte, Johnny Heath war ein für allemal sein Freund.

«Willie hat nichts anderes im Kopf als sich in Bars herumzutreiben, gelegentlich ein betrunkenes Weibsbild zu nageln und im übrigen mit einem Minimum an Arbeit und Ehrgefühl durchs Leben zu kommen. Wenn man ihm beispielsweise die echten Steintafeln mit den zehn Geboten gäbe, dann wäre sein erster Gedanke, welche Fernsehgesellschaft ihm den höchsten Preis zahlen würde, um mit diesen Dingern für Ferienreisen zum Berg Sinai zu werben.»

Rudolph lachte, und unwillkürlich mußte auch Gretchen lachen.

«Nichts vermag einen Redestrom so mühelos zu entfesseln wie eine gescheiterte Ehe», sagte sie.

Rudolphs Lachen war teilweise der Erleichterung zuzuschreiben. Gretchen hatte ein neues Angriffsziel gefunden, und er stand nicht mehr unter Beschuß.

«Weiß Willie, wie du über ihn denkst?» fragte er.

«Ja», antwortete Gretchen. «Und er ist ganz meiner Meinung. Das ist ja das Schreckliche an ihm. Er sagt, es gibt *nichts* auf der Welt – keinen Mann, keine Frau und kein Ding –, was er bewundert, schon gar nicht sich selbst. Er würde sich zutiefst verachten, wenn er etwas anderes wäre als ein Versager. Man hüte sich vor romantischen Männern.»

«Warum lebst du dann mit ihm?»

«Erinnerst du dich, daß ich dir einmal geschrieben habe, ich sei in einer Patsche und müsse dich sprechen?»

«Ja.» Rudolph erinnerte sich daran, erinnerte sich sehr genau an alles, was an jenem Tag geschehen war. Als er in der Woche darauf nach New York gekommen war, hatte Gretchen auf seine Frage nach ihren Schwierigkeiten nur geantwortet: «Es ist nichts. Hat sich wieder eingerenkt.»

«Ich hatte ernstlich vor, Willie um die Scheidung zu bitten», sagte Gretchen, «und ich wollte deinen Rat hören.»

«Aber du hast deine Meinung geändert. Warum?»

Gretchen zuckte die Achseln. «Billy wurde krank. Nichts Ernstes. Der Doktor glaubte zwar einen Tag lang an eine Blinddarmentzündung, es war jedoch keine. Willie und ich wachten die ganze Nacht bei dem Jungen, und als ich sah, wie Billy mit ganz weißem, schmerzverzerrtem Gesicht in seinem Bett lag und Willie sich so liebevoll, so besorgt über ihn beugte, da konnte ich den Gedanken nicht ertragen, meinen Sohn zu einem dieser armen, hilflosen, von der Statistik erfaßten Wesen zu machen – zu dem Kind einer gescheiterten Ehe, das dauernd Heimweh hat und über kurz oder lang für die Couch des Psychiaters reif sein wird. Nun –» ihre Stimme wurde hart – «diese rührend mütterliche Sentimentalität war nicht von Dauer. Hätten meine Eltern sich scheiden lassen, als ich neun Jahre alt war, dann wäre ich eine bessere Frau geworden, als ich es heute bin.»

«Du meinst, jetzt willst du die Scheidung?»

«Wenn mir das Sorgerecht für Billy zugesprochen wird», sagte sie. «Und genau das wird er nicht zulassen.»

Rudolph zögerte, trank einen langen Schluck Whisky. «Möchtest du, daß ich einmal mit ihm rede?» Ohne die Tränen im Taxi hätte er seine Vermittlung nicht angeboten.

«Wenn du meinst, daß es etwas nützt», sagte Gretchen. «Ich will mit *einem* Mann schlafen, nicht mit zehn, ich will rechtschaffen sein, endlich mal etwas Nützliches tun. Die Scheidung ist mein einziger Ausweg. Gib mir noch einen Drink, bitte.» Sie hielt ihr Glas hin.

Rudolph schenkte ihr ein und füllte auch sein Glas. «Dein Scotch geht zu Ende», sagte er.

«Andere Dinge auch», murmelte sie.

Wieder ertönte die Sirene eines Krankenwagens, heulend zuerst, dann leiser werdend, eine Warnung beim Näherkommen, eine Wehklage beim Davonfahren. Der Doppeleffekt. War es derselbe Unglücksfall, der jetzt den Kreis schloß? Oder einer aus einer endlosen Reihe – nie versiegendes Blut auf den Avenuen der großen Stadt?

Rudolph reichte Gretchen den Drink. Sie hockte auf der Couch und starrte in das Glas.

Irgendwo schlug eine Uhr. Eins.

«Nun», meinte Gretchen, «jetzt werden sie ihr chinesisches Essen wohl intus haben, Tommy und diese Dame. Ist es möglich, daß er die einzige glückliche Ehe in der Geschichte der Jordaches führt? Lieben, achten und schätzen einander, während sie chinesisch essen und das traute Ehebett wärmen?»

Man hörte Schließgeräusche an der Wohnungstür. «Aha», sagte Gretchen, «der Veteran, mit sämtlichen Orden geschmückt, kehrt heim.»

Willie kam in aufrechter Haltung herein. «Hallo, Liebling», grüßte er, ging zur Couch und küßte Gretchen auf die Wange.

Wie immer, wenn Rudolph seinen Schwager eine Zeitlang nicht gesehen hatte, überraschte es ihn, wie klein Willie war. Vielleicht war das sein eigentlicher Fehler – sein Körpermaß.

Er winkte Rudolph zu. «Wie geht es dem Handelsfürsten?» erkundigte er sich.

«Gratuliere ihm», sagte Gretchen. «Er hat heute diese wichtigen Verhandlungen erfolgreich abgeschlossen.»

«Herzlichen Glückwunsch.» Willie blickte sich im Zimmer um. «Mein Gott, hier ist es aber dunkel. Worüber habt ihr denn gesprochen – über Tod, Gräber, im Schutze der Nacht verübte Untaten?» Er ging zur Bar und schenkte sich den Rest des Whiskys ein. «Schatz», sagte er, «wir brauchen eine neue Flasche.»

Gretchen stand wortlos auf und ging in die Küche.

Willie blickte ihr ängstlich nach. «Rudy», flüsterte er, «ist sie sauer auf mich, weil ich nicht zum Abendessen gekommen bin?»

«Nein, das glaube ich nicht.»

«Wie gut, daß du da bist. Sonst bekäme ich nämlich die Gardinenpredigt Nummer 725 zu hören... Danke, Liebling», sagte er, als Gretchen mit einer neuen Flasche ins Zimmer kam. Er nahm die Flasche, öffnete sie und machte seinen Drink etwas stärker. «Womit habt ihr lieben Kinder euch heute abend vergnügt?» fragte er.

«Wir hatten ein Familientreffen», berichtete Gretchen, die ihren Platz auf der Couch wieder eingenommen hatte. «Wir waren bei einem Boxkampf.»

«Was?» rief Willie erstaunt. «Wovon redet sie, Rudy?»

«Laß es dir in Ruhe von ihr erzählen.» Rudolph erhob sich, obgleich er seinen Whisky noch längst nicht ausgetrunken hatte. «Für mich wird's Zeit, daß ich mich auf die Socken mache. Ich muß morgen sehr früh aufstehen.» Es war ihm unangenehm, mit Willie zusammenzusitzen und so zu tun, als sei dies eine Nacht wie alle anderen, als habe er nicht gehört, was Gretchen über ihren Mann und über sich selbst gesagt hatte. Er beugte sich über Gretchen und küßte sie. Willie begleitete ihn hinaus.

«Danke, daß du vorbeigekommen bist und meiner Frau Gesellschaft geleistet hast», sagte Willie. «Jetzt brauche ich mir wenigstens keine Vorwürfe zu machen, weil ich sie allein gelassen habe. Leider ließ es sich nicht vermeiden.»

Es war kein Kopfstoß, Tommy, erinnerte sich Rudolph, *ich schwöre, es war kein Kopfstoß.* «Aber bei mir brauchst du dich doch deswegen nicht zu entschuldigen, Willie», sagte er.

«Hör mal, das war wohl ein Scherz, dieses Gerede über den Boxkampf, nicht wahr?» fragte Willie. «Was meinte sie damit? Ist es ein Rätsel oder was?»

«Nein. Wir waren wirklich bei einem Boxkampf.»

«Aus dieser Frau soll einer klug werden», sagte Willie. «Wenn ich mir so einen Kampf im Fernsehen anschauen will, muß ich zu irgendwelchen Bekannten gehen. Na, ich denke, sie wird's mir noch im einzelnen erzählen.» Er drückte Rudolph herzlich die Hand, bevor er die Tür hinter ihm abschloß. Rudolph hörte, wie er sorgfältig die Sicherheitskette vorlegte, und hätte am liebsten gerufen: Die Gefahr ist drinnen, Willie, du schließt sie mit dir ein. Langsam ging er die Treppe hinunter. Er fragte sich, wo er jetzt wäre, welche Ausreden er gebrauchen würde, was alles an Ehebruch und Unzufriedenheit in der Luft läge, wenn in jener Nacht des Jahres 1950 im Zimmer 923 des Hotels *St. Moritz* jemand den Hörer abgenommen hätte.

Wäre ich ein frommer Mann, dachte er und trat in die Nacht hinaus, dann würde ich glauben, daß Gott seine schützende Hand über mich gehalten hat.

Er erinnerte sich an sein Versprechen, das menschenmögliche zu tun, um für Gretchen eine Scheidung zu ihren Bedingungen zu erreichen. Es galt, den logischen ersten Schritt zu tun, und als logischer Mensch überlegte er, wo er einen zuverlässigen Privatdedektiv finden könne. Johnny Heath würde das wissen. Johnny Heath war für New York wie geschaffen. Rudolph seufzte, ihm graute schon jetzt vor dem Augenblick, da er das Büro des Detektivs betreten würde, und ebenso graute ihm vor dem noch unbekannten Detektiv selber, der sich berufsmäßig darauf vorbereiten würde, dem Zusammenbruch und dem Ende einer Liebe nachzuspionieren.

Rudolph drehte sich um und warf einen letzten Blick auf das Haus, das er soeben verlassen hatte und gegen das er als Mitverschworener zu konspirieren bereit war. Er wußte, daß er es nie mehr fertigbringen würde, diese Treppe hinaufzusteigen und die Hand dieses verzweifelten kleinen Mannes zu schütteln. Auch Doppelzüngigkeit mußte ihre Grenzen haben.

6

Am Morgen hatte er Blut im Urin gehabt, aber es war nicht sehr viel gewesen, und er hatte auch keine Schmerzen. Als der Zug durch einen Tunnel fuhr, sah er sein Gesicht in der Fensterscheibe: mit dem Verbandsstreifen über dem einen Auge wirkte er etwas unheimlich, aber sonst, sagte er sich, sah er aus wie jeder andere, wie jemand auf dem Weg zur Bank. Der Hudson leuchtete blau in der Oktobersonne. Es war ein kaltes Blau, und als der Zug am Sing Sing vorbeifuhr, mußte er an die Gefangenen denken, die auf den breiten Fluß hinausspähten, der frei und ungehindert zum Meer floß. «Arme Teufel!» sagte er laut vor sich hin.

Er tastete nach seiner Brieftasche, die innen in seinem Jackett steckte. Er hatte die 700 Dollar auf dem Weg ins Zentrum beim Buchmacher abgeholt. Vielleicht kam er damit durch, wenn er Teresa nur 200 Dollar davon abgab, oder 250 Dollar, wenn sie Stunk machte.

Er zog die Brieftasche heraus. Er hatte das Geld in Hundert-Dollar-Noten bekommen. Er nahm einen der Scheine und betachtete ihn. Benjamin Franklin starrte ihn an. Einer der Väter der Verfassung. Sah aus wie ein altes Mütterchen. Erfinder des Blitzableiters, erinnerte er sich dunkel. Bei Nacht sind alle Katzen grau. Er mußte härter und zäher gewesen sein, als er aussah. Wäre sonst wohl kaum in dieser Größe auf einer Banknote abgebildet. Hatte er nicht einmal gesagt: «Meine Herren, wir müssen zusammenhalten, oder wir werden einzeln hängen»? Ich hätte wenigstens die High School bis zum Abschluß besuchen sollen, dachte Thomas vage angesichts historischer Verdienste im Werte von 100 Dollar. *Diese Banknote ist gesetzliches Zahlungsmittel für alle Schulden, öffentliche und private, und ist einlösbar gegen gesetzliches Geld beim Schatzamt der Vereinigten Staaten oder bei jeder Bundesreservebank.* Wenn dies nicht gesetzliches Geld war, was zum Teufel war es dann? Der Schein war in verschnörkelter Handschrift von einem gewissen Ivy Baker Priest, Schatzmeister der Vereinigten Staaten von Amerika, unterzeichnet. Man brauchte schon jemanden mit einem solchen Namen, um Banknoten mit unklaren Redensarten über Schulden und Geld in Umlauf zu bringen und damit durchzukommen.

Thomas faltete den Hundert-Dollar-Schein säuberlich zusammen und schob ihn gesondert in eine Seitentasche. Er wollte ihn zu den anderen Hundert-

Dollar-Scheinen tun, die für einen Tag wie diesem in dem dunklen Tresor ruhten.

Der Mann, der ihm gegenübersaß, hatte die Sportseite seiner Zeitung aufgeschlagen. Thomas konnte sehen, daß er den Bericht über den Kampf am Abend zuvor las. Er fragte sich, wie der Mann wohl reagieren würde, wenn er ihm auf die Schulter klopfte und sagte: Mister, ich war dabei, ich war im Ring, soll ich Ihnen vielleicht einen Bericht aus erster Hand geben? Im übrigen waren die Reportagen in den Zeitungen sehr ordentlich gewesen, und auf der letzten Seite von ‹News› hatte man ein Bild gebracht, das zeigte, wie Virgil das letzte Mal aufzustehen versucht, während er selbst in einer neutralen Ecke stand. Ein Reporter hatte sogar geschrieben, durch diesen Kampf sei er in die Reihe der Titelbewerber aufgerückt, und Schultzy hatte ihn, unmittelbar bevor er das Haus verließ, angerufen, um ihm zu sagen, daß ein aus England gekommener Promoter sich den Kampf angesehen hatte und ihnen anbot, in sechs Wochen in London zu kämpfen. «Wir werden international», hatte Schultzy aufgeregt gesagt. «Wir können überall in Europa kämpfen. Und du wirst sie fertigmachen. In England gibt es keinen in deiner Gewichtsklasse, der auch nur halb so gut wie Virgil Walters ist. Und der Engländer hat auch gesagt, daß er uns einen Teil des Geldes unter der Hand geben kann, damit wir es nicht zu versteuern brauchen.»

Er hatte also Grund genug, sich wohl zu fühlen, dachte er, während er im Zug saß und draußen das Gefängnis zurückblieb, wo eine Menge Jungens saßen, die wahrscheinlich sehr viel mehr auf Draht waren als er und in mancher Beziehung vielleicht auch weniger schuldig. Aber er fühlte sich nicht wohl. Teresa hatte ihm viel Ärger und Kummer gemacht, weil er ihr nichts von der Wette und von seiner vornehmtuerischen Familie, wie sie sagte, erzählt hatte. Sie war beleidigt, weil er nie über seine Geschwister gesprochen hatte, so als hielte er irgendeinen gottverdammten Schatz vor ihr verborgen.

«Sie hat mich angesehen, deine Schwester, als wäre ich der letzte Dreck», hatte Teresa gesagt. «Und dein fabelhafter Bruder hat das Fenster aufgemacht, als würde ich nach Pferdeäpfeln stinken, und im Taxi ist er auf die Seite gerückt, als würde er sich bei der geringsten Berührung mit mir den Tripper holen. Zehn Jahre lang haben sie ihren Bruder nicht gesehen, und dann sind sie zu vornehm, mitzukommen und auch nur eine Tasse Kaffee mit ihm zu trinken. Und du, der große Boxer, du sagst kein Wort, sondern steckst das alles ein.»

Das war im Bett gewesen, nachdem sie, in mürrischem Schweigen, im Restaurant gegessen hatten. Er hatte mit ihr schlafen wollen, wie jedesmal nach einem Kampf – denn vorher rührte er sie wochenlang nicht an und sein Ding war dann so hart, daß man einen Baseball damit ins Außenfeld schlagen konnte –, aber sie hatte steinern dagelegen und wollte ihn nicht zu sich lassen. Herrgott, dachte er, schließlich hab ich sie nicht geheiratet, um mich mit ihr zu unterhalten. Und so großartig war Teresa im Bett ja nun auch wieder nicht. Wenn man ihr in der Hitze des Gefechts die Frisur durcheinanderbrachte, schrie sie Zeter und Mordio, und immer fand sie Ausflüchte, es auf morgen oder nächste Woche oder nächstes Jahr zu verschieben, und wenn sie dann schließlich die Beine öffnete, war es, als hätte man eine falsche Münze in den Öffnungsautomaten einer Zollschranke gesteckt. Sie komme aus einer frommen Familie, beteuerte sie, so als stünde der Erzengel Michael mit seinem Schwert Wache vor allen katholischen Mösen. Er war überzeugt und bereit, die Einnahmen aus seinem nächsten Boxkampf darauf zu wetten, daß Gretchen mit ihrem straffen Haar und ihrer Verachtung für jedes Make-up, mit ihrem ewigen schwarzen Kleid und ihrem damenhaften ‹Rühr-mich-nicht-an-Blick› einem Mann auf Anhieb im Bett mehr Spaß verschaffen würde als Teresa in zwanzig Zehn-Minuten-Runden. Er hatte schlecht geschlafen, und die Worte seiner Frau hatten ihm immer noch in den Ohren gedröhnt. Das Schlimme daran war, daß das, was sie gesagt hatte, der Wahrheit entsprach. Sein Bruder und seine Schwester brauchten nur ins Zimmer zu treten, und schon kam er, ein starker, ausgewachsener Mann, sich wieder genauso vor, wie er sich als Kind ihnen gegenüber vorgekommen war: schlecht, dumm, nutzlos, verdächtig.

Da kannst du Boxkämpfe gewinnen, in der Zeitung groß herauskommen und Blut im Urin haben, da können die Leute dir zujubeln und dir auf die Schulter klopfen und dich bitten, in London aufzutreten; plötzlich tauchen zwei Rotznasen auf, von denen du dachtest, du würdest sie nie wiedersehen, du würdest nie wieder von ihnen hören, tauchen auf, sagen Hallo, einfach nur Hallo, und alles, was du bist, ist nichts. Aber heute sollte er etwas erleben, sein verdammter Bruder – Mammis Liebling, Pappis Liebling, der seine Trompete blies und Taxifenster öffnete. Heute würde ihm sein nichtswürdiger Boxerbruder einen Schock versetzen.

Einen verrückten Moment lang überlegte er, ob er im Zug sitzen bleiben und nach Albany weiterfahren, dort umsteigen und nach Elysium in Ohio fahren sollte, um den einzigen Menschen auf der ganzen Welt zu besuchen, der ihm mit Liebe begegnet war und ihm das Gefühl gegeben hatte, ein ganzer Mann zu sein, obwohl er damals noch ein Junge und erst sechzehn Jahre alt gewesen war. Clothilde, Sklavin für seines Onkels Bett. Der heilige Sebastian in der Badewanne.

Aber als der Zug in Port Philip einfuhr, stieg er aus und ging zur Bank, wie er es sich vorgenommen hatte.

Sie gab sich Mühe, sich ihre Ungeduld nicht anmerken zu lassen, als sie sah, wie Billy mit seinem Essen herumspielte. Sie war abergläubisch (Kinder spürten Dinge, die über ihr Begriffsvermögen hinausgingen) und hatte sich darum noch nicht für den Nachmittag umgezogen, sondern saß in ihrer Arbeitskleidung, lange Hose und Pullover, mit Billy am Tisch. Lustlos nahm sie in kleinen Bissen ihr Essen zu sich. Es fiel ihr schwer, den Jungen nicht zu schelten, der Häppchen von seinem Lammkotelett und Salatblättchen auf seinem Teller herumschob.

«Warum muß ich unbedingt ins Naturgeschichtliche Museum gehen?» fragte Billy.

«Freu dich doch», sagte sie. «Ich finde es sehr nett von euren Lehrern, daß sie mit euch ins Museum gehen.»

«Ich aber nicht. Warum muß ich gehen?»

«Aber die anderen aus deiner Klasse gehen doch auch.»

«Die sind doof. Außer Conrad Franklin sind alle doof.»

Billy hatte nun schon mindestens fünf Minuten ein und denselben Bissen Lammfleisch im Mund. Hin und wieder bewegte er ihn symbolisch von einer Backentasche zur andern. Gretchen fragte sich, wie lange sie das noch aushalten würde, ohne ihn zu schlagen. Die Küchenuhr tickte plötzlich lauter. Sie versuchte, nicht hinzusehen, konnte aber nicht widerstehen. Zwanzig vor eins. Viertel vor zwei mußte sie am anderen Ende der Stadt sein. Vorher mußte sie Billy zur Schule bringen, zurückhasten, baden, sich sorgfältig, sehr sorgfältig, ankleiden und schließlich darauf achten, daß sie nicht keuchend ankam, als hätte sie gerade einen Marathonlauf hinter sich.

«Iß jetzt auf», sagte sie und wunderte sich selbst über die mütterliche Ruhe in ihrer Stimme, während ihr an diesem Nachmittag doch alles andere als mütterlich zumute war. «Es gibt Wackelpeter zum Nachtisch.»

«Ich mag keinen Wackelpeter.»

«Seit wann?»

«Seit heute. Und was habe ich davon, mir einen Haufen alter, ausgestopfter Tiere anzusehen? Wenn sie wollen, daß wir uns Tiere ansehen, sollten sie uns wenigstens lebendige zeigen.»

«Am Sonntag gehe ich mit dir in den Zoo», sagte Gretchen.

«Ich habe Conrad Franklin gesagt, daß ich am Sonntag zu ihm komme», erklärte Billy. Er griff in seinen Mund, holte das Stück Fleisch heraus und legte es auf seinen Teller.

«Das ist aber nicht sehr schön, was du da tust», sagte Gretchen. Die Uhr tickte.

«Es ist so zäh.»

«Na gut», sagte Gretchen und griff nach seinem Teller. «Wenn du keinen Appetit mehr hast, dann bist du wohl satt.»

Billy hielt den Teller fest. «Ich hab meinen Salat noch nicht aufgegessen.» Bedächtig teilte er mit seiner Gabel ein Salatblatt in geometrische Formen.

Er behauptet seine Persönlichkeit, redete sich Gretchen ein, um ihn nicht zu schlagen. Ein gutes Zeichen.

Da sie seine Spielerei mit den Salatblättern nicht länger mitansehen konnte, stand sie auf und holte einen Becher Götterspeise aus dem Kühlschrank.

«Warum bist du denn heute so nervös?» fragte Billy. «Dauernd läufst du hin und her.»

Kinder und ihr verdammtes Einfühlungsvermögen, dachte Gretchen. Nicht nackt und hilflos, sondern mit der Fähigkeit, Radarschatten aufzuspüren, kommen wir zur Welt. Sie stellte die Götterspeise auf den Tisch. «Iß deinen Nachtisch», sagte sie. «Es ist schon spät.»

Billy verschränkte die Arme und lehnte sich zurück. «Ich hab dir doch gesagt, daß ich keinen Wackelpeter mag.»

Sie war versucht, zu sagen, entweder würde er jetzt seinen Nachtisch essen oder den ganzen Tag hier sitzen. Aber sie hatte das dunkle Gefühl, daß es genau das war, was Billy von ihr hören wollte. War es möglich, inmitten jenes geheimnisvollen Pfuhls von Gefühlen, Liebe, Haß, Sinnlichkeit und Gier, der in einem Kind war, daß er irgendwie wußte, was ihr Gang in die Stadt bedeutete, und daß er sich auf seine eigene, instinktive Art verteidigte, sich und seinen Vater verteidigte und die Eintracht seines Zuhause schützen wollte, als dessen Mittelpunkt er sich in gleichmütiger, kindlicher Arroganz empfand?

«Gut», sagte sie. «Also keinen Nachtisch. Gehen wir.»

Billy war ein guter Gewinner. Kein triumphierendes Lächeln zeigte sich in seinem Gesicht. Statt dessen sagte er: «Warum muß ich mir unbedingt diese alten, toten, ausgestopften Tiere ansehen?»

Sie war erhitzt und außer Atem, als sie die Wohnungstür aufschloß. Nachdem sie Billy am Schultor abgeliefert hatte, war sie fast den ganzen Rückweg gelaufen. Das Telefon klingelte, aber sie ließ es klingeln. Sie lief ins Badezimmer und streifte ihre Kleider ab. Sie duschte heiß und betrachtete danach in dem langen Spiegel kurz und kritisch ihren naß glänzenden Körper, ehe sie sich frottierte. Ich hätte so oder so werden können, dachte sie, dick oder dünn. Gott sei Dank bin ich schlank geworden. Aber auch nicht zu sehr. Mein Körper, das verlockende, feuchte Haus meiner Seele. Sie lachte. Dann ging sie nackt ins Schlafzimmer und holte das Pessar aus dem Schrank, wo sie es unter einem Stoß von Schals versteckt hielt. *O wohlgenutzte Erfindung!* Vorsichtig führte sie es sich ein. Man sollte etwas Besseres erfinden, dachte sie.

Während sie sich betastete, erinnerte sie sich wieder an den seltsamen Ansturm von Begierde in der Nacht zuvor, als sie sich schließlich zu Bett gelegt hatte. Die Bilder der beiden Boxer, weiß und schwarz, die sie angewidert hatten, während sie in der Arena saß, hatten sie nachts plötzlich mit Verlangen erfüllt. Ihre prachtvollen, harten Körper wälzten sich vor ihr. Sexualität war für eine Frau auf eine klar ersichtliche Art ein gewaltsames Eindringen, ein tiefer Einbruch in ihr Eigenleben, ein Schlag, den ein Mensch dem andern versetzte. In dem unbehaglichen, frühmorgendlichen Bett kreuzten sich nach der verwirrenden Nacht die Linien, Schläge wurden zu Liebkosungen, Liebkosungen zu Schlägen, und sie kroch erregt unter ihre Bettdecke. Wäre Willie zu ihr ins Bett gekommen, sie hätte ihn glühend willkommen geheißen. Aber Willie schlief. Er lag auf dem Rücken und schnarchte hin und wieder leise.

Sie war aufgestanden und hatte eine Schlaftablette genommen.

Am Morgen hatte sie alles aus ihren Gedanken verbannt, die Schande der Nacht mit der unschuldigen Maske des Tageslichts bedeckt.

Kopfschüttelnd zog sie eine Schublade voller Höschen und Büstenhalter auf. Wenn sie darüber nachdachte, dann schien ‹Höschen› ihr eine heuchlerisch verniedlichende, auf falsche Weise kindliche Bezeichnung für das, was es alles meinte. Hüftgürtel war ein besseres Wort, auch wenn sie keine Hüftgürtel trug. Boylans Lehre.

Wieder klingelte das Telefon beharrlich, aber sie achtete nicht darauf. Sie zog sich an. Ihr Blick glitt prüfend über die im Wandschrank hängenden Kleider. Sie wählte ein einfaches, strenges blaues Kleid. *Das Vorhaben nicht groß verkünden.* Der aus dem Kleid hervorkommende rosige Körper wird um so mehr geschätzt, als er vorher verborgen war. Sie bürstete ihr dunkles Haar, das glatt und lang auf ihre Schultern fiel; die breite, niedrige Stirn, hinter der sich alle Treuebrüche, alle Zweifel verbargen, frei, klar und faltenlos.

Da sie kein Taxi fand, nahm sie die Eighth Avenue-Untergrundbahn und dachte rechtzeitig daran, daß sie in den Zug umsteigen mußte, der von 53rd Street zur East Side hinüberfuhr. Persephone, die in der Blütezeit der Liebe der Unterwelt entsteigt.

An der Fifth Avenue stieg sie aus und ging im herbstlichen Wind und Sonnenschein die Straße entlang. Ihre gesetzte marineblaue Gestalt spiegelte sich in den Schaufensterscheiben. Sie fragte sich, wie viele der Frauen, an denen sie vorüberkam, wohl wie sie für einen Augenblick die Avenue entlangstolzierten oder listig durch die eleganten Verkaufsräume von Saks streiften, das Pessar bereits an Ort und Stelle.

Sie bog in östlicher Richtung in die 55th Street ein, kam am Eingang des *St. Regis* vorbei und mußte an eine gewisse Hochzeitsgesellschaft an einem Sommerabend denken, an einen weißen Schleier, an einen jungen Lieutenant. Es gab eben nur eine bestimmte Anzahl von Straßen in der Stadt. Unmöglich, sie alle zu meiden. Reminiszenzen, durch die Stadtgeographie bedingt.

Sie sah auf ihre Uhr. Zwanzig vor zwei. Noch ganze fünf Minuten, die sie langsam gehen konnte, um kühl und beherrscht anzukommen.

Colin Burke wohnte in der 56th Street zwischen Madison und Park Avenue. Wieder eine Reminiszenz. In dieser Straße hatte einmal eine Party stattgefunden, bei der sie vorzeitig aufgebrochen war. Aber schließlich konnte man einem Mann keinen Vorwurf machen, wenn er beim Mieten einer Wohnung nicht die Erinnerungen seiner zukünftigen Geliebten durchging, ehe er die erste Monatsmiete auf den Tisch legte.

Sie ging in das vertraute weiße Vestibül und drückte auf den Klingelknopf. Wie viele Male, an wie vielen Nachmittagen hatte sie hier geklingelt? Zwanzigmal? Dreißigmal? Sechzigmal? Irgendwann würde sie den Strich ziehen und es abzählen.

Der Summer am Türschloß brummte, sie ging hinein und fuhr mit dem kleinen Aufzug zum vierten Stock hinauf.

Er stand an der Tür, in Pyjama und Morgenmantel, mit bloßen Füßen. Sie küßten sich kurz, keine Hast, nur keine Hast.

Frühstücksgeschirr stand auf dem Kaffeetisch in dem großen, unordentlichen Wohnzimmer. Eine halbgeleerte Tasse Kaffee zwischen Stößen von Manuskripten in Kunstledereinbänden. Er war Theaterregisseur, und seine Tageseinteilung war die eines Theatermannes. Selten ging er vor fünf Uhr morgens ins Bett.

«Eine Tasse Kaffee?» fragte er.

«Nein, danke», sagte sie. «Ich habe gerade zu Mittag gegessen.»

«Ah, das geregelte Leben», sagte er. «Beneidenswert.» Die Ironie war freundlich.

«Morgen», sagte sie, «kannst du ja mal kommen und Billy ein Lammkotelett eintrichtern. Dann beneidest du mich nicht mehr.»

Burke hatte Billy noch nie gesehen. Er kannte auch ihren Mann nicht und war noch nie in ihrer Wohnung gewesen. Sie hatte ihn bei einem Lunch mit einem der verantwortlichen Redakteure einer Zeitschrift kennengelernt, für die sie gelegentlich schrieb. Man hatte sie um einen Artikel über ihn gebeten, da sie eine Inszenierung von ihm gelobt hatte. Bei dem Lunch hatte er ihr gar nicht gefallen. Ein hochnäsiger, von seinen Theorien besessener, allzu sehr von sich selbst eingenommener eitler Bursche, hatte sie gedacht. Sie hatte den Artikel nicht geschrieben, aber drei Monate später war sie nach mehreren einzelnen Verabredungen mit ihm ins Bett gegangen, aus Lust, Rachsucht, Langeweile, Hysterie, Gleichgültigkeit und weil es sich eben so ergeben hatte ... Sie erforschte ihre Beweggründe nicht mehr.

Er trank im Stehen einen Schluck von seinem Kaffee und beobachtete sie über die Tasse hinweg mit seinen dunkelgrauen, zärtlichen Augen unter den buschigen schwarzen Brauen. Er war 35 Jahre alt, klein, kleiner als sie (*Bin ich auf Lebenszeit zu kleinen Männern verurteilt?*), aber in seinem jetzt von dunklen Bartstoppeln bedeckten Gesicht war eine Intensität, eine angespannte, geistige Schärfe, ein Ausdruck von Unmittelbarkeit und Kraft, der einen seine kleine Gestalt vergessen ließ. Durch seinen Beruf war er es gewohnt, schwierige Menschen anzuleiten, und er hatte etwas Befehlerisches an sich. Er war launisch und wurde manchmal ausfällig, sogar ihr gegenüber. Eigene Mängel oder Mängel anderer quälten ihn. Er war leicht spöttisch, und er brachte es fertig, für Wochen zu verschwinden, ohne ein Wort zu sagen. Er war geschieden und stand in dem Ruf, ein Frauenheld zu sein, und zu Anfang, im vergangenen Jahr, hatte sie das Gefühl gehabt, daß er sie aus den einfachsten und eindeutigsten Gründen hielt, aber jetzt, während sie auf der gegenüberliegenden Seite des Zimmers stand und den schmächtigen, barfüßigen kleinen Mann in dem weichen marineblauen Morgenmantel (was für ein glückliches Zusammentreffen) betrachtete, war sie sicher, daß sie ihn liebte und keinen anderen wollte, nur ihn, und daß sie große Opfer bringen würde, um ihr ganzes Leben an seiner Seite zu bleiben.

Sie hatte Burke gemeint, als sie am vergangenen Abend zu ihrem Bruder sagte, sie wolle mit *einem* Mann schlafen, nicht mit zehn. Und tatsächlich hatte sie seit dem Beginn ihrer Beziehung mit keinem anderen geschlafen, von den seltenen Malen abgesehen, da Willie in Momenten wehmütiger Zärtlichkeit zu ihr ins Bett gekommen war – unglückliche, flüchtige Versöhnungen, die fast vergessenen Ehegewohnheiten.

Burke hatte gefragt, ob sie mit ihrem Mann noch schliefe, und sie hatte ihm die Wahrheit gesagt. Sie hatte auch zugegeben, daß es ihr Vergnügen machte. Sie brauchte ihm nichts vorzulügen, und er war unter allen Männern, die sie kannte, der einzige, dem sie alles, was ihr in den Sinn kam, sagen konnte. Er hatte ihr gesagt, daß er seit ihrer ersten Begegnung mit keiner anderen Frau geschlafen habe, und sie war überzeugt, daß es so war.

«Schönes Gretchen», sagte er und nahm die Tasse von seinen Lippen, «gütiges Gretchen, herrliches Gretchen! Oh, dich jeden Morgen mit dem Frühstückstablett hereinkommen zu sehen, welch eine Lust müßte das sein!»

«Meine Güte», sagte sie, «du bist ja heute mächtig guter Stimmung.»

«Nein, eigentlich gar nicht», sagte er. Er stellte die Tasse hin, kam zu ihr herüber, und sie schlangen die Arme umeinander. «Ich habe einen schrecklichen Nachmittag vor mir. Mein Agent hat vor einer Stunde angerufen. Ich muß um 2 Uhr 30 im Büro der Columbia sein. Sie wollen, daß ich in den Westen gehe und einen Film mache. Ich habe zweimal versucht, dich anzurufen, aber du warst anscheinend nicht da.»

Das Telefon hatte geklingelt, als sie die Wohnung betreten hatte, und noch einmal, als sie sich gerade anzog. Lieb mich morgen, nicht heute. Amerikanische Höflichkeit. Aber morgen ging Billys Klasse nicht ins Museum, hatte sie nicht bis fünf Uhr nachmittags frei. Morgen mußte sie um drei Uhr am Schultor sein. Leidenschaft nach Kinderstundenplan.

«Ich habe das Telefon läuten hören», sagte sie und trat einen Schritt zurück. «Aber ich habe nicht abgenommen.» Zerstreut zündete sie sich eine Zigarette an. «Ich dachte, du müßtest dies Jahr ein Bühnenstück inszenieren», fügte sie hinzu.

«Wirf die Zigarette weg», sagte Burke. «Jedesmal wenn ein schlechter Regisseur eine unausgesprochene Spannung zwischen zwei Personen zum Ausdruck bringen will, veranlaßt er sie, sich eine Zigarette anzuzünden.»

Sie lachte und drückte ihre Zigarette aus.

«Das Stück ist noch nicht fertig», sagte Burke. «Und so, wie es zur Zeit umgeschrieben wird, dauert es mindestens noch ein Jahr, bis es fertig ist. Und alles andere, was man mir angeboten hat, ist Mist. Mach nicht so ein trauriges Gesicht.»

«Ich bin nicht traurig», sagte sie. «Ich bin scharf und unbeschlafen und enttäuscht.»

Nun mußte er lachen. «Gretchens Wortschatz», sagte er. «Immer handfest. Kannst du es nicht heute abend einrichten?»

«Die Abende fallen aus. Das weißt du. Das hieße, es zur Schau stellen. Und ich bin kein Schausteller.» Bei Willie konnte man nie sicher sein. Er konnte, fröhlich pfeifend, zwei Wochen hintereinander zum Abendessen heimkommen. «Ist es ein guter Film?»

«Er kann es werden.» Er zuckte mit den Schultern und rieb sich seine blauschwarzen Bartstoppeln. «Der Schrei der Hure», sagte er. «Er kann es werden. Ehrlich gestanden, ich brauche das Geld.»

«Du hattest letztes Jahr einen sensationellen Erfolg», sagte sie. Sie wußte, daß sie ihn nicht antreiben durfte, tat es aber trotzdem.

«Die Höhe meiner Steuer- und Unterhaltszahlungen läßt meine Bank aufschreien.» Er verzog das Gesicht. «Lincoln hat 1863 die Sklaven befreit, aber die verheirateten Männer hat er dabei vergessen.»

Liebe war, wie fast alles heutzutage, von der Steuer abhängig. Wir umarmen uns zwischen Steuerformularen. «Ich sollte dich mit Johnny Heath und meinem Bruder bekanntmachen», sagte sie. «Sie winden sich wie Aale zwischen den Steuerbestimmungen hindurch.»

«Geschäftsleute», sagte er. «Sie kennen das Zauberwort. Wenn mein Steuerberater meine Unterlagen sieht, stützt er den Kopf auf die Hände und schluchzt. Über Geld zu weinen, das nicht da ist, hat keinen Sinn. Auf nach Hollywood! Im Grunde freue ich mich darauf. Warum sollte ein Theaterregisseur nicht Filme drehen? Die alte Vorstellung, daß dem Theater etwas Heiliges und dem Film etwas ewig Zweitrangiges anhaftet, ist purer Snobismus und ebenso tot wie David Belasco. Wenn du mich fragst, wer der größte lebende Dramatiker ist, würde ich sagen: Federico Fellini. Und es hat zu meiner Zeit nichts Besseres auf der Bühne gegeben als ‹Citizen Kane› – und das war reines Hollywood. Wer weiß – vielleicht werde ich der Orson Welles der fünfziger Jahre.»

Burke ging auf und ab, während er sprach, und Gretchen wußte, daß er, was er sagte, auch meinte oder zumindest das meiste davon und willens war, die neue Herausforderung anzunehmen. «Sicher, es gibt Huren in Hollywood, aber niemand wird im Ernst behaupten wollen, daß Schubert Alley ein Kloster ist. Zugegeben, ich brauche Geld und bin dem Anblick des Dollars nicht abhold, aber ich jage ihm nicht nach. Noch nicht. Hoffentlich nie. Ich stehe seit über einem Monat mit der Columbia in Verhandlungen, und man will mir völlig freie Hand lassen – die Story, die ich will, den Drehbuchautor, den ich will, keine Überwachung, die Außenaufnahmen dort, wo es nötig ist, beim

Schnitt das letzte Wort, alles, was ich will, so lange ich in den Grenzen des Budgets bleibe. Und das Budget ist anständig. Wenn der Film nicht so gut wird wie das, was ich am Broadway auf die Bühne gebracht habe, wird es ausschließlich mein Fehler sein. Und du kommst zum Premierenabend. Ich erwarte von dir, daß du Beifall spendest.»

Sie lächelte, ein pflichtschuldiges Lächeln. «Du hast mir nicht gesagt, daß die Sache schon so weit gediehen ist. Seit über einem Monat ...»

«Ich bin nun mal ein Geheimniskrämer», sagte er. «Und ich wollte nichts sagen, ehe die Sache definitiv war.»

Sie zündete sich eine Zigarette an. Zum Teufel mit den Spannungsklischees von Regisseuren. «Was wird mit mir? Bleibe ich hier zurück?» fragte sie durch den Rauch und wußte zugleich, daß sie es nicht hätte fragen sollen.

«Was mit dir wird?» Er sah sie nachdenklich an. «Es gibt ja Flugzeuge.»

«In welcher Richtung?»

«In beiden Richtungen.»

«Wie lange, meinst du, würden wir es zusammen aushalten?»

«Zwei Wochen.» Er schnippte mit dem Finger an ein Glas auf dem Tisch, und es klang wie ein schwaches Glockenläuten, das eine unbestimmte Stunde anzeigte. «Immer.»

«Könnten wir bei dir leben, wenn ich mit Billy in den Westen käme?» fragte sie ruhig.

Er kam zu ihr herüber, nahm ihren Kopf zwischen seine Hände und küßte sie auf die Stirn. Sie mußte den Kopf ein wenig herunterbeugen. «O Gott!» sagte er zärtlich und trat einen Schritt zurück. «Ich muß mich noch rasieren, duschen und anziehen», sagte er. «Es ist schon spät.»

Sie sah ihm zu, wie er sich rasierte, duschte und sich anzog, und begleitete ihn dann im Taxi zu dem Büro in der Fifth Avenue, wo er verabredet war. Er hatte ihre Frage nicht beantwortet, aber er bat sie, ihn später anzurufen, damit er ihr erzählen konnte, was die Leute von der Columbia gesagt hatten.

Sie verließ mit ihm das Taxi und verbrachte den Nachmittag damit, ein Kleid und einen Pullover zu kaufen, von denen sie schon jetzt wußte, daß sie sie umtauschen würde.

Um fünf Uhr, wieder in Hose und in ihrem alten Tweedmantel, stand sie am Schultor, jetzt ohne Pessar, und wartete darauf, daß Billys Klasse vom Naturgeschichtlichen Museum zurückkam.

Als der Nachmittag zu Ende ging, war er müde und erschöpft. Den ganzen Vormittag über hatte er mit Rechtsanwälten zu tun gehabt, und Rechtsanwälte, so hatte er entdeckt, waren die anstrengendsten Leute auf der Welt. Wenigstens für ihn. Auch die, die für ihn tätig waren. Der ständige Kampf um Vorteile, die problematische, komplizierte, unverdauliche Sprache, die Suche nach Hintertürchen, Druckmitteln, nutzbringenden Kompromissen, die schamlose Jagd nach Geld waren ihm widerwärtig, auch wenn er daraus Nutzen zog. Der Umgang mit den Anwälten hatte ein Gutes – er bestärkte ihn hundertmal in der Überzeugung, daß er richtig gehandelt hatte, als er Teddy Boylans Angebot, ihm ein Jurastudium zu finanzieren, ablehnte.

Am Nachmittag waren dann die Architekten gekommen, und auch mit ihnen war es schwierig gewesen. Er arbeitete an den Plänen für das Einkaufszentrum, und überall im Hotelzimmer lagen Zeichnungen herum. Auf den Rat von Johnny Heath hin hatte er sich für ein Team junger Architekten entschieden, die bereits einige bedeutende Preise gewonnen hatten, aber noch nach Höherem strebten. Sie waren eifrig bei der Sache und sehr begabt, darüber bestand kein Zweifel, aber sie hatten bisher fast ausschließlich in größeren Städten gearbeitet, und ihre Vorstellungen drehten sich um Glas, Stahl und Beton, während Rudolph, wohl wissend, daß sie ihn für hoffnungslos spießig hielten, auf traditionellen Formen und traditionellen Baumaterialien bestand. Es war nicht unbedingt sein eigener Geschmack, aber er hatte das Gefühl, daß es dem Geschmack der zukünftigen Kunden des Einkaufszentrums am meisten entgegenkam. Im übrigen war es das einzige, das Calderwood billigen würde. «Ich stelle mir eine Straße in einem alten neuenglischen Dorf vor», sagte Rudolph immer wieder unter dem Stöhnen der Architekten. «Weiße Schindelhäuser und über dem Theater einen Turm, so daß man es für eine Kirche halten könnte. Es ist eine konservative, ländliche Gegend, und wir wollen konservativen Leuten in einer ländlichen Atmosphäre etwas bieten. Sie werden ihr Geld leichter in einer Umgebung ausgeben, in der sie sich wohl und heimisch fühlen.»

Immer wieder hatten die Architekten beinahe die Arbeit niedergelegt, aber er hatte sie beruhigt: «Macht es so, dieses eine Mal. Beim nächstenmal könnt ihr mehr nach euren Vorstellungen arbeiten. Das hier ist erst der Anfang einer Kette, und mit der Zeit werden wir kühner werden.»

Die Baupläne, die sie entworfen hatten, waren von dem, was er wollte, noch weit entfernt, aber als er heute die letzten Rohentwürfe gesehen hatte, wußte er, daß sie nachgeben würden.

Die Augen taten ihm weh, und er fragte sich, ob er wohl eine Brille brauchte. Auf dem Schreibtisch stand eine Flasche Whisky. Er goß sich davon ein und füllte das Glas im Badezimmer mit Wasser auf. Er nippte an dem Drink, während er die steifen Bogen auf dem Schreibtisch ausbreitete. Beim Anblick des riesigen Firmenschildes: CALDERWOOD'S, das die Architekten über dem Eingang zum Zentrum vorgesehen hatten, zuckte er zusammen. Es sollte nachts in flammendem Neonlicht erstrahlen. Auf seine alten Tage suchte Calderwood in flackernden farbigen Neonröhren nach Anerkennung und Unsterblichkeit, und die taktvollen Andeutungen von seiten Rudolphs, alles, was protzig wirken könne, zu vermeiden, waren auf taube Ohren gestoßen.

Das Telefon läutete, Rudolph sah auf die Uhr. Tom hatte gesagt, er würde um fünf vorbeikommen, und es war kurz vor fünf. Er hob den Hörer ab, aber es war nicht Tom. Er erkannte die Stimme von Johnny Heaths Sekretärin. «Mr. Jordache? Mr. Heath möchte Sie sprechen.»

Er wartete ärgerlich, daß Johnny ans Telefon kam. Bei ihm würde es so etwas nicht geben, dachte er. Wenn jemand telefonieren wollte, mußte er sofort am Apparat und für den Angerufenen sofort zu sprechen sein. Wie viele Kunden und Käufer mußte es geben, die, wenn eine Sekretärin sagte: «Ich verbinde mit ...», verärgert den Hörer auflegten. Wie viele Geschäfte zerschlugen sich auf diese Weise, wie viele Einladungen wurden abgelehnt, wie viele Frauen beschlossen während dieser kurzen Verzögerung, nein zu sagen.

Als Johnny Heath sich schließlich mit einem «Hallo, Rudy» meldete, ließ Rudolph sich seine Verärgerung jedoch nicht anmerken.

«Ich habe hier die Information, um die du mich gebeten hast», sagte Johnny. «Hast du einen Bleistift und Papier zur Hand?»

«Ja.»

Johnny gab ihm Namen und Adresse eines Detektivbüros. «Man hat mir gesagt, die Leute seien sehr zuverlässig», sagte Johnny. Er fragte nicht, aus welchem Grund Rudolph einen Privatdetektiv brauchte, obwohl er sich diese Frage insgeheim sicherlich gestellt hatte.

«Vielen Dank für deine Mühe, Johnny», sagte Rudolph, nachdem er Namen und Adresse notiert hatte.

«Gern geschehen», sagte Johnny. «Bist du heute abend frei?»

«Bedauere», sagte Rudolph. Er hatte nichts vor, und hätte Johnnys Sekretärin ihn nicht warten lassen, dann hätte er ja gesagt.

Eine bleierne Müdigkeit ergriff von ihm Besitz, und er beschloß, das Detektivbüro erst am nächsten Tag anzurufen. Er konnte sich nicht erinnern, jemals schon um fünf Uhr nachmittags müde gewesen zu sein.

Aber er war müde, darüber gab's keinen Zweifel. Das Alter? Er lachte. Er war 27 Jahre alt. Er betrachtete sein Gesicht im Spiegel. Kein graues Haar. Keine Anzeichen von Ausschweifungen oder einer verborgenen Krankheit trübten die reine olivfarbene Haut. Wenn er überarbeitet war, so zeigte es sich jedenfalls nicht in diesem jugendlichen, beherrschten, faltenlosen Gesicht.

Und doch war er müde. Er legte sich aufs Bett und hoffte auf ein paar Minuten Schlaf, ehe Tom kam. Aber er konnte nicht schlafen. Die verächtlichen Worte seiner Schwester gingen ihm immer noch durch den Kopf, seit gestern abend, selbst während er mit den Anwälten und Architekten gerungen hatte.

«Findest du denn *an nichts* Gefallen?» Er hatte sich nicht verteidigt, aber er hätte darauf hinweisen können, daß er an seiner Arbeit Gefallen fand, daß es ihm Spaß machte, ins Theater oder ins Konzert zu gehen, daß er enorm viel las und sich gern Boxkämpfe oder auch Kunstausstellungen ansah, daß es ihm Spaß machte, morgens eine Runde auf der Aschenbahn zu drehen, Motorrad zu fahren und daß es ihm eine Freude war, ja eine Genugtuung, wenn ihm bei Tisch seine Mutter gegenüber saß, wenig freundlich, wenig liebenswert, gewiß, aber immer noch am Leben, dank seiner Mühe immer noch da und nicht im Grab oder im Spital.

Gretchen litt an der Krankheit des Jahrhunderts. Für sie war alles auf Sex gegründet. Die Jagd nach dem geheiligten Orgasmus. Sie würde vermutlich sagen, es sei Liebe, aber in seinen Augen war Sex das treffende Wort. Nach allem, was er erlebt hatte, war die Glückseligkeit, die im Sex liegen mochte, zu teuer erkauft und vergiftete jedes andere Glück. Wenn eine nicht gerade prüde Person morgens um vier Uhr sich an einen klammerte und mit mörderischem Haß ein Glas nach einem warf, nur weil man nach zwei Stunden genug von ihr hatte ... Oder wenn eine kleine, alberne Gans einen vor ihren Freunden verspottete, so daß man sich wie ein Eunuch vorkam und einem dann am hellichten Tag verächtlich an den Schwanz griff ... Wenn es Sex, oder sogar etwas wie Liebe war, das seine Mutter und seinen Vater ursprünglich zusammengeführt hatte, dann hatten sie doch geendet wie zwei wahnsinnig gewordene wilde Tiere im Zoo. Und erst die Ehen der zweiten Generation. Angefangen bei Tom. Was für eine Zukunft stand ihm bevor in den Fängen dieser winselnden, habgierigen, hirnlosen, absurden Puppe von einer Frau? Und auch Gretchen, so hochmütig und zynisch in ihrer hilflosen Sinnlichkeit, die sich selber verabscheute wegen ihrer Bettgeschichten, haltlos dahintreibend an der Seite eines wertlosen, betrogenen Ehemannes. Wer stieg hinab in die Niederungen von Detektiven, Schlüssellochspähern, Scheidungsanwälten – er oder sie? Fickt, soviel ihr wollt, dachte er und mußte selber lachen.

Das Telefon läutete. «Ihr Bruder ist unten in der Halle, Mr. Jordache», sagte der Mann von der Rezeption.

«Würden Sie ihn bitte heraufschicken.» Rudolph erhob sich vom Bett und zog die Decke glatt. Tom sollte nicht sehen, daß er sich hingelegt hatte. Er wußte selber nicht, warum. Vielleicht weil es an Luxus und Bequemlichkeit denken ließ. Hastig stopfte er die Zeichnungen der Architekten in den Wandschrank. Das Zimmer sollte kahl aussehen. Er wollte nicht, daß sein Bruder den Eindruck hatte, er sei ein bedeutender, mit großen Aufgaben betrauter Geschäftsmann.

Es klopfte. Rudolph öffnete die Tür. Wenigstens hat er sich eine Krawatte umgebunden, dachte er hämisch, wahrscheinlich wegen der Angestellten und Pagen in der Halle. Er gab Thomas die Hand und sagte: «Komm rein. Setz dich. Möchtest du was zu trinken? Ich habe eine Flasche Scotch, aber ich kann unten anrufen, wenn du etwas anderes willst.»

«Scotch ist schon recht.» Thomas saß steif in einem Sessel. Seine knochigen Hände hingen herunter. Sein Anzug bauschte sich um seine breiten Schultern.

«Wasser?» fragte Rudolph. «Ich kann Soda raufkommen lassen, wenn du ...»

«Wasser genügt.»

Ich benehme mich wie eine nervöse Gastgeberin, dachte Rudolph, während er im Bad Wasser in das Glas laufen ließ. Er gab es Thomas und hob sein Glas.

«Prost.»

«Tja», sagte Thomas und trank durstig einen großen Schluck.

«Da waren ja heute morgen ein paar gute Kritiken», sagte Rudolph.

«Tja», sagte Thomas, «ich hab sie gelesen. Hör zu, Rudy, wir wollen keine Zeit verschwenden.» Er griff in die Tasche und zog ein dickes Kuvert hervor. Er stand auf, trat ans Bett, öffnete das Kuvert und kehrte es um. Banknoten regneten auf die Bettdecke nieder.

«Was, zum Teufel, soll das, Tom?» fragte Rudolph. Er war den Anblick von so viel Bargeld nicht gewohnt: er hatte selten mehr als 50 Dollar bei sich. Und die Art, wie Thomas über dem Hotelbett Banknoten ausschüttete, hatte für ihn etwas Beunruhigendes. Es kam ihm irgendwie unerlaubt, unzulässig vor – so wie die Teilung der Beute in einem Gangsterfilm.

«Alles Hundert-Dollar-Scheine.» Thomas knüllte das leere Kuvert zusammen und warf es, gut gezielt, in den Papierkorb. «5000 Dollar im ganzen. Sie gehören dir.»

«Ich weiß nicht, wovon du redest», sagte Rudolph. «Du schuldest mir nichts.»

«Das Geld für deine gottverdammte College-Ausbildung, um das ich dich gebracht habe», sagte Thomas. «Das Geld, das die Betrüger in Ohio kassiert haben. Ich wollte es Pa geben, aber da war er schon tot. Jetzt gehört es dir.»

«Du mußt dir dein Geld zu hart verdienen», sagte Rudolph der an das Blut denken mußte, das am Abend zuvor geflossen war, «um es so wegzuwerfen.»

«Ich habe für dieses Geld nicht gearbeitet», sagte Thomas. «Ich habe es ohne Mühe verdient, auf die gleiche Weise, wie Pa es damals verloren hat – durch Erpressung. Es ist schon lange her. Hat jahrelang in einem Tresor gelegen. Keine Hemmungen, Bruder. Ich hab dafür nicht mal brummen müssen.»

«Das ist doch eine törichte Geste», sagte Rudolph.

«Ich bin ein törichter Mensch», sagte Thomas. «Es ist meine Art, törichte Gesten zu machen. Nimm es! Jetzt bin ich dich endlich los.» Er wandte sich von dem Bett ab und trank auf einen Zug sein Glas aus. «Ich gehe jetzt.»

«Warte. Setz dich doch einen Moment hin.» Rudolph schob seinen Bruder zum Sessel. Sogar bei dieser flüchtigen Berührung fühlte er die unbändige Kraft in Thomas' Armen. «Ich brauche das Geld nicht. Es geht mir bestens. Ich habe gerade einen Vertrag abgeschlossen, der mich zu einem reichen Mann macht. Ich ...»

«Freut mich, zu hören, aber das hat nichts damit zu tun.» Mit steinernem Ausdruck blieb Thomas stehen. «Ich will meine Schulden an unsere beschissene Familie zurückzahlen, und damit hat sich's.»

«Ich will das Geld aber nicht, Tom. Leg es auf die Bank, für dein Kind.»

«Ich werde schon für mein Kind sorgen, keine Angst. Das ist meine Sache.» Seine Stimme klang jetzt gefährlich.

«Es ist aber nicht mein Geld», sagte Rudolph hilflos. «Was, zum Teufel, soll ich damit?»

«Piß darauf! Gib es für Mädchen aus. Spende es für wohltätige Zwecke», sagte Thomas. «Ich nehme es bestimmt nicht wieder mit.»

«Setz dich, um Himmels willen.» Diesmal drängte Rudolph seinen Bruder mit aller Kraft in den Sessel – auf die Gefahr hin, Schläge von ihm einzustecken. «Ich muß mit dir reden.»

Er goß Tom und sich selber noch einen Scotch ein und setzte sich seinem Bruder gegenüber auf einen unbequemen Stuhl. Das Fenster stand einen Spalt offen. Der Wind, der in der Stadt herrschte, drang in kleinen Stößen herein. Die Geldscheine auf dem Bett zitterten in dem Lufthauch. Wie kleine, erschauernde Tiere, dachte Rudolph. Er und Thomas saßen jetzt beide so weit wie möglich von dem Bett entfernt, so als müßte derjenige, der als erster versehentlich einen der Scheine berührte, alles an sich nehmen.

«Hör zu, Tom», fing Rudolph an. «Wir sind keine Kinder mehr, schlafen nicht mehr im gleichen Bett. Wir sind keine Jungens mehr, die sich gegenseitig auf die Nerven gehen und, bewußt oder unbewußt, miteinander wetteifern. Wir sind zwei erwachsene Männer, und wir sind Brüder.»

«Wo seid ihr denn die ganzen zehn Jahre über gewesen, Bruder, du und Prinzessin Gretchen?» sagte Thomas. «Habt ihr mir jemals eine Postkarte geschickt?»

«Verzeih mir», sagte Rudolph. «Und wenn du mit Gretchen sprichst, wird auch sie dich bitten, daß du ihr verzeihst.»

«Falls ich sie noch mal sehe», sagte Thomas, «lasse ich sie gar nicht erst so nahe an mich herankommen, daß sie mir auch nur Hallo sagen kann.»

«Gestern abend, als wir dich im Ring gesehen haben, ist es uns zum Bewußtsein gekommen», fuhr Rudolph unbeirrt fort. «Wir sind doch schließlich eine Familie, wir schulden einander ...»

«Ich habe der Familie 5000 Dollar geschuldet. Da sind sie, auf dem Bett. Keiner von uns schuldet dem andern etwas. Jetzt nicht mehr.» Thomas hielt den Kopf gesenkt, das Kinn fast auf der Brust.

«Was du auch immer sagst, was du auch immer darüber denkst, wie ich mich all die Jahre benommen habe», sagte Rudolph, «ich möchte dir jetzt helfen.»

«Ich brauche keine Hilfe.» Thomas nahm einen großen Schluck von seinem Whisky.

«Doch, du brauchst Hilfe. Hör doch mal zu, Tom», sagte Rudolph. «Ich bin kein Fachmann, aber ich habe genug Boxkämpfe gesehen, um eine Vorstellung davon zu haben, was einen Boxer erwartet. Du wirst zwangsläufig verletzt werden. Schwer verletzt werden. Du bist ein Club-Boxer. Alles schön und gut, solange man der Champion in der näheren Umgebung ist. Aber wenn du gegen gut trainierte, begabte und ehrgeizige Boxer antrittst – und du hast es jetzt jedesmal mit einem besseren zu tun, weil du noch auf dem Weg nach oben bist –, dann werden sie dich zu Hackfleisch verarbeiten. Ganz abgesehen von den inneren Verletzungen, Gehirnerschütterungen, Rissen, Nierenverletzungen –»

«Ich höre nur noch halb auf dem einen Ohr», gestand Thomas zu Rudolphs Überraschung. Das Thema hatte ihn aus der Reserve gelockt. «Schon seit über einem Jahr. Scheiß drauf. Bin schließlich kein Musiker.»

«Und ganz abgesehen von den Verletzungen, Tom», fuhr Rudolph fort. «Es wird der Tag kommen, an dem du mehr verloren als gewonnen hast, oder du bist plötzlich am Ende mit deiner Kraft, und jedes Kind schickt dich zu Boden. Man hat das doch oft genug erlebt. Und dann ist es endgültig aus. Dann gibt dir keiner mehr einen Vertrag. Wieviel Geld wirst du dann haben? Wie willst du deinen Lebensunterhalt verdienen, wenn du mit dreißig oder meinetwegen auch mit fünfunddreißig noch mal ganz von vorn anfangen mußt?»

«Mal den Teufel nicht an die Wand, Scheißkerl», sagte Thomas.

«Ich versuche nur, realistisch zu sein», antwortete Rudolph. Er stand auf und goß Thomas noch einen Whisky ein, um ihn zurückzuhalten.

«Du bist noch immer derselbe!» sagte Thomas spöttisch. «Der liebe Rudy, der immer das treffende, realistische Wort für seinen kleinen Bruder parat hat.» Aber er nahm den Drink an.

«Ich stehe jetzt an der Spitze eines großen Unternehmens», sagte Rudolph. «Ich habe demnächst eine Menge Arbeitsplätze zu vergeben. Ich könnte dir eine Stellung verschaffen, eine feste Anstellung, etwas für die Dauer...»

«Und was darf ich da tun? Für 50 Dollar in der Woche einen Lastwagen in der Gegend rumkutschieren?»

«Ich würde schon was Besseres für dich finden. Außerdem bist du kein Dummkopf. Du könntest dich zum Geschäftsführer einer Niederlassung oder zum Abteilungsleiter hocharbeiten», sagte Rudolph und fragte sich, ob er log. «Alles, was du dazu brauchst, ist eine Portion gesunder Menschenverstand und der gute Wille, zu lernen.»

«Ich habe keinen gesunden Menschenverstand, und ich bin auch nicht gewillt, etwas zu lernen», sagte Thomas. «Hast du das noch nicht gewußt?» Er stand auf. «Ich muß jetzt gehen. Ich hab eine Familie, die auf mich wartet.»

Rudolph zuckte mit den Schultern. Er warf einen Blick auf die Geldscheine, die in dem beständigen Lufthauch leise zitterten. Er stand auf.

«Du mußt wissen, was du tust», sagte er. «Jedenfalls vorläufig.»

«Es gibt kein vorläufig.» Thomas ging auf die Tür zu.

«Ich werde euch besuchen. Ich möchte euer Kind sehen», sagte Rudolph. «Paßt es heute abend? Ich lade dich und deine Frau zum Abendessen ein. Wir können irgendwohin gehen. Was hältst du davon?»

«Nichts. Alles Quatsch.» Thomas öffnete die Tür und drehte sich um. «Komm gelegentlich, wenn ich im Ring stehe. Und bring Gretchen mit. Ich kann Anhänger brauchen. Beifall. Aber mach dir nicht wieder die Mühe, in die Garderobe zu kommen.»

«Überleg es dir noch mal. Du weißt, wo du mich erreichen kannst», sagte Rudolph verdrossen. Er war es nicht gewohnt, Fehlschläge hinzunehmen. Sein Scheitern hatte ihn erschöpft. «Vielleicht kommst du wenigstens mal nach Whitby und sagst deiner Mutter guten Tag. Sie fragt oft nach dir.»

«Na, was fragt sie denn? Ob man mich schon gehängt hat?» Thomas verzerrte das Gesicht zu einem Grinsen.

«Sie sagt, sie möchte dich noch einmal sehen, bevor sie stirbt.»

«Maestro», sagte Thomas spöttisch, «die Violinen, bitte.»

Rudolph schrieb die Adresse in Whitby und die Telefonnummer auf einen Zettel. «Hier, da wohnen wir, falls du dich noch anders besinnst.»

Thomas zögerte. Dann nahm er den Zettel und schob ihn nachlässig in die Jackentasche. «In zehn Jahren sehen wir uns wieder, Bruderherz», sagte er. «Vielleicht.» Er ging und schloß hinter sich die Tür. Ohne ihn kam Rudolph das Zimmer plötzlich viel größer vor.

Er starrte auf die Tür. Wie lange können Zorn und Haß dauern? In einer Familie wahrscheinlich ewig, dachte er. Tragödie im Haus Jordache, das heute ein Supermarkt ist. Er beugte sich über das Bett und sammelte die Scheine ein und steckte sie sorgfältig in ein Kuvert und versiegelte das Kuvert. Es war zu spät, um das Geld noch zur Bank zu bringen. Er würde es über Nacht im Hotelsafe aufbewahren lassen.

Eines stand fest. Für sich selbst würde er es auf keinen Fall verwenden. Morgen würde er es auf den Namen seines Bruders in D C-Aktien anlegen. Die Zeit würde kommen, da Thomas es brauchen konnte. Garantiert. Und bis dahin würden die Aktien weit mehr als 5000 Dollar wert sein. Mit Geld konnte man zwar nichts wiedergutmachen, aber man konnte hoffen, daß es alte Wunden heilte.

Er war todmüde, aber an Schlaf war jetzt nicht zu denken. Er holte die Zeichnungen wieder hervor, die Entwürfe der Architekten, grandiose Vorstellungen, Papierträume, Hoffnungen langer Jahre, unvollkommen verwirklicht. Er starrte auf die Bleistiftstriche, die sich in sechs Monaten in flackernde Neonröhren vor dem nördlichen Nachthimmel verwandelt haben würden: CALDERWOOD'S. Er schüttelte unglücklich den Kopf.

Das Telefon klingelte. Es war Willie, heiter, aber nüchtern. «Hallo, großer Handelsfürst», sagte Willie. «Hast du nicht Lust, rüberzukommen und mit der Gnädigen und mir zu Abend zu essen? Wir gehen in eine Kneipe in der Nachbarschaft.»

«Tut mir leid, Willie», sagte Rudolph. «Ich kann heute abend nicht. Ich bin verabredet.»

«Na, vielleicht merkst du mich vor, Fürst», sagte Willie leichthin. «Bis demnächst.»

Langsam legte Rudolph den Hörer auf. Er würde Willie nicht so bald wiedersehen und bestimmt nicht zum Essen.

Blick zurück, Willie, wenn du durch Türen gehst.

7

«Mein lieber Sohn», stand da in der runden Schulmädchenschrift, «Dein Bruder Rudolph war so gut und hat mir Deine Adresse gegeben. Ich ergreife nach so vielen Jahren gern die Gelegenheit, mit meinem verlorenen Sohn in Verbindung zu treten.»

Ach du meine Güte, dachte er, als sei es eine Botschaft aus einer anderen Welt. Er war zur Wohnungstür hereingekommen, der Brief hatte im Flur auf dem Tisch gelegen. Er hörte Teresa in der Küche hantieren, dazwischen die fröhlichen Krählaute des Kindes.

«Ich bin da», rief er, ging ins Wohnzimmer und setzte sich auf die Couch, wo er erst ein Feuerwehrauto zur Seite räumen mußte. Er saß dort auf der Couch aus orangefarbenem Satin, die Teresa unbedingt hatte kaufen müssen, und betrachtete den Brief. Sollte er ihn gleich wegwerfen oder erst zu Ende lesen?

Teresa kam herein, sie hatte eine Schürze umgebunden, Schweiß glitzerte auf der Schminke; das Kind lief hinter ihr drein.

«Du hast einen Brief bekommen», sagte sie. Seit sie gehört hatte, daß er nach England ging und sie nicht mitnahm, war sie nicht sehr freundlich zu ihm.

«Ja.»

«Es ist eine Frauenhandschrift.»

«Er ist von meiner Mutter.»

«Und du bildest dir ein, daß ich dir das glaube?»

«Hier!» Er hielt ihr den Brief unter die Nase.

Sie kniff die Augen zusammen. Sie war sehr kurzsichtig, weigerte sich aber, eine Brille zu tragen. «Eine reichlich jugendliche Handschrift für eine Mutter», sagte sie und trat einen Schritt zurück. «Jetzt auch noch eine Mutter. Deine Familie nimmt von Tag zu Tag zu.»

Beim Hinausgehen hob sie das Kind hoch, das laut schrie, weil es lieber beim Vater geblieben wäre.

Teresa zum Trotz beschloß Thomas, den Brief zu Ende zu lesen. Er wollte sehen, was die alte Schreckschraube zu sagen hatte.

«Rudolph hat mir von eurer Begegnung erzählt –» las er – «und ich muß gestehen, daß ich über Deine Berufswahl doch ziemlich schockiert bin. Obwohl ich im Grunde nicht allzu überrascht sein sollte, wenn man an die Veranlagung Deines Vaters denkt und das Beispiel, das er Dir mit diesem schrecklichen Sandsack gab, der all die Jahre über hinten im Hof hing. Andererseits verdienst Du Dir auf rechtschaffene Weise Deinen Lebensunterhalt, und wie Dein Bruder mir sagte, hast Du inzwischen einen Hausstand gegründet. Ich hoffe von ganzem Herzen, daß Du glücklich bist.

Rudolph hat mir von Deiner Frau weiter nichts erzählt, aber ich hoffe, daß Dein Familienleben glücklicher ist als das Deiner Eltern. Ich weiß nicht, ob Rudolph es erwähnt hat, aber Dein Vater ist eines schönes Nachts mit der Katze verschwunden.

Ich bin nicht gut dran und habe das Gefühl, daß meine Tage gezählt sind. Gerne käme ich nach New York, um meinen Sohn und meinen Enkel zu sehen, aber das Reisen ist beschwerlich für mich. Hätte Rudolph sich statt des Motorrads, mit dem er in der Stadt herumgondelt, lieber ein Auto gekauft, dann könnte ich die Reise machen. Auch könnte er mich sonntags zur Kirche fahren; auf diese Weise wäre es mir vergönnt, die Jahre des Heidentums wiedergutzumachen, die zu erdulden mich Dein Vater gezwungen hat. Aber ich sollte mich im Grunde nicht beklagen. Rudolph ist sehr gütig gewesen und sorgt gut für mich. Er hat mir ein Fernsehgerät gekauft, wodurch die langen Tage erträglich werden. Er ist offenbar sehr mit seinen eigenen Angelegenheiten beschäftigt, kaum daß er zum Schlafen nach Hause kommt. Soweit ich das beurteilen kann, vor allem wie er gekleidet ist, geht es ihm recht gut. Aber er hat sich ja immer gut angezogen und auch immer Geld in der Tasche gehabt.

Wenn ich ehrlich sein soll, so liegt mir wenig daran, die ganze Familie wieder vereinigt zu sehen. Deine Schwester hab ich aus guten Gründen aus meinem Herzen verbannt, aber meine beiden Söhne wiederzusehen, würde mir Freudentränen in die Augen treiben.

Ich war früher zu müde und hatte immer zu viel Arbeit, auch hat es mich Kräfte gekostet, Deines Vaters betrunkene Forderungen zu erfüllen, als daß ich Dir die Liebe hätte zeigen können, die ich für Dich empfand. Vielleicht aber kann jetzt, wo ich alt bin und meine Stunde bald schlägt, Friede zwischen uns herrschen.

Was Rudolph von Dir erzählte, klang so, als seiest Du nicht sehr freundlich zu ihm gewesen. Vielleicht hast Du Deine Gründe. Er hat sich in einen eiskalten, wenn auch aufmerksamen Mann verwandelt. Solltest Du Wert darauf legen, ihm nicht zu begegnen, könnte ich Dir Nachricht geben, wann er verreist ist, was immer häufiger vorkommt. So könnten Du und ich einander ungestört sehen. Küsse meinen Enkel von mir. Deine Dich liebende Mutter.»

Guter Gott, dachte er, Stimmen aus dem Grab.

Er saß da, den Brief in der Hand, und starrte ins Leere. Er hörte nicht die schrille Stimme seiner Frau, die in der Küche mit dem Kind schimpfte, vor seinem geistigen Auge zogen die Jahre in der Bäckerei vorüber, Jahre, in denen er das Gefühl der Verbannung, obwohl er im gleichen Hause lebte, gründlicher empfunden hatte als zu dem Zeitpunkt, da man ihn wegschickte und ihm sagte, er solle sich nie wieder blicken lassen. Wer weiß, vielleicht würde er die alte Dame besuchen und ihren Klagen über ihren geliebten Rudolph, ihren schwarzhaarigen Jungen, lauschen.

Er würde sich von Schultzy einen Wagen ausleihen und sie zur Kirche fahren – ja, das würde er tun. Soll die ganze gottverdammte Familie sehen, wie unrecht sie hatte, was ihn betraf.

Mr. McKenna verließ das Hotelzimmer, gravitätisch, huldvoll; auch im Ruhestand ließ sich nicht verleugnen, daß er früher aktiver Polizist gewesen war. Jetzt arbeitete er als Privatdedektiv. Er hatte aus seiner hübschen schwarzen Aktentasche aus Seehundleder einen Bericht gezogen und ihn Rudolph übergeben. «Ich bin ganz sicher, daß Sie damit alle notwendigen Informationen über die in Frage stehende Person haben», hatte McKenna liebenswürdig lächelnd gesagt und sich mit der rechten Hand mehrmals über seinen kahlen Schädel gestrichen. Seinen einfachen, am Rand säuberlich eingefaßten grauen Filzhut hatte er auf den Schreibtisch gelegt. «Die Nachforschungen waren tatsächlich verhältnismäßig einfach durchzuführen und in ungewöhnlich kurzer Zeit, dafür, daß die Ergebnisse so vollständig sind.» Etwas wie Bedauern schwang in Mr. McKennas Stimme mit, Bedauern darüber, daß Willie es ihm so leicht gemacht hatte und daß er dadurch nicht in der Lage gewesen war, seine Tüchtigkeit unter Beweis zu stellen. «Ich bin sicher, daß die Ehefrau mit Hilfe eines kompetenten Anwalts ohne weiteres eine Scheidung erwirken kann. Sie kann auf Ehebruch klagen, da sie eindeutig die Geschädigte ist.»

Rudolph betrachtete mit Abscheu den sauber mit der Maschine getippten Bericht. Telefonleitungen anzuzapfen war anscheinend ebenso leicht wie einen Laib Brot zu kaufen. Für 5 Dollar erlaubten einem Hotelangestellte, ein Mikrofon an der Wand anzubringen. Für ein Abendessen stöberten Sekretärinnen in Papierkörben herum und setzten sorgfältig die Schnipsel eines zerrissenen Liebesbriefs zusammen. Frühere Freundinnen sparten nicht mit handfesten Enthüllungen. Polizeiakten und geheime Aussagen vor irgendwelchen Ausschüssen waren zugänglich – alles wurde ans Tageslicht, nichts in Zweifel gezogen. Kommunikation war doch verbreiteter, als die derzeitigen Literaten behaupteten.

Er hob den Hörer ab und verlangte Gretchens Nummer. Er hörte, wie die Telefonistin die Nummer wählte. Das Besetztzeichen, dieses schnarrende Geräusch, ertönte. Er legte auf, trat ans Fenster, schob den Vorhang beiseite und blickte hinaus. Der Nachmittag war kalt und grau. Unten kämpften Fußgänger gegen den Wind an, mit hochgeschlagenem Mantelkragen eilten sie dahin, um ein schützendes Dach zu finden. Ein angemessener Tag für einen ehemaligen Polizisten.

Er ging zurück zum Schreibtisch und verlangte noch einmal Gretchens Nummer. Wieder war das Besetztzeichen zu hören. Unwillig legte er den Hörer auf. Er wollte diese scheußliche Angelegenheit so schnell wie möglich hinter sich bringen. Er hatte über die Sache ohne irgendeinen Namen zu nennen mit einem befreundeten Anwalt gesprochen. Der Mann hatte gesagt, die geschädigte Partei solle, ehe sie irgendwelche Schritte unternähme, mit dem Kind aus der gemeinsamen Wohnung ausziehen, es sei denn, es bestünde die Möglichkeit, den Ehemann dazu zu bewegen, die Wohnung zu verlassen. Unter keinen Umständen dürfe die geschädigte Partei auch nur noch eine Nacht unter ein und demselben Dach mit dem zukünftigen Beklagten verbringen.

Bevor er Willie anrief und ihn mit dem Bericht des Detektivs konfrontierte, mußte er Gretchen davon in Kenntnis setzen und ihr sagen, daß er die Absicht hatte, sofort mit Willie zu sprechen.

Aber wieder ertönte das Besetztzeichen. Die geschädigte Partei hatte einen geschwätzigen Nachmittag. Mit wem sprach sie – mit Johnny Heath, diesem ruhigen, sanften Liebhaber und Dauergast, oder mit einem der anderen zehn Männer, von denen sie gesagt hatte, sie wolle nicht mehr mit ihnen schlafen? Die am leichtesten zu habende Frau in New York. Meine Schwester.

Er schaute auf die Uhr. Fünf Minuten vor vier. Willie war bestimmt von der Mittagspause zurück und döste in seinem Büro befriedigt von den vor dem Lunch gekippten Martinis vor sich hin.

Rudolph griff zum Telefon und wählte Willies Nummer. Erst erklang eine, dann die nächste Sekretärinnenstimme, körperlose, wohlklingende elektrisierende Stimmen mit dem ganzen Public-Relations-Charme.

«Hallo, Handelsfürst», sagte Willie. «Was verschafft mir die Ehre?» Es war die Stimme eines Mannes, der an diesem Tag bereits drei Martinis konsumiert hatte.

«Willie», sagte Rudolph, «bitte komm doch gleich in mein Hotel herüber.»
«Aber Rudy, du vergißt, daß ich hier angebunden bin und ...»
«Keine Ausflüchte, Willie. Es ist besser, wenn du unverzüglich herkommst.»
«Okay», sagte Willie mit gedämpfter Stimme. «Bestelle mir einen Drink.»

Ohne einen Drink saß Willie auf dem Stuhl, auf dem vorher der Privatdetektiv gesessen hatte, und las Wort für Wort den Bericht. Rudolph stand am Fenster und blickte hinaus. Er hörte, wie Willie den Bericht auf den Schreibtisch zurücklegte.

«Also gut», sagte Willie, «dem Bericht nach scheine ich ein vielbeschäftigter kleiner Junge gewesen zu sein. Wie geht es weiter?» Er tippte auf den Bericht.

Rudolph griff danach und zerriß die zusammengehefteten Blätter in kleine Stücke, die er in den Papierkorb warf.

«Was hat das zu bedeuten?» fragte Willie.

«Es bedeutet, daß ich sie nicht brauchen kann», sagte Rudolph. «Ich will nicht, daß irgend jemand etwas davon erfährt. Wenn deine Frau die Scheidung will, muß sie sich einen anderen Weg ausdenken, um sie zu erreichen.»

«Ach», sagte Willie. «Es war Gretchens Idee?»

«Nicht ganz», sagte Rudolph. «Als sie mir sagte, sie wolle sich von dir trennen, aber auf alle Fälle das Kind behalten, bot ich ihr meine Hilfe an.»

«Die Bande des Blutes sind stärker als die der Ehe, stimmt's?»

«Vermutlich. Allerdings nicht bei mir. Diesmal.»

«Du warst nahe daran, dich wie ein Schuft zu benehmen, Handelsfürst», sagte Willie. «Hab ich recht?»

«Ja.»

«Weiß meine geliebte Frau von diesem Bericht?»

«Nein. Und sie wird auch nichts davon erfahren.»

«Einst in fernen Tagen werde ich das Loblied meines einmaligen Schwagers singen», sagte Willie. «Schau mal, werde ich zu meinem Sohn sagen, schau dir deinen noblen Onkel einmal genau an. Dann wirst du seinen Heiligenschein sehen. Mein Gott, in diesem Hotel muß es doch irgendwo einen Drink geben.»

Rudolph brachte eine Flasche zum Vorschein. Mit all seinen Witzen – wenn je ein Mensch so aussah, als brauche er einen Drink, so war es Willie in diesem Augenblick. Er trank das Glas auf einen Zug halb leer. «Wer bezahlt die Rechnung für die geleistete Arbeit?»

«Ich.»

«Wie hoch ist sie?»

«550 Dollar.»

«Du hättest dich an mich wenden sollen», sagte Willie. «Ich hätte dir die Auskunft für den halben Preis gegeben. Soll ich dir die Kosten zurückzahlen?»

«Nimm es als verspätetes Hochzeitsgeschenk», sagte Rudolph. «Du hast nie eines bekommen.»

«Besser als eine silberne Platte. Ich danke dir, Schwager. Ist noch was in der Flasche?»

«Bleib lieber nüchtern», sagte er. «Ich muß ein ernstes Wort mit dir reden.»

«Ja.» Willie nickte. «Es war ein kummervoller Tag für alle Beteiligten, als ich deiner Schwester in der Bar des *Algonquin* eine Flasche Champagner spendierte.» Er lächelte traurig. «Es war Liebe auf den ersten Blick, und ich liebe sie heute noch, und doch sieht es so aus, als läge meine Liebe im Papierkorb.» Er deutete auf die Schnipsel, in die Rudolph den Bericht des Detektivs zerrissen hatte; sie lagen in dem mit einer Jagdszene verzierten Papierkorb, die Reiter trugen grellrote Röcke. «Weißt du, was Liebe ist?»

«Nein.»

«Ich weiß es auch nicht.» Willie stand auf. «Ich gehe jetzt. Hab dank für die aufschlußreiche Stunde.»

Ohne Rudolph die Hand zu geben, verließ er das Zimmer.

Er konnte es im ersten Moment nicht glauben, als er zu dem Haus kam. Er warf noch einmal einen Blick auf den Zettel, den Rudolph ihm gegeben hatte, um sich zu vergewissern, daß es die richtige Adresse war. Wieder über einem Laden. Und in einer Umgebung, die kaum besser war als die in Port Philip. Wenn man an das luxuriöse Zimmer dachte, das Rudolph im Hotel *Warwick* innehatte, hätte man glauben können, er schwimme im Geld. Falls dem so war, gab er jedenfalls nicht viel davon für Miete aus.

Aber vielleicht hatte er auch nur die alte Dame hier untergebracht, während er selbst ein schickes Appartement in einem anderen Stadtteil bewohnte. Das sähe seinem feinen Bruder durchaus ähnlich.

Thomas betrat den schäbigen kleinen Eingang, las den Namen Jordache und klingelte. Er wartete, aber der Summer blieb still. Er hatte seine Mutter angerufen und ihr gesagt, er werde sie heute besuchen, und sie hatte gesagt, sie wäre zu Hause. Er wäre lieber an einem Sonntag gefahren, aber Teresa war, als er ihr das vorschlug, sofort in Tränen ausgebrochen. Der Sonntag gehöre ihr, hatte sie geschluchzt, den ließe sie sich nicht von einer alten Frau nehmen, die es nicht einmal für nötig gefunden hätte, zur Geburt ihres Enkels eine Karte zu schicken. Das Kind hatten sie zu einer Schwester Teresas in der Bronx gebracht, und sie beide waren am Broadway in ein Kino gegangen und hatten bei *Toots Shor* zu Abend gegessen. Ein Sportreporter hatte Thomas erkannt und war an ihren Tisch gekommen – hochbefriedigt hatte Teresa dagesessen; ihr huldvolles Lächeln lohnte die 20 Dollar, die das Essen gekostet hatte.

Thomas drückte noch einmal auf den Klingelknopf. Noch immer rührte sich nichts. Wahrscheinlich hat Rudolph in letzter Minute angerufen und gesagt, seine Mutter solle nach New York kommen, um seine Schuhe zu putzen oder sonst etwas, und sie war dieser Aufforderung eilends überglücklich nachgekommen, dachte Thomas erbittert.

Er schickte sich an, wegzugehen, halbwegs erleichtert, daß er ihr nicht gegenüberzutreten brauchte. Wozu Vergangenes wieder aufwärmen. Im Grunde war es kein so glänzender Einfall gewesen. Er war fast auf der Straße, als er den Summer hörte. Er drehte sich um, öffnete die Tür und ging die Treppe hinauf.

Die Wohnung lag im ersten Stock, und da stand sie, hundert Jahre alt, auf dem Treppenabsatz. Sie kam ihm zwei Stufen entgegen, und er begriff, warum er hatte warten müssen. Sie ging so langsam, daß sie bestimmt fünf Minuten brauchte, um ein Zimmer zu durchqueren. Tränen liefen ihr übers Gesicht, und sie streckte die Arme aus und umarmte ihn.

«Mein Sohn, mein Sohn!» rief sie, als ihre Arme, dünn wie Stecken, ihn umfingen. «Ich dachte schon, ich würde dich nie mehr sehen.»

Ein starker Duft nach Toilettenwasser hing in der Luft. Er küßte sie sanft auf die tränenfeuchte Wange und fragte sich zugleich, was er empfand.

An seinen Arm geklammert, führte sie ihn in die Wohnung. Das Wohnzimmer war sehr klein und dunkel. Es waren dieselben Möbel wie in der Vanderhoff Street. Die Sachen waren schon damals alt und abgenutzt gewesen. Was hier stand, war praktisch nur noch Gerümpel. Durch eine offene Tür konnte er einen Blick in das angrenzende Zimmer werfen: ein Schreibtisch, ein Bett, sonst nur Bücher.

Wenn er es sich leisten kann, solche Unmengen von Büchern zu kaufen, dachte Thomas, dann sollte er es sich auch leisten können, neue Möbel anzuschaffen.

«Setz dich, setz dich!» sagte sie aufgeregt und führte ihn zu dem einzigen fadenscheinigen Lehnstuhl. «Was für ein wunderbarer Tag!» Ihre Stimme war brüchig, rauh geworden vom ständigen Gejammer. Ihre Beine waren geschwollen und unförmig, sie trug weite, weiche Gesundheitsschuhe wie eine Gelähmte, und wenn sie sich bewegte, hatte man den Eindruck, als habe sie irgendwann vor langer Zeit einen Unfall erlitten, bei dem sie einen Schaden davongetragen hatte. «Du siehst glänzend aus. Einfach glänzend.» Worte, die aus ‹Vom Winde verweht› stammten, dachte er. «Ich hatte Angst, das Gesicht meines kleinen Jungen wäre völlig zerstört, aber du hast dich wirklich sehr gut entwickelt. Du ähnelst mehr meiner Familie, der irische Einschlag kommt durch, das kann man deutlich sehen. Nicht wie die zwei anderen.» Langsam und linkisch ging sie hin und her, während er steif auf seinem Stuhl saß. Sie hatte ein geblümtes Kleid an, das ihren mageren Körper umschlotterte. Die dicken Beine ragten wie eine Fehlkonstruktion unter dem Rock hervor, als gehörten sie einer anderen Frau. «Du hast einen hübschen grauen Anzug an», sagte sie und befühlte mit der Hand seinen Ärmel. «Der Anzug eines Gentleman. Ich hatte befürchtet, du würdest noch immer einen Pullover tragen.» Sie lachte fröhlich, seine Kindheit war bereits eine Romanze. «Ach, ich wußte ja, daß das Schicksal nicht so grausam sein würde, mir das Gesicht meines Kindes vorzuenthalten, bevor ich sterbe. Laß mich jetzt das Gesicht meines Enkels sehen. Du mußt doch, wie alle stolzen Väter, ein Bild in deiner Brieftasche haben.»

Thomas zog ein Foto heraus.

«Wie heißt er?» fragte seine Mutter.

«Wesley», sagte Thomas.

«Wesley Pease», sagte seine Mutter. «Ein schöner Name.»

Thomas unterließ es, sie daran zu erinnern, daß der Junge Wesley Jordache hieß, auch erzählte er ihr nicht, daß er vergeblich versucht hatte, Teresa zu einem weniger phantasievollen Namen zu überreden. Aber Teresa hatte angefangen zu weinen, und er hatte nachgegeben.

Mit feuchten Augen starrte seine Mutter auf das Bild. Sie küßte die Aufnahme. «Liebes, schönes kleines Wesen», sagte sie.

Thomas konnte sich nicht erinnern, daß sie *ihn* als Kind jemals geküßt hatte.

«Du mußt dafür sorgen, daß ich ihn sehe», sagte sie.

«Selbstverständlich.»

«Bald.»

«Gleich nach meiner Rückkehr aus England», sagte er.

«England! Gerade erst haben wir einander wiedergefunden, und schon reist du nach der anderen Seite der Erde ab!»

«Es ist nur für zwei Wochen.»

«Es muß dir sehr gutgehen, daß du dir solche Ferien leisten kannst.»

«Ich habe dort einen Job angenommen», sagte er. Es widerstrebte ihm, das Wort Boxkampf zu benutzen. «Die Reise wird mir bezahlt.» Er wollte nicht, daß sie auf den Gedanken kam, er sei reich, was nicht der Fall war. Außerdem war es bei den Jordaches besser, über Armut zu jammern. Es reichte, wenn eine Frau in der Familie nach jedem Cent grabschte, den er nach Haus brachte.

«Ich hoffe, du sparst dein Geld», sagte sie. «In deinem Beruf...»

«Natürlich», sagte er. «Mach dir keine Sorgen um mich.» Er blickte sich um. «Daß Rudolph sein Geld spart, sieht man.»

«Ach, die Wohnung», sagte sie. «Nicht gerade großartig, ich weiß. Aber ich kann mich nicht beklagen. Rudy hat eine Frau angeheuert, die jeden Tag kommt und saubermacht und die Einkäufe besorgt, wenn ich selber die Treppen nicht steigen kann. Und er will auch sehen, daß er eine geräumigere Wohnung findet. Wenn möglich eine Erdgeschoßwohnung, damit ich keine Treppen zu steigen habe. Er spricht nicht viel über seine Arbeit, aber letzten Monat stand ein Artikel in der Zeitung, daß er ein erfolgreicher junger Geschäftsmann sei und daß man bestimmt noch von ihm hören werde – man darf also annehmen, daß es ihm recht gutgeht. Aber er hat recht, daß er sein Geld zusammenhält. Geld war die Tragödie unserer Familie. Mich hat es vorzeitig zu einer alten Frau gemacht.» Sie seufzte. «Mit deinem Vater war über dieses Thema überhaupt nicht zu reden. Ich mußte jedesmal einen regelrechten Kampf mit ihm ausfechten, wenn ich auch nur 10 Dollar von ihm haben wollte, um den nackten Lebensunterhalt zu bestreiten. Du könntest übrigens in England vertrauliche Nachforschungen darüber anstellen, ob jemand etwas von ihm weiß. Er kann *überall* leben. Schließlich stammte er aus Europa, und für ihn wäre es das Natürlichste von der Welt, wenn er dorthin zurückginge, woher er gekommen ist, und sich dort versteckte.»

Jetzt spinnt sie, dachte er. Arme alte Frau! Darauf hatte Rudy ihn nicht vorbereitet. Aber er sagte: «Ich werde mich umhören, wenn ich drüben bin.»

«Du bist ein guter Junge», sagte sie. «Tief in meinem Herzen wußte ich immer, daß du ein guter Junge bist, du warst bloß in schlechte Gesellschaft geraten. Hätte ich doch die Zeit gehabt, meinen Kindern eine richtige Mutter zu sein, dann hätte ich dir viele Schwierigkeiten ersparen können. Du mußt streng sein mit deinem Sohn. Liebevoll, aber streng. Ist deine Frau eine gute Mutter?»

«Sie ist okay», sagte er. Er zog es vor, nicht über Teresa zu sprechen. Er blickte auf die Uhr. Die Unterhaltung und die düstere Wohnung deprimierten ihn. «Hör mal», sagte er, «es ist fast eins. Komm, ich führe dich zum Essen aus. Ich habe einen Wagen unten.»

«Zum Lunch in ein Restaurant? Ach, das wäre ganz reizend!» sagte sie jungmädchenhaft. «Mein großer starker Sohn führt seine Mutter zum Essen aus.»

«Wir wollen in das beste Lokal der Stadt gehen», sagte er.

Auf dem Heimweg, spätnachmittags in Schultzys Wagen, dachte er über den Tag nach und fragte sich, ob er die Fahrt noch ein zweites Mal machen würde.

An die Stelle des Bildes, das er sich in seiner Jugend von seiner Mutter gemacht hatte, das einer scheltenden, ewig nörgelnden, hartherzigen Frau, die den einen Sohn gegenüber dem andern benachteiligte, trat jetzt das einer einfältigen, bedauernswerten alten Frau, die auf rührende Weise einsam war und sich über die geringste Aufmerksamkeit freute, ängstlich darauf bedacht, sich beliebt zu machen.

Beim Essen hatte er ihr einen Cocktail angeboten; sie hatte einen kleinen Schwips gehabt und kichernd gesagt: «Ich komme mir ganz schlimm vor.» Nach dem Essen hatte er sie durch die Stadt gefahren und war ganz überrascht gewesen, als er hörte, daß sie kaum etwas von der Stadt kannte. Seit Jahren lebte sie hier, aber sie hatte praktisch nichts von der Stadt gesehen, nicht einmal die Universität, an der ihr Sohn graduiert worden war. «Ich hatte keine Ahnung, wie schön es hier ist», sagte sie immer wieder, als sie durch Stadtviertel fuhren, wo komfortable große Häuser zwischen Bäumen und winterlichen Rasenflächen standen. Und als sie bei Calderwood vorbeikamen, sagte sie: «Ich hatte keine Ahnung, daß es so groß ist. Ich bin nie darin gewesen. Und zu denken, daß Rudy es praktisch leitet!»

Er hatte einen Parkplatz gesucht und war langsam mit ihr durch das Erdgeschoß des Kaufhauses gewandert und hatte darauf bestanden, ihr eine Wildlederhandtasche für 15 Dollar zu kaufen. Sie ließ sich die alte Tasche einpacken und trug stolz die neue über den Arm gehängt, als sie das Kaufhaus verließen.

Im Laufe des Nachmittags hatte sie viel geredet und ihm zum erstenmal von ihrem Leben im Waisenhaus («Ich war das aufgeweckteste Mädchen in der Klasse. Als ich fortging, bekam ich einen Preis») erzählt, hatte davon gesprochen, wie sie als Kellnerin gearbeitet hatte, wie sie sich schämte, daß sie ein uneheliches Kind war, wie sie die Abendschule in Buffalo besuchte, um sich fortzubilden, daß sie sich, ehe sie Axel Jordache heiratete, von keinem Mann auch nur küssen ließ, daß sie am Tag ihrer Hochzeit nicht mehr als 92 Pfund wog, wie gut ihr Port Philip gefallen hatte, als sie und Axel das erste Mal hinfuhren, um die Bäckerei zu besichtigen, hatte ihm von dem weißen Vergnügungsdampfer auf dem Fluß erzählt und von der Musikkapelle, die an Deck einen Walzer spielte, von ihrem Traum, ein gemütliches kleines Restaurant aufzumachen, von ihren Hoffnungen für ihre Familie...

Als er sie in die Wohnung zurückbrachte, fragte sie ihn, ob er ihr nicht die Fotografie seines Sohnes schenken würde. Sie möchte sie gerne einrahmen lassen und in ihrem Schlafzimmer auf den Tisch stellen. Er gab sie ihr, und sie humpelte in ihr Zimmer und kam mit einer vergilbten Fotografie zurück, auf der sie selber im Alter von neunzehn Jahren dargestellt war, in einem langen weißen Kleid, schlank, ernst und schön. «Hier», sagte sie. «Ich möchte, daß du das Bild hast.»

Schweigend sah sie zu, wie er es sorgfältig in seine Brieftasche steckte, an dieselbe Stelle, wo er vorher das Bild seines Sohnes aufbewahrt hatte.

«Weißt du», sagte sie, «irgendwie fühle ich mich dir enger verbunden als sonst irgend jemandem auf der Welt. Wir sind vom selben Schlag. Wir sind einfach. Nicht wie deine Schwester und dein Bruder. So sehr ich Rudy liebe, so fremd ist er mir doch. Manchmal habe ich einfach Angst vor ihm. Während du...» Sie lachte. «So ein großer, starker junger Mann – ein Mann, der sich seinen Lebensunterhalt mit seinen Fäusten verdient... Ich fühle mich wohl in deiner Nähe, und es kommt mir beinahe so vor als wären wir gleichaltrig, als hätte ich mit einemmal einen Bruder. Daß du mich heute besucht hast... das war wundervoll. Ich bin eine Gefangene, die für ein paar Stunden die Mauern hinter sich gelassen hat.»

Er umarmte sie und küßte sie, einen Moment preßte sie sich fest an ihn.

«Weißt du», sagte sie, «daß ich, seit du da bist, noch nicht eine einzige Zigarette geraucht habe?»

Langsam fuhr er durch das Dämmerlicht und dachte über die vergangenen Stunden nach. Bei einem Rasthaus hielt er an, ging hinein und ließ sich an der leeren Bar einen Whisky geben. Er zog seine Brieftasche heraus und starrte auf das junge Mädchen, das sich in seine Mutter verwandelt hatte. Er war froh, daß er zu ihr gefahren war. Vielleicht war ihre Zuneigung nicht viel wert, aber aus dem langen Rennen um die magere Trophäe war er schließlich als Sieger hervorgegangen. Er genoß die ungewohnte Stille in dem Raum und saß eine Stunde lang friedlich an der Bar. Heute gab es einen Menschen weniger auf der Welt, den er hassen mußte.

Teil 3

1

1960

Es war ein schöner Morgen, abgesehen von der Dunstglocke, die sich wie ein dünner, metallischer Nebel über die Bucht von Los Angeles spannte. Barfuß, noch im Nachthemd, ging Gretchen durch die weit geöffneten Flügeltüren zwischen den bewegungslosen Vorhängen hindurch auf die Terrasse und blickte auf die dunstige, gleichwohl in Sonnenlicht getauchte Stadt und das ferne, unbewegte Meer zu ihren Füßen. Tief atmete sie die frische Luft des Septembermorgens ein, die nach feuchtem Gras und sich öffnenden Blumenkelchen roch. Kein Laut drang aus der Stadt bis hier auf den Hügel hinaus, die Morgenstille wurde nur von den Rufen eines Wachtelschwarms unterbrochen, der über den Rasen flog.

Besser als New York, dachte sie wohl zum hundertstenmal, weit besser als New York.

Sie hätte gerne eine Tasse Kaffee getrunken, aber Doris, das Dienstmädchen, war noch nicht auf, und wenn sie sich selber in der Küche eine Tasse Kaffee machte, würde Doris von dem Geräusch des laufenden Wassers und klirrenden Metalls aufwachen; sie würde aufstehen und ihr behilflich sein wollen, aber man würde den unausgesprochenen Vorwurf spüren, daß man sie nicht länger schlafen ließ. Angesichts des Tages, der ihm bevorstand, war es auch noch zu früh, um Billy aufzuwecken, so wenig wie sie Colin wachrütteln mochte, den sie in dem großen, breiten Bett schlafend verlassen hatte, flach auf dem Rücken liegend, mit gerunzelter Stirn und fest verschränkten Armen, als sei er im Traum Zeuge einer Aufführung, die er nicht billige.

Sie lächelte bei dem Gedanken an Colin, der in seiner ‹bedeutenden› Haltung schlief. Es gab noch andere Haltungen, die er im Schlaf einnahm: amüsante, anfechtbare, obszöne und erschreckte – sie hatte sie ihm alle beschrieben. Sie selber war durch einen dünnen Sonnenstrahl geweckt worden, der durch einen Spalt der Vorhänge drang. Sie war versucht gewesen, nach Colin zu greifen und diese verschränkten Arme zu entfalten. Aber am Morgen war Colin nie zur Liebe aufgelegt. Die Morgenstunden waren zum Morden da, pflegte er zu sagen. An den New Yorker Theaterrhythmus gewöhnt, fiel es ihm schwer, sich dem zeitigen Arbeitsbeginn der Studios anzupassen, und erst um die Mittagsstunde war er, wie er offen zugab, ansprechbar.

Sie ging zur Vorderfront des Hauses, mit nackten Füßen tappte sie glücklich durch das taufeuchte Gras, ihr durchsichtiges Nachthemd aus Batist blähte sich beim Gehen. Sie hatten keine Nachbarn, und daß zu dieser frühen Morgenstunde ein Auto vorbeifuhr, war nicht anzunehmen. Zudem kümmerte sich in Kalifornien kein Mensch darum, was man anhatte. Sie lag oft nackt im Garten und war am ganzen Körper braun. In New York war sie immer darauf bedacht gewesen, sich nicht der Sonne auszusetzen. In Kalifornien war das anders. Hier mußte man braun sein, sonst nahmen die Leute an, man sei krank oder zu arm, um sich einen freien Tag zu gönnen und sich in die Sonne zu legen.

Vorn auf dem Zufahrtsweg lag, gefaltet und mit einem Gummiband umwickelt, die Zeitung. Sie schlug sie auf und überflog die Schlagzeilen, während sie langsam um das Haus herum zurückging. Auf der Titelseite waren Nixon und Kennedy abgebildet; Präsidentschaftskandidaten, die im Wahlkampf alles versprachen. Sie trauerte kurz um Adlai Stevenson und fragte sich, ob es moralisch zu vertreten sei, daß sich ein so junger und gutaussehender Mann wie John Fitzgerald Kennedy um die Präsidentschaft bewarb. «Ein charmanter Bursche», sagte Colin von ihm – aber Colin war täglich von soviel Charme seitens der Schauspieler umgeben, daß Charme auf ihn eigentlich nur noch eine negative Wirkung hatte.

Ihr fiel ein, daß sie und Colin ihre Stimme per Briefwahl abgeben mußten, denn sie würden beide im November in New York sein, und jede Stimme, die Nixon nicht bekam, war wichtig. Obwohl sie jetzt, nachdem sie ihre Mitarbeit an den verschiedenen Zeitschriften aufgegeben hatte, sich nicht mehr über die Politik aufregte. Die McCarthy-Ära hatte sie, was den Wert persönlicher Rechtschaffenheit anging, sämtlicher Illusionen beraubt. Ihre Liebe zu Colin, dessen politische Einstellung – gelinde gesagt – kapriziös war, hatte sie dahin gebracht, alte Standpunkte sowie alte Freunde aufzugeben. Colin selber bezeichnete sich bei den verschiedensten Gelegenheiten als einen hoffnungslosen Sozialisten, als Nihilist, als Verfechter der Einheitssteuer oder als Monarchist, je nachdem, mit wem er gerade diskutierte, und das Ganze endete gewöhnlich damit, daß er doch für die Demokraten stimmte. Weder er noch Gretchen beteiligten sich an der leidenschaftlichen politischen Betriebsamkeit der Filmkolonie, an den zu Ehren eines Kandidaten veranstalteten Festivitäten, den Unterschriftenaktionen, den Cocktailparties, auf denen Geldmittel gesammelt wurden. Sie gingen überhaupt selten auf irgendwelche Parties. Colin mochte es nicht, wenn er soviel trinken mußte, er machte sich nichts aus den alkoholseligen, zwecklosen Unterhaltungen, wie sie in Hollywood an der Tagesordnung waren. Flirts waren ihm zuwider, daher hatte die Anwesenheit unzähliger hübscher Damen bei den diversen Festlichkeiten der Reichen und Berühmten keinen Reiz für ihn. Nach den turbulenten, geselligen Jahren mit Willie genoß Gretchen die häuslichen Tage und ruhigen Nächte mit ihrem zweiten Mann.

Colins Weigerung, «sich in der Öffentlichkeit blicken zu lassen», wie er es nannte, hatte seiner Karriere nicht geschadet. Wie er sagte: «Nur Leute ohne

Talent müssen das Hollywooder Spiel mitmachen.» Er hatte sein Talent mit seinem ersten Film unter Beweis gestellt, es mit einem zweiten bestätigt und nun, mit seinem dritten innerhalb von fünf Jahren, der gerade geschnitten wurde, hatte er sich als einer der begabtesten Regisseure seiner Generation etabliert. Der einzige Fehler, den er gemacht hatte, war gewesen, daß er, nachdem sein erster Film über die Leinwand lief, nach New York gegangen war und ein Theaterstück inszeniert hatte, das nach nur acht Aufführungen abgesetzt wurde. Nach diesem Versagen war er für drei Wochen von der Bildfläche verschwunden. Als er wieder auftauchte, war er verdrießlich und schweigsam, und es hatte Monate gedauert, bis er sich so weit gefangen hatte, daß er wieder an die Arbeit gehen konnte. Er war ein Mann, der Erfolg brauchte. Er hatte Gretchen mit leiden lassen. Es hatte nichts geholfen, daß sie ihn vorher gewarnt hatte; es war ein Stück, das sich ihrer Ansicht nach nicht zur Aufführung eignete. Er fragte sie jedoch immer um ihre Meinung und verlangte immer völlige Offenheit. Gretchen brachte sie ihm entgegen. Im Augenblick war sie etwas in Sorge über eine Stelle in seinem neuesten Film; sie hatten sich die betreffende Szene gestern abend im Rohschnitt angesehen, nur Colin, sie und Sam Corey, der Cutter. Sie hatte das Gefühl, daß etwas nicht stimmte, vermochte aber nicht im einzelnen zu begründen, was nicht stimmte. Sie hatte gestern abend nichts gesagt, aber sie war sicher, daß er sie heute morgen gleich beim Frühstück danach fragen würde. Als sie ins Schlafzimmer zurückging, wo Colin noch immer in seiner ‹bedeutenden› Haltung schlief, versuchte sie sich an den genauen Ablauf der Szene zu erinnern, damit sie sich vernünftig dazu äußern konnte, wenn darüber gesprochen wurde.

Sie warf einen Blick auf den Wecker neben dem Bett und stellte fest, daß es noch zu früh war, um Colin zu wecken. Sie zog einen Morgenrock an und ging ins Wohnzimmer. Der Schreibtisch in der Ecke des Zimmers war über und über mit Büchern und Manuskripten und Zeitungsausschnitten bedeckt – vorwiegend kurze Romanbesprechungen, die sie aus ‹Sunday Times Book Review›, aus ‹Publisher's Weekly› und Londoner Zeitungen herausgeschnitten hatten. Das Haus war nicht groß, und es gab keinen anderen Platz für den nie abnehmenden Stoß von gedrucktem Material, das sie beide auf der Suche nach möglichen Filmideen systematisch durchstöberten.

Gretchen nahm eine Brille vom Schreibtisch und setzte sich hin, um die Zeitung zu Ende zu lesen. Es war Colins Brille, mit der sie aber so gut sah, daß sie es unterließ, aus dem Schlafzimmer ihre eigene zu holen. Harmonierende Unvollkommenheiten.

Auf der Theaterseite stand eine Besprechung von einem neuen Stück, das gerade in New York Premiere gehabt hatte. Ein junger Schauspieler, von dem bisher niemand etwas gehört hatte, wurde überschwenglich gelobt, und sie machte sich eine Notiz, daß sie nicht vergaß, gleich nach ihrer Ankunft für sich und Colin Karten zu besorgen. Auf der Kinoseite, in der Spalte der Lichtspieltheater in Beverley Hills, entdeckte sie, daß Colins erster Film übers Wochenende wieder auf dem Spielplan war. Sie riß die Ankündigung sorgfältig heraus, um sie ihm zu zeigen. Es würde ihn beim Frühstück etwas heiterer stimmen.

Sie wandte sich dem Sportteil zu, um zu sehen, welche Pferde an diesem Nachmittag im Hollywood Park liefen. Colin hatte eine Vorliebe für Rennen und wettete nicht unbeträchtliche Summen, und sie gingen so oft sie konnten auf den Rennplatz. Beim letztenmal hatte er so viel gewonnen, daß er ihr eine hübsche Brosche in Form eines Zweiges geschenkt hatte. Heute schien kein Schmuckstück drin zu sein, und sie wollte die Zeitung gerade zuklappen, als ihr Blick auf ein Bild fiel, das zwei Boxer beim Sparring zeigte. O Gott, dachte sie, da ist er wieder. Sie las die Bildunterschrift. «Gary Quayles mit seinem Trainingspartner Tommy Jordache in Las Vegas beim Training für den Mittelgewichtskampf in der nächsten Woche.»

Seit jenem einen Abend in New York hatte sie ihren Bruder weder gesehen noch von ihm gehört, und sie verstand so gut wie nichts vom Boxen, aber so viel verstand sie doch, daß es mit Thomas, wenn er als jemandes Trainingspartner fungierte, seit jenem siegreichen Kampf in Queens abwärts gegangen sein mußte. Sie faltete die Zeitung zusammen und hoffte, daß Colin das Bild übersehen würde. Sie hatte ihm von Thomas erzählt, wie sie ihm alles erzählte, aber sie wollte andererseits nicht, daß Colins Neugier geweckt wurde und er womöglich auf die Idee kam, Thomas kennenzulernen und ihn boxen zu sehen.

Aus der Küche waren Geräusche zu hören, und sie ging in Billys Zimmer, um ihn zu wecken. Mit gekreuzten Beinen saß er im Pyjama auf dem Bett und zupfte lautlos an den Saiten seiner Gitarre. Hellblonde Haare, ernste, nachdenkliche Augen, zartflaumige rosa Wangen, eine zu große Nase für das noch unentwickelte Gesicht, der magere Hals eines Knaben, lange Beine – ganz konzentriert, kein Lächeln auf dem Gesicht, saß er da. Sehr liebenswert.

Fertig gepackt, und zwar sehr sorgfältig, den Deckel noch aufgeklappt, lag sein Koffer auf einem Stuhl. Billy hatte einen Sinn für Ordnung, was man von seinen Eltern nicht sagen konnte. Aber vielleicht lag es gerade daran.

Sie küßte ihn auf den Scheitel. Keine Reaktion, weder Feindseligkeit noch Liebe. Er ließ die Finger zu einem Schlußakkord über die Saiten gleiten.

«Bist du fertig?» fragte sie.

«Ja, ja.» Er entwirrte seine langen Beine, glitt vom Bett herunter. Seine Pyjamajacke stand offen. Hagerer langer Torso, die Rippen zeichneten sich ab, eine dunkel getönte Haut nach dem langen kalifornischen Sommer, den Tagen am Strand, Wellenreiten, Mädchen und Jungen zusammen auf dem heißen Sand, Salz und Gitarrenspiel. Soweit sie wußte, war er noch unschuldig. Das Thema war nicht berührt worden.

«Bist du fertig?» fragte er.

«Ich habe alles gepackt», sagte sie. «Ich brauche die Koffer nur noch zu verschließen.»

Billy hatte eine fast pathologische Angst davor, zu spät zu kommen, sei es in der Schule, auf dem Bahnhof, auf dem Sportplatz, bei Parties. Sie hatte gelernt, bei allen Unternehmungen mit ihm rechtzeitig fertig zu sein.

«Was möchtest du zum Frühstück?» fragte sie. Am letzten Tag sollte er noch ein bißchen verwöhnt werden.

«Orangensaft.»

«Ist das alles?»

«Ich will lieber nichts essen. Du weißt, wie leicht ich mich im Flugzeug übergeben muß.»

«Denk dran, dein Dramamin zu nehmen.»

«Ja.» Er zog das Oberteil seines Pyjamas aus und ging ins Badezimmer, um sich die Zähne zu putzen. Seit er einmal gesehen hatte, daß sie zusammen mit Colin ins Badezimmer gegangen war, weigerte er sich, sich nackt vor ihr sehen zu lassen. Es gab zwei Theorien. Sie wußte, daß Billy Colin bewunderte, sie wußte aber auch, daß der Junge ihr innerlich Vorwürfe machte, daß sie mit Colin vor der Heirat zusammen gelebt hatte. Die strengen Konventionen der Kindheit.

Sie ging ins Schlafzimmer, um Colin zu wecken.

Er sprach im Schlaf vor sich hin und warf sich unruhig im Bett herum. «All das Blut», sagte er.

Krieg? Zelluloid? Wer vermochte das bei einem Filmregisseur zu sagen.

Sie weckte ihn mit einem Kuß auf den Ohransatz.

Er lag regungslos da und starrte düster zur Decke. «Allmächtiger», sagte er, «es ist mitten in der Nacht.»

Sie küßte ihn noch einmal.

«Okay», sagte er, «dann guten Morgen.» Er strich ihr durchs Haar.

Sie bedauerte, daß sie zu Billy hineingegangen war. Irgendwann, an einem nationalen oder religiösen Feiertag, würde Colin sie vielleicht doch einmal in die Arme nehmen. Es hätte dieser Morgen sein können. Unabgestimmtes Verlangen.

Mit einem Ächzen versuchte er sich zu erheben, er fiel zurück. Er streckte die Hand aus. «Hilf einem armen alten Mann hoch», bat er. «Heraus aus den Tiefen.»

Sie ergriff seine Hand und zog. Er saß auf dem Bettrand und rieb sich die Augen, ungehalten über das helle Tageslicht.

«Sag mal», Colin hörte auf, sich die Augen zu reiben, und sah sie aufmerksam an, «irgend etwas hat dir doch gestern abend bei dem Rohschnitt mißfallen ...»

Er wartet nicht einmal bis zum Frühstück, dachte sie. «Ich habe kein Wort gesagt», erwiderte sie.

«Du brauchst kein Wort zu sagen. Ich höre es schon, wenn du es nur atmest.»

«Bist du sicher, daß du es nicht in die falsche Kehle bekommst?» fragte sie, um Zeit zu gewinnen. «Noch dazu vor dem Frühstück.»

«Komm, leg schon los!»

«Na schön», sagte sie. «Irgend etwas hat mir nicht gefallen, aber ich kam nicht dahinter, was es war.»

«Und jetzt?»

«Ich glaube, daß ich es jetzt weiß.»

«Und was ist es?»

«Die Einstellung, nachdem er die Nachricht bekommt und glaubt, es sei seine Schuld ...»

«Ja», sagte Colin ungeduldig. «Eine der Hauptszenen des Films.»

«Du läßt ihn im Haus umhergehen, sich in einem Spiegel nach dem andern betrachten, im Badezimmerspiegel, in dem großen Türspiegel an der Schrankwand, in dem dunklen Spiegel im Wohnzimmer, in dem vergrößernden Rasierspiegel, in der Wasserpfütze auf der Veranda sieht er sein Spiegelbild ...»

«Dem liegt ein einfacher Gedankengang zugrunde», sagte Colin gereizt und sich verteidigend. «Er erforscht sich selbst – na schön, sagen wir, es ist ein bißchen kitschig –, er blickt in seine Seele in verschiedenen Beleuchtungen, aus verschiedenen Gesichtswinkeln, um zu entdecken ... Okay, was glaubst du, daß falsch daran ist?»

«Zwei Dinge», sagte sie ruhig. Ihr wurde klar, daß sie sich die ganze Zeit unbewußt mit dem Problem herumgequält hatte, seit sie aus dem Vorführraum gekommen waren – gestern abend vor dem Einschlafen, heute morgen auf der Terrasse, als sie auf die dunstige Stadt hinunterblickte, während sie im Wohnzimmer die Zeitung las. «Zwei Dinge. Erstens das Tempo. Bis dahin hat sich alles in dem Film rasch abgespielt, so ist das Stück angelegt, dann plötzlich, wie um dem Zuschauer zu zeigen, daß nun der entscheidende Augenblick gekommen ist, verlangsamst du die Handlung. Es ist zu augenfällig.»

«So arbeite ich eben», sagte er sarkastisch. «Augenfällig.»

«Wenn du ärgerlich wirst, sage ich nichts mehr.»

«Ich bin bereits ärgerlich, du kannst es ruhig sagen. Du hast von zwei Dingen gesprochen. Was ist das andere?»

«Du machst fortwährend diese großen Nahaufnahmen von ihm, die mir zeigen sollen, wie gequält und unsicher und aus der Fassung gebracht er ist.»

«Wie gut, daß du wenigstens das kapiert hast ...»

«Soll ich weitersprechen oder wollen wir lieber frühstücken?»

«Die nächste Frau, die ich heirate, wird nicht so gottverdammt gescheit sein. Fahr fort!»

«Nun, du magst vielleicht glauben, daß er zeigt, wie gequält und unsicher und aus der Fassung gebracht er ist, aber ich sehe lediglich einen hübschen jungen Mann, der sich im Spiegel bewundert und sich fragt, ob die Beleuchtung auch wirklich ausreichend für seine Augen ist.»

«Mist!» sagte er. «Du bist gemein. Vier Tage haben wir an der Szene gearbeitet.»

«An deiner Stelle würde ich sie herausschneiden», sagte sie.

«Den nächsten Film drehst du, und ich bleibe daheim und besorge den Haushalt.»

«Du hast mich gefragt», sagte sie.

«Ich werde es nie lernen.» Er sprang vom Bett auf. «In fünf Minuten komme ich zum Frühstück.» Er stapfte in Richtung Badezimmer davon. Er pflegte ohne Pyjamajacke zu schlafen und die Bettuchfalten hatten auf seinem ziemlich muskulösen hageren Rücken rosa Streifen gezeichnet, kleine Striemen nach der schwachen Durchpeitschung der Nacht. An der Tür drehte er sich um: «Jede andere Frau, die ich gekannt habe, fand alles, was ich tat, prächtig», sagte er, «und ausgerechnet dich mußte ich heiraten.»

«Sie *fanden* es nicht», erwiderte sie. «Sie *sagten* es nur.»

Sie ging zu ihm hin, und er küßte sie. «Ich werde dich vermissen», flüsterte er. «Schrecklich vermissen.» Er schob sie grob beiseite. «Geh jetzt und sieh zu, daß der Kaffee schwarz ist.»

Er summte vor sich hin, als er die Badezimmertür schloß, eine ganz ungewohnte Fröhlichkeit bei ihm zu dieser Tageszeit. Sie wußte, daß auch er über die Szene beunruhigt gewesen war und daß er sich jetzt, wo er zu wissen glaubte, was falsch daran war, erleichtert fühlte. An diesem Morgen würde er im Schneideraum das seltene Vergnügen haben, vier Tage harter Arbeit, in denen 40 000 Dollar steckten, in den Papierkorb zu werfen.

Sie kamen rechtzeitig zum Flughafen, und die Falten auf Billys Stirn glätteten sich, als er seine Koffer und das Gepäck seiner Mutter auf dem Förderband verschwinden sah. Er hatte für die Reise einen grauen Tweedanzug angezogen und ein durchgeknöpftes rosa Hemd mit einer blauen Krawatte. Sein Haar war sorgfältig gebürstet, und kein Pickel verunschönte sein Gesicht. Gretchen fand ihn sehr erwachsen und hübsch aussehend, viel älter als seine vierzehn Jahre. Er war bereits so groß wie sie, größer als Colin, der sie zum Flughafen gefahren hatte und sich bewundernswerte Mühe gab, seine Ungeduld, ins Studio an die Arbeit zu kommen, zu verbergen. Gretchen hatte sich auf der Fahrt zum Flughafen sehr zusammennehmen müssen, um Colins Fahrweise nicht zu kritisieren. Ihrer Meinung nach fuhr er richtig schlecht: manchmal schlich er gedankenversunken dahin, dann wieder wurde er plötzlich vom Ehrgeiz gepackt und überholte andere Wagen oder schimpfte fürchterlich, wenn er überholt wurde, mitunter hinderte er die Fanrer auch daran. Wenn Gretchen sich nicht enthalten konnte, ihn auf einen drohenden Zusammenstoß aufmerksam zu machen, schnauzte er sie an: «Benimm dich nicht wie alle Amerikanerinnen!» Er selbst war davon überzeugt, daß er ganz ausgezeichnet fuhr. Er habe noch nie einen Unfall gehabt, betonte er immer wieder, obwohl er schon mehrmals bei zu schnellem Fahren ertappt worden war, Vorfälle, die von Leuten im Studio, nützlichen, zweifelhaften Herren, die über die entsprechenden Beziehungen verfügten, taktvoll aus seinem Strafregister herausgehalten wurden.

Als andere Fluggäste mit ihren Reisetaschen zum Schalter kamen, sagte Colin: «Wir haben noch eine Menge Zeit. Laß uns noch eine Tasse Kaffee trinken gehen.»

Da Gretchen wußte, daß Billy hier stehen bleiben wollte, um möglichst als erster das Flugzeug besteigen zu können, sagte sie: «Du kannst ruhig gehen, Colin. Dieses Herumstehen und Warten ist gräßlich...»

«Trinken wir eine Tasse Kaffee», sagte Colin. «Ich bin noch immer nicht wach.»

Sie gingen durch die Halle zum Restaurant, Gretchen zwischen ihrem Mann und ihrem Sohn, sich der Schönheit der beiden und ihrer eigenen bewußt. Sie merkte, wie die Leute sie alle drei anstarrten, und sie war glücklich dabei. Stolz, dachte sie, diese köstliche Sünde.

Im Restaurant tranken Colin und sie jeder eine Tasse Kaffee, während Billy sich eine Coca-Cola bestellte, mit der er seine Dramamin-Dosis hinunterspülte.

«Bis ich achtzehn war, wurde mir bei jeder Busfahrt schlecht», sagte Colin, als er sah, wie Billy seine Pillen schluckte. «Dann hatte ich mein erstes Mädchen, und mir wurde nie mehr schlecht.»

Schnell und abschätzend leuchtete es in Billys Augen auf. Colin behandelte Billy wie einen Erwachsenen. Manchmal fragte sich Gretchen, ob das wirklich klug war. Sie hatte keine Ahnung, ob der Junge seinen Stiefvater liebte, ob er ihn bloß duldete oder ob er ihn haßte. Billy gehörte nicht zu denen, die freiwillig über ihre Gefühle sprechen. Colin gab sich keine erkennbare Mühe, den Jungen für sich zu gewinnen. Manchmal war er barsch zu ihm, ein anderes Mal interessierte er sich eingehend für seine Schularbeiten und half ihm dabei, manchmal gab er sich reizend, dann wieder unnahbar. Colin machte seinem Publikum keine Konzessionen, war aber bewundernswert in seiner Arbeit, dachte Gretchen, was nicht unbedingt das richtige war für ein in sich gekehrtes Einzelkind, das bei einer Mutter lebte, die seinen Vater für einen temperamentvollen, schwierigen Liebhaber verlassen hatte. Wie alle Paare stritten sie und Colin hin und wieder miteinander, doch nie über das Thema Billy. Colin kam für Billys Erziehung auf, da es Willie Abbott finanziell nicht gutging und er nichts beisteuern konnte. Colin hatte Gretchen verboten, dem Jungen zu sagen, von wem das Geld stammte, doch sie war sich ziemlich sicher, daß Billy es erriet.

«Ich war genauso alt wie du», sagte Colin, «als ich ins Internat geschickt wurde. In der ersten Woche habe ich nur geweint. Im ersten Jahr verabscheute ich die Schule. Im zweiten erduldete ich sie. Im dritten hab ich die Schülerzeitung herausgegeben, was mir einen Vorgeschmack von den Genüssen der Macht gab, und wenn ich das auch niemandem, nicht einmal mir selbst eingestand, so gefiel mir das doch. Und als ich die Schule verlassen mußte, weinte ich wieder.»

«Ich gehe nicht ungern hin», sagte Billy.

«Gut», sagte Colin. «Es ist eine gute Schule, soweit man heutzutage eine Schule überhaupt gut nennen kann. Jedenfalls wirst du, wenn du herauskommst, wissen, wie man einen einfachen vollständigen Satz in englischer Sprache schreibt. Hier.» Er zog ein Kuvert heraus und gab es dem Jungen. «Nimm es und sag deiner Mutter nie, was darin ist.»

«Danke», sagte Billy. Er steckte das Kuvert in die Innentasche seiner Jakke. Er blickte auf die Uhr. «Sollten wir nicht besser gehen?»

Zu dritt gingen sie nebeneinander dem Ausgang zu, Billy trug seine Gitarre. Gretchen fragte sich im stillen, wie die Schule, eine altehrwürdige presbyterianische Heimschule in New England, auf die Gitarre reagieren würde. Vermutlich würde überhaupt keine Reaktion erfolgen. In der heutigen Zeit mußte die Schulleitung bei vierzehnjährigen Jungen auf alles gefaßt sein.

Man begann gerade, die Maschine zu beladen, als sie den Ausgang erreichten. «Geh schon an Bord, Billy», sagte Gretchen. «Ich will Colin noch Lebewohl sagen.»

Colin schüttelte Billy die Hand und sagte: «Wenn du etwas brauchst, ruf mich an. Hab keine Scheu.»

Gretchen sah ihm forschend ins Gesicht, als er mit ihrem Sohn sprach. Die scharfen, hageren Züge ließen erkennen, daß die Zuneigung und Besorgtheit echt waren, und die Augen unter den dichten schwarzen Brauen, die mitunter so gefährlich blitzen konnten, waren freundlich und liebevoll. Ich habe keinen Irrtum begangen, dachte sie, ich habe mich nicht geirrt.

Billy, unterwegs von einem Vater zum andern, lächelte ernst. Es war eine aufregende Reise. Er ging auf das Flugzeug zu, die Gitarre wie das Gewehr eines Infanteristen auf Patrouille geschultert.

«Ich glaube, du brauchst dir seinetwegen keine Sorgen zu machen», sagte Colin, als Billy davonging.

«Ich hoffe es», sagte Gretchen. «Es war Geld in dem Kuvert, nicht wahr?»

«Ein paar Dollar», sagte Colin beiläufig. «Ein Linderungsmittel für den Trennungsschmerz. Es gibt Augenblicke, wo ein Junge in der Lage sein muß, sich einen extra Milch-Shake zu leisten oder die letzte Nummer des ‹Playboy› zu kaufen. Holt Willie dich in Idlewild ab?»

«Ja.»

«Bringt ihr das Kind zusammen in die Schule?»

«Ja.»

«Vermutlich das richtigste», sagte Colin. «Bei feierlichen Anlässen sollten immer beide Eltern anwesend sein.» Er blickte Passagieren nach, die durch den Ausgang gingen. «Immer wenn ich diese Anzeigen der Luftverkehrsgesellschaften sehe mit Bildern, auf denen die Leute heiter lächelnd die Stufen zu einem Flugzeug hinaufsteigen, wird mir klar, wie verlogen die Welt ist. Nieman besteigt gern ein Flugzeug. Schläfst du heute mit deinem Ex-Gemahl?»

«Colin!»

«Es soll Frauen geben, die das tun. Scheidung, das höchste Aphrodisiakum.»

«Der Teufel soll dich holen!» sagte sie. Sie schickte sich an, zum Ausgang zu gehen.

Er streckte die Hand aus und hielt sie zurück. «Verzeih mir», sagte er. «Ich bin ein finsterer, selbstzerstörerischer, alles Glück bezweifelnder, unverbesserlicher Bursche.» Er lächelte traurig, abbittend. «Nur eines noch – sprich nicht mit Willie über mich.»

«Bestimmt nicht.» Sie hatte ihm bereits verziehen und wandte ihm dicht gegenüberstehend das Gesicht zu. Er küßte sie leicht. Im Lautsprecher erklang die letzte Aufforderung für den Flug.

«Bis in zwei Wochen also in New York», sagte Colin. «Und amüsier dich nicht ohne mich.»

«Keine Sorge», sagte sie. Ganz zart berührten ihre Lippen seine Wange.

Er wandte sich abrupt ab und ging davon. Wie immer schritt er entschlossen aus, so als sei er unterwegs zu einer gefahrvollen Begegnung, aus der er als Sieger hervorzugehen gedachte.

Einen Augenblick lang sah sie ihm lächelnd nach, dann ging sie durch den Ausgang auf das Rollfeld zu.

Trotz des Dramamins erbrach sich Billy, als sie sich Idlewild näherten. Er tat es verstohlen und abbittend in die für diesen Zweck bestimmte Tüte, aber der Schweiß stand ihm auf der Stirn und seine Schultern zuckten heftig. Hilflos streichelte Gretchen Billys Nacken, sie wußte, daß es sich nicht um etwas Ernstes handelte, war aber trotzdem bestürzt über ihre Unfähigkeit, ihrem Sohn in solchen Augenblicken beistehen zu können.

Als die Übelkeit vorüber war, schloß Billy ordentlich die Tüte und brachte sie zur Toilette. Er hatte sich den Mund gespült und den Schweiß von der Stirn gewischt. Er war noch etwas blaß im Gesicht, als er zurückkam und sich wieder neben Gretchen setzte. er blickte zur Seite und sagte zornig: «Herrgott, was bin ich für ein *Baby*!»

Willie hatte eine Sonnenbrille auf. Er stand in der kleinen Schar der Abholenden, die die Passagiere aus Los Angeles erwarteten. Der Tag war grau und feucht, und noch ehe sie nahe genug bei ihm war, um Hallo zu sagen, wußte Gretchen, daß er am vorhergehenden Abend getrunken und die Sonnenbrille deswegen auf hatte, um vor ihr und ihrem Sohn zu verbergen, daß seine Augen gerötet waren. Hätte er nicht wenigstens den einen Abend, bevor er seinen Sohn begrüßte, den er Monate nicht gesehen hatte, nüchtern bleiben können, dachte sie. Sie unterdrückte ihren Ärger. Freundlichkeit und ein ausgeglichenes Gemüt zwischen geschiedenen Eltern war in Gegenwart der Kinder oberstes Gebot. Die notwendige Heuchelei geteilter Liebe.

Billy erblickte seinen Vater und rannte an den aussteigenden Passagieren entlang auf ihn zu. Er umarmte seinen Vater und küßte ihn auf die Wange. Gretchen ging absichtlich langsamer, um nicht zu stören. Vater und Sohn waren einander offensichtlich sehr zugetan. Obwohl Billy größer war als sein Vater und viel besser aussah, als Willie selbst in jungen Jahren ausgesehen hatte, war ihre Blutsverwandtschaft unverkennbar. Zum wiederholten Male war Gretchen darüber erbost, daß ihr Beitrag zur genetischen Eigenart des Kindes nirgendwo zu sehen war.

Willie lächelte breit über die ihm von seiten seines Sohnes bekundete Zuneigung, als Gretchen auf ihn zukam. Er hielt den Arm um Billys Schulter gelegt und sagte «Hallo, Schatz» zu Gretchen, während er sich vorbeugte und sie auf die Wange küßte. Zwei einander ähnliche Küsse an ein und demselben Tag, auf zwei Seiten des Kontinents, der eine bei der Abreise, der andere bei der Ankunft. Willie hatte sich, was die Scheidung und was Billy anging, tadellos verhalten, und sie konnte ihm weder das Wort ‹Schatz› noch den reumütigen Kuß verweigern. Sie sagte nichts über die dunkle Brille und seinen Atem, der nach Alkohol roch. Er war ordentlich angezogen und nüchtern und sah so aus, wie man auszusehen hat, wenn man seinen Sohn in eine der angesehensten Heimschulen New Englands bringt. Auf irgendeine Weise würde sie, wenn sie morgen dorthin fuhren, dafür sorgen, daß er keinen Tropfen trank.

Sie saß allein in dem kleinen Wohnzimmer ihres Hotelappartements. Die Lichter brannten schon, und sie hörte dem vertrauten und erregenden Lärm der Stadt zu, ein Grollen, das von den Avenuen zu ihr heraufdrang. Sie hatte als selbstverständlich angenommen, Billy würde mit im Hotel schlafen, aber Willie hatte, als sie von Idlewild in die Stadt fuhren, zu Billy gesagt: «Ich hoffe, es macht dir nichts aus, auf der Couch zu schlafen. Es sind zwar ein paar Federn gesprungen, aber in deinem Alter schläft man trotzdem gut, denke ich.»

«Prima», hatte Billy gesagt, und es klang nicht geheuchelt. Er hatte sich im Gegenteil nicht einmal umgedreht und seine Mutter fragend angesehen. Aber selbst wenn er das getan hätte, was hätte sie sagen können?

Als sie auf Willies Frage, in welchem Hotel sie wohne, geantwortet hatte: «Im *Algonquin*», hatte er spöttisch die Augenbrauen hochgezogen.

«Colin findet es so angenehm», sagte sie verteidigend. «Alle Theater liegen in der Nähe, das erspart ihm viel Zeit. Er kann zu den Proben und ins Büro zu Fuß gehen.»

Als Willie vor dem *Algonquin* hielt, um sie aussteigen zu lassen, sagte er, ohne sie oder Billy anzusehen: «In diesem Hotel habe ich einmal einem Mädchen eine Flasche Champagner spendiert.»

«Ruf morgen bitte so früh wie möglich an», sagte Gretchen. «Sobald du aufwachst. Ich finde, wir sollten vor dem Lunch in der Schule ankommen.»

Billy saß neben seinem Vater auf dem Vordersitz, als sie ausstieg und der Portier ihr Gepäck nahm; um Billy einen Abschiedskuß zu geben, hätte sie sich über Willie hinwegbeugen müssen. So winkte sie ihm nur Lebewohl und ließ ihn in Gesellschaft seines Vaters davonfahren zu dem möblierten Zimmer mit der schadhaften Couch.

Im Hotel fand sie eine Nachricht von Rudolph vor. Sie hatte ihm telegrafiert, daß sie nach New York käme und ihm vorgeschlagen, zusammen zum Essen zu gehen. Rudolph ließ ihr ausrichten, daß er sie am Abend nicht treffen könne, aber er würde sie am nächsten Morgen anrufen.

Sie ging hinauf in ihr Appartement, packte aus, nahm ein Bad und war sich dann nicht schlüssig, was sie anziehen sollte. Schließlich warf sie nur einen Morgenmantel über, da sie nicht wußte, was sie mit dem Abend anfangen sollte. Die Leute, die sie in New York kannte, waren entweder Freunde von Willie oder ehemalige Liebhaber von ihr, oder Leute, die sie vor drei Jahren, als Colin hier das Theaterstück, das ein völliger Reinfall wurde, inszenierte, flüchtig kennengelernt hatte. Keinen von ihnen hatte sie Lust anzurufen. Sie hätte sich gern einen Drink bestellt, aber sie konnte nicht gut in die Bar hinuntergehen und sich dort betrinken. Wie abscheulich von Rudolph, dachte sie, als sie am Fenster stand und auf den Verkehr in der 44th Street unter ihr hinunterblickte, daß er sich nicht einmal einen Abend von seinen Geschäften losreißt. Rudolph war in den vergangenen Jahren zweimal in Los Angeles gewesen, und sie hatte ihm jede freie Minute geopfert. Warte nur, dachte sie, beim nächstenmal hinterlasse ich für *dich* im Hotel die Nachricht, daß ich leider keine Zeit habe.

Sie war nahe daran, bei Willie anzurufen. Sie konnte sich doch in aller Harmlosigkeit danach erkundigen, wie Billy sich nach seiner Übelkeit im Flugzeug fühlte; und vielleicht würde Willie vorschlagen, daß sie alle drei zusammen essen gingen. Sie ging schon zum Telefon und streckte die Hand aus, aber dann gebot sie sich Einhalt. Beschränke deine weiblichen Listen auf ein absolutes Minimum. Ihr Sohn verdiente einen ruhigen, harmonischen Abend mit seinem Vater – ohne daß Mutters eifersüchtige Augen ihn beobachteten.

Ruhelos ging sie in dem kleinen, altmodischen Zimmer auf und ab. Wie glücklich war sie damals gewesen, als sie nach New York kam, wie offen und einladend war ihr die Stadt erschienen! Als sie jung und arm und allein war hatte die Stadt sie willkommen geheißen, und sie hatte sich frei und furchtlos in ihren Straßen bewegt. Heute, klüger, älter, reicher, fühlte sie sich in dem Zimmer wie eine Gefangene. Ein dreitausend Meilen entfernter Ehemann, ein nur wenige Häuserblocks entfernter Sohn legten ihrem Verhalten unsichtbare Schranken auf. Nun, wenigstens konnte sie hinuntergehen und im Speisesaal dinieren. Eine weitere alleinstehende Frau, die, vor sich eine halbe Flasche Wein, an einem kleinen Tisch saß und versuchte, auf die Unterhaltung der anderen Gäste nicht zu hören. Mein Gott, wie langweilig war es doch manchmal, eine Frau zu sein!

Sie ging ins Schlafzimmer, nahm ihr einfachstes Kleid heraus, ein schwarzes, zweiteiliges Kostümchen, das viel zuviel gekostet hatte und von dem sie wußte, daß Colin es nicht mochte, und begann sich anzuziehen. Sie gab sich keine besondere Mühe mit ihrem Make-up, bürstete sich nur kurz das Haar und wollte gerade zur Tür hinausgehen, als das Telefon läutete.

Sie rannte fast zurück. Wenn es Willie ist, dachte sie, werde ich, gleichgültig, weshalb er jetzt anruft, mit Billy und ihm zu Abend essen.

Aber es war nicht Willie. Es war Johnny Heath. «Hallo», sagte Johnny. «Ich hörte von Rudolph, daß du in New York bist; und da ich gerade vorbeikam, dachte ich, ich sollte die Gelegenheit wahrnehmen...»

Lügner, dachte sie, niemand kommt ausgerechnet um Viertel vor neun abends am *Algonquin* vorbei. Aber sie sagte erfreut: «Johnny! Was für eine nette Überraschung.»

«Ich bin am Empfang», sagte Johnny, und in seiner Stimme schwang die Erinnerung an andere Jahre mit. «Falls du noch nicht gegessen hast...»

«Ja», sagte sie gedehnt, «ich bin gar nicht angezogen und wollte mir gerade das Essen aufs Zimmer schicken lassen. Der Flug hat mich ziemlich erschöpft, und ich muß morgen zeitig aufstehen und...» Sie verachtete sich selbst wegen ihrer Unehrlichkeit.

«Ich warte in der Bar», sagte Johnny und legte auf.

Aalglatter, selbstsicherer Wall Street-Halunke, dachte sie. Dann ging sie hinüber und zog ein anderes Kleid an. Aber sie ließ ihn ganze zwanzig Minuten warten, ehe sie in die Bar hinunterging.

«Rudolph war untröstlich, daß er dich heute abend nicht treffen konnte», sagte Johnny Heath, als er ihr gegenüber am Tisch saß.

«Ganz bestimmt!» sagte Gretchen.

«Wirklich. Ehrlich. Ich merkte es an seinem Anruf. Er hat mehrmals versucht, mich zu erreichen, weil er mich bitten wollte, daß ich dich im Hotel aufsuche und dir erkläre, warum...»

«Kann ich noch etwas Wein bekommen?» unterbrach ihn Gretchen.

Johnny winkte dem Kellner, der das Glas auffüllte. Sie waren zum Essen in ein kleines französisches Restaurant in der 53rd Street gegangen. Es war nahezu leer. Diskret, dachte Gretchen. Eines von diesen Lokalen, wo es nicht anzunehmen war, daß man jemanden traf, den man kannte. Gerade das richtige, wenn man mit einer verheirateten Frau, mit der man eine Liebschaft hatte, zum Essen ausging. Wahrscheinlich kannte Johnny eine ganze Reihe solcher Lokale, und er hätte sicherlich mühelos einen ‹New York-Führer für Schürzenjäger› zusammenstellen können; als Büchlein geheftet, hätte diese Liste womöglich einen Bestseller ergeben. Als sie hereingekommen waren, hatte der Ober freundlich gelächelt und sie zu einem Tisch in der Ecke geführt, wo sie sich ungestört unterhalten konnten.

«Wenn er es hätte einrichten können», beharrte Johnny, in gespannten Zeiten vorzügliches Bindeglied zwischen Freund und Feind, Liebenden und Blutsverwandten, «wäre er gekommen. Er hängt sehr an dir», setzte Johnny hinzu, der nie an jemanden sehr gehangen hatte. «Er bewundert dich mehr als jede andere Frau. Das hat er mir wiederholt gesagt.»

«Wißt ihr jungen Männer in langen Winternächten über nichts Besseres zu reden?» Gretchen trank einen Schluck. Der Wein war ausgezeichnet. Vielleicht würde sie im Laufe des Abends betrunken werden. Aber sie mußte aufpassen, daß sie vor der schweren Feuerprobe morgen genug Schlaf bekam. Ob wohl Willie und ihr Sohn auch in einem diskreten Restaurant zu Abend aßen, ging ihr durch den Kopf. Verbirgst du auch einen Sohn, mit dem du früher zusammen gelebt hast?

«In der Tat glaube ich», sagte Johnny, «daß es zum großen Teil an dir liegt, wenn Rudy noch nicht geheiratet hat. Er bewundert dich und hat bisher noch niemand gefunden, der dir gleicht...»

«Er bewundert mich so sehr», schnitt Gretchen ihm das Wort ab, «daß er sich nicht einmal, nachdem es fast ein Jahr her ist, daß wir uns gesehen haben, einen Abend freimachen kann, um mich zu treffen.»

«In ein paar Tagen wird in Port Philip ein riesiges neues Einkaufszentrum eröffnet», sagte Johnny Heath. «In dieser Größe gibt es bisher kaum welche. Hat er dir das nicht geschrieben?»

«Doch», räumte sie ein. «Ich habe das Datum vergessen.»

«Es gibt hunderttausend Kleinigkeiten, die erst in den letzten Tagen gemacht werden können. Glaub mir, er arbeitet zur Zeit zwanzig Stunden am Tag. Er hätte es physisch nicht gekonnt. Du weißt doch, wie fanatisch er arbeitet.»

«Ich weiß», sagte Gretchen. «Arbeite jetzt, lebe später. Er ist verrückt.»

«Wie macht dein Mann das?» fragte Johnny. «Arbeitet Burke nicht? Ich möchte annehmen, er bewundert dich ebenfalls, aber er scheint sich nicht die Zeit genommen zu haben, dich nach New York zu begleiten.»

«Er kommt in zwei Wochen nach. Außerdem ist es eine andere Art von Arbeit.»

«Ich verstehe», sagte Johnny. «Filme zu drehen ist eine geheiligte Sache, und eine Frau wird geadelt, wenn sie dem geopfert wird. Während die Leitung eines großen Handelsunternehmens ein schmutziges, nichtswürdiges Geschäft ist, und der Mann, der so etwas tut, sollte sich freuen, wenn sich die Gelegenheit bietet, einmal davon loszukommen und in New York seine einsame, unschuldige, tugendsame Schwester zum Essen auszuführen.»

«Du verteidigst nicht Rudolph», sagte Gretchen. «Du verteidigst dich.»

«Uns beide», sagte Johnny. «Ich spreche von uns beiden. Aber ich habe nicht das Gefühl, daß ich jemanden verteidigen muß. Wenn ein Künstler das Gefühl braucht, er sei das einzige lohnende Geschöpf, das die moderne Zivilisation ausgespuckt hat, so ist das seine Sache. Aber von armseligen, durch Geld verdorbenen Banausen, wie ich einer bin, zu erwarten, daß sie darin mit ihm übereinstimmen, ist zuviel verlangt. Diese Tour zieht mächtig bei den Mädchen und bringt eine Menge halbgebackener Maler und Möchtegern-Tolstojs in die teuersten Betten der Stadt, aber bei mir verfängt das nicht. Ich möchte wetten, wenn ich in einer Dachkammer in Greenwich Village arbeitete, statt in einem Wall Street-Büro mit Klimaanlage, daß du mich längst geheiratet hättest, lange bevor du Colin Burke kennenlerntest.»

«Langsam, Bruder», sagte Gretchen. «Ich hätte gern noch etwas Wein.» Sie hielt ihm ihr Glas hin.

Johnny goß ihr ein und winkte dann dem Kellner, noch eine weitere Flasche zu bringen. Regungslos und schweigend saß er da. Gretchen war erstaunt über seinen Ausbruch. Es sah Johnny so gar nicht ähnlich. Selbst in den Liebesstunden war er scheinbar kühl und unpersönlich gewesen, erfahren, ja versiert, wie in allem, was er tat. Heute abend jedoch schien er seine Ecken und rauhen Kanten verloren zu haben und erinnerte an einen von der Zeit gerundeten hochpolierten Stein – ein geschliffenes Wurfgeschoß, Belagerungsmunition.

«Ich war ein Narr», sagte er schließlich mit leiser Stimme. «Ich hätte dich bitten sollen, mich zu heiraten.»

«Ich war damals verheiratet. Hast du das vergessen?»

«Du warst auch verheiratet, als du Colin Burke kennenlerntest. Hast du das vergessen?»

Gretchen zuckte mit den Schultern. «Es war zu einem anderen Zeitpunkt», sagte sie. «Und es handelte sich um einen anderen Mann.»

«Ich habe einige seiner Filme gesehen», sagte Johnny. «Sie sind recht gut.»

«Sie sind weit mehr als das.»

«Die Augen der Liebe», sagte Johnny und tat, als lächelte er.

«Auf was willst du hinaus, Johnny?»

«Auf nichts», sagte er. «Ach, zum Teufel! Ich wollte wohl ein bißchen gemein sein, das ist alles – weil ich selber meine Zeit so schlecht genützt habe. Unmännlicher Bursche. Doch jetzt reiße ich mich zusammen und stelle meinem Gast, der früheren Frau eines meiner besten Freunde, eine höfliche Frage. Ich nehme an, daß du glücklich bist.»

«Sehr.»

«Eine gute Antwort.» Johnny nickte beifällig. «Eine sehr gute Antwort. In ihrer zweiten Ehe mit dem kleinen, aber aktiven Künstler der Filmleinwand fand die Dame die lange verweigerte Erfüllung.»

«Du bist noch immer gemein. Falls es dir lieber ist, stehe ich auf und gehe.»

«Aber es kommt doch noch der Nachtisch.» Er berührte ihre Hand. Glatte, fleischige, pummelige Finger, eine weiche Handfläche. «Bleib noch. Ich habe noch mehr Fragen. Was fängt eine Frau wie du, die, wie man meinen sollte, nur in New York zu leben weiß und die ein so eigenes Leben geführt hat, in diesem gottverdammten Ort an – wie verbringst du deine Tage?»

«Die meiste Zeit verbringe ich damit», sagte sie, «Gott dafür zu danken, daß ich nicht mehr in New York leben muß.»

«Und die übrige Zeit? Sag bloß nicht, daß es dir Spaß macht, untätig herumzusitzen und darauf zu warten, daß dein Mann aus dem Studio nach Hause kommt und dir erzählt, was Sam Goldwyn beim Lunch gesagt hat.»

«Wenn du es unbedingt wissen mußt», sagte sie gekränkt, «so tue ich in der Tat nicht viel anderes als untätig herumzusitzen, wie du es auszudrücken beliebst. Ich nehme am Leben eines Mannes teil, den ich bewundere und dem ich helfen kann, und das ist weit besser als das, was ich hier getan habe. Hier habe ich mich wichtig gemacht, bin mit anderen Männern ins Bett gegangen, habe meinen Namen in Zeitschriften gebracht und mit einem Mann zusammen gelebt, der dreimal in der Woche stockbetrunken nach Hause kam.»

«Ah, die neue Frauenrevolution!» sagte Johnny. «Kinder, Küche, Kirche. Von dir hätte ich das wirklich am allerwenigsten geglaubt...»

«Laß die Kirche weg», sagte Gretchen, «und du hast eine vollständige Beschreibung meines Lebens, okay?» Sie stand auf. «Ich verzichte auf den Nachtisch. Diese kleinen, aktiven Künstler von der Filmleinwand mögen ihre Frauen schlank.»

«Gretchen», rief er ihr nach, als sie aus dem Restaurant hinausschritt. Unschuldige Überraschung schwang in seiner Stimme mit. Ihm war gerade etwas Unvorstellbares widerfahren. Gretchen warf keinen Blick zurück und ging so schnell aus der Tür, bevor einer der Bedienten in dem Restaurant noch Zeit hatte, sie ihr offen zu halten.

Rasch ging sie in Richtung Fifth Avenue davon und verlangsamte erst dann ihren Schritt, als ihre Verärgerung nachließ. Es war töricht gewesen, sich aus dem Gleichgewicht bringen zu lassen. Was ging Johnny Heath sie an? Sollte er doch denken, was er wollte. Wenn er vorgab, daß er den Umgang mit freien, unabhängigen Frauen schätzte, so doch nur deshalb, weil er sich einbildete, er brauchte sich ihnen gegenüber keinen Zwang aufzuerlegen. Er war abgewiesen worden und versuchte nun, es ihr heimzuzahlen. Wie konnte er ahnen, was es für sie bedeutete, morgens aufzuwachen und Colin neben sich liegen zu sehen? Sie war nicht frei von ihrem Mann und er nicht frei von ihr, und sie waren darum beide bessere und fröhlichere Menschen. Andere schienen die Freiheit für eine Seifenblase zu halten.

Mit schnellen Schritten ging sie zu ihrem Hotel, fuhr mit dem Lift hinauf, griff nach dem Telefonhörer und ließ sich von der Telefonistin mit ihrer eigenen Nummer in Beverley Hills verbinden. In Kalifornien war es acht Uhr abends, und Colin war inzwischen sicherlich wieder zu Hause. Sie mußte seine Stimme hören, auch wenn er es verabscheute, zu telefonieren und nur allzu häufig mürrisch und barsch war, auch ihr gegenüber. Aber es meldete sich niemand, und als sie im Studio anrief und sich mit dem Schneideraum verbinden ließ, hieß es, Mr. Burke sei bereits weggegangen.

Langsam legte sie den Hörer auf die Gabel und ging im Zimmer auf und ab. Dann setzte sie sich an den Schreibtisch, zog ein Blatt Papier heraus und fing an zu schreiben: «Lieber Colin, ich habe eben versucht, Dich anzurufen, aber Du warst nicht zu Hause und auch nicht im Studio und ich bin traurig und ein Mann, mit dem ich einmal ein Verhältnis hatte, sagte einige unwahre Dinge, die mich ärgerten, und in New York ist es viel zu warm und Billy liebt seinen Vater mehr als mich und ich bin sehr unglücklich ohne Dich. Du hättest zu Hause sein sollen, damit mir nicht länger irgendwelche dummen Gedanken durch den Kopf gehen. Ich gehe jetzt hinunter in die Bar und genehmige mir ein oder zwei Drinks, und sollte jemand mit mir anzubändeln versuchen, rufe ich die Polizei. Ich weiß nicht, wie ich die zwei Wochen überstehen soll, ehe Du herkommst. Hoffentlich hat das, was ich über die Spiegelszene gesagt habe, nicht zu besserwisserisch geklungen, wenn ja, verzeih es mir und ich verspreche, mich nicht zu ändern oder anders zu werden oder meinen Mund zu halten unter der Bedingung, daß Du versprichst, Dich nicht zu ändern oder anders zu werden oder Deinen Mund zu halten. Dein Hemdkragen war ausgefranst, als Du uns zum Flughafen brachtest – ich bin keine gute Hausfrau, aber ich bin eine Hausfrau, Hausfrau, Hausfrau, die Frau in Deinem Haus. Das ist der beste Beruf auf der Welt, und wenn Du das nächste Mal nicht zu Hause bist, wenn ich Dich anrufe, dann gnade Dir Gott, dann werde ich mich rächen. Alles Liebe G.»

Sie steckte den Brief in ein Luftpostkuvert, ohne ihn noch einmal durchzulesen, und ging hinunter in die Halle, wo sie ihn frankieren ließ und in den Briefkastenschlitz steckte – ein Stück Papier, mit Tinte beschrieben, das ein Nachtflugzeug zum Zentrum ihres Lebens bringen würde, dreitausend Meilen entfernt auf der anderen Seite des dunklen großen Kontinents.

Dann ging sie in die Bar, und niemand versuchte, mit ihr anzubändeln, und sie trank zwei Whiskies, ohne mit dem Barmixer zu reden. Sie ging hinauf, zog sich aus und legte sich ins Bett.

Als sie am nächsten Morgen erwachte, weckte sie das Läuten des Telefons, und Willie war am Apparat und sagte: «Wir holen dich in einer halben Stunde ab. Wir haben schon gefrühstückt.»

Willie fuhr schnell und gut. Auf den kleinen, lieblichen Hügeln New Englands begannen sich die Blätter herbstlich zu färben. Sie näherten sich der Schule. Willie hatte auch heute wieder die dunkle Brille auf, aber nicht, weil er zuviel getrunken hatte, sondern weil ihn die Sonne blendete. Seine Hände lagen ruhig auf dem Steuerrad, und es war nichts von dem verräterischen Schwanken in seiner Stimme, das eine schlimme Nacht sonst im Gefolge hatte. Zweimal mußten sie anhalten, weil Billy sich übergeben mußte, aber im ganzen war es eine angenehme Fahrt: eine nette, noch jugendliche amerikanische Familie in guten Verhältnissen, die an einem sonnigen Septembertag in einem funkelnagelneuen Wagen durch eine der grünsten Landschaften Amerikas fuhr.

Die Hauptgebäude der Schule waren rote Ziegelsteinhäuser im Kolonialstil, mit ein paar weißen Säulen hier und da. Daneben gab es einige ältere Holzhäuser, in denen sich die Schlafräume befanden. Die Gebäude waren von alten Bäumen und großen Sportplätzen umgeben. Als sie vor dem Haupthaus vorfuhren, sagte Willie: «Du wirst Mitglied eines Country Club, Billy.»

Sie parkten den Wagen und gingen zwischen anderen Eltern und Schuljungen zu der großen Halle des Hauptgebäudes hinauf. Hinter einem Schreibtisch saß lächelnd eine Dame mittleren Alters. Sie schüttelte ihnen die Hand, versicherte, sie freue sich, sie zu sehen; und gab Billy eine farbige Plakette, die er sich an den Rockaufschlag stecken sollte. Dann wandte sie sich einer Gruppe älterer Jungen mit andersfarbigen Plaketten zu und rief: «David Crawford.» Ein großer Achtzehnjähriger mit einer Brille kam beflissen zu dem Schreibtisch herüber. Die Schulsekretärin machte alle miteinander bekannt und sagte: «William, das ist David, er wird dich einweisen. Wenn du heute oder im Laufe des Schuljahres irgendwelche Fragen oder Probleme hast, dann wendest du dich an David – er hat die Pflicht, sich für dich den Kopf zu zerbrechen.»

«Komm mit, William», sagte Crawford mit der tiefen, verantwortungsbewußten Stimme des älteren Schülers. «Ich bin immer für dich da. Wo hast du deine Sachen? Ich zeige dir dein Zimmer.» Er griff nach Billys Reisetasche, und er und Billy verließen das Gebäude. Die Schulsekretärin lächelte bereits dem nächsten Familientrio zu.

«William», flüsterte Gretchen, als sie mit Willie hinter den beiden Jungen herging. «Im ersten Augenblick wußte ich gar nicht, zu wem sie sprach.»

«Ein gutes Zeichen», sagte Willie. «Als ich zur Schule ging, wurden wir alle mit dem Nachnamen angeredet. Als Vorbereitung auf die Armee.»

Sie überquerten den Campus und gingen auf ein dreigeschoßiges rotes Backsteingebäude zu; es schien neuer als die anderen Gebäude.

«Sillitoe Hall», sagte Crawford, als sie hineingingen. «Dein Zimmer liegt im dritten Stock, William.»

Im Eingang wies eine kleine Gedenktafel daraufhin, daß das Gebäude eine Stiftung von Robert Sillitoe war, Vater von Lieutenant Robert Sillitoe, der am 6. August 1944 für sein Vaterland gefallen war.

Es tat Gretchen fast leid, daß sie die Tafel gesehen hatte, aber als sie hinter Crawford und Billy die Treppe hinaufging und junge Leute singen und Jazzplatten spielen hörte, wurde ihr wieder leichter ums Herz.

Das Billy zugewiesene Zimmer war nicht groß, aber es enthielt alles, was man brauchte: zwei Feldbetten, zwei kleine Schreibtische und zwei Kleiderschränke. Der Koffer mit Billys Sachen, der vorausgeschickt worden war, war unter einem der Feldbetten verstaut. Am Fenster stand noch ein anderer Koffer. Das Anhängeschild trug den Namen ‹Fournier›.

«Der Junge, der das Zimmer mit dir teilt, ist auch schon da», sagte Crawford. «Hast du ihn schon gesehen?»

«Nein», sagte Billy. Er wirkte noch wortkarger als sonst, und Gretchen hoffte nur, daß dieser Fournier sich nicht als Raufbold oder als Homosexueller oder als Marihuana-Raucher entpuppte. Sie fühlte sich plötzlich hilflos – ein Leben war ihren Händen entglitten.

«Dann wirst du ihn beim Mittagessen kennenlernen», sagte Crawford. «Es muß jeden Moment zum Essen läuten.» Pflichtbewußt sah er Willie und Gretchen mit einem freundlichen Lächeln an. «Natürlich sind die Eltern mit eingeladen, Mrs. Abbott.»

Sie fing Billys gequälten Blick auf, der ihr deutlich sagte: Nicht jetzt, *bitte!*, und sie hielt sich mit der Richtigstellung zurück. Es blieb Billy Zeit genug, den anderen zu erklären, daß sein Vater Mr. Abbott war, seine Mutter aber jetzt Mrs. Burke hieß. Nicht am ersten Tag. «Danke, David», sagte sie und hatte das Gefühl, daß ihre Stimme schwankte. Sie blickte Willie an. Er schüttelte den Kopf. «Sehr freundlich von der Schule, die Eltern mit einzuladen», sagte sie.

Crawford deutete auf das unbezogene Bett. «Ich rate dir zu drei Decken, William», sagte er. «Die Nächte sind hier ziemlich kalt, und mit der Heizung sparen sie. Offenbar sind sie der Ansicht, daß sich unser Charakter bei Kälte besser entwickelt.»

«Ich schicke dir sofort, wenn ich in New York bin, noch Decken», sagte Gretchen. Sie wandte sich an Willie: «Was ist mit dem Essen?»

«Ich habe überhaupt keinen Hunger. Und du, Schatz?» Willies Stimme klang flehend, und Gretchen wußte, daß er nichts weniger wünschte als an einem Essen im Speisesaal der Schule teilzunehmen – wo keine Aussicht auf einen Drink bestand.

«Ich auch nicht», sagte Gretchen, die Mitleid mit ihm hatte.

«Ja, ich weiß nicht... ich muß um vier in der Stadt sein. Ich habe eine Verabredung, die sehr...» Seine Stimme war kaum noch zu hören.

Die Glocke zum Essen ertönte, und Crawford sagte: «Es ist soweit. Der Speisesaal ist gleich hinter der Halle, wo die Aufnahme sitzt, William. Bitte entschuldige mich jetzt, ich habe Küchendienst. Und vergiß nicht – wenn du etwas brauchst.» Kerzengerade und eines Gentleman würdig, eine Empfehlung für die hinter ihm liegenden drei Schuljahre in New England, ging er in seinem Blazer und den abgetragenen weißen Schuhen hinaus auf den Gang, der von der Jazzmusik mindestens drei verschiedener Platten widerhallte, wobei Elvis Presleys wildes und verzweifeltes Geheul alles andere übertönte.

«Offenbar ein sehr netter Junge, findest du nicht?» sagte Gretchen.
«Mal sehen, wie er ist, wenn ihr abgereist seid», sagte Billy.
«Ich glaube, du gehst jetzt besser zum Essen», sagte Willie. Gretchen ahnte, daß er nach einem Drink lechzte. Er hatte sich den ganzen Vormittag über sehr tapfer gehalten, hatte an keinem der Rasthäuser, an denen sie vorbeigekommen waren, die Fahrt unterbrochen – er war ein vorbildlicher Vater gewesen. Er hatte seinen Martini verdient.

«Wir bringen dich hinüber zum Speisesaal», sagte Gretchen. Sie hätte am liebsten geweint, durfte es aber natürlich nicht vor Billy. Sie blickte sich unschlüssig im Zimmer um. «Wenn ihr euch das Zimmer ein bißchen nett herrichtet», sagte sie, «kann es sehr gemütlich werden. Außerdem habt ihr eine hübsche Aussicht.» Sie wandte sich jäh ab und trat in den Flur hinaus.

Zusammen mit anderen dem Hauptgebäude zustrebenden kleinen Gruppen überquerten sie das Schulgelände. Ein paar Schritte vor den Stufen blieb Gretchen stehen. Der Augenblick, Lebewohl zu sagen, war gekommen, und sie wollte das nicht mitten zwischen all den anderen Jungen und Eltern vor dem Haupteingang tun.

«Weißt du was, Billy», sagte sie, «wir verabschieden uns gleich hier.»

Billy umarmte und küßte sie flüchtig. Sie brachte ein Lächeln zustande. Billy gab seinem Vater die Hand. «Vielen Dank, daß ihr mich hergebracht habt», sagte er sachlich. Dann wandte er sich trockenen Auges ab und ging ohne Hast auf die Treppe zu, wo er sich dem Strom der anderen anschloß, eine dünne, hochaufgeschossene, kindliche Gestalt, verloren, unwiderruflich aufgebrochen in eine Männerwelt, wo die Stimme der Mutter, die getröstet oder ermahnt oder das Schlaflied gesungen hatte, nur noch aus weiter Ferne zu hören war.

Durch einen Tränenschleier sah sie, wie er zwischen den weißen Säulen hindurchging auf die weit geöffnete Tür zu und aus dem Sonnenlicht in den Schatten trat. Willie legte den Arm um sie, und sie gingen zum Wagen, jeder von ihnen dankbar für die körperliche Nähe des andern. Sie fuhren die gebogene Auffahrt hinunter und eine von Bäumen beschattete Straße entlang, vorbei an den verlassenen Sportplätzen mit ihren Toren, die jetzt niemand verteidigte.

Sie saß neben Willie und starrte vor sich hin. Plötzlich hörte sie ein merkwürdiges Geräusch, und gleich darauf brachte Willie den Wagen unter einem Baum zum Stehen. Willie schluchzte hemmungslos, und jetzt konnte auch sie die Tränen nicht mehr zurückhalten. Sie sanken einander in die Arme und weinten und weinten, um Billy und das Leben, das vor ihm lag, um Robert Sillitoe jr., um ihre frühere Liebe, um Mrs. Abbott, jetzt Mrs. Burke, um all den Whisky, um all ihre Fehler, um das gescheiterte Leben, das hinter ihnen lag.

«Achten Sie einfach nicht auf mich», sagte das Mädchen mit den Kameras zu Rudolph, als Gretchen und Johnny Heath aus dem Wagen stiegen und über den Parkplatz zu der Stelle gingen, wo Rudolph unter einem riesigen Reklameschild mit dem Namen Calderwood stand. Es war der Tag, an dem das neue Einkaufszentrum am Nordrand von Port Philip eröffnet wurde. Gretchen kannte die Gegend, das neue Zentrum lag an der Straße, die ein paar Meilen weiter zum Boylanschen Besitz führte.

Gretchen und Johnny hatten die Eröffnungsfeier versäumt, da Johnny sich erst um die Mittagszeit hatte freimachen können. Johnny hatte sich deswegen entschuldigt, so wie er sich auch wegen neulich abends entschuldigt hatte, und die Hinfahrt war in freundlicher Atmosphäre verlaufen. Die meiste Zeit hatte Johnny geredet, aber nicht über sich oder Gretchen. Er hatte sich lange und bewundernd über Rudolphs Aufstieg als Unternehmer und Manager verbreitet. Nach Johnny verstand Rudolph von moderner Geschäftsführung mehr als jeder andere Mann seines Alters, dem Johnny begegnet war. Als Johnny ihr zu erklären versuchte, was für einen brillanten Coup Rudolph im vergangenen Jahr gelandet hatte, als er Calderwood dazu brachte, eine Firma zu kaufen, die in den letzten drei Jahren einen Verlust von zwei Millionen Dollar gemacht hatte, mußte Gretchen zugeben, daß das über ihren Horizont ging, daß sie aber seine hohe Meinung unbesehen akzeptiere.

Als Gretchen zu der Stelle kam, wo Rudolph stand und sich auf einem Block, den er in der Hand hielt, etwas notierte, hockte die Fotografin ein paar Meter vor ihm und hielt die Kamera schräg nach oben gerichtet, damit sie das Calderwood-Schild mit aufs Bild bekam. Rudolph lächelte erfreut, als er Gretchen und Johnny erblickte, und ging auf sie zu. Für Gretchen sah dieser Mann, der Millionengeschäfte tätigte, über ebenso hohe Kredite verfügte und mit Aktien jonglierte, nur wie ihr Bruder aus, ein braungebrannter, gutaussehender junger Mann in einem gutgeschnittenen, unauffälligen Anzug. Wieder einmal war sie betroffen über den Unterschied zwischen ihrem Bruder und ihrem Mann. Von Johnny wußte sie, daß Rudolph um vieles wohlhabender war als Colin und daß er unendlich viel mehr reale Macht über eine sehr viel größere Anzahl von Menschen besaß, aber niemand, nicht einmal seine eigene Mutter, hätte von Colin sagen können, daß er maßvoll und bescheiden auftrat. Wo immer er mit anderen Menschen zusammenkam, stets ragte Colin hervor, war arrogant und anspruchsvoll, bereit, sich Feinde zu machen. Rudolph paßte sich seiner Umgebung an, war umgänglich und geschmeidig und wußte sich stets Freunde zu machen.

«Gut», sagte das junge Mädchen, während sie eine Aufnahme nach der andern schoß. «Sehr gut.»

«Darf ich bekannt machen», sagte Rudolph. «Meine Schwester, Mrs. Burke, mein Mitarbeiter, Mr. Heath. Miss... äh... Miss... Entschuldigung.»

«Prescott», sagte das Mädchen. «Jean genügt. Bitte nehmen Sie keine Notiz von mir.» Sie stand auf und lächelte scheu. Sie war ein kleines Mädchen mit glattem braunem langem Haar, das im Nacken zu einem Knoten geschlungen war. Sie hatte Sommersprossen, war völlig ungeschminkt und bewegte sich leichtfüßig, trotz der drei Kameras, die an ihr hingen.

«Kommt mit», sagte Rudolph. «Ich führe euch herum. Wenn ihr den alten Calderwood seht, gebt bewundernde Laute von euch.»

Wo immer sie hinkamen wurde Rudolph von Männern und Frauen aufgehalten, die ihm die Hand schüttelten und sagten, was für eine wundervolle Arbeit er für die Stadt geleistet habe. Während Miss Prescott drauflosknipste, zeigte Rudolph sein bescheidenes Lächeln, beteuerte, er freue sich, daß es ihnen gefiel, und erinnerte sich an eine erstaunliche Anzahl von Namen.

Unter den Gratulanten erkannte Gretchen keines der Mädchen, mit denen sie zur Schule gegangen war oder bei Boylan gearbeitet hatte. Dagegen schienen alle Mitschüler von Rudolph anwesend zu sein, um sich davon zu überzeugen, was ihr alter Schulfreund getan hatte, und ihm zu gratulieren; manche aufrichtig, andere mit nur zu offenkundigem Neid. So als wäre die Zeit in Port Philip schneller vergangen als in Whitby, wirkten die Männer, die mit ihren Frauen und Kindern auf Rudolph zukamen und ihn fragten: «Erinnerst du dich noch? Wir waren in derselben Klasse», älter, schwerfälliger, träger als ihr unverheirateter, ungebundener Bruder. Der Erfolg hatte ihn in eine andere Generation versetzt, in eine Generation schlankerer, flinkerer und flotterer Männer. Auch Colin, so wurde ihr bewußt, wirkte wesentlich jünger als er war. Die Sieger blieben jung.

«Du hast ja ganz Port Philip um dich versammelt», sagte Gretchen.

«Vermutlich ja», sagte Rudolph. «Selbst Teddy Boylan soll hier sein. Wir werden gar nicht vermeiden können, ihm in die Arme zu laufen.» Rudolph schaute sie aufmerksam an.

«Teddy Boylan», sagte sie. «Lebt er denn immer noch?»

«So heißt es jedenfalls», sagte Rudolph. «Ich habe ihn auch seit einer Ewigkeit nicht mehr gesehen.»

Sie gingen weiter, beide für einen flüchtigen Augenblick leicht verstimmt.

«Moment mal», sagte Rudolph. «Ich muß eben schnell mal mit dem Kapellmeister sprechen. Sie spielen nicht genug von den beliebten alten Schlagern.»

«Er kümmert sich wahrhaftig um alles», sagte Gretchen zu Johnny, als sie Rudolph auf die Musiktribüne zueilen sah, Miss Prescott lief hinter ihm her.

Als Rudolph zu ihnen zurückkam, spielte die Kapelle ‹Happy Days Are Here Again›, und er hatte ein Paar im Schlepptau, ein schlankes, sehr hübsches blondes Mädchen in einem flotten weißen Leinenkleid und einen schwitzenden Mann, der etwas älter war als Rudolph und dessen Haar sich schon lichtete. Er trug einen zerknitterten Sommeranzug. Gretchen war sicher, dem Mann schon einmal begegnet zu sein, wußte aber im Augenblick nicht zu sagen wo.

«Das ist Virginia Calderwood, Gretchen», sagte Rudolph. «Die jüngste Tochter des Chefs. Ich habe ihr viel von dir erzählt.»

Miss Calderwood lächelte schüchtern. «Ja, das hat er wirklich, Mrs. Burke.»

«An Bradford Knight erinnerst du dich doch sicher noch?» fragte Rudolph.

«Ich war es, der Ihnen damals auf der Party in New York alle Getränke weggetrunken hat», sagte Bradford.

Jetzt erinnerte sie sich an den jungen Mann mit dem Oklahoma-Akzent, der in ihrer Wohnung im Village auf Mädchen Jagd gemacht hatte. Sie erinnerte sich auch, daß Rudolph ihn vor einigen Jahren bewogen hatte, nach Whitby zurückzukommen und ebenfalls bei Calderwood zu arbeiten. Sie wußte, Rudolph mochte ihn, obwohl sie, wenn sie ihn so betrachtete, nicht hätte sagen können warum. Rudolph hatte ihr einmal erklärt, er verberge hinter seiner Rotarier-Fassade den gerissenen Geschäftsmann und sei phantastisch im Umgang mit Menschen; auf der anderen Seite führte er jeden Auftrag buchstabengetreu aus.

«Natürlich erinnere ich mich an Sie, Brad», sagte Gretchen. «Ich höre, Sie sind unbezahlbar.»

«Ich erröte, Ma'am», sagte Knight.

«Wir sind alle unbezahlbar», sagte Rudolph.

«Nein», sagte das Mädchen ernst, die Augen in einer Art, die Gretchen vertraut war, auf Rudolph gerichtet.

Sie lachten alle. Außer dem Mädchen. Armes Ding, dachte Gretchen. Du solltest lieber einen anderen Mann so ansehen.

«Wo ist Ihr Vater?» fragte Rudolph. «Ich möchte ihm meine Schwester vorstellen.»

«Er ist nach Hause gefahren», sagte das Mädchen. «Er hat sich geärgert, daß der Bürgermeister ständig über Sie und nicht über ihn gesprochen hat.»

«Ich bin hier geboren», sagte Rudolph leichthin, «und der Bürgermeister rechnet sich das wohl als sein Verdienst an.»

«Und es hat ihm auch nicht gefallen, daß *die* da die ganze Zeit Aufnahmen von Ihnen macht.» Sie deutete auf Miss Prescott, die aus ein paar Fuß Entfernung gerade wieder die Kamera auf die Gruppe richtete.

«Schicksal», sagte Johnny Heath. «Er wird darüber hinwegkommen.»

«Sie kennen meinen Vater nicht», sagte das Mädchen. «Sie sollten ihn nachher vielleicht anrufen und besänftigen», wandte sie sich an Rudolph.

«Schön, ich rufe ihn an», sagte Rudolph beiläufig. «Sobald ich Zeit habe. Übrigens, wir wollen in etwa einer Stunde alle einen Schluck trinken gehen. Kommt doch mit.»

«Ich kann in keine Bar gehen», sagte Virginia. «Das wissen Sie doch.»

«Okay», sagte Rudolph. «Dann gehen wir statt dessen Abendbrot essen. Brad, geh inzwischen rum und mach überall Schluß, wo es so aussieht, als würde es zu wild. Für die jungen Leute soll es später Tanz geben. Sorg dafür, daß es nicht ausartet.»

«Ich werde auf Menuetts bestehen», sagte Knight. «Kommen Sie, Virginia. Ich spendiere Ihnen ein Orange-Pop – auf Kosten Ihres Vaters.»

Widerstrebend ließ sich das Mädchen von Knight mitziehen.

«Er ist nicht der Mann ihrer Träume», sagte Gretchen, als sie weitergingen. «Das sieht man deutlich.»

«Sag das nicht Brad», sagte Rudolph. «Er träumt davon, in die Familie einzuheiraten und ein Imperium zu begründen.»

«Sie ist nett», sagte Gretchen.

«Sehr nett sogar», sagte Rudolph. «Besonders wenn man bedenkt, daß sie die Tochter des Chefs ist.»

Eine ziemlich beleibte Frau mit viel Rouge und Lidschatten und einem turbanähnlichen Hut auf dem Kopf, mit dem sie wie eine Gestalt aus einem Film der zwanziger Jahre aussah, zupfte Rudolph am Jackett, blinzelte ihn an und spitzte geziert den Mund. *«Eh bien, mon cher Rudolph»*, sagte sie mit hoher Stimme in dem verzweifelten Bemühen, mädchenhaft zu wirken, *«tu parles français toujours bien?»*

Rudolph verbeugte sich feierlich. Der Turban verriet ihm alles. *«Bonjour, Mademoiselle Lenaut»*, sagte er, *«je suis très content de vous voir*. Darf ich Ihnen meine Schwester, Mrs. Burke, vorstellen. Und meinen Freund, Mr. Heath.»

«Rudolph war der aufgeweckteste Schüler, den ich je gehabt habe», sagte Miss Lenaut mit rollenden Augen. «Ich wußte, daß er es zu etwas bringen würde. Das ließ sich schon früh erkennen.»

«Sie sind zu gütig», sagte Rudolph, und sie gingen weiter. Er grinste. «Ich schrieb ihr Liebesbriefe, als ich in ihrer Klasse war. Ich schickte sie nie ab. Vater hat sie einmal eine französische Schnalle genannt und ihr ins Gesicht geschlagen.»

«Diese Geschichte kenne ich gar nicht», sagte Gretchen.

«Es gibt eine Menge Geschichten, die du nicht kennst.»

«Irgendwann mußt du dir abends einmal Zeit nehmen», sagte sie, «und mir die Chronik der Jordaches erzählen.»

«Irgendwann», sagte Rudolph.

«Es muß doch ein befriedigendes Gefühl für dich sein», sagte Johnny, «an so einem Tag wieder in deine alte Heimatstadt zu kommen.»

Rudolph überlegte einen Augenblick. «Es ist eine Stadt wie jede andere», sagte er obenhin. «Kommt, wir sehen uns die Auslagen an!»

Sie machten einen Rundgang. Gretchen besaß, wie Colin einmal gesagt hatte, nur einen ‹unterentwickelten› Erwerbssinn, und die gigantische Anhäufung von Dingen, die man kaufen konnte, diese unsinnige Flut von Gegenständen, die unerbittlich aus den Fabriken Amerikas strömte, stimmte sie traurig.

Was Gretchen an dem Zeitalter, in dem sie lebte, am meisten deprimierte, drückte sich in dieser Ansammlung künstlich ländlicher weißer Gebäude aus, und ausgerechnet ihr Bruder, ihr geliebter Bruder, war derjenige, unter dessen Leitung das alles entstanden war. Wenn er ihr einmal die Chronik der Jordaches erzählte, würde sie sich ein Kapitel vorbehalten.

Anschließend zeigte Rudolph ihnen das Theater. Eine Theatergruppe aus New York sollte es am Abend mit einer Komödie einweihen, und es fand gerade eine Beleuchtungsprobe statt, als sie den Zuschauerraum betraten. Hier hatte sich der Geschmack des alten Calderwood nicht durchsetzen können. Blaßrosa Wände und das satte Rot der Plüschsessel milderten die klare Strenge der Linienführung. An den komplizierten Beleuchtungseffekten, die der Regisseur ausführen ließ, sah Gretchen, daß man auch bei der technischen Einrichtung keine Kosten gescheut hatte. Zum erstenmal seit Jahren verspürte sie ein Bedauern, daß sie das Theater aufgegeben hatte.

«Es ist wunderhübsch, Rudy», sagte sie.

«Ich muß dir doch wenigstens etwas zeigen, das dir gefällt», sagte er ruhig.

Sie griff nach seiner Hand und drückte sie. Sie wollte ihn mit dieser stummen Geste um Verzeihung bitten für all ihre unausgesprochene Kritik.

«Am Ende», sagte er, «werden wir sechs Theater wie dieses in der Gegend haben. Wir werden selber Stücke inszenieren und sie in jedem Theater mindestens zwei Wochen lang spielen lassen. Auf diese Weise wird jedes Stück wenigstens drei Monate laufen, und wir sind von niemandem abhängig. Falls Colin einmal ein Stück inszenieren will...»

«Ich bin sicher, er würde gerne an einer solchen Bühne arbeiten», sagte Gretchen. «Er schimpft immer über die alten Schuppen am Broadway. Sobald er in New York ist, kommen wir herüber und sehen es uns an. Obwohl... vielleicht ist es gar keine so gute Idee...»

«Warum denn nicht?» sagte Rudolph.

«Er legt sich manchmal furchtbar an mit den Leuten, mit denen er zusammenarbeitet.»

«Mit mir wird er sich schon nicht anlegen», sagte Rudolph zuversichtlich. Er und Burke hatten einander von ihrer ersten Begegnung an gemocht. «Ich habe große Hochachtung vor Künstlern. Wie steht's mit dem Drink?»

Gretchen blickte auf ihre Uhr. «Ich fürchte, ich kann nicht mitkommen. Colin will mich um acht im Hotel anrufen, und er geht hoch, wenn ich nicht da bin. Johnny, ist es dir recht, wenn wir jetzt aufbrechen?»

«Stets zu Ihren Diensten, Ma'am», sagte Johnny.

Gretchen gab Rudolph einen Kuß zum Abschied. Er stand da, das Gesicht der Bühne zugewandt, und Miss Prescott – hübsch, gewandt und eifrig – wechselte Objektive und knipste.

Auf dem Weg zum Wagen kamen Johnny und Gretchen an der Bar vorbei, und Gretchen war froh, daß sie nicht hineingehen mußte, denn sie war überzeugt, daß der Mann, den sie in dem dunklen Raum über ein Glas gebeugt erblickt hatte, niemand anderes als Teddy Boylan war. Und sie wußte, daß er auch nach fünfzehn Jahren noch die Macht hatte, sie zu verwirren. Und sie wollte sich nicht verwirren lassen.

Das Telefon läutete, als sie im Hotel die Tür ihres Zimmers öffnete. Es war ein Anruf aus Kalifornien, aber nicht Colin war am Apparat. Es war der Leiter des Studios, und er rief an, um ihr zu sagen, daß Colin um ein Uhr mittags bei einem Autounfall ums Leben gekommen war. Er war schon viele Stunden tot, und sie hatte es nicht gewußt.

Sie dankte dem Mann am Telefon für seine stumme Teilnahme, legte auf und saß eine ganze Weile allein in dem Hotelzimmer, ohne Licht zu machen.

2

1960

Der Gong ertönte für die letzte Sparringrunde, und Schultzy rief: «Sieh zu, daß du ihn etwas enger bedrängst, Tommy.» Der Boxer, dem Quayles in fünf Tagen gegenübertreten sollte, war ein Nahkämpfer, und Thomas sollte dessen Kampfstil nachahmen. Aber Quayles war ein Mann, dem schwer beizukommen war, er tänzelte herum und schlug mit seiner Linken um sich; er war schnell und geschmeidig auf den Beinen und rasch mit den Händen. Verletzungen hatte er noch niemandem zugefügt, hatte es aber mit seiner Gewandtheit weit gebracht. Fernsehgesellschaften sämtlicher Bundesstaaten wollten den Kampf übertragen, für den Quayles 20 000 und Thomas, als Randfigur, 600 Dollar erhalten sollten. Es wäre weit weniger gewesen, wenn nicht Schultzy, der beide Boxer unter Vertrag hatte, um des Kampfes willen wenigstens diese Summen bei den Veranstaltern herausgeschlagen hätte. Denn hinter dem Kampf stand Mafia-Geld, und diese Leute stiegen nicht um der Nächstenliebe willen ins Geschäft.

Der Trainingsring war in einem Theater errichtet worden, und die Leute, die die Trainingsstunden anzusehen kamen, saßen in ihren phantasievollen Las Vegas-Hemden und kanariengelben Hosen auf den Orchestersitzen. Thomas fühlte sich dort oben im Ring mehr wie ein Schauspieler als wie ein Boxer.

Er schlurfte auf Quayles zu, der ein gewöhnliches, flaches Gesicht und eiskalte Augen unter dem ledernen Kopfschutz hatte. Wenn Quayles mit Thomas trainierte, spielte immer ein kleines, verächtliches Lächeln um seine Lippen, so als wollte er sagen, wie konnte Thomas sich bloß unterstehen, mit ihm in den Ring zu steigen. Er sprach grundsätzlich nicht mit Thomas; nur mit Mühe brachte er so etwas wie einen guten Morgen über die Lippen, obwohl sie doch beide im selben Boot saßen. Die einzige Genugtuung für Thomas lag darin, daß er es mit Quayles' Frau trieb, und er würde nicht verfehlen, das Quayles eines Tages zu stecken.

Quayles tänzelte vor und zurück, traf Thomas schwer, wich dessen Haken mühelos aus, spielte sich vor den Zuschauern auf, ließ Thomas in einer Ecke Schwinger gegen ihn führen und bewegte nur leicht den Kopf, ohne getroffen worden zu sein, während die Menge brüllte.

Es war ein ungeschriebenes Gesetz, daß Sparringspartner diejenigen, die den Hauptauftritt hatten, nicht verletzten, aber es handelte sich um die letzte Runde, und Thomas griff verbissen an. Es war ihm gleichgültig, daß er eine Menge einstecken mußte, Hauptsache, er konnte einen guten Treffer anbringen und der Schweinehund landete auf seinem buntscheckigen Hosenboden. Quayles merkte, was Thomas vorhatte, und das Lächeln wurde hochmütiger denn je, als er wegflitzte, vor und zurück tänzelte, Schläge mitten in der Luft abfing. Am Ende der Runde schwitzte er nicht einmal und hatte keine blauen Flecke am Körper, obwohl Thomas gut zwei Minuten lang auf ihn eingeprügelt und ihn zu treffen versucht hatte.

Als der Gong ertönte, sagte Quayles: «Im Grunde müßte ich für diese Unterrichtsstunde Geld von dir verlangen, du Flasche.»

«Am Freitag machen sie dich hoffentlich fertig, du elender Stümper», sagte Thomas, kletterte aus dem Ring und ging sich duschen, während Quayles Freiübungen machte und am Sandsack arbeitete. Er schien keine Müdigkeit zu kennen, dieser Schweinehund, und war so arbeitswütig, daß er es vermutlich noch zum Mittelgewichts-Champion mit einer Million Dollar auf der Bank bringen würde.

Als Thomas vom Duschen zurückkam, die Haut unterhalb der Augen rot geschwollen, von den geraden Linken, die er von Quayles hatte einstecken müssen, war Quayles noch bei seinen Übungen. Von den Ahs und Ohs der Rowdies in ihren Zirkuskleidern begleitet, produzierte er sich mit Schattenboxen.

Schultzy übergab Thomas das Kuvert mit den 50 Dollar für die beiden Runden, und Thomas ging rasch durch die Menge und hinaus in das blendende Licht des glühendheißen Las Vegas-Nachmittags. Nach der Klimaanlage im Theater kam ihm die Hitze unnatürlich und feindselig vor, so als wolle ein sadistischer Wissenschaftler die ganze Stadt auf möglichst qualvolle Weise vernichten.

Das Training hatte ihn durstig gemacht, und er überquerte die glühende Straße und betrat eines der großen Hotels. Die Halle war dunkel und kalt. Die teueren Rugbyspieler patrouillierten, und die alten Damen versuchten ihr Glück an den Spielautomaten. Die Würfel- und Roulettetische waren in Betrieb. Jedermann in der stinkigen Stadt schwamm in Geld. Außer ihm. Er hatte in den letzten zwei Wochen mehr als 500 Dollar, fast sein gesamtes Geld, an den Würfeltischen verloren.

Er tastete nach dem Umschlag mit Schultzys 50 Dollar und unterdrückte den Drang, an einen der Tische zu gehen und zu würfeln. Er bestellte ein Bier bei dem Barkellner. Sein Gewicht war okay, und Schultzy war nicht da, um ihn abzukanzeln. Jetzt, wo er ein so gutes Pferd im Stall hatte, kümmerte sich Schultzy im Grunde nicht mehr darum, was er tat. Er fragte sich, wieviel Schultzy von seinem Anteil an den Einnahmen den Mafia-Mitgliedern zahlen mußte.

Er trank ein zweites Bier, bezahlte und blieb beim Hinausgehen einen Augenblick an einem der Tische stehen und sah dem Würfelspiel zu. Ein Mann, der aussah wie ein kleinstädtischer Leichenbestatter, hatte einen etwa dreißig Zentimeter hohen Spielmarkenstapel vor sich liegen. Thomas zog das Kuvert aus der Tasche und kaufte Spielmarken. Zehn Minuten später besaß er nur noch 10 Dollar, doch er war so vernünftig, aufzuhören.

Er brachte den Türsteher dazu, einen Gast zu fragen, ob er ihn wohl in sein Hotel in der Innenstadt mitnehmen könne; auf diese Weise konnte er das Geld für ein Taxi sparen. Er wohnte in einem ziemlich schäbigen Hotel mit einigen Spielautomaten und einem Würfeltisch. Quayles hatte im *Sands* Quartier bezogen, wo die Filmstars wohnten. Zusammen mit seiner Frau, die den ganzen Tag am Schwimmbecken herumlag und sich mit irgendwelchen alkoholischen Mixgetränken vollaufen ließ, sofern sie sich nicht in Thomas' Hotel schlich, um eine schnelle Nummer zu schieben. Sie sei nun einmal von Natur aus sehr liebebedürftig, hatte sie zu Thomas gesagt. Quayles, der es mit dem Boxsport ernst nahm und einen wichtigen Kampf vor sich hatte, schlief allein in einem Zimmer. Thomas nahm den Boxsport nicht mehr so ernst wie früher, und es gab auch keine wichtigen Kämpfe mehr für ihn, so daß es im Grunde gleichgültig war, was er tat. Die Dame war sehr munter im Bett, und manche Nachmittage lohnten tatsächlich die Mühe.

Im Hotel wurde ihm ein Brief überreicht. Von Teresa. Er machte sich nicht einmal die Mühe, ihn zu öffnen. Er wußte, was darin stand: die Bitte um Geld. Sie arbeitete seit einiger Zeit und verdiente mehr als er, aber das hielt sie nicht davon ab, ihn um Geld zu bitten. Sie war als Garderobenfräulein und Zigarettenverkäuferin in einem Nachtclub tätig, wackelte mit den Hüften und ließ von ihren Beinen so viel sehen, wie das Gesetz es erlaubte. Sie bekam eine Menge Trinkgelder. Sie hatte ihm erklärt, es langweile sie, dauernd nur mit dem Kind zu Hause herumzusitzen, während er ständig unterwegs sei; außerdem wollte sie Karriere machen. Offensichtlich war sie der Meinung, sie sei – dank ihres Postens als Garderobenfräulein – im Showgeschäft tätig. Der kleine Wesley wurde zu ihrer Schwester in der Bronx gebracht, und selbst wenn Thomas in der Stadt war, kam Teresa erst morgens um fünf oder sechs nach Hause, die Geldbörse mit Zwanzig-Dollar-Scheinen vollgestopft. Weiß Gott, was sie trieb. Es interessierte ihn nicht.

Er ging hinauf in sein Zimmer und legte sich aufs Bett. Auf diese Weise ließ sich Geld sparen. Er mußte bis Freitag mit 10 Dollar auskommen. Die Stelle unter seinen Augen, wo Quayles auf ihn eingetrommelt hatte, schmerzte. Die Klimaanlage im Zimmer war so gut wie nutzlos, und die Wüstenhitze ließ ihm den Schweiß aus allen Poren brechen.

Er schloß die Augen und schlief ein. Unruhig warf er sich hin und her. Er träumte von Frankreich. Das war die beste Zeit in seinem Leben gewesen, und er träumte oft von den Tagen am Mittelmeer, obwohl das inzwischen fast fünf Jahre her war und Träume mit der Zeit ihre Intensität verloren.

Beim Erwachen erinnerte er sich an den Traum. Er seufzte, als das Meer und die weißen Häuser verschwanden und er wieder von den schadhaften Wänden seines Hotelzimmers in Las Vegas umgeben war.

Nach dem Kampf in London, den er gewonnen hatte, war er an die Côte d'Azur gefahren. Es war ein leichter Sieg gewesen, und Schultzy hatte für ihn noch einen zweiten Kampf arrangiert, und zwar vier Wochen später in Paris. Da es keinen Sinn hatte, nach New York zurückzufahren, hatte er sich in London ein Mädchen angelacht, eines von der wilden Sorte. Sie kannte ein erstklassiges kleines Hotel in Cannes, und Thomas, der zufällig einmal im Geld schwamm und sich vorkam, als könne er jeden in Europa mit nur einer Hand k. o. schlagen, war mit ihr hingefahren. Er hatte vorgehabt, ein Wochenende zu bleiben, aber das Wochenende hatte sich auf zehn Tage ausgedehnt, unterbrochen von wütenden Telegrammen, die Schultzy aus London und Paris schickte. Thomas hatte sich am Strand gerekelt, hatte täglich zwei gute, üppige Mahlzeiten zu sich genommen und eine Vorliebe für Vin rosé entwickelt. Am Ende hatte er fünfzehn Pfund zugenommen. Als er endlich nach Paris kam, brachte er es in der Zeit, die ihm bis zum Kampf noch blieb, fertig, wieder auf sein altes Gewicht zu kommen. Dennoch schlug der Franzose ihn k. o. Es war das erste Mal in seinem Leben, daß ein Kampf so für ihn ausging. Plötzlich gab es in Europa für ihn keine Kämpfe mehr. Fast sein ganzes Geld hatte er an das englische Mädchen gehängt, das eine Vorliebe für Schmuck hatte, und Schultzy hatte auf dem Rückweg nach New York kein Wort mit ihm gesprochen.

Der Franzose hatte ihm kräftig zugesetzt und niemand schrieb, man solle ihn für irgendwelche Titelkämpfe in Erwägung ziehen. Die Zeitspanne zwischen den Kämpfen wurde immer länger, der Geldbeutel immer schmaler. Teresa dachte nicht daran, ihm zu helfen. Wäre das Kind nicht gewesen, hätte er sich auf und davon gemacht.

An all diese Dinge dachte er an diesem heißen Nachmittag, als er auf dem zerwühlten Bett lag, und ihm fiel ein, was ihm sein Bruder damals im Hotel *Warwick* gesagt hatte. Es ging ihm durch den Kopf, ob Rudolph seine Laufbahn weiterverfolgt hatte und jetzt zu seiner hochnäsigen Schwester sagte: Ich habe ihm ja prophezeit, daß es so kommen würde.

Ach, zum Teufel mit seinem Bruder.

Vielleicht war ja am Freitagabend wieder etwas von der früheren Kraft in ihm, und er konnte spektakuläre Punkte sammeln. Weshalb sollte er kein Comeback feiern können. Es gab nicht wenige Boxer – ältere als er –, die das geschafft hatten. Man brauchte nur an Jimmy Braddock zu denken, der als Tagelöhner sein Leben gefristet hatte – und dann schlug er Max Baer in der Weltmeisterschaft im Schwergewicht. Es lag an Schultzy: er mußte nur die Gegner besser aussuchen. Er brauchte nicht solche, die herumtänzelten, sondern Gegner, die bereit waren zu kämpfen. Er mußte mit Schultzy reden. Und nicht nur darüber. Schultzy mußte ihm einen Vorschuß geben. In dieser lausigen Stadt mußte man Geld in der Tasche haben.

Zwei, drei siegreiche Kämpfe, und er war ein gemachter Mann. Zwei, drei siegreiche Kämpfe, und man würde in Paris wieder nach ihm fragen, und er konnte an die Côte d'Azur fahren, konnte sich in einem der kleinen Cafés auf die Terrasse setzen, Vin rosé trinken und auf die Masten der im Hafen verankerten Schiffe blicken. Mit ein bißchen Glück wäre es unter Umständen sogar möglich, daß er ein Boot mietete und damit umhersegelte – unerreichbar für jedermann. Zwei, drei Kämpfe pro Jahr müßten genügen, gerade soviel, um das Bankkonto in beruhigender Höhe zu halten.

Schon allein der Gedanke daran stimmte ihn wieder froh, und er hatte gerade beschlossen, nach unten zu gehen und am Würfeltisch sein Glück zu versuchen, als das Telefon läutete.

Es war Cora, Quayles' Frau. Ihre Stimme klang völlig verstört. Sie schluchzte und schrie ins Telefon. «Er ist dahintergekommen, er ist dahintergekommen», wiederholte sie immer wieder. «Irgendeiner von diesen nichtswürdigen Hotelpagen hat es ihm gesteckt. Er hat mich grün und blau geschlagen. Ich habe das Gefühl, daß mein Nasenbein gebrochen ist, und bestimmt bin ich für den Rest meines Lebens entstellt...»

«Mal langsam», sagte Thomas. «Hinter was ist er gekommen?»

«Du weißt genau, hinter was er gekommen ist. Er ist jetzt auf dem Weg zu...»

«Moment! Was hast du ihm gesagt?»

«Was, zum Teufel, glaubst du, daß ich ihm gesagt habe?» schrie sie. «Ich habe ihm gesagt, daß es nicht stimmt. Da hat er mir ins Gesicht geschlagen. Ich blute. Er glaubt mir nicht. Dieser verfluchte Page in deinem Hotel muß ein Fernrohr oder sonstwas gehabt haben. Ich an deiner Stelle würde aus der Stadt verschwinden. Auf der Stelle. Er ist auf dem Weg zu dir, glaub mir's. Gott weiß, was er mit dir vorhat. Und dann mit mir. Aber ich warte nicht so lange. Ich fahre sofort zum Flughafen. Ich nehme kein Stück Gepäck mit. Und dir rate ich, dasselbe zu tun. Versuch auf keinen Fall, mich zu treffen. Du kennst ihn nicht. Er geht über Leichen. Verlaß die Stadt so schnell du kannst.»

Thomas legte auf. Er wollte dem Gestammel nicht länger zuhören. In der Ecke stand sein Gepäck, ein kleiner Handkoffer. Er stand auf und ging zum Fenster. Wie leergefegt lag die Straße im Sonnenglast. Es war vier Uhr nachmittags. Thomas ging zur Tür und überzeugte sich, daß sie nicht verschlossen war. Dann schob er den einzigen Stuhl, den es im Zimmer gab, in eine Ecke. Er hatte keine Lust, von hinten angegriffen und im ersten Anlauf rückwärts über den Stuhl geschleudert zu werden.

Er setzte sich aufs Bett. Ein schwaches Lächeln spielte um seine Lippen. Noch nie war er vor einem Kampf davongelaufen, und er würde es auch heute nicht tun. Dieser Kampf würde vielleicht der genußreichste werden. Das kleine Hotelzimmer war nicht der Ort für Leute, die herumtänzelten und mit der Linken zuschlugen.

Thomas stand auf, ging zum Schrank und nahm eine lederne Windjacke heraus. Er zog sie an, machte den Reißverschluß zu und schlug den Kragen hoch. Dann setzte er sich wieder aufs Bett und wartete geduldig. Er hörte, wie ein Wagen vor dem Hotel hielt, aber er rührte sich nicht. Kurze Zeit darauf vernahm er draußen im Flur Schritte, dann wurde die Tür aufgerissen und Quayles stürmte ins Zimmer. An der Tür blieb er wie angewurzelt stehen.

«Hallo», sagte Thomas. Er erhob sich.

Quayles schloß die Tür hinter sich und drehte den Schlüssel im Schloß. «Ich bin im Bilde, Jordache», sagte Quayles.

«Über was?» fragte Thomas sanft. Sein Blick war auf Quayles' Fußspitzen gerichtet – um auf keinen Fall das erste Anzeichen einer Bewegung zu verpassen.

«Über Sie und meine Frau.»

«Ach darüber», sagte Thomas. «Ich hab sie genagelt. Hab ich das nicht erwähnt?»

Er war auf den Ausfall vorbereitet und lachte beinahe, als er Quayles, diesen Dandy und Meister des Stils im Ring, mit einer unbesonnenen langen Rechten einen Ausfall machen sah, ein Säuglingsschlag, falls es so etwas gab. Da er darauf gefaßt war, unterlief Thomas ihn mühelos, er hämmerte auf Quayles ein, blieb am Mann, ohne daß ein Schiedsrichter dagewesen wäre, der sie getrennt hätte. Als alter Straßenkämpfer mit allen Schlichen vertraut, drängte er Quayles an die Wand, ohne auf dessen Bemühen zu achten, sich ihm zu entwinden, trat gerade so weit zurück, daß er Quayles mit einem Uppercut anfallen konnte, klammerte sich an ihn, rang mit ihm, schlug zu, hielt ihn fest, benutzte seine Ellbogen, seine Knie, stieß mit dem Kopf gegen Quayles' Stirn, duldete nicht, daß er hinfiel, sondern hielt ihn aufrecht; mit der linken Hand Quayles am Hals packend, hämmerte er mit der brutalen Rechten unaufhörlich in sein Gesicht. Als er aufatmend nachließ, brach Quayles zusammen. Wie ausgebrannt blieb er mit dem Gesicht nach unten dort auf dem blutbefleckten Teppich liegen.

Ein heftiges Pochen an der Tür, und Thomas hörte Schultzys Stimme auf dem Gang. Er sperrte die Tür auf und ließ Schultzy herein.

Schultzy erfaßte die Situation mit einem Blick.

«Du dämlicher Zwerg», sagte er. «Seine Frau hat mir alles erzählt. Verzeih, aber mehr als ein Spatzenhirn hat sie nicht. Ich hatte gehofft, ich würde noch rechtzeitig herkommen. Hier bist du offensichtlich ein großer Fighter, was, Tommy? Für ein paar Piepen kannst du nicht einmal deine Großmutter besiegen, aber wenn es darum geht, um nichts zu kämpfen, dann stehst du deinen Mann.» Er ließ sich neben Quayles nieder, der regungslos auf dem Teppich lag. Schultzy drehte ihn um und untersuchte die Schramme auf seiner Stirn; dann fuhr er mit der Hand über Quayles' Kinnbacken. «Es sieht so aus, als hättest du ihm den Kiefer gebrochen. Ihr Idioten! Weder am Freitag noch an irgendeinem Freitag in diesem Monat wird er in der Lage sein zu kämpfen. Die Leute werden sich freuen. Sie werden sich mächtig freuen. Alles was sie in diesen Kerl gesteckt haben, hast du zunichte gemacht.» Er versetzte dem benommenen Quayles einen wütenden Stoß mit dem Fuß. «Sie werden einfach außer sich sein vor Freude, daß du ihn zusammengeschlagen hast. Wenn ich an deiner Stelle wäre, Tommy, würde ich sofort verschwinden, jetzt, auf der Stelle, noch ehe ich diesen – diesen Ehemann hier herausgeschafft und in ein Krankenhaus gebracht habe. Bis ans Meer würde ich gehen an deiner Stelle, und wenn mir mein Leben lieb wäre, würde ich es überqueren und in den nächsten zehn Jahren nicht zurückkommen. Nimm nicht das Flugzeug. Wo immer du landest, sie werden auf dich warten – und sie werden dir keine Rosen zur Begrüßung mitbringen.»

«Was rätst du mir?» fragte Thomas. «Soll ich zu Fuß gehen? 10 Dollar ist alles, was ich habe.»

Schultzy blickte voller Unruhe auf Quayles, der sich zu rühren begann, und erhob sich. «Komm mit hinaus auf den Gang.» Er zog den Schlüssel aus dem Schloß und versperrte, als sie beide draußen waren, die Tür.

«Wär nicht mehr wie recht, wenn sie dir eine Kugel in den Bauch jagten», sagte Schultzy. «Aber wir waren so lange zusammen ...» Nervös blickte er den Gang hinauf und hinunter. «Hier», sagte er und zog mehrere Banknoten aus seiner Brieftasche. «Das ist alles, was ich habe. 150 Dollar. Unten steht mein Wagen. Der Schlüssel steckt. Laß ihn in Reno auf dem Parkplatz des Flughafens stehen und nimm von dort den Bus nach Osten. Ich werde einfach sagen, du hättest den Wagen gestohlen. Versuch nicht, dich mit deiner Frau in Verbindung zu setzen, ganz gleich, was du vorhast. Man wird dich suchen. Ich werde ihr alles erklären. Begib dich nirgendwo hin auf geradem Wege. Ich weiß, was ich sage: verlaß das Land. Dein Leben ist nirgendwo in den Vereinigten Staaten 2 Cent wert.» Mit zusammengezogenen Brauen blickte er Thomas an. «Am besten heuerst du auf irgendeinem Schiff an. Solltest du nach New York gehen, steig im Hotel Ägäis ab; es ist in der West 80th Street. Dort wohnen alle griechischen Seeleute. Wende dich an den Geschäftsführer. Er hat einen komplizierten griechischen Namen, aber alle Welt nennt ihn Pappy. Er vermittelt Stellen auf Frachtern, die nicht unter amerikanischer Flagge fahren. Bestell ihm einen schönen Gruß von mir, und er soll dich so schnell wie möglich außer Landes bringen. Er wird keine Fragen stellen. Er schuldet mir eine Gefälligkeit – von damals, als ich im Krieg bei der Handelsmarine war. Tu, was ich dir sage. Und komm nicht auf den Gedanken, du könntest dir deinen Lebensunterhalt damit verdienen, daß du in Europa oder Japan unter einem anderen Namen boxt. Von jetzt ab bist du ein Seemann, und sonst nichts. Hast du kapiert?»

«Ja, Schultzy», sagte Thomas.

«Und ich will nie wieder etwas von dir hören. Verstanden?»

«Ja.» Thomas machte eine Bewegung zur Tür seines Zimmers hin. Schultzy hielt ihn zurück. «Was willst du?»

«Mein Paß ist da drin.»

«Wo ist er?»

«In der oberen Kommodenschublade.»

«Warte hier!» sagte Schultzy. «Ich hole ihn dir.» Er drehte den Schlüssel im Schloß und betrat das Zimmer. Einen Augenblick später kam er mit dem Paß in der Hand heraus. «Hier.» Er drückte ihn Thomas in die Hand. «Und versuche von jetzt an mit deinem Kopf zu denken statt mit deinem Schwanz. Hau ab! Ich muß mich um den Kerl da drin kümmern.»

Thomas ging die Treppe hinunter in die Vorhalle, vorbei an dem Würfeltisch. Er sagte kein Wort zu dem Portier, der ihn merkwürdig ansah, denn es war Blut an seiner Windjacke. Er trat auf die Straße hinaus. Schultzys Wagen war direkt hinter Quayles' Cadillac geparkt. Thomas stieg ein, schaltete den Motor ein und fuhr langsam in Richtung Highway. Er hatte nicht vor, sich bei einer Geschwindigkeitsübertretung erwischen zu lassen. Die Windjacke konnte später gewaschen werden.

3

Sie hatten sich für elf Uhr verabredet, doch Jean hatte angerufen, sie würde ein paar Minuten später kommen. Rudolph hatte gesagt, das sei nicht schlimm, er habe ohnehin noch ein paar Telefongespräche zu erledigen. Es war Samstag morgen. Die ganze Woche über war er nicht dazu gekommen, seine Schwester anzurufen, und er hatte ein schlechtes Gewissen. Nach Colins Tod – er war zur Beerdigung hingeflogen – hatte er sich angewöhnt, Gretchen zwei- bis dreimal in der Woche anzurufen. Er hatte ihr vorgeschlagen, nach Osten zu kommen und das Appartement mit ihm zu teilen, was bedeutet hätte, daß sie praktisch die meiste Zeit allein gewesen wäre. Der alte Calderwood weigerte sich hartnäckig, das Hauptbüro in die City zu verlegen; mehr als zehn Tage im Monat war Rudolph daher nicht in New York. Aber Gretchen hatte sich entschlossen, in Kalifornien zu bleiben, zumindest noch eine Zeitlang. Burke hatte kein Testament hinterlassen – jedenfalls fand sich keines –, und die Anwälte stritten herum, und Burkes erste Frau erhob Anspruch auf den größten Teil des Erbes und versuchte mit unfairen Mitteln, Gretchen aus dem Haus zu vertreiben.

In Kalifornien war es acht Uhr morgens, aber Rudolph wußte, daß Gretchen eine Frühaufsteherin war. Während die Verbindung hergestellt wurde, setzte er sich in dem kleinen Wohnzimmer an den Schreibtisch und machte sich noch einmal an das ‹Times›-Kreuzworträtsel, das er beim Frühstück nicht ganz geschafft hatte.

Es war ein möbliertes Appartement, grell in den Farben und mit Metallstühlen, an denen man sich nur zu leicht stieß, aber die Wohnung hatte eine praktische kleine Küche mit einem Kühlschrank, der eine Menge Eis produzierte, und da Rudolph dort ohnehin nicht ewig wohnen bleiben wollte, hatte er sie gemietet. Er kochte gerne, und es machte ihm nichts aus, allein zu essen, im Gegenteil, dann konnte er bei Tisch lesen. Heute morgen hatte er sich Toast gemacht, dazu Orangenmarmelade und Kaffee. Manchmal kam Jean und machte für sie beide Frühstück, doch heute morgen hatte sie zu tun gehabt. Sie blieb nie über Nacht, gab ihm aber keine Erklärung ab, warum nicht.

Das Telefon läutete, und Rudolph nahm den Hörer ab, aber es war nicht Gretchen. Es war Calderwoods Stimme, klanglos, näselnd und alt. Die arbeitsfreien Tage des Wochenendes bedeuteten ihm nicht viel, geheiligt waren nur die beiden Stunden am Sonntagmorgen, die er in der Kirche verbrachte. «Rudy», fragte Calderwood, ohne sich mit einer höflichen Floskel aufzuhalten, «kommen Sie heute abend nach Whitby zurück?»

«Ich hatte es nicht vor, Mr. Calderwood. Ich habe hier einiges zu erledigen, und am Montag ist eine Besprechung in der Stadt angesetzt und...»

«Ich möchte Sie gerne so bald wie möglich sprechen, Rudy.» Calderwood klang gereizt. Im hohen Alter war er ungeduldig und übellaunig geworden. Es sah so aus, als ärgere er sich über seinen wachsenden Reichtum und über die Männer, die ihm dazu verholfen hatten, genauso wie er sich darüber ärgerte, daß er bei wichtigen Entscheidungen in immer stärkerem Maße auf Leute in New York angewiesen war, die sich auf finanzpolitischem und juristischem Gebiet auskannten.

«Dienstagmorgen bin ich wieder im Büro, Mr. Calderwood», sagte Rudolph. «Hat es nicht bis dahin Zeit?»

«Nein, es hat nicht bis dahin Zeit. Und ich will Sie nicht im Büro sprechen. Ich möchte, daß Sie zu mir nach Hause kommen.» Die Stimme am Telefon war mißtönend und ungehalten. «Ich warte bis morgen abend, Rudy.»

«Gut, Mr. Calderwood», sagte Rudy.

Das Telefon machte klick, als Calderwood, ohne auf Wiedersehen zu sagen, auflegte.

Rudolph runzelte die Stirn, als er den Hörer auflegte. Er hatte für das Spiel der Giants am Sonntagnachmittag für sich und Jean Karten besorgt. Calderwoods Aufforderung machte ihm einen Strich durch die Rechnung. Einer von Jeans Freunden hatte in der Mannschaft gespielt, und sie verstand eine ganze Menge vom Football, so daß es immer Spaß machte, mit ihr zu einem Spiel zu gehen. Warum legte der alte Mann sich nicht einfach hin und starb?

Wieder läutete das Telefon, und diesmal war es Gretchen. Seit Burkes Tod klang ihre Stimme anders als früher; das Heftige, Zupackende, eine gewisse musikalische Schnelligkeit, die ihr seit ihrer Jungmädchenzeit eigen gewesen war, war daraus gewichen. Gretchen schien sich zu freuen, daß Rudolph sie anrief, aber es war eine gedämpfte Freude, so als spräche eine Kranke, die sich schonen muß. Auf seine Frage, wie es ihr gehe, sagte sie, danke gut. Sie habe viel zu tun: Colins Papiere müßten durchgesehen und geordnet werden, und noch immer bekäme sie Beileidsbriefe, die sie beantworten müsse, und dann habe sie ja auch immer noch die Laufereien zu den Anwälten. Sie dankte Rudolph für den Scheck, den er ihr vor einer Woche geschickt hatte, und sagte, sobald die Erbschaft geregelt sei, würde sie ihm alles, was sie von ihm bekommen hatte, zurückzahlen.

«Mach dir darüber bitte keine Sorgen», sagte Rudolph. «Du brauchst mir nichts zurückzuzahlen.»

Sie überging das. «Es ist gut, daß du anrufst», sagte sie. «Ich wollte gerade selbst zum Hörer greifen, weil ich dich um eine Gefälligkeit bitten wollte.»

«Um was handelt es sich?» fragte er und setzte dann hinzu: «Einen Augenblick bitte», denn die Klingel der Sprechanlage hatte geläutet. Er drückte auf den Knopf.

«Eine Miss Prescott ist hier, Mr. Jordache.» Es war der Pförtner.

«Schicken Sie sie bitte herauf», sagte Rudolph und ging zurück ans Telefon. «Entschuldige, Gretchen», sagte er, «was kann ich für dich tun?»

«Ich habe gestern einen Brief von Billy bekommen», sagte sie. «Es steht zwar nichts Greifbares darin, aber ich habe den Eindruck, daß ihn irgend etwas bedrückt. Leider ist Billy nun einmal so, daß er einem nicht richtig sagt, was ihn quält, aber ich habe das Gefühl, daß er sehr verzweifelt ist. Meinst du, du könntest ihn vielleicht einmal besuchen und feststellen, was ihm fehlt?»

Rudolph zögerte. Er bezweifelte, daß der Junge – dazu kannte Billy seinen Onkel viel zu wenig – Vertrauen zu ihm hatte, und er befürchtete, unter Umständen mehr Schaden anzurichten als Gutes zu tun. «Natürlich fahre ich hin, wenn du es für richtig hältst», sagte er. «Aber glaubst du nicht, daß es vielleicht besser wäre, wenn sein Vater ihn besuchte?»

«Nein», sagte Gretchen. «Das hat überhaupt keinen Sinn. Sein Vater findet erst recht nicht die richtigen Worte.»

Jetzt läutete es an der Wohnungstür. «Einen Augenblick bitte noch mal», sagte Rudolph. «Es ist jemand an der Tür.» Er eilte zur Tür und stieß sie auf. «Ich bin gerade am Telefonieren», sagte er zu Jean und eilte zurück ins Zimmer. «Ich bin wieder da, Gretchen», sagte er und nannte seine Schwester beim Namen, um Jean zu zeigen, daß er mit keiner anderen Frau sprach. «Weißt du was: ich fahre gleich morgen vormittag zu der Schule und gehe mit Billy essen. Dann werden wir ja sehen, was los ist.»

«Ich belästige dich wirklich höchst ungern», sagte Gretchen. «Aber der Brief war so – so *unfroh*.»

«Wahrscheinlich siehst du zu schwarz. Vermutlich ist er nur zweiter beim Wettlauf geworden oder er hat eine Algebraarbeit verhauen, oder sonstwas. Du weißt, wie Kinder sind.»

«Nicht Billy. Glaub mir, ich irre mich nicht. Er ist verzweifelt.»

Tränen schwangen in ihrer Stimme mit. Das sah seiner Schwester so gar nicht ähnlich.

«Ich rufe dich morgen wieder an, sobald ich zurück bin», sagte Rudolph. «Bist du zu Hause?»

«Ich bin zu Hause», sagte sie.

Er legte langsam den Hörer auf und dachte an seine Schwester, wie sie allein in dem abgelegenen Haus auf dem Berggipfel, mit Blick auf die Stadt und das Meer, saß, die Stille nur hin und wieder von einem Anruf unterbrochen, und die Papiere ihres toten Mannes durchging. Er schüttelte den Kopf. Morgen würde er sich um sie und ihre Sorgen kümmern. Er wandte sich um und lächelte Jean zu, die artig auf einem unbequemen Holzstuhl saß, in roten Wollstrümpfen und Mokassins, das Haar gebürstet und glänzend und im Nacken von einer schwarzen Samtschleife zusammengehalten. Ihr Gesicht sah wie immer ein bißchen kümmerlich und schulmädchenhaft aus. Der schlanke, geliebte Körper verlor sich in einem weiten Kamelhaarmantel. Sie war 24 Jahre alt, aber in manchen Augenblicken wirkte sie nicht älter als sechzehn. Sie war beruflich unterwegs gewesen und hatte ihre Kamera-Ausrüstung dabei, die sie nachlässig neben der Tür abgestellt hatte.

«Du siehst so aus, als sollte ich dir ein Glas Milch und ein Keks anbieten», meinte er.

«Du kannst mir einen Drink anbieten», sagte sie. «Ich bin seit sieben Uhr auf den Beinen. Nicht zuviel Wasser, bitte.»

Er ging zu ihr hin und küßte sie auf die Stirn. Sie entlohnte ihn mit einem Lächeln. Junge Mädchen, dachte er, als er in die Küche ging und einen Krug Wasser holte.

Während sie den Bourbon trank, sah sie den Ausstellungskalender der Kunstgalerien in der ‹Times› vom letzten Sonntag durch. Wenn Rudolph samstags Zeit hatte, besuchten sie gewöhnlich eine Galerie nach der andern. Jean arbeitete als freiberufliche Fotografin und die meisten ihrer Bilder waren für Kunstzeitschriften und Verlagskataloge bestimmt.

«Zieh dir bequeme Schuhe an», sagte sie. «Wir haben einen langen Nachmittag vor uns.» Für ein so zierliches Persönchen hatte sie eine überraschend tiefe Stimme mit heiserer Klangfarbe.

«Wo du hingehst, da will auch ich hingehen», sagte er.

Sie wollten gerade die Wohnung verlassen, als das Telefon wieder läutete. «Laß es klingeln», sagte er. «Wir gehen.»

Sie blieb im Türrahmen stehen. «Du bringst es wirklich fertig, ein Telefon läuten zu lassen, ohne abzunehmen?»

«Warum nicht?»

«Das könnte ich nie. Es wäre doch möglich, daß man etwas Wundervolles verpaßt.»

«Mir ist am Telefon noch nie etwas Wundervolles widerfahren. Laß uns gehen!»

«Nimm ab. Es wird dir den ganzen Tag leid tun, wenn du's nicht tust.»

«Nein, ich will nicht.»

«Aber mir wird es leid tun. *Ich* geh ran.» Sie ging zurück ins Zimmer.

«Warte, ich geh schon.» Er kam ihr nach und hob den Hörer ab.

Es war seine Mutter. Sie rief aus Whitby an. Der Ton, in dem sie ‹Rudolph› sagte, verriet, daß das Gespräch nicht wundervoll werden würde.

«Rudolph», sagte sie, «ich will dich an deinem freien Tag nicht stören –» seine Mutter war fest davon überzeugt, daß er in New York, wenn er privat dorthin fuhr, nur irgendwelchen verwerflichen geheimen Vergnügungen nachging – «aber die Heizung ist ausgegangen, und ich friere in diesem zugigen alten Kasten.» Rudolph hatte vor drei Jahren am Stadtrand von Whitby ein schönes altes Farmhaus aus dem 18. Jahrhundert mit niedrigen Decken gekauft, aber seine Mutter nörgelte ewig über das «baufällige dunkle Loch» oder nannte das Haus einen «zugigen alten Kasten».

«Kann Martha das nicht in Ordnung bringen?» fragte Rudolph. Martha war eine Art Haushälterin, die sich um seine Mutter kümmerte – eine Aufgabe, für die Martha, wie Rudolph fühlte, bestimmt zu wenig Geld bekam.

«Martha!» schnaubte seine Mutter. «Ich würde sie am liebsten auf der Stelle davonjagen.»

«Ma...»

«Als ich ihr vorhin sagte, sie solle hinuntergehen und nach dem Heizkessel sehen, weigerte sie sich rundheraus.» Die Stimme seiner Mutter stieg um eine halbe Oktave. «Sie hat Angst, in dem Keller zu gehen, das ist alles. Ich soll eine Strickjacke anziehen, hat sie gesagt. Wenn du nicht so nachsichtig mit ihr wärst, würde sie bestimmt nicht solche Reden führen. Sie selbst ist so fett geworden bei uns, daß sie nicht einmal am Nordpol frieren würde. Wenn du zurückkommst – falls du überhaupt irgendwann wieder nach Hause kommst –, mußt du einmal ein Machtwort mit ihr sprechen.»

«Morgen nachmittag komme ich zurück, und dann spreche ich mit ihr», sagte Rudolph. Er merkte, wie Jean schadenfroh lächelte. Ihre Angehörigen wohnten irgendwo im Mittelwesten, und sie hatte sie seit zwei Jahren nicht gesehen. «Ruf inzwischen im Büro an, Ma. Wende dich bitte an Brad Knight. Er ist heute da. Sag ihm, ich ließe ihn bitten, einen unserer Monteure zu dir zu schicken.»

«Er wird denken, ich stelle mich an.»

«Nichts wird er denken. Tu bitte, was ich dir sage.»

«Du hast keine Ahnung, wie kalt es hier ist. Der Wind bläst durchs Haus. Warum sind wir bloß nicht in ein schöneres neues Haus gezogen, wie alle anderen Leute das tun?»

Das alte Lied. Rudolph ging nicht darauf ein. Als seine Mutter herausgefunden hatte, daß er eine ganze Menge Geld verdiente, hatte sie plötzlich einen auffallenden Hang zum Luxus entwickelt. Die Höhe der Rechnungen im Kaufhaus ließ Rudolph jeden Monat erneut zusammenzucken.

«Sag Martha, sie soll den Kamin im Wohnzimmer anmachen und die Tür schließen», sagte Rudolph. «Dann wirst du es im Nu warm haben.»

«Sag Martha, sie soll den Kamin anmachen», sagte seine Mutter. «Falls sie geruht. Bist du morgen abend rechtzeitig zum Essen daheim?»

«Ich fürchte nein», sagte er. «Ich muß noch zu Mr. Calderwood.» Wenn er auch nicht vorhatte, bei Calderwood zu essen, so war es doch nicht ganz gelogen. Jedenfalls hatte er keine Lust, das Dinner zusammen mit seiner Mutter einzunehmen.

«Calderwood, Calderwood!» sagte seine Mutter. «Manchmal denke ich, ich fang an zu schreien, wenn ich diesen Namen nur höre.»

«Ich muß jetzt aufhören, Ma. Jemand wartet auf mich.»

Er hörte, wie seine Mutter zu weinen anfing, als er den Hörer auflegte. «Warum können alte Leute sich nicht einfach hinlegen und sterben?» sagte er zu Jean. «Da lob ich mir die Eskimos. Sie setzen die Alten aus. Komm, laß uns schleunigst hier weggehen, bevor noch jemand anruft.»

Als sie draußen waren, stellte er mit Erleichterung fest, daß Jean ihre Kamera-Ausrüstung nicht mitgenommen hatte. Das bedeutete, daß sie am Nachmittag noch einmal mitkommen würde, um sie zu holen. In dieser Beziehung war sie unberechenbar. Manchmal ging sie, wenn sie aus gewesen waren, wieder mit ihm zurück in seine Wohnung, so als sei es undenkbar, daß sie etwas anderes tun könnte. Ein anderes Mal wieder bestand sie ohne eine Erklärung darauf, ein Taxi zu nehmen und allein in ihre Wohnung zu fahren, die sie mit einem anderen Mädchen teilte. Mehrmals war sie ganz unerwartet – ohne daß sie verabredet gewesen wären – bei ihm erschienen.

Jean ging ihre eigenen Wege und lebte ihren eigenen Neigungen. Er hatte die Wohnung, in der sie lebte, nie gesehen. Sie trafen sich entweder in seinem Appartement oder in einer in der Nähe gelegenen Bar. Auch hierüber gab sie keine Erklärung ab. Jung wie sie war, schien sie sich ganz auf sich selbst zu verlassen. Sie verstand ihr Handwerk, davon hatte Rudolph sich überzeugen können, als sie ihm nach der Eröffnung des Einkaufszentrums in Port Philip die Kontaktabzüge vorlegte; sie zeugten von hohem Können und waren erstaunlich kühn für ein Mädchen, das so jung und schüchtern gewirkt hatte, als sich kennenlernten. Auch im Bett war sie nicht schüchtern, und wie immer sie sich benahm und aus welchen Gründen, sie zierte sich nicht. Sie beklagte sich nie, wenn sie sich längere Zeit nicht sehen konnten, weil Rudolph durch seine Arbeit in Whitby festgehalten wurde. Es war vielmehr Rudolph, der sich über die langen Trennungen beklagte – manchmal sahen sie sich zwei Wochen nicht –, und er gab vor, unaufschiebbare Verabredungen in New York zu haben, nur damit er einen Abend mit Jean verbringen konnte.

Sie gehörte nicht zu den Mädchen, die ihren Liebhaber sofort mit einer ausführlichen Autobiographie überschütten. Er wußte nur wenig von ihr. Sie stammte aus dem Mittelwesten. Mit ihrer Familie war sie so gut wie entzweit. Sie hatte einen älteren Bruder, der im Familienbetrieb arbeitete; die Firma hatte etwas mit Arzneimitteln zu tun. Mit zwanzig hatte sie ihr College-Examen bestanden. Sie hatte Soziologie als Hauptfach studiert. Schon als Kind hatte sie sich für Fotografie interessiert. Um es auf diesem Gebiet zu etwas zu bringen, mußte man nach New York gehen. So war sie nach New York gekommen. Ihre Vorbilder waren Cartier-Bresson, Penn, Capa, Duncan und Klein. In dieser Liste war noch Platz für den Namen einer Frau. Wer weiß – vielleicht würde es ihr Name sein.

Sie ging auch mit anderen Männern aus. Nie nannte sie einen Namen. Im Sommer segelte sie. Wer zu der Crew gehörte, sagte sie nicht. Sie war in Europa gewesen. Auf einer jugoslawischen Insel, auf die sie gerne zurückkehren würde. Sie war überrascht, daß er nie außerhalb der Vereinigten Staaten gewesen war.

Sie kleidete sich jugendlich, mit einem sicheren Blick für Farben, die sich auf Anhieb zu beißen schienen, sich bei näherer Betrachtung aber fast unmerklich ergänzten. Ihre Kleider waren, wie Rudolph bemerkte, nicht teuer, und nachdem er dreimal mit ihr ausgegangen war, war er sich ziemlich sicher, daß er ihre gesamte Garderobe kannte.

Sie löste das Kreuzworträtsel in der Sonntagsausgabe der ‹Times› schneller als er. Ihre Handschrift war fast männlich. Sie hatte eine Vorliebe für moderne Maler, deren Arbeiten Rudolph nicht schätzte oder nicht verstand. «Schau immer wieder hin», sagte sie. «Eines Tages wird sich eine Tür öffnen und du wirst die trennende Schranke überschreiten.»

Sie ging nie in die Kirche. Traurige Filme brachten sie nicht zum Weinen. Nicht einen ihrer Freunde stellte sie Rudolph vor. Aus Johnny Heath machte sie sich überhaupt nichts. Und sie verlor kein Wort darüber, wenn ihr Haar im Regen naß wurde. Nie beklagte sie sich über das Wetter oder über irgendwelche Verkehrsstauungen. Sie sagte nie: «Ich liebe dich.»

«Ich liebe dich», sagte er. Sie lagen dicht nebeneinander im Bett, seine Hand ruhte auf ihrer Brust. Es war sieben Uhr abends; das Zimmer war dunkel. Sie waren durch zwanzig Galerien gewandert. Er hatte keine Schranken überschritten. In einem kleinen italienischen Restaurant, wo die Besitzer gegen Mädchen mit roten Wollstrümpfen nichts einzuwenden hatten, hatten sie zu Mittag gegessen. Beim Essen hatte er ihr gesagt, daß er morgen nicht mit zu dem Footballspiel kommen könne und ihr erklärt warum. Sie verriet keine Enttäuschung und sagte nur, als er ihr die Eintrittskarten gab, sie würde einen Bekannten mitnehmen, der früher einmal als Mittelstürmer bei Columbia gespielt habe. Sie hatte wie immer einen herzhaften Appetit.

Etwas durchgefroren waren sie von ihren Wanderungen durch die Stadt zurückgekommen, denn am Nachmittag hatte ein kalter Dezemberwind geweht. Rudolph hatte heißen Tee mit Rum zubereitet.

«Wie schön wäre es, wenn wir uns jetzt an einem Kaminfeuer wärmen könnten», sagte sie, auf dem Sofa zusammengerollt, die Mokassins auf den Boden geschleudert.

«Die nächste Wohnung, die ich miete, hat einen Kamin», sagte er.

Als sie sich küßten, schmeckten ihrer beider Lippen nach Rum, vermischt mit einem Duft nach Zitrone.

Ohne Eile waren sie miteinander ins Bett gegangen.

«Ganz wie ein winterlicher Samstagnachmittag in New York sein sollte», sagte sie, als sie still nebeneinander lagen. «Kunst, Spaghetti, Rum und Wollust.»

Er lachte und preßte sie enger an sich. Voller Bedauern dachte er an die Jahre seiner Enthaltsamkeit. Mit einemmal war er gar nicht mehr so sicher, ob er diese Zeit bedauern sollte. Vielleicht war es seiner Enthaltsamkeit zuzuschreiben, daß er bereit für sie war, frei für sie war.

«Ich liebe dich», sagte er. «Ich möchte dich heiraten.»

Einen Augenblick lag sie still da, dann rückte sie von ihm ab, schlug die Decke zurück und zog sich schweigend an.

Ich habe alles verdorben, dachte er. «Was hast du?»

«Das ist ein Thema, über das ich nackt nicht diskutiere», sagte sie ernst.

Er lachte wieder, aber es war ein unfrohes Lachen. Wie oft hatte dieses schöne, selbstsichere Mädchen, das nur seinen eigenen geheimnisvollen Gesetzen zu folgen schien, über die Ehe diskutiert – und mit wie vielen Männern? Bisher war er nie eifersüchtig gewesen. Unnütze Gefühlsregung.

Er sah ihr zu, wie sie sich in dem dunklen Zimmer hin und her bewegte, eine schwarze, schattenhafte Gestalt; er hörte das Rascheln von Stoff. Sie ging hinüber ins Wohnzimmer. Ein schlechtes Zeichen? Ein gutes Zeichen? Was war besser – einfach hier liegen zu bleiben oder ihr nachzugehen? Er hatte nicht vorgehabt, die Worte «Ich liebe dich» und «Ich möchte dich heiraten» zu sagen.

Er stand auf und zog sich rasch an. Sie saß im Wohnzimmer, das mit anderer Leute Möbeln möbliert war, und spielte am Radio herum. Ansagerstimmen, honigsüß und sanft, Stimmen, denen man nie glauben würde, wenn sie sagten: Ich liebe dich.

«Ich hätte gern einen Drink», sagte sie, ohne sich umzudrehen und noch immer am Knopf des Radios drehend.

Er schenkte ihr ein Glas Bourbon und Wasser ein und machte sich auch einen Drink zurecht. Sie trank wie ein Mann. Welcher frühere Liebhaber hatte ihr das beigebracht?

«Nun?» fragte er. Er stand vor ihr, fühlte sich im Nachteil, und drängte. Er hatte weder Schuhe noch seine Jacke angezogen und auch keine Krawatte umgebunden. Barfuß und in Hemdsärmeln fühlte er sich für die Gelegenheit nicht ganz passend gekleidet.

«Dein Haar ist völlig durcheinander gewirrt», sagte sie. «So siehst du viel besser aus.»

«Vielleicht ist meine Sprache durcheinander gewirrt», sagte er. «Vielleicht hast du nicht verstanden, was ich gesagt habe.»

«Ich habe jedes Wort verstanden.» Sie stellte das Radio ab und setzte sich in einen Lehnstuhl, ihr Glas Bourbon mit beiden Händen haltend. «Du möchtest mich heiraten.»

«Genau.»

«Laß uns ins Kino gehen», sagte sie. «Gleich hier an der Ecke gibt es einen Film, den ich seit langem sehen möchte...»

«Du lenkst ab.»

«Der Film läuft nur noch heute und morgen, und morgen abend bist du nicht da.»

«Ich habe dich etwas gefragt.»

«Soll ich geschmeichelt sein?»

«Nein.»

«Nun, ich bin aber geschmeichelt. Laß uns jetzt ins Kino gehen...» Doch sie machte keine Anstalten, sich von ihrem Stuhl zu erheben. Wie sie dort saß, halb im Schatten – das Licht der Lampe fiel im schrägen Winkel nach unten –, wirkte sie ungemein zart und verwundbar. Und er wußte, daß er seine Worte nicht nur aus einer augenblicklichen zärtlichen Regung heraus an einem kalten Dezemberabend gesprochen hatte, sondern daß sie tief aus seinem Innern kamen.

«Es wird mir das Herz brechen», sagte er, «wenn du nein sagst.»

«Bist du sicher?» Sie hielt den Kopf gesenkt. Ihre offenen Haare schimmerten im Licht der Lampe.

«Ja.»

«Sag die Wahrheit.»

«Teils, teils», erwiderte er. «Teils bin ich sicher. Teils bricht es mir das Herz.»

Die Reihe war an ihr, zu lachen. «Zumindest wirst du einen anständigen Ehemann abgeben», sagte sie.

«Nun?» fragte er. Er stand vor ihr und hob mit den Fingerspitzen ihr Kinn an und zwang sie, zu ihm hochzublicken. Ihre Augen schienen von Zweifel erfüllt, angstvoll, das schmale Gesicht blaß.

«Ruf mich an, wenn du wieder in der Stadt bist», sagte sie.

«Das ist keine Antwort.»

«Es ist eine Antwort», sagte sie. «Ich möchte Zeit haben, mir die Antwort zu überlegen.»

«Warum?»

«Weil ich etwas getan habe, worauf ich nicht besonders stolz bin», sagte sie, «und weil ich das irgendwie in Ordnung bringen will.»

«Was hast du getan?» Er war sich gar nicht sicher, ob er es wissen wollte oder nicht.

«Ich bin zweigleisig gefahren», sagte Jean. «Eine Krankheit, die Frauen leicht befällt. Ich war mit jemand anderem liiert, als ich dich kennenlernte, und ich hab den andern nicht aufgegeben. Nie hätte ich geglaubt, daß ich so etwas fertigbrächte, zur gleichen Zeit mit zwei Männern zu schlafen. Auch der andere will mich heiraten.»

«Glückskind!» sagte Rudolph bitter. «Ist er das Mädchen, mit dem du zusammenwohnst?»

«Nein. Ich teile die Wohnung mit einem anderen Mädchen. Ich kann sie dir vorstellen, wenn du Wert darauf legst.»

«Darf ich dich deshalb dort nicht besuchen, weil er da ist?»

«Nein, er ist nicht dort.»

«Aber er ist dort *gewesen*.» Überrascht merkte Rudolph, daß er verletzt war, mehr als verletzt, und daß er, was er nie für möglich gehalten hätte, darauf versessen war, das Messer in der Wunde zu drehen.

«Was ich an dir als so besonders angenehm empfand», sagte Jean, «war, daß du deiner selbst so sicher warst, daß du nie Fragen stellst. Wenn die Liebe dich verändert, solltest du die Liebe vergessen.»

«Wirklich, ein reizender Abend!» sagte Rudolph.

«Ich glaube, damit hat sich's.» Jean stand auf und stellte vorsichtig ihr Glas hin. «Dann gehen wir also nicht ins Kino heute abend.»

Er sah zu, wie sie ihren Mantel anzog. Wenn ich sie jetzt gehen lasse, dachte er, sehe ich sie niemals wieder. Er trat auf sie zu, nahm sie in die Arme und küßte sie.

«Du irrst dich», sagte er. «Wir gehen sehr wohl heute abend ins Kino.»

Sie lächelte ihn an, aber irgendwie schien das Lächeln sie Mühe zu kosten. «Dann beeil dich», sagte sie. «Ich hasse es, ins Kino zu kommen, wenn der Film schon angefangen hat.»

Er ging ins Schlafzimmer, kämmte sich, band eine Krawatte um und schlüpfte in seine Schuhe. Als er sein Jackett anzog, blickte er kurz auf das zerwühlte Bett. Es sah wie ein Schlachtfeld aus.

Als er ins Wohnzimmer zurückkam, sah er, daß sie sich ihre Kamera-Ausrüstung umgehängt hatte. Er versuchte dagegen zu protestieren, aber sie bestand darauf, sie mitzunehmen.

«Für heute reicht es mir», sagte sie.

Als er am nächsten Vormittag – es war nicht viel Verkehr – über die regennasse Straße fuhr, auf dem Weg zu Billys Heimschule, dachte er an Jean, nicht an Billy. Der Film war schlecht gewesen. Anschließend hatten sie in einer Kneipe an der Third Avenue zu Abend gegessen, hatten sich über Dinge unterhalten, die sie beide nicht interessierten – über den Film, in dem sie eben gewesen waren, über andere Filme oder Theaterstücke, die sie gesehen, über Bücher oder Zeitschriften, die sie gelesen hatten, über politische Tagesthemen. Eine Unterhaltung zwischen Fremden. Das Thema Heirat war nicht erwähnt worden, und es wurde auch nicht darüber gesprochen, daß es in ihrem Leben noch einen anderen Mann gab. Als sie so in dem Lokal saßen, waren sie beide auf unerklärliche Weise erschöpft gewesen, so als lägen gewaltige körperliche Anstrengungen hinter ihnen. Beide tranken sie mehr als sonst. Wären sie heute zum erstenmal miteinander ausgegangen, hätte jeder den andern für langweilig gehalten. Er war richtig erleichtert, als er sie in ein Taxi gesetzt hatte und dann allein in sein Appartement gehen und hinter sich die Wohnungstür abschließen konnte, obwohl die schreienden Farben und die gewollt modernistische Aufmachung des Mobiliars die Wohnung aussehen ließen wie herrenloses Treibgut vom letzten Faschingsdienstag. Er fiel in einen bleiernen Schlaf. Als ihm nach dem Aufwachen der gestrige Abend wieder einfiel und welche Aufgabe ihn heute erwartete, hatte er das Gefühl, der schmutzig-graue Dezemberregen sei das passende Wetter für dieses Wochenende.

Er hatte in der Schule angerufen und Billy ausrichten lassen, daß er gegen halb eins einträfe und ihn dann zum Essen mitnehmen möchte. Nun war er aber schon früher dort, es war erst kurz nach zwölf. Obwohl es aufgehört hatte zu regnen und eine bleiche Sonne hinter den Wolken hervorkam, war das Schulgelände wie leergefegt. So wie Gretchen die Schule geschildert hatte, war sie bei schönem Wetter in einer milderen Jahreszeit ein lieblicher Ort, aber bei diesem Regenwetter wirkten die verlassen daliegenden Gebäude zwischen den schmutzigen Rasenflächen wie ein Gefängnis. Er fuhr die Auffahrt hinauf und hielt vor dem Hauptgebäude. Unsicher stieg er aus, da er nicht wußte, wo Billy zu finden war. Aus der etwa hundert Meter entfernten Kapelle drang der Gesang junger Stimmen an sein Ohr: «*Onward Christian Soldiers.*»

Sonntag. Der obligatorische Gottesdienst, dachte er. Das gab es also noch in den Schulen. Großer Gott! Als er in Billys Alter gewesen war, hatte er nur jeden Morgen die Fahne zu grüßen und den Vereinigten Staaten von Amerika Treue zu schwören brauchen. Die Vorteile der öffentlichen Schulen. Trennung von Kirche und Staat.

Ein Lincoln Continental fuhr vor den Treppenstufen vor und hielt. Es war eine durch eine großzügige Stiftung erhaltene Schule. Amerikas zukünftige Elite. Er selbst fuhr einen Chevrolet. Im stillen fragte er sich, was das Lehrerkollegium wohl gesagt hätte, wenn er auf seinem Motorrad angekommen wäre, das er immer noch besaß, inzwischen aber selten benutzte. Ein gewichtig aussehender Mann in einem eleganten Regenmantel verließ den Lincoln, eine Dame blieb im Wagen sitzen. Eltern. Nur gelegentliche Wochenendbesuche für die künftige Elite Amerikas. Nach seinem Auftreten zu schließen mußte der Mann einen hohen Posten in der Finanz- oder Industriewelt bekleiden. Rudolph kannte sich inzwischen aus.

«Guten Morgen, Sir», sagte Rudolph und seine Stimme nahm unwillkürlich die Färbung an, die er sich für den Umgang mit wichtigen Persönlichkeiten angeeignet hatte. «Könnten Sie mir wohl bitte sagen, wo Sillitoe Hall ist?»

Der Mann lächelte huldvoll, seine Zähne blitzten: eine Zahnarztarbeit im Wert von mindestens 5000 Dollar. «Guten Morgen, guten Morgen. Ja, natürlich. Mein Sohn war letztes Jahr dort. In gewisser Weise das beste Haus auf dem Campus. Gleich dort drüben.» Er deutete auf ein etwa vierhundert Meter entferntes Gebäude. «Sie können mit dem Wagen hinfahren. Sie brauchen nur da vorn um die Ecke zu biegen.»

«Vielen Dank», sagte Rudolph.

Von der Kapelle klang noch immer der Choral herüber. Der Vater spitzte die Ohren. «Hier wird Gott noch gepriesen», sagte er. «Das hat viel für sich. Das sollte man auch anderswo so halten.»

Rudolph stieg in seinen Chevrolet und fuhr zur Sillitoe Hall. Er warf einen Blick auf die zum Gedenken an Lieutenant Sillitoe angebrachte Tafel, als er das stille Gebäude betrat. Ein Mädchen von ungefähr vier Jahren in einem blauen Hängerchen fuhr auf einem Dreirad in dem vollgestopften Gemeinschaftsraum im Erdgeschoß umher. Laut bellend kam Rudolph ein großer Setter entgegen. Rudolph war ein wenig verlegen: Kleine vierjährige Mädchen hatte er in einer Knabenschule nicht erwartet.

Eine Tür öffnete sich, und eine rundliche, nette Frau in einer Hose erschien. «Sei still, Boney», sagte sie zu dem Hund. Sie lächelte Rudolph an. «Sie brauchen keine Angst vor ihm zu haben», sagte sie.

Auch ihre Anwesenheit konnte sich Rudolph nicht erklären.

«Wollen Sie Ihren Sohn besuchen?» fragte die Frau, packte den Hund am Halsband und hielt ihn fest. Heftig wedelte er mit dem Schwanz.

«Nein, meinen Neffen», sagte Rudolph. «Ich bin Billy Abbotts Onkel. Ich habe heute morgen angerufen.»

Ein flüchtiger, kaum wahrnehmbarer Schatten – Besorgnis? Mißtrauen? Erleichterung? – verdüsterte das sympathische junge Gesicht. «O ja», sagte die Frau. «Er erwartet Sie. Ich bin Mollie Fairweather. Mein Mann ist der für dieses Haus zuständige Lehrer.»

Das erklärte alles: das Kind, den Hund und ihre eigene Anwesenheit. Was immer Billy hier in der Schule bedrücken mochte, entschied Rudolph spontan, war nicht Schuld dieser so angenehm wirkenden Frau.

«Die Jungens müssen jeden Moment aus der Kirche kommen», sagte die Frau. «Wollen Sie nicht einen Augenblick Platz nehmen? Kommen Sie doch auf einen Schluck herein.»

«Ich möchte Ihnen keine Umstände machen», sagte Rudolph, nahm aber doch die Einladung gern an.

Das Zimmer, in das sie ihn führte, war groß und behaglich; den Möbeln sah man an, daß sie benutzt wurden, an den Wänden Regale mit Büchern. «Mein Mann ist auch in der Kirche», sagte Mrs. Fairweather. «Aber es muß noch Sherry da sein.» Im angrenzenden Zimmer schrie ein Kind. «Mein Jüngstes», sagte Mrs. Fairweather. Sie goß Rudolph ein Glas Sherry ein und sagte «Entschuldigen Sie mich bitte einen Augenblick» und ging in das Nachbarzimmer. Das Geschrei hörte sofort auf. Sie kam zurück und schenkte auch sich einen Sherry ein. «Setzen Sie sich doch, bitte.»

Eine verlegene Pause trat ein. Beim Hinsetzen kam Rudolph der Gedanke, daß Mrs. Fairweather Billy im Grunde viel besser kennen müßte als er, der nur mit ein paar vagen Andeutungen den Auftrag bekommen hatte, dem Jungen zu Hilfe zu eilen. Zu dumm, daß er sich von Gretchen den Brief am Telefon nicht hatte vorlesen lassen.

«Billy ist ein sehr netter Junge», sagte Mrs. Fairweather. «So hübsch und wohlerzogen. Wir bekommen, wie Sie sich denken können, auch andere, Mr. . . .» Sie stockte.

«Jordache», sagte Rudolph.

«Verständlicherweise freuen wir uns daher, wenn ein Junge gute Manieren hat.» Sie nippte an ihrem Sherry. Mr. Fairweather mußte ein glücklicher Mann sein, dachte Rudolph.

«Seine Mutter macht sich Sorgen um ihn», sagte Rudolph.

«Tut sie das?» Die Antwort kam zu schnell. Gretchen war also nicht die einzige, die etwas bemerkt hatte.

«Sie hat vor ein paar Tagen einen Brief von ihm bekommen. Zugegeben, Mütter neigen zur Übertreibung, aber sie hat den Eindruck, als sei Billy sehr verzweifelt.» Warum sollte er vor dieser offensichtlich vernünftigen und wohlmeinenden Frau etwas verheimlichen? «Verzweifelt ist vielleicht ein wenig stark, aber ich habe meiner Schwester versprochen, einmal nach Billy zu sehen. Sie lebt in Kalifornien. Und . . .» Er war etwas verlegen. «Sie hat wieder geheiratet.»

«Das soll öfters vorkommen», sagte Mrs. Fairweather. Sie lachte. «Nicht, daß Eltern in Kalifornien leben, sondern daß sie sich wieder verheiraten, meine ich.»

«Ihr Mann ist vor ein paar Monaten bei einem Autounfall ums Leben gekommen», sagte Rudolph.

«Oh», sagte Mrs. Fairweather. «Das tut mir leid. Vielleicht ist Billy deshalb so –» Sie ließ den Satz unbeendet.

«Ist Ihnen etwas Bestimmtes aufgefallen?» fragte Rudolph.

Die Frau zupfte unbehaglich an ihrem kurzen Haar. «Es wäre mir lieber, Sie sprächen mit meinem Mann. Er ist in solchen Dingen kompetenter.»

«Ich bin sicher, daß Sie nicht ein Wort sagen, dem Ihr Mann nicht beipflichten würde», sagte Rudolph. Er kannte den Mann nicht, aber er hatte das Gefühl, daß die Frau, sollte es an der Schule liegen, eher eine entsprechende Bemerkung machen würde.

«Ihr Glas ist leer», sagte Mrs. Fairweather. Sie goß ihm noch einmal ein.

«Hat er schlechte Noten?» fragte Rudolph. «Oder ist vielleicht einer unter den Jungens, der ihn tyrannisiert?»

«Nein, daran kann es nicht liegen. Seine Noten sind gut, und er scheint mit allen Jungens gut auszukommen. Und im übrigen dulden wir hier keinerlei Tyrannei.» Sie zuckte die Schultern. «Er ist ein rätselhafter Junge. Mein Mann und ich haben schon öfter darüber gesprochen und uns überlegt, was wir tun könnten. Billy ist sehr verschlossen. Er scheint sich mit niemandem angefreundet zu haben und hat offensichtlich auch kein Zutrauen zu einem seiner Lehrer. Sein Zimmergenosse möchte umquartiert werden . . .»

«Haben die beiden sich gestritten?»

Sie schüttelte den Kopf. «Nein. Der andere Junge sagt, Billy spreche einfach nicht mit ihm. Nie. Über gar nichts. Billy hält sein Zimmer gut in Ordnung, er nimmt brav am Unterricht teil und beklagt sich nie, antwortet aber kaum mit ja oder nein, wenn er angesprochen wird. Er ist ein kräftiger Junge, aber an den sportlichen Spielen beteiligt er sich überhaupt nicht. Er kickt nicht mal einen Football durch die Gegend. Die anderen Jungen spielen Fangball oder werfen den Ball hier vor dem Haus hin und her. Samstags, wenn gegen andere Schulen gespielt wird und alle Schüler auf den Sportplätzen sind, bleibt er in seinem Zimmer und liest.» Seltsam: ihre Stimme klang ebenso beunruhigt wie gestern die Gretchens am Telefon.

«Hätte ich einen erwachsenen Menschen vor mir, Mr. Jordache», sagte Mrs. Fairweather, «wäre ich geneigt zu sagen, er leidet an Melancholie. Ich weiß, das hilft nicht viel...» Sie lächelte abbittend. «Ich schildere meine Beobachtungen, eine Diagnose vermag ich nicht zu stellen. Aber mehr können mein Mann und ich nicht tun. Sollten Sie herausfinden, daß von seiten der Schule etwas getan werden kann, dürfen Sie auf unsere Unterstützung rechnen.»

Die Glocken der Kapelle fingen an zu läuten, und Rudolph sah die ersten Jungen aus der Kirche kommen.

«Könnten Sie mir bitte sagen, wo Billys Zimmer ist?» sagte Rudolph. «Dann werde ich dort auf ihn warten.» Vielleicht bekam er einige Anhaltspunkte, die ihn auf die Begegnung vorbereiten würden.

«Im dritten Stock», sagte Mrs. Fairweather. «Ganz den Gang hinunter, die letzte Tür links.»

Rudolph dankte ihr und ließ sie mit den beiden Kindern und dem Setter allein. Was für eine nette Frau, dachte er, während er die Treppe hinaufstieg. Als er so alt war wie Billy, hatte sich niemand in dieser Weise um ihn gesorgt. Wenn sie sich so viele Gedanken um Billy machte, durfte man annehmen, daß ein Grund vorlag.

Die Tür stand, wie auch fast alle anderen Türen, offen. Ein unsichtbarer Vorhang schien das Zimmer zu teilen. Das Bett auf der linken Seite war zerwühlt, Grammophonplatten lagen darauf, auf dem Fußboden stapelten sich Bücher, und an die Wand hinter dem Bett waren Wimpel und Zeitungsfotos von Mädchen und Sportlern geheftet. Das Bett auf der rechten Seite war ordentlich gemacht, und nichts Persönliches zierte die Wand. Lediglich auf dem kleinen Schreibtisch standen zwei Fotos, ein Bild von Gretchen, das sie im Liegestuhl ihres Gartens in Kalifornien zeigte, und ein Bild von Burke, das in einer Zeitschrift veröffentlicht gewesen war. Von Willie Abbott gab es kein Bild.

Auf dem Bett lag ein aufgeschlagenes Buch. Rudolph beugte sich darüber, um zu sehen, was es war. ‹Die Pest› von Camus. Eine merkwürdige Lektüre für einen vierzehnjährigen Jungen und kaum geeignet, ihn aus seiner Melancholie zu reißen.

Falls übertriebene Ordnungsliebe ein Symptom jugendlicher Neurose war, dann war Billy neurotisch. Rudolph fiel ein, wie ordentlich auch er in diesem Alter gewesen war – doch niemand hatte ihn deswegen für anomal gehalten.

Irgendwie bedrückte ihn dieses Zimmer, und er verspürte auch keine Lust, Billys Zimmergenossen kennenzulernen; er ging daher wieder nach unten und wartete vor dem Haus. Die Sonne schien stärker, die Wolken hatten sich gelichtet, und mit den Grüppchen von jungen Leuten, die alle ihre Sonntagskleidung anhatten, sah das Schulgelände nicht länger mehr wie ein Gefängnis aus. Er hatte den Eindruck, als seien die Jungen alle viel größer als zu seiner Schulzeit. Aufsprießendes Amerika. Für jeden war es eine ausgemachte Sache, daß es gut so war. Aber war es das wirklich?

Schon von weitem sah er Billy herankommen. Er war der einzige, der sich für sich hielt. Langsamen Schrittes kam er heran, hoch aufgerichtet; nichts Duckmäuserisches war an ihm. Rudolph erinnerte sich, wie er in diesem Alter bemüht gewesen war, sich einen eleganten Gang zuzulegen. Er hielt seine Schultern noch immer so wie damals, aus purer Gewohnheit.

«Hallo, Rudy», sagte Billy. Kein Lächeln. «Vielen Dank, daß du mich besuchen kommst.»

Sie schüttelten sich die Hand. Billy hatte einen kräftigen, raschen Händedruck. Er brauchte sich noch nicht zu rasieren, dennoch hatte sein Gesicht alles Kindliche verloren, der Stimmwechsel lag bereits hinter ihm.

«Ich muß heute noch nach Whitby», sagte Rudolph, «und da ich schon einmal unterwegs war, dachte ich, ich sollte dich vielleicht einmal besuchen. Der Umweg war nicht allzu groß. Knapp zwei Stunden.»

Billy warf ihm einen Blick zu. Er schien offensichtlich nicht davon überzeugt, daß der Besuch so zufälliger Art war, wie Rudy es hinstellen wollte.

«Gibt es in der Umgegend ein gutes Restaurant?» warf Rudolph schnell ein. «Ich habe schrecklichen Hunger.»

«Als mein Vater das letzte Mal hier war, haben wir ein Lokal entdeckt, das uns ganz gut gefallen hat», sagte Billy.

«Wann war das?»

«Vor einem Monat. Er wollte vergangene Woche wiederkommen, aber dann hat er mir geschrieben, daß der Mann, der ihm den Wagen leihen wollte, ihn plötzlich selber brauchte.»

Rudolph fragte sich, ob auf dem Schreibtisch in Billys Zimmer neben den Fotos von Gretchen und Colin Burke ursprünglich auch ein Bild von Willie Abbott gestanden hatte, das von Billy nach diesem letzten Brief weggepackt worden war.

«Mußt du noch etwas aus deinem Zimmer holen oder jemandem Bescheid sagen, daß du mit deinem Onkel zum Essen fortgehst?»

«Nein, ich brauche nichts», sagte Billy. «Und ich muß auch niemandem Bescheid sagen.»

Rudolph wurde es, wie sie so dastanden, während die anderen Jungens in einem stetigen Strom lachend, dumme Scherze treibend und laut redend an ihnen vorüberkamen, plötzlich bewußt, daß Billy zu keinem einzigen von ihnen Hallo gesagt hatte und keiner zu ihm hergekommen war. Es ist so schlimm, wie Gretchen fürchtete, dachte er. Oder noch schlimmer.

Flüchtig legte er den Arm um Billys Schultern. Keinerlei Reaktion. «Komm, laß uns fahren», sagte er. «Du zeigst mir den Weg.»

Als er mit dem niedergedrückten Jungen neben sich über das Schulgelände fuhr, vorbei an den neuen hübschen Gebäuden und den ausgedehnten Spielplätzen – alles wirkte so überlegt und kostspielig und schien dazu angetan, junge Menschen auf ein nutzbringendes, glückliches Leben vorzubereiten –, fragte sich Rudolph, wie überhaupt jemand den Versuch unternehmen konnte, jemanden zu erziehen.

«Ich weiß, warum der Mann meinem Vater letzte Woche den Wagen nicht geliehen hat», sagte Billy, als sie in dem Lokal saßen und sie ihr Essen serviert bekamen. «Als er das letzte Mal hier war, ist er beim Rückwärtsfahren gegen einen Baum geprallt und hat einen Kotflügel beschädigt. Er hatte vor dem Essen drei Martinis getrunken, zum Essen eine Flasche Wein und anschließend noch zwei Gläser Cognac.»

Die strenge Jugend. Rudolph war froh, daß er nur Wasser trank.

«Vielleicht war er über etwas unglücklich», sagte er. Er hatte die Fahrt nicht unternommen, um die möglicherweise vorhandene Zuneigung zwischen Vater und Sohn zu zerstören.

«Kann sein. Er ist die meiste Zeit unglücklich.» Billy aß weiter. Der Kummer hatte seinen Appetit nicht geschmälert.

Es war eine herzhafte, echt amerikanische Mahlzeit – Steaks, Hummer, Muscheln, Rostbeef, heiße Brötchen, von hübschen Kellnerinnen in unauffälliger Kleidung serviert. Der Raum war groß und geräumig, auf den Tischen lagen rotkarierte Decken. Die meisten Gäste waren Schüler mit ihren Eltern. An einem Tisch saßen fünf oder sechs Jungen mit den Eltern eines ihrer Mitschüler – offensichtlich hatte der Junge seine Freunde eingeladen, damit auch sie von dem Besuch profitierten. Rudolph fragte sich, ob er vielleicht auch eines Tages einen Sohn im Internat besuchen und ihn und seine Freunde zum Essen ausführen würde. Wenn Jean ja sagte, konnte das in fünfzehn Jahren der Fall sein. Wie würde er selbst in fünfzehn Jahren sein, wie Jean, wie sein Sohn? Verschlossen, schweigsam, uneins mit sich selbst wie Billy? Oder aufnahmefreudig und fröhlich wie die Jungen an den anderen Tischen? Würde es in fünfzehn Jahren überhaupt noch solche Schulen geben, würde man seinen Sohn abholen und zu einer solchen Mahlzeit mit ihm gehen, würden auch dann Väter mittags um zwei Uhr in betrunkenem Zustand gegen einen Baum fahren? Wie gefahrvoll war das Leben vor fünfzehn Jahren für die Mütter und Väter gewesen, die heute hier stolz mit ihren Söhnen bei Tisch saßen. Damals war der Krieg gerade zu Ende gewesen, und radioaktive Wolken waren über den Himmel gezogen.

Vielleicht sage ich Jean, daß ich es mir noch einmal überlegt habe, dachte er.

«Wie ist das Essen in der Schule?» fragte er, um das Schweigen zu brechen.

«Okay», sagte Billy.

«Wie sind die anderen Jungens?»

«Okay. Das heißt, nicht ganz so okay. Sie reden dauernd davon, was für fabelhafte Väter sie haben, daß ihre Väter mit dem Präsidenten zu Mittag essen und ihm sagen, wie er das Land regieren soll, daß sie in den Sommermonaten nach Newport gehen. Sie reden von ihren Reitpferden und von den Debütantinnenbällen, die für ihre Schwestern gegeben werden, und daß diese Bälle 25 000 Dollar kosten.»

«Was sagst du, wenn sie so daherreden?»

«Nichts.» Billys Blick war feindselig. «Was soll ich sagen? Mein Vater haust in einem möblierten Zimmer. Innerhalb von zwei Jahren ist er aus drei Stellungen herausgeflogen. Oder meinst du, ich sollte ihnen erzählen, was für ein großartiger Autofahrer er ist?» Wie beiläufig kamen die Worte von seinen Lippen, mit gleichgültiger Erwachsenenstimme.

«Was ist mit deinem Stiefvater?»

«Was soll mit ihm sein? Er ist tot. Und auch als er noch am Leben war, gab es in der Schule keine sechs Jungen, die jemals etwas von ihm gehört hatten. Leute, die Theaterstücke inszenieren und Filme machen, sind für sie Menschen zweiter Klasse.»

«Wie steht's mit deinen Lehrern?» fragte Rudolph in dem verzweifelten Bemühen, wenigstens einen Punkt zu finden, mit dem der Junge einverstanden war.

«Sie interessieren mich nicht», sagte Billy und strich noch etwas Butter auf die gebackenen Kartoffeln. «Ich tue das, was ich tun muß, und damit hat sich's.»

«Was quält dich, Billy?» Er wollte nicht länger darum herum reden, zumal er den Jungen nicht so gut kannte, als daß er auf Umwegen etwas aus ihm herausgekriegt hätte.

«Meine Mutter hat dich gebeten, mich zu besuchen, nicht wahr?» Billy sah ihn herausfordernd an.

«Wenn du es wissen willst – ja.»

«Es tut mir leid, daß sie sich Sorgen macht», sagte Billy. «Ich hätte ihr diesen Brief nicht schreiben sollen.»

«Im Gegenteil, es war gut, daß du ihr geschrieben hast. Wo fehlt es, Billy?»

«Ich weiß es nicht.» Der Junge hatte jetzt aufgehört zu essen, und Rudolph

merkte, daß Billy sich Mühe gab, seine Stimme in die Gewalt zu bekommen.
«Alles. Ich habe das Gefühl, ich müßte sterben, wenn ich hier bleiben muß.»
«So schnell stirbt man nicht», sagte Rudolph scharf.
«Nein, vermutlich nicht. Ich habe nur das *Gefühl*, als würde ich.» Einen Augenblick lang war Billy ein mutwilliger Knabe. «Das ist etwas anderes, ich weiß, aber ein Gefühl ist doch etwas, das existiert, oder etwa nicht?»
«Doch», sagte Rudolph. «Komm, erzähl mir's.»
«Diese Schule ist kein Ort für mich», sagte Billy. «Ich möchte nicht so erzogen werden wie die anderen und so werden wie sie. Guck dir doch nur ihre Väter an. Eine ganze Anzahl von ihnen sind selber früher in diese Schule gegangen. Und sie sind heute noch wie ihre Söhne, nur älter, sagen dem Präsidenten, was er zu tun und zu lassen hat, haben nie etwas von Colin Burke gehört und wissen auch nicht, daß er tot ist. Ich gehöre nicht hierher, Rudy. So wenig, wie mein Vater hierher gehört. Auch Colin Burke hätte sich hier nicht wohl gefühlt. Wenn ich hier bleiben muß, schaffen die es bestimmt, daß ich nach vier Jahren das Gefühl habe, ich gehörte zu ihnen, und das will ich nicht. Ich weiß nicht, was ich ...» Verzagt schüttelte er den Kopf, sein blondes Haar fiel über die hohe Stirn, die er von seinem Vater geerbt hatte. «Du denkst sicherlich, das seien nur die Hirngespinste eines heimwehkranken Kindes, das vielleicht darunter leidet, daß es nicht zum Mannschaftskapitän gewählt wurde oder sonst etwas ...»
«Nein, Billy, das denke ich durchaus nicht. Ich vermag nicht zu sagen, ob du im Recht oder im Unrecht bist, aber du hast jedenfalls deine Gründe.» Heimwehkrank, überlegte er. Das Wort stach förmlich hervor. An welches Heim dachte Billy?
«Der Kirchenbesuch ist obligatorisch», sagte Billy. «Siebenmal in der Woche muß man so tun, als sei man ein überzeugter Christ. Ich bin kein Christ. Genausowenig wie meine Mutter, mein Vater und Colin Burke. Warum muß ich mir all diese Predigten anhören? Sei rechtschaffen, hege keine schmutzigen Gedanken, bleib rein. Unser Herr Jesus starb, um unsere Sünden zu tilgen. Wie würde es dir gefallen, wenn du siebenmal in der Woche solchen Quatsch über dich ergehen lassen müßtest?»
«Nicht sehr.» In diesem Punkt hatte der Junge recht. Atheisten hatten ihren Kindern gegenüber eine religiöse Verantwortung.
«Und das Geld», sagte Billy mit leiser, aber eindringlicher Stimme, da gerade eine Kellnerin vorbeiging. «Woher soll das Geld für diese Luxuserziehung kommen, jetzt, wo Colin tot ist?»
«Mach dir darüber keine Sorgen», sagte Rudolph. «Ich habe deiner Mutter gesagt, daß ich dafür aufkomme.»
Billy sah ihn feindselig an, so als habe Rudolph ihm eben gestanden, sich an einem Komplott gegen ihn beteiligt zu haben. «Dazu habe ich dich nicht gern genug, Onkel Rudy», sagte er.

Rudolph schluckte. Es gelang ihm, ruhig zu bleiben. Schließlich war Billy erst vierzehn, also noch ein Kind. «Warum hast du mich nicht gern genug?»

«Weil du hierher gehörst», sagte Billy. «Schicke deinen Sohn hierher.»

«Auf solche Unsachlichkeiten antworte ich nicht.»

«Entschuldige bitte. Aber es ist mir ganz ernst damit.» Tränen standen in den langbewimperten blauen Abbott-Augen.

«Meine Hochachtung, daß du so offen bist», sagte Rudolph. «Jungen in deinem Alter verstellen sich gewöhnlich, wenn der reiche Onkel sie besucht.»

«Was soll ich hier eigentlich, auf der anderen Seite des Kontinents, wenn meine Mutter Nacht für Nacht dasitzt und weint?» fuhr Billy überstürzt fort. «Ein Mann wie Colin kommt bei einem Autounfall ums Leben, und ich soll hingehen und bei jedem dämlichen Footballspiel hurra schreien oder dem Geschwätz eines Pfadfinders in schwarzer Uniform zuhören, der uns stundenlang von Jesus erzählt? Ich will dir etwas sagen –» Tränen rollten über seine Wangen. Er wischte sie mit dem Taschentuch ab, sprach aber gleichzeitig weiter: «Wenn du mich hier nicht heraushohlst, laufe ich davon. Und irgendwie werde ich es schon schaffen, zu meiner Mutter zu gelangen, und wenn ich ihr helfen kann, will ich ihr helfen.»

«Also gut», sagte Rudolph. «Dann laß uns das Thema beenden. Ich weiß noch nicht, was ich tun kann, aber ich verspreche dir, daß ich etwas tue. Recht so?»

Billy nickte unglücklich, wischte sich noch einmal über die Augen und steckte das Taschentuch weg.

«So, jetzt wollen wir aber unseren Lunch zu Ende essen», sagte Rudolph. Er selber war bereits fertig und sah zu, wie Billy seinen Teller leerte. Zum Nachtisch bestellte sich Billy noch ein Stück Apfelkuchen mit Eis, und auch diese Portion verzehrte er. Mit vierzehn verdaute der Magen einfach alles: Tränen, Tod, Mitleid und Apfelkuchen mit Eiskrem.

Als Rudolph wieder vor Sillitoe Hall hielt, sagte er: «Geh nach oben und pack das Nötigste. Warte hier im Wagen auf mich.»

Er sah zu, wie Billy, adrett in seinem Sonntagsanzug, das Gebäude betrat. Dann stieg auch er aus und folgte ihm. Auf dem angrenzenden Rasen war ein Fangballspiel im Gang, Jungen schrien: «Wirf ihn mir her, wirf ihn mir her!» Eines der Hunderte von jugendlichen Spielen, an denen Billy nicht teilnahm.

Im Gemeinschaftsraum war fast jeder Platz besetzt. Hier spielten Jungen Ping-Pong oder waren über Schachbretter gebeugt, andere blätterten in Zeitschriften, wieder andere saßen vor einem Transistorgerät und hörten der Übertragung vom Spiel der Giants zu. Höflich machten die Jungen am Ping-Pong-Tisch ihm, dem Erwachsenen, Platz, als er durch den Raum auf die Tür zu ging, die zu den Wohnräumen der Fairweathers führte. Die Jungen hier schienen alle nett, sie wirkten gesund und zufrieden – die Hoffnung Amerikas. Hätte er einen Sohn gehabt, hätte er sich gefreut, ihn heute am Sonntag in dieser

Gesellschaft zu sehen. Seinem Neffen jedoch vermittelten sie das Gefühl, er müsse sterben, wenn er noch länger hier bliebe. Er erhob Anspruch darauf, ein Einzelgänger zu sein.

Er läutete, und die Tür wurde ihm von einem großen, leicht gebeugt gehenden Mann geöffnet, eine Locke fiel ihm in die Stirn. Er hatte eine gesunde Gesichtsfarbe, und das Lächeln, mit dem er Rudolph begrüßte, war liebenswürdig und herzlich. Was für Nerven mußte ein Mann haben, der einen solchen Posten bekleidete.

«Mr. Fairweather?» fragte Rudolph.

«Ja?»

«Es tut mir sehr leid, daß ich Sie störe, aber wenn ich Sie vielleicht einen Augenblick sprechen könnte? Ich bin Billy Abbotts Onkel. Ich war...»

«Ach ja», sagte Fairweather. Er streckte die Hand aus. «Meine Frau hat mir von Ihrem Besuch erzählt. Kommen Sie doch bitte herein.» Er ging Rudolph voran in das Wohnzimmer, in dem er auch am Vormittag mit Mrs. Fairweather gesessen hatte. Hier war von dem Lärm, der im Gemeinschaftsraum geherrscht hatte, nichts mehr zu vernehmen. Ein Refugium vor der Jugend. Dank der Bücher ringsum. Zugleich eine Isolierung vor den Jungen. Rudolph fragte sich, ob er möglicherweise, als er den ihm von Denton angebotenen Posten im College, ein Leben zwischen Büchern, ablehnte, die falsche Wahl getroffen hatte.

Mrs. Fairweather saß auf der Couch, vor ihr stand eine Tasse Kaffee, während das Kind, an ihr Knie gelehnt, auf dem Boden saß und in einem Bilderbuch blätterte. Der Setter lag schlafend zu ihren Füßen. Lächelnd hob Mrs. Fairweather ihre Tasse.

Sie können unmöglich *so* glücklich sein, dachte Rudolph, und war sich seiner Eifersucht bewußt.

«Bitte, nehmen Sie doch Platz», sagte Mrs. Fairweather. «Möchten Sie eine Tasse Kaffee?»

«Nein, danke, ich habe gerade welchen getrunken. Und ich möchte auch nur einen Augenblick bleiben.» Rudolph saß steif da. Er fühlte sich verlegen – er war nur ein Onkel, kein Vater.

Fairweather saß gemütlich neben seiner Frau. Er hatte Tennisschuhe und ein Wollhemd an – bloß keine Umstände am Sonntag. «Haben Sie sich ausführlich mit Billy unterhalten?» fragte er. Ein kleines, nettes Überbleibsel aus dem Süden schwang in seiner Stimme mit, vornehmes Gezeitenwasser aus Virginia.

«Wir haben miteinander gesprochen», sagte Rudolph. «Ob es was geholfen hat, weiß ich nicht. Mr. Fairweather, ich möchte Billy mitnehmen. Wenigstens für ein paar Tage. Ich glaube, das ist unbedingt notwendig.»

Die Fairweathers wechselten einen Blick.

«Ist es so schlimm?» fragte der Mann.

«Ich glaube, ja.»

«Wir haben alles getan, was in unserer Macht steht», sagte Fairweather. Eine Entschuldigung schwang in seinen Worten nicht mit.

«Das bezweifle ich nicht im mindesten», sagte Rudolph. «Billy ist ein schwieriger Junge, und er hatte in jüngster Zeit einige Erlebnisse...» Er fragte sich, ob die Fairweathers jemals etwas von Colin Burke gehört, das zu früh dahingeschiedene Talent betrauert hatten. «Einzelheiten sind nicht nötig. Selbst wenn es sich bei dem Jungen um Hirngespinste handelt, so sind doch seine Gefühle davon betroffen.»

«Sie wollen also Billy mitnehmen?» fragte Mr. Fairweather.

«Ja.»

«Wann?»

«Gleich jetzt.»

«Oh!» sagte Mrs. Fairweather.

«Für wie lange?» fragte Fairweather ruhig.

«Ich weiß es noch nicht. Für ein paar Tage. Für einen Monat. Vielleicht für immer.»

Ein unbehagliches Schweigen trat ein. Von draußen drang gedämpft die Stimme eines Jungen ins Zimmer, der den Stand des Fangballspiels ausrief.

Fairweather schenkte sich noch eine Tasse Kaffee ein. «Wollen Sie nicht doch eine Tasse mittrinken, Mr. Jordache?»

Rudolph schüttelte den Kopf.

«In zweieinhalb Wochen ist Weihnachten. Dann gibt es Ferien», sagte Fairweather. «In ein paar Tagen beginnen die Schlußprüfungen für das laufende Quartal. Meinen Sie nicht, es wäre besser, diese kurze Zeit noch zu warten?»

«Nein, das glaube ich nicht. Ich bin der Meinung, ich sollte Billy auf der Stelle mitnehmen», sagte Rudolph.

«Haben Sie mit dem Direktor gesprochen?» fragte Fairweather.

«Nein.»

«Ich glaube, wir müßten mit ihm sprechen», sagte Fairweather. «Ich habe nicht die Vollmacht zu...»

«Je weniger Aufhebens wir machen, je weniger Leute mit Billy sprechen», sagte Rudolph, «desto besser wird es für den Jungen sein. Glauben Sie mir.»

Wieder tauschten die Fairweathers einen Blick.

«Charles», sagte Mrs. Fairweather zu ihrem Mann, «ich glaube, wir könnten dem Direktor die Sache erklären.»

Fairweather war aufgestanden. Ein blasser Sonnenstrahl fiel durchs Fenster, schattenhaft zeichnete sich seine Gestalt vor dem Bücherregal ab. Ein nachdenklicher, verantwortungsbewußter Mann, Familienoberhaupt, Seelendoktor für junge Menschen.

«Ja, du hast recht», sagte er. «Wir können sie ihm erklären. Rufen Sie mich doch bitte morgen oder übermorgen an und sagen Sie mir, wie Sie sich entschieden haben, ja?»

«Selbstverständlich.»

Fairweather seufzte. «Wissen Sie, in meinem Beruf erlebt man viele Niederlagen, Mr. Jordache. Bitte sagen Sie Billy, daß er jederzeit zurückkommen kann. Er ist begabt genug, das Versäumte nachzuholen.»

«Das will ich ihm gern sagen», sagte Rudolph. «Ich bin Ihnen beiden sehr dankbar.»

Fairweather geleitete ihn durch die Diele bis zur Wohnungstür. Er lächelte nicht, als er Rudolph die Hand schüttelte und hinter ihm die Tür schloß.

Als sie losfuhren, sagte Billy, der vorn neben Rudolph saß: «Ich will diese Schule nie mehr wiedersehen.» Er fragte nicht, wohin sie fuhren.

Es war halb sechs, als sie in Whitby eintrafen. Die Straßenlampen brannten bereits. Billy hatte den größten Teil des Weges geschlafen. Rudolph fürchtete sich vor dem Augenblick, wo er seine Mutter mit ihrem Enkel bekanntmachen mußte. «Gezücht der Dirne» – mit diesem Ausdruck mußte er rechnen. Aber er hatte keine andere Wahl, als Billy zu seiner Mutter zu bringen. Er hatte mit Calderwood verabredet, daß er ihn nach dem Essen, also nach 19 Uhr, aufsuchen würde. Wenn er Billy nach New York gebracht hätte, wäre er zu dieser Verabredung zu spät gekommen. Außerdem: zu wem hätte er Billy in New York bringen können? Zu Willie Abbott? Gretchen hatte ihn gebeten, Willie aus dem Spiel zu lassen. Und so wie Billy beim Essen seinen Vater geschildert hatte, wäre es praktisch auf dasselbe hinausgelaufen; wenn er Billy der Obhut seines alkoholischen Vaters anvertraute, dann hätte er ihn ebensogut gleich in der Schule lassen können.

Vorübergehend hatte Rudolph erwogen, Billy in einem Hotel unterzubringen, den Einfall dann aber als zu gefühllos verworfen. Nach einem solchen Tag konnte ein Junge nicht allein im Hotel bleiben. Ganz abgesehen davon, daß es eine zu bequeme Lösung gewesen wäre. Er mußte seiner alten Dame die Stirn bieten.

Dennoch war er erleichtert, als er feststellte, daß seine Mutter nicht im Wohnzimmer war. In der Halle sah er, daß die Tür zu ihrem Zimmer geschlossen war. Vermutlich hatte sie sich mit Martha gestritten und saß jetzt in ihrem Zimmer und schmollte. Das verschaffte ihm eine Gelegenheit, ihr allein gegenüberzutreten und sie auf die Begegnung mit ihrem Enkel vorzubereiten.

Er brachte Billy in die Küche. Martha saß am Tisch, vor sich eine Zeitung, auf dem Herd brutzelte etwas. Martha war keineswegs unförmig dick, wie seine Mutter gehässigerweise behauptete, sondern eine knochige, hagere, etwas ausgedörrte Person von fünfzig, die das Leben nicht von der heiteren Seite sah. Gleiches mit Gleichem zu vergelten war ihre Devise.

«Martha», sagte er, «dies ist mein Neffe Billy. Er wird einige Tage hier bleiben. Jetzt braucht er erst einmal ein Bad und etwas Warmes zum Essen.

Könnten Sie das in die Hand nehmen? Er schläft im Gästezimmer, gleich neben mir.»

Martha strich die Zeitung auf dem Küchentisch glatt. «Ihre Mutter hat gesagt, Sie würden nicht zum Essen da sein.»

«Bin ich auch nicht. Ich fahre noch einmal weg.»

«Dann reicht das Essen», sagte Martha. «Sie –» mit einer ärgerlichen Bewegung des Kopfes deutete sie in die Richtung des Zimmers seiner Mutter – «sie hat nichts von einem Neffen gesagt.»

«Sie weiß noch nichts davon», sagte Rudolph und versuchte, seine Stimme Billy zuliebe unbeschwert klingen zu lassen.

«Na, dann viel Vergnügen», sagte Martha.

Billy stand ruhig daneben. Die Atmosphäre gefiel ihm nicht.

Martha erhob sich. Sie blickte nicht mürrischer als sonst drein, aber wie sollte Billy das wissen? «Komm mit, junger Mann. Für ein so mageres Jüngelchen wie dich finden wir schon ein Plätzchen.»

O Gott, dachte Rudolph. Hoffentlich kapiert Billy, daß Martha es im Grunde gut mit ihm meint.

«Geh mit Martha», sagte er zu Billy. «Ich komme später nach. Ich habe hier unten noch etwas zu tun.»

Nur zögernd folgte Billy Martha aus der Küche. Jede Trennung von seinem Onkel war ein Risiko.

Die fremden Schritte auf der Treppe würden seine Mutter auf den Plan rufen, dessen war er sicher. Wenn er das Haus betrat, erkannte sie ihn jedesmal am Schritt, und sofort rief sie ihn.

Er holte etwas Eis aus dem Kühlschrank. Nach dem fast alkoholfreien Tag und vor dem Zusammentreffen mit seiner Mutter hatte er einen Drink nötig. Er nahm die Schale mit dem Eis mit ins Wohnzimmer und freute sich, daß es hier warm war. Also hatte Brad gestern einen Monteur geschickt. Die Zunge seiner Mutter würde wenigstens nicht durch die Kälte geschärft werden.

Er mixte sich einen Bourbon mit Wasser und viel Eis, ließ sich in einen Sessel sinken, legte die Füße hoch und schlürfte genießerisch seinen Drink. Er fühlte sich wohl in diesem Zimmer, das nicht zu pompös möbliert war: moderne Ledersessel, kugelförmige Glaslampen, dänische Holztische und schlichte, unauffällige Gardinen – was einen sorgfältig kalkulierten Kontrast zu der niedrigen Balkendecke und den kleinen viereckigen, bleigefaßten Fenstern aus dem 18. Jahrhundert bildete. Seiner Mutter dagegen gefiel es nicht: es sähe wie das Wartezimmer eines Zahnarztes aus, sagte sie immer wieder.

Langsam trank er sein Glas leer; er hatte es nicht eilig. Eine Szene würde es in jedem Fall geben. Schließlich stemmte er sich aus dem Sessel hoch und machte sich auf den Weg zum Zimmer seiner Mutter. Er klopfte an die Tür. Das Zimmer lag im Erdgeschoß, damit sie keine Treppen zu steigen brauchte, obwohl sie nach den beiden Operationen – bei der ersten handelte es sich um Venenentzündung, bei der zweiten um grauen Star – wieder ganz gut zu Fuß war.

«Wer ist da?» Die Stimme hinter der geschlossenen Tür war scharf.

«Ich bin's, Ma», sagte Rudolph. «Schläfst du?»

«Nicht mehr», sagte sie.

Er betrat das Zimmer.

«Wie soll ich schlafen, wenn hier durchs Haus getrampelt wird, als sei plötzlich eine Elefantenherde eingebrochen», sagte sie vom Bett her. Von spitzenverzierten Kissen gestützt, saß sie da. Sie hatte eine rosa Bettjacke an, die mit einer Art rosafarbenem Pelz besetzt war. Sie hatte die dicken Brillengläser aufgesetzt, die ihr der Arzt verschrieben hatte. Mit ihnen konnte sie lesen und fernsehen, aber sie verliehen ihren riesig vergrößerten Augen einen irren, leeren, seelenlosen Blick.

Die Ärzte hatten wahre Wunder bei ihr bewirkt, seit sie in das alte Farmhaus umgezogen waren. Vorher, als sie noch über dem Laden wohnten, hatte sie sich – obwohl Rudolph seine Mutter angefleht hatte, sich operieren zu lassen, weil er überzeugt war, daß die Ärzte ihr helfen konnten – hartnäckig geweigert. «Ich will nicht an mir herumschnippeln lassen. Wir sind arme Leute», hatte sie gesagt. «Man sollte den Chirurgen noch nicht einmal erlauben, an einem Hund einen Eingriff vorzunehmen.» Rudolphs Proteste waren auf taube Ohren gestoßen. Solange sie in der armseligen Wohnung hausten, hatte sie das Gefühl, arm und in Notfällen auf die öffentliche Fürsorge angewiesen zu sein. Erst nach dem Umzug, erst nachdem Martha ihr aus den Zeitungen vorgelesen hatte, wie erfolgreich und angesehen Rudolph war, und erst nachdem sie in dem neuen Wagen gefahren war, den Rudolph gekauft hatte, vertraute sie sich mutig dem Messer der Chirurgen an, natürlich mußten die Ärzte, die sie behandelten, die besten und teuersten sein, die es gab.

Sie war durch ihren Glauben an die Macht des Geldes buchstäblich verjüngt, wiederauferstanden, vom Rand des Grabes zurückgebracht worden. Zwar hatte Rudy immer die Meinung vertreten, daß eine entsprechende ärztliche Behandlung die letzten Jahre seiner Mutter weit angenehmer gestalten würde, aber er hätte nie geglaubt, daß sie sich noch einmal so verjüngen würde. Mit Martha am Steuer fuhr sie jetzt regelmäßig in Rudys Wagen zum Einkaufen; sie besuchte Schönheitssalons (ihr Haar war fast blau und gewellt); war Stammgast in den Kinos; rief ein Taxi, wenn sie etwas vorhatte und Rudy den Wagen selber brauchte; wohnte der Messe bei; spielte zweimal in der Woche mit Bekannten, die sie über die Kirche kennengelernt hatte, Bridge; lud die Priester der Gemeinde zum Abendessen ein, wenn Rudy nicht da war; sie hatte sich ein neues Exemplar von ‹Vom Winde verweht› gekauft sowie sämtliche Romane von Frances Parkinson Keyes.

Eine Unmenge neuer Kleider und Hüte – sie wollte für jede Gelegenheit passend angezogen sein – hing im Wandschrank ihres Zimmers, das so vollgestopft war, daß es wie ein Antiquitätenladen wirkte, ein Schreibtisch und ein Nähtisch mit vergoldeten Beschlägen, eine Chaiselongue, ein Toilettentisch mit zehn verschiedenen Flakons französischer Parfums darauf. Zum erstenmal in ihrem Leben waren ihre Lippen grellrot geschminkt. Sie sah gespenstisch aus, dachte Rudolph, mit dem angemalten Gesicht und den grellfarbigen Kleidern, aber sie war sehr viel vitaler als früher. Es war nicht seine Sache, sie ihrer Spielsachen zu berauben, wenn sie sich auf diese Weise für die schrecklichen Jahre ihrer Kindheit und das lange Martyrium ihrer Ehe entschädigte.

Er hatte mit dem Gedanken gespielt, ihr in der Stadt eine eigene Wohnung zu mieten; Martha hätte für sie sorgen können. Aber wenn er sich ihren Gesichtsausdruck vorstellte, wie er sie zum letztenmal durch die Haustür führen würde, betroffen über die Undankbarkeit eines Sohnes, den sie über alles geliebt hatte, eines Sohnes, für den sie noch um Mitternacht die Hemden gebügelt hatte, nachdem sie zwölf Stunden im Laden auf den Beinen gewesen war, eines Sohnes, dem sie ihre Jugend, ihren Mann, ihre Freunde und ihre beiden anderen Kinder geopfert hatte – wenn er daran dachte, ließ er den Gedanken sofort wieder fallen.

Also blieb sie. Rudolph gehörte nicht zu denen, die ihre Schulden nicht bezahlen.

«Wer ist da nach oben gegangen? Du hast eine Frau ins Haus gebracht», sagte sie anklagend.

«Ich habe noch nie eine Frau ins Haus gebracht, wie du es auszudrücken beliebst, Ma», sagte Rudolph, «obwohl ich nicht einsehe, warum ich das nicht tun sollte.»

«Das Blut deines Vaters», sagte seine Mutter. Eine schlimme Anschuldigung.

«Es handelt sich um deinen Enkel. Ich habe ihn aus der Schule abgeholt.»

«Das war kein sechsjähriger Junge, der da die Treppe hinaufging», sagte sie. «Meine Ohren sind nicht taub.»

«Nicht Thomas' Sohn habe ich hierhergebracht», sagte Rudolph, «sondern Gretchens Sohn.»

«Ich will diesen Namen nicht hören», sagte sie. Sie legte die Hände an die Ohren. Das Fernsehen hatte auf ihre Bewegungen abgefärbt.

Rudolph setzte sich zu seiner Mutter aufs Bett und zog ihre Hände sanft herunter. Er ließ sie nicht los. Ich bin zu nachlässig gewesen, dachte er. Dieses Gespräch hätte ich schon vor Jahren führen müssen.

«Nun hör mir einmal zu, Ma», sagte er. «Billy ist ein braver Junger. Er ist gerade in einer Krise und...»

«Ich dulde nicht, daß der Balg dieser Hure in mein Haus kommt», sagte sie.

«Gretchen ist keine Hure», sagte Rudolph. «Und ihr Kind ist kein Balg. Und es handelt sich nicht um dein Haus.»

«Darauf habe ich nur gewartet, daß du das einmal sagen würdest.»

Rudolph überging die Aufforderung zu einem Melodram. «Billy bleibt nur ein paar Tage hier», sagte er. «Er braucht Güte und Freundlichkeit. Martha habe ich schon Bescheid gesagt, aber ich erwarte, daß auch du sie ihm gibst.»

«Was soll ich bloß Pater McDonnell sagen?» Mit vergrößerten, leeren Augen blickte sie himmelwärts.

«Sag Pater McDonnell, daß du das Gebot christlicher Nächstenliebe beachten willst», sagte Rudolph.

«Du hast es nötig, mir von christlicher Nächstenliebe zu sprechen», sagte sie, «du, der du nie in die Kirche gehst.»

«Ich habe für dieses Hin und Her keine Zeit», sagte Rudolph. «Calderwood erwartet mich. Ich habe dir lediglich gesagt, wie du dich dem Jungen gegenüber verhalten sollst.»

«Ich dulde ihn nicht in meiner Gegenwart», sagte sie. Hochtrabende Worte, die sie aus ihrer Lieblingslektüre zitierte. «Ich werde meine Tür zusperren. Martha kann mir die Mahlzeiten auf einem Tablett servieren.»

«Ich kann dich nicht hindern, das zu tun, Ma», sagte Rudolph ruhig. «Doch wenn du's tust, mußt du damit rechnen, daß ich dich kurzhalte. Dann gibt es keinen Wagen mehr, keine Bridgepartien, kein Einkaufskonto bei Calderwood, keine Schönheitssalons, keine Dinners für Pater McDonnell. Überleg es dir!» Er stand auf. «Ich muß jetzt gehen. Martha ist dabei, für Billy etwas zu essen zu machen. Ich schlage vor, daß ihr die Mahlzeit gemeinsam einnehmt.»

Sie weinte, als er hinausging. Was für eine billige Art, einer alten Dame zu drohen, dachte er. Warum ist sie nicht längst gestorben? In Anmut, als sie noch nicht daran dachte, sich das Haar in Wellen zu legen und sich die Lippen zu schminken.

In der Halle gab es eine Standuhr. Wenn das Gespräch sofort durchkam, hatte er noch Zeit, Gretchen anzurufen. Er meldete ein dringendes Gespräch an und mixte sich noch einen Drink, während er auf die Verbindung wartete. Calderwood würde vielleicht etwas sagen, wenn er seinen Alkoholatem bemerkte, aber es war ihm gleichgültig. Während er seinen Drink schlürfte, dachte er daran, was er vor 24 Stunden getan hatte. Engumschlungen hatten sie im Dämmerlicht des Zimmers in dem weichen, warmen Bett gelegen, die roten Wollstrümpfe auf den Boden geschleudert, ihrer beider Atem nach Rum und Zitrone duftend. Hatte auch seine Mutter einmal an einem kalten Dezembernachmittag in den Armen eines Liebhabers gelegen? Waren auch ihr die Kleider einmal von hastigen, liebenden Händen abgestreift worden? Das Bild wollte nicht Gestalt annehmen. Und an das andere – Jean im Alter, vielleicht ebenfalls mit dicken Brillengläsern, die alten Lippen in Verachtung und Geiz rot bemalt – wollte er lieber nicht denken.

Das Telefon läutete, und es war Gretchen. In knappen Worten schilderte er ihr den Tag und sagte, daß er Billy mit zu sich nach Whitby genommen habe.

Wenn sie es für richtig hielt, würde er Billy in zwei oder drei Tagen ins Flugzeug nach Los Angeles setzen, es sei denn, sie wolle nach Osten kommen.

«Nein», sagte sie. «Setz ihn in New York ins Flugzeug.»

Ein Gefühl der Freude durchzuckte ihn. Dann würde er am Dienstag oder Mittwoch Jean sehen können.

«Ich brauche dir nicht zu sagen, wie dankbar ich bin, Rudy», sagte Gretchen.

«Unsinn», sagte er. «Wenn ich mal einen Sohn habe, erwarte ich von dir das gleiche. Ich rufe dich noch an, mit welchem Flugzeug Billy ankommt. Und vielleicht besuche ich euch bald.»

Das Leben anderer...

Calderwood öffnete selbst die Tür, als Rudolph läutete. Er war sonntäglich gekleidet, dunkler Anzug mit Weste, weißes Hemd, dunkelfarbige Krawatte und hohe schwarze Schuhe. Es war nie genug Licht, Calderwood war ein sparsamer Hausvater, und Rudolph konnte nicht sehen, welche Miene Calderwood aufgesetzt hatte, als er beiläufig sagte: «Kommen Sie herein, Rudolph. Sie haben sich ein wenig verspätet.»

«Ich weiß, Mr. Calderwood, es tut mir leid», sagte Rudolph. Er ging hinter dem alten Mann her, der gewichtig ausschritt. Dachte er an die Schritte, die zwischen ihm und dem Grab lagen?

Calderwood führte ihn in das düstere, eichengetäfelte Zimmer, das er sein Arbeitszimmer nannte. Hier standen ein großer Mahagoni-Schreibtisch und einige ältere Ledersessel. Die verglasten Bücherregale waren gefüllt mit Ordnern, in denen die Belege bezahlter Rechnungen und zwanzig Jahre alter Transaktionen aufbewahrt wurden. Calderwood konnte sich nicht entschließen, die Ordner in den Keller des Warenhauses zu stellen, wo die Geschäftsakten dem Auge jedes spionierenden Angestellten offen zugänglich waren.

«Setzen Sie sich.» Calderwood deutete auf einen der Ledersessel. «Sie haben getrunken, Rudy», sagte er vorwurfsvoll. «Meine Schwiegersöhne, ich bedaure das sagen zu müssen, sind ebenfalls Trinker.» Calderwoods ältere Töchter hatten vor einiger Zeit geheiratet – die eine einen Mann aus Chicago, die andere einen aus Arizona. Rudolph hatte das Gefühl, daß die Wahl nicht aus Liebe getroffen worden war, sondern aus geographischen Gründen – um eine möglichst große Entfernung zwischen sich und ihren Vater zu legen.

«Aber das ist nicht der Grund, weswegen ich Sie gebeten habe, heute abend zu mir zu kommen», sagte Calderwood. «Ich wollte von Mann zu Mann mit Ihnen sprechen, unter vier Augen. Mrs. Calderwood und Virginia sind ins Kino gegangen, und wir können offen reden.» Lange Umschweife lagen nicht in der Art des alten Mannes. Er schien befangen zu sein, was ebenfalls nicht seine Art war.

Rudolph wartete. Calderwood spielte mit einem Brieföffner.

«Rudolph...» Calderwood räusperte sich. Seine Stimme verhieß nichts Gutes. «Ich bin erstaunt über Ihr Benehmen.»

«Mein Benehmen?» Eine Sekunde lang schoß ihm der verrückte Gedanke durch den Kopf, Calderwood habe von seinem Verhältnis mit Jean erfahren.

«Ja. Es paßt überhaupt nicht zu Ihnen, Rudy.» Die Stimme war nun bekümmert. «Sie waren für mich wie ein Sohn. Mehr als ein Sohn. Wahrheitsliebend. Offen. Vertrauenswürdig.»

Der alte Pfadfinder, die Brust hochdekoriert, dachte Rudy abwartend und verdrossen.

«Plötzlich haben Sie sich verändert, Rudy», fuhr Calderwood fort. «Haben hinter meinem Rücken gehandelt. Was ich am wenigsten begreife. Sie wissen, daß Sie nur hätten anzuklopfen brauchen. Mit Freuden hätte ich Sie willkommen geheißen.»

«Mr. Calderwood», sagte Rudolph – es muß das Alter sein, dachte er –, «ich weiß nicht, wovon Sie sprechen.»

«Ich spreche über die Neigung meiner Tochter Virginia, Rudy. Leugnen Sie es nicht.»

«Mr. Calderwood...»

«Sie haben mit ihren Gefühlen gespielt. Grundlos. Sie haben gestohlen, wo Sie hätten fordern können.» Jetzt klang Zorn aus seiner Stimme.

«Ich versichere Ihnen, Mr. Calderwood, ich habe nicht...»

«Es paßt nicht zu Ihnen, zu lügen, Rudy.»

«Ich lüge nicht. Ich weiß nicht...»

«Und was ist, wenn ich Ihnen sage, daß das Mädchen alles gestanden hat?» gab Calderwood dröhnend von sich.

«Es gibt nichts zu gestehen.» Rudolph fühlte sich hilflos; gleichzeitig hatte er Lust, zu lachen.

«Sie sagen etwas anderes als meine Tochter. Sie hat ihrer Mutter gestanden, daß sie in Sie verliebt ist und daß sie nach New York ziehen und dort einen Sekretärinnenkursus mitmachen will – damit sie Sie öfter sehen kann.»

«Großer Gott!» sagte Rudolph.

«In diesem Haus wird der Name Gottes nicht mißbraucht, Rudy.»

«Mr. Calderwood», sagte Rudolph, «alles, was ich jemals getan habe, ist, daß ich Virginia zum Essen oder zu einer Eiskrem-Soda eingeladen habe, wenn ich ihr im Warenhaus zufällig über den Weg gelaufen bin.»

«Sie haben sie verhext», sagte Calderwood. «Fünfmal in der Woche bricht sie Ihretwegen in Tränen aus. Ein reines junges Mädchen erlaubt sich nicht solche Schrullen, es sei denn, ein Mann hätte ihr das geschickt eingeredet.»

Das puritanische Erbe hatte schließlich doch die Überhand gewonnen, dachte Rudolph. Lande am Plymouth Rock, verweile zwei Jahrhunderte in der stärkenden Luft New Englands, komme vorwärts und schnappe über. Das war zuviel für einen Tag – Billy, die Schule, seine Mutter und nun noch das.

«Ich will wissen, was Sie diesbezüglich zu tun gedenken, junger Mann.» Wenn Calderwood ‹junger Mann› sagte, mußte man aufpassen. Rudolph erwog sofort alle Möglichkeiten – er besaß eine so gut wie unangreifbare Position, aber er war nicht Alleinherrscher, die Macht lag bei Calderwood. Wenn es auf einen Kampf hinauslief, konnte er den kürzeren ziehen. Eine törichte Person, diese Virginia.

«Ich weiß nicht, was Sie von mir erwarten, Sir, das ich tun soll.» Er versuchte Zeit zu gewinnen.

«Es ist sehr einfach», sagte Calderwood. Offenbar hatte er, seit Mrs. Calderwood ihm von der Schande ihrer Tochter berichtet hatte, ständig über das Problem nachgedacht. «Heiraten Sie Virginia. Aber Sie müssen versprechen, nicht nach New York zu ziehen.» Er unterlag reinen Wahnvorstellungen, wenn er bloß an New York dachte, sagte sich Rudolph. Schlupfwinkel des Bösen. «Ich bin bereit, Sie zu meinem Partner zu machen. Nach meinem Tod geht der größte Teil des Vermögens in Ihre Hände über. Sie werden den Vorsitz im Aufsichtsrat haben. Ich werde dieses Thema nie wieder berühren. Es wird keine Gespräche mehr darüber geben. Ja, ich werde soweit gehen, es für immer aus meinem Denken zu verbannen. Rudy, nichts könnte mich glücklicher machen, als einen Menschen wie Sie in der Familie zu haben. Seit Jahren ist es mein sehnlichster Wunsch. Mrs. Calderwood und ich waren beide enttäuscht, daß Sie sich offensichtlich für keine unserer Töchter erwärmen konnten, obwohl sie doch alle auf ihre Art hübsch und wohlerzogen und, wenn ich das sagen darf, auch anständig versorgt sind. Ich verstehe nicht, warum Sie glaubten, nicht direkt an mich herantreten zu können, als Sie jetzt Ihre Wahl trafen.»

«Ich habe keinerlei Wahl getroffen», sagte Rudolph verwirrt. «Virginia ist ein reizendes Mädchen, und sie wird eine gute Frau abgeben, dessen bin ich sicher. Ich hatte keine Ahnung, daß sie irgendwelches Interesse an mir...»

«Rudy», unterbrach ihn Calderwood streng, «ich kenne Sie seit vielen Jahren. Sie sind einer der gescheitesten Menschen, denen ich je begegnet bin. Und Sie haben die Stirn, dazusitzen und mir erzählen zu wollen...»

«Ja, die habe ich.» Zum Teufel mit Reichtum und Macht. «Ich will Ihnen sagen, was ich tun werde. Ich werde hier bei Ihnen sitzen bleiben und warten, bis Mrs. Calderwood und Virginia nach Hause kommen. Vor Ihnen werde ich sie fragen, ob ich ihr jemals Avancen gemacht, ob ich jemals versucht habe, sie zu küssen.» Es war eine reine Farce, aber er mußte die Rolle zu Ende spielen. «Wenn Virginia die Stirn hat, ja zu sagen, dann lügt sie, aber das kann ich dann auch nicht ändern. Dann gehe ich, und Sie können mit Ihrem Geschäft machen, was Sie wollen. Ihre Aktien und Ihre Tochter interessieren mich nicht.»

«Rudy!» Calderwood war schockiert, das verriet seine Stimme, aber Rudolph bemerkte, daß er plötzlich seiner Sache nicht mehr so sicher schien.

«Wenn Virginia mir im Laufe der Jahre eine Andeutung gemacht hätte», sagte Rudolph, rücksichtslos den Stimmungsumschlag ausnutzend, «hätte es vielleicht etwas mit uns werden können. Ich mag sie sehr. Aber jetzt ist es zu spät. Gestern abend habe ich, wenn Sie es unbedingt wissen wollen, in New York einem anderen Mädchen einen Heiratsantrag gemacht.»

«New York», sagte Calderwood aufgebracht. «Immer New York!»

«Also, soll ich hier sitzen bleiben und warten, bis die Damen nach Hause kommen?» Rudolph verschränkte die Arme.

«Das kann Sie eine Menge Geld kosten, Rudy», sagte Calderwood.

«Gut, dann kostet es mich eine Menge Geld.» Er sprach mit fester Stimme, obwohl er im Magen ein Unbehagen verspürte.

«Und diese – diese Dame aus New York», sagte Calderwood, und seine Stimme klang klagend. «Hat sie Ihren Antrag angenommen?»

«Nein.»

«Das nenne ich Liebe, bei Gott!» Der krankhafte Überschwang von Zärtlichkeit, das unsinnige Verlangen, diese schiere sexuelle Anarchie – das war zuviel für Calderwoods Frömmigkeit. «In zwei Monaten werden Sie sie vergessen haben, und dann können Sie und Virginia ...»

«Gestern hat sie nein gesagt», unterbrach Rudolph ihn. «Aber sie hat versprochen, darüber noch nachzudenken. Wie ist es? Soll ich auf Mrs. Calderwood und Virginia warten?» Er hatte noch immer die Arme verschränkt. Um seine Hände davon abzuhalten, daß sie zitterten.

Gereizt schob Calderwood den Brieföffner bis zum Rand des Schreibtischs. «Sie scheinen die Wahrheit zu sagen, Rudy. Ich weiß nicht, was in meine närrische Tochter gefahren ist. Aber ich weiß, was meine Frau sagen wird – daß ich Virginia falsch erzogen haben. Daß sie deswegen so schüchtern ist. Daß ich sie immer viel zu sehr beschirmt habe. Ach, wenn Sie wüßten, welche Auseinandersetzungen ich mit meiner Frau in diesem Punkt gehabt habe ... In meiner Kindheit war das anders, das kann ich Ihnen sagen. Da ist kein Mädchen auf die Idee gekommen, zu sagen, sie sei verliebt, wenn der Mann sie nicht einmal gesehen hat. Die vielen Filme sind schuld. Nur dadurch kommen die Frauen auf so verrückte Gedanken. Nein, Sie brauchen nicht zu warten. Ich werde das schon erledigen. Gehen Sie. Ich muß mich beruhigen.»

Rudolph stand auf, auch Calderwood erhob sich. «Darf ich Ihnen einen Rat geben?» fragte Rudolph.

«Immerzu geben Sie mir irgendwelche Ratschläge», sagte Calderwood verdrießlich. «Selbst im Traum flüstern Sie mir dauernd etwas ins Ohr. Seit Jahren. Manchmal habe ich direkt den Wunsch, Sie wären mir nie über den Weg gelaufen. Welchen Rat wollen Sie mir geben?»

«Erlauben Sie Virginia, nach New York zu gehen und einen Sekretärinnenkurs mitzumachen. Lassen Sie sie ein oder zwei Jahre in Frieden.»

«Großartig», sagte Calderwood bitter. «Sie können das leicht sagen. Sie haben keine Töchter. Ich bringe Sie zur Tür.» An der Tür legte er die Hand auf

Rudolphs Arm. «Rudy», sagte er flehend, «falls die Dame in New York nein sagt, dann überlegen Sie es sich doch noch einmal mit Virginia, nicht wahr? Mag sein, daß sie ein törichtes Frauenzimmer ist, aber ich halte es nicht aus, wenn sie unglücklich ist.»

«Machen Sie sich keine Sorge, Mr. Calderwood», sagte Rudolph vieldeutig und ging zu seinem Wagen.

Mr. Calderwood stand noch im Rahmen der offenen Tür, von dem spärlichen Licht der Halle beleuchtet, als Rudolph davonfuhr.

Er hatte Hunger, beschloß aber, erst nach Hause zu fahren und zu sehen, wie es Billy ging. Er mußte ihm auch noch sagen, daß er mit seiner Mutter gesprochen hatte. Der Junge würde besser schlafen, wenn er wüßte, daß er nicht mehr in die Schule zurück brauchte, sondern in zwei, drei Tagen nach Kalifornien fliegen durfte.

Als er die Haustür aufschloß, hörte er Stimmen in der Küche. Leise ging er durch das Wohnzimmer und das Eßzimmer und horchte an der Küchentür. «Wenn ich etwas an einem heranwachsenden Jungen liebe –» Rudolph erkannte die Stimme seiner Mutter – «so ist es ein guter Appetit. Dir scheint es zu schmecken, Billy. Das freut mich. Martha, geben Sie ihm noch eine Scheibe Fleisch und auch noch etwas Salat. Keine Widerrede, Billy, von wegen nicht Salat essen wollen. In meinem Haus essen alle Kinder Salat.»

Guter Gott! dachte Rudolph.

«Es gibt noch etwas, das ich bei einem Jungen gern sehe, Billy», fuhr seine Mutter fort. «Alt wie ich bin, sollte ich über solche Dinge eigentlich erhaben sein, aber mir gefällt es, wenn ein Junge hübsch aussieht und gute Manieren hat.» Die Stimme war kokett, gurrend. «Und weißt du, an wen du mich erinnerst – ich würde ihm so etwas nie sagen, aus Angst, ihn eitel zu machen, nichts ist schlimmer als ein eingebildetes Kind, du erinnerst mich an deinen Onkel Rudolph. Er war der hübscheste Junge in der Stadt, das hat jeder gesagt, und jetzt ist er ein hübscher junger Mann.»

«Alle sagen, ich sähe wie mein Vater aus», sagte Billy mit der Direktheit seiner vierzehn Jahre, aber es klang nicht herausfordernd. Er schien sich im Gegenteil ganz wie zu Hause zu fühlen.

«Ich habe deinen Vater leider nie kennengelernt», sagte die Mutter, eine Spur von Kälte schwang in ihrer Stimme mit. «Natürlich muß es gewisse Ähnlichkeiten geben, aber im großen und ganzen kommst du mehr auf meine Familie heraus, besonders auf Rudolph. Ist's nicht so, Martha?»

«Ja, ich sehe da auch einige Ähnlichkeit», sagte Martha. Sie war nicht ausgegangen, sondern hatte noch ein richtiges Sonntagsessen gekocht.

«Um die Augen herum», sagte die Mutter. «Und die Mundpartie. Ein sehr intelligenter Mund. Die Haarfarbe ist zwar anders, aber darauf kommt es nicht an. Wichtig sind die anderen Merkmale.»

Rudolph stieß die Tür auf und ging in die Küche. Billy saß am einen Ende des Tischs, flankiert von den beiden Frauen. Nach dem Bad sah Billy mit dem flach anliegenden, noch feuchten Haar hell und sauber aus. Eifrig schaufelte er sein Essen in sich hinein. Die Mutter hatte ein schlichtes braunes Kleid angezogen und spielte bewußt die Rolle der Großmutter. Auch Martha schien etwas weniger mürrisch als sonst – sie schien es zu begrüßen, daß ein wenig Jugend ins Haus kam.

«Alles in Ordnung?» erkundigte sich Rudolph. «Kriegst du genug zu essen?»

«Das Essen ist prima», sagte Billy. Keine Spur von Seelenqual, wie sie am Nachmittag in seinem Gesicht gestanden hatte.

«Ich hoffe, du magst Schokoladepudding zum Nachtisch, Billy, sagte die Mutter. Rudolph, der an der Tür stand, wurde von ihr kaum beachtet. «Martha macht den köstlichsten Schokoladepudding der Welt.»

«Schokoladepudding ist meine Lieblingsspeise», sagte Billy.

«Die von Rudolph war es auch. Stimmt's?»

«Ja», sagte er. Er erinnerte sich nicht, öfter als einmal im Jahr Schokoladepudding zum Nachtisch bekommen zu haben, und ganz bestimmt war nicht darüber gesprochen worden, aber er wollte dem Phantasieflug seiner Mutter keinen Einhalt tun. Sie hatte sogar darauf verzichtet, Rouge aufzulegen – das verdiente eine Anerkennung.

«Billy», sagte Rudolph, «ich habe mit deiner Mutter gesprochen.»

Billy blickte ihn ängstlich an. «Was hat sie gesagt?»

«Sie erwartet dich. Dienstag oder Mittwoch setze ich dich ins Flugzeug. Sobald ich mich im Büro freimachen kann, bringe ich dich nach New York.»

Die Lippen des Jungen zitterten, aber es bestand keine Gefahr, daß er anfing zu weinen. «Wie klang sie?» fragte er.

«Sie freut sich, daß du kommst», sagte Rudolph.

«Armes Ding», sagte seine Mutter. «Das Leben, das sie gehabt hat. Die Schicksalsschläge.»

Rudolph untersagte es sich, sie anzublicken.

«Es ist ein Jammer, Billy», fuhr sie fort, «daß du jetzt, wo wir einander gefunden haben, nicht eine Zeitlang bei deiner alten Großmutter bleiben kannst. Aber nun, wo das Eis gebrochen ist, kann ich dich vielleicht ja auch einmal besuchen. Was hältst du davon, Rudolph?»

«Ja, warum nicht.»

«Kalifornien», sagte sie. «Ich habe mir schon immer gewünscht, dort einmal hinzufahren. Für einen alten Menschen genau das richtige Klima. Nach allem, was ich höre, scheint es wirklich das Paradies zu sein. Bevor ich sterbe ... Martha, ich glaube, Billy kann jetzt den Schokoladepudding vertragen.»

«Ja, Ma'am», sagte Martha und stand auf.

«Rudolph», sagte die Mutter, «willst du nicht auch etwas essen? Vervollständige den Familienkreis.»

«Nein, vielen Dank, ich habe keinen Hunger.» Den Familienkreis vervollständigen – das war das letzte, was er sich wünschte.

«Also dann», sagte sie, «ich gehe zu Bett.» Mühsam erhob sie sich. «In meinem Alter ist Schlaf das beste Schönheitsmittel, weißt du. Aber komm doch, ehe du schlafen gehst, noch zu mir herein und gib deiner Großmutter einen Gutenachtkuß, ja, Billy?»

«Ja, Ma'am», sagte Billy.

«Großmutter.»

«Großmutter», sagte Billy gehorsam.

Sie rauschte aus dem Zimmer. Ehe sie die Tür hinter sich schloß, warf sie Rudolph einen triumphierenden Blick zu. Lady Macbeth, von deren Bluttaten niemand etwas wußte, war jetzt Leiterin einer Kindertagesstätte für frühreife Kinder in einem wärmeren Land, als Schottland es gewesen war.

Mütter sollten nicht ausgesetzt werden, dachte Rudolph, als er «Gute Nacht, Ma, schlaf gut» sagte. Man sollte sie auf der Stelle erschießen.

Er verließ das Haus, aß in einem Restaurant zu Abend, versuchte Jean in New York anzurufen, weil er wissen wollte, welcher Abend, Dienstag oder Mittwoch, ihr am besten paßte, aber es meldete sich niemand in ihrer Wohnung.

4

Zieh bei Sonnenuntergang die Vorhänge zu. Sitz am Abend nicht da und blicke auf die Lichter der dir zu Füßen liegenden Stadt. Colin hat das getan, du an seiner Seite: für ihn war es der Blick, den er am meisten auf der Welt liebte. Amerika bei Nacht von seiner besten Seite.

Trage nicht Schwarz. Trauer ist eine Privatangelegenheit.

Schreibe keine sentimentalen Ergüsse als Antwort auf Kondolenzbriefe von Freunden oder Fremden, in denen Worte vorkommen wie Genie oder unvergeßlich oder großzügig oder charakterstark. Antworte umgehend und höflich. Mehr nicht.

Weine nicht vor deinem Sohn.

Nimm von Freunden oder Kollegen Colins, die nicht wollen, daß du allein leidest, keine Einladungen zum Essen an.

Greife nicht, wenn ein Problem auftaucht, zum Telefon, um Colins Büro anzurufen. Das Büro ist geschlossen.

Widerstehe der Versuchung, den Leuten zu sagen, wer damit beauftragt ist, Colins letzten Film so fertigzustellen, wie Colin es gewünscht hätte.

Gib keine Interviews, schreibe keine Artikel. Vermeide es, daß dein Name in den Klatschspalten der Zeitungen auftaucht. Sei nicht die Witwe eines großen Mannes. Stelle keine Betrachtungen darüber an, was er alles noch geschaffen hätte, wenn es ihm vergönnt gewesen wäre, länger zu leben.

Halte keine Gedenktage ab.

Lasse dich bei allen retrospektiven Vorführungen, Festveranstaltungen, Gedenkfeiern, zu denen du eingeladen bist, entschuldigen.

Wohne keiner Premiere bei.

Denke nicht bei jedem Flugzeug, das du gerade starten siehst, an die Reisen, die ihr gemeinsam gemacht habt.

Trinke nicht, weder allein noch in Gesellschaft, wie groß die Versuchung auch sein mag. Nimm keine Schlaftabletten. Ertrage deinen Schmerz, ohne ihn zu lindern, schweigend.

Räume auf dem Schreibtisch im Wohnzimmer die Stöße von Büchern und Manuskripten ab. Sie verbergen die Wahrheit.

Verweigere höflich die ledergebundenen Mappen mit den Presseausschnitten über Theaterstücke und Filme, bei denen dein Mann Regie geführt hat.

Laß sie ungeöffnet ans Studio zurückgehen. Verzichte darauf, die Lobhudeleien der Kritiker zu lesen.

Pack sämtliche Fotografien in eine Schachtel und verbanne sie in den Keller. Stell nur einen Schnappschuß auf.

Stelle, wenn du ein Abendessen vorbereitest, kein Menü zusammen, das dein Mann gern gegessen hätte (Steinkrebse, Paprika, Kalbsmedaillons).

Verbiete dir, dich beim Anziehen zu fragen, ob Colin dich gern in diesem Kleid gesehen hätte.

Gib dich deinem Sohn gegenüber ruhig und ungezwungen. Mach kein Aufhebens davon, wenn das Zeugnis einmal nicht so gut ist, wenn er von einer Bande jugendlicher Rowdies ausgeraubt wird oder mit einem blauen Auge nach Hause kommt. Häng dich nicht an ihn, und laß auch nicht zu, daß er sich an dich hängt. Wenn seine Freunde ihn auffordern, mit ihnen zum Schwimmen oder zu einem Ballspiel oder ins Kino zu gehen, sag ihm: «Natürlich gehst du mit. Das, was ich im Haushalt zu tun habe, geht mir viel schneller von der Hand, wenn ich ungestört bin.»

Spiel nicht den Vater. Es gibt Dinge, die ein Heranwachsender mit Männern abmachen muß. Versuche nicht, ihn zu unterhalten, bloß weil du annimmst, es müsse doch für ihn langweilig sein, so weit weg von den Plätzen, wo Jugendliche sich üblicherweise amüsieren, allein mit einer traurigen Frau zu wohnen.

Denke nicht an Sex. Sei nicht überrascht, daß du daran denkst.

Sei skeptisch, wenn dein geschiedener Mann anruft und rührselig vorschlägt, dich wieder zu heiraten. Wenn schon die Ehe, die auf Liebe gegründet war, keinen Bestand hatte, wieviel weniger hält dann eine auf Tod basierende Ehe.

Gehe Orten, wo ihr zusammen glücklich gewesen seid, weder aus dem Weg noch suche sie auf.

Arbeite im Garten, lege dich in die Sonne, wasch das Geschirr ab, mach deine Hausarbeit, hilf deinem Sohn bei den Schulaufgaben, zeige ihm nicht, daß du von ihm mehr erwartest als andere Eltern von anderen Söhnen erwarten. Bringe ihn pünktlich bis zu der Ecke, wo er den Bus nimmt, hol ihn ebenso pünktlich dort ab. Halte dich zurück, ihn überschwenglich zu küssen.

Sei deiner Mutter gegenüber verständnisvoll. Dein Sohn sagt, er möchte sie in den Sommerferien besuchen. Sage: «Der Sommer liegt noch in weiter Ferne.»

Hüte dich, allein mit Männern zu bleiben, die du bewunderst oder die Colin bewundert hat und die dich bewundern und von denen man weiß, daß sie auch andere Frauen in dieser Stadt zügelloser Frauen bewundert haben. Ihr Mitgefühl wird sich nach drei oder vier Begegnungen geschickt in etwas anderes verwandeln, sie werden versuchen, mit dir ins Bett zu gehen, und es wird ihnen wahrscheinlich gelingen. Hüte dich, allein mit Männern zu bleiben, die du bewunderst oder die Colin bewundert hat. Ihr Mitgefühl ist schon echt, nur werden auch sie irgendwann mit dir ins Bett gehen wollen. Und auch ihnen wird es wahrscheinlich gelingen.

Baue dein Leben nicht auf deinem Sohn auf. Es ist der sicherste Weg, ihn zu verlieren.

Beschäftige dich. Aber womit?

«Haben Sie wirklich überall nachgesehen, Mrs. Burke?» fragte Mr. Greenfield. Er war der Anwalt, den Colins Agent ihr geschickt hatte. Genaugenommen war er einer von vielen, einer aus der riesigen Schar von Anwälten, deren Namen alle an der Tür im zehnten Stock des eleganten Bürohauses von Beverley Hills standen. Alle Namen schienen mit ihrem Problem beschäftigt, gleich klug, gleich gut angezogen, gleich weltmännisch, lächelnd und mitfühlend, gleich teuer und gleich hilflos.

«Ich habe das ganze Haus auf den Kopf gestellt, Mr. Greenfield», sagte Gretchen. «Ich habe Hunderte von Manuskripten, Hunderte von Rechnungen, manche davon unbezahlt, aber kein Testament gefunden.»

Mr. Greenfield hätte beinahe geseufzt, unterdrückte es aber. Er war ein noch ziemlich junger Mann. Er trug Hemden mit Buttondown-Kragen, um zu zeigen, daß er die juristische Fakultät im Osten besucht hatte, und einen hellen Schmetterlingsbinder, um zu zeigen, daß er jetzt in Kalifornien lebte. «Hat Ihr Mann vielleicht irgendwo ein Bankfach gehabt?»

«Nein», sagte sie. «In solchen Dingen war er sehr nachlässig.»

«Ich fürchte, er war in mehreren Dingen nachlässig», sagte Mr. Greenfield. «Kein Testament zu hinterlassen...»

«Wie konnte er ahnen, daß er sterben würde?» fragte sie. «Er war nie krank.»

«Es ist besser, an alle Eventualitäten zu denken», sagte Mr. Greenfield.

Gretchen war überzeugt, daß er bestimmt bereits im Alter von 21 Jahren ein Testament abgefaßt hatte.

Mr. Greenfield gestattete sich schließlich einen kleinen Seufzer. «Wir unsererseits haben wirklich jede Möglichkeit geprüft. Einfach unverständlich, daß Ihr Gatte nie einen Anwalt zu Rate gezogen hat. Er hat die Verträge von seinem Agenten ausstellen lassen, und wie mir der Agent sagte, nahm er sich meistens kaum die Mühe, sie durchzulesen. Und als er sich von seiner ersten Frau trennte, hat er von *ihrem* Anwalt die Scheidungspapiere ausfertigen lassen.»

Gretchen hatte Colins frühere Frau nie kennengelernt, aber jetzt, nach Colins Tod, lernte sie sie recht gut kennen. Sie war Stewardess gewesen und hatte als Fotomodell gearbeitet. Sie hatte eine beharrliche Vorliebe für Geld, kam aber nicht auf den Gedanken, selber dafür zu arbeiten: das war in ihren Augen unweiblich. Bei der Scheidung war ihr ein jährlicher Unterhaltsbeitrag von 20 000 Dollar zugesprochen worden. Zu der Zeit, als Colin starb, prozessierte sie gerade gegen ihn; sie wollte den Betrag auf 40000 Dollar erhöht haben, da Colins Einkünfte sehr gestiegen waren, seit er nach Hollywood zurückgekommen war. Sie lebte mit einem jungen Mann zusammen, meistens in New York, hin und wieder in Palm Beach oder Sun Valley, falls sie sich nicht im Ausland aufhielt. Da der Scheidungsvertrag vorsah, daß sie bei einer Wiederverheiratung keine Unterhaltszahlungen mehr bekam – das war eine Klausel, die Colin hatte einfügen lassen –, weigerte sie sich verständlicherweise, den jungen Mann zu heiraten. Sie beziehungsweise ihre Anwälte schienen eine über das übliche Maß hinausgehende Gesetzeskenntnis zu haben, denn sofort nach der Beisetzung, an der sie nicht teilnahm, ließ sie Colins Bankkonto sperren und erwirkte eine einstweilige Verfügung, die es Gretchen untersagte, das Haus zu verkaufen.

Da Gretchen kein eigenes Konto besaß – wenn sie Geld brauchte, hatte sie Colin darum gebeten, die Rechnungen hatte das Büro bezahlt –, stand sie mit einemmal ohne Geld da und war darauf angewiesen, daß Rudolph sie über Wasser hielt. Colin hatte auch keine Versicherung abgeschlossen; die Versicherungsgesellschaften waren in seinen Augen die größten Gangster. An dem Unfall traf nur ihn die Schuld, niemand anderes war darin verwickelt (er war gegen einen Baum gefahren, und die Stadtverwaltung von Los Angeles versuchte die Kosten, die durch die Beschädigung des Baums entstanden waren, einzuklagen). Es gab niemand, an den Gretchen Forderungen hätte richten können.

«Ich muß aus diesem Haus heraus, Mr. Greenfield», sagte Gretchen. Die Abende waren am schlimmsten. Gewisper in den dunkelschattigen Zimmerecken. Ständig darauf gefaßt, daß die Tür sich öffnete und Colin hereinkam, einen Schauspieler oder einen Kameramann verwünschend.

«Ich verstehe das sehr wohl», sagte Mr. Greenfield, und es klang nicht so, als sei es nur eine Floskel. «Aber wenn Sie in dem Haus nicht wohnen bleiben, laufen Sie Gefahr, daß Mr. Burkes frühere Frau gesetzliche Wege und Mittel findet, selber dort einzuziehen. Ihre Anwälte sind äußerst geschickt, das muß man ihnen lassen –» Neidlos konstatierte er die berufliche Qualität der Gegenpartei: Namen an der Tür eines eleganten Gebäudes zollten den Namen an der Tür eines anderen – nur einen Häuserblock weit entfernt – ebenso eleganten Gebäudes den schuldigen Tribut. «Wenn es ein Hintertürchen gibt, finden sie es. Und im Gesetz findet man, wenn man lange genug hinschaut, eigentlich immer ein Hintertürchen.»

«Nur ich finde keins», sagte Gretchen verzweifelt.

«Es ist eine Zeitfrage, meine liebe Mrs. Burke.» Eine zarte Zurechtweisung der Ungeduld eines Laien. «Dieser Fall ist sehr verzwickt, das muß ich leider sagen. Das Haus ist auf den Namen Ihres Mannes eingetragen; es ist mit einer Hypothek belastet, die getilgt werden muß. Wie hoch die Erbmasse überhaupt ist, ist offen und kann vielleicht noch viele Jahre offen bleiben. Mr. Burke hatte eine nicht unerhebliche prozentuale Beteiligung an den drei Filmen, bei denen er Regie führte. Dazu kommen die Auslandstantiemen und die möglichen Einnahmen aus Verkäufen der Filmrechte einer ganzen Anzahl von Theaterstücken, mit denen er zu tun hatte.» Die Aufzählung dieser verborgenen Schwierigkeiten, die überwunden werden mußten, ehe die Akte Colin Burke mit dem Vermerk ‹Erledigt› versehen werden konnte, bereitete Mr. Greenfield offenbar ein leidvolles Vergnügen. Wäre das Gesetz nicht so kompliziert gewesen, wie es war, dann hätte er sich möglicherweise einen anderen Beruf erwählt. «Man wird Gutachten einholen, die Studio-Bosse befragen müssen, und am Ende wird es auf einen Vergleich hinauslaufen. Wenn nicht gar von unbekannter Seite Forderungen angemeldet werden. Verwandte des Verstorbenen zum Beispiel – in Fällen wie diesem pflegen sie plötzlich aufzutauchen.»

«Es gibt nur einen Bruder», sagte Gretchen. «Und er sagte mir, daß er nichts haben wolle.» Der Bruder war zur Beerdigung gekommen. Er war ein strammer junger Colonel bei der Air Force, der als Kampfflieger in Korea gewesen war. Er hatte sich tatkräftig um alles gekümmert; es war ihm gelungen, Rudolph auf ein Nebengleis abzuschieben. Der Bruder hatte dafür gesorgt, daß keine religiöse Feier stattfand. Er hatte ihr erzählt, daß sie sich beide, Colin und er, als sie auf das Thema zu sprechen gekommen waren, eine schlichte Verbrennung versprochen hätten: Am Tag nach der Trauerfeier war er hingegangen und hatte ein Privatflugzeug gemietet; er war aufs Meer hinausgeflogen und hatte Colins Asche über dem Pazifik verstreut. Er hatte Gretchen gesagt, sie solle ihn anrufen, falls sie etwas brauche. Aber was – außer die frühere Mrs. Burke mit Bordwaffen zu beschießen oder die Kanzlei ihrer Anwälte zu bombardieren – konnte ein aufrechter, anständiger Air Force-Colonel schon tun, um der in den Maschen des Gesetzes verstrickten Witwe seines Bruders zu helfen?

Gretchen stand auf. «Ich danke Ihnen für alles, Mr. Greenfield», sagte sie. «Es tut mir leid, daß ich Ihre Zeit so lange in Anspruch genommen habe.»

«Keine Ursache.» Mr. Greenfield reichte ihr die Hand, höflich, wie das Gesetz es befahl. «Natürlich werde ich Sie über die Entwicklung auf dem laufenden halten.»

Er geleitete sie zur Tür. Wenn auch sein Gesichtsausdruck nichts verriet, so war sie doch sicher, daß er das hellblaue Kleid, das sie anhatte, mißbilligte.

Sie ging einen langen Gang zwischen Schreibtischen hinunter, an denen Sekretärinnen, ohne aufzublicken, emsig Maschine schrieben – Urkunden, Testamente, Klagen, Vorladungen, Verträge, Konkursanträge, Zessionen, Pfändungen, Memoranden, Gerichtsurteile, einstweilige Verfügungen.

Sie tippten die Erinnerungen an Colin Burke fort, dachte sie. Tagein, tagaus.

5

Es war kalt oben am Bug des Schiffs, aber Thomas war dort gerne allein und blickte über die lange graue Dünung des Atlantiks hin. Auch wenn er nicht Wache hatte, ging er oft nach vorn und stand dort stundenlang bei jedem Wetter, ohne mit demjenigen, der gerade Wache hatte, zu sprechen. Er stand einfach nur da und beobachtete, wie der Bug eintauchte und in einem Wirbel von weißem Gischt wieder hochkam. Hier war er im Frieden mit sich, hier brauchte er über nichts nachzudenken.

Das Schiff fuhr unter liberianischer Flagge, aber weder auf der ersten noch auf der gegenwärtigen Fahrt war er auch nur in die Nähe von Liberia gekommen. Der Mann, der Pappy genannt wurde, der Geschäftsführer des Hotels *Ägäis*, hatte sich als so hilfreich erwiesen, wie Schultzy gesagt hatte. Er hatte ihn mit der Kleidung und dem Seesack eines alten norwegischen Seemanns, der im Hotel gestorben war, ausstaffiert. Und er hatte ihm zu dem Job auf der ‹Elga Andersen› verholfen, die einer griechischen Reederei gehörte und in Hoboken Fracht für Rotterdam, Algeciras, Genua und Piräus an Bord genommen hatte. Acht Tage war Thomas in seinem Zimmer im Hotel *Ägäis* geblieben. Pappy hatte ihm die Mahlzeiten persönlich gebracht, weil Thomas gesagt hatte, er wolle nicht vom Personal gesehen werden, um keine Fragen beantworten zu müssen. An dem Abend, ehe die ‹Elga Andersen› auslaufen sollte, hatte Pappy selber ihn zur Pier in Hoboken gefahren, und er war auch dabei gewesen, als er anheuerte. Schultzy mußte Pappy während des Krieges, als er bei der Handelsmarine gewesen war, einen sehr großen Dienst erwiesen haben.

Die ‹Elga Andersen› war tatsächlich am nächsten Tag bei Morgengrauen ausgelaufen, und wer immer auf der Suche nach Thomas Jordache war, der suchte an Land vergeblich.

Die ‹Elga Andersen› war ein Liberty-Schiff von 10 000 Tonnen. Sie war 1943 gebaut worden und hatte einst bessere Tage erlebt. Sie war von einem Eigner zum andern übergewechselt – wohl um schneller Profite willen –, und niemand hatte mehr in sie hineingesteckt, als zu ihrer Erhaltung unbedingt notwendig war. Der Rumpf war mit Algen und Muscheln bedeckt, die Maschinen waren altersschwach. Das Schiff war seit Jahren nicht angemalt worden und über und über mit Rost bedeckt. Die Verpflegung an Bord war miserabel, der Kapitän ein alter, religiöser Fanatiker, der bei Sturm auf der Brücke kniend betete und im Krieg seiner Sympathien für die Nazis wegen sein Patent verloren hatte. Die Offiziere hatten Papiere aus zehn verschiedenen Ländern und waren von anderen Reedereien wegen Trunkenheit oder Unfähigkeit oder Diebstahl entlassen worden. Die Mannschaft setzte sich aus Küstenbewohnern diesseits und jenseits des Atlantiks und des Mittelmeers zusammen: Griechen, Jugoslawen, Norweger, Italiener, Marokkaner, Mexikaner, Amerikaner, und die Papiere der meisten hätten einer Nachprüfung nicht standgehalten. Fast jeden Tag gab es Schlägereien in der Messe, wo ständig gepokert wurde, aber die Offiziere dachten nicht daran, sich einzumischen.

Thomas beteiligte sich weder am Pokerspiel noch an den Schlägereien, und er sprach nur, wenn es nötig war. Fragen beantwortete er nicht, und so hatte er seine Ruhe. Er hatte das Gefühl, daß er, die weiten Wasser der Welt durchpflügend, seinen Platz gefunden hatte. Keine Frauen, keine Sorgen um das eigene Gewicht, am Morgen kein Blut im Urin und keine Geldsorgen. Eines Tages würde er Schultzy die 150 Dollar, die er ihm in Las Vegas gegeben hatte, zurückzahlen. Mit Zinsen.

Er hörte Schritte hinter sich, drehte sich aber nicht um.

«Wir haben eine rauhe Nacht vor uns», sagte der Mann, der sich zu ihm gesellt hatte. «Wir segeln geradewegs in einen Sturm hinein.»

Thomas brummte etwas. Er erkannte die Stimme. Ein junger Bursche namens Dwyer, ein Junge aus dem Mittelwesten, der aus irgendeinem Grund für homosexuell gehalten wurde. Er hatte Kaninchenzähne und hieß mit Spitznamen Bunny.

«Es liegt am Kapitän», sagte Dwyer. «Er kniet betend auf der Brücke. Du kennst ja sicher die Redensart: Habt ihr einen Pfarrer an Bord, dann hütet euch vor schlechtem Wetter.»

Thomas sagte nichts.

«Ich hoffe nur, daß es nicht zu schlimm wird», sagte Dwyer. «Es sind schon viele Liberty-Schiffe bei schwerer See auseinandergebrochen. Und wenn ich daran denke, wie wir geladen haben. Hast du die Liste der Häfen gesehen, die wir anlaufen?»

«Nein.»

«Da steht uns was bevor. Ist das deine erste Fahrt?»

«Die zweite.»

Dwyer hatte in Savannah angeheuert, wo die ‹Elga Andersen› auf Thomas' erster Rückreise angelegt hatte.

«Es ist ein Teufelskasten», sagte Dwyer. «Ich bin nur der günstigen Gelegenheit wegen an Bord.»

Thomas wußte, Dwyer wartete nur darauf, daß er ihn fragte, was für eine Gelegenheit, aber er stand nur da und starrte auf den sich verfinsternden Horizont.

«Weißt du», fuhr Dwyer fort, als er merkte, daß Thomas nicht reden wollte, «ich habe Papiere, daß ich als dritter Offizier fahren kann. Auf amerikanischen Schiffen müßte ich vielleicht Jahre warten, bis ich aufrücke. Aber auf einem Kasten wie diesem, mit dem Abschaum von Offizieren, die wir haben, kann immer mal einer betrunken über Bord fallen oder von der Hafenpolizei aufgegriffen werden, und dann hätte ich eine Chance, verstehst du?»

Thomas brummte. Er hatte nichts gegen Dwyer, aber er hatte auch nichts für ihn.

«Bist du auch auf ein Offizierspatent aus?» fragte Dwyer.

«Hab noch nicht darüber nachgedacht.» Gischt sprühte über den Bug. Das Wetter hatte sich verschlechtert, und er kroch tiefer in seine Matrosenjacke. Unter der Jacke hatte er einen dicken blauen Rollkragenpullover an. Der alte Norweger mußte sehr groß gewesen sein, denn seine Kleider saßen Thomas richtig bequem.

«Ist aber das einzig Vernünftige», sagte Dwyer. «Ich hab das am ersten Tag auf meinem ersten Schiff kapiert. Als gewöhnlicher Seemann bringst du es zu nichts. Lebst wie ein Hund und bist mit fünfzig kaputt. Selbst auf amerikanischen Schiffen, trotz Gewerkschaft und allem – und frischem Obst. Eine große Sache. Frisches Obst. Man muß an die Zukunft denken. Sich Streifen verschaffen. Wenn ich wieder in Boston bin, versuche ich, ob ich den zweiten Offizier schaffe.»

Thomas schaute ihn neugierig an. Dwyer hatte eine weiße Matrosenmütze auf, deren Rand er heruntergeklappt hatte. Er trug gelbes Ölzeug und hohe Gummistiefel. Er war von kleiner Gestalt und sah mit der neuen, schmucken Seefahrerkleidung wie ein zu einem Maskenball kostümierter Junge aus. Der Wind hatte sein Gesicht gerötet, aber es wirkte nicht wie das Gesicht eines im Freien arbeitenden Mannes, sondern eher wie das eines Mädchens, das plötzlich ungewohnter Kälte ausgesetzt worden ist. Er hatte lange dunkle Wimpern über sanften schwarzen Augen und sah ständig so aus, als bitte er um etwas. Unaufhörlich steckte er seine Hände ruhelos in seine Taschen und zog sie wieder heraus.

Herrgott, dachte Thomas, ist er heraufgekommen, um mir das zu erzählen, und lächelt er deshalb immer so, wenn er mir über den Weg läuft? Ich sag ihm lieber gleich, was ich von ihm halte. «Wenn du so fabelhaft bist», sagte er grob, «und ein Offizierspatent hast, warum gibst du dich dann mit uns armen Schluckern ab? Warum heuerst du nicht auf einem Vergnügungsdampfer an und tanzt in deiner hübschen weißen Offiziersuniform mit einer reichen Erbin?»

«Ehrlich, ich will mich gar nicht aufspielen, Jordache», sagte Dwyer. «Ehrlich. Ich unterhalte mich nur gern ab und zu mit jemand, und wir sind ungefähr in einem Alter und du bist Amerikaner und ein feiner Kerl, das habe ich gleich gesehen. Alle anderen auf diesem Schiff – die sind wie die Tiere. Sie machen sich immer über mich lustig. Ich gehöre nicht dazu. Ich habe meinen Stolz, und ich hab keine Lust, bei ihrem betrügerischen Pokerspiel mitzumachen. Das muß dir doch aufgefallen sein.»

«Mir ist überhaupt nichts aufgefallen», sagte Thomas.

«Die anderen denken, ich wäre schwul oder so», sagte Dwyer. «Hast du das nicht bemerkt?»

«Nein, hab ich nicht.» Außer zu den Mahlzeiten ging Thomas nicht in die Messe.

«Das ist mein Fluch», sagte Dwyer. «Das passiert mir jedesmal, wenn ich irgendwo als dritter Offizier anheuern will. Sie prüfen meine Papiere, meine Empfehlungen, dann sprechen sie eine Weile mit mir, sehen mich dabei so komisch an und sagen schließlich, sie brauchten niemand. Mensch, ich kenne diesen Blick schon, jedesmal. Aber ich bin nicht schwul, ich schwöre es bei Gott, Jordache.»

«Du brauchst mir nichts zu schwören», sagte Thomas. Das Gespräch war ihm unbehaglich. Er wollte nicht in anderer Leute Geheimnisse oder Schwierigkeiten eingeweiht werden. Er wollte seine Arbeit tun und von einem Hafen zum andern fahren. Er suchte die Einsamkeit des Meeres.

«Mein Gott, ich bin verlobt und will heiraten», jammerte Dwyer. Er zog eine Brieftasche heraus und entnahm ihr ein Foto. «Hier!» Er hielt Thomas die Aufnahme unter die Nase. «Meine Freundin und ich. Letzten Sommer am Strand von Narragansett.» Ein sehr hübsches, üppiges junges Mädchen mit lockigem Blondhaar in einem Badeanzug, und neben ihr Dwyer, klein, aber drahtig und muskulös wie ein Bantamgewichtler in einer enganliegenden Badehose. Seinem Aussehen nach konnte er ohne weiteres in den Ring steigen, dachte Thomas, aber das besagte natürlich nichts. «Na, ist das etwa ein Schwuler?» fragte Dwyer. «Sieht das Mädchen etwa so aus, als würde sie einen Schwulen heiraten?»

«Nein», gab Thomas zu.

Gischttropfen spritzten auf die Fotografie.

«Du steckst das Bild besser weg», sagte er.

Dwyer zog ein Taschentuch heraus, trocknete das Bild und legte es in seine Brieftasche zurück. «Du sollst nur wissen, daß es nichts dergleichen ist, wenn ich ab und zu mit dir sprechen möchte», sagte er.

«Okay», sagte Thomas. «Nun weiß ich es.»

«Dann wäre ja alles klar», sagte Dwyer, und es klang fast herausfordernd. Er drehte sich um und ging davon, zwischen den an Deck verstauten Ölfässern entlang.

Thomas schüttelte den Kopf. Der Gischt stach wie Nadeln in sein Gesicht. Jeder hat seine Schwierigkeiten. Eine ganze Schiffsladung von Schwierigkeiten. Wenn jeder heraufkommen und einem seine Sorgen erzählen wollte, würde man lieber auf der Stelle über Bord springen.

Er duckte sich, um dem sprühenden Wasser auszuweichen und hob nur hin und wieder den Kopf und hielt Ausschau, wie es seine Aufgabe war.

Offizierspapiere, dachte er. Warum schließlich nicht, wenn man seinen Lebensunterhalt auf See verdienen wollte? Er würde Dwyer irgendwann fragen, wie man dazu kam.

Sie waren im Mittelmeer, fuhren an Gibraltar vorbei, aber das Wetter war eher schlechter geworden. Der Kapitän betete zweifellos noch immer auf der Brücke zu Gott und Adolf Hitler. Keiner der Offiziere hatte sich betrunken und war über Bord gefallen, und Dwyer war immer noch nicht aufgerückt. Er und Thomas hielten sich achtern in den alten Quartieren der Geschützmannschaft auf, sie saßen an dem am Deck des Gemeinschaftsraums festgeschraubten Stahltisch. Die Flakgeschütze waren inzwischen längst abmontiert worden, aber niemand hatte sich die Mühe gemacht, die Mannschaftsquartiere abzubrechen. Vorn befanden sich wenigstens zehn Latrinen. Die Jungens von der Geschützmannschaft mußten, wenn sie ein Flugzeug hörten, wie verrückt gepißt haben, dachte Thomas.

Die See war so rauh, daß immer wieder die Schiffsschraube sich aus dem Wasser hob und das ganze Heck zitterte und dröhnte. Dwyer und Thomas mußten ständig nach den auf dem Tisch ausgebreiteten Papieren, Büchern und Seekarten greifen, damit sie nicht herunterrutschten. Aber das Geschützmannschaftsquartier war der einzige Ort, wohin sie sich zurückziehen und zusammen arbeiten konnten. Sie verbrachten dort jeden Tag mindestens zwei Stunden, und Thomas, der in der Schule nie aufgepaßt hatte, war erstaunt, wie schnell er von Dwyer all die Dinge wie Navigation, den Umgang mit Sextant und Sternkarten sowie Laden und Löschen lernte, Dinge, über die er Bescheid wissen mußte, wenn er sich zur Prüfung für das Patent eines dritten Offiziers meldete. Er war auch erstaunt, wieviel Spaß ihm das alles machte. Wenn er in seiner Koje daran dachte und die beiden anderen Männer in der Kajüte schnarchen hörte, hatte er das Gefühl, er wüßte, wie es zu diesem Wandel gekommen war. Es lag nicht nur daran, daß er älter, reifer geworden war. Er las noch immer keine Bücher, und auch die Zeitungen nicht, nicht einmal die Sportseiten. Die Seekarten, die kurzen Abhandlungen, die Zeichnungen von Maschinen, die Formeln waren etwas anderes, waren so etwas wie ein Ausweg.

Dwyer hatte schon auf mehreren Schiffen im Maschinenraum oder an Deck gearbeitet und besaß ein nicht sehr tiefgehendes, aber ausreichendes Verständnis für technische Probleme. Und Thomas fiel es dank der Erfahrung, die er bei Tankstellen und Garagen gemacht hatte, nicht allzu schwer, zu verstehen, wovon die Rede war.

Dwyer war an den Ufern des Lake Superior aufgewachsen und hatte schon als Kind kleine Boote gefahren. Nachdem er die Schule hinter sich gebracht hatte, war er per Anhalter nach New York gekommen und zur Battery hinuntergegangen, um die ankommenden und abfahrenden Schiffe zu sehen. Damals hatte er auf einem Küsten-Öltanker als gemeiner Matrose angeheuert. Und nichts, was ihm seither widerfahren war, hatte seine Begeisterung für das Meer vermindern können.

Nie fragte er nach Thomas' Vergangenheit, und Thomas erzählte ihm auch von sich aus nichts darüber. In seiner Dankbarkeit für das, was Dwyer ihm beibrachte, faßte Thomas fast eine Art Zuneigung zu ihm.

«Eines Tages», sagte Dwyer, während er nach einer Seekarte griff, die nach vorne rutschte, «werden wir, du und ich, beide unser eigenes Schiff haben. Käpt'n Jordache, Käpt'n Dwyer entbietet seine Grüße und fragt, ob Sie ihm die Ehre antun und an Bord kommen wollen.»

«Ja», sagte Thomas. «Ich sehe es vor mir.»

«Vor allem wenn es Krieg gäbe», sagte Dwyer. «Ich meine keinen großen wie den Zweiten Weltkrieg, wo man schon zum Kapitän ernannt wurde, wenn man ein Boot über den See im Central Park rudern konnte. Ich meine einen kleinen wie in Korea. Du machst dir keine Vorstellung, mit wieviel Geld die Burschen nach Hause kommen, ganz zu schweigen von der Gefahrenzulage und so. Und wie viele, die nicht einmal den Unterschied zwischen Arsch und Steuerbord wußten, haben es zu eigenen Schiffen gebracht.»

«Spar dir deine Träume für die Falle», schnitt Thomas ihm das Wort ab. «Gehen wir an die Arbeit.»

Sie beugten sich über die Seekarte.

In Marseille kam Thomas die große Idee. Es war fast Mitternacht. Er und Dwyer hatten zusammen in einem Fischrestaurant im Vieux Port gegessen. Sie hatten drei Flaschen Vin rosé geleert. Thomas war eingefallen, daß sie sich hier an der Südküste von Frankreich befanden – auch wenn Marseille alles andere als ein Touristenort war. Die ‹Elga Andersen› sollte um fünf Uhr morgens die Anker lichten, und solange sie rechtzeitig an Bord zurückkehrten, war alles in Ordnung.

Nach dem Abendessen waren sie durch die Stadt geschlendert, hatten sich in verschiedenen Kneipen aufgehalten und waren jetzt da, wo sie ihren Rundgang beschließen wollten – in einer kleinen dunklen Kneipe unweit der Canebière. Eine Musicbox spielte und einige dicke Huren saßen an der Bar und warteten darauf, daß man ihnen einen Drink spendierte. Thomas wäre ganz gern mit einem Mädchen ins Bett gegangen, aber die Huren sahen schlampig aus und hatten womöglich den Tripper, und vor allem entsprachen sie nicht seiner Vorstellung von der Sorte Mädchen, mit denen man an der Südküste Frankreichs zusammensein sollte.

Während er, leicht beschwipst, an einem Tisch an der Wand saß und die Mädchen anstarrte – dicke Beine unter raschelnden Kunstseidenkleidern –, mußte Thomas wieder an die zehn schönsten Tage seines Lebens denken, die Zeit in Cannes mit der jungen wilden Engländerin, die so auf Schmuck versessen war.

«Du», sagte er zu Dwyer, der ihm gegenüber saß und ein Bier trank, «ich hab eine Idee.»

«Was denn?» Dwyer blickte ängstlich zu den Mädchen hinüber, besorgt, eine von ihnen könnte herüberkommen, sich neben ihn setzen und die Hand auf sein Knie legen. Im Laufe des Abends hatte er davon geredet, er wolle sich eine Prostituierte aufgabeln und Thomas so ein für allemal beweisen, daß er kein Schwuler sei. Aber Thomas hatte abgewinkt und erklärt, ihm sei das völlig einerlei, und im übrigen beweise es nichts, denn er kenne eine Menge Schwuler, die es auch mit Frauen trieben.

«Was?» fragte Thomas.

«Du sagtest, du habest eine Idee.»

«Eine Idee. Ja. Eine Idee. Laß uns von dem verdammten Schiff abhauen.»

«Du bist verrückt», sagte Dwyer. «Was sollen wir in Marseille ohne unser Schiff? Man wird uns einbuchten.»

«Niemand wird uns einbuchten», sagte Thomas. «Ich habe ja nicht gesagt, daß wir auf Nimmerwiedersehen verschwinden sollen. Welches ist der nächste Hafen, wo die ‹Elga Andersen› anlegt? Genua. Habe ich recht?»

«Ja, ja, Genua», sagte Dwyer widerstrebend.

«Wir gehen in Genua wieder an Bord», sagte Thomas. «Wir sagen, wir wären betrunken gewesen und erst aufgewacht, nachdem das Schiff ausgelaufen war. Was können sie uns tun? Uns die Heuer für ein paar Tage kürzen, das ist alles. Sie kriegen ohnehin keine Leute. Von Genua aus fährt das Schiff doch direkt zurück nach Hoboken, nicht wahr?»

«Ja.»

«Dann können sie uns also auch nicht mehr den Landgang sperren. Sowieso will ich nicht mehr auf diesem lausigen Kasten fahren. In New York finden wir immer noch was Besseres.»

«Aber was wollen wir tun, bis wir in Genua an Bord gehen?» fragte Dwyer beunruhigt.

«Wir machen eine Tour. Wir machen die Grand Tour», sagte Thomas. «Wir setzen uns in den Zug und fahren nach Cannes. Tummelplatz der Millionäre, wie es in den Zeitungen heißt. Ich war dort. *Die* Zeit meines Lebens. Wir legen uns an den Strand und suchen uns Mädchen. Die Heuer haben wir in der Tasche...»

«Ich spare mein Geld», sagte Dwyer.

«Genieße dein Leben», sagte Thomas ungeduldig. Inzwischen konnte er sich schon gar nicht mehr vorstellen, daß er wieder auf das düstere Schiff zurückkehren würde, wo Cannes so in der Nähe lag, so mühelos erreichbar.

«Ich habe nicht einmal meine Zahnbürste bei mir», sagte Dwyer.

«Ich kaufe dir eine», sagte Thomas. «Du hast mir doch immer erzählt, was für ein großer Seemann du bist und wie du als Kind über den ganzen Lake Superior gepaddelt bist...»

«Was hat das mit Cannes zu tun?»

«Hallo, Matrosenboy...» Es war eine der Huren von der Bar. Das Flitterkleid, das sie trug, ließ ihren Busen weitgehend frei. «He, willst du nicht einer netten Dame einen kleinen Drink spendieren und dir anschließend mit einer anderen Dame einen netten Abend machen?» Lächelnd zeigte sie ihre Goldzähne.

«Hau ab!» sagte Thomas.

«*Salaud*», sagte die Frau freundlich und stolzierte hinüber zur Musicbox.

«Was der Lake Superior mit Cannes zu tun hat?» fragte Thomas. «Das will ich dir sagen. Du bist ein großartiger Kleinbootmatrose auf dem Lake Superior...»

«Na ja...»

«Bist du das oder bist du's nicht?»

«Herrgott, Tommy», sagte Dwyer. «Ich habe nie behauptet, daß ich ein Christoph Kolumbus oder dergleichen wär. Ich hab nur gesagt, daß ich als Kind mit einem Boot und kleineren Motorbooten herumgefahren bin und...»

«Du kannst mit Booten umgehen. Hab ich recht oder hab ich nicht recht?»

«Sicher, mit kleineren Booten werde ich fertig», gab Dwyer zu. «Aber ich verstehe nicht...»

«In Cannes liegen Segelboote am Strand», sagte Thomas, «die man stundenweise mieten kann. Ich will mich mit eigenen Augen davon überzeugen, was du kannst. Was Theorie, Seekarten und Bücher angeht, da bist du groß. Schön, aber ich möchte sehen, wie du wirklich ein Boot manövrierst. Oder muß ich es auf guten Glauben hinnehmen wie deine Behauptung, daß du kein Schwuler bist?»

«Tommy!» rief Dwyer verletzt.

«Ich möchte es von dir lernen», sagte Thomas. «Von einem Fachmann. Ah – zum Teufel! –, wenn du zu feige bist, fahre ich allein. Geh aufs Schiff zurück wie ein braver kleiner Junge!»

«Na gut», sagte Dwyer. «Ich habe zwar so etwas noch nie gemacht, aber ich bin bereit. Zum Teufel mit dem Schiff.» Er trank sein Bier aus.

«Auf zur Grand Tour», sagte Thomas.

Es war nicht so schön wie in seiner Erinnerung, und es lag daran, daß Dwyer dabei war und nicht die junge wilde Engländerin. Aber trotzdem war es schön. Und ganz bestimmt war es sehr viel besser, als auf der ‹Elga Andersen› Wache zu schieben, den Schlangenfraß in sich hineinzuwürgen und nachts mit zwei schnarchenden Marokkanern in einem stinkigen Loch zu liegen.

Sie fanden ein billiges kleines Hotel, das gar nicht so übel war, gleich hinter der Rue d'Antibes, gingen an den Strand, schwammen ins Meer hinaus, obwohl es erst Frühling und das Wasser so kalt war, daß man es nur kurz darin aushielt. Aber die weißen Häuser waren dieselben, der rosa Wein war derselbe, der blaue Himmel war derselbe, die großen, im Hafen liegenden Yachten waren dieselben. Und er brauchte sich keine Sorgen wegen seines Gewichts zu machen oder mit einem mörderischen Franzosen zu boxen, wenn der Ferientag zu Ende war.

Sie mieteten sich ein kleines Segelboot. Dwyer hatte nicht gelogen, er verstand wirklich mit kleinen Booten umzugehen. Nach zwei Tagen hatte er Thomas schon eine Menge beigebracht, und Thomas wußte jetzt, wie man ein Boot vertäute, das Segel raffte und in neun von zehn Fällen gelang es ihm ohne Fehler.

Aber die meiste Zeit lungerten sie im Hafen herum, schlenderten die Kais entlang und bewunderten wortlos die Schaluppen und großen Yachten und Motorboote, die alle noch im Hafen lagen und für die bevorstehende Saison abgeschmirgelt, gefirnist und auf Hochglanz gebracht wurden.

«Herrgott», sagte Thomas, «nicht zu glauben, wieviel Geld es auf der Welt gibt, und nur wir haben keines.»

Am Quai St-Pierre entdeckten sie eine Bar, in der die Matrosen und Kapitäne der Vergnügungsdampfer verkehrten. Einige von ihnen waren Engländer, viele von den anderen sprachen etwas Englisch, und sie unterhielten sich oft mit ihnen. Keiner dieser Männer schien wirklich hart zu arbeiten, die Bar war beinahe zu allen Tageszeiten gut besucht. Sie lernten Pastis, einen Anislikör, trinken, weil das hier alle tranken und weil es billig war. Sie hatten keine Mädchen aufgetrieben. Die, von denen sie auf der Croisette oder hinter dem Hafen angesprochen worden waren, hatten zu viel verlangt. Aber diesmal machte es Thomas nichts aus. Das Leben und Treiben im Hafen genügte ihm, und ebenso genügte ihm der Umgang mit Männern, die jahrein, jahraus auf schönen Schiffen lebten. Neun Monate im Jahr brauchten sie sich um keinen Boss zu scheren, und dann, im Sommer, standen sie am Ruder einer Hunderttausend-Dollar-Yacht und fuhren nach Orten wie Saint-Tropez, Monte Carlo und Capri, und überall auf Deck lagen hübsche junge Mädchen in Badeanzügen. Außerdem schienen sie alle Geld zu haben. Sie hatten ihre Heuer und bekamen darüber hinaus Provisionen von Händlern für Schiffszubehör, von Werften und verdienten durch überhöhte Spesenabrechnungen. Sie aßen und tranken wie Fürsten, und manche der älteren waren niemals ganz nüchtern.

«Diese Kerle», sagte Thomas, nachdem sie vier Tage in der Stadt gewesen waren, «haben die Probleme des Universums gelöst.»

Zwischendurch war ihm der Gedanke gekommen, die ‹Elga Andersen› für immer zu verlassen und sich für den Sommer um einen Job auf einer der Yachten zu bemühen, aber es hatte sich herausgestellt, daß man, wenn man nicht Kapitän war, wahrscheinlich nur für drei oder vier Monate etwas finden konnte, und das auch nur bei schlechter Bezahlung, und daß man den Rest des Jahres arbeitslos war. So sehr es ihm in Cannes gefiel, er hatte keine Lust, dort acht Monate lang Hunger zu leiden.

Dwyer war ebenso begeistert wie er. Vielleicht sogar noch mehr. Er war vorher noch nie in Cannes gewesen, hatte aber sein ganzes Leben lang mit Schiffen zu tun gehabt. Was für Thomas eine als Erwachsener gemachte Entdeckung war, stellte für Dwyer eine Erinnerung an die größten Freuden seiner Kindheit dar.

Unter den Männern in der Bar gab es einen dunkelgebräunten kleinen, weißhaarigen Engländer namens Jennings, der im Krieg bei der Navy gewesen war. Jennings besaß ein zwanzig Meter langes Boot mit fünf Kabinen, und er war tatsächlich der Eigner. Es war alt und in schlechtem Zustand, hatte ihnen der Engländer erzählt, aber er kannte seine Tücken, und im Sommer fuhr er damit als Charter-Kapitän im ganzen Mittelmeer herum, nach Malta, Griechenland, Sizilien, überall hin. Er hatte in Cannes einen Agenten, der ihm gegen eine Provision von zehn Prozent die Charter-Gäste vermittelte. Er habe Glück gehabt, sagte er. Der Mann, dem das Schiff gehört habe und für den er tätig gewesen sei, habe seine Frau gehaßt. Als er starb, habe er, um ihr ein Schnippchen zu schlagen, das Boot Jennings vermacht. Nun, mit solchen Glücksfällen konnte man natürlich nicht rechnen.

Jennings schlürfte selbstzufrieden seinen Pastis. Seine Motoryacht, die ‹Gertrude II›, gedrungen, aber blitzsauber und behaglich, war für den Winter jenseits der Straße, genau gegenüber der Bar, vertäut, und wenn Jennings hier saß, konnte er zärtlich zu ihr hinüberblicken und hatte so alle guten Dinge des Lebens bei der Hand. «Ein herrliches Leben», sagte er. «Ich muß es ehrlich zugeben. Das ist mir lieber, als mich für ein paar Dollar am Tag abzuschuften, Lasten auf den Docks von Liverpool zu schleppen oder auf irgendeinem Frachter in der Nordsee bei diesem Wintersturm Maschinen zu ölen. Ganz zu schweigen vom Klima und den hiesigen Steuerbedingungen.» Mit ausholender Geste deutete er auf den Hafen, wo eine milde Frühjahrssonne ihr Licht auf die tanzenden Masten der nebeneinander am Kai festgemachten Boote warf. «Reichen Mannes Wetter», sagte Jennings. «Reichen Mannes Wetter.»

«Ich möchte Sie etwas fragen, Jennings», sagte Thomas. Er hatte den Engländer eingeladen und fühlte sich berechtigt, ihm ein paar Fragen zu stellen. «Wieviel würde es kosten, ein nicht zu kleines Boot, sagen wir eines wie Ihres, zu erwerben und ins Geschäft einzusteigen?»

Jennings zündete sich seine Pfeife an und paffte nachdenklich vor sich hin. Er übereilte nie etwas. Er war nicht mehr bei der Navy und auch kein Dockarbeiter mehr, kein Offizier, kein Vorarbeiter knurrte ihn an, er konnte sich für alles Zeit lassen. «Oh, das ist eine schwer zu beantwortende Frage, Yankee», sagte er, «Boote sind wie Frauen – manche kommen teuer, manche sind billig, aber der Preis sagt nichts darüber aus, wieviel Befriedigung sie einem verschaffen.» Er lachte beifällig über seinen eleganten Witz.

«Was wäre das Minimum», bohrte Thomas, «das absolute Minimum?»

Jennings kratzte sich am Kopf, leerte seinen Pastis. Thomas bestellte noch eine Runde.

«Reine Glückssache», sagte Jennings. «Ich kenne Leute, die haben 100 000 Pfund hingelegt, bar auf den Tisch des Hauses, für Boote, die von den phantasievollsten Schiffsbauern entworfen und auf den besten Werften Hollands oder Englands gebaut worden waren. Stahlrumpf, Teakdeck, jede letzte Raffinesse an Bord, Radar, elektrische Toiletten, Klimaanlage, automatische Steuerung – und sie verfluchen den Tag, an dem das Ding vom Stapel lief. Sie würden sich glücklich schätzen, es um den Preis einer Kiste Whisky wieder loszuwerden und finden doch keinen Abnehmer.»

«Wir haben aber keine 100 000 Pfund», sagte Thomas.

«Wir?» fragte Dwyer verblüfft. «Was heißt hier *wir*?»

«Halt den Mund», sagte Thomas. «*Ihr* Schiff hat nie im Leben 100 000 Pfund gekostet», sagte er zu Jennings.

«Nein», sagte Jennings, «das habe ich auch nicht behauptet.»

«Ich meine etwas *Vernünftiges*», sagte Thomas.

«Vernünftig ist nicht das richtige Wort, wenn es um ein Schiff geht», sagte Jennings. Er ging Thomas allmählich auf die Nerven. «Was für den einen vernünftig ist, kann für den andern heller Wahnsinn sein, wenn Sie meine Meinung wissen wollen. Reine Glückssache, wie ich schon gesagt habe. Stellen Sie sich vor, ein Mann hat ein schmuckes kleines Boot gekauft, und es hat ihn, sagen wir, 20 000, 30 000 Pfund gekostet, aber nun wird seine Frau bei jeder Fahrt seekrank, oder er hat ein schlechtes Geschäftsjahr hinter sich und die Gläubiger sind ihm auf den Fersen, und vielleicht ist der Sommer für Kreuzfahrten zu stürmisch gewesen oder die Aktienkurse fallen, oder es sieht so aus, als würden die Kommunisten in Italien oder Frankreich ans Ruder kommen oder ein Krieg droht oder aber die Steuerbehörde ist hinter ihm her, vielleicht weil er verschwiegen hat, woher das Geld für das Schiff stammt, daß er dieses Geld nämlich heimlich auf einer Schweizer Bank deponiert hatte, kurz, nehmen Sie an, er ist in der Bredouille und will das Boot loswerden, so schnell wie möglich loswerden, und gerade zu diesem Zeitpunkt will niemand ein Boot kaufen... Sie verstehen, was ich meine, Yankee?»

«Schon, schon», sagte Thomas. «Ich kapiere.»

«Der Mann ist also völlig verzweifelt», fuhr Jennings fort. «Vielleicht braucht er bis zum nächsten Montag 5000 Guineas, oder er ist ruiniert. Wenn Sie nun da sind und die 5000 Guineas haben...»

«Wieviel ist eine Guinea wert?» fragte Dwyer.

«5000 Guineas sind 15 000 Dollar», sagte Thomas. «Stimmt's?»

«Mehr oder weniger», sagte Jennings. «Oder Sie hören von einem Kahn, der versteigert wird, oder von einem, der wegen Schmuggels vom Zoll beschlagnahmt worden ist. Natürlich muß so ein Boot instand gesetzt werden, aber wenn Sie einigermaßen geschickt sind und nicht auf diese Räuber von Werftbesitzern hier in der Gegend angewiesen sind – trauen Sie nie einem Franzosen an der Côte, und vor allem keinem von der Wasserkante, der zieht Ihnen immer das Fell über die Ohren –, wenn also alles gutgeht und Sie Ihr Geld beisammenhalten und Sie etwas Glück haben, und wenn Sie dann noch ein paar Leute finden, die Ihnen bis zum Ende der Saison Kredit geben, dann brauchen Sie nicht mehr als 8000 bis 10 000 Pfund aufzuwenden, ehe Sie Ihre erste Charter-Fahrt antreten.»

«8000 bis 10 000 Pfund!» rief Dwyer. «Es könnten ebensogut 8 oder 10 Millionen Dollar sein.»

«Halt den Mund!» sagte Thomas. «Es gibt immer Mittel und Wege, Geld zu verdienen.»

«Ja?» sagte Dwyer. «Und wie?»

«Es ist möglich. Ich habe einmal an einem Abend 3000 Dollar verdient.» Dwyer holte tief Atem. «Wie hast du das gemacht?»

Es war das erste Mal, seit Thomas das Hotel *Ägäis* verlassen hatte, daß er jemandem einen Schlüssel zu seiner Vergangenheit gab, und er bedauerte seine Worte sofort. «Das geht dich nichts an», sagte er scharf. Er wandte sich an Jennings: «Wollen Sie mir einen Gefallen tun?»

«Gern, solange es mich kein Geld kostet», sagte Jennings. Er kicherte leise, Schiffseigner, erfahrener Navy-Mann, Überlebender des Krieges, Überwinder der Armut, heute von keinem Chef mehr abhängig, Pastistrinker, ein weiser alter Seebär, dem niemand etwas vormachen konnte.

«Wenn Sie von einer günstigen Gelegenheit hören», sagte Thomas, «gut, aber nicht zu teuer. Es wäre sehr freundlich, wenn Sie sich dann mit uns in Verbindung setzten.»

«Mach ich, Yankee», sagte Jennings. «Geben Sie mir Ihre Adresse.»

Thomas zögerte. Die einzige Adresse, die er hatte, war das Hotel *Ägäis*. Niemand außer seiner Mutter wußte etwas davon. Vor dem Kampf mit Quayles hatte er sie regelmäßig besucht, aber immer nur dann, wenn er sicher sein durfte, daß er seinem Bruder Rudolph nicht in die Arme lief. Aus jedem Hafen, den sie angelaufen waren, hatte er ihr ein Leporello mit Ansichten geschickt und ihr geschrieben und dabei immer vorgegeben, es ginge ihm besser, als es in Wirklichkeit der Fall war. Als er von seiner ersten Fahrt zurückkam, lag im Hotel ein ganzes Bündel von Briefen von ihr. Die große Schwierigkeit war nur die, daß sie dauernd darum bat, sie möchte ihr Enkelkind sehen, und Thomas wagte nicht, sich mit Teresa in Verbindung zu setzen. Er entging dadurch natürlich ebenfalls der Möglichkeit, sein Kind zu sehen, und das war das einzige, was er vermißte.

«Geben Sie mir Ihre Adresse, Junge», wiederholte Jennings.

«Gib ihm deine Adresse», sagte Thomas und wandte sich an Dwyer. Dwyer ließ sich seine Post an die Hauptgeschäftsstelle der Seemannsgewerkschaft in New York senden. *Ihn* suchte niemand.

«Was träumst du vor dich hin?» sagte Dwyer.

«Tu, was ich sage.»

Dwyer zuckte mit den Schultern, schrieb seine Adresse auf und gab sie Jennings. Er hatte eine gute, leserliche Handschrift. Die Logbucheintragungen würden ordentlich sein. Dritter Offizier Dwyer. Falls er je diese Chance bekam.

Der alte Mann steckte den Zettel in eine abgegriffene Lederbrieftasche. «Ich werde meine Augen offenhalten», versprach er.

Thomas bezahlte die Rechnung, und er und Dwyer gingen den Kai entlang und musterten wie gewöhnlich alle dort vertäuten Boote. Langsam und schweigend wanderten sie dahin. Thomas spürte, wie Dwyer ihn von Zeit zu Zeit unsicher ansah.

«Wieviel Geld hast du?» fragte Thomas, als sie ans Ende der Kaimauer kamen, wo Fischerboote mit ihren Azetylenlampen im Wasser schwoiten und die Netze auf dem Pflaster zum Trocknen ausgelegt waren.

«Wieviel Geld ich habe?» sagte Dwyer mürrisch. «Nicht mal 100 Dollar. Ein Millionstel von einem Ozeandampfer.»

«Ich meine nicht, wieviel Geld du bei dir hast. Ich meine, was du insgesamt besitzt. Du hast mir doch gesagt, daß du deine Heuer sparst.»

«Wenn du glaubst, daß ich für einen verrückten Einfall wie diesen genug Geld...»

«Ich habe dich gefragt, wieviel Geld du hast. Auf der Bank?»

«2200 Dollar», sagte Dwyer widerstrebend. «Thomas, trenn dich von deinen Höhenflügen, wir werden nie...»

«Wir werden», sagte Thomas, «wir beide, du und ich, wir werden eines Tages unser eigenes Schiff haben. Gleich hier. In diesem Hafen. Reichen Mannes Wetter, wie der Engländer sagte. Irgendwie werden wir das Geld schon auftreiben.»

«Ich werde nichts Kriminelles tun.» Dwyers Stimme klang ganz erschrocken. «Ich habe nicht eine kriminelle Handlung in meinem Leben begangen, und ich werde auch jetzt nicht damit anfangen.»

«Wer hat etwas von kriminellen Handlungen gesagt?» fragte Thomas. Obwohl ihm der Gedanke durch den Sinn gegangen war. In den Jahren, die er im Ring verbracht hatte, hatte er mit vielen Leuten zu tun gehabt, die Dwyer bestimmt als Kriminelle bezeichnen würde; in Zweihundert-Dollar-Anzügen und in großen Luxuswagen waren sie dahergekommen, an ihrem Arm prächtige Weiber, und alle Welt war ihnen höflich begegnet – Polizisten, Politiker, Geschäftsleute, Filmstars. Niemand hatte etwas Besonderes an ihnen gefunden. Sie verdienten ihr Geld durch Verbrechen. Das war nur eine andere Art. Möglicherweise eine leichtere. Aber er wollte Dwyer nicht abschrecken. Noch nicht. Wenn sein Traum in Erfüllung gehen sollte, brauchte er Dwyer. Er mußte das Steuerrad bedienen. Er könnte das nicht allein. Noch nicht. Er war kein solcher Dummkopf.

Irgendwie, sagte er sich, als sie an den alten Männern auf dem Kai vorbeigingen, die dort Boule spielten. Hinter ihnen lag der Hafen mit den in der Abendsonne schimmernden Yachten im Wert von vielen Millionen Dollar. Als er das erste Mal hier gewesen war, hatte er sich geschworen, wiederzukommen. Nun, er war wiedergekommen. IRGENDWIE.

Am nächsten Morgen in aller Frühe nahmen sie den Zug nach Genua. Sie genehmigten sich noch einen weiteren Tag: In Monte Carlo wollten sie die Fahrt unterbrechen. Wer weiß, vielleicht hatten sie im Casino Glück.

Wäre er am anderen Ende des Bahnsteigs gewesen, dort, wo die Schlafwagen hielten, hätte er gesehen, wie sein Bruder Rudolph aus einem Kurswagen aus Paris ausstieg, zusammen mit einem schlanken, hübschen Mädchen und einer Unmenge von Gepäck.

6

Als sie aus dem Bahnhof herauskamen, sahen sie das Hertz-Zeichen, und Rudolph sagte: «Dort ist der Mann mit unserem Wagen.» Der Concierge von dem Hotel in Paris hatte für alles gesorgt. Er hatte ihnen in Paris Theaterkarten beschafft, hatte eine Limousine aufgetrieben, mit der sie die Loire-Schlösser besuchten, hatte ihnen in zehn Restaurants Tische, in der Oper und in Longchamps Plätze reservieren lassen. Jean hatte geschwärmt: «Jedes Hochzeitspaar sollte in Paris einen solchen Concierge haben.»

Der Träger schaffte ihr Gepäck zum Wagen, sagte *merci* für das Trinkgeld und lächelte, obwohl sie unverkennbar Amerikaner waren. Den einheimischen Zeitungsberichten zufolge lächelten Franzosen dieses Jahr Amerikaner nicht an. Der Mann von der Hertz-Agentur bemühte sich, englisch zu sprechen, aber Rudolph antwortete stolz auf französisch, hauptsächlich, um Jean zu belustigen, und die Formalitäten für den Leihwagen, einen Peugeot mit herunterklappbarem Verdeck, wurden in der Sprache Racines abgewickelt. Rudolph hatte in Paris eine Michelin-Karte von den Seealpen gekauft, und nachdem er sie – das Verdeck war heruntergeklappt und die milde Mittelmeer-Morgensonne schien ihnen ins Gesicht – studiert hatte, fuhren sie durch die weiße Stadt und weiter die Küstenstraße entlang durch Golfe-Juan, wo Napoleon an Land gegangen war, durch Juan-les-Pins mit seinen großen, noch im Vorsaisonschlaf liegenden Hotels bis zum *Hôtel du Cap*, das eindrucksvoll auf einem sanften Hügel zwischen den Pinien lag.

Als der Hoteldirektor sie in ihr Appartement führte, von dessen Balkon man einen herrlichen Blick auf das ruhige blaue Meer hatte, sagte Rudolph ungerührt: «Sehr hübsch. Vielen Dank.» Aber nur mit Mühe konnte er ein kleines Grinsen darüber unterdrücken, wie vollendet alle Beteiligten – der Direktor, er selbst und Jean – ihre Rollen in seinem alten Traum spielten. Aber die Wirklichkeit war viel schöner als der Traum. Das Appartement war größer und luxuriöser möbliert; die Luft süßer und milder; der Hoteldirektor hatte mehr von einem Direktor, als man sich vorstellen kann; er selbst war reicher und gelassener und besser gekleidet, als er es in den Träumen eines armen Jungen gewesen war. Jean, in einem enganliegenden Pariser Kleid, war schöner als das imaginäre Mädchen, das in seiner Phantasie auf den Balkon hinausgetreten war und ihn geküßt hatte.

Unter zahlreichen Verbeugungen zog sich der Direktor zurück. Die Träger hatten die Gepäckstücke auf die Klappstühle verteilt, die in dem riesigen Schlafzimmer herumstanden. Sein Traum war greifbare Wirklichkeit geworden. Er legte den Arm um Jeans Schulter und sagte:

«Gehen wir hinaus auf den Balkon.»

Sie gingen auf den Balkon hinaus und küßten sich im Sonnenlicht.

Beinahe hätten sie überhaupt nicht geheiratet. Jean hatte immer wieder gezögert, sich geweigert, ja oder nein zu sagen, und eine Zeitlang war er drauf und dran, ihr jedesmal, wenn er sie sah, ein Ultimatum zu stellen, nur damit die Ungewißheit ein Ende hätte. Er sah Jean nur selten. Sein Beruf hielt ihn die meiste Zeit in Whitby und Port Philip fest, und wenn er nach New York kam, erwartete ihn allzuoft nur auf seinem telefonischen Anrufbeantworter eine Mitteilung von Jean, daß sie beruflich außerhalb der Stadt zu tun habe. Einmal hatte er sie abends nach dem Theater in einem Restaurant mit einem kleinen, rundäugigen jungen Mann mit verfilztem langem Haar und schwarzen Bartstoppeln sitzen sehen. Er hatte sie, als er sie das nächste Mal traf, gefragt, wer der junge Mann gewesen sei, und sie hatte zugegeben, daß es der Mann war, von dem sie ihm seinerzeit erzählt hatte. Als er sie fragte, ob sie noch immer mit ihm schliefe, hatte sie gesagt, das gehe ihn nichts an.

Seine Eitelkeit war tief getroffen, daß jemand, der so abstoßend aussah, ein Nebenbuhler von ihm sein sollte; Jeans Versicherung, der junge Mann zähle zu den berühmtesten Modefotografen des Landes, half da nicht viel. Er hatte sie nach diesem Gespräch einfach stehen lassen und gehofft, sie würde sich wieder melden, aber sie rief ihn nicht an, und schließlich hielt er es nicht länger aus und griff selber zum Hörer. Er schwor sich zwar, weiterhin mit ihr zu schlafen, aber der Teufel sollte ihn holen, wenn er sie heiratete.

Seine ganze Vorstellung von sich selbst wurde durch die Art, wie sie ihn behandelte, erschüttert, und nur im Bett, wo sie ihm Vergnügen bereitete und durch ihn Vergnügen zu finden schien, vergaß er das quälende Gefühl, daß er durch dieses Verhältnis entwürdigt wurde. Alle anderen Männer, die er kannte, erzählten ihm immer nur, daß die Mädchen, die *sie* kannten, auf nichts anderes aus waren als darauf, geheiratet zu werden. Welcher unbegreifliche Mangel haftete seinem Charakter an? Lag es an seinem Liebesspiel, oder war er ganz allgemein so wenig ein Gegenstand des Verlangens, daß die beiden einzigen Mädchen, denen er je einen Heiratsantrag gemacht hatte, ihn abwiesen?

Virginia Calderwood hatte die Dinge auch nicht besser gemacht. Calderwood hatte Rudolphs Rat befolgt und seiner Tochter erlaubt, nach New York zu gehen und eine Sekretärinnenschule zu besuchen. Aber die Kurse für Maschineschreiben und Stenographie schienen zu den merkwürdigsten Tagesstunden stattzufinden, denn fast jedesmal, wenn Rudolph in seine New Yorker Wohnung ging, sah er Virginia auf der anderen Straßenseite in einer

Toreinfahrt lauern oder so tun, als käme sie zufällig des Wegs. Sie rief ihn mitten in der Nacht an, manchmal drei-, viermal, und sagte: «Rudy, ich liebe dich, ich liebe dich. Schlaf mit mir.»

Um ihr aus dem Weg zu gehen, übernachtete er in verschiedenen Hotels, wenn er nach New York kam, aber aus einem prüden Grunde weigerte sich Jean, ihn im Hotel zu besuchen, und sogar die Freuden des Bettes waren ihm versagt. Jean wollte noch immer nicht, daß er bei ihr in der Wohnung anrief, und er wußte nicht, wie sie wohnte und hatte auch ihre Zimmergenossin noch nicht kennengelernt.

Virginia schrieb ihm lange Briefe, in denen sie ihm ihre sexuellen Sehnsüchte in einer geradewegs von Henry Miller entnommenen Sprache, dessen Werke sie eingehend studiert haben mußte, gestand. Sie schickte die Briefe überallhin – an seine Privatanschrift in Whitby, an sein Appartement in New York, an seine Geschäftsadresse. Wenn je eine unachtsame Sekretärin einen dieser Briefe öffnete, würde der alte Calderwood wahrscheinlich nie wieder mit ihm sprechen.

Als er Jean von Virginia erzählte, lachte sie nur und sagte: «O du armer, attraktiver Mann!» Aus purem Übermut schlug Jean vor, als sie beide eines Nachts spät in sein Appartement hinaufgehen wollten und er Virginia auf der anderen Straßenseite im Schatten erspähte, das Mädchen zu einem Drink einzuladen.

Seine Arbeitsleistung ließ nach; höchst einfache Berichte mußte er drei- oder viermal durchlesen, ehe er sie erfaßte. Er schlief unruhig und erwachte abgespannt. Ein Hautausschlag am Kinn zeugte von seiner Nervosität.

Auf einer Party in New York lernte er eine vollbusige Blondine kennen, die ihm deutlich zu verstehen gab, daß er sie nach Hause begleiten solle. Er brachte sie in ihre Wohnung, irgendwo in den East Eighties, gleich bei der Fifth Avenue, wo er erfuhr, daß sie reich, geschieden und einsam und all der Männer, die sie in New York verfolgten, überdrüssig war. Ihn fand sie hinreißend sexy (er wünschte, sie hätte über ein anderes Vokabular verfügt). Nach einem Drink gingen sie miteinander ins Bett, doch er war impotent und unter rohem, schadenfrohem Gelächter verließ er das keusche Bett.

«Kein Tag meines Lebens», sagte er zu Jean, «stand unter einem unglücklicheren Stern als der, an dem du nach Port Philip kamst, um diese Aufnahmen zu machen.»

Nichts, was geschah, hinderte ihn daran, sie zu lieben oder sie heiraten zu wollen und den Rest seines Lebens mit ihr zu verbringen.

Er hatte den ganzen Tag über versucht – zehnmal, ein dutzendmal – sie anzurufen, aber es meldete sich niemand. Noch einmal versuche ich es, beschloß er, untröstlich im Wohnzimmer seiner Wohnung sitzend, ich mache noch einen letzten Versuch, und wenn sie dann nicht da ist, gehe ich in die nächstbeste

Kneipe und lasse mich vollaufen. Ich gable mir ein Mädchen auf, und jedem Kerl, der mir dummkommt, schlage ich eins auf die Nase, und sollte Virginia Calderwood vor der Tür stehen, wenn ich heimkomme, nehme ich sie mit nach oben und schlafe mit ihr. Anschließend rufe ich die Männer mit der Zwangsjacke an – sie können uns gleich beide hineinstecken.

Das Telefon läutete und läutete, und er war gerade im Begriff, den Hörer aufzulegen, als abgehoben wurde und Jean sich auf ihre leise, kindliche, bescheidene Art mit «Hallo» meldete.

«War dein Telefon nicht in Ordnung?» fragte er.

«Ich habe keine Ahnung», sagte sie. «Ich war den ganzen Tag nicht da.»

«Bist du auch heute abend nicht da?»

Eine Pause trat ein. «Doch», sagte sie.

«Treffen wir uns?» Er war bereit, den Hörer hinzuschmettern, wenn sie nein sagte. Er hatte ihr einmal gestanden, daß er ihr gegenüber ausschließlich von zwei extremen Gefühlsregungen beherrscht würde – Wut und Begeisterung.

«Sollen wir uns treffen?»

«Paßt es dir um acht Uhr?» fragte er. «Ich mache dir einen Drink zurecht.» Er hatte zum Fenster hinausgeschaut: Virginia Calderwood war nicht zu sehen.

«Ich will noch ein Bad nehmen», sagte sie, «und mir ist nicht nach Hetze zumute. Warum kommst du nicht her, und ich mache *dir* einen Drink.»

«Ich höre den Klang von Zimbeln und Trompeten», sagte er.

«Spar dir die Mühe, gebildet zu klingen», sagte sie fröhlich.

«Welches Stockwerk?»

«Vierter Stock», sagte sie. «Kein Lift. Gib acht auf dein Herz.» Sie legte auf.

Er ging ins Badezimmer, duschte und rasierte sich. Seine Hand zitterte und er schnitt sich am Kinn, ziemlich heftig. Die Wunde blutete eine ganze Zeit, und es war fünf Minuten nach acht, als er an der Tür ihrer Wohnung in der East 40th Street läutete.

Ein Mädchen in Bluejeans und einem Pullover öffnete ihm. Er hatte sie noch nie gesehen, und sie sagte: «Hallo, ich bin Florence», und dann rief sie: «Jeanny, Besuch für dich.»

«Komm rein, Rudy!» Jeans Stimme drang aus einer offenen Tür, die auf die Diele führte. «Ich mache mich gerade schön.»

«Danke, Florence», sagte Rudolph und ging in Jeans Zimmer. Sie saß nackt an einem Tisch vor einem kleinen Spiegel und tuschte ihre Wimpern. Er hatte nie bemerkt, daß sie Wimperntusche verwendete, aber er sagte kein Wort darüber. Auch nicht darüber, daß sie nackt war. Er blickte sich im Zimmer um. Fast jeder Zoll der freien Wand war mit Fotografien von ihm bedeckt, wie er lächelte, die Stirn runzelte, mit den Augen zwinkerte, etwas auf einen Notizblock schrieb. Einige Fotografien waren klein, andere waren riesige Vergrößerungen. Alle waren schmeichelhaft. Es ist entschieden, dachte er dankbar, es ist alles gut ausgegangen. Sie hat sich entschlossen.

«Ich kenne diesen Mann irgendwoher», sagte er.

«Ich dachte mir, daß du ihn erkennen würdest», sagte Jean. Anmutig, unbeirrt und zierlich fuhr sie fort, ihre Wimpern zu tuschen.

Beim Abendessen sprachen sie über die Hochzeit. Als der Nachtisch kam, hätten sie ihn beinahe zurückgehen lassen.

«Mir gefallen Mädchen, die wissen, was sie wollen», sagte Rudolph bitter.

«Nun, ich weiß es», sagte Jean. Sie war störrisch geworden, als Rudolph das Thema angeschnitten hatte. «Ich weiß, was ich mit meinem Wochenende anfange. Ich bleibe zu Hause und reiße jedes Foto einzeln herunter und tünche die Wände.»

Um anzufangen: sie war unbedingt für Geheimhaltung, während er es alle Welt wissen lassen wollte, aber sie schüttelte den Kopf. «Keine Anzeigen», sagte sie.

«Ich habe eine Schwester und eine Mutter», sagte Rudolph. «Und außerdem habe ich auch noch einen Bruder.»

«Das ist es ja. Ich habe einen Vater und einen Bruder. Und weder den einen noch den andern kann ich leiden. Wenn sie herauskriegen, daß du es deiner Familie gesagt hast und ich nicht, gibt es zehn Jahre Donnerwetter aus dem Westen. Ich will mit deiner Familie nichts zu tun haben, du sollst mit meiner nichts zu tun haben. Familien fallen aus. Ich verzichte auf Festessen am Thanksgiving-Tag!»

In diesem Punkt hatte Rudolph ziemlich rasch nachgegeben. Für Gretchen konnte seine Hochzeit, nachdem Colin erst vor ein paar Monaten gestorben war, kein Anlaß zu fröhlichem Feiern sein, und der Gedanke, in welch schrecklicher Aufmachung seine Mutter in der Kirche erscheinen würde, hatte nichts Verlockendes. Er konnte auch leicht auf die Szene verzichten, die Virginia Calderwood machen würde, wenn sie die Neuigkeit erfuhr. Aber Johnny Heath und Calderwood und Brad Knight mußte es mitgeteilt werden, vor allem wenn er gleich nach der Hochzeit in die Flitterwochen fahren wollte. Da mußte im Büro vorher noch einiges geregelt werden.

Geeinigt hatten sie sich darüber, daß keine Feier stattfinden sollte, daß sie sich nicht kirchlich wollten trauen lassen, daß sie unmittelbar nach der Zeremonie New York verlassen und ihre Flitterwochen in Europa verbringen wollten.

Dagegen hatten sie sich nicht darüber einigen können, wie sie es nach ihrer Rückkehr aus Europa halten würden. Jean weigerte sich, ihren Beruf aufzugeben, und sie lehnte es ab, in Whitby zu wohnen.

«Das ist ja herrlich», sagte Rudolph, «wir sind noch nicht einmal verheiratet, und schon werde ich zum Gelegenheitsehemann degradiert.»

«Ich bin nicht häuslich», hatte Jean widerspenstig geantwortet. «Und Kleinstädte sind für mich etwas Schreckliches. Vergiß nicht, daß ich gerade angefangen habe, mich in New York durchzusetzen. Ich werde das doch nicht alles aufgeben, nur weil ein Mann mich heiraten will.»

«Jean ...» sagte Rudolph warnend.

«Also gut», sagte sie. «Nur weil ich einen Mann heiraten will.»

«Das klingt schon besser.»

«Du sagst selbst immer, das Büro sollte von rechtswegen in New York sein.»

«Aber es ist nicht in New York», sagte er.

«Es wird für unsere Liebe nur gut sein, wenn du mich nicht so oft siehst.»

«Nein, das stimmt nicht.»

«Aber für mich.»

Da hatte er auch in diesem Punkt nachgegeben. «Das war meine letzte Kapitulation», sagte er.

«Gewiß doch, Liebster», sagte sie mit gurrender Stimme und mit den Wimpern klimpernd. Sie machte sich lustig und tätschelte seine auf dem Tisch liegende Hand. «Ich bewundere Männer, die sich durchzusetzen verstehen.»

Sie hatten beide lachen müssen, und alles war gut. Rudolph sagte: «Einer muß aber eine Anzeige kriegen, und zwar dieser schmierige Kerl von Fotograf. Falls er zur Hochzeit kommen will, so ist er herzlich eingeladen. Sag ihm aber, daß er sich vorher rasieren soll.»

«Was dem einen recht ist, ist dem andern billig», sagte Jean. «Dann schicke ich eine Anzeige an Virginia Calderwood.»

Grausam und glücklich, Hand in Hand, verließen sie das Restaurant und gingen in der Third Avenue heimlich und verliebt von einer Bar in die andere, um schließlich, ein wenig betrunken, ein Hoch auf die vor ihnen liegenden Jahre auszubringen.

Am nächsten Tag kaufte er bei Tiffany einen Verlobungsring mit einem Diamanten, aber sie veranlaßte ihn, den Ring zurückzubringen. «Ich verabscheue solche Schaustücke der Wohlhabenheit», sagte sie. «Es genügt, wenn du mit einem schlichten Goldreif auf dem Standesamt erscheinst.»

Calderwood, Brad und Johnny Heath mußten eingeweiht werden: da er mindestens einen Monat fortbleiben wollte, mußte er ihnen sagen, warum. Jean erklärte sich damit einverstanden, doch sie verlangte, daß er die drei zur Geheimhaltung verpflichtete, was er tat.

Calderwood war traurig. Ob wegen seiner Tochter oder weil ihm der Gedanke, daß Rudolph sich einen ganzen Monat lang nicht ums Geschäft kümmern würde, nicht behagte, vermochte Rudolph nicht zu sagen. «Ich hoffe, Sie überstürzen nichts», sagte Calderwood. «Ich erinnere mich an das Mädchen. Ein armes kleines Ding. Ich möchte wetten, sie besitzt keine 10 Cent.»

«Sie arbeitet», verteidigte Rudolph sie.

«Ich halte nichts davon, wenn die Ehefrau arbeitet», sagte Calderwood. Er schüttelte den Kopf. «Ach, Rudy – Sie hätten alles haben können!»

Alles, dachte Rudolph, einschließlich der verrückten Virginia Calderwood und ihrer pornographischen Briefe.

Weder Brad noch Johnny Heath waren wild begeistert, aber schließlich heiratete er ja nicht, um ihnen einen Gefallen zu tun. Begeistert oder nicht, jedenfalls gingen sie mit zum Standesamt und zusammen mit Florence brachten sie das Hochzeitspaar zum Flughafen.

Rudolphs erste Bewährungsprobe als Ehemann kam, als sie das Gepäck aufgaben; das von Jean hatte fast hundert Pfund Übergewicht. «Großer Gott», sagte er, «was hast du denn alles mitgenommen?»

«Ein paar Kleider zum Wechseln», sagte Jean. «Du willst doch sicherlich nicht, daß deine Frau nackt herumläuft, oder?»

«Für eine Frau, die sich nichts aus Luxusgegenständen macht», sagte er, als er den Scheck für das Übergewicht ausschrieb, «schleppst du eine ganz schöne Menge Zeug durch die Gegend.» Er gab sich Mühe, seine Worte beiläufig klingen zu lassen, aber einen Augenblick lang hatte er eine Vorahnung. Da er selber Penny um Penny hatte sparen müssen, gab er nicht gern Geld unnötig aus. Extravagante Frauen hatten schon Männer zugrunde gerichtet, die viel reicher waren als er. Eine unwürdige Angst. Wenn erforderlich, werde ich sie auf den richtigen Weg führen, dachte er. Er hatte das Gefühl, als könne er alles auf den richtigen Weg führen. Er nahm ihre Hand und ging voraus an die Bar.

Sie hatten noch Zeit für zwei Flaschen Champagner, ehe das Flugzeug startete. Johnny Heath versprach, Gretchen und Rudolphs Mutter anzurufen und ihnen die Neuigkeit zu berichten, sobald sie auf dem Weg nach Europa waren.

Die Tage wurden wärmer. Faulenzend lagen sie in der Sonne. Sie waren fast dunkelbraun gebrannt. Sonne und Salzwasser bleichten Jeans Haar, es war beinahe blond. Sie erteilte ihm Tennisunterricht auf den hoteleigenen Plätzen und nahm diese Stunden sehr ernst. Wenn er nicht aufmerksam war, sprach sie sehr scharf mit ihm. Auch Wasserski fahren brachte sie ihm bei. Er war immer wieder erstaunt, was sie alles konnte.

Sie ließen sich ihr Essen unten am Strand servieren. Sie aßen kalte Languste und tranken Weißwein, und nach dem Lunch gingen sie hinauf in ihr Zimmer, schlossen die Fensterläden und liebten sich.

Er schaute keines der Mädchen an, die fast nackt um das Hotel-Schwimmbecken oder auf den Felsen beim Sprungbrett lagen, obwohl zwei oder drei der Mädchen es durchaus verdient hätten, angeschaut zu werden.

«Du bist unnatürlich», sagte Jean zu ihm.

«Warum bin ich unnatürlich?»

«Weil du nicht mit anderen liebäugelst.»
«Ich liebäugle mit dir.»
«Bleib dabei», sagte sie.

Sie entdeckten neue Restaurants und aßen Bouillabaisse auf der Terrasse von *Chez Félix*, wo man durch den Bogen der Schutzmauer einen Blick auf die Boote im Hafen von Antibes hatte. Als sie sich umarmten, roch ihr Atem nach Knoblauch und Wein, aber sie machten sich nichts daraus.

Sie machten Ausflüge in die nahe gelegenen Berge, besuchten die Matisse-Kapelle und die Töpferei-Werkstätten in Villauris und aßen zu Mittag auf der Terrasse des *Colombe d'Or* in Saint-Paul-de-Vence unter dem Geflatter weißer Taubenflügel. Sie waren sehr traurig, als sie erfuhren, daß der Schwarm nur deshalb weiß war, weil die weißen Tauben keine andersfarbigen duldeten. Waren die Tauben gelegentlich doch einmal dazu bereit, ging der Restaurantbesitzer hin und brachte die Fremdlinge um.

Wohin sie auch gingen, Jean nahm ihre Kameras mit und machte unzählige Aufnahmen von ihm: vor Schiffsmasten und Schutzwällen mit Palmen und dem Spiel der Wellen als Hintergrund. «Ich werde dich zur Tapete unseres Schlafzimmers in New York machen», sagte sie.

Er machte sich nicht mehr die Mühe, ein Hemd anzuziehen, wenn er aus dem Wasser kam. Jean beteuerte, ihr gefielen die Haare auf seiner Brust und der Flaum auf seinen Schultern.

Sollten sie des Cap d'Antibes überdrüssig werden, nahmen sie sich vor, nach Italien zu fahren. Sie zogen eine Landkarte heraus und malten um die Namen Mentone, San Remo, Mailand (wegen des ‹Abendmahls›), Rapallo, Santa Margherita, Florenz (wegen Michelangelo und Botticelli), Bologna, Siena, Assisi und Rom einen Kreis. Die Namen waren wie im Sonnenschein läutende Glöckchen. Jean kannte die Orte alle bereits. In anderen Sommern war sie dort gewesen. Es würde lange dauern, bis Rudolph alles über sie wußte.

Sie wurden des Cap d'Antibes nicht überdrüssig.

Eines Tages nahm er ihr beim Tennis einen Satz ab. Dreimal wehrte sie Satzbälle ab, aber schließlich siegte er. Sie war wütend. Zwei Minuten lang.

Sie schickten an Calderwood ein Telegramm, daß sie erst später zurückkommen würden.

Sie sprachen mit niemandem im Hotel, nur mit einer italienischen Filmschauspielerin, die so schön war, daß man einfach mit ihr sprechen mußte. Jean verbrachte einen Vormittag damit, Aufnahmen von ihr zu machen, und schickte Kontaktaufnahmen an die ‹Vogue› in New York. Die Zeitschrift kabelte zurück, daß sie in ihrer September-Nummer eine Auswahl von Fotos bringen wollten.

Nichts konnte in diesem Monat schiefgehen.

Obwohl sie des Cap d'Antibes noch nicht überdrüssig waren, stiegen sie in den Wagen und fuhren in südlicher Richtung, um die Städte zu besuchen, die sie auf der Karte mit einem Kreis umgeben hatten. Nirgendwo wurden sie enttäuscht.

Sie saßen auf dem mit Kopfsteinen gepflasterten Platz von Portofino und aßen Schokolade-Eiskrem; die beste Schokolade-Eiskrem der Welt. Sie sahen den Frauen zu, die den Touristen an ihren Ständen Ansichtskarten, Spitzen und bestickte Tischtücher verkauften und betrachteten die im Hafen liegenden Yachten.

Da gab es eine schnittige weiße, ungefähr sechzehn bis siebzehn Meter lange Yacht, eine elegante italienische Form. Rudolph sagte: «Ein Beispiel für modernes Industriedesign.»

«Möchtest du sie haben?» fragte Jean, während sie genießerisch ihre Eiskrem löffelte.

«Wer möchte ein solches Schiff nicht haben?» sagte er.

«Ich werde sie dir kaufen», sagte sie.

«Lieb von dir», sagte er. «Aber bitte auch einen Ferrari und einen nerzgefütterten Mantel und ein Vierzig-Zimmer-Haus am Cap d'Antibes.»

«Nein», sagte sie, immer noch ihre Eiskrem löffelnd. «Ich meine es ganz im Ernst. Wenn du sie haben willst.»

Er blickte sie prüfend an. Sie war ruhig und ernst. «Moment mal», sagte er. «Die ‹Vogue› zahlt dir doch nicht *soviel* für deine Aufnahmen.»

«Ich hänge nicht von der ‹Vogue› ab», sagte sie. «Ich bin *schrecklich* reich. Meine Mutter hat mir bei ihrem Tod eine geradezu schamlose Menge von Aktien und festverzinslichen Wertpapieren hinterlassen. Ihr Vater besaß eine der größten Arzneimittelfabriken in den Staaten.»

«Wie heißt die Firma?» fragte Rudolph argwöhnisch.

Jean sagte ihm den Namen.

Rudolph pfiff leise durch die Zähne und legte seinen Löffel hin.

«Das Geld steckt alles in einer Treuhandgesellschaft, die mein Vater und mein Bruder verwalten, bis ich 25 Jahre alt bin», sagte Jean, «doch selbst heute ist mein Einkommen mindestens dreimal so hoch wie deines. Ich hoffe, ich habe dir den Tag nicht verdorben.»

Rudolph brach in schallendes Gelächter aus. «Guter Gott!» sagte er. «Was für Flitterwochen!»

Sie kaufte ihm an diesem Nachmittag keine Yacht, aber als Ausgleich ein schreiend rosa Hemd in einem schwulen Laden unten am Hafen.

Als er sie später fragte, warum sie ihm das nicht früher gesagt habe, wich sie aus. «Ich verabscheue es, über Geld zu reden», sagte sie. «In meiner Familie wurde über nichts anderes gesprochen. Mit fünfzehn setzte sich in mir der Glaube fest, daß Geld die Seele entwürdigt, wenn man immerzu daran denkt. Seit meinem fünfzehnten Lebensjahr bin ich nicht einen Sommer mehr nach Hause gefahren. Nach dem College habe ich mich ganz auf eigene Füße gestellt und nicht einen Cent von dem Geld, das mir meine Mutter hinterlassen hat, verbraucht. Mein Vater und mein Bruder haben es ins Geschäft gesteckt. Sie denken natürlich, das ginge immer so weiter, auch wenn ich mit fünfundzwanzig verfügungsberechtigt bin, aber sie werden eine Überraschung erleben. Ich traue ihnen nicht, und ich habe nicht die Absicht, mich betrügen zu lassen. Schon gar nicht von ihnen.»

«Was willst du tun?»

«Du wirst es für mich verwalten», sagte sie. «Es tut mir leid. Unseretwegen. Tu, was du für richtig hältst. Nur sprich bitte nicht mit mir darüber. Und laß uns kein geistloses, sinnloses Luxusleben führen.»

«Wir haben in diesen letzten Wochen ein ganz schönes Luxusleben geführt», sagte Rudolph.

«Wir haben dein Geld ausgegeben, und du hast schwer dafür gearbeitet», sagte Jean. «Außerdem sind es unsere Flitterwochen. Flitterwochen sind etwas Unwirkliches.»

Als sie in ihr Hotel in Rom kamen, lag dort für Rudolph ein Telegramm. Es war von Bradford Knight und lautete: «Deine Mutter im Krankenhaus Stop Arzt befürchtet das Schlimmste Stop Empfehle umgehende Rückkehr.»

Rudolph reichte das Telegramm Jean. Sie standen noch in der Hotelhalle und hatten dem Portier gerade ihre Pässe gegeben. Schweigend las Jean das Telegramm und gab es Rudolph zurück. «Am besten erkundigen wir uns gleich, ob wir heute abend noch eine Maschine nach Übersee bekommen», sagte sie. Es war fast fünf Uhr nachmittags gewesen, als sie am Hotel vorgefahren waren.

«Laß uns erst einmal hinaufgehen», sagte Rudolph. Er wollte nicht in der überfüllten Hotelhalle darüber nachdenken müssen, was er wegen seiner sterbenden Mutter unternehmen sollte.

Sie fuhren im Lift hinauf und sahen zu, wie der Page, der ihr Gepäck heraufgetragen hatte, die Fensterläden öffnete und das späte Sonnenlicht und das lärmende Rom hereinließ.

«Ich wünsche Ihnen einen angenehmen Aufenthalt», sagte der Junge und verschwand.

Sie starrten auf die ungeöffneten Koffer und Taschen. Sie hatten vorgehabt, mindestens zwei Wochen in Rom zu bleiben.

«Nein», sagte Rudolph. «Wir erkundigen uns nicht, ob wir heute abend noch ein Flugzeug bekommen. Meine alte Dame soll mich nicht ganz um Rom bringen. Wir fliegen morgen zurück. Dieser eine Tag gehört uns. Ich bin sicher, daß ich sie noch lebend antreffe. Um nichts in der Welt wird sie sich um das Vergnügen bringen, vor meinen Augen zu sterben. Pack aus!»

7

Er war in Genua kaum an Bord der ‹Elga Andersen› zurückgekommen, da wußte er bereits, daß er mit Falconetti aneinandergeraten würde. Falconetti war der Störenfried des Schiffs, ein riesiger Mann mit keulenartigen Händen, einem kleinen, rübenförmigen Kopf, ein Mann, der wegen bewaffneten Raubüberfalls im Gefängnis gesessen hatte. Er betrog beim Kartenspiel; als einer der Schmierer aus dem Maschinenraum ihn deswegen zur Rede stellte, hätte er den Mann fast erwürgt. Nur dem Dazwischentreten der anderen Männer in der Messe war es zu verdanken, daß Falconetti den Hals des Schmierers losließ. Er war schnell und gefährlich mit seinen Fäusten. Zu Anfang jeder Reise suchte er mit vier oder fünf Männern Streit und schlug sie brutal zusammen – er wollte von Anfang an klarstellen, daß er keinen Widerspruch duldete. Wenn Falconetti in der Messe war, getraute sich niemand das Radio anzurühren, jeder lauschte dem Programm, das Falconetti eingestellt hatte, ob es ihm nun gefiel oder nicht. Es gab an Bord einen Neger namens Renway; sobald Falconetti in die Messe kam, schlich Renway sich davon. «Ich sitze nicht im gleichen Raum mit einem Nigger», hatte Falconetti verkündet, als er den Mann zum erstenmal in der Messe sah. Renway hatte nichts geantwortet, sich aber auch nicht von der Stelle gerührt.

«Nigger», sagte Falconetti, «du scheinst mich nicht gehört zu haben.» Er schlenderte zu Renway hinüber, packte ihn am Ellbogen, zerrte ihn zur Tür und schleuderte ihn gegen das Schott. Niemand sagte oder unternahm etwas dagegen. Auf der ‹Elga Andersen› war sich jeder selbst der Nächste.

Falconetti schuldete der halben Mannschaft Geld. Theoretisch war es geliehenes Geld, aber niemand rechnete damit, daß er es je zurückbekam. Lieh man Falconetti keinen Fünf- oder Zehn-Dollar-Schein, wenn er einen darum bat, ließ er es im Augenblick dabei bewenden, aber zwei, drei Tage später brach er einen Streit vom Zaun, und es setzte blaue Augen, gebrochene Nasen und eingeschlagene Zähne.

Mit Thomas hatte sich Falconetti nicht angelegt, obwohl er viel größer und kräftiger als Thomas war. Thomas wollte keinen Streit und ging Falconetti aus dem Weg; er war schweigsam und friedlich und hielt sich abseits. Etwas in seiner Art veranlaßte Falconetti, sich leichtere Opfer zu wählen.

Doch am ersten Abend, nachdem sie Genua verlassen hatten, sagte Falconetti, der beim Austeilen der Karten für eine Partie Poker war, als Thomas und Dwyer zusammen in die Messe kamen: «Ah, da kommen ja die beiden Unzertrennlichen!», und er machte ein schmatzendes Geräusch. Die Männer am Tisch lachten, denn es war gefährlich, über Falconettis Späße nicht zu lachen. Dwyer wurde rot, Thomas hingegen schenkte sich ruhig eine Tasse Kaffee ein, nahm eine auf dem Tisch liegende Nummer des römischen ‹Daily American› zur Hand und begann zu lesen.

«Ich will dir einen Vorschlag machen, Dwyer», fing Falconetti wieder an, «laß mich als dein Interessenvertreter tätig sein. Der Weg nach Hause ist noch lang, und die Jungens können einen netten kleinen Arsch brauchen, um sich die einsamen Stunden zu vertreiben. Stimmt's, Jungs?»

Beifälliges Gemurmel ringsum.

Thomas las die Zeitung und trank seinen Kaffee. Er wußte, daß Dwyer flehentliche Blicke zu ihm herüberwarf, aber er wollte sich nicht in einen Streit verwickeln lassen, es sei denn, es würde gar zu schlimm.

«Was hat es für einen Sinn, es kostenlos zu machen, Dwyer, wie du es tust», sagte Falconetti. «Wenn ich als dein Agent auftrete, kannst du ein Vermögen verdienen mit deinem Glück spenden. Wir müssen bloß ein Preisverzeichnis aufstellen – sagen wir 5 Dollar für Arschficken, 10 Dollar für blasen. Und mir selbst zahlst du, was auch jeder Hollywoodagent bekommt, zehn Prozent. Was hältst du von meinem Vorschlag?»

Dwyer sprang auf und ergriff die Flucht. Die Männer am Tisch lachten. Thomas las weiter seine Zeitung, wenn auch seine Hände zitterten. Er mußte sich beherrschen. Wenn er einen großen Rohling wie Falconetti, der jahrelang ganze Schiffsladungen von Männern terrorisiert hatte, zusammenschlug, würde jedermann anfangen, sich zu fragen, wer, zum Teufel, er sei und wie es käme, daß er so mit seinen Fäusten um sich schlagen konnte, und es würde nicht lange dauern, bis jemand ihn wiedererkannte oder sich an seinen Namen erinnerte und daran, daß er ihn irgendwo hatte boxen gesehen. In jedem Hafen hingen Strolche und Spitzbuben herum, die nur darauf lauerten, die Neuigkeit, die sie herausgefunden hatten, einem Mächtigeren zu verkaufen.

Lies deine Zeitung, sagte Thomas zu sich selbst, und halte deinen Mund.

«He, du Traum meiner schlaflosen Nächte», Falconetti machte wieder das schmatzende Geräusch, «soll dein Freund sich ganz allein mit seinem Winzibinzi in den Schlaf weinen?»

Langsam faltete Thomas die Zeitung zusammen und legte sie hin. Gemächlich ging er durch den Raum, seine Kaffeetasse in Händen. Falconetti schaute ihn grinsend von der anderen Seite des Tischs her an. Thomas schüttete Falconetti den Kaffee ins Gesicht. Falconetti machte keine Bewegung. Am Tisch herrschte Totenstille.

«Wenn du noch einmal dieses Geräusch machst», sagte Thomas, «verdresche ich dich von hier bis Hoboken, so oft ich dir begegne.»

Falconetti stand auf. «Auf dich habe ich gewartet, Herzchen», sagte er. Er machte wieder das küssende Geräusch.

«Ich erwarte dich an Deck», sagte Thomas. «Und komm allein.»

«Ich brauche keine Hilfe», sagte Falconetti.

Thomas drehte sich um und ging hinaus aufs Achterdeck. Dort würde Platz genug sein, um sich zu bewegen. Er wollte sich nicht mit einem Mann wie Falconetti auf engem Raum in einen Kampf einlassen.

Die See war ruhig, die Nacht mild, die Sterne leuchteten. Thomas seufzte. Meine verdammten Fäuste, dachte er, immer meine verdammten Fäuste.

Er hatte keine Angst vor Falconetti. Aber weshalb sollte er diesem Fettwanst auf die Spur helfen?

Die Tür zum Deck öffnete sich. Falconettis Schatten wurde vom Licht in der Gangway aufs Deck geworfen. Falconetti trat heraus. Er war allein.

Vielleicht komme ich damit durch, dachte Thomas. Niemand sieht, wie ich ihn nehme.

«Hier bin ich, du Fettwanst», rief Thomas. Er wollte, daß Falconetti auf ihn losstürmte und er nicht Gefahr lief, von ihm angegangen und vielleicht von diesen riesigen Armen ergriffen und niedergerungen zu werden. Es war todsicher, daß Falconetti nicht nach den Regeln des internationalen Boxsports kämpfen würde. «Komm schon, du Fettsack!» rief Thomas. «Ich habe nicht die ganze Nacht Zeit.»

«Du hast es so gewollt, Jordache», sagte Falconetti und stürzte mit großen Schwingern auf ihn los. Thomas trat beiseite und legte seine ganze Kraft in seine Rechte. Geradewegs in den Bauch. Es klang, als ersticke Falconetti, er wankte zurück. Thomas rückte nach und versetzte ihm einen weiteren Schlag in den Bauch. Falconetti ging zu Boden und lag sich windend auf dem Deck, ein gurgelnder Laut drang aus seiner Kehle. Er war nicht k. o. geschlagen, und seine Augen funkelten zu Thomas hinauf, als dieser über ihn gebeugt dastand, aber er vermochte nicht zu sprechen.

Das Ganze war geschickt und schnell vor sich gegangen, dachte Thomas befriedigt. Dem Mann war nichts anzusehen, und wenn Falconetti nichts sagte, würde keiner von der Mannschaft erfahren, was an Deck geschehen war. Es war todsicher, daß Thomas nicht reden würde. Falconetti hatte seine heilsame Lehre bekommen und es würde *seinem* Ruf nicht guttun, diese Nachricht zu verbreiten.

«Na schön, Fettsack», sagte Thomas. «Du weißt jetzt, wie die Dinge stehen. Du wirst in Zukunft dein verdammtes Maul halten.»

Plötzlich machte Falconetti eine Bewegung, und Thomas spürte, wie eine große Hand ihn am Fußknöchel ergriff und ihn zu Boden zwang. Etwas schimmerte in Falconettis anderer Hand, und Thomas sah das Messer. Er gab nach und fiel mit den Knien hart auf Falconettis Gesicht, faßte nach der Hand mit dem Messer und verdrehte sie. Falconetti rang nach Atem, und die den Messergriff haltenden Finger erlahmten rasch. Thomas, dessen Knie jetzt Falconettis Arme aufs Deck preßten, erreichte das Messer und schob es beiseite. Dann hämmerte er zwei Minuten lang auf Falconettis Gesicht ein.

Schließlich stand er auf. Falconetti lag regungslos an Deck, das Blut, in dem sein Kopf auf dem vom Sternenlicht beleuchteten Deck lag, war schwarz. Thomas hob das Messer auf und warf es über Bord.

Mit einem letzten Blick auf Falconetti ging er hinein. Er atmete schwer, aber das kam nicht von der Anstrengung des Kampfes. Es war ein Frohlocken. Verdammt noch mal, dachte er, es machte mir Vergnügen.

Er ging in die Messe. Die Pokerkarten lagen unbenutzt auf dem Tisch. Es waren mehr Männer als zuvor anwesend, denn die Spieler, die Zeugen des Zusammenpralls zwischen Thomas und Falconetti gewesen waren, hatten ihren Kojengenossen davon erzählt, und sie waren alle in der Messe versammelt, um den Kitzel des Streites in vollen Zügen zu genießen. Der Raum war von aufgeregten Gesprächen erfüllt gewesen, aber als Thomas, ruhig wie immer, hereinkam, verstummten alle.

Thomas ging hinüber zu der Kaffeekanne und schenkte sich eine Tasse ein. «Ich habe mehr als die Hälfte von der letzten Tasse vergeudet», sagte er zu den Männern in der Messe.

Er setzte sich, entfaltete wieder die Zeitung und las weiter.

Er ging die Gangway hinunter. Die Heuer hatte er in der Tasche und den Seesack des toten Norwegers über der Schulter. Dwyer folgte ihm. Niemand hatte ihnen Lebewohl gesagt. Seit Falconetti eines Nachts bei Sturm über Bord gesprungen war, hatten alle ihm die kalte Schulter gezeigt. Zum Teufel mit ihnen. Falconetti hatte es sich selbst zuzuschreiben. Er hatte sich von Thomas ferngehalten, doch als sein Gesicht geheilt war, hatte er, wenn Thomas nicht dabei war, Dwyer aufs Korn genommen. Bei ihm machte er jetzt jedesmal, wenn er ihn sah, das küssende Geräusch. Dwyer hatte Thomas davon erzählt. Dann, eines Abends, hörte Thomas, als er die Treppe herunterkam – er hatte Wache gehabt –, Schreie aus Dwyers Kabine. Die Tür war nicht verschlossen, und als Thomas sie öffnete, sah er Dwyer auf dem Boden liegen; Falconetti war dabei, ihm die Hose auszuziehen. Thomas versetzte Falconetti einen Schlag auf die Nase und gab ihm einen Tritt in den Hintern. «Ich warne dich», sagte er. «Laß dich ja nicht mehr blicken. In Zukunft kriegst du, so oft ich dir begegne, deine Abreibung.»

«Tommy», sagte Dwyer mit feuchten Augen, als er sich wieder in seine Hose zwängte, «das werde ich dir nie vergessen. Nicht in einer Million Jahren.»

«Laß das Gezeter», sagte Thomas. «Er wird dich nicht mehr belästigen.»

Falconetti belästigte niemand mehr. Er tat sein möglichstes, Thomas aus dem Weg zu gehen, aber mindestens einmal am Tag liefen sie sich über den Weg. Und bei jeder Gelegenheit sagte Thomas: «Komm her, du Fettsack!» Und

Falconetti trottete hin, sein ganzes Gesicht zuckte, und Thomas versetzte ihm einen harten Schlag in den Bauch. Es machte ihm nichts aus, ob jemand von der Mannschaft dabei war oder nicht, im Gegenteil, aber er tat es nie in Gegenwart eines Offiziers. Was hatte er noch zu verbergen? Nach jener Nacht an Deck, wo Thomas Falconetti zusammengeschlagen hatte, war den Männern ein Licht aufgegangen. Einer, ein Matrose namens Spinelli, hatte zu Thomas gesagt: «Seit du an Bord bist, grüble ich darüber nach, wo ich dich früher schon gesehen habe.»

«Du hast mich nirgendwo gesehen», sagte Thomas, aber er wußte, daß es zwecklos war.

«Doch, doch», sagte Spinelli. «Ich habe dich vor fünf oder sechs Jahren in Queens gesehen. Da hast du einen Neger k. o. geschlagen.»

«In meinem ganzen Leben war ich noch nicht in Queens», sagte Thomas.

«Wie du willst.» Spinelli hob friedfertig die Hände. «Es geht mich nichts an.»

Thomas wußte, daß Spinelli die Neuigkeit, er sei Berufsboxer und man könne seine Vergangenheit im ‹Ring Magazine› nachlesen, jedem erzählen würde, aber solange sie auf See waren, konnte keiner etwas unternehmen. Sobald sie anlegten, mußte er vorsichtig sein. Aber inzwischen genoß er es, Falconetti zu schinden. Das Merkwürdige jedoch war, daß die Mannschaft, die von Falconetti doch terrorisiert worden war und die für ihn heute nur noch Verachtung empfand, Thomas' Handlungsweise verabscheute. Es ließ die Männer sich irgendwie unwürdig vorkommen, daß sie einem aufgeblasenen Kerl gegenüber klein beigegeben hatten, dem innerhalb von zehn Minuten von einem Mann die Luft abgelassen worden war, der viel kleiner war als die meisten von ihnen und der auf zwei Fahrten das Wort an niemanden gerichtet hatte.

Wenn Falconetti wußte, daß Thomas in der Messe war, blieb er nach Möglichkeit draußen. Als sie dort einmal aufeinanderstießen, schlug ihn Thomas nicht, sondern sagte: «Bleib da, Fettsack. Ich habe Gesellschaft für dich.»

Er ging in den Gang hinunter zu Renways Kabine. Der Neger saß allein auf dem Rand seiner Koje. «Renway», sagte Thomas, «komm mit.»

Verschüchtert war Renway ihm in die Messe gefolgt. Er hatte zurückweichen wollen, als er Falconetti dort sitzen sah, aber Thomas schob ihn vor sich her. «Wir wollen uns wie Gentlemen zusammensetzen», sagte Thomas, «neben diesen Gentleman hier, und der Musik zuhören.» Das Radio spielte.

Thomas setzte sich auf die eine Seite von Falconetti und Renway auf die andere. Falconetti machte keine Bewegung. Mit niedergeschlagenen Augen saß er da, die großen Hände flach auf den Tisch gelegt.

Als Thomas sagte: «Okay, das genügt für heute abend. Du kannst jetzt gehen, Fettsack», war Falconetti aufgestanden, hatte niemandem von den Anwesenden, die ihn beobachteten, einen Blick zugeworfen, war an Deck gegangen und hatte sich über Bord gestürzt. Der zweite Offizier, der an Deck gewesen war, hatte ihn gesehen, stand aber zu weit entfernt, um ihn aufzuhalten. Das Schiff hatte gewendet, und es war eine halbherzige Suche veranstaltet worden, aber bei dem Sturm waren die Wellen hoch wie Berge, die Nacht pechschwarz – es gab keine Hoffnung.

Der Kapitän hatte eine Untersuchung angeordnet, aber die Mannschaft hatte geschwiegen, nichts war über ihre Lippen gekommen. Selbstmord, Gründe unbekannt, hatte der Kapitän in den Bericht an die Reederei geschrieben.

Gleich an der Pier fanden Thomas und Dwyer ein Taxi. Thomas nannte das Ziel: «Broadway und 96th Street.» Erst als sie auf den Tunnel zufuhren, merkte Thomas, daß er seine frühere Adresse genannt hatte. In der Nähe Broadway und 96th Street hatte er damals mit Teresa und dem Kind gewohnt. Teresa war ihm gleichgültig; es interessierte ihn nicht, ob er sie in seinem Leben noch einmal sah oder nicht, aber er vermißte seinen Sohn. Die Sehnsucht nach ihm hatte sein Unterbewußtsein veranlaßt, den Fahrer auf gut Glück in die alte, vertraute Umgebung zu dirigieren.

Als sie den Broadway hinauffuhren, fiel Thomas ein, daß Dwyer bei der 62nd Street aussteigen mußte; er übernachtete im Heim des YMCA. Sie hatten verabredet, daß Thomas ihn dort anrufen würde. Thomas hatte Dwyer nichts vom Hotel *Ägäis* erzählt.

Der Fahrer hielt an der 62nd Street, und Thomas sagte zu Dwyer: «Okay, du steigst hier aus.»

«Ich werde bald von dir hören, nicht wahr, Tommy?» sagte Dwyer ängstlich, als er aus dem Taxi stieg.

«Das hängt davon ab.» Thomas schloß die Wagentür. Dwyers Dankbarkeit war ihm lästig.

Als sie die 96th Street erreichten, sagte Thomas dem Fahrer, er solle warten. Er stieg aus und blickte sich um; doch unter den Kindern, die hier spielten, gab es keinen Wesley. Er stieg wieder ein und befahl dem Fahrer, ihn zur 96th Street und Park Avenue zu fahren.

Dort verließ er den Wagen, überzeugte sich, daß der Mann wegfuhr, hielt dann ein anderes Taxi an und sagte zu dem Fahrer: «80th Street und Fourth Avenue.» Er stieg aus, ging einen Häuserblock weit in westlicher Richtung zu Fuß, bog um die Ecke, kam dann wieder zurück und ging zum Hotel *Ägäis*.

Pappy saß am Empfangsschalter. Er sagte kein Wort, sondern reichte ihm nur den Schlüssel. Im Vestibül disputierten neben einer Palme in einem großen Topf – das einzige Schmuckstück in dem Raum – drei Seeleute miteinander. Sie unterhielten sich in einer Sprache, die Thomas nicht verstand. Er wartete nicht, bis sie ihn genauer musterten, sondern ging rasch an ihnen vorbei zur Treppe und die zwei Stockwerke hinauf in sein Zimmer, dessen Nummer auf dem Schlüssel stand. Er ging hinein, warf den Seesack auf den Boden und legte sich auf das wuchtige Bett mit der senffarbenen Decke darüber. Er starrte an die Wand. Die Jalousie am Fenster war heruntergelassen gewesen, als er das Zimmer betrat. Er hatte sich nicht die Mühe gemacht, sie hochzuziehen.

Zehn Minuten später klopfte es an der Tür. Pappys Klopfen. Thomas stand vom Bett auf und ließ ihn herein.

«Haben Sie etwas erfahren?» fragte Thomas.

Pappy zuckte mit den Schultern. Es ließ sich nicht sagen, welchen Ausdruck die Augen hinter der dunklen Brille hatten, die er Tag und Nacht trug. «Jemand weiß, daß Sie hier sind», sagte er, «beziehungsweise, daß Sie hier absteigen, wenn Sie in New York sind.»

Man kreiste ihn ein. Er hatte ein trockenes Gefühl in der Kehle. «Wovon sprechen Sie da, Pappy?» fragte er.

«Vor ungefähr acht Tagen war ein Mann hier; wollte wissen, ob Sie bei mir gemeldet sind.»

«Was haben Sie gesagt?»

«Ich sagte, ich hätte noch nie etwas von Ihnen gehört.»

«Was sagte er?»

«Er sagte, er wüßte, daß Sie hierher kämen. Er sagte, er sei Ihr Bruder.»

«Wie sah er aus?»

«Größer als Sie, schlank, schwarzes, kurz geschnittenes Haar, grünliche Augen, dunkle Hautfarbe, sonnengebräunt, guter Anzug, College-Erziehung, manikürte Fingernägel...»

«Das ist mein verflixter Bruder», sagte Thomas. «Meine Mutter muß ihm die Adresse gegeben haben. Dabei hat sie geschworen, sie niemandem zu verraten. Keinem Menschen. Was hat mein Bruder gewollt?»

«Er wollte mit Ihnen sprechen. Ich habe ihm gesagt, wenn jemand, der so hieße, ins Hotel käme, würde ich ihm Bescheid geben. Er hat mir seine Telefonnummer dagelassen. In einem Ort namens Whitby.»

«Das ist er. Ich werde ihn anrufen, sobald ich dazu aufgelegt bin. Mir geht anderes durch den Kopf. Bis jetzt habe ich noch nie eine gute Nachricht von meinem Bruder bekommen. Beschaffen Sie mir statt dessen lieber ein paar Dinge, Pappy.»

Pappy nickte. Bei seinen Preisen war er froh, jemandem zu Diensten sein zu können.

«Als erstes bringen Sie mir eine Flasche», sagte Thomas. «Zweitens – treiben Sie für mich einen Revolver auf. Drittens – setzen Sie sich mit Schultzy in Verbindung und finden Sie heraus, ob die Wut verraucht ist. Und ob er glaubt, daß ich das Risiko eingehen kann, mein Kind zu sehen. Viertens – besorgen Sie mir ein Mädchen. Das Ganze in dieser Reihenfolge.»

Thomas zog seine Brieftasche heraus und gab Pappy zwei Fünfziger. Dann reichte er ihm die Brieftasche. «Legen Sie sie ins Safe.» Er wollte nicht das Risiko eingehen, daß er eine vollgefüllte Brieftasche bei sich hatte, wenn er nachher, wahrscheinlich betrunken, mit einem wildfremden Weibsbild hier im Zimmer war.

Pappy nahm die Brieftasche und verließ das Zimmer. Er sprach nicht mehr als unbedingt nötig war, und er tat recht daran. Er hatte zwei Diamantringe an den Fingern und trug Krokodillederschuhe. Thomas verschloß die Tür hinter ihm und stand erst auf, als Pappy mit der Flasche und drei Dosen Bier, einer Platte mit Schinkenbroten und einem britischen Armeerevolver, Fabrikat Smith & Wesson, bei dem die Seriennummer abgefeilt war, zurückkam. «Ich hatte das Ding zufällig im Haus», sagte Pappy, als er Thomas die Waffe gab. Er hatte eine Menge Dinge im Haus. «Machen Sie hier im Hotel keinen Gebrauch davon, das ist alles.»

«Okay.» Thomas öffnete die Flasche Bourbon und hielt sie Pappy hin.

Pappy schüttelte den Kopf. «Ich trinke nicht. Ich habe einen empfindlichen Magen.»

«Ich auch», sagte Thomas und nahm einen langen Schluck aus der Flasche.

«Und ob!» sagte Pappy, als er hinausging.

Was wußte Pappy? Was wußte überhaupt jemand?

Der Bourbon half nichts, obwohl er in kräftigen Zügen trank. Er hatte das Bild vor Augen, wie die Männer schweigend an der Reling gestanden und ihm haßerfüllt nachgestarrt hatten, als er und Dwyer die Gangway hinuntergingen. Vielleicht sollte er ihnen das nicht zum Vorwurf machen. Einen großsprecherischen ehemaligen Angeber auf seinen Platz zu verweisen, war eine Sache, ihn so derb anzufassen, daß er hinging und sich das Leben nahm, eine andere. Irgendwie, überlegte Thomas, sollte ein Mann, der sich für ein menschliches Wesen hielt, wissen, wo die Grenzen lagen, und einem anderen Mann genug Platz zum Leben lassen. Falconetti war ein Schwein und verdiente eine Lehre, aber die Lehre hätte nicht so ausfallen dürfen, daß sie mitten auf dem Atlantik endete.

Er nahm noch einen Schluck Whisky – in der Hoffnung, den Ausdruck auf Falconettis Gesicht vergessen zu können, als Thomas zu ihm gesagt hatte: «Du kannst jetzt gehen, Fettsack», und Falconetti vom Tisch aufgestanden und aus der Messe gegangen war, verfolgt von den Blicken der anderen.

Der Whisky half nichts.

Er war erbittert gewesen, als Rudolph ihn, als sie noch Jungens gewesen waren, ein wildes Tier genannt hatte, aber hätte er das Recht, bitter zu sein, wenn ihn heute jemand so nannte? Er war fest davon überzeugt, wenn die Leute ihn in Ruhe ließen, daß auch er sie in Ruhe lassen würde. Er sehnte sich nach Frieden. Er hatte gespürt, wie die See ihn nach und nach von der Last seiner Gewalttätigkeit befreite. Das Leben, das er für sich und Dwyer von der Zukunft erhoffte, war unschädlich und untadelig, ein ruhiges Leben auf See unter Männern. Und nun lag er hier mit einem Toten auf dem Gewissen und mit einem Revolver in der Tasche, in einem schmutzigen Hotelzimmer versteckt, ein Verbannter im eigenen Land. Er wollte, er hätte weinen können.

Die Flasche war halbleer, als Pappy wieder an die Tür klopfte.
«Ich habe mit Schultzy gesprochen», sagte Pappy. «Die Wut ist noch nicht verraucht. Sie hauen am besten so bald wie möglich wieder ab.»
«Ja, ja», nickte Thomas weinerlich. Er hielt die Flasche umklammert. Die Wut galt noch. Die Wut hatte sein ganzes Leben beherrscht. Es mußte solche Menschen geben. Und sei es auch nur um der Verschiedenartigkeit willen. «Hat Schultzy etwas darüber gesagt, ob die Möglichkeit besteht, heimlich einen Blick auf mein Kind zu werfen?»
«Er rät ab», sagte Pappy.
«Er rät ab... Der gute alte Schultzy! Ist ja auch nicht sein Kind. Sonst noch was gehört?»
«Gerade ist von der ‹Elga Andersen› ein Grieche hier abgestiegen», sagte Pappy. «Er hat unten laut herumerzählt, daß Sie einen Mann namens Falconetti umgebracht hätten.»
«Wenn sie einem eins auswischen wollen», sagte Thomas, «verlieren sie keine Zeit.»
«Er weiß, daß Sie Berufsboxer waren. Bleiben Sie lieber hier auf dem Zimmer. Ich kümmere mich um eine Koje für Sie.»
«Ich gehe nirgendwo hin», sagte Thomas. «Wo ist das Frauenzimmer, um das ich Sie gebeten habe?»
«Sie wird in einer Stunde da sein», sagte Pappy. «Ich habe ihr gesagt, Sie heißen Bernard. Sie wird keine Fragen stellen.»
«Warum Bernard?» fragte Thomas gereizt.
«Ich hatte einmal einen Freund dieses Namens.» Leichtfüßig ging Pappy in seinen Krokodillederschuhen aus dem Zimmer.
Bernard, dachte Thomas, was für ein Name!

Die ganze Woche über hatte er das Zimmer nicht verlassen. Pappy hatte ihm sechs Flaschen Whisky gebracht. Auf weitere Mädchen hatte er verzichtet. Seine frühere Vorliebe für Huren war dahin. Er hatte sich einen Schnurrbart wachsen lassen. Das Dumme war nur, daß er rot wuchs. Da er blondes Haar hatte, sah es wie eine Verkleidung aus. Er übte den Umgang mit dem Revolver, lernte es, ihn zu sichern und zu entsichern. Er bemühte sich, nicht an Falconettis Gesichtsausdruck zu denken. Wie ein Gefangener ging er den ganzen Tag im Zimmer auf und ab. Dwyer hatte ihm eines von seinen nautischen Büchern geliehen, und er hatte mehrere Stunden am Tag damit verbracht. Er hatte das Gefühl, er sei jetzt imstande, auf einer Seekarte den Kurs von Boston nach Johannesburg einzuzeichnen. Aber er wagte nicht, hinunterzugehen und sich eine Zeitung zu kaufen. Er machte sein Bett immer selbst und räumte auch sein

Zimmer auf. Das Zimmer kostete 10 Dollar pro Tag, der Alkohol ging natürlich extra, und allmählich wurde sein Geld knapp. Er beschimpfte Pappy, daß er keine Koje für ihn auftrieb, aber Pappy zuckte die Schultern und sagte, es seien schlechte Zeiten und er müsse Geduld haben. Pappy konnte kommen und gehen, wann er wollte, er war ein freier Mann. Für ihn war es leicht, Geduld zu haben.

Es war drei Uhr nachmittags, als er Pappy klopfen hörte. Eine ganz ungewohnte Zeit. Gewöhnlich brachte er nur dreimal am Tag die Mahlzeiten.

Thomas sperrte die Tür auf. Pappy kam leichtfüßig herein, die Augen hinter der dunklen Brille verrieten nichts.

«Haben Sie ein Schiff gefunden?» fragte Thomas.

«Ihr Bruder war vor ein paar Minuten unten», sagte Pappy.

«Was haben Sie ihm gesagt?»

«Ich habe gesagt, ich wüßte vielleicht, wo ich Sie finden könnte. Er kommt in einer halben Stunde wieder. Wollen Sie ihn sprechen?»

Thomas überlegte einen Augenblick. «Warum nicht?» sagte er. «Wenn es ihn glücklich macht.»

Pappy nickte. «Ich schicke ihn herauf.»

Thomas verschloß hinter ihm die Tür. Er befühlte sein Kinn und beschloß sich zu rasieren. Aufmerksam betrachtete er sich in dem fleckigen Spiegel des verschmutzten kleinen Badezimmers. Sein Schnurrbart war lächerlich. Die Augen blutunterlaufen. Er seifte sich ein und rasierte sich. Er mußte dringend zum Friseur und sich die Haare schneiden lassen. Oben auf dem Kopf bekam er eine kahle Stelle, aber über den Ohren und hinten im Nacken waren die Haare viel zu lang. Pappy verstand sich auf vieles, aber die Haare konnte er ihm nicht schneiden.

Es dauerte lange, bis die halbe Stunde verging.

Das Klopfen an der Tür kam nicht von Pappy. «Wer ist da?» flüsterte Thomas. Er wußte nicht, wie seine Stimme klingen würde, nachdem er eine ganze Woche mit niemand außer mit Pappy gesprochen hatte. Und mit Pappy führte man keine langen Gespräche.

«Ich bin's, Rudy.»

Thomas schloß die Tür auf. Rudolph kam herein, und Thomas sperrte, noch ehe sie sich die Hände schüttelten, die Tür wieder ab. Thomas forderte ihn nicht auf, sich zu setzen. Rudolph brauchte keinen Haarschnitt, er wurde nicht kahlköpfig, und er hatte einen frisch gebügelten Leinenanzug an, da das Wetter warm geworden war. Seine Wäscherechnung war bestimmt einen Meter lang, dachte Thomas.

Rudolph lächelte zaghaft. «Der Mann da unten tut ganz schön geheimnisvoll, was dich betrifft», sagte er.

«Er weiß, was er tut.»

«Ich war vor etwa zwei Wochen schon einmal hier.»

«Ich weiß», sagte Thomas.
«Du hast nicht angerufen.»
«Nein.»

Rudolph blickte sich neugierig um. Etwas wie ungläubiges Staunen lag auf seinem Gesicht, so als könne er nicht ganz glauben, was er sah. «Es sieht so aus, als verstecktest du dich vor jemand», sagte er.

«Kein Kommentar, wie die Politiker zu sagen pflegen», sagte Thomas.

«Kann ich dir helfen?»

«Nein.» Was konnte er seinem Bruder sagen? Geh einen Mann namens Falconetti suchen, 26, 24 Längengrad, 38, 31 Breitengrad, in zehntausend Fuß Tiefe? Sag einem Gangster in Las Vegas, der mit einer abgesägten Schrotflinte im Kofferraum durch die Gegend fährt, es tue dir leid, daß du Gary Quayles zusammengeschlagen hast, du würdest es nie wieder tun?

«Ich freue mich, dich zu sehen, Tom», sagte Rudolph, «obwohl es ein nicht gerade erfreulicher Anlaß ist.»

«Das dachte ich mir.»

«Ma liegt im Sterben», sagte Rudolph. «Sie möchte dich sehen.»

«Wo ist sie?»

«Im Krankenhaus in Whitby. Ich fahre jetzt zu ihr, und wenn du...»

«Was heißt, sie liegt im Sterben? Heute oder nächste Woche oder erst in zwei Jahren?»

«Sie kann jeden Augenblick sterben», sagte Rudolph. «Sie hat zwei Schlaganfälle gehabt.»

«O Gott!» Es war Thomas nie in den Sinn gekommen, daß seine Mutter sterben könnte. Er hatte noch ein Vierecktuch, das er in Cannes für sie gekauft hatte, im Seesack. Das Tuch war dreifarbig mit einer alten Landkarte vom Mittelmeer bedruckt. Leute, denen man Geschenke mitbrachte, starben nicht.

«Sie hat mir gesagt, daß du sie von Zeit zu Zeit besucht hast», sagte Rudolph, «und daß du ihr regelmäßig geschrieben hast. Sie ist auf ihre alten Tage wieder fromm geworden, mußt du wissen, und sie will mit jedermann Frieden schließen, bevor sie aus dieser Welt scheidet. Sie hat auch nach Gretchen gefragt.»

«Mit mir braucht sie keinen Frieden zu schließen», sagte Thomas. «Ich habe nichts gegen sie. Es war nicht ihre Schuld. Ich habe ihr viel Kummer gemacht. Und was unseren gottverdammten Vater betrifft...»

«Nun», sagte Rudolph, «was ist? Kommst du mit? Ich habe den Wagen unten vor der Tür stehen.»

Thomas nickte.

«Am besten packst du ein paar Sachen ein», sagte Rudolph. «Niemand kann genau sagen, wie lange...»

«Gib mir zehn Minuten Zeit», sagte Thomas. «Aber warte nicht unten vor der Tür. Fahr lieber herum. In zehn Minuten komme ich die Fourth Avenue herauf, in nördlicher Richtung. Ich werde mich nahe am Bordstein halten. Wenn du mich nicht siehst, dreh um und fahr die Fourth Avenue noch einmal hinauf. Sorge dafür, daß die rechte Wagentür nicht verschlossen ist. Fahre langsam. Was für einen Wagen hast du?»

«Einen grünen 1960er Chevrolet.»

«Sprich mit niemandem, wenn du hinausgehst.»

Als er die Tür wieder zugesperrt hatte, packte er sein Rasierzeug zusammen. Er besaß keinen Handkoffer und stopfte zwei Hemden, mehrere Unterhosen, Socken und das in Seidenpapier eingewickelte Tuch in die Tragetüte, in der Pappy die letzte Flasche Bourbon heraufgebracht hatte. Er nahm noch einen Schluck aus der Flasche; er merkte, wie nervös er war. Und weil auch unterwegs ein Schluck vielleicht gar nicht von Übel war, steckte er die halbleere Flasche in eine zweite Tragetüte.

Er band eine Krawatte um und zog den blauen Anzug an, den er in Marseille gekauft hatte. Beim Tod der Mutter mußte man korrekt gekleidet sein. Er nahm den Smith & Wesson aus der Schreibtischschublade, überzeugte sich, daß die Waffe gesichert war, schob ihn unter seiner Jacke in den Gürtel und sperrte die Tür auf. Er lugte hinaus. Auf dem Gang war niemand. Er ging hinaus, verschloß die Tür und steckte den Schlüssel in die Tasche.

Pappy saß hinter dem Empfangsschalter, sagte aber nichts, als er Thomas, das Rasierzeug unter den linken Arm geklemmt und die Tragetüten in der linken Hand, durch das Vestibül gehen sah. Thomas blinzelte, als er in die Sonne hinaustrat. Er ging schnell, aber auch wieder nicht so schnell, als läge ihm daran, den Ort, von dem er kam, eiligst zu verlassen, der Fourth Avenue zu.

Er war noch nicht weit gegangen, nur etwa einen Häuserblock weit, als der Chevrolet neben ihm hielt. Er warf rasch einen Blick um sich und sprang hinein.

Sobald sie aus der Stadt heraus waren, fiel die Anspannung von ihm ab, und er genoß die Fahrt. Ein milder Wind wehte, die Landschaft dehnte sich hellgrün. Deine Mutter starb, und du warst traurig darüber, aber dein Körper wußte nichts davon. Er zog die Flasche aus der Tüte und hielt sie Rudolph hin, aber Rudolph schüttelte den Kopf. Sie hatten kaum ein Wort gewechselt. Rudolph hatte ihm erzählt, daß Gretchen nach der Scheidung wieder geheiratet hatte und daß ihr Mann vor ein paar Monaten bei einem Autounfall ums Leben gekommen war. Er erzählte Thomas auch, daß er selber vor wenigen Wochen geheiratet hatte. Die Jordaches lernen nie, dachte Thomas.

Rudolph fuhr schnell und richtete sein ganzes Augenmerk auf die Straße. Thomas trank von Zeit zu Zeit einen Schluck aus der Flasche, aber nicht so viel, daß er betrunken gewesen wäre. Die kleine Menge verschaffte ihm lediglich ein behagliches Gefühl.

Sie fuhren mit einer Geschwindigkeit von siebzig Meilen in der Stunde, als sie hinter sich die Sirene hörten. «Verflucht», sagte Rudolph, als er an die Seite fuhr. Der Verkehrspolizist trat an den Wagen und sagte: «Guten Tag, Sir.» Rudolph gehörte zu jener Sorte von Menschen, zu denen ein Polizist «Guten Tag, Sir», sagte. «Ihre Wagenpapiere, bitte», sagte der Polizist, aber er prüfte die Papiere erst, nachdem er einen aufmerksamen Blick auf die Flasche geworfen hatte, die vorn zwischen Rudolph und Thomas lag. «Sie sind mit siebzig gefahren, obwohl nur fünfzig erlaubt sind», sagte er, während er Thomas mit seinem vom Wind gezeichneten Gesicht, der zerschlagenen Nase und dem blauen Anzug kalt anstarrte.

«Ich fürchte, das stimmt», sagte Rudolph.

«Ihr Burschen habt getrunken», sagte der Polizist. Eine Feststellung, keine Frage.

«Ich habe keinen Tropfen angerührt», sagte Rudolph, «und ich fahre.»

«Wer ist er?» Der Polizist deutete mit der Hand, die die Wagenpapiere hielt, auf Thomas.

«Mein Bruder», sagte Rudolph.

«Haben Sie einen Ausweis?» Die Stimme des Verkehrspolizisten war hart und argwöhnisch, als er Thomas anredete.

Thomas griff in die Tasche und brachte seinen Paß zum Vorschein. Der Polizist öffnete ihn, als sei er geladen. «Warum tragen Sie Ihren Paß bei sich?»

«Ich bin Seemann.»

Der Polizist gab Rudolph die Wagenpapiere zurück und steckte Thomas' Paß in die Tasche. «Den behalte ich. Und die nehme ich mit.» Er zeigte auf die Flasche, und Rudolph gab sie ihm. «Wenden Sie und folgen Sie mir.»

«Wäre es nicht möglich», sagte Rudolph, «daß Sie mir gleich hier einen Strafzettel für zu schnelles Fahren geben, so daß wir unseren Weg fortsetzen können? Wir haben es wirklich...»

«Ich sagte: Wenden Sie und folgen Sie mir», sagte der Verkehrspolizist. Er stelzte zurück zu seinem Streifenwagen, wo sein Kollege am Steuer saß.

Mehr als zehn Meilen mußten sie zurückfahren, bis zum nächsten Polizeiposten. Thomas gelang es, den Revolver aus seinem Gürtel herauszuziehen und ihn unter den Sitz zu schieben, ohne daß Rudolph etwas davon merkte. Wenn die Polizisten den Wagen durchsuchten und den Revolver fanden, mußte er mit mindestens sechs Monaten, wenn nicht einem Jahr rechnen. Versteckte Waffe. Keinen Waffenschein.

Der Polizist, der sie aufgefordert hatte mitzukommen, erklärte einem Polizeioffizier, daß sie erstens zu schnell gefahren seien und zweitens eine offene Schnapsflasche bei sich gehabt hätten; seiner Meinung nach müßten die beiden einem Alkoholtest unterzogen werden. Rudolphs Auftreten beeindruckte den Offizier, und er entschuldigte sich für die Maßnahme. Er ließ beide in ein Röhrchen pusten und Thomas in eine Flasche urinieren.

Es war bereits dunkel, als sie die Polizeistation, ohne den Whisky, aber mit einem Strafzettel für zu schnelles Fahren verließen. Der Offizier hatte festgestellt, daß keiner von ihnen betrunken war, aber Thomas bemerkte, daß der Verkehrspolizist argwöhnisch in seinem Paß blätterte, ehe er ihn ihm zurückgab. Thomas war über den Vorfall sehr unglücklich, denn es gab eine Menge Polizisten, die mit den Gangstern unter einer Decke steckten, aber er konnte nichts dagegen tun.

«Du hättest mich besser nicht aufgefordert, mit dir zu fahren», sagte Thomas, als sie wieder auf der Straße waren. «Mein Atem riecht nach Alkohol, und schon verhaftet man mich.»

«Schwamm drüber», sagte Rudolph kurz und trat aufs Gaspedal.

Thomas tastete unter den Sitz. Der Revolver war noch da. Der Wagen war nicht durchsucht worden. Vielleicht wendete sich alles zum Guten.

Es war kurz nach neun, als sie beim Krankenhaus anlangten, aber die Krankenschwester am Eingang hielt Rudolph zurück und flüsterte eine Weile mit ihm. Mit merkwürdiger Stimme sagte Rudolph «Danke», ging dann zu Thomas und sagte: «Ma ist vor einer Stunde gestorben.»

«Ihre letzten Worte waren: ‹Sag deinem Vater, wo immer er sein mag, daß ich ihm vergeben habe›», berichtete Gretchen. «Dann sank sie zurück und lag in tiefer Bewußtlosigkeit, aus der sie nicht mehr erwachte.»

«In diesem Punkt war sie meschugge», sagte Thomas. «Mir hat sie gesagt, ich solle in Europa nach ihm Ausschau halten.»

Es war spät in der Nacht, und die drei saßen im Wohnzimmer des Hauses, das Rudolph in den letzten Jahren gemeinsam mit seiner Mutter bewohnt hatte. Oben schlief Billy, und in der Küche beweinte Martha die Frau, die ihre tägliche Gegnerin und Peinigerin gewesen war. Billy hatte darum gebeten, daß Gretchen ihn auf die Reise mitnahm: er wollte seine Großmutter ein letztes Mal sehen. Da Gretchen die Ansicht vertrat, daß der Tod, der Verwandte ereilte, vor einem heranwachsenden jungen Menschen nicht verschwiegen werden sollte, hatte sie Billy mitgenommen. Auch Gretchen hatte die Mutter verziehen, bevor man sie zum letztenmal unter das Sauerstoffzelt legte.

Rudolph hatte für das Begräbnis bereits alles Notwendige veranlaßt. Er hatte mit Pater McDonnell gesprochen und zu dem ganzen Theater seine Einwilligung gegeben, wie er Jean gesagt hatte, als er sie in New York anrief. Gedenkrede, Totenmesse, das ganze Drum und Dran. Aber als die Fenster des Hauses geschlossen bleiben und die Sonnenjalousien heruntergezogen werden sollten, protestierte er. Nur bis zu einem bestimmten Punkt war er bereit, einen Kult mit dem Tod seiner Mutter zu treiben. Auf Jeans Frage, ob sie zu ihm kommen solle, hatte er geantwortet, nein, das sei nicht nötig.

Das Telegramm, das ihnen in Rom übergeben worden war, hatte eine verwirrende Wirkung auf sie gehabt. «Die Familie», hatte sie gesagt. «Immer und ewig die Familie.» Sie hatte an dem Abend und auch auf dem Rückflug eine ganze Menge getrunken. Wenn er sie nicht festgehalten hätte, wäre sie bestimmt die Flugzeugtreppe heruntergefallen. Als er sich in New York von ihr verabschiedet hatte, hatte sie im Bett gelegen; ziemlich schwach und elend hatte sie ausgesehen. Im Grunde war Rudolph sehr erleichtert, daß seine Frau nicht bei ihm war, als er jetzt seinem Bruder und seiner Schwester in dem stillen Haus, das er mit der Toten geteilt hatte, gegenübersaß.

«Und dann muß man, wenn einem die Mutter stirbt», sagte Thomas, «in eine Flasche urinieren, nur weil ein Polizist das so will.» Thomas war der einzige, der trank, aber er war nüchtern.

Gretchen hatte ihn im Krankenzimmer umarmt und geküßt, und sie war nicht die hochnäsige, überlegene Frau gewesen, als die er sie in Erinnerung gehabt hatte, sondern herzlich, liebevoll und familiär. Thomas hatte das Gefühl, als gäbe es die Möglichkeit, die Vergangenheit zu vergessen und sich schließlich zu versöhnen. Er hatte, wie die Dinge lagen, schon genug Feinde auf der Welt – er wollte nicht auch noch einen ständigen Kampf mit seiner Familie führen müssen.

«Ich fürchte mich vor der Beerdigung», sagte Rudolph. «All diese alten Damen, mit denen sie Bridge gespielt hat. Und dieser Schwätzer McDonnell, was wird er bloß sagen?»

«Sie war geistig durch Armut und Mangel an Liebe gebrochen, und sie war Gott ergeben», sagte Gretchen.

«Wenn ich es nur fertigbringe, daß er sich daran hält», sagte Rudolph.

«Entschuldigt mich», sagte Thomas. Er verließ das Zimmer und ging hinauf in das Gästezimmer, das er mit Billy teilte. Gretchen schlief in dem zweiten Gästezimmer. Noch hatte niemand das Zimmer ihrer Mutter betreten.

«Er hat sich verändert, findest du nicht?» sagte Gretchen, als sie und Rudy allein waren.

«Sieht so aus.»

«Richtig zahm geworden. Irgendwie besiegt.»

«Was es auch sein mag», sagte Rudolph, «jedenfalls eine Wendung zum Besseren.»

Sie hörten Thomas' Schritt auf der Treppe und brachen das Gespräch ab. Thomas kam herein, in der Hand ein kleines, in Seidenpapier gehülltes Päckchen. «Da», sagte er und gab es Gretchen, «das ist für dich.»

Gretchen machte das Geschenk auf und breitete das Vierecktuch mit der Landkarte vom Mittelmeer aus. «Vielen Dank», sagte sie. «Es ist wunderschön.» Sie stand auf und küßte Thomas.

Aus irgendeinem Grund machte ihn der Kuß nervös. Er hatte das Gefühl, als müsse er etwas völlig Verrücktes tun: anfangen zu weinen oder die Möbel kurz und klein schlagen oder den Smith & Wesson nehmen und aus dem Fenster auf den Mond schießen. «Ich hab es in Cannes gekauft», sagte Thomas, «für Ma.»

«In Cannes?» sagte Rudolph. «Wann warst du in Cannes?»

Thomas sagte es ihm, und sie rechneten sich aus, daß sie zumindest einen Tag gleichzeitig dort gewesen sein mußten. «Das ist ja schrecklich», sagte Rudolph, «daß Brüder einfach so aneinander vorbeilaufen. Von nun an, Tom, müssen wir in Verbindung bleiben.»

«Ja, ja», sagte Thomas. Gretchen würde er gerne weiterhin sehen, doch mit Rudolph war das eine andere Sache. Er hatte zuviel durch Rudolph gelitten. «Ja, ja», sagte Thomas, «ich werde meine Sekretärin anweisen, daß sie dir eine Kopie meines Reiseplans schickt.» Er stand auf. «Ich geh ins Bett. Ich hatte einen langen Tag.»

Er ging die Treppe hinauf. Er war noch gar nicht so müde. Er wollte bloß nicht länger im gleichen Zimmer mit Rudolph sein. Hätte er gewußt, wo die Leichenhalle war, dann hätte er sich aus dem Haus geschlichen und die Nacht am Totenbett seiner Mutter gewacht.

Er wollte Gretchens Sohn nicht aufwecken, der in einem blauen Pyjama im anderen Bett schlief; er machte daher kein Licht, als er sich auszog, sondern ließ die Tür einen Spalt offen, damit genug Licht von der Diele hereinfiel. Er hatte keinen Pyjama dabei und überlegte kurz, ob das Kind, wenn es am Morgen erwachte, eine Bemerkung darüber machen würde, daß er in seiner kurzen Unterhose schlief. Wahrscheinlich nicht. Billy schien ein netter Junge zu sein. Er hatte Gretchen im Krankenhaus zu trösten versucht, sie in seine Arme genommen, und beide hatten geweint. Thomas erinnerte sich nicht, daß er seine Mutter je in den Arm genommen hätte.

Wie er das Kind da liegen sah, fiel ihm Wesley ein. Er mußte ihn sehen. Er mußte in dieser Hinsicht etwas unternehmen. Er durfte nicht zulassen, daß sein Kind ausschließlich von einem Flittchen wie Teresa erzogen wurde.

Er schloß die Tür und legte sich in das weiche, saubere Bett. Rudolph schlief jede Nacht in einem solchen Bett.

Unter den Trauergästen war auch Teddy Boylan. Es waren sehr viele Leute erschienen. Die Zeitungen in Whitby und Port Philip hatten die Nachricht vom Tode Mary Jordaches an bevorzugter Stelle gebracht, schließlich war sie die Mutter Rudolph Jordaches. Über die Tote gab es nicht viel zu sagen, dafür zählten die Zeitungen Rudolphs Verdienste auf – Vorsitzender des Aufsichtsrats der DC-Unternehmen, Vorsitzender der Junior-Handelskammer von Whitby, die Abschlußprüfung an der Universität Whitby hatte er mit Auszeichnung bestanden, er war Kuratoriumsmitglied der Universität, Mitglied des Stadtplanungskomitees von Whitby und von Port Philip, ein kühner, vor ausblickender Geschäftsmann, der ein Gespür für die künftige Entwicklung der Stadt hatte. Erwähnt wurde sogar, daß Rudolph als Schüler für die Läufermannschaft von Port Philip gestartet war und daß er Mitte der vierziger Jahre als Trompeter in einer River Five genannten Jazzgruppe gespielt hatte.

Arme Ma, dachte Rudolph, als er sich in der Kirche umblickte: wie sehr hätte sie sich über eine Feier ihr zu Ehren gefreut.

Pater McDonnell war schlimmer und brauchte länger, als Rudolph befürchtet hatte. Rudolph bemühte sich, auf die über dem blumenbedeckten Sarg gesprochenen Lügen nicht zu hören. Hoffentlich ging Gretchen die Sache nicht zu nahe, indem sie sich an den Sarg in Kalifornien erinnerte. Er warf einen Blick auf sie. Nichts in ihrem Gesicht deutete darauf hin, daß sie sich an irgend etwas erinnerte.

Auf dem Friedhof zwitscherten die Vögel, voll Freude über den Sommeranfang. Am Grab, als der Sarg unter dem Schluchzen der Bridge-Damen hintergelassen wurde, standen Rudolph, Thomas und Gretchen nebeneinander, Gretchen mit Billy an der Hand.

Als sie vom Grab weggingen, holte Boylan sie ein. «Ich möchte niemandem lästig fallen», sagte er, als sie stehenblieben, «Gretchen, Rudolph – ich wollte euch nur sagen, wie leid es mir tut. So jung noch.»

Einen Augenblick lang war Rudolph verwirrt. Seine Mutter war doch alt gewesen. Bereits mit dreißig hatte sie alt ausgesehen, hatte schon vorher zu sterben angefangen. Zum erstenmal realisierte er, wie alt sie war. Sechsundfünfzig. Ungefähr in Boylans Alter. Kein Wunder, daß Boylan «So jung noch» gesagt hatte.

«Vielen Dank, Teddy», sagte Rudolph. Sie tauschten einen Händedruck. Boylan machte nicht den Eindruck, als stände er am Rand des Grabes. Sein Haar hatte dieselbe Farbe wie damals, das Gesicht war sonnengebräunt und faltenlos, seine Haltung aufrecht, die Schuhe waren so blank poliert wie immer.

«Wie ist es dir gegangen, Gretchen?» fragte Boylan. Die Trauergäste hatten hinter der Gruppe haltgemacht, da sie sich auf dem schmalen Kiesweg nicht an ihnen vorbeidrängen wollten. Genau wie in früheren Zeiten nahm Boylan es als eine Selbstverständlichkeit hin, daß andere seinetwegen warten mußten.

«Sehr gut, danke, Teddy», sagte Gretchen.

«Ich nehme an, das ist dein Sohn.» Boylan lächelte Billy zu, der ihn gelassen anschaute.

«Billy, das ist Mr. Boylan», sagte Gretchen. «Ein alter Freund von mir.»

«Guten Tag, Billy.» Boylan schüttelte die Hand des Jungen. «Ich hoffe, wir sehen uns einmal wieder, aber bei einer erfreulicheren Gelegenheit.»

Billy sagte nichts. Thomas blickte Boylan mit zusammengekniffenen Augen an. Er erinnerte sich an den Abend, als er Boylan in dem Haus auf dem Hügel nackt hatte umherstolzieren sehen, damit beschäftigt, einen Drink zuzubereiten, den er Gretchen oben ans Bett bringen wollte. Friedhofsgedanken?

«Mein Bruder Thomas», stellte Rudolph vor.

«Ach ja», sagte Boylan. Er reichte Thomas nicht die Hand. Dann wandte er sich wieder an Rudolph: «Falls Sie trotz Ihrer Beanspruchung einmal eine Stunde Zeit haben, Rudy, rufen Sie mich doch an: vielleicht könnten wir einmal zusammen zum Essen gehen. Ich gestehe freimütig ein, daß ich unrecht hatte, als ich Ihnen damals abriet. Und bringen Sie Gretchen mit, wenn es geht, bitte.»

«Ich fliege wieder nach Kalifornien», sagte Gretchen.

«Wie schade! Nun, ich möchte euch nicht länger aufhalten.» Er machte eine kleine Verbeugung und trat zurück, eine schlanke, mit viel Geld so gut in Form gehaltene Gestalt, unter den kleinstädtischen Trauergästen völlig fehl am Platze.

Als sie auf die Reihe der wartenden Limousinen zugingen, kam Gretchen zum Bewußtsein, wie sehr Rudolph und Boylan einander glichen, weniger in ihrem Äußeren und – hoffentlich – auch nicht in ihrem Charakter, aber in ihrem Benehmen, ihren Redewendungen, ihren Gesten und der Wahl ihrer Kleidung. Sie fragte sich, ob Rudolph ahnte, wieviel er diesem Mann zu verdanken hatte. Sie war sich nicht sicher, ob er sich freuen würde, wenn sie ihm das sagte.

Auf der Rückfahrt dachte sie an Boylan. Vermutlich wäre es ihre Pflicht gewesen, an ihre Mutter zu denken, deren Grab in diesem Augenblick auf dem sonnenüberglänzten Friedhof, der von den sommerlichen Lauten der Vögel erfüllt war, mit Erde aufgefüllt wurde. Aber sie dachte an Boylan. Es regte sich in ihr kein Liebes- oder Sehnsuchtsgefühl, doch auch kein Gefühl des Abscheus oder des Hasses, oder der Wunsch, sich zu rächen. Es war, als nehme man ein altes Kinderspielzeug aus der längst vergessenen Truhe und halte es neugierig in den Händen und versuche, sich ins Gedächtnis zu rufen, was man empfunden hatte, als diese Puppe einem noch etwas bedeutete – nichts. Man kann es ebensogut wegwerfen oder einem kleinen Nachbarskind schenken. Erste Liebe. Sei mein Erwählter.

Als sie wieder zu Hause waren, beschlossen alle, sich erst einmal einen Drink zu genehmigen. Billy, der blaß und erschöpft aussah, klagte über Kopfschmerzen; er ging hinauf und legte sich hin. Martha, obwohl sie dicke Tränen vergoß, ging in die Küche und machte etwas zum Essen zurecht.

Rudolph mixte für Gretchen und sich je einen Martini, für Thomas goß er ein Glas Whisky ein. Thomas hatte seine Jacke ausgezogen, weil er sich unbequem darin fühlte, und auch seinen Kragen aufgeknöpft. Vorgebeugt saß er auf einem Holzstuhl, die Unterarme auf die Schenkel gelegt, die Hände zwischen den Beinen baumelnd. Egal, wo er sich niederläßt, dachte Rudolph, als er ihm den Drink reichte, es sieht immer aus, als säße er auf einem Hocker in der Ecke eines Rings.

Schweigend hob jeder sein Glas, niemand erwähnte die Mutter.

Sie hatten ausgemacht, daß sie nach dem Mittagessen zusammen nach New

York fahren würden – sie hatten keine Lust, für telefonische Beileidsanrufe erreichbar zu sein. Zahlreiche Blumenspenden waren abgegeben worden, aber Rudolph hatte Martha angewiesen, alle Sträuße bis auf einen an das Krankenhaus zu senden, in dem seine Mutter gestorben war. Der Strauß, den er behalten hatte, Narzissen, bildete einen leuchtend gelben Farbfleck auf dem vor der Couch stehenden Kaffeetisch. Die Fenster standen offen, und die Sonne strömte herein, ein Geruch von warmem Gras kam vom Rasen her. Die niedrige Balkendecke verlieh dem Raum, der aus dem 18. Jahrhundert stammte, etwas Anheimelndes, das Zimmer war hübsch eingerichtet, nicht überfüllt, nicht zu modern, ganz nach Rudolphs Geschmack.

«Was willst du mit dem Haus machen?» fragte Gretchen.

Rudolph zuckte die Schultern. «Es behalten, nehme ich an. Ich habe nach wie vor viel hier in Whitby zu tun. Obwohl das Haus jetzt viel zu groß für mich ist. Willst du nicht nach hier übersiedeln?»

Gretchen schüttelte den Kopf. Die Besprechungen mit den Anwälten dauerten noch immer an; ein Ende war nicht abzusehen. «Ich bin an Kalifornien gebunden.»

«Wie steht's mit dir?» wandte sich Rudolph an Thomas.

«Mit mir?» sagte Thomas überrascht. «Was soll ich denn hier?»

«Du würdest etwas finden.» Rudolph war vorsichtig genug, nicht zu sagen: Ich werde etwas finden. Er nippte an seinem Martini. «Gegenüber deiner Behausung in New York wäre es eine Verbesserung, das mußt du doch zugeben.»

«Ich habe nicht vor, dort lange zu bleiben. Aber das hier ist kein Ort für mich. Die Leute gaffen mich an, als sei ich ein Tier aus dem Zoo.»

«Du übertreibst», sagte Rudolph.

«Dein Freund Boylan wollte mir auf dem Friedhof nicht einmal die Hand schütteln. Wenn man einem Mann nicht auf dem Friedhof die Hand gibt, wo, zum Teufel, soll man es dann tun?»

«Er ist ein Sonderfall.»

«Das ist er allerdings.» Thomas fing an zu lachen, nicht laut, aber irgendwie wirkte das Lachen alarmierend.

«Worüber lachst du?» fragte Rudolph, während Gretchen Thomas verwirrt anschaute.

«Wenn du ihn das nächste Mal siehst», sagte Thomas, «sag ihm, daß er recht daran tat, mir nicht die Hand zu reichen.»

«Von was redest du da, Tom?»

«Frag ihn einmal, ob er sich an den Tag erinnert, als der Krieg in Europa zu Ende ging. An jenen Abend, als oben bei ihm auf dem Hügel ein Kreuz abbrannte und das Feuer ausbrach.»

«Was willst du damit sagen?» fragte Rudolph scharf. «Daß du es gelegt hast?»

«Ja, zusammen mit einem Freund.» Thomas stand auf, ging hinüber zum Buffet und füllte sein Glas wieder auf.

«Warum hast du das getan?» fragte Gretchen.

«Jungenhafter Übermut», sagte Thomas. «In Europa schwiegen die Waffen.»

«Aber warum hast du dir gerade *ihn* ausgesucht?» fragte Gretchen.

Thomas spielte mit seinem Drink. Er hatte Gretchen den Rücken zugewandt. «Er war damals eifrig mit einer Dame beschäftigt, die ich kannte», erklärte er. «Ich billigte diese Beschäftigung nicht. Soll ich dir den Namen der Dame sagen?»

«Das ist nicht nötig», sagte Gretchen ruhig.

«Wer war der Freund?» fragte Rudolph.

«Wozu den Namen nennen?»

«Es war dieser Claude – ich komme jetzt nicht auf seinen Nachnamen –, mit dem du dich immer rumgetrieben hast, hab ich recht?»

Thomas lächelte, antwortete aber nicht. Er blieb ans Buffet gelehnt stehen.

«Er verschwand gleich danach aus der Stadt», sagte Rudolph, «das fällt mir jetzt wieder ein.»

«Ja, das tat er», sagte Thomas. «Genau wie ich, falls du dich auch daran noch erinnerst.»

«Irgend jemand mußte gewußt haben, daß ihr beiden es getan hattet», sagte Rudolph.

«Irgend jemand.» Thomas nickte ironisch.

«Du hast Glück gehabt, daß du nicht ins Gefängnis gekommen bist», sagte Gretchen.

«Das hat auch Pa gesagt, als er mich aus der Stadt schaffte. Weiß Gott, bei keiner anderen Gelegenheit spricht man so viel von alten Zeiten wie bei einem Begräbnis.»

«Tom», sagte Gretchen, «du bist doch heute nicht mehr so, nicht wahr?»

Thomas ging zu ihr hinüber, beugte sich über sie und küßte sie sanft auf die Stirn. «Ich hoffe nein», sagte er. Dann richtete er sich auf und sagte: «Ich gehe ein bißchen nach oben zu Billy. Ich mag den Jungen gern. Es wird ihm vermutlich guttun, wenn er nicht so allein ist.»

Er nahm seinen Drink mit.

Rudolph mixte für sich und Gretchen noch je einen Martini. Er war froh, mit den Händen etwas tun zu können. Sein Bruder war kein bequemer Mensch. Selbst jetzt, nachdem er das Zimmer verlassen hatte, war eine gespannte, beklemmende Atmosphäre im Raum.

«Lieber Gott», sagte Gretchen schließlich, «man sollte nicht glauben, daß wir alle die gleichen Erbanlagen haben.»

«Wer ist der Kümmerling?» sagte Rudolph. «Du, ich oder er?»

«Wir waren schrecklich, Rudy, du und ich», sagte Gretchen.

Rudolph zuckte die Schultern. «Unsere Mutter war schrecklich. Unser Vater war schrecklich. Du wußtest, warum sie schrecklich waren, oder glaubtest wenigstens, es zu wissen – aber das änderte nichts. Ich *versuche*, nicht schrecklich zu sein.»

«Du hast Glück gehabt, das rettet dich», sagte Gretchen.

«Ich habe ziemlich hart gearbeitet», sagte Rudolph sich verteidigend.

«Das hat auch Colin getan. Der Unterschied ist nur, daß du nie gegen einen Baum fahren wirst.»

«Es tut mir entsetzlich leid, daß ich das Zeitliche noch nicht gesegnet habe.» Er war gekränkt, und er verbarg es nicht.

«Fasse es bitte nicht falsch auf, Rudy. Ich bin sehr *froh*, daß es in der Familie jemanden gibt, der nicht gegen einen Baum fahren wird. Bei Tom kann man nicht sicher sein. Und bei mir auch nicht. Ich bin vielleicht am schlimmsten. Ich habe das Glück der Familie davongetragen. Wenn ich an einem bestimmten Samstagnachmittag nicht in der Nähe von Port Philip auf der Straße gestanden hätte, wäre unser aller Leben völlig anders verlaufen. Hast du das gewußt?»

«Wovon redest du?»

«Von Teddy Boylan», sagte sie kühl und sachlich. «Er hat mich mitgenommen. Er hat mich geprägt. Er ist daran schuld, daß ich mit all den Männern geschlafen habe. Wegen Teddy Boylan habe ich mich mit Willie Abbott zusammengetan und ihn schließlich verachtet, als er sich nicht mehr von Teddy Boylan unterschied. Ich habe Colin geliebt, weil er das Gegenteil von Teddy Boylan war. Alle diese zynischen Artikel, die ich damals geschrieben habe und die alle Welt so geistvoll fand, waren weiter nichts als Anklagen gegen Amerika, weil es Menschen wie Teddy Boylan hervorbrachte und ihnen das Leben so leicht machte.»

«Das ist ja verrückt... Das Glück der Familie! Dann weiß ich nicht, weshalb du dir nicht von einem Zigeuner einen Zauberspruch nennen läßt und ein Amulett trägst, damit du darüber hinwegkommst.»

«Ich brauche keine Zigeuner», sagte Gretchen. «Wenn ich Teddy Boylan nicht kennengelernt und mit ihm geschlafen hätte, glaubst du, daß Tom dann ein Kreuz auf seinem Grundstück verbrannt hätte? Glaubst du, er wäre wie ein Verbrecher fortgeschickt worden, wenn es sich nicht um Teddy Boylan gehandelt hätte? Glaubst du nicht doch, daß er ein anderer wäre, wenn er im Schoß der Familie geblieben wäre?»

«Vielleicht ja», sagte Rudolph. «Aber dann wäre irgend etwas anderes gewesen.»

«Es gab nichts anderes. Es gab Teddy Boylan, der mit seiner Schwester schlief. Was dich betrifft –»

«Ich weiß alles, was ich über mich wissen muß», sagte Rudolph.

«Bist du sicher? Bist du sicher, daß du auch ohne Teddy Boylans Geld aufs College gegangen wärst? Bist du sicher, daß du dich auch ohne Teddy Boylan so kleiden würdest, wie du es tust? Daß du auch ohne sein Vorbild so am Erfolg und am Geld interessiert wärst und daran, wie du beides möglichst schnell erreichen kannst? Bist du sicher, daß ein anderer als Teddy Boylan mit dir in Konzerte und Kunstgalerien gegangen wäre und dich die Schulzeit hindurch verwöhnt und dir dieses stolze Selbstvertrauen vermittelt hätte?» Sie trank ihr Glas aus.

«Okay», sagte Rudolph. «Ich werde ihm ein Denkmal setzen.»

«Vielleicht solltest du das. Mit dem Geld deiner Frau kannst du dir das vermutlich leisten.»

«Das ist ein Tiefschlag», sagte Rudolph aufgebracht. «Du weißt genau, daß ich nicht die leiseste Ahnung hatte ...»

«Davon rede ich ja», sagte Gretchen. «Deine Jordachesche Schrecklichkeit ist durch das Glück, das du gehabt hast, in etwas völlig anderes verwandelt worden.»

«Wie steht's mit *deiner* Jordacheschen Schrecklichkeit?»

Gretchens Stimme verlor ihre Schärfe, ihr Gesicht wurde traurig, weich, jünger. «Als ich mit Colin zusammen lebte, war ich nicht schrecklich», sagte sie.

«Nein.»

«Ich glaube nicht, daß ich je wieder einen Menschen wie Colin finden werde.»

Rudolph griff nach ihrer Hand, sein Ärger war durch die Traurigkeit seiner Schwester gemildert. «Sicher wirst du mir nicht glauben», sagte er, «wenn ich dir sage, daß ich fest davon überzeugt bin, daß das doch der Fall sein wird.»

«Nein», sagte sie.

«Was hast du vor? Herumsitzen und trauern?»

«Nein.»

«Was also?»

«Ich gehe wieder auf die Universität.»

«Auf die Universität?» fragte Rudolph ungläubig. «In deinem Alter?»

«Nach Abschluß des Universitätsexamens will ich wissenschaftlich weiterarbeiten», sagte Gretchen. «Im University College. Auf diese Weise kann ich zu Hause wohnen und mich um Billy kümmern. Ich habe mich erkundigt: ich kann in Kürze anfangen.»

«Und was willst du studieren?»

«Du wirst lachen.»

«Heute lache ich über nichts», sagte Rudolph.

«Ich bin durch den Vater eines Jungen, der in Billys Klasse geht, auf die Idee gekommen», sagte Gretchen. «Er ist Psychiater.»

«O Gott!» sagte Rudolph.

«Das gehört wieder zu deinem sprichwörtlichen Glück, daß du ‹o Gott› sagst, wenn das Wort Psychiater fällt», sagte Gretchen.

«Verzeih!»

«Er arbeitet halbtags in einer Klinik. Mit Laien-Analytikern, die keinen Dr. med. haben, aber Psychoanalyse studiert haben, Leute, die selbst eine Analyse durchgemacht haben und berechtigt sind, Fälle zu behandeln, die keiner Tiefenanalyse bedürfen. Gruppen-Therapie, intelligente Kinder, die nicht lesen oder schreiben lernen wollen oder willentlich destruktiv sind, Kinder aus zerrütteten Familienverhältnissen, die sich nicht zurechtfinden, junge Frauen, die durch ihre Religion oder durch ein frühes sexuelles Trauma frigide wurden und die sich ihren Ehemännern entfremden, Neger- und Mexikanerkinder, die viel später eingeschult wurden, die anderen dadurch nicht einholen und ihr Identitätsgefühl einbüßen...»

«So», sagte Rudolph. Voller Ungeduld hatte er zugehört. «So wirst du also hingehen und das Negerproblem, das mexikanische Problem und das Religionsproblem ganz aus eigenen Stücken, bewaffnet mit einem Papier vom University College, lösen und...»

«Ich werde versuchen, ein Problem zu lösen», sagte Gretchen, «oder vielleicht auch zwei oder sogar hundert. Und gleichzeitig werde ich mein eigenes Problem lösen. Ich werde beschäftigt sein, und das noch mit etwas Nützlichem.»

«Mit Nützlicherem als dein Bruder», sagte Rudolph gekränkt. «Das wolltest du doch damit sagen?»

«Durchaus nicht», sagte Gretchen. «Du bist auf deine Art nützlich. Laß es mich auf meine sein, das ist alles.»

«Wie lange dauert das Ganze?»

«Mindestens zwei Jahre», sagte Gretchen.

«Du wirst nie einen Abschluß machen», sagte er. «Du wirst einen Mann finden und...»

«Vielleicht», sagte Gretchen. «Ich bezweifle es, aber vielleicht...»

Martha kam mit geröteten Augen herein und sagte, daß der Lunch im Eßzimmer angerichtet sei. Gretchen ging hinauf, um Billy und Thomas zu holen. Dann saßen sie alle um den großen Eßzimmertisch und aßen, und jeder war höflich zu jedem und sagte: «Bitte, reich mir den Senf» und «Danke», und «Nein, ich glaube, ich habe genug».

Nach dem Essen stiegen sie in den Wagen und fuhren von Whitby nach New York. Von der Toten sprachen sie nicht mehr.

Kurz nach sieben erreichten sie das Hotel *Algonquin*. Gretchen und Billy wohnten dort, denn in Rudolphs Ein-Zimmer-Appartement war für Gäste kein Platz. Rudolph fragte Gretchen, ob sie und Billy mit ihm und Jean zu Abend essen wollten, aber Gretchen erwiderte, dies sei nicht der Tag, um eine neue Schwägerin kennenzulernen. Rudolph lud auch Thomas ein, aber Thomas, der niedergeschlagen vorn neben Rudolph saß, sagte: «Ich habe eine Verabredung.»

Als Billy aus dem Wagen kletterte, stieg auch Thomas aus und legte den Arm um den Jungen. «Ich habe auch einen Sohn, Billy», sagte Thomas. «Er ist viel jünger als du. Wenn er einmal so wird wie du, werde ich stolz auf ihn sein.»

Zum erstenmal seit drei Tagen lächelte Billy.

«Tom», sagte Gretchen, unter dem Baldachin des Hotels stehend, «werde ich dich je wiedersehen?»

«Freilich», sagte Thomas. «Ich habe deine Adresse. Ich werde dich anrufen.»

Gretchen und ihr Sohn gingen in das Hotel, ein Träger nahm ihnen die beiden Reisetaschen ab.

«Ich nehme von hier ein Taxi, Rudy», sagte Thomas. «Du wirst es eilig haben, zu deiner Frau zu kommen.»

«Ich habe Lust auf einen Drink», sagte Rudolph. «Gehen wir hier in die Bar und...»

«Danke. Ich habe keine Zeit», sagte Thomas. «Ich müßte längst unterwegs sein.» Er blickte über Rudolphs Schulter hinweg auf den Verkehr auf der Sixth Avenue.

«Tom», beharrte Rudolph, «ich muß mit dir sprechen.»

«Ich dachte, es sei alles gesagt», sagte Thomas. Er versuchte ein Taxi herbeizuwinken, aber der Fahrer hatte Feierabend gemacht. «Du hast mir nichts mehr zu sagen.»

«Nein?» sagte Rudolph erregt. «Bist du sicher? Und wenn ich dir nun sage daß du seit Börsenschluß des heutigen Tages 60 000 Dollar besitzt? Würdest du dann vielleicht deine Meinung ändern?»

«Du hältst dich wohl für einen großen alten Witzbold, was, Rudy?» sagte Thomas.

«Komm mit in die Bar, ich scherze nicht.»

Thomas folgte Rudolph in die Bar.

Der Kellner brachte ihnen Whisky, und Thomas sagte: «Schieß los.»

«Erinnerst du dich noch an die 5000 Dollar, die du mir damals gegeben hast?» sagte Rudolph.

«Blutgeld», sagte Thomas. «Und ob ich mich erinnere.»

«Du hast gesagt, ich sollte damit tun, was ich wollte», sagte Rudolph. «Du hast damals so ungefähr gesagt, ‹piß darauf, verjuble es mit Mädchen oder verwende es für wohltätige Zwecke...›»

«Das klingt täuschend echt.» Thomas grinste.

«Gut, ich habe damit getan, was ich wollte. Ich habe es angelegt», sagte Rudolph.

«In jeder Situation geschäftstüchtig», sagte Thomas. «Das warst du schon als Kind.»

«Ich habe es auf deinen Namen angelegt, Tom», sagte Rudolph ruhig. «Bei unserem Unternehmen. An Dividenden hat es nicht viel abgeworfen, aber was es erbracht hat, habe ich wieder investiert. Doch die Anteilscheine wurden viermal geteilt und stiegen und stiegen im Wert. Du besitzt heute ein Vermögen von rund 60 000 Dollar.»

Thomas stürzte seinen Drink hinunter. Er rieb sich die Augen.

«Ich habe in den letzten zwei Jahren immer wieder versucht, dich zu erreichen», sagte Rudolph. «Aber bei der Telefongesellschaft hieß es, der Anschluß bestehe nicht mehr, und als ich Briefe an deine alte Adresse schickte, kamen sie mit dem Vermerk ‹Unbekannt verzogen› zurück. Und Ma hat mir erst als sie ins Krankenhaus kam gesagt, daß sie mit dir in Verbindung stand. Ich habe oft die Sportseiten gelesen, aber du schienst von der Bildfläche verschwunden.»

«Ich hatte Boxkämpfe im Westen», sagte Thomas und öffnete wieder die Augen. Der Raum sah jetzt verschwommen aus.

«Ehrlich gesagt, ich war ganz froh, daß ich dich nicht finden konnte», sagte Rudolph, «denn ich wußte, die Aktien würden noch weiter steigen, und ich hatte Angst, daß du versucht bist, sie vorzeitig zu verkaufen. Ich finde, du solltest sie auch jetzt noch nicht verkaufen.»

«Mit anderen Worten, ich kann also morgen zu irgendeiner Bank gehen», fragte Thomas, «und sagen, ich hab da ein paar Aktien, die möchte ich verkaufen, und dann kann ich 60 000 Dollar *in bar* kassieren?»

«Ich sage dir doch, ich würde dir nicht raten...»

«Rudy», sagte Thomas, «du bist ein großartiger Kerl, und sicher nehme ich eine Menge von dem, was ich all diese Jahre über von dir gedacht habe, zurück, aber gerade jetzt werde ich auf *keinen* Rat hören. Ich will nichts anderes als daß du mir sagst, wo der Mann sitzt, der nur darauf wartet, mir die 60 000 Dollar auszuzahlen.»

Rudolph gab es auf. Er schrieb Johnny Heaths Büroadresse auf einen Zettel und gab ihn Thomas. «Geh morgen dort hin», sagte er, «ich rufe Heath an. Er wird dich dann erwarten. Bitte, Tom, sei vernünftig.»

«Mach dir um mich keine Sorgen, Rudy. Von jetzt an werde ich so vernünftig sein, daß du mich nicht wiedererkennen wirst.» Thomas bestellte noch zwei Whisky. Als er den Arm hob, um den Kellner herbeizuwinken, rutschte seine Jacke zurück und Rudolph sah den im Gürtel steckenden Revolver. Aber er sagte nichts. Er hatte für seinen Bruder getan, was er konnte. Mehr konnte er nicht tun.

«Entschuldige mich einen Augenblick», sagte Thomas. «Ich muß schnell mal telefonieren.»

Er ging in die Halle und fand eine Telefonzelle und suchte die Nummer der Trans World Airlines heraus. Er wählte die Nummer und fragte nach den Flügen am nächsten Tag nach Paris. Das Mädchen bei TWA sagte ihm, er könne um acht Uhr abends fliegen und fragte ihn, ob er einen Platz reserviert haben wolle. «Nein, danke», sagte er und legte auf, dann rief er bei der YMCA an und fragte nach Dwyer. Es dauerte eine Ewigkeit, und Thomas wollte schon auflegen, als Dwyer endlich ans Telefon kam.

«Hallo?» sagte Dwyer. «Wer ist da?»

«Tom. Hör mal zu...»

«Tom!» sagte Dwyer aufgeregt. «Ich hänge hier herum und warte darauf, daß du dich meldest. Gott, hab ich mir Sorgen gemacht. Ich dachte schon, dir wär vielleicht was passiert...»

«Spar dir deine Worte», sagte Thomas. «Hör zu. Morgen abend um acht geht eine TWA-Maschine von Idlewild nach Paris. Sei um 6 Uhr 30 am Reservierungsschalter. Mit deinem ganzen Gepäck.»

«Soll das heißen, daß wir *fliegen*? Hast du die Tickets schon?»

«Ich habe sie noch nicht», sagte Thomas und wünschte, Dwyer wäre nicht so aufgeregt. «Wir buchen am Flughafen. Ich will nicht, daß mein Name den ganzen Tag auf der Reservierungsliste steht.»

«Ja, freilich, freilich, Tom, ich verstehe.»

«Sei nur da. Pünktlich.»

«Ich bin da. Keine Sorge.»

Thomas legte auf.

Er ging zurück in die Bar und bestand darauf, die Drinks zu bezahlen.

Draußen, auf dem Gehsteig, ehe er in das Taxi stieg, das vor dem Hotel hielt, schüttelte er seinem Bruder die Hand.

«Bitte, Tom», sagte Rudolph. «Laß uns irgendwann in dieser Woche zusammen essen. Ich möchte, daß du meine Frau kennenlernst.»

«Prima», sagte Thomas. «Ich rufe dich am Freitag an.»

Er stieg in das Taxi und sagte dem Fahrer: «Fourth Avenue und 80th Street.»

Er lehnte sich behaglich in die Polster, die Tragetüte mit seinen Sachen in der Hand. Wenn man 60 000 Dollar hatte, lud einen jeder zum Essen ein. Sogar der eigene Bruder.

Teil 4

1

1963

Es regnete, als sie vor dem Haus hielt, der wolkenbruchartige Tropenregen Kaliforniens, der die Blumen knickte, bei dem die Dachziegel wie silberne Geschosse absprangen und planierte Berghänge in die Gärten und Schwimmbecken rutschten. Colin war vor zwei Jahren gestorben, aber noch immer blickte sie automatisch in die offene Garage, ob sein Wagen dort stand.

Sie ließ ihre Bücher in dem 59er Ford, den sie fuhr, und eilte zur Haustür; obwohl es nur wenige Meter waren, wurde ihr Haar ganz naß. Drinnen zog sie ihren Mantel aus und schüttelte ihr nasses Haar. Es war erst halb fünf, und doch war es dunkel im Haus, und sie schaltete in der Vorhalle das Licht an. Billy war übers Wochenende mit Freunden zu einem Campingausflug in die Sierras gefahren, und sie hoffte, daß das Wetter oben in den Bergen besser war als hier unten an der Küste.

Sie griff in den Briefkasten: Verschiedene Rechnungen, einige Drucksachen, ein Brief aus Venedig mit Rudolphs Handschrift.

Während sie ins Wohnzimmer ging, drehte sie jeden Lichtschalter an, an dem sie vorbeikam. Sie schleuderte ihre nassen Schuhe von den Füßen, mixte sich einen Scotch und Soda und machte es sich mit untergeschlagenen Beinen auf der Couch gemütlich. Die Schatten wisperten nicht länger mehr. Sie hatte in dem Rechtsstreit gegen Colins frühere Frau gesiegt und durfte das Haus behalten. Aus der Erbmasse hatte sie, bis die Dinge geregelt waren, eine Anzahlung zugebilligt bekommen, so daß sie nicht mehr von Rudolph abhängig war.

Sie machte Rudolphs Brief auf. Er war recht lang. Wenn er in Amerika war, telefonierte er immer nur, aber jetzt, da er in Europa umherreiste, benutzte er die Briefpost. Er mußte eine ganze Menge Zeit haben, denn sie hatte viele Briefe von ihm bekommen, aus London, Dublin, Edinburgh, Paris, Saint-Jean-de-Luz, Amsterdam, Kopenhagen, Genf, Florenz, Rom, Ischia, Athen und aus kleinen Orten, deren Namen sie noch nie gehört hatte und wo er und Jean auf der Durchreise übernachtet hatten.

«Liebes Gretchen» – las sie –, «es regnet hier in Venedig in Strömen. Jean ist dennoch ausgegangen, um Aufnahmen zu machen. Ihrer Meinung nach kann man bei diesem Wetter die besondere Schönheit Venedigs erst richtig einfangen – Wasser auf Wasser. Ich dagegen sitze behaglich im Hotel und lasse mich auch durch die Kunst nicht daraus vertreiben. Jean liebt es, auch Menschen zu fotografieren, und zwar solche in den denkbar schlechtesten Lebensumständen. Not und Alter, behauptet sie, wenn es geht beide zusammen, verraten mehr über den Charakter eines Volkes und eines Landes als alles andere. Schön, das ist ihre Ansicht. Ich selbst ziehe hübsche junge Leute im Sonnenschein vor, aber ich bin ja auch bloß ein spießiger Ehemann.

Ich genieße in vollen Zügen die köstlichen Früchte des Nichtstuns. Mit einemmal entdecke ich nach all den Jahren der Hetze und Plackerei in mir einen glücklichen, faulen Menschen, der es zufrieden ist, täglich zwei Meisterwerke anzusehen, sich in einer fremden Stadt zu verlaufen, wie ein Franzose oder Italiener stundenlang an einem Kaffeehaustisch zu sitzen, ein Mann, der vorgibt, etwas von Kunst zu verstehen und der in Galerien um Bilder von Künstlern feilscht, von denen noch nie jemand etwas gehört hat und deren Werke mein Wohnzimmer in Whitby wahrscheinlich in eine Schreckenskammer verwandeln werden, wenn ich irgendwann dorthin zurückkehre.

Merkwürdigerweise habe ich, obwohl wir doch so viel herumreisen, nicht den Wunsch, Deutschland kennenzulernen – trotz der Tatsache, daß Pa aus Deutschland stammte und wahrscheinlich ebensoviel Deutsches wie Amerikanisches in sich hatte. Jean ist dort gewesen, aber sie ist nicht versessen darauf, es noch einmal zu besuchen. Wie sie sagt, ähnelt es zu sehr Amerika, jedenfalls in den entscheidenden Dingen. Und so werde ich mich mit Jeans Meinung über dieses Thema begnügen müssen.

Sie ist die liebenswerteste Frau, die Du Dir denken kannst, und ich stehe schrecklich unter dem Pantoffel. Um keinen Augenblick mit ihr missen zu müssen, begleite ich sie auf Schritt und Tritt und schleppe ihre Kameras. Es sei denn, es regnet. Sie hat einen ungemein scharfen Blick, und ich habe dank ihr in sechs Monaten mehr von Europa gesehen und begriffen, als es mir allein in sechzig Jahren gelungen wäre. Von Literatur versteht sie nicht das geringste, sie schlägt nie eine Zeitung auf, und das Theater langweilt sie, so daß diese Domäne unseres gemeinsamen Lebens von mir allein ausgefüllt wird. Sie chauffiert mich in unserem kleinen Volkswagen durch die Lande, während ich neben ihr sitze und träume und mir die Gegend betrachte und keine Angst haben muß, daß ich an einem Baum lande, nur weil ich einen Blick auf die Alpen oder das Rhônetal werfe. Wir haben einen Pakt geschlossen. Sie fährt am Vormittag und trinkt zum Mittagessen eine Flasche Wein, ich fahre, nüchtern, am Nachmittag.

Anders als während unserer Flitterwochen machen wir nicht in Modeorten halt. Diesmal wollen wir, wie Jean sagt, die Wirklichkeit kennenlernen. Und das tut uns nur gut. Jean spricht mit allen Leuten, und mit Hilfe meines Französisch und ihres Italienisch und ein paar Brocken Englisch auf der anderen Seite schließen wir rasch die interessantesten Freundschaften – mit einem Weinbauern in Burgund, einem Masseur am Strand von Biarritz, einem Rugbyspieler aus Lourdes, einem abstrakten Maler, mit Geistlichen, mit Fischern, einem Schauspieler, der in französischen Filmen kleinere Rollen spielt, alten englischen Damen, die eine Omnibusreise mitmachen, ehemaligen Angehörigen des britischen Expeditionskorps, mit in Europa stationierten GIs, einem Abgeordneten der französischen Nationalversammlung, der John Fitzgerald Kennedy für die einzige Hoffnung der Welt hält. Solltest Du J. F. K. zufällig über den Weg laufen, sag ihm das bitte.

Das Volk, das man einfach lieben muß, sind die Engländer. Es sei denn, man wäre selbst Engländer. Die Engländer sind verstört, obwohl man ihnen das natürlich nicht sagen kann. Irgendwie sind die Weichen der Macht verkehrt gestellt worden, und nach dem Krieg, den sie mit ihrem letzten Tropfen Blut und mit verzweifeltem Mut gewonnen hatten, überließen sie alles den Deutschen. Ich will auch nicht, daß die Deutschen oder sonst irgend jemand Hunger leidet, aber wenn Du mich fragst, so durften die Engländer schon erwarten, zumindest so angenehm leben zu können wie der ehemalige Feind, nachdem die Kanonen schwiegen. Ein Minuspunkt für uns, fürchte ich.

Du mußt unbedingt dafür sorgen, daß Billy soviel wie möglich von Europa zu sehen bekommt, ehe er zwanzig wird – solange Europa noch Europa ist und sich noch nicht in die Park Avenue, die University of Southern California, in Scarsdale und Harlem sowie das Pentagon verwandelt hat. Alle diese Dinge – oder wenigstens einige davon – mögen gut für uns sein, aber es wäre schade, wenn man auf sie an Orten wie Rom, Paris und Athen träfe.

Ich war im Louvre, im Rijksmuseum in Amsterdam, im Prado, und ich habe die Löwen von Delos und die goldene Maske im Nationalmuseum von Athen gesehen. Hätte ich nichts anderes gesehen und wäre taub, stumm und ungeliebt, so hätten sich diese sechs Monate, die ich fort gewesen bin, allein um dieser Dinge willen gelohnt.»

Das Telefon klingelte. Gretchen legte den Brief beiseite, stand auf und meldete sich. Es war Sam Corey, der alte Filmcutter; an allen drei Filmen, die Colin gedreht hatte, hatte er mitgearbeitet. Sam rief treu mindestens dreimal in der Woche an, und hin und wieder ging sie mit ihm zur Vorführung eines neuen Films ins Studio, von dem er glaubte, er würde sie interessieren. Er war 55 Jahre alt, glücklich verheiratet und ein angenehmer Gesellschafter. Er war der einzige von den Filmleuten, mit dem sie in Verbindung geblieben war.

«Gretchen», sagte Sam, «wir führen nachher einen Film der *Neuen Welle* vor, den wir heute erst aus Paris bekommen haben. Anschließend führe ich dich zum Essen aus.»

«Es tut mir leid, Sam», sagte Gretchen. «Ich bekomme noch Besuch. Jemand aus meinem Kursus, der mit mir arbeiten will.»

«O Schulzeit, wie bist du so schön!» krächzte Sam. Er war nach neun Jahren von der Schule abgegangen. Höhere Schulbildung beeindruckte ihn nicht.

«An einem anderen Abend, ja, Sam?»

«Einverstanden», sagte er. «Ist dein Haus schon den Hügel hinuntergespült worden?»

«So ungefähr.»

«Kalifornien», sagte Sam.

«Es regnet auch in Venedig», sagte Gretchen.

«Wie kommst du in den Besitz von solch streng geheimen Informationen?»

«Ich habe heute einen Brief von meinem Bruder Rudolph bekommen. Er ist in Venedig. Und dort regnet es auch.»

Sam hatte Rudolph kennengelernt, als Rudolph und Jean eine Woche bei ihr zu Besuch gewesen waren. Nach ihrer Abreise hatte Sam gesagt, Rudolph sei okay, aber es sei verrückt, daß er diese Frau geheiratet habe.

«Falls du ihm schreibst», sagte Sam, «frage ihn, ob er nicht Lust hätte, fünf Millionen in einen kleinen Film zu investieren. Ich würde gern einmal Regie führen.»

Sam, der seit Jahren inmitten dieser immens reichen Leute von Hollywood lebte, glaubte, daß für einen Mann, der mehr als 100 000 Dollar auf der Bank hatte, die einzige Existenzberechtigung darin liege, gerupft zu werden. Es sei denn, er hätte Talent. Aber für Sam war Talent nur dann etwas, wenn es sich irgendwie auf den Film erstreckte.

«Ganz bestimmt wird er das auf der Stelle tun», sagte Gretchen.

«Quatsch nicht, Baby», sagte Sam und legte auf.

Sam war die Ruhe selbst. Sie kannte außer ihm niemanden, der so gelassen war. In all den Jahren war er inmitten der verschiedenen Temperamentsausbrüche in den Studios völlig ruhig geblieben. Er wußte, was er konnte. Mehr als hunderttausend Meter Film waren durch seine Hände gegangen; stillschweigend hatte er die Fehler anderer Leute ausgemerzt, nie jemandem geschmeichelt, aus dem ihm übergebenen Material immer das Beste gemacht, eine Periode nach der andern mit unerschütterlicher Tüchtigkeit durchgestanden. Es war etwas an ihm von einem Künstler. Für die wenigen Regisseure, die trotz gelegentlicher Fehlschläge das waren, was Sam einen Profi nannte, war er eine Art Faktotum und ihnen treu ergeben. Sam kannte Colins Broadway-Inszenierungen, und als Colin nach Hollywood kam, war er hingegangen und hatte Colin angeboten, für ihn zu arbeiten – in aller Bescheidenheit, aber sich seiner Sache doch so sicher, daß er genau wußte, der neue Regisseur würde für seine Erfahrung dankbar sein und es würde zu einer fruchtbaren Zusammenarbeit kommen.

Nach Colins Tod hatte Sam sich mit Gretchen zusammengesetzt und sie davor gewarnt, nur das untätige Leben einer Witwe zu führen. Da würde sie sich in Hollywood bald sehr elend fühlen. Während der drei Filme, die Colin mit Sam als Cutter gemacht hatte, war er ihr häufig genug begegnet, um zu verstehen, daß Colin von ihr abhängig gewesen war. Er hatte Gretchen angeboten, ihr alles Wissenswerte beizubringen. «In dieser Stadt ist der Cutterraum für eine einsame Frau der beste Ort», hatte er gesagt. «Da ist sie nicht sich selbst überlassen, braucht nicht ständig mit ihrem Sex um sich zu werfen, fordert nicht den Egoismus anderer heraus und hat den ganzen Tag etwas Nützliches zu tun.»

Gretchen hatte damals «Nein, danke» gesagt, weil sie nicht einmal soviel Vorteil aus Colins Ansehen ziehen wollte, und sich für die Universität entschieden. Doch so oft sie mit Sam sprach, fragte sie sich, ob sie nicht zu schnell nein gesagt hatte. Die Menschen, mit denen sie auf der Universität zusammen war, waren zu jung, zu voreilig in ihren Reaktionen und an Dingen interessiert, die ihr sinnlos vorkamen. Innerhalb weniger Stunden nahmen sie eine riesige Menge an Wissen auf, um es ebenso schnell wieder ad acta zu legen, während sie sich Wochen um Wochen mühsam mit demselben Stoff herumplagte.

Sie setzte sich wieder auf die Couch und nahm Rudolphs Brief in die Hand. Venedig, erinnerte sie sich. Venedig. Mit einer schönen jungen Frau, die, wie sich herausstellte, zufällig auch noch reich war. Rudolphs berühmtes Glück.

«Aus Whitby dringt so manches Gerücht an mein Ohr», las sie. «Der alte Calderwood scheint meine verlängerte Grand Tour übelzunehmen, und selbst Johnny gibt mir taktvoll zu verstehen, ich hätte nun lange genug Urlaub gemacht. Ich hingegen sehe die Reise keineswegs als einen Urlaub an, obwohl ich nie in meinem Leben etwas mehr genossen habe. Für mich ist es die Fortsetzung meines Bildungswegs, den ich damals, als ich aus dem College kam, nicht einschlagen konnte, weil ich zu arm war und gleich bei Calderwood anfangen mußte.

Gleich nach meiner Rückkehr muß ich mich um ein paar Dinge kümmern, Probleme, die mir durch den Kopf gehen, auch wenn ich mir im Dogenpalast gerade einen Tizian ansehe oder auf der Piazza San Marco einen Espresso zu mir nehme. Auf die Gefahr hin, daß es hochtrabend klingt: ich muß mich entscheiden, was ich mit meinem Leben anfange. Ich bin 35 Jahre alt und habe genug Geld – Kapital und auch laufendes Einkommen –, ich habe gewissermaßen ausgesorgt. Selbst wenn ich teure Hobbies hätte, was ich nicht habe, und selbst wenn Jean arm wäre, was sie nicht ist, würde sich daran nichts ändern. Ist man in Amerika erst einmal reich, müßte es mit dem Teufel zugehen, wenn man wieder in Armut verfiele. Der Gedanke, den Rest meines Lebens damit zu verbringen, daß ich kaufe und verkaufe, und meine Tage zu nichts anderem nutze, als meinen Reichtum zu vermehren, der bereits mehr als ausreichend ist, widert mich an. Infolge des ständigen Zuwachses ist mein Erwerbsinstinkt abgetötet worden. Die Befriedigung, die mir die Errichtung neuer Einkaufszentren unter dem Calderwoodschen Firmenzeichen vielleicht verschaffen würde, ist minimal, und ich bin auch nicht an der Kontrolle über noch mehr

Gesellschaften interessiert. Die Aussichten auf ein Handelsimperium mag Männer wie Johnny Heath und Bradford Knight begeistern, für mich hat es wenig Reiz, und einem solchen vorzustehen, dünkt mich die monotonste Art von Plackerei. Ich reise gern umher und wäre untröstlich, wenn mir jemand sagen würde, ich käme nie wieder hierher, aber ich bin anders als Henry James' Romanhelden, die – nach den Worten von E. M. Forster – europäischen Boden betreten und sich und Kunstwerke betrachten und sonst nichts. Du siehst, ich habe meine neugewonnene Muße dazu benutzt, ein wenig zu lesen.

Natürlich könnte ich mich als Philanthrop etablieren und Geldspenden an bedürftige Arme oder bedürftige Künstler oder bedürftige Wissenschaftler und Gelehrte verteilen, aber wenn ich auch bereit bin, großzügig, wie ich hoffe, für viele gute Anlässe Geld zu spenden, so sehe ich mich doch nicht in der Rolle eines Schiedsrichters. Ich glaube auch nicht, daß das eine einen Mann ausfüllende Beschäftigung ist, jedenfalls nicht für mich.

Es muß Dir ebenso komisch vorkommen wie mir, daß jemand von der Familie Jordache sich über Dinge wie Geld Sorgen macht, aber die Wechselfälle des amerikanischen Lebens bringen es nun einmal mit sich, daß ich das tue.

Es gibt noch ein Problem. Ich liebe das Haus in Whitby genauso wie ich Whitby selbst liebe. Ich möchte wirklich nirgendwo anders leben. Auch Jean hat mir vor einiger Zeit gestanden, daß sie gerne dort ist, und gesagt, falls wir je Kinder haben sollten, würde sie sie lieber dort aufwachsen sehen als in der Großstadt. Nun, ich werde schon dafür sorgen, daß wir Kinder – oder wenigstens ein Kind – aufwachsen sehen. Für den Fall, daß wir ein bißchen Anregung haben wollen oder daß es für Jean in der Stadt bequemer ist, können wir uns immer eine kleine Wohnung in New York nehmen. In Whitby gibt es jedoch niemand, der sich dem Nichtstun widmet. Die Nachbarn würden mich sofort als Monstrum einstufen, was den Ort weniger anziehend machen würde. Ich habe nicht die Absicht, mich in einen Teddy Boylan zu verwandeln.

Am besten besorge ich mir gleich nach meiner Rückkehr eine Nummer der ‹Times› und blättere die Stellenanzeigen durch.

Jean ist gerade hereingekommen, durchnäßt und fröhlich, und ein bißchen beschwipst. Vor dem Regen ist sie in ein Café geflüchtet, und zwei Venezianer haben sie mit Wein traktiert. Sie sendet Dir viele Grüße.

Dies ist ein langer, egozentrischer Brief geworden. Ich erwarte einen ebenso langen, ebenso egozentrischen von Dir. Schick ihn an die Adresse des American Express in Paris. Ich weiß noch nicht genau, wann wir in Paris eintreffen, aber ganz bestimmt innerhalb der nächsten zwei Wochen. Der Brief wird in jedem Fall für mich aufbewahrt. Herzliche Grüße für Dich und Billy,
                                                      Rudolph.

PS. Hast Du etwas von Tom gehört? Seit Mas Beerdigung habe ich nicht eine Zeile von ihm bekommen.»

Gretchen legte die dünnen Bogen Luftpostpapier, die eng mit der gut leserlichen Handschrift ihres Bruders bedeckt waren, beiseite. Sie trank ihren Whisky aus und beschloß, im Augenblick keinen weiteren Drink zu nehmen. Sie stand auf, trat ans Fenster und blickte hinaus. Es regnete in Strömen. Die Stadt unter ihr war wie ausgetilgt durch Wasser.

Sie grübelte über Rudolphs Brief nach. Wenn sie sich schrieben, waren sie beide herzlicher miteinander, als wenn sie sich sahen. In seinen Briefen offenbarte Rudolph eine Seite seines Wesens, die er sonst verbarg; etwas Zauderndes, einen Mangel an Stolz und Selbstvertrauen, der rührend war. Wenn sie dann und wann beisammen waren, überkam sie oftmals der Drang, ihn zu verletzen. In seinen Briefen zeigte Rudolph eine geistige Großzügigkeit und eine Bereitschaft zu vergeben, die um so liebenswerter war, als sie stumm war, und nie davon die Rede war, daß es etwas gab, das der Verzeihung bedurfte. Billy hatte ihr erzählt, wie ungezogen er sich damals in der Schule Rudolph gegenüber verhalten habe, Rudolph dagegen hatte die Sache nie auch nur mit einem Wort erwähnt und war zu Billy, wenn er ihm begegnet war, immer freundlich und nachsichtig gewesen. Und seine Briefe endeten immer mit «Herzliche Grüße für Dich und Billy».

Ich muß Großmut lernen, dachte sie und starrte hinaus in den Regen.

Sie wußte nicht, was sie im Hinblick auf Tom tun sollte. Er schrieb ihr nicht oft, hielt sie aber stets auf dem laufenden. Aber genau wie er es bei seiner Mutter getan hatte, nahm er auch ihr das Versprechen ab, Rudolph nicht zu sagen, wo er sich gerade aufhielt. Er war genau wie Rudolph in Italien. Allerdings auf der anderen Seite der Halbinsel und weiter südlich. Sie hatte erst vor einigen Tagen einen Brief von ihm aus einem Ort bekommen, der Porto Santo Stefano hieß und nördlich von Rom am Mittelmeer lag. Tom und sein Freund Dwyer hatten endlich das Boot, das sie suchten – es durfte auch nicht zu teuer sein –, gefunden. Den ganzen Herbst und Winter über hatten sie auf einer kleinen Werft in Porto Santo Stefano daran gearbeitet, damit es zum 1. Juni einsatzbereit war.

«Wir machen alles selbst», hatte Tom mit seiner großen, jungenhaften Handschrift auf einem linierten Bogen geschrieben. «Wir haben die Dieselmotoren auseinandergenommen und sie Stück für Stück wieder zusammengefügt; sie sind so gut wie neu. Wir haben sämtliche elektrischen Leitungen neu verlegt, den Rumpf kalfatert und abgekratzt, die Schrauben justiert, die Lichtmaschine repariert, eine neue Kombüse eingerichtet, den Rumpf gestrichen, die Kabinen gestrichen, beim Altwarenhändler eine Menge Möbel erstanden, die wir ebenfalls neu angepinselt haben. Dwyer entpuppt sich als hervorragender Innendekorateur, und ich wünschte, Du könntest sehen, was er aus dem Salon und den Kajüten gemacht hat. Wir haben täglich, Sonntag wie Werktag, vierzehn Stunden geschuftet, aber es hat sich gelohnt. Wir wohnen an Bord, obwohl das

Boot an Land aufgebockt ist, so sparen wir Geld. Weder Dwyers noch meine Kochkünste sind auch nur einen Pfifferling wert, aber wir verhungern nicht. Wenn wir auf Charter-Fahrt gehen, werden wir jemanden auftreiben müssen, der kochen kann. Meiner Meinung nach müßten wir mit drei Mann Besatzung auskommen. Wenn Billy Lust hat, den Sommer über herzukommen, wir haben genug Platz, und an Bord gibt es immer einen Haufen Arbeit. Als ich ihn das letzte Mal sah, kam es mir so vor, als täte ihm ein Sommer voller Arbeit im Freien sehr gut.

Wir haben vor, das Schiff in etwa zehn Tagen zu Wasser zu bringen. Einen Namen haben wir noch nicht. Früher hieß es ‹Penelope II›, aber das ist ein bißchen zu anspruchsvoll für einen Ex-Boxer wie mich. Da wir gerade bei diesem Thema sind – hier schlägt niemand den anderen. Die Leute streiten sich und werden laut dabei, aber jeder hält seine Hände im Zaum. Es ist wunderbar; man geht in eine Bar und darf sicher sein, daß man sich den Weg hinaus nicht erkämpfen muß. Südlich von Neapel soll es anders sein, aber ich kann es nicht glauben.

Der Mann, dem die Werft hier gehört, ist äußerst umgänglich. Ich habe mich umgehört: er soll sich uns gegenüber in jeder Weise sehr fair verhalten. Er hat uns bereits zwei Charter-Fahrten vermittelt. Eine im Juni und eine im Juli, und er ist sicher, daß es noch mehr werden. In Amerika bin ich ein paarmal mit einer gewissen Sorte Italiener zusammengerasselt, aber hier sind die Leute ganz anders. Sie sind sehr angenehm. Ich habe ein paar Brocken Italienisch gelernt, aber Du darfst deswegen nicht erwarten, daß ich eine Rede halten kann.

Auf dem Wasser wird mein Freund die Rolle des Kapitäns übernehmen, auch wenn wir das Schiff mit meinem Geld gekauft haben. Er hat ein Offizierspatent und versteht etwas von der christlichen Seefahrt. Er will es auch mir beibringen. Sobald ich ohne fremde Hilfe und ohne Karambolage in einen Hafen einfahren kann, mache ich selbst den Kapitän. Wir teilen uns die Einkünfte, denn ohne ihn hätte ich das Ganze nie geschafft.

Ein weiteres Mal erinnere ich Dich an Dein Versprechen, Rudy nichts zu sagen. Wenn er erfährt, daß ich von dem Geld, das er für mich erarbeitet hat, ein altes, leckes Schiff gekauft habe, mit dem ich auf dem Mittelmeer herumschippern will, wird er in die Luft gehen. Seiner Meinung nach ist Geld etwas, das man auf der Bank versteckt. Nun, jeder nach seinem Geschmack. Wenn es mir gelingt, das Geschäft auf eine solide Grundlage zu stellen, lade ich ihn und seine Frau zu einer Kreuzfahrt ein. Dann kann er selber sehen, wie dämlich sein Bruder ist.

Du schreibst nicht viel, aber ich habe den Eindruck, daß Dein Leben nicht gerade aufregend verläuft. Das tut mir leid. Vielleicht solltest Du Deine gegenwärtige Tätigkeit, was immer Du tust, aufgeben und Dich nach etwas anderem umsehen. Wenn mein Freund Dwyer nicht so viel von einem Schwulen hätte, würde ich sagen, Du solltest ihn heiraten. Dann hätten wir gleich das Küchenproblem gelöst. – Das war ein Witz.

Falls Du reiche Freunde hast, denen der Gedanke, in diesem Sommer eine Kreuzfahrt im Mittelmeer zu machen, verlockend erscheint, dann erwähne meinen Namen. – Das ist kein Witz.

Vielleicht kommt es Dir und Rudy schwachsinnig vor, daß Ihr einen Bruder habt, der als Kapitän über die Meere fährt. Ich dagegen habe das Gefühl, es muß im Blut liegen. Schließlich ist Pa im eigenen Boot den Hudson auf und ab gerudert. Einmal zu viel. Das ist kein so guter Witz.

Der Außenanstrich unseres Schiffs ist weiß, die Decksaufbauten blau. Es sieht nach einer Million Dollar aus. Der Werftbesitzer sagt, wir könnten es so, wie es ist, verkaufen und einen Gewinn von 10 000 Dollar erzielen. Aber wir verkaufen es nicht.

Falls Du irgendwann nach Osten kommst, tu mir bitte einen Gefallen: versuch herauszufinden, wo meine Frau steckt, was sie tut und wie es meinem Sohn geht. Ich vermisse weder die Nationalflagge noch die hellen Lichter, aber meinen Jungen vermisse ich sehr.

Ich schreibe einen so langen Brief, weil es hier wie verrückt regnet und ich den zweiten Anstrich des Deckshauses (blau) nicht fertigmachen kann. Glaube niemand, der Dir sagt, daß es am Mittelmeer nicht regnet.

Dwyer kocht und ruft, ich solle zum Essen kommen. Du hast keine Ahnung, wie schrecklich es riecht. Herzliche Grüße und Küsse,

Tom.»

Regen in Porto Santo Stefano, Regen in Venedig, Regen in Kalifornien. Die Jordaches hatten nicht viel Glück mit dem Wetter. Aber wenigstens zwei von ihnen hatten Glück mit allem anderen, und sei es auch nur für eine Saison. «Fünf Uhr nachmittags ist die schlechteste Zeit des Tages», sagte Gretchen laut vor sich hin. Um das Selbstmitleid abzuwehren, zog sie die Vorhänge zu und machte sich noch einen Drink zurecht.

Als sie um sieben in den Wagen stieg, um Kosi Krumah auf dem Wilshire Boulevard abzuholen, regnete es noch immer. Langsam und vorsichtig fuhr sie den Hügel hinunter; das Wasser spritzte Zentimeter hoch. Beverley Hills, Stadt der tausend Flüsse.

Kosi bereitete sich auf den Magistergrad in Soziologie vor und nahm an zwei Kursen teil, die sie ebenfalls besuchte. Vor den Prüfungen arbeiteten sie manchmal zusammen die Aufgaben durch. Er hatte in Oxford studiert und war älter als die anderen Studenten und – dachte sie – intelligenter. Er stammte aus Ghana und hatte ein Stipendium, das, wie sie wußte, nicht üppig war. Sie richtete es daher immer so ein, daß sie ihm, wenn er zu ihr kam, zuerst etwas zu Essen vorsetzte. Sie war fest davon überzeugt, daß er nicht genug zu essen bekam, obwohl sie nie darüber sprachen. Sie wagte nicht, mit ihm in Restaurants zu gehen, die weiter weg vom Campus lagen, da man nie sicher sein konnte, wie Oberkellner sich verhielten, wenn eine weiße Frau mit einem Schwarzen hereinkam, ganz gleich wie korrekt er gekleidet war und ein wie einwandfreies Englisch mit reinem Oxforder Akzent er sprach. Im Kursus gab es nie Schwierigkeiten, und sie hatte sogar den Eindruck, daß zwei oder drei Professoren sich ihm gegenüber ungebührlich nachsichtig verhielten, wenn sie mit ihm sprachen. Zu ihr war er stets höflich, aber von großer Zurückhaltung, fast wie ein Lehrer zu einem Studenten. Er hatte keinen einzigen von Colins Filmen gesehen. Er habe keine Zeit, ins Kino zu gehen, sagte er. Gretchen hatte den Verdacht, daß er nicht das Geld dazu hatte. Sie sah ihn nie mit Mädchen, und er schien außer ihr keine Freunde zu haben. Falls man sie als mit ihm befreundet bezeichnen konnte.

Gewöhnlich fuhr sie zur Ecke Rodeo und Wilshire Boulevard in Beverley Hills; dort stieg er ein. Er hatte keinen eigenen Wagen, aber an der Ecke Wilshire Boulevard hielt der Bus aus Westwood, wo er in der Nähe des Campus wohnte. Als sie den Wilshire Boulevard hinunterfuhr und durch die regennasse Windschutzscheibe spähte – der Regen fiel so heftig, daß die Scheibenwischer gar nicht schnell genug arbeiten konnten –, sah sie ihn ohne Regenmantel, nicht einmal den Kragen seiner Jacke hochgeschlagen, an der Ecke stehen. Mit hocherhobenem Kopf blickte er durch seine beschlagene Brille auf den Verkehrsstrom, als betrachte er eine Parade.

Sie hielt und öffnete die Tür. Ohne Hast stieg er ein, während das Wasser von seiner Kleidung tropfte und auf dem Boden sofort eine Pfütze um seine Schuhe bildete.

«Kosi!» sagte Gretchen. «Sie ertrinken ja. Warum haben Sie sich nicht in einen Torweg gestellt?»

«Bei meinem Stamm, meine Liebe», sagte er, «laufen die Männer nicht vor ein bißchen Wasser davon.»

Sie war zornig auf ihn. «Bei meinem Stamm», äffte sie ihn nach, «bei meinem Stamm weißer Schwächlinge haben die Männer genug Verstand, nicht im Regen herumzustehen, Sie ... Sie ...» Sie suchte nach einem Kraftausdruck. «Sie *Israeli!*»

Er schwieg. Dann lachte er schallend. Sie mußte mitlachen.

«Nachdem Sie nun schon einmal da sind», sagte sie, «können Sie sich auch Ihre Brille abwischen, Sie Stammesangehöriger.»

Folgsam trocknete er seine Gläser ab.

Als sie heimkamen, ließ sie ihn Hemd und Jacke ausziehen und gab ihm eine von Colins Wolljacken zum Anziehen. Er war nicht groß, und Colins Wolljacke paßte ihm. Sie hatte nicht gewußt, was sie mit Colins Sachen machen sollte; sie lagen unangetastet in den Schubladen und hingen im Wandschrank. Immer wieder hatte sie sich vorgenommen, sie dem Roten Kreuz oder einer anderen Organisation zu geben, aber es kam nie dazu.

Sie aßen in der Küche: gebratenes Huhn, Erbsen, Salat, Käse, zum Nachtisch gab es Eiskrem und Kaffee. Sie entkorkte eine Flasche Wein. Kosi hatte ihr einmal erzählt, daß er sich in Oxford angewöhnt habe, zu den Mahlzeiten Wein zu trinken.

Stets beteuerte er, daß er nicht hungrig sei und sie sich die Mühe nicht machen solle, aber jedesmal aß er alles auf, was sie ihm vorsetzte, obwohl sie keineswegs gut kochte. Der einzige Unterschied in ihren Tischmanieren bestand darin, daß er die Gabel in der linken Hand hielt. Wieder etwas, das er in Oxford gelernt hatte. Auch dort hatte er ein Stipendium gehabt. Sein Vater besaß in Akkra einen kleinen Wollwarenladen. Aus eigenen Mitteln hätte er seinen hochbegabten Sohn nicht studieren lassen können. Seit sechs Jahren war Kosi nicht mehr zu Hause gewesen. Sobald er mit seinem Studium fertig war, wollte er in seine Heimat zurückgehen und für die Regierung arbeiten.

Er fragte, wo Billy sei. Gewöhnlich aßen sie alle zusammen. Als Gretchen sagte, Billy sei übers Wochenende weggefahren, sagte er: «Schade, ich vermisse den kleinen Mann.»

Dabei war Billy ein ganzes Stück größer als Kosi, doch Gretchen hatte sich an seine Ausdrucksweise mit seinem «meine Liebe» und seinem «kleiner Mann» gewöhnt.

Der Regen trommelte auf die Steinfliesen des Patios vor dem Fenster. Sie ließen sich mit dem Essen Zeit, und Gretchen entkorkte noch eine Flasche Wein.

«Um ehrlich zu sein», sagte sie, «mir ist heute abend nicht nach arbeiten zumute.»

«Nein, das gibt es nicht», sagte er vorwurfsvoll. «Bei diesem fürchterlichen Wetter mache ich doch nicht einen solchen langen Weg, nur um hier zu essen.»

Während sie das Geschirr abwuschen, tranken sie den Rest des Weins aus. Gretchen spülte und Kosi trocknete ab. Sie besaß zwar eine Geschirrspülmaschine, aber da sie nie mehr als drei Personen bei Tisch waren, lohnte es sich nicht, sie anzustellen.

Sie nahm die Kaffeekanne mit ins Wohnzimmer, und jeder trank zwei Tassen Kaffee, während sie die Aufgaben der Woche durchgingen. Er hatte eine rasche, lebhafte, inzwischen streng geschulte Auffassungsgabe und war ziemlich ungeduldig, weil sie so langsam war.

«Meine Liebe», sagte er, «Sie sollten sich ein bißchen konzentrieren.»

Sie knallte das Buch zu. Es war jetzt, seit sie hier zusammensaßen, das dritte oder vierte Mal, daß er sie gerügt hatte. Wie eine – eine Gouvernante, dachte sie, wie eine dicke schwarze Gouvernanten-Mammi. Es war ein Kursus über Statistik, und Statistiken langweilten sie zu Tode. «Nicht jeder ist so gescheit wie Sie», sagte sie. «Ich bin nie der beste Schüler in Akkra gewesen, habe nie ein Stipendium bekommen...»

«Mein liebes Gretchen», sagte er ruhig, aber offensichtlich verletzt. «Ich habe nie behauptet, irgendwo der beste Schüler gewesen zu sein.»

«Nie behauptet, nie behauptet!» sagte sie und dachte, wie kann man sich nur so gehenlassen. «Sie brauchen es nicht zu behaupten. Sie sitzen einfach mit einem überlegenen Gehabe da. Oder stehen im Regen herum wie ein dummer Stammesgott und blicken auf das arme, feige weiße Volk herab, das in seinen dekadenten Cadillacs vorbeischleicht.»

Kosi stand auf und trat einen Schritt zurück. Er nahm seine Brille ab und steckte sie weg. «Es tut mir leid», sagte er. «Dieses Verhältnis scheint sich nicht gut anzulassen ...»

«Dieses Verhältnis?» verspottete sie ihn. «Wo haben Sie solche Worte gelernt?»

«Gute Nacht, Gretchen», sagte er. Mit zusammengepreßten Lippen stand er da, den Körper gespannt. «Wenn Sie mir nur erlauben wollten, daß ich meine Sachen wieder anziehe ... Es dauert nur eine Minute.»

Er ging ins Badezimmer. Sie hörte, wie er drinnen herumhantierte. Sie trank aus, was noch in ihrer Tasse war. Der Kaffee war kalt, und der Zucker, der sich auf dem Tassenboden abgesetzt hatte, machte ihn zu süß. Sie schlug die Hände vors Gesicht, die Ellbogen auf den Schreibtisch gestützt, und schämte sich. Es muß an Rudolphs Brief liegen, dachte sie. Und an Colins Wolljacke. Aber alles hat nichts mit diesem armen jungen Mann und seinem Oxford-Akzent zu tun.

Sie stand auf. Er kam aus dem Badezimmer. Ohne seine Brille war der Kopf mit dem kurzgeschorenen Haar schön, eine breite Stirn, schwere Augenlider, eine scharfgeschnittene Nase, schwellende Lippen, kleine und enganliegende Ohren. Alles in makellosem schwarzem Stein gemeißelt – und doch irgendwie mitleiderregend und gebrochen.

«Ich verlasse Sie jetzt, meine Liebe», sagte er.

«Ich fahre Sie schnell in die Stadt», sagte sie mit schwacher Stimme.

«Vielen Dank. Ich möchte zu Fuß gehen.»

«Aber es gießt doch noch», sagte sie.

«Uns Israelis macht der Regen nichts aus», sagte er finster.

Sie unternahm den Versuch eines Lächelns, aber sein Humor schien wie weggewischt zu sein.

Er wandte sich zur Tür. Sie streckte die Hand aus und ergriff ihn am Ärmel. «Kosi», sagte sie, «bitte, gehen Sie nicht so.»

Er blieb stehen und drehte sich ihr zu. «Bitte», bat sie. Leicht legte sie die Arme um ihn und küßte ihn auf die Wange. Langsam hob er die Arme und nahm ihren Kopf zwischen die Hände. Er küßte sie sanft. Sie spürte, wie seine Hände über ihren Körper glitten. Warum nicht? dachte sie, warum nicht, und preßte sich an ihn. Er versuchte sich freizumachen und sie in Richtung des Schlafzimmers zu schieben, aber sie ließ sich auf die Couch fallen. Nicht in das Bett, in dem sie und Colin gelegen hatten.

Er stand über ihr. «Zieh dich aus», sagte er.

«Mach das Licht aus.»

Er ging an den Schalter an der Wand, und das Zimmer war in Dunkelheit gehüllt. Sie hörte, wie er sich auszog, als sie ihre Sachen ablegte. Sie zitterte, als er zu ihr herüberkam. Sie wollte sagen: Ich habe etwas Verkehrtes getan, geh bitte nach Hause, aber sie schämte sich, das zu sagen.

Sie war trocken und noch nicht bereit, als er in sie eindrang, kurz und heftig, und es tat ihr weh. Sie stöhnte, aber es war kein Stöhnen der Lust. Sie hatte das Gefühl, auseinandergerissen zu werden. Er war ungestüm und stark, und sie lag regungslos da und ließ es über sich ergehen.

Schnell und wortlos war es vorbei. Er erhob sich, und sie hörte, wie er zum Lichtschalter hinübertastete. Sie sprang auf, lief ins Badezimmer und verschloß die Tür. Mehrmals wusch sie ihr Gesicht mit kaltem Wasser und starrte in den Spiegel über dem Waschbecken. Sie wischte die Lippenstiftreste ab. Am liebsten wäre sie auf der Stelle unter die heiße Dusche gegangen, wollte aber nicht, daß er sie das tun hörte. Sie zog einen Morgenrock über und wartete eine ganze Weile in der Hoffnung, er werde inzwischen gehen. Aber er war noch da, als sie herauskam und stand, vollständig angezogen, in der Mitte des Zimmers. Sie versuchte zu lächeln. Sie hatte keine Ahnung, wie die Sache ausging.

«Tun Sie so etwas nie wieder, meine Liebe», sagte er ruhig. «Und auf keinen Fall mit mir. Ihre Toleranz, Ihre Herablassung gefällt mir nicht. Ich habe keine Lust, Teil von irgend jemandes Rassenintegrations-Programm zu sein.»

Mit gesenktem Kopf stand sie da, unfähig zu sprechen.

«Sobald Sie Ihr Examen bestanden haben», fuhr er in dem gleichen gelassenen, feindseligen Ton fort, «können Sie den armen Teufeln in den Wohlfahrtskliniken gegenüber die mildtätige Dame spielen, die schöne, reiche weiße Dame, die all den kleinen Niggern und all den kleinen Mexikanern beweist, wie demokratisch und großzügig dieses wundervolle Land ist und wie liebevoll und voller Nächstenliebe schöne weiße Damen, die keinen Mann haben, sein können. Ich werde dann nicht mehr hier sein, um das zu erleben. Ich werde in Afrika sein und dafür beten, daß die dankbaren kleinen Nigger und die dankbaren kleinen Mexikaner Ihnen irgendwann den Hals abschneiden.»

Er drehte sich um und ging hinaus. Man hörte nur ein ganz leises Geräusch, als die Haustür ins Schloß fiel.

Nach einer Weile räumte sie den Schreibtisch ab, an dem sie gearbeitet hatten. Sie stellte das Geschirr in die Küche und stapelte dann die Bücher auf der einen Seite des Schreibtischs. Ich bin zu alt für Schulbücher, dachte sie. Ich kann da nicht mithalten. Mit schleppenden Schritten ging sie durchs Haus und schloß ab. Arnold Simms, dachte sie, als sie das Licht ausschaltete, ruhe in Frieden. Ich habe für dich bezahlt.

Am nächsten Morgen ließ sie Universität Universität sein und rief statt dessen Sam Corey im Studio an und fragte ihn, wann sie ihn sprechen könne.

2

1964

Obwohl sie hochschwanger war, bestand Jean darauf, mit ihm zusammen zu frühstücken. «Ich will abends genauso müde sein wie du», sagte sie. «Ich nehme mir nicht diese amerikanischen Frauen zum Vorbild, die den ganzen Tag nichts anderes tun als auf der Couch herumzuliegen und abends, wenn ihre Männer nach Hause kommen, munter werden und die armen Teufel dann zwingen, mit ihnen auszugehen. Die Kluft zwischen ungenützter und verbrauchter Energie hat mindestens ebenso viele Ehen zugrunde gerichtet wie Ehebruch.»

Sie stand kurz vor der Niederkunft, und selbst unter dem weißen Nachthemd und dem lose fallenden Morgenrock wirkte ihr Körper plump und ungestalt. Rudolph überfiel jedesmal ein Schuldgefühl, wenn er sie ansah. Früher war sie leichtfüßig und graziös dahergekommen, während sie jetzt mit vorgewölbtem Bauch vorsichtig einen Schritt vor den andern setzte, wenn sie von einem Zimmer ins andere ging. Die Natur hat die Frauen mit einer Art Verrücktheit ausgestattet, dachte er, daß sie sich danach sehnen, Kinder zur Welt zu bringen.

Sie saßen im Eßzimmer, die blasse Aprilsonne strömte durch die Fenster, während Martha dabei war, frischen Kaffee aufzubrühen. Nach dem Tod seiner Mutter hatte Martha sich auf wunderbare Weise verändert. Obwohl sie nicht mehr aß als früher, hatte sie zugenommen. Sie war eine matronenhafte, stets gutgelaunte Frau. Die scharfen Gesichtszüge waren verschwunden, und auch das ständige Zucken des Mundes hatte aufgehört; fast so etwas wie ein Lächeln war an die Stelle getreten. Der Tod hat auch sein Gutes, dachte Rudolph, als er sah, wie freundlich sie die Kaffeekanne vor Jean hinstellte. Früher hatte sie die Kanne auf den Tisch geknallt, ihre tägliche Anklage gegen das Schicksal.

Durch die Schwangerschaft war Jeans Gesicht voller geworden, und sie sah nicht mehr wie ein Schulmädchen aus, das wild entschlossen ist, die besten Noten in der Klasse zu bekommen. Friedlich und fraulich leuchtete ihr Gesicht sanft im Sonnenschein.

«Heute morgen siehst du wie eine Heilige aus», sagte Rudolph.

«Kunststück», sagte Jean, «wenn man zwei Monate nicht mit einem Mann geschlafen hat.»

«Ich hoffe, das Kind weiß solche Zurückhaltung zu würdigen», sagte Rudolph.

«Das hoffe ich auch.»

«Wie geht es heute morgen?»

«Danke, gut. Er marschiert mit Fallschirmjägerschuhen auf und ab, aber sonst ist alles okay.»

«Und wenn's ein Mädchen wird?» fragte Rudolph.

«Ich werde sie lehren, nicht zweigleisig zu fahren», sagte Jean. Sie lachten beide.

«Was machst du heute vormittag?» fragte er.

«Eine Kinderpflegerin stellt sich vor, dann kommen die Möbel fürs Kinderzimmer, die Martha und ich an ihren Platz stellen müssen. Ich muß meine Vitamine nehmen und mein Gewicht kontrollieren. Du siehst, ich habe eine Menge zu tun. Und wie steht's bei dir?»

«Als erstes muß ich in die Universität», sagte Rudolph. «Das Kuratorium tagt. Dann sollte ich auf einen Sprung ins Büro gehen...»

«Bloß damit dieses alte Monstrum von Calderwood wieder an dir herumnörgelt?»

Seit Rudolph Calderwood gesagt hatte, daß er sich im Juni aus dem Geschäft zurückziehen wolle, hatte Calderwood jedesmal, wenn er ihm begegnete, irgendwelche unfreundliche Bemerkungen fallenlassen. «Wer, um Himmels willen, zieht sich schon im Alter von 36 Jahren aus dem Geschäftsleben zurück?» hatte Calderwood ihm immer wieder vorgehalten.

«Ich», hatte Rudolph einmal geantwortet, doch Calderwood hatte es nicht glauben wollen. Argwöhnisch wie immer war er der Meinung, es handle sich um ein Manöver von seiten Rudolphs, um mehr Macht zu bekommen, und er hatte Rudolph zu verstehen gegeben, daß er sie ihm einräumen würde, wenn er bliebe. Calderwood hatte ihm sogar angeboten, das Hauptbüro nach New York zu verlegen, aber Rudolph hatte gesagt, er wolle nicht mehr in New York wohnen. Jean hing inzwischen genau wie er an dem alten Farmhaus in Whitby, und sie verhandelte bereits mit einem Architekten, um es umzubauen und zu vergrößern.

«Mach dir keine Sorgen wegen Calderwood», sagte Rudolph beim Weggehen. «Ich bin zum Lunch zurück.»

«Das gefällt mir», sagte Jean. «Ein Mann, der zum Lunch nach Hause kommt. Danach gehe ich mit dir ins Bett.»

«Du wirst nichts dergleichen tun.» Er beugte sich vor und küßte sie.

Es war noch früh am Morgen, er fuhr langsam und freute sich an der Stadt. Kleine Kinder in grellfarbigen Anoraks fuhren auf Dreirädern auf dem Bürgersteig und spielten auf den Rasenflächen, wo das erste zarte Frühlingsgrün sproß. Eine junge Frau schob im Sonnenschein einen Kinderwagen. Ein alter Hund döste auf den warmen Treppenstufen eines großen weißen Hauses im

Zuckerbäckerstil. Hawkins, der Briefträger, winkte ihm, und er winkte zurück. Slattery, der neben seinem Streifenwagen stand und mit irgendeinem Gärtner sprach, nickte ihm lächelnd zu. Zwei Professoren von der Biologischen Fakultät, die, eifrig redend, auf dem Weg zur Fakultät waren, blickten lange genug hoch, um ein sanftes Hallo anzudeuten. Dieser Stadtteil mit den alten Bäumen, den großräumigen Holzhäusern und den stillen Straßen hatte etwas von der unschuldig freundlichen Atmosphäre des 19. Jahrhunderts an sich, es war eine Welt, in der es keine Kriege, keine Hochkonjunkturen und Flauten gab. Rudolph fragte sich, wie er jemals hatte in Erwägung ziehen können, aus dieser Stadt, in der er bekannt war und wo er an jeder Ecke gegrüßt wurde, fortzuziehen, diese Stadt mit der anonymen Ungewißheit und der steinernen Feindseligkeit New Yorks zu vertauschen.

Er mußte auf dem Weg zum Verwaltungsgebäude am Sportplatz vorbei und sah Quentin McGovern in einem grauen Trainingsanzug die Aschenbahn entlang traben. Er hielt an und stieg aus, und Quentin kam zu ihm herüber, ein großer, ernster junger Mann, dessen Haut von der körperlichen Anstrengung schweißglänzend war. Sie schüttelten sich die Hand. «Ich habe erst um elf meine erste Schulstunde», sagte Quentin. «Und es war ein so strahlender Morgen, daß man nach dem langen Winter, wo man nur zu Hause hockte, direkt darauf versessen war, sich ein bißchen zu bewegen.»

Sie trainierten nicht mehr wie früher am Morgen. Nach seiner Verheiratung hatte Rudolph Jean zuliebe mit Tennis angefangen, und außerdem war es wirklich eine zu spartanische Forderung, jeden Morgen bei jedem Wind und Wetter früh um sieben das Bett seiner neuvermählten Frau zu verlassen, um eine Dreiviertelstunde rund um die Aschenbahn zu stampfen – und das mit einem in Topform befindlichen jungen Athleten.

«Wie geht's, Quentin?» fragte Rudolph.

«Nicht schlecht. Ich bin bei zweiundzwanzig-acht auf zweihundert Meter, und der Trainer sagt, er wolle mich jetzt vierhundert Meter laufen lassen, und beim Staffellauf soll ich auch mitmachen.»

«Was sagt deine Mutter nun?»

Quentin lächelte in Erinnerung an die vielen kalten Wintermorgen. «Sie meint, ich solle nicht so eingebildet werden. Mütter ändern sich nicht.»

«Wie kommst du in der Schule voran?»

«Denen in der Verwaltung muß ein Fehler unterlaufen sein», sagte Quentin. «Sie haben mich auf die Liste der Schüler gesetzt, die vom Vorstand belobigt werden sollen.»

«Was sagt deine Mutter *dazu*?»

«Sie meint, das hätten sie deshalb getan, weil ich farbig bin und sie beweisen möchten, wie liberal sie sind.» Quentin lächelte leise.

«Falls du irgendwelche Schwierigkeiten mit deiner Mutter hast», sagte Rudolph, «sag ihr, sie soll mich anrufen.»

«Das werde ich tun, Mr. Jordache.»
«Nun, ich muß gehen. Grüß deinen Vater von mir.»
«Mein Vater ist tot, Mr. Jordache», sagte Quentin ruhig.
«Das tut mir leid.» Rudolph ging zu seinem Wagen. Guter Gott, dachte er. Quentins Vater muß bestimmt länger als fünfundzwanzig Jahre bei Calderwood gearbeitet haben. Man hätte doch denken sollen, daß irgendeiner einem so etwas sagt.

Der Morgen war nicht mehr so klar und freundlich wie vor seiner Unterhaltung mit Quentin.

Vor dem Verwaltungsgebäude waren alle Parkplätze besetzt, und Rudolph mußte seinen Wagen fast fünfhundert Meter weiter stehen lassen. Jedes Stückchen Erde wird zum Parkplatz, dachte er gereizt, als er den Wagen abschloß. Vor einiger Zeit hatte man ihm in New York das Radio daraus gestohlen, seitdem verschloß Rudolph immer den Wagen, auch wenn er nur fünf Minuten wegging. Es hatte darüber einen kleinen Streit mit Jean gegeben, denn sie lehnte es ab, den Wagen zu verschließen, und ließ sogar die Haustür offen, wenn sie allein zu Hause war. Es ist nichts dagegen einzuwenden, wenn man seinen Nächsten liebt, hatte er zu ihr gesagt, aber es ist töricht, die in dessen Herzen schlummernde Unehrlichkeit außer acht zu lassen.

Als er prüfte, ob die Tür auch richtig verschlossen war, hörte er seinen Namen rufen. «He, Jordache!» Es war Leon Harrison, der ebenfalls dem Kuratorium angehörte und wie er auf dem Weg zu dem angesetzten Treffen war. Harrison war ein großer, stattlicher Mann, an die Sechzig, mit weißem Haar und von einer unechten Herzlichkeit. Er war Herausgeber der Lokalzeitung, die er von seinem Vater zusammen mit größerem Grundbesitz in und um Whitby geerbt hatte. Die Zeitung ging nicht sehr gut, wie Rudolph wußte. Er bedauerte das nicht. Sie wurde von unterbezahlten, trunksüchtigen Leuten gemacht, die bei anderen Zeitungen herausgeflogen waren. Rudolph hatte es sich zur Angewohnheit gemacht, nichts, aber auch gar nichts, was in Harrisons Zeitung stand, zu glauben, nicht einmal den Wetterbericht.

«Wie geht's Ihnen, mein Junge?» fragte Harrison und legte Rudolph, als sie auf das Verwaltungsgebäude zugingen, den Arm um die Schulter. «Wie immer bereit, uns alten Käuzen einzuheizen?» Er lachte laut, um zu beweisen, daß er es nicht boshaft gemeint hatte. Rudolph hatte im Zusammenhang mit Zeitungsanzeigen von Calderwood aus häufiger mit Harrison zu tun gehabt, und die Zusammenarbeit war nicht immer angenehm gewesen. Harrison hatte irgendwann damit angefangen, ihn Junge zu nennen, dann Rudy, dann Jordache und nun war er wieder bei Junge angelangt, wie Rudolph bemerkte.

«Es sind immer dieselben Vorschläge», sagte Rudolph. «Das Gebäude der Wissenschaft niederzubrennen, damit wir endlich Professor Fredericks loswerden.» Fredericks war der Dekan der Naturwissenschaftlichen Fakultät, und Rudolph war sicher, daß es im Norden der Vereinigten Staaten keine Universität von der Größe Whitbys gab, die schlechtere Lehrgänge anzubieten hatte. Fredericks und Harrison waren Busenfreunde, und Fredericks veröffentlichte in Harrisons Zeitung öfter wissenschaftliche Artikel, Artikel, die Rudolph die Schamröte ins Gesicht trieben. Mindestens dreimal im Jahr erschien von Fredericks ein Artikel, in dem er beifällig eine weitere neue Behandlungsmethode gegen Krebs begrüßte, und dieser Artikel wurde auf der Titelseite des ‹Sentinel› gebracht.

«Ihr Geschäftsleute», sagte Harrison weitschweifig, «bringt es nun einmal nicht fertig, Hochachtung vor der reinen Wissenschaft zu empfinden. Ihr wollt alle sechs Monate den Ertrag eurer Investitionen sehen. Ihr meint, die Dollars müßten aus jedem Reagenzglas herausfließen.»

Wenn es ihm gerade paßte, war Harrison mit seinem Besitz von vielen Acres besten Bodens im Geschäftsviertel und seiner Beteiligung an einer Bank ganz der nüchterne Geschäftsmann. Bei anderen Gelegenheiten kehrte er den in Druckerschwärze versinkenden Verleger hervor und gab sich als Literat, der den Verzicht auf Latein als Pflicht- und Prüfungsfach an der Universität beklagte oder gegen einen neuen Lehrplan für Anglistik wetterte, weil darin die Werke von Charles Dickens seiner Meinung nach nicht genügend berücksichtigt wurden.

Eine Dozentin von der psychologischen Abteilung kam ihnen entgegen, und er tippte höflich und herablassend an seinen Hut. Harrison verband altmodische Manieren mit modischen Haßgefühlen. «Nach allem, was ich höre, scheinen sich bei D C ja interessante Dinge zu tun», sagte er.

«Es tun sich immer interessante Dinge bei D C», antwortete Rudolph.

«Interessantere als gewöhnlich, meine ich», sagte Harrison. «Es geht das Gerücht um, daß Sie abtreten wollen.»

«Ich trete nie ab», sagte Rudolph und bedauerte im gleichen Augenblick seine Worte. Dieser Mann brachte das Schlimmste in ihm zum Vorschein.

«Wenn Sie nun aber zufällig doch abtreten sollten», beharrte Harrison, «wer träte dann an Ihre Stelle? Knight?»

«Das Thema ist bisher nicht zur Sprache gekommen», sagte Rudolph. In Wirklichkeit war es sehr wohl zur Sprache gekommen, zwischen ihm und Calderwood, ohne daß jedoch eine Entscheidung getroffen worden wäre. Rudolph log nicht gern, aber wenn man einen Mann wie Harrison nicht belog, verdiente man, heiliggesprochen zu werden.

«D C bedeutet sehr viel für unsere Stadt», meinte Harrison, «was zu einem wesentlichen Teil Ihnen zu verdanken ist, und Sie wissen, daß ich kein Schmeichler bin. Aber meine Leser haben ein Recht darauf, zu erfahren, was hinter den Kulissen gespielt wird.» Die Worte, so banal und harmlos sie klangen, enthielten eine Drohung, und Harrison und Rudolph waren sich dessen beide bewußt.

«Wenn etwas geschieht», sagte Rudolph, «werden Ihre Leser die ersten sein, die es erfahren.»

Während er neben Harrison die Stufen zum Verwaltungsgebäude hinaufging, konnte er sich des Gefühls nicht erwehren, daß der Vormittag bald endgültig verpatzt sein würde.

Der Rektor der Universität, ein neuer jugendlich-schwungvoller Mann aus Harvard namens Dorlacker, ließ seinem Kuratorium keine unsinnige Entscheidung durchgehen. Er und Rudolph waren befreundet. Er kam ziemlich oft mit seiner Frau zu Rudolph ins Haus und äußerte sich stets sehr freimütig, meist darüber, wie man die Mehrzahl der Kuratoriumsmitglieder loswerden könne. Er verabscheute Harrison.

Die Versammlung verlief wie üblich. Der Vorsitzende des Finanzausschusses stellte in seinem Bericht fest, die Dotationen hätten zwar zugenommen, doch die Kosten seien noch schneller gestiegen, und es empfehle sich daher, die Studiengebühren heraufzusetzen und die Anzahl der Stipendien nicht weiter zu erhöhen.

Das Kuratorium wurde daran erinnert, daß der neue Bibliotheksflügel bis zum Herbstsemester fertiggestellt sein würde, daß man ihm aber noch keinen Namen gegeben habe. Es wurde daran erinnert, daß Mr. Jordache bei der letzten Sitzung vorgeschlagen hatte, ihn den Kennedy-Flügel zu nennen, oder besser noch: dem gesamten Gebäude, das bisher lediglich ‹Gedenkbibliothek› genannt wurde, den Namen Kennedy-Bibliothek zu geben.

Harrison erhob Einspruch. Der verstorbene Präsident sei eine umstrittene Persönlichkeit gewesen. Er habe nur das halbe Land repräsentiert. Ein Universitätscampus sei nicht der Ort, eine entzweiende Politik zu propagieren. Durch Abstimmung wurde beschlossen, dem neuen Flügel den Namen Kennedy-Flügel zu geben und dem gesamten Gebäude seinen bisherigen Namen, Gedenkbibliothek, zu belassen. Mr. Harrison möge für das Kuratorium ermitteln, bat der Rektor trocken, an wen oder was die Bibliothek das Gedenken wachhalten solle.

Ein anderes Kuratoriumsmitglied, das auch in einiger Entfernung vom Verwaltungsgebäude hatte parken müssen, erklärte, seiner Meinung nach sollte man eine strikte Vorschrift erlassen, die es den Studenten untersage, mit eigenen Autos zum Campus zu kommen. Unmöglich durchzusetzen, warf Dorlacker ein, und infolgedessen unklug. Vielleicht könnte man einen neuen Parkplatz anlegen.

Harrison war beunruhigt über einen Leitartikel in der Studentenzeitung, in dem zu einer Anti-Atombomben-Demonstration aufgerufen wurde. Der verantwortliche Redakteur müsse wegen politischer Betätigung auf dem Campus und wegen Mißachtung der Regierung der Vereinigten Staaten gemaßregelt werden. Dorlacker erklärte, seiner Meinung nach sei eine Universität nicht der geeignete Ort, die Redefreiheit in Amerika abzuschaffen. Durch Abstimmung wurde beschlossen, den verantwortlichen Redakteur zu maßregeln.

«Dieses Kuratorium entzieht sich seiner Verantwortung», grollte Harrison. Rudolph, jüngstes Mitglied des Kuratoriums, sprach stets ehrerbietig und in gedämpftem Ton. Doch auf Grund seiner Verbindung mit Dorlacker und seiner Geschicklichkeit, ehemalige Studenten und Stiftungen zu Dotationen zu bewegen (sogar Calderwood hatte er dazu gebracht, für den neuen Bibliotheksflügel 50 000 Dollar zu spenden), und nicht zuletzt dank seiner intimen Kenntnis der Stadt und ihrer Wechselbeziehung zur Universität war er das einflußreichste Mitglied. Und er war sich dessen bewußt. Was gleichsam als Liebhaberei und sanfte Eigenreklame begonnen hatte, war zu einem lebhaften Anliegen geworden. Es machte ihm Spaß, daß er das Kuratorium beherrschte und Dickschädel wie Harrison zwang, ein Projekt nach dem andern zu schlucken. Der neue Bibliotheksflügel, die erweiterten Kurse in Soziologie und Außenpolitik, die Förderung eines dort ansässigen Künstlers und die Erweiterung der Kunstschule, die Regelung, das Theater im Einkaufszentrum jedes Jahr zwei Wochen dem Theaterwissenschaftlichen Seminar zu überlassen – das alles waren seine Ideen gewesen. In Erinnerung an Boylans höhnische Bemerkung war Rudolph entschlossen, dafür zu sorgen, daß niemand mehr, nicht einmal ein Mann wie Boylan, Whitby eine Landwirtschaftsschule nennen konnte.

Eine zusätzliche Befriedigung verschaffte es ihm, daß er am Ende eines jeden Jahres einen großen Teil der Spesen für seine Reisen in den Vereinigten Staaten wie auch im Ausland von der Einkommensteuer abziehen konnte, da er es sich zur Aufgabe gemacht hatte, als Mitglied des Kuratoriums überall, wohin er auch kam, Schulen und Universitäten zu besuchen. Dank Johnny Heath war er in Steuerfragen so bewandert, daß er solche Dinge fast automatisch erledigte. «Die kleinen Freuden der Reichen», hatte Johnny das Spiel mit dem Fiskus genannt.

«Wie Sie wissen», sagte Dorlacker, «müssen wir in dieser Sitzung über neue Berufungen für das kommende Semester beraten. Ein Posten ist neu zu besetzen – der des Dekans der Wirtschaftswissenschaftlichen Fakultät. Wir haben das Terrain erkundet und mit den Mitgliedern der Fakultät konferiert und möchten Ihnen zwecks Ihrer Billigung den früheren Leiter unserer ehemals vereinigten Abteilungen für Geschichte und Wirtschaftswissenschaft vorschlagen, einen Mann, der während der letzten Jahre wertvolle Erfahrungen in Europa gesammelt hat: Professor Lawrence Denton.» Als er den Namen aussprach, blickte Dorlacker wie zufällig Rudolph an. Eine kaum wahrnehmbare Andeutung eines Augenzwinkerns. Rudolph hatte Briefe mit seinem alten Lehrer gewechselt und wußte, daß Denton gern in die Vereinigten Staaten zurückkommen wollte. Er sei nicht dazu geschaffen, im Exil zu leben, hatte Denton geschrieben, und seine Frau habe nie ihr Heimweh überwunden. Rudolph hatte Dorlacker alles über Denton erzählt, und Dorlacker hatte Anteil daran genommen. Denton selbst hatte seiner Sache am meisten dadurch geholfen, daß er die Zeit in Europa dazu genutzt hatte, ein Buch über die Wiedergeburt der deutschen Wirtschaft zu schreiben. Dieses Buch hatte anerkennende Besprechungen erhalten.

Dentons Wiederauferstehung war nur dichterische Gerechtigkeit, dachte Rudolph. Er hatte für seinen alten Freund kein Zeugnis abgelegt zu der Zeit, als das vielleicht geholfen hätte. Andererseits wäre er, *wenn* er es getan hätte, wahrscheinlich nie gewählt worden und nie in der Lage gewesen, die Weichen für Dentons Wiedereinstellung zu stellen. Die Situation hatte etwas ungemein Ironisches, so daß Rudolph still in sich hineinlachte, während Dorlacker weitersprach. Er wußte, daß Dorlacker und er selber genügend Stimmen geworben hatten, um Denton durchzubringen. Schweigend lehnte er sich zurück und überließ Dorlacker die nötigen Schachzüge.

«Denton», sagte Harrison. «Ich erinnere mich an den Namen. Er wurde rausgeschmissen, weil er ein Roter war.»

«Ich habe die Unterlagen aufmerksam durchgesehen, Mr. Harrison», sagte Dorlacker. «Und ich habe festgestellt, daß nie eine wie auch immer geartete Anklage gegen Professor Denton erhoben wurde und nie eine formale Untersuchung stattgefunden hat. Professor Denton erklärte seinen Rücktritt, um in Europa zu arbeiten.»

«Irgendwie war er jedenfalls ein Roter», beharrte Harrison. «Und ich meine, wir haben schon genug wilde Männer auf dem Campus und brauchen nicht noch welche zu importieren.»

«Damals», sagte Dorlacker freundlich, «stand das Land unter der dunklen McCarthy-Wolke. Sehr viele hochachtbare Menschen haben damals schuldlos leiden müssen. Zum Glück liegt diese Zeit weit hinter uns, und wir dürfen einen Menschen wieder ausschließlich nach seinen Fähigkeiten beurteilen. Ich für mein Teil bin froh, darauf hinweisen zu können, daß Whitby nur nach streng akademischen Maßstäben geleitet wird.»

«Wenn Sie den Mann hierherholen», sagte Harrison, «wird meine Zeitung etwas dazu zu sagen haben.»

«Ich betrachte Ihre Bemerkung als ungehörig, Mr. Harrison», sagte Dorlacker kühl, «und ich bin überzeugt, daß Sie nach reiflicher Überlegung anders über die Sache denken. Falls nicht noch jemand anders etwas hinzufügen möchte, dürfte es an der Zeit sein, über die Berufung abzustimmen.»

«Jordache», sagte Harrison, «ich nehme doch an, daß Sie nichts damit zu tun hatten...?»

«O doch, das hatte ich», antwortete Rudolph. «Professor Denton war der interessanteste Lehrer, den ich hatte, als ich hier Student war. Ich fand auch sein letztes Buch höchst aufschlußreich.»

«Abstimmen, abstimmen», sagte Harrison. «Ich weiß wirklich nicht, warum ich überhaupt noch zu diesen Sitzungen komme.»

Harrison stimmte als einziger gegen Denton, und Rudolph nahm sich vor, gleich nach der Sitzung ein Telegramm an den Verbannten in Genf zu senden.

Es klopfte an der Tür. «Herein», rief Dorlacker.

Seine Sekretärin erschien. «Entschuldigen Sie, daß ich störe, Sir», sagte sie zu Dorlacker, «aber da ist ein Anruf für Mr. Jordache. Ich sagte, er sei in einer Sitzung, aber...»

Rudolph war aufgesprungen und ging in das Vorzimmer.

«Rudy», sagte Jean, «ich glaube, du kommst besser her. Schnell. Die Wehen haben eingesetzt.» Ihre Stimme klang fröhlich und unbeschwert.

«Ich bin gleich da», sagte er. «Entschuldigen Sie mich bitte bei Mr. Dorlacker und den Mitgliedern des Kuratoriums», bat er die Sekretärin. «Ich muß meine Frau in die Klinik bringen. Und würden Sie bitte in der Klinik anrufen und sagen, man möchte Dr. Levine ausrichten, daß Mrs. Jordache in etwa einer halben Stunde dort sein wird.»

Im Laufschritt verließ er das Büro und eilte zu seinem Wagen. Der Schlüssel hakte im Türschloß. Er verwünschte den Dieb, der ihm in New York sein Radio gestohlen hatte. In einem Anflug von Unbeherrschtheit warf er einen Blick in den Wagen, der neben dem seinen stand, um zu sehen, ob zufällig der Schlüssel im Zündschloß steckte. Er steckte nicht darin. Er wandte sich wieder seinem Wagen zu. Diesmal ließ sich der Schlüssel drehen. Rudolph sprang in den Wagen und raste durch die stillen Straßen heimwärts.

Den ganzen Tag lang hielt er Jean die Hand und wartete. Er wußte nicht, wie er das noch länger aushalten sollte. Dr. Levine war die Ruhe selbst. Es sei normal für eine erste Geburt, sagte er. Seine Gelassenheit machte Rudolph nervös. Im Laufe des Tages sah er von Zeit zu Zeit beiläufig bei ihnen herein, so als handle es sich um einen routinemäßigen Höflichkeitsbesuch. Als er Rudolph vorschlug, er solle in die Cafeteria der Klinik hinuntergehen und eine Kleinigkeit essen, war Rudolph entsetzt darüber, daß der Arzt annehmen konnte, er würde seine leidende Frau allein lassen, um sich satt zu essen. «Ich bin Vater», sagte er, «nicht Geburtshelfer.»

Dr. Levine hatte gelacht. «Auch Väter müssen essen», hatte er gesagt. «Sie müssen für die Familie bei Kräften bleiben.»

Dieser materialistische gleichgültige Kerl, hatte Rudolph gedacht. Wenn sie je so verrückt sein sollten, noch ein Kind zu bekommen, würden sie einen Arzt nehmen, der keine Maschine war.

Das Kind wurde kurz vor Mitternacht geboren. Ein Mädchen. Als Dr. Levine für einen Augenblick aus dem Kreißsaal kam, um Rudolph zu sagen, daß Mutter und Kind wohlauf seien, hätte Rudolph ihn am liebsten umarmt.

Als Jean in ihr Zimmer zurückgebracht wurde, ging er neben dem Rollbett her. Jean sah erhitzt, schmal und erschöpft aus. Sie versuchte ihn anzulächeln, aber die Anstrengung war zuviel.

«Sie wird jetzt schlafen», sagte Dr. Levine. «Sie können ohne weiteres nach Hause gehen.»

Doch bevor er das Zimmer verließ, sagte Jean mit überraschend fester Stimme: «Bring bitte morgen meine Leica mit, Rudy. Ich möchte eine Aufnahme von ihrem ersten Tag haben.»

Dr. Levine führte ihn zur Säuglingsstation, wo er durch die Glastür seine Tochter unter fünf anderen schlafenden Babies bewundern durfte. Dr. Levine deutete auf eines der Bündel. «Das ist sie.»

Alle sechs Babies sahen gleich aus. Sechs an einem Tag. Der endlose Strom. Geburtshelfer mußten die zynischsten Menschen auf der Welt sein.

Draußen vor der Klinik herrschte nächtliche Kühle. Am Morgen war es warm gewesen, als er das Haus verließ, und er hatte keinen Mantel mitgenommen. Fröstelnd ging er zu seinem Wagen. Er stellte fest, daß er es versäumt hatte, den Wagen abzuschließen, aber das neue Radio war noch da.

Er wußte, daß er zu aufgeregt war, um schlafen zu können. Er hätte gern jemanden angerufen, gern mit jemandem ein Gläschen zur Feier des Tages getrunken, aber es war inzwischen ein Uhr nachts. Er konnte jetzt niemanden wecken.

Er stellte die Heizung im Wagen an und fühlte sich angenehm durchwärmt, als er vor seinem Haus auf dem Zufahrtsweg anhielt. Martha hatte für ihn die Lichter brennen lassen. Er ging über den Rasen, als er eine Gestalt im Schatten des Eingangs erblickte.

«Wer ist da?» rief er scharf.

Die Gestalt bewegte sich langsam aus der Dunkelheit in den Lichtschein. Es war Virginia Calderwood, mit einem Schal über dem Kopf und einem pelzbesetzten grauen Mantel.

«Mein Gott, Virginia», rief er. «Was tun Sie hier?»

«Ich weiß über alles Bescheid.» Sie kam auf ihn zu und blieb unmittelbar vor ihm stehen. Die großen dunklen Augen in ihrem bleichen, schmalen, hübschen Gesicht sahen ihn unverwandt an. «Ich habe mehrmals in der Klinik angerufen und mich erkundigt. Ich habe gesagt, ich sei Ihre Schwester. Ich weiß alles. Sie hat das Kind bekommen. *Mein* Kind.»

«Virginia, ich glaube, Sie gehen jetzt besser nach Hause.» Rudolph trat einen Schritt zurück, so daß sie ihn nicht berühren konnte. «Wenn Ihr Vater erfährt, daß Sie hier herumlungern, wird er ...»

«Es ist mir egal, was er oder irgendwer anderes erfährt», sagte Virginia. «Ich schäme mich nicht.»

«Erlauben Sie mir, daß ich Sie heimfahre», sagte Rudolph. Sollte ihre eigene Familie mit ihrer Verrücktheit fertig werden. Was hatte er damit zu schaffen. Noch dazu in einer Nacht wie dieser. «Sie brauchen jetzt Schlaf, viel Schlaf, dann werden Sie ...»

«Ich habe kein Zuhause», sagte Virginia. «Ich gehöre in Ihre Arme. Mein Vater weiß gar nicht, daß ich in der Stadt bin. Ich bleibe hier, bei Ihnen. Da, wo ich hingehöre.»

«Sie gehören nicht hierher, Virginia», sagte Rudolph verzweifelt. Er, der immer so auf seine Gesundheit bedacht war, wußte sich angesichts dieser Zeichen von geistiger Verwirrung bei Virginia nicht zu helfen. «Ich wohne hier mit meiner Frau.»

«Sie hat Sie von mir weggelockt», sagte Virginia. «Sie hat sich zwischen uns gedrängt. Ich habe den ganzen Tag lang gebetet, daß sie in der Klinik stirbt.»

«Virginia!» Was immer sie bisher gesagt und getan hatte, er war nie wirklich entsetzt gewesen. Er hatte sich darüber bald geärgert, bald lustig gemacht oder war voll Mitleid mit ihr gewesen. Doch das jetzt übertraf alles, was sie sich bisher geleistet hatte. Zum erstenmal kam ihm der Gedanke, daß sie gefährlich werden konnte. Sobald er im Haus war, würde er die Klinik anrufen. Man mußte dafür sorgen, daß Virginia Calderwood von der Säuglingsstation oder dem Zimmer seiner Frau ferngehalten wurde. «Kommen Sie, steigen Sie in meinen Wagen. Ich bringe Sie heim.»

«Behandeln Sie mich nicht wie ein kleines Kind», sagte sie. «Ich bin kein Kind. Und ich habe meinen eigenen Wagen dabei – er steht nur ein paar Häuser weiter. Mich braucht keiner irgendwohin zu fahren.»

«Virginia», sagte er, «ich bin schrecklich müde und brauche unbedingt Schlaf. Wenn es etwas gibt, worüber Sie mit mir sprechen müssen, dann rufen Sie mich am Morgen an.»

«Ich will, daß Sie mit mir schlafen», sagte sie und stand da und starrte ihn an, beide Hände in die Taschen ihres Mantels vergraben. Sie sah ganz normal, ganz alltäglich aus und war sorgfältig gekleidet. «Ich will, daß Sie heute nacht mit mir schlafen. Ich weiß, daß Sie es wollen. Ich habe es von Anfang an in Ihren Augen gelesen», fuhr sie flüsternd, mit tonloser Stimme, fort. «Sie haben es nur nicht gewagt. Wie alle anderen hatten Sie Angst vor meinem Vater. Kommen Sie! Sie werden es nicht bereuen. Sie sehen mich immer noch als kleines Mädchen, so wie damals, als Sie mich bei meinem Vater kennengelernt haben. Aber ich bin kein kleines, wohlbehütetes Mädchen mehr, keine Sorge! Ich bin viel herumgekommen. Wenn auch vielleicht nicht so viel wie Ihre reizende Frau mit ihrem Fotografen – ach, Sie sind überrascht, daß ich das alles weiß? Nun, ich habe es mir zur Aufgabe gemacht, alles herauszufinden, und ich könnte Ihnen noch sehr viel mehr erzählen, wenn Sie mir zuhören wollten.»

Aber inzwischen hatte er die Tür geöffnet und sie hinter sich zugeworfen und abgeschlossen, und Virginia stand tobend draußen und hämmerte mit beiden Fäusten gegen die Tür. Er ging durchs Haus und überzeugte sich, daß alle Fenster und Türen im Erdgeschoß geschlossen waren. Als er zur Haustür zurückkam, hatte das Hämmern der kleinen, wilden Fäuste aufgehört. Zum Glück war Martha nicht aufgewacht, dachte er. Er schaltete die Außenbeleuchtung aus. Nachdem er in der Klinik angerufen hatte, ging er todmüde die Treppe hinauf, in das Schlafzimmer, das er mit Jean teilte.

Happy birthday, meine kleine Tochter, in dieser ruhigen, achtbaren Stadt, dachte er noch. Dann schlief er ein.

Es war an einem frühen Samstagnachmittag an der Bar des Country Club. Da die meisten Mitglieder noch draußen waren, auf dem Golfplatz und auf den Tennisplätzen, hatte Rudolph, der sein Bier trank, die Bar für sich allein. Jean war noch im Damen-Umkleideraum und zog sich um. Obwohl sie erst seit fünf Wochen aus der Klinik heraus war, hatte sie ihn in zwei ehrlichen Spielen geschlagen. Rudolph mußte lächeln, als er daran dachte, wie fröhlich und befriedigt sie gewesen war, daß sie den Platz als Siegerin verließ.

Das Clubhaus war ein niedriges, stilloses, verschachteltes Gebäude. Die Außenwände waren mit Schindeln verkleidet. Der Club stand immer kurz vor dem Bankrott, und jeder, der bereit war, die niedrigen Aufnahmegebühren zu zahlen, wurde als Mitglied aufgenommen. Außerdem gab es Sommer-Mitgliedschaften für Leute, die nur die Saison über kamen. Der Raum, in dem sich die Bar befand, war mit verblaßten Fotografien geschmückt: Gestalten in langen Flanellhosen, die vor dreißig Jahren irgendwelche Turniere gewonnen hatten, und ein mit Fliegendreck beschmutztes Foto von Bill Tilden und Vincent Richards, die einmal ein Match auf den Clubplätzen ausgetragen hatten.

Während Rudolph auf Jean wartete, nahm er die Wochenendausgabe des ‹Sentinel› zur Hand und bereute es im gleichen Augenblick. Auf der Titelseite stand ein Artikel über die Berufung von Professor Denton, gespickt mit all den alten Verdächtigungen und unbewiesenen Behauptungen und mit der Absicht, Zweifel zu säen, ob die leicht zu beeindruckende Jugend des College einem so fragwürdigen Einfluß ausgesetzt werden sollte. «Das war Harrison, dieser Schweinehund», sagte Rudolph laut vor sich hin.

«Wünschen Sie etwas, Mr. Jordache?» fragte der Barkellner, der am anderen Ende der Theke saß und in einem Magazin las.

«Noch ein Bier, bitte, Hank», sagte Rudolph. Er schob die Zeitung beiseite. In diesem Augenblick beschloß er, daß er, falls er es sich leisten konnte, Harrisons Zeitung kaufen würde. Es war das Beste, was er für die Stadt tun konnte. Und es konnte nicht allzu schwer sein. Seit mindestens drei Jahren hatte Harrison keinen Profit mehr aus dem Blatt gezogen. Wenn er nicht wußte, daß der eigentliche Interessent Rudolph war, würde er die Zeitung wahrscheinlich zu einem vernünftigen Preis abgeben. Rudolph beschloß, gleich am Montag mit Johnny Heath zu besprechen, wie man hier am besten vorging.

Er versuchte, Harrison bis Montag aus seinen Gedanken zu verbannen, und trank friedlich sein Bier, als Brad Knight, zusammen mit den drei anderen von seinem Viererspiel, vom Golfplatz hereinkam. Beim Anblick der orangefarbenen Hose, die Brad trug, zuckte Rudolph zusammen. «Willst du dich mit den Damen um den Handikap-Pokal bewerben?» fragte er Brad, als die vier Männer an die Bar traten und Brad ihm auf die Schulter klopfte.

Brad lachte. «Das ist das männliche Gefieder, Rudy», sagte er. «In der Natur ist es meist prächtiger als das der Weibchen. Und am Wochenende bin ich der natürliche, unverfälschte Mann. Hank, diese Runde geht auf meine Rechnung. Ich bin der große Gewinner.»

Die Männer bestellten und widmeten sich ihren Karten. Brad und sein Partner hatten annähernd 300 Dollar gewonnen. Brad war einer der besten Golfspieler im Club und geschickt im Reizen. Oft fing er mäßig an und brachte so seine Gegner dazu, ihre Einsätze zu verdoppeln. Nun, das war seine Sache. Leute, die es sich leisten konnten, an einem gewöhnlichen Samstagnachmittag 150 Dollar pro Nase zu verlieren, mußten wissen, was sie taten. Andererseits irritierte es ihn, wie leichthin sie über einen so hohen Verlust sprachen. Er war kein geborener Spieler.

«Ich hab Jean mit dir auf dem Tennisplatz gesehen», sagte Brad. «Sie sieht ja großartig aus.»

«Ja, ja, die ist von einem zähen Menschenschlag», sagte Rudolph. «Oh, übrigens, vielen Dank für das Geschenk für Enid.» Der Mädchenname von Jeans Mutter hatte Enid Cunningham gelautet, und als Jean sich so weit erholt hatte, daß sie wieder klar sprechen konnte, hatte sie Rudolph gefragt, ob er etwas dagegen habe, dem Kind den Namen ihrer Mutter zu geben. «Wir steigen unaufhaltsam auf, wir Jordaches», hatte Rudolph gesagt. «Wir stoßen bereits in ein dreinamiges Ahnenterritorium vor.» Eine kirchliche Taufe hatte bisher nicht stattgefunden und würde auch nicht stattfinden. Jean teilte seinen Atheismus oder – wie er es für sich selbst lieber nannte – seinen Agnostizismus. Er hatte lediglich den Namen in das Formular für die Geburtsurkunde eingetragen. Enid Cunningham Jordache – eine Menge Buchstaben für ein siebenpfündiges Baby, hatte er dabei im stillen gedacht. Brad hatte ein sterlingsilbernes Breischälchen mit dazu passendem Untersatz und Schieber für das Baby geschickt. Inzwischen hatten sie elf silberne Breischälchen im Haus. Brad war nicht übermäßig einfallsreich. Aber er hatte dem Kind auch ein Sparkonto eingerichtet, mit einer Einlage von 500 Dollar. «Man kann nie wissen», hatte er gesagt, als Rudolph gegen die Höhe der Summe protestierte, «es kann immer mal vorkommen, daß ein Mädchen schnell das Geld für eine Abtreibung parat haben muß.»

Einer der Männer, mit denen Brad gespielt hatte, Eric Sunderlin, war der Vorsitzende des Golf-Komitees. Er sprach von seinem Lieblingsprojekt, nämlich den Platz zu vergrößern und zu verbessern. An den Golfplatz grenzte eine große Parzelle, die teils aus aufgegebenem Ackerland, teils aus einem Forst bestand, und Sunderlin ließ zur Zeit unter den Clubmitgliedern einen Antrag zirkulieren, man solle eine Anleihe aufnehmen und das Gelände kaufen. «Es würde uns groß machen», meinte Sunderlin. «Wir hätten sogar die Chance, das Turnier der Profis einmal hierher zu bekommen. Und unsere Mitgliederzahl würde sich glatt verdoppeln.»

Alles in Amerika, dachte Rudolph mißmutig, hat die Tendenz, sich zu verdoppeln und groß zu werden. Er selbst spielte nicht Golf. Dennoch war er dankbar, daß sie an der Bar über Golf und nicht über den Artikel im ‹Sentinel› sprachen.

«Wie steht's mit Ihnen, Rudy?» fragte Sunderlin. «Unterschreiben Sie auch?»

«Ich habe noch nicht richtig darüber nachgedacht», sagte Rudolph. «Geben Sie mir vierzehn Tage Zeit, ich muß es mir überlegen.»

«Was gibt es da zu überlegen?» fragte Sunderlin aggressiv.

«Der liebe gute Rudy schätzt keine übereilten Entschlüsse», sagte Brad. «Er überlegt sich auch vierzehn Tage lang, ob er sich die Haare schneiden lassen soll.»

«Es würde uns helfen, wenn wir einen Mann Ihres Formats hinter uns hätten», sagte Sunderlin. «Ich komme gleich nach Ihnen.»

«Aber ganz gewiß, Eric», sagte Rudy.

Sunderlin lachte über diesen Tribut an ihn. Er und die beiden anderen Männer machten sich auf den Weg zu den Duschen. Ihre mit Spikes versehenen Golfschuhe klapperten auf dem kahlen Holzfußboden. Es gehörte zu den Clubregeln, in der Bar, im Restaurant und im Kartenspielzimmer keine Spikes zu tragen, aber niemand hielt sich daran. Sollten wir jemals groß werden, dachte Rudolph, werdet ihr eure Schuhe ausziehen müssen.

Brad blieb an der Bar und bestellte sich noch einen Drink. Er hatte fast immer ein hochrotes Gesicht, aber es ließ sich nicht sagen, ob das von der Sonne kam oder vom Trinken.

«Ein Mann deines Formats...» sagte Brad. «Die Leute hier in der Stadt reden immer so, als wärst du drei Meter groß.»

«Darum hänge ich an der Stadt», sagte Rudolph.

«Willst du hierbleiben, wenn du aufhörst?» fragte Brad, ohne Rudolph dabei anzusehen. Er nickte Hank zu, der ein Glas vor ihn auf die Theke stellte.

«Wer redet hier von aufhören?» Rudolph hatte Brad bisher nichts von seinen Plänen gesagt.

«Die Dinge sprechen sich rum.»

«Wer hat es dir gesagt?»

«Aber du *willst* doch aufhören, nicht wahr?»

«Wer hat dir das gesagt?»

«Virginia Calderwood», antwortete Brad.

«Aha!»

«Sie hat gehört, wie ihr Vater mit ihrer Mutter darüber gesprochen hat.»

Spionin, begierig auf Informationen, die verrückte Virginia Calderwood, die auf leisen Sohlen durch die Nacht schlich, horchend und spähend.

«Ich bin in den letzten acht Wochen öfter mit ihr zusammengewesen», sagte Brad. «Ein nettes Mädchen.»

Bradford Knight, der große Charakterologe aus Oklahoma, aus den Weiten des Westens, wo die Dinge waren, was sie zu sein schienen.

«Tja, ja», sagte Rudolph.

«Hast du mit ihrem Vater besprochen, wer deine Stelle einnehmen soll?»

«Ja, wir haben darüber gesprochen.»

«Und wer wird es sein?»

«Das haben wir noch nicht entschieden.»

«Na schön», sagte Bradford lachend, aber röter im Gesicht als je. «Vielleicht gibst du einem alten Collegegenossen einen Tip – wenigstens zehn Minuten bevor es bekanntgegeben wird. Tust du das für mich?»

«Ja. Was hat dir Miss Calderwood sonst noch erzählt?»

«Nichts Besonderes weiter», sagte Brad gleichmütig. «Daß sie mich liebt. Und dergleichen mehr. Hast du sie in letzter Zeit mal gesehen?»

«Nein.» Rudolph hatte sie seit der Nacht nach Enids Geburt nicht mehr gesehen. Also das letzte Mal vor sechs Wochen – das war nicht ‹in letzter Zeit›.

«Wir haben viel Spaß miteinander gehabt», sagte Brad. «Ihre äußere Erscheinung täuscht. Sie ist ein amüsantes Mädchen.»

Neue Aspekte des Charakters der Dame. Ein spaßiges, ein amüsantes Mädchen. Fröhliches Treiben um Mitternacht vor anderer Leute Haustüren.

«Ich überlege mir ernsthaft», fuhr Brad fort, «ob ich sie heirate.»

«Warum?» fragte Rudolph. Obwohl er sich den Grund denken konnte.

«Ich habe es satt, mich immer in anderen Betten rumzutreiben», sagte Brad. «Ich gehe auf die Vierzig zu, und es ist mir allmählich zu anstrengend.»

Das ist nicht die ganze Antwort, Freundchen, dachte Rudolph. Fast nirgendwo bekam man die ganze Antwort.

«Vielleicht bin ich beeindruckt von deinem Beispiel», sagte Brad. «Wenn das Heiraten sogar gut ist für einen Mann deines Formats –» sein dickes und rotes Gesicht verzog sich zu einem Grinsen – «dann sollte es auch einem Mann von meinem Format gut bekommen. Eheglück.»

«Das letzte Mal hast du nicht sehr viel Eheglück gehabt.»

«Stimmt», sagte Brad. Seine erste Ehe – er war mit der Tochter eines Ölmillionärs verheiratet gewesen – hatte ganze sechs Monate gedauert. «Aber damals war ich jünger. Und ich war nicht mit einem anständigen Mädchen wie Virginia verheiratet. Außerdem hat sich vielleicht mein Glück gewendet.»

Rudolph holte tief Atem. «Dein Glück hat sich nicht gewendet, Brad», sagte er ruhig. Dann erzählte er Brad von Virginia Calderwood, von den Briefen, den Telefonanrufen, davon, wie sie ihm vor seinem Haus aufgelauert hatte, von der letzten verrückten Szene, die erst knapp sechs Wochen zurücklag. Brad hörte ihm schweigend zu. Alles, was er am Ende dazu sagte, war: «Muß toll sein, wenn man so rasend begehrt wird wie du, mein Junge.»

Dann kam Jean herein – die Haut schimmernd vom Duschen, das Haar mit einer Samtschleife zurückgebunden, die gebräunten Beine nackt, die Füße in Mokassins.

«Hallo», sagte Brad, indem er sich von seinem Barhocker erhob und sie küßte. «Ich lade euch beide zu einem Drink ein.»

Sie plauderten über das Baby, über Golf und Tennis und über das neue Stück, mit dem das Theater in der kommenden Woche die Spielzeit eröffnen würde. Virginia Calderwoods Name wurde nicht erwähnt, und nachdem Brad seinen Drink ausgetrunken hatte, meinte er: «So, dann will ich mal duschen.» Er unterschrieb den Bon für die Drinks und schlenderte davon, ein dick und alt werdender Mann in orangefarbener Hose. Seine teuren Golfschuhe schrammten mit ihren Spikes über den zerkratzten Holzfußboden.

Zwei Wochen später fand Rudolph die Einladung zu der Vermählung von Miss Virginia Calderwood mit Mr. Bradford Knight unter der Morgenpost.

Die Orgel intonierte den Hochzeitsmarsch, und Virginia kam am Arm ihres Vaters den Gang zwischen den Bankreihen entlang. Sie sah hübsch, zart, zerbrechlich und gefaßt aus in ihrem weißen Brautkleid. Sie blickte Rudolph nicht an, als sie an ihm vorbeiging, obwohl er und Jean in einer der vorderen Kirchenbänke standen. Bradford Knight, der Bräutigam, erhitzt und gerötet von der Junihitze, stand wartend neben Johnny Heath, dem Brautführer, vor dem Altar. Beide trugen gestreifte Hosen und schwarze Gehröcke. Die Leute hatten sich gewundert, daß Rudolph nicht als Brautführer gewählt worden war, aber Rudolph hatte sich nicht gewundert.

Mein Werk, dachte Rudolph, während er mit halbem Ohr der Zeremonie zuhörte. Ich habe ihn von Oklahoma hierhergeholt, ich habe ihm eine Position verschafft, ich habe seine Braut zurückgestoßen. Mein Werk, aber bin ich dafür verantwortlich?

Das Hochzeitsessen fand im Country Club statt. Das kalte Buffet war auf einem langen Tisch unter einer Markise aufgebaut worden, und überall auf dem Rasen standen unter leuchtend bunten Sonnenschirmen Tische und Stühle. Auf der Terrasse spielte eine Kapelle zum Tanz auf. Braut und Bräutigam, inzwischen für die Hochzeitsreise umgekleidet, hatten den ersten Tanz angeführt, einen Walzer, und Rudolph war ganz erstaunt gewesen, wie gut Brad trotz seiner etwas plumpen Gestalt getanzt hatte.

Rudolph hatte der Braut pflichtschuldig einen Kuß gegeben. Virginia hatte ihn mit genau dem gleichen Lächeln angesehen, mit dem sie alle Gratulanten bedacht hatte. Vielleicht ist alles vorbei und vergessen und sie wird vernünftig, sagte sich Rudolph.

Jean hatte darauf bestanden, mit ihm zu tanzen, obgleich er protestiert hatte. «Wie kannst du am hellichten Tag tanzen?»

«Ich liebe Hochzeiten», sagte Jean und zog ihn eng an sich. «Solange es nicht meine eigene ist.» Dann, ein wenig hämisch: «Solltest du nicht vielleicht eine Rede auf die Braut halten? Du könntest erwähnen, was für eine treue Freundin sie ist – daß sie Nacht für Nacht vor deiner Haustür gewartet hat, um sich zu vergewissern, ob du auch wohlbehalten heimkamst, und daß sie dich zu allen Tageszeiten angerufen und angeboten hat, dir in deinem armen einsamen Bett Gesellschaft zu leisten, falls du dich im Dunkeln fürchtest.»

«Pst!» machte Rudolph und blickte besorgt um sich. Er hatte ihr nichts von der Nacht nach Enids Geburt erzählt.

«Sie sieht wirklich hübsch aus», sagte Jean. «Tut dir deine Wahl nicht leid?»
«Ich bin verzweifelt», sagte er. «Komm, tanzen wir!»

Die Jungen von der Kapelle waren eine Gruppe vom College, und Rudolph stellte bekümmert fest, wie gut sie spielten. Er erinnerte sich an die Zeit, als er ungefähr in ihrem Alter gewesen war und Trompete gespielt hatte. Die jungen Leute heutzutage machten alles so viel besser. Die Jungen von der Läufermannschaft in Port Philip liefen die zweihundert Meter, seine alte Strecke, mindestens zwei Sekunden schneller, als er es je geschafft hatte. «Komm, verlassen wir die Tanzfläche», sagte er. «Ich fühle mich hier beengt.»

Während sie ein Glas Champagner tranken, unterhielten sie sich mit Brads Vater, der zu der Feier von Tulsa heraufgekommen war. Er trug einen breitkrempigen Stetson. Ein hagerer Mann, vom Wetter gegerbt und mit tiefen Sonnenfalten im Nacken. Er sah nicht aus wie ein Mann, der mehrmals ein Vermögen verdient und wieder verloren hatte, sondern eher wie ein mittelmäßiger Filmschauspieler, den man unter Vertrag genommen hatte, damit er in einem Western den Sheriff spielte.

«Brad hat mir 'ne Menge von Ihnen erzählt, Sir», sagte der alte Knight zu Rudolph. «Und von Ihrer schönen jungen Frau auch.» Er hob galant sein Glas und prostete Jean zu. «Ja, Sir, Mr. Jordache», fuhr der alte Knight fort, «mein Sohn Brad steht auf immer und ewig in Ihrer Schuld, und glauben Sie nicht, daß er das nicht weiß. Da unten in Oklahoma ist ihm nichts von der Hand gegangen. Er wußte kaum, woher er seine nächste ehrliche Mahlzeit nehmen sollte, als Ihr Anruf kam. Wenn Sie ihn nicht nach dem Osten geholt hätten ... Ich saß damals selber mächtig in der Klemme. Ich sag Ihnen das ganz ehrlich. Darum konnte ich den Preis für 'ne zusammengebrochene Bohranlage einfach nicht aufbringen. Hätte dem Jungen gern geholfen. Ich bin stolz, daß ich jetzt wieder auf eigenen Füßen stehe. Aber 'ne Weile sah's verdammt so aus, als wär's mit dem alten Pete Knight aus und zu Ende. Ich und Brad, wir haben zusammen in einem kleinen Zimmer gewohnt, und um am Leben zu bleiben, haben wir dreimal am Tag Paprikaschoten gegessen. Bis wie ein Blitz aus heiterem Himmel der Anruf von seinem Freund Rudy kam. Ich hab gleich zu ihm gesagt, damals, wie er vom Militärdienst heimgekommen ist, nun sieh zu, Brad, nimm das Angebot von der Regierung der Vereinigten Staaten an und geh aufs College, so wie das Gesetz dir das ermöglicht, denn bald ist in diesem

Land keiner mehr was wert, wenn er nicht auf'm College gewesen ist. Und Brad, der ein guter Junge ist, war vernünftig. Er hat auf seinen Pa gehört. Und jetzt sehen Sie sich den Jungen an.» Er warf einen strahlenden Blick über die Tanzfläche in die Richtung, wo sein Sohn mit Virginia und Johnny Heath zwischen einer Gruppe junger Leute stand und Champagner trank. «Fein in Schale, Champagner im Glas, die ganze Zukunft vor sich und mit einer schönen jungen Erbin verheiratet. Und wenn er nur einmal sagt, daß er das nicht alles seinem Freund Rudy verdankt, dann ist sein Papa bestimmt der erste, der ihn einen Lügner nennt.»

Brad und Virginia kamen mit Johnny herüber, um sich ein wenig um den alten Knight zu kümmern. Brads Vater forderte Virginia zum Tanzen auf, und Brad tanzte mit Jean.

«Du bist wohl heute nicht sehr zum Feiern aufgelegt, was, Rudy?» fragte Johnny. Nichts entging diesen scheinbar schläfrigen Augen in dem glatten runden Gesicht.

«Wieso? Die Braut ist hübsch, der Champagner fließt in Strömen, die Sonne scheint, und mein Freund glaubt, er hat es ein für allemal geschafft», sagte Rudolph. «Warum sollte ich da nicht feiern?»

«Trotzdem . . .» sagte Johnny.

«Mein Glas ist leer», sagte Rudolph. «Holen wir uns noch ein bißchen Champagner.» Er ging auf die Buffet-Tafel unter der Markise zu, an deren einem Ende die Getränke standen.

«Am Montag werden wir eine Antwort von Harrison haben», sagte Johnny. «Ich nehme an, daß er auf das Angebot eingeht. Du wirst dein Spielzeug kriegen.»

Rudolph nickte. Es ärgerte ihn, daß Johnny, der keine Möglichkeit sah, aus dem ‹Sentinel› je ein profitbringendes Blatt zu machen, von einem Spielzeug sprach, aber er sagte nichts. Jedenfalls hatte es Johnny, was immer er von der Sache hielt, wieder einmal geschafft. Er hatte einen gewissen Mr. Hamlin gefunden, Besitzer einer Kette von Lokalblättern, der bereit war, als offizieller Käufer zu fungieren. Es war vertraglich vereinbart worden, daß Hamlin seinen Anteil drei Monate später an Rudolph verkaufte. Hamlin war ein harter Geschäftsmann. Er hatte für seine Dienste drei Prozent vom Kaufpreis verlangt. Andererseits hatte er den Preis, den Harrison ursprünglich genannt hatte, so weit heruntergehandelt, daß es sich lohnte, auf seine Bedingungen einzugehen.

Während Rudolph an der Bar stand, klopfte ihm jemand kräftig auf die Schulter. Er drehte sich um und erblickte Sid Grossett, der bis zur letzten Wahl Bürgermeister von Whitby gewesen war und alle vier Jahre als Delegierter zum republikanischen Parteikongreß entsandt wurde. Grossett, ein netter, freundlicher Mann, war Rechtsanwalt von Beruf. Es war ihm zwar gelungen, die Gerüchte, er hätte während seiner Amtszeit Bestechungsgeschenke angenommen, zu zerstreuen, doch hatte er sich bei den letzten Wahlen entschlossen, nicht wieder zu kandidieren. Der augenblickliche Bürgermeister der Stadt, ein Demokrat, saß am anderen Ende der Bar und trank ebenfalls Calderwoods Champagner. Alle Welt war zur Hochzeit erschienen.

«Hallo, junger Mann», sagte Grossett. «Ich habe schon viel von Ihnen gehört.»

«Gutes oder schlechtes?» fragte Rudolph.

«Niemand hört je etwas Schlechtes über Rudolph Jordache», sagte Grossett. Er war nicht umsonst Politiker.

«Hört, hört!» sagte Johnny Heath.

«Hallo, Johnny.» Einen Händedruck für jeden. Es gab immer wieder mal eine Wahl. «Alle Welt behauptet das», sagte Grossett. «Ich höre, Sie scheiden Ende des Monats bei D C Enterprises aus.»

«Wer ist diesmal der Prophet?»

«Mr. Duncan Calderwood.»

«Die Aufregungen scheinen den alten Mann verwirrt zu haben», sagte Rudolph. Er hatte keine Lust, mit Grossett über seine Angelegenheiten zu sprechen oder irgendwelche Fragen nach seinen Plänen zu beantworten. Dazu war später noch Zeit genug.

«An dem Tag, wo etwas den alten Duncan Calderwood verwirrt, rufen Sie mich an», sagte Grossett. «Das muß ich sehen. Er sagte, daß er keine Ahnung hätte, wie Ihre Zukunftspläne aussähen, ja er wisse nicht einmal, ob Sie überhaupt welche hätten. Für den Fall jedoch –» er drehte sich um, ob nicht irgendwelche Demokraten in der Nähe waren – «für den Fall jedoch, daß Sie an einem Vorschlag interessiert sind, so könnten wir vielleicht einmal darüber sprechen. Kommen Sie doch im Laufe der nächsten Woche nachmittags einmal zu mir ins Büro.»

«Nächste Woche bin ich in New York.»

«Na gut, halten wir uns nicht mit langen Vorreden auf», sagte Grossett. «Haben Sie je daran gedacht, in die Politik zu gehen?»

«Ja, als ich zwanzig war», sagte Rudolph. «Heute, da ich alt und weise bin...»

«Das nehme ich Ihnen nicht ab», sagte Grossett geradeheraus. «Irgendwie denkt jeder daran, in die Politik einzusteigen. Vor allem jemand wie Sie. Reich, beliebt, jemand, der auf einen großen Erfolg zurückblicken kann, der eine schöne Frau an seiner Seite weiß und der nach neuen Möglichkeiten Ausschau hält.»

«Nun sagen Sie bloß noch, daß Sie mich als Präsidentschaftskandidat aufstellen wollen, jetzt, wo Kennedy tot ist», sagte Rudolph.

«Gewiß, heute ist das ein Scherz, aber wer kann wissen, ob das in zehn, zwölf Jahren auch noch ein Scherz ist?» sagte Grossett ernst. «Nein. Mit der Politik müssen Sie auf lokaler Ebene anfangen, Rudy, und hier in Whitby sind Sie für alle der nette, erfolgreiche Junge. Habe ich recht, Johnny?» Beifallsheischend wandte er sich an den Brautführer.

«Für alle», nickte Johnny.

«Aus armen Verhältnissen stammend, hier aufs College gegangen, ein attraktiver, wohlerzogener junger Mann mit Interesse fürs Gemeinwohl.»

«Ich war eigentlich immer der Meinung, mehr am eigenen Wohl als dem der Allgemeinheit interessiert zu sein», sagte Rudolph, um dem schmeichelnden Gerede ein Ende zu machen.

«Okay. Spielen Sie den smarten jungen Mann. Aber sehen Sie sich doch mal alle diese gottverdammten Komitees an, in denen Sie sind. Sie haben keinen Feind auf der Welt.»

«Beleidigen Sie mich nicht, Sid.» Rudolph machte es Spaß, den kleinen, beharrlichen Mann zu reizen, aber er hörte aufmerksamer zu, als es den Anschein hatte.

«Ich weiß, wovon ich rede.»

«Sie wissen noch nicht einmal, ob ich Demokrat oder Republikaner bin», sagte Rudolph. «Fragen Sie Leon Harrison, und er wird Ihnen sagen, daß ich Kommunist bin.»

«Leon Harrison ist ein alter Drecksack», sagte Grossett. «Wenn es nach mir ginge, würde ich eine Sammlung veranstalten, um ihm seine Zeitung abzukaufen.»

Rudolph blinzelte Johnny Heath zu, als Grossett das sagte.

«Ich weiß, was Sie sind.» Grossett ließ nicht locker. «Sie sind ein Kennedy-Republikaner. Sehr attraktiv als Vorbild. Genau das, was die Partei braucht.»

«Erst spießen Sie mich auf, Sid», sagte Rudolph, «und nun spannen Sie mich und stecken mich in einen Glaskasten.» Er mochte es nicht, wenn man ihn in eine Kategorie einordnete, ganz gleich, in welche.

«Der Stuhl, auf den ich Sie setzen möchte, steht im Rathaus von Whitby», fuhr Grossett fort. «Es ist der Stuhl des Bürgermeisters. Und ich wette, daß mir das gelingen würde. Wie gefällt Ihnen diese Aussicht? Und dann die Leiter hinauf, immer höher hinauf. Ich nehme an, Sie wollen nicht gleich Senator werden, Senator von New York, das ginge Ihnen doch wohl gegen den Strich, habe ich recht?»

«Sid», sagte Rudolph freundlich, «ich habe einen Scherz gemacht. Ich bin geschmeichelt, ehrlich. Und ich verspreche Ihnen, Sie nächste Woche aufzusuchen. Nur im Augenblick sollten wir nicht vergessen, daß wir hier auf einer Hochzeit sind und nicht in einer verräucherten Bar. Ich werde die Braut um einen Tanz bitten.»

Er stellte sein Glas hin, klopfte Grossett freundschaftlich auf die Schulter und ging dann, um Virginia zu suchen. Er hatte noch nicht mit ihr getanzt, und wenn er nicht wenigstens eine Runde drehte, würden die Leute bestimmt darüber reden. Whitby war eine Kleinstadt, und es gab überall scharfe Augen und Zungen.

Kandidat der Republikaner, Senator in spe, trat er an die junge Frau heran, die heiter und würdevoll unter dem Zeltdach stand, die Hand leicht und liebevoll auf den Arm ihres Ehemanns gelegt. «Darf ich um diesen Tanz bitten?» fragte Rudolph.

«Was mein ist, ist auch dein», sagte Brad. «Das weißt du.»

Rudolph führte Virginia auf die Tanzfläche. Die eine Hand lag kühl in seiner, die andere ruhte federleicht auf seinem Rücken. Sie hatte den Kopf stolz zurückgeworfen – sie wußte, daß sie von allen anwesenden Mädchen beobachtet wurde, die nichts sehnlicher wünschten, als heute an ihrer Stelle zu sein, und daß alle jungen Männer nur zu gerne den Platz ihres Mannes eingenommen hätten.

«Viel Glück», sagte Rudolph. «Viele, viele Jahre des Glücks.»

Sie lachte leise. «Ich werde glücklich sein», sagte sie. Sie preßte ihre Hüfte gegen die seine. «Keine Angst. Brad wird mein Mann sein und Sie mein Liebhaber.»

«Gütiger Gott!» sagte Rudolph.

Mit den Fingerspitzen berührte sie seine Lippen und hieß ihn schweigen. Wortlos beendeten sie den Tanz. Als er sie zu Brad zurückbrachte, wußte er, daß er zu optimistisch gewesen war. Die Sache würde nicht gut ausgehen. Nicht in einer Million Jahren.

Er streute nicht wie die anderen Gäste Reiskörner, als das Brautpaar in Brads Wagen davonfuhr. Er stand neben Calderwood auf den Stufen vor dem Clubeingang. Auch Calderwood streute keine Reiskörner. Der alte Mann blinzelte, aber es war schwer zu sagen, ob es an dem Sonnenlicht lag, das ihm in die Augen drang, oder an den Gedanken, die ihm durch den Kopf gingen. Als die Gäste zu einem letzten Glas Champagner in das Innere zurückströmten, blieb Calderwood draußen stehen, den Blick in die flirrende, sommernachmittägliche Ferne gerichtet, in der seine letzte Tochter mit ihrem Mann entschwunden war. Da Calderwood zu Rudolph gesagt hatte, er würde gern ein paar Worte mit ihm sprechen, gab Rudolph Jean ein Zeichen, daß er nachkommen würde, und sie ließ die beiden Männer allein.

«Wie denken Sie darüber?» fragte Calderwood schließlich.

«Es war eine schöne Hochzeit.»

«Nicht darüber.»

Rudolph zuckte die Schultern. «Wer kann sagen, wie sich eine Ehe entwickelt!»

«Er erwartet, daß er Ihren Posten bekommt.»

«Das ist verständlich», sagte Rudolph.

«Es wäre mir, weiß Gott, lieber gewesen, Sie wären heute nachmittag mit ihr davongefahren.»

«Im Leben geht es meistens nicht so reibungslos zu», sagte Rudolph.

«Da haben Sie recht.» Calderwood schüttelte den Kopf. «Ich traue ihm nicht ganz. Ich sage das ungern über einen Mann, der seit Jahren treu für mich gearbeitet und der meine Tochter geheiratet hat, aber ich brauche mir selbst nichts vorzumachen.»

«Er hat nie einen Fehler gemacht, seit er herkam», sagte Rudolph. Außer in einem Fall, dachte er. Nicht zu glauben, nach dem, was ich ihm von Virginia erzählte. Oder noch schlimmer, es zu glauben und sie trotzdem zu heiraten. Aber das konnte er Calderwood nicht sagen.

«Ich weiß, er ist Ihr Freund», sagte Calderwood, «und er ist schlau wie ein Fuchs. Sie kennen ihn seit Jahren, und Sie hatten ja offensichtlich so viel Vertrauen zu ihm, daß Sie ihn herbrachten und ihm eine Menge Verantwortung übertrugen, doch irgend etwas an ihm –» Calderwood schüttelte seinen großen, bleichen, vom Tode gezeichneten Kopf. «Er trinkt, er ist ein Hurenbock – widersprechen Sie mir nicht, Rudy, ich weiß, was ich weiß –, er ist ein Spieler, er kommt aus Oklahoma...»

Rudolph lachte in sich hinein.

«Ja, ich weiß, ich bin ein alter Mann mit vorgefaßten Meinungen», sagte Calderwood. «Aber ich habe sie nun einmal. Ich glaube, ich bin durch Sie verwöhnt worden, Rudy. Nie in meinem Leben hatte ich mit jemand zu tun, dem ich uneingeschränkt so vertrauen konnte wie ich Ihnen vertraue. Selbst wenn Sie mich zwangen, wider mein besseres Wissen zu handeln – und Sie wären überrascht, wenn Sie wüßten, wie oft das der Fall war –, war ich doch innerlich fest davon überzeugt, daß Sie nie etwas tun würden, was meinen Interessen zuwiderliefe oder meinem Ruf schaden würde, so wenig wie Sie etwas hinter meinem Rücken tun würden.»

«Danke, Mr. Calderwood», sagte Rudolph.

«Mr. Calderwood, Mr. Calderwood!» sagte der alte Mann verdrießlich. «Werden Sie mich noch auf meinem Sterbebett Mr. Calderwood nennen?»

«Danke, Duncan.» Es kostete Rudolph Mühe, ihn so zu nennen.

«Diesen ganzen verfluchten Laden einem Mann zu übergeben, der...» Calderwoods Stimme klang verärgert und vorwurfsvoll. «Auch wenn es erst nach meinem Tode geschieht. Mir gefällt es nicht. Aber wenn Sie meinen...» Er verstummte unglücklich.

Rudolph seufzte. Immer ist jemand der Betrogene, dachte er. «Ich meine es nicht», sagte er ruhig. «In der Rechtsabteilung gibt es einen jungen Mann namens Mathers...»

«Ich kenne ihn», sagte Calderwood. «Blasser Bursche mit Brille und zwei Kindern. Stammt aus Philadelphia.»

«Er hat ein Abschlußzeugnis der Wharton School of Business, anschließend hat er in Harvard Jura studiert. Er ist seit über vier Jahren bei uns. Er kennt sich in allen Abteilungen aus, stellt die richtigen Fragen. In meinem Büro ging er ein und aus. Weit mehr als hier könnte er in irgendeiner Anwaltsfirma in New York verdienen, aber er wohnt gerne hier in Whitby.»

«Okay», sagte Calderwood. «Sagen Sie es ihm morgen.»

«Es wäre mir lieber, wenn Sie es ihm sagten, Duncan.» Zum zweitenmal in seinem Leben Duncan.

«Wie immer», sagte Calderwood. «Ich habe es nicht gern, wenn man mir sagt, was ich tun soll, aber ich weiß, daß Sie recht haben. Ich werde es ihm sagen. Lassen Sie uns jetzt hineingehen und noch einen Schluck Champagner trinken. Da er mich eine Menge Geld gekostet hat, kann ich auch meinen Teil trinken.»

Die Ernennung wurde am Tag vor der Rückkehr der Neuvermählten aus den Flitterwochen bekanntgegeben.

Brad nahm es wie ein Gentleman hin und fragte Rudolph nie, wer die Entscheidung getroffen hatte. Drei Monate später jedoch gab er seinen Job auf, und er und Virginia zogen nach Tulsa, wo sein Vater ihm einen Posten in seiner Erdölgesellschaft einräumte. An Enids erstem Geburtstag schickte er einen Scheck über 500 Dollar an die Bank zur Gutschrift auf Enids Sparkonto.

Brad schrieb regelmäßig unbeschwerte, freundliche Briefe. Es gehe ihm gut, hieß es darin, und er verdiene mehr Geld als je zuvor. Ihm gefiel es in Tulsa, wo beim Golfspiel so hoch gewettet wurde und er an drei aufeinanderfolgenden Samstagen jeweils mehr als 1000 Dollar gewonnen hatte. Virginia sei überall beliebt und habe sich in kurzer Zeit viele Freunde erworben. Sie habe angefangen, Golf zu spielen. Brad machte Rudolph das Angebot, Geld bei ihm zu investieren. «Du hast das Gefühl, Geld vom Baum zu pflücken», waren seine Worte. Irgendwie wolle er alles zurückzahlen, was Rudolph für ihn getan habe, schrieb er, und auf diesem Weg sehe er eine Möglichkeit.

Ein Schuldgefühl – er konnte das Gespräch mit Duncan Calderwood auf den Stufen des Country Club nicht vergessen – brachte Rudolph dazu, Ölaktien zu kaufen, Anteile an Erdölquellen, die Brad versuchsweise angebohrt hatte. Außerdem war es, wie Johnny Heath immer wieder betonte, für einen Mann seiner Einkommenssteuerklasse nur gut und richtig, wenn er die siebenundzwanzigeinhalb Prozent Steuerermäßigung ausnutzte, deren sich die Ölindustrie erfreute. Johnny zog Erkundigungen über Peter Knight und seinen Sohn ein, die über Erwarten gut ausfielen, und er ging hin und investierte in das Geschäft Dollar um Dollar, genau wie Rudolph.

3

1965

In Hockstellung polierte Thomas auf dem Vorderdeck die Bronzespule der Ankerwinde; dabei pfiff er unmelodisch vor sich hin. Obwohl erst Anfang Juni, war es bereits warm, und er arbeitete barfuß und nackt bis zum Gürtel. Sein Oberkörper war dunkelbraun von der Sonne, so dunkel wie die dunkelhäutigsten Griechen oder Italiener auf einem der Schiffe im Hafen von Antibes. Sein Körper war geschmeidiger als zu der Zeit, da er boxte. Wenn er, so wie jetzt, eine Kopfbedeckung auf hatte, um die kleine, kahle Stelle zu bedecken, sah er jünger aus als vor zwei Jahren. Er hatte den Rand der weißen amerikanischen Matrosenmütze rundum heruntergebogen und zog die Mütze schräg über die Augen, damit ihn die vom Wasser reflektierten Sonnenstrahlen nicht blendeten.

Aus dem Maschinenraum hörte man das Geräusch von Hämmern. Pinky Kimball war mit Dwyer da unten und arbeitete an einer Pumpe. Morgen sollte die erste Charter-Fahrt des Jahres losgehen, aber bei der Probefahrt war der Backbordmotor heißgelaufen. Pinky, der Maschinist auf der ‹Vega› war, dem größten Schiff im Hafen, hatte sich erboten, ihnen zu helfen. Einfachere Reparaturen konnten Dwyer und Thomas selber ausführen, wenn es sich aber um etwas Kompliziertes handelte, mußten sie sehen, daß ihnen jemand half. Zum Glück hatte sich Thomas während des Winters mit Kimball angefreundet, und Kimball hatte mehrmals Hand mit angelegt, als sie die ‹Clothilde› für den Sommer herrichteten. Thomas hatte Dwyer keine Erklärung darüber abgegeben, warum er den Namen Clothilde gewählt hatte, als sie das Schiff in Porto Santo Stefano umtauften, früher hatte es ‹Penelope II› geheißen. Er war sich klar darüber, daß das Schiff einen Frauennamen haben mußte, warum also nicht Clothilde? Teresa würde er es auf keinen Fall nennen.

Er war glücklich auf der ‹Clothilde›, obwohl sie selbst in seinen Augen nicht zu den schnittigsten Booten auf dem Mittelmeer gehörte. Er wußte, daß der Deckaufbau etwas topplastig war und dem Wind zuviel Angriffsfläche bot, daß ihre Höchstgeschwindigkeit nur zwölf Knoten, ihre Normalgeschwindigkeit zehn Knoten betrug, und bei einem bestimmten Seegang schlingerte sie beunruhigend. Aber alles, was zwei entschlossene Männer, die keine Arbeit scheuen, tun konnten, um ein Schiff schmuck und seetüchtig zu machen, war an dem abblätternden Schiffsrumpf, den sie vor zweieinhalb Jahren in Porto

Santo Stefano gekauft hatten, getan worden. Die Saison war beide Male gut gewesen, und wenn auch keiner von ihnen reich geworden war, so hatten sie doch beide für den Notfall etwas Geld auf der Bank. Die vor ihnen liegende Saison schien sogar noch besser zu werden, und Thomas war rundherum zufrieden, als er die Bronzespule polierte, die in der Sonne glänzte. Bevor er zur See gegangen war, hätte er nie geglaubt, daß eine so einfache, anspruchslose Beschäftigung, wie ein Stück Metall zu polieren, ihm solches Vergnügen bereiten könnte.

Mit allen anderen Tätigkeiten auf dem Schiff war es dasselbe. Er schlenderte gern vom Bug zum Heck und wieder zurück, ab und zu das Geländer berührend, er freute sich an den kunstvoll zu einer Spirale zusammengerollten Tauen auf dem kalfaterten hellen Teakholzdeck, bewunderte die blanken Messinggriffe an dem altmodischen Steuerrad im Deckhaus, die sorgfältig in die Fächer eingeordneten Seekarten und die fest zusammengerollten Signalflaggen. Er, der nie in seinem Leben einen Teller abgespült hatte, verbrachte Stunden in der Kombüse, um die Pfannen zu scheuern, bis sie glänzten, den Kühlschrank auszuwaschen und den Fußboden zu fegen. War von den Leuten, die das Boot gechartert hatten, jemand an Bord, zogen er und Dwyer und der Koch gelbbraune Drillichshorts und blütenweiße Trikothemden an, darauf quer über die Brust in Blau CLOTHILDE stand. Abends, oder wenn es kalt war, trugen sie alle die gleichen marineblauen Matrosenpullover.

Er hatte gelernt, alle möglichen Drinks zu mixen und wie man sie in den verschiedenen Gläsern servierte, und es gab eine Gruppe von Amerikanern, die das Schiff, wie sie sagten, nur seiner Bloody Marys wegen charterten. Ein Vergnügungsschiff, das auf dem Mittelmeer von einem Land zum anderen fuhr, konnte für einen starken Trinker ein billiger Urlaub sein, denn man konnte sämtliche alkoholischen Getränke kistenweise zollfrei an Bord nehmen und bezahlte für Gin und Whisky nicht mehr als ungefähr einundeinhalb Dollar die Flasche. Thomas trank selten etwas, nur hin und wieder einen kleinen Pastis und gelegentlich ein Bier. Sobald die Leute, die das Boot gechartert hatten, an Bord kamen, setzte er seine Kapitänsmütze, mit vergoldetem Anker und Kette, auf. Er hatte die Erfahrung gemacht, daß die Gäste das mochten – es wirkte dann mehr als gingen sie auf große Fahrt.

Er hatte einige Brocken Französisch, Italienisch und Spanisch gelernt, jedenfalls reichte es für die Formalitäten mit den Hafenmeistern und die notwendigen Einkäufe, aber es war zu wenig, um mit irgend jemand Streit anzufangen. Dwyer flogen die Sprachen nur so zu, er konnte in jedem Hafen frisch drauflosschnattern.

Thomas hatte Gretchen eine Fotografie des Schiffs geschickt, und sie hatte ihm zurückgeschrieben, daß sie das Bild auf dem Kaminsims im Wohnzimmer aufgestellt habe. Eines Tages würde sie nach Europa kommen und eine Schiffsreise mit ihm machen. Sie sei inzwischen in einem Filmstudio beschäftigt, wo die Arbeit nicht so schwer sei. Und sie hätte auch ihr Versprechen gehalten und Rudolph nicht gesagt, wo er sich aufhielte und was er täte. Gretchen war Thomas' einziges Bindeglied mit Amerika, und manchmal, wenn er sich einsam fühlte oder seinen Sohn vermißte, schrieb er ihr. Er hatte Dwyer gebeten, seinem Mädchen in Boston – von dem Dwyer noch immer sagte, er werde sie heiraten – zu schreiben, sie möge doch netterweise gelegentlich beim Hotel *Ägäis* vorbeigehen und mit Pappy reden, aber das Mädchen hatte noch nicht geantwortet.

Irgendwann im Laufe des Jahres würde er, gleichgültig wie die Dinge standen, nach New York fahren und versuchen, sein Kind zu finden.

Seit der Sache mit Falconetti hatte er sich nicht mehr geprügelt. Er träumte noch immer von Falconetti. Nicht daß er sentimental gewesen wäre, was Falconetti anging, aber es tat ihm leid, daß er tot war, und die Zeit, die darüber hingegangen war, hatte das Gefühl, es sei nicht seine Schuld gewesen, daß der Mann über Bord gesprungen war, nicht zum Schweigen bringen können.

Er war mit der Arbeit an der Ankerwinde fertig und stand auf. Das Deck unter seinen Füßen war angenehm warm. Als er nach achtern ging, strich er mit den Fingern über die neu gefirnisten mahagonifarbenen Handläufe des Geländers. Unten hörte das Hämmern auf und Kimballs flammend roter Haarschopf tauchte an Deck auf. Um in den Maschinenraum zu gelangen, mußte man im Salon Teile des Fußbodens abheben. Dwyer kam hinter Kimball drein. Beide hatten sie ölbeschmutzte grüne Overalls an, denn in dem engen Maschinenraum war gar nicht daran zu denken, sich sauber zu halten. Kimball rieb seine Hände an einem Wergbündel ab, das er dann über Bord warf. «Ich denke, der Motor ist wieder in Ordnung, Kamerad», sagte Kimball. «Laß ihn mal laufen.»

Thomas ging ins Ruderhaus und stellte die Motoren an, während Dwyer und Pinky das Schiff vom Kai abstießen und sich dann nach vorn arbeiteten, um den Anker hochzuhieven; Dwyer bediente die Winde und säuberte die Kette mit dem Schlauch vom Hafenschlick. Der Stabilität wegen hatten sie viel von der Kette draußen und die ‹Clothilde› war fast in der Mitte des Hafens, bevor Pinky das Zeichen gab, daß sie klar waren, und Dwyer half, den Haken mit der Gaffel an Bord zu hieven.

Thomas verstand es inzwischen, mit dem Schiff umzugehen, und nur wenn sie bei widrigem Wind in einen vollen Hafen kamen, übergab er Dwyer das Ruder. Mit gedrosseltem Motor hielt er auf die Hafeneinfahrt zu und erhöhte die Geschwindigkeit erst, als er das Ende der Mole erreichte, wo Angler herumstanden. Er fuhr in Richtung Cap d'Antibes. Er beobachtete beide Manometer und sah voller Erleichterung, daß der Backbordmotor nicht heiß lief. Der gute alte Pinky. Dank seiner ständigen Hilfe hatten sie im Laufe des Winters bestimmt 1000 Dollar für Reparaturen gespart. Die ‹Vega›, auf der er beschäftigt war, war ein neues Schiff, so daß er, wenn sie im Hafen lagen, fast nichts zu tun hatte. Das gefiel ihm gar nicht; viel lieber werkelte er in dem engen, heißen Maschinenraum der ‹Clothilde› herum.

Kimball war ein knorriger Engländer, dessen sommersprossiges Gesicht keine Bräune annahm; selbst im Sommer zeigte es nur ein dunkles Rosa. Er hatte ein Problem mit dem Trinken, wie er es ausdrückte. Er wurde dann streitsüchtig und pöbelte die Leute an. Er stritt mit seinen Vorgesetzten und blieb selten länger als ein Jahr auf einem Schiff, aber er machte seine Arbeit so gut, daß er sofort wieder einen neuen Job fand. Er war immer nur auf den ganz großen Yachten beschäftigt, denn seine Tüchtigkeit wäre auf einem kleineren Fahrzeug vergeudet gewesen. Er war in Plymouth aufgewachsen und später sein ganzes Leben lang zur See gefahren. Daß jemand wie Thomas es zum Eigner und Kapitän eines Schiffs wie die ‹Clothilde› gebracht hatte und damit Geld verdiente, überraschte ihn. «Yankees», sagte Kimball und schüttelte den Kopf. «Die verstehen doch wirklich von allem etwas. Kein Wunder, daß euch die Welt gehört.»

Er und Thomas hatten einander vom ersten Sehen an gemocht, waren beieinander stehengeblieben, wenn sie sich am Kai trafen, oder hatten in der kleinen Hafenbar zusammen ein Bier getrunken. Kimball hatte bald erraten, daß Thomas im Ring gestanden hatte, und Thomas hatte ihm freimütig von dieser Zeit erzählt, von dem Sieg in London und der späteren Niederlage und von seinem letzten Kampf mit Quayles in Las Vegas. Als Kimball das hörte, schlug sein Herz schneller. Von Falconetti hatte ihm Thomas nichts erzählt, und Dwyer wußte genug, um über dieses Thema zu schweigen.

«Bei Gott, Tommy», sagte Kimball, «wenn ich so boxen könnte wie du, würde ich jede Bar von Gibraltar bis Piräus ausräumen.»

«Und ein Messer zwischen die Rippen bekommen», sagte Thomas.

«Da magst du recht haben», pflichtete Kimball bei. «Aber Mann, das Vergnügen vorher!»

Wenn er sehr betrunken war und Thomas sah, hieb er auf die Theke und schrie: «Seht ihr diesen Mann? Wenn er nicht mein Freund wäre, würde ich ihn wie einen Nagel ins Deck hämmern.» Gleich darauf legte er liebevoll seinen tätowierten Arm um Thomas' Schulter.

Ihre Freundschaft war eines Nachts in einer Bar in Nizza gefestigt worden. Dwyer und Thomas gingen zufällig hinein. Kimball stand in der Mitte des Raums an der Bar und schwang eine Rede. Um ihn herum, aber ein paar Schritte von ihm entfernt, standen einige französische Seeleute und drei oder vier auffallend angezogene, aber gefährlich aussehende junge Leute, die Thomas auf den ersten Blick richtig einschätzte und denen aus dem Weg zu gehen er gelernt hatte – kleine Gangster und Schieber, die an der ganzen Côte d'Azur entlang für die Hauptbosse in Marseille dunkle Geschäfte tätigten. Sein Instinkt sagte ihm, daß sie höchstwahrscheinlich bewaffnet waren, wenn nicht mit Revolvern, so bestimmt mit Messern.

Pinky Kimball redete auf französisch daher. Thomas verstand nicht, was er sagte, aber aus dem Ton von Kimballs Stimme und dem grimmigen Ausdruck auf den Gesichtern der anderen Gäste ließ sich entnehmen, daß Kimball sie beschimpfte. Wenn er betrunken war, hatte Kimball eine schlechte Meinung von den Franzosen. War er in Italien betrunken, war er schlecht auf die Italiener zu sprechen. In Spanien war es das gleiche mit den Spaniern. Auch schien er in betrunkenem Zustand kein Verhältnis zu Zahlen zu haben, und die Tatsache, daß er allein und die anderen mindestens zu fünft waren, spornte ihn offensichtlich zu noch größerer Beredsamkeit an.

«Wenn er so weitermacht, hat heute nacht sein letztes Stündchen geschlagen», flüsterte Dwyer Thomas zu. Er hatte fast alles, was Kimball brüllte, verstanden. «Und unseres auch, falls sie herausfinden, daß wir seine Freunde sind.»

Thomas packte Dwyers Arm und ging mit ihm an die Bar, wo er direkt neben Kimball stehenblieb.

«Hallo, Pinky», sagte er gutgelaunt.

Pinky fuhr herum, auf neue Feinde gefaßt. «Ah», sagte er, «wie schön, dich zu sehen. Ich erzähl diesen *maquereaux* hier gerade ein paar Wahrheiten – zu ihrem eigenen Besten.»

«Hör auf damit, Pinky», sagte Thomas. Und dann zu Dwyer: «Sei so gut und übersetze, was ich jetzt sage. Deutlich und höflich.» Er lächelte den Umstehenden freundlich zu, die jetzt einen bedrohlichen Halbkreis bildeten. «Wie Sie sehen, meine Herren», sagte er, «ist dieser Engländer mein Freund.» Er wartete, während Dwyer nervös seine Worte übersetzte. Nicht die Spur einer Änderung im Ausdruck der Gesichter rund um ihn. «Er ist außerdem betrunken. Kein Mann sieht es gern, wenn seinem Freund, gleichgültig ob er betrunken oder nüchtern ist, irgendein Leid geschieht. Ich will mein möglichstes tun, damit er hier nicht noch länger Reden hält, aber gleichviel, was er sagt oder gesagt hat – hier wird es heute nacht keine Scherereien geben. Ich spiele den Polizisten und sorge für Ruhe und Frieden. Bitte übersetze», sagte er zu Dwyer.

Als Dwyer stockend übersetzte, sagte Pinky verärgert: «Scheiße, Kamerad, du streichst die Flagge.»

«Die nächste Runde auf meine Rechnung», fuhr Thomas fort. Er lächelte, während er das sagte, aber er spürte, wie sich seine Armmuskeln strafften. Er war darauf gefaßt, zuzuschlagen. Ein Korse mit kräftigen Kinnbacken und in einer schwarzen Lederjacke war der größte. Ihn würde er zuerst angreifen.

Die Männer blickten einander unsicher an. Aber sie waren nicht mit dem Vorsatz in die Bar gekommen, sich zu prügeln, und vor sich hin murmelnd trat jeder vor und nahm sich sein Glas.

«Ein Fighter, wie er im Buch steht», spöttelte Pinky. «Bei dir scheint jeden Tag Waffenstillstandstag zu sein, Yankee.» Aber er ließ es zu, daß er zehn Minuten später heil aus der Bar hinausgeführt wurde. Als er am nächsten Tag hinüber auf die ‹Clothilde› kam, brachte er eine Flasche Pastis mit und sagte: «Vielen Dank, Tommy. Ohne dich hätten sie mir in den nächsten zwei Minuten den Schädel eingeschlagen. Ich weiß einfach nicht, was mich überkommt, wenn ich etwas getrunken habe. Dabei verlasse ich den Schauplatz keineswegs immer als *Sieger*. Die Narben, die ich überall habe, zeugen von meinem Mut.» Er lachte.

«Wenn du dich schon schlagen mußt», sagte Thomas in Erinnerung an die Zeit, als er selber das Gefühl hatte, sich mit allen und jedem, ganz gleich aus welchem Grund, raufen zu müssen, «dann tu's wenigstens, wenn du nüchtern bist. Nimm dir immer nur einen vor. Und zieh mich nicht mit hinein. Ich habe das aufgegeben.»

«Was hättest du getan, Tommy, wenn sie mich angefallen hätten?» fragte Pinky.

«Ich hätte für Unterhaltung gesorgt», sagte Thomas, «und zwar so lange, daß Dwyer ungeschoren hinauskonnte, und dann wäre ich um mein Leben gerannt.»

«Unterhaltung», sagte Pinky. «Ich hätte es mich zwei Shilling kosten lassen, wenn ich das hätte erleben können.»

Thomas hatte keine Ahnung, welche Gründe es dafür gab, daß Pinky Kimball, sobald er ein paar Drinks intus hatte, sich von einem freundlichen, liebenswerten, wenn auch gewöhnlichen Menschen in ein selbstmörderisches, reißendes Tier verwandelte. Vielleicht würde er es eines Tages mit ihm ausdiskutieren müssen.

Pinky kam ins Ruderhaus. Er warf einen Blick auf die Manometer und lauschte auf das Pochen der Dieselmotoren. «Der Sommer kann kommen», sagte er. «Es ist alles okay. Und du auf deinem eigenen Schiff. Ich beneide dich.»

«Noch nicht ganz», sagte Thomas. «Die Mannschaft ist noch nicht komplett.»

«Wieso?» fragte Pinky. «Wo ist der Spanier, den ihr letzte Woche angeheuert habt?»

Der Spanier hatte gute Zeugnisse als Koch und Steward gehabt und nicht zuviel Geld verlangt. Aber als er eines Abends das Schiff verließ, um an Land zu gehen, hatte Thomas gesehen, wie er heimlich ein Messer in seinen Stiefel steckte.

«Wozu das?» hatte Thomas gefragt.

«Um mir Respekt zu verschaffen», sagte der Spanier.

Am nächsten Tag hatte Thomas ihn entlassen. Er wollte niemand an Bord haben, der ein Messer im Stiefel haben mußte, um sich Respekt zu verschaffen. Aber nun fehlte ihm ein Mann.

«Ich hab ihn an Land gesetzt», sagte Thomas zu Pinky, als sie draußen in der Bucht von La Garoupe kreuzten, und erzählte ihm den Vorfall. «Ich brauche noch einen Koch-Steward. Für die nächsten zwei Wochen macht das nichts. Der Mann, der das Schiff gechartert hat, benutzt es nur tagsüber, und sie bringen ihr eigenes Essen mit an Bord. Aber im Sommer brauche ich jemanden.»

«Hast du jemals daran gedacht, eine Frau einzustellen?» fragte Pinky.

Thomas schnitt eine Grimasse. «Außer dem Kochen und Bettenmachen und so gibt's eine Menge schwere Arbeit», sagte er.

«Eine *kräftige* Person», sagte Pinky.

«An den meisten Schwierigkeiten in meinem Leben waren Frauen schuld», sagte Thomas. «Schwache und starke.»

«Wie viele Tage verlieren du und deine Charterer im Laufe eines Sommers damit, daß ihr mürrisch und untätig in einem gottverlassenen Hafen herumsitzt, bis die Wäsche gewaschen und gebügelt ist?» fragte Pinky.

«Das ist schon wahr», pflichtete ihm Thomas bei. «Hast du jemanden bestimmtes im Sinn?»

«Ja», sagte Pinky. «Sie arbeitet als Stewardess auf der ‹Vega›, und ihr hängt die Arbeit bei uns zum Halse heraus. Sie ist verrückt auf die See, aber alles, was sie den Sommer über zu sehen bekommt, ist das Innere der Wäscherei.»

«Okay», sagte Thomas zögernd. «Ich guck sie mir an. Aber die Messer soll sie zu Hause lassen.»

Er brauchte keine *Frau* an Bord. In jedem Hafen gab es Mädchen, mit denen man seinen Spaß haben konnte; man spendiert ihnen ein Essen und anschließend ein paar Drinks, und dann fuhr man weiter zum nächsten Hafen. Probleme gab es nicht. Er hatte keine Ahnung, wie Dwyer es hielt, wollte es aber auch nicht wissen und fragte ihn nicht.

Er wendete und fuhr in den Hafen zurück. Die ‹Clothilde› war fahrbereit. Weshalb unnötig Treibstoff verbrauchen. Erst ab morgen ging der Treibstoff auf fremde Rechnung.

Um sechs Uhr sah er Pinky mit einer Frau den Kai heraufkommen. Die Frau war klein und untersetzt. Das Haar hatte sie zu zwei Zöpfen geflochten. Sie hatte eine Drillichhose, einen blauen Pullover und Leinenschuhe an. Bevor sie die Gangway am Heck betrat, schleuderte sie ihre Schuhe von den Füßen.

«Das ist Kate», sagte Pinky. «Ich habe ihr von dir erzählt.»

«Hallo, Kate.» Thomas streckte die Hand aus, und sie schüttelte sie. Für ein Mädchen, das als Wäscherin tätig war und Schwerarbeit an Deck leisten konnte, hatte sie zarte Hände. Wie Pinky war sie Engländerin, sie stammte aus Southampton und sah wie ungefähr fünfundzwanzig aus. Sie sprach mit leiser Stimme. Sie verstünde sich genausogut aufs Kochen wie auf die Wäsche, sagte sie, und sie könne sich auch an Deck nützlich machen. Französisch und Italienisch spreche sie zwar «nicht großartig», sagte sie lächelnd, aber für den Seewetterbericht im Radio reiche es in beiden Sprachen. Sie sei in der Lage, den auf einer Seekarte eingezeichneten Kurs zu halten, Wache zu stehen und ein Auto zu chauffieren, falls das nötig sei. Sie wollte für denselben Lohn arbeiten wie der Spanier. Sie war nicht hübsch im eigentlichen Sinne, aber sie wirkte gesund und kräftig und hatte eine angenehme, umgängliche Art, wenn sie mit einem sprach. Während der Wintermonate ging sie zurück nach London und arbeitete als Kellnerin. Sie war weder verlobt noch verheiratet und sagte, daß sie nicht anders behandelt werden wollte wie jedes Mitglied der Mannschaft, nicht besser und nicht schlechter.

«Eine wilde englische Rose», sagte Pinky. «Nicht wahr, Kate?»

«Keine Scherze, Pinky», sagte das Mädchen. «Ich will den Posten haben. Ich habe es satt, in einer gestärkten Uniform und weißen Baumwollstrümpfen, in denen ich wie ein Kindermädchen aussehe, vom einen Ende des Mittelmeers zum andern zu fahren. Ihr Schiff, Tom, hat mir von Anfang an gefallen. Nicht so groß und geschniegelt wie die Boote vom Königlich Britischen Yachtclub. Es ist hübsch und sauber, richtig einladend. Und todsicher kommen nicht so viele Damen an Bord, die im Hafen von Monte Carlo alle an einem einzigen unerträglich heißen Nachmittag ihre Abendkleider für den abends im *Palace Hôtel* stattfindenden Ball gebügelt haben wollen.»

«Nun», sagte Thomas und verteidigte seine Kundschaft, «auch unser Schiff ist nicht für Arme gedacht.»

«Sie wissen, was ich meine», sagte das Mädchen. «Ich will Ihnen einen Vorschlag machen. Sie sollen nicht die Katze im Sack kaufen. Haben Sie schon zu Abend gegessen?»

«Nein.» Dwyer versuchte sich unten in der Kombüse an einem Fisch, den er am Morgen gekauft hatte, aber Thomas entnahm den aus der Kombüse heraufdringenden Geräuschen, daß die Vorbereitungen noch nicht weit gediehen waren.

«Ich koche Ihnen etwas», sagte das Mädchen. «Gleich jetzt. Wenn es Ihnen schmeckt, stellen Sie mich ein. Ich hole dann heute abend noch meine Sachen und komme an Bord. Wenn es Ihnen nicht schmeckt, haben Sie nichts verloren. Die Restaurants im Hafen sind bis spät in die Nacht geöffnet, falls Sie noch Hunger haben. Und Sie, Pinky, bleiben da und essen mit uns.»

«Okay», sagte Thomas. Er ging in die Kombüse hinunter und sagte Dwyer, er solle heraufkommen, sie hätten, wenigstens für diesen Abend, eine Köchin. Das Mädchen blickte sich in der Kombüse um, nickte beifällig, öffnete den Eisschrank, machte Schubladen und Schränke auf, um zu sehen, wo alles war, betrachtete den Fisch, den Dwyer gekauft hatte, und sagte, er verstehe nichts von Fisch, aber zur Not würde es gehen. Dann schickte sie beide nach oben: sie würde sie rufen, sobald das Essen fertig sei. Wenn sie sich nützlich machen wollten, dann wäre es sehr nett, wenn einer von ihnen nach Antibes ginge und frisches Brot und zwei Packungen Camembert holte.

Sie aßen auf dem Achterdeck hinter dem Ruderhaus. Wenn Gäste an Bord waren, benutzten sie die kleine Eßnische vor dem Salon. Kate hatte den Tisch gedeckt, und irgendwie sah er anders aus, als wenn Dwyer das tat. Sie hatte zwei Flaschen Wein entkorkt und sie in einen Eiskübel getan, der auf einem Stuhl stand.

Sie hatte aus dem Fisch ein Eintopfgericht gemacht mit Speckwürfeln, Kartoffeln, Zwiebeln und Tomaten und gewürzt mit Thymian, Salz und Pfeffer und einem Schuß Weißwein. Es war noch hell, als sie sich zu Tisch setzten. An dem wolkenlosen grünblauen Himmel ging gerade die Sonne unter. Die drei Männer hatten sich gewaschen, rasiert und frische Wäsche angezogen, und während sie an Deck saßen und die aus der Kombüse kommenden Düfte schnupperten, hatte jeder zwei Pastis getrunken. Im Hafen war es still, nur das Geräusch des gegen die Schiffe plätschernden Wassers war zu hören.

Kate servierte das Essen in einer großen Suppenschüssel. Brot und Butter standen bereits auf dem Tisch, daneben eine große Schüssel mit Salat. Nachdem sie alle bedient hatte, setzte sie sich zu ihnen. Thomas, als Kapitän, schenkte den Wein ein.

Thomas aß einen Bissen, dann noch einen. Mit gesenktem Kopf saß Kate da und fing ebenfalls an zu essen. «Pinky», sagte Thomas, «du bist ein echter Freund. Du willst, daß ich zunehme. Kate, Sie sind angeheuert.»

Sie schaute auf und lächelte. Die Männer erhoben ihre Gläser und tranken dem neuen Mannschaftsmitglied zu.

Sogar der Kaffee schmeckte wie Kaffee.

Nach dem Essen, als Kate das Geschirr abspülte, saßen die Männer draußen an Deck und rauchten Zigarren, die Pinky mitgebracht hatte, und sahen zu, wie der Mond über die malvenfarbenen Hügel der Seealpen heraufkam.

«Dwyer», sagte Thomas, lehnte sich auf seinem Stuhl zurück und streckte die Beine von sich, «es ist so, wie es sein soll.»

Dwyer widersprach ihm nicht.

Später ging Thomas mit Kate und Pinky zu der Stelle, wo die ‹Vega› vor Anker lag. Es ging schon auf Mitternacht, und es brannten nur wenige Lichter auf dem Schiff. Dennoch blieb Thomas in einiger Entfernung stehen, während Kate an Bord ging, um ihre Sachen zu holen. Er hatte keine Lust auf eine Auseinandersetzung mit dem Kapitän, der, falls er noch wach war, bestimmt ärgerlich sein würde, daß er von einer Minute zur andern eine tüchtige Kraft verlor.

Eine Viertelstunde später sah Thomas Kate mit einem Koffer in der Hand lautlos die Gangway herunterkommen. Sie gingen den Festungswall entlang und weiter an den nebeneinander fest vertäuten Schiffen vorbei bis dorthin, wo die ‹Clothilde› lag. Kate blieb einen Augenblick stehen, blickte ernst auf das weiß-blaue Schiff und hörte das Ächzen, wenn der Sog des Wassers an den zwei Tauen, mit denen es am Kai festgemacht war, zerrte. «An diesen Abend werde ich denken», sagte sie, zog ihre Leinenschuhe aus und ging, sie in der Hand tragend, barfuß die Gangway hinauf.

Dwyer erwartete sie. Er hatte die zweite Koje in Thomas' Kajüte für sich zurechtgemacht und in der anderen Kajüte, in der er bisher gehaust hatte, die Koje mit frischen Bettlaken überzogen. Wegen seiner gebrochenen Nase schnarchte Thomas, aber Dwyer würde sich daran gewöhnen müssen. Zumindest eine Zeitlang.

Eine Woche später kehrte Dwyer in seine frühere Kajüte zurück und Kate übersiedelte in die von Thomas. Sie sagte, das Schnarchen mache ihr nichts aus.

Die Goodharts waren ein altes Ehepaar, das jedes Jahr im Juni nach Antibes kam und im *Hôtel du Cap* wohnte. Er besaß große Baumwollspinnereien in North Carolina, hatte aber das Geschäft einem Sohn übergeben. Er war ein großer, kräftiger Mann mit einem eisengrauen Haarschopf, seine Bewegungen hatten etwas Gemessenes an sich, und er wirkte wie ein Colonel a. D. Mrs. Goodhart war ein wenig jünger als ihr Mann, mit weichem weißem Haar. Ihre Figur war schlank genug, daß sie eine Hose tragen konnte. Die Goodharts hatten die ‹Clothilde› im Jahr zuvor das erste Mal für zwei Wochen gechartert, und es hatte ihnen so gut gefallen, daß sie bereits im Winter an Thomas geschrieben und eine ähnliche Abmachung für dieses Jahr mit ihm getroffen hatten.

Sie stellten keine großen Anforderungen. Jeden Morgen um zehn Uhr ankerte Thomas so dicht wie möglich an der Stelle der Küste, wo das Hotel stand, direkt gegenüber von den Badehütten, und die Goodharts ließen sich in einem Rennboot zu ihm hinausbringen. Sie hatten Tragkörbe voll Essen dabei, das ihnen die Hotelküche zurechtgemacht hatte. Andere Körbe waren mit Weinflaschen vollgepackt, jede einzelne in eine Serviette eingeschlagen. Mr. und Mrs. Goodhart waren beide über sechzig, und wenn rauhe See herrschte, fuhr ihr Chauffeur sie zum Hafen hinunter, weil das Übersetzen vor der Küste an solchen Tagen gefährlich war. Manchmal brachten sie andere Ehepaare mit an Bord, die im selben Alter wie sie waren, oder sie baten Thomas, nach Cannes zu fahren, wo sie sich mit Freunden trafen. Dann tuckerten sie zu den durch eine Meerenge von etwa vier Kilometer von der Küste getrennten Lerinischen Inseln und gingen dort für den Tag vor Anker. An dieser Stelle war es fast immer windstill und das etwa fünf Meter tiefe Wasser so leuchtend klar, daß man sehen konnte, wie sich das Seegras auf dem Meeresboden hin und her bewegte. Die Goodharts zogen ihre Badeanzüge an und legten sich lesend oder dösend auf Luftmatratzen in die Sonne. Zwischendurch sprangen sie ab und zu ins Wasser und schwammen ein Stück.

Mr. Goodhart sagte, ihm sei wohler zumute, wenn Thomas oder Dwyer Mrs. Goodhart beim Schwimmen begleiteten. Mrs. Goodhart, eine robuste

Frau mit breiten Schultern und jungen, kräftigen Beinen, schwamm ausgezeichnet, aber Thomas wußte, daß Mr. Goodhart ihm auf diese Weise sagen wollte, Thomas und auch alle anderen auf dem Boot sollten sich keinen Zwang antun, sondern das klare, kühle Wasser zwischen den Inseln genießen, wann immer sie Lust hatten, ein Bad zu nehmen.

Wenn sie Gäste hatten, breitete Thomas manchmal auf dem Achterdeck eine Decke aus, und die Goodharts und ihre Gäste spielten einige Partien Bridge. Mr. und Mrs. Goodhart sprachen leise und ungemein höflich miteinander und auch zu anderen.

Pünktlich um halb zwei nahmen sie täglich ihren ersten Drink, nie etwas anderes als eine Bloody Mary, die Thomas für sie mixte. Dann stellte Dwyer das Sonnenzelt auf, und geschützt vor der Mittagssonne aßen sie ihren Lunch, den das Hotel ihnen mitgegeben hatte. Sie packten kalte Langusten aus, kaltes Roastbeef oder Fischsalat, Melone mit Schinken, Käse und Obst. Das Essen war so reichlich, daß immer, selbst wenn sie Freunde eingeladen hatten, genug für die Mannschaft übrigblieb, und das nicht nur für mittags, sondern auch für abends. Jeder trank zum Essen eine Flasche Weißwein.

Das einzige, worum Thomas sich kümmern mußte, war der Kaffee; mit Kate an Bord war auch das kein Problem. Am ersten Tag, als die Goodharts an Bord waren, kam sie mit einer Kaffeekanne an Deck. Sie hatte weiße Shorts und ein weißes Polohemd an. Der Name CLOTHILDE spannte sich über ihren prallen Busen. Als Thomas sie vorstellte, nickte Mr. Goodhart beifällig und sagte: «Käpt'n, dieses Schiff gewinnt mit jedem Jahr.»

Nach dem Lunch gingen Mr. und Mrs. Goodhart unter Deck und hielten Siesta. Sehr oft hörte Thomas gedämpfte Geräusche, die er sich nur so erklären konnte, daß die beiden miteinander schliefen. Thomas staunte darüber um so mehr, als sie ihm erzählt hatten, daß sie seit über 25 Jahren verheiratet waren. Offensichtlich machte es ihnen auch heute noch Freude, miteinander ins Bett zu gehen. Die Goodharts erschütterten Thomas' Vorstellungen von der Ehe.

Gegen vier erschienen die Goodharts wieder an Deck, ruhig und förmlich wie gewöhnlich. Meistens schwammen sie dann noch eine halbe Stunde, und wie immer begleiteten Dwyer oder Thomas sie. Dwyer schwamm mehr schlecht als recht, und mehrere Male, als Mrs. Goodhart weiter als hundert Meter von der ‹Clothilde› entfernt war, dachte Thomas, daß vielleicht *sie* Dwyer Hilfestellung leisten müsse.

Punkt fünf erschien Goodhart geduscht, gekämmt und mit einer Baumwollhose, weißem Hemd und seinem blauen Blazer bekleidet an Deck und fragte: «Was halten Sie von einem Drink, Käpt'n?» Wenn keine Gäste an Bord waren, setzte er hinzu: «Es wäre mir eine Ehre, wenn Sie mir Gesellschaft leisteten.»

Thomas mixte zwei Scotch und Soda und gab Dwyer ein Zeichen, daß er die Motoren anwerfen solle. Kate holte den Anker ein, und sie nahmen Richtung auf Antibes, auf das *Hôtel du Cap*. Auf dem Achterdeck sitzend, schlürften Mr. Goodhart und Thomas an ihren Getränken, während sie aus der Meerenge heraus und um die Insel herum fuhren. An ihrer Backbordseite sahen sie jenseits des Wassers die weißrosa Türme und Kuppeln von Cannes.

An einem solchen Nachmittag sagte Mr. Goodhart: «Käpt'n, ist Jordache hier in der Gegend eigentlich ein verbreiteter Name?»

«Nicht daß ich wüßte», sagte Thomas. «Warum?»

«Ich erwähnte gestern zufällig Ihren Namen dem Geschäftsführer des Hotels gegenüber», sagte Mr. Goodhart, «und er sagte, daß ein Mr. und eine Mrs. Rudolph Jordache manchmal bei ihm im Hotel wohnten.»

Thomas nippte an seinem Whisky. «Das ist mein Bruder», sagte er. Er spürte, wie Mr. Goodhart ihn neugierig ansah. Es war nicht schwer zu erraten, was er dachte. «Jeder von uns ist seinen eigenen Weg gegangen», sagte Thomas kurz. «Er war der Klügste in der Familie.»

«Da bin ich nicht so sicher.» Mr. Goodhart erhob sein Glas und trank auf das Schiff, den Sonnenschein, das zu beiden Seiten des Bugs aufschäumende Wasser und auf die grünen und ockerfarbenen Berge der Küste. «Vielleicht waren Sie der Klügste. Ich habe in meinem Leben nichts anderes getan als gearbeitet, und erst als alter Mann, nachdem ich mich vom Geschäft zurückgezogen habe, fand ich Zeit, so etwas wie das hier zwei Wochen im Jahr zu tun.» Er lächelte wehmütig. «Und ich wurde in *meiner* Familie als der Klügste angesehen.»

Mrs. Goodhart kam herauf, jugendlich in Hose und einen lockersitzenden Pullover gekleidet. Thomas trank seinen Whisky aus und ging dann für sie einen holen. Mrs. Goodhart trank genausoviel wie ihr Mann.

Mr. Goodhart zahlte 250 Dollar Charter-Gebühr pro Tag, dazu die Kosten für den Treibstoff und täglich für jedes Mannschaftsmitglied 1200 alte Francs Essensgeld. Im vorigen Jahr hatte er am letzten Tag Thomas ein Trinkgeld von 500 Dollar gegeben. Thomas und Dwyer hatten auszurechnen versucht, wie reich ein Mann sein mußte, der es sich leisten konnte, zwei Wochen lang täglich solche Summen auszugeben, denn er mußte ja auch noch die Kosten für das Appartement in einem der teuersten Hotels der Welt bezahlen. «Reich müßte man sein», hatte Dwyer geseufzt. «Was glaubst du, wie viele arme Teufel sich in seinen Textilfabriken in North Carolina von morgens bis abends die Lunge aus dem Leib husten müssen, nur damit er täglich schwimmen gehen kann? Tausende wahrscheinlich.» Dwyers Einstellung zum Kapitalismus war schon in früher Kindheit von einem sozialistisch eingestellten Vater, der Fabrikarbeiter war, geprägt worden. Nach Dwyers Ansicht husteten sich alle Arbeiter die Lunge aus dem Leib.

Bis er den Goodharts begegnet war, hatte Thomas Leute mit Geld zwar nicht ganz so vernichtend eingeschätzt wie Dwyer, sie aber doch mit einer Mischung aus Neid und Mißtrauen betrachtet und immer den Verdacht gehabt, daß ein Reicher jedem, über den er Macht besaß, soviel Leid wie möglich zufügen würde. Das Gefühl der Unsicherheit, das er von jeher seinem Bruder gegenüber gehabt hatte, so vielschichtig die Gründe auch sein mochten, war durch Rudolphs raketenhaften Aufstieg zu Reichtum noch größer geworden. Aber die Goodharts hatten alte Glaubensdogmen erschüttert. Sie hatten ihn in diesen Tagen nicht nur über das Thema Ehe nachdenken lassen, sondern über alte Leute im allgemeinen und über die Reichen im besonderen. Er bedauerte, daß die Goodharts so früh im Jahr kamen, denn es gab natürlich andere Gäste, die Dwyers Kritik an den herrschenden Klassen mehr als rechtfertigten.

Am letzten Tag der Charter fuhren sie früher als sonst zum Hotel zurück, weil ein Sturm aufkam und das Meer jenseits der Insel mit weißen Schaumkämmen bedeckt war. Sogar zwischen den Inseln schlingerte die ‹Clothilde› und zerrte an ihrer Ankerkette. Mr. Goodhart hatte mehr als gewöhnlich getrunken, und weder er noch seine Frau hatten Siesta gehalten. Als Dwyer den Anker lichtete, hatten sie noch ihre Badeanzüge an, darüber Pullover, weil das Wasser über Deck spritzte. Sie blieben draußen. Wie Kinder auf einer Party, die bald zu Ende geht, wollten sie den Tag bis zur Neige genießen. Mr. Goodhart war sogar etwas kurzangebunden, als Thomas nicht automatisch den Fünf-Uhr-Whisky brachte.
Die See war zu rauh, um die Deckstühle aufzustellen, und die Goodharts und Thomas mußten sich an der hinteren Reling festhalten, als sie ihren Scotch mit Soda tranken.
«Ich glaube nicht, daß wir das Dingi ins Wasser lassen und zum Hotel hinüber rudern können», sagte Thomas. «Ich sage Dwyer am besten gleich Bescheid, daß er ums Kap herum nach Antibes fahren soll.»
Mr. Goodhart streckte den Arm aus und hielt Thomas zurück. «Lassen Sie uns noch einen Blick darauf werfen», sagte er. Seine Augen waren ein wenig gerötet. «Von Zeit zu Zeit habe ich Sturm ganz gern.»
«Wie Sie wünschen, Sir», sagte Thomas. «Ich sage Dwyer Bescheid.»
Im Ruderhaus kämpfte Dwyer bereits mit dem Steuerrad. Kate saß in einer Ecke und kaute an einem mit Roastbeef belegten Brot.
«Der Sturm nimmt zu», sagte Dwyer. «Ich fahre ums Kap herum.»
«Fahr zum Hotel», sagte Thomas.
Kate schaute ihn über ihr Sandwich hinweg überrascht an.
«Bist du verrückt?» fragte Dwyer. «Bei diesem Sturm liegen die Rennboote schon seit Stunden im Hafen. Und mit dem Dingi schaffen wir es niemals.»
«Ich weiß», sagte Thomas. «Aber sie wollen einen Blick darauf werfen.»
«Reine Zeitverschwendung», brummte Dwyer. Am nächsten Morgen nahmen sie in Saint-Tropez neue Gäste an Bord, und sie hatten vorgehabt, sofort loszufahren, sobald die Goodharts ausgebootet waren. Selbst bei ruhiger See wäre es ein langer Tag gewesen. Das Schiff mußte für die neuen Gäste wäh-

rend der Fahrt noch hergerichtet werden. Der Wind kam von Norden, was bedeutete, daß sie sich im Schutz der Küste würden halten müssen, und sie konnten auch nicht mit voller Geschwindigkeit fahren, weil das Schiff sonst zu stark schlingerte; die Fahrt würde also viel länger dauern.

«Ach komm, es sind nur ein paar Minuten», sagte Thomas beschwichtigend. «Sie werden sehen, daß es unmöglich ist. Dann fahren wir gleich zurück nach Antibes.»

«Du bist der Kapitän», sagte Dwyer. Er drehte das Steuer heftig zur Seite, als eine Welle mit voller Wucht gegen die Backbordseite schlug und die ‹Clothilde› vom Kurs abkam.

Thomas blieb im Ruderhaus. Hier war er im Trockenen. Die Goodharts standen noch immer an Deck, völlig durchnäßt, aber anscheinend fanden sie Vergnügen daran. Der Himmel war wolkenlos, und im Licht der hochstehenden hellen Sonne schimmerten die beiden alten Leute, wenn das Wasser an Deck gischte, für Sekunden in den Farben des Regenbogens.

Als sie, weit vom Hafen entfernt, wo die fest verankerten Boote auf dem Wasser tanzten, den Golfe-Juan passierten, machte Mr. Goodhart Thomas ein Zeichen, daß er und Mrs. Goodhart noch einen Drink haben wollten.

Als sie sich den felsigen Klippen, auf denen die Badehütten standen, näherten – sie waren knapp fünfhundert Meter vom Ufer entfernt –, sahen sie, daß die Wellen schon den kleinen, betonierten Kai überspülten, an dem sonst die Rennboote festgemacht waren. Wie Dwyer vorausgesagt hatte, waren die Boote alle fort. Am Badeplatz war die rote Fahne gehißt, und vor die Schwimmleiter unterhalb des Restaurants *Eden Roc* war eine Kette gelegt. Die Wellen brandeten hoch über die Stufen, wichen dann schäumend und grünlichweiß zurück und legten, ehe der nächste Brecher angedonnert kam, die untersten Sprossen der Leiter frei.

Thomas verließ das Ruderhaus und trat aufs Deck hinaus. «Ich fürchte, ich hatte recht, Sir», sagte er zu Mr. Goodhart. «Bei dieser See läßt sich kein Boot ins Wasser bringen. Wir müssen in den Hafen fahren.»

«Fahren Sie in den Hafen», sagte Mr. Goodhart ruhig. «Meine Frau und ich haben beschlossen, an Land zu schwimmen. Fahren Sie nur so dicht wie möglich heran, aber natürlich so, daß das Schiff nicht gefährdet wird.»

«Die rote Fahne ist gehißt», sagte Thomas. «Niemand ist im Wasser.»

«Die Franzosen», sagte Mr. Goodhart. «Meine Frau und ich sind in Newport in einer doppelt so schlimmen Brandung wie dieser hier geschwommen, stimmt's nicht, Liebes?»

«Wir schicken später den Wagen hinüber, um unsere Sachen zu holen, Käpt'n», sagte Mrs. Goodhart.

«Wir sind hier nicht in Newport, Sir», sagte Thomas in dem Bemühen, Mr. Goodhart von seinem Vorhaben abzubringen. «Hier ist kein Sandstrand. Sie werden gegen die Felsen geschleudert werden, wenn Sie ...»

«Wie alles in Frankreich sieht es schlimmer aus, als es ist», sagte Mr. Goodhart. «Fahren Sie lediglich so dicht ans Ufer heran, wie Sie es verantworten können. Der Rest liegt bei uns. Wir haben beide Lust zu schwimmen.»

«Jawohl, Sir», sagte Thomas. Er ging wieder ins Ruderhaus, wo Dwyer das Steuerrad drehte und zuerst einen Motor, dann den anderen auf Touren brachte, um in einer Entfernung von etwa dreihundert Metern von der Leiter zu kreisen. «Versuch noch hundert Meter dichter ranzugehen», sagte Thomas. «Sie wollen schwimmen.»

«Was wollen sie?» fragte Dwyer. «Selbstmord begehen?»

«Es ist ihr Leben», sagte Thomas. Er wandte sich an Kate: «Zieh deinen Badeanzug an.» Er selbst hatte Badehose und Pullover an.

Ohne ein Wort ging Kate hinunter, um ihren Badeanzug anzuziehen.

«Fahr gleich weg, sobald wir vom Schiff sind», sagte Thomas zu Dwyer. «Achte auf die Felsen. Wenn du siehst, daß wir es geschafft haben, nimm Kurs auf den Hafen. Wir fahren mit dem Wagen. *Eine* Strecke genügt. Wir wollen nicht auch noch zurückschwimmen.»

Zwei Minuten später kam Kate in ihrem alten, ausgebleichten blauen Badeanzug herauf. Sie war eine gute Schwimmerin. Thomas zog seinen Pullover aus, und beide gingen hinaus auf Deck. Die Goodharts warteten bereits auf sie. Nach den Tagen in der Sonne sah Mr. Goodhart in seiner geblümten Badehose kräftig und gesund aus. Zwar war es der Körper eines alten Menschen, aber in seiner Jugend und in seinem Mannesalter mußte er ein kraftvoller Mann gewesen sein. Mrs. Goodharts noch immer schöngeformte Beine zeigten kleine Altersfältchen.

Die schwimmende Plattform, auf halbem Wege zwischen ‹Clothilde› und der Leiter verankert, tanzte auf den Wellen. Wenn sie von einer besonders großen Welle getroffen wurde, richtete sie sich einen Augenblick fast senkrecht auf.

«Ich schlage vor, wir schwimmen zuerst zu der Plattform», sagte Thomas, «damit wir eine Atempause machen können, bevor wir die übrige Strecke hinter uns bringen.»

«Wir?» fragte Mr. Goodhart. «Was meinen Sie mit wir?» Er war offensichtlich betrunken. Mrs. Goodhart ebenfalls.

«Kate und ich haben beschlossen, auch schwimmen zu gehen», sagte Thomas.

«Wie Sie wollen, Käpt'n», sagte Mr. Goodhart. Er kletterte über die Reling und sprang ins Wasser. Mrs. Goodhart folgte ihm nach. Ihre Köpfe, grau und weiß, hüpften in dem dunkelgrünen, gischtigen Wasser auf und ab.

«Du hältst dich an ihrer Seite», sagte Thomas zu Kate. «Ich bleibe bei ihm.»

Er sprang über Bord und hörte gleich darauf den Aufprall von Kates Körper. Es war nicht schwierig, zu der Plattform zu gelangen. Mr. Goodhart schwamm einen altmodischen Trudgenstil, er hielt den Kopf meist über Wasser. Mrs. Goodhart schwamm einen konventionellen Crawlstil. Als Thomas sich nach ihr umdrehte, hatte er den Eindruck, sie schlucke Wasser und ihr Atem ginge mühsam. Doch Kate hielt sich die ganze Zeit dicht an ihrer Seite. Mr. Goodhart und Thomas kletterten auf die Plattform, aber die See war zu rauh, um aufrecht darauf stehen zu können, und sie knieten sich hin und halfen Mrs. Goodhart, als sie die Plattform erreichte, hinauf. Sie rang nach Luft und sah so aus, als verließen sie die Kräfte.

«Können wir uns hier nicht etwas ausruhen?» sagte Mrs. Goodhart und versuchte, sich auf der nassen, faserigen Oberfläche der sich hebenden und senkenden Plattform im Gleichgewicht zu halten. «Bis das Meer sich ein bißchen beruhigt.»

«Es kann nur schlimmer werden, Mrs. Goodhart», sagte Thomas. «Nicht lange, und Sie können überhaupt nicht mehr ins Wasser.»

Dwyer war jetzt etwa wieder fünfhundert Meter vom Ufer entfernt und zog dort draußen Kreise. Es war aussichtslos, auch nur daran zu denken, zurückzuschwimmen und Mrs. Goodhart bei diesem Seegang auf das schlingernde Schiff zu hieven. Dabei hätte sie sich bestimmt schwer verletzt.

«Sie müssen mit uns an Land schwimmen», sagte Thomas zu Mrs. Goodhart.

Mr. Goodhart sagte nichts. Er war jetzt nüchtern.

«Nathaniel», sagte Mrs. Goodhart zu ihrem Mann, «kannst du ihm nicht sagen, daß ich mich gern ein bißchen ausruhen möchte, bis die See sich beruhigt hat?»

«Du hast gehört, was er gesagt hat», erwiderte Mr. Goodhart. «Du wolltest hinüberschwimmen. Also schwimm hinüber.» Er sprang ins Wasser.

Auf den Felsen am Ufer hatten sich inzwischen mindestens zwanzig Menschen versammelt und starrten zu der kleinen Gruppe auf dem Floß herüber.

Thomas griff nach Mrs. Goodharts Hand und sagte: «Wir springen zusammen hinein.» Er richtete sich mühsam auf, half ihr auf die Beine, und sie sprangen, sich an den Händen haltend, ins Wasser. Als sie erst einmal drin war, hatte Mrs. Goodhart weniger Angst, und sie schwammen nebeneinander auf die Leiter zu. Als sie sich den Felsen näherten, spürten sie, wie sie von einer Welle vorwärtsgetragen und dann, nachdem die Welle sich an den Felsen gebrochen hatte und zurückflutete, zurückgesogen wurden. Thomas spürte eine Sprosse unter seinen Füßen. Um in der tobenden See gehört zu werden, schrie er: «Ich gehe als erster. Dann Mrs. Goodhart. Passen Sie auf, wie ich es mache. Ich lasse mich von einer Welle tragen, greife nach dem Geländer und halte mich fest. Ich gebe Ihnen ein Zeichen. Schwimmen Sie daraufhin so schnell Sie können. Ich packe Sie von der Leiter aus. Sie müssen sich nur so fest wie es geht an mir festhalten – dann wird alles gutgehen.» Er war keineswegs sicher, daß alles gutgehen würde, aber er mußte ihr Mut machen.

Er wartete einen Moment und blickte über die Schulter zurück auf die ankommenden Wellen. Als eine große herannahte, überließ er sich ihr. Er wurde gegen die stählerne Leiter geschleudert, griff nach einem Halt und klammerte sich fest, um nicht wieder hinaus gezogen zu werden. Dann richtete er sich auf. «Jetzt!» rief er Mrs. Goodhart zu, und sie nutzte eine Welle, war schnell bei ihm, einen Augenblick hoch über ihm, dann stürzte sie zu ihm herunter. Er packte sie, hielt sie fest, und nur mit größter Anstrengung konnte er verhindern, daß sie zurückglitt. Hastig schob er sie die Leiter hinauf. Sie stolperte, war aber in Sicherheit, ehe die nächste Woge herandonnerte.

Mr. Goodhart war so schwer, daß Thomas ihn beim ersten Zugriff nicht zu halten vermochte, und er dachte schon, sie würden beide zurückgespült werden. Aber der alte Mann war stark. Er schwang sich herum und griff nach der anderen Stange der Leiter, während er sich gleichzeitig an Thomas festhielt. Tom brauchte ihm nicht die Leiter hinaufzuhelfen. Mr. Goodhart erklomm sie würdevoll und blickte gelassen auf die stumme Gruppe von Zuschauern. Es sah aus, als tadele er sie für ihre Vorwitzigkeit, ihre Nase in seine Privatangelegenheiten zu stecken.

Kate kam ohne Schwierigkeit ans Ufer, und sie und Thomas stiegen gemeinsam die Leiter hinauf.

Der Strandwärter reichte ihnen Handtücher; sie trockneten sich ab, aber ihre Badeanzüge blieben natürlich naß – da war nichts zu machen.

Mr. Goodhart rief im Hotel an, daß man seinen Wagen mit dem Chauffeur herunterschicken möchte und sagte nur: «Eine hervorragende Leistung, Käpt'n», als der Wagen für Thomas und Kate kam. Er hatte sich für sich und Mrs. Goodhart große Badelaken geben lassen und an der Bar für alle Anwesenden Drinks bestellt. Wie er in dem langen, wallenden Gewand, das ihn wie eine Toga umhüllte, dastand, wäre man nicht auf den Gedanken gekommen, daß er den ganzen Nachmittag über getrunken hatte und seines Leichtsinns wegen vor einer Viertelstunde vier Menschen fast ertrunken wären.

Er hielt die Wagentür für Kate und Thomas offen. Als Thomas einstieg, sagte Mr. Goodhart: «Wir müssen noch abrechnen, Käpt'n. Sind Sie nach dem Essen unten im Hafen?»

Thomas hatte vorgehabt, vor Sonnenuntergang noch nach Saint-Tropez zu fahren, aber er sagte: «Ja, Sir. Wir sind den ganzen Abend da.»

«Dann bis nachher, Käpt'n. Wir kommen zu einem Abschiedstrunk an Bord.» Mr. Goodhart schloß die Wagentür, und sie fuhren los. Die Zweige der Pinien, die am Straßenrand standen, bewegten sich in dem jetzt stärker gewordenen Wind.

Die ‹Clothilde› war noch nicht im Hafen. Thomas und Kate setzten sich am Kai, die Handtücher über die Schultern gelegt, auf ein umgekipptes Dingi; sie fröstelten.

Eine Viertelstunde später kam die ‹Clothilde› in den Hafen. Sie fingen von Dwyer die Leinen auf, machten sie fest, sprangen an Bord und zogen sich als erstes trockene Kleidung an. Kate kochte Kaffee, und als sie im Ruderhaus saßen und ihn tranken, während der Wind durch die Takelage pfiff, sagte Dwyer: «Die Reichen. Sie finden immer einen Weg, einen zahlen zu lassen.» Dann gingen sie hinaus. Dwyer holte den Schlauch herbei, befestigte ihn auf dem Kai an einem Hydranten, und sie begannen alle drei das Schiff abzuschrubben. Es war über und über mit Salz verkrustet.

Nach dem Abendessen gingen Kate und Dwyer an Land. Kate wusch die Leibwäsche selber, aber die großen Stücke wie Laken, Bett- und Kopfkissenbezüge und Handtücher mußten an Land gewaschen werden. Der Wind hatte sich ebenso plötzlich gelegt, wie er aufgekommen war, und während das Meer noch heftig gegen die Mole donnerte, war es im Hafen selbst ruhig, und der Fender der ‹Clothilde› stießen nur von Zeit zu Zeit leise gegen die Boote neben ihr.
Es war eine klare, warme Nacht, und Thomas saß Pfeife rauchend, die Sterne bewundernd und auf Mr. Goodhart wartend auf dem Achterdeck. Er hatte die Rechnung zusammengestellt, sie lag in einem Umschlag im Ruderhaus. Es war keine hohe Rechnung – nur Treibstoff, Wäsche, mehrere Flaschen Whisky und Wodka, Eis und die vereinbarten 1200 Francs pro Person und Tag für Essen. Für die Charter selbst hatte Mr. Goodhart ihm am ersten Tag, an dem er an Bord gekommen war, einen Scheck gegeben. Bevor Kate heute abend nach Antibes gegangen war, hatte sie die Sachen, die die Goodharts noch an Bord hatten – Badeanzüge, das eine oder andere Kleidungsstück, Schuhe und Bücher – in zwei Körbe gepackt. Die Körbe standen auf dem Achterdeck dicht an der Reling.
Thomas sah die Lichter von Mr. Goodharts Wagen den Kai entlangkommen. Als der Wagen hielt, erhob er sich, und Mr. Goodhart stieg aus und kam dann die Gangway herauf. Er hatte einen grauen Anzug an, weißes Hemd und seidene Krawatte. Irgendwie wirkte er darin älter und weniger robust.
«Was möchten Sie trinken?» fragte Thomas.
«Am liebsten einen Whisky, Käpt'n», sagte Mr. Goodhart. Er war jetzt völlig nüchtern. «Wenn Sie mir Gesellschaft leisten wollen ...» Er setzte sich auf einen der Klappstühle, während Thomas in den Salon hinunterging, um die Getränke zu mixen. Wieder oben an Deck ging er am Ruderhaus vorbei und holte den Umschlag mit der Rechnung.
«Mrs. Goodhart hat sich erkältet», sagte Goodhart, als Thomas ihm das Glas reichte. «Sie hat sich bereits hingelegt. Aber sie hat mir eigens aufgetragen, Ihnen zu sagen, wie sehr sie diese zwei Wochen genossen hat.»
«Sehr freundlich von ihr», sagte Thomas. «Es war auch für uns eine schöne Zeit.» Wenn Mr. Goodhart es vorzog, das Abenteuer des Nachmittags nicht zu erwähnen, so würde auch er kein Wort darüber verlieren. «Ich habe die Rechnung zusammengestellt, Sir», sagte er und reichte Mr. Goodhart den Umschlag. «Wenn Sie noch irgendwelche Fragen haben ...»

Mr. Goodhart schwenkte lässig den Umschlag. «Ich bin sicher, daß sie in Ordnung ist», sagte er. Er nahm die Rechnung heraus und überflog sie im Licht der Laterne auf dem Kai. Er hatte ein Scheckbuch bei sich, schrieb einen Scheck aus und reichte ihn Thomas. «Ich habe die Summe etwas erhöht, für Sie und die Mannschaft, Käpt'n», sagte er.

Thomas warf einen Blick auf den Scheck. Wie im letzten Jahr 500 Dollar Trinkgeld. «Sehr großzügig von Ihnen, Sir.» Ach, gäbe es doch einen Sommer nur mit Goodharts!

Mr. Goodhart winkte ab. «Im nächsten Jahr können wir vielleicht vier Wochen bleiben», sagte er. «Niemand zwingt uns, den ganzen Sommer in Newport zu verbringen.» Er hatte Thomas erzählt, daß er seit seiner frühesten Jugend den Juli und August immer in dem Familienhaus in Newport verbrachte, wo seine verheirateten Kinder, ein Sohn und zwei Töchter, und Enkelkinder ebenfalls ihre Ferien mit Mrs. Goodhart und ihm verlebten. «Warum übergeben wir das Haus nicht der jüngeren Generation?» fuhr Mr. Goodhart in seinem Selbstgespräch fort. «Sie kann dort ihre Orgien feiern oder was immer die jungen Leute heutzutage tun. Vielleicht nehmen wir ein oder zwei Enkelkinder mit und machen mit ihnen eine richtige Kreuzfahrt.» Er lehnte sich bequem in seinem Sessel zurück, schlürfte an seinem Drink und spielte mit dieser Vorstellung. «Wohin könnten wir fahren, wenn wir einen Monat Zeit hätten?»

«Nun», sagte Thomas, «die Gäste, die wir morgen in Saint-Tropez an Bord nehmen, zwei französische Ehepaare, haben das Schiff nur für drei Wochen gechartert, und wenn das Wetter besser wird, können wir beispielsweise an der spanischen Küste entlangfahren, nach Cadaqués, Rosas, dann, die Costa Brava entlang, nach Barcelona und hinüber zu den Balearen. Von dort fahren wir nach Antibes zurück und nehmen eine englische Familie an Bord, die nach Süden will – wieder eine Kreuzfahrt von drei Wochen – zur ligurischen Küste, nach Portofino, Porto Venere, Elba, Porto Ercole, Korsika, Sardinien, Ischia, Capri ...»

Mr. Goodhart lachte vor sich hin. «Kennen Sie alle diese Orte?»

«Ja, ja, was man so kennen nennt.»

«Und werden dafür noch bezahlt.»

«Es gibt Menschen, bei denen man sein Geld nicht leicht verdient», sagte Thomas. «Nicht alle sind so wie Sie und Mrs. Goodhart.»

«Das liegt möglicherweise am Alter», sagte Mr. Goodhart bedächtig. «Man wird milder. Ob ich vielleicht noch einen Whisky haben dürfte, Käpt'n?»

«Sofern Sie nicht vorhaben, heute abend noch einmal schwimmen zu gehen», sagte Thomas, indem er aufstand und Mr. Goodharts Glas nahm.

Mr. Goodhart kicherte. «War 'n richtiger Scheißkram, nicht wahr?»

«Ja, Sir, das war es.» Thomas war überrascht, daß Mr. Goodhart einen solchen Ausdruck gebrauchte. Er ging nach unten und mixte noch zwei weitere

Whiskies. Als er hinaufkam, saß Mr. Goodhart zurückgelehnt auf seinem Stuhl, die langen Beine von sich gestreckt, die Füße übereinandergeschlagen, und blickte hinauf zu den Sternen. Er nahm Thomas das Glas ab, ohne seine Haltung zu verändern.

«Käpt'n», sagte er, «ich habe beschlossen, meine Frau und mich zu verwöhnen. Ich will noch heute abend für das nächste Jahr eine feste Abmachung mit Ihnen treffen. Vom 1. Juni ab chartern wir die ‹Clothilde› für sechs Wochen und fahren in südlicher Richtung zu all den hübschen Plätzen, deren Namen Sie eben heruntergerasselt haben. Sie bekommen sofort eine Anzahlung. Und wenn Sie sagen, es kann nicht geschwommen werden, dann wird nicht geschwommen. Einverstanden?»

«Ich fände es sehr schön, aber ...» Thomas zögerte.

«Aber was?»

«Das Schiff ist durchaus richtig für Sie, wenn Sie es nur über Tag benutzen, so wie Sie das tun ... aber für sechs Wochen: Da müßten Sie an Bord wohnen ... ich weiß nicht. Manchen macht das nichts aus, aber wer an Luxus gewöhnt ist...»

«Sie meinen, für so verwöhnte alte Leute wie meine Frau und mich sei es hier auf der ‹Clothilde› nicht großartig genug?» sagte Mr. Goodhart.

«Ich möchte nicht, daß Sie enttäuscht sind», sagte Thomas unbehaglich. «Bei rauher See schlingert sie ganz schön, und unter Deck ist es ziemlich stickig, weil wir nämlich, wenn wir auf Fahrt sind, alle Bullaugen geschlossen halten müssen, und es gibt kein richtiges Bad, nur Duschen, und ...»

«Das wird uns nur guttun. Wir haben es in unserem Leben viel zu leicht gehabt.» Mr. Goodhart richtete sich auf. «Sie bringen es noch fertig, daß ich mich vor mir selber schäme. Sie scheinen ja das Gefühl zu haben, als bedeute es für meine Frau und mich nichts, auf einem so hübschen Schiff wie diesem im Mittelmeer umherzufahren. Großer Gott, es läuft mir kalt über den Rücken, wenn ich daran denke, welche Meinung unsere Mitmenschen von uns haben müssen.»

«Die Menschen leben auf verschiedene Weise», sagte Thomas.

«Sie haben es offensichtlich nicht immer leicht gehabt im Leben», sagte Mr. Goodhart.

«Nicht schwerer als andere auch.»

«Es scheint Ihnen nicht schlecht bekommen zu sein», sagte Mr. Goodhart. «Ich wäre froh, wenn mein Sohn so wäre wie Sie. Dann hätte ich mehr Freude an ihm als so. Weit mehr Freude, wenn ich das einmal so sagen darf.»

«Das läßt sich schwer beurteilen», sagte Thomas. Wenn Mr. Goodhart die Sache mit dem Kreuz wüßte, das wir am Siegesfeiertag in Port Philip verbrannt haben, dachte er, daß ich meinen Vater geschlagen habe, daß ich mich in Elysium, Ohio, dafür bezahlen ließ, verheiratete Frauen zu nageln, wenn er von der Erpressung Sinclairs in Boston wüßte, von den Raufereien, die ich angezettelt habe, von Quayles und seiner Frau in Las Vegas, und von Pappy und Teresa und Falconetti, dann säße er wahrscheinlich nicht so friedlich mit einem Glas in der Hand da und träumte davon, sein Sohn würde mir gleichen. «Es gibt eine Menge Dinge in meinem Leben, auf die ich keineswegs stolz bin», sagte er.

«Darin unterscheiden Sie sich nicht von anderen Menschen, Käpt'n», sagte Goodhart ruhig. «Und da wir schon beim Thema sind – verzeihen Sie mir die Sache von heute nachmittag. Ich war betrunken. Ich hatte zwei Wochen in der Gesellschaft von drei beneidenswerten jungen Menschen zugebracht, hatte gesehen, wie glücklich sie sind, wie anmutige junge Tiere, und ich fühlte mich alt und rebellierte dagegen. Ich wollte beweisen, daß ich noch nicht so alt war, und habe dabei unser aller Leben aufs Spiel gesetzt. Wissentlich, Käpt'n, wissentlich. Denn ich war sicher, daß Sie uns nicht allein schwimmen lassen würden.»

«Lassen Sie uns von etwas anderem sprechen, Sir», sagte Thomas. «Es ist ja glücklicherweise nichts passiert.»

«Alter ist etwas Unnatürliches, Tom», sagte Mr. Goodhart bitter. «Ein schrecklicher, widernatürlicher Irrsinn.» Er erhob sich und stellte vorsichtig sein Glas hin. «Ich glaube, ich gehe jetzt ins Hotel zurück und sehe nach meiner Frau», sagte er. Er schüttelte Thomas die Hand. «Bis zum 1. Juni 1966», sagte er und verließ, in jeder Hand einen großen Korb, das Schiff.

Als Kate und Dwyer zurückkamen, erzählte Thomas nur, Mr. Goodhart sei dagewesen und sie hätten für das nächste Jahr schon ihre erste Charter von sechs Wochen.

Dwyer hatte einen Brief von seinem Mädchen bekommen. Sie war zum Hotel *Ägäis* gegangen, aber alles, was sie herausgefunden hatte, war, daß Pappy seit drei Monaten tot war. Er war erstochen und mit einem Knebel im Mund in seinem Zimmer gefunden worden. Das hatte ihr der neue Mann am Empfang berichtet.

Thomas war nicht erstaunt über diese Nachricht. Bei den Geschäften, die Pappy gemacht hatte, mußte es schließlich so kommen.

In dem Brief standen ganz offensichtlich noch andere Dinge, von denen Dwyer den anderen aber nichts sagte. Aus seinem mürrischen Gesicht schloß Thomas nur, um was es sich handelte. Dwyers Mädchen wollte wahrscheinlich nicht länger warten, andererseits aber auch nicht von Boston fortgehen. Wenn Dwyer noch immer die Absicht hatte, sie zu heiraten, würde er nach Amerika zurückkehren müssen. Bisher hatte er Thomas noch nicht um Rat gefragt; sollte er das aber tun, würde Thomas ihm sagen, daß keine Frau das wert sei.

Sie gingen zeitig ins Bett, denn sie wollten morgen um vier Uhr in der Frühe, ehe der Wind aufkam, nach Saint-Tropez fahren.

Da keine Gäste an Bord waren, hatte Kate das große Bett in der Passagierkajüte für sich und Thomas für die Nacht zurechtgemacht. Es war das erste Mal, daß sie die Möglichkeit hatten, in einem komfortablen Bett miteinander zu schlafen, und Kate hatte gesagt, darauf wolle sie nicht verzichten. In der Kabine, die sie ab morgen teilten, gab es nur zwei schmale Kojen übereinander.

Kates üppiger, vollbusiger Körper war wenig dazu geeignet, auf dem Laufsteg Kleider vorzuführen, aber ihre Haut war herrlich weich. Die sanfte Begierde, mit der sie ihn liebte, als sie später in dem breiten Bett in Thomas' Armen lag, ließ in ihm ein Gefühl der Dankbarkeit aufkommen, daß das Alter noch weit vor ihm lag, daß er kein Mädchen in Boston hatte und daß er sich von Pinky hatte überreden lassen, eine Frau an Bord zu nehmen.

Bevor sie einschliefen, sagte Kate: «Dwyer hat mir heute abend erzählt, daß du das Schiff umgetauft hast. Wer war Clothilde?»

«Eine Königin von Frankreich», sagte Thomas. Er zog Kate enger an sich. «Eine Frau, die ich gekannt habe. Ich war damals noch sehr jung. Du erinnerst mich an sie.»

Es war nicht schlecht, vor der spanischen Küste zu kreuzen, obwohl sie vor Cap Cruz in ein Unwetter gerieten und fünf Tage im Hafen bleiben mußten. Die beiden französischen Ehepaare bestanden aus zwei dickbäuchigen Pariser Geschäftsleuten und zwei jungen Frauen, die bestimmt nicht ihre Ehefrauen waren. Irgendwelche Tauschgeschäfte schienen zwischen den Paaren vor sich zu gehen, aber Thomas war nicht ans Mittelmeer gekommen, um französische Geschäftsleute zu lehren, wie man sich benahm. Solange die Männer ihre Rechnungen bezahlten und die beiden Damen davon abhielten, in hohen Absätzen übers Deck zu stolzieren, wollte er ihrem Vergnügen nicht im Wege stehen. Die Damen sonnten sich auch ohne die Oberteile ihrer Bikinis an Deck. Kate nahm Anstoß daran, und wenn eine der Damen auch in der Tat sensationelle Brüste hatte, so störte es doch bei der Navigation nicht allzu sehr, solange es auf ihrem Kurs keine Riffe gab – dann allerdings mußten sie damit rechnen, daß Dwyer das Schiff auf Grund fuhr. Eben diese Dame gab Thomas unmißverständlich zu verstehen, daß sie nichts dagegen hätte, sich nachts zu ihm an Deck zu schleichen, während ihr Jules unten schnarchte. Aber Thomas sagte ihr, solche Gefälligkeiten seien in der Charter nicht inbegriffen.

Da der Sturm ihre Reisepläne durchkreuzt hatte, gingen die beiden französischen Paare schon in Marseille von Bord, um von dort mit dem Zug nach Paris zurückzufahren. Die beiden Männer mußten mit ihren Frauen den Rest der Ferien in Deauville verbringen. Als sie Thomas auf dem Kai vor der Bürgermeisterei im alten Hafen von Marseille entlohnten, gaben sie ihm 50 000 Francs Trinkgeld – eine anständige Summe, wenn man bedenkt, daß es sich um Franzosen handelte. Am Abend führte Thomas Kate und Dwyer in dasselbe Restaurant, in dem sie auch gegessen hatten, als sie damals mit der ‹Elga

Andersen nach Marseille gekommen waren. Zu schade, daß die ‹Elga Andersen› nicht im Hafen lag. Was für eine Befriedigung wäre es gewesen, an ihrem verrosteten Bug mit der weiß und blau leuchtenden ‹Clothilde› vorbeizufahren und die Flagge vor dem alten Nazi-Kapitän zu dippen.

Drei Tage blieben ihnen, bevor sie in Antibes die nächsten Charter-Passagiere an Bord nahmen, und wieder machte Kate in der Passagierkajüte für sich und Thomas das breite Bett zurecht. Sie hatte den ganzen Abend die Bullaugen und die Türen weit offen gelassen, um den Parfumgeruch zu vertreiben.

«Diese *poule*», sagte Kate, als sie in der Dunkelheit dalagen. «Paradiert hier nackt herum. Du hattest drei Wochen lang einen Ständer.»

Thomas lachte. Manchmal redete Kate wie ein Matrose.

«Ich mag deine Lache nicht», sagte Kate. «Ich warne dich – sollte ich dich jemals mit so einer erwischen, gehe ich mit dem erstbesten Mann, der mir über den Weg läuft, ins Bett.»

«Es gibt ein sicheres Rezept», sagte Thomas, «wie du erreichen kannst, daß ich dir treu bleibe.»

Kate sorgte dafür, daß er treu blieb. Jedenfalls in dieser Nacht. Als sie still nebeneinander lagen, flüsterte er: «Kate, jedesmal wenn ich dich im Arm halte, vergesse ich ein weiteres schlimmes Erlebnis aus meinem Leben.» Einen Augenblick später spürte er ihre Tränen auf seinen Schultern.

Am nächsten Morgen schliefen sie sich richtig aus, und auf ihrer Fahrt zurück nach Antibes nahmen sie sich die Zeit, einige Sehenswürdigkeiten zu besichtigen. Sie fuhren hinaus zum Château d'If und wanderten über die Festungswälle. Sie sahen das Verlies, in dem der Graf von Monte Christo in Ketten gelegen haben soll. Kate hatte das Buch gelesen, Thomas den Film gesehen. Kate übersetzte die Schilder, auf denen stand, wie viele Protestanten hier eingekerkert gewesen waren, ehe sie auf die Galeeren geschickt wurden.

«Zu allen Zeiten hat irgend jemand den Fuß auf irgend jemandes Nacken gesetzt», sagte Dwyer. «Wenn die Protestanten es nicht bei den Katholiken getan haben, dann waren es umgekehrt die Katholiken bei den Protestanten.»

«Sei still, du Kommunist», sagte Thomas. «Bist du eine Protestantin?» fragte er Kate.

«Ja.»

«Du bist mein Galeerensträfling», sagte er.

Als sie wieder an Bord der ‹Clothilde› waren und in östlicher Richtung davonfuhren, war auch der letzte Parfumgeruch aus der Passagierkajüte verschwunden.

Sie fuhren ohne Aufenthalt durch bis nach Antibes. Dwyer stand in der Nacht volle acht Stunden am Steuerrad, so daß Thomas und Kate durchschlafen konnten. Bei der Ankunft fand Thomas zwei Briefe vor, einen von seinem

Bruder, der andere in einer ihm unbekannten Handschrift. Er öffnete zuerst Rudolphs Brief.

«Lieber Tom» – las er –, «nach langer Zeit höre ich endlich etwas von Dir, und die Nachricht, die ich bekommen habe, klingt so, als ginge es Dir gut. Vor einigen Tagen rief mich ein Mr. Goodhart an, der mir erzählte, er sei auf Deinem Boot – oder vielleicht ist es auch ein richtiges Schiff, ich weiß es nicht – gewesen. Wir haben, wie sich herausstellte, geschäftlich mit Mr. Goodhart zu tun, und er war, glaube ich, einfach neugierig. Er wollte wissen, wie Dein Bruder aussieht. Er hat mich und Jean zu einem Drink eingeladen, und er und seine Frau entpuppten sich, was ich Dir gewiß nicht zu sagen brauche, als reizende alte Leute. Sie sind ungemein begeistert von Dir und Deinem Schiff und beneiden Dich scheint's um das Leben, das Du führst. Wer weiß, vielleicht hast Du die beste Investition des Jahrhunderts mit dem Geld gemacht, das Du bei DC verdient hast. Wenn ich nicht so viel zu tun hätte (es sieht so aus, als ließe ich mich dazu überreden, in diesem Herbst bei der Bürgermeisterwahl zu kandidieren!), würde ich sofort ein Flugzeug nehmen und mit Jean zu Dir kommen. Ich hätte größte Lust, das tiefblaue Meer zu befahren. Vielleicht im nächsten Jahr. Vorher habe ich mir die Freiheit genommen, einem Freund von mir, der im Laufe des Sommers heiratet und seine Flitterwochen gerne am Mittelmeer verbringen möchte, den Vorschlag zu machen, die ‹Clothilde› zu chartern (wie Du siehst, haben die Goodharts uns ausführlich informiert). Vielleicht erinnerst Du Dich noch an ihn: Johnny Heath. Falls er Dir lästig wird, setz ihn auf einem Floß aus und gib ihn den Wellen preis.

Doch Scherz beiseite. Ich freue mich für Dich. Laß doch ab und zu von Dir hören, und falls es irgend etwas gibt, das ich für Dich tun kann, laß es mich wissen. Herzliche Grüße

Rudolph.»

Thomas machte ein finsteres Gesicht, als er den Brief las. Er wurde nicht gerne daran erinnert, daß er es Rudolph zu verdanken hatte, wenn er heute im Besitz der ‹Clothilde› war. Rudolphs Brief war jedoch im Grunde recht freundlich, das Wetter so schön und der Sommer ließ sich so gut an, daß es töricht gewesen wäre, wenn er den alten Groll hätte wieder aufleben lassen. Er faltete den Brief zusammen und steckte ihn in die Tasche. Der andere Brief war von Rudolphs Freund, der anfragte, ob er die ‹Clothilde› vom 15. bis zum 30. September chartern könnte. Dann war die Saison praktisch schon zu Ende, und da er kaum damit rechnen konnte, daß noch eine Buchung kam, würde es gefundenes Geld sein. Heath schrieb, er wolle nichts weiter als vor der Küste zwischen Monte Carlo und Saint-Tropez kreuzen; außer ihm käme nur seine Frau mit. Thomas sagte sich, daß er so auf sehr angenehme Weise die Saison beschließen könne.

Thomas setzte sich hin und schrieb Heath, es ginge alles in Ordnung; er möge ihm bloß noch mitteilen, wo er ihn am 15. September erwarten solle: am Flughafen von Nizza oder am Bahnhof von Antibes.

Er erzählte Kate von der neuen Charter und daß sein Bruder sie ihm vermittelt hatte, und sie veranlaßte ihn, sich bei Rudolph dafür zu bedanken. Er hatte den Brief schon beendet und wollte ihn gerade zukleben, als ihm einfiel, daß Rudolph ihm angeboten hatte, falls er irgend etwas für ihn tun könne, solle Thomas es ihn wissen lassen. Nun, warum nicht, dachte er. Ein Versuch kostet nichts. Er setzte dem Brief ein PS hinzu: «Es gibt etwas, das Du für mich tun könntest. Aus verschiedenen Gründen bin ich seit langem nicht mehr in New York gewesen, aber vielleicht existieren diese Gründe heute nicht mehr. Ich habe seit Jahren nichts von meinem Sohn gehört und habe keine Ahnung, wo er lebt. Auch weiß ich nicht, ob ich überhaupt noch verheiratet bin oder nicht. Ich käme gern nach drüben, um den Jungen zu besuchen und ihn, wenn möglich, für eine Zeitlang mit hierher zu nehmen. Vielleicht erinnerst Du Dich noch an den Abend, als ich in Queens boxte und Du mit Gretchen nach dem Kampf zu mir kamst. Da habe ich Dir doch meinen Manager vorgestellt, einen Mann namens Schultzy. In Wirklichkeit heißt er Herman Schultz. Damals wohnte er im Hotel *Bristol* in der Eighth Avenue, aber vielleicht ist er umgezogen. Im Büro des Madison Square Garden wissen Sie bestimmt, wo Du Schultzy finden kannst, ob er überhaupt noch lebt und ob er in New York wohnt. Vielleicht weiß er was von Teresa und dem Kind. Aber sag ihm nicht, wo ich zur Zeit lebe. Frag ihn bitte, ob seine Wut inzwischen verraucht ist. Er wird die Frage verstehen. Schreib mir, ob Du ihn ausfindig machen konntest und was er gesagt hat. Damit wäre mir sehr geholfen.»

Er brachte beide Briefe zum Postamt und gab sie per Luftpost auf. Dann ging er aufs Schiff, um alles für die englischen Gäste, die morgen eintrafen, vorzubereiten.

4

Im Hotel *Bristol* hatte sich niemand an Herman Schultz erinnern können, doch in der Werbeabteilung vom Madison Square Garden hatte ihm schließlich jemand die Adresse einer Pension in der West 53rd Street genannt. Rudolph war die 53rd Street inzwischen gut vertraut. In den letzten vier Wochen war er dreimal dort gewesen, bei jeder Fahrt, die er im August nach New York gemacht hatte. Ja, hatte der Mann in der Pension gesagt, Mr. Schultz wohnt immer hier, wenn er in New York ist, aber zur Zeit ist er nicht hier. Wo er sich aufhielt, wußte der Mann nicht zu sagen. Rudolph gab ihm seine Telefonnummer, aber Schultz rief nie an. Rudolph mußte jedesmal, wenn er an der Tür läutete, ein Gefühl des Abscheus überwinden, so schäbig war das Haus. Es lag in einer trostlosen Gegend, und bei den Mietern schien es sich entweder um dem Untergang geweihte alte oder heruntergekommene junge Männer zu handeln.

Ein schmutziger alter Mann öffnete die Tür; sie war ochsenblutfarben angestrichen, und die Farbe blätterte ab. Aus dem Dunkel des Flurs starrte er Rudolph, der in der heißen Septembersonne auf den Treppenstufen stand, kurzsichtig an. Eine Woge von Moder und Uringeruch schlug Rudolph entgegen.

«Ist Mr. Schultz zu Hause?» fragte Rudolph.

«Dritter Stock im Hinterhaus», sagte der Alte. Er trat beiseite und ließ Rudolph vorbeigehen.

Als Rudolph die Treppe hinaufstieg, merkte er, daß es im ganzen Haus so ekelerregend roch. Irgendwo spielte ein Radio spanische Musik, ein dicker Mann, nackt bis zum Gürtel, saß auf dem zweiten Treppenabsatz, den Kopf in die Hände gestützt. Er blickte stumm auf den Boden, als Rudolph an ihm vorbeiging.

Die Tür stand offen. Es war erstickend heiß hier oben unter dem Dach. Rudolph erkannte den Mann wieder, der ihm in Queens als Schultzy vorgestellt worden war. Er saß auf dem schmuddeligen, ungemachten Bett und starrte auf die gegenüberliegende Wand.

Rudolph klopfte an den Türrahmen. Schultzy wandte langsam und mühsam den Kopf.

«Was wollen Sie?» fragte Schultz. Seine Stimme war rauh und feindselig.

Rudolph trat ein. «Ich bin Tom Jordaches Bruder.» Er streckte die Hand aus.

Schultz ergriff sie nicht. Er hatte ein schweißfleckiges Unterhemd an, und sein Bauch sah noch immer wie ein Basketball aus. Er war aufgedunsen und vollkommen kahlköpfig. «Ich habe Arthritis in den Händen», sagte Schultz. «Deshalb gebe ich niemand die Hand.» Er forderte Rudolph nicht auf, sich zu setzen. Aber außer auf dem Bett wäre dazu ohnehin keine Möglichkeit gewesen.

«Dieser verdammte Kerl», sagte Schultz. «Ich will seinen Namen nicht mehr hören.»

Rudolph zog die Brieftasche heraus und entnahm ihr zwei Zwanzig-Dollar-Scheine. «Ich soll Ihnen das hier geben.»

«Legen Sie sie aufs Bett.» Ein verschlagener Ausdruck lag auf Schultzys Gesicht. «Er schuldet mir hundertfünfzig.»

«Ich werde dafür sorgen, daß er Ihnen den Rest morgen zukommen läßt», sagte Rudolph.

«Wird auch verdammt Zeit», sagte Schultz. «Was hat er vor? Hat er inzwischen jemand anderen fertiggemacht?»

«Nein», sagte Rudolph, «es ist alles in Ordnung.»

«Mir wäre das Gegenteil lieber», sagte Schultz.

«Ich soll Sie fragen, ob die Wut verraucht ist.» Seltsame Worte, die er da aussprach.

Schultzys Gesicht bekam etwas Verschlagenes, Hinterhältiges, und er sah Rudolph von der Seite an. «Sind Sie sicher, daß er mir den Rest des Geldes morgen geben wird?»

«Absolut sicher», antwortete Rudolph.

«Nun», sagte Schultz, «die Wut ist verraucht. Und alles andere auch. Dieser Stromer von Quayles, mit ihm war es aus, nachdem Ihr Scheißbruder ihn fertiggemacht hat. Das einzige Mal, wo ich hätte Geld machen können. Aber glauben Sie bloß nicht, daß diese Welschen mir einen größeren Anteil gelassen hätten. Dabei war ich es, der Quayles entdeckt und ihn vorangebracht hat. Ja, die Wut ist verraucht. Wer damals dabei war, ist tot oder im Gefängnis. Kein Mensch denkt noch an den Namen Ihres gottverdammten Bruders. Er kann am Columbus Day an der Spitze der Parade die Fifth Avenue hinuntermarschieren – niemand wird sich darum kümmern. Sagen Sie ihm das. Und sagen Sie ihm auch, daß das mehr wert ist als hundertfünfzig.»

«Das werde ich, Mr. Schultz», sagte Rudolph und versuchte die Worte so klingen zu lassen, als wisse er, wovon der alte Mann redete. «Da ist noch etwas ...»

«Er will eine Menge Antworten für sein Geld.»

«Er möchte wissen, was mit seiner Frau ist.»

Schultz kicherte. «Diese Hure», sagte er, jede Silbe betonend. «Ihr Bild war zweimal in der Zeitung. In den ‹Daily News›. Sie ist zweimal geschnappt worden, als sie in Bars Männer ansprach. In der Zeitung stand, sie heiße Thérèse Laval und sei Französin. Aber ich hab die Schnalle sofort erkannt. Französin! Alle Weiber sind Huren, jede einzelne von ihnen. Ich könnte Ihnen da Geschichten erzählen, Mister ...»

«Wissen Sie, wo sie wohnt?» Rudolph hatte keine Lust, noch länger in dem unerträglich heißen, übelriechenden, engen Zimmer zu bleiben und sich Schultz' Ansichten über das weibliche Geschlecht anzuhören. «Und wo der Junge ist?»

Schultz schüttelte den Kopf. «Wer interessiert sich für so was. Ich weiß nicht einmal, wo *ich* wohne. Thérèse Laval. Französin.» Er kicherte wieder. «Eine Französin.»

«Vielen Dank, Mr. Schultz», sagte Rudolph. «Ich will Sie nicht länger behelligen.»

«Sie behelligen mich nicht. Freue mich über jede Unterhaltung. Schicken Sie mir morgen auch bestimmt das Geld?»

«Bestimmt.»

Rudolph verließ Schultz, der noch immer auf dem Bett saß. Rasch ging er die Treppe hinunter. Im Vergleich mit der Pension sah selbst West 53rd Street gut aus.

Er hatte Rudolphs Telegramm in der Tasche, als er auf dem Kennedy Airport aus dem Flugzeug stieg und sich in den Strom der anderen Passagiere einreihte, um die Gesundheits- und Einreiseformalitäten hinter sich zu bringen. Das letzte Mal, als er hier gewesen war, hatte der Flughafen noch Idlewild geheißen. Sich eine Kugel durch den Kopf schießen zu lassen war ein hoher Preis dafür, daß ein Flughafen nach einem benannt wurde.

Der große irische Beamte mit der Plakette an der Uniformjacke musterte ihn, als gefiele ihm der Gedanke nicht, ihn wieder ins Land hereinzulassen. Er blätterte in einem großen schwarzen Buch auf der Suche nach dem Namen Jordache und schien ganz enttäuscht, daß er ihn nicht fand.

Er ging in die Zollhalle, um auf sein Gepäck zu warten. Die ganze Bevölkerung Amerikas schien von einem Europa-Urlaub zurückzukommen. Woher hatten die Leute nur das Geld?

Er blickte hinauf zu der verglasten Galerie, wo dichtgedrängt die Leute standen, die ihre Verwandten und Bekannten abholen wollten, und ihnen zuwinkten, sobald sie sie unten entdeckten. Er hatte Rudolph Flugnummer und Ankunftszeit telegrafiert, aber er konnte ihn in der Menge oben hinter der großen Scheibe nicht ausmachen. Ärger durchzuckte ihn. Das fehlte noch, daß er in New York herumlaufen und seinen Bruder suchen sollte.

Er hatte das Telegramm in Antibes vorgefunden, als er von der Charter-Fahrt mit Heath und seiner Frau zurückgekommen war. «Lieber Tom», hatte Rudolph telegrafiert, «hier alles okay für Dich. Bekomme Adresse Deines Sohnes in Kürze. Gruß Rudolph.»

Er entdeckte schließlich seinen Koffer in dem Karren, ergriff ihn und stellte sich dort an, wo man durch den Zoll ging. Irgendein Schwachkopf aus Syracuse erzählte dem Zollbeamten eine lange Geschichte, woher er die beiden bestickten Dirndelkleider hatte und für wen sie bestimmt waren. Als Thomas an die Reihe kam, mußte er seinen Koffer öffnen, und der Beamte durchsuchte ihn. Thomas hatte keine Geschenke dabei, und er konnte weitergehen.

Er winkte einem Gepäckträger ab, der ihm seine Dienste anbot und trug den Koffer selber zum Ausgang. Ohne Kopfbedeckung, frischer aussehend als alle anderen, stand Rudolph in einem leichten Sommeranzug da und winkte ihm. Sie schüttelten sich die Hand. Rudolph wollte ihm den Koffer abnehmen, aber Thomas ließ es nicht zu.

«Hattest du einen guten Flug?» fragte Rudolph ihn, als sie hinausgingen.

«Ja, danke.»

«Ich habe den Wagen hier um die Ecke geparkt», sagte Rudolph. «Warte einen Augenblick. Es dauert nicht lange.»

Thomas blickte Rudolph nach, als er davonging. Er hat noch immer diesen eigenartig gleitenden Gang und bewegt nicht die Schultern, dachte Thomas. Er öffnete den Kragen und lockerte seine Krawatte. Obwohl bereits Anfang Oktober, war es doch noch drückend warm; feuchte, nach Kerosin riechende Hitze erfüllte die Luft. Er hatte das Klima von New York vergessen gehabt. Wie hielten die Menschen das aus?

Fünf Minuten später kam Rudolph in einem blauen Buick Coupé vorgefahren. Thomas warf seinen Koffer auf den Rücksitz und stieg ein. Die Klimaanlage des Wagens war eine Wohltat. Rudolph hielt die gesetzlich zugelassene Geschwindigkeit genau ein, und Thomas erinnerte sich, wie sie damals, als ihre Mutter im Sterben lag, von der Verkehrspolizei mit einer Flasche Bourbon und dem Smith & Wesson im Wagen angehalten worden waren. Die Zeiten hatten sich geändert.

«Nun?» fragte Thomas.

«Ich habe Schultz gefunden», sagte Rudolph. «Daraufhin habe ich dir telegrafiert. Er sagte, seine Wut sei inzwischen verraucht. Die Leute seien tot oder im Gefängnis. Ich habe nicht gefragt, was das bedeutet.»

«Was ist mit Teresa und dem Kind?»

Rudolphs Stirn umwölkte sich. Er spielte mit den Knöpfen der Klimaanlage. «Laß uns nicht gleich damit anfangen.»

«Doch, leg los! Ich bin hart im Nehmen.»

«Schultz wußte nicht, wo sie waren. Er sagte nur, er habe das Bild deiner Frau in der Zeitung gesehen. Zweimal.»

«Wieso denn das?» Thomas war verblüfft. Sollte das verrückte Frauenzimmer es schließlich doch geschafft haben, auf der Bühne oder in einem Nachtclub zu landen?

«Man hat sie zweimal verhaftet, weil sie Männer angesprochen hat», sagte Rudolph. «Es tut mir leid, daß ich derjenige bin, der dir diese Mitteilung macht, Tom.»

«Schon gut», sagte Thomas heftig. «Damit war zu rechnen.»

«Schultz sagte, es hätte ein anderer Name unter dem Foto gestanden, aber er hätte sie erkannt», sagte Rudolph. «Ich bin der Sache nachgegangen. Sie war es. Die Polizei hat mir ihre Adresse gegeben.»

«Falls ich mir ihre Preise leisten kann, gehe ich vielleicht hin und kaufe sie mir für eine Stunde», sagte Thomas. «Vielleicht hat sie inzwischen gelernt, wie man's macht.» Rudolph schien seine Worte zu mißbilligen, aber er konnte es nicht ändern. Schließlich hatte er nicht den Ozean überquert, um hier schöne Worte zu machen. «Was ist mit dem Kind?»

«Der Junge ist auf einer Militärschule in der Nähe von Poughkeepsie», sagte Rudolph. «Das habe ich erst vor zwei Tagen herausgefunden.»

«Auf einer Militärschule», sagte Thomas. «Großer Gott! Bumsen die Herren Offiziere seine Mutter?»

Rudolph saß stumm am Steuer. Er wußte, daß Thomas zuerst einmal seine Bitterkeit loswerden mußte.

«Genau das war immer mein Ziel, daß mein Sohn zum Militär geht», sagte Thomas. «Wie bist du zu allen diesen guten Nachrichten gekommen?»

«Über einen Privatdetektiv.»

«Hat er mit der Schnalle gesprochen?»

«Nein.»

«Es weiß also niemand, daß ich hier bin?»

«Niemand», sagte Rudolph. «Niemand außer mir. Ich habe noch etwas getan – in der Hoffnung, daß du einverstanden bist.»

«Was?»

«Ich habe mit einem Anwalt gesprochen, den ich gut kenne. Ich habe keinen Namen genannt. Es macht überhaupt keine Schwierigkeiten, die Scheidung und das Sorgerecht für das Kind zu erwirken. Auf Grund der beiden Verurteilungen.»

«Ich hoffe, sie sperren sie ins Gefängnis und werfen den Schlüssel weg.»

«Sie haben sie nur jeweils über Nacht dabehalten und anschließend zu einer Geldstrafe verurteilt.»

«Tüchtige Anwälte sind etwas wert, nicht wahr?» Er erinnerte sich an die Tage, die er in Elysium im Gefängnis verbracht hatte.

«Ich muß heute abend nach Whitby zurückfahren», sagte Rudolph. «Wenn du Lust hast, kannst du mitkommen. Oder du bleibst hier in der Wohnung, es ist niemand da. Morgens kommt jemand zum Saubermachen.»

«Danke. Ich bleibe hier in deiner Wohnung. Ich will morgen früh als erstes zu dem Anwalt, von dem du gesprochen hast. Kannst du mich bei ihm anmelden?»
«Ja.»
«Du weißt ihre Adresse, den Namen der Schule und was sonst noch nötig ist?»
Rudolph nickte.
«Das genügt», sagte Thomas. «Mehr brauche ich nicht.»
«Wie lange willst du in New York bleiben?»
«Nur so lange, bis ich die Scheidung durchgedrückt habe. Dann hole ich das Kind und nehme es mit nach Antibes.»
Rudolph erwiderte nichts, und Thomas blickte aus dem Wagen hinaus auf die in Flushing Bay verankerten Schiffe. Wie gut, daß die ‹Clothilde› im Hafen von Antibes vor Anker lag und nicht in Flushing Bay.
«Johnny Heath hat mir geschrieben. Die Fahrt muß wundervoll gewesen sein», sagte Rudolph. «Auch seine Frau sei sehr begeistert gewesen.»
«Ich weiß gar nicht, wie sie Zeit gefunden haben soll, über irgend etwas begeistert zu sein», sagte Thomas. «Alle fünf Minuten hat sie sich umgezogen. Sie muß mindestens dreißig Koffer dabei gehabt haben. Ein Glück, daß außer ihnen keine anderen Gäste an Bord waren. Zwei Kajüten standen mit ihrem Gepäck voll.»
Rudolph lächelte. «Sie stammt aus einer sehr reichen Familie.»
«Das merkt man. Dein Freund jedoch ist okay. Schlechtes Wetter hat ihm nicht das geringste ausgemacht, und am Ende der Reise hat er so viele Fragen gestellt, daß er die ‹Clothilde› bis nach Tunis hätte steuern können. Er will dich überreden, daß du mit deiner Frau nächstes Jahr mit auf eine Kreuzfahrt kommst.»
«Falls ich Zeit habe», sagte Rudolph rasch.
«Was machen übrigens deine Pläne, dich als Bürgermeister in dieser kleinen, unbedeutenden Stadt zur Wahl zu stellen?» fragte Thomas.
«Whitby ist alles andere als eine kleine, unbedeutende Stadt», sagte Rudolph. «Findest du die Idee nicht gut?»
«Ich würde in diesem Land nichts mit Politik zu tun haben wollen», sagte Thomas.
«Vielleicht gelingt es mir, daß du deine Ansicht änderst», sagte Rudolph.
«Sie hatten einen guten Mann», sagte Thomas, «und natürlich gingen sie hin und erschossen ihn.»
«Sie können nicht alle erschießen.»
«Sie können den Versuch unternehmen», sagte Thomas. Er beugte sich vor und stellte das Radio an. Das Lärmen einer Zuschauermenge erfüllte den Wagen, und dann sagte die aufgeregte Stimme eines Ansagers: «... eine klare Linie, direkt ins Mittelfeld, der Läufer umrundet das zweite, jetzt wird's brenzlig – brenzlig, er läuft weiter. Geschafft!» Thomas stellte das Radio ab.

«Die Herbstserien der Baseball-Meisterschaftsspiele der Profis», erklärte Rudolph.

«Ich weiß. Ich bekomme die Pariser ‹Herald Tribune›.»

«Tom», sagte Rudolph, «vermißt du Amerika nie?»

«Was hat Amerika für mich getan?» fragte Thomas. «Mir würde es nichts ausmachen, wenn ich bei dieser Gelegenheit das letzte Mal hier wäre.»

«Ich mag es überhaupt nicht, wenn du so sprichst.»

«Ein Patriot in der Familie genügt», sagte Thomas.

«Was ist mit deinem Sohn?»

«Was soll mit ihm sein?»

«Wie lange willst du ihn in Europa behalten?»

«Für immer», sagte Thomas. «Aber wenn es dir gelingt, zum Präsidenten gewählt zu werden und in diesem Land wieder normale Verhältnisse herzustellen und all die Gauner und Generale und Polizisten und Richter und Kongreßmitglieder und Staranwälte hinter Gittern verschwunden sind und man dich nicht erschießt, ja dann schicke ich ihn vielleicht einmal zu einem Besuch herüber.»

«Was ist mit seiner Erziehung?» beharrte Rudolph.

«Es gibt Schulen in Antibes. Und die sind nicht schlechter als eine miese Militärakademie.»

«Aber er ist Amerikaner.»

«Was soll das?» fragte Thomas.

«Nun, er ist kein Franzose.»

«Er wird auch kein Franzose werden», sagte Thomas. «Er wird Wesley Jordache sein.»

«Er wird nicht wissen, wo er hingehört.»

«Was glaubst du, wohin *ich* gehöre? Hierher?» Thomas lachte. «Mein Sohn wird auf ein Schiff gehören, das im Mittelmeer von einem Land zum anderen fährt, und in jedem Land wird Wein und Olivenöl geerntet.»

Rudolph gab es auf. Schweigend fuhren sie den restlichen Weg dahin bis zu dem Haus in der Park Avenue, wo Rudolph ein Appartement hatte. Der Pförtner warf einen fragenden Blick auf Thomas mit seinem offenen Kragen und der losen Krawatte, dem blauen Anzug mit der weitgeschnittenen Hose und dem weichen grünen Filzhut mit braunem Band, den er in Genua gekauft hatte.

«Dein Pförtner mißbilligt mein Aussehen», sagte Thomas, als sie im Lift hinauffuhren. «Sag ihm, daß ich meine Sachen in Marseille kaufe, und sag ihm gleichzeitig, daß Marseille in Europa der Ort ist, wo die *haute couture* für Männer gemacht wird.»

«Kümmere dich nicht um den Pförtner», sagte Rudolph, als er die Tür aufschloß.

«Gratuliere!» sagte Thomas, als er in der Mitte des großen Wohnzimmers stand, mit dem offenen Kamin und der mehrsitzigen Couch aus strohfarbenem Kordsamt und den beiden bequemen Ohrensesseln an jeder Seite. Kleine Tische, auf denen Vasen mit Blumen standen, beigefarbener Teppichboden und an den dunkelgrünen Wänden moderne Graphiken. Das Zimmer lag nach Westen und die Nachmittagssonne flutete, gedämpft durch die Gardinen am Fenster, herein. Die Klimaanlage war eingeschaltet und summte leise; im Zimmer war es angenehm kühl.

«Wir kommen weniger oft in die Stadt, als wir möchten», sagte Rudolph. «Aber Jean ist wieder schwanger, und es geht ihr nicht so gut.» Er öffnete einen Schrank. «Hier ist die Bar», sagte er. «Im Kühlschrank ist Eis. Falls du hier essen willst, brauchst du bloß der Putzfrau Bescheid zu sagen. Sie kann ganz gut kochen.» Er führte Thomas in das Gästezimmer, das Jean so eingerichtet hatte wie das Gästezimmer in Whitby – ländlich und reizvoll. Rudolph schämte sich, aber der Gedanke ging ihm durch den Kopf, wie wenig sein Bruder in das ordentlich aufgeräumte, mit fraulichem Geschmack eingerichtete Zimmer paßte, mit dem doppelt breiten Himmelbett und der seidenen Patchworkdecke.

Thomas warf seinen verbeulten Koffer sowie Hut und Jacke auf das Bett, Rudolph zuckte innerlich zusammen. Mit fanatischer Ordnungsliebe bewege Thomas sich auf dem Schiff, hatte Johnny Heath geschrieben. Offenbar entsagte er dieser Gewohnheit, sobald er an Land war.

Sie gingen zurück ins Wohnzimmer, und Rudolph goß für sich und Thomas einen Whisky mit Soda ein und holte, während sie tranken, die verschiedenen Unterlagen herbei: den Bericht der Polizeidienststelle und die Auskünfte des Privatdetektivs. Er rief den Anwalt an und vereinbarte, daß Thomas am nächsten Vormittag um zehn Uhr zu ihm kommen würde.

«Brauchst du noch etwas?» sagte er. «Soll ich mitkommen, wenn du zu der Schule gehst?»

«Nein, vielen Dank, das mache ich schon», sagte Thomas.

«Wie ist es mit Geld?»

«Ich schwimme darin. Danke.»

«Ruf mich an, wenn du irgend etwas brauchst», sagte Rudolph.

«Okay, Herr Bürgermeister», sagte Thomas.

Sie schüttelten sich die Hände, und Rudolph ließ seinen Bruder allein. Thomas stand neben dem Tisch, auf dem die Berichte lagen. Er griff danach, als Rudolph die Wohnungstür ins Schloß fallen ließ.

Teresa Jordache, hieß es in dem Polizeibericht, alias Thérèse Laval. Thomas grinste. Er war versucht, sie anzurufen – natürlich mit verstellter Stimme – und sie hierher zu bestellen. «Appartement 14 B, Miss Laval. Zwischen 57th und 58th Street.» Selbst die argwöhnischste Hure wäre bei einer solchen Adresse nicht mißtrauisch geworden. Zu gerne hätte er ihr Gesicht gesehen, wenn sie läutete und er die Tür öffnete. Es hätte nicht viel gefehlt, und er wäre zum Telefon gegangen. Aber er unterließ es. Bestimmt hätte er ihr eine Tracht Prügel verabreicht, doch dazu war er nicht nach Amerika gekommen.

Er duschte und rasierte sich, genehmigte sich noch einen Drink und zog ein sauberes Hemd und seinen blauen Anzug an. Mit dem Lift fuhr er hinunter und ging in der Abenddämmerung hinüber zur Fifth Avenue. In einer Seitenstraße entdeckte er ein Steaklokal. Er trat ein und bestellte sich ein Steak mit einer halben Flasche Wein und ein Stück Apfelkuchen mit Eis, um sein Heimatland zu ehren. Dann schlenderte er zum Broadway hinüber. Dort war es schlimmer denn je, laute Musik drang aus den Läden, die Reklametafeln und Schilder waren größer und häßlicher, als er sie in Erinnerung hatte, und die Menschen sahen alle krank aus und es herrschte ein fürchterliches Gedränge, dennoch genoß er es in vollen Zügen. Er konnte überall hingehen, in jede Bar, in jedes Kino.

Jedermann war tot oder im Gefängnis. Musik!

Die Hilltop-Militärakademie lag auf einem Berg. Eine hohe graue Steinmauer zäunte sie wie ein Gefängnis ein, und als Thomas durch das große Haupttor fuhr – er hatte einen Wagen gemietet –, sah er auf einem staubigen Platz Jungen in blaugrauen Uniformen beim Exerzieren. Das Wetter war kühler geworden, und die Bäume fingen an, ihre Blätter zu färben. Die Zufahrt führte nahe am Exerzierplatz vorbei, und Thomas hielt an und sah, im Wagen sitzend, zu. In vier Abteilungen wurde auf verschiedenen Teilen des Feldes exerziert. Die Jungen der Gruppe, die ihm am nächsten war, vielleicht dreißig an der Zahl, waren zwischen zwölf und vierzehn Jahre alt, also ungefähr in Wesleys Alter. Thomas musterte sie, als sie an ihm vorbeikamen; falls Wesley unter ihnen war, so erkannte er ihn nicht.

Er fuhr weiter den Fahrweg hinauf zu einem Gebäude, das wie ein kleines Schloß aussah. Die Gartenanlagen ringsum waren gepflegt, mit Blumenbeeten und Rasenflächen dazwischen. Die anderen Gebäude waren groß und wuchtig und alle aus dem gleichen Stein gebaut wie das kleine Schloß.

Teresa mußte Phantasiepreise für ihre Dienste bekommen, dachte Thomas, wenn sie sich einen Ort wie diesen für den Jungen leisten konnte.

Er stieg aus und betrat das Gebäude. Eine dunkle, ungemütliche Halle aus Granit empfing ihn. An den Wänden Fahnenschmuck, Säbel, gekreuzte Gewehre und Marmortafeln mit den Namen ehemaliger Angehöriger der Militärakademie, die im Spanisch-Amerikanischen Krieg, bei der mexikanischen Expedition, im Ersten und im Zweiten Weltkrieg und im Korea-Krieg gefallen waren. Die Halle wirkte wie der Ausstellungsraum einer großen Firma, die ihre Produkte zeigt. Ein Junge mit kurzgeschorenem Haar und zahlreichen phantastischen Militärabzeichen am Ärmel seiner Uniformjacke kam die Treppe herunter, und Thomas fragte ihn: «Wo ist hier das Hauptbüro, mein Junge?»

Der Junge nahm Habachtstellung an, als ob Thomas General MacArthur persönlich wäre, und sagte: «Hier entlang bitte, Sir.» Als oberstes Gebot schien man den Jungen in der Hilltop-Militärakademie Respekt vor der älteren Generation einzuflößen. Vielleicht hatte Teresa das Kind deshalb hierher gesandt.

Der Junge öffnete die Tür zu einem großen Raum. Hinter einer kleinen Barriere arbeiteten zwei Frauen an Schreibtischen. «Hier ist es, Sir», sagte der Junge und schlug die Hacken zusammen; dann lief er zurück in die Eingangshalle. Thomas trat an einen der Schreibtische hinter der Barriere heran. Die Frau blickte von ihren Papieren auf und fragte: «Kann ich Ihnen behilflich sein, Sir?» Sie war nicht in Uniform und schlug nicht die Hacken zusammen.

«Mein Sohn ist hier in der Schule», sagte Thomas. «Ich heiße Jordache. Ich würde gern mit jemand sprechen, der zuständig ist.»

Die Frau sah ihn mit einem sonderbaren Blick an, als brächte sie den Namen nicht mit besonders angenehmen Dingen in Zusammenhang. Sie stand auf und sagte: «Warten Sie bitte einen Augenblick, Sir. Ich sage Colonel Bainbridge Bescheid.» Sie deutete auf eine Bank an der Wand und watschelte auf eine Tür an der anderen Seite des Raums zu. Sie war ungefähr fünfzig, ziemlich dick und ihre Strümpfe schlugen Falten. Auf Weiblichkeit schien man in der Hilltop-Militärakademie keinen Wert zu legen; vielleicht wollte man die Kadetten nicht in Versuchung führen.

Nach ein paar Minuten erschien sie wieder. Sie wandte sich an Thomas und sagte: «Colonel Bainbridge läßt bitten, Sir.» Thomas betrat das Arbeitszimmer des Colonel. Auch hier waren die Wände mit Fahnen geschmückt, überall hingen und standen Fotografien, auf denen General Patton und General Eisenhower zu sehen waren sowie Colonel Bainbridge in Felduniform mit Pistole und Stahlhelm und einem Feldstecher um den Hals. Die Aufnahme stammte aus dem Zweiten Weltkrieg. Colonel Bainbridge stand hinter seinem Schreibtisch, als Thomas hereinkam. Er trug die übliche Armeeuniform und war magerer als auf dem Foto, fast kahlköpfig, und hatte eine silbergefaßte Brille auf. Waffen oder Feldstecher fehlten. Dennoch sah er wie ein Schauspieler in einem Kriegsstück aus.

«Willkommen in Hilltop, Mr. Jordache», sagte Colonel Bainbridge. Kerzengerade stand er hinter dem Schreibtisch. «Bitte, nehmen Sie Platz.» Sein Gesichtsausdruck war eigentümlich, ähnlich wie der des Pförtners in Rudolphs Haus.

Sollte ich längere Zeit in Amerika bleiben, dachte Thomas, als er sich setzte, muß ich wahrscheinlich meinen Schneider wechseln.

«Ich möchte Ihre Zeit nicht lange in Anspruch nehmen, Colonel», sagte Thomas. «Ich bin nur hergekommen, um meinen Sohn Wesley zu besuchen.»

«Ja, natürlich, ich verstehe», sagte Bainbridge, leicht stotternd. «Ich lasse ihn holen.» Er räusperte sich verlegen. «Ich freue mich, daß ein Angehöriger des jungen Mannes doch schließlich den Weg hierher findet. Habe ich recht in der Annahme, daß Sie sein Vater sind?»

«Das habe ich der Dame draußen bereits gesagt», erwiderte Thomas.

«Entschuldigen Sie bitte diese Frage, Mr. ... Mr. Jordache», sagte Bainbridge und blickte zerstreut auf General Eisenhower an der Wand, «aber auf dem Anmeldeformular heißt es klar und deutlich, daß Wesleys Vater tot sei.»

Dieses Weibsbild, dachte Thomas, o dieses gemeine, elende Weibsbild. «Nun», sagte er, «ich bin nicht tot.»

«Das sehe ich», sagte Bainbridge nervös. «Ja, gewiß, das sehe ich. Vermutlich ein Schreibfehler, obwohl es schwer zu erklären ist, wie ...»

«Ich bin einige Jahre fort gewesen», sagte Thomas. «Meine Frau und ich stehen auf gespanntem Fuß miteinander.»

«Ach so.» Bainbridge spielte mit der kleinen Messingkanone auf seinem Schreibtisch. «Ja, natürlich, Familienangelegenheiten, die einen nichts angehen ... Ich habe nie die Ehre gehabt, Mrs. Jordache kennenzulernen. Wir haben immer nur Briefe gewechselt. Es ist doch dieselbe Mrs. Jordache, nicht wahr», setzte Bainbridge verzweifelt hinzu, «die in New York mit Antiquitäten handelt?»

«Mag sein, daß sie mit Antiquitäten zu tun hat», sagte Thomas. «Mir ist das neu. Und jetzt möchte ich meinen Sohn sehen.»

«Die Exerzierstunde ist in fünf Minuten zu Ende», sagte Bainbridge. «Ihr Sohn wird sicher glücklich sein, Sie zu sehen. Sehr glücklich. Es wird ihm bestimmt guttun, seinen Vater zu sehen, gerade jetzt ...»

«Warum? Was ist los mit ihm?»

«Er ist ein schwieriger Junge, Mr. Jordache, ein sehr schwieriger Junge. Wir haben unsere Probleme mit ihm.»

«Welche Probleme?»

«Er ist außergewöhnlich ... hm ... kampflustig.» Bainbridge schien froh, das richtige Wort gefunden zu haben. «Er gerät dauernd in irgendwelche Raufhändel. Mit jedem. Ganz gleich, wie alt oder wie groß die anderen sind. Im letzten Quartal hat er sogar einen Vorgesetzten geschlagen. Den Instrukteur, der Naturwissenschaften unterrichtet. Der Mann konnte eine ganze Woche lang keinen Unterricht erteilen. Wesley ist ... wie soll ich sagen, sehr tüchtig mit den Fäusten. Natürlich soll ein Junge in einer Schule wie dieser kein Stubenhocker sein, Wesley jedoch ...» Bainbridge seufzte. «Seine Streitlust hat nichts mit der üblichen Schuljungen-Rauferei zu tun. Kadetten im dritten oder vierten Jahr mußten ins Krankenrevier ... Um ganz offen zu sein, manchmal zeigt sich eine ... nun, das einzige Wort, wie man es bezeichnen könnte, wäre erwachsen – also eine erwachsene *Boshaftigkeit*, die wir für sehr gefährlich halten.»

Das Jordachesche Blut, dachte Thomas bitter, das verdammte Jordachesche Blut.

«Ich muß Ihnen leider sagen, Mr. Jordache, daß wir Wesley in diesem Quartal besonders beobachten, und wenn er sich nicht ändert...» sagte Bainbridge.

«Nun, Colonel», sagte Thomas, «dann will ich Ihnen sagen, wie wir Wesleys Problem lösen können.»

«Ich bin sehr froh, daß Sie die Sache in die Hand nehmen wollen, Mr. Jordache», sagte Bainbridge. «Wir haben zahllose Briefe an seine Mutter geschrieben, aber wir haben nie eine Antwort bekommen.»

«Ich schlage vor, Wesley noch heute aus der Schule zu nehmen», sagte Thomas. «Das löst alle Ihre Probleme.»

Bainbridges Hand, die noch immer mit der Messingkanone auf dem Schreibtisch spielte, zitterte. «Ich habe keinen solchen drastischen Vorschlag gemacht, Sir», sagte er. Seine Stimme gehorchte ihm nicht. Die Schlachtfelder der Normandie und die am Niederrhein lagen weit hinter ihm. Er war ein alter Mann, herausgeputzt wie ein Militär.

«Ich selbst schlage es vor, Colonel.»

Bainbridge erhob sich. «Ich fürchte, das verstößt gegen die Vorschriften», sagte er. «Für eine solche Maßnahme müßte uns die schriftliche Einwilligung der Mutter vorliegen. Schließlich haben wir alle Verhandlungen mit ihr geführt. Das Schulgeld ist von ihr für ein Jahr im voraus bezahlt worden. Und Ihr Verwandtschaftsverhältnis zu dem Jungen müßte verbürgt sein.»

Thomas zog seine Brieftasche heraus, entnahm ihr seinen Paß und legte ihn auf den Schreibtisch. «Hier ist mein Ausweis», sagte er.

Bainbridge öffnete das grüne Büchlein. «Ja», sagte er, «Sie heißen Jordache. Aber... Ich sagte Ihnen schon, Sir, wir müssen mit der Mutter des Jungen Verbindung aufnehmen.»

«Ich will Ihre Zeit nicht unnötig in Anspruch nehmen, Colonel», sagte Thomas. Er holte den Polizeibericht über Teresa Jordache, alias Thérèse Laval, aus der Tasche. «Bitte, lesen Sie das», sagte er und reichte dem Colonel das Blatt Papier.

Aufmerksam las Bainbridge den Bericht, dann nahm er seine Brille ab und rieb sich die Augen. «Mein Gott!» sagte er. Er gab Thomas das Blatt zurück, als fürchte er, wenn es auch nur einen Augenblick länger hier im Büro herumläge, würde es für immer und ewig Eingang in die Akten der Schule finden.

«Wollen Sie Wesley noch immer behalten?» fragte Thomas brutal.

«Das ändert natürlich die Sachlage», sagte Bainbridge. «Und zwar ganz erheblich.»

Eine halbe Stunde später fuhren sie durch das Tor der Hilltop-Militärakademie. Wesleys Feldkiste stand auf dem Rücksitz und Wesley, noch in Uniform, saß vorn neben Thomas. Er war groß für sein Alter, von bläßlicher Hautfarbe und pickelig, und um die mürrischen Augen und den großen, entschlossenen

Mund ähnelte er seinem Großvater, Axel Jordache. Überschwengliche Freude hatte er nicht gezeigt, als er seinem Vater gegenübertrat, und weder schien er sich zu freuen noch traurig zu sein, als man ihm sagte, er werde die Schule verlassen. Kein Wort, wohin Thomas ihn brachte.

«Morgen», sagte Thomas, als die Schule hinter ihnen verschwand, «bekommst du erst mal anständige Sachen. Und deine letzte Schlägerei hast du auch gehabt.»

Der Junge schwieg.

«Hast du mich verstanden?»

«Ja, Sir.»

«Nenn mich nicht Sir. Ich bin dein Vater», sagte Thomas.

5

1966

Für einige Minuten vergaß Gretchen, daß es ihr 40. Geburtstag war. Sie saß auf dem hohen Stahlstuhl vor dem Abhör- und Schneidetisch, betätigte die Knöpfe und blickte angespannt auf die Bildscheibe. Sie ließ Film und Ton gleichzeitig ablaufen. Ihre Hände steckten in schmutzigen weißen Baumwollhandschuhen, die fleckig waren von der Flüssigkeit, mit der sie arbeitete. Filmspuren. Rasch und geschickt brachte sie mit einem weichen Rotstift die Markierungen an und gab die Streifen dann an ihre Assistentin weiter, damit sie sie zusammenklebte und einordnete. Auf derselben Etage des Gebäudes am Broadway hatten noch andere Filmgesellschaften Räume gemietet; aus ihnen drangen Gesprächsfetzen herüber. Schreie, Explosionen, Orchesterpassagen und das schrille, abgehackte Geräusch eines mit großer Geschwindigkeit rückwärts laufenden besprochenen Tonbandes. In ihre Arbeit vertieft, bemerkte Gretchen den Lärm kaum. Er gehörte in einem Schneideraum mit dazu, genau wie das ständige Klack-Klack der Geräte, die verzerrten Geräusche und die in den Regalen gestapelten runden Filmdosen.

Es war ihr dritter Film als Chefcutterin. Sie hatte bei Sam Corey alles Wissenswerte gelernt, lange Zeit hatte sie als seine Assistentin gearbeitet. Dann hatte er sie losgeschickt, sich auf eigene Faust ihren ersten unabhängigen Job zu suchen. Er hatte sie mehreren Regisseuren und Produzenten aufs wärmste empfohlen, und da sie geschickt und einfallsreich war und nicht den Ehrgeiz hatte, selbst Regie zu führen – was nur Eifersucht erregt hätte –, war sie sehr gefragt und konnte unter den ihr angebotenen Jobs wählen.

Der Film, an dem sie zur Zeit arbeitete, wurde in New York gedreht, und nach der tief eingewurzelten, zweifelhaft heiteren Großfamilien-Atmosphäre Hollywoods, wo jeder jedem auf der Tasche lag, fand sie die unpersönliche Vielfalt der Stadt anregend und willkommen. In ihrer Freizeit versuchte sie die politische Tätigkeit fortzusetzen, die in Los Angeles seit Colins Tod ihre meiste Zeit in Anspruch nahm. Mit ihrer Assistentin Ida Cohen besuchte sie Anti-Kriegsdemonstrationen oder Versammlungen, wo über die Anschaffung eines Schulbusses diskutiert wurde. Sie unterzeichnete Dutzende von Petitionen und sprach mit einflußreichen Filmleuten, damit auch sie sie unterschrieben. Noch immer empfand sie so etwas wie ein Schuldgefühl, daß sie damals ihr Studium aufgegeben hatte, aber ihre politische Aufgeschlossenheit und Aktivität milderten das. Billy war bereits im wehrdienstpflichtigen Alter, und der Gedanke, ihr einziger Sohn könnte in Vietnam getötet werden, war unerträglich für sie.

An den Abenden, an denen sie nicht an irgendwelchen Versammlungen teilnahm, ging Gretchen, so oft sie konnte, ins Theater, mit neu erwachtem Vergnügen, wie sie feststellte. Manchmal nahm sie Ida mit, eine kleine, unelegante, sehr gescheite Frau, die ungefähr so alt war wie sie und mit der sie eng befreundet war, ein andermal ging sie mit Evans Kinsella, dem Regisseur des Films, mit dem sie ein Verhältnis hatte, manchmal auch mit Rudolph und Jean, wenn sie in der Stadt waren, oder mit dem einen oder anderen Schauspieler, den sie bei den Dreharbeiten kennengelernt hatte.

Ein Bild nach dem andern zog auf dem Bildschirm an ihr vorüber. Sie verzog das Gesicht. Kinsellas Arbeitsweise machte es schwierig, den richtigen Ton zu treffen, den die Szene ihrer Meinung nach verlangte. Wenn sie das nicht irgendwie durch einen sinnvolleren Schnitt korrigieren oder Kinsella selbst ein paar Vorschläge machen konnte, mußte die ganze Szene womöglich noch einmal gedreht werden.

Sie schaltete das Gerät aus und zündete sich eine Zigarette an. Die Blechdosen, die sie und Ida als Aschenbecher benutzten, waren immer bis zum Rand mit Zigarettenstummeln gefüllt. Da und dort standen mit Lippenstift beschmierte leere Kaffeetassen.

Vierzig Jahre, dachte sie und atmete den Rauch tief ein.

Noch hatte ihr niemand gratuliert. Mit gutem Grund. Auf ein Telegramm von Billy hatte sie allerdings gehofft; aber ihr Hotelfach war leer gewesen. Ida gegenüber, die jetzt dabei war, lange, aufgespulte Filmstreifen umzuspulen, hatte sie nichts erwähnt. Ida war selbst über vierzig, warum ihr also einen Stich versetzen? Und natürlich hatte sie Evans nichts davon gesagt. Er war zweiunddreißig. Eine vierzigjährige Frau erinnerte einen zweiunddreißigjährigen Geliebten nicht an ihren Geburtstag.

Sie dachte an ihre verstorbene Mutter, wie sie wohl heute vor vierzig Jahren gewesen war. Selbst kaum älter als zwanzig, hielt sie ihr ältestes Kind auf dem Arm, ein Mädchen. Wenn Mary Pease Jordache damals gewußt hätte, welche Worte zwischen ihr und dem Kind einmal fallen würden – welche Tränen hätte sie vergossen? Und Billy...?

Die Tür öffnete sich, und Evans Kinsella kam herein. Er trug einen weißen Regenmantel mit Gürtel über seiner Kordsamthose, dem roten Polohemd und dem Kaschmirpullover. Er machte New York keine Zugeständnisse in seiner Kleidung. Sein Regenmantel war naß. Gretchen hatte seit Stunden nicht mehr aus dem Fenster geblickt; sie war ganz überrascht, daß es regnete.

«Hallo, ihr Mädchen», sagte Evans. Er war ein großer, hagerer Mann mit zerzaustem Haar und einem blauschwarzen Bartwuchs, was ihn immer so aussehen ließ, als habe er eine Rasur nötig. Seine Feinde behaupteten, er wirke wie ein Weiberheld. Gretchen fand ihn manchmal aufregend hübsch, ein andermal richtig häßlich, und zwar auf jüdische Weise häßlich, obwohl er kein Jude war. Er hieß tatsächlich Kinsella. Drei Jahre lang war er regelmäßig zu einem Psychoanalytiker gegangen. Insgesamt hatte er bisher sechs Filme gemacht, drei davon hatten großen Erfolg gehabt. Er war von Natur aus träge. Betrat er ein Zimmer, suchte er sofort etwas, wo er sich anlehnen konnte, oder er setzte sich auf den nächstbesten Stuhl oder er legte sich der Länge nach auf die Couch, wenn eine da war. Immer trug er Wildlederstiefel.

Er küßte zuerst Ida, dann Gretchen auf die Wange. Diese Gewohnheit hatte er in Paris angenommen, wo er einen Film gedreht hatte. Der Film war ein großer Mißerfolg gewesen. «Ein mieser Tag», sagte er und schwang sich auf eines der hohen, metallenen Schneidepulte. Er legte Wert darauf, zu Hause zu scheinen, wo immer er war. «Wir haben heute morgen zwei Einstellungen unter Dach und Fach gebracht, dann fing es an zu regnen. Na schön. Hazen war am Mittag wie immer betrunken.» Richard Hazen war der männliche Hauptdarsteller des Films. «Und wie sieht es hier aus?» fragte Evans. «Können wir schon laufen lassen?»

«Fast», sagte Gretchen. Sie ärgerte sich, daß sie nicht auf die Uhr geschaut hatte. Sonst hätte sie sich schnell noch einmal frisiert und frisches Make-up aufgelegt. «Ida», sagte sie, «kannst du die letzte Szene mitnehmen und Freddy sagen, er solle sie nach den Vorauskopien laufen lassen?»

Sie gingen durch die Halle hinüber zu dem kleinen Projektionsraum am Ende des Ganges. Evans kniff sie heimlich in den Arm. «Gretchen», sagte er, «schöne Schwerarbeiterin in den Weinbergen.»

Sie saßen in dem verdunkelten Projektionsraum und betrachteten die Vorauskopien vom vorhergehenden Tag – immer die gleiche Szene, nur jedesmal aus einem anderen Blickwinkel aufgenommen. Eines Tages, so hofften sie, würde das Material zu einem harmonischen Ganzen arrangiert sein und in sämtlichen Filmtheatern der Welt gezeigt werden. Während sie zusah, ging Gretchen wieder einmal durch den Kopf, wieviel doch jeder Meter Film von Evans' wirrem und ausgefallenem Talent verriet. Im Geiste machte sie sich Notizen, wie sie beim Rohschnitt vorgehen würde. Richard Hazen war auch gestern schon vor der Lunchpause betrunken gewesen. In zwei Jahren würde ihm niemand mehr eine Rolle geben.

«Wie findest du es?» fragte Evans, als das Licht anging.

«An den Tagen, wo du mit Hazen drehst», sagte Gretchen, «könntest du ebensogut mittags um eins aufhören.»

«Man merkt es, was?» Evans saß weit zurückgelehnt auf seinem Stuhl, die Beine über die Lehne des vor ihm stehenden Stuhls gelegt.

«Man merkt es», sagte Gretchen.

«Ich werde mit seinem Agenten sprechen.»

«Sprich lieber mit seinem Barmixer», sagte Gretchen.

«Drinks», sagte Evans, «Kinsellas Fluch. Wenn sie von anderen getrunken werden.»

Der Raum wurde wieder dunkel, und sie sahen sich die Szene an, an der Gretchen den Tag über gearbeitet hatte. Auf der Leinwand schien sie Gretchen noch schlechter als auf dem Schneidetisch. Doch als das Licht wieder aufflammte, sagte Evans: «Einverstanden, mir gefällt sie.»

Gretchen kannte Evans seit zwei Jahren und hatte bereits einen Film mit ihm gemacht. Schon beim erstenmal hatte sie bald erkannt, daß er an seine Arbeit keine allzu strengen Maßstäbe anlegte. Bei der Analyse war er irgendwie zu dem Schluß gekommen, daß ein Schuß Arroganz seinem Ego guttat und daß ständige Kritik gefährlich war. «Mir noch nicht so ganz», sagte Gretchen. «Ich will noch ein bißchen daran herumfeilen.»

«Reine Zeitverschwendung», sagte Evans. «Ich sage dir, die Szene ist okay.»

Im Gegensatz zu den meisten anderen Regisseuren war Evans im Schneideraum ungeduldig und uninteressiert an Details.

«Ich weiß nicht», sagte Gretchen. «Mir kommt es vor, als schleppe sich die Handlung mühsam dahin.»

«Gerade das will ich an dieser Stelle», sagte Evans. «Ich *will*, daß die Handlung sich dahinschleppt.» Er redete wie ein eigensinniges Kind.

«Alle diese Leute, die durch Türen gehen, hinein und wieder heraus, ohne daß etwas Unheilvolles passiert...»

«Hör auf damit, aus mir einen Colin Burke machen zu wollen.» Abrupt stand er auf. «Ich heiße Evans Kinsella, falls dir das entfallen sein sollte – und dabei bleibt es. Vergiß das bitte nicht.»

«Ach, benimm dich doch nicht wie ein dreijähriges Kind», fuhr Gretchen ihn an. Manchmal gerieten die beiden Funktionen, die sie bei Evans erfüllte, in Widerspruch.

«Wo ist mein Mantel? Wo habe ich bloß meinen verdammten Mantel gelassen?» sagte er laut.

«Er liegt im Schneideraum.»

Zusammen gingen sie zurück zum Schneideraum. Evans nahm ihr die Filmdosen, die sie sich vom Vorführer hatte geben lassen, nicht ab. Übellaunig zog er seinen Mantel an. Ida machte die Folie für das Stück Film zurecht, mit dem sie sich an diesem Tag beschäftigt hatten. Evans ging zur Tür, blieb dann stehen und kam zu Gretchen zurück. «Hast du nicht Lust, mit mir essen und anschließend ins Kino zu gehen?» sagte er. «Hast du Zeit?» Er lächelte beschwichtigend. Nichts scheute er mehr, als sich – und sei es auch nur für einen Augenblick – unbeliebt zu machen.

«Ich kann leider nicht», sagte Gretchen. «Mein Bruder holt mich hier ab. Ich fahre übers Wochenende mit ihm nach Whitby.»

Evans machte ein betrübtes Gesicht. «Ich bin an diesem Wochenende so frei wie ein Vogel. Ich hatte gehofft, wir könnten...» Er warf einen Blick auf Ida, als wünschte er, sie verließe den Raum. Ida arbeitete unbeirrt an ihren Folien.

«Ich komme Sonntag abend rechtzeitig zum Essen zurück», sagte Gretchen.

«Okay», sagte Evans. «Dann muß ich mich bis dahin zufriedengeben. Grüß deinen Bruder. Und gratuliere ihm in meinem Namen.»

«Wozu?»

«Hast du nicht die neueste Nummer von ‹Look› gesehen? Man spricht in ganz Amerika von ihm.»

«Oh, das», sagte Gretchen. Die Zeitschrift hatte unter der Überschrift: «Zehn Politiker unter vierzig, von denen man einmal sprechen wird» einen längeren Artikel gebracht, und von Rudolph waren zwei Bilder erschienen, eines, das ihn mit Jean im Wohnzimmer ihres Hauses zeigte, ein anderes, wo er im Rathaus an seinem Schreibtisch saß. Ein junger Politiker, der in der Hierarchie der Republikaner schnell aufgestiegen ist, hatte es in dem Artikel von dem «gutaussehenden jungen Bürgermeister mit seiner schönen, reichen jungen Frau» geheißen. Ein gemäßigter Liberaler, ein energischer Verwaltungsfachmann. Kein reiner Theoretiker und Berufspolitiker, sondern ein Mann, der sich von früher Jugend an seinen Lebensunterhalt selbst verdienen mußte. Hatte die Stadtverwaltung modernisiert, die Wohnverhältnisse verbessert, für besseren Umweltschutz gekämpft, einen früheren Polizeichef und drei Polizisten wegen Annahme von Bestechungsgeldern ins Gefängnis gebracht, eine Anleihe für den Bau neuer Schulen aufgelegt. Hatte als einflußreiches Kuratoriumsmitglied der Whitby University dazu beigetragen, daß man dort mit der Koedukation ernst machte. Als weitblickender Stadtplaner war er hingegangen und hatte das Stadtzentrum samstags nachmittags und abends für den Autoverkehr gesperrt und eine reine Fußgängerzone geschaffen. Hatte die Zeitung ‹Sentinel›, deren Verleger er war, zu einem Forum strenger Kritik an der herrschenden Obrigkeit gemacht, was ihm verschiedene Preise eingetragen hatte. Anläßlich einer Zusammenkunft von Bürgermeistern in Atlantic City hatte er eine eindrucksvolle Rede gehalten, die mit viel Beifall aufgenommen worden war. Zusammen mit einer kleinen, ausgewählten Gruppe von Bürgermeistern war er ins Weiße Haus eingeladen worden.

«In diesem Artikel fehlt nur, daß er auch Tote erweckt hat», sagte Gretchen. «Er muß von einer Journalistin stammen, die sich in ihn verliebt hat. Mein Bruder versteht es, seinen Charme spielen zu lassen.»

Evans lachte. «Auch wenn es sich um deine nächsten Freunde und Verwandte handelt – du läßt dir wohl durch nichts deinen scharfen Blick trüben?»

«Ich kann nur hoffen, daß meine nächsten Freunde und Verwandten nicht all das überschwengliche Zeug glauben, das die Leute über sie schreiben.»

«Das hat gesessen, Süße», sagte Evans. «Ich gehe jetzt und verbrenne auf der Stelle alles, was jemals über mich geschrieben worden ist.» Er küßte zuerst Ida, dann Gretchen zum Abschied und sagte: «Dann bis Sonntag. Ich hole dich um sieben in deinem Hotel ab.»

«Ich erwarte dich», sagte Gretchen.

«Hinaus in die einsame Nacht», sagte Evans, als er ging, und schnallte den Gürtel seines weißen Regenmantels enger um seine schlanke Taille – ein junger Doppelagent in einem nicht gerade aufwendigen Film.

Gretchen konnte sich denken, wie einsam die Nacht und das Wochenende sein würden. Er hatte noch zwei andere Geliebte in der Stadt. Das wußte sie.

«Ich bin mir nie schlüssig», sagte Ida. «Ist er ein Windhund oder ein Genie?»

«Keines von beiden», sagte Gretchen und legte die Szene, die ihr nicht gefallen hatte, noch einmal ein. Vielleicht konnte sie doch noch etwas daran verbessern.

Um halb sieben betrat Rudolph den Schneideraum, wie ein progressiver Politiker in einen dunkelblauen Regenmantel und einen beigefarbenen Regenhut gekleidet. Im Raum nebenan fuhr ein Zug über eine Stahlbrücke, in einem anderen Raum spielte ein verstärktes Orchester. Gretchen spulte die Szene, an der sie gearbeitet hatte, zurück. Der Dialog war ein lautes, pfeifendes, unverständliches Kauderwelsch.

«Allmächtiger!» sagte Rudolph. «Wie hältst du das bloß aus?»

«Die Geräusche ehrlicher Arbeit», sagte Gretchen. Sie gab Ida die Spule. «Geh auch nach Hause», sagte sie zu ihr. Wenn man nicht auf sie aufpaßte und sie am Abend nichts vorhatte, blieb Ida immer bis zehn oder elf Uhr an der Arbeit. Sie wußte nichts mit ihren Mußestunden anzufangen.

Rudolph gratulierte ihr nicht zum Geburtstag, als sie im Lift hinunterfuhren und auf den Broadway hinaustraten. Gretchen erinnerte ihn nicht daran. Rudolph trug das Köfferchen, das sie am Morgen gepackt hatte. Es regnete noch immer. Da keine Aussicht bestand, ein Taxi zu bekommen, gingen sie zu Fuß in Richtung der Park Avenue. Am Morgen, als sie zur Arbeit gegangen war, hatte es nicht geregnet, und sie hatte daher keinen Regenschirm bei sich. Sie war völlig durchnäßt, als sie die Sixth Avenue erreichten. «Hier in New York müßten mindestens noch zehntausend Taxis zugelassen werden», sagte Rudolph. «Es ist unvorstellbar, was die Leute alles in Kauf nehmen, bloß um in der Großstadt zu wohnen.»

«Energischer Verwaltungsfachmann», sagte Gretchen. «Gemäßigter Liberaler, weitblickender Stadtplaner.»

Rudolph lachte. «Ach, du hast den Artikel gelesen. Was für ein Quatsch.» Aber sie hatte das Gefühl, seine Stimme klinge geschmeichelt.

Sie waren jetzt in der 52nd Street, und es regnete stärker. Als sie zum *Twenty-One* kamen, hielt er sie zurück und sagte: «Komm, wir nehmen hier einen Drink. Der Portier kann uns nachher ein Taxi besorgen.»

Ihr klebte das Haar am Kopf, so naß war es, und ihre Strümpfe waren bis oben bespritzt. In diesem Aufzug fand sie keinen Gefallen an dem Gedanken, ein Lokal wie das *Twenty-One* zu betreten, aber Rudolph schob sie bereits durch die Tür.

Die Angestellten drinnen, vier oder fünf verschiedene Leute, der Türsteher, das Garderobenfräulein, der Geschäftsführer und der Oberkellner, sie alle sagten: «Guten Abend, Mr. Jordache», Hände wurden geschüttelt. Da Gretchen mit ihrer verwüsteten Frisur und ihren Strümpfen doch kaum etwas ausrichten konnte, ging sie gar nicht erst in die Damentoilette, sondern begleitete Rudolph an die Bar. Sie hatten nicht vor zu essen und ließen sich daher keinen Tisch geben, sondern nahmen an der Bar Platz, wo niemand saß. In der Nähe des Eingangs standen die Leute reihenweise und warteten – Männer mit laut tönenden, öligen Werbestimmen, und Frauen, die offensichtlich gerade aus dem Elizabeth Arden-Salon kamen und nie Mühe hatten, ein Taxi zu finden. Die Beleuchtung im Raum war gedämpft, ganz darauf abgestimmt, daß die Frauen die Stunden, die sie am Nachmittag im Elizabeth Arden-Salon damit verbracht hatten, sich ihre Haare frisieren und ihr Gesicht massieren zu lassen, nicht bereuten.

«Das wird dich deinen guten Ruf hier kosten», sagte Gretchen. «Daß du mit jemandem hereinkommst, der so aussieht wie ich heute abend.»

«Die sind Schlimmeres gewöhnt», sagte Rudolph. «Weit Schlimmeres.»

«Vielen Dank, Bruder.»

«Ich hab es nicht so gemeint», sagte Rudolph. «Du siehst wunderhübsch aus.»

Sie fühlte sich keineswegs wunderhübsch. Sie fühlte sich naß und elend und alt und müde und einsam und nicht wohl in ihrer Haut. «Ein Abend, wo ich in Selbstmitleid mache», sagte sie. «Hör nicht drauf! ... Wie geht es Jean?» Jean hatte eine Fehlgeburt gehabt, die sie seelisch schwer getroffen hatte. Bei den wenigen Malen, die Gretchen sie seitdem gesehen hatte, war sie ihr geistesabwesend und hinfällig vorgekommen. Wenn sie dasaßen und sich unterhielten, war Jean plötzlich mitten im Satz aufgestanden und hatte das Zimmer verlassen. Das Fotografieren hatte sie völlig aufgegeben, und als Gretchen sie gefragt hatte, wann sie es wieder aufnehmen würde, hatte sie nur den Kopf geschüttelt.

«Jean?» sagte Rudolph kurz. «Es geht ihr besser.»

Der Barkellner kam, und Rudolph bestellte für sich einen Scotch und für Gretchen einen Martini.

Rudolph erhob sein Glas. «Alles Gute zum Geburtstag», sagte er.

Er hatte es also doch nicht vergessen. «Mach keine großen Worte», sagte sie, «oder ich fange gleich an zu weinen.»

Er zog ein längliches Etui aus der Tasche und legte es vor sie hin. «Hoffentlich paßt sie», sagte er.

Sie öffnete das Etui, auf dessen Deckel der Name Cartier eingraviert war. Eine wundervolle goldene Uhr. Sie nahm die plumpe Stahluhr ab, die sie trug, und legte die Uhr mit dem schmalen Goldband um. Präzise auf die Sekunde und mit Diamentensplittern geschmückt flog die Zeit dahin. Das einzige Geschenk heute. Sie küßte Rudolph auf die Wange, und es gelang ihr, die Tränen zu unterdrücken. Ich muß mir ernstlich Mühe geben, besser von ihm zu denken, nahm sie sich vor. Sie bestellte noch einen Martini.

«Welche anderen Trophäen hast du heute noch bekommen?» fragte Rudolph.

«Keine.»

«Hat Billy angerufen?» Es klang zu beiläufig.

«Nein.»

«Ich bin ihm vor zwei Tagen auf dem Campus in die Arme gelaufen und habe ihn daran erinnert», sagte Rudolph.

«Er hat furchtbar viel zu tun», sagte Gretchen.

«Vielleicht hat er es übelgenommen, daß ich ihn daran erinnert und ihm zugesagt habe, er soll dich anrufen», sagte Rudolph. «Allzu wohlgesinnt ist er seinem Onkel Rudolph nicht.»

«Er ist niemanden allzu wohlgesinnt», sagte Gretchen.

Billy hatte sich in Whitby immatrikulieren lassen. Als er mit der High School fertig war, hatte er erklärt, er wolle im Osten auf ein College gehen. Gretchen hatte gehofft, er würde an der University of Southern California studieren; dann hätte er weiterhin zu Hause wohnen können, aber Billy hatte kein Hehl daraus gemacht, daß er nicht länger daheim bleiben wollte. Obwohl er sehr intelligent war, tat er nichts für die Schule, und seine Zeugnisse reichten nicht für eine der angeseheneren Universitäten im Osten. Gretchen hatte Rudolph gebeten, seinen Einfluß geltend zu machen, damit er in Whitby angenommen wurde. Billy schrieb nur selten – manchmal hörte sie zwei Monate nichts von ihm. Schrieb er schließlich einmal, waren seine Briefe kurz und enthielten nichts weiter als eine Aufzählung der Vorlesungen, die er besuchte, und welche Pläne er für die Sommerferien hatte. Auch die verbrachte er im Osten. Gretchen war jetzt seit über einem Monat in New York, nur ein paar Autostunden von Whitby entfernt, aber Billy hatte sie nicht ein einziges Mal besucht. Bis zu diesem Wochenende war sie zu stolz gewesen, den ersten Schritt zu tun, aber nun hielt sie es schließlich nicht mehr aus.

«Was ist mit dem Jungen?» fragte Rudolph.

«Er bereitet mir Kummer», sagte Gretchen.

«Weswegen?»

«Wegen Evans. Ich habe versucht, die Sache so diskret wie möglich zu handhaben – Evans ist nie die Nacht über bei mir geblieben, und ich bin immer nach Hause gekommen und habe nicht ein einziges gemeinsames Wochenende mit Evans verbracht, aber natürlich hat Billy die Situation sofort erkannt. Von da an war es aus. Eisige Kälte. Frauen sollten ihre Kinder beweinen, wenn sie sie bekommen, nicht wenn sie sie verlieren.»

«Er wird darüber hinwegkommen», sagte Rudolph. «Die Eifersucht eines Kindes. Das ist alles.»

«Hoffentlich. Er verachtet Evans. Er sagt, er sei ein Blender.»

«Ist er das?»

Gretchen zuckte die Schultern. «Ich glaube nicht. Er reicht zwar nicht an Colin heran, aber – ich auch nicht.»

«Mach dich nicht schlechter als du bist», sagte Rudolph freundlich.

«Was könnte eine Frau an ihrem 40. Geburtstag Besseres tun?»

«Du siehst wie dreißig aus», sagte Rudolph. «Eine schöne, begehrenswerte Dreißigerin.»

«Mein liebes Brüderchen!»

«Will Evans dich heiraten?»

«In Hollywood heiraten erfolgreiche Regisseure von zweiunddreißig keine vierzigjährigen Witwen», sagte Gretchen, «es sei denn, sie sind berühmt oder reich oder beides. Und ich bin keines von beiden.»

«Liebt er dich?»

«Wer kann das sagen?»

«Liebst du ihn?»

«Dieselbe Antwort. Wer weiß? Ich schlafe gern mit ihm, arbeite gern für ihn, bin gern in seiner Nähe. Er erfüllt mich. Ich muß einen Mann um mich haben und das Gefühl, daß er mich braucht, und irgendwie hat es sich ergeben, daß Evans der Glückliche ist. Würde er mich bitten, ihn zu heiraten, ich würde es auf der Stelle tun. Aber er wird mich nicht bitten.»

«Nimm das Glück, das sich dir bietet», sagte Rudolph nachdenklich. «Trink aus. Wir müssen los. Jean erwartet uns.»

Gretchen blickte auf ihre neue Armbanduhr. «Es ist jetzt genau achtzehn Minuten nach sieben, laut Mr. Cartier.»

Es regnete noch immer, aber als sie heraustraten, fuhr draußen gerade ein Taxi vor und ein Paar stieg aus. Der Portier hielt schützend einen großen Regenschirm über Gretchen, als sie zum Taxi lief. Vor dem *Twenty-One* wäre man nie auf den Gedanken gekommen, daß die Stadt noch zehntausend Taxis mehr brauchte.

Als Rudolph sie in die Wohnung einließ, hörten sie ein heftiges metallisches Geräusch. Rudolph lief ins Wohnzimmer. Gretchen folgte ihm. Jean saß mitten in dem Raum breitbeinig auf dem Boden, wie ein Kind, das mit Bauklötzchen spielt. Sie hielt einen Hammer in der Hand und hieb damit auf Kameras, Objektive und anderes Zubehör ein. Sie hatte eine schwarze Hose und einen schmutzigen Pullover an, und das Haar hing ihr in wirren Strähnen ins Gesicht.

«Jean», sagte Rudolph, «was tust du da?»

Jean blickte auf. Listig sah sie ihn zwischen ihren Haarsträhnen hindurch an. «Der Herr Bürgermeister möchte wissen, was seine schöne, reiche junge Frau tut? Ich werde dem Herrn Bürgermeister sagen, was seine schöne, reiche junge Frau tut. Sie fabriziert einen Schrotthaufen.» Sie sprach mit heiserer Stimme. Sie war betrunken. Sie ließ den Hammer auf ein Weitwinkelobjektiv niedersausen und zersplitterte es.

Rudolph nahm ihr den Hammer weg. Sie wehrte sich nicht. «Der Herr Bürgermeister hat seiner schönen, reichen jungen Frau den Hammer weggenommen», sagte Jean. «Mach dir keine Sorge, kleiner Schrotthaufen. Es gibt noch andere Hämmer. Du wirst groß werden und eines Tages einer der größten und schönsten Schrotthaufen in der Welt sein, und der Herr Bürgermeister wird ihn zum öffentlichen Park für die Bürger von Whitby erklären.»

Noch immer den Hammer in der Hand, blickte Rudolph flüchtig zu Gretchen hinüber. Er wirkte beschämt und erschreckt. «Mein Gott, Jean», sagte er zu seiner Frau, «das hier sind Dinge im Wert von mindestens 5000 Dollar.»

«Die Frau des Herrn Bürgermeisters braucht keine Kameras», sagte Jean. «Laß die Leute Aufnahmen von *mir* machen. Laß arme Leute fotografieren. Talentierte Leute. Hoppla!» Sie breitete wie eine Tänzerin die Arme aus. «Bring die Hämmer herbei, Rudy. Findest du nicht, du solltest deiner schönen, reichen jungen Frau einen Drink geben?»

«Du hast schon genug getrunken.»

«Rudolph», sagte Gretchen. «Ich gehe jetzt besser. Wir fahren heute abend nicht nach Whitby.»

«Das schöne Whitby», sagte Jean. «Wo die schöne, reiche junge Frau des Herrn Bürgermeisters Demokraten und Republikaner gleich freundlich anlächelt, wo sie Wohltätigkeitsbasare eröffnet und bei Festessen und politischen Versammlungen an der Seite ihres Gatten erscheint, wo sie sich an Nationalfeiertagen und bei Universitätsfeierlichkeiten in der Öffentlichkeit blicken, läßt, wo sie sich die Footballspiele der Universitätsmannschaft ansieht und teilnimmt an der Einweihung neuer Laboratorien und den Grundsteinlegungszeremonien für Mietshäuser, die Farbigen zugedacht sind und richtige Wasserspülklosetts enthalten.»

«Hör auf, Jean!» fuhr Rudolph sie an.

«Weißt du, ich glaube, ich gehe jetzt besser», sagte Gretchen. «Ich rufe dich an...»

«Schwester des Herrn Bürgermeisters, warum diese Eile?» sagte Jean. «Wer weiß, eines Tages ist er vielleicht auf deine Stimme angewiesen. Bleib. Wir wollen gemütlich etwas trinken. Wenn du deine Karten richtig ausspielst, heiratet er dich vielleicht sogar. Bleib und hör zu! Es könnte sehr in ... instruktiv sein.» Sie stolperte über das Wort. «*Wie werde ich zum Anhängsel*. Ein Lehrgang in hundert leichten Lektionen. Ich lasse mir schon Visitenkarten drukken: Mrs. Rudolph Jordache, früher eine erfolgreiche, berufstätige Frau, heute im Anhängsel-Geschäft. Eines von den zehn Anhängseln in den Vereinigten Staaten, von denen man spricht. Spezialistin für Parasitismus und Heuchelei. Lehrgänge in der Kunst, Anhängsel zu werden.» Sie kicherte. «Jedem vollblütigen amerikanischen Mädchen wird ein Diplom garantiert.»

Rudolph machte nicht den Versuch, Gretchen zurückzuhalten. Sie verließ das Zimmer und ging in den Flur hinaus, während er immer noch in seinem Regenmantel dastand, den Hammer in der Hand, und auf seine betrunkene Frau starrte.

Gretchen wartete im Flur, bis der Aufzug heraufkam, den man direkt von dem Appartement aus betrat. Sie hörte, wie Jean mit kindischer, gekränkter Stimme sagte: «Alle nehmen mir immer meinen Hammer weg.» Endlich öffnete sich die Aufzugstür, und sie konnte die Flucht ergreifen.

Als sie ins *Algonquin* zurückkam, rief sie gleich in Evans' Hotel an, aber es meldete sich bei ihm im Zimmer niemand. Sie bat die Telefonistin, ihm auszurichten, Mrs. Burke sei übers Wochenende doch nicht weggefahren und den ganzen Abend in ihrem Hotel erreichbar. Dann nahm sie ein heißes Bad, zog sich um und ging hinunter in den Speisesaal.

Rudolph rief am nächsten Morgen um neun Uhr an. Sie war allein. Evans hatte sich nicht gemeldet. Rudolph erzählte ihr, Jean habe sich gestern abend, gleich nachdem Gretchen fortgegangen war, ins Bett gelegt. Als sie heute morgen aufwachte, sei sie sehr zerknirscht gewesen und habe sich geschämt, aber jetzt gehe es ihr wieder gut und sie führen bald los nach Whitby. Sie erwarteten Gretchen in ihrem Appartement.

«Meinst du nicht, es wäre besser, ihr würdet das Wochenende allein verbringen?» fragte Gretchen.

«Nein, bestimmt nicht», sagte Rudolph. «Du hast übrigens deine Reisetasche hiergelassen, nicht daß du denkst, du hättest sie irgendwo stehenlassen.»

«Ja, ich weiß», sagte Gretchen. «Ich bin um zehn Uhr bei euch.»

Beim Anziehen fiel ihr die Szene vom vorhergehenden Abend wieder ein, und sie erinnerte sich daran, daß Jean sich auch zu anderen Zeiten schon so merkwürdig benommen hatte, zugegebenermaßen noch nie in der Form wie gestern. Die Symptome stimmten. Bisher war es ihr gelungen, sie vor Gretchen zu verheimlichen, weil sie und Gretchen sich nicht allzu häufig sahen. Aber es gab keinen Zweifel – Jean war eine Trinkerin. Gretchen fragte sich, ob Rudolph sich dessen bewußt war.

Um Viertel vor zehn hatte Evans immer noch nicht angerufen, und Gretchen fuhr im Aufzug hinunter und trat hinaus in die Sonne der 44th Street, eine schlanke große Frau mit schönen Beinen, das Haar weich und dunkel, sehr gepflegt und elegant in ihrem Tweedkostüm und ihrer Jerseybluse, die richtige Kleidung für ein Wochenende auf dem Land. Nur der ‹Weg mit der Bombe›-

Knopf, der ihr Revers zierte, ließ in den Passanten vielleicht das Gefühl aufkommen, daß doch nicht alles so war, wie es dieser sonnige amerikanische Frühlingsmorgen des Jahres 1966 vortäuschte.

Die zertrümmerten Kamerateile waren weggeräumt worden. Rudolph und Jean lauschten im Radio einem Mozart-Klavierkonzert, als Gretchen hereinkam. Rudolph wirkte gelassen, und Jean, zwar noch ein bißchen blaß und wackelig auf den Beinen, als sie aufstand, um Gretchen zu begrüßen, schien sich ebenfalls von dem vorherigen Abend erholt zu haben. Sie warf Gretchen einen raschen Blick zu, so als bäte sie um Mitleid und Verständnis, doch dann sagte sie mit ihrer normalen, tief klingenden Stimme, in der eine Fröhlichkeit mitschwang, die nicht gekünstelt schien: «Gretchen, du siehst einfach hinreißend aus in diesem Kostüm. Und wo bekommt man solche Knöpfe? Der Ton paßt genau zu meiner Augenfarbe.»

«Ja», sagte Rudolph, «in Washington werden wir damit einen ungeheuren Erfolg haben.» Aber es war kein Vorwurf in seiner Stimme, und er lachte gutgelaunt.

Wie ein Kind beim Ausflug die seines Vater, hielt Jean Rudolphs Hand, als sie nach unten fuhren und vor der Garage darauf warteten, daß der Wärter den Wagen brachte. Jeans Haar war frisch gewaschen, es schimmerte kastanienbraun, und sie hatte es zu einem Knoten gebunden. Der Rock, den sie trug, war sehr kurz. Sie hatte keine Strümpfe an, ihre Beine waren hübsch und schlank und bereits von der Sonne gebräunt. Wie gewöhnlich sah sie nicht älter als achtzehn aus.

Während sie auf den Wagen warteten, sagte Rudolph zu Gretchen: «Ich habe meine Sekretärin angerufen. Sie soll Billy sagen, daß er zum Lunch kommt.»

«Danke, Rudy», sagte Gretchen. Es war ihr sehr lieb: Sie hatte Billy so lange nicht mehr gesehen, daß es ihr sehr angenehm war, wenn bei ihrer ersten Begegnung andere dabei sein würden.

Beide, Jean und Gretchen, setzten sich, als der Wagen kam, vorne zu Rudolph. Er schaltete das Radio an. Mozart begleitete sie unbeschwert und frühlingshaft bis zur Bronx.

Sie fuhren an Ligusterhecken und Tulpen vorbei und an eingezäunten Spielplätzen entlang, wo Männer und Jungen Baseball spielten. Mozart wurde von Lesser abgelöst und Ray Bolger sang unwiderstehlich «*Once in love with Amy, always in love with Amy*». Jean sang die Melodie mit. Sie alle erinnerten sich an die Show mit Bolger und wie gut er ihnen damals gefallen hatte. Als sie das Farmhaus in Whitby erreichten, wo der erste dunkle Flieder im Garten zu knospen anfing, war es fast so, als habe es den gestrigen Abend nicht gegeben. Fast nicht.

Enid, jetzt zwei Jahre alt, blond und rundlich, wartete auf sie. Sie stürzte sich auf ihre Mutter, und sie umarmten und küßten sich immer wieder. Rudolph trug Gretchens Reisetasche, als er mit ihr die Treppe zum Gästezimmer hinaufstieg. Der Raum war frisch und funkelnd, voll von Blumen.

Rudolph stellte die Tasche ab und sagte: «Ich glaube, du hast alles, was du brauchst.»

«Rudy», sagte Gretchen mit gedämpfter Stimme, «wir sollten die Drinks heute ausfallen lassen.»

«Warum?» Seine Stimme klang überrascht.

«Du mußt Jean nicht in Versuchung führen. Auch wenn sie selbst keinen nimmt – es ist nicht gut, wenn sie sieht, daß andere etwas trinken...»

«Ach», sagte Rudolph unbekümmert, «du machst dir, glaube ich, zuviel Gedanken. Jean war gestern etwas aus dem Gleichgewicht...»

«Sie ist eine Trinkerin, Rudy», sagte Gretchen sanft.

Rudolph machte eine abweisende Handbewegung. «Du dramatisierst die Dinge», sagte er. «Das paßt so gar nicht zu dir. Sie trinkt hin und wieder etwas, das ist alles. So wie du und ich.»

«Nicht so wie du und ich», sagte Gretchen. «Sie sollte keinen Tropfen anrühren. Nicht einmal einen Schluck Bier. Und so weit wie möglich von Leuten ferngehalten werden, die trinken. Rudy, ich weiß, was ich sage. Hollywood ist voll von Frauen wie sie. Noch ist sie im Anfangsstadium, nachher wird es immer schlimmer, und Jean ist anfällig dafür. Du mußt etwas dagegen tun. Du mußt sie beschützen.»

«Niemand kann sagen, daß ich sie nicht beschütze.» Eine kleine Schärfe lag in seiner Stimme.

«Rudy, bitte, du solltest jeden Tropfen Alkohol wegsperren», sagte Gretchen.

«Beruhige dich», sagte Rudolph. «Wir sind hier nicht in Hollywood.»

Das Telefon läutete; eine Minute später rief Jean herauf: «Gretchen, da ist Billy für dich. Hier unten bitte.»

«Rudy, hör auf mich», sagte Gretchen.

«Dein Sohn ist am Telefon», sagte Rudolph kühl.

Billys Stimme klang wie die eines Erwachsenen. «Hallo, Mutter. Wunderbar, daß du übers Wochenende herkommen konntest.» Als Evans auf der Bildfläche erschienen war, hatte er angefangen, sie Mutter zu nennen. Vorher hatte er Mammi gesagt, was ihr für einen so großen Jungen ziemlich kindisch vorgekommen war, aber jetzt, am Telefon, sehnte sie sich nach dem Wort Mammi. «Du, es tut mir schrecklich leid», sagte Billy. «Du mußt mich bitte bei Onkel Rudolph entschuldigen. Er hat mich zum Lunch eingeladen, aber um eins findet hier ein Baseballspiel statt, meine Aufgabe ist es, den Schlägern den Ball zuzuwerfen. Ich wäre dir dankbar, wenn du Onkel Rudolph bitten würdest, mir die Einladung für später gutzuschreiben.»

«Natürlich», sagte Gretchen. «Ich entschuldige dich bei ihm. Wann sehe ich dich?»

«Das läßt sich schwer sagen.» Billys Stimme klang ehrlich verblüfft. «Nach dem Spiel soll so etwas wie ein riesiges Bierfest stattfinden und ...»

«Wo spielst du?» fragte Gretchen. «Ich komme hin und gucke mit zu. Wir können uns in der Pause sehen.»

«Jetzt klingst du sauer.»

«Ich bin nicht sauer, wie du es auszudrücken beliebst. Wo spielst du?»

«Die Spielfelder sind auf der Ostseite des Campus», sagte Billy. «Du kannst es nicht verfehlen.»

«Bis nachher, Billy», sagte Gretchen und legte auf. Sie ging ins Wohnzimmer.

Jean saß auf der Couch und wiegte Enid. Das Kind gluckste vor Vergnügen. Rudolph war dabei, die Daiquiris zu mischen.

«Mein Sohn läßt sich entschuldigen», sagte Gretchen. «Er hat am Nachmittag zu tun und kann nicht zum Lunch kommen.»

«Schade», sagte Rudolph. Aber seine Lippen wurden einen Augenblick schmal. Er schenkte für sich und Gretchen die Cocktails ein. Jean, mit dem Kind beschäftigt, sagte, sie trinke nichts.

Nach dem Lunch nahm Gretchen Rudolphs Wagen und fuhr zum Campus der Universität. Sie war schon öfter dort gewesen, aber jedesmal überraschte sie von neuem die ruhige, ländliche Schönheit des Ortes mit den zwischen grünen Rasenflächen verstreuten alten Gebäuden, den kiesbestreuten Wegen, den hohen Eichen und Ulmen. Am Samstagnachmittag wie jetzt waren nur wenige Studenten zu sehen, und eine friedliche Ruhe lag über dem ganzen Gelände. An einen solchen Ort dachte man später bestimmt gern zurück, ging es ihr durch den Kopf, später, wenn man sich zurücksehnte. Wenn die Universität ein Ort war, der junge Menschen aufs Leben vorbereitete, so möchte es sein, daß diese friedlichen Rasenflächen sich einmal als lichte, heitere Erinnerung erwiesen. Das Leben, das die Whitby-Absolventen nach Abschluß ihres Examens im letzten Drittel des 20. Jahrhunderts erwartete, war mit Sicherheit mit dem hier nicht zu vergleichen.

Drei nicht eben elegante Baseballspiele waren in Gang. Dort, wo es am ungeregeltsten zuging und wo fast die Hälfte der Spieler Mädchen waren, war Billy dabei. Das Mädchen, das als Fängerin am Schlagmal hockte, hatte sich ein Buch mitgebracht. Sie lief nur dann einem Ball nach, wenn sie von den anderen darauf hingewiesen wurde, sonst saß sie da und las. Das Spiel dauerte anscheinend schon eine ganze Zeit, denn als Gretchen sich der Linie der ersten Base näherte, hörte sie, wie der erste Basenhüter sich mit einigen Mitgliedern der Gegenpartei, die sich auf dem Gras rekelten und darauf warteten, daß sie mit dem Schlagen an die Reihe kamen, darüber stritt, ob der Spielstand 19 : 16 oder 18 : 15 lautete. Ob Billy mitspielte oder nicht schien ziemlich unerheblich.

Billy hatte ausgefranste und ausgebleichte Bluejeans und ein graues T-Shirt an. Warf er einem Mädchen den Ball zu, flog der Ball hoch durch die Luft, war ein anderer Junge sein Gegenüber, schmetterte er den Ball möglichst hart. Billy sah Gretchen nicht kommen, und so konnte sie ihn beobachten, wie er sich lässig und anmutig bewegte, ein großer Junge. Das Haar hing ihm in sein hübsches Gesicht, ein angenehmeres Gesicht als das Willie Abbotts, sinnlich, straff, weniger selbstzufrieden, aber die gleiche breite, hohe Stirn, die Augen tiefer liegend und dunkler, die Nase länger, in der rechten Wange ein Grübchen, wenn er lächelte, die Zähne makellos weiß.

Wenn er sich nur so entwickeln würde, wie er aussieht, wäre ich zufrieden, dachte Gretchen, als ihr Sohn den Ball einem hübschen, molligen Mädchen zuwarf, das den Schläger schwang, verfehlte und in gespielter Verzweiflung rief: «*Hoffnungslos!*»

Beim zweiten Schlagwechsel sah Billy seine Mutter hinter dem ersten Standmal stehen, kam zu ihr herüber und sagte: «Hallo, Mutter», und küßte sie. Etwas wie Spott blitzte in seinen Augen auf, als sein Blick auf den ‹Weg mit der Bombe›-Knopf fiel. «Siehst du, es war nicht zu verfehlen.»

«Ich hoffe, ich störe nicht», sagte sie. Wie unecht das klang. Liebe mich, ich bin deine Mutter.

«Nein, natürlich nicht», sagte er. «Hört mal her», rief er, «kann jemand für mich den Werfer machen? Ich habe Besuch bekommen.» Er stellte sie nicht vor. «Sollen wir einen kleinen Spaziergang machen? Ich kann dich gern herumführen.»

«Rudolph und Jean waren enttäuscht, daß du nicht zum Lunch kommen konntest», sagte Gretchen, als sie davongingen. Wieder klang es unecht.

«Waren sie das?» sagte Billy gelassen. «Das tut mir leid.»

«Rudolph erzählte mir, er hätte dich wiederholt eingeladen, aber du seist nie gekommen.»

Billy zuckte die Schultern. «Du weißt doch, wie das ist. Immer kommt irgend etwas dazwischen.»

«Kannst du nicht mir zuliebe von Zeit zu Zeit hingehen?» sagte Gretchen.

«Ja, ich werde irgendwann einmal hingehen. Wir können über das Generationsproblem diskutieren. Oder darüber, daß auf dem Campus soviel Hasch geraucht wird. Ein beliebtes Thema in seiner Zeitung.»

«Rauchst du denn Hasch?»

«Mutter, Liebling, wir leben im 20. Jahrhundert.»

«Benimm dich nicht so herablassend zu mir», wies sie ihn scharf zurecht.

«Es ist ein schöner Tag», sagte er. «Ich habe dich lange Zeit nicht gesehen. Laß uns nicht streiten. In dem Gebäude dort drüben ist der Schlafsaal; dort hab ich im ersten Semester gewohnt.»

«War dein Mädchen eben bei diesem Spiel auch dabei?» Er hatte ihr geschrieben, daß er sich für ein Mädchen aus seinem Kurs interessiere.

«Nein. Ihre Eltern sind übers Wochenende gekommen, und da muß sie so tun, als existiere ich nicht. Ihr Vater kann mich so wenig ausstehen wie ich ihn. Ich sei ein unmoralischer Mensch und hätte einen schlechten Einfluß auf sie, behauptet er. Ein richtiger Neandertaler.»

«Gibt es einen Menschen, an dem du nichts auszusetzen hast?»

«Gewiß doch. Albert Camus. Aber er ist tot. Dabei fällt mir ein: Wie geht es dem anderen Dichter – Evans Kinsella?»

«Er lebt», sagte Gretchen.

«Das ist eine große Neuigkeit», sagte Billy. «Das ist wirklich eine sensationelle Neuigkeit.»

Wenn Colin noch lebte, wäre er bestimmt nicht so, dachte Gretchen. Ganz bestimmt wäre er dann völlig anders. Da setzt sich ein zerstreuter, vielbeschäftigter Mann an das Steuer seines Wagen und fährt gegen einen Baum – und das Aufprallen ist Generationen später noch zu spüren.

«Kommst du manchmal nach New York?» fragte sie.

«Ab und zu.»

«Laß es mich wissen, wenn du das nächste Mal kommst», sagte sie. «Dann besorge ich Karten für irgendeine Show, und bring dein Mädchen mit. Ich würde sie gern kennenlernen.»

«Sie ist nicht so aufregend, wie du vielleicht denkst», sagte Billy.

«Gleichviel, ich würde mich freuen.»

«Gut.»

«Wie kommst du mit dem Studium voran?» fragte sie.

Billy verzog das Gesicht.

«Rudolph sagte mir, du stündest nicht sehr gut und es könnte sein, daß sie dich hinauswerfen.»

«Der Bürgermeisterjob scheint ihm ja viel Zeit zu lassen, daß er sich darum kümmern kann, wie viele Vorlesungen ich im Semester schwänze», sagte Billy.

«Wenn du das College verlassen mußt, wird man dich zum Militär einziehen. Willst du das?»

«Na und?» sagte Billy. «Die Armee kann nicht langweiliger sein, als das, was ich hier lerne.»

«Denkst du eigentlich jemals an mich?» Es war ganz falsch, so etwas zu sagen. Ein klassischer Fehler. Aber sie hatte es gesagt. «Was glaubst du, wie mir zumute wäre, wenn man dich nach Vietnam schickte?»

«Männer kämpfen und Frauen weinen», sagte Billy. «Warum sollten wir, du und ich, anders sein?»

«Tust du irgend etwas, um die Dinge zu ändern? Daß beispielsweise dem Krieg ein Ende gesetzt wird? So viele Studenten sind Tag und Nacht tätig, um...»

«Narren», sagte Billy. «Sie verschwenden bloß ihre Zeit. Für zu viele Geldsäcke ist der Krieg ein gefundenes Fressen. Was kümmert die das Ergehen spastisch gelähmter Kinder. Wenn du Wert darauf legst, nehme ich deinen Knopf und trage ihn. Eine große Sache. Das Pentagon wird zittern, wenn es erfährt, daß Billy Abbott gegen die Bombe protestiert.»

«Billy –» Gretchen blieb stehen und sah ihn an – «gibt es eigentlich überhaupt etwas, das dich interessiert?»

«Nein, im Grunde nicht», sagte er ruhig. «Ist daran irgend etwas verkehrt?»

«Ich hoffe nur», sagte Gretchen, «daß es eine Pose ist. Eine dumme, jungenhafte Pose.»

«Es ist keine Pose», sagte er. «Und ich bin kein Junge mehr, falls du das noch nicht bemerkt haben solltest. Ich bin ein erwachsener Mensch und finde, daß alles faul ist. Wenn ich dir einen Vorschlag machen darf: vergiß mich für eine Weile. Wenn es dir schwerfällt, mir das Collegegeld zu schicken, dann schick es nicht. Wenn du mich nicht so akzeptieren kannst wie ich bin, sondern dir Vorwürfe machst, daß ich mich so und nicht anders entwickelt habe, so ist das deine Sache; vielleicht hast du recht, vielleicht auch nicht. Es tut mir leid, daß ich solche Worte gebrauche, aber wenn es etwas gibt, das ich niemals sein will, so ist es ein Heuchler. Du wirst bestimmt glücklicher sein, wenn du dir um mich keine Sorgen mehr zu machen brauchst. Geh du also zurück zu meinem lieben Onkel Rudolph und zu deinem lieben Evans Kinsella, und ich geh wieder zu meinem Baseballspiel.» Er drehte sich um und schlenderte den Weg, den sie gekommen waren, zurück.

Gretchen blickte ihm nach, bis er nur noch eine kleine blaugraue Gestalt in der Ferne war, dann ging sie langsam und schleppenden Schrittes zu dem Platz, wo sie Rudolphs Wagen geparkt hatte.

Sie änderte ihre Absicht, auch den Sonntag noch in Whitby zu verbringen. Wozu? Sie aß mit Rudolph und Jean zu Abend und nahm am nächsten Morgen zeitig einen Zug nach New York.

Im Hotel fand sie eine Nachricht von Evans vor, daß er sie am Abend leider nicht zum Essen treffen könne.

6

1967

In der Maschine nach Dallas sah Johnny Heath, der neben Rudolph saß, eine ganze Aktenmappe voller Papiere durch. Rudolph beschäftigte sich mit seinen Akten. Er mußte dem Stadtrat den Haushaltsplan für das nächste Jahr vorlegen, und er runzelte die Stirn, als er in dem dicken Ordner mit den von den Experten veranschlagten Aufwendungen blätterte. Alle Kosten stiegen. Für Polizei und Feuerwehr, für das Lehrpersonal der öffentlichen Schulen und die kirchlichen Angestellten waren Lohn- und Gehaltserhöhungen zu erwarten. Die Zahl der Unterstützungsempfänger nahm in beunruhigendem Maße zu – besonders im Negerviertel. Eine neue Abwässerbeseitigungsanlage war geplant. Auf der anderen Seite kämpften alle Interessenverbände gegen Steuererhöhungen, und die staatlichen und bundesstaatlichen Zuschüsse würden sich in den bisherigen Grenzen halten. Da fliege ich in einer Höhe von neuntausend Metern, dachte er, und muß mir wieder einmal Geldsorgen machen.

Auch Johnny Heath auf dem Platz neben ihm machte sich Sorgen um Geld – aber wenigstens war es sein eigenes Geld und das Rudolphs. Brad Knight hatte nach dem Tod seines Vaters sein Büro von Tulsa nach Dallas verlegt, und Zweck ihrer Reise war es, mit Brad über ihre Investitionen bei der Peter Knight and Son Oil Company zu verhandeln. Brad schien plötzlich sein Fingerspitzengefühl verloren zu haben, und sie hatten entdecken müssen, daß sie in ein versiegtes Bohrloch nach dem anderen investierten. Sogar die Ölquellen, die sich als wirtschaftlich fündig erwiesen hatten, waren von einer Reihe von Unglücksschlägen betroffen worden – Salzwasser, einstürzendes sedimentäres Gestein oder unvorhersehbare Gesteinsformationen, die zu durchbohren zu kostspielig war. Johnny Heath hatte insgeheim Nachforschungen angestellt und war ganz sicher, daß Brad seinen Geschäftsbericht frisiert hatte und sie bestahl und daß er das bereits seit geraumer Zeit tat. Die Zahlen, die Johnny beigebracht hatte, wirkten überzeugend, aber Rudolph weigerte sich, etwas gegen Brad zu unternehmen, ehe sie sich nicht persönlich mit ihm auseinandergesetzt hatten. Er hielt es für ausgeschlossen, daß jemand, den er nun schon so lange und so gut kannte, sich dermaßen geändert haben sollte. Trotz Virginia Calderwood.

Die Maschine landete. Brad war nicht zu ihrer Begrüßung am Flughafen erschienen. Statt dessen hatte er einen Mitarbeiter geschickt, einen großen, stämmigen Mann mit braunem Strohhut, schmaler Krawatte und einer Madrasjacke, der ihnen Mr. Knights Grüße überbrachte (er sei leider durch eine Konferenz verhindert). In einem klimatisierten Cadillac fuhr er mit ihnen eine Landstraße entlang, über der die Luft vor Hitze flimmerte, und brachte sie zu dem Hotel im Zentrum von Dallas, wo Brad für Johnny und Rudolph eine Suite mit einem Salon und zwei Schlafzimmern hatte reservieren lassen.

Es war ein ganz neues Hotel, und die Zimmer waren in einem Stil dekoriert, den der Innenarchitekt offenbar für eine verschönerte texanische Version jenes Stils hielt, den das II. Kaiserreich in Frankreich hervorgebracht hatte. Auf einem langen Wandtisch standen sechs Flaschen Bourbon, sechs Flaschen Scotch, je sechs Flaschen Gin und Wodka, ferner eine Flasche Vermouth, ein gefüllter Eiskübel, Dutzende von Coke- und Sodawasserflaschen, ein Körbchen mit Zitronen, eine riesige Schale mit übergroßen Früchten und eine Reihe von Gläsern aller Größen.

«In dem Kühlschrank im Kabinett finden Sie Bier und Champagner», sagte Brads Mitarbeiter. «Falls Ihnen danach zumute ist. Bitte betrachten Sie sich als Mr. Knights Gäste.»

«Wir bleiben nur eine Nacht», sagte Rudolph.

«Mr. Knight hat mich beauftragt, dafür zu sorgen, daß Sie es angenehm und bequem haben», sagte der Mitarbeiter. «Sie sind hier in Texas.»

«Wenn die in Alamo alle diese Getränke gehabt hätten», sagte Rudolph, «würden sie immer noch durchhalten.»

Der Mitarbeiter lachte höflich und sagte, Mr. Knight stehe so gut wie sicher ab fünf Uhr nachmittags zur Verfügung. Inzwischen war es kurz nach drei. «Und denken Sie daran», sagte er, ehe er ging, «wenn Sie irgend etwas brauchen, rufen Sie mich bitte im Büro an.»

«Alles, um uns Sand in die Augen zu streuen», sagte Johnny und deutete mit einer Handbewegung auf die Suite und den mit Getränken beladenen Tisch.

Rudolph empfand eine Spur von Ärger über Johnny und sein Mißtrauen, das sich in allen Situationen automatisch einstellte.

«Ich muß ein paar Telefongespräche führen», sagte er. «Sag mir Bescheid, wenn Brad da ist.» Er ging in sein Zimmer und schloß hinter sich die Tür.

Zuerst rief er bei sich zu Hause an. Nach Möglichkeit telefonierte er wenigstens dreimal am Tage mit Jean. Inzwischen hatte er doch Gretchens Rat befolgt, und es gab keinen Alkohol mehr im Haus. Andererseits war Whitby voll von Spirituosenläden und Lokalen. Heute brauchte er sich jedoch keine Sorgen zu machen. Jean war gutgelaunt und heiter gewesen. Es regnete in Whitby. Sie brachte Enid zu ihrer ersten Kindereinladung. Vor zwei Monaten hatte sie einen Unfall gehabt. Sie war betrunken mit dem Wagen gefahren, mit Enid auf dem Rücksitz. Totalschaden. Aber die beiden waren, von ein paar Schrammen abgesehen, unverletzt geblieben.

«Wie ist es in Dallas?» fragte sie.

«Gut und schön für die Texaner, nehme ich an», sagte Rudolph. «Unerträglich für die übrige Menschheit.»

«Wann kommst du zurück?»

«So bald wie möglich.»

«Beeil dich», sagte sie. Er hatte ihr nicht gesagt, warum er und Johnny nach Texas hatten reisen müssen. Wenn sie nüchtern war, deprimierte sie alle Falschheit.

Dann rief er in seinem Büro im Rathaus an und ließ sich mit seinem Assistenten verbinden. Sein Assistent war ein junger Mann, etwas weichlich, aber meist von freundlicher Gelassenheit. An diesem Nachmittag war er jedoch alles andere als gelassen. Am Vormittag hatte vor den Geschäftsräumen des ‹Sentinel› eine Studentendemonstration stattgefunden. Die Studenten hatten gegen einen Leitartikel protestiert, der dafür plädierte, die Wehrübungen für Reserveoffiziere an der Universität beizubehalten. Rudolph selbst hatte den Artikel gebilligt. Er war in einem gemäßigten Ton geschrieben und trat nicht für obligatorische Wehrübungen ein, sondern sagte ausdrücklich, solche Übungen sollten den Studenten offenstehen, die sich für eine Laufbahn bei den Streitkräften interessierten oder den Wunsch hätten, im Notfall zur Verteidigung ihres Landes bereit zu sein. Die Stimme der Vernunft hatte nicht geholfen, den Zorn der Demonstranten zu dämpfen. Durch eines der großen Fenster war ein Stein geworfen worden, und man hatte die Polizei rufen müssen. Rektor Dorlacker, fuhr der Assistent fort, habe in düsterer Stimmung angerufen und wörtlich gesagt: «Wenn er der Bürgermeister ist, warum ist er dann nicht an seinem Schreibtisch?» Rudolph hatte es nicht für nötig gehalten, dem Assistenten den Grund seiner Reise zu sagen. Polizeichef Ottman sei beunruhigt im Büro erschienen. Etwas sehr, *sehr* Wichtiges, habe Ottman gesagt. Der Bürgermeister solle sich so schnell wie möglich telefonisch mit ihm in Verbindung setzen. Albany habe zweimal angerufen. Eine schwarze Delegation habe eine Bittschrift, ein Schwimmbecken betreffend, überreicht.

«Das genügt, Walter», sagte Rudolph mißmutig. Er legte den Hörer auf und streckte sich auf dem Bett mit der babyblauen, glatten, seidenen Überdecke aus. 10 000 Dollar bekam er im Jahr dafür, daß er Bürgermeister von Whitby war. Und er stiftete den ganzen Betrag der Wohlfahrt. Dienst an der Öffentlichkeit.

Er stand vom Bett auf und freute sich hämisch, als er sah, daß seine Schuhe einen Fleck auf der Seide hinterlassen hatten. Er ging in den Salon. Johnny saß in Hemdsärmeln an einem riesigen Schreibtisch und sah seine Unterlagen durch. «Es besteht gar kein Zweifel, Rudy», sagte Johnny. «Der Hundesohn hat uns übers Ohr gehauen.»

«Später, bitte», sagte Rudolph. «Im Augenblick bin ich damit beschäftigt, ein ergebener, sich aufopfernder Diener der Öffentlichkeit zu sein.» Er tat etwas Eis in ein Glas, goß sich eine Cola ein und trat ans Fenster. Dallas glitzerte in der sengenden Sonne. Die Stadt erhob sich inmitten einer trostlosen Ebene wie eine sinnlose Eruption von Metall und Glas, wie das Ergebnis eines zufälligen kosmischen Ereignisses, unorganisch und willkürlich.

Rudolph ging in sein Schlafzimmer zurück und nannte der Telefonistin die Nummer des Polizeichefs von Whitby. Während er auf die Verbindung wartete, betrachtete er sich im Spiegel. Er sah aus wie jemand, der dringend Urlaub brauchte. Er fragte sich, wann er wohl seine erste Herzattacke haben würde. Freilich, in Amerika war man der Meinung, nur Geschäftsleute bekämen Herzanfälle, und theoretisch hatte er das ja alles aufgegeben. Professoren, so hatte er irgendwo gelesen, und die meisten Generale lebten ewig.

Ottman meldete sich am Telefon. Seine Stimme klang traurig. Aber so hatte sie immer geklungen. Der Gegenstand seines Metiers, das Delikt, das Verbrechen, beleidigte ihn. Bailey, der frühere Polizeichef, den Rudolph ins Gefängnis gebracht hatte, war ein herzhafter, fröhlicher Mann gewesen. Rudolph dachte oft mit Bedauern an ihn. Die Melancholie der Integrität.

«Wir haben in ein Wespennest gestochen, Herr Bürgermeister», sagte Ottman. «Der Polizeibeamte Slattery hat heute früh um 8 Uhr 30 einen Studenten vom ersten Semester in einem Restaurant dabei erwischt, wie er eine Marihuana-Zigarette rauchte. Um 8 Uhr 30 am Morgen!» Ottman, eine häusliche Natur, pflegte seine Dienststunden pünktlich einzuhalten, und die Vormittage waren ihm kostbar. «Der Junge hatte fast zwei Unzen von dem Rauschgift bei sich. Ehe wir ihn aufschrieben, redete und redete er. Er sagte, bei ihm im Wohnheim gebe es mindestens fünfzig Kommilitonen, die Hasch und Marihuana rauchen. Er sagt, dort können wir das Zeug pfundweise finden. Er hat sich einen Anwalt genommen und wird heute abend gegen Kaution auf freien Fuß gesetzt. Aber inzwischen muß der Anwalt mit ein paar Leuten darüber gesprochen haben. Was soll ich tun? Rektor Dorlacker hat vorhin angerufen und gesagt, ich soll die Polizei vom Campus fernhalten. Aber die Sache wird sich in der ganzen Stadt herumsprechen, und wenn ich die Polizei vom Campus fernhalte, wie stehe ich dann da? Die Universität Whitby ist nicht Havanna oder Buenos Aires – mein Gott, sie liegt innerhalb unserer Stadtgrenzen, und Gesetz ist Gesetz!»

Ich habe mir einen fabelhaften Tag für meine Dallas-Reise ausgesucht, dachte Rudolph. «Lassen Sie mich einen Augenblick nachdenken», sagte er.

«Wenn ich die Polizei vom Campus fernhalten muß, Herr Bürgermeister», sagte Ottman, «dann können Sie auf der Stelle meinen Rücktritt haben.»

O Gott, dachte Rudolph, diese ehrbaren Menschen! Eines Tages wollte er selbst Marihuana versuchen und sehen, worum es bei dem ganzen Getue eigentlich ging. Vielleicht war es genau das Richtige für Jean.

«Der Anwalt, den sich der Junge genommen hat, ist auch Leon Harrisons Anwalt», sagte Ottman. «Harrison ist schon hier gewesen und hat gefragt, was ich zu tun gedenke. Er redet davon, daß er eine Sondersitzung des Kuratoriums einberufen will.»

«Na schön», sagte Rudolph. «Rufen Sie Dorlacker an. Sagen Sie ihm, daß Sie mit mir gesprochen haben und daß ich für heute abend acht Uhr eine Durchsuchung angeordnet habe. Lassen Sie sich von Richter Satterlee einen Haussuchungsbefehl geben, und sagen Sie Ihren Leuten, sie sollen ihre Gummiknüppel zu Hause lassen. Ich will nicht, daß jemand verletzt wird. Die Nachricht wird sich wie ein Lauffeuer verbreiten, und vielleicht sind die Jungens ja so vernünftig, das Zeug wegzuschaffen, bevor Sie das Wohnheim durchsuchen.»

«Sie kennen die Jugend von heute nicht, Herr Bürgermeister», sagte Ottman kummervoll. «Diese Jungens sind nicht einmal so vernünftig, sich den Hintern abzuwischen.»

Rudolph gab ihm die Telefonnummer des Hotels und sagte ihm, er solle ihn nach der Razzia wieder anrufen. Dann legte er den Hörer auf und trank seine Cola aus. Das Mittagessen in dem langsam heruntergehenden Flugzeug war schauderhaft gewesen, und er hatte Sodbrennen. Dummerweise hatte er die zwei Manhattans getrunken, die ihm die Stewardess aufs Tablett geknallt hatte. Aus irgendeinem Grund trank er Manhattans, wenn er oben in der Luft war. Auf der Erde nie. Was bedeutete das?

Das Telefon klingelte. Er wartete, ob Johnny nebenan den Hörer abnehmen würde, aber es läutete nicht im Salon.

«Hallo?» sagte er.

«Rudy?» Es war Gretchens Stimme.

«Ja.» Es herrschte eine gewisse Kühle zwischen ihnen, seit sie ihm gesagt hatte, Jean sei eine Trinkerin. Sie hatte zwar recht gehabt, aber das machte den Abstand nur noch größer.

«Ich habe gerade mit Jean telefoniert», sagte Gretchen, «und sie hat mir gesagt, wo du bist. Ich hoffe, ich störe dich nicht.» Es klang, als sei sie verstört.

«Nein, nein», log Rudolph. «Ich trödle hier nur ein bißchen in dem wohlbekannten Urlaubsort Dallas Les Bains herum. Wo steckst du?»

«In Los Angeles. Ich hätte dich nicht angerufen, aber ich bin völlig außer mir!»

Familienangehörige finden stets die richtige Zeit und den richtigen Ort, völlig außer sich zu geraten, dachte Rudolph.

«Was ist los?» fragte er.

«Es handelt sich um Billy. Wußtest du schon, daß er vor einem Monat abgegangen ist?»

«Nein», sagte Rudolph. «Er hat mir eigentlich nie seine Geheimnisse ins Ohr geflüstert.»

«Er ist in New York. Er lebt da mit irgendeinem Mädchen zusammen ...»

«Mein liebes Schwesterchen», sagte Rudolph, «Es gibt wahrscheinlich in eben diesem Augenblick in New York eine halbe Million Jungen in Billys Alter, die mit irgendeinem Mädchen zusammen leben. Sei dankbar, daß er nicht mit einem Jungen zusammen lebt.»

«Darum geht es ja auch gar nicht», sagte Gretchen. «Er wird eingezogen – jetzt, wo er kein Student mehr ist.»

«Das tut ihm doch vielleicht ganz gut», meinte Rudolph. «Zwei Jahre Militär machen möglicherweise einen Mann aus ihm.»

«Du hast eine Tochter, die zudem noch ein Baby ist», sagte Gretchen erbittert. «Du hast gut reden. Ich habe einen Sohn. Ich glaube nicht, daß es einen Mann aus ihm machen wird, wenn er sich eine Kugel durch den Kopf schießen läßt.»

«Nun mal langsam, Gretchen», sagte Rudolph. «Eine Einberufung bedeutet ja nicht automatisch, daß man zwei Monate später der Mutter die Leiche ins Haus schickt. Es gibt eine Menge Jungens, die ihre Zeit abdienen und ohne einen Kratzer nach Hause kommen.»

«Eben darum rufe ich dich an», sagte Gretchen. «Ich möchte, daß du dafür sorgst, daß er ohne einen Kratzer nach Hause kommt.»

«Und was kann ich da tun?»

«Du kennst doch eine Menge Leute in Washington.»

«Kein Mensch kann erreichen, daß ein Junge vom Militärdienst befreit wird, wenn er fürs Lernen zu dämlich und überdies bei guter Gesundheit ist. Nein, Gretchen, das ist nicht mal in Washington möglich.»

«Da bin ich nicht so sicher», sagte Gretchen. «Nach allem, was ich gehört und gelesen habe. Aber ich bitte dich auch gar nicht, dafür zu sorgen, daß Billy vom Militärdienst befreit wird.»

«Was soll ich denn dann tun?»

«Ich möchte, daß du deine Beziehungen spielen läßt, sobald Billy eingezogen wird, damit er nie nach Vietnam geschickt wird.»

Rudolph seufzte. Tatsächlich kannte er einige Leute in Washington, die so etwas höchstwahrscheinlich bewerkstelligen konnten und es auch höchstwahrscheinlich tun würden, wenn er sie darum bat. Aber das war nun ausgerechnet die Sorte kleinlicher Privatpolitik, die er am meisten verachtete. Es verstieß gegen seine Vorstellungen von Redlichkeit und warf einen trüben Schatten auf das, was ihn bewogen hatte, ein Mann des öffentlichen Lebens zu werden. In der Geschäftswelt war es ganz normal, daß jemand zu einem kam und einen bat, einem Neffen oder Cousin eine Vorzugsstellung zu geben. Je nachdem, wieviel man dem Bittsteller zu verdanken hatte oder was man sich in der Zukunft von ihm erhoffte oder wie gut man ihn leiden konnte, half man dem Neffen oder dem Cousin, wenn man es konnte, ohne lange darüber nachzudenken. Aber die Macht, die einem durch Wählerstimmen zuteil geworden war, auszunutzen, um den Sohn einer Schwester vor tödlicher Bedrohung zu schützen, während man es durch Wort und Tat oder stillschweigend billigte, daß Tausende von gleichaltrigen Jungen der Vernichtung ausgesetzt wurden – das war etwas anderes.

«Gretchen», sagte er in das leise Summen des Drahtes zwischen Dallas und

Los Angeles hinein, «es wäre mir lieber, du würdest dir einen anderen Weg ausdenken ...»

«Der einzige unter meinen Bekannten, der auch etwas unternehmen könnte», sagte Gretchen mit immer lauter werdender Stimme, «ist Colin Burkes Bruder. Er ist General bei der Air Force. Er ist zur Zeit in Vietnam. Ich wette, er würde sich geradezu umbringen, um Billy davor zu bewahren, daß er auch nur einen Schuß hört.»

«Nicht so laut, Gretchen», sagte Rudolph und entfernte den Hörer ein Stück von seinem Ohr. «Ich höre dich sehr gut.»

«Eines sage ich dir», schrie sie hysterisch. «Wenn du mir nicht hilfst, hole ich mir Billy in New York und gehe mit ihm nach Kanada oder Schweden. Und ich werde laut und deutlich verkünden, warum ich das tue.»

«Großer Gott, Gretchen», sagte Rudolph, «was ist denn los mit dir – kommst du in die Wechseljahre oder was?»

Er hörte nur noch, wie am anderen Ende der Hörer aufgeknallt wurde. Langsam stand er auf, trat ans Fenster und blickte hinaus. Dallas bot von hier aus keinen angenehmeren Anblick als vom Salon aus.

Familie, dachte er. Aus irgendeinem Grund war immer er derjenige gewesen, der versucht hatte, die Familie zu schützen. Er war es gewesen, der seinem Vater in der Backstube geholfen und die Brötchen ausgetragen hatte. Er war es gewesen, der seine Mutter am Leben erhalten hatte. Er war es gewesen, der den erniedrigenden Umgang mit Detektiven und die peinliche Szene mit Willie Abbott hingenommen und Gretchen bei ihrer Scheidung geholfen und sich mit ihrem zweiten Mann angefreundet hatte. Er hatte das nötige Geld aufgebracht, damit Tom dem primitiven Leben, dem er verfallen war, entrinnen konnte. Er war zu Colin Burkes Beerdigung bis ans andere Ende des Kontinents gereist, um seiner Schwester in den schwersten Augenblicken ihres Kummers beizustehen. Er hatte die Verantwortung auf sich genommen, den undankbaren, höhnischen Billy von der Internatsschule zu nehmen, weil Billy dort unglücklich gewesen war; er hatte Billy in Whitby untergebracht, obwohl die Noten des Jungen kaum für den Besuch einer Handelsschule ausreichten. Er hatte seiner Mutter zuliebe Tom im Hotel *Ägäis* aufgespürt und hatte das Geld für Schultz hingeblättert und mit dem Anwalt alles Nötige arrangiert, damit Toms Sohn dem Vater zugesprochen und Tom von seiner Frau, einer Prostituierten, geschieden wurde ...

Er hatte nicht nach Dankbarkeit gefragt, dachte er und verzog verächtlich das Gesicht, und er hatte verdammt wenig dafür geerntet. Aber er hatte das alles auch nicht um des Dankes willen getan. Er war ehrlich gegen sich selbst. Er wußte, was er sich selbst und anderen schuldig war. Er hätte es nicht fertiggebracht, ein angenehmes Leben zu führen, wenn er das, was er für seine Pflicht hielt, nicht erfüllt hätte.

Pflichten hörten nie auf. Das ist ihr Hauptmerkmal.

Er ging ans Telefon und ließ sich mit Gretchen verbinden. Als sie sich meldete, sagte er: «Also gut, Gretchen, ich mache auf der Rückreise in Washington Station und sehe zu, was ich tun kann. Ich denke, du brauchst dich nicht mehr zu beunruhigen.»

«Danke dir, Rudy», sagte Gretchen mit leiser Stimme. «Ich wußte, daß du anrufen würdest.»

Brad erschien um 5 Uhr 30 in der Hotelsuite. Die Sonne von Texas und der Alkohol von Texas hatten sein Gesicht noch roter gemacht. Er war noch schwerer, noch ausladender geworden. Er trug einen dunklen, gestreiften Sommeranzug und ein blaues Hemd mit riesigen Perlenmanschettenknöpfen. «Tut mir leid, daß ich euch nicht am Flughafen abholen konnte, aber ich hoffe, mein junger Mann hat euch gut versorgt.» Er goß sich einen Schluck Bourbon ein und sah seine Freunde strahlend an. «War aber auch Zeit, daß ihr mich hier mal besucht und euch anseht, woher euer Geld kommt. Wir sind gerade dabei, eine neue Quelle zu erschließen. Wir könnten morgen eine Maschine chartern und hinfliegen, mal schauen, wie die Sache sich anläßt. Außerdem hab ich Karten für Samstag besorgt. Das große Spiel der Saison, Texas gegen Oklahoma. Man muß die Stadt an so einem Wochenende erlebt haben. Man hält das sonst nicht für möglich. Dreißigtausend fröhliche Betrunkene! Ein Jammer, daß Virginia nicht da ist und euch willkommen heißen kann. Es wird ihr furchtbar leid tun, wenn sie hört, daß ihr hier gewesen und schon wieder fort seid. Sie ist oben im Norden, um ihren Papi zu besuchen. Es geht ihm anscheinend nicht gut. Hoffe, es ist nichts Ernstes. Ich mag den Alten so gern.»

Die Herzlichkeit, die übertriebene Gastlichkeit, dieser schreckliche Erguß leerer Redensarten – das alles war unerträglich. «Hör bitte auf, Brad», sagte Rudolph. «Erstens wissen wir, warum Virginia nicht da ist. Und daß sie nicht fortgefahren ist, um ihren Papi zu besuchen, wie du ihn nennst.» Vor zwei Wochen war Calderwood zu Rudolph ins Büro gekommen und hatte ihm erzählt, Virginia hätte Brad verlassen, weil Brad mit einer Filmschauspielerin in Hollywood angebändelt habe und dreimal in der Woche zwischen Dallas und Hollywood hin und her fahre und in Geldschwierigkeiten geraten sei. Erst nach Calderwoods Besuch war Rudolph mißtrauisch geworden und hatte Johnny angerufen.

«Entschuldige», sagte Brad und trank von seinem Bourbon, «ich weiß wirklich nicht, wovon du redest. Ich habe gerade mit Virginia telefoniert, und sie hat gesagt, daß sie wahrscheinlich in ein paar Tagen zurückkommt und ...»

«Du hast nicht gerade mit Virginia telefoniert, und sie kommt auch nicht zurück, Brad», sagte Rudolph. «Und du weißt das.»

«Und du weißt noch eine Menge andere Dinge», warf Johnny ein. Er stand zwischen Brad und der Tür, fast als rechnete er damit, daß Brad plötzlich aufspringen würde, um davon zu laufen. «Und wir auch.»

«Mein Gott», sagte Brad, «wenn ihr beide nicht schon so lange meine Freunde wärt, dann würde ich sagen, das klingt sehr feindlich.» Er schwitzte trotz der Klimaanlage. Sein blaues Hemd hatte dunkle Flecken. Er mixte sich einem zweiten Drink. Seine kurzen, dicken, manikürten Finger zitterten, als er sich von dem Eis nahm.

«Raus mit der Sprache, Brad», sagte Johnny.

«Also gut...» Brad lachte, oder versuchte wenigstens, zu lachen. «Vielleicht bin ich Virginia gegenüber gelegentlich ein bißchen vom rechten Weg abgewichen. Du weißt ja, wie ich bin, Rudy. Ich habe nun mal nicht deine Charakterstärke. Ich kann einem weichen, anschmiegsamen Busen einfach nicht widerstehen. Aber Virginia nimmt das alles zu ernst, sie...»

«Wir interessieren uns nicht für dich und Virginia», unterbrach ihn Johnny. «Uns interessiert, wo unser Geld geblieben ist.»

«Ihr bekommt jeden Monat einen Bericht», sagte Brad.

«Allerdings», sagte Johnny.

«In der letzten Zeit haben wir ein bißchen Pech gehabt.» Brad wischte sich mit einem großen Taschentuch, das mit einem Monogramm verziert war, über die Stirn. «Mein Papi, Gott hab ihn selig, hat über das Erdölgeschäft immer gesagt: Wenn du die Wellen nicht magst, wag dich nicht ins Wasser.»

«Wir haben ein bißchen nachgeforscht», sagte Johnny, «und wir sind zu dem Schluß gekommen, daß du uns beide, Rudy und mich, im letzten Jahr um je rund 70 000 Dollar bestohlen hast.»

«Ihr wollt mich wohl auf den Arm nehmen», sagte Brad. Sein Gesicht war jetzt fast purpurrot, und sein Lächeln wirkte so starr, als sei es für immer in die rote, gespannte Haut über dem durchweichten Kragen eingegraben. «Nicht wahr, ihr scherzt? Ein guter Witz! Jesses! 140 000 Dollar!»

«Brad...» sagte Rudolph warnend.

«Okay», sagte Brad. «Ich nehme an, ihr scherzt nicht.» Er ließ sich schwerfällig auf die geblümte Couch fallen: Ein beleibter Mann, der müde die Schultern hängen ließ, und in scharfem Kontrast dazu die heiteren Farben des besten Möbels in der besten Suite des besten Hotels von Dallas, Texas. «Ich sage euch, wie es gekommen ist.»

Nämlich wie es gekommen war, daß Brad vor einem Jahr, als er sich in Hollywood nach weiteren Geldgebern umsah, ein Filmsternchen namens Sandra Dilson kennengelernt hatte. «Ein süßes, unschuldiges junges Ding», waren Brads Worte für Miss Dilson. Er hatte sich in sie vernarrt, aber es dauerte lange, bevor er sie berühren durfte. Um Eindruck bei ihr zu schinden, hatte er angefangen, ihr Schmuck zu schenken. «Ihr könnt euch nicht vorstellen, was in Hollywood für Edelsteine verlangt wird!» sagte Brad. «Man könnte meinen, die drucken sich dort selbst ihre Geldscheine.» Um Sandra Dilson noch mehr zu beeindrucken, hatte er hohe Wetten abgeschlossen, wenn sie zu Pferderennen gingen. «Um die Wahrheit zu sagen», fügte Brad hinzu, «das Mädchen läuft heute mit Schmuck im Wert von rund 400 000 Dollar in der Gegend rum. Alles habe ich bezahlt. Und es gab Augenblicke, wenn ich mit ihr im Bett lag», sagte er trotzig, «da hatte ich das Gefühl, daß sie es wert war, jeden Cent. Ich liebe sie, und ich hab ihretwegen den Kopf verloren, und in gewisser Weise bin ich stolz darauf und bereit, die Folgen zu tragen.»

Um zu Geld zu kommen, hatte Brad angefangen, die Monatsberichte zu fälschen. Er hatte von Bohrungen in Bohrlöchern berichtet, die schon vor Jahren als versiegt oder unergiebig aufgegeben worden waren, und er hatte das Zehnfache oder Fünfzehnfache der Kosten eingesetzt, die tatsächlich entstanden wären. Es gab einen Buchhalter in seinem Büro, der Bescheid wußte und dem er Schweigegelder bezahlen mußte. Ein paarmal waren bedrohliche Anfragen von anderen Leuten gekommen, die bei ihm Geld investiert hatten, aber bisher war er in der Lage gewesen, sich die Kapitalgeber vom Halse zu halten.

«Wie viele Kapitalgeber sind es im Augenblick?» fragte Johnny.

«Zweiundfünfzig.»

«Zweiundfünfzig Idioten», sagte Johnny erbittert.

«Ich habe so etwas nie zuvor getan», beteuerte Brad treuherzig. «Mein Ruf in Oklahoma und Texas ist makellos. Ihr könnt fragen, wen ihr wollt. Die Leute haben mir immer vertraut. Und das mit Recht.»

«Du wirst ins Gefängnis kommen, Brad», sagte Rudolph.

«Das wirst du doch einem alten Freund, der bei der Abschlußfeier im College neben dir gesessen hat, nicht antun, Rudy!»

«Aber ganz bestimmt werde ich das tun», sagte Rudolph.

«Moment, Moment», sagte Johnny. «Ehe wir von Gefängnis reden, würde mich interessieren, ob wir unser Geld zurückkriegen können. Das wäre mir wichtiger, als diesen Vollidioten ins Gefängnis zu bringen.»

«Sehr richtig», sagte Brad beflissen. «Ein vernünftiger Gedanke.»

«Was hast du an flüssigen Geldern?» fragte Johnny. «Ich meine, jetzt, im Augenblick.»

«Sehr richtig», wiederholte Brad. «Jetzt reden wir wie Geschäftsleute. Nicht so, als ob ich bereits ruiniert wäre. Ich habe noch Kredit.»

«Wenn du aus diesem Zimmer gehst, Brad», sagte Rudolph, «wirst du keine 10 Cent mehr von irgendeiner Bank in diesem Land borgen können. Dafür werde ich schon sorgen!» Es fiel ihm schwer, seinen Abscheu nicht zu zeigen.

«Johnny...» Brad wandte sich flehend an Heath. «Er ist rachsüchtig. Sprich du mit ihm. Ich verstehe, daß er sauer ist. Aber so rachsüchtig zu sein...»

«Ich habe dich gefragt, wieviel Geld du flüssig hast», sagte Johnny.

«Na ja», sagte Brad, «den Büchern nach sieht's ehrlich gesagt nicht so... so rosig aus.» Er grinste hoffnungsvoll. «Aber ich konnte hin und wieder ein bißchen Bargeld beiseite legen. Für den Notfall, sozusagen. Ich habe es in verschiedenen Banken in Stahlfächern deponiert. Ist natürlich nicht genug, um alle auszuzahlen, aber euer Geld könnte ich euch zu einem großen Teil zurückzahlen.»

«Ist es Virginias Geld?» fragte Rudolph.

«Virginias Geld!» schnaubte Brad verächtlich. «Ihr alter Herr hat alles, was er ihr gegeben hat, so fest angelegt, daß ich mir nicht mal ein heißes Würstchen davon kaufen könnte, wenn ich vor Hunger auf dem Baseballplatz umkäme.»

«Er war klüger als wir», sagte Rudolph.

«Großer Gott, Rudolph», jammerte Brad, «mußt du es mir denn immer wieder unter die Nase reiben? Ich fühle mich auch so mies genug.»

«Wieviel ist es, an Bargeld?» fragte Johnny.

«Du verstehst, Johnny», sagte Brad, «es steht nirgendwo in den Büchern der Gesellschaft. Es gibt keine Unterlagen darüber.»

«Ich verstehe», sagte Johnny. «Wieviel?»

«An die 100 000 Dollar. Ich könnte jedem von euch fast 50 000 Dollar auf Abschlag geben. Und ich würde persönlich garantieren, daß ihr den Rest später zurückgezahlt bekommt.»

«Wie?» fragte Rudolph grob.

«Es gibt noch Quellen, wo zur Zeit gebohrt wird...» Rudolph wußte, daß Brad log. «Und notfalls könnte ich zu Sandra gehen. Ich würde ihr sagen, daß ich augenblicklich in einem kleinen Engpaß bin, und würde sie bitten, daß sie mir den Schmuck zurückgibt. Damit...»

Rudolph schüttelte verwundert den Kopf. «Glaubst du wirklich, daß sie das tun würde?»

«Sie ist ein feines kleines Mädchen, Rudy. Ich muß euch gelegentlich mal miteinander bekanntmachen.»

«Oh, werd doch endlich mal erwachsen!» sagte Rudolph.

«Du wartest jetzt hier», sagte Johnny zu Brad. «Ich möchte allein mit Rudy sprechen.» Ostentativ nahm er seine Papiere vom Tisch, ehe er auf die Tür von Rudolphs Schlafzimmer zuging.

«Ihr habt ja hoffentlich nichts dagegen, wenn ich mir inzwischen einen kleinen Drink mixe», sagte Brad.

Johnny schloß die Tür, als er und Rudolph im Schlafzimmer waren. «Wir müssen einen Entschluß fassen», sagte er. «Wenn er behauptet, er hätte an die 100 000 Dollar in bar, und er hat sie tatsächlich, dann können wir das Geld ohne weiteres nehmen und so unseren Verlust verringern. Das hieße, daß wir jeder ungefähr 20 000 Dollar einbüßen würden. Wenn wir es nicht nehmen, müssen wir eine Gläubigerversammlung einberufen und ihn wahrscheinlich zum Konkurs treiben. Wenn wir nicht gerichtlich gegen ihn vorgehen. Alle seine Gläubiger bekämen einen gleichen Anteil von dem Geld, oder jedenfalls einen, der dem Umfang ihrer Investitionen und dem Betrag, den er ihnen tatsächlich schuldet, entspricht.»

«Ist er berechtigt, uns auf diese Weise bevorzugt auszuzahlen?»

«Er hat noch nicht Konkurs angemeldet», sagte Johnny. «Ich glaube, es ließe sich vor Gericht vertreten.»

«Nein, das geht nicht», sagte Rudolph. «Soll er es in den großen Topf tun. Wir müssen uns heute abend von ihm die Schlüssel für die Stahlfächer geben lassen, damit er das Geld nicht holt, ehe wir ihn daran hindern können.»

Johnny seufzte. «Ich habe befürchtet, daß du so reagieren würdest», sagte er. «Der Ritter ohne Furcht und Tadel.»

«Daß er ein Gauner ist», sagte Rudolph, «bedeutet nicht, daß auch ich zum Gauner werde, nur um meine Verluste zu verringern, wie du sagst.»

«Ich habe gesagt, ich glaube, daß es sich vor Gericht vertreten ließe.»

«Das genügt nicht», sagte Rudolph. «Mir jedenfalls nicht.»

Johnny sah Rudolph prüfend an. «Und was würdest du tun, wenn ich jetzt zu ihm ginge und sagte, also gut, ich nehme meine Hälfte und habe mit der Geschichte nichts mehr zu tun?»

«Ich würde es bei der Gläubigerversammlung berichten», sagte Rudolph gelassen, «und den Antrag stellen, daß man dich auf Rückzahlung des Betrages verklagt.»

«Ich kapituliere, mein Lieber», sagte Johnny. «Wer kommt schon gegen einen ehrbaren Politiker an?»

Sie gingen wieder in den Salon. Brad stand am Fenster. Ein volles Glas in der Hand, Karten für das große Spiel der Saison in der Brieftasche, so blickte er hinaus auf die reiche Stadt Dallas. Johnny sagte ihm, was Rudolph und er beschlossen hatten. Brad nickte dumpf, ohne ganz zu verstehen.

«Und wir wünschen, daß du morgen früh um neun hier erscheinst», sagte Rudolph. «Ehe die Banken öffnen. Wir machen mit dir einen Gang zu den Banken und nehmen das Geld, das du in den Stahlfächern hast, für dich in Verwahrung. Du bekommst eine Quittung für deine Akten. Wenn du eine Minute vor neun nicht hier bist, rufe ich die Polizei an und erstatte Anzeige wegen Betrugs.»

«Rudy...» sagte Brad flehentlich.

«Und wenn du deine fabelhaften Perlenmanschettenknöpfe behalten willst», sagte Rudolph, «würde ich dir empfehlen, sie irgendwo zu verstecken, denn Ende des Monats wird der Sheriff kommen und dein Eigentum beschlagnahmen, alles, was dir gehört, das hübsche blaue Hemd, das du anhast, eingeschlossen, damit von dem Erlös deine Schulden beglichen werden können.»

«Ihr beide», sagte Brad gebrochen, «ihr beide wißt nicht, wie das ist. Ihr seid reich, ihr habt millionenschwere Frauen, ihr habt alles, was ihr euch wünscht. Ihr wißt nicht, was es bedeutet, einer zu sein wie ich.»

«Brich uns nicht das Herz», sagte Rudolph brutal. Noch nie in seinem Leben war er so wütend auf einen anderen Menschen gewesen. Er mußte an sich halten, daß er Brad nicht ansprang, daß er nicht versuchte, ihn zu erwürgen. «Morgen früh um neun, verstanden?»

«Okay», sagte Brad. «Ich nehme nicht an, daß ihr mit mir zu Abend essen wollt...?»

«Geh raus, bevor ich dich umbringe», sagte Rudolph.

Brad ging zur Tür. «Na schön», sagte er, «amüsiert euch in Dallas. Es ist eine großartige Stadt. Und denkt daran –» er deutete auf die Suite und die Flaschen – «das geht alles auf meine Rechnung.»

Dann ging er hinaus.

Rudolph blieb am nächsten Morgen keine Zeit mehr, bei sich zu Hause anzurufen. Brad erschien wie befohlen um neun Uhr im Hotel. Seine Augen waren gerötet, und er sah so aus, als hätte er die ganze Nacht nicht schlafen können. Er brachte eine ganze Kollektion von Schlüsseln für die Stahlfächer in verschiedenen Banken von Dallas mit. Ottman hatte am Abend nicht mehr angerufen, obwohl Rudolph und Johnny im Hotel geblieben waren und auf seinen Anruf gewartet hatten. Rudolph nahm es als ein Zeichen, daß alles gutgegangen war und Ottmans Befürchtungen sich als übertrieben erwiesen hatten.

Rudolph und Johnny begaben sich mit Brad im Schlepptau in die Kanzlei eines Anwalts, den Johnny kannte. Dort stellte der Anwalt Johnny eine Vollmacht aus, die ihn zu Rudolphs Vertreter ernannte. Johnny sollte in Dallas bleiben, um das Durcheinander zu klären. Anschließend gingen sie, mit einem Angestellten der Kanzlei als Zeugen, von Bank zu Bank und sahen zu, wie Brad, jetzt ohne seine Perlenmanschettenknöpfe, die Schließfächer öffnete und sauber gebündelte Geldscheine herausnahm. Alle vier zählten sorgfältig die Scheine, ehe der Angestellte eine Empfangsbestätigung ausstellte, die Rudolph und Johnny unterschrieben, um zu bestätigen, daß sie diesen Betrag von Bradford Knight erhalten hatten, und mit dem Datum versahen. Sodann beglaubigte der Kanzleiangestellte ordnungsgemäß das Stück Papier, worauf sich alle in das Hauptgeschoß über dem Banktresor begaben und das Geld auf ein Gemeinschaftskonto einzahlten, das auf Rudolphs und Johnnys Namen lautete und von dem nur gegen Vorlage ihrer beiden Unterschriften Gelder abgehoben oder abgebucht werden konnten. Rudolph und Johnny hatten sich dieses Verfahren am Abend zuvor ausgedacht. Beiden war klar, daß von nun an alles, was mit Bradford Knight zusammenhing, einer gerichtlichen Untersuchung standhalten mußte.

Nachdem das letzte Stahlfach geleert worden war, belief sich die Endsumme auf 93 000 Dollar. Brad hatte also ziemlich genau geschätzt, wieviel er für das, was er einen Notfall nannte, auf die Seite geschafft hatte. Weder Johnny noch Rudolph fragten ihn, woher das Geld stammte. Das würde anderer Leute Aufgabe sein.

Der Besuch in der Kanzlei und der Rundgang zu den Banken hatten fast den ganzen Vormittag in Anspruch genommen und Rudolph mußte sich beeilen, damit er die Maschine, die um zwölf von Dallas nach Washington ging, nicht verpaßte. Als er mit Reisetasche und Aktenmappe aus der Hotelsuite rannte, sah er, daß von all den Flaschen auf dem Wandtisch im Salon nur zwei geöffnet worden waren: die eine Flasche Cola, die er selbst getrunken hatte, und eine von den Bourbonflaschen, von der Brad getrunken hatte.

Brad hatte ihm für die Fahrt zum Flughafen seinen Wagen angeboten. «Heute habe ich meinen Cadillac noch», hatte er gesagt und hatte dabei zu lächeln versucht. «Warum soll ich ihn dann nicht benutzen?» Aber Rudolph hatte abgelehnt und sich ein Taxi bestellt. Beim Einsteigen bat er Johnny, sein Büro in Whitby anzurufen und seinem Assistenten zu sagen, daß er heute abend noch nicht zurückkommen könne, sondern im Hotel *Mayflower* in Washington übernachten werde.

Im Flugzeug aß er weder das Mittagessen noch trank er die zwei Manhattans. Er zog die Aufstellungen der Experten aus seiner Aktentasche und versuchte zu arbeiten, konnte sich aber nicht auf die Zahlen konzentrieren. Er mußte ständig an Brad denken, der verloren, gebrandmarkt, bankrott war und dem obendrein eine Gefängnisstrafe drohte. Ruiniert – und für was? Für eine geldgierige Hollywood-Nutte. Bei dem Gedanken konnte einem speiübel werden. Er liebe sie, hatte Brad gesagt, sie sei es wert gewesen! Liebe, der fünfte Apokalyptische Reiter. Jedenfalls in Texas. Fast unmöglich, Liebe mit Brad in Zusammenhang zu bringen. Er war, so meinte Rudolph jetzt, der geborene Kneipen- und Bordellbesucher. Vielleicht hatte er es immer gewußt und es nur nicht wahrhaben wollen. Andererseits war es immer schwierig, bei anderen an Liebe zu glauben. Vielleicht war es Hochmut, Arroganz, wenn er Brad die Fähigkeit zur Liebe absprach. Er selber liebte Jean, aber würde er um ihretwillen den Ruin auf sich nehmen? Diese Frage mußte er sich mit einem klaren Nein beantworten. War er also oberflächlicher als der fette, schwitzende Brad? Und war er vielleicht in gewisser Hinsicht schuld an dem scheußlichen Tag, den sein Freund heute durchmachte, und an den noch scheußlicheren Tagen, die vor ihm lagen? Als er im Gespräch mit Calderwood, damals, im Country Club, am Tag der Hochzeit, Brads Chancen zunichte gemacht hatte, hatte er da unbewußt Brad auf den falschen Weg gebracht, sein Schicksal besiegelt? Als er aus einem Gefühl der Schuld heraus Brad Kapital gegeben hatte, wußte er da nicht, daß Brad sich eines Tages rächen würde, und zwar auf die einzige ihm mögliche Weise, nämlich indem er ihn betrog? Und hatte er nicht tatsächlich gewollt, daß es so kam und daß er Brad auf diese Weise loswurde, weil Brad ihm nicht geglaubt hatte, wie es wirklich mit Virginia gewesen war? Und noch beunruhigender: wenn er nun auf Virginia Calderwoods Angebote eingegangen wäre und mit ihr geschlafen hätte, würde sie dann Brad geheiratet und ihn damit dem Schutzbereich seines Freundes entzogen haben? Denn darüber bestand kein Zweifel – er hatte Brad all die Jahre hindurch geschützt, zuerst, indem er ihn an die Ostküste rief und ihm eine Position verschaffte, die Dutzende von anderen Männern hätten besser ausfüllen können, dann indem er ihn gründlich ausbildete und schulte (und ihn die ganze Zeit überbezahlte), so daß Brad am Ende der Gedanke, er bekäme vielleicht den höchsten Posten in der Firma, ganz plausibel erschienen war. An welchem Punkt war es moralisch vertretbar, mit der Protektion eines Freundes aufzuhören? Nie?

Es wäre einfacher gewesen, er hätte Johnny Heath allein nach Dallas reisen und die Sache erledigen lassen. Auch Johnny war Brads Freund gewesen, der Brautführer bei seiner Hochzeit, aber es war zwischen ihnen nie so gewesen wie zwischen Rudolph und Brad. Irgendwie war es für Brad schmerzlicher, Rudolph Rede und Antwort stehen zu müssen. Weiß Gott, es wäre Rudolph ein leichtes gewesen, eine dringende Arbeit in Whitby vorzuschützen und Johnny allein auf die Reise zu schicken. Er hatte diese Möglichkeit erwogen, aber als feige verworfen. Er war mitgefahren, um seine Selbstachtung nicht zu verlieren. Selbstachtung – das war vielleicht nur ein anderer Ausdruck für Eitelkeit. Hatte seine erfolgreiche Karriere sein Empfindungsvermögen abgestumpft, ihn selbstzufrieden und selbstgerecht werden lassen?

Wenn der Konkurs abgewickelt war, würde er, so beschloß er, Brad eine Art Pension aussetzen. 5000 Dollar im Jahr, heimlich bezahlt, so daß weder Brads Gläubiger noch die Regierung die Hand darauf legen konnten. Würde bei Brad die Erkenntnis, daß er das Geld verzweifelt brauchte und deshalb annehmen mußte, das nagende Gefühl überwiegen, daß er es von einem Menschen annehmen mußte, der sich von ihm abgewandt hatte?

Das Zeichen, daß die Sitzgurte anzuschnallen waren, leuchtete auf. Die Maschine setzte zur Landung an. Rudolph schob die Papiere in seine Aktentasche und schnallte sich seufzend an.

Im Hotel *Mayflower* erwartete ihn eine dringende Nachricht von seinem Assistenten mit der Bitte, so bald wie möglich sein Büro anzurufen.

Er ging in sein Zimmer hinauf, wo niemand irgendein Getränk bereitgestellt hatte, und ließ sich mit seinem Büro verbinden. Zweimal war die Leitung besetzt, und er war schon drauf und dran, aufzugeben und Kontakt mit dem Senator aufzunehmen, der am ehesten bereit sein würde, ihm zu helfen, daß Billy Abbott in der Army der Vereinigten Staaten kein Leid geschah. Das war nicht etwas, das sich telefonisch arrangieren ließ. Er hoffte, für den nächsten Tag eine Verabredung zum Mittagessen treffen zu können, und wollte dann am Nachmittag nach New York zurückfliegen.

Beim dritten Versuch kam die Verbindung mit seinem Assistenten zustande. «Es tut mir schrecklich leid, Herr Bürgermeister», sagte Walter und es klang erschöpft, «aber ich glaube, es wäre besser, Sie würden sofort zurückkommen. Gestern abend, nach Büroschluß, war in der Stadt die Hölle los. Ich war schon zu Hause und hab es erst heute morgen erfahren, sonst hätte ich schon eher versucht, Sie zu erreichen.»

«Was ist los? Was ist los?» fragte Rudolph ungeduldig.

«Es ist alles furchtbar verworren, und ich weiß nicht, ob ich die Ereignisse in der richtigen Reihenfolge wiedergeben kann», sagte Walter. «Jedenfalls, als Ottman mit seinen Leuten gestern abend in das Gebäude mit den Schlafräumen wollte, hatten sie es verbarrikadiert – die Studenten, meine ich – und wollten die Polizei nicht reinlassen. Rektor Dorlacker versuchte Ottman zu überreden, die Polizei abzurufen, aber Ottman weigerte sich. Als die Polizisten es dann noch einmal versuchten, haben die Studenten mit allen möglichen Dingen geworfen. Ottman hat ein Stein am Auge getroffen. Nichts Ernstes, heißt es, aber er ist im Krankenhaus. Und die Polizei hat aufgegeben, jedenfalls gestern abend. Dann haben andere Studenten einen Protestmarsch organisiert, und dabei haben sie, wie ich Ihnen leider sagen muß, auch vor Ihrem Haus demonstriert. Ich bin vorhin kurz dort gewesen. Der Rasen ist in einem gräßlichen Zustand. Mrs. Jordache steht unter Beruhigungsmitteln und...»

«Sie können mir den Rest Ihrer Geschichte zu Hause erzählen», sagte Rudolph. «Ich nehme die nächste Maschine nach New York.»

«Ich dachte mir, daß Sie das tun würden», sagte Walter, «und ich habe mir die Freiheit genommen, Scanlon mit Ihrem Wagen nach New York zu schicken. Er erwartet Sie in La Guardia.»

Rudolph packte seine Sachen zusammen, rannte in die Halle hinunter, gab sein Zimmer auf und verließ das Hotel. Billy Abbotts militärische Laufbahn mußte noch eine Weile in der Schwebe bleiben.

Scanlon war so dick, daß er schnaufte, wenn er sprach. Er gehörte der Polizei an. Er war fast sechzig Jahre alt und sollte in absehbarer Zeit pensioniert werden. Er hatte Rheumatismus, und es kam fast einem Gnadenakt gleich, daß er Rudolph als Chauffeur zugeteilt worden war. Um den Behörden eine Lektion in Sparsamkeit zu erteilen, hatte Rudolph den der Stadt gehörenden Wagen des früheren Bürgermeisters verkaufen lassen und benutzte seinen eigenen Wagen.

«Wenn ich noch mal jung wär und von vorn anfangen müßte», sagte Scanlon schnaufend, «ich schwöre bei Gott, daß ich nie wieder bei der Polizei einer Stadt Dienst tun würde, wo es College-Studenten oder Nigger gibt.»

«Scanlon, bitte!» sagte Rudolph. Er hatte vom ersten Tag an versucht, Scanlons Wortschatz zu verbessern, mit wenig Erfolg. Er saß vorn neben dem alten Polizisten, der mit einer aufreizend niedrigen Geschwindigkeit fuhr. Aber er wäre beleidigt gewesen, wenn Rudolph sich selbst ans Steuer gesetzt hätte.

«Ich meine es im Ernst, Sir», sagte Scanlon. «Sie sind wie die wilden Tiere. Die haben nicht mehr Achtung vor dem Gesetz als ein Rudel Hyänen. Und was die Polizei betrifft – uns lachen die doch einfach aus. Ich will Ihnen ja nicht reinreden, Herr Bürgermeister, aber wenn ich Sie wäre, dann würde ich direkt zum Gouverneur gehn und die Nationalgarde anfordern.»

«Dazu ist noch Zeit genug», sagte Rudolph.

«Denken Sie daran, was ich gesagt habe», sagte Scanlon. «Es wird dazu kommen. Überlegen Sie mal, was die in New York und drüben in Kalifornien angerichtet haben.»

«Wir sind nicht in New York und nicht in Kalifornien», sagte Rudolph.

«Aber wir haben hier auch Studenten und Nigger», sagte Scanlon dickköpfig. Eine Zeitlang schwieg er. Dann sagte er: «Sie hätten gestern abend bei sich zu Haus sein sollen, Herr Bürgermeister. Dann wüßten Sie vielleicht, was ich meine.»

«Ich hab davon gehört», sagte Rudolph. «Die Burschen haben mir den Garten zertrampelt.»

«Die haben noch 'ne Menge mehr getan als das», sagte Scanlon. «Ich bin selbst nicht dort gewesen, aber Ruberti war da, und er hat's mir erzählt.» Ruberti war auch ein Polizist. «'ne Sünde, was die getan haben, hat Ruberti gesagt, einfach sündhaft. Die haben gar nicht wieder aufgehört, nach Ihnen zu rufen, und schmutzige Lieder haben sie gesungen, und junge Mädchen waren dabei, die haben die schmutzigsten Reden geführt, die man je gehört hat, und jede einzelne Pflanze in Ihrem Garten haben sie ausgerissen, und dann, als Mrs. Jordache die Tür aufgemacht hat...»

«Sie hat die Tür geöffnet?» fragte Rudolph entgeistert. «Warum hat sie das getan?»

«Na ja, sie haben Sachen gegen das Haus geworfen. Dreckklumpen, Bierdosen und so, und haben gebrüllt: ‹Sagt dem Scheißer, er soll herauskommen!› Damit haben die Sie gemeint, Herr Bürgermeister. Ich sag's Ihnen nicht gern. Von uns waren nur Ruberti und Zimmermann da, die ganze übrige Polizei war oben beim College, und was konnten zwei schon ausrichten gegen diese heulenden wilden Indianerhorden? Dreihundert waren das sicher. Na ja, und wie ich schon sagte, Mrs. Jordache hat die Tür aufgemacht und hat sie angeschrien.»

«Großer Gott», sagte Rudolph.

«Sie können es ebensogut gleich von mir erfahren, Herr Bürgermeister, als daß es Ihnen später wer anders beibringt», sagte Scanlon. «Als Mrs. Jordache die Tür aufgemacht hat, war sie betrunken. Und sie war splitternackt.»

Rudolph zwang sich, starr geradeaus auf die Rücklichter des vor ihnen fahrenden Wagens und in die blendenden Lichtstrahlen der entgegenkommenden Wagen zu blicken.

«Dann war da ein blutjunger Bursche, ein Fotograf von der Studentenzeitung oder so», fuhr Scanlon fort, «und der hat Blitzlichtfotos gemacht. Ruberti wollte zu ihm, aber die anderen haben ihn umzingelt, und der Bursche ist in der Menge untergetaucht. Ich hab keine Ahnung, was die mit den Fotos machen wollen, aber sie haben sie.»

Rudolph wies Scanlon an, auf direktem Weg zur Universität zu fahren. Das Gebäude der Hauptverwaltung war von Scheinwerfern angestrahlt. In allen Fenstern lehnten Studenten, die den Inhalt von Aktenordnern herunterwarfen, Tausende von Papieren, und auf die Polizisten einschrien. Es waren beunruhigend wenige Polizisten, stellte Rudolph fest, aber sie waren jetzt mit ihren Gummiknüppeln bewaffnet und hatten das Gebäude umstellt. Er ließ sich dahin fahren, wo Ottmans Wagen unter einem Baum stand, und nun sah Rudolph, was die Studenten mit dem Foto seiner nackten Frau gemacht hatten. Sie hatten es riesig vergrößert und von einem Fenster im ersten Stock aus an die Fassade gehängt. Im grellen Scheinwerferlicht das Bild von Jeans nacktem Körper, schlank und makellos, die Brüste voll, die Fäuste geballt und drohend, das Gesicht verzerrt – ein höhnisches Banner über dem Eingang des Gebäudes, unmittelbar über den in Stein gemeißelten Worten: «Erkenne die Wahrheit, und die Wahrheit wird dich frei machen.»

Als Rudolph aus dem Wagen stieg, erkannten ihn einige Studenten an den Fenstern und begrüßten ihn mit wildem Triumphgeheul. Einer beugte sich aus dem Fenster und schüttelte Jeans Bild, so daß es aussah, als vollführe sie einen obszönen Tanz.

Ottman stand neben seinem Wagen, einen dicken Verband über dem Auge, so daß die Mütze schräg auf seinem Hinterkopf hing. Nur sechs von den Polizisten hatten Helme. Rudolph erinnerte sich, daß er vor sechs Monaten Ottmans Antrag, noch zwei Dutzend Helme anzuschaffen, abgelehnt hatte. Er hatte es für eine unnötige Ausgabe gehalten.

«Ihr Assistent hat uns gesagt, Sie würden heute abend noch zurückkommen», sagte Ottman ohne jede Einleitung. «Darum haben wir bisher nichts unternommen. Die Studenten haben Dorlacker und zwei Professoren bei sich eingeschlossen. Sie haben das Gebäude erst heute abend gegen sechs besetzt.»

Rudolph nickte und betrachtete das Gebäude. An einem Fenster im Erdgeschoß erblickte er Quentin McGovern. Quentin hatte inzwischen sein Examen gemacht und war jetzt Assistent bei einem Professor für Chemie. Quentin sah grinsend auf den Schauplatz herunter. Rudolph war überzeugt, daß Quentin ihn erkannt hatte, und er hatte das Gefühl, daß das Grinsen ihm persönlich galt.

«Was auch sonst heute nacht passiert, Ottman», sagte Rudolph, «ich möchte den Schwarzen dort am dritten Fenster von links im Erdgeschoß verhaften. Er heißt McGovern. Falls Sie ihn hier nicht zu fassen bekommen, nehmen Sie ihn in seiner Wohnung fest.»

Ottman nickte. «Die Studenten wollen mit Ihnen sprechen, Sir. Sie wollen, daß Sie hingehen und mit ihnen über die Situation diskutieren.»

Rudolph schüttelte den Kopf. «Es gibt keine Situation, über die zu diskutieren wäre.» Er war nicht gewillt, mit irgend jemandem unter der Fotografie seiner nackten Frau zu diskutieren. «Gehen Sie mit Ihren Männern hinein, und räumen Sie das Gebäude.»

«Das ist leichter gesagt als getan», sagte Ottman. «Ich habe sie schon dreimal aufgefordert, herauszukommen. Sie lachen nur.»

«Ich habe gesagt, räumen Sie das Gebäude.» Rudolph war wütend, aber sein Verstand arbeitete nüchtern und kalt. Er wußte, was er tat.

«Wie?» fragte Ottman.

«Sie haben Waffen.»

«Sie wollen doch wohl nicht, daß wir von unseren Schußwaffen Gebrauch machen?» fragte Ottman ungläubig. «Soweit wir wissen ist keiner von ihnen bewaffnet.»

Rudolph zögerte. «Nein», sagte er. «Keine Schußwaffen. Aber Sie haben Gummiknüppel, und Sie haben Tränengas.»

«Sie wollen also nicht, daß wir stillhalten und abwarten, bis sie müde werden?» fragte Ottman. Er wirkte selber müder, als es vermutlich irgendeiner der Studenten in dem Gebäude war. «Und daß wir, wenn die Lage sich nicht beruhigt, die Nationalgarde anfordern?»

«Nein, ich will nicht stillhalten und abwarten.» Rudolph wußte, er brauchte Ottman nicht zu sagen, was er wollte: daß das Bild sofort heruntergenommen wurde. «Sagen Sie Ihren Leuten, sie sollen jetzt mit den Tränengasbomben beginnen.»

«Herr Bürgermeister», sagte Ottman bedächtig, «das müssen Sie mir schriftlich geben. Unterschrieben.»

«Geben Sie mir Ihren Schreibblock», sagte Rudolph.

Ottman gab ihm den Block. Rudolph benutzte den Kotflügel von Ottmans Wagen als Unterlage und schrieb den Befehl aus. Er achtete darauf, daß seine Handschrift klar und leserlich war. Er setzte seinen Namen darunter und gab den Block Ottman zurück. Ottman riß das oberste Blatt, auf das Rudolph geschrieben hatte, ab, faltete es sorgfältig und schob es in die Tasche seiner Uniformjacke. Er knöpfte die Jackentasche wieder zu und ging dann die Reihe seiner Polizisten entlang – etwa dreißig Mann, die ganze Polizeimacht der Stadt –, um seine Befehle zu geben. Die Männer setzten ihre Gasmasken auf.

Langsam bewegte sich die Reihe der Polizisten über den Rasen auf das Gebäude zu. Ihre Schatten waren im Schein des Flutlichts scharf umrissen und wirkten tiefschwarz auf dem leuchtend grünen Gras. Die Linie, die sie bildeten, war nicht gerade, sondern schwankte unsicher und sah aus wie ein langgestrecktes, verwundetes Tier, das nicht danach trachtete, Schaden anzurichten, sondern nach einem Schlupfwinkel suchte, wo es sich vor seinen Peinigern verbergen konnte. Dann wurde die erste Tränengasbombe durch eines der unteren Fenster geworfen, und von drinnen hörte man einen Schrei. Gleich darauf wurden weitere Tränengasbomben durch andere Fenster gefeuert, und die Gesichter derer, die dort gestanden hatten, verschwanden. Einer nach dem anderen kletterten die Polizisten, einander helfend, durch die Fenster in die Gebäude.

Es waren nicht genügend Polizisten, deshalb war es nicht möglich, die Rückseite des Gebäudes abzuriegeln, und die meisten Studenten konnten dort entkommen. Der beißende Geruch des Tränengases trieb nach draußen, dorthin, wo Rudolph stand und zu dem immer noch an der Fassade hängenden Bild von Jean hinaufblickte. Ein Polizist erschien an dem Fenster darüber, riß es ab und zerrte es herein.

Alles war schnell zu Ende. Es gab nur etwa zwanzig Verhaftungen. Drei Studenten hatten stark blutende Kopfhautverletzungen, und ein Junge wurde, die Hände vor den Augen, aus dem Gebäude getragen. Ein Polizist sagte, er sei erblindet, aber er hoffe, es sei nur vorübergehend. Quentin McGovern war nicht unter den Verhafteten.

Dorlacker und die beiden Professoren kamen mit tränenden Augen heraus. Rudolph ging auf ihn zu. «Sind Sie auch nicht verletzt?» fragte er.

Dorlacker blinzelte. Dann erkannte er Rudolph. «Ich spreche nicht mit Ihnen, Jordache», sagte er. «Ich gebe morgen eine Presseerklärung ab. Sie können lesen, was ich von Ihnen halte, wenn Sie morgen abend Ihre eigene Zeitung kaufen.» Er stieg in einen Wagen und wurde weggefahren.

«Kommen Sie», sagte Rudolph zu Scanlon. «Fahren Sie mich nach Hause.»

Als sie losfuhren, kamen ihnen Krankenwagen mit heulenden Sirenen entgegen. Ein Bus, in dem die Studenten saßen, die verhaftet worden waren, rumpelte hinter ihnen her.

«Scanlon», sagte Rudolph, «nach dem, was heute nacht gewesen ist, bin ich wohl nicht mehr Bürgermeister dieser Stadt, was?»

Scanlon gab lange Zeit keine Antwort. Er runzelte die Stirn, während er die Straße beobachtete, und atmete pfeifend wie ein alter Mann, als er um eine Ecke biegen mußte. «Nein, Mr. Jordache», sagte er schließlich, «ich glaube nicht.»

7

1968

Als er diesmal auf dem Kennedy Airport aus dem Flugzeug stieg, war niemand da, um ihn zu begrüßen. Er trug eine dunkle Brille und bewegte sich unsicher. Er hatte Rudolph nicht geschrieben, daß er kam. Aus Gretchens Briefen wußte er, daß Rudolph genug Sorgen hatte, auch ohne sich um einen halbblinden Bruder Gedanken zu machen. Im Winter, als er im Hafen von Antibes an dem Boot gearbeitet hatte, war ihm eine Leine ins Gesicht geschnellt, und am nächsten Tag hatte er plötzlich Schwindelanfälle bekommen, und seither litt er an Doppeltsehen. Er hatte so getan, als fehle ihm nichts, um Kate und Wesley nicht zu beunruhigen. Ohne ihr Wissen hatte er an Mr. Goodhart geschrieben und ihn gebeten, ihm einen Augenspezialisten in New York zu nennen, und als Goodharts Antwort kam, hatte er Kate gesagt, er müsse nach New York reisen, um endlich seine Scheidung zu regeln. Kate wollte, daß sie bald heirateten, und er konnte das gut verstehen. Sie erwartete ein Kind, das im Oktober geboren werden sollte, und inzwischen war es schon Mitte April.

Sie hatte ihn überredet, daß er sich einen neuen Anzug kaufen sollte, und er war jetzt gerüstet, jedem Anwalt und jedem Portier gegenüberzutreten. Er trug die Überjacke des toten Norwegers, weil sie noch in gutem Zustand war und weil es nun einmal keinen Sinn hatte, Geld zu verschwenden.

Eine Gruppe von Skiurlaubern war kurz vor ihm gelandet, und die Gepäckhalle war voll von Skiern und sonnengebräunten, gesund aussehenden, ausgefallen gekleideten Männern und Frauen, die zu einem großen Teil sehr laut und mehr oder weniger betrunken waren. Er gab sich alle Mühe, keine antiamerikanischen Gefühle in sich aufkommen zu lassen, während er nach seiner Reisetasche suchte.

Er nahm ein Taxi, obwohl das teuer war. Er glaubte, dem Gedränge im Flughafenbus, der Gepäckschlepperei und dem Kampf um ein Taxi in New York nicht gewachsen zu sein.

«Zum *Paramount Hotel*», sagte er zu dem Taxichauffeur. Dann lehnte er sich in den Sitz und schloß die Augen.

Nachdem er im Hotel das Anmeldeformular ausgefüllt und sein Zimmer gefunden hatte, das klein und dunkel war, rief er bei dem Arzt an. Er wäre gern gleich zu ihm hingegangen, aber die Sprechstundenhilfe sagte, der Doktor könne ihn erst morgen um elf empfangen. Er zog sich aus und legte sich zu Bett. Es war erst sechs Uhr New Yorker Zeit, aber in Nizza war es jetzt elf, und er hatte das Flugzeug in Nizza genommen. Er fühlte sich zerschlagen, so als hätte er 48 Stunden nicht geschlafen.

«Die Netzhaut hat sich partiell abgelöst», sagte der Doktor. Es war eine lange, gründliche und schmerzhafte Untersuchung gewesen. «Ich fürchte, ich muß Sie an einen Chirurgen überweisen.»

Thomas nickte. Noch ein wunder Punkt. «Wieviel wird es kosten?» fragte er. «Ich bin Arbeiter und kann keine Park Avenue-Preise bezahlen.»

«Ich verstehe», sagte der Arzt. «Ich werde es Dr. Halliwell sagen. Meine Sprechstundenhilfe hat Ihre Telefonnummer?»

«Ja.»

«Sie wird Sie anrufen und Ihnen sagen, wann Sie sich in der Klinik melden sollen. Sie werden in guten Händen sein.» Er lächelte beruhigend. Seine eigenen Augen waren groß und klar, unverletzt und unversehrt.

Drei Wochen später wurde er aus der Klinik entlassen. Sein Gesicht war abgezehrt und bleich, und der Arzt hatte ihm dringend geraten, noch auf lange Zeit jede plötzliche Bewegung und jede größere körperliche Anstrengung zu vermeiden. Er hatte fünfzehn Pfund abgenommen. Sein Hemdkragen hing locker um seinen Hals, und sein Anzug schlotterte ihm um den Leib. Aber er sah nicht mehr doppelt und bekam keine Schwindelanfälle mehr, wenn er den Kopf drehte.

Das ganze Unternehmen hatte ihn etwas über 1200 Dollar gekostet, aber die war es wert.

Er nahm sich wieder ein Zimmer im *Paramount Hotel* und ließ sich mit der Nummer von Rudolphs Wohnung verbinden. Rudolph war selbst am Apparat.

«Rudy», sagte Thomas, «wie geht es dir?»

«Wer ist da?»

«Tom.»

«Tom! Wo bist du?»

«Hier, in New York. Im Hotel *Paramount*. Kann ich dich bald einmal sehen?»

«Aber natürlich.» Rudolphs Stimme klang ehrlich erfreut. «Komm doch gleich her. Du weißt ja, wo es ist.»

Unten in dem Haus, in dem Rudolph wohnte, wurde er ungeachtet seines neuen Anzugs vom Portier aufgehalten. Er nannte seinen Namen, und der Portier drückte auf einen Knopf und sagte: «Mr. Jordache, hier ist ein Mr. Jordache, der Sie sprechen möchte.»

Thomas hörte seinen Bruder sagen: «Sagen Sie ihm bitte, er möchte heraufkommen.» Er ging über den Marmorboden der Eingangshalle zum Lift und dachte: Alle diese Schutzmaßnahmen – und trotzdem ist er verletzlich.

Rudolph stand im Gang, als die Lifttür sich öffnete. «Mein Gott, Tom», sagte er, während sie sich die Hände schüttelten. «War ich überrascht, als ich deine Stimme hörte.» Dann trat er einen Schritt zurück und betrachtete Thomas kritisch. «Was ist mit dir?» fragte er. «Bist du krank?»

Thomas hätte sagen können, Rudolph selber sehe auch nicht gerade wie das blühende Leben aus, aber er unterließ es. «Ich erzähle dir alles», sagte er, «wenn du mir einen Drink gibst.» Der Doktor hatte ihm geraten, auch mit dem Trinken vorsichtig zu sein.

Rudolph führte ihn ins Wohnzimmer. Es sah genauso aus, wie Thomas es von seinem letzten Besuch her in Erinnerung hatte, behaglich, geräumig, ein Zimmer für freundliche kleine Ereignisse, nicht für Mißerfolge.

«Whisky?» fragte Rudolph, und als Thomas nickte, holte er zwei Gläser, eines für Thomas und eines für sich. Er war vollständig angezogen, mit Kragen und Krawatte, so als wäre er in einem Büro. Thomas beobachtete ihn, wie er die Flaschen von der Anrichte nahm und das Eis im Kübel mit einem kleinen silbernen Hammer zerteilte. Er sah sehr viel älter aus als das letzte Mal. Er hatte tiefe Falten um die Augen und auf der Stirn. Seine Bewegungen wirkten zögernd, tastend. Den Öffner für die Sodawasserflasche zu finden war ein Problem. Dann schien er sich nicht schlüssig, wieviel Sodawasser er in jedes Glas gießen sollte. «Setz dich, setz dich», sagte er. «Erzähl mir, was dich herführt. Wie lange bist du schon in New York?»

«Seit ungefähr drei Wochen.» Er nahm sein Glas und setzte sich auf einen Holzstuhl.

«Warum hast du nicht eher angerufen?» Es klang, als sei Rudolph deswegen gekränkt.

«Ich mußte in die Klinik», erklärte Thomas. «Eine Augenoperation. Wenn ich krank bin, bin ich gern allein.»

«Ich weiß», sagte Rudolph, der ihm gegenüber in einem Sessel saß. «Mir geht es ebenso.»

«Jetzt bin ich wieder ganz in Schuß», sagte Thomas. «Ich muß mich noch eine Weile schonen, das ist alles. Prosit!» Er hob sein Glas. Von Pinky Kimball und Kate hatte er gelernt, Prosit vor dem ersten Schluck zu sagen.

«Prosit», sagte Rudolph und sah Thomas prüfend an. «Du siehst nicht mehr wie ein Boxer aus, Tom», sagte er.

«Und du siehst nicht mehr wie ein Bürgermeister aus», sagte Thomas und bedauerte im gleichen Augenblick, daß er es gesagt hatte.

Aber Rudolph lachte. «Gretchen hat mir erzählt, daß sie dir alles geschrieben hat. Ich hatte eine Pechsträhne.»

«Sie hat mir geschrieben, daß du das Haus in Whitby verkauft hast», sagte Thomas.

«Es hat nicht viel Sinn, sich daran zu klammern.» Nachdenklich ließ Rudolph das Eis in seinem Glas kreisen. «Diese Wohnung hier ist jetzt groß genug für uns. Enid ist draußen im Park mit ihrem Kindermädchen. Sie wird in einigen Minuten zurückkommen, dann kannst du ihr guten Tag sagen. Wie geht es deinem Jungen?»

«Gut», sagte Thomas. «Du müßtest hören, wie er Französisch spricht! Und mit dem Boot kann er besser umgehen als ich. Und keiner läßt ihn am Nachmittag nach seiner Pfeife tanzen.»

«Ich bin froh, daß alles so gut ausgegangen ist», sagte Rudolph, und es klang, als ob er es ehrlich meinte. «Billy, Gretchens Junge, ist jetzt in Brüssel bei der NATO.»

«Ich weiß. Sie hat es mir geschrieben. Und sie hat auch geschrieben, daß du das arrangiert hast.»

«Eine meiner letzten Amtshandlungen», sagte Rudolph. «Oder, wie ich vielleicht sagen sollte, halbamtlichen Handlungen.» Er sprach jetzt leise und ruhig, so als wollte er es vermeiden, irgend etwas als absolut gewiß hinzustellen.

«Es tut mir leid, wie die Dinge sich entwickelt haben, Rudy», sagte Thomas. Zum erstenmal in seinem Leben hatte er Mitleid mit seinem Bruder.

Rudolph zuckte mit den Schultern. «Es hätte schlimmer sein können», meinte er. «Der erblindete Junge hätte getötet werden können.»

«Und was willst du jetzt tun?»

«Oh, ich beschäftige mich schon irgendwie», sagte Rudolph. «New York ist eine großartige Stadt, wenn man ein Leben der Muße führen will. Wenn Jean wieder da ist, wollen wir vielleicht ein wenig reisen. Vielleicht können wir dich ja sogar besuchen.»

«Wo ist sie?»

«In einem Heim, oben im Norden», sagte Rudolph und ließ das Eis in seinem Glas klirren. «Kein richtiges Heim – mehr eine Klinik, eine Entwöhnungsanstalt. Man hat dort bemerkenswerte Heilerfolge. Sie ist jetzt das zweite Mal dort. Nach dem ersten Mal hat sie fast sechs Monate lang keinen Tropfen angerührt. Man hat mich gebeten, sie nicht zu besuchen – irgendeine Theorie von einem Mediziner –, aber ich stehe mit dem Leiter in Verbindung, und er sagt, es ginge ihr sehr gut...» Er bekam einen Tropfen Whisky in die Luftröhre und mußte husten. «Vielleicht könnte ich selber eine kleine Kur brauchen», sagte er lächelnd, als der Hustenanfall vorüber war. «So», sagte er, «und jetzt, wo das Auge geheilt ist, was hast du nun vor?»

«Ich muß meine Scheidung durchsetzen, Rudy», erwiderte Thomas. «Und ich dachte, du könntest mir vielleicht dabei helfen.»

«Der Anwalt, zu dem ich dich damals geschickt habe, meinte, er sehe da kein Problem. Du hättest gleich damals darauf bestehen sollen.»

«Ich hatte nicht die Zeit», sagte Thomas, «ich wollte Wesley so schnell wie möglich ins Ausland bringen. Und in New York müßte ich den Grund angeben. Aber Wesley soll nicht erfahren, daß ich mich von seiner Mutter habe scheiden lassen, weil sie eine Hure ist. Und selbst wenn es in New York ginge – es würde zu lange dauern. Ich würde hier herumhängen müssen und einen großen Teil meiner Saison verpassen, und das kann ich mir nicht leisten. Außerdem muß ich spätestens bis Oktober geschieden sein.»

«Warum?»

«Nun ja, ich lebe mit einer Frau zusammen. Sie ist Engländerin. Eine wunderbare Person. Und sie kriegt im Oktober ein Kind.»

«Ich verstehe», sagte Rudolph. «Herzlichen Glückwunsch. Die wachsende Sippe der Jordaches. Vielleicht tut den Nachkommen ein bißchen englisches Blut ganz gut. Was, meinst du, kann ich tun?»

«Ich möchte nicht mit Teresa sprechen müssen», sagte Thomas. «Ich fürchte, wenn ich sie sehe, tue ich ihr etwas an. Auch jetzt noch. Wenn du oder jemand anders mit ihr reden und sie bewegen könnte, nach Reno oder so einem Ort zu fahren...»

Rudolph stellte vorsichtig sein Glas auf den Tisch. «Klar», sagte er. «Ich freue mich, wenn ich dir helfen kann.» Man hörte ein Geräusch an der Wohnungstür. «Oh, da kommt Enid!» Er rief: «Komm mal, Baby.» Enid, in einem roten Mäntelchen, kam hereingestürmt. Als sie den fremden Mann im Zimmer bei ihrem Vater sitzen sah, blieb sie mit einem Ruck stehen. Rudolph hob sie hoch und küßte sie. «Sag mal guten Tag zu Onkel Thomas», sagte er. «Er wohnt auf einem Schiff.»

Drei Tage später rief Rudolph morgens Thomas an und verabredete sich mit ihm zum Lunch bei *P. J. Moriarty* in der Third Avenue. Es war ausgeschlossen, daß Thomas sich in der männlichen und bürgerlichen Atmosphäre dort unbehaglich fühlte oder auf den Gedanken kam, er, Rudolph, wolle sich aufspielen.

Thomas erwartete ihn bereits, einen Drink vor sich, an der Bar, als er das Lokal betrat.

«So», sagte Rudolph und setzte sich auf einen Hocker neben seinem Bruder, «die Dame ist auf dem Weg nach Nevada.»

«Mach keine Witze», sagte Thomas.

«Ich habe sie selbst zum Flughafen gebracht», sagte Rudolph, «und habe mit eigenen Augen gesehen, wie die Maschine abhob.»

«Allmächtiger Gott», sagte Thomas, «du bist ein Wundertäter, Rudy.»

«Eigentlich war es gar nicht so schwer», sagte Rudolph. Er bestellte sich einen Martini, um die Nachwirkungen eines ganzen Vormittags mit Teresa zu überwinden. «Sie sagt, sie dächte auch daran, sich wieder zu verheiraten.» Das war eine Lüge, aber Rudolph brachte sie sehr überzeugend vor. «Und sie hat eingesehen, daß es klüger ist, ihren guten Namen, wie sie sagt, nicht durch die New Yorker Gerichte beschmutzen zu lassen.»

«Hat sie Geld verlangt?» fragte Thomas. Er kannte seine Frau.

«Nein», sagte Rudolph. Es war die zweite Lüge. «Sie sagte, sie verdient eine Menge Geld und kann sich die Reise ohne weiteres leisten.»

«Das sieht ihr aber gar nicht ähnlich», meinte Thomas zweifelnd.

«Vielleicht hat das Leben sie etwas sanfter gemacht.» Der Martini stärkte ihn. Zwei volle Tage hatte er mit der Frau verhandelt, und schließlich hatte er sich einverstanden erklärt, die Flugkarte, erster Klasse selbstverständlich, zu bezahlen, ferner die Hotelrechnung in Reno für sechs Wochen sowie 500 Dollar pro Woche für das, was Teresa Verdienstausfall genannt hatte. Die Hälfte hatte er ihr im voraus bezahlt. Den Rest würde er ihr geben, wenn sie zurückkam und ihm die Papiere aushändigte, die formal das Ende ihrer Ehe bedeuteten.

Sie nahmen ein gutes, kräftiges Mittagessen zu sich und tranken zwei Flaschen Wein. Thomas wurde ein wenig rührselig und beteuerte Rudy immer wieder, wie dankbar er ihm sei und wie dumm er sich vorkomme, daß er all die Jahre hindurch nicht erkannt hätte, was für einen Prachtkerl er zum Bruder habe. Beim Cognac sagte er: «Du, neulich hast du doch gesagt, ihr wolltet ein bißchen reisen, wenn deine Frau aus der Klinik kommt. Die ersten beiden Wochen im Juli bin ich noch frei. Ich werde sie mir offenhalten. Wenn ihr wollt, du und deine Frau, könnt ihr als meine Gäste an Bord kommen und wir kreuzen ein bißchen im Mittelmeer. Und falls Gretchen Zeit hat, bring sie auch mit. Ihr müßt unbedingt Kate kennenlernen. Mann, bis dahin habe ich die Scheidung in der Tasche, und ihr könnt zu unserer Hochzeit kommen. Bitte, kommt, Rudy! Du darfst nicht nein sagen.»

«Das hängt von Jean ab», sagte Rudolph. «Wie sie sich bis dahin fühlt...»

«Es wird ihr guttun, bestimmt», sagte Thomas. «Und ich sorge dafür, daß kein Tropfen Alkohol an Bord ist. Rudy, du mußt das einfach einrichten.»

«Gut», sagte Rudy. «Am 1. Juli. Vielleicht tut es uns beiden gut, eine Zeitlang aus dem Land herauszukommen.»

Thomas bestand darauf, die Rechnung zu bezahlen. «Das ist das Wenigste, was ich tun kann», sagte er. «Was habe ich alles zu feiern! Ich hab ein Auge zurückbekommen und bin eine Frau losgeworden, und das alles in ein und demselben Monat.»

Der Bürgermeister trug eine Schärpe, die Braut ein kornblumenblaues Kleid. Man sah ihr nicht an, daß sie schwanger war. Enid hatte weiße Handschuhe an und hielt die Hand ihrer Mutter. Sie runzelte ein wenig die Stirn über die geheimnisvollen Spiele, welche die Erwachsenen spielten – noch dazu in einer Sprache, die sie nicht verstand. Thomas war braungebrannt und sah wieder gesund aus. Er hatte auch wieder sein normales Gewicht, und sein muskulöser Hals dehnte sich über dem weißen Hemdkragen. Wesley stand hinter seinem

Vater, ein großer, anmutiger Junge von fünfzehn Jahren. Er steckte in einem Anzug, dessen Ärmel zu kurz für ihn waren. Sein Gesicht war tief gebräunt, und seine blonden Haare waren gebleicht von der Mittelmeersonne. Alle waren gebräunt. Sie waren eine ganze Woche lang mit dem Boot unterwegs gewesen und nur zu der Trauungszeremonie nach Antibes zurückgekommen. Gretchen, dachte Rudolph, sah prächtig aus. Ihr glattes dunkles Haar mit dem leichten, attraktiven Schimmer von Grau darin rahmte ihr knochiges, großartiges Gesicht, in dem ihre großen Augen leuchteten. Sie hat etwas von einer Königin, dachte Rudolph, etwas Nobles und etwas Tragisches. Schöne Reden. Wie sie zu einer Hochzeit gehörten. Rudolph war sich bewußt, daß er nach der einen Woche auf See um Jahre jünger aussah als an dem Tag, als er in Nizza aus dem Flugzeug gestiegen war. Amüsiert hörte er dem Bürgermeister zu, der mit einem starken Midi-Akzent die Pflichten der Ehefrau beschrieb. Jean verstand auch Französisch, und sie lächelten einander mehrmals unauffällig zu, während der Bürgermeister sprach. Jean hatte noch kein einziges Mal getrunken, seit sie aus der Klinik zurück war. Sie sah reizend aus, von zerbrechlicher Schönheit in dem Raum, in dem sich Thomas' Freunde vom Hafen drängten – lauter kraftvolle dunkle, vom Wetter gegerbte Gesichter über ungewohnten Halsbinden und Jacken. Man dachte unwillkürlich an weite Reisen in dieser sonnigen, mit Blumen geschmückten Bürgermeisterei, fand Rudolph. Ein leichter Salzgeschmack, die Gerüche von tausend Häfen.

Nur Dwyer schien traurig. Er strich mit einem Finger über die weiße Nelke in seinem Knopfloch. Thomas hatte Rudolph von Dwyer und seiner Geschichte erzählt, und Rudolph dachte, daß der arme Dwyer beim Anblick seines glücklichen Freundes vielleicht wehmütig an das Mädchen in Boston dachte, das er für die ‹Clothilde› im Stich gelassen hatte.

Der Bürgermeister, ein robuster Mann, hatte offensichtlich Freude an diesem Teil seiner Pflichten. Er war ebenso von der Sonne verbrannt wie die Seeleute rund um ihn. Als ich Bürgermeister einer anderen Stadt war, dachte Rudolph, habe ich nicht viel Zeit in der Sonne verbracht. Dieser Bürgermeister würde sich kaum Sorgen machen müssen über Jungen, die in Schlafräumen Haschisch rauchten, und sicher brauchte er nicht darüber nachzudenken, ob er der Polizei befehlen sollte, Tränengas einzusetzen oder nicht. Auch in Whitby war es zu bestimmten Zeiten sehr idyllisch zugegangen.

Als er Kate das erste Mal gesehen hatte, war er enttäuscht gewesen über die Wahl seines Bruders. Er hatte etwas übrig für hübsche Frauen, und Kate mit ihrem flachen dunklen, demütigen Gesicht und ihrer untersetzten Figur war bestimmt nicht hübsch im herkömmlichen Sinn. Sie erinnerte ihn an manche der Eingeborenenfrauen auf Gauguins Südseebildern. ‹Vogue› und ‹Harper's Bazaar›, dachte er, sind für vieles verantwortlich. Mit allen diesen hochgewachsenen, schlanken Schönheiten haben sie uns für einfachere, urwüchsigere Reize unempfindlich gemacht.

Auch Kates scheue, unkultivierte, von Liverpool geprägte Redeweise hatte ihn anfangs gestört. Merkwürdig, dachte Rudolph, daß wir Amerikaner mit unseren durch englische Schauspieler oder Vortragsreisende geformten Vorstellungen von den Engländern snobistischer sind, wenn es um britische Akzente geht, als der Sprache unserer eigenen Landsleute gegenüber.

Aber nachdem er ein, zwei Tage lang Kate und Tom und Wesley beobachtet und gesehen hatte, wie sie willig und hilfsbereit alle möglichen Arbeiten an Bord verrichtete, den Mann und den Jungen mit offenkundiger, aber unauffälliger, stiller Liebe umsorgte, hatte er sich seiner ersten Reaktion geschämt. Tom konnte sich glücklich schätzen. Rudolph hatte es ihm gesagt, und Tom hatte mit ernstem Gesicht zugestimmt.

Der Bürgermeister kam zum Ende seiner Ansprache. Die Ringe wurden gewechselt, die Braut und der Bräutigam küßten einander. Strahlend gab der Bürgermeister der Braut einen Kuß auf die Stirn, so als habe er eine außergewöhnlich delikate Aufgabe aufs glanzvollste hinter sich gebracht.

Die letzte Hochzeit, an der Rudolph teilgenommen hatte, war die von Brad Knight und Virginia Calderwood gewesen. Diese hier war ihm entschieden lieber.

Rudolph und Gretchen unterschrieben im Heiratsregister, gleich den Neuvermählten. Zögernd küßte Rudolph die Braut. Ringsum wurden Hände geschüttelt. Schließlich zog die ganze Gesellschaft hinaus in den Sonnenschein und durch die Stadt, die vor mehr als zwei Jahrtausenden gegründet worden war von Menschen, die sicher nicht viel anders ausgesehen hatten als diejenigen, die jetzt seinen Bruder im Hochzeitszug begleiteten.

Am Hafen, *Chez Félix*, erwartete sie Champagner, und zum Mittagessen gab es Melone und Bouillabaisse. Ein junger Mann spielte Akkordeon, der Bürgermeister brachte einen Trinkspruch auf die junge Braut aus, Pinky Kimball einen Trinkspruch in Southamptoner Französisch auf den Bräutigam, und Rudolph ließ das Paar mit ein paar kurzen Worten auf französisch hochleben, was ihm das Staunen der Gäste und, nachdem er geendet hatte, stürmischen Beifall eintrug. Jean hatte eine Kamera mitgebracht und knipste einen Film nach dem anderen ab, um den denkwürdigen Tag im Bild festzuhalten. Es war das erste Mal seit dem Abend, an dem sie ihre Kameras zertrümmert hatte, daß sie wieder Aufnahmen machte. Und Rudolph hatte es ihr nicht etwa vorgeschlagen. Sie hatte es von sich aus getan.

Gegen vier Uhr wurde die Tafel aufgehoben, und alle Gäste, manche jetzt leicht im Zickzack gehend, geleiteten das frischvermählte Paar dorthin zurück, wo die ‹Clothilde› am Kai lag. Auf dem Achterdeck stand eine große, mit roten Bändern und Schleifen drapierte Holzkiste. Es war Rudolphs Hochzeitsgeschenk, und er hatte veranlaßt, daß es während der Feierlichkeiten an Bord geschafft wurde. Er hatte die Kiste von New York aus an Thomas' Agenten schicken lassen.

Thomas las die Karte, die auf der Kiste lag. «Was zum Teufel ist denn das?» fragte er Rudolph.

«Mach sie auf, dann wirst du's sehen.»

Dwyer holte einen Hammer und ein Stemmeisen, und der Bräutigam zog sich die Jacke aus und stemmte, von allen Gästen umringt, die Kiste auf. Sie enthielt ein wunderbares Bendix-Radargerät und die dazugehörende Antenne. Bevor Rudolph von New York abgereist war, hatte er mit Mr. Goodhart gesprochen und ihn gefragt, was Thomas am besten für die ‹Clothilde› brauchen könne, und Mr. Goodhart hatte sofort gesagt: ein Radargerät.

Thomas hielt es triumphierend hoch, und die Gäste spendeten Rudolph lauten Beifall, so als hätte er das Gerät persönlich erfunden und mit eigenen Händen hergestellt.

Thomas traten die Tränen in die Augen, als er Rudolph überschwenglich und natürlich auch nicht mehr ganz nüchtern dankte. «Radar!» sagte er. «Das habe ich mir seit Jahren gewünscht!»

«Ich fand, es ist ein passendes Hochzeitsgeschenk», sagte Rudolph. «Gib acht auf den Horizont, erkenne Hindernisse, meide Wracks.»

Kate, die seetüchtige junge Ehefrau, strich immer wieder mit der Hand über das Gerät, so als sei es ein niedliches Hündchen.

«Eines muß ich dir sagen», sagte Thomas, «das ist die verdammt schönste Hochzeit, die es je gegeben hat.»

Es war geplant, am Nachmittag mit dem Boot nach Portofino aufzubrechen. Sie wollten sich dicht an der Küste halten, an Monte Carlo, Mentone und San Remo vorbeifahren und dann in der Nacht den Golf von Genua überqueren, um irgendwann am nächsten Morgen an der italienischen Küste an Land zu gehen. Die Wetterberichte waren günstig, und die ganze Reise sollte nach Thomas nicht länger als fünfzehn Stunden dauern.

Dwyer und Wesley wollten nicht dulden, daß Thomas oder Kate auch nur eine Leine anrührten, sondern bestanden darauf, daß die beiden untätig auf dem Achterdeck thronten. Als der Anker schließlich heraufkam und das Boot seine Nase seewärts wandte, ertönte von vielen Schiffen im Hafen die Signalhörner, und ein Fischerboot, bis an den Rand mit Blumen gefüllt, die zwei Männer ins Kielwasser streuten, fuhr bis zur Boje vor ihnen her.

Als sie in die sanften Wellen des offenen Wassers kamen, sahen sie in weiter Ferne, jenseits der Baie des Anges, die weißen Türme von Nizza.

«Was für eine herrliche Gegend, um hier zu leben», sagte Rudolph. «Frankreich.»

«Besonders», sagte Thomas, «wenn man kein Franzose ist.»

Gretchen und Rudolph saßen auf ihren Deckstühlen nahe am Heck der ‹Clothilde› und betrachteten, wie hinter ihnen die Sonne unterging. Sie hatten inzwischen die Höhe des Flughafens von Nizza erreicht und sahen, wie die Düsenflugzeuge herunterstießen, alle fünf Minuten eines. Die Tragflächen schimmerten im Sonnenschein, wenn sie zur Landung ansetzten, und berührten fast die silbrige See. Beim Abheben stiegen sie, noch hell von der Sonne beleuchtet, steil in östlicher Richtung auf, über die Hänge von Monaco hinweg. Wie angenehm war es, mit zehn Knoten in der Stunde dahinzugleiten, dachte Rudolph, und dabei zuzuschauen, wie die Düsenjets mit der fünfzigfachen Geschwindigkeit durch den Himmel schossen.

Jean brachte unten in der Kajüte Enid zu Bett. Wenn Enid an Deck war, hatte sie immer eine orangefarbene Schwimmweste an und wurde an eine lange Leine, die an einem Metallring am Ruderhaus befestigt war, angebunden, damit sie nicht über Bord fallen konnte. Der frischgebackene Ehemann schlief vorn im Boot seinen Champagnerrausch aus. Dwyer war mit Kate in der Kombüse. Sie bereiteten das Abendessen vor. Rudolph hatte Einspruch erhoben und sie alle zum Essen in Nizza oder Monte Carlo eingeladen, das hatte Kate wiederum nicht zulassen wollen. «Ich wüßte nicht, was ich an meinem Hochzeitsabend besonders tun könnte», hatte sie gesagt. Wesley, der sich, weil es kühl wurde, einen blauen Rollkragenpullover übergezogen hatte, stand barfuß am Ruder. Er manövrierte das Boot mit sicherer Hand, als wäre er auf See aufgewachsen.

Auch Gretchen und Rudolph hatten sich Pullover angezogen. «Was für ein Luxus», meinte Rudolph, «im Juli zu frösteln!»

«Du bist froh, daß du gekommen bist, nicht wahr?» fragte Gretchen.

«Sehr froh», sagte Rudolph.

«Die Familie wiederhergestellt», sagte Gretchen. «Oder vielmehr: *versammelt* – zum erstenmal. Und ausgerechnet bei Tom.»

«Er hat etwas gelernt, was wir nie ganz gelernt haben», sagte Rudolph.

«Ja, wirklich. Hast du das auch beobachtet – alle begegnen ihm mit Zuneigung, Liebe. Kate, Dwyer, die vielen Freunde bei der Hochzeit... Sogar sein eigener Sohn», fügte sie mit einem kurzen Lachen hinzu.

Sie hatte Rudolph von Billy erzählt, den sie, bevor sie nach Antibes gekommen war, in Brüssel besucht hatte, daher wußte Rudolph, was hinter dem Lachen stand. Billy, der seine Dienstzeit in der Sicherheit einer Schreibstube absaß, war, so hatte sie gesagt, zynisch, ohne Ehrgeiz und machte sich über alles und jeden lustig, selbst über seine Mutter. Die Schätze der Alten Welt, die ihn umgaben, interessierten ihn nicht. Er trieb sich mit albernen Mädchen herum, in Brüssel und Paris, und rauchte Marihuana, wenn er nicht sogar stärkere Drogen nahm. Genauso gleichgültig, wie er es riskiert hatte, aus dem College geworfen zu werden, riskierte er es jetzt, ins Gefängnis zu kommen. Er ließ sich in seiner eisigen Haltung gegenüber seiner Mutter durch nichts erschüttern. Bei ihrem letzten gemeinsamen Abendessen in Brüssel, hatte Gretchen berichtet, war schließlich auch das Thema Evans Kinsella zur Sprache gekommen, und Billy war wütend geworden. «Ich weiß alles über Leute deines Alters», hatte er erklärt. «Lauter große Worte, lauter falsche, faule Ideale. Ihr geratet in Begeisterung und ereifert euch über Bücher, Theaterstücke, Politiker, über die wir jungen Leute nur schallend lachen können. Ihr wollt die Welt retten und wandert von einem Blech redenden Künstler zum nächsten, und dabei tut ihr so, als ob ihr noch jung wärt, als ob ihr gerade erst die Nazis geschlagen hättet und als ob die ‹schöne neue Welt› gleich um die Ecke oder in der nächsten Kneipe oder im nächsten Bett lauern würde.»

«In einer Beziehung», hatte Gretchen zu Rudolph gesagt, «mag er bei all seinem Haß recht haben. Wenn er nämlich von Falschheit spricht. Du kennst mich besser als irgend jemand sonst. Als es soweit war, hab ich nicht zu ihm gesagt: ‹Laß dich ins Gefängnis sperren› oder ‹Desertiere›. Ich hab statt dessen einfach meinen einflußreichen Bruder angerufen und die erbärmliche Haut meines Sohnes gerettet, während andere Mütter ihren Söhnen zugeredet haben, sich einsperren zu lassen oder zu desertieren oder sich an Märschen aufs Pentagon zu beteiligen oder aber irgendwo im Dschungel zu krepieren. Jedenfalls – ich hab mein letztes Gesuch unterschrieben.»

Dazu konnte Rudolph nicht viel sagen. Er war der notwendige Komplice gewesen. So gesehen waren sie beide schuldig.

Aber die Woche auf See war so heilsam gewesen und die Hochzeit so fröhlich und hoffnungsvoll, daß er bewußt alles andere aus seinen Gedanken verbannt hatte. Es tat ihm leid, daß sie beim Anblick von Wesley, der braungebrannt am Ruder stand, unweigerlich an Billy hatte denken müssen.

«Sieh ihn dir an», sagte Gretchen und deutete mit einem Kopfnicken auf Wesley. «Aufgewachsen bei einer Hure, mit einem Vater, der die Schule nicht geschafft hat, der seit damals nie wieder ein Buch aufgeschlagen hat, der geprügelt und gejagt und zu Boden geschlagen worden ist und von seinem sechzehnten Lebensjahr an ständig mit dem Abschaum der Menschheit in Berührung kam. Und trotzdem diese selbstverständliche Art. Als Tom fand, es sei an der Zeit, holte er seinen Jungen, nahm ihn mit in ein anderes Land, ließ ihn eine andere Sprache lernen und steckte ihn mit einer ganzen Gruppe von rauhen Gesellen zusammen, die kaum lesen und schreiben können. Und er hat ihm in einem Alter das Arbeiten beigebracht, als Billy noch am Samstagabend um 2 Dollar bat, damit er ins Kino gehen konnte. Und was die Annehmlichkeiten des Familienlebens betrifft», sagte sie lachend, «so macht der Junge sich bestimmt seine Gedanken, wenn er Raum an Raum mit einem kleinen englischen Bauernmädchen haust, das die Geliebte seines Vaters ist und ein außerehelich gezeugtes Kind seines Vaters im Bauch hat. Und was ist das Ergebnis? Er ist gesund und brauchbar und höflich. Und er ist seinem Vater so ergeben, daß Tom ihm nie ein lautes Wort zu sagen braucht. Eine Andeutung, ein Wink – und der Junge tut, was er tun soll. Er tut's! Mein Gott», sagte sie, «wir sollten besser alle diese Bücher über Kindererziehung neu schreiben. Und vor einer Sache ist dieser Junge ganz sicher: *ihn* wird keine Musterungskommission je nach Vietnam schicken. Dafür sorgt sein Vater. Ich will dir was sagen – wenn ich du wäre, dann würde ich Enid, sobald sie groß genug ist, daß sie hier auf dem Boot rumlaufen kann, ohne über Bord zu fallen, zu Tom schicken, damit er sie euch großzieht. Gott, jetzt könnte ich einen Drink brauchen. Tom muß doch irgendeine Flasche auf diesem Abstinenzler-Dampfer versteckt haben.»

«Das möchte ich schon vermuten», sagte Rudolph. «Ich frage mal.» Er stand auf und ging nach vorn. Es wurde jetzt dunkel, und Wesley machte die Positionslampen an.

Wesley lächelte ihm freundlich zu, als er an ihm vorbeiging. «Ich nehme an, die Aufregung war zuviel für meinen alten Herrn», sagte er. «Er ist nicht mal aufgestanden, um sich zu vergewissern, ob ich auch nicht auf die Alpen zuhalte.»

«Hochzeiten kann man nicht alle Tage feiern», sagte Rudolph.

«Stimmt», sagte Wesley. «Und für Pa ist das ein Glück. Er würde das nicht aushalten.»

Rudolph ging durch den Salon zur Kombüse. Dwyer war gerade dabei, Kopfsalat zu waschen, und Kate, nun nicht mehr in ihrem Festtagskleid, begoß einen Braten in der Backröhre. «Kate», sagte Rudolph, «hat Tom hier unten vielleicht irgendwo eine Flasche versteckt?»

Kate schloß die Ofenklappe, richtete sich auf und warf Dwyer einen ratlosen Blick zu. «Ich dachte, er hat euch versprochen, wir würden die ganze Zeit, die ihr an Bord seid, keinen Tropfen anrühren», sagte sie.

«Das ist schon richtig, Kate», sagte Rudolph. «Jean ist mit dem Kind in der Kajüte. Es ist für Gretchen und mich. Wir sitzen oben an Deck, und es wird allmählich kühl.»

«Na», sagte Kate zu Dwyer, «dann hol mal die Flasche.»

Dwyer ging nach vorn zu seiner Kajüte und kam gleich darauf mit einer Flasche Gin zurück. Rudolph füllte zwei Gläser und goß einen Schuß Tonic dazu.

Als er mit den beiden Gläsern bei Gretchen erschien und ihr das eine gab, verzog sie das Gesicht. «Gin und Tonic. Ich hasse dieses Getränk.»

«Falls Jean heraufkommen sollte, tun wir so, als wäre es einfach nur Tonic. Es verschleiert den Geruch des Gins.»

«Hoffst du», sagte Gretchen.

Sie tranken. «Evans' Lieblingsgetränk», sagte Gretchen. «Einer der vielen Punkte, wo unsere Meinungen auseinandergehen.»

«Und wie steht's sonst?»

«Immer dasselbe», sagte sie unbekümmert. «Jedes Jahr ein bißchen schlechter, aber immer dasselbe. Ich glaube, ich sollte ihn verlassen, aber er braucht mich. Er will mich gar nicht so dringend haben, aber er braucht mich. Vielleicht ist brauchen in meinem Alter besser als haben wollen.»

Jean kam an Deck. Sie trug eine enganliegende rosa Hüfthose aus Baumwolldrillich und einen hellblauen Kaschmirpullover. Sie warf einen schnellen Blick auf die Gläser, sagte aber nichts.

«Wie geht's Enid?» fragte Rudolph.

«Sie schläft den Schlaf des Gerechten. Sie hat gefragt, ob Kate und Onkel Thomas die Ringe, die sie einander gegeben haben, für immer behalten wollen.» Sie fröstelte. «Mich friert», sagte sie und schmiegte sich an Rudolphs Schulter. Er gab ihr einen Kuß auf die Wange.

«Oh, oh, oh», sagte Jean. «Ich rieche das Blut eines Engländers.»

Das Tonic Water hatte sie nicht getäuscht. Nicht einen Augenblick.

«Nur einen Tropfen», bat sie.

Rudolph zögerte. Wären er und Jean allein gewesen, dann hätte er sein Glas festgehalten. Aber Gretchen war da und beobachtete sie. Er konnte seine Frau nicht vor seiner Schwester demütigen. Er gab Jean das Glas. Sie trank einen kleinen Schluck, dann gab sie ihm das Glas zurück.

Dwyer kam und deckte den Tisch fürs Abendessen. Er stellte mehrere kleine Messing-Sturmlaternen mit Kerzen darin auf. Der Tisch war an Bord immer besonders hübsch gedeckt – strohgeflochtene Sets, eine kleine Schale mit Blumen, eine Salatschüssel aus Olivenholz und abends die Laternen mit den Kerzen. Irgendwie, dachte Rudolph, während er Dwyer zusah, der eine frischgebügelte weiße Hose und einen blauen Pullover anhatte, irgendwie haben die drei ein eigenes Stilgefühl entwickelt. Die Kerzen flackerten in den Laternen wie gefangene Leuchtkäfer und warfen kleine, warme Lichtkreise auf den großen, gescheuerten Holztisch.

Plötzlich erdröhnte ein dumpfes Poltern, ein Beben ging durch den Schiffsrumpf, und dann hörte man unter dem Heck ein lautes Rattern. Das Boot vibrierte ungleichmäßig, und unten klirrte etwas, ehe Wesley die Motoren abstellen konnte. Dwyer lief zur hinteren Reling und spähte in das Kielwasser, das sich weißlich von der dunklen See abhob.

«Verdammt!» rief er und deutete auf etwas. «Wir haben einen Baumstamm gerammt. Da, seht ihr?»

Rudolph sah einen dunklen Schatten, der hinter ihnen zurückblieb. Nur wenige Zentimeter von dem Baumstamm ragten aus dem Wasser. Thomas kam barfuß und mit nackter Brust, aber einen Pullover in der Hand haltend, angerannt. Kate folgte ihm.

«Wir haben einen Baumstamm gerammt», sagte Dwyer zu ihm. «Mit einer, vielleicht auch mit beiden Schrauben.»

«Gehen wir unter?» fragte Jean verstört. «Soll ich Enid holen?»

«Laß sie schlafen», sagte Thomas ruhig. «Wir gehen nicht unter.» Er zog sich seinen Pullover über, ging ins Ruderhaus und übernahm das Steuer. Das Boot hatte Fahrt verloren. Es schwoite ein wenig in dem leichten Wind und tanzte in der Dünung auf und ab. Thomas warf den Backbordmotor an. Er lief normal, und die Schraube drehte sich gleichmäßig. Aber als er den Steuerbordmotor anließ, hörte man unten ein metallisches Klirren, und die ‹Clothilde› vibrierte ungleichmäßig. Thomas stellte den Steuerbordmotor ab. Sie machten nur noch wenig Fahrt. «Es ist die Steuerbordschraube. Und vielleicht auch die Achse dazu», erklärte er.

Wesley war den Tränen nahe. «Pa», sagte er, «es tut mir leid. Ich hab ihn einfach nicht gesehn.»

Thomas klopfte dem Jungen auf die Schulter. «Du kannst nichts dafür, Wes», sagte er. «Wirklich nicht. Geh mal in den Maschinenraum und sieh nach, ob Wasser in die Bilge dringt.» Er stellte den Backbordmotor ab, und sofort drifteten sie wieder. «Ein Hochzeitsgeschenk vom Mittelmeer», sagte er, doch ohne jede Bitterkeit. Er stopfte sich eine Pfeife, zündete sie an, legte den Arm um seine Frau und wartete darauf, daß Wesley wieder an Deck kam.

«Alles trocken», sagte Wesley.

«Solides Boot, die alte ‹Clothilde›», sagte Thomas. Dann bemerkte er die Gläser in Rudolphs und Gretchens Händen. «Weiterfeiern?» fragte er.

«Nur eben einen Drink», sagte Rudolph.

Thomas nickte. «Wesley», sagte er, «übernimm du das Steuer. Wir fahren nach Antibes zurück. Mit dem Backbordmotor. Halt die Drehzahl niedrig und behalt den Öl- und den Wasserstandsanzeiger im Auge. Wenn der Druck fällt oder der Motor heißläuft, dann stell ihn sofort ab.»

Rudolph spürte, daß Thomas lieber selbst das Ruder übernommen hätte, aber alles dazu tun wollte, daß Wesley sich nicht schuldig fühlte an der Havarie.

«Tja, Freunde», sagte Thomas, als Wesley den Motor anließ und langsam den Bug der ‹Clothilde› herumschwoien ließ, «ich fürchte, damit ist die Fahrt nach Portofino geplatzt.»

«Mach dir unseretwegen keine Sorgen», sagte Rudolph. «Das einzige, worum es jetzt geht, ist das Schiff.»

«Heute nacht können wir nichts machen», sagte Thomas. «Morgen früh nehmen wir die Tauchermasken und sehen nach. Wenn es das ist, was ich vermute, dann würde das bedeuten, daß wir auf eine neue Schraube und vielleicht auch auf eine neue Achse warten und das Boot für die Reparatur an Land bringen müssen. Ich könnte weiterfahren nach Villefranche, aber bei der Werft in Antibes ist es für mich günstiger.»

«Das macht nichts», sagte Jean. «Wir sind alle furchtbar gern in Antibes.»

«Du bist sehr nett», sagte Thomas zu Jean. «So, dann wollen wir uns mal hinsetzen und zu Abend essen.»

Mit dem einen Motor schaffte das Boot nur vier Knoten in der Stunde, und der Hafen von Antibes lag still und dunkel da, als sie schließlich die Einfahrt erreichten. Keine Signalhörner ertönten zu ihrer Begrüßung, und niemand streute Blumen in ihr Kielwasser.

Da war ein leises, beharrliches Klopfen in seinem Traum, und als er aus den Tiefen des Schlafs auftauchte, dachte Thomas im ersten Augenblick, Pappy ist an der Tür. Er schlug die Augen auf und wußte wieder, wo er war: In seiner Koje, mit der schlafenden Kate neben sich. Er hatte an der unteren Koje noch ein Stück angefügt, so daß er und Kate dort beide bequem Platz hatten. Das angefügte Stück konnte man tagsüber hochklappen, damit sie genügend Raum hatten, in der kleinen Kajüte umherzugehen.

Das Klopfen hielt an. «Wer ist da?» flüsterte er. Er wollte Kate nicht wecken.
«Ich bin's», flüsterte jemand. «Pinky Kimball.»
«Moment», sagte Thomas. Er machte nicht das Licht an, sondern zog sich im Dunkel etwas über. Kate schlief tief und fest, erschöpft von einem anstrengenden Tag.

Barfuß, in Hose und Pullover, öffnete Thomas vorsichtig die Kajütentür und trat in den Durchgang hinaus, wo Pinky auf ihn wartete. Alkoholdunst schlug ihm entgegen, aber es war so dunkel im Gang, daß Thomas nicht erkennen konnte, wie betrunken Pinky war. Er ging voran, die Stufen zum Ruderhaus hinauf, an der Kajüte vorbei, in der Dwyer und Wesley schliefen. Er sah auf seine Armbanduhr, auf das phosphoreszierende Zifferblatt: Viertel nach zwei. Pinky kam torkelnd und stolpernd die Stufen hinauf. «Was zum Teufel ist los, Pinky?» fragte Thomas gereizt.

«Ich komme gerade aus Cannes», sagte Pinky heiser.

«Na und? Ist das ein Grund, die Leute aufzuwecken, wenn du aus Cannes kommst?»

«Du mußt mich anhören, Tom», sagte Pinky. «Ich hab deine Schwägerin in Cannes gesehen.»

«Du bist besoffen, Pinky», sagte Thomas angewidert. «Leg dich schlafen!»

«In einer rosa Hose. Hör zu, warum soll ich so was sagen, wenn es nicht bedauerlicherweise stimmt? Ich hab sie jeden Tag gesehen, oder etwa nicht? So betrunken bin ich auch wieder nicht. Ich erkenne eine Frau, die ich jeden Tag sehe. Ich war überrascht und bin zu ihr hingegangen und hab gesagt, ich hätte gedacht, ihr wärt unterwegs nach Portofino, und da sagte sie: Ich bin nicht unterwegs nach Portofino, wir hatten eine Havarie, und wir fühlen uns im Hafen von Antibes verdammt wohl.»

«Verdammt wohl hat sie bestimmt nicht gesagt!» meinte Thomas, der nicht glauben wollte, daß Jean nicht auf der ‹Clothilde› war und schlief.

«Eine Redewendung», sagte Pinky. «Jedenfalls hab ich sie gesehen.»

«Wo in Cannes?» Er ermahnte sich im stillen, leise zu sprechen, damit er die anderen nicht aufweckte.

«In einer Striptease-Kaschemme. *La Porte Rose*. In der rue Bivouac Napoléon. Da saß sie an der Bar. Mit einem großen Jugoslawen oder so in einem Gabardineanzug. Ich hab den Kerl schon manchmal da gesehen. Zuhälter. Hat schon gesessen.»

«Um Gottes willen. War sie betrunken?»

«Total», sagte Pinky. «Ich hab ihr vorgeschlagen, ob sie nicht mit mir nach Antibes zurückfahren wollte, aber sie hat nur gesagt: Der Herr hier fährt mich zurück, wenn wir soweit sind.»

«Warte hier», sagte Thomas. Er ging hinunter in den Salon und den Durchgang nach achtern entlang, an den Kajüten vorbei, wo Gretchen und Enid schliefen. Aus keiner der Kajüten drang ein Laut. Er öffnete die Tür zur Hauptkajüte im Achterschiff. Die ganze Nacht brannte ein Licht im Durchgang für den Fall, daß Enid ins Bad gehen wollte. Thomas öffnete die Tür der großen Kajüte nur eben so weit, daß er hineinspähen konnte, und sah Rudolph im Pyjama in dem großen Bett schlafen. Allein.

Thomas schloß behutsam die Tür und ging zurück zu Pinky. «Du hast sie anscheinend wirklich gesehen», sagte er.

«Was willst du tun?» fragte Pinky.

«Hin und sie holen», sagte Thomas.

«Soll ich mitkommen? Ziemlich rauhe Gesellschaft da.»

Thomas schüttelte den Kopf. Schon nüchtern war Pinky keine Hilfe. «Danke. Geh schlafen. Wir sehen uns morgen früh.» Pinky wollte protestieren, aber Thomas sagte: «Geh schon, geh schon», und schob ihn sanft auf die Laufplanke zu. Er sah Pinky nach, wie er schwankend, bald im Schatten, bald im Lichtkreis einer Lampe, den Kai entlangging, dorthin, wo die ‹Vega› festgemacht war. Er griff in seine Taschen. Er hatte genügend Geld in seiner Börse. Dann ging er hinunter und auf den Zehenspitzen zu seiner Kajüte. Er weckte Kate, indem er leicht auf ihre Schulter tippte.

«Ganz leise», sagte er. «Ich will nicht das ganze Schiff aufwecken.» Dann erzählte er ihr, was er von Pinky erfahren hatte. «Ich muß gehen und sie holen», sagte er.

«Allein?»

«Je weniger davon erfahren, um so besser», sagte er. «Ich bringe sie her und sorge dafür, daß sie sich hinlegt. Morgen können wir sagen, daß sie Kopfschmerzen hat und einen Tag oder so im Bett bleibt. Keiner wird sich irgend etwas dabei denken. Ich möchte nicht, daß Wesley oder Dwyer Rudolphs Frau betrunken sehen.» Er wollte Wesley oder Dwyer auch nicht dabei haben, falls es Ärger gab.

«Ich komme mit», sagte Kate und machte Anstalten, aufzustehen. Er drückte sie aufs Kissen zurück.

«Sie soll sich nicht sagen müssen, daß du sie betrunken mit einem Zuhälter gesehen hast. Das möchte ich nicht. Wir wollen alle miteinander für den Rest unseres Lebens Freunde bleiben.»

«Sei vorsichtig, ja?»

«Natürlich», sagte er, «ich passe schon auf.» Er küßte sie. «Schlaf gut, mein Schatz.»

Jede andere Frau hätte gezetert, dachte er, als er hinauf an Deck ging. Nicht Kate. Er zog die Segeltuchschuhe an, die er immer an der Laufplanke stehen ließ, und ging hinunter zum Kai. Er hatte Glück. Gerade als er durch den Bogengang ging, hielt ein Taxi an, und ein Paar in Abendkleidung stieg aus. Er stieg ein und sagte zu dem Chauffeur: «Nach Cannes, rue Bivouac Napoléon.»

Jean saß nicht an der Bar, als er das Lokal *La Porte Rose* betrat, und auch einen Jugoslawen in einem Gabardineanzug konnte er nicht entdecken. Es standen nur drei Männer an der Bar, die sich die Show ansahen, und etwas abseits zwei Rugbyspieler. An manchem der Tische saßen einzelne Männer, und drei Männer, deren Aussehen ihm nicht gefiel, saßen mit einer der Artistinnen an einem Tisch nahe beim Eingang. Zwei ältere amerikanische Ehepaare saßen zusammen an einem Tisch am Rand der Tanzfläche. Während Thomas sich noch umsah, begann wieder eine Vorführung. Die Kapelle spielte dröhnend, und ein rothaariges Mädchen in einem langen, engen Kleid schwebte im Scheinwerferlicht über die Tanzfläche hin, wobei sie langsam einen Handschuh auszog, der fast bis zu ihrer Schulter hinaufreichte.

Thomas bestellte einen Scotch mit Soda. Als der Barmixer den Drink brachte, fragte Thomas ihn auf englisch: «Ich suche eine Amerikanerin, die vor einer Weile hier war. Braunes Haar. Hatte eine rosa Hose an. War mit einem Monsieur in einem Gabardineanzug hier.»

«Ich habe keine Amerikanerin gesehen», sagte der Barmixer in gebrochenem Englisch.

Thomas legte einen Hundert-Francs-Schein auf die Theke.

«Ich glaube, ich erinnere mich dunkel», sagte der Barmixer.

Thomas legte einen zweiten Hundert-Francs-Schein hin. Der Barmixer blickte sich rasch nach allen Seiten um. Die beiden Scheine verschwanden. Er nahm ein Glas und begann es emsig zu polieren. Er sprach ohne Thomas anzusehen. Bei der lauten Musik bestand keine Gefahr, daß jemand mithörte.

«Hinter *les toilettes*», sagte der Barmixer sehr schnell sprechend, «finden Sie *un escalier*, eine Treppe, zum Keller. Der *plongeur*, der Geschirrwäscher, schläft dort nach der Arbeit. Vielleicht Sie finden, was Sie suchen, im Keller. Der Kerl heißt Danovic. *Sal* Typ. Seien Sie vorsichtig. Er hat Freunde.»

Thomas sah zu, wie die Striptease-Tänzerin ihren einen Strumpf abstreifte, damit wedelte und dann am Strumpfband des anderen Strumpfs nestelte. Die Augen scheinbar immer noch auf die Tänzerin gerichtet, schlenderte er langsam auf das Leuchtschild im Hintergrund zu, das den Weg zu den Toiletten und dem Telefon wies. Alle Gäste im Lokal schienen gebannt dem Mädchen im Scheinwerferlicht zuzusehen, und er war ziemlich sicher, daß niemand ihn beobachtete, als er durch den Bogen unter dem Leuchtschild hindurchging. Er nahm den Gestank der Toiletten wahr, sah die Treppe, die zum Keller führte, und lief schnell die Stufen hinunter. Unten an der Treppe befand sich eine dünne Holztür, von der an manchen Stellen das Furnier abgeblättert war, wie er im trüben Licht der schwachen Treppenbeleuchtung sah. Trotz der dröhnenden Musik hörte er die Stimme einer Frau hinter der Tür, die hysterisch flehte und dann plötzlich verstummte, so als habe sich eine Hand auf ihren Mund gelegt. Er versuchte die Tür zu öffnen, aber sie war abgeschlossen. Er trat ein paar Schritte zurück und warf sich dann mit voller Wucht dagegen. Das morsche Holz und das schwache Schloß gaben gleichzeitig nach, und Thomas stürzte durch die Türöffnung. Jean war da. Sie versuchte sich auf dem Feldbett des Geschirrwäschers aufzurichten. Ihre Haare hingen ihr wirr ins Gesicht, und ihr Pullover war halb von der einen Schulter heruntergerissen. Der Mann im Gabardineanzug, Danovic, stand neben ihr und starrte auf die Tür. Im Licht einer von der Decke herabhängenden nackten Glühbirne sah Thomas Stapel leerer Weinflaschen, eine Werkbank und überall im Raum herumliegendes Tischlerwerkzeug.

«Tom!» rief Jean. «Bring mich hier raus.» Entweder war sie aus ihrer Trunkenheit aufgeschreckt, oder sie war nicht so betrunken gewesen, wie Pinky geglaubt hatte. Sie versuchte aufzustehen, aber der Mann stieß sie brutal auf das Feldbett zurück, den Blick immer noch auf Thomas gerichtet.

«Was wollen Sie?» fragte Danovic. Er sprach Englisch, wenn auch unbeholfen. Er war ungefähr ebenso groß wie Thomas und hatte breite Schultern. Auf der einen Gesichtshälfte hatte er eine Narbe, die von einem Schnitt mit einem Messer oder einem Rasiermesser herrühren mußte.

«Ich bin hier, um die Dame nach Hause zu bringen», sagte Thomas.

«Ich bringe die Dame selber nach Hause, aber erst dann, wenn ich Lust habe und fertig bin», sagte Danovic. «*Fout-moi le camp, Sammy.*» Dabei drückte er Jean, die wieder versuchte, von dem Feldbett aufzustehen, seine Faust ins Gesicht und stieß sie zurück.

Die Musik über ihnen schwoll jedesmal an, wenn ein weiteres Kleidungsstück fiel.

Thomas trat einen Schritt näher an das Feldbett heran. «Machen Sie keinen Ärger», sagte er ruhig zu dem Mann. «Die Dame kommt mit mir.»

«Wenn du sie haben willst, mußt du sie mir schon wegnehmen, Sammy», sagte Danovic. Mit einer jähen Bewegung griff er nach der Werkbank hinter sich, nahm einen schweren Hammer und schwang ihn hoch.

Jesus Maria, dachte Thomas. Überall Falconettis.

«Bitte, bitte, Tom», rief Jean schluchzend.

«Hau ab, ich gebe dir fünf Sekunden Zeit», sagte Danovic und ging mit erhobenem Hammer auf Thomas zu. Irgendwie, sagte sich Thomas, mußte er, was immer geschah, den Hammer von seinem Kopf fernhalten. Wenn ein Schlag mit diesem Hammer ihn auch nur streifte, war alles aus. «Gut, gut», sagte er, ein Stück zurückweichend, und hob beschwichtigend die Hände. «Ich will keinen Streit.» Dann duckte er sich plötzlich und stieß Danovic, so fest er konnte, den Kopf zwischen die Beine. Im gleichen Augenblick sauste der Hammer nieder. Er traf seine Schulter, und Thomas fühlte, wie die Schulter empfindungslos wurde. Danovic taumelte, aus dem Gleichgewicht geraten, zurück, und Thomas schlang die Arme um seine Knie und brachte ihn zu Fall. Der Mann mußte mit dem Kopf gegen eine Kante geschlagen sein, jedenfalls konnte er sich eine Sekunde lang nicht wehren. Thomas nutzte den Moment und riß den Kopf hoch. Danovic schwang den Hammer und traf ihn am Ellbogen, den Thomas angehoben hatte, um sich zu schützen. Wieder griff er nach der Hand mit dem Hammer und krallte mit der anderen Hand nach den Augen des Mannes. Er verfehlte den niedersausenden Hammer und spürte gleich darauf einen stechenden Schmerz im Knie. Aber diesmal bekam er den Hammer zu fassen und entrang ihn der Hand, ohne auf die wütenden Hiebe, die der Mann ihm mit der anderen Hand versetzte, zu achten. Der Hammer rutschte ein kleines Stück über den Zementfußboden, und Thomas stürzte sich darauf, indem er gleichzeitig mit den Knien den Mann von sich fernzuhalten versuchte. Sie waren jetzt beide wieder auf den Beinen, aber Thomas konnte sich wegen seines Knies nur mühsam bewegen und mußte den Hammer in die linke Hand nehmen, weil seine rechte Schulter empfindungslos war.

Durch die dröhnende Musik und sein eigenes Keuchen hörte er Jeans Schreie, aber er hörte sie nur schwach, wie aus weiter Ferne.

Danovic wußte, daß Thomas verletzt war, und versuchte ihn zu umkreisen, um ihn von hinten anzugreifen. Thomas schwang sich auf dem unverletzten Bein herum. Danovic sprang ihn an, und Thomas versetzte ihm einen Schlag über dem Ellbogen. Der Arm sank herab, aber Danovic holte mit dem anderen Arm aus. Thomas nutzte die Gelegenheit und schlug nach der Schläfe des Mannes. Er traf sie nicht unmittelbar, aber es genügte. Danovic schwankte und fiel auf den Rücken. Thomas warf sich auf ihn, hockte sich rittlings auf seine Brust. Er hob den Hammer über Danovics Kopf. Danovic keuchte. Schützend hielt er den einen Arm über sein Gesicht. Thomas ließ den Hammer dreimal auf den Arm herabsausen – oben an der Schulter, auf das Handgelenk und auf den Ellbogen. Danovic hatte ausgespielt. Seine beiden Arme lagen gebrauchsunfähig rechts und links neben seinem Körper. Thomas hob den Hammer, um ihn zu erledigen. Danovic starrte ihn mit vor Angst geweiteten Augen an. Das Blut strömte ihm von der Schläfe herab, dunkler Fluß im weißen Delta seines Gesichts.

«Bitte», flehte er, «bitte bring mich nicht um. *Bitte!*» Seine Stimme erhob sich zu einem gellenden Schrei.

Thomas saß auf Danovics Brust, die linke Hand mit dem Hammer noch immer erhoben, und kam allmählich wieder zu Atem. Wenn je ein Mensch verdient hatte, daß man ihn umbrachte, dann war es dieser Mann. Aber auch Falconetti hatte verdient, daß man ihn tötete. Soll jemand anders dies Geschäft besorgen, dachte Thomas. Er drehte den Hammer um und stieß den Stiel hart in Danovics klaffenden, zuckenden Mund. Er fühlte, wie die Vorderzähne abbrachen. Er brachte es nicht mehr über sich, den Mann umzubringen, aber es machte ihm nichts aus, ihn zu verletzen.

«Hilf mir hoch», sagte er zu Jean. Sie saß auf dem Feldbett, beide Arme vor der Brust. Sie rang keuchend nach Luft, als hätte auch sie gekämpft. Langsam, schwankend stand sie auf und kam zu Thomas herüber. Sie faßte ihn unter den Achseln und zog ihn hoch. Er kam auf die Beine und stürzte beinahe, als er von dem zitternden Körper unter ihm wegtrat. Ihm war schwindlig, der ganze Raum schien sich um ihn zu drehen, aber seine Gedanken waren klar. Er sah einen weißen Leinenmantel, von dem er wußte, daß er Jean gehörte, über dem einzigen Stuhl im Raum hängen und sagte: «Zieh deinen Mantel an.» In dem zerrissenen Pullover konnte Jean nicht durch das Nachtlokal gehen. Aber vielleicht konnte er selbst nicht durch das Lokal gehen. Er mußte auf der Treppe beide Hände zu Hilfe nehmen, um sein verletztes Bein Stufe um Stufe hochzuziehen. Sie ließen Danovic auf den Zementboden liegen. Der Hammer ragte aus seinem zerschlagenen Mund, und aus seiner Schläfe quoll immer noch Blut hervor.

Als sie durch den Bogen unter dem Leuchtschild in das Lokal kamen, fing gerade wieder eine Striptease-Show an. Das Unterhaltungsprogramm in *La Porte Rose* war offenbar ein Nonstopprogramm. Zum Glück war es dunkel im Lokal, abgesehen von dem gleißenden Scheinwerferlicht, das auf die *artiste* fiel, ein Mädchen in schwarzem Reitdress – Reitrock, steifer Hut, hohe Stiefel und eine Reitpeitsche in der Hand. Thomas stützte sich fest auf Jeans Arm und brachte es so fertig, nicht allzu auffällig zu hinken. Sie waren fast schon zur Tür hinaus, als einer der drei Männer, die mit dem Mädchen zusammen in der Nähe des Eingangs saßen, sie bemerkte. Er stand auf und rief: «*Allô! Vous là Américains. Arrêtez. Pas si vite.*»

Aber inzwischen waren sie schon draußen und schleppten sich irgendwie weiter, und dann kam ein Taxi vorbei und Thomas hielt es an. Jean schob ihn unter großer Mühe in den Wagen, kroch stolpernd hinterher, und als der Mann, der ihnen nachgerufen hatte, auf den Bürgersteig heraustrat und nach ihnen Ausschau hielt, war das Taxi bereits unterwegs nach Antibes.

Thomas lehnte sich erschöpft zurück. Jean kauerte in ihrem weißen Mantel am anderen Ende des Rücksitzes, weit von ihm entfernt. Er konnte seinen Geruch, der mit dem Geruch von Danovic, von Blut und von dumpfer Kellerluft vermischt war, selbst nicht ertragen und nahm es Jean darum nicht übel, daß sie so weit wie möglich von ihm abrückte. Er wurde ohnmächtig, oder aber er schlief ein – er hätte es selbst nicht sagen können. Als er die Augen wieder aufschlug, fuhren sie die Straße zum Hafen von Antibes hinunter. Jean saß haltlos schluchzend in ihrer Ecke, aber heute nacht war er nicht mehr in der Lage, sich um sie zu kümmern.

Als sie sich der Stelle näherten, wo die ‹Clothilde› vertäut lag, kicherte er leise vor sich hin.

Jean sah ihn verdutzt an und hörte plötzlich auf zu weinen. «Worüber lachst du, Tom?» fragte sie.

«Ich muß über den Arzt in New York lachen», sagte er. «Er hat mir geraten, möglichst lange alle plötzlichen Bewegungen und jede Anstrengung zu vermeiden. Ich möchte wissen, was der für ein Gesicht gemacht hätte, wenn er vorhin dabei gewesen wäre.»

Er zwang sich, ohne Hilfe aus dem Taxi auszusteigen, bezahlte den Fahrer und humpelte hinter Jean die Laufplanke hinauf. Dabei hatte er wieder einen Schwindelanfall und stürzte um ein Haar ins Wasser.

«Soll ich dich zu deiner Kajüte bringen?» fragte Jean, als er schließlich an Deck stand.

Er winkte ab. «Geh runter und sag deinem Mann, daß du wieder da bist», sagte er. «Und erzähl ihm über heute nacht irgendeine Geschichte. Was du willst.»

Sie neigte sich zu ihm und küßte ihn auf die Lippen. «Ich schwöre, ich werde nie wieder einen Tropfen Alkohol anrühren, so lange ich lebe», sagte sie.

«Fein», sagte er, «dann war es für uns beide ja alles in allem ein geglückter Abend, nicht wahr?» Aber er streichelte ihre glatte, weiche Kinderwange, um seinen Worten den ironischen Stachel zu nehmen. Er sah ihr nach, wie sie in den Salon hinunter und zur Hauptkajüte ging. Dann schleppte er sich mühsam nach unten und öffnete die Tür zu seiner eigenen Kajüte. Das Licht brannte. Kate war wach. Als sie ihn sah, stieß sie einen erstickten Schrei aus.

«Pssst, leise», sagte er.

«Was ist passiert?» flüsterte sie.

«Etwas ganz Großes», sagte er. «Ich hab es geschafft, einen Mann nicht umzubringen.» Er ließ sich auf die Koje sinken. «Jetzt zieh dich an und hol einen Doktor.»

Er schloß die Augen, aber er hörte, wie sie sich hastig anzog. Als sie den Raum verließ, schlief Thomas bereits.

Er war in aller Frühe wieder wach. Das Zischen und Plätschern von Wasser hatte ihn geweckt: Dwyer und Wesley spritzten das Deck ab. Am Abend zuvor war es, als sie in den Hafen kamen, zu spät dafür gewesen. Er hatte einen dicken Knieverband, und jedesmal wenn er die rechte Schulter bewegte, zuckte er vor Schmerzen zusammen. Aber es hätte schlimmer sein können. Der Doktor sagte, Knochen habe er sich nicht gebrochen, aber das Knie sei böse zugerichtet und vielleicht sei ein Knorpel weggerissen. Kate stand schon in der Kombüse und machte Frühstück, und er lag allein in der Koje. Er dachte an all die anderen Male in seinem Leben, da er zerschunden und mit starken Schmerzen aufgewacht war. Ein lebendiges Erinnerungsbuch.

Er schob sich mit seinem heilen Arm aus der Koje und stellte sich vor den kleinen Kajütenspiegel. Sein Gesicht sah verwüstet aus. Er hatte es in dem Augenblick nicht gespürt, aber als er Danovic zu Fall gebracht hatte, war er mit dem Gesicht auf dem rauhen Zementboden aufgeschlagen. Die Nase und die Lippen waren geschwollen, und an der Stirn und am Kinn hatte er Platzwunden. Der Doktor hatte die Wunden mit Alkohol gesäubert, und verglichen mit allem übrigen waren diese Verletzungen das wenigste. Er hoffte nur, Enid würde nicht schreiend zu ihrer Mutter laufen, wenn sie ihn erblickte.

Er war nackt, und sein ganzer Oberkörper und auch die Arme waren mit schwarzen und blauen Striemen bedeckt. So sollte mich Schultzy sehen, dachte er, während er sich eine Hose anzog. Es dauerte fünf Minuten, bis er die Hose über die Beine gestreift hatte, und mit dem Hemd wurde er überhaupt nicht fertig. Er nahm das Hemd unter den Arm und humpelte zur Kombüse. Der Kaffee war schon fertig, und Kate preßte Orangen aus. Seit der Arzt ihr versichert hatte, daß Thomas nichts Ernstes fehle, war sie wieder ruhig und sachlich. Und bevor er sich wieder hingelegt hatte, nachdem der Arzt gegangen war, hatte er ihr die ganze Geschichte erzählt.

«Willst du nicht das schöne Gesicht deines frischgebackenen Ehemanns küssen?» fragte er.

Sie küßte ihn sanft und half ihm lächelnd in sein Hemd. Er sagte nichts darüber, wie sehr es schmerzte, wenn er die Schulter bewegte.

«Weiß schon jemand etwas?» fragte er.

«Ich habe Wesley und Dwyer nichts gesagt. Und von den anderen hat sich bis jetzt noch keiner blicken lassen.»

«Wer auch immer fragt: ich habe mich mit einem Betrunkenen vor dem *Cameo* geprügelt», sagte Thomas. «Eine gute Lehre für jeden, der auf die Idee kommt, in seiner Hochzeitsnacht auszugehen und sich einen anzutrinken.»

Kate nickte. «Wesley ist schon mit der Tauchermaske unten gewesen», sagte sie. «Aus der Backbordschraube, sagt er, ist ein großes Stück rausgebrochen, und soweit er feststellen kann, ist auch die Achse verbogen.»

«Wenn wir in einer Woche hier wegkommen», sagte Thomas, «können wir von Glück reden. Schön, dann will ich mal gleich an Deck gehen und mit dem Lügen anfangen.»

Er folgte Kate, die mit dem Orangensaft und der Kaffeekanne auf dem Tablett die Stufen hinaufstieg. Als Wesley und Dwyer ihn sahen, sagte Dwyer: «Um Himmels willen! Was hast du dir denn angetan?» Und Wesley sagte: «Pa!»

«Ich werde es erzählen, wenn wir alle bei Tisch sitzen», sagte Thomas. «Ich will die ganze Geschichte nicht ständig wieder herbeten müssen.»

Rudolph kam mit Enid herauf, und Thomas sah seinem Gesichtsausdruck an, daß Jean ihm vermutlich die wahre Geschichte oder doch den größten Teil der wahren Geschichte erzählt hatte. Alles, was Enid sagte, war: «Onkel Thomas, du siehst aber komisch aus heut morgen.»

«Da hast du recht, mein Kind», sagte Thomas.

Rudolph sagte nur, Jean habe Kopfschmerzen und wolle im Bett bleiben. Nach dem Frühstück werde er ihr etwas Orangensaft bringen. Sie hatten sich gerade zu Tisch gesetzt, als Gretchen heraufkam. «Tom!» rief sie. «Großer Gott, was um alles in der Welt ist dir denn passiert?»

«Ich habe schon darauf gewartet, daß mir jemand diese Frage stellt», sagte Thomas. Und dann erzählte er die Geschichte von der Schlägerei mit dem Betrunkenen vor dem *Cameo*. Dummerweise, fügte er lachend hinzu, sei der Betrunkene eben doch nicht *so* betrunken gewesen wie er selber.

«O Tom», sagte Gretchen bestürzt, «mußte das denn sein? Ich dachte, du hättest die Schlägereien aufgegeben.»

«Das habe ich auch gedacht», sagte Thomas. «Nur dieser besoffene Kerl anscheinend nicht.»

«Bist du dabei gewesen, Kate?» fragte Gretchen vorwurfsvoll.

«Ich hab im Bett gelegen und geschlafen», sagte Kate friedlich. «Er hat sich heimlich davongeschlichen. Du weißt ja, wie die Männer sind.»

«Eine Schande», sagte Gretchen, «wenn große, erwachsene Männer sich prügeln.»

«Das finde ich auch», sagte Thomas. «Besonders wenn man dabei verliert. Und jetzt wollen wir frühstücken.»

Im Laufe des Vormittags standen Thomas und Rudolph allein vorn am Bug des Bootes. Kate und Gretchen waren zum Markt gegangen und hatten Enid mitgenommen, und Wesley und Dwyer wollten sich noch einmal die Schiffsschrauben ansehen.

«Jean hat mir alles erzählt», sagte Rudolph. «Ich weiß nicht, wie ich dir danken soll, Tom.»

«Schwamm drüber! War gar nicht so tragisch. Wahrscheinlich hat es für ein wohlerzogenes Mädchen wie Jean schlimmer ausgesehen als es wirklich war.»

«Erst die Trinkerei den ganzen Tag», sagte Rudolph bitter, «und dann haben Gretchen und ich ihr auch noch den letzten Anstoß gegeben, als wir hier an Bord vor dem Abendessen einen Gin getrunken haben. Sie hat es einfach nicht mehr ausgehalten. Und Alkoholiker können so verdammt gerissen sein. Wie sie es fertiggebracht hat, in der Nacht aufzustehen, sich anzuziehen und sich fortzuschleichen, ohne daß ich aufgewacht bin...» Er schüttelte den Kopf. «Sie hat sich die ganze Zeit über so vernünftig verhalten, daß ich vermutlich dachte, ich brauchte mir keine Sorgen zu machen. Sowie sie ein paar Glas getrunken hat, ist sie völlig unzurechnungsfähig. Dann ist sie nicht mehr sie selbst. Du glaubst doch nicht, daß sie in nüchternem Zustand nachts in Bars geht und Männer aufgabelt?»

«Nein, natürlich nicht, Rudy.»

«Sie hat es mir erzählt, sie hat mir alles erzählt», sagte Rudolph. «Dieser gut aussehende, höfliche und redegewandte junge Mann hat sie angesprochen und gesagt, er habe draußen seinen Wagen stehen, und er kenne eine nette Bar in Cannes, die bis zum Morgen geöffnet habe. Ob sie nicht Lust hätte, mitzukommen, er würde sie zurückbringen, wann immer sie wollte...»

«Dieser gut aussehende, höfliche und redegewandte junge Mann», sagte Thomas kichernd und sah Danovic vor sich, wie er auf dem Fußboden lag und der Hammer zwischen den abgebrochenen Zähnen aus seinem Mund ragte, «der sieht heute morgen gar nicht so nett aus und ist auch nicht sehr redegewandt – das kann ich dir versichern.»

«Und als sie dann zu der Bar kamen, einem miesen Striptease-Lokal – mein Gott, ich kann mir Jean in so einem Lokal nicht einmal *vorstellen* –, da hat er gesagt, es sei zu laut in der Bar, und es gäbe unten ein gemütliches kleines Clubzimmer...» Rudolph schüttelte verzweifelt den Kopf. «Das übrige weißt du ja.»

«Denk nicht dran, Rudy. Bitte», sagte Thomas.

«Warum hast du mich nicht geweckt und mich mitgenommen?» fragte Rudolph, und in seiner Stimme schwang ein scharfer Unterton mit.

«Du bist nicht der richtige Mann für so einen Ausflug, Rudy.»

«Immerhin bin ich ihr Mann!»

«Das war für mich noch ein Grund mehr, dich nicht zu wecken», sagte Thomas.

«Er hätte dich umbringen können.»

«Eine kleine Weile sah es ganz danach aus», räumte Thomas ein.

«Und du hättest ihn umbringen können.»

«Das ist das einzig Gute an der Geschichte», sagte Thomas. «Ich stellte fest, daß ich es *nicht* konnte. So, jetzt gehen wir zurück und sehen uns an, was unsere Taucher treiben.» Er humpelte über das Deck und ließ seines Bruders Schuldgefühle und Dankbarkeit hinter sich.

Er saß allein an Deck und genoß die milde Luft des späten Abends. Kate war unten, und die anderen befanden sich alle auf einer zweitägigen Autofahrt zu den Gebirgsstädten und nach Italien. Fünf Tage waren vergangen, seit die ‹Clothilde› in den Hafen zurückgekommen war, und noch immer warteten sie auf die neue Schraube, die aus Holland geliefert werden sollte. Rudolph hatte gemeint, das sei eine gute Gelegenheit, sich in der Umgebung etwas umzusehen. Jean war beängstigend still gewesen seit jener Nacht, und Rudolph tat alles, um sie zu zerstreuen. Er hatte Kate und Thomas gebeten, mit ihnen zu kommen, aber Thomas hatte gesagt, das junge Paar wolle allein sein. Unter vier Augen hatte er Rudolph sogar gebeten, auch Dwyer zu der Autotour einzuladen. Dwyer lag ihm ständig in den Ohren, er solle ihm sagen, wer der Betrunkene gewesen sei, der ihn vor dem *Cameo* verprügelt hatte. Thomas war überzeugt, daß Dwyer mit Wesley zusammen irgendeine verrückte Vergeltungsmaßnahme ausbrütete. Außerdem ließ Jean nicht ab, ihm überallhin zu folgen – ohne etwas zu sagen, aber mit einem sonderbaren, verängstigten Blick. Fünf Tage lang zu lügen war ziemlich anstrengend gewesen, und nun war es eine Wohltat, das Boot eine Zeitlang für sich und Kate allein zu haben.

Der Hafen lag still da. Auf den meisten Schiffen waren schon die Lichter ausgelöscht. Thomas gähnte, streckte sich und stand auf. Er hatte jetzt nicht mehr das Gefühl, am ganzen Körper zerschunden zu sein, und obwohl er noch hinkte, kam es ihm nicht mehr so vor, als wäre sein Bein irgendwo in der Mitte auseinandergebrochen. Seit der Schlägerei hatte er nicht mehr mit Kate geschlafen, und er dachte gerade, dies sei die richtige Nacht, wieder damit zu beginnen, als er einen Wagen ohne Scheinwerferlicht den Kai entlangkommen sah. Der Wagen hielt an. Es war eine schwarze DS 19. Die beiden von ihm aus sichtbaren Türen öffneten sich, und zwei Männer stiegen aus, dann noch zwei. Der, der zuletzt ausstieg, war Danovic. Er trug den einen Arm in einer Schlinge.

Wäre Kate nicht an Bord gewesen, hätte er einen Hechtsprung ins Wasser gemacht und in aller Ruhe abgewartet, wie sie ihn zu erwischen versuchten. Doch so blieb ihm nichts anderes übrig, als stehenzubleiben, wo er stand. Kein Mensch war auf den Schiffen zu beiden Seiten von ihm. Danovic blieb auf dem Kai. Die drei anderen Männer kamen an Bord.

«Nun, meine Herren», sagte Thomas, «was kann ich für Sie tun?»

Dann traf ihn etwas.

Nur einmal erwachte er aus dem Koma. Wesley und Kate waren bei ihm im Krankenhauszimmer. «Nicht mehr ...» sagte er und glitt wieder in tiefe Bewußtlosigkeit.

Rudolph hatte einen Gehirnspezialisten in New York angerufen, und der Spezialist war unterwegs nach Nizza, als Thomas starb. Ein Schädelbruch, hatte der Chirurg Rudolph erklärt, und dann war eine verhängnisvolle Gehirnblutung eingetreten.

Rudolph hatte Gretchen, Jean und Enid in ein Hotel gebracht. Gretchen hatte strenge Weisung, Jean nicht einen Augenblick allein zu lassen.

Rudolph hatte der Polizei alles gesagt, was er wußte, und auch Jean war vernommen worden, aber nach einer halben Stunde war sie hysterisch zusammengebrochen. Sie hatte das Nachtlokal *La Porte Rose* erwähnt, und Danovic war verhaftet worden, aber es hatte keine Zeugen bei der Schlägerei gegeben, und Danovic besaß für die ganze Nacht ein Alibi, das sich nicht erschüttern ließ.

Am Morgen nach der Einäscherung fuhren Rudolph und Gretchen mit einem Taxi zum Krematorium und holten die Metallurne mit der Asche ihres Bruders ab. Dann fuhren sie zum Hafen von Antibes, wo Kate und Wesley und Dwyer sie erwarteten. Jean war mit Enid im Hotel geblieben. Es wäre zuviel für Kate gewesen, dachte Rudolph, an diesem Tag neben Jean stehen zu müssen. Und falls Jean sich betrank, so hatte sie diesmal allen Grund dazu.

Gretchen kannte inzwischen die wahre Geschichte der Hochzeitsnacht, und die anderen kannten sie auch.

«Tom war der einzige von uns», sagte Gretchen, während sie im Taxi durch das Gewühl des Ferienverkehrs fuhren, «der aus seinem Leben etwas gemacht hat.»

«Und er ist gestorben für einen von uns, der das nicht getan hat», sagte Rudolph.

«Das einzige, was du falsch gemacht hast», sagte Gretchen, «ist, daß du in der einen Nacht nicht aufgewacht bist.»

«Das einzige», sagte Rudolph.

Danach sprachen sie nicht mehr, bis sie die ‹Clothilde› erreicht hatten. Kate und Wesley und Dwyer, alle drei in ihrer Arbeitskleidung, erwarteten sie an Deck. Dwyer und Wesley hatten vom Weinen gerötete Augen. Kates ernstes Gesicht zeigte keine Spuren von Tränen. Rudolph ging mit der Urne an Bord. Gretchen folgte ihm. Rudolph stellte die Urne in das Ruderhaus, und Dwyer trat ans Steuerrad und ließ den einen Motor an. Wesley zog die Laufplanke heraus und sprang an Land, um die zwei Achterleinen loszumachen. Kate holte die beiden Leinen ein. Wesley sprang über ein Stück offenes Wasser hinweg, landete, geschmeidig wie eine Katze, auf dem Heck und schwang sich an Bord. Dann lief er nach vorn, um Kate beim Hochwinden des Ankers zu helfen.

Alles verlief so routinemäßig, so haargenau wie jedes andere Mal, wenn sie einen Hafen verlassen hatten, daß Rudolph, der auf dem Achterdeck stand, das Gefühl hatte, gleich würde Tom, seine Pfeife rauchend, aus dem Schatten des Ruderhauses hervorkommen.

Im Schein der Morgensonne ratterte das helle weiß-blaue Boot durch die Hafenausfahrt. Nur die beiden Gestalten in unpassendem Schwarz, die auf dem offenen Deck standen, bewirkten, daß es sich von den anderen Booten unterschied, die zu einer Vergnügungsfahrt den Hafen verließen.

Niemand sagte etwas. Sie hatten tags zuvor beschlossen, was sie tun wollten. Eine Stunde lang fuhren sie genau nach Süden, fort vom Festland. Da sie nur den einen Motor benutzen konnten, fuhren sie nicht weit, und der Küstenstrich hinter ihnen war klar zu erkennen.

Nach genau einer Stunde drehte Dwyer das Boot und stellte den Motor ab. Kein anderes Boot war in Sichtweite, und die See war ruhig, so daß man nicht einmal das leise Rauschen von Wellen hörte. Rudolph ging ins Ruderhaus, holte die Urne heraus und öffnete sie. Kate kam mit einem großen Strauß weißer und roter Gladiolen von unten herauf. Sie stellten sich alle in einer Reihe auf dem Achterschiff an die Reling, die Gesichter der offenen, leeren See zugewandt. Wesley nahm die Urne aus Rudolphs Händen entgegen, und nach einem winzigen Zögern begann er, jetzt ohne eine Träne in den Augen, die Asche seines Vaters ins Meer zu streuen. Es dauerte nur einen Augenblick. Die Asche trieb davon, ein paar Stäubchen auf dem blauen Glanz des Mittelmeers.

Die Leiche ihres Vaters, dachte Rudolph, trieb auch in tiefen Wassern dahin.

Mit einer bedächtigen fraulichen Bewegung ihrer sonnenverbrannten Arme warf Kate die Blumen in die See.

Wesley warf die Urne ins Wasser, die Öffnung nach unten gerichtet. Sie sank sofort. Dann ging er ins Ruderhaus und stellte den Motor an. Der Bug wies jetzt auf die Küste, und Wesley hielt geraden Kurs auf die Hafeneinfahrt.

Kate ging hinunter, und Dwyer ging nach vorn aufs Vorschiff, um Gretchen und Rudolph, die beide leichenblaß waren, auf dem Achterdeck allein zu lassen.

Vorn am Bug stand Dwyer in der schwachen Fahrtbrise und betrachtete den Küstenstrich – weiße Villen, alte Mauern, grüne Pinien kamen im strahlenden Licht der Morgensonne näher.

Reichen Mannes Wetter, dachte Dwyer.